मंत्रीमंडल

उपन्यास-त्रयी : तीन

मंत्रिमंडल

राजकृष्ण मिश्र

वाणी प्रकाशन

वाणी प्रकाशन का 'लोगो'
विख्यात चित्रकार मक़बूल फ़िदा हुसेन की
कूची से

ISBN : 81-7055-487-X

वाणी प्रकाशन
21-ए, दरियागंज, नयी दिल्ली-110002
द्वारा प्रकाशित

फोन : 0091#11#23273167, 23275710
फैक्स : 0091#11#23275710
ई-मेल : vaniprakashan@gmail.com
vani_prakashan@yahoo.com
वेबसाइट : www.vaniprakashan.com

प्रथम संस्करण : 1996
द्वितीय संस्करण : 2008

मूल्य : 695.00
आवरण सज्जा : वाणी प्रकाशन
शिव शक्ति प्रेस, शाहदरा दिल्ली-110032
द्वारा मुद्रित

MANTRIMANDAL
by : Rajkrishan Mishra

उस दिन राजभवन में, मन्त्रिमण्डल के शपथ ग्रहण में, केवल तीन मन्त्री बन पाये थे, स्वयं उत्सुकदास, दूसरे लोबीराम और तीसरे थे, भीमसिंह।

उत्सुकदास का मन बड़ा उदास था। चारों तरफ शोरगुल था, जयजयकार, माला, फल, फूल, स्वागत के दौर थे और था एक कभी न खतम होनेवाला उत्सव जो सुबह से देर रात तक चलता रहता। इसी सबके लिए तो उन्होंने संघर्ष किया था। यह सब पाने के लिए पिछले तीन महीनों में, उन्होंने अपनी सारी जमा-पूँजी, सारी सुख, आत्मा की समस्त ताकत, व्यक्तित्व के सारे अरमान खर्च कर डाले थे। उस दिन उनके और सत्ता के बीच न तो कोई था, और ना ही कोई दीवार थी। वह प्रदेश के मुख्यमन्त्री बन चुके थे। राजभवन में शपथ ग्रहण समारोह में उन्होंने हजारों लोगों की भीड़ के सामने सरकार की बागडोर सँभाली थी। कोई नहीं जानता था, किसी को मालूम नहीं था, उत्सुकदास का खेल क्या था। वह तो चुपके से जैसे किसी की आँख का काजल, किसी की नजर का चोर, किसी की मन की शंका, किसी का लोभ किसी का भय, किसी की घृणा, किसी की सहमति, किसी का स्नेह, किसी का धन्धा और किसी की आकांक्षा, समेट-समेटकर अपने अन्दर आत्मसात् कर चुके थे। उनको मालूम था, एक एक चीज का हिसाब देना था उनको, कोई बचा नहीं सकता था, उन्हें। उन तमाम लोगों की आँख का काजल, नजर का चोर, शंका, लोभ, भय, घृणा, सहमति, स्नेह, धन्धा, आकांक्षा तक का हिसाब देना था उनको। एक-एक करके, सब के सब किसी गिद्ध की तरह, अपना-अपना हक, अपना-अपना अधिकार, अपना-अपना लोभ, स्वार्थ, नोच-नोचकर ले जाने के लिए आनेवाले थे। इतने वादे, इतनी प्रतिज्ञाएँ, इतने आश्वासन, वह भला कहाँ पूरा कर सकते थे। छोड़कर कहीं जाने का सवाल ही नहीं था और ना था अवसर, किसी बात से पीछे हटने का। जो हो गया था, वो हो गया था।

उत्सुकदास को मालूम था, किस भयावह स्थिति में वह पहुँच चुके थे। यद्यपि उनको मुख्यमन्त्री बना दिया गया था, उनके किसी आदमी को मन्त्रिमण्डल में शामिल नहीं किया गया था। यहाँ तक कृष्णबल्लभ को पार्टी से

निलम्बित करने की घोषणा खुद उनके संरक्षक, उनके गुरु गुरुपदस्वामी ने कर दी थी। जहाँ एक तरफ बलदेव चौधरी, रंगीनराय का गुट मजबूत हुआ था, वहाँ दूसरी तरफ, लोबीराम के मन्त्री बन जाने से, एक नया गुट उभरकर सामने आ गया था। लोबीराम का मन्त्री होना एक राजनैतिक भूल थी, एक ऐसा दाँव था, जिसकी वजह से वह जानते थे, मन्त्रिमण्डल बनने से पहले ही खत्म हो गया था। लोबीराम तब तक परछाइयों की राजनीति किया करते थे। उनको पैसे से मोहब्बत थी और लोग उनको पैसे दे दिया करते थे। कभी, कहीं, किसी भी तरह, लोबीराम ने पद, प्रतिष्ठा के लिए संघर्ष नहीं किया, कोई लड़ाई नहीं लड़ी। लोबीराम असल में अपनी, औकात में रहा करते थे। लेकिन उस दिन उनको राजनैतिक परिस्थितियों ने उठाकर एक ऊँचे मुकाम पर बैठा दिया था। उत्सुकदास को हैरत हो रही थी हाई कमांड के अधकचरे नेताओं के, सड़े-गले दिमाग पर, जो इतना भी समझ नहीं सके, लोबीराम एक ऐसा सुलगता हुआ बम था, जिसे कभी भी, कोई भी, पलीता लगाकर फोड़ सकता था। उसके बाद उत्सुकदास जानते थे, कुछ नहीं बचेगा, सब कुछ नेस्तनाबूद हो जायेगा, बिखर जायेगा। उधर भीमसिंह नाम का एक जानवर उनके गले में बाँध दिया गया था। उनको मालूम था, जिस तरह की राजनीति वह करते थे, उसमें भीमसिंह की कोई जगह नहीं हो सकती थी। खयालीपुलाव, कागजी बातें, सपनों के आदर्श से सरकारें नहीं चला करतीं।

लोबीराम, पहली बार मन्त्री बने थे, इसलिए उनसे चूक हो गयी थी। उत्सुकदास तो पुराने खिलाड़ी थे, सारा खेल, उनका ही रचा हुआ था उनसे कोई भूलचूक होने का प्रश्न ही नहीं उठता। भीमसिंह, शपथ तो किसी तरह निकाल ले गये, लेकिन, शपथ-समारोह के बाद राजभवन की चाय पार्टी में, वह ज्यादा देर टिक न सके। वैसे भी, बहुत लोगों को यह पता नहीं था, भीमसिंह कहाँ से टपक पड़े। वह न तो गुरुपदस्वामी गुट के थे, न ही बलदेव चौधरी रंगीनराय के गुट के। उनको मन्त्री न तो दरोगा ने बनवाया था न ही बलरामशास्त्री ने। उनका नाम पहलेवाली सूची में नहीं था। वह विधानसभा के सदस्य भी नहीं थे। वह थे विधान परिषद के सदस्य। और वहाँ भी उनकी सदस्यता समाप्त होने में बस कुछ ही दिन बाकी थे। वह न तो भीम की तरह विशालकाय शरीर के स्वामी थे और ना ही सिंह की तरह फुर्तीले और अपार बलवान। उनकी शक्ल किसी चूहे की तरह थी लेकिन, उनके बड़े-बड़े कान, चेहरे से अलग भागने को तैयार खड़े रहते। उनकी गोल खोपड़ी में, लेकिन, लोगों के अनुसार, बड़ी-बड़ी योजनाएँ थीं, आर्थिक नव-निर्माण के न जाने कितने फार्मूले उन्होंने तैयार कर रखे थे। हुआ यूँ, जब पार्टी अध्यक्ष, राज्यपाल सदाशिवनारायण बरुआ के पास, प्रदेश के राजनैतिक संकट के विषय में, बातचीत करने गये थे, उसी समय

राज्यपाल की चुन्दी आँखों ने, पार्टी अध्यक्ष के अन्दर चल रहे, धर्मयुद्ध के बारे में कुछ अनुमान लगा लिया था। ऐसे मौकों पर राज्यपाल की शिकारी तबीयत को कुछ चाहिए जरूर था, किसी का सिर या किसी का ताज। राज्यपाल की, उत्सुकदास के लिए झारदार गालियों का प्रवाह जब रुका तो इसके पहले, पार्टी अध्यक्ष कुछ कहते, राज्यपाल ने भीमसिंह के गुणों का बखान करना शुरू कर दिया था। मन्त्रिमण्डल की समस्या थी। सूची बदलने की समस्या थी। बलदेव चौधरी और कृष्णबल्लभ यादव का नाम मन्त्रिमण्डल की सूची से कटना था और लोबीराम का नाम जोड़ा जाना था। इस फेरबदल के कारण पूरी सूची में अनेक परिवर्तन, अवश्यम्भावी हो गये थे। उधर पार्टी अध्यक्ष, विरोधी गुट की बचकाना हरकतों से इतने आतंकित हो चुके थे कि उन्होंने अपने समस्त कौशल से, अपने मन में उत्सुकदास के प्रति उफान मारते नफरत के नाग को कुचलकर, उत्सुकदास को मुख्यमन्त्री बनाने का निर्णय ले लिया था। कोई चारा नहीं था। समय, तेजी से भागता जा रहा था। शपथ ग्रहण समारोह के पहले, विधायकों की बैठक भी होनी थी। मन्त्रिमण्डल की सूची में बिना हाईकमाण्ड के विचार-विमर्श के फेरबदल करना सम्भव नहीं था। टेलीफोन पर इतनी लम्बी बातचीत करना सम्भव नहीं था। इसीलिए पार्टी अध्यक्ष की सहमति से, गुरुपदस्वामी ने मन्त्रिमण्डल की सूची को ही छोड़ देने का प्रस्ताव रखा था। पार्टी अध्यक्ष, इसके पीछे, गुरुपदस्वामी की चाल समझ नहीं सके। गुरुपदस्वामी असल में, राजनैतिक संकट के बहाने, मंत्रिमण्डल में अपनी स्थिति मजबूत करने के लिए समय चाहते थे। बलरामशास्त्री के अतिरिक्त, उस सूची में उनका कोई विश्वासपात्र नहीं था। जाहिर था, लोबीराम का नाम आगे बढ़ाने में, और कृष्णबल्लभ का नाम, वापस लेने में, गुरुपदस्वामी, एक तीर से दो शिकार कर रहे थे। जिस तरह, राज्यपाल सदाशिवनारायण बरुआ मुर्गाबियों को, शिकार के लिए अपने जाल में फँसाते थे, जिस तरह वह खुद रायफल से निकले हुए छर्रों के जाल में फँस गये थे, उस तरह, 16 जून को, राजभवन में, उन्होंने पार्टी अध्यक्ष को, उत्सुकदास के लिए कही गयी चुनिन्दा गालियों के जाल में फँसाया और पार्टी अध्यक्ष को तैयार करने के बाद उन्होंने धीरे-से, भीमसिंह का नाम सरका दिया। काफी देर तक जब पार्टी अध्यक्ष सब-कुछ समझते हुए भी नहीं समझे, तब राज्यपाल को कुछ, बेचैनी-सी होने लगी थी। उनकी समझ में नहीं आ रहा था, पार्टी अध्यक्ष जान-बूझकर नाटक कर रहे थे, या फिर मन्त्रिमण्डल की सूची को, हाईकमाण्ड के द्वारा अन्तिम रूप दिये जाने के कारण, वह चुप थे। उधर राज्यपाल को लग रहा था यदि पार्टी अध्यक्ष ने तुरन्त कोई अनुकूल प्रतिक्रिया नहीं दिखायी और उनके दिमाग में, मुर्गाबियों के दिये हुए छर्रे मचलने लगे, तब क्या होगा। उनका प्रिय पात्र भीमसिंह यदि मन्त्री नहीं बना तो शपथ दिलाने में उन्हें तनिक भी

आनन्द नहीं आयेगा। वह मन्त्रिमण्डल को शपथ न दिलवायें, ऐसा तो सम्भव नहीं था लेकिन उस मन्त्रिमण्डल को शपथ दिलाने की कठिन परीक्षा से बिना भीमसिंह के गुजरने पर, उन्हें बेहद तकलीफ होगी, वह जानते थे।

भीमसिंह और राज्यपाल की जान-पहचान यहीं इसी प्रदेश में, इसी राजभवन में हुई थी। उन दिनों जब वह नये-नये राज्यपाल होकर आये थे, निहायत शाकाहारी किस्म के लोग उनसे मिलने आया करते थे। महिला हो या पुरुष, अदना हो या बड़ा, धनी हो या गरीब, बूढ़ा हो या जवान, कच्ची उम्र का या पक्की उम्र का, स्वस्थ हो या मरगिल्ला, सब के सब उनके सामने हाथ जोड़कर, पैर बाँधे खड़े रहते। वाह राज्यपाल जी ...वाह... वाह की जैसे जवाबी कीर्तन, उन दिनों राजभवन में चला करती। सदाशिवनारायण बरुआ, अपने सुदूर प्रदेश से, सत्ता की राजनीति में वापस आने के लिए इतनी दूर, राजभवन में, इसलिए नहीं आकर बैठे थे कि वह खैराती किस्म के लोगों से घिरे हुए वाह-वाह का जवाबी कीर्तन सुनते सुनाते जिन्दगी काट दें। वह तो खड़ी राजनीति करने के लिए, पार्टी में दुबारा उठकर खड़े हो गये थे। उनके ऊपर किसी ने दया, किसी ने मेहरबानी, किसी ने एहसान नहीं किया था वह अपनी शक्ति से, जनशक्ति से सत्ता की राजनीति में वापस आये थे। उनका बड़ा मन करता, इस सुदूर प्रदेश में किसी जन-आन्दोलन को छेड़ देने का। असल में सदाशिवनारायण बरुआ की हालत उस अपंग, अपाहिज की तरह थी जो अपने शारीरिक अंगों के ठीक हो जाने के बाद, जब अपंग नहीं रहता तो चारों तरफ घूमना चाहता, दूर तक चलना, दौड़ना चाहता था। वह इस प्रदेश के राज्यपाल बन गये थे। यह अपने आप में एक उपलब्धि थी। लेकिन यह उपलब्धि, वह जानते थे, किसी ने उन्हें खैरात में नहीं दी थी, यह तो उन्होंने अपने बलप्रयोग से, अपनी जनशक्ति से छीनी थी। उसके बाद उनको मजा आने लगा। वह निहायत खुदगर्ज किस्म के इंसान थे। उनको जहाँ एक तरफ इस बात का इल्म था कि उन्हें राजभवन की राजगद्दी किसी ने खुशी-खुशी नहीं दी, वहाँ दूसरी तरफ वह खुद भी अपनी वर्षों की तनहाई से, बुरी तरह ऊब चुके थे। यद्यपि वह जानते थे वह सब उन्होंने अपने पुरुषार्थ से पाया था, उसे बनाये रखने के लिए अपनी राजनैतिक उपयोगिता को जीवित रखना, उनके लिए, बहुत जरूरी था। राज्यपाल सदाशिवनारायण बरुआ को न तो पैसे की जरूरत थी ना ही वैभव की। ऐसे-ऐसे चार राजभवन उनके अपने प्रदेश में खुद उनकी मिल्कियत में थे। अथाह पैसा, असीम वैभव और ऊपर से जनशक्ति का वरदान और क्या चाहिए था उन्हें। खाये जा रही थी उन्हें तो बस उनकी शिकारी प्रवृत्ति। दिमाग में नाचते हुए छर्रों के बावजूद भी, सदाशिवनारायण बरुआ, खुद अपने आप से एक कभी न खतम होनेवाली जंग लड़ रहे थे। इसीलिए राजभवन के कारिन्दों, हाकिमों और

हुकमरानों ने जब उनके सामने नन्हे बच्चों, खूबसूरत लड़कियों, समाजसेवी अधेड़ उम्र की औरतों तथा किस्म-किस्म के सफेदपोश आदमियों को पेश करना शुरू किया तो उन्हें कोई अनजाना खौफ दौड़ाने लगा। उन्हें लगा सबके पीछे एक चाल थी, सधी-सधायी राजनीति उनके साथ खेली जा रही थी, उन्हें फँसाया जा रहा था। आरती, चन्दन, फूलमाला, जय-जयकार और नारों के बीच घेरकर, उन्हें एक विशाल राजभवन में बन्दी बनाया जा रहा था, निकम्मा बनाया जा रहा था। वह कुछ दिनों तक तो सारी नौटंकी चुपचाप देखते रहे। फिर धीरे-धीरे उन्हें उस सबसे चिढ़ होने लगी। उनको लगा, दिमाग में चक्कर काटते हुए छर्रों से तो वह बच निकलेंगे, लेकिन वह सारा तमाशा, उन्हें ले डूबेगा। शुरू-शुरू में, नये प्रदेश में वह ऐसा कुछ नहीं करना चाहते थे जिससे उनकी व्यक्तिगत प्रतिष्ठा पर आँच आये या उनके बारे में कोई गलत धारणा बना ली जाय। सार्वजनिक छवि बनाने के लिए, उन्हें लगा, यह सारा नाटक कुछ हद तक जरूरी था। फिर भी कुछ ही दिनों में बरुआ साहब को एक यातना का अहसास होने लगा था।

राजनीति के पुराने खिलाड़ी थे, सदाशिवनारायण बरुआ। उनको पा लेना, उनकी तह तक पहुँच जाना बड़ा मुश्किल था। उन्हीं दिनों नये राज्यपाल से मिलने-जुलने के बहाने भीमसिंह राजभवन जाया करते थे। बरुआ साहब के 140 लोगों के स्टाफ में भाटी नाम का एक उनका व्यक्तिगत सेवक था। भीमसिंह अपनी राजभवन की यात्राओं में अनेक बार असफल रहे। बरुआ साहब ने उन्हें घास तक नहीं डाली। वह तो यही समझे थे भीमसिंह भी उसी बारात का हिस्सा था जो उन दिनों रोज राजभवन से निकला करती थी। उधर भीमसिंह की परिषद की सदस्यता के दिन तेजी से लद रहे थे। गुरुपदस्वामी के पहले जिन मुख्यमन्त्री ने उन्हें परिषद का सदस्य बनाया था, वह कब के गुजर गये थे। उनका, तब कोई नामलेवा भी नहीं बचा था। मुख्यमन्त्री के साथ पूरे मन्त्रिमण्डल ने उन दिनों उनका बहिष्कार कर रखा था। कहीं जाने के लिए, कुछ करने के लिए उनके पास नहीं था। बरुआ साहब ने उनकी तरफ आँख उठाकर भी नहीं देखा तब वह निराश हो गये। बेहद उदास होकर उस दिन राजभवन फिर कभी न आने के निश्चय के साथ वह लौट रहे थे तभी उनकी मुलाकात भाटी से हो गयी। कई दिनों से भीमसिंह अपने कुर्ते की जेब में इत्र की छोटी-छोटी चार शीशियाँ लेकर घूम रहे थे। इत्र की यह शीशियाँ उन्होंने, बड़े चाव से बरुआ साहब के लिए ही खरीदी थीं। कई बार वह बरुआ साहब के सामने गये जरूर, लेकिन उनके आग्नेय नेत्रों को, देखकर उनका हाथ कुर्ते के अन्दर से कभी बाहर नहीं निकल सका और वह शीशियाँ वहीं पड़ी रहीं। उस दिन भीमसिंह की वह राजभवन की अन्तिम यात्रा थी। उसके बाद उनको राजभवन तो आना नहीं था।

उधर भाटी अपने मालिक की सेवा में तल्लीन था। उसने बरुआ साहब

को खुश कर लिया था। भाटी और बरुआ साहब के बीच तब तक एक खुफिया रिश्ता बन गया था। बरुआ साहब में एक अजीब आदत थी। जब उनके दिमाग में छर्रे चलने लगते तो वह अपने बाल नोचा करते थे। कभी-कभी तो, वह चीखने-चिल्लाने लगते और कभी वह अपने सिर के बालों को बेरहमी के साथ नोच-नोचकर फेंकने लगते। भाटी को राजभवन की नाजुक स्थिति का अन्दाजा था। बरुआ साहब उसको शुरू से ही अच्छे लगते थे, वह उनकी पूजा करता था। भाटी ने, बरुआ साहब के कमरे में ही सारा इंतजाम कर दिया था। जैसे ही बरुआ साहब को छर्रों का दौरा पड़ता, वह भाटी को बुलाने के लिए घण्टी बजा दिया करते। उसके बाद भाटी उनके पुराने भाषणों का टेप चला देता, जिसकी आवाज से बरुआ साहब की चीख पुकार दब जाती। उसके बाद वह बरुआ साहब के सामने जमीन पर बैठ जाता और उनके काँपते हुए हाथों में खुद अपने बाल पकड़ा देता। बरुआ साहब, प्रधानमन्त्री के, जिन्होंने उन्हें राज्यपाल बनाया था, उतने एहसानमन्द नहीं थे, जितने भाटी के एहसानमन्द थे, जिसने राजभवन में उनकी इज्जत बचा रखी थी।

भीमसिंह और उनकी शीशियाँ, हाथ धोकर, बरुआ साहब के पीछे पड़ी थी। भीमसिंह किसी षड्यन्त्र के शिकार नहीं थे, ना ही उन्होंने कोई षड्यन्त्र रचा था, उनको तो यह भी नहीं पता था, राज्यपाल से वह क्यों मिलने आते थे, उनका स्वार्थ क्या था। भीमसिंह का असल में खेल खत्म हो गया था। पार्टी में, सरकार में उनको कोई घास नहीं डालता। मुख्यमन्त्री गुरुपदस्वामी प्रदेश से चले गये लेकिन भीमसिंह से उन्होंने कभी बात नहीं की। हाँ, इतना जरूर था, गुरुपदस्वामी जब भी मिलते, भीमसिंह, लपककर उनके पैर छू लिया करते। दुबले-पतले शरीर के पाँच फीट तीन-चार इंच के रहे होंगे भीमसिंह। भुर्राक कुर्ता और फूली हुई धोती में कई बार लगता भीमसिंह नहीं हवा में फूला हुआ धोती कुर्ता चला आ रहा था। जरा ऊपर देखने पर भीमसिंह का पिटा हुआ चेहरा तो दीखता नहीं हाँ उनके माथे तक लटकी हुई सफेद, कलफदार टोपी जरूर दिख जाती। उनकी समस्याएँ, राजनैतिक नहीं व्यक्तिगत थीं। राजनीति वह सत्ता के लिए नहीं, घरेलू समस्याओं की पूर्ति के लिए करते। उनकी नौकरी जा रही थी। विधान परिषद की सदस्यता समाप्त होने में बस तीन-चार महीने बाकी थे और उसके बाद उन्हें क्या करना था, इसका पता नहीं था। भीमसिंह पढ़े-लिखे आदमी थे। आर्थिक सिद्धान्तों के विवेचन में उनकी महारथ थी। योजनाबद्ध विकास के तौर-तरीकों का उनको पूरा ज्ञान था। कीन्स, मार्क्स से लेकर मूलभूत भारतीय परम्पराओं के समस्त ढाँचे एवं आँकड़े उनको रटे हुए थे। सब कुछ होते हुए भीमसिंह का लिखा हुआ सभी पढ़ते थे, लेकिन उनका कहा हुआ कोई सुनने को तैयार नहीं था। लोग कहते भीमसिंह बोर थे। वह किसी बात की

सीधे तरीके से नहीं कह सकते थे, बड़ा लम्बा खींचकर वह बात कहते। बात कहते क्या, बात कहने का उनको मौका ही नहीं मिल पाता। जब तक वह अपने प्वाइंट पर आते, लोगों का धैर्य समाप्त हो जाता, लोग चल देते, या जम्हाइयाँ लेने लगते या फिर दूसरी बात शुरू कर देते। उधर भीमसिंह के पास आइडिया बैंक था। एक-एक आइडिया, एक से एक विचार, न जाने कितनी योजनाएँ, विवेचनाएँ, सिद्धान्तों के अध्ययन उनके हरकती दिमाग में खुड़पेंच मचाया करते। जिस तरह कवि को श्रोता, नाटककार को दर्शक, ज्योतिषी को ग्राहक, वैद्य को मरीज का इन्तजार रहता, उसी तरह भीमसिंह को, हर वक्त किसी सुननेवाले का इन्तजार रहता। इन्तजार क्या, इन्तजार तो वह पहले किया करते, तब तो उन्हें घूमना पड़ता, घूम-घूमकर, वह तलाश करते, एक अदद सुननेवाले की। उनकी बातें ऐसी होतीं जो हर कोई समझ नहीं पाता इसलिए वह हमेशा पढ़े लिखे लोगों की तलाश में रहते। इधर उन्होंने पढ़े-लिखे लोगों की तलाश करना छोड़ दिया था। वह ढूँढ़ते बस नेता को, किसी बड़े नेता को, किसी असरदार नेता को जिसको अपने विचार सुनाने मनवाने में और फायदा था। जहाँ एक तरफ उनके अलसाये मन की भड़ास निकल जाती, वहाँ दूसरी तरफ उनको लगता, वह अपनी नौकरी पक्की कर रहे थे। और कोई चारा भी तो नहीं था, भीमसिंह के पास। धन्धा-व्यापार करने में पूँजी लगती, और कोई नौकरी-चाकरी की तब उम्र कहाँ बची थी। बस एक ही सहारा था, एक ही आसरा था, कहीं से कोई मिल जाय, कुछ ऐसा हो जाय जो उनके लिए जीवन-यापन का रास्ता निकल आये और साथ में, अपने विचारों की विवेचना का मौका, सुनने-सुनाने का मौका, मिलता रहे।

राज्यपाल बरुआ साहब, बाहर से आये थे। बड़े आदमी थे, पुराने नेता थे, पार्टी में उनका रुतवा था, असर था। प्रदेश स्तर के धन्धेबाज़ अधिकतर राज्यपाल से दूर रहते। बरुआ साहब से नहीं, किसी भी राज्यपाल से दूर रहते। राज्यपाल से उनका भला क्या काम था। जहाँ शहद होगा वहीं मधुमक्खी होगी, जहाँ फूल होंगे वहीं भौंरे होंगे, जहाँ से कुछ प्राप्ति होगी वहीं चमचे होंगे, जहाँ धन होगा-दौलत होगी, वहीं तो चोर जायेंगे।

बहरहाल भीमसिंह बरुआ साहब को सबसे पहले पकड़ना चाहते थे। उनको मालूम था यदि समय निकल गया तो, कहीं न कहीं, कोई न कोई, बरुआ साहब से, उनका भेद खोल देगा ! यही कि वह बोर थे ! इसलिए वह पहले दिन से ही राजभवन के चक्कर काटने लगे। एक दौड़ लगी थी। उन अनजान लोगों, जो उन्हें बोर समझते थे, और उनके बीच। उन्हें देखना था राज्यपाल को पहले कौन पकड़ पायेगा। वह तमाम अनजानी ताकतें, जो भीमसिंह के खिलाफ थीं। और जो उनको बोर कहती थीं, हार गयीं। एक बार भीमसिंह जीत

गये। भाटी ने राज्यपाल से उनको मिलवा दिया था। हुआ यूँ, उस दिन हमेशा के लिए बरुआ साहब को राजभवन में छोड़कर, भीमसिंह राजभवन के सामनेवाले रास्ते पर नहीं गये बल्कि पीछेवाले रास्ते से गये। इसकी भी खास वजह थी। वह इत्र की शीशियाँ उन्हें, वहीं राजभवन में फेंकनी थीं। सामने के बागीचे में इत्र की शीशियाँ फेंकने के लिए उनकी आत्मा गवाही नहीं दे रही थी। वह कहीं जरा हटकर इत्र की शीशियाँ फेंकना चाहते थे। राजभवन के पीछेवाले रास्ते से, जो सचिवालय के गेट नम्बर 7 पर निकलता उसी तरफ भीमसिंह चले गये थे। उसी तरफ राजभवन के स्टाफ क्वार्टर भी थे। उसी में भाटी भी रहता था।

लोबीराम का सारा हिसाब उल्टा-पुल्टा हो गया था। सोचा कुछ था, हो गया था कुछ और। लोबीराम असल में हर काम धीरे-धीरे किया करते थे। हर समय नशे की गहराइयों में डूबते-उतराते, वह मस्ती और खुमार के दौर में सराबोर रहा करते। कुछ सोचने-समझने की जरूरत कहाँ थी। भूल जाते वह सब कुछ, कुछ भी याद नहीं रहता उन्हें। बस एक सुरसरी-सी उठती रहती उनके अन्दर जैसे मीठी-मीठी-सी सिहरन रोम-रोम में व्याप्त हो जाती। कभी-कभी कोई झन्नाटेदार आवाज़ दूर कहीं दूर तेज़ रफ्तार में उनके अन्दर समाने लगती लेकिन कुछ ही क्षणों में फिर वही सिहरन, फिर वही सुरसुरी उनके सारे शरीर में व्याप्त हो जाती। लोबीराम ने बड़ी देर में फैसला किया था, उत्सुकदास को सबक सिखाने का। उनको मालूम नहीं था, वह जानते नहीं थे, वह किधर जा रहे थे, क्या कर रहे थे। अपने तीस साल के राजनैतिक जीवन में उनको कभी भी कोई फैसला नहीं करना पड़ा था। फैसला तो उनके लिए दूसरे किया करते थे। हालात, मौका, हादसा, लोग, मुद्दे यह सब खुद-ब-खुद उनके सामने रूबरू आकर खड़े हो जाते और उनके आँकड़ों का खेल हल कर दिया करते। लोबीराम की जद्दोजहद कभी भी उनके गले से ऊपर नहीं पहुँचती। वह सीधे-सादे तरीके से अपनी लड़ाई लड़ा करते। असल में न तो कहीं उनका कोई शत्रु था और न ही कहीं कोई लड़ाई थी उनकी किसी से। उनके विशाल जीवन में न तो कोई मुद्दा था और न किसी शपथ के लिए उन्होंने किसी प्रकार का कोई झंडा उठा रखा था। वह तो तिजोरी के पुजारी थे और उनकी तिजोरियों में बढ़ती हुई दौलत ही उनके जीवन का मूल उद्देश्य था।

राजनीति में वह क्यों थे, उनका मकसद क्या था, वह स्वयं भी तो नहीं जानते थे। लोबीराम को फिर भी एक राजनैतिक फैसला करना ही पड़ा था। वह नहीं जानते थे, उनको मालूम कहाँ था, कब उनको फैसला करना था। वह तो हालात के किनारे-किनारे चलते-चलते एक ऐसे दौर में फँस गये थे, जहाँ

उनका फैसला कुछ और हो ही नहीं सकता था। मन्त्रिमण्डल के गठन की प्रक्रिया के पहले दिन से लोबीराम उम्मीद की मीठी-मीठी आँच में तपते रहे। वैसे भी जब कभी सरकार बनती या बनी हुई सरकार के बिगड़ने का दौर शुरू होता, लोबीराम के अन्दर वही उम्मीद की मीठी-मीठी आँच पनपने लगती। आस्था और विश्वास का प्रश्न नहीं था न ही सत्ता और राजनीति के दाँव-पेंच से उनका कोई सरोकार था। आदर्श, उद्देश्य या वाद के चक्कर से वह हमेशा दूर रहे। असल में लोबीराम ज्यादा पढ़े-लिखे तो थे नहीं। उनको अगर कुछ मालूम था तो वह था पैसे का खेल। पद, प्रतिष्ठा, यश, सम्मान, शक्ति-सन्तुलन के खेल, उनको कहाँ आते थे। वैसे उनको गुटबंदी भी नहीं आती थी, लेकिन कुछ ऐसा हुआ, उनके चारों तरफ फकत खुशफहमी में विधायकों और नेताओं का लश्कर तैयार हो गया। ज्यादा पढ़े-लिखे न होने के बावजूद भी लोबीराम पढ़े-लिखे तो थे ही और जिस जाति धर्म प्रजाति और वर्ग के वह नेता थे उस जाति वर्ग या प्रजाति के लोग, नेता तो उतने भी पढ़े-लिखे नहीं थे। बड़े साधारण तरीके से शुरुआत हुई थी। अर्जी लिखना, कोटा, परमिट, लाइसेन्स हथियाना और फिर हथियाये हुए कोटा, परमिट, लाइसेन्स का अधिकारिक, अनधिकारिक, औपचारिक या अनौपचारिक या अनापत्ति तरीके से सौदा करना पड़ता। सौदे, धन्दे, लेनदेन के लिए कुछ पढ़ाई-लिखाई, कुछ जानकारी, और कुछ ताल्लुकात की जरूरत हुआ करती। तमाम किस्म-किस्म के नेता, चकरबन्ध, चमचे और चिलगोजे एक अजीबोगरीब भीड़ का हिस्सा बनकर लोबीराम को घेर लिया करते। वह पढ़-लिख लेते थे, जानकारी और ताल्लुकात कुछ भी नहीं थे। लेकिन एक खास बात लोबीराम के अन्दर उस समय थी। वह खास बात थी, हर बात को कल के ऊपर टाल देने की। और इस बीच में इधर-उधर से वह ज्ञान अर्जित करके अपने समर्थकों की समस्याओं का रास्ता निकाल लिया करते। समस्याओं का विशाल जंजाल था उनके सामने। एक समस्या हल होती तो दूसरी खड़ी हो जाती, दूसरी समस्या की तरफ वह ध्यान देते तो तीसरी, चौथी समस्याएँ अलग-अलग आकार में सामने आ जातीं। अनगिनत लोगों की अलग-अलग किस्म, अलग-अलग प्रकार की अलग-अलग समस्याएँ थीं। मुँह अँधेरे से लेकर देर रात तक कभी न खत्म होनेवाली लड़ाई, कभी न समाप्त होनेवाली जंग में लोबीराम समस्याओं, लोगों और व्यवस्थाओं की आहुति देते रहते। यह शाश्वत यज्ञ उनके जीवन में, तब शुरू हुआ था, जब वह नशेबाजी, औरतबाजी और अन्य बाजियों के चंगुल से बचे हुए थे। साधारण, स्वाभाविक और सात्विक तरीकों से वह लोगों की समस्याओं को हल करते रहे। दूर-दूर से उनके पास न सिर्फ़ लोग आते थे, उनको दूर बहुत दूर तक जाना-आना पड़ता था। पुराने आदमी थे लोबीराम, हाकिम, अधिकारी, नेता, अखबारवाले, करीब-करीब सभी

लोग उनकी शक्ल से परिचित थे। सामान्यरूप से वह अकेले में, अलग से लोगों से बात किया करते। कभी उनकी समझ में आता, कभी नहीं आता, कभी कम समझ में आता, कभी ज्यादा आता, कभी वह भूल जाते, कभी उनको याद आ जाता। प्रकार, प्रयोजन और प्रकरण से लोबीराम धीरे-धीरे मँजते गये और एक दिन वह आया जब आँकड़ों, शब्दों, नियमों और कारणों से लैस लोबीराम चलते-फिरते सूचना, नियोजन, व्यवस्था के कोटाबाज, परमिटबाज, लाइसेन्सबाज बन गये। और तभी से शुरू हुआ नशेबाजी, औरतबाजी, दरवारबाजी, अखाड़ेबाजी का एक कभी न खत्म होनेवाला दौर। उन दिनों लोबीराम की हथेली हर वक्त खुजलाती रहती थी। सुबह, दोपहर, शाम वह अपनी हथेली को चूमते रहते थे। हथेली का खुजलाना, असल में जुड़ा हुआ था, न सिर्फ पैसे की आमद से बल्कि ग्राहकबाजी, औरतबाजी, नशेबाजी से। लोबीराम ने सीधा-सादा फार्मूला बना रखा था। जब उनकी हथेली खुजलाती तो उनको अपनी सफलता का विश्वास हो जाता। सफलता किसी प्रकार की हो, लोग किसी तरह के हों, चीज कुछ हो, हालात कैसे भी हों, किसी खुशफहमी के दौर में पहुँच जाते लोबीराम। धीरे-धीरे उनके चारों तरफ चमचों, चकरबन्ध और चिलगोजों का हज्जूम इकट्ठा होता गया। लेकिन लोबीराम के चमचों, चकरबन्ध और लिचगोजे कुछ दूसरी प्रकार के थे। कई बार पार्टी के अन्य नेताओं के चारों तरफ मँडराते हुए चमचे, चकरबन्ध और चिलगोजे, स्वयंभू नेता हुआ करते थे। उनकी आस्था और विश्वास के आयाम पार्टी नेताओं की प्रभुता के अनुरूप हुआ करते थे और गाहे बगाहे, वह इधर से उधर और उधर से इधर पार्टी के अन्दर ही दल-बदल किया करते थे। जहाँ जितना पानी होता वहाँ उतनी गहरी डुबकी लगती। मसलन किस्म-किस्म के चिलगोजे किसी शाश्वत प्रक्रिया के दौर में, सर्कस के कलाकारों की तरह पहले तो पार्टी के नेताओं के इर्द-गिर्द ऊँची, लम्बी, चौड़ी और गहरी उछलफाँद करते लेकिन जब कुछ भी हासिल नहीं होता तो किसी गोताखोर की तरह डुबकी मार जाते। डुबकी भी कई प्रकार की हुआ करती। छोटी डुबकी, बीच की डुबकी, बड़ी डुबकी और गहरी डुबकी। इन तमाम प्रकार की डुबकियों के आधार दो हुआ करते थे। एक तो अन्दर की डुबकी और एक बाहर की डुबकी। अन्दर की डुबकी गोल के अन्दर होती और बाहर की डुबकी गोल के बाहर होती। अन्दर की डुबकी महज सही मौके के इन्तजार के लिए होती लेकिन बाहर की डुबकी किसी और दरवाजे को खटखटाने के लिए होती। सही मौका, दूसरे दरवाजे की खटखटाहट सिर्फ धन्धे-पानी, पद, प्रतिष्ठा को हासिल करने के लिए हुआ करती। दरवाजा खटखटानेवाला या अन्दर की डुबकी लगानेवाला चकरबन्ध एक नजूमी किस्म का इन्सान होता जिसका कुदरती दिमाग लगातार ज्यॉमेट्री की लकीरों के उतार-चढ़ाव की तरह अपना हिसाब लगाया करता।

उसको असल में न तो डुबकी लगाने का चस्का होता और न ही दरवाजा खटखटाने का। वह तो किसी मजबूर की तरह कभी इधर कभी उधर धक्के खाया करता। उसकी चाहत, उसकी इच्छाएँ, उसके जज्बात कोई मायने नहीं रखते। वह तो खुद हारे हुए जुआरी की तरह घरबार से मरहूम होकर किसी एक छोटी-सी खुशी के लिए उपलब्धि के लिए, अपने शरीर का सत्व, अपनी आत्मा की गूँज कुचलकर उन किस्म-किस्म के नेताओं के करीब पहुँचता। उसे कहाँ मालूम होता, वह उसका मुकाम नहीं हो सकता, वह किसी का मुकाम नहीं हो सकता। उसे तो यह भी नहीं मालूम होता जिस जगह वह आया हुआ होता वह जगह खुद उस आदमी की नहीं जिसके सामने, जिसके रूबरू खड़ा होकर वह इनायत और दया की भीख माँगने के बहाने अपना खुद अपना खून कर रहा होता। खून उसका तो होना ही था उसी दिन उसका खून होना था, उसके अरमानों का, उसके माँ-बाप के सपनों का, उसके व्यक्तित्व का, उसकी आत्मा का, उसके शरीर के सत्व का खून तो होना ही था, लेकिन किसी अनजान परिन्दे की तरह वह उस जाल में फँस जाता, उस कीचड़ में उलझ जाता, जहाँ से निकलने का कोई रास्ता नहीं था, कभी भी कहीं भी जाने का कोई सवाल ही नहीं उठता।

उस समय लोबीराम बड़े काम के आदमी थे। नियम संयम में रहते थे और जोश के समन्दर में उतराते रहा करते थे। पैसे की भूख नहीं थी उनको। वह तो अनजाने रास्तों पर यूँ ही बस चल दिया करते लोगों के काम कराने। वह स्वयं में कुछ भी नहीं थे लेकिन जिन जगहों पर वह उठते-बैठते थे, वहाँ सत्ता के खेल हुआ करते थे, राजनीति के आयाम बनते-बिगड़ते थे। उनको पता ही नहीं चला कब खैरतमंद चिलगोजे से वह चकरबन्ध बने और कब चकरबन्ध से नेता। बड़े दिन बाद उनको पता चला वह खुद चमचों, चिलगोजे और चकरबन्धों से घिर गये। और उसी के साथ उनके जीवन में परिवर्तन आने लगा। पहले की तरह अब वक्त-बेवक्त वह उठ नहीं जाते। लोगों ने उनके पैरों में सोने, चाँदी, पैसे, दौलत, सम्पदा, ऐश्वर्य की जंजीर डाल दी थी। धीरे-धीरे उन्होंने छोटे-मोटे खेल खेलना छोड़ दिया। इसी दौर में उनको गाँजा, भाँग, चरस, अफीम के नशों की लत लग गयी। शराब उन्होंने कभी नहीं पी क्योंकि उसके पीने से लोगों को पता चल जाता और फिर राजनीति और शराब एक साथ कहाँ चल सकती। ऐसा नहीं था, राजनीति में लोग शराब नहीं पीते। शराब और शबाब तो राजनीति की दो बाँदियाँ हैं। लेकिन जिस तरह काले अँधेरे से राजनीति उपजा करती, उसी तरह अँधेरे में छुपकर, देर रात में शराब और शबाब के दौर शुरू हुआ करते। लोबीराम उतनी देर तक रुक नहीं सकते थे। चमचे, चिलगोजे और चकरबन्ध जिस तरह सूरज की पहली किरण से देर रात तक

उनके दिमाग कहलानेवाले यन्त्र को चाटते रहते, उनके लिए नशा सिर्फ एक अय्याशी का साधन नहीं थी बल्कि नशा एक ऐसी जरूरत थी जिसके बिना एक पल भी वह रह नहीं सकते थे।

और फिर एक दिन आया जब लोबीराम विधायक बन गये। जय-जयकार, माला, फूल, जुलूस के बीच उन्होंने दारुलशफ़ा में प्रवेश किया था। उनके चाहनेवालों की संख्या बढ़ती हुई न जाने कहाँ पहुँच गयी। दारुलशफ़ा में उनको रहने के लिए जो फ्लैट मिला था, उसमें सोफा, फर्नीचर के अलावा फ्रिज भी था। हुआ यूँ, एक बार लोबीराम अपने पड़ोसी, विधायक के फ्लैट में गये। गर्मी के दिन थे, जाहिर था उनके सामने ठण्डे पानी का गिलास पेश किया गया। पानी पीने के बाद लोबीराम ने एक लम्बी डकार ली और बोले ''भाई, ई कौन सुराही है, जिसका पानी इतना ठण्डा होता है।''

''सुराही कौन सुराही। ई तो फ्रीज का पानी है।'' पड़ोसी विधायक ने ज्ञान बघारते हुए कहा।

''फिरीज। भय्या ई फिरीज किस चिड़िया का नाम है।'' लोबीराम हैरत में चौंककर बोले।

''फिरीज अंग्रेजी सुराही होती है, जिससे बल-बल ठण्डा पानी निकला करता है और भय्या ऊ सुराही में बिजली जलती रहती है और मोटी-मोटी बर्फ न जाने कहाँ से उत्पन्न हो जाती है।''

''तो क्या पहाड़ी सुराही है।'' लोबीराम ने दाँव फेंका।

''पहाड़ी... मैदानी के चक्कर में कहाँ पड़ते हो लोबीराम पानी तो ठण्डा मिलता है।''

''और ऊ बरफ... क्या हम्हें बरफ दिखती है... क्या उसे हम छू सकते हैं।''

''क्यों नहीं....क्यों नहीं... छुओ, देखो, खाओ और गोल-गोल लैमनचूस की तरह चाटो तो चूसो।''

''कितने मा मिलती है ई जादुई सुराही।''

''मुफ्त में।''

''मुफ्त में।'' लोबीराम ने चौंककर कहा।

''और क्या जैसे कमरों में कुर्सी, मेज, दरी, सोफा लगा होता है, वैसे ही फ्रीज'' विधायक ने सफाई दी।

''तो भई। हमारे यहाँ भी लगवा दो ऊ फिरीज'' लोबीराम गिड़गिड़ाकर बोले।

''चलो... अभी चलते हैं।''

लोबीराम और विधायक भोगीलाल खरामा-खरामा सीढ़ियों से उतरकर

लम्बे-लम्बे बरामदे पार कर दारुलशफ़ा के बी ब्लाक के रिसेप्शन दफ्तर में जा धमके।

"कहिए...कहिए सुगातीजी। कैसे हैं।"

"ठीक हैं...लस्टम-पस्टम सब चल रहा है।" ऊँघता हुआ बाबू हड़बड़ाया था।

"अच्छा जी, एक बात बताइए... ये विधायक हैं ना"—लोबीराम की तरफ इशारा करते हुए भोगीलाल ने कहा।

"इसमें तो अब कोई शक नहीं। लोबीरामजी बैठिए न।"

"हम यहाँ बैठने नहीं आये हैं।"

"देखिए बाबूजी, इनके यहाँ... मतलब है मेरा लोबीराम विधायक जी के यहाँ ऊ फिरीज नहीं लगाया आपने।"

"फ्रिज।"

"हाँ... हाँ फिरीज... वही ठण्डे पानी की मशीन !" भोगीलाल ने समझाते हुए कहा।

"क्या कह रहे हैं आप।" बाबू हड़बड़ाकर उठा।

"हाँ जी—इनके यहाँ फिरीज लगा ही नहीं है।"

"ठीक—बिल्कुल ठीक" लोबीराम कुछ जोर से बोल रहे थे।

"अरे साहब, हम्मारी तो नौकरी चली जायेगी। अब यह कोई विषय है मजाक का। क्या फ्रिज खराब हो गया है।" बाबू ने पूछा।

"खराब, अरे भई ! खराब होगा तब, जब होगा तो।"

बाबू दुखी था, दहशत में था और कुछ अजीब तरह की हरकतें कर रहा था। कभी वह रजिस्टर खोलता तो कभी दराज के अन्दर से किस्म-किस्म के कागजों के पुलिन्दों में गुमशुदा फ्रिज की तलाश करता। फिर वह उठकर खड़ा हो गया। उसके चेहरे पर एक अजीब तरह की यातना की परछाइयाँ मँडराने लगी थीं।

"अब विधायक जी, आप लोग मालिक हैं, सरकार हैं, माई-बाप हैं जो चाहे कर दें लेकिन अब आप कहेंगे कमरे में सोफा नहीं है, पलंग नहीं है, पंखा नहीं है, दीवारें नहीं हैं, छत नहीं है। तो क्या हम मान लेंगे।" बाबू दर्द में कराहा।

"फिर भी आप कहते हैं तो चलकर देख लेते हैं।" आइए चलें। बाबू कमरे से बाहर निकल आया था।

लोबीराम असल में जूतों के बड़े शौकीन थे। एक जमाने में जब वह विधायक नहीं थे, लेकिन छोटे दर्जे के चिलगोजों और चमचों से घिरे रहा करते, एक कलाकार मोची न जाने किस काम से उनके पास आया करता था। कद का छोटा होते हुए भी मोची बड़ा था। अजीब किस्म का ग्राहक था वह लोबीराम

का। बिना जूता लिए वह नहीं आता था। हर बार जब वह लोबीराम के पास किसी काम के लिए आता तो एक जोड़ी जूता जरूर लेकर आया करता। अलग-अलग रंग के अलग-अलग किस्म के जूतों का भण्डार लोबीराम के पास जमा हो गया था। लोबीराम की आदत थी, वह भेंट में दी हुई चीजों को किसी और को नहीं दे सकते थे, जूतों को तो सिर्फ पहनकर ही खर्च करना था। कई बार लोबीराम ने अपने घर के लोगों को पहनने के लिए देने की कोशिश की थी। लेकिन न जाने क्या बात थी उन जूतों में, दूसरे पैरों में जाते ही बस काटने लगते। ऐसे काटते जूतों को भला कौन पहन सकता था। असल में लोबीराम के पैर कुछ टेढ़े थे। और अँगूठे उँगलियों से उलटी तरफ भागते दिखते। दाहिने पैर के टेढ़े अंगूठे के कारण, बाकी चार उँगलियाँ अपने अनुपात से अलग थीं। उधर बायें पैर की ऐड़ी पहले जमाने में, नंगे पैर चलने की वजह से कुछ जैसे घिस गयी थी। उँगलियों, अँगूठे और ऐड़ियों के सही अनुपात में न होने के कारण ही सम्भवतः मोची द्वारा बनाये गये जूते सिर्फ लोबीराम ही पहन सकते थे। उधर मोची ने उन जूतों में एक कारस्तानी और कर रखी थी। अलग-अलग रंग के जूते तो थे ही साथ में ही जूते पर उनका नाम लिखा था। लोबीराम का पूरा नाम नहीं लिखा था, मोची ने। उसने तो बस संक्षिप्त अक्षर में लो. राम लिख मारा था। जिस रंग का जूता होता उसके उल्टे रंग से लो. राम लिखा जाता जिसकी वजह से जूता कम चमकता लेकिन नाम ज्यादा चमकता। बहरहाल इतनी तादाद में जूते आ जाने पर लोबीराम ने उनके इस्तेमाल की योजना बना डाली। सोमवार को वह नारंगी रंग का जूता पहनते और मंगलवार को लाल रंग का। बुधवार के लिए हरा रंग था, जबकि बृहस्पतिवार को पीले रंग का जूता चलता शुक्रवार को मटमैले रंग और शनिवार को नीले रंग के जूतों को धारण किया करते लोबीराम। रह गया था इतवार। इतवार के लिए कई प्रकार की चप्पलें भी थीं उनके पास जो बदल-बदलकर वह पहना करते थे। लेकिन मोची के चक्कर में कुछ ऐसा फँसे लोबीराम कि इतवार को भी उन्होंने जूता पहनना शुरू कर दिया था। लेकिन इतवार के लिए दो रंग उनको चुनने पड़े थे। एक रंग था काला और एक था सफेद। सफेद रंग का जूता मोची ने कोई दिया नहीं था, इसलिए उन्होंने मुस्तकिल तरीके से काले रंग का इस्तेमाल करना शुरू कर दिया था। इस प्रकार उनके जीवन में सात रंग के जूते घुसकर बैठ गये थे जिनका प्रयोग वह हफ्तावार किया करते थे। पहले तो सब ठीक-ठाक चलता रहा लेकिन कुछ दिनों बाद जब लोबीराम को कई-कई दिनों के लिए बाहर जाना पड़ता तब दिक्कत होती।

घर में उन्होंने पहले कमरे में, फिर कमरे की अलमारियों में ताले बन्द करके जूतों को रखने की प्रक्रिया अपनायी थी, लेकिन बाहर जाते समय वह

जितने दिनों को बाहर जा रहे होते, उतने ही दिनों के लिए जूते दिन के हिसाब से रख लिया करते। जितने दिन, उतने ही रंग के जूते उनको ले जाने पड़ते। काफी दिक्कत आया करती उनको इस सबसे। इसलिए लोबीराम ने अंततोगत्वा एक टीन का संदूक बनवा लिया था, जिसमें करीब-करीब सभी रंग के जूते आ जाया करते। जूतों के साथ उतने रंग की पालिश और उतने ही रंग के ब्रश उनको रखने पड़ते। जब भी, जहाँ कहीं भी लोबीराम होते, वह हर जूते में पालिश खुद ही किया करते। बड़े मनोयोग से उन्होंने अपनी इस जुतई संस्कृति को बचाकर रखा था। कोई कुछ भी कहे, कोई कुछ भी करे, लोबीराम के मन में अनन्य स्नेह की धवल धाराएँ किसी पतली लकीर की तरह बहती रहतीं उस छोटे कदवाले मोची के लिए, जिसने उतने थोड़े समय में, इतने सारे जूते उनको दे डाले थे। सफर के समय जब कभी उनको जूते उतारने पड़ते तो वह जूतों को तकिया के नीचे या अपनी संदूकची में बन्द कर दिया करते। खरामा-खरामा सुगाती बाबू, भोगीलाल और लोबीराम का दल, उस कमरे की तरफ चल रहा था जहाँ से फ्रिज नदारद था। स्वागत कक्ष से लेकर लोबीराम के कमरे तक पहुँचते-पहुँचते कुछ अड़ोसी-पड़ोसी अपने-अपने चकरबन्ध, चमचों और चिलगोजों के साथ उस कारवाँ में शामिल हो गये थे।

"क्या होगा इस देश का क्या होगा।" भोगीलाल को चुप्पी खा रही थी।

"क्यों नेता जी, क्या हुआ ?" एक चकरबन्ध ने टोका।

"होना क्या, दिन-दहाड़े जब प्रदेश के नेत्रधार विधायक के कमरे से फिरीज ग़ायब हो जायेगा तो क्या होगा ?"

"हाँ जी, अगर मैं होता तो..." दूसरे चिलगोजे ने सहमति से कहा लेकिन उसके ही सहयोगी ने उसे अपना सिक्का जमाते देखकर टोक दिया।

"अगर मैं सनम के हाथ का तोता होता तो क्या होता ?" चिलगोजिया ने देखा कोई हँसा नहीं।

"तो क्या होता.... तो क्या होता।" कई चमचे किसी समूह गान की तरह चिल्लाने लगे।

लेकिन वहीं पर नेताजी मुकुटबिहारी मौजूद थे, उन्होंने ललकारा, "अरे बेशर्मो, चुप भी करो। मामला कुछ क्रिमनल किस्म का लगता है।"

"अब देखिए मान्यवर। आप लोग खामखा बात को आगे बढ़ा रहे हैं। पहले देखभाल लें तब कोई बयानबाजी करने की कृपा करें।" सुगाती बाबू ने झल्लाकर कहा।

तभी लोबीराम का फ्लैट आ गया। लपककर उन्होंने ताला खोला। दरवाजे पर एक करारी लात मारी और आगे बढ़कर बाहरी कमरे के बीचोंबीच खड़े हो गये। चमचों और चिलगोजों का गुट अन्दर आ नहीं सका लेकिन एक-आध

चकरबन्ध घुस आये। इस भीड़-भाड़ में सुगाती बाबू ने अपना काम कर दिया। वह चिल्लाये "ऊ रहा फ्रिज" सुगाती बाबू ने फ्रिज का पल्ला खोल दिया। भोगीलाल ने देखा, लोबीराम ने देखा, मुकुटबिहारी ने देखा और घुसे हुए चकरबन्धों ने देखा और सुगाती बाबू ने भी देखा फ्रिज में लाइन से लोबीराम के रंग-बिरंगे जूते रखे हुए थे।

भीमसिंह और लोबीराम के आने से और कृष्णबल्लभ के जाने से उत्सुकदास का सारा हिसाब बिगड़ गया था। पिछले चौबीस घण्टों में जो खबरें उनको मिली थीं, उनके मुताबिक प्रदेश पार्टी के अध्यक्ष पद के लिए रंगीनराय का नाम करीब-करीब तय था और किसी दिन भी उसकी घोषणा की जा सकती थी। उसके बाद बलदेव चौधरी की भी समस्या थी उनके सामने। बलदेव चौधरी के मन्त्रिमण्डल में शामिल न होने से जहाँ एक तरफ उनको राहत का अहसास हुआ था, उनके चमचों मनोहरलाल और मूलचन्द को मन्त्री बनाने के हाईकमाण्ड के फैसले से उनके अन्दर एक खास तरह का डर व्याप्त हो चुका था। उनको लग रहा था, प्रदेश पार्टी में रंगीनराय के साथ दरोगा द्विवेदी का होना, मन्त्रिमण्डल में लोबीराम के साथ मनोहरलाल, मूलचन्द और भीमसिंह का होना, किसी विस्फोट की तरह उनकी धज्जियाँ उड़ा देगा। यह सब इस तरह खत्म होनेवाला नहीं था, गुरुपदस्वामी, पार्टी अध्यक्ष तथा केन्द्रीय मन्त्रियों के नुमाइन्दे, उनके ऊपर जासूसी करने के लिए लगाये जायेंगे। और सबेरे से देर रात तक, हर दिन, हर रोज, एक समूची व्यवस्था, स्वयं उसके करीब रहकर, उनके चारों तरफ, घूम-घूमकर उनका नाश करनेवाली थी। एक हताशा, एक औचक खालीपन, उनके अन्दर समाता जा रहा था। एक तरफ था उछाल मारता हुआ सत्ता का वैभव, दूसरी तरफ था, वह खालीपन, वह घेराव का खतरा, वह खत्म करने की, समाप्त करने की साजिश। उत्सुकदास धीरे-धीरे आसमान की रंगीनियों से उतरकर जमीन पर आने लगे थे। उनको लग रहा था, वह खुद अपने ही खेल में फँसते जा रहे थे। ऐसा कभी नहीं हुआ, अपने राजनैतिक जीवन में उन्होंने कितने दाँव चले, कितने खेल रचे लेकिन इस तरह वह खुद अपने दाँव में कभी नहीं फँसे, खुद अपने षड्यन्त्र में कभी नहीं घिरे। उत्सुकदास के सामने सबसे बड़ी समस्या थे, खुद उनके गुरु, उनके नेता, उनके संरक्षक, गुरुपदस्वामी। और जो खेल, उन्होंने खेले थे, जिन षड्यन्त्रों के ब्यूह उन्होंने रचे थे, वह तो उनके अपने थे, उनसे तो उनको निपटना था लेकिन वह खेल जो गुरुपदस्वामी खेल रहे थे, उसके परिणाम, उसकी परिणति भी तो स्वयं उनको सहन करनी थी।

गुरुपदस्वामी का खेल उनका अपना नहीं था, उसकी प्रक्रिया भी तो

उत्सुकदास की रची हुई थी। उनको अच्छी तरह मालूम था, गुरुपदस्वामी संकट में थे, उनके सारे किले एक-एक करके धराशायी हो चुके थे। भरोसा था अगर तो वह था स्वयं उनका, स्वयं उत्सुकदास का। लेकिन ताँबाकाण्ड के खुलने के बाद, राष्ट्रीय अखबारों, संसद पत्र-पत्रिकाओं में, उस काण्ड के कोने-किनारे, गहराई-ऊँचाई, लम्बाई-चौड़ाई, नाप-जोख डाली थी। यहाँ तक कामयाब सेठ का पूरा धन्धा खतरे में था। विदेशी दोस्तों की साजिश खुलनेवाली थी। उड़ती-उड़ती खबर सुनी थी उत्सुकदास ने, अखबारनवीस सुमन्त की रपट, जिसके मुताबिक वह ट्रक पकड़ लिया गया था, जिसमें ताँबा प्रदेश के बाहर ले जाया जा रहा था। उसी ट्रक में दबी हुई थी अफीम की टोकरियाँ। अफीम की टोकरियों से जुड़ी हुई थी किस्मत कृष्णबल्लभ, यशोदाबल्लभ, बलरामबल्लभ की और ताँबाकाण्ड के भीतर छिपा हुआ था, वह भयावह षड्यन्त्र जो गुरुपदस्वामी की राजनीति के धरातल को तोड़-फोड़कर समाप्त करनेवाला था। उत्सुकदास अच्छी तरह जानते थे, ताँबाकाण्ड के खुलते ही, उनका खेल भी खुल जायेगा। असल में उत्सुकदास बचे हुए थे, सिर्फ इसलिए कि ताँबाकाण्ड की असली फाइल मिली नहीं थी, किसी को लेकिन उत्सुकदास को खबर थी, उस दिन की जब बढ़ई दीक्षित ताँबाकाण्ड की असली फाइल लेकर कृष्णबल्लभ के कमरे में सौदा करने गया था। उत्सुकदास अक्सर लोगों से कहा करते थे, एक अक्लमंद दुश्मन, दस मूर्ख दोस्तों से बेहतर हुआ करता। लेकिन वह स्वयं तो घिरे हुए थे, मूर्ख दोस्तों से और अकलमंद दुश्मनों से। उनको उस दिन तरस आ रहा था, कृष्णबल्लभ की बुद्धि पर, जिसने सिर्फ कुछ पैसे बचाने के चक्कर में उनका समूचा मन्त्रिमण्डल विस्फोट की कगार पर खड़ा कर दिया था। उत्सुकदास अच्छी तरह जानते थे, ताँबाकाण्ड, ताँबाकाण्ड नहीं बल्कि ताँबा बम था और जिसके पलीते का एक सिरा स्वयं उनसे जुड़ा हुआ था। ताँबाकाण्ड के खुलने से एक समूची व्यवस्था, एक सारा इन्तजाम जो उन्होंने कर रखा था, टूटनेवाला था, बिखरनेवाला था। कोई नहीं बचा सकता था उसे। अगर कुछ बाकी था तो वह वक्त था, जो तेजी से भाग रहा था। उत्सुकदास की समझ में यह बात अच्छी तरह आ गयी थी कि मन्त्रिमण्डल के गठन में जितना खतरा लोबीराम, मनोहरलाल और मूलचन्द से था, उससे बड़ा खतरा बलरामशास्त्री जैसे गुरुपदस्वामी के अंधभक्तों से था। यदि मन्त्रिमण्डल में गुरुपदस्वामी समर्थक मन्त्रियों की संख्या बढ़ती गयी तो जब ताँबाकाण्ड का असली रूप सामने आयेगा तब गुरुपदस्वामी के समर्थक मन्त्री, सबसे पहले उनके खिलाफ विद्रोह का झण्डा उठा लेंगे और तब बलदेव चौधरी और रंगीनराय के हाथ सत्ता जाने से वह रोक नहीं सकेंगे। इन तमाम बातों से अलग एक बात और थी, जो उनको बराबर तंग कर रही थी, वह थी दुर्लभकाछी, जालिमखाँ के गिरफ्तार हो जाने की खबर !

दुर्लभकाछी और जालिमखाँ से जुड़ी हुई उस डी. एस. पी. की हत्या जो बाई जी का भतीजा था और जिसे वह अपना बेटा मानती थीं। उत्सुकदास अच्छी तरह जानते थे, जब देश के प्रधानमन्त्री ताँबाकाण्ड की पूरी जानकारी पता करने के चक्कर में हों, जब भारत सरकार के गृहमन्त्री की विधवाभावज ने अपने बेटे की हत्या का बदला लेने की ठान ली हो, जब ताँबा का भण्डार ट्रक सहित पकड़ लिया गया हो और जब उस ट्रक में ताँबा स्क्रैप के साथ अफीम की टोकरियाँ पकड़ी गयी हों और जब उस ट्रक को पकड़नेवाला पुलिस अफसर मारा जा चुका हो तब कितने दिन...आखिर कितने दिन उनकी सरकार चल सकती थी। उत्सुकदास अच्छी तरह जानते थे, मुख्यमन्त्री का पद कोई फूलों का ताज नहीं था लेकिन इतना बड़ा बवंडर, इतना बड़ा घेराव और वह भी सरकार बनते ही, मन्त्रिमण्डल का गठन होते ही मँडराने लगे, तब क्या होगा यह सवाल बार-बार उठकर खड़ा हो जाता उनके सामने। ऐसा लग रहा था उनको जैसे किसी सुनियोजित साजिश की तहत जहाँ एक तरफ राजनैतिक स्तर पर उनका घेराव किया जा रहा था, वहाँ दूसरी तरफ स्वयं उनका अस्तित्व खतरे में था।

आज तक उनके जीवन में उनकी अपनी शख्सियत पर सीधा हमला कभी नहीं हुआ। भूलकर भी किसी ने उनके चरित्र पर, उनके व्यक्तित्व पर, उनकी आस्था पर, उनके आचरण पर कोई आक्षेप नहीं लगाया। इसका कारण था लेकिन बड़ा सीधा-सादा था। उत्सुकदास को लोग कारीगर कहा करते थे। उनसे किसी उच्च आचरण की अपेक्षा करना, किसी महान् आदर्श के लिए जीना, किसी सिद्धान्त के लिए संघर्ष करना, इसकी आशा करना ही बेमानी था। ये सब उनकी फितरत से परे था। इस सबका कोई महत्त्व ही नहीं था, उनके जीवन में, इसका कोई अर्थ ही कहाँ था, वह इस सबको कहाँ मानते थे।

लेकिन जब वह मुख्यमन्त्री बन चुके थे, उनके सामने एक पूरा संसार पड़ा था। पद-प्रतिष्ठा की जिम्मेदारियाँ थीं। गरिमा से भरा-पूरा था, वह संसार, असीम शक्ति और सत्ता का स्रोत था मुख्यमन्त्री का पद। वह स्वयं जानते थे उनको अपना चाल-चलन बदलना होगा। उनको उस उत्सुकदास को मारना होगा, जो हर बार, हर वक्त उनके अन्दर उठकर खड़ा हो जाता। वह उत्सुकदास कोई बुरा आदमी नहीं था, उसने कभी ऐसा कुछ नहीं किया था, जिससे मानवीय गरिमा का ह्रास होता हो, या फिर सामाजिक मूल्यों का क्षय हो। लेकिन मानवीय गरिमा और सामाजिक मूल्य क्या हैं, उनका भार कब, कहाँ और कैसे उतारकर फेंका जा सकता था और कब उनको व्यवहार में लाया जा सकता था, इसका अनुपात वह खुद अच्छी तरह जानते थे। उनको पता था, राजनीति और जीवन, सत्ता और समाज, व्यक्ति और लोग, ताकत और गतिविधियाँ सब एक-दूसरे से जुड़ी हुई तो हैं, लेकिन अलग-अलग स्थितियों में अलग-अलग आचरण हुआ

करता था। अनुमान और अनुपात का मिश्रण करना खूब आता था, उनको। कब, किस तरह, किस जगह पर, क्या करना चाहिए, इसका ज्ञान ही तो उत्सुकदास की सबसे बड़ी उपलब्धि थी। ऐसा नहीं था, उनको मालूम नहीं था, मुख्यमन्त्री पद की गरिमा क्या होती है, वह तो फँसे हुए थे दो पाटों के बीच। एक तरफ वह सब था जिसके तहत, जिस आचरण का आधार, जिस आचरण की शक्ति लेकर वह मुख्यमन्त्री बने थे, दूसरी तरफ वह आचरण था जिसे उन्हें, मुख्यमन्त्री बनने के बाद करना था। ऐसा आचरण, ऐसा व्यवहार, ऐसी व्यवस्था, जिसके मानदण्ड बिलकुल अलग थे। बिलकुल फर्क थे। यह एक दूसरी दुनिया थी, वह एक दूसरी दुनिया, दोनों के मानदण्ड अलग थे दोनों के पैमाने अलग थे। उनका समन्वय करना मुमकिन नहीं था।

काफी समय निकल चुका था। उत्सुकदास को मालूम था, अधिक देर तक वह अपने कमरे में बन्द नहीं रह सकते थे। लोगों की भीड़ उमड़ती चली जा रही थी। बाहरी हल्लों की भुरभुरी अन्दर तक गड्डमड्ड होकर पहुँच रही थी। करीब हर मिनट पर टेलीफोन की घण्टी का बजर बज रहा था। उनको मालूम था, वह जानते थे, किसी भी वक्त, किसी भी लमहे उनका विचार-विमोह तोड़ा जा सकता था। और हो भी न क्यों, वह सात करोड़ आबादीवाले प्रदेश के मुख्य मन्त्री थे।

उत्सुकदास को कालीशंकर का अभाव बड़ा खल रहा था। क्यों चला गया वह। एकाएक क्या हो गया था। वह कौन-सी बात थी, वह कौन-सी घटना थी, जिसकी वजह से कालीशंकर चला गया था। दूर-दूर तक उनको ऐसा कोई कारण, ऐसी कोई वजह दिखाई नहीं दे रही थी, जिसके तहत कालीशंकर को वहाँ से चला जाना चाहिए था फिर उन्होंने कालीशंकर के खयाल को महज एक दिमागी फितूर समझकर अलग कर दिया। ऐसा नहीं था, उनको कालीशंकर से किसी प्रकार का अनुराग नहीं था, वह स्वयं बँधे हुए थे एक प्रगाढ़ बन्धन में। वह बात धीरे-धीरे, कालीशंकर के नाम से निकलकर उनके अन्दर सुरसुरी मचाने लगी थी। वह बात थी राहुल की, वह बात थी प्रतिभा की, वह बात थी, उनके जीवन के उन मोहक क्षणों की जो किसी भी जीवन में बार-बार नहीं आया करते। वह बात, वह मोहक क्षण, प्रतिभा का नाम, राहुल का नाम, जीवन की उस बात से, उन मोहक क्षणों से जुड़ा हुआ था। अभी कल ही तो, हाँ, उत्सुकदास को याद आया कल ही तो पहली बार, समूची जिन्दगी में पहली बार उन्होंने राहुल को देखा था, उसे अपने गले लगाया था। यह भाग्य की विडम्बना थी या जीवन्त स्वर्णिम पलों की पराकाष्ठा, जब एक ही दिन, एक ही समय, एक ही वक्त पर उनको उनका बेटा मिला था और मिली थी सत्ता की बागडोर। एक ही दिन वह बाप बने थे और बने थे मुख्यमन्त्री। यह ऊपरवाले की

मेहरबानी थी, ईश्वर की असीम अनुकम्पा थी, या फिर डूबती-उतराती हुई किस्मत का वह सिरा उनकी पकड़ में आ गया था, जिसने सब कुछ बदल डाला था, उनके जीवन में। उस दिन मुख्यमन्त्री निवास में, अकेले बन्द कमरे में, जो कुछ पल उन्होंने चुराकर अपने लिए, महज तैयार होने के बहाने ले रखे थे, उनको बार-बार याद दिला रहे थे, उस आस्था की, उस विश्वास की जो, उनको लग रहा था, किन्हीं असीम पुण्यों का फल था। उनके टूटते-बिखरते जीवन में एक साथ इतनी बड़ी एक नहीं दो घटनााएँ होंगी इसका तनिक भी अनुमान नहीं था उनको। कभी सोचा तक नहीं था, उन्होंने वह जानते भी नहीं थे, उनको पता ही नहीं था, कैसे हो गया था, यह सब उनकी कल्पना से परे थे। वह सोच भी नहीं सकते थे, प्रतिभा उनकी बात मान लेगी, उनकी ख्वाहिश पूरी करेगी और उनकी एकमात्र औलाद को लेकर उसी दिन आयेगी जिस दिन वह मुख्यमन्त्री बननेवाले थे। जैसे आसमान से टूटकर कोई सितारा गिरा था और उन्होंने उसे अपनी मुट्ठी में बन्द कर लिया था। मुख्यमन्त्री, बनना एक बात थी, लेकिन उसके साथ बाप बनना और न सिर्फ बाप बनना बल्कि बेटे को अपने गले से लगाना, अपने सीने से चिपटाना, अपने धड़कते हुए दिल में उसकी गर्माहट को महसूस करना, एक बहुत बड़ी बात थी और उत्सुकदास ऐसी बातों के आदी नहीं थे। यह सब उनके जीवन से अलग था, दूर था। इसका तनिक भी अहसास नहीं था उनको। और उसके बाद सब कुछ बेमाने हो गया था, अर्थहीन था व्यर्थ था, बिना किसी काम का था। राहुल अपने बेटे को पाकर वह सब कुछ भूलने लगे थे, उनकी पकड़ से जैसे सब कुछ निकलता जा रहा था। वह नहीं जानते थे, उनको कहाँ मालूम था, कैसे वह सब हो रहा था, लेकिन बार-बार उनका ध्यान मुख्यमन्त्री की गद्दी से हटकर, राहुल की तरफ चला जाता था। राहुल सिर्फ एक नाम नहीं था, राहुल नाम था उनके बेटे का। राहुल नाम था, एक मनुष्य का, एक व्यक्ति का जिसकी रगों में उनका खून बह रहा था, जिसका जीवन, जिसका शरीर, जिसकी मांसपेशियाँ, सब कुछ उनका दिया हुआ था। न जाने क्या हो गया था उत्सुकदास को। एकाएक जैसे दूर, बड़ी दूर से अनेक-अनेक शहनाइयाँ बजने लगी थीं, जैसे असंख्य गुलाब की खुशबू फूट-फूटकर उनके चारों तरफ महकने लगी थी, जैसे सितारों की दुनिया, जैसे समुन्दर की लहरें, जैसे आसमान से फूटती हुई रोशनी की असंख्य किरणें उनके जीवन का समस्त अंधकार मिटा देने के लिए आतुर हों। समय के अन्तराल में, वक्त के टुकड़ों से जुड़ा हुआ अनुराग का वह असीम सुख अचानक उत्सुकदास को मुख्यमन्त्री पद से अधिक आकर्षक, अधिक मोहक लगने लगा था। उनको लग रहा था, कहीं चूक हो गयी थी। अगर वह राहुल के बाप कुछ दिन पहले बन गये होते तो शायद वह मुख्यमन्त्री नहीं बन सकते थे। बाप बनने

से शायद उनका अर्थ, राहुल को पाने के सुख से था, शायद उस अनुभूति से था, जो उनको, उस दिन राहुल को अपने सीने से चिपटाकर हुई थी। एक तरफ सत्ता का सुख था, अधिकार का सुख था, ताकत का सुख था, यश और सम्मान, धन, दौलत और दुनिया का सुख था और दूसरी तरफ था, राहुल के मिलने का सुख।

उस दिन जब राहुल आया था, तो जैसे आसमान से उतरकर अनेक-अनेक फरिश्तों का अक्श उनके सामने खड़ा हो गया था। उत्सुकदास ने कभी यह सोचा तक नहीं था, जिन्दगी में भुतही औरतों, पिटे हुए इन्सानों से अलग भी कोई दुनिया थी। सारा जीवन गुजारने के बाद, वक्त के उस दौर में, मुख्यमन्त्री की कुर्सी के इतने करीब पहुँचने के बाद, संघर्ष, हड़ताल, जुलूस, उठा-पटक, हँसी, खुशी, खुशामद, पैरपूजा, माला, जय-जयकार, नारे, पोस्टर, पर्चे, मीटिंग करते-करते वह थक गये, तब कहीं जाकर उनको पता लगा सन्तान के सुख के बारे में। एक अजीब-सी मदहोश अँगड़ाई-सी टूटने लगी थी राहुल को देखकर ! राहुल शरमा रहा था और उत्सुकदास उसे देख रहे थे। देखते-देखते बस एक अजीब-सा नशा उनके ऊपर छाने लगा था।

"तुम मेरे बेटे हो—मैं तुम्हारा डैडी हूँ।" उत्सुकदास ने ऐसे कहा था, जैसे कोई बयान दे रहे हों।

"आप ! मेरे डैडी हैं।—क्यों मम्मी।" राहुल ने माँ प्रतिभा से पूछा था। प्रतिभा इस स्थिति के लिए बिलकुल तैयार नहीं थी। बल्कि उसे हमेशा-हमेशा से इस बात का ही डर था। वह डरती थी, उस भयावह स्थिति से, जब उस रहस्य का पर्दा उठेगा। उसे मालूम था, कालीशंकर से उसका रिश्ता, किसी काँच की तरह टूटकर बिखर जायेगा, जिस दिन राहुल और उत्सुकदास के सम्बन्ध के बारे में पता लगेगा। बात खुलने पर एक जलजला, एक तूफान, एक बवण्डर, एक कहर बनकर गिरेगा और सबको, सब कुछ नेस्तनाबूद कर देगा। उसकी हाँ और उसकी ना के बीच में जैसे सारे संसार का कोलाहल फैलता जा रहा था। उसकी रगों में, छोटी-छोटी चींटियाँ रेंगने लगी थीं। उसे घिन आ रही थी। वह सोच रही थीं, अन्दाज लगा रही थी कितना समय था, उसके पास, दुराचार की दुर्गन्ध आने लगी थी। अभी तक सब कुछ ढका हुआ था, छुपा हुआ था, किसी को कुछ भी मालूम नहीं था। तभी तो प्रोफेसर ब्रजकिशोर की बिटिया प्रतिभा प्रणाली, एक शर्मदार, शालीन और ऐश्वर्य से भरा-पूरा जीवन व्यतीत कर रही थी। आठ साल से ऊपर हो गये थे उसे, जब उत्सुकदास के कहने से उसने कालीशंकर से विवाह किया था। कालीशंकर, उस समय भी उत्सुकदास का पी. ए. था।

उस समय उत्सुकदास कोई बड़े नेता थे नहीं, फिर भी, कालीशंकर तो

हमेशा की तरह उनके साथ लगा रहता था। चकिया के डाक बंगले में जो सिलसिला बनारस विश्वविद्यालय यूनियन की नेता प्रतिभा के साथ उन्होंने बनाया था, उसके बाद प्रतिभा उनके साथ ऐसा जुड़ी कि कभी अलग नहीं हो सकी। उत्सुकदास को उससे पहले सिवाय पकी पकाई रंडियाँ ही मिली थीं, औरत के सुख के नाम से। पार्टी की वह छिनार औरतें जिनसे महिला सम्मेलन, महिला समाज, नव महिला समाज की रचना हुआ करती थी, ही तो उत्सुकदास की राजनीति का आधार हुआ करती थीं। गाहे-ब-गाहे, वह उसी भीड़ से, अपने मतलब की एक-आध निकाल लिया करते थे। वही सब उनका संसार था, वही सब, उनकी दुनिया थी, उतना ही मिल सका था, उन्हें। यह तो उत्सुकदास को बड़ी देर बाद पता चला था, जिन्दगी चीज क्या थी। उनके लिए वह वक्त, वह लमहा जुड़ा हुआ था, प्रतिभा के मांसल बदन से। कोई नहीं जानता था, उत्सुकदास की सफलता का राज थी प्रतिभा। प्रतिभा ने कितनी-कितनी बार टूटते हुए, नष्टप्रायः उत्सुकदास को सहारा दिया, सँभाला था। प्रतिभा के बेटे राहुल ने अपने आप, स्वयं अपने बाप का नाम पूछा था। सवाल असल में राहुल ने नहीं पूछा था, सवाल उठाया था, उत्सुकदास ने। प्रतिभा को हैरत हो रही थी, ताज्जुब हो रहा था, उत्सुकदास की कमबख्त अकल पर। उसे लग रहा था, उत्सुकदास का दिमागी सन्तुलन बिगड़ चुका था, वर्ना उस दिन, जब वह मुख्यमन्त्री बनने जा रहे थे, उस दिन जब ताँबाकाण्ड रूपी टाइम बम अपने अन्तिम दौर में था, और कभी भी फट सकता था, जब ट्रक में अफीम की पेटियों के साथ ताँबा पकड़ा जा चुका था, जब बाईजी के मुँह बोले बेटे डी. एस. पी. की हत्या की जा चुकी थी, जब दुर्लभकाछी, जालिमखाँ पकड़े जा चुके थे, जब ताँबाकाण्ड की असली फाइल बढ़ई दीक्षित के कब्जे में थी, जब बलदेव चौधरी, रंगीनराय के गुट एक होने जा रहा था, जब पार्टी अध्यक्ष बलदेव चौधरी को समर्थन देनेवाले थे, जब राज्यपाल उत्सुकदास की जड़ खोदने में लगा हुआ था, जब स्वयं गुरुपदस्वामी का भरम टूटने लगा था, तब, हाँ तब मति के मारे उत्सुकदास को भला तब यह क्या सूझी जो वह एक नया कारनामा खुले आम सबके सामने पेश करनेवाले थे। प्रतिभा को मालूम था, वह जानती थी, किसी भी हाल में, राहुल का रहस्य, सब कुछ बर्बाद कर डालेगा। कैसे वह बताती, कैसे समझाती उत्सुकदास को, जिन्दगी की नाजुक डोर यूँ नहीं तोड़ी जाती है, गुमनाम रिश्तों के दौर कहीं इस तरह बदनामी के दौर में फेंक दिये जाते हैं। वह अच्छी तरह जानती थी यह बारूद का ढेर जिस दिन फटेगा, न सिर्फ उसे बल्कि, कालीशंकर को, राहुल को और स्वयं उत्सुकदास को सदा के लिए समाप्त कर देगा। लेकिन राहुल ने सवाल पूछा था, तो जवाब प्रतिभा को देना था। लेकिन प्रतिभा जवाब देने की स्थिति में कहाँ थी इसलिए वह अलग हट गयी

थी उसने मुँह घुमा लिया था।

"राहुल, मेरे बेटे। यह बात सिर्फ हमारे बीच में रहे तो अच्छा होगा।"

"क्यों। सब, बच्चों के डैडी उनके साथ रहते हैं, फिर मैं यहाँ क्यों नहीं रहता।"

"बेटे। अभी तू छोटा है ना—जब बड़ा हो जायेगा समझेगा और वह भी खुद।"

"लेकिन डैडी। मम्मी तो बड़ी हैं न, फिर वह क्यों नहीं समझतीं। उन्होंने तो मुझे पहले कभी नहीं बताया।"

"मम्मी। उनसे मैं बात करूँगा।" उत्सुकदास ने मुँह छुपाते हुए कहा था।

"मेरा भी मन करता है डैडी। स्कूल में मास्टर कहते हैं, जिन बच्चों के डैडी नहीं होते, वह बच्चे अनाथ होते हैं। उनका कोई नहीं होता।" राहुल के नन्हे से दिमाग में, अनेक सवाल उठ रहे थे।

"राहुल। मेरे बेटे, कुछ दिन रुकना होगा—मैं अब रुक नहीं सकता।—मुझे कुछ करना होगा।" उत्सुकदास ने डरते-डरते कहा था।

"क्या करना होगा डैडी ? मैं यहाँ हूँ, आपके सामने, मम्मी भी हैं फिर..."

"बेटे। अगर सब कुछ इतना आसान होता तो फिर क्या बात थी।"

"मैं कुछ नहीं जानता। मैं अब अपने डैडी से अलग नहीं रह सकता। दूसरे बच्चों को जब मैं अपने-अपने डैडी के साथ खेलते हुए देखता हूँ तो मालूम है डैडी क्या लगता है, मुझे।"

"क्या लगता है, बेटे।"

"मुझे लगता है—जैसे आसमान में चमकते हुए सितारे टूट-टूटकर गिरने लगे और जैसे जमीन घूमने लगे। जैसे अन्दर-ही-अन्दर कोई रोग, कोई बीमारी सिर उठाने लगे।" राहुल काँप रहा था।

"ना बेटे ना। ऐसा नहीं कहते—ऐसा नहीं कहते।"

उत्सुकदास अपने को उस दिन कितना असहाय महसूस कर रहे थे उनको लग रहा था, वह सत्ता, वह वैभव, वह ऐश्वर्य, राजनीति की लड़ाई, पद, प्रतिष्ठा, सब व्यर्थ था, बेकार था, किसी काम का नहीं था। इतने बड़े देश के इतने बड़े प्रदेश के सबसे ऊँचे नेता होते हुए भी, सरकार, शासन, ताकत, पैसा, सब कुछ होते हुए भी, वह अपने आपको एक मामूली, कमजोर इन्सान समझ रहे थे। अब राहुल की एक-एक बात उनको याद आ रही थी। जितना वह दूर जाने की कोशिश करते, राहुल उनके बेटे राहुल के शब्द उनका पीछा करते, उनको तंग करते, परेशान करते। एक तरफ था राजनीति का खेल। ऐसा खेल, जिस खेल में, वह जीत चुके थे, सारी दुनिया उनके सामने थी, एक कभी न खत्म होनेवाली यश और ऐश्वर्य की दुनिया उनके सामने थी। वह उसके अधिकारी

थे, वह जानते थे, इतने बड़े प्रदेश को वह जिधर भी चाहें ले जा सकते थे, जो भी चाहें कर सकते थे। इतनी बड़ी ताकत, इतना वैभव, इतने बड़े ठाठ सब थे एक तरफ लेकिन दूसरी तरफ थे, एक दस साल के लड़के के अलफाज जो उनका बेटा था। दोनों संसार उनके थे। दोनों उनके पास थे। उनके अधिकार में थे। वह उन्हें छू सकते थे, देख सकते थे, लेकिन कितने मजबूर थे उत्सुकदास, यह उनको उस दिन पता लगा था।

अचानक उत्सुकदास को इस बात का अहसास हो चुका था वह कुछ अधिक देर से कमरे में बन्द थे। उनके अन्दर उनके दिमाग में खतरे की घण्टी बजने लगी थी। वह खूब पहचानते थे, उस खतरे की घण्टी को। वह स्वयं एक अजीब मनोस्थिति में पहुँच चुके थे। सत्ता का खेल उन्हें भारी लगने लगा था। तभी उनको याद आया ऐसी मनोस्थिति में ही, उन्होंने गल्तियाँ की थीं, कर रहे थे और शायद करते रहेंगे। तभी उनको याद आया शायद ऐसी ही स्थिति में उन्होंने लोबीराम का अनुपात नहीं ठीक किया था। यह तो गुरुपदस्वामी का करिश्मा था, जो वह बच गये थे, वरना मुख्यमन्त्री की कुर्सी उनसे छिन चुकी थी।

न सिर्फ मुख्यमन्त्री की कुर्सी उनसे छीन ली जाती, उनका राजनैतिक अन्त भी हो जाता। यह सब जो हो रहा था, वह उनके स्वभाव, आचार संहिता, उनके तिकड़म तिलस्म के विपरीत था। ऐसा वह कभी कर ही नहीं सकते थे। भूलकर भी, चाहे उन्होंने शराब की बोतल पी डाली हो, जहर का प्याला पी लिया हो, चाहे उनकी समस्त तन्द्राएँ सुप्त हो गयी हों, तब भी, उस पुकार की गल्तियाँ वह कर नहीं सकते थे। उनकी नस-नस में, उनकी रेफलेक्सेस में, दसियों साल से एक खास प्रकार की प्रक्रिया संरचित थी। वह चाहें ना चाहें, कुछ करें या न करें, अपने आप, वैसा ही कुछ होता था, जैसा वह चाहते थे या फिर जैसा उनका जैसा व्यक्ति उन परिस्थितियों में करता। उनका व्यवहार, उनकी क्रियाएँ, उनके शब्द, सब कुछ किसी स्वचालित यंत्र कंट्रोल के तहत होता रहता चलता रहता। उनको कुछ भी करना नहीं होता, वह कुछ कर भी नहीं सकते थे, शायद क्योंकि उनका शरीर, उनका दिमाग, उनका मन सब कुछ किसी विज्ञान की तरह एक अनुपात में बँधा हुआ प्रतिक्रियाओं में बँधकर ही काम किया करता।

उत्सुकदास ने अनुमान लगाया, जहाँ एक तरफ उनके सामने मन्त्रिमण्डल के गठन की समस्या थी, वहाँ दूसरी तरफ, उनको पार्टी के ढाँचे में अपनी पकड़ मजबूत करनी थी। पूरा, समूचा मन्त्रिमण्डल हाइजैक करने की योजना उन्होंने बनाई थी। वह कब की धराशायी हो चुकी थी। कहीं, किसी से, कुछ भूल जरूर हुई थी। लेकिन उस भूल का विश्लेषण करने का समय कहाँ था। भूल चाहे उन्होंने की हो या उनके राहुलीय-विमोह के कारण हो गयी हो, या फिर कृष्ण

बल्लभ की मूर्खता का परिणाम हो, भूल तो भूल होती है। एक बात उनकी समझ में नहीं आयी थी कि आखिर ताँबाकाण्ड खुला कैसे। लेकिन ताँबाकाण्ड ने तो उनके मुख्यमन्त्री पद पर आने की प्रक्रिया में रुकावट कहाँ डाली। तब तक जो भी प्रारूप ताँबाकाण्ड का सामने आया था, उसके तहत हमला तो गुरुपदस्वामी के ऊपर ही था लेकिन, उत्सुकदास अच्छी तरह जानते थे, वह हमला गुरुपदस्वामी के ऊपर क्यों किया गया। शायद... शायद क्यों, स्वाभाविक रूप से इसीलिए क्योंकि उत्सुकदास का मुख्यमन्त्री पद पर चयन गुरुपदस्वामी के स्वाभाविक उत्तराधिकारी के रूप में ही किया गया था। वैसे काण्डों और घपलों के पीछे, सदैव दो दल हुआ करते। एक दल वह होता जिसका फायदा होता था जो लाभप्रद स्थिति में होता और दूसरा दल वह होता जो लाभप्रद स्थिति में नहीं होता। जो दल लाभप्रद स्थिति में होता वह निरन्तर उस दल के ऊपर दबिश बनाता रहता जो लाभप्रद स्थिति में नहीं होता। दूसरा दल जो लाभप्रद स्थिति में नहीं होता, आरम्भ में तो अपने स्वार्थों के संरक्षण के प्रयास में लगा रहता, लेकिन जब उसे विश्वास हो जाता कि उसके स्वार्थ किसी भी तरह पूरे नहीं हो सकते थे, तब तक उन राजनैतिक लोगों को उन अफसरों को, और उन अखबारवालों को जमा करता, जुटाता, जोड़ता जो लाभप्रद स्थितिवाले दल से दूर होते। धीरे-धीरे सारी पार्टियाँ, सस्ते नौकरशाही और समूचा पत्रकार वर्ग, दो दल में बँट जाता। इस प्रकार की प्रक्रिया में उस दल के साथ लोगों की सहानुभूति अधिक होती जो लाभप्रद स्थिति में नहीं होता। इसका मुख्य कारण लाभप्रद स्थिति में न होनेवाले दल के खर्च करने की प्रवृत्ति से हुआ करता। ताँबाकाण्ड में भी ऐसा ही हुआ था। उन दिनों समूचे विश्व में ताँबा का अकाल पड़ा हुआ था। कनाडा की ताँबा खानें बन्द थीं, चिली में वामपंथी विद्रोह के कारण तांबे की आपूर्ति बन्द थी, और अफ्रीका से जो ताँबा प्राप्त होता उसकी खुराक और गुणवत्ता, विकसित देशों के लिए कहाँ पर्याप्त होती। विदेशी देशों के पास बड़ी संख्या में निर्यात के आर्डर थे। विकासशील देशों को विश्व बैंक, आई.एम.एफ. तथा अन्य ऐड कनसारटियम के जरिये, अरबों, खरबों रुपये के ऋण दिये जा रहे थे। उस ऋण से उन विकासशील देशों का अपने यहाँ इन्फ्रा स्ट्रक्चर खड़ा करना था महान् औद्योगिक विकास के लिए। जाहिर था, मशीन, तन्त्र, वैज्ञानिक ज्ञान, तकनीकी तथा डिजाइन की खरीद-फरोख्त उन्हीं विकसित देशों से की जानी थी, जिनके सहयोग से ऋण प्राप्त किया जाता। यद्यपि कई बार ऐसी कोई शर्त नहीं होती विदेशी सहायता के अनुबन्धों में, लेकिन जब और कोई मैदान में था ही नहीं, तब बिना किसी प्रयास के उस ऋण का या सहायता का मुख्य भाग, अगर उन्हीं देशों में वापस चला जाये, जिन्होंने ऋण या सहायता दिलवायी थी तो कोई क्या कह सकता था। बड़ा नाटक था, ऊँची-ऊँची बातें

थीं, जरूरत भी थी लेकिन सारी प्रक्रिया इस प्रकार बनायी गयी थी कि विकसित या शक्तिशाली देशों के उद्योग धन्धे की जरूरतों के मुताबिक ही अन्तर्राष्ट्रीय संस्थाएँ अपनी-अपनी नीति का निर्धारण किया करतीं। सुदूर दिशाओं में फैले हुए तमाम छोटे-छोटे मुल्क अपनी आर्थिक व्यवस्था के लिए, अपनी सुरक्षा के लिए, अपने विकास के लिए, पूर्ण रूप से निर्भर थे, औद्योगिक, आर्थिक तथा फौजी ताकतों के ऊपर।

सारी दुनिया में परिवर्तन हो रहे थे, मुल्क आजाद हो रहे थे, लोगों की अपेक्षाएँ बदल रही थीं, ताकतों का सन्तुलन नये आधार पर बन रहा था। पुराने शक्ति के केन्द्र ब्रिटेन, फ्रांस, जर्मनी समाप्त हो चुके थे, अमेरिका और रूस थीं नयी शक्तियाँ और इनसे जुड़े हुए थे, कितने देश, कितनी ताकतें। सारी लड़ाई पूँजीवादी व्यवस्था और साम्यवादी व्यवस्था के बीच में थी। ऐसे माहौल में यह बेमाने था, क्या हो रहा था। उन दिनों एरिया ऑफ इनफ्लुयेन्स, प्रभुत्व के क्षेत्र के नाम पर कोल्ड वार चला करती थी। यह सारी लड़ाइयाँ राजनैतिक प्रभुत्व के लिए हुआ करतीं, राजनैतिक प्रभुत्व जुड़ा हुआ था राष्ट्रीय हितों से और राष्ट्रीय हित जुड़े हुए थे औद्योगिक हितों से, आर्थिक नीतियों से। उन राष्ट्रीय हितों की पूर्ति के लिए, औद्योगिक और आर्थिक विस्तार के लिए, विश्व स्तर पर संस्थाओं का गठन किया गया था और इन संस्थाओं के माध्यम से दूर की कौड़ी खेली जाती। जो जितना बड़ा खिलाड़ी होता, वह उतना बड़ा खेल खेलता। लड़ाई हितों की थी, स्वार्थों की थी। उन देशों में जो विकसित थे, बड़े थे, ताकतवर थे तांबे का अभाव था। तांबे की भट्टियाँ बन्द हो रही थीं। तब तक एल्यूमीनियम का प्रयोग उस स्तर पर नहीं शुरू हुआ था। समस्त उद्योग धन्धों की तकनीकी व्यवस्था तांबे पर आधारित थी। ऐसे ही राष्ट्रों के ताँबा सम्बन्धित जरूरतों को पूरा करने के लिए विश्व स्तर पर एक कार्टल बनाया गया था जिसके तहत विकासशील और पिछड़े देशों से ताँबा कानूनी या गैर-कानूनी तरीके से हथियाया जाना था। उधर देश में भी तांबे का भण्डार समाप्त हो रहा था। ताँबा सोने के भाव बिक रहा था। उद्योग धन्धों में ताँबा की माँग सातवें आसमान पर पहुँच चुकी थी। ऐसे तत्त्वों का प्रतिनिधित्व करता था वह राष्ट्रीय ताँबा स्क्रेप डीलर्स संघ। असल में ये सब कबाड़ी थे, जरा बड़े किस्म के जरा आधुनिक किस्म के, जरा तिकड़मी किस्म के कबाड़ी थे। इन राष्ट्रीय तथा अन्तर्राष्ट्रीय किस्म के कबाड़ियों में जो टक्कर हो रही थी उसके पीछे कोई मनोविज्ञान नहीं था और था अगर तो सिर्फ पैसे का, धन्धे का विज्ञान। अन्तर्राष्ट्रीय स्तर के कबाड़ियों के गिरोह ने अपने दिल्ली ऑफिस के जरिये उत्सुकदास से सलाह मशविरा किया था। उत्सुकदास ने सारा धन्धा कामयाबसेठ उर्फ कामू कबाड़ी के जरिये करने की सलाह दी थी। उधर राष्ट्रीय कबाड़ियों

ने अपना संघ बनाकर उत्तर प्रदेश बिजली विभाग में टेण्डर डाला था। उस समय उत्सुकदास ने बिजली सचिव श्रीकान्त पाठक के जरिये सारा ताँबा औद्योगिक निगम को दिलवा दिया था। औद्योगिक निगम ने उत्तर प्रदेश के लघु उद्योगों के नाम से उस ताँबा स्क्रैप का आबंटन कर दिया। जिन कम्पनियों को ताँबा स्क्रैप का आबंटन किया गया था वह सीधे तरीके से या घुमा-फिराकर कामयाबसेठ से जुड़ी हुई थीं। उस आबंटन की मुख्य शर्त थी कि ताँबा प्रदेश से बाहर नहीं जायेगा और प्रदेश के उद्योग धन्धों में ही कच्चे माल के रूप में ताँबा का प्रयोग किया जायेगा। घपला हुआ था जब कामयाबसेठ ने सारा ताँबा ट्रकों के जरिये समुद्र तट पर पहुँचाने की व्यवस्था कर दी। समुद्र तट से तांबे की पेटियाँ पहुँचाई जानी थीं, विकसित क्षेत्रों की उन खुफिया भट्टियों में जहाँ ताँबे के कबाड़ को साफ करके, गलाया जाना था और नये तांबे राड के रूप में मोल्ड करके, औद्योगिक इस्तेमाल में लगाया जाना था। सारा माल पहुँच चुका था समुद्र तट पर, बस एक ट्रक पकड़ लिया था डिप्टी सुपरिन्टेन्डेण्ट ऑफ पुलिस ने और जिसे कृष्णबल्लभ से जुड़े हुए दुर्लभ काछी और जालिम खाँ ने मार डाला था।

उत्सुकदास की फितरत के मुताबिक काफी देर पहले उनको बाहरी दीवानखाने में आ जाना चाहिए था। लेकिन देरी होने का मुख्य कारण था, उनके अन्दर उफनता हुआ चिन्ताओं का सागर। अनेक-अनेक समस्याओं से जूझना, उनको हल करना और उनके सम्बन्धित लोगों को ठिकाने लगाना, यह सब उनके बायें हाथ का खेल था। लेकिन उस दिन जो समस्याएँ उनके सामने थीं, जिन सवालों से वह जूझ रहे थे, कुछ फर्क किस्म के थे। ऊपर से एक सवाल ऐसा था, जो हजार-हजार सवालों के बराबर था और जिसका शायद कोई जवाब नहीं था। वह सवाल था, उनके बेटे राहुल का। इतने देर से वह इसी सवाल में उलझे हुए थे। बीच-बीच में अनेक-अनेक अन्य राजनैतिक और व्यक्तिगत समस्याएँ उनको तंग करती रही थीं। उत्सुकदास आखिर तक इस बात का फैसला नहीं कर सके थे, आखिर राहुल का क्या किया जाय। लेकिन ताँबाकाण्ड के बारे में उन्होंने एक फैसला जरूर कर लिया था। वह अच्छी तरह जानते थे ताँबाकाण्ड अभी वक्त रहते सँभाला जा सकता था। ताँबाकाण्ड को सँभालने या दफन करने के सिर्फ दो ही रास्ते थे। एक रास्ता था, उसे वहीं दफन करने का जहाँ पर वह था। जाहिर था, इसके लिए उनको कामयाबसेठ को गिरफ्तार करने का आदेश देना पड़ता या फिर कामयाबसेठ की औद्योगिक इकाइयों को सील करने का आदेश जारी करना पड़ता। ऐसा करने में दो फायदे थे। एक तो उनका कामयाबसेठ से पुराना रिश्ता लोगों की निगाहों में खत्म हो जाता। गिरफ्तार करने के बाद, कामयाबसेठ को जमानत पर छोड़ा जा सकता था। इस योजना

को अमल में लाने से पहले उनको उन अफसरों के तबादले करने थे, जिन्होंने ट्रक पकड़ा था या जिनके पास ट्रक से मिला हुआ जब्त माल था। ट्रक पकड़नेवाला अफसर तो दुर्लभकाछी, जालिमखाँ ने मार दिया था। उत्सुकदास को लगा उनका सारा हिसाब बिगड़ चुका था और किसी और तरीके से हालातों पर काबू पाना होगा। लेकिन दूसरा तरीका ताँबाकाण्ड पर काबू पाने का राजनैतिक था और जिसे सोचने-समझने की कोई जरूरत न थी यह दूसरा तरीका था, बढ़ई दीक्षित वह फाइल लेकर कृष्णबल्लभ के घर गया था, जिसमें उनके दस्तखत थे। जिसके हासिल हो जाने से शायद उनको मुख्यमन्त्री के पद से हटना पड़ेगा। यही था वह ताँबा बम जो बराबर उनके दिमाग में टाइमबम की तरह खुड़पेंच मचा रहा था। तब तक समय था, उनके पास। स्वयं, अपने बचाव के लिए वह कुछ भी कर सकते थे। बढ़ई को पैसे दे सकते थे या कोई पद या फिर दोनों। आखिर ताँबाकाण्ड रूपी टाइमबम की चाभी बढ़ई के पास ही तो थी। उत्सुकदास को पता था वह जानते थे, कब, कैसे और कहाँ किस तरह किसी सवाल, किसी समस्या का हल निकाला जाय। इतनी देर में वह पूरी तरह तैयार थे, एक नये धर्म युद्ध के लिए, एक नयी लड़ाई के लिए। ड्रेसिंग टेबल के सामने अपने बाल ठीक करते हुए उनको याद आया, मन्त्रियों के विभागों की घोषणा करनी थी उनको और मन्त्रिमण्डल के गठन के कार्यक्रम को आगे बढ़ाना था। लेकिन इसके पहले, इस सबसे पहले उनको दो काम और करने थे। एक तो उनको कालीशंकर को ढूँढ़ना था और दूसरे उनको अपने गुरु मौनीबाबा से मिलना था। मौनीबाबा से मिलने के लिए उनको कोई बहाना तो ढूँढ़ना ही पड़ेगा। बाल ठीक करने के बाद उत्सुकदास ने अपने सिर पर टोपी लगाई, बंडी की ऊपरी जेब में कलम लगाया और आगे बढ़कर दरवाजा खोल दिया उन्होंने।

दो

कालीशंकर की व्यथा कोई नहीं जानता था। दुख, संकट, विपदा कई प्रकार की होती है। एक वह दुख होता है, जिसे सब जान जाते हैं, जो दिखता है, जिसे महसूस किया जा सकता है, और जिसका बोझ किसी को अकेले नहीं उठाना पड़ता है। ऐसा दुख, ऐसा संकट, ऐसी विपदा कई सम्बद्ध लोगों के ऊपर जब फटती है, तो अलग-अलग, उसे भोगते हुए भी, कई बार किसी अनकही, अनबुझी व्यवस्था के तहत सम्बद्ध लोग उसे पार कर ले जाते हैं। जैसे किसी

की मौत, धन, सम्पदा का लुट जाना, कोई दुर्घटना या फिर चोरी, डकैती, हिंसा, नौकरी का छूट जाना, व्यापार का बन्द हो जाना, लड़की का भाग जाना, लड़के का ड्रग एडिक्ट, फिल्म एडिक्ट, नशेबाज, जुआबाज, लफंगा बन जाना और इम्तहान में फेल हो जाना या हड़ताल या अन्य किसी जघन्य या किसी जघन्य स्थितिवाले अपराध में फँस जाना या फिर जेल चले जाना। लेकिन कुछ दुख ऐसे होते हैं, जिनकी व्यथा, जिनका ताप अन्दर ही अन्दर पकता रहता है और आदमी किसी से कुछ नहीं कह सकता। कभी-कभी ऐसा भी होता है कि आदमी जिस बुनियाद पर खड़ा होता है, जिस धरातल पर उसने अपने जीवन के अनेक समीकरण बनाए होते हैं, जिस बिना पर उसके सपने, उसकी इच्छाएँ, उसकी चाहत, उठती, गिरती अनेक-अनेक चक्कर में, घेरों में, पनपती रहती हैं, बिगड़ती रहती हैं, वह बुनियाद, वह धरातल, और उनसे जुड़े हुए समीकरण, सपने, इच्छाएँ, चाहत सब कुछ धाराशायी हो जाता है, और वह ठगा-ठगा, अपने लुटे हुए संसार को बस देखता रहता है। वहाँ बचती है न तो कोई अपनेपन की पहचान और न ही कोई ऐसा आधार जिसे सहारा बनाकर जिया जा सके, साँसों की डोर पकड़कर रखी जा सके।

कालीशंकर के साथ, कुछ ऐसा ही हुआ था। उसे तो यह भी पता नहीं था, उसकी माँ कौन थी, उसका बाप कौन था, उसका जन्म कहाँ हुआ था, उसकी जड़ें कहाँ थीं, उसका खानदान कहाँ था। उसने जब होश सम्भाला जब उसे कुछ भी समझ आने लगी तब से उसने उत्सुकदास को ही, अपना सब कुछ समझा था। उत्सुकदास की जमींदारी के विशाल प्रभुत्व की छाया में ही, उसने परवरिश पायी थी, जीवन को सँवारा था, सम्भाला था।

कालीशंकर कभी-कभी सोचता था, रात के अन्धेरे में, खुली पलकों में, ढूँढ़ता था, तलाश करता था, उन अंगारों को, जो उसे जलाए डाल रहे थे। उसे कहाँ मालूम था वह नहीं जानता था व्यथा के उस संसार के बारे में जिसने उसे बरबाद कर डालने की सौगन्ध उठाई थी। बिस्तर पर, बन्द कमरे में, खुले आसमान के नीचे, दूर-दूर तक फैला हुआ विशाल संसार सिमटकर किसी अन्धे कुएँ में बदल जाया करता और तड़पता हुआ, बिलखता हुआ कालीशंकर का निश्छल मन जैसे उपर से नीचे तक बार-बार डूबता और डूबता रहता। उसने कितनी बार यह जानने की कोशिश की थी कि वह माँ जो अपने बच्चे को दूध पिलाती है, जो नन्हे से असहाय, मजबूर बच्चे को, पाल-पोसकर इन्सान बनाती है, उस माँ का अपने बच्चे से वात्सल्य के अलावा भी कोई रिश्ता होता है। जो बाप अपने लड़के को कंधों के ऊपर बिठाकर, दुनिया दिखाता है, उस बाप के स्नेह का क्या कोई और अर्थ भी होता है या फिर वह तमाम रिश्ते, वह तमाम सम्बन्ध, वह तमाम जीवन के स्रोत जो साँसों के उठने में, गिरने में, किसी

महिमा की तरह प्राणों को शक्ति देते हैं, क्या उनका कोई और अर्थ होता है। छोटे से बड़ा हो गया कालीशंकर उसकी नौकरी लग गयी, उसने पढ़ाई पूरी कर ली, उसकी शादी हो गयी, उसके बच्चा हो गया। उसने अपने बच्चे के जन्म की खुशियाँ भी मनाईं। ढोलक, मजीरे, बन्दनवार सजाकर, उसने किसी अनन्त यज्ञ में अपनी समस्त भावनाओं की सम्पूर्ण आहुति भी दे डाली, लेकिन वह खालीपन, वह औचकपन, उसकी व्यथा का अपना संसार, वह सुलगते हुए सवाल, उस सुलगते हुए अंगार का ताप उसकी अनुभूतियों से दूर न हो सका। जलाता रहा, वह ताप उसे, तपाता रहा, सुलगते हुए सवाल उसे धुनते रहे, लेकिन कालीशंकर कभी रहस्य की परतों को उधेड़कर, उनके अन्तराल में छिपे हुए, अपनी व्यथा को छूकर महसूस नहीं कर सका। इच्छा, अनिच्छा, चाहत, के अपने छोटे से संसार में, जो लकीरें उसने खींची थीं, जो रंग उसने भरे थे, वह किसी मृगमरीचिका की तरह, हमेशा-हमेशा उसे ठगते रहे, परेशान करते रहे। वह तो कभी, इतना भी नहीं समझ पाया, उसकी जगह कहाँ थी, उसका मुकाम कहाँ था, वह किन रास्तों पर चल रहा था, क्या कुछ उससे छूट गया था, और क्या उसे मिलना बाकी था।

सोलह जून को, मंत्रिमंडल की सूची टाइप करने के बाद, जब कालीशंकर मुख्यमंत्री उत्सुकदास के कमरे के अन्दर घुसनेवाला था, तभी बस उसने सुना था, राहुल के बारे में। जैसे, आसमान फट पड़ा था, एक नहीं, दो नहीं, अनेक-अनेक बमों के फटने की आवाज ने कालीशंकर के कानों से गुजरकर, उसके मन, शरीर और आत्मा को किसी खड़कते हुए पत्तों की तरह, कँपा दिया। राहुल, कालीशंकर का बेटा नहीं था, वह तो उत्सुकदास का बेटा था, यह राज, यह रहस्य, उस समय खुला था, जब उसकी पत्नी, कालीशंकर की अपनी ब्याहता, वहाँ मुख्यमंत्री बननेवाले उत्सुकदास के कमरे में बेटा कहलानेवाले लड़के राहुल के साथ मौजूद थी और सुन रही थी, सहमति के साथ उत्सुकदास के भाव विभोर मन से निकला हुआ प्रलाप। उत्सुकदास से स्वयं उसकी पत्नी, कहलानेवाली औरत कह रही थी, ''सात वर्षों से इस रहस्य को मैंने अपने सीने में छिपाया था, कालीशंकर के लिए। आप स्वयं देखिए, राहुल की सूरत, आपसे कितनी मिलती है।'' कालीशंकर के पाँव रुक गये थे। वह अन्दर जाते-जाते ठहर गया था। पर्दे के पीछे छुपे हुए, उसे तभी उत्सुकदास की आवाज सुनाई दी थी, ''रानी मेरी रानी, आज मेरे जीवन की साध पूरी हो गयी।''

कालीशंकर कुछ भी देख नहीं रहा था। उसने तो शायद कभी भी कुछ नहीं देखा था। उसे याद आ रहा था वह दिन, अपने बाबा के टूटे-फूटे शब्द, अलग-थलग बुझी-सी मानसिकता और आँखों में झलकता हुआ आहत स्वाभिमान ! उसके बाबा कहा करते थे, जब वह छोटा था, बड़े होने पर, वह

उसे बतायेंगे, इस दुनिया के बारे में, उसकी माँ के बारे में, उसके बाप के बारे में। कालीशंकर की रूह काँप उठी थी उस दिन वह सब सोचकर, उसके अन्दर न जाने कितनी असंख्य सुइयों की चुभन व्याप्त होने लगी थी। जैसे शीशे की रेत घुल गयी थी, उसकी रगों में बहते हुए खून में और उसका समूचा शरीर किसी असीम व्यथा में तड़पने लगा था। सब कुछ व्यर्थ था, अनबूझा, अनचाहा किसी अनित्य की तरह, जीवन का श्राप बन कर मँडरा रहा था। इतना बड़ा धोखा, ऐसा छरछंद, ऐसा षड्यन्त्र, उसकी कल्पना से दूर था। रोम-रोम उसका जलने लगा था, कोई डरावनी लहर, बार-बार, खालीपन के अँधेरों से निकलकर, उसके पैर के नाखूनों से उभरकर व्याप्त हो जाती, सारे शरीर में, सिर के बालों तक समेट लेती अपनी उस चुभन में, समस्त मानसिक और शारीरिक प्रक्रिया को।

सब कुछ छोड़कर चला आया था, कालीशंकर ! वह सम्पदा वह वैभव, सत्ता के मुख्य केन्द्र से जुड़ी हुई सारी ताकत, और असीम दौलत के भण्डार, छोड़कर वह चला आया था। छोड़ने को तो बहुत कुछ छोड़ा था, उसने। छोड़ी थी अपनी ब्याहता कहलानेवाली दुश्चरित्र, छिनार औरत, छोड़ा था उसने बेटा कहलानेवाला लड़का राहुल जो उसके बॉस, उसके मालिक, उसके सरपरस्त, उसके गॉडफादर उत्सुकदास का वारिस था, स्वयं उसका कलंक था, स्वयं उसकी अनुभूतियों का पाप था, गुनाह था, छोड़ा था कालीशंकर ने अपने बाबा की आँखों का आहत स्वाभिमान, जो उस मौत से भी बदतर था, जो स्वयं उसने देखी थी। जब कालीशंकर का बाबा मरा था, उस समय तक, उसका भरम कहाँ टूटा था। शायद उसी दिन तो वह गिरा था, उस गड्ढे में, उस गर्त में, जिससे निकलना नामुमकिन था। उसकी प्रतिभा से शादी भी तो उसी दिन हुई थी, जिस दिन उसका बाबा मारा गया था। बाबा मारा गया था, ऐसा कालीशंकर, इसलिए सोच रहा था, क्योंकि जिस दिन उसका फर्जी विवाह हुआ था, उसी दिन उसके बाबा ने आँखें मूँद ली थीं और उसी दिन शायद उसके सवाल भी बाबा की चिता के साथ जलकर भस्म हो गये थे। कोई बचा ही नहीं था, उन सवालों के समन्दर से निकालनेवाला। वह तो कब का डूबकर मर गया होता, खत्म हो गया होता, लेकिन शायद उसे बचना था, जिन्दा रहना था, उस दलदल से निकलकर बाहर आना था, तभी वह बच गया था।

कालीशंकर देख रहा था, बनवारी नाम के उस आदमी को, जो लखनऊ की सड़कों पर, ''वह आएगी, वह आएगी, वह आएगी'' कहते हुए घूम रहा था, न जाने, कितने-कितने सालों से। स्वयं कालीशंकर कितनी बार उसे देख चुका था। वह आदमी पागल था, लेकिन रामूकाका ने उसके साथ बैठा दिया था, उस टैक्सी में, जिसमें बैठकर कालीशंकर, दारुलशफ़ा के बाहर निकला था।

जिस समय कालीशंकर दारुलशफ़ा से निकला था, उसे कहाँ मालूम था, उस जगह के बारे में जहाँ उसे जाना था। वैभव, ऐश्वर्य और सत्ता के इतने बड़े तंत्र को छोड़कर यूँ चला आना, आसान नहीं था। लोभ और मोह, इच्छा, आकांक्षा, इंद्रिय सुख एवं मानसिक संतोष के आयाम जहाँ एक तरफ उसे रोक रहे थे, भयावह एक अंधड़ घिन, हिकारत और नफरत का अंधड़ उसे, उड़ा ले जाना चाहता था। इतना बड़ा धोखा, इतना घिनौना खेल सात साल तक उसके साथ खेला जाता रहा और वह समझ नहीं पाया। उसके सामने ही उस धोखे ने उस दिन शक्ल अख्तियार की थी, जब काशी विश्वविद्यालय की पढ़ाई के दौर में एक दिन उत्सुकदास ने उसे बुलाकर प्रतिभा के साथ विवाह करने के लिए कहा था। प्रतिभा उस जमाने में अपनी सुन्दरता एवं गुणों के लिए विख्यात थी। प्रोफेसर ब्रजकिशोर की लड़की से कौन विवाह नहीं करना चाहता था। हुस्न नूर की मूर्ति, प्रतिभा के ऊपर जवानी ऐसी फट पड़ी थी जैसे उसका बेदाग बदन, उसे समेटते-समेटते हार जाता। पढ़ाई-लिखाई में तेज, हँसी-मजाक पिकनिक, सैर-सपाटा, खेल-कूद, यूनियनबाजी, डिबेट, स्विमिंग, स्पोर्ट करीब-करीब हर क्षेत्र में प्रतिभा का नाम था। उस समय कौन जानता था, चकिया के डाक बंगले में, प्रतिभा को स्वयं उत्सुकदास आत्मसात् कर चुके थे। इतनी गहरी चाल, ऐसा बड़ा धोखा, कालीशंकर जैसे सरल स्वभाववाले युवक की कल्पना में दूर-दूर तक नहीं आ सकता था। उसने तो यह सौभाग्य की अपने लिए सबसे बड़ी सौगात समझी थी। शादी के तुरन्त बाद, प्रतिभा को बम्बई के जेजे स्कूल आफ आर्ट्स भेज दिया गया था और स्वयं कालीशंकर को दिल्ली में सेक्रेटेरियल कोर्स करने के लिए। सब कुछ इतनी जल्दी हुआ था कालीशंकर को समझने-सोचने का मौका ही नहीं मिला। उन्हीं दिनों उत्सुकदास पहले मंत्री बने थे और फिर राष्ट्रीय पार्टी के महासचिव। पैसा बरस रहा था, प्रभुता की अपार सम्पदा, चारों तरफ मुँह बाए खड़ी थी। कुछ ही दिन बाद कालीशंकर को तीन महीने के लिए बम्बई जाना पड़ा था। तब उसे हैरत हुई थी कैसे इतनी जल्दी, प्रतिभा माँ बन गयी थी, उसे बच्चा हुआ था। लेकिन कहीं कुछ शक और शुबह की गुंजाइश नहीं थी। कोलाबा का फ्लैट चौबीस घंटों के लिए, गाड़ी, अर्दली, बम्बई की सैर, कीमती तोहफा उसे और कहाँ मयस्सर होता। यह तो उसने सुना था, उत्सुकदास उस दौर में अक्सर बम्बई जाते थे, लेकिन बम्बई जाकर वह स्वयं उसकी बीबी के साथ रहते थे, इसका अन्दाज कहाँ था, कालीशंकर को। बम्बई की उस यात्रा के बाद, प्रतिभा से वह जब भी मिला, अकेले ही मिला था। उसने अपने कहलानेवाले बच्चे को सिर्फ एक बार ही देखा था, और वह तभी जब वह बम्बई गया था। बम्बई के बाद प्रतिभा भोपाल चली गयी, अपनी किसी मामी के पास और कालीशंकर दिल्ली वापस आ गया था। उत्सुकदास ने सेक्रेटेरियल कोर्स

करने के बाद, कालीशंकर को अपने साथ लगा लिया था।

अब कालीशंकर को सब कुछ याद आ रहा था। सीधे तरीके से उसे इस्तेमाल किया गया था और उसे इस्तेमाल करनेवाला कोई और नहीं था, उसका मालिक, उसका बॉस, उसका सरपरस्त, उसका गॉडफादर उत्सुकदास था। उत्सुकादास ने सीधे तरीके से एक लड़की को अपनी हवश का शिकार बनाया था। कालीशंकर को भला क्या लेना-देना था, उस सबसे। उसे क्या चाहिए था, उसे खुद भी कहाँ पता था, तब। वह तो किसी यज्ञ की आहुति की तरह उन दिनों, जुड़ा हुआ था, उत्सुकदास से। कुछ-कुछ शक था उसे कई बार, उसने सोचा था, जानने की समझने की कोशिश की थी। जाहिर तौर से, इन्द्रियों का तालमेल टेलीपैथी की कहानी, खुशबू और शारीरिक प्रक्रिया के खेल, अपनी-अपनी तारतम्यता के तहत उससे, रात के काँपते अँधेरों में काफी कुछ कह जाते थे। उसे लग रहा था, वह मूढ था, बेवकूफ था, इतनी-सी बात उसकी समझ में नहीं आ सकी थी। और उस दिन उसे इस बात का भी अहसास हुआ था, कहानी सिर्फ उस तक सीमित नहीं थी। धोखा सिर्फ उसे ही नहीं दिया गया था। कहीं कुछ और था, कोई बात और थी, और वह बात, कहीं का कुछ और, उसके सामने था, उसके बाप बनवारी की शक्ल में। एक आक्रोश की लहर उसके अन्दर घुमनी की रफ्तार में फटने लगी थी। वह देख रहा था, समझ रहा था, नियति के उस चक्र को जिसने उसे कहाँ से उठाकर, कहाँ लाकर पटक दिया था। दारुलशफ़ा से निकलकर कालीशंकर कहीं और नहीं गया था। मॉडेलहाउस के उस मकान में गया था, जहाँ, राघव की विधवा बहन मालिनी रहती थी। वैसे तो वह, मॉडेलहाउस कभी नहीं जाता, लेकिन एक और पाप, लरजता हुआ उत्सुकदास की जमींदारी का, एक और नरक, उसके साथ जोड़ दिया था रामूकाका ने। और ऊपर से चलते-चलते उस नरक को एक नाम भी दे दिया था। वह नाम था, तेरा बाप है। ''तेरा बाप है, बनवारी, बड़े दुख सहे हैं इसने'' यही तो कहा था, रामूकाका ने। उस समय जब कालीशंकर भाग रहा था। सब कुछ छोड़कर भाग रहा, उस समय, उसके ऊपर इतना बड़ा बोझ लाद दिया गया था, अपने भाग्य की इस विडम्बना से त्रसित कालीशंकर को और कोई रास्ता नहीं सूझा था। समय नहीं था, उसके पास, बूढ़े रामूकाका से सवाल पूछने का। रामूकाका खुद भी तो उसके बाप बनवारी को उठाकर लाया था, दारुलशफ़ा की सड़क पर से, जहाँ शोहदे और बच्चे, उसे पागल कहकर ढेले मार रहे थे, सता रहे थे, परेशान कर रहे थे। रामूकाका ने सिर्फ इतना बताया था उसे, करीब पच्चीस साल पहले, बनवारी उसका बाप पागल हो गया था और कहीं गुम हो गया था, वक्त के अँधेरों में।

टैक्सी विधान सभा की तरफ से नहीं ले गया था, कालीशंकर। उसने

लालबाग से सीधे गाड़ी कैंटरोड की तरफ घुमाने के लिए कहा था, कहीं ओडियन सिनेमा के बगलवाली गली से गाड़ी उतारकर, वह बैरुनी खन्दक होते हुए पहुँचा था मॉडेलहाउस। पहले उसने जो योजना बनाई थी, उसके अनुसार उसे, बड़ी दूर जाना था। किसी अनन्त यात्रा की ओर चले जाने का ही तो फैसला किया था, कालीशंकर ने लेकिन बाप बनवारी के मिलने के बाद, कहाँ जा सकता था, वह। उसे लग रहा था उसकी नियति कोल्हू में बँधे हुए उस बैल की तरह थी, जिसकी आँख पर पट्टी बँधी थी और वह घूम रहा था, एक दायरे में, एक गोलाई में। कहीं भी जाना या उस घेरे से निकल पाना मुमकिन नहीं था। दायरे से निकलना तो दूर रहा, उसे तो यह भी नहीं पता था, वह कहाँ था, और क्या कर रहा था। कालीशंकर ने टैक्सीवाले से गाड़ी, चबूतरे से सटाकर खड़ी करने के लिए कहा था। उसका विचार था, अपने बाप बनवारी को वहाँ छोड़कर कहीं, कहीं भी चले जाने का। वह अकेला रहना चाहता था। उसे सोचना था, सम्भालना था, अपनी जिन्दगी को, किसी नयी दिशा की तरफ ले जाना था। वह चाहता था, डर रहा था, वहाँ पर उस दिन, बस राघव न हो।

लेकिन कालीशंकर जैसा चाहता था, वैसा नहीं हुआ था। राघव उस समय वहाँ मौजूद था।

''अरे काली। तुम।'' राघव ने छज्जे से पुकारकर कहा था।

''हाँ। इधर आना।''

जब तक राघव, उतर आया, कालीशंकर ने अपना सूटकेस ब्रीफकेस और बनवारी को गाड़ी से नीचे उतार लिया था। चबूतरे पर उसने बनवारी को बिठा दिया था, जब राघव आया था। टैक्सी जाने के लिए स्टार्ट कर चुका था, टैक्सी ड्राइवर। तभी कालीशंकर ने उससे कहा था।

''रुकना होगा अभी, चलता हूँ।''

''आपने तो सूटकेस।''

''अरे हाँ, कालीशंकर ने सूटकेस वापस रख दिया।'' वह सोच कुछ रहा था, कर कुछ और रहा था।

''अरे काली। तुम आज यहाँ नहीं हो सकते...जरूर यह तुम नहीं, तुम्हारा भूत है।''

''क्यों।''

''आज मंत्रिमंडल...''

''अब छोड़ो भी। लेकिन तुम यहाँ कैसे राघव।''

''क्यों मेरी बहन का घर है।''

''सिर्फ बहन का घर।''

''नहीं तो क्या।''

''जरूर मिलने आये होगे अपने तिलंगों से।''

''तिलंगों से !''

''हाँ-हाँ...।''

''मुझे अभी जाना है, ये कौन हैं। तुम आ कहाँ से रहे हो।''

''इतने सवाल। अभी...''

''मैं सिर्फ यह चाहता हूँ, सिर्फ आज तुम यहाँ न रुको।''

''मैं...''

''हाँ। अब तुमसे क्या छुपाना...मेरे कुछ पुराने दोस्त आज इकट्ठा हो रहे हैं यहाँ।''

''तो फिर।''

''मैं चाहता हूँ...तुम कुछ देर के लिए...''

''ठीक है, इनको ऊपर ले जाकर सौंप दूँ मालिनी को।''

''कौन हैं ये।''

''मेरा बाप कहा जाता है ये आदमी।''

''काली तुम जाओ, इन्हें हम सम्भाल लेंगे।'' राघव जल्दी में था।

उस दिन, अपने बाप बनवारी को, राघव के घर, छोड़कर, कालीशंकर, काफी देर तक, दूर-दराज के इलाके में घूमता रहा। वह शहर से बाहर नहीं जाना चाहता था, और शहर में रहना भी नहीं चाहता था। आखिर उसने टैक्सी को रोक लिया और प्रिन्सबार में घुस गया। कालीशंकर वैसे शराब पीता नहीं था, लेकिन उस दिन उसने शराब पीने का फैसला कर लिया था। लेकिन वह जानता था, बार में बैठकर शराब पीना उसके लिए मुमकिन नहीं था, इसलिए वह चुपचाप बाहर निकल आया। कुछ दूर पर, एक शराब की दुकान थी। वहाँ से उसने एक बोतल शराब खरीदी। कुछ दूर पर बनिये की दुकान से उसने दो गिलास लिए और एक पैकेट काजू खरीदा। पानी की व्यवस्था थी उसके पास थरमस में पानी बचा हुआ था। असल में उसने जब अपने बाप को, राघव की बैठक के पास छोड़ा था, अपना थरमस, राघव के घर के पास फुटपाथी नल से उसने भर लिया था। टैक्सी में बैठने के बाद, कालीशंकर ने ड्राइवर से, टैक्सी कानपुर की तरफ ले चलने के लिए कहा था। उसे मालूम था, कानपुर रोड पर, शहर से करीब 25 मील बाद, एक डाक बंगला था। उसने वह रात, वहीं गुजारने का फैसला किया था।

डाक बंगले का चौकीदार कालीशंकर का आदमी था। वैसे रास्ते भर कालीशंकर पीता रहा, पीता रहा। एक दो बार उसने शराब का गिलास ड्राइवर को देने की कोशिश की, लेकिन फिर उसके मना करने पर, वह चुप रह गया। डाक बंगले पहुँचने पर चौकीदार ने तुरन्त कमरा खोल दिया और खाने-पीने का

इंतजाम करने लगा। कालीशंकर को शराब काफी चढ़ चुकी थी, जब वह डाक बंगले में खाना खाने के लिए बैठा था। उससे खाना खाया नहीं गया। वह और पीना चाहता था लेकिन उसके पास शराब थी नहीं। डाक बंगले पहुँचते ही उसने बोतल ड्राइवर को दे दी थी। अब उससे वापस माँगना ठीक नहीं था। वह जानता था, चौकीदार किसी न किसी तरह शराब का इंतजाम कर देगा। वह बाहर निकला, शराब वैसे उसे काफी चढ़ चुकी थी कदम लड़खड़ा रहे थे। वह धीरे-धीरे चौकीदार के क्वार्टर की तरफ बढ़ रहा था, तभी उसने देखा, एक जीप, तेज रफ्तार में, डाक बंगले के अन्दर आयी और पिछली दीवार से सटकर धीरे-धीरे चलने लगी। उस वक्त, गर्मी के दिनों में, अँधेरा नहीं हुआ था। कालीशंकर को लगा दिन-दहाड़े उसने अच्छी-खासी शराब पी ली थी और अब इस हालत में वह और ढूँढने निकला था। इससे पहले वह चौकीदार को तलाश करे, उसने देखा, दुर्लभकाछी और जालिमखाँ चलती हुई जीप से कूदकर डाक बंगले के अन्दरुनी हिस्से की तरफ भागने लगे। लेकिन जीप नहीं रुकी, कालीशंकर देख रहा था, जीप की रफ्तार तेज हो गयी थी। और कुछ दूर जाने के बाद, जीप की रफ्तार और तेज हो गयी और फिर दाहिनी तरफ घूमकर वह डाक बंगले के बाहर निकल गयी। कालीशंकर को वह सब अजीब-सा लगा। वह नशे में होने पर भी दुर्लभकाछी को और जालिमखाँ को पहचान गया था। अगर कोई और दिन होता कोई और जगह होती, कोई और वक्त होता, तो दुर्लभकाछी, जालिमखाँ, जो यशोदाबल्लभ, कृष्णबल्लभ, कमलासिंह के खास सिपहसालार थे, वह कैसे उनको पीछे छोड़ सकता था, जब वह भी जानते थे, कृष्णबल्लभ के बिना उत्सुकदास कोई खेल नहीं खेलते, कोई चाल नहीं चलते। लेकिन उस दिन 16 जून को कालीशंकर का दिमाग सुलग रहा था। उसके अन्दर नफरत का सैलाब उबल रहा था। वह नशे में जरूर था, लेकिन उसने होश नहीं खोया था। जिस तरह से जालिमखाँ और दुर्लभकाछी को उतारकर जीप, डाक बंगले से बाहर गयी थी, कालीशंकर की समझ में आ गया था, कहीं कुछ गड़बड़ जरूर थी। उसके अन्दर पलक झपकते, एक लपक लहरा गयी थी और तभी उसने देखा, डाक बंगले के बाहर, पुलिस की तीन गाड़ियाँ आकर रुकीं और वहाँ पर खड़े हुए लोगों से कुछ पूछ-ताछ करने लगीं। कालीशंकर को लगा वह फँसनेवाला था। वह सोच रहा था, कहीं अगर पुलिस ने डाक बंगले से दुर्लभकाछी और जालिमखाँ को धर पकड़ा, तो क्या होगा। उसकी वहाँ पर मौजूदगी, वह भी गैर-कानूनी बुकिंग के तहत, यानि उसने डाक बंगला बुक तो कराया नहीं था, कालीशंकर को विश्वास हो गया, वह शर्तिया मारा जायेगा। उसे भी इन घिनौने डकैतों के साथ पकड़कर एक बार पुलिस ले जायेगी या फिर वो लोग भावी मुख्यमन्त्री उत्सुकदास को टेलीफोन करेंगे। बहरहाल एक बार तो उसे मुलजिम

जालिमखाँ, दुर्लभकाछी का साथी समझ लिया जायेगा।

इससे पहले पुलिस डाक बंगले के अन्दर आये, दुर्लभकाछी को पकड़े कालीशंकर की तलाश करे, कालीशंकर भागकर टैक्सी में बैठ गया। ड्राइवर आगे की सीट पर बैठा हुआ, शराब पी रहा था। कालीशंकर ने ड्राइवर से तुरन्त गाड़ी चलाने के लिए कहा वह बराबर गेट पर खड़ी हुई पुलिस की गाड़ियों को देख रहा था। ड्राइवर जब तक, अपनी गाड़ी घुमाकर, गेट की तरफ ले जाय, कालीशंकर ने देखा, डाक बंगले के गेट पर खड़ी हुई गाड़ियाँ कानपुर की तरफ चली गयीं। जाहिर था, पुलिस की वह टुकड़ी जालिमखाँ-दुर्लभकाछी की तलाश में वहाँ आयी थी। कालीशंकर समझ गया था, गेट पर जो आदमी खड़े थे, उन लोगों ने जीप को कानपुर की तरफ चले जाने की ही सूचना पुलिस को दी होगी, तभी पुलिस की गाड़ियाँ उस तरफ चली गयी थीं। लेकिन यह तो सिर्फ कालीशंकर जानता था, वो डाकू वहीं, उसी डाक बंगले में थे और किसी वक्त, उसे वह देख सकते थे। दूसरे कालीशंकर के अन्दर जहाँ एक तरफ डर था, अपने को बचाने की कोशिश थी, वहीं था एक धधकता हुआ आक्रोश उस समूची व्यवस्था के खिलाफ जो उत्सुकदास से सम्बद्ध थी। तब तक कालीशंकर की टैक्सी डाक बंगले के गेट तक आ चुकी थी। उसके सामने दो रास्ते थे। एक रास्ता उस तरफ को जाता था, जिधर से पुलिस की गाड़ियाँ आयी थीं। और जिधर से कुछ देर पहले वह खुद आया था, और दूसरा रास्ता, उस तरफ को जाता था जिधर, पुलिस की गाड़ियाँ गयी थीं। कालीशंकर को फैसला करना था, वह उस तरफ जाये, जिधर पुलिस की गाड़ियाँ गयी थीं या फिर उस तरफ जाय जिधर से पुलिस की गाड़ियाँ आयी थीं। अगर बात कुछ दिन पहले की होती या कम से कम उस दिन से पहले की होती, जिस दिन वह भावी मुख्यमंत्री के विशाल साम्राज्य को तिनके के ढेर की तरह ठुकराकर आया था, तो शायद वह अपनी टैक्सी उसी तरफ ले जाता जिधर से पुलिस की गाड़ियाँ आयी थीं। लेकिन कालीशंकर ने उस दिन वैसा नहीं किया। उसने पीछे मुड़कर देखा, दुर्लभकाछी, जालिमखाँ, डाक बंगले में एक झाड़ी से निकलकर अन्दर की तरफ जा रहे थे। उसके बाद, बिना किसी सोच-विचार के कालीशंकर ने टैक्सी ड्राइवर को तेज रफ्तार में गाड़ी उसी तरफ ले जाने के लिए कहा, जिधर पुलिस की गाड़ियाँ गयी थीं। कालीशंकर ने टैक्सी ड्राइवर से, गाड़ी कानपुर की तरफ ले चलने के लिए कह तो दिया था, लेकिन उसको कहाँ पता था, वह आखिर करेगा क्या। कुछ ही दूर जाने के बाद, कालीशंकर को इस बात का अन्दाज हो गया था, वह स्वयं, किसी नतीजे पर पहुँच नहीं सका था। जाहिर था, दुर्लभकाछी, ज़ालिमखाँ, जिस जीप से उतरकर डाक बंगले में छुपे हुए थे, उसी जीप का पीछा, पुलिस की गाड़ियाँ कर रही थीं। उसने इस बात का भी अन्दाज लगा लिया

था, कुछ ही देर बाद, दुर्लभकाछी, जालिमखाँवाली जीप, पकड़ी जानेवाली थी। कालीशंकर जानता था, इसी को पुलिस भाषा में दबिश कहा जाता था। वैसे दबिश कई प्रकार की होती थी। लेकिन जिस दबिश की बात वह सोच रहा था, उसके अनुसार यदि कई जीपें, किसी लम्बी सड़क पर एक खाली जीप का पीछा करेंगी तो हवा के आयतन के हटने और दबने से, पीछेवाली जीपों की रफ्तार पीछा किये जानेवाली जीप की रफ्तार से अधिक होगी और वह मात्र बीस मिनट में पकड़ी जा सकती थी। ऐसी परिस्थिति में वह क्या करेगा। वह तो भागा हुआ था। भावी मुख्यमंत्री आवास में उसकी खोज, हो रही होगी। सवाल, कालीशंकर के सामने यह नहीं था, दुर्लभकाछी, जालिमखाँ की जीप के पकड़े जाने पर वह क्या करेगा, सवाल था, उसके सामने अगर उस बीच दुर्लभकाछी, जालिमखाँ, भाग गये या फिर वह खाली जीप गुम हो गयी तो क्या होगा। बहरहाल, कालीशंकर को उस समय, आगे बढ़ते हुए, उस तमाशे का हिस्सा बनने में, कोई खास बात नजर नहीं आयी, जिस तमाशे के पीछे सारी पुलिस पड़ी थी। उसने अन्दाज लगा लिया था, उस सड़क पर जितने थाने पड़ते हैं, उन सभी थानों में तब तक आग की तरह, उस घटना की बात फैल गयी होगी। टेलीफोन बजने लगे होंगे, वायरलैस खटक रहे होंगे और सीटियों की सरपरस्त आवाजों के बीच सारी पुलिस फोर्स किसी अनर्गल प्रलाप की तरह इधर-उधर भाग रही होगी, जबकि, खेल कहीं और था। यद्यपि कालीशंकर इस बात को अच्छी तरह जानता था, पुलिस उसी प्रकार की उछलफाँद में अधिक विश्वास रखती थी, वह स्वयं इस चक्कर में नहीं फँसना चाहता था। इतनी देर में उसने अनुमान लगा लिया था, वह उस पुलिस, थाने को बहुत पीछे छोड़ आया था, जो डाक बंगले के करीब था और जिस इलाके में दोनों डकैत और डी. एस. पी. फूलदास के कातिल छुपे हुए थे और जिनकी गिरफ्तारी में पुलिस के अलावा देश के गृहमंत्री गुरुपदस्वामी, अपनी बाई जी के कारण रुचि रखते थे। उसने गाड़ी को पीछे मोड़ने के लिए कहा।

ड्राइवर ने बड़ी हिकारत से देखा था, कालीशंकर को। वह काफी देर से परेशान होकर कुछ कहना चाहता था। उतनी देर में, उसने, तब तक ठीक से शराब तक नहीं पी थी। वैसे साधारणरूप में, ड्राइवर को उतनी देर में कई बार रुकना पड़ सकता था या फिर वह अपनी साधारण जरूरतों के जैसे, चाय, सिगरेट, पान, बीड़ी, लघुशंका, दीर्घशंका, इत्यादि के लिए, तब तक कई बार गाड़ी रोक सकता था। लेकिन एक तो वह कालीशंकर की दी हुई शराब पी रहा था, और ऊपर से, भले ही कालीशंकर ने उसे कुछ बताया न हो, वह इतना तो समझ ही गया था, मामला संगीन था। चारों तरफ बजती हुई पुलिस की सीटियाँ, धड़धड़ाती हुई गाड़ियों की दौड़, किनारे-किनारे खड़े हुए लोगों का

आर्त्तनाद, चीख-चिल्लाहट, खड़कते हुए वायरलैस और ऊपर से शराब की उठा-पटक ने उस मुतफन्नी किस्म के ड्राइवर को काफी संगीन बना दिया था। उसने इस बात का भी अन्दाज लगा लिया था, कहीं कुछ गड़बड़ जरूर थी। इतनी देर में, वह ड्राइवर असल में खुद कालीशंकर को खतरनाक किस्म का इन्सान समझने लगा था। एक तो उन दिनों लखनऊ जैसे ऊँघते शहर में, कोई उस प्रकार बिना किसी संकोच के टैक्सी का इस्तेमाल, नहीं करता था, दूसरे बिना माँगे कोई पैसे नहीं देता था और तीसरे, शराब पीने के लिए कोई बार-बार जिद नहीं करता था। ड्राइवर को करीब-करीब इस बात का इत्मीनान हो गया था, कालीशंकर निश्चित रूप से उसी डाकुओं के गिरोह से सम्बद्ध था, जिसकी तलाश में, पुलिस की गाड़ियाँ दौड़ रही थीं और जिसकी वजह से चारों तरफ उस खास प्रकार की गहमागहमी लगी हुई थी। ड्राइवर ने कालीशंकर के कहने पर गाड़ी तो मोड़ दी, लेकिन ऐसा करने के बाद, एक हिकारत से उसने कालीशंकर को देखा और फिर अपने आक्रोश को दबाने की कोशिश में वह, खिन्न होकर टैक्सी का एक्सीलरेटर जोर-जोर से दबाने लगा। उस परिस्थिति में, गाड़ी आवाज ज्यादा कर रही थी, और आगे कम बढ़ रही थी।

कालीशंकर कुछ-कुछ समझ रहा था, लेकिन उसने जाहिर नहीं किया और चुपचाप बैठा रहा। उसे फिक्र थी, वह परेशान था अपनी पहेली हल करने में। उस समय उसका ड्राइवर से झक लड़ाने का मूड नहीं था। वह जानता था, ड्राइवर कुछ कह नहीं सकता था क्योंकि उसे काफी पैसे दिये जा चुके थे और पैसों के अलावा ड्राइवर आधी शराब की बोतल भी प्राप्त कर चुका था। टैक्सी को सही दिशा की तरफ मोड़ने के बाद और ड्राइवर की हरकतों को नजरन्दाज करने के बाद, कालीशंकर ने, अपनी योजना को अन्तिम रूप देने का फैसला कर लिया था। वह जानता था, उसे मालूम था, समय का अभाव था उसके पास। उतनी देर में, कालीशंकर ने फैसला कर लिया उसे सीधे पुलिस स्टेशन जाना था। इसीलिए वह आँखें फाड़कर सड़क के किनारे-किनारे पुलिस थाने की हद की तलाश कर रहा था। क्योंकि कालीशंकर जानता था, अगर थाना पीछे निकल गया और उसने दुबारा ड्राइवर से गाड़ी मोड़ने के लिए कहा तो शायद वह ड्राइवर जो काफी आतंकित दिख रहा था, या तो उसे पागल समझेगा या शराबी या फिर कोई डाकू। इसी वजह से कालीशंकर किसी खतरनाक स्थिति में पड़ जाने से अपने को बचाने के लिए, बड़ी तत्परता के साथ, पुलिस चौकी या पुलिस थाने की तलाश कर रहा था, जो उसी सड़क पर डाक बंगले के करीब था।

टैक्सी तेज रफ्तार से भाग रही थी। उतनी देर में ड्राइवर ने चुराकर, बिना पानी मिलाए, दो-एक घूँट शराब के और सटक लिए थे और बड़ी जिन्दादिली से गाड़ी चला रहा था। तभी कालीशंकर ने उसके कंधे पर हाथ रखा था। हाथ

असल में कालीशंकर ने जिस प्रकार रखा था, उसका अहसास करके ड्राइवर भड़क गया। उसे लगा, कालीशंकर उससे फिर गाड़ी मोड़ने के लिए कहनेवाला था। लेकिन उसके पहले ड्राइवर कोई डायलाग बोले या कालीशंकर को किसी भी तरह जलील करे, कालीशंकर ने उससे सामने दिखाई दे रहे पुलिस थाने पर गाड़ी रोकने के लिए कहा था।

ड्राइवर के सारे अनुमान गल्त सांबित हुए थे। वह खामोश था चुप था, कुछ नहीं बोल सका था। उसके अन्दर एक अजीब तरह की भावना ने जन्म ले लिया था। वह समझ गया था, कालीशंकर कोई सिरफिरा किस्म का आदमी था और वह किसी भी तरह बस उससे मुक्ति पाना चाहता था। जैसे ही गाड़ी पुलिस थाने के सामने रुकी, कालीशंकर, करीब-करीब कूदकर बाहर निकला। ''गाड़ी उधर लगाना और वेट करना।'' कहकर कालीशंकर अन्दर की तरफ भागा। उसे उस समय लग रहा था, वह उन्हीं डाकुओं के गिरोह से निकल भागा था, जिनकी तलाश में पुलिस घूम रही थी। उसने सोचा, सच ही तो था, दुर्लभकाछी, जालिमखाँ जिस राजनैतिक गिरोहबाजी का हिस्सा था, उसके नेता थे, कृष्णबल्लभ और उत्सुकदास।

पुलिस थाने में उस समय कुल तीन आदमी थे। एक सब-इन्सपेक्टर और दो सिपाही। सब-इन्सपेक्टर कालीशंकर को देखते ही पहचान गया।

''अरे ! पी. ए. साब। आप।''

''हाँ, भई इधर से निकल रहा था...''

''अच्छा किया, आपने...क्या लेंगे...ठंडा ना।...अरे...''

कालीशंकर वहाँ ज्यादा देर रुकना नहीं चाहता था, ऊपर से वह परेशान था, उस चक्कर में, जिसकी वजह से वह वहाँ आया था। वह झूठ बोलना नहीं चाहता था, और सच बोलने से फँसने का अंदेशा था।

''भई। ठण्डा वगैरह छोड़ें, आप।''

''ये नहीं हो सकता।'' इन्सपेक्टर दबाव डाल रहा था।

''कैसे नहीं हो सकता...उधार रहा, फिर कभी...''

''लेकिन क्यों।''

''मुझे बोलने का मौका देंगे आप। आपके हित की बात है।''

कालीशंकर हिसाब भी लगा रहा था और बात भी करता जा रहा था।

''क्यों नहीं सर। मैं तो सिर्फ इतना चाहता था, जब तब आप बोलें... ठण्डा आ जाये...अमा कोई गया कि नहीं...''

सब-इन्सपेक्टर ने पीछे मुड़कर देखा, पुराना सिपाही गमछे का साफा बाँधकर निकल गया था।

''देखिए।'' कालीशंकर को उस इन्सपेक्टर का नाम नहीं याद आ रहा

था। नाम तो उसका इन्सपेक्टर को भी याद नहीं आ रहा था, तभी तो वह पी. ए. साब. कहकर बुला रहा था, उसको।

"हाँ पी. ए. साब। सर जी। बोलिए। कहिए ना।"

"मैंने देखा इधर बड़ी गहमा-गहमी है, कुछ पुलिस की गाड़ियाँ..."

"अरे वो पी ए सर जी...वो तो सर जी। वो तो...दो डाकुओं को पकड़ने की सरगर्मी है।"

"डाकू।"

"कातिल, खूनी, पुलिस नहीं छोड़ेगी उनको।"

कालीशंकर को हँसी आ गयी। एक तो पुलिसिया बार-बार सर जी, सर जी, कह रहा था, दूसरे पुलिस नहीं छोड़ेगी, कातिल, खूनी डाकुओं को, जबकि वो छूटे हुए थे और अगर वह पुलिस को न बताए, तो दुर्लभकाछी, जालिमखाँ एक तरह से निकल भागे थे।

"आप हँस रहे हैं सर जी।"

इस बार सर जी कहने पर कालीशंकर को जोर-जोर से हँसी आयी। काफी देर तक वह हँसता रहा। पुलिसिया करता भी तो क्या करता। और कोई होता, और कोई वक्त होता, तब वह दिखलाता अपने हाथ। पकड़कर बन्द कर देता और तब पूछता हँसोगे। लेकिन एक तो वह जानता था, कालीशंकर कौन था, दूसरे वहाँ पर सन्नाटा था और दबिश चल रही थी। पुलिसवाला कोई भी हो, कहीं पर नियुक्त हो, किसी भी ओहदे पर काम कर रहा हो, मामला हफ्ते का हो या ना हो, उगाही का डौल हो या न हो, ठेका या सौदा बन चुका हो या न बन चुका हो, दबिश, हमले या वारदात के मौके पर उसकी मानसिकता बदल जाया करती थी। इससे पहले कालीशंकर कुछ बोले, पुलिस सब-इन्सपेक्टर ने बात साफ करनी चाही थी। वह बोला "सर जी। बात यह है। आपने सुना होगा, पुलिस डिप्टी सुपरिन्टेन्डेण्ट फूलदास साहेब का खून कर दिया गया था।"

"हाँ। तो।"

"दुर्लभकाछी और जालिमखाँ डकैत, खूनी इसी तरफ भागे हैं उनको पकड़ने के लिए..."

"मुझे लगता है, आप ठीक कह रहे हैं, लेकिन एक समस्या है।"

"क्या सर जी।" कालीशंकर ने अपनी हँसी रोकते हुए कहा, "अच्छा, अगर मैं आपको उन डाकुओं का पता बता दूँ तो।"

"मालूम है सर जी। हम्हें मालूम है सर जी।" सब-इन्सपेक्टर के होठों पर दबी हुई हँसी खेल रही थी।

"क्या खाक मालूम है। मैं सिर्फ इतना जानता चाहता हूँ कि अगर वह खबर मैं एस. पी. या आई जी साब को न देकर आपको दे दूँ तो इसमें आपको

कोई फायदा होगा।'' सब-इन्सपेक्टर उठा उसने एक बार महज तौलने के लिए कालीशंकर को घूरकर देखा और फिर उसके पैर पकड़कर बैठ गया, ''सर जी। आपको याद होगा। घाघराघाट पर आप एक बार आए थे, तब आपकी बड़ी खातिर की थी हमने। और आपसे कुछ अर्ज की थी। परमोशन के बारे में।''

''तो।''

''तब आपने कहा था, बताऊँगा। अब आज आप अगर यह बात बता दें तो मुझे परमोशन मिल जायेगा पन्द्रह साल से परमोशन नहीं मिला।''

''अच्छा। ठीक है। मेरा नाम तो नहीं आयेगा।'' कालीशंकर उठकर खड़ा हो गया।

''कैसी बात कर रहे हैं, सर जी।''

''तो जाओ दोनों डाकू डाक बंगले में हैं। और खबरदार ! मेरा नाम ना आये।''

कालीशंकर थाने से निकलकर बाहर आ गया और उसके बैठते ही ड्राइवर ने गाड़ी स्टार्ट कर दी।

उस दिन फिर, कालीशंकर ने टैक्सी छोड़ दी थी और राघव के घर उतर गया था। वहाँ उसका बाप बनवारी रुका हुआ था। उतनी देर में, शहर के दूर-दराज इलाकों से लेकर, कानपुर रोड की दौड़ तक में, कालीशंकर को एक थकन का अहसास हो चुका था। शराब का नशा बार-बार उछाल मार रहा था। जब उसने दारुलशफ़ा छोड़ा था, उस समय कालीशंकर के दिमाग में, सीधी-सादी, योजना थी। उसे अपने बाप कहलानेवाले आदमी, बनवारी को, राघव की विधवा बहन मालिनी के पास छोड़ना था, और उसके बाद उसे जाना था, किसी अनन्त यात्रा की ओर जहाँ सोचने-समझने, देखने के लिए कोई न हो और हो एक कभी न समाप्त होनेवाला सन्नाटा, जिसमें वह तलाश करना चाहता था, अपने आपको। लेकिन उसकी योजना में विघ्न आ गया था। मॉडेलहाउस पहुँचते ही, उसे राघव ने धर पकड़ा था कालीशंकर वहाँ रुक नहीं सका था। वह तो राघव की बहन मालिनी से मिल तक नहीं सका था। वह जानता था, वह समझता था, राघव के इन्कलाबी तिलंगे जंगलपार्टी के दोस्त जरूर वहाँ रहे होंगे, अन्यथा, राघव उसे उस तरीके से, बाहर से ही बिदा न करता।

राघव और कालीशंकर की दोस्ती अजीब थी। कालीशंकर उसी व्यवस्था की एक महत्त्वपूर्ण कड़ी था जिस व्यवस्था के खिलाफ राघव ने मुहिम खोला हुआ था, जेहाद बोला हुआ था। असल में कालीशंकर और राघव, काशी विश्वविद्यालय में साथ पढ़ा करते थे। यूनियन की गतिविधियों से लेकर, गंगाघाट की सैर और चाँदनी रात में नाव पर बैठकर घंटों दोनों एक-दूसरे से बिना बोले, बिना बात किये, न जाने क्या-क्या कह दिया करते थे। राघव कार्ल मार्क्स का दीवाना था

और कालीशंकर जिन्दगी की खुशफहमियों का। कालीशंकर गंगा की उत्ताल तरंगों में, जीवन की छोटी-छोटी खुशियाँ तलाश करता, जबकि राघव नदी की तलहटी में बारूद बिछाने की योजना बनाया करता। सूने आसमान में, असंख्य सितारों के बीच, अँधेरी काली रातों में कालीशंकर उन सपनों की पहचान करने की कोशिश किया करता, जो उसकी अपनी जेहनियत, अपने विश्वास, अपनी चाहत से पैदा हुआ करते, जबकि राघव किसी ऐसी लड़ाई की शुरुआत करना चाहता था, जिससे व्यवस्था को तोड़ा जा सके, और एक नयी व्यवस्था को स्थापित किया जा सके। दोनों एक साथ, उठते-बैठते, खाते-पीते, सोते-जागते, लेकिन दोनों का मन दोनों का दिमाग बिलकुल अलग-अलग दूर किन्हीं दो किनारों की तरह था। इसीलिए तो जब कालीशंकर के सपनों का संसार टूटा था, जब उसकी ख्वाहिश, चाहत, अपनापन, सामान्य जीवन की प्रक्रिया, सब कुछ एक झटके में एक साँस में बिखर गयी थी, जब उसी व्यवस्था ने उसे लूट लिया था, जिस व्यवस्था ने, उसे जीवन दिया था, शक्ति दी थी, उस समय कालीशंकर को राघव का घर ही याद आया था। और कौन था जो संकट के समय में उसे सहारा दे सकता था। और जहाँ छुपकर, वह बैठ सकता था, रो सकता था। और फिर अगर समस्या सिर्फ उसकी अपनी होती, अगर सिर्फ उसे ही भागना होता, छुपना होता, ज़ाना होता, तो वह कब का चला गया होता, कहीं भी भाग जाता, कहीं भी छुप जाता, कुछ भी करता, लेकिन वक्त की मार थी या समय की उल्टी धारा का कोई विस्फोट था या भावनात्मक भूकम्प, उसके सामने तो उस रोज जैसे आसमान फट पड़ा था, धरती काँपने लगी थी और चारों तरफ एक भयावह दावानल उमड़ पड़ा था। वह तो जिस जमीन पर खड़ा था, जो विश्वास उसकी धरोहर थी, जिस आस्था के सहारे वह जीकर बड़ा हुआ था, जिस जीवनदायिनी शक्ति ने उसे पाला था, पोसा था, उसी शक्ति के मेरुदण्ड ने, जैसे घात लगाकर उसे लूट लिया था। लूटा तो किसी को एक बार जाता है लेकिन कालीशंकर को तो लगातार सात साल तक, शायद उससे भी ज्यादा, उससे भी पहले, उससे भी अतीत, शायद जन्म से या फिर उससे भी पहले, वही जीवनदायिनी शक्ति उसको लूट रही थी। उसके सत्व, उसकी आत्मा को कुचल-कुचलकर नाश कर रही थी, उसके समस्त अस्तित्व की समूची प्रक्रिया को।

कालीशंकर का दुख बहुत बड़ा दुख था, उसकी व्यथा, उसकी विपदा, उसका संकट, बहुत बड़ा था। कोई नहीं जानता था, किसी को नहीं मालूम था, कहाँ से उसका जन्म हुआ था और कहाँ मिटना था, उसे। वह तो त्रिशंकु की तरह लटका हुआ था, उन ऊँचाइयों में, जिन्होंने एक दिन उसे शरण दी थी, सहारा दिया था। और फिर जब तक वह अपने को सम्भाले, अपनी व्यथा के कष्ट पार करने की योजना बनाये भागे, छिप जाये, अपने को मिटाये या बचाये,

सम्भाले या गर्त में फेंक दे, लाद दिया गया था, उसके सिर पर एक बूढ़ा भद्दा, मटमैला, टूटा-फूटा, ऐसा आदमी, जिसके सारे बदन पर घाव थे और जिसके बदबूदार जिस्म के अन्दर कोई चोट खाई हुई रूह थी, मिटा हुआ, बिखरा हुआ, मन था और जिसे कहा जा रहा था, उसका बाप बनवारी !

बनवारी ! चार हरुफों से बना हुआ एक नाम था, बनवारी, जिसकी अपनी कहानी थी, अपना जीवन था। वह बनवारी जो पिछले बीस सालों से दारुलशफ़ा के इर्द-गिर्द घूम रहा था। किसी शाश्वत मंत्र की तरह उसकी जबान पर थे अलफाज "वो आएगी, वो आएगी"। यह भाग्य की विडम्बना थी, या नियति चक्र का घेरा कि जो बनवारी बीस साल यानि सात हजार तीन सौ दिन या 43800 घण्टे या छब्बीस लाख चार हजार मिनट या 116240000 सेकेण्ड तक पागल था, किसी दूसरी दुनिया का निवासी था उसी समय, उसी वक्त, करीब-करीब वक्त के उसी टुकड़े के करीब, उसी लम्हे के पास, कालीशंकर से, अपने बेटे से आकर मिला था, जब उसके बेटे कालीशंकर का संसार उजड़ चुका था, जब एक विस्फोट हुआ था, एक भूकम्प आया था और जब वह अपने आपको मिटाकर, दूर कहीं दूर अन्तर की गहराई में जाकर छुप जाना चाहता था। उस समय बनवारी उसका बाप बनकर आया था, जब उसे किसी की जरूरत नहीं थी, और वह अकेले रहना चाहता था।

कालीशंकर के सामने, उस दिन का अखबार था और चाय की चुस्की लेकर जैसे ही मुड़े हुए अखबार को उसने सीधा किया, उसके सामने दुर्लभकाछी और जालिमखाँ के गिरफ्तार होने की खबर घूम गयी। बड़े विस्तार से पुलिस की दौड़, सीटियों, वायरलैस की हड़कम्प और सनसनी खेज गिरफ्तारी की रपट थी वहाँ और कहीं भी नाम नहीं था, कालीशंकर का। एक तरह से, कालीशंकर ने राहत की साँस ली और मजे-मजे चाय पीने लगा। चाय करीब-करीब खत्म होने की आयी थी, अखबार के पन्ने पढ़े जा चुके थे, तब कहीं जाकर कालीशंकर को जीवन में पहली बार किसी असीम सफलता के स्वाद का अहसास होने लगा था। हमेशा, समय से पहले सब कुछ बिना जद्दोजहद के पानेवाले कालीशंकर को उस दिन लगा उसने कुछ किया था। दुर्लभकाछी, जालिमखाँ को पकड़वाकर, उसने एक तरह से, अपने सबसे बड़े दुश्मन मुख्यमंत्री उत्सुकदास के ऊपर चोट पहुँचाई थी। उसी अखबार में उत्सुकदास के मुख्यमंत्री बनने की खबर भी छपी थी। किसी को नहीं मालूम था, समूचे विश्व में ब्रह्मांड में, किसी को भी नहीं पता था, दोनों खबरों के पीछे माने क्या थे, कौन जिया था, कौन मारा गया था, कालीशंकर का दिमाग, दूसरी तरफ चलने लगा था, वह कुछ करना चाहता था, कुछ और करना चाहता था। जिस तरह वह सिर्फ वह जानता था, कितनी बड़ी चोट पहुँचाई थी उसने, दुर्लभकाछी, जालिमखाँ को पकड़वाकर उत्सुकदास के ऊपर, उसी तरह

सिर्फ वह जानता था, सिर्फ कालीशंकर जानता था, उसके लिए कितना आसान था, उत्सुकदास को समाप्त करना। बस वह उसी तरह से, चुपके-चुपके, बिना किसी के जाने हुए, अपना काम, अपना खेल जारी रखना चाहता था। सारी रात, सोते-जागते, बिस्तर पर करवट बदल-बदलकर, घने अँधेरों में, शराब के नशे में उलटती हुई पुतलियों को दबाए हुए, उसके अन्दर न जाने कब एक इन्कलाब, एक विद्रोह, आक्रोश का एक दावानल उबलने लगा था। हमला अगर उसकी नौकरी पर होता, धन्धे व्यापार पर होता, उसके शरीर पर होता, उसके मन पर, उसके दिमाग पर अगर खरोंच आयी होती, तब शायद कालीशंकर वैसा कुछ नहीं सोचता, वैसा कुछ नहीं उसके अन्दर जागता लेकिन उसके अन्दर कलह मची हुई थी। जन्म से लेकर, कल तक जिस शोषण का, वह हिस्सा बना था, उस सबसे उसे घिन आने लगी थी और उसकी रगों में उबलता हुआ उसका खून, बार-बार उससे माँग रहा था, हिसाब, उन लमहों का जो, उसने उस भयावह धोखे, उस भयावह षड्यन्त्र के अन्दर मौजूद रहकर गुजारे थे। वह उत्सुकदास को किसी ऐसी यातना, किसी ऐसे षड्यन्त्र का शिकार बनाना चाहता था जिसकी नाप-तौल, जिसका विस्तार, जिसकी पैमाइश उसकी क्षमता के बाहर हो।

कालीशंकर ने फैसला कर लिया था लौटने का। जो सत्ता, जो वैभव, जो राजनीति जो प्रभुत्व, वह, कल एक ठोकर मारकर छोड़ आया था, उस सत्ता, उस वैभव, उस राजनीति, उस प्रभुत्व का नाश करने के लिए एक बार उसे लौटकर, वहीं जाना पड़ेगा। कालीशंकर जानता था वहाँ लौटने का अर्थ क्या था। वहाँ लौटने पर उसे अपनी पत्नी प्रतिभा से अपने पुत्र राहुल से मिलना होगा। वो भी तब जब वह जान गया था, उसे मालूम हो गया था, प्रतिभा उसकी पत्नी नहीं थी, राहुल उसका बेटा नहीं था। लेकिन उसी भरम को उसी विमोह को, उसी जंजाल को उलटकर मुख्यमंत्री उत्सुकदास के ऊपर फेंक डालने के लिए या फिर उसी भरम, उसी विमोह के बारूद से सब कुछ उड़ा डालने के लिए उसे मालूम था, वह जानता था, उसे लौटकर जाना होगा। लेकिन कालीशंकर का मन उदास नहीं था क्योंकि उसे पहली सफलता, दुर्लभकाछी, जालिमखाँ की गिरफ्तारी के रूप में मिल चुकी थी।

तीन

कामूकबाड़ी उर्फ कामयाबसेठ, बड़े संकट में फँस गया था। मेहनत-मशक्कत, तीन-तिकड़म से बनाया हुआ उसका साम्राज्य, अर्थ, तन्त्र-व्यापार, धन्धा सब

कुछ विघटन की कगार पर पहुँच चुका था और उम्मीद की कशिश से बेजार, बेसहारा, कामयाबसेठ अजीबोगरीब स्थिति में पहुँच गया था। उसे नहीं मालूम था, वह नहीं जानता था, उसका क्या होनेवाला था। होना कुछ और था, और हो रहा था, कुछ और।

''रद्दी टीन बोतल बेच डालो'' की बुलन्द आवाज में शहर की सड़कों पर घूमते-घूमते, जिस दिन कामूकबाड़ी दारुलशफ़ा के अन्दर घुसा था, उसी दिन उसकी नियति, उसकी जिन्दगी का पट्टा उत्सुकदास के नाम लिख गया था। उस दिन कामूकबाड़ी की कुंडली में उत्सुकदास का नाम ऐसा जुड़ा ऐसा जुड़ा कि, उसके बाद, उत्सुकदास से अलग कुछ सोचा तक नहीं उसने, कुछ जाना तक नहीं। एक दिन, एक हफ्ते, एक महीने, एक साल नहीं, साल दर साल सबेरे से लेकर देर रात तक, बजट, पंचवर्षीय योजनाओं, विधानसभा की कार्यवाहियों की रद्दी से लेकर सचिवालय से ट्रक के ऊपर ट्रक भरकर, स्टेशनरी का जो माल, कामूकबाड़ी ने पार किया था, उसका कोई अंदाज लगा ही नहीं सकता था। दर्जनों स्टेशनरी से भरे ट्रक कितने महीनों तक, दिन-रात सचिवालय और वहाँ से सम्बन्धित विभागों से उठाकर कामूकबाड़ी ने दूर-दूर कागज की मिलों में ढेर करवा दिये थे। उसके बाद महीनों, सालों तक एक किलो रद्दी उस सचिवालय में ढूँढ़ना मुश्किल हो गया था, जहाँ चारों तरफ रद्दी ही रद्दी, पहले नजर आया करती थी। उस दिन, दारुलशफ़ा के बी ब्लाक की सीढ़ियाँ चढ़ते वक्त, कामूकबाड़ी को कहाँ मालूम था, वह सीमेण्ट कंक्रीट स्लैब सी बनी हुई सीढ़ियाँ चढ़कर, चुनाव में पराजित फटेहाल, एक-एक पैसों को मोहताज, उत्सुकदास का कुछ किलो रद्दी टीन बोतल का सामान खरीदने नहीं जा रहा था, बल्कि वह तो अपनी किस्मत, अपनी मुकद्दर, अपने भाग्य की सीढ़ियाँ चढ़कर उन आसमानी ऊँचाइयों की तरफ जा रहा था, जहाँ उसके जैसे, कितने कबाड़ी पहुँचने का, ख्वाब तक नहीं देख सकते थे। लेकिन कामूकबाड़ी भी तो, दूसरे कबाड़ियों की तरह नहीं था। हर ट्रक माल पर किलो दर किलो के हिसाब से बड़ी ईमानदारी और लगन से, कामूकबाड़ी, उत्सुकदास को उनकी फितरत का हिस्सा कमीशन, दस्तूरी, पहुँचाता रहा। उत्सुकदास उन गुरबत के दिनों में, उधारी चुकानेवालों से मुँह चुराकर, दारुलशफ़ा में कामूकबाड़ी का बेसब्री से इंतजार किया करते थे। सबेरे की चाय से लेकर, रात के खाने तक की व्यवस्था न जाने कितने दिनों तक कामूकबाड़ी ने अपने पास से की थी। तब वह कहाँ जानता था, वह ईमानदारी, वह लगन, वह आस्था, वह विश्वास जो वह उत्सुकदास के पास से अर्जित कर रहा था, वह उन चन्द सिक्कों, रुपयों या चेकों से हजार, लाख करोड़ गुना अधिक मूल्यवान थी। वह आस्था, वह विश्वास, असल में सबको नहीं मिला करता था। उसकी कीमत आंकी ही नहीं जा सकती थी,

उसका मूल्यांकन किया नहीं जा सकता था। उसके बाद कामूकबाड़ी को ठहरने का मौका नहीं मिला। छोटे-छोटे बिजली के तारों की सप्लाई से लेकर बिजली के कन्डेक्टर तारों के कारखानों तक, सफर करते-करते कब कामूकबाड़ी, कामयाबसेठ बन गया, इसका पता, उसे कभी नहीं लग सका। लेकिन जितनी तेजी के साथ कामूकबाड़ी कामयाबसेठ बना था, उतनी ही तेजी के साथ, उसका पतन, उसका नाश होने लगा था। वह परेशान था, दंग था, उसे हैरत हो रही थी, वक्त के इस दौर को देखकर। हैरत तो उसे तब भी हुई थी, जब देखते-देखते, वह कामूकबाड़ी से कामयाबसेठ बना था। उसका सारा हिसाब, सारा गणित बिगड़ चुका था। वह परेशान था, यह जानकर कि वक्त के जिस लमहे को वह अपनी जिन्दगी का सबसे सुनहरा मोड़ समझ रहा था, वह निकला था विनाश की खाई में गिरने का रास्ता।

कामयाबसेठ असल में छोटा व्यापारी था, धन्धेबाज था, एक मामूली ठेकेदार था। उसने जो कन्डेक्टर तार बनाने के छोटे-छोटे कारखाने रजिस्टर्ड करा रखे थे, उनमें उत्पादन कहाँ होता था। वह तो बिजली विभाग के भण्डार गृहों से ही माल की खपत के हिसाब में गड़बड़ी करके, आर्डर की पूर्ति कर दिया करता। आर्डर उसे मिलते थे, उत्सुकदास के कहने पर और उसकी आपूर्ति के लिए, उसे मिलना पड़ता था बिजली विभाग के स्टोरकीपर तथा जूनियर अभियंताओं से जिनको उसके बिलों पर माल मिल जाने की पुष्टि करनी पड़ती। कामयाबसेठ बस आधा-आधा कर लिया करता। माल किसी को न देना था, न किसी को लेना था। असल में जो लाइनें उन दिनों खींची जाती थीं, दूर-दूर इलाकों में सैकड़ों, किलोमीटर बिजली एक सिरे से दूसरे सिरे ले जाने के लिए, लाइन खड़ी करने के दौरान, वेस्टेज, चोरी तथा खारिज माल तथा टूट-फूट के हिसाब में डालकर हजारों बंडल तार इधर-उधर कर दिया जाता। और इसी तरह का माल, कामयाबसेठ के आर्डर की पूर्ति में मेजरमेंट की किताबों के नये पन्नों पर दिखा दिया जाया करता था। यहाँ तक तो ठीक था, लेकिन उसके बाद, उत्सुकदास के कहने पर, कामयाबसेठ ताँबे के स्क्रेप की दलाली के जिस सौदे में फँस गया था, उससे निकलने का उसे कोई रास्ता नहीं नजर आ रहा था। उसने अपनी सारी जमा पूँजी सारी दौलत, उस सौदे में लगा दी थी। बाजार से भी उसने करोड़ों रुपया अपनी जमीन, जायदाद, मोटर गाड़ियाँ, कारखाने तथा कच्चे माल की आमद को गिरवी रखकर उठाया था।

कामयाबसेठ न तो गलत आदमी था न ही किसी बड़े स्तर पर वह जालसाजी करने के काबिल था। उसके पास बड़े स्तर का षड्यन्त्र करने का न तो दिमाग था, न ही क्षमता थी। वह पढ़ा-लिखा तो था नहीं, फिर कहाँ से लाता वह बुद्धि, वह ज्ञान, वह तिकड़म वह तिलस्म जो उसे बता सकता, राष्ट्रीय

और अन्तर्राष्ट्रीय स्तर पर होनेवाली उस साजिश के बारे में। वह तो मारा गया था, बिना वजह।

कामयाबसेठ को मालूम हो चुका था, उसके बचने का सिर्फ एक रास्ता था। और शायद वही रास्ता उत्सुकदास के बचने का भी था। वह रास्ता, वह मुकाम, वह तरकीब थी बढ़ई दीक्षित के पास। कामयाब सेठ अच्छी तरह जानता था जब तक उत्सुकदास मुख्यमंत्री थे, उसका कोई कुछ भी नहीं बिगाड़ सकता था। लेकिन वह यह भी जानता था, ताँबाकाण्ड रूपी टाइमबम बड़ी तेजी से विस्फोट की तरफ बढ़ रहा था और अगर वह बम फट गया, अगर बढ़ई दीक्षित के पास मौजूद असली फाइल खुल गयी, तब उसे कोई नहीं बचा सकता, उत्सुकदास भी नहीं क्योंकि स्वयं उत्सुकदास के राजनैतिक अस्तित्व की धज्जियाँ उड़ जायेंगी, बस एक ही झटके में। ताँबाकाण्ड रूपी बम का रिमोट कंट्रोल बढ़ई दीक्षित के पास था और बढ़ई दीक्षित, अभी हाल, जिस दौर से गुजरा था, उसके कारण, उसके अन्दर अनेक परिवर्तन होने लगे थे। बढ़ई अब उस तरह का डरपोक, कायर, कीड़े-मकोड़ों से डरनेवाला, वेजीटेबल किस्म का इन्सान नहीं रहा था। उस दिन जब अनेक-अनेक कोशिशों के बाद, गहन मानसिक तनाव और संघर्ष से जूझते हुए, उसने जब कृष्णबल्लभ यादव से ताँबाकाण्ड की फाइल का सौदा किया था, तब उसे, इस बात का तनिक भी गुमान नहीं था, किस तरह के खतरनाक लोगों से उसका पाला पड़ा था। वह तो सरल, निश्छल मन से, सुलभ, सस्ते किस्म का ब्लेक मेल या साधारण राजनैतिक लेन-देन के तहत, फाइल लेकर कृष्णबल्लभ के फ्लैट में गया था। लेकिन वहाँ बस यूँ ही जिन्दगी के खेल के किसी दाँव की तरह, उसने सुन ली थीं, कृष्णबल्लभ, कमलासिंह, यशोदाबल्लभ की बातें। वह लोग उसे काटकर फेंक देने की योजना बना रहे थे, फाइल छीन लेने के बाद। भाग खड़ा हुआ था, बढ़ई। एक पल भी नहीं लगा था, उसे समझने में। इतने सबेरे कौन टेलीफोन कर सकता था, इस बात का तनिक भी गुमान बढ़ई को नहीं था। बढ़ई टेलीफोन के करीब आ गया था और उस काले, बेढंगे टेलीफोन को घूर रहा था। किरर-किरर की घंटी उसे कुछ बेसुरी लग रही थी। वह डर रहा था, घबड़ा रहा था, उसकी समझ में नहीं आ रहा था। उसको टेलीफोन उठाना चाहिए या नहीं। बढ़ई ने पिछले दो दिनों में, बहुत कुछ देखा था, सुना था। भुगता था। जिन्दगी के जिस मुकाम पर, वक्त ने उसे लाकर पटक दिया था, उसकी हरकत, उसके प्राणों तक को बार-बार झकझोर रही थी। उसका सत्य, उसका आत्मविश्वास न जाने कहाँ खो गया था दारुलशफ़ा के उन गलियारों में सत्ता के ठेकदारों के साथ जिनके साथ वह उठता था, बैठता था, जिस प्रकार वह बात करता था, जो जगह उसने बनाई थी, समय की धारा में बहते-बहते वह सम्पर्क, वह विश्वास पाने के लिए ही तो उसने

अपनी घरैतिन तक को घर से, एक तरह से, निकाल दिया था। उसे तब कहाँ मालूम था, दूर-दूर तक फैली हुई दारुलशफ़ा की वह इमारत, कंक्रीट, सीमेण्ट की बनी हुई नहीं थी, वह सिर्फ एक इमारत नहीं थी, बी और ए ब्लाक के 325 कमरों में बंटी हुई छत और दीवारों के लम्बे, विशाल भवन का हिस्सा ही नहीं थे, वह तो आदमी को हजम कर डालती थी, खा जाती थी, और फिर दौड़ाया गया था, उसे दारुलशफ़ा के गलियारों में, सड़क पर, पगडण्डी पर बरामदों के कोने-किनारे और सीढ़ियों पर भागते-भागते, बेदम, बदहवास बढ़ई जाकर गिरा था, सीधे रंगीनराय के घर के सामने। लौट गये थे, वो लोग। नहीं पकड़ सके थे, बढ़ई को। बढ़ई साफ निकल आया था। फाइल उसके पास थी। लेकिन रंगीनराय के घर पर पहुँचते-पहुँचते, उसका दम फूलने लगा था और जैसे ही वह उस सुरक्षा कवच के अन्दर पहुँचा था, गिरकर, छटपटाकर बेहोश हो गया था। लेकिन बेहोश होने से पहले, बढ़ई ने फाइल सुरक्षित करवा दी थी और उस फाइल के अन्दर दफन रहस्य की बात इशारे से सबको बता दी थी।

ताँबाकाण्ड की जो फाइल बढ़ई के पास थी, उसके अन्दर उत्सुकदास और कृष्णबल्लभ के दस्तखत थे। इन लोगों ने सारा ताँबा कामयाबसेठ को देने की सिफारिश की थी। जाहिर था, तब तक सारा राजनैतिक हमला, गुरुपदस्वामी के ऊपर था। अखबारों में, पत्र-पत्रिकाओं में, संसद में सीधे, तरीके से गुरुपदस्वामी के ऊपर घपला करने का, राजनैतिक प्रभुत्व के प्रयोग से भ्रष्टाचार को बढ़ावा देने का और स्टेट क्राफ्ट, राज्यतंत्र का दुरुपयोग करके कामयाबसेठ नामक राष्ट्रविरोधी तत्त्वों को बढ़ावा देने के आरोप लगाये थे। राष्ट्रविरोधी तत्त्वों ने कामयाबसेठ को सिर्फ मोहरा बनाया था। उनका हमला उस विदेशी कार्टल के ऊपर था, जो देश का कच्चा माल खुफिया रास्तों से विदेशी औद्योगिक ताकतों तक पहुँचाना चाहते थे। उधर गुरुपदस्वामी को इस बारे में कुछ भी पता नहीं था। उनसे जिस फाइल पर दस्तखत कराये गये थे, वह डुपलीकेट फाइल थी। असली फाइल मिल जाने से, वह आरोप जो गुरुपदस्वामी के ऊपर लगाये गये थे, सीधे उत्सुकदास के ऊपर आते थे और तब जब तांबे का ट्रक, अफीम की पेटियों के साथ, पकड़ा जा चुका था और जब अफीम की खेती करनेवाले यशोदाबल्लभ ने अपने दुश्मन, डिप्टी सुपरिन्टेन्डेण्ट आफ पुलिस को दुर्लभकाछी, जालिमखाँ के जरिए मरवा दिया था।

बढ़ई को जब होश आया था, तब बजरबट्टू ने उसके कहने से रंगीनराय को बुलाया था। बढ़ई ने रंगीनराय को फाइल दे दी थी। लेकिन उस दिन रंगीनराय के घर पर गदर का माहौल था। असन्तुष्ट विधायकों की बैठक होनेवाली थी, पार्टी अध्यक्ष वहाँ पर बलदेव चौधरी के साथ आनेवाले थे। रंगीनराय ने दरोगा द्विवेदी को फाइल देखने के लिए कहा था, लेकिन दरोगा

उस दिन बेहद मशगूल था। उसे गुरुपदस्वामी से अपने बड़े भाई के अपमान का बदला लेना था। फिर भी बात जितनी समझनी थी, दरोगा समझ गया था।

ताँबाकाण्ड का जो उपयोग हो सकता था, वह उपयोग तो रंगीनराय पहले ही कर चुके थे। उस भयावह संकट के दौर में, जब राजनैतिक गतिविधियाँ, स्वयं उनके सामने, उनके घर में, उनकी आँख के सामने, उनके नेतृत्व में, राष्ट्रीय पार्टी अध्यक्ष एवं प्रदेश के सबसे वरिष्ठ नेता बलदेव चौधरी की मौजूदगी में, उनकी शर्तों पर उनके बताये हुए तरीकों से उन मुद्दों को लेकर, किसी अघोषित युद्ध की तरफ बढ़ रही थी, जिसके कुछ निश्चित परिणाम होने थे। ऐसे समय में रंगीनराय को भला, बढ़ई की बातों में क्या दिलचस्पी हो सकती थी।

चन्द घण्टों के बाद ही, बढ़ई को यह बात अच्छी तरह समझ में आ गयी थी। वह समझ गया था, जान गया था, रंगीनराय, दरोगा द्विवेदी जिस संघर्ष में जूझ रहे थे, उसमें उसकी योजनाओं का कोई स्थान नहीं था। और फिर विधायक दल की मीटिंग के बाद, जब गुरुपदस्वामी ने इस बात की घोषणा कर दी थी कि रंगीनराय को प्रदेश पार्टी का अध्यक्ष बनाया जायेगा, यह बात और स्पष्ट हो गयी थी कि रंगीनराय, दरोगा द्विवेदी गुट की बढ़ई में दिलचस्पी सीमित थी, सिर्फ सीमित। उसके बाद रंगीनराय के फ्लैट में रुकने का कोई औचित्य नहीं था। हालाँकि निकलने में खतरा था। कमलासिंह और यशोदाबल्लभ उसके ऊपर दुबारा हाथ डालने की कोशिश कर सकते थे। ताँबाकाण्ड की फाइल उनके लिए जीवन मरण का प्रश्न बन गयी थी।

बढ़ई का मन नहीं कर रहा था, वहाँ अब और रुकने का। वह जान गया था समझ गया था, दूर-दूर तक आशा की कोई किरण नहीं दिख रही थी। वहाँ, रंगीनराय के घर में उसका दम घुटने लगा था। उधर बाहर खतरा मँडरा रहा था। उसे याद आ रही थी, यशोदाबल्लभ और कमलासिंह की बातचीत। उसे याद आ रहा था वह खूनी खेल, उन दरिन्दों की साजिश जिसके तहत दुर्लभ काछी, जालिमखाँ, जैसे डकैत, जो फूलदास डी. एस. पी. के कातिल थे उस फूलदास के कातिल थे जो राष्ट्र के गृहमंत्री गुरुपदस्वामी की प्रिय बाई जी का भतीजा और मुँहबोला बेटा था। जब उन राक्षसों ने फूलदास को नहीं छोड़ा तब भला वह किस खेत की मूली था। बढ़ई ने फैसला कर लिया था, चले जाने का, दूर-दूर चले जाने का।

अगले दिन मुँह अँधेरे बढ़ई, रंगीनराय के फ्लैट से निकलकर भाग गया था। उसने फैसला कर लिया था शहर छोड़कर चले जाने का। उसे अपनी घरैतिन की बड़ी याद आ रही थी। शहर छोड़ने से पहले उसे सिर्फ दो काम करने थे। एक बार घर जाना था उसे, जहाँ से कुछ पैसे, कपड़े चेकबुक और लॉकर की चाभी लेनी थी उसे और फिर जाना था, उसे बैंक जहाँ, तांबकाण्ड की फाइल

लॉकर में छुपाकर रख देनी थी।

रंगीनराय के घर से निकलकर बढ़ई सीधे अपने घर गया। वहाँ उसने जल्दी-जल्दी कुछ कपड़े, चेकबुक, पैसे और लॉकर की चाभी उठाई और घर बन्द करके निकलनेवाला था, तभी टेलीफोन की घंटी बजने लगी। बढ़ई फोन उठाना नहीं चाहता था, लेकिन यह सोचकर उसने फोन उठा लिया कि शायद फोन किसी काम का हो या आखिरी बार, फोन सुनने में हर्ज ही क्या था। बहुत होगा वह बोलेगा नहीं, बिलकुल नहीं बोलेगा।

इतने सबेरे कौन टेलीफोन कर सकता था, इस बात का तनिक भी गुमान बढ़ई को नहीं था। बढ़ई टेलीफोन के करीब आ गया था और उस काले, बेढंगे टेलीफोन को घूर रहा था। किरर-किरर की घंटी उसे कुछ बेसुरी लग रही थी। वह डर रहा था, घबड़ा रहा था, उसकी समझ में नहीं आ रहा था, उसको टेलीफोन उठाना चाहिए या नहीं। बढ़ई ने पिछले दो दिनों में, बहुत कुछ देखा था, सुना था भुगता था। जिन्दगी के जिस मुकाम पर, वक्त ने उसे लाकर पटक दिया था, उसकी हरकत, उसके प्राणों तक को बार-बार झकझोर रही थी। उसका सत्य, उसका आत्मविश्वास न जाने कहाँ खो गया था। दारुलशफ़ा के उन गलियारों में, सत्ता के ठेकदारों के साथ जिनके साथ वह उठता था, बैठता था, जिस प्रकार वह बात करता था, जो जगह उसने बनाई थी, समय की धारा में बहते-बहते वह सम्पर्क, वह विश्वास पाने के लिए ही तो उसने अपनी घरैतिन तक को घर से, एक तरह से, निकाल दिया था। उसे तब कहाँ मालूम था, दूर-दूर तक फैली हुई दारुलशफ़ा की वह इमारत, कंक्रीट, सीमेण्ट की बनी हुई नहीं थी, वह सिर्फ एक इमारत नहीं थी, बी और ए ब्लाक के 325 कमरों में बँटी हुई छत और दीवारों के लम्बे, विशाल भवन का हिस्सा ही नहीं थी, वह तो आदमी को हजम कर डालती थी, खा जाती थी, पता तक नहीं लगता था, वहाँ इन्सान का, इन्सानी जज़बों का, आदमियत के आधारभूत तत्त्वों का। बढ़ई को उस दिन, जब वह, रंगीनराय के फ्लैट से निकलकर, दारुलशफ़ा से बाहर आया था, ऐसा लगा था, खूनी शिकंजों का जाल फैला हुआ था, चारों तरफ काली, भयावह, डरावनी छायाएँ मँडरा रहीं थी। दरिन्दों, खूनी भेड़ियों और आदमी कहलानेवाले जानवरों से भरे-पूरे संसार से निकलकर भागने का मन हो रहा था उसका। उसे लग रहा था, वह दुनिया उसकी नहीं थी। वह संसार उसका नहीं था। उसे वहाँ से कब का भाग जाना चाहिए था। कृष्णबल्लभ, कमलासिंह, यशोदाबल्लभ, दुर्लभकाछी, जालिमखाँ, उत्सुकदास, रंगीनराय, बलदेव चौधरी, लोबीराम, बलरामशास्त्री, गुरुपदस्वामी, दरोगा द्विवेदी, मनोहरलाल, मूलचन्द यह नाम मनुष्य की योनि के नहीं थे, बल्कि ये नाम थे, आदमी की शक्ल में, आदमियत का जामा पहने हुए उन जानवरों के उन भेड़ियों के जो, गली-गली

शहर-शहर, मोहल्ले, इलाके, जिले और प्रदेश में घूम-घूमकर लूट, आपाधापी, हिंसा और अराजकता का ऐसा व्यापार कर रहे थे, ऐसी तिजारत कर रहे थे, जिसका नाम तो था राजनीति लेकिन जिससे समूची मानवता, सारी सभ्यता, विशाल संसार की विराट् सांस्कृतिक धरोहर, सदियों, शताब्दियों का विश्वास टूट-टूटकर बिखर रहा था, नष्ट हो रहा था। टेलीफोन की घंटी बजती जा रही थी। बढ़ई जानता था, कुछ पल ही और थे, उसके बाद टेलीफोन की घंटी बन्द हो जायेगी और हमेशा के लिए, यह एक रहस्य बनकर रह जायेगा आखिर टेलीफोन किया किसने था। और फिर टेलीफोन पर, बढ़ई को लगा, न तो कोई खतरा था, और न ही कोई भी, किसी प्रकार से, उसे मजबूर कर सकता था। बढ़ई ने बिना कुछ सोचे, आगे बढ़कर फोन उठा लिया था। कुछ देर तक साँस रोक कर वह, इस बात का इतंजार करता रहा, वह आदमी जिसने टेलीफोन किया था, पहले कुछ बोले, जिससे वह उस आवाज को सुनकर पहचान सके, आखिर वह था कौन। तभी उसे सुनायी दिया उस तरफवाला आदमी, बार-बार हैलो-हैलो कह रहा था। बढ़ई को लगा, वह आवाज, उसने पहले नहीं सुनी थी।

''हैलो।'' बढ़ई ने संयत स्वर रखने की कोशिश करते हुए कहा था।

''कौन धूसिया जी बोल रहे हैं।''

बढ़ई को अपना असली नाम सुनकर विश्वास हो गया जो भी था, वह आदमी, खतरनाक किस्म का नहीं था।

''हाँ।''

''मेरा नाम कामयाबसेठ है। मैं आपसे मिलना चाह रहा हूँ।''

बढ़ई फूट-फूटकर रोने लगा। धीरे-धीरे उसका रुदन बढ़ता गया और कुछ ही क्षणों में वह दहाड़ मारकर रोने लगा।

कामयाबसेठ की जब कुछ भी समझ में नहीं आया, तब उसने सिर्फ इतना कहकर फोन रख दिया, ''मैं आता हूँ...मैं आता हूँ।''

आप सम्भालिए अपने आपको सम्भालिए।''

उधर से यद्यपि कामयाबसेठ ने फोन रख दिया था, बढ़ई की रुलाई का दौर नहीं रुका था। वह उसी प्रकार टेलीफोन पकड़े हुए रोता रहा। उसके मन का ताप, सारा कलुष, समूची व्यथा, फूट-फूटकर आँसुओं की शक्ल में निकल रही थी। वह जितना ही अपने आपको संयत करने की कोशिश कर रहा था, उतना वह आँसुओं के संसार में उलझता जा रहा था। बड़ी देर बाद, उसे जब कामयाबसेठ की याद आयी, तब उसने टेलीफोन का रिसीवर रख दिया था। इस दौर में बढ़ई के दिमाग में मँडराते हुए धुन्ध के बादल छँट गये थे। उसे लग रहा था उसके दुखी, उदास जीवन में जो भयावह विपत्ति आयी थी, वह टल गयी थी। हल्के-हल्के, लहराते हुए हवा के झोंकों की तरह, उभरता हुआ

आत्मविश्वास उसके अन्दर उछाल मारने लगा था। बढ़ई की हिंसक मनोवृत्तियों, उसकी चोर प्रवृत्ति, एक बार फिर से उसके अन्दर फुँफकारने लगी थी। तभी उसके दिमाग में खतरे की घंटियाँ झनझनाने लगी थीं। वह जानता था, उसका तिलस्मी व्यक्तित्व, केंचुल बदल-बदलकर, अलग-अलग स्थितियों में अलग-अलग आकार में, फर्क रूप धरकर खुद उसके सामने आकर खड़ा हो जाता था। खूब पहचानता था, बढ़ई इस सारी प्रक्रिया को, उसकी धड़कनों का संसार, अपने आप कभी रफ्तार पकड़ लेता और कभी धीमा हो जाता। लेकिन अंत में हमेशा बढ़ई जीत जाता और उसी तरह हमेशा की तरह एक बार फिर बढ़ई जीत गया था। हर बार ऐसा ही होता था। कहीं से टूटकर उड़ता हुआ, वक्त के लमहों से निकलकर किसी तड़प, किसी छटपटाहट के साथ, कोई सहारा, कोई पकड़ सकने के लिए साधन, निकलकर सामने आ जाता और तब महसूस होने लगती बढ़ई को, जिन्दगी की वह सुरसुराहट, वह हरकत जो हमेशा उसे वह आधार, वह शक्ति दिया करती। जिससे वह अपने फार्म में आ जाता और जहरीले साँप की तरह फुँफकारने लगता। उस बार भी ऐसा ही हुआ था। उस बार, जब सब कुछ खत्म हो चुका था, जब उसकी जिन्दगी खतरे में थी, जब वह हिंसक दरिन्दों से करीब-करीब घिर चुका था, जब उसे घिन आने लगी थी, उस सारे माहौल से जिसका वह खुद एक हिस्सा था, जब किसी भयावह अंधड़ में वह फँस चुका था और जब आतंकित, डरा-डरा थका-थकाहारा वह सब कुछ छोड़कर जा रहा था, अपनी उसी घरैतिन के पास, जिसे हिकारत से उसने अभी कुछ दिन पहले ही, घर से अलग कर दिया था, अचानक उम्मीद का रोशन उनमान बनकर, विश्वास का आधार बनकर न जाने कहाँ से, कामयाबसेठ आ रहा था, किसी फरिश्ते का रूप धरकर। उस समय, मुसीबतजदा बढ़ई को, उस समय कामयाबसेठ किसी फरिश्ते से कम नहीं लग रहा था। जहाँ एक तरफ उजड़े हुए उसके सपनों के संसार को ठहरने का, रुकने का, सम्भलने का मौका मिल गया था, उसे लग रहा था, एक बार फिर उसे वह जीवन जीने का मौका मिल सकता था, जिसे वह छोड़ चुका था। फिर भी बढ़ई के लिए इस बात की ताकीद करना जरूरी था, कामयाबसेठ उसके पास अकेले आ रहा था या फिर कमलासिंह, यशोदाबल्लभ, दुर्लभकाछी, जालिमखाँ के साथ ! उसका दिमाग तेजी से हिसाब लगा रहा था। कभी वह कामयाबसेठ को उत्सुकदास के साथ रखता, कभी कृष्णबल्लभ के साथ। कृष्णबल्लभ के साथ जुड़ी हुई थीं, यशोदाबल्लभ और कमलासिंह की शक्लें और दुर्लभकाछी और जालिमखाँ के डरावने नाम और कभी वह कामयाबसेठ को इस सबसे अलग हटाकर उस ठेकेदार, धन्धेबाज व्यापारी की जगह रखता जो उससे गुरुपदस्वामी के मुख्यमंत्रित्व काल में, मिलने आया करता था। उस समय बढ़ई गुरुपदस्वामी का वैयक्तिक सहायक था और

तब तक प्रदेश पार्टी के अध्यक्ष रामेश्वर दीक्षित ने उसका भांडा नहीं फोड़ा था। जब कुछ क्षण कृष्णबल्लभ, यशोदाबल्लभ, दुर्लभकाछी, जालिमखाँ और उत्सुकदास के चेहरों से कामयाबसेठ का चेहरा जोड़ते-घटाते गुजर गये और बढ़ई किसी नतीजे पर पहुँच नहीं सका, बढ़ई उस खिड़की के पास जाकर खड़ा हो गया जहाँ से उसे अपने फ्लैट में आनेवाला आदमी दिखा करता था। कुछ देर यूँ ही शून्य में देखता रहा और शायद वह वहाँ उसी तरह खड़ा रहता, लेकिन तभी उसके घर के सामने कामयाबसेठ की गाड़ी आकर रुक गयी थी और उस गाड़ी से निकलकर कामयाबसेठ अकेला उसके घर की तरफ तेज रफ्तार में, करीब-करीब दौड़ते हुए बढ़ने लगा था।

कामयाबसेठ को घंटी नहीं बजानी पड़ी थी। बढ़ई ने तुरन्त दरवाजा खोल दिया था।

''आप रो क्यों रहे थे, मैं तो घबड़ा गया...सब कुछ कुशल-मंगल तो है।''

कामयाबसेठ किसी भी डरावनी खबर के लिए तैयार था। डरावनी खबर से उसका तात्पर्य जिस्मानी मौत या रूहानी कत्ल से था।

''हम रोने के सिवाय कर ही क्या सकते हैं।''

''क्या मतलब।'' कामयाबसेठ ने तिकोने कमरे में एक हत्थेदार सोफे पर बैठते हुआ पूछा।

''राजनीति में हत्यारों का क्या काम। बड़ी गलत चाल खेल गये थे कृष्ण बल्लभ के गुर्गे।''

''कृष्ण बल्लभ के गुर्गे।''

''हाँ वही वकील कमलासिंह और यशोदाबल्लभ। नतीजा आपके सामने है।''

''नतीजा।''

''हाँ नतीजा। इस दुनिया में सब कुछ चुक नहीं गया है। कहीं है जरूर वह छुपी हुई शक्ति।''

''जरा खुलकर कहिए।''

''देखिए बात बड़ी साफ है। आप चूँकि स्वयं, भुगतभोगी हैं आप सेठ। सब जानते हैं। ताँबाकाण्ड...''

''हाँ। मैं बुरी तरह फँस गया हूँ...उन्हीं मूर्तियों की वजह से।''

''आप। उन मूर्तियों की वजह से।''

''हाँ। लेकिन पहले आप बताएँ।''

''हुआ यूँ...एक दिन मैं अपने कबाड़खाने में कोई पुरानी डायरी ढूँढ़ रहा था।'' बढ़ई जान बूझकर झूठ बोल रहा था।

''वैसे...ताँबाकाण्ड की चर्चा चारों तरफ थी...और डायरी पता नहीं कहाँ

रख दी थी, वह तो मिली नहीं, मिल गयी ताँबाकाण्ड की असली फाइल।''

''फाइल भी कहीं, असली-नकली होती है, धूसिया जी।''

बढ़ई का मन पसीज गया। बड़े दिन बाद कोई उसे उसके मूल जाति सूचक नाम से बुला रहा था। उसके अन्दर खुशी की एक चीख निकल गयी और उस सम्मानजनक सम्बोधन को सुनकर उसे विश्वास हो गया, क़ामयाबसेठ की नीयत में खोट नहीं था। उसने कामयाब को स्नेह से देखते हुए कहा, ''आपको याद होगा, जब गुरुपदस्वामी मुख्यमंत्री थे और मैं उनका वैयक्तिक सहायक था, आप मुझसे मिलने आया करते थे।''

''हाँ। आपका सदैव, उस सहयोग के लिए आभारी रहा हूँ। उसके बाद एक दिन पता लगा आप कहीं चले गये। शायद इसीलिए...''

''मेरे साथ धोखा हुआ था।''

''और मेरे साथ भी।''

''आपके साथ।''

''हाँ।''

''कैसे।''

''कृष्णबल्लभ का भाई यशोदाबल्लभ, आप तो जानते हैं, कारीगर किस्म का इन्सान है।''

''कारीगर। जालिया, बड़बोंग, छारन्दी, कमीना, कुत्ता साला, सुअर का बच्चा, घोड़े की लीद खानेवाला, गू से भी गंदा, क्रिमनल, खूनी दरिन्दा...''

बढ़ई की गालियों का संसार खत्म ही नहीं हो रहा था। वह दुखी था, उसका मन कर रहा था, संसार की सारी गालियाँ, विश्व के समस्त सम्बोधन पलटकर यशोदाबल्लभ के ऊपर दे मारे, लेकिन कामयाबसेठ उर्फ कामूकबाड़ी ने उसे रोक दिया।

''आपको तो पता होगा। यशोदाबल्लभ जाहिल है, पढ़ा-लिखा नहीं है।''

''तभी तो...''

''हाँ। और शायद आपको यह भी मालूम होगा...किस तरह उसकी शादी हुई है...''

''शादी।''

''हाँ। प्रोफेसर ब्रजकिशोर...''

''बी. एच. यूवाले।''

''हाँ। उन्हीं प्रोफेसर ब्रजकिशोर की बिटिया शान्ति से उसका विवाह हुआ था।''

''तो इसमें खास बात क्या है।''

''खास बात यह है, मान्यवर प्रोफेसर की बिटिया शान्ति फिलासफी में

एम. ए. पास है..."

"और यशोदाबल्लभ..."

"अंगूठा टेक।"

"रामोराम यह तो पाप है।" बढ़ई को याद आया वह भी तो मैट्रिक फेल था और कामयाबसेठ कौन पढ़ा-लिखा था।

"और शान्ति तो फँसी थी..."

"किससे।"

"अनेक लोगों से...अनेक प्रकार के उसके किस्से मशहूर हुए थे। उन दिनों, हम्हें तो बस एक ही पता था।"

"कौनवाला..."

"वह है ना, अपना बजरबट्टू।"

"बजरबट्टू।" बढ़ई ने आश्चर्य से मुँह सिकोड़ा।

"हाँ। बजरबट्टू...खैर मैं कह रहा था, उसने मुझे भी धोखा दिया...ऐसा धोखा जो किसी दुश्मन को भी नहीं दिया जाता।"

"धोखा हमेशा दुश्मन को ही दिया जाता है, मान्यवर या फिर।" बढ़ई कुछ सोचने लगा।

"या फिर धोखा देने के बाद, धोखा खानेवाला और धोखा देनेवाले, दोनों एक-दूसरे के दुश्मन हो जाया करते हैं, ना।"

"ठीक कहा आपने—फिर क्या हुआ।"

"बड़े जतन से, धीरे-धीरे, अपनी मेहनत और लगन से, मैंने अपना छोटा सा व्यापार..."

"अगर आपका व्यापार आपका धन्धा छोटा है; तो भला बड़ा क्या होता है।"

"क्या है, सब, लगता है, सब बिखर गया है, टूट गया है, उस कमीने यशोदाबल्ल्भ की नाजायज हरकत से सब कुछ लगता है, बिखर जायेगा।" कामयाबसेठ उदास हो गया था।

"क्या कह रहे हैं, आप।"

"हाँ, लगता है, मेरा अन्त समय आ गया था।...मेरे मन में रुलाई का समुन्दर उमड़ रहा है..."

"क्या आप भी।"

"हाँ। आपको टेलीफोन पर रोते हुए सुनकर, मैं भी रोने लगा था...ऐसा लग रहा था, हम और आप एक ही नाव पर सवार हैं।"

"और वह नाव डूब रही है।" बढ़ई ने नहले पर दहला मारा था।

"इसीलिये तो, एक अजीब तरह का अपनापन, एक अजीब तरह का

भाईचारा, आपके लिए महसूस होने लगा था...और...''

''और।''

''और मैंने सोचा, अपना हिसाब साफ कर दूँ तो अच्छा रहेगा।''

''हिसाब। कैसा हिसाब।''

''जब आप भूतपूर्व मुख्यमंत्री के पी. ए. थे, तब कई बार आपने मेरी मदद की थी। की थी न।''

''हाँ की थी। आप खाली हाथ कभी नहीं आते थे।''

''वह सब तो दस्तूरी था...हक आपका बनता था, इसीलिए ले आया था, मैं।'' कामयाबसेठ ने सेंटर टेबल पर रखा हुआ अपना ब्रीफकेस खोला और उससे रुपये की गड्डियाँ निकालीं। फिर उसने ब्रीफकेस बन्द किया, और उतारकर नीचे रख दिया। बढ़ई दंग था, हैरत के मारे उसकी आँखें, फटी-फटी रह गयी थीं। लेकिन कामयाबसेठ ने उसकी परवाह नहीं की और दस हजार रुपये की गड्डियाँ सेंटर टेबल पर बढ़ई के सामने रख दीं। एक पल के लिए बढ़ई को लगा वह उस कमरे की दीवारों के पास खिड़की, दरवाजों के बाद, आसमानी ऊँचाइयों में उड़ने लगा था। बढ़ई को लग रहा था उसका अनुमान सही था, सब कुछ चुक नहीं गया था, समाप्त नहीं हो गया था, उसे भी जीने का हक था और वह जियेगा।

''आपके जैसे लोग, इस दुनिया में कहाँ मिलते हैं। मैं आपका आभारी हूँ...वैसे इस वक्त ये पैसे, बड़े काम आयेंगे मेरे।'' बढ़ई भाव विभोर होकर बोल रहा था।

''कभी भी, आपको किसी चीज की जरूरत हो, मुझे याद करियेगा।''

''अवश्य।''

''तो मैं चलूँ।'' कामयाबसेठ बोला।

बढ़ई घबड़ा गया। बड़े दिन बाद, उसे सहारा मिला था और उस समय जब वह करीब-करीब डूबने लगा था।

''अरे आप कैसे जा सकते हैं। बैठिए ना जल्दी में हैं क्या।''

''बस। ऐसे ही। जाना था, मुख्यमंत्री आवास की तरफ।''

''वो क्या...क्या कह रहे थे, आप, आपको भी धोखा दिया था, कृष्ण बल्लभ यादव के तिलंगे भाई यशोदाबल्लभ ने।''

''हाँ। भई। वह तो बात रही जा रही थी...फिर कभी।''

''क्यों।''

''किस्सा जरा लम्बा है।''

''अच्छा बताइये तो। आपकी क्या खातिर करूँ।''

''नहीं। बस ठीक है।''

“ये सब चलेगा नहीं...लेकिन यहाँ सब कुछ अव्यवस्थित-सा है, ऐसा करते हैं, कहीं चलते हैं, आपने सबेरे का नाश्ता कर लिया।”

“कहाँ।”

“तो चलिए, कहीं चलकर नाश्ता करते हैं और आपको सुनाता हूँ, अपनी व्यथा।”

“चलिए।” कामयाब उठकर खड़ा हो गया।

“आप नीचे उतरिए...मैं आता हूँ एक मिनट बस।”

“क्यों नहीं।” कामयाब बाहर निकल गया। असल में, बढ़ई, उन दस हजार रुपयों को ठिकाने लगाना चाहता था और रुपये मिलने से जो झटका उसे लगा था, उसे बर्दाश्त करने के बाद ही, वह आगे बढ़ना चाहता था। दूसरे जब कामयाब आ ही गया था तो बढ़ई ने सोचा, लगे हाथ, सारी बात उसी से क्यों न हो जाये। बढ़ई की समस्या थी ताँबाकाण्ड की फाइल का सौदा करना। वह जानता था, उसे मालूम था, उसके पास सिवाय उस फाइल के कुछ भी और नहीं था। वही उसकी पूँजी थी, वही उसकी जायदाद थी और उसी के सहारे जो खेल वह खड़ा कर सकता, वही खेल उसे आगे बढ़ा सकता था। पैसे तो कामयाब दे रहा था, दे सकता था और देगा। लेकिन कितने पैसे माँगे वह, इसका फैसला भी करना था, उसे। एक और खयाल, एक और बात जो उसके दिमाग में खुड़पेंच मचा रही थी, वह थी, बन रहे मंत्रिमंडल की। मंत्रिमंडल बना था, बन रहा था और बनेगा। कई सौदे, कई समझौते, कई दाँव, अभी खेले जाने थे। लोग लगे थे। धन्धा-व्यापार अपनी जगह था। राजनीति अपनी जगह पर थी। बढ़ई बार-बार सोच रहा था। उसके दिमाग में उठा-पटक मची हुई थी। वह परेशान था, उसकी समझ में नहीं आ रहा था, वह क्या करे। वह जानता था कामयाबसेठ कोई मामूली आदमी नहीं था। उसे यह भी मालूम था, दस हजार रुपये कामयाबसेठ ने उसे बस यूँ ही नहीं दे डाले थे। जरूर वह सुनियोजित तरीके से उसे अपने करीब ला रहा था या उसे फाँस रहा था। बढ़ई करीब आने के लिए तैयार था, बढ़ई फँसने के लिए भी तैयार था, लेकिन उसकी समझ में आ नहीं रहा था, आखिर वह खुद क्या चाहता था। सौदा तो उसने फाइल का ही करने का किया था। उसी चक्कर में वह, कृष्णबल्लभ के फ्लैट पर, उस दिन गया था। उस वक्त भी उसने इस बात पर गौर किया था, लेकिन यह फैसला नहीं कर सका था, आखिर कितना पैसा माँगा जाय। उसके बाद सब कुछ तितर-बितर हो गया था और भागते भूत की लंगोटी की तरह, जो भी उसे मिल जाय, उसके लिए वह पूरी तरह से तैयार था। लेकिन बढ़ई के अन्दर बार-बार बिजली की तरह एक बात कोंध रही थी। वह बात थी अगर वह अब और पैसे न माँगकर, कुछ और माँगे। दस हजार तो मिल चुके थे, उसे। वह

जानता था, जब तक फाइल उसके पास थी, वह जितना पैसा माँगेगा, उसे मिलेगा। बढ़ई के पास, बस थोड़ा-सा समय बचा था, और उसे इस अहम मुद्दे पर फैसला करना था कि वह कामयाबसेठ से सौदा कैसे करे, और किस बात का करे। पैसा ही लेना था तो कब, कितना पैसा ले या किश्तों में पैसा लेता रहे या फिर पैसे की जगह बंगला, गाड़ी, गैस, पेट्रोल की एजेन्सी, सीमेण्ट की एजेन्सी, कोटा, परमिट, लाइसेन्स कुछ भी माँगा जा सकता था। बढ़ई ने मेज पर से रुपये उठा लिए और अपने हैन्ड बैग में रखने के बाद, दरवाजे के बाहर निकल आया। उसे पहुँचना था, कामयाबसेठ नीचे गाड़ी में बैठा हुआ इंतजार कर रहा था। चेकबुक, लॉकर की चाभी, वह पहले ही अपने विलायती हैन्ड बैग में डाल चुका था। इतनी देर में, उसने इस बात का तो फैसला कर ही लिया था, कामयाबसेठ काम का आदमी था, लेकिन उससे क्या माँगा जाय, माँगा जाय भी या नहीं और किश्तों में माँगा जाय या एक साथ वसूला जाय, इस बात का निर्णय लेना बाकी था।

कामयाबसेठ ने रुपये दस हजार बढ़ई के सामने फेंककर जो जुआ खेला था जो दाँव लगाया था उसका क्या होगा, यह उसे नहीं मालूम था, लेकिन इतना कामयाबसेठ जानता था, बढ़ई उसके कब्जे में आ चुका था। समस्या थी, उसके सामने ताँबाकाण्ड की। वैसे ही संकट में फँस चुका था, कामयाब। ऊपर से उसे मालूम था, उस हादसे के बारे में, जो बढ़ई के साथ हुआ था। चन्द पैसों के लिए यशोदाबल्लभ ने जो मूर्खतापूर्ण नाटक किया था और जिस तरह कृष्णबल्लभ के कमरे के सामने मारे जाने की धमकी, काटकर फेंक दिये जाने की घोषणा बढ़ई ने सुनी थी, यशोदाबल्लभ के मुँह से फूलदास के कातिल, जालिमखाँ और दुर्लभकाछी के नाम जिस तरह बढ़ई को मालूम हुए थे, उसके बाद, सबके सामने सिर्फ दो रास्ते थे, या तो बढ़ई को मार दिया जाय या फिर उसे खरीद लिया जाय। मुख्यमंत्री उत्सुकदास से जितनी बात कामयाबसेठ की हो सकती थी उसके अनुसार, पहले उसने बढ़ई को खरीदने का अभियान शुरू कर दिया था और जो दस हजार रुपये, उसने बढ़ई को दिये थे, वह उसी प्रक्रिया की पेशकश थी। कामयाबसेठ पूरी तरह तैयार होकर आया था। अगर वह चाहता तो सीधे तरीके मे, वह सौदा कर सकता था, दाम लगा सकता था, फाइल खरीद सकता था, लेकिन इसमें खतरा था, तब शायद बढ़ई भाव बढ़ा देता या फिर पैसे लेने के बाद भी, फाइल न देता। एक खतरा और था और वह था अगर बढ़ई फाइल दे भी देता, तो इस बात की क्या गारंटी थी कि बढ़ई के पास उस फाइल की नकल नहीं थी या उसने बतौर सबूत उस फाइल के कुछ कागज निकालकर अलग नहीं रख दिये थे। एक भी कागज उत्सुकदास के दस्तखतवाला कोई भी कागज, मन्त्रिमण्डल के पतन का कारण बन सकता था।

असल में जो फाइल बढ़ई के पास थी, उसमें कामयाबसेठ का वह प्रस्ताव लगा था, जो उसने विद्युत परिषद को ताँबा खरीदने के लिए दिया था। उस प्रस्ताव में, उसका रेट, यानि दर उस दर से काफी ज्यादा थी, जिस दर पर उसे ताँबा मिला था, उद्योग निगम से ! यह एक ऐसी वित्तीय अनियमितता थी, जिसे सम्भालना नामुमकिन था और वह षड्यन्त्र जो उत्सुकदास के कहने पर रचा गया था, एक झटके में धराशायी हो सकता था। तभी तो कामयाबसेठ ने यह चाल चली थी। उसने उड़ती-उड़ती यह खबर भी सुनी थी, बढ़ई 16 जून की पूरी रात रंगीनराय के फ्लैट में रुका था और उस समय भी वहाँ मौजूद था, जब पार्टी अध्यक्ष वहाँ चाय पीने के बहाने गये थे। कामयाबसेठ को इस बात का डर था, फाइल रंगीनराय, दरोगा द्विवेदी ने देखी थी। जाहिर था, अगर यशोदा बल्लभ ने काटकर फेंकने की अपनी धमकी क्रियान्वित कर दी, बढ़ई मारा गया और फाइल नहीं मिली, तो सारा खेल खत्म हो जायेगा। इसीलिए कामयाबसेठ के कुदरती दिमाग में, साधारण व्यापारिक बुद्धि ने, उसे हमेशा की तरह यही सलाह दी थी कि फूँक-फूँककर कदम रखना चाहिए और बढ़ई को भगवान् मानकर उसकी पूजा करनी चाहिए और धन दौलत दुनिया देकर किसी भी तरह बढ़ई को कब्जे में कर लेना चाहिए। कामयाबसेठ ने काफी देर बाद देखा, बढ़ई गाड़ी के पास खड़ा हुआ था। उसने गाड़ी स्टार्ट कर दी और बायाँ दरवाजा खोल दिया।

"धूसिया जी, आप जानते हैं, यशोदाबल्लभ, अफीम की खेती करता है।" गाड़ी को गियर डाल दिया था, कामयाब ने।

"क्या। क्या कह रहे हैं, आप।"

"यही तो कि कृष्णबल्लभ के भाई यशोदाबल्लभ ने कुछ साल पहले, राष्ट्रीय निर्माण संघ बनाया था।" कामयाबसेठ असल में बढ़ई का विश्वास प्राप्त करना चाहता था, इसीलिए वह यशोदाबल्लभ की बुराई कर रहा था।

"हाँ सुना था, वह सब सरकारी पैसे से हुआ था।"

"तिकड़म, तिलस्म और तीमारदारी से पहले गाँव सभा की सैकड़ों एकड़ जमीन हथियाई गयी थी उसमें सिंचाई विभाग ने ट्यूबवैल बनाया, कृषि विभाग ने बीज, खाद, पेड़, पौधे लगाये, बिजली विभाग ने दर्जनों मील दूर से, हाई टैन्सन लाइन खींचकर, वहाँ बिजली पहुँचाई, बैंक ने ट्रैक्टर, ट्रक और जीप के लिए, उसी जमीन के बिना पर कर्जा दिया जो गाँव सभा से हथियाई गयी थी और फिर..."

"और फिर।" बढ़ई जानते हुए भी अनजान बन रहा था।

"और फिर।" गियर बदलते हुए कामयाब सेठ ने कहा था, "उस जमीन पर, एक बड़ा-सा गेट, लोहे का बहुत बड़ा गेट लगवाया और उसमें काले रंग

की बेकग्राउण्ड में सफेद रंग से लिखा गया था, ''राष्ट्रीय निर्माण संघ !''

''तो, इसमें क्या है ?''

''तो इसमें क्या है।'' गाड़ी को फाइव स्टार होटल की कार पार्किंग में लगाते हुए कामयाबसेठ ने कहा था। गाड़ी के दरवाजे का शीशा चढ़ाकर, वह उतर आया, और गाड़ी लॉक करने के बाद बोला, ''तो इसमें ये है, धूसिया जी...''

''एक मिनट।'' बढ़ई गाड़ी से उतर आया था, ''एक मिनट। ये धूसिया-धूसिया क्या लगा रखा है आपने...सारी दुनिया मुझे बढ़ई कहती है... इतने दिनों से इतने सालों से, यह नाम मेरी रग-रग में, बस चुका है। अब तक अपना असली नाम भूल चुका हूँ मैं।''

''आइए, चलते हैं।''

कामयाब होटल के अन्दर जाने के लिए चल दिया। बढ़ई उसके पीछे था। आठ-दस कदम के बाद होटल की लॉबी पार करके, मनोहर लाल धूसिया उर्फ बढ़ई दीक्षित और कामूकबाड़ी उर्फ कामयाबसेठ, मंत्रिमंडल बनाने और मंत्रिमंडल बचाने के लिए, सबेरे के नाश्ते पर, अपना-अपना षड्यन्त्र रचने के चक्कर में थे। इतनी देर में बढ़ई ने फैसला कर लिया था। वह अच्छी तरह जानता था, कामयाबसेठ मामूली आदमी नहीं था। वह आया तो था, महज एक व्यापारी की तरह, लेकिन था, वह निहायत घुटा हुआ और असल ताकत थी उसके पास ! उस मामूली से व्यापारी के साथ जुड़ी हुई थी सत्ता की वह गोट, राजनीति का वह पेंच, जिसे पकड़कर लग रहा था, बढ़ई को, वह अपना जन्म सफल कर सकता था।

''हाँ तो, धूसिया जी। फिर क्या सोचा आपने।''

कामयाबसेठ ने सोचा, समय बर्बाद करने से कोई फायदा नहीं होगा। और फिर इतनी देर में, वह बढ़ई की औकात भी समझ गया था। उसने अनुमान लगाया था, बढ़ई की कीमत होगी महज चालीस हजार और दस हजार वह दे चुका था। जो ब्रीफकेस उसके पास था, उसमें, पचास-साठ हजार रुपये उसने ऐसे ही डाल दिये थे। वह पूरी तरह से तैयार होकर आया था। उसे मालूम था, वह जानता था समय बड़ी तेजी से भाग रहा था। मंत्रिमंडल अभी बना ही था, उसके ऊपर संकट के बादल मँडराने लगे थे और वह स्वयं ही जिम्मेदार था, उन संकटीय बादलों के लिए। बार-बार, उसकी आत्मा उसे धिक्कार रही थी। हालाँकि कामयाब जानता था गलती उसकी नहीं थी, उसने कोई अपराध नहीं किया था। अगर अपराध किसी ने किया था, तो वह थे, स्वयं मुख्यमंत्री या फिर उनके चहेते, कृष्णबल्लभ का जमदूती भाई यशोदाबल्लभ एण्ड कम्पनी।

लेकिन एक बात जो कामयाबसेठ को साफ-साफ नजर आ रही थी और वह बात थी, उसका नाश, उसकी स्वयं बरबादी। यह तो निश्चित था, अगर

बढ़ई के पास जो फाइल थी, अगर उसे उत्सुकदास विरोधी नेताओं ने हासिल कर लिया तो, उसे कोई नहीं बचा सकता और शायद मुख्यमंत्री का नया, ताजा, मंत्रिमंडल, ताश के पत्तों की तरह लड़खड़ाकर गिर पड़ेगा।

"मुझे लगता है, आप मुझे धूसिया के नाम से ही पुकारेंगे।" बढ़ई जितना बेवकूफ दिख रहा था, उतना था नहीं। उसने अपनी योजना तैयार कर ली थी और उस समय वह इंतजार कर रहा था, सिर्फ सही मौके का।

"क्या रखा है नाम में। मेरे मुँह में आपका यह नाम चाहने पर भी तो नहीं निकलता। क्या करूँ मैं।"

"तो फिर।" बढ़ई चाहता था, बात कामयाब शुरू करे।

"बस, कल तक मैं यहाँ हूँ, और ये रहा मेरा कार्ड।" कामयाब ने अपना विजिटिंग कार्ड बढ़ई की तरफ बढ़ाते हुए कहा।

"कल तक ?"

"हाँ।"

"लेकिन मैं तो आज, और अभी जा रहा हूँ।" बढ़ई ने दाँव फेंका। उसे लग रहा था, अभी आज, इसी वक्त, उसे बात साफ कर लेनी चाहिए।

"आज...अ...भी इ ई।" कामयाब, जैसे ऊँची मीनार से गिर रहा था। उसका कलेजा मुँह में आने लगा। वह घबड़ा गया, उसको पसीना आने लगा उसका दाँव एक झटके में बढ़ई ने उलट दिया था। अपने को शातिर धन्धेबाज समझनेवाला कामयाब एक झटके में गिरने लगा था। उसका हिसाब बिगड़ जाय और बढ़ई वहाँ से उठकर बाहर चला जाय, यह बात कामयाब को मंजूर नहीं थी। वह इस मामले में एक मिनट भी जाया नहीं करना चाहता था। उसने अपना ब्रीफकेस खोला एक झटके में, चालीस हजार रुपये निकाले और मेज पर रख दिये। बढ़ई घबड़ा गया। यह सब उसकी कल्पना से परे था। वह किसी छोटे मोटे, हिसाब के चक्कर में था, और वहाँ तो, मामला कुछ दूसरी करवट लेने लगा था। पलक झपकते ही बढ़ई समझ गया था, वह उस वक्त कुछ भी माँग सकता था। उसने चालीस हजार रुपये, कामयाब की तरफ वापस बढ़ा दिये और सख्त लेकिन नाजुक अंदाज में कहने लगा, "अरे। सेठ ! क्या करूँगा मैं इतने पैसे लेकर...नहीं...नहीं...अभी सुबह ही आपने दस तो दिये हैं। बड़े दिन चलेंगे वो पैसे !"

"क्या कह रहे हैं आप।" कामयाब को लगा उसके चारों तरफ होटल की दीवारें घूमने लगीं उसके पैरों के तल्ले पसीज गये। उसे लग रहा था अगर कुछ देर और वह रुक गया, तो मेज पर रखी हुई प्लेटें, चाकू, काँटे, चम्मच, गिलास सब कुछ उलटकर उसके ऊपर गिरने लगेंगे और वह लहूलुहान होकर वहीं पर गिर जायेगा खत्म हो जायेगा। उसे उम्मीद नहीं थी, बढ़ई जैसा सीधा,

सरल, भों-भों, बिना बात रोनेवाला, मकड़ी चमगादड़, चिलचित्तों से डरनेवाला आदमी, इतना बड़ा खिलाड़ी हो सकता। तभी कामयाब ने अपने आपको सम्भाल लिया, ''देखिए धूसिया जी गोल-मोल तरीके से बात करने से कोई फायदा नहीं, साफ बात है, हम्हें ताँबाकाण्ड की फाइल चाहिए।''

''मिल जायेगी।''

''कैसे।''

''मंत्रिमंडल का विस्तार होना अभी बाकी है।''

''हाँ।''

''मेरी बड़ी इच्छा थी, मुझे उसमें शामिल कर लिया जाता।''

''ये क्या कह रहे हैं, आप...आप तो एम. एल. ए....''

''नहीं हैं...लेकिन एम. एल. सी. की एक सीट खाली है, उस पर छह महीने के अन्दर मैं चुनाव जीत जाऊँगा।''

''लेकिन मैं।''

''आप मुख्यमंत्री से बात कर सकते हैं। मैं आपको फोन करूँगा।'' बढ़ई वहाँ से उठकर चला गया।

चार

16 जून को गुरुपदस्वामी और पार्टी अध्यक्ष मंत्रियों की जो सूची दिल्ली से लेकर आये थे, उसे अमली जामा नहीं पहनाया जा सका था। रंगीनराय, दरोगा द्विवेदी, बलदेव चौधरी की सारी साजिश धरी रह गयी थी। गुरुपदस्वामी ने हलक से निवाला निकालने जैसा काम किया था। उधर रंगीनराय के फ्लैट पर चाय पार्टी के नाम से, पार्टी अध्यक्ष के आने से, गदर का माहौल बन चुका था। खुद लोबीराम, अनुशासन की तमाम जंजीर तोड़कर, विद्रोह की कगार पर पहुँच चुके थे, जब, विमला देवी ने उनको घेरा था। समस्त विधा, सारी राजनीति, दाँव पेंच, उठक-पटक, जोड़-तोड़ की लहर, दरोगा द्विवेदी, रंगीनराय और बलदेव चौधरी की मिली-जुली कोशिशों से एक बवंडर का रूप ले चुके थे। नहीं मालूम था किसी को राजनीति का दौर उन्हें कहाँ ले जायेगा। लेकिन सभी अपनी-अपनी आस्था, अपने-अपने विश्वास के खातिर, किसी अनजानी ताकत के भरोसे, पार्टी हाईकामांड के निर्णय के विरोध में बगावत पर आमादा थे। कुछ भी नहीं था। किसी को नहीं मालूम था, एक छोटी-सी शुरुआत कितने बड़े खेल को जन्म देने जा रही थी। उस दिन तीन-चार घण्टे के अन्दर, पार्टी अन्दर ही अन्दर दो

हिस्सों में बँट गयी थी। एक गुट था गुरुपदस्वामी-उत्सुकदास का और दूसरा बलदेव चौधरी-लोबीराम-रंगीनराय का। सवाल गुरुपदस्वामी-उत्सुकदास और बलदेव चौधरी-रंगीनराय के गुट के टकराव का नहीं था सवाल था लोबीराम का। लोबीराम उस समय राजनैतिक सन्तुलन की धुरी बन चुके थे। प्रदेश के नेताओं से लेकर हाईकमाण्ड तक यह बात सबको मालूम थी, लोबीराम एक गणित का हिस्सा बन चुके थे जिसके बिना सरकार न तो बनाई जा सकती थी और न गिराई जा सकती थी। लोबीराम के गुरुपदस्वामी-उत्सुकदास गुट में शामिल होने से सरकार बनने की प्रक्रिया तेज होनी थी और लोबीराम के बलदेव चौधरी-रंगीनराय गुट में शामिल होने से सरकार के गठन की प्रक्रिया करीब-करीब समाप्त होनी थी। गुरुपदस्वामी-उत्सुकदास, बलदेव चौधरी-रंगीनराय गुटों के बीच किसी तरह का समझौता होने की संभावना नहीं थी। गुटों के सन्तुलन की यह स्थिति कोई एक दिन में नहीं बनी थी और लोबीराम की राजनैतिक शक्ति का अपना रचा हुआ इतिहास था।

वक्त गुजरता रहा, हालात बदलते रहे, धीरे-धीरे लोबीराम मंजते रहे, तपते रहे। कुछ भी नहीं सोचा उन्होंने, कुछ किया भी नहीं लेकिन एक खास किस्म का आत्मविश्वास उपजने लगा था, उनके अन्दर। और फिर एक दिन, वह भी आया जब लोबीराम एक ताकत बन चुके थे। उनके पीछे 60-70 विधायकों की, तीन-चार सौ नेताओं की, हजार दो हजार चमचों, चिलगोजे और चकरबन्ध की फौज तैयार थी। दूर-दूर के इलाकों में उनकी तिजोरियाँ थी, हजारों-हजारों की गाहकी थी, करोड़ों का लेन-देन था और थे अनगिनत धन्धे, जायदाद और जमीनों के पट्टे। और तब लोबीराम ने अपना खेल खेलना शुरू कर दिया था। छोटे-मोटे काम-काज की तरफ वह देखते भी नहीं थे। वह तो लगे थे राजनीति की, विधायकों, सत्ता की तिजारत में जिसका कोई मोल नहीं था, वह तो अनमोल थी। कुछ ऐसा हिसाब-किताब बना रखा था, लोबीराम ने सब कुछ किसी स्वचलित यंत्र की तरह चलता रहता। पार्टी के नेताओं को सब पता था। शक्ति और सत्ता की गोट बिठाने के समय लोबीराम को संग लेकर चलते थे। जिसे भी सरकार बनानी होती वह सरकार बना ही नहीं सकता था, बिना लोबीराम के समर्थन के, और जब सरकार गिरानी होती या मुख्यमंत्री बदलना होता तब भी लोबीराम के बिना कुछ काम नहीं हो सकता था। दोनों स्थितियों में दाम लगाने का काम स्वयं उस नेता को करना पड़ता। जिसे उनके समर्थक की जरूरत हुआ करती। लोबीराम के अन्दर एक अच्छी आदत थी, वह मोलभाव नहीं करते, एक सधी-सधायी व्यवस्था बना डाली थी उन्होंने। न तो उनको पद की आकांक्षा थी, न प्रतिष्ठा की इच्छा। वह तो मंत्री या मुख्यमंत्री भी नहीं बनना चाहते थे। उनको तो चाहिए था सिर्फ पैसा।

लोबीराम को चाहिए था पैसा और बना दिये गये थे वो मंत्री। ऐसा नहीं था, उनको पैसा बिलकुल नहीं मिला था। लेकिन फकत पाँच लाख रुपये में कहीं सरकार बनती है। कुछ चक्कर में आ ही गये थे, लोबीराम। पहले तो महज घुट्टी मारकर वह बैठे रहे। उनको यकीन ही नहीं पूरा भरोसा था, उत्सुकदास जैसा खिलाड़ी, उनका हिस्सा दिये बिना, कैसे सरकार बनाने की योजना बना सकता था। फिर भी उस दिन 16 जून को जब न तो उत्सुकदास का कोई संदेश आया और न ही पैसे आये, तब कहीं जाकर लोबीराम को अपना खेल बिड़गता हुआ दिखाई दिया। कागावासी थे लोबीराम ! सबेरे-सबेरे भांग का गोला लगाने के बाद, चरस की सिगरेटों के कश पर कश खींचते-खींचते जब उनके कानों में सीटियां बजने लगीं, आँखों की पुतलियां उलट-पुलट होने लगीं और सारे बदन में छोटी-छोटी चींटियाँ रेंगने लगीं, तब लोबीराम के ज्ञान चक्षु खुलने लगे। जैसे-जैसे उनको ज्ञान प्राप्त होने लगा, वैसे-वैसे उनकी बेचैनी बढ़ने लगी। कुछ भी कर गुजरने के लिए उनका मन उछाल मारने लगा। लेकिन करें तो करें क्या। चारों तरफ अँधेरा था, कहीं कोई उम्मीद की किरण तक दिखाई नहीं दे रही थी। कशमकश के बीच फँसे हुए लोबीराम के सामने तभी रंगीनराय के यहाँ चाय पार्टी में शामिल होने का निमंत्रण आया था। वह दाँव, वह पेंच, वह मुद्दा जिसकी तलाश में लोबीराम किसी त्रिशंकु की तरह लटक रहे थे, वह उनको मिल गया था। कान में बजती हुई सीटियाँ उछाल मारती हुई भांग के गोले की तरंग और चरस की चिलम का सटका जो उनके अन्दर गदर का माहौल बना चुका था, धीरे-धीरे उतरने लगा। उनको मालूम था, वह जानते थे, रंगीनराय के यहाँ उनकी मौजूदगी समूचे सत्ता तंत्र को झकझोर कर रख देगी। तभी पूरी तरह तैयार होकर लोबीराम, बेवजह, बेमतलब, बिना किसी पुख्ता रणनीति के, रंगीनराय के यहाँ समय पर पहुँच गये थे। लेकिन रंगीनराय के यहाँ जिस भड़ैती रूपी बीरबली खिचड़ी को पकते हुए देखा था उन्होंने उससे एक अजब तरह की घिन पैदा होने लगी थी। वह सारा माहौल, उस माहौल में होनेवाली बातें राजनीति के दाँवपेंच, उठापटक इन सबमें लोबीराम को तनिक भी रुचि नहीं थी। उनको अच्छी तरह मालूम था, इस तरह की बैठक में चीखने-चिल्लाने के अलावा और कुछ नहीं होता। असल में राजनीति का खेल शक्ति का खेल होता जिसमें सत्ता के मानदंड, गिनती के खेल से, संख्या की राजनीति से तय हुआ करते थे। लोबीराम को पता था, गिनती उनके साथ थी, संख्या उनके साथ थी। जिन 60-70 विधायकों को लेकर सत्ता के अखाड़े में उतरे थे, उनको मालूम था, उनकी सोच, उनके विचार, उनका दिमाग उनका दिल धड़क तक नहीं सकता, जब तक वह न चाहें कुछ भी नहीं हो सकता, कोई कुछ भी नहीं कर सकता था। सबके सब उनके पैरों के नीचे दबे हुए थे। किसी को टिकट दिलवाया था

उन्होंने, किसी को वोट, किसी को पैसा, किसी को गाड़ी। धन-दौलत और दुनिया के दोनों जहाँ, नाप-जोख कर लोबीराम ने अपनी तिजोरी में बन्द कर रखे थे। जिसके ऊपर शक हुआ, उसकी तीन पुश्तों तक को गिरवी रख़वा लिया करते थे, लोबीराम ! किसी से कुछ कहने-सुनने की जरूरत नहीं थी। सारी समूची व्यवस्था जो लोबीराम के इशारे पर चलती जमीन, जायदाद, घर, असबाब, पार्टी, वोट, हर चीज गिरवी रख दी जाती उनके पास। बिना कुछ जाने, पूरी की पूरी इन्सानियत उनके इशारे पर चलती। करीब एक करोड़ लोगों के नुमाइन्दों की एक फौज उनके इशारों पर जीने-मरने, कटने-मिटने को हमेशा-हमेशा तैयार रहती। जिसके ऊपर जरा भी संदेह होता, उसे शराब, औरत, जुआ, यहाँ तक खून, डकैती, दंगा-फसाद में फाँस लिया जाता। और वह सारे कागजात सबूत पहुँच जाते लोबीराम की तिजोरी में। कोई निकल नहीं सकता था, उनके चंगुल से।

नशे पानी का समय हो रहा था। चरस की सिगरेट का धुआँ माँग रही थीं उनकी इंद्रियाँ। बार-बार उछाल मार रही थी भाँग की गोलियाँ जो उनके कमरे में रखी हुई थीं। बस कुछ पल के लिए ही उठकर आये थे लोबीराम, रंगीनराय के यहाँ मीटिंग से। उन्होंने तय कर रखा था, उनको मालूम था, उनके पास अब कोई रास्ता था ही नहीं। सिवाय अपना भाग्य रंगीनराय गुट के साथ जोड़ने के। बलदेव चौधरी, रंगीनराय के गुट के साथ लोबीराम के मिल जाने से समीकरण के समूचे दाँव उलट जाने थे। यह तो उत्सुकदास के हलक से निवाला निकाल लेने जैसी बात थी। ऊपर से पार्टी अध्यक्ष का वहाँ मौजूद होना किसी बम विस्फोट से कम नहीं था। सारा समूचा धरातल, समस्त बुनियाद जिसके ऊपर उत्सुकदास मुख्यमंत्री बनने का सपना देख रहे थे, एक झटके में नेस्तनाबूद हो जानी थी। कोई नहीं जानता था, किसी को नहीं मालूम था, क्या होनेवाला था। दूर-दूर तक फैली हुई दारुलशफ़ा की इमारत के 325 फ्लैट की दीवारों से निकल-निकलकर राजनीति के दाँवपेंच, उठापटक के मोड़, परछाइयों के गोल-गोल दायरे में किसी भयावह राजनीति का हिस्सा बनते जा रहे थे। लोबीराम जितनी देर में रंगीनराय के कमरे से निकलकर अपने कमरे तक पहुँचे उनको उत्सुकदास की चूक, उत्सुकदास की भूल पर तरस आ रहा था। एक बार उनको खयाल आया था, उत्सुकदास से मिलने का, लेकिन अगले ही क्षण कुचल डाला था, उन्होंने इस विचार को। जिसका अस्तित्व ही उनकी प्रक्रिया के विरुद्ध था। उनको आश्चर्य इस बात पर हो रहा था आखिर उत्सुकदास जैसा कारीगर कैसे भूल गया था, कैसे इतने बड़े खिलाड़ी से इतनी बड़ी भूल हो गयी थी। कहीं कुछ था जरूर ऐसा, जो उनकी समझ से बाहर था और तभी तो जब लोबीराम अपने कमरे में दाखिल हुए उनका समस्त विश्लेषण, सारी शंकाएँ, सब

कुछ धराशायी हो गया था। विमलादेवी के दोहरे हमले से ! सामने पलंग पर ब्रीफकेस था, जिसे डरते-डरते खोला था उन्होंने। ब्रीफकेस में, कागज नहीं थे कपड़े नहीं थे, फाइलें नहीं थीं, साबुन, मंजन, तौलिया कंघी कुछ नहीं था। उसमें भरे हुए थे पाँच लाख रुपये। जब तक लोबीराम रुपये गिनते या सँभालकर तिजोरी में रखते या फिर कहाँ से आये, कौन रख गया था। इतनी दौलत, इसका कुछ भी अनुमान लगाते, विमलादेवी ने सीधे-सादे तरीके से उनकी सबसे कमजोर रग को पकड़ लिया था और कुछ ही देर में, जब तक विमलादेवी का मुँह उनकी धोती के अन्दर रहा उनके सामने सारा-समूचा ब्रह्माण्ड घूम गया था। कुछ भी सोचने-समझने, जानने का, समय ही कहाँ था। असीम आनन्द की अनुभूति के दौर में लोबीराम की आत्मा, उत्सुकदास की जय-जयकार करने लगी थी। विमलादेवी ने रंगीनराय का प्रपंच, बलदेव चौधरी की चाल, पार्टी अध्यक्ष का दाँव, दरोगा द्विवेदी की बात सब बस एक ही बार में धराशायी कर दिया था। कहीं कुछ बाकी नहीं था, जानने-समझने की कोई जरूरत ही नहीं थी। और तभी दरवाजे पर भाड़-भाड़ थापें पड़ने लगी थीं। गुरुपदस्वामी के तिलंगे पहुँच गये थे, लोबीराम को उठाने के लिए ! बड़ी मुश्किल से लोबीराम ने अपने को विमला देवी से अलग किया था। भागकर कहीं जाने का सवाल ही नहीं था। स्वयं साक्षात् गुरुपदस्वामी अपनी गाड़ी में मौजूद थे और वहाँ उनके घर के सामने तीन तिलंगे, कुछ चिलगोजे और चकरबन्ध पूरा घेराव करने के लिए विद्यमान थे। एक तरफ विमलादेवी का असीम सुख जिसमें जुड़ी हुई थी पाँच लाख की सम्पदा, और दूसरी तरफ थे भारत सरकार के गृहमंत्री, प्रदेश के भूतपूर्व मुख्यमंत्री, पार्टी के महान् नेता गुरुपदस्वामी। कोई चारा नहीं था, कहीं से भी भाग निकलने का कोई रास्ता नहीं था, अगर होता भी तो बलरामशास्त्री के तिलंगे, उनको जाने ही नहीं देते, कहीं भी, किसी भी तरफ गाड़ी में बैठे हुए गुरुपदस्वामी, बी ब्लाक की सड़क पर इंतजार कर रहे थे। उनको डर अगर किसी बात का था तो वह सिर्फ लोबीराम के अपने घर में मौजूद न होने का था। गुरुपदस्वामी लोबीराम की रग-रग को पहचानते थे। समय का अभाव और उत्सुकदास की नादानी से वह परेशान था। उनकी समझ में नहीं आ रहा था, कि आखिर कैसे उत्सुकदास से चूक हो गयी थी। गुरुपदस्वामी को पता था वह अच्छी तरह जानते थे कोई मुख्यमंत्री नहीं बन सकता, लोबीराम के सहयोग के बिना। वह यह भी जानते थे, लोबीराम लालची नहीं थे लेकिन हक छोड़ने का, सवाल नहीं उठता था। फिर भी अगर उत्सुकदास ने सौदा नहीं किया या और कहीं इसकी प्रतिक्रिया के तहत लोबीराम घुट्टी मारकर बैठ गये तब क्या होगा।

कोई ढूँढ़ नहीं सकता था लोबीराम को, किसी के पास उनके खुफिया अड्डों की जानकारी नहीं थी। लोबीराम असल में ऐसे मौकों पर एक समय तक

इन्तजार करने के बाद, किसी ऐसी जगह पर जाकर छुप जाते, जहाँ किसी का ध्यान तक नहीं जा सकता था। वह जगह विधायक निवास का कमरा नहीं हुआ करती, होटल, गैस्ट हाउस, निरीक्षण भवन भी नहीं हुआ करती, बल्कि वह तो किसी छोटे-मोटे, मोची, मेहतर या केवट के घर में जाकर बैठ जाते, जहाँ टेलीफोन, बिजली, गाड़ी, बग्घी कुछ नहीं मौजूद होता। उतनी देर के लिए उनका सम्पर्क समूचे विश्व से टूट जाता। लोबीराम उस दौर में कुंडली मारकर बैठे हुए साँप की तरह फुँफकारते रहते और उनकी हर फुँफकार सत्ता के गलियारों में भूचाल लाने के लिए काफी हुआ करती। मुकद्दर के धनी थे, गुरुपदस्वामी, तब तक लोबीराम के जीवन में वह स्थिति नहीं आयी थी क्योंकि वह रंगीनराय के घर पर होनेवाली चायपार्टी मीटिंग में शामिल हो गये थे। और वहाँ भी वह बार-बार इधर-उधर देखते रहे थे, उत्सुकदास के किसी संदेशवाहक को। मंत्रिमंडल के गठन के चन्द घंटे ही बाकी थे। ऐसे में, लोबीराम को पता था, घुट्टी माकर बैठने से या कुंडली माकर छुपने का कोई अर्थ नहीं था। समय कम था, गतिविधियाँ ज्यादा थीं, और ऐसे में तोड़-मोड़, जोड़-गाँठ के लिए, आखिरी वक्त तक दरवाजा खुला रखना होता था और फिर इसी तकनीकी आचरण का ही परिणाम था जो विमलादेवी, पाँच लाख रुपये लेकर उनके घर में छुपी हुई थीं।

गुरुपदस्वामी के लिए एक-एक पल भारी हो रहा था। राजनीति के बड़े खेल खेले थे उन्होंने। कभी किसी की परवाह नहीं की। उनके दाँवपेंच, उनकी उठापटक, बड़े ही शालीन तरीके से चलती रहती। उसमें एक खूबसूरती होती, एक अंदाज होता। लेकिन आज एक-एक पल भारी होने लगा था। घड़ी की सूई रफ्तार में समय की गिनती लाँघती जा रही थी और समय उनके पास था नहीं। गुरुपदस्वामी देवी के भक्त थे। कई बार जब उनकी विचारधारा संकटपूर्ण स्थिति से गुजर रही होती, वह सप्तशती के श्लोक का मूक पाठ शुरू कर दिया करते। इतना बड़ा संकट उनके जीवन में कभी नहीं आया। इस तरह सड़क छाप राजनीति करने की उनको कभी आवश्यकता पड़ी नहीं और न ही वह उनकी प्रभुता, गुरुता के अनुरूप ही थी। इतने बड़े नेता थे वह, उनको कभी अपने स्तर से नीचे गिरने का मौका आया ही नहीं। स्वयं जब वह मुख्यमंत्री बने थे, तब भी, एक बार भी, एक दिन भी, एक क्षण को भी, वह अपनी गद्दी से यानी अपने गुरुपद महल से निकलकर नहीं गये थे। सब कुछ आँख के इशारे से हुआ करता था। एक शब्द भी उन्हें बोलना तक नहीं पड़ा था। ऊपर से हाईकमाण्ड के नेताओं ने, प्रदेश के समस्त विधायकों ने करबद्ध रूप से उनसे प्रार्थना की थी, मुख्यमंत्री पद का भार ग्रहण करने के लिए। लेकिन गुरुपदस्वामी में और उत्सुकदास में फर्क था और था जमीन, आसमान का फर्क। और फिर

हैरत की बात थी मुख्यमंत्री बनना था उत्सुकदास को और आतंकित, पीड़ित और परेशान थे गुरुपदस्वामी और तभी, बलरामशास्त्री के तिलंगे, लोबीराम को घेरकर गाड़ी के करीब आ गये थे। उस समय गुरुपदस्वामी के अन्दर एक हताशा, एक औचकपन, एक गहराता हुआ खालीपन उछाल मार रहा था। उनको लग रहा था, सब व्यर्थ था किसी काम का नहीं और फिर जिस उत्सुकदास के लिए वह अपनी गुरुता, अपनी महानता, अपना बड़प्पन, सब कुछ छोड़कर, बीचोबीच दारुलशफ़ा की सड़क पर खड़े हुए थे, वह उत्सुकदास खुद उनके लिए कितना खतरनाक हो सकता था। उनको याद आ रही थीं, बाई जी की बातें। और फिर आई. जी. की कहानी। सब कुछ साफ था, सामने था, किसी तरह का कोई संशय नहीं था। काफी कुछ उनकी समझ में आने लगा था। जिस ताँबाकाण्ड में वह स्वयं फँसे हुए थे, उसका भी पूरा तिलस्म, उत्सुकदास का ही रचा हुआ था। जिस राजनीति विचारधारा का वह प्रतिनिधित्व करते थे, वह भी तो डगमगा रही थी। जहाँ एक तरफ वामपंथी गुट ने उनके खिलाफ मुहिम खोल रखा था, दूसरी तरफ दक्षिणपंथी गुट उनसे दूर जाने की कोशिश कर रहा था। गुरुपदस्वामी को लग रहा था, उनकी राजनीति के सारे अनुमान, उनका सारा गणित बिगड़ने लगा था। जिस वामपंथी गुट ने हमेशा-हमेशा उनकी खिलाफत की, उनका मजाक उड़ाया और जिस गुट ने उनके खिलाफ, उनके पूर्ण राजनैतिक पराजय के लिए अच्छाखासा आन्दोलन खड़ा कर रखा था, उसी वामपंथी गुट से साँठगाँठ करके उत्सुकदास ने मुख्यमंत्री पद के लिए, अपना नाम, हाईकमांड से अनुमोदित करवाया था। उधर दक्षिणपंथी गुट उनसे दूर जाने लगा था, मुख्य रूप से उत्सुकदास के लिए उनके अंधविश्वास के कारण। दक्षिणपंथी गुट के नेता अच्छी तरह जानते थे, उत्सुकदास वामपंथी गुट के करीब थे और उनके नाम के प्रति समर्थन देते दूसरे लोगों को उनके खिलाफ हो जाने में कोई देर नहीं लगी थी। इस सारी स्थिति के लिए गुरुपदस्वामी स्वयं अपने आपको जिम्मेदार समझ रहे थे। एक तिलंगे ने आगे बढ़कर गाड़ी का दरवाजा खोला और करीब-करीब ढकेलते हुए लोबीराम को गाड़ी की सीट पर फेंक दिया।

"अरे। लोबीराम कैसे हो भई।"

लोबीराम की घिघ्घी बंध गयी थी। एक तो विमलादेवी का दिया हुआ उधार का सुख, ऊपर से पाँच लाख की रकम, सब कुछ उनके अंदर धीमी-धीमी सुरसुरी उठा रहा था, गिरा रहा था। असल में लोबीराम दहशत में थे, और गुरुपदस्वामी की महिमा से आतंकित थे।

"ठीक हूँ सर ! आप कैसे हैं ? आपने हम्हें बुलवा लिया होता।"

तब तक ड्राइवर को इशारा मिल गया था। तिलंगे उचक-उचककर आगे की सीट पर बैठ चुके थे। एक झटके में आगे की तरफ गाड़ी सरकने लगी।

“अब भई ऐसा भी क्या है हम्हें यहाँ आपसे, मिलने आना पड़ा....तो क्या हुआ। आप पुराने नेता हैं, हम्हारे साथी हैं। लोग यही कह रहे थे, आपको बुला लेते हैं, लेकिन मुझे वह सब मंजूर नहीं था। मैंने स्वयं आपके यहाँ आने का फैसला किया।”

“मैं आपका चेला हूँ गुरु जी। आपका इशारा ही काफी है हम्हारे लिए। आप हम्हारे वरिष्ठ नेता हैं।”

“अरे लोबीराम अब लपेटो नहीं...बात असल में कुछ बिगड़ने लगी थी। इसीलिए हम्हारा मिलना जरूरी हो गया था। जिन सिद्धान्तों के लिए हमने सारे जीवन संघर्ष किया। आज वही आदर्श, वही सिद्धान्त खतरे में हैं।”

“खतरे में।” लोबीराम की समझ से यह सब बाहर था।

“खतरे के बादल पार्टी के ऊपर मँडरा रहे हैं, चारों तरफ कम्युनिस्ट लोगों का बोलबाला होता जा रहा है। हम कितना असहाय महसूस करने लगे हैं।” गुरुपदस्वामी ने दाँव फेंका।

“अब गुरु जी आप ही हम्हारी रोशनी हैं। आप जो रास्ता दिखायेंगे, हम्हें उसी के ऊपर चलना है।” लोबीराम ने आत्मसमर्पण कर दिया था।

मर्सडीज गाड़ी की गुदगुदी सीट पर, एअर कंडीशनर की ठंडी-ठंडी हवा में लोबीराम को कुछ सुकून ही मिला था। एक पल के लिए वह सारा संघर्ष, सारी आपाधापी, सारी व्यथा और समस्त लोभ के आयाम छोड़कर, गुरुपदस्वामी की छत्रछाया में किसी अनन्त सुख की अनुभूति में डूबने लगे थे। “जी सर।” “हाँ सर” “और क्या सर।” कहते-कहते भी उनका ध्यान गुरुपदस्वामी के ऊपर कम और गाड़ी के वैभव के ऊपर अधिक था। लेकिन जब तक, वह सब वह आत्मसात् करते गाड़ी राजभवन के पोर्टिको में आकर रुक गयी थी। उसके बाद तो जैसे सत्ता का समस्त खेल राजनीति के सारे दाँव, गुरुपदस्वामी की जेब में थे और ऊपर से किसी खेल को खेलने की, किसी दाँव को चलने की कोई जरूरत ही नहीं थी क्योंकि सभी खिलाड़ियों को कुछ ही क्षणों में पता लग चुका था, उन मुद्दों, उन मुहरों, उन चालों के बारे में जो गुरुपदस्वामी की जेब में जा चुकी थीं। एक झटके में, एक बार में, बस, गुरुपदस्वामी ने प्रदेश की राजनीति को जैसे राजभवन की खूँटी पर टाँग दिया था। गुरुपदस्वामी के गले में लटकता हुआ कपड़ा जितनी देर में उनकी गर्दन से निकलकर राजभवन के अपने कमरे की खूँटी पर पहुँचा था, उतनी ही देर में, समूचा राजनैतिक तंत्र खुद-ब-खुद जैसे खिंचकर उनके करीब आ गया था और जैसे वह उनके कपड़े की तरह खूँटी पर लटकता हुआ दिख रहा था। गुरुपदस्वामी ने कपड़ा, और लोबीराम का चेहरा, करीब-करीब एक ही वक्त पर खूँटी पर लटकाया था। लोबीराम के आत्मसमर्पण के बाद, कुछ कहने-सुनने के लिए बचा ही नहीं था। अपना संघर्ष,

अपनी चेतना, अपनी समस्याओं से खतरा था जिसे रंगीनराय ने रख दी थीं और जिसके दाँव पेंच दरोगा द्विवेदी ने रचे थे, धराशायी हो चुका था।

बिरजू ने 16 जून की शाम को, लोबीराम के कमरे से, पाँच लाख रुपये से भरा ब्रीफकेस उठाया था। वह ब्रीफकेस, उसी कमरे में, कुछ देर पहले, विमला देवी ने, बिस्तर पर रखा था। असल में, जिस समय लोबीराम रंगीनराय के फ्लैट में असन्तुष्ट विधायकों की बैठक में शामिल होने के लिए पहुँचे, उसी समय राजभवन से लेकर दिल्ली में सत्ता के गलियारों तक, खतरे की घंटियां बजने लगी थीं। पार्टी अध्यक्ष के रंगीनराय के यहाँ, चाय पीने के बहाने, पहुँचने से, एक विस्फोटक स्थति पैदा हो गयी थी, राजनैतिक सन्तुलन बिगड़ने के आसार पैदा हो गये थे। हाईकमाण्ड के पर्यवेक्षक जो राजधानी में मौजूद थे, अपने को असहाय महसूस करने लगे थे, और उत्सुकदास का मुख्यमंत्री बनना संदेह के दायरे में, पहुँच चुका था। बदलदेव चौधरी, विद्रोह की कगार पर जा चुके थे। उन्होंने, प्रदेश पार्टी अध्यक्ष पद से काफी पहले, इस उम्मीद में इस्तीफा दे दिया था कि उनका नाम मुख्यमंत्री पद के लिए, चल सके, विचारार्थ स्वीकार किया जा सके। लेकिन प्रदेश के नेताओं से लेकर, हाईकमाण्ड तक, कोई भी, बलदेव चौधरी की योजना नहीं समझ सका था, और उत्सुकदास का नाम, मुख्यमंत्री पद के लिए तय कर दिया गया था। गरज यह कि बलदेव चौधरी अपनी योजना की असफलता से और लोबीराम पैसे न मिलने की वजह से, अलग-अलग, कारणों से, उसका दिन यानि 16 जून को, रंगीनराय की बैठक में, असन्तुष्ट विधायकों के साथ, पार्टी अध्यक्ष के सम्मान में चाय पीने के बहाने, उस राजनैतिक विद्रोह का हिस्सा बन गये थे, जो कि दारुलशफ़ा में, तब तक करवट बदलने लगा था।

कोई नहीं जानता, विद्रोह की चिन्गारी, किस दावानल में परिवर्तित हो रही थी और मंत्रिमंडल गठन की प्रक्रिया में, उसका क्या असर होनेवाला था। वह सुगबुगाहट, वह भड़कता हुआ विद्रोह, वह सुलगती हुई असंतोष की आग, चारों तरफ, दारुलशफ़ा के दरोदीवार से निकलकर, राजभवन में, जब गुरुपदस्वामी से जाकर टकराई तो उनको अपने साथ उत्सुकदास की कमअकली पर तरस आया था। उनको ताज्जुब हुआ था, वह हैरत के मारे, परेशान थे कि उत्सुकदास, इतनी बड़ी भूल कैसे कर सकते थे। कुछ ही पलों में, जैसे आँखें बन्द करते ही, उनकी अन्तर्शक्ति ने, उनकी तीसरी आँख, ने सब कुछ देख लिया था, समझ लिया था। एक बार तो वह काँप उठे थे और उनको लगा था, सत्ता की बागडोर, उनके हाथ से निकलकर कहीं और जानेवाली थी। वह यह भी जानते थे कि अगर वह मौका निकल गया और उत्सुकदास की नादानी से, मुख्यमंत्री, कोई और बन गया, तो उनका भी बचना मुश्किल था। इसीलिए भारत सरकार के

गृहमंत्री, प्रदेश के भूतपूर्व मुख्यमंत्री एवं उत्सुकदास के संरक्षक, गुरुपदस्वामी ने अपने शिष्य, विधायक एवं मंत्रिपद के उम्मीदवार बलरामशास्त्री को, उत्सुकदास के पास दौड़ाया था लोबीराम को फिरौती देने के लिए। फिरौती की रकम यानि रुपया पाँच लाख, उत्सुकदास ने लोबीराम तक पहुँचाने का काम, अपनी, पुरानी माशूका और विश्वासपात्र कार्यकर्त्री, विमलादेवी के जिम्मे सौंपा था। रकम फिरौती की इसलिए थी, क्योंकि, लोबीराम ने अपने 60 विधायकों की शक्ति के साथ, मंत्रिमंडल को, एक तरह से, अगवा कर लिया था। सबको मालूम था, सभी जानते थे, प्रदेश में, मंत्रिमंडल का गठन ही नहीं हो सकता था, जब तक लोबीराम की तिजोरी में पैसा नहीं पहुँच जाता। उधर उत्सुकदास के सामने, समस्या थी, फिरौती की रकम पहुँचाने की। उत्सुकदास जानते थे, बड़ी देर हो चुकी थी, लोबीराम, रंगीनराय की बैठक में पहुँच चुके थे। वहाँ से उनको निकालना मुमकिन नहीं था। कोई भी ऐसा नहीं कर सकता था उन दिनों, विमलादेवी, बुरी तरह से, उनके पीछे पड़ी थीं। विमलादेवी, असल में पुराने वक्त में, उत्सुकदास के, बड़े काम आयी थीं। मौकापरस्त होते हुए भी, उत्सुकदास, अच्छी तरह जानते थे, विमलादेवी को जो काम सौंपा जायेगा, वह, उसे अवश्य पूरा करेंगी। उनको, वैसे कुछ-कुछ शक था कि विमलादेवी के, लोबीराम से, उस तरह के ताल्लुकात थे। तभी तो, पाँच लाख रुपये से भरा हुआ ब्रीफकेस, उत्सुकदास ने यह कहकर विमलादेवी को दिया था, कि लोबीराम टूट गये थे, और उनको 60 विधायकों के साथ, अपने समर्थन में, वापस लाना था।

विमलादेवी, जिस समय, लोबीराम के फ्लैट में पहुँची, वहाँ कोई नहीं था। उधर रंगीनराय की बैठक में बयानबाजी और भाषणों का सिलसिला निरन्तर कुछ ऐसा चला कि लोबीराम को जमुहाई आने लगी। और भांग की गोलियाँ और चरस की सिगरेट का सेवन करने, वह अपने कमरे की तरफ, इस उम्मीद में चल दिये थे, कि वहाँ जाने और लौटकर आने तक, शायद, उत्सुकदास का कोई आदमी, उनसे सम्पर्क करे। लोबीराम को, विरोध की राजनीति कहाँ आती थी। उनका तो खेल सीधा-सादा था। जब किसी को मंत्रिमंडल बनाना हो, तो उनकी पूजा की जाय और जब किसी को मंत्रिमंडल गिराना हो, तब भी, उनकी पूजा की जाय। इस दौर में ही वह हमेशा लगे रहे। हमेशा पैसा मिल जाने पर वह शांत हो जाया करते थे, क्योंकि सत्ता की राजनीति में उनकी तनिक भी रुचि नहीं थी। उनको तो यह भी नहीं मालूम था, मंत्रिमंडल कैसे बनता है, मंत्री क्या करता है, सरकार कैसे चलती है। लेकिन इस बार, उत्सुकदास की जरा-सी भूल के कारण लोबीराम, भटक गये थे। ज्यादा देर नहीं लगी थी, लोबीराम को वहाँ से निकल भागने में। और उनके कमरे में पहुँचते ही, विमलादेवी ने उनके ऊपर हमला कर दिया था। विमलादेवी ने असल में, लोबीराम की दुखती रग पकड़

ली थी। एक तो, पाँच लाख रुपये के दर्शन करा दिये थे, लोबीराम को और फिर उनके ही प्रिय खेल में, उनको खींच ले गयी थीं।

बिरजू ने कई बार, लोबीराम की तिजोरी पर हाथ साफ करने की कोशिश की थी, लेकिन हर बार उसे नाकामी का ही सामना करना पड़ा था। पहली बार जब उसने लोबीराम की तिजोरी साफ करने का विचार बनाया था, तब, लछमनिया आगे आ गयी थी। ऐसा नहीं था, वह उस दिन तिजोरी खोल नहीं सकता था, लेकिन वह सब, उस दिन जो उसे लछमनिया से मिला था, उसके बाद, तिजोरी की तरफ देखना भी, उसने मुनासिब नहीं समझा था। चारों तरफ शहनाइयाँ बज रही थीं रोशनी का समुन्दर उमड़ पड़ा था, उसके रोम-रोम में असंख्य फुलझड़ियाँ फूट पड़ीं थीं, एक अजीब-सा नशा, एक अजीब-सी मस्ती, उसे खींचकर ले जा रही थी, दूर कहीं दूर उन तमाम विकृतियों और विकास से अलग किसी ऐसे मुकाम पर, जहाँ पर न रुकना था, न ठहरना था। बार-बार बिरजू को लग रहा था, वह जिस तरह, इतने-इतने, दिनों से भटक रहा था, उन गुमनाम अँधेरों में, वह सब व्यर्थ था, उसके किसी काम का नहीं था। एक बार तो, उसने फैसला किया था सब कुछ भूल जाने का लेकिन हजार-हजार कोशिशों के बाद भी, वह नहीं भुला सका था, उस चमकी को जिसको, पाने के लिए, वह चोर बना था, उसने चोरी की थी। एक नहीं, दो नहीं, तीन, चार, पाँच, नहीं, उसने चोरियों का जो सिलसिला, दारुलशफ़ा के अन्दर खड़ा किया था, उसके बाद, उसके पास, इतनी रकम हो गयी थी, वह बम्बई जा सके और चमकी की कीमत अदा करने के बाद, अपना संसार बसा सके। लोबीराम के कमरे में बिरजू असल में एक बड़ा हाथ मारने के लिए ही घुसा था, उस दिन, जब वहाँ उसे, तड़पती हुई लछमनिया मिल गयी थी। बिरजू को उस समय बहुत जल्दी थी, वह एक लम्बा हाथ मारकर, बस बम्बई पहुँच जाना चाहता था, चमकी को उस कैदखाने से छुड़ाने के लिए। इसीलिए बड़े दिनों की देखभाल के बाद, उसने लोबीराम के यहाँ से बची हुई रकम उड़ाने का फैसला किया था।

बिरजू को तब इस बात का पूरा इत्मीनान था, जब वह लोबीराम की तिजोरी से रुपया उड़ाने के लिए उनके कमरे में घुसेगा, तब वहाँ कोई नहीं होगा। लेकिन उसके अनुमान उसका गरिमत, उसका सारा, हिसाब-किताब बिगड़ गया था, जब, वह दबे पाँव, लोबीराम के कमरे का ताला खोलकर उस दिन घुसा था। जैसे-जैसे, बिरजू तिजोरीवाले कमरे की तरफ बढ़ा था, उसके पैरों से टकराकर, लछमनिया के कपड़े, उससे किसी पहचान का जिक्र करने लगे थे।

रहीम भाई, करीम भाई तालेवालों को, नन्हा-सा बिरजू फुटपाथ पर, दंगे के जमाने में, बिलखता हुआ मिला था। उन दिनों रहीम भाई-करीम भाई के घर में कोई औलाद नहीं थी और बार-बार उनका मन औलाद के सुख के लिए

तरसता रहता था। भूलकर भी, रहीम भाई, करीम भाई के सूने संसार में, दूर-दूर तक, औलाद की उम्मीद नहीं थी जब उनको बिरजू मिला था। उन्होंने बिरजू को पाला-पोसा, बड़ा किया और जिगर के टुकड़े की तरह, हमेशा लाड़-दुलार से भरे-पूरे जीवन का सुख दिया। रहीम भाई-करीम भाई का एक सपना था, तालेवाले की जगह, उनके नाम के आगे, तिजोरीवाले, लग जाये। इस सपने को पूरा करने के लिए, उन्होंने बिरजू का अच्छे स्कूल में दाखिला करा दिया। लेकिन पढ़ाई-लिखाई से अधिक बिरजू, लिवर और खटकों के खेल में दिलचस्पी रखता था। उसकी रगों में, उसके खून में, उसके दिलो-दिमाग पर, ताले और चाबी का विज्ञान कुछ इस तरह घुसा था, उसकी समूची मानसिकता को आत्म-सात् कर लिया था, उसने। रहीम भाई, करीम भाई, तालेवालों के घर में, बिरजू की हैसियत, किसी बेताज बादशाह से कम नहीं थी। वह जिधर भी देखता, उसे बस प्यार, इज्जत, असीम स्नेह की धारा में, डूबता-उतराता, एक हसीन संसार दिखाई पड़ता। वह कितना भी भागे, कुछ भी करे, कहीं भी जाय, उसका हसीन संसार, असीम स्नेह की धारा, कभी न टूटनेवाला प्यार और इज्जत की सुनहरी सुरसुरी हमेशा उसके करीब रहा करती। तभी तो, जब रहीम भाई-करीम भाई ने बिरजू को, बम्बई के एक कारखाने में तिजोरी बनाने का काम सीखने के लिए भेजा, तब भी, बिरजू ने किसी चीज की कमी नहीं महसूस की। बिरजू बढ़ता रहा, बिरजू काम सीखता रहा। बिरजू को असल में, तिजोरी बनाने का पूरा काम सीखना था और वह मनोयोग से काम सीख रहा था। प्यारभरी चिट्ठियाँ आया करती थीं, उसके पास। वह भी करीब-करीब रोजाना, रहीम भाई, करीम भाई को खत लिखा करता था। धीरे-धीरे बिरजू के खतों की तादाद कम होती गयी। बम्बई में, उसके कई दोस्त बन गये थे। कुछ कारखाने में काम करनेवाले, कुछ बाहर के। उन दोस्तों के साथ एक बार बिरजू, चमकी के अड्डे पर गया था। असल में उस अड्डे पर चमकी नयी-नयी आयी थी। उस समय तक, उसकी नथ नहीं उतरी थी और बेदाग, बड़ी-बड़ी आँखों से, उसने जब बिरजू को देखा, तो बिरजू के अन्दर तूफान पलटने लगा था। एक अजीब सी बेचैनी, बेलाग, बेसोख्ता, जवानी की करवटों से निकलकर उसके मन की सतहों, पन्नों के नीचे से, उसका प्यार भरा संसार, धड़कते हुए अरमान, सासों की खुशबू, सब कुछ जैसे खिंचा चला आया था। उसकी साँसों के आने-जाने में, जैसे टूट-टूटकर, दिल की तनहाइयाँ, कशिश के मंजर उमड़ने लगे थे। वह बिरजू का पहला प्यार था, सच्चा प्यार था। उसे तो तब तक यह भी नहीं मालूम था प्यार की अंगड़ाइयाँ कैसे उमड़-घुमड़कर उसे तोड़ रही थीं चमकी की आँखों में तैरते हुए आँसुओं ने, और उन आँसुओं के समुन्दर में डूब-डूबकर, निकलनेवाली हर हिचकी ने बिरजू को, जिस मोहब्बत की डोर में बाँध लिया, उसके बाद

उसका वहाँ से बच निकलना मुश्किल था। बिरजू की कुंडली से, चमकी का नाम ऐसा जुड़ा, ऐसा जुड़ा, कभी भी, फिर वह उससे अलग न हो सका।

बिरजू को इश्क हो गया था। लेकिन कोठे पर भला इश्क का क्या काम। वह प्यार की अंगड़ाइयाँ, चमकी की आँखों में तैरते हुए आँसू और उन आँसुओं के समुन्दर में डूब-डूबकर निकलनेवाली हिचकी कोठेवालियों के भला किस काम की थी। वहाँ तो मोल लगा हुआ था, दाम लगाये जा रहे थे, चमकी बिकने के लिए तैयार थी। कोई भी उसे हासिल कर सकता था। दोस्त, चाहनेवालों के बीच में पड़ने से, चमकी का दाम रुपया सात हजार तय किया गया था।

उन्हीं दिनों जिस कारखाने में बिरजू काम करता था, वहाँ हड़ताल हो गयी। लम्बी हड़ताल के दौरान मालिकों ने तालाबन्दी घोषित कर दी। सब बेकार हो गए। बिरजू की नौकरी चली गयी। उसके साथी भी बेकार हो चुके थे। कहीं कोई सहारा नहीं था। वक्त बड़ी तेजी से भाग रहा था। बिरजू का, रहीम भाई-करीम भाई से अब तक नाता टूट चुका था। कोठे पर जाना, शराब पीना, जुआ खेलना, और ऊपर से बेरोजगारी। भिंडी बाजार के जिस मकान में वह रहता था, वहाँ से भी, उसे हटा दिया गया था। रहीम भाई, करीमभाई को बम्बई आने के बाद, बिरजू रोज एक खत लिखता था। धीरे-धीरे, रोजाना जानेवाले खत, हफ्ते-हफ्ते जाने लगे और फिर महीने-महीने। महीनों के बाद, खतों की तादाद, करीब-करीब बन्द ही हो गयी। उसी बीच रहीम भाई बीमार पड़े, तब भी तार आने पर भी बिरजू अलीगढ़ नहीं गया।

बिरजू को सात हजार रुपये का इंतजाम करना था। जब कहीं कोई रास्ता नहीं दिखाई दिया, तब बिरजू ने कारखाने के अपने हुनरमन्द कारीगरों के साथ चोरी करने की योजना बनाई। बिरजू और उसके साथी, ताले, चाबी और तिजोरी का विज्ञान तो जानते थे, लेकिन चोरी का विज्ञान नहीं जानते थे। उन सबकी, वह पहली चोरी थी और सब के सब पकड़ लिए गये थे। चोरी की सजा के बाद जब बिरजू जेल से छूटकर आया था, तब तक उसकी धड़कनों का संसार, उसका पहला प्यार और चमकी की आँखों में तैरती हुई हुचकियाँ न जाने कहाँ काफूर हो चुकी थीं। और ऊपर से सात हजार रुपयों का भी इंतजाम कहाँ हुआ था। बम्बई में, बिरजू के लिए, कुछ नहीं बचा था। चमकी से दूर वह जाना नहीं चाहता था और बम्बई में चमकी उसे मिल नहीं सकती थी। रुपये-पैसों से बेजार रहने का कोई ठिकाना था नहीं उसके पास उसने अलीगढ़ जाने का फैसला किया था। लेकिन अलीगढ़ पहुँचने पर बिरजू को, वह घर न मिला, रहीम भाई, करीम भाई का वह स्नेह और गरिमा का संसार नहीं मिला, लाड़ और दुलार भरा सुख नहीं मिला जिसकी तलाश में, वह बम्बई से आया था। वहाँ पर उसके जेल जाने की खबर पहुँच चुकी थी। तालेवाले के घर में, भला, एक

चोर का क्या काम। उस घर में, जहाँ बिरजू एक बेताज बादशाह की तरह रहा था, उस घर में चोर की तरह वह भला कहाँ रह सकता था। तब तक, रहीम भाई, करीम भाई की अपनी औलादें भी हो चुकी थीं। उनके लड़के आवारा थे, चोर नहीं। बिरजू से वहाँ रुका नहीं गया। एक अँधेरी रात को जिस तरह वह फुटपाथ से आया था, करीब-करीब उसी तरह, वह उस घर से निकल गया था। उसे हैरत हो रही थी, उसे ताज्जुब हो रहा था, इन्सानी रिश्तों के खेल पर। माना था बिरजू ने, उसने गल्तियाँ की थीं, उससे भूल हुई थी, लेकिन क्या रिश्ते-नाते, सम्बन्ध को अच्छाई और बुराई से जुड़ना होगा। क्या परिवर्तन की प्रक्रिया में हार जाने पर, टूट जाने पर, इन्सान, रिश्ते-नातों को, अठारह साल के सम्बन्धों को, बस यूँ ही नोचकर फेंक देगा। बिरजू की समझ में कुछ भी नहीं आया। ऊपर से उस समय बिरजू जिस मनोस्थिति में था, उसमें उसके लिए, रहीम भाई, करीम भाई का प्यार, सम्बन्ध, स्नेह और गरिमा के रिश्ते, बेमाने थे। वह तो सोच रहा था, जी रहा था, उसकी धड़कनों में चमकी के नाम की जो हरकत, बार-बार उछाल मार रही थी, वही थी उसके अन्तर्मन की पुकार, वही था उसका संसार। उसे किसी भी तरह चमकी को पाना था और चमकी को पाने के लिए सात हजार रुपये चाहिए थे। रहीम भाई, करीम भाई तालेवाले के यहाँ से बिरजू करीब-करीब सब रिश्ते तोड़कर निकला था। उसने कुछ कहा नहीं था, वह कुछ बोला नहीं था, बस चुपचाप, निकल आया था। उसके सामने था एक खुला संसार, जहाँ उसे अपनी जगह खुद बनानी थी। लेकिन बिरजू को न तो संसार चाहिए था, न उस संसार में कोई जगह। वह तो खुद अपना संसार बसाना चाहता था। चमकी की बड़ी-बड़ी आँखें, उन आँखों में मँडराते हुए, न जाने कितने तूफान और उन तूफानों से जुड़े हुए कितने मंजर, बार-बार बिरजू को परेशान करते। वह जानता था, उसे मालूम था, चमकी के बिना जिन्दा रहना, उसके लिए मुमकिन नहीं था। बम्बई से अलीगढ़ आने के पीछे भी उसका मकसद था, सात हजार रुपये का इंतजाम, फकत सात हजार रुपये, उसे रहीम भाई, करीम भाई के यहाँ से तब भी, बिरजू को मिल सकते थे, लेकिन उसने, वहाँ का माहौल देखकर पैसे माँगना उचित नहीं समझा। अलीगढ़ छोड़ते ही बिरजू ने फैसला कर लिया था चोरी करने का और कुछ उसे आता नहीं था, वह कुछ भी तो कर सकने की स्थिति में नहीं था। एक बार उसने चोरी की थी बम्बई में, अपने दोस्तों के साथ जिस चोरी में, वह पकड़ा गया था, उसकी गल्तियों को उसने आत्मसात् कर लिया था। और फिर जेल में, उसकी मुलाकात, शातिर बदमाशों और चोरों से हुई थी। न जाने कितना ज्ञान, न जाने कितनी फितरत न जाने कितनी तबदीर, उसने हासिल कर ली थीं। सबसे पहली चोरी बिरजू ने आगरा में की थी। एक-दो चोरी के बाद वह शहर छोड़ देता। आगरा

से मथुरा, मथुरा से इटावा, फरुखाबाद, कानपुर, फतेहपुर होते हुए वह इलाहाबाद पहुँचा था। इलाहाबाद में उसने कई चोरियाँ की थीं। कुछ पुराने इलाहाबाद में, कुछ नए इलाहाबाद में। इलाहाबाद से बिरजू लखनऊ आया था। लखनऊ आने पर बिरजू को लगा था इस शहर में चोरी नहीं की जा सकती।

इस बीच में बिरजू ने चोरियों का अपना विज्ञान बना डाला था। वह बाकायदा, कई-कई दिन, कई-कई हफ्ते, उन इलाकों का सर्वेक्षण किया करता, जहाँ उसे चोरी करनी थी। इलाके के सर्वेक्षण के बाद, वह मोहल्ला चुनता और फिर घर। बिरजू को लखनऊ की हवा में चोरी की बू नहीं मिली थी। नदी पार का पूरा इलाका, उसे चोरी के लिए उपयुक्त नहीं लगा था। वहाँ बंगले थे, बंगलों में कुत्ते थे और रहनेवालों को सारी रात नींद नहीं आती थी। बंगलों में रहनेवाले शराब पीते थे और जो जितने पेग पीता था, वह उतने घंटे सोता था। औरतें थीं, बच्चे थे, आया, नौकर-चाकर, चौकीदार से भरे-पूरे माहौल में चोरी करना उसे ठीक नहीं लगा। नदी के उस पार, लम्बी-लम्बी सड़क, सरकारी मकान और गाड़ियों की आमद, रफत होती रहती। और फिर इस इलाके में पुलिसवालों, चौकीदार, फर्राश, सिपाही ड्यूटी बदल-बदलकर सारी रात गुल मचाते रहते। बिरजू ने असल में भेड़ीमंडी में खोली का जुगाड़ किया था। उसे मालूम था, वह जानता था, चोरी करने के बाद, उसे भेड़ीमंडी ही तो पहुँचना था। राणाप्रताप मार्ग, मदनमोहन मालवीय मार्ग, गोखले मार्ग, वजीरहसन रोड, कालिदास मार्ग, गौतमपल्ली, नवलकिशोर रोड, शाहनजफ रोड, अशोक मार्ग, विधानसभा मार्ग, त्रिलोकचन्द रोड से लेकर पूरे कैशरबाग और लालबाग इलाके को पार करके भेड़ीमंड़ी की अपनी खोली तक पहुँचने में, अनेक पुलिस चौकियाँ और थाने पड़ते थे। इसीलिए बिरजू ने फैसला किया था, इस इलाके की लम्बी-लम्बी सड़कों को पार करना, सचिवालय, राजभवन, कालिदास, माल ऐवेन्यू और गौतमपल्ली के बंगलों में बदलती हुई ड्यूटी करनेवालों से बचकर निकलना और जागते हुए कुत्तों और शराबी किस्म के इन्सानों से दूर रहना मुमकिन नहीं था। उधर कैंट एरिया था जहाँ चोरियाँ नहीं होती थीं और उसके बाद चारबाग से आलमबाग तक कुछ था ही नहीं। कई प्रकार के रेलवे स्टेशन, रेल कारखाने, बस अड्डे और सिर्फ किस्म-किस्म की दुकानें और कुछ मध्यवर्गीय लोगों के मकान थे। आलमबाग का मोहल्ला बिरजू ने पहले ही छोड़ दिया था क्योंकि वहाँ शरणार्थी रहते थे। बिरजू असल में, एक तरक्कीपसन्द चोर था। वह चोरियाँ सोच-समझकर करता था। उसका मन दया, ममता और अनेक मानवीय संवेदनाओं से भरा था। उसने सोचा था जिन लोगों को लखनऊवासियों ने शरण दी थी, जो खुद रिफ्यूजी थे, उनके यहाँ क्या चोरी करना। घूमते-घूमते, फिर बिरजू पुराने लखनऊ पहुँचा था। वहाँ की तंग गलियाँ, सटे-सटे मकान, मकानों की मिली हुई छतें, छतों से उतरने

के लिए दीवारों के खम, सब कुछ चोरी के अनुरूप था। लेकिन बिरजू को मालूम था वहाँ चोरी करना, सब कुछ होते हुए भी, आसान नहीं था। करीब-करीब सब गलियाँ एक तरह की थीं, करीब-करीब सभी मकान एक तरह से बने थे। किसी मकान से निकलकर, गलियों के दरमियान भागते-भागते उसे डर था, वह फिर घूमकर वहीं पहुँच जायेगा, जहाँ से, उसने भागना शुरू किया था। वह जानता था, चौक की घनी बस्ती में, इतनी दौलत थी, इतना पैसा था, इतने जेवरात थे, जिसे उसके जैसे चालीस चोर, चालीस साल तक, लगातार चोरी करते रहें, और पकड़े न जायें, तब भी उतनी दौलत, उतना पैसा, उतने जेवरात खत्म नहीं हो सकेंगे। उसने तय किया था, फिर कभी आयेगा, वहाँ बख्तियार खिलजी के बाशिन्दों को लूटने, जब उसके पास समय होगा और जब वह उस इलाके की गलियों और रास्तों को अच्छी तरह समझ चुका होगा। उसके बाद लखनऊ में कुछ करने के लिए नहीं बचा था। बिरजू हार गया था वह लखनऊ छोड़कर जाना चाहता था। उसने भेड़ीमंड़ी की खोली में अपना सामान भी बाँध लिया था, जब एक दिन, उसकी आँखों के सामने, दारुलशफ़ा की इमारत नाच गयी। वहीं पर, बी. ब्लाक के, एक किनारे पनवाड़ी की दुकान पर, उसने पहली लोबीराम मार्का, चरस की सिगरेट पी थी। जैसे ही, चरस की सिगरेट का धुआँ, उसके अन्दर पहुँचकर, गदर मचाने लगा, उसके सामने धीरे-धीरे दारुलशफ़ा की विशाल इमारत के 325 फ्लैट या सात सौ कमरों में कैद दौलत के भण्डार घूमने लगे।

उसके बाद, बिरजू लखनऊ छोड़कर नहीं गया। भेड़ीमंड़ी की खोली भी नहीं छोड़ी उसने। बिरजू के पास वक्त नहीं था। भेड़ीमंडी की खोली में, उन सफेद दीवारों पर, उसने कोयले की जो लकीरें खींच रखी थीं, वह चमकी की उन काली रातों का हिसाब था, जब गोश्तखोर इन्सान, कोठेवाली को कुछ सिक्के देकर, उसका जिस्म खरीद लेते। बिरजू ने कोठे पर आनेवाले ग्राहकों का हिसाब और चमकी की बलि के आंकड़े, बड़ी कंजूसी से बनाये थे। उसे मालूम था, महीने के चार-पाँच दिन, हर लड़की के अपने होते और चार, पाँच दिन, उसने सन्नाटे के रखे थे। फिर आठ दिन उसने ऐसे ग्राहकों के रखे थे, जो बूढ़े थे, नाकारा थे, और किसी काम लायक नहीं थे। इस तरह उसने जो हिसाब लगाया था, उसके अनुसार महीने में अठारह दिन निकालकर उसने अपनी खोली में, कोयले से सफेद दीवार पर, जो लकीरें खींची थीं वह महीने दर महीने बढ़ती जा रही थीं। चमकी की नथ, जब वह जेल में था, तभी उतर चुकी थीं। उसके बाद का हिसाब, कभी-कभी, उसे डरा देता। ऊपर से, बिरजू को पता था, सात हजार रुपयों से कुछ नहीं होनेवाला था। तब तक चमकी कमाने लगी थी और उसकी कमाई का हिसाब, किस प्रकार होगा, इसका उसे पता नहीं था। फिर

चमकी को लेकर कहीं रहना होगा, कुछ काम-धन्धा करना होगा, घरबार, बर्तन-भांडा, कपड़े-लत्ते, खाने-पीने का सामान भी जुटाना था। इस सबके लिए, उसके अनुमान के अनुसार, काफी रुपया चाहिए होगा और उस रुपये उस पैसे के लिए बिरजू ने, दारुलशफ़ा के अलग-अलग कमरों में, चोरी करना शुरू किया था। कहीं उसे रुपया मिला, कहीं गहने, कहीं सोने के बिस्कुट, कहीं अफीम की पेटियाँ कहीं बम, कही बारूद, कहीं बन्दूकें, कहीं बल्लम, कहीं कांते और कहीं मिला उसे तस्करी का सामान !

छोटी-छोटी चोरियाँ करते-करते बिरजू थक गया था, जब उसे, लोबीराम की तिजोरी के बारे में पता लगा था। पान की दुकान पर, दारुलशफ़ा के कमरों के अन्दर, कॉफी हाउस और लाल बाग की चाय और चाट की दुकानों तक, उसके अनेक दोस्त बन गये थे। उधर वह खुद चरस की सिगरेटों का सेवन करने लगा था। मंडूखाँ की सराय के पहले, दारुलशफ़ा के, पिछले हिस्से में नीम के पेड़ के नीचे भी, उन दिन, चिलम और कुज्जिमों में, गांजा, चरस और अफीम की बैठकें निरन्तर चलती रहती थीं। वहाँ भी बिरजू की पहुँच थी। वहाँ भी जाता था वह। तब तक, दारुलशफ़ा के नेता, विधायक, चमचे, चिलगोजे और चकरबन्ध, उसे पहचानने लगे थे। वहीं पर या शायद पनवाड़ी की दुकान पर, बिरजू को लोबीराम की तिजोरी के बारे में पता लगा था। उसके बाद उसने लगातार लोबीराम के ऊपर नजर रखनी शुरू कर दी थी। घंटों खड़ा रहता वह। दूसरी मंजिल की मुंडेर से, लोबीराम के कमरे पर नजर रखता था, वह। एक दिन, दो दिन, नहीं, कई दिनों तक, उसने लोबीराम के आने-जाने, उठने-बैठने समस्त कार्यक्रम पता लगा लिए थे। चरस की सिगरेट कौन बनाता था। उसका रिश्ता, लोबीराम से, किस प्रकार था। लोबीराम के कमरे में रहनेवाली लड़की लछमनिया कौन थी, उसका रिश्ता लोबीराम से क्या था, वह किस समय आती थी, किस समय जाती थी, इस सबकी जानकारी थी बिरजू के पास। उसकी योजना थी बस लोबीराम की तिजोरी साफ करने की और वह योजना, पूरी करने के बाद उसे मालूम था, वह बम्बई जायेगा, चमकी से मिलेगा। बिरजू ऊपरवाले से, ईश्वर से, रहमदिल खुदा से, बस यही दुआ माँगता कि लोबीराम की तिजोरी से इतना माल मिल जाये, दुबारा चोरी नहीं करनी पड़े उसे।

उस दिन जब किरमिच के जूते पहनकर टार्च और तिजोरी खोलने की चाभियां लेकर बिरजू लोबीराम के फ्लैट में पहुँचा था, लछमनिया वहाँ अपनी बेजार जवानी के मारे तड़प रही थी।

लछमनिया की उम्र 15,16 की रही होगी, जब उसने लोबीराम के यहाँ आना शुरू किया था। दारुलशफ़ा की चारदीवारी से लगी हुई, पान की गुमटी पर, उन दिनों, वह बैठा करती। वैसे लछमनिया का पनवाड़ी बाप, इस बात के

सख्त खिलाफ था कि वह गाहकों को पान लगाकर दे। पनवाड़ी बाप, अधिकतर लछमनिया, को, गुमटी के निचले हिस्से में, बैठने को कहता था, जहाँ वह, कत्था-चूना, पान के पत्ते, तैयार करके, ऊपर दिया करती। चम्पई रंग, उठते हुए उभार कटाव, जवानी जैसे फूटकर बरस रही थी। वह जगह छोटी थी, कपड़े तंग थे और दुनिया बड़ी थी। लछमनिया को अपने चारों तरफ रंगीनियों से भरा-पूरा संसार दिखाई पड़ता था। उसे लगता, वह उड़ी जा रही थी, दूर कहीं आसमानी ऊँचाइयों में। उसे कहाँ मालूम था, जिन्दगी किस खतरनाक चीज का नाम है। चौड़ा माथा, गोल चेहरा, दमकता हुआ रंग, हर किसी को अपनी तरफ खींच लेता। जैसे कोई जादू से, कोई टोना, कोई टुटका, उसकी वड़ी-बड़ी आँखों से फूट-फूटकर निकलता और चारों तरफ के माहौल को अपने आप में समेट लेता। न चाहते हुए भी कई बार पनवाड़ी बाप लछमनिया को दुकान सम्भालने के लिए कहकर, काम-धंधे पर चला जाता। लछमनिया की अपनी अदाएं थीं। शोख अंदाज, मचलते हुए नखड़े, मस्ती भरी निगाहें, गदर सरीखा माहौल पैदा कर दिया करतीं। कोई नहीं जानता था, किसी को नहीं मालूम था, वह कहाँ से आयी थी और उसे कहाँ जाना था। उसके दुकान पर बैठते ही भीड़ उमड़ने लगती। कितनी-कितनी देर, लोग वहाँ खड़े रहते। पान मांगते, पान लेते, पान खाते और थूक देते। फिर माँगते, फिर लेते और फिर थूक देते। उधर लछमनिया बड़े चाव से पान लगाया करती। आँखों में आँखें डालकर, शोख, हसीन अंदाज में पूछा करती, पान की किस्म के बारे में। उसकी दुकान पर आनेवाले गाहकों ने तब तक पान की तीन किस्में बना रखी थीं। वह तीन किस्में थीं, मर्दाना, जनाना और आशिकाना। मर्दाने पान में तम्बाकू, किमाम, जनाने पान में इलाइची, सुपारी और आशिकाने पान में गरी, गुलकंद, मीठी सुपारी इत्यादि पड़ा रहता। कई बार लोगों ने कोशिश की थी, उसका हाथ पकड़ने की। कई बार लोगों ने, उसे सैर-सपाटे के लिए आमंत्रित किया था। एक आध बार, गुमटी के नीचेवाले हिस्से में, जहाँ वह कत्था-चूना, पान के पत्तों की सफाई, कटाई किया करती, लोगों ने घुसने की कोशिश की थी। गरज यह कि लछमनिया का जादू, किसी घुमनी की रफ्तार में, सबके सिर पर चढ़कर बोल रहा था।

तभी एक दिन, म्यूनिसपल्टीवाले, गुमटी उठा ले गये। पनवाड़ी बाप ने गुहार लगाई, दौड़ा भागा, तब कहीं जाकर लोबीराम ने, अपनी सिफारिश और जमानत पर गुमटी वापस दिलवा दी। पनवाड़ी बाप शरीफ आदमी था। वह लोबीराम का एहसानमन्द हो गया, ऋणी भी महसूस करने लगा। बिना नागा, रोज सबेरे-शाम, लछमनिया, तब से, लोबीराम के यहाँ पान के बीड़े पहुँचाने लगी। लोबीराम मारे हया के, एकन्नी-दुअन्नी उसके हाथ में रख देते। फिर धीरे-धीरे हिचक और हया, दूर होने लगी और एकन्नी-दुअन्नी बढ़कर

अठन्नी-रुपया हो गयी। लोबीराम ने लछमनिया की हथेली पर पैसा रखना पहले ही छोड़ दिया था। वह तो पैसा उसके ब्लाउज के अन्दर डालने लगे थे। पहले सिर्फ दूर से पैसा डालने के लिए ब्लाउज तक हाथ ले जाया करते, लेकिन धीरे-धीरे उनका हाथ ब्लाउज के अन्दर ठहरने लगा। जैसे-जैसे, हाथ के ठहरने की मियाद बढ़ती गयी, वैसे-वैसे पैसे की तादाद बढ़ती गयी। उधर लछमनिया के बदन में, जैसे आग लग जाती। एक सुरसुरी, एक खास तरह की जिस्मानी फूट उसके अन्दर जाग उठती और वह बस तड़पकर रह जाती। कई बार लोबीराम उससे पैर दबाने को कहने लगे और कई बार, वह खुद लछमनिया के पैर दबाने की जिद करते। लछमनिया ने अपना पैर तो, लोबीराम को नहीं दबाने दिया लेकिन खुद वह लोबीराम के पैर दबा देती। लोबीराम के पैरों का दर्द, धीरे-धीरे, कमर तक पहुँचने लगा और एक दिन हारकर लछमनिया ने समर्पण कर दिया था। कहाँ तक रुकती, कहाँ तक बचती। बाहर भी खतरा था। गुमटी पर लफंगों की तादाद बढ़ती जा रही थी। उसका रूप, उसका रंग, किनारीदार धोती का पल्लू माथे पर कुछ ऐसा कहर ढाता लोगों की रूह तक काँप उठती। पनवाड़ी ने तभी खाने-पीने की तकलीफ रहने की वजह से और गुमटी पर मचे हुए गदर के कारण, लछमनिया को, मुस्तकिल तौर से लोबीराम के यहाँ लगवा दिया। वहीं रहती, लछमनिया ! सारे काम-काज सम्भाल लिए उसने। लोबीराम उसके बस में थे। वह पाउडर, कंघी, लिपस्टिक इत्र तथा तरह-तरह की धोतियाँ, साड़ी, ब्लाउज, पेटीकोट और ब्रेशियर लाते रहते। लछमनिया राज करती। उसका पनवाड़ी बाप, बेहद खुश था।

लोबीराम कई तरीके से, उसकी मदद किया करते। पनवाड़ी का काम हो गया, लोबीराम का काम हो गया लेकिन मारी गयी बेचारी लछमनिया। लोबीराम जो कुछ उसके साथ करते, उससे, उनको जो कुछ मिलता वह तो अलग था लेकिन लछमनिया बस तड़पकर रह जाती। उसके बदन में अंसख्य चींटियां रेंगने लगतीं और साँसों का आना-जाना बेहद तकलीफ देता उसको। उसे लगता वह किसी कमरे में नहीं बन्द थी, बल्कि निर्वस्त्र व किसी मैदान में खड़ी थी, और सारी दुनिया के मर्द, उसकी तरफ बढ़ते आ रहे थे। जब वह दारुलशफ़ा के लम्बे-लम्बे, गलियारों से निकलकर जाती तो उसे लगता, खिड़कियों से दरवाजों से, कई-कई हाथ उसकी तरफ बढ़ते और उसे अन्दर खींच लेना चाहते थे। वह बेदम, बेजार-सी ऐसी मानसिकता में, बिना किसी कपड़े के उस दिन लोबीराम के बिस्तर में तड़प रही थी, जब बिरजू, चोरी करने आया था। कुछ देर पहले लोबीराम हाथ लगाकर गये थे। सारे बदन में आग लगी थी। गर्मी के दिन थे। उसने, एक-एक करके, अपने सारे कपड़े उतारकर इधर-उधर फेंद, दिये थे। उसे लोबीराम की नाकाम हरकतों से घिन आने लगी थी। वह तो इंतजार कर रही

थी, किसी महबूब का किसी ऐसे पुरुष का, जो भींचकर, उसे अपनी बाँहों में समेट ले और उसकी मचलती हुई जवानी को झिंझोड़-झिंझोड़कर शांत कर दे। और अनेक दिनों के इंतजार के बाद, आखिर लछमनिया की मुराद पूरी हो गयी थी। उसे बिरजू मिल गया था। बिरजू ने लछमनिया के मिलने के बाद, दारुलशफ़ा में चोरी करना छोड़ दिया। उसकी जरूरत ही नहीं थी। वह जानता था, लोबीराम की तिजोरी उसका जन्म सफल करने के लिए काफी थी। धीरे-धीरे लछमनिया, उसे बेहद पसन्द करने लगी। मेडूखाँ की सराय की गली के इस पार, नीम के पेड़ के पास, वह बिरजू से मिलने आती । कई बार जब लोबीराम नहीं होते, बिरजू वहीं पहुँच जाता। दरवाजे बन्द हो जाते, खिड़कियाँ बन्द कर दी जातीं और घर के सन्नाटे में, साँसों का शोर, सारी समूची जिन्दगी को बटोरकर, बाँहों के घेरों में डाल देता। बिरजू, असल में, सालों पुरानी, अपनी प्यास बुझा रहा था। उसने लछमनिया में चमकी का रूप देखा था। वह चमकी को नहीं पा सका था, लेकिन लछमनिया उसे मिल गयी थी। और तभी बिरजू ने लोबीराम की तिजोरी खोली थी।

लोबीराम, विमलादेवी के चंगुल से छूटकर, 16 जून की शाम को, गुरुपदस्वामी के जाल में फँस गये थे। जब विमलादेवी, उनको आनन्द की सीमा पर पहुँचाने लगी थीं, तभी दरवाजे पर थापें पड़ने लगी थीं। बलरामशास्त्री के तिलंगों ने हमला कर दिया था। गुरुपदस्वामी गाड़ी में बैठे थे और तिलंगे, भागकर आये थे, लोबीराम को उठाने। मंत्रिमंडल का गठन संकट में पड़ गया था। लोबीराम ने जल्दी-जल्दी कपड़े ठीक किए, पिछले दरवाजे से, विमलादेवी को पार कराया, पाँच लाख रुपयेवाला ब्रीफकेस तकिया के नीचे दबाया और दरवाजा खोलने के लिए चल दिये। उतना समय ही नहीं मिला था, लोबीराम को, जो वह रुपये, तिजोरी के अन्दर रखते।

बिरजू को मालूम था, 16 जून को, पार्टी के विधायकों की बैठक होनी थी। उसने, तिजोरी खोलने का कार्यक्रम उसी समय रखा था, जब लोबीराम का कमरे में नहीं होना निश्चित था। लछमनिया को बाद में आना था। बिरजू पूरी तैयारी के साथ आया था। उसके पास, बाहरी ताले की चाबी थी, तिजोरी खोलने की चाबी थी और एक एअर बैग था, जिसमें, उसे दौलत बटोरकर रखनी थी। एक चोर टार्च भी लाया था, बिरजू, जिससे कमरे में, बत्ती न जलानी पड़े। कितनी जद्दोजहद के बाद, वह दिन आया था, जब बिरजू के सपनों का संसार, हकीकत में बदलनेवाला था। कितने-कितने सालों से, चमकी के कोठे से जेल यात्रा से, अलीगढ़ से और आगरा, बरेली, इलाहाबाद, फरूखाबाद की उन तमाम चोरियों से, उसके ख्वाब, उसके तसव्वर की हरकतें, जुड़ी हुई थीं। उसका एक मकसद था और उस मकसद के लिए, वह चोरी करता था। उसका मकसद

अच्छा हो या बुरा, इससे उसे कोई सरोकार नहीं था, उसे तो बसाना था, अपना एक संसार। उसे तो आसमान के नीचे, एक छोटी-सी छत बनानी थी, जहाँ वह चमकी को रख सके। बिरजू जानता था, चमकी कोई पेशेवर रंडी नहीं थी। चमकी की बड़ी-बड़ी आँखों में लहराता हुआ आँसुओं का समन्दर, उसे बार-बार, निरीह कातरता, बेपनाह मजबूरी की तरफ खींच ले जाता और वह बेचैन हो उठता। तड़प-तड़प कर जिया था, बिरजू। कितने दिन हो गये थे, चमकी को देखे हुए। अलीगढ़ से निकला था, बिरजू चमकी की तलाश में और मिल गयी थी उसे लछमनिया। पहले तो बिरजू को समझ में नहीं आया था, वह सब सही था या गलत। कभी वह चमकी के चेहरे की जगह लछमनिया का चेहरा रखता तो कभी, लछमनिया की जगह चमकी को बिठा देता। वह नक्श जो बार-बार उसके सामने घूम रहे थे, उसकी छटपटाहट में, वह यह भी भूल गया था, उसे करना क्या था। सोलह जून की शाम को, अनेक तरकीवों के बाद, जब, बिरजू ने लोबीराम की तिजोरी खोली थी, तो उसकी आँखों के सामने, कैमरे के जूम की तरह, तिजोरी तेज रफतार में नाचने लगी थी। उसका दिल टूट गया था। रुलाई का सैलाब, बिरजू के अन्दर उमड़ने लगा था। उसने हारकर अपने ही हाथों, अपने बाल नोचने शुरू कर दिये थे। तिजोरी खाली थी, उसमें कुछ नहीं था। असल में तिजोरी के अन्दर एक छोटी तिजोरी और थी, जिसकी चाबी नहीं थी, बिरजू के पास। वह तो सिर्फ, बाहरी दरवाजे की चाबी लाया था। तिजोरी खाली थी, कमरा खाली था और मन रो रहा था। बिरजू की समझ में नहीं आया था, वह कैसे हो गया था। वह भूल, वह चूक, उससे कैसे हो गयी थी। इतने योजनाबद्ध तरीके से काम करने के बाद भी, उसे कोफ्त हो रहा था, नाकामी उसके हाथ कैसे लगी थी। उसने सबेरेवाली गाड़ी से बम्बई का टिकट कटवा रखा था। बम्बई पहुँचना था उसे। पूरा इत्मीनान था बिरजू को, तिजोरी से पैसे मिल जायेंगे उसको। इतना बड़ा झेल इतना बड़ा धोखा, उसकी कल्पना से परे था। इतने दिनों की मेहनत, इतनी दूर तक आ जाने के बाद, उसे खाली हाथ लौटना था, यह सोचकर, उसके अन्दर जो रुलाई की ठसक उठ रही थी, वह उसकी जान ही ले डालती अगर तभी हारकर बिरजू बिस्तर पर न बैठ जाता।

यह वही बिस्तर था जिसके ऊपर पहली बार, बिरजू को लछमनिया मिली थी। यह वही बिस्तर था, जिसके ऊपर विमलादेवी ने कुछ देर पहले पाँच लाख रुपयों से भरा ब्रीफकेस रखा था। यह वही बिस्तर था, जिस पर कुछ देर पहले विमला देवी ने अपने आका उत्सुकदास के लिए लोबीराम को पकड़ा था। यह वही बिस्तर था, जिस पर पहली बार बिरजू ने लोबीराम के दर्शन किए थे। यह वही बिस्तर था जिसपर लोबीराम ने कितनी-कितनी बार लछमनिया के बेदाग बदन को गुदगुदाया था, यह वही बिस्तर था, जहाँ कितनी-कितनी बार लोबीराम

ने मिली हुई दौलत को तिजोरी में डालने से पहले रखा था। कुछ ही देर लगी थी बिरजू को पाँच लाख रुपये पाने में। हताश और निराश मन से उसने सुस्ताने के लिए जैसे ही तकिया खींचा ब्रीफकेस सामने आ गया था। ब्रीफकेस खुला था। उसे खोलना नहीं पड़ा था बिरजू को। ब्रीफकेस का ढक्कन जैसे ही उठाया, बिरजू के सामने रुपयों की ताजी, गर्म-गर्म गड्डियाँ नाच उठीं। उसका चेहरा खिल उठा। वह बच गया था और फिर एकाएक उसे यह सोचकर हँसी आ गयी थी, कि लोबीराम के उस कमरे में, तिजोरी हर बार उसे दगा दे गयी थी और बिस्तर ही काम आया था।

सोलह जून की शाम को बिरजू ने लछमनिया का बड़ा इंतजार किया था। एक बार तो उसने लछमनिया को बम्बई ले जाने के मसले पर विचार किया था। लेकिन फिर उसने निकाल फेंका था अपने दिमाग से खुड़पेंच मचाती हुई लछमनिया को। वैसे तब तक, बिरजू को लछमनिया से एक खास तरह का मोह हो गया था। उसे अच्छी लगने लगी थी वह। बिरजू जानता था जो बात लछमनिया में थी वह बात किसी में नहीं। कोई उसके जैसा नहीं था। किसी से उसकी, बराबरी नहीं की जा सकती थी। फिर उसे खयाल आया था, चमकी का। चमकी उसकी पहली मोहब्बत थी, चमकी उसका प्यार थी। उसे पाने के लिए उसने पहली चोरी की थी, जेल गया था, रहीमभाई, करीमभाई का घर छोड़ा था, दर-दर भटकता हुआ, वह चोर बन गया था। लेकिन भेड़ीमंडी की खोली से निकलते वक्त उसने सफेद दीवार पर खींची हुई उन काली लकीरों को गिना था। उनकी तादाद सैकड़ों में पहुँच गयी थी। बिरजू काँप उठा था, यह सोचकर, उन लकीरों की तादाद देखकर उसकी रूह फना होने लगी थी। उसी वक्त उसे लछमनिया का खयाल आया था, कहाँ एक तरफ किस्म-किस्म के सैंकड़ों मर्दों के बिस्तर गर्म करनेवाली, चमकी थी, और कहाँ, सिर्फ उसके साथ, सिर्फ, उसके लिए, जीनेवाली लछमनिया के बीच से, एक को चुनना था। वह जानता था, उसका दिल कुछ कह रहा था, और दिमाग कुछ और। दिल और दिमाग के बीच की जद्दोजहद में फँसा हुआ बिरजू जब बम्बई की ट्रेन में सवार हुआ था, उसका मन बड़ा उदास था। टिकट उसने फर्स्ट क्लास का कटवाया था। पैसे, दौलत का भण्डार था, उसके पास और उतनी दौलत, उतना पैसा लेकर सेकेण्ड क्लास में तो जाया नहीं जा सकता था। ट्रेन में चढ़ते ही एकाएक उसे फिर लछमनिया की याद आने लगी थी। ऊपर से, रेल के डिब्बे में, कुछ पुलिसवालों को देखकर वह घबड़ा गया था। असल में, उसी डिब्बे में, किसी पुलिस अफसर का परिवार बम्बई जा रहा था। करीब छह लाख रुपये नकद और सामान के रूप में थे बिरजू के पास। वह सब लेकर यूँ खुला छुट्टा घूमना उसने ठीक नहीं समझा और गाड़ी से उतर आया था।

उस वक्त लछमनिया बैठकर रो रही थी जब लोबीराम ने कमरे में प्रवेश किया था। लोबीराम को लौटने में, कुछ देर हो गयी थी। लौटने में, देरी होने का मुख्य कारण था, वह सम्मानसूचक समारोह, जिसका सिलसिला, उनके मंत्री होने के बाद, शुरू हुआ था। कोई दिन, कोई सुबह, कोई शाम, ऐसी नहीं होती, जब उनके सम्मान में, समारोह आयोजित नहीं किया जाता। वैसे लोबीराम को, सम्मान और समारोह, दोनों में, तनिक भी रुचि नहीं थी, उनकी रुचि थी अगर कहीं तो पैसे में थी। लेकिन इधर करीब-करीब रोजाना उनको जाना पड़ता था। ऊपर से सज-धज कर जाना पड़ता था। जो काम लोबीराम ने कभी नहीं किया, सजने-संवरने का काम भी उनको करना पड़ रहा था। मुँह अँधेरे ले जानेवाले आ जाया करते। चाय, नाश्ता, व्यालू उन्हीं के यहाँ करते और पीछे पड़कर उनको अनेक प्रकार के समारोह में ले जाया करते। कई बार तो, मीटिंग या समारोह का आयोजन, उनसे बिना पूछे, रख लिया जाता, और कई बार, एक ही समय में, अनेक आयोजन में, उनको मुख्य अतिथि बना दिया जाता। कहीं स्कूल की कक्षा का उद्‌घाटन कहीं डॉ. अम्बेडकर की मूर्ति का माल्यार्पण, कहीं पटरी दुकानदार सभा, कहीं सफाई मजदूर संघ, कहीं वाल्मीकि मंदिर, कहीं मुंडन, कहीं नकछेदन, कहीं जन्मदिन, कहीं रिक्शा चालक संघ, कोई सांस्कृतिक कार्यक्रम की अध्यक्षता, कोई अखंड कीर्तन, गायन, नृत्य, और कभी-कभी तो गंगाजल के लाये जाने पर, सत्यनारायण की कथा में भी, उनको जाना पड़ता। इसीलिए तो, लोबीराम ने कभी मंत्री बनने की इच्छा नहीं की। उनको इन तमाम आयोजनों में आना-जाना तनिक भी अच्छा नहीं लगता। लेकिन जाना पड़ता था और लोबीराम को जाना पड़ रहा था। असल में, लोबीराम को इन आयोजनों में किसी प्रकार की रुचि नहीं थी, इसका मुख्य कारण था, उन आयोजनों का पूर्ण रूप से मुखर होना, जिसके तहत तेज रोशनी में उनकी फोटो खींचना। फिर खींची हुई फोटो को अखबार में छपा देना, खबर में, उनका नाम देना और उनके नाम से किसी और का लिखा हुआ भाषण छाप देना। लोबीराम जानते थे, उस सबकी उनको जरूरत नहीं थी। उनके साथ, करीब-करीब हर समारोह से एक चीज आने लगी थी, वह थी माँगपत्र या दान माँगपत्र, समारोह आयोजकों की माँगों या इच्छाओं का ब्यौरा।

लछमनिया को रोता देखकर, लोबीराम के कलेजे पर साँप लोट गया। कुछ देर, वह ठगे-ठगे, रोती हुई कलपती हुई, लछमनिया को देखते रहे, कुछ बोले नहीं। लोबीराम का, उस तरह लछमनिया को रोते हुए देखकर, चुप रहना, कुछ न कहना, लछमनिया के ऊपर, भारी हो रहा था। वह परेशान थी, उसकी समस्याओं का संसार अनन्त था, चारों तरफ उसे एक काला अंधड़ उमड़ता हुआ, दिखाई दे रहा था। वह जानती थी, संकट की उस घड़ी में उसे सिर्फ, लोबीराम

उबार सकते थे। उधर लोबीराम के चुप रहने की वजह, कुछ और नहीं थी। वह तो जरा उन लोगों के चले जाने का इन्तजार कर रहे थे, जो, सम्मान-समारोह से, उनके साथ लौटकर आये थे। लोबीराम जानते थे, वह लोग रुकेंगे नहीं, लेकिन स्वयं उनसे चले जाने के लिए कहना भी उपयुक्त नहीं लगा उनको। असल में, सम्मान-समारोह से लौटकर आने पर, सिर्फ तीन चीजें उनके पास बच रहती थीं। एक तो फूल मालाएँ, दूसरे मानपत्र की प्रतिलिपि और तीसरे माँगों-इच्छाओं का ब्यौरा। मानपत्र की प्रतिलिपि, कभी छपी हुई होती थी, कभी फ्रेम की हुई फोटो की तरह, और तीसरी चीज जो, उतनी ही तादाद में बची रहती, जितनी तादाद में, फूल मालाएँ और मानपत्र की फ्रेम शुदा या बिना फ्रेम की हुई, प्रतिलिपियाँ। कुछ ही दिनों में, लोबीराम के, तीनों कमरों की, प्रत्येक दीवार पर, फ्रेम तथा बिना फ्रेम किए हुए मानपत्र टंगे हुए थे। कई बार मानपत्रों को यद्यपि फ्रेम नहीं कराया जाता, फिर भी उसे, किसी कपड़े या मोटे कागज पर, कुछ इस तरह, छपाकर डंडेनुमा लकड़ी से सटाकर, चिपका दिया जाता कि उसे सीधे दीवार पर टाँगा जा सकता था। मानपत्रों को तो, दीवार पर टाँगा जा सकता था, लेकिन वहाँ तो मानपत्र देनेवाले भी टंगे हुए थे। उस दिन वे जा ही नहीं रहे थे। काफी देर तक सोचते रहे, लोबीराम, तब भी, उनकी समझ में नहीं आया, आयोजकों के नहीं जाने का कारण उनकी समझ में नहीं आया। दारुलशफ़ा के फ्लैट में बाहरी कमरे में बीचोबीच एक सोफे पर लोबीराम बैठे हुए थे। उधर, समारोह के कुछ आयोजक, बाहर खड़े थे और कुछ अन्दर बैठे थे। ऐसा ही होता था। हर बार, ऐसा ही होता था। लोबीराम समारोह से लौटकर आते, कुछ आयोजक बाहर रुक जाते और कुछ अन्दर आकर बैठ जाते। लोबीराम इतना जानते थे, अन्दर बैठे हुए आयोजक, पद और महत्त्व में, बाहर बैठे हुए आयोजकों से बड़े हुआ करते, लेकिन उस दिन, बाहर भी आयोजक रुके हुए थे और अन्दर भी रुके हुए थे। कोई हिलने का नाम ही नहीं ले रहा था। लोबीराम देख रहे थे, अन्दर बाहर, सब जगह, बस खुसर-पुसर चल रही थी। सब, एक-दूसरे को देख रहे थे, कोई किसी से कुछ कहता नहीं था। बड़ी देर बाद लोबीराम को उस नाटक का अर्थ समझ में आया था। सामान्य रूप से प्रत्येक सम्मान-समारोह में मुख्य वक्तव्य के बाद मानपत्र पढ़े जाने के बाद, आयोजक या आयोजकों की संस्था का सचिव, अपनी समस्याओं को उजागर करते हुए, एक माँगपत्र या दानमाँगपत्र पढ़ता। उस दिन, लोबीराम को याद आया, कोई माँगपत्र या माँगदानपत्र नहीं पढ़ा गया था। एक बार तो समारोह के दौरान इस नयी प्रक्रिया पर आश्चर्य भी हुआ था लेकिन फिर उन्होंने यह सोचकर संतोष कर लिया था कि शायद इन लोगों का आयोजन करने में कोई स्वार्थ नहीं रहा होगा। अब उनको लग रहा था, अगर समारोह के दौरान ही

उन्होंने स्वयं माँगपत्र के बारे में पूछ लिया होता, तो गयी रात तक, उनको उस यातना का सामना, नहीं करना पड़ता। उधर लछमनिया रो रही थी, उधर सम्मान-समारोह के आयोजक माँगपत्र देने में विलम्ब कर रहे थे। आखिर हारकर लोबीराम को कहना पड़ा था, "मुझे नींद आ रही है मान्यवर !"

"आप सोइए, मंत्री जी।"

जिस सूक्ष्म तरीके से, लोबीराम ने अपनी नींद की स्थिति से अवगत कराया था, उसी सूक्ष्म तरीके से, आयोजकों के प्रतिनिधि ने उत्तर दे दिया था। घूम-फिरकर बात वहीं की वहीं रह गयी थी। अन्दर लछमनिया रो रही थी। लोबीराम कभी अन्दर जाते और कभी निकलकर इस इंतजार में बैठ जाते। न तो आयोजक जा रहे थे और न ही माँगपत्र पेश कर रहे थे। लोबीराम के पास, तब तक कई पी. ए. हो गये थे। घरवाला पी. ए., दफ्तरवाला पी. ए., सुबहवाला दफ्तरवाला पी. ए., शामवाला दफ्तरी पी. ए., दौरे पर जानेवाला, दौरे पर नहीं जानेवाला, घर पर सुबह रहनेवाला, घर पर शाम को रहनेवाला पी. ए.। उधर लोबीराम को सब शक्लें, एक तरीके की दिखतीं। जिस तरह लोबीराम मानपत्र देनेवाले और माँगपत्र देनेवालों के बीच कभी भी फर्क नहीं कर सके, उसी तरह सबेरे और शाम के चक्कर में फँसे हुए अपने पी. ए. को वह कभी नहीं पहचान सके थे। कोई सर उठाकर बात तो नहीं करता, कोई आँखों में आँखें डालकर कुछ कहता ही नहीं, कैसे पहचानते, लोबीराम। बड़ी देर बाद, शामवाला दफ्तरी पी. ए. और दौरे पर साथ जानेवाला पी. ए. उनके पास आये और दोनों हाथ जोड़कर सर झुकाकर बोले, "सर ! फूल मालाएँ रखवा दी हैं, कुछ मिठाई के डिब्बे, कुछ फल, कुछ काजू किशमिश और एक टेबल लैम्प, दो कलम और दो प्लास्टिक की फाइलें, आयी थीं वह भी रखवा दी हैं।"

"लेकिन", लोबीराम ने झुककर पूछा था, "ये लोग क्यों रुके हैं ?"

बड़ा आश्चर्य हुआ था लोबीराम के पी. ए. को उनकी नादानी पर," सर ! ये आयोजक हैं। एक और सम्मान-समारोह की योजना..."

"लेकिन अभी क्या है ?" लोबीराम का जी घबड़ा रहा था। अन्दर लछमनिया रो रही थी।

"सर ! उनके कुछ सुझाव थे।"

"तो फिर देते क्यों नहीं ?"

"वे सकुचा रहे हैं ?" पी. ए. डिफेंड कर रहा था।

"लेकिन क्यों ?"

"आप मंत्री हैं।"

"सो तो ठीक है–लेकिन मुझे कुछ काम है।"

"और सर ! आपको नींद भी आ रही थी।"

"हाँ, आ तो रही थी।"

"तो आप सर ! पहले काम करेंगे या सोएँगे ?"

लोबीराम को लगा, यह आयोजक, वह पी. ए. सब एक थैली के चट्टे-बट्टे थे। उनको समझ में नहीं आ रहा था, आखिर किस तरह वह उन लोगों को घर से बाहर करें, कैसे दरवाजे बन्द करें और कैसे जाकर रोती-बिलखती लछमनिया को चुप करायें। तभी उनकी समझ में आ गया, वह रुका हुआ मामला, खुद-ब-खुद उनके सामने आ गया। उन्होंने पी. ए. से कहा, "देखो मुझे काम भी करना है और सोना भी है, लेकिन वह सब तभी होगा जब आयोजक चले जायेंगे।"

"चले जायेंगे सर !"

लोबीराम घबड़ा गये। उनको लगा, सब के सब मिले हुए थे, और उनके गले पड़ रहे थे। मुश्किल एक और थी, लोबीराम को सख्त बात करना कहाँ आता था। उसी समय, बाहर रुके हुए लोगों ने मुख्य आयोजक को बुलाया। बाहर से आनेवाले आयोजक ने पी. ए. को नहीं बुलाया था, लेकिन लोबीराम ने देखा, उनका पी. ए. भी बाहर चला गया। उस समय कमरे में कोई नहीं था। लोबीराम ने सोचा, मौका अच्छा था, निकल चलें। वह सोफे पर से उठे और धीरे-धीरे दरवाजे को बन्द करने के लिए चलने लगे। लोबीराम दरवाजे तक नहीं पहुँच सके थे। दरवाजा बन्द करके, लछमनिया के पास पहुँचने की उनकी योजना में फिर से अड़चन आ गयी थी। अन्दर रुकनेवाला और बाहर ठहरनेवाले आयोजक उनके समर्थक और लोबीराम के पी. ए. कमरे में लौट आये थे। लोबीराम को हारकर वापस उसी सोफे पर बैठना पड़ा था, जिसपर कुछ देर पहले बैठे हुए थे। सब लोग एक बार फिर, अपनी-अपनी जगह पर बैठ गये थे। एक बार फिर कमरे में सन्नाटा छा गया था। कोई बोल नहीं रहा था। सारा समूचा माहौल, लोबीराम की पकड़ से बाहर हो रहा था। नशे की पर्तें टूटने लगी थी। काफी देर हो चली थी, लोबीराम को, रातवाली भाँग को गोलियाँ ग्रहण करनी थीं, लछमनिया को चुप कराना था और फिर सोना था। उधर न जाने किस तरह के आयोजक, हाथ धोकर उनके पीछे पड़ गये थे। लेकिन, लोबीराम को अधिक समय तक इन्तजार नहीं करना पड़ा था। एकाएक बाहर हल्का-हल्का शोर उठा, "डायरेक्टर साहब आ गये, आ गये, आनेवाले आ अ- आ गये।" और उसी के साथ, बाहर रुके हुए आयोजक अन्दर आ गये। लोबीराम ने देखा, बाहरी आयोजकों को लोबीराम ने देखा अपने विभागीय डायरेक्टर को, लोबीराम ने देखा अपने पी. ए. को। सब के सब, लाइन लगाकर खड़े थे। उन लोगों को यूँ खड़ा देखकर, लोबीराम भी उठकर खड़े हो गये। लोबीराम के उठकर खड़े होते ही, मुख्य आयोजक आगे बढ़ा। मुख्य आयोजक अकेला, आगे नहीं बढ़

रहा था, उसके पीछे उसका सहायक, आदमकद माला लेकर चल रहा था। कुछ ही क्षण लगे होंगे जब, लोबीराम की कुछ समझ में आये, उससे पहले, मुख्य आयोजक ने सहायक के हाथों से नोटों से भरपूर, आदमकद माला ले ली और लोबीराम के गले में डाल दी और तब बोला, "सर ! आपको जन्मदिन मुबारक हो !"

लोबीराम को पता ही नहीं था, वह उनका जन्मदिन था। जन्मदिन, तो लोबीराम ने कभी मनाया ही नहीं। उनको खुद नहीं पता था उनका जन्म कब हुआ था, फिर उनको हैरत हो रही थी। भला उन कमबख्तों को कैसे मालूम हुआ, उनके जन्मदिन के बारे में। तभी कमरे में, तालियाँ बजने लगीं, फोटो खींची जाने लगीं एक के बाद एक लोग आगे बढ़कर लोबीराम को फिर से माला पहनाने लगे। कुछ देर पहले ही तो, लोबीराम ने, सम्मान-समारोह की मालाएँ उतारी थीं, और फिर से, उनके गले में, फूलमालाएँ डाली जा रही थीं। लोबीराम थक गये थे। परेशान हो गये थे। तभी कैमरा से, फ्लेश बल्ब की खिट-खिट में, मालाओं और फूलों से लदे-फदे लोबीराम की तरह-तरह की पोज निकाली जाने लगीं। पता लगा, विभागीय निदेशक के साथ, कुछ खास विभागीय अधिकारी भी आ पहुँचे थे। सब के सब, चीख रहे थे, नारे लगा रहे थे, बार-बार, लोबीराम के, करीब आकर, उनसे सटकर, फोटो खिंचवा रहे थे। कुछ ही देर चला होगा, वह सब, जब मुख्य आयोजक सामने आया, उसने दोनों हाथ उठाये और चारों तरफ नजर घुमाकर देखा। जरूर वह कोई सिगनल रहा होगा, क्योंकि मुख्य आयोजक के आगे आते ही, उसके दोनों हाथ उठाते ही, उसके नजर घुमाकर देखते ही, न जाने कहाँ से, माँगपत्र आ गया। मुख्य आयोजक ने सबसे पहले, सनील के कपड़े में बँधा हुआ, कोई कीमती तोहफा मेज पर रखा था और फिर माँगपत्र, लोबीराम के सामने पेश कर दिया। उसी वक्त, कहीं छुपकर इंतजार करता हुआ पी. ए. सामने आ गया। उसने लोबीराम से कहा, "सर। ये रहा माँगपत्र। आप कह रहे थे न सर।"

"हाँ...अं...आं, लोबीराम चौंक पड़े।

इससे पहले लोबीराम की कुछ समझ में आये, पी. ए. ने माँगपत्र पर दस्तखत करने के लिए कलम उनको पकड़ा दिया। आदेश पी. ए. ने पहले ही लिख दिया था।

"देख लिया है ?"

"यहाँ सर !–हाँ सर ! देख लिया है–डायरेक्टर साहब को, सब मालूम है।"

"डायरेक्टर साहब ?" लोबीराम को ताज्जुब हो रहा था।

सब कुछ किसी रहस्यम प्रक्रिया की तरह चल रहा था। लोबीराम की

समझ में कुछ नहीं आ रहा था। तभी विभागीय निदेशक ने आगे बढ़कर एक फाइल लोबीराम के सामने रख दी।

"यह क्या हैं ?" लोबीराम ने बिना फाइल की तरफ देखे हुए कहा था।

मुख्य आयोजक ने न जाने क्या इशारा किया, लोबीराम का पी. ए. सामने आ गया। उसने फाइल उठायी और पढ़ने का ड्रामा करने के बाद बोला।

"सर ! ये तो वही फाइल है ? जिसे आपने आज ही मँगाया था।"

"कौन ? क्या ? कब ?" लोबीराम हकला रहे थे।

"वही सर ! उस समय। जब आप समारोह में--वो सर। मुझे तो सेक्सरिया जी ने कहा था, आपके आदेश हैं।--फाइल मँगवा लो।"

"कौन सेक्सरिया ?" लोबीराम ने कहा

न जाने क्या बात थी, सब लोग मंद-मंद मुस्कराने लगे। तभी मुख्य आयोजक सामने आया और सर झुकाकर बोला, "मैं हूँ सेक्सरिया ?"

"ओह।" विभागीय निदेशक चान्स नहीं लेना चाहता था, "ये सर...ये रहा, मेरा नोट...यहाँ होने हैं, आपके आदेश।"

"किस पर।" लोबीराम को पूरा विश्वास था उनके खिलाफ कोई षड़यन्त्र रचा गया था।

"माँगपत्र पर।"

"किसका माँगपत्र ?"

सभी लोग फिर से मन्द-मन्द मुस्कराने लगे थे।

"यह मेरा माँगपत्र है, सर।" इस बार सेक्सरिया ने कोई संकोच नहीं किया।

"हाँ सर...यहाँ पर...यहाँ पर...और सर। यहाँ पर दस्तखत होने है।"

लोबीराम को, बड़ी देर से, लछमनिया की याद आ रही थी। उन्होंने सोचा। सारी रात, रोते-रोते लछमनिया चुप कराने के लिए उनका इन्तजार नहीं करती रहेगी। एक-एक पल भारी हो रहा था। लोबीराम ने कलम उठाई और जहाँ-जहाँ पर उनसे दस्तखत करने के लिए कहा गया था, वहाँ उन्होंने दस्तखत कर दिये। उसके बाद मुश्किल से एक मिनट के अन्दर सारे आयोजक, सभी पी. ए., विभागीय निदेशक, विभागीय अधिकारी और उनसे जुड़ा हुआ काफिला वहाँ से अन्तर्धान हो गया और लोबीराम लछमनिया को चुप कराने चल दिये थे।

ठगे-ठगे से, अपने कमरे में, लोबीराम खड़े थे और देख रहे थे, रोती हुई बिलखती हुई लछमनिया को। एक तो लोबीराम ने, कभी लछमनिया को रोते हुए नहीं देखा था, दूसरे रोते हुए भी, लछमनिया बड़ी सुन्दर लग रही थी। ऊपर से, उनको पता ही नहीं था, रोती हुई लड़की या औरत को कैसे चुप कराया जाता था। लोबीराम परेशान थे, वह सोच रहे थे, क्या करें कहाँ से शुरू करें।

आगन्तुकों आयोजकों और अधिकारियों के काफिले के चले जाने के बाद वह तुरन्त लछमनिया के पास नहीं गये थे। पहले, किचन में जाकर उन्होंने रात की आखिरी खुराक, यानि भाँग का अधूरा गोला ग्रहण किया और फिर खरामा-खरामा वह लछमनिया के पास पहुँचे। लोबीराम ने हिसाब लगाया था, लछमनिया करीब दो घंटे से रो रही थी, लेकिन उनके आने पर, उसकी रुलाई, उसका विलाप कुछ तेज हो जाता। उनकी समझ में यह कभी नहीं आया, लड़कियाँ, बात-बात पर क्यों रोती थीं और उनको क्या कहकर चुप कराया जाता था। उधर लछमनिया, मुँह ढँककर रो रही थी। जब लोबीराम नहीं होते, लछमनिया, मुँह खोल लेती, लेकिन लोबीराम के आते ही, वह मुँह ढँककर रोने लगती। काफी देर तक, लोबीराम खड़े रहे। फिर हिम्मत बाँधकर बोले, ''अरे लछमनिया ! क्यों रोती हो...किसी ने कुछ कहा ?''

लछमनिया ने ढँका हुआ मुँह नकार की मुद्रा में हिलाया और अपने रुदन की पिच और बढ़ा दी थी। लोबीराम वहीं लछमनिया के पास बैठ गए, ''जब किसी ने कुछ कहा नहीं तो बेकार में काहे रोकर अपना और हम्हारा जी खराब करती हो।''

लछमनिया ने ढँके हुए मुँह से कपड़ा हटाया, उसकी बड़ी-बड़ी आँखों में आँसू तैर रहे थे, रोने की वजह से, चेहरा लाल हो गया था। सीधे, लोबीराम की आँखों में झाँककर, लछमनिया बोली थी, ''हम मुसीबत मा हैं और आपको ठिठोली सूझ रही है।''

''मुसीबत। कौन मुसीबत। कुछ बताओगी।''

''हम पेट से हैं।'' लछमनिया ने जिस सादगी से कहा, उसे देखकर ऐसा लगा था, जैसे वह अपने गर्भवती होने का बयान नहीं दे रही थी, बल्कि पेट खराब होने या जुखाम होने की तक्लीफ बता रही थी।

लोबीराम ने जब लछमनिया की बात सुनी तो सकते में आ गये। उनको विश्वास नहीं हुआ। वह सब उनकी कल्पना से परे था। कितनी शादियाँ वह कर चुके थे, कितनी बार बच्चा पैदा करने की कोशिश की थी उन्होंने। हर शादी के बाद शुरू होते, वैद्य, हकीम, डाक्टर के चक्कर। और उसके कुछ दिनों बाद, टोने-टटकेवाले, मंत्र-ताबीजवाले, तांत्रिक, नजूमी, मुल्ला, ओझा और पण्डित का सिलसिला शुरू होता। ऐसा नहीं था, वह सब मुफ्त में हो जाता। असल में, लोबीराम इन सब मर्दों के लिए, किसी का अहसान नहीं लेते। उनकी ऐसी मान्यता थी, उनका उत्तराधिकारी, स्वयं उनके खर्च से पैदा हो। लोग आते, लोग जाते, पूजा, हवन, टोने-टटके, मंत्र-ताबीज, गंडा, मुल्ला, पण्डित और ओझे के सिलसिले में हजारों खर्च हो जाते, सैकड़ों रुपये का सामान आता, लेकिन सारा खर्च, लोबीराम खुद किया करते। कभी भी, किसी को उन्होंने, अपनी औलाद

के जनम की प्रक्रिया के बीच में नहीं डाला। मायावती, सत्यवती, कैलाशवती, चंदा और विमला नामक पाँच पत्नियों को उन्होंने ब्याहा था। हर बार लोबीराम की शादी होती, सुहागरात मनाई जाती और कुछ दिन इन्तजार किया जाता। तीन, चार, छह महीने के सतत प्रयास के बाद, जब बच्चा होने के आसार नहीं दिखाई देते, लोबीराम पूर्व नियोजित प्रक्रिया के तहत अपनी पत्नी को मायके भिजवा देते। मायके में कुछ दिन और ईमानदारी से लोबीराम अपनी पत्नी के गर्भवती होने की प्रतीक्षा करते। लेकिन साल-डेढ़ साल निकलते-निकलते, उनका धैर्य समाप्त होने लगता और शुभ मुहूर्त देखकर, एक नयी शादी, एक नयी लगन के लिए वह अपने आपको तैयार करने लगते। इस प्रकार वैद्य, हकीम, डॉक्टर और पण्डित, मुल्ला, ओझा के समस्त प्रयोग, पिछले दस वर्षों में, लोबीराम की पाँच अदद बीवियों के ऊपर किये जा चुके थे। मायावती, सत्यवती, कैलाशवती, चंदा और विमला में, केवल सत्यवती और चंदा जीवित थीं। मायावती, तो जलकर मर गयी थी, सत्यवती के आने पर। कैलाशवती ने कुएँ में कूद कर जान दे डाली थी और विमला समय से पहले, मुल्ला, ओझा और पण्डितों के प्रयोग से घबड़ाकर भाग गयी थी, मोहल्ले के किसी, पतली मोहरीवाले लड़के के साथ। तब लोबीराम को, एक प्रकार से मुक्ति का ही अहसास हुआ था। लोबीराम की पाँच पत्नियों का इतिहास, पूरा समूचा एक दौर था जिससे गुजरते-गुजरते लोबीराम को इस बात का पूरा इत्मीनान हो चुका था कि उनके भाग्य में, उत्तराधिकार का सुख, औलाद का सुख, पत्नी का सुख नहीं था। वह इन तमाम प्रपंच से, पूर्ण प्रकार से मुक्त हो चुके थे, जब उनके जीवन में लछमनिया का आगमन हुआ था।

वैसे राजनीति में, उनकी दहलीज पर, किस्म-किस्म की औरतें आया करतीं। बन-सँवरकर, नाज-नखरे के साथ कितनी औरतों ने उनके सामने आत्म-समर्पण करने का प्रयास किया था। लेकिन लोबीराम को औरतबाजी का शौक नहीं था। उन्हें तो बच्चा चाहिए था। अपने विशाल धन, सम्पदा के साम्राज्य का कोई वारिस चाहिए था। उन पाँच ब्याहता पत्नियों के अतिरिक्त, दो, तीन और औरतों से लोबीराम ने, मुसलमान न होते हुए भी, मुताह जैसी व्यवस्था की थी। उसके अन्तर्गत, अगर मुताहवाली औरत के गर्भ ठहर गया तो उसका ब्याह होगा, अन्यथा उसे कुछ हजार रुपये और जमीन का पट्टा देकर अलग कर दिया जाता था। विवाह और मुताह दोनों का नतीजा, करीब-करीब एक था। लोबीराम के औलाद नहीं हो सकी, उनका वारिस नहीं पैदा हो सका।

लोबीराम का अपने ऊपर से भरोसा ही उठ चुका था, जब लछमनिया ने उनके घर के अन्दर कदम रखा था। वह जानते थे जो काम, मायावती, सत्यवती, कैलाशवती, चंदा, विमला तथा मुताहवाली औरतें नहीं कर सकीं, उसकी कोशिश

बेकार थी। इसीलिए, उन्होंने लछमनिया के साथ न तो निकाह किया था और न ही मुताह। वह तो, उनको लगने लगा था, बूढ़े हो चुके थे और औलाद की मृग मरीचिका से बहुत दूर जा चुके थे। उन्होंने तय कर लिया था, वह सब काफी था, एक भरे-पूरे जीवन के लिए। ऊपर से, उन्होंने अपनी पुरानी बीबियों और मुताह की हुई औरतों को गिफ्ट देना शुरू कर दिया था। गिफ्ट देने से तात्पर्य उन औरतों को दी गयी छूट से था। असल में अपनी प्रत्येक भूतपूर्व पत्नी और मुताही औरतों को, इस बात की ताकीद कर दी गयी थी, कि वह कोई दुबारा शादी नहीं करेगी। इसके पीछे लोबीराम का एक खेल था, जो वह चुपचाप वर्षों से खेल रहे थे। लोबीराम, असल में देखना चाहते थे, खोट उनके अन्दर थी या उन औरतों में थी, जिनसे उन्होंने ब्याह किया था। यद्यपि, लोबीराम ने, उन तमाम औरतों को, जिनको उन्होंने सन्तान न होने के बाद, छोड़ दिया था, शादी करने की मनाही थी, बच्चा पैदा करने की मनाही नहीं थी। ऊपर से लोबीराम के अन्दर एक दबी सी इच्छा, साँप की तरह फुँफकार रही थी कि कहीं बची हुई दो बीवियों, भागी हुई एक ब्याहता और मुताही किस्म की औरतें मिलकर या अलग-अलग कोशिश करें तो उनको जो औलाद होगी, वह लोबीराम की ही औलाद कहलाएगी। वह तो अपनी भागी हुई बीवी विमला तक की औलाद को अपनाने को तैयार थे। लोबीराम को विश्वास था, किसी ने शादी नहीं की थी और उनकी हर छोड़ी हुई औरत, अपने बच्चे के बाप के नाम के आगे उनका ही नाम लिखने के लिए मजबूर हो जायेगी। उनका अनुमान सही था, लेकिन उनकी बात न तो उनकी जीवित पत्नियाँ समझीं और न ही भागी हुई या मुताही गयी औरतें। असल में, लोबीराम की बात कुछ समझने लायक थी भी नहीं। ऊपर से, मायावती, सत्यवती, कैलाशवती, चंदा, विमला तथा वह मुताही औरतें, जिन संस्कारों में पली, बड़ी हुई थीं और जिस प्रकार की पारिवारिक पृष्ठभूमि थी उनकी, लोबीराम की बात सुनना समझना और उस पर अमल करना नामुमकिन था। ऊपर से लोबीराम ने साफ, खुलासा तो किया नहीं था, बस मसलतन, इशारे से बताने की कोशिश की थी। अगर लोबीराम इशारा नहीं करते और साफ-साफ खुल्लमखुल्ला, खुलासा कर देते या अपना निश्चित आदेश सुनाते तो, उन औरतों को कोई दिक्कत नहीं होती और वह सहर्ष लोबीराम का आदेश या लोबीराम की इच्छा पूर्ण करने को तत्पर हो जातीं। वह तो उल्टा, अपने को बचाकर, जीवन गुजार रही थीं। उन्होंने किसी से विवाह नहीं किया था, जिससे सब की सब तो जिन्दगी भर बँधे हुए वजीफे और छोटी-मोटी मिल्कियत से मरहूम न हो जायें।

बहरहाल, लोबीराम ने, जब लछमनिया के मुँह से सुना कि वह पेट से थी, उसके बच्चा होनेवाला था, वह घबड़ा गये। उनकी घबड़ाहट का मुख्य

कारण, होनेवाला बच्चा नहीं था, उनकी घबड़ाहट का कारण था, वह वक्त, वह माहौल। ऊपर से लोबीराम, अपने पुत्रमोह को करीब-करीब दफन कर चुके थे। उन्होंने हालातों से समझौता कर लिया था, अपने हथियार डाल दिये थे और एक प्रकार से असीम शांति की ओर अपने आपको ले जाने के लिए तैयार करने लगे थे। ऐसे समय में, जब, मायावती, सत्यवती, कैलाशवती कुछ नहीं कर सकीं लछमनिया कैसे पेट से थी, किस तरह वह गर्भवती हो गयी थी, कहाँ से उसे बच्चा होनेवाला था, आत्मसात् करने की कोशिश कर रहे थे, जिसका उद्घाटन, रोते-कलपते हुए उनके सामने, उस दिन लछमनिया ने किया था। लछमनिया की बड़ी-बड़ी आँखों में तैरता हुआ आँसुओं का संसार, चीख-चीख कर लोबीराम को बता रहा था, लछमनिया नादान थी, बेकसूर थी और सचमुच बच्चे की माँ बननेवाली थी।

"ऐ लछमनिया। काहे रोवत है, आ। इधर आ।" संकोच व हर्ष की मिली-जुली प्रतिक्रियाओं के बीच, लोबीराम ने कहा था। कहने को तो, लोबीराम ने कह दिया था, लछमनिया इधर आ, लेकिन उन्होंने यह नहीं सोचा, लछमनिया कहाँ आयेगी। वह खुद जमीन पर बैठे थे, लछमनिया बैठी थी पलंग पर अब भला लछमनिया पलंग से उतरकर नीचे आने से रही, यह सोचकर लोबीराम ने, पलंग के ऊपर जाने का निर्णय लिया। यह उचित भी था। इतनी बड़ी खुशखबरी, इतनी बड़ी खबर, क्या वह जमीन पर बैठे-बैठे ही सुनते रहेंगे। कुछ कहेंगे नहीं, कुछ करेंगे नहीं और फिर तब, जब वह मंत्री बन चुके थे। एकाएक लोबीराम के दिमाग की सेल्स गुनगनाने लगीं, वह उठकर खड़े हो गये। उनको लगा, बड़े दिन बाद, बड़े इन्तजार के बाद, वह वक्त आया था जब दयावान ईश्वर ने, रहमदिल खुदा ने उनकी जिन्दगी की मरुभूमि में खुशियों के अनगिनत फव्वारे खोल दिये थे। वह जानते थे जिन्दगी इतनी मेहरबान कभी नहीं रही, वह जानते थे वक्त इतना अच्छा कभी नहीं रहा। यह करिश्मा था या जादू। आसमान से टूटकर कौन-सा सितारा गिरा था, किस दिशा से कौन-सा मंजर, खुशियों का समुन्दर उमड़-घुमड़कर उनके चारों तरफ मँडरा रहा था। हवा में जैसे कोई रोशन उनमान, छोटे-छोटे असंख्य टुकड़ों को जोड़कर, उनकी तरफ बढ़ रहा था। लोबीराम को, डर लगने लगा था। वह पहली बार मंत्री बने थे और मंत्री बनते ही, वह पहली बार, बच्चे के बाप बननेवाले थे। एक सोच, एक विचार, बार-बार लोबीराम के अन्दर खुड़पेंच मचा रहा था। वह सोच, वह विचार था, एक साथ मंत्री और बाप बनने की घटना से सम्बन्धित लोबीराम के अन्दर, किसी खास अंदाज में, यह खयाल गुदगुदी मचा रहा था। कहीं तब जब वह मंत्री बन चुके थे, सत्यवती, चंदा, विमला और मुताही औरतें, सब की सब, लछमनिया की तरह गर्भवती हो गयीं तो क्या होगा ? महज इस ख्याल की

गुदगुदी, महज इस अहसास की सिहरन ने लोबीराम के पैरों में स्प्रिंग बाँध दिये और वह उछलकर, पलंग पर बैठ गये। उन्होंने बड़े प्यार से, चेहरे पर लपेटी हुई धोती से, चेहरे को अलग किया और लछमनिया को अपनी तरफ होले-होले खींचना शुरू कर दिया।

लछमनिया, बड़ी देर से रो रही थी। वह रोते-रोते थक गयी थी। उसने जब रोना शुरू किया था, तब उसे कहाँ मालूम था, उतनी देर तक रोना पड़ेगा। चूँकि उसे चक्कर आ रहे थे, उल्टियाँ गले पड़ गयी थीं, इसीलिए, वह परेशान थी। तभी तो जब लोबीराम ने उसे अपनी तरफ खींचा था, लछमनिया कटे हुए पेड़ की तरह, लोबीराम की गोद में गिर पड़ी।

"अब क्या होगा, अब का होगा ?" लछमनिया सुबक रही थी।

"क्या होना है ?"

"ई देखो। इनका देखो।"

"ई देखो। इनका देखो" जिस अंदाज में लछमनिया ने कहा था, लोबीराम पानी-पानी हो गये हैं—हम्हारे दम से ही मंत्रिमंडल है—अगर हम नहीं तो मंत्रिमण्डल नहीं।"

"ऐसा ?" लछमनिया कुछ समझी, कुछ नहीं समझी, लेकिन उसने रोना छोड़ दिया, अपने आँसू पोंछ डाले और पल्थी मारकर, लोबीराम के सामने बैठ गयी।

"और क्या ?" लोबीराम ने कहा था।

"तो फिर ?"

"क्या ?"

"अब क्या होगा ?"

"होना क्या है ?"

"फिर वही बात..."

"मेरा मतलब है....पेट से हो...बच्चा होना है...तो बच्चा होगा।"

"अब इनका देखो। कहते हैं, मंत्री हो गये हैं, मंत्रिमंडल इनके दम से है...और इतना भी नहीं जानते...।"

"क्या नहीं जानते ?"

"यही कि एक कुंवारी लड़की माँ नहीं बन सकती।"

"ओह। इसमें कौन-सी बात है।"...कहते-कहते, लोबीराम सोचने लगे। एक अजीब-सी हरकत होने लगी अन्दर। कोई मीठी-सी सिहरन, कोई मस्ती भरी अंगड़ाई, उनके अन्दर टूटने लगी। उनको लगा जब उन्होंने ब्याह छोड़कर मुताह या गान्धर्व विवाह का प्रकरण शुरू किया था, तब लछमनिया कहाँ थी। और उस दिन सारी जिन्दगी गुजर जाने के बाद, पाँच बीवियों और तीन औरतों को

विवाह और मुताह की बेदी पर पटक चुकने के बाद, उनके सामने सत्रह, अट्ठारह साल की चन्द्रबदन, मृगलोचनी लछमनिया, खुद उनसे ब्याह करने के लिए कह रही थी। लोबीराम को लग रहा था, संसार का सारा स्वर्ग, विश्व का समस्त अनुराग उनके सामने, लछमनिया की शक्ल में रूबरू आकर खड़ा हो गया था। वह सोच रहे थे, क्या उनको ब्याह करना होगा ? तभी उनको याद आया, वह मंत्री हो चुके थे और उनकी पाँच बीवियोंवाली बात, लोग भूल चुके थे, तब, जब, वह मंत्री बन चुके थे, अगर उन्होंने लछमनिया से ब्याह किया तो पिछली बीवीयाँ और औरतें उनके ऊपर पहाड़ बनकर टूट पड़ेगी और फिर बिरादारी जिसकी वह राजनीति करते थे, भला छोड़ेंगी उन्हें। उनको लगा शादी नहीं कर सकते थे, वह। उनका मंत्रित्वबोध उनको गलत कदम उठाने से रोक रहा था। उन्होंने कहा, "लछमनिया ! सोचता हूँ, बात खुले, उसके पहले तेरी शादी करवा दूँ—है कोई लड़का....मेरा मतलब, कोई पसंद है ?"

लछमनिया ने सोचा कुछ था और हो रहा था कुछ और। वह तो डर रही थी, कहीं बूढ़ा, खूसट, दंतविहीन, नेत्रविहीन, कर्णविहीन लोबीराम खुद उससे शादी करने की पेशकश न करे। वह खुशी से नाच उठी और शर्माकर, प्यार भरी, मदभरी फुसफुसाहट में, उसने धीरे से, सिर्फ एक लफ्ज कहा था, "है ना। बिरजू।"

पाँच

"लछमनिया गाभिन हो गयी," "लछमनिया दग गयी," "लछमनिया पेट से है", "लछमनिया माँ बननेवाली है," "लछमनिया गर्भवती हो गयी" ये अलफाज दारुलशफ़ा के दरो-दीवार से किसी गाज की तरह फटकर गिरे थे। किसी को मालूम नहीं था, कोई नहीं जानता था, यह गूँज थी, या फुसफुसाहट, ये खबर थी, या जानकारी। किसने देखा, किसने सुना, किसने जाना। आखिर यह बात, यह खबर किसी को कहाँ से मिली। कौन जानता था, सबसे पहले किसे मालूम हुआ, यह सब जानने की जरूरत किसी ने नहीं समझी। खबर सच थी पर सही थी या गलत, उसका कोई आधार था या निराधार थी और फिर सबसे बड़ा सवाल जो मुँहबाए सबके सामने खड़ा था, आखिर उस होनेवाले बच्चे का बाप कौन था, लछमनिया थी कहाँ और बच्चा कब होगा, कितने महीने का था, इन तमाम, सवालों का जवाब ढूँढ़ने की कोशिश में, समूचे दारुलशफ़ा की समस्त मानसिकता लगी थी। दूर-दूर तक फैली हुई विशाल इमारत के ए और बी ब्लाक

के, कमरों, कोनों, किनारे, बरामदे, दालान जीने और चबूतरे, सड़क के मोड़, गैरेज के इलाके, बागीचे, पेड़, पौधों, फूल, पत्तियों, यहाँ तक घास के तिनकों से लोग मजाकिया तरीके से जानकारी हासिल करने का प्रयास कर रहे थे। वैसे तो करीब-करीब सभी नेताओं, सभी विधायकों और उनसे जुड़े हुए चमचों, चकरबन्ध और चिलगोजों की बिसात लगी हुई थी तालमेल बिठाने की, लेकिन कुछ लोगों के अन्दर, खासकर ऐसे मुखर वर्ग के अन्दर, जिनकी मंत्रिमंडल के गठन में रुचि समाप्त हो गयी थी और जो सिर्फ उस सुनहरे मौके का इन्तजार कर रहे थे, जो मंत्रिमंडल के गठन के बाद आनेवाला था, इस बात की तमन्ना, इस बात की ख्वाहिश करवट बदलने लगी थी कि कहीं से एक बार लछमनिया मिल जाये या फिर लछमनिया के साथ उनका कोई चक्कर चल जाए। एक जलजला, एक तूफान, उठा था, दारुलशफ़ा के अन्दर, जिसने हिलाकर रख दिया था, सभी लोगों को और जिसने उड़ते हुए अंधड़ में कतराते हुए तिनकों की तरह, सारे वातावरण को जगा रखा था। यह आस्था का प्रश्न नहीं था, विश्वास की बात कोई नहीं कर रहा था। टूट-टूटकर किसी असीम वेग से जैसे कोई झंझावात झकझोर कर जगा रहा था, उन सोयी तन्द्राओं को जिनकी कल्पनाशक्ति से परे था, यह सब !

लछमनिया अकेली नहीं थी। खबरों का जो अम्बार उसके नाम से खड़ा होने लगा था, उनमें जुड़े थे, कई नाम, कई लोग। उन कई नामों, कई लोगों के ऊपर, सबसे ऊपर नाम था, अगर किसी का था तो, लोबीराम का ! लोबीराम मंत्री बन चुके थे, जब लछमनिया की खबर उनके ऊपर मँडराने लगी थी, किसी भुतहे किस्से की तरह। सब जानते थे, सभी को मालूम था, लछमनिया लोबीराम के साथ रहती थी। उनका झाड़ू टहल, खाना-पीना, कपड़े-लत्ते, हर चीज का खयाल रखती थी, लछमनिया। कई तरह की अफवाहें उड़ रही थीं तरह-तरह की अटकलें लगा रहे थे लोग। ह, हा, ही, हु, उ, उ की आवाजें आ रही थीं, चारों तरफ। हर कमरे में उन दिनों बस इसी की चर्चा थी, सिर्फ इसी बात का जिक्र हो रहा था। लोगों के अनुमान, लोगों की अटकलें सीमित नहीं थीं, सिर्फ लछमनिया तक वो तो अन्दाजा लगा रहे थे, जोड़ रहे थे, घटा रहे थे, बना रहे थे, मिटा रहे थे, ख्वाबों की, तसव्वर को रंगीन, मजेदार, चटपटेदार कहानियाँ, लतीफे, और कभी न खत्म होनेवाले किस्से।

मौका था ही कुछ ऐसा। ताजा-ताजा मंत्रिमंडल बना था और लोबीराम अपने लम्बे राजनैतिक दौर में पहली बार मंत्री बने थे। उनके लिए तो सिर मुड़ाते ओले पड़ने जैसी बात हो गयी थी। उनकी समझ में नहीं आ रहा था, वह क्या करें किधर जायें कैसे अपने को बचायें, उस भयावह अंधड़ से, जो मुँहबाए हुए उनको खाने के लिए उनको हजम करने के लिए, दौड़ा चला आ रहा था।

लोबीराम की समस्या कुछ और थी। उन्होंने वह सब कुछ किया था, लछमनिया के साथ लेकिन, वह बच्चा पैदा करने लायक हो गये थे, इस बात का उनको तनिक भी अंदाज नहीं था। कुछ-कुछ उनको शक जरूर था लेकिन उनकी समझ में नहीं आ रहा था, आखिर लछमनिया ने उनको बताया क्यों नहीं। सारे दारुलशफ़ा को मालूम था, सब लोग जानते थे, 325 फ्लैट में रहनेवाले विधायक उन विधायकों के चमचे, चिलगोजे, चकरबन्ध और काम करानेवाले, आने-जानेवाले, खोमचेवाले, गनेड़िया, पान, सिगरेट, पंसारी, धोबी, मोची, जमादार, खबरवाले अखबारी और अखबारवाले खबरी, लिफ्ट चलानेवाले, बिजली बनानेवाले, सिविल और इलेक्ट्रिक अभियन्ता, दर अभियन्ता, लाइन मैन, फिटर, मिस्त्री, लोहा करनेवाले, साइकिल, रिक्शा बनानेवाले, गरज यह कि किस्म किस्म के लोग तरह-तरह की बातें कर रहे थे। हमेशा ऐसे माहौल से अलग रहनेवाला बजरबट्टू न जाने कहाँ से उन उजड्ड लोगों के बीच फँस गया था।

वैसे, बजरबट्टू के कुछ उसूल थे, कुछ सिद्धान्त थे, वह कितना भी हो, किसी जंजाल में नहीं फँसता था। उसके पास उस दिन समय का अभाव था और किसी तरह वह वहाँ से निकल जाना चाहता था, उसे सब मालूम था, वह सब जानता था लेकिन वह कुछ देर और चुप रहना चाहता था। उसके अनुसार लछमनिया का गाभिन होना, किसी बम के धमाके से कम नहीं था। वह जानता था, किसी न किसी की नौकरी जानी थी। इससे पहले बजरबट्टू वहाँ से खिसक जाये दरोगा द्विवेदी ने उसे आवाज दी थी।

"ऐ बजरबट्टू। अर र ए ऐ बजर..."

बजरबट्टू उस गोल से कतराकर जरा आगे निकल गया था जिसके अन्दर छुपे हुए, ठिगने दरोगा ने, उसे देख लिया था। उसे लौटना पड़ा, उसे लौटना ही था, उसे बुलाया गया था, ऊपर से दरोगा ने बुलाया था। असल में दरोगा द्विवेदी, बड़ा मेहरबान था, बजरबट्टू के ऊपर। उन दिनों बिना नागा, वह उसे दोनों टाइम खाना खिला रहा था। एक टाइम का खाना, बजरबट्टू दरोगा के हिसाब में कैंटीन में खा लेता था और रात का खाना कभी रंगीनराय के यहाँ, कभी दरोगा के यहाँ, कभी उनके द्वारा बताये गये मंच पर।

अहसानमन्द बजरबट्टू उस समय कैंटीन से खाना खाकर लौट रहा था, जब दरोगा ने उसे ललकारा। ये लोग एक गोल बनाकर ए बी ब्लाक के बीचवाली सड़क पर, पश्चिमी किनारे से लगी हुई पान की दुकान के करीब खड़े थे। दरोगा के साथ थे मूलचंद और मनोहरलाल। असल, जब से, बलदेव चौधरी ने रंगीनराय के यहाँ, वह पार्टी अध्यक्षवाली चाय पी थी, तब से, मूलचंद, मनोहरलाल नामक बलदेव चौधरी के तिलंगे, दरोगा के साथ मानसिक रूप से जुड़े हुए थे। मूलचंद और मनोहरलाल असल में अपने ही तंत्र में फँस गये थे। हुआ यूँ कि उन्होंने

जो मुहिम खोला था, 16 जून को, उसके तहत, बलदेव चौधरी को मुख्यमंत्री बनना था या फिर पार्टी अध्यक्ष। लेकिन बलदेव चौधरी न तो मुख्यमंत्री बने और न ही प्रदेश पार्टी अध्यक्ष। मुख्यमंत्री तो उत्सुकदास थे और प्रदेश पार्टी अध्यक्ष पद के लिए, रंगीनराय के नाम की घोषणा करीब-करीब की जा चुकी थी। मूलचन्द और मनोहरलाल के आका बलदेव चौधरी को दिल्ली जाना था, वहाँ उनके लिए किसी पद की तलाश की जानी थी और तब कहीं जाकर बलदेव चौधरी किसी काम लायक बन सकते थे। इतना बड़ा सब्र इतना धैर्य, इतनी प्रतीक्षा करने में तो मूलचन्द और मनोहरलाल के प्राण ही निकल जाने थे।

मूलचन्द फटे हुए बाँस की तरह, गला फाड़कर, गोल-गोल घुमाकर, बोलता था, जबकि मनोहरलाल बोलते कहीं थे और देखते कहीं और थे।

बजरबट्टू जानता था, उस गोल में जहाँ मूलचन्द जैसे लोग खड़े हों, कोई कायदे की बात नहीं की जा सकती थी। वैसे स्वयं बजरबट्टू के बारे में, लोगों की राय कुछ और थी। फिर भी वह लौट पड़ा था। उसके अन्नदाता दरोगा ने बुलाया था, इनकार कहाँ कर सकता था, बजरबट्टू !

''जी।'' वह किसी बहस में नहीं पड़ना चाहता था, क्योंकि उसने तब तक लछमनिया काण्ड पर पूरी तरह से गौर नहीं किया था।

''ये लो। जी, कहकर चुप हो गया अपना बजरबट्टू का बात है।'' दरोगा बोला।

''कोई बात नहीं......''

''फिर।''

''फिर क्या।'' बजरबट्टू को लगा बचना मुश्किल था।

''अर रे ए.....ससुरी लछमनिया का हाल है।'' मूलचन्द का गला फूल गया था।''

''हाँ, हाँ। तुम तो दिन भर वहाँ पड़े रहते थे।'' कहा था, मनोहरलाल ने महज यह बताने के लिए कि बजरबट्टू जाता था, लोबीराम के यहाँ, लेकिन, उस समय, वहाँ खड़े हुए विधायकों और उनके चकरबन्धों ने उसका मतलब लगाया कुछ और ! इससे पहले, बजरबट्टू कुछ जवाब दे, सफाई में कुछ कहे या बात को किसी दूसरी तरफ मोड़ने की कोशिश करे, करीब-करीब सभी लोग ठहाका मारकर हँसने लगे। मनोहरलाल ने कहा भले ही किसी भी मतलब से, उसका अर्थ लगाया जा सकता था और जो अर्थ लगाया था, लोगों ने, उसके अनुसार, बजरबट्टू को जोड़ दिया गया था, लछमनिया के साथ। ही इ ही ही इ इ ई, हो ओ ही हा, हा, अ आ हा हा आ खी ई खी खी खि ख खि ख करके लोग हँस रहे थे और कभी हथेली, कभी कंधों और कभी पीठ पर ताली सरीखी मार देकर खूब मजा ले रहे थे। तभी बजरबट्टू ने देखा, रंगीनराय को,

जो बी ब्लाक की सीढ़ियाँ उतरकर, आगे बढ़ रहे थे। बजरबट्टू भागा उनकी तरफ। उसका उन लफंगों के साथ फँसने का कोई मूड नहीं था। लेकिन इसके पहले, बजरबट्टू निकल भागे, दरोगा ने उसे पकड़ लिया था।

कुछ रंगीनराय उस गोल की तरफ बढ़े और कुछ गोल के लोग, उनकी तरफ ! सबसे आगे थे, दरोगा द्विवेदी जो बजरबट्टू का हाथ पकड़कर खींच रहे थे और पीछे था मूलचन्द, मनोहरलाल का गुट। मूलचन्द असल में अकेले कभी नहीं रहता था। उसके साथ मनोहरलाल के अलावा दो-तीन विधायक और कुछ अदद चिलगोजे अवश्य मौजूद रहा करते थे। वैसे मूलचन्द शौकीन तबियत का आदमी था और वक्त जरूरत के लिए चिलगोजे इत्यादि अपने साथ रखता था। रंगीनराय कुछ अपनी धुन में चले आ रहे थे। आना उनको उसी गोल की तरफ था, लेकिन रुचि उनकी कहीं और थी। मंत्रिमंडल की उठापटक में, जो दाँव उन्होंने खेला था, जो चाल उन्होंने चली थी, वह चिपक के ऐसा सटीक बैठी थी कि उनकी झोली में, प्रदेश पार्टी अध्यक्ष की लाटरी गिरनेवाली थी। विधायक मंडल की बैठक में, केन्द्रीय गृहमंत्री ने खुलेआम उनका नाम लिया था। उसके बाद, वह जानते थे, उनको किसी प्रपंच में नहीं पड़ना चाहिए था। रंगीनराय को असल में मानसिक रतौंधी आती थी। उनको वह लोग जो उनके समर्थक हुआ करते थे, जो उनके साथ किसी आन्दोलन का हिस्सा बनते थे, या फिर वह लोग जिनका उन्होंने इस्तेमाल किया था, किसी विशेष उद्देश्य की प्राप्ति के लिए, वे लोग, उनके क्रिया-कलाप, उनके स्वार्थ, उनकी आकांक्षाएं, उनके मुद्दे यहाँ तक उनके चेहरे, उनका नाम, उनको दिखने पर भी दिखाई नहीं पड़ते थे। जब तक हथौड़ा मारकर, चीखकर, चिल्लाकर, झकझोर कर, हिलाकर कोई उनको न जगाए, वह अकेले, अपने रास्ते पर चले जाया करते थे उनको कुछ नहीं दिखता था।

"ये रा साब, देखिए तो, यही है, साला, यही है।" दरोगा बजरबट्टू को वहाँ तक खींच लाया था।

"यही है। यही है। यही है।" मूलचन्द फटा बाँस बजा रहा था।

"हाँ हाँ। यही तो है, यही तो है।" मनोहरलाल के साथ, हँसी के ठहाकों के बीच, कई चकरबन्ध बोल उठे थे।

"क्या, कौन, कहाँ।" रायसाब की रतौंधी टूटने तो लगी थी लेकिन काफी कुछ बाकी था।

"अरे। रासाब वो सुना नहीं आपने।" दरोगा तौल रहा था।

"क्या ?"

मनोहरलाल और मूलचन्द सहित, चमचे, चिलगोजे और चकरबन्ध सभी रंगीनराय की तरफ, इस तरह देख रहे थे, जैसे उन्होंने कोई ऐसी बात कह दी

थी जो सिर्फ, दारुलशफ़ा के बाहर, रहनेवाला ही कह सकता था।

"रायसाब। क्या आपको सच में नहीं मालूम।"

"क्या नहीं मालूम।"

"लछमनिया गाभिन..."

"अच्छा...वो..." रायसाब की रतौंधी टूट चुकी थी वह किसी सस्ते हँसी-मजाक के मूड में तो थे, लेकिन किसी गंभीर राजनैतिक चर्चा के लिए, वह तैयार नहीं थे।

"हाँ...हाँ, वही लोबीरामवाली लछमनिया।" मनोहरलाल ने उचककर छोड़ा था।

"खूब ससुरा भागा था, पार्टी अध्यक्षवाली बैठक से।"

"मंत्री जी के बारे में, ऐसा..." दरोगा ने व्यंग्य से कहा।

"तो जाओ, लोबीराम की पतुरिया का लहंगा..."

"उठाओ।" कोई चकरबन्ध हिम्मत कर रहा था।

हा-हा-हा अ आ-हा अ-हो-हा-अ-अ, खी-खी-खी इ ई की आवाजें किसी बवंडर की तरह, चारों तरफ मँडराने लगी थीं।

"लेकिन तुम लोग, बजरबट्टू को क्यों तंग कर रहे हो" रंगीनराय ने बजरबट्टू की तरफ देखा था।

बजरबट्टू की हिम्मत बढ़ गयी थी। उसने अपना हाथ, दरोगा की पकड़ से छुड़ाया और रंगीनराय के करीब आकर खड़ा हो गया।

"ई बजरबट्टू। बड़ा गुरु चीज है" दरोगा ने छेड़खानी के अन्दाज में कहा था।

"मैं तो इसे गुड़बक समझता था।" रंगीनराय तब तक पूरी तरह अपनी रतौंधी से बाहर निकल आये थे।

"नहीं...नहीं...कभी नहीं।" दरोगा इस तरह कराह रहा था, जैसे वह किसी भयावह पीड़ा में तड़प रहा था।

"ई इ....ठीक कहते हैं।" मूलचन्द ने दरोगा की तरफदारी की थी।

"अच्छा। क्यों बजरबट्टू ।"

"देखिए रायसाब। ये सब अपनी-अपनी उड़ा रहे..."

"खबरदार ! बजरबट्टू। सम्भलकर-रायसाब असल में बात बड़ी सीधी और साफ है" दरोगा विश्लेषण करने लगा था।

"सीधी नहीं..." बजरबट्टू ने बचाव में कहा था

"हाँ, हाँ साफ तो है।" मनोहरलाल दहाड़ा

"तुम चुप करो। बजरबट्टू।" मूलचन्द चाहता था लछमनिया का किस्सा आगे बढ़े।

''रायसाब ये कह रहे हैं, लछमनिया पेट से है।''

''सुना तो हमने भी था।''

''लेकिन होनेवाले बच्चे के बाप का पता लगाया किसी ने, कोई जानता है, कौन है बाप...'' दरोगा ने अकड़कर कहा।

''हाँ, हाँ। कौन है बाप।'' मूलचन्द और मनोहरलाल को लगा उनको दरोगा के साथ रहना चाहिए

''बजरबट्टू। और कौन।''

''तुम लोग एक अच्छी-खासी राजनैतिक घटना का सत्यानाश करने में लगे हो।'' रंगीनराय ने झिड़ककर कहा था।

''लेकिन बजरबट्टू वहाँ जाता था...'' मूलचन्द ने अपना सहयोग जारी रक्खा था।

''चुप करो। माननीय लोबीराम उर्फ मंत्री जी।'' रंगीनराय ने कहा।

''उर्फ मंत्री जी क्यों ?'' दरोगा ने पूछा।

''वैसे लोबीराम जी को उर्फ ही कहा करते थे हम लोग।''

''वो तो तो है, लेकिन तब वह मंत्री कहाँ थे।

''अब तो हैं और तुम लोग उनके घर का मामला सड़क पर भद्दर दुपहरी में खड़े होकर बतिया रहे हो। एक-एक को बँधवा देंगे—आओ चला जाय।'' कहकर रंगीनराय आगे बढ़ गये। इसके पहले रंगीनराय दूर चले जायें, बजरबट्टू दरोगा, मूलचंद, मनोहरलाल का गोल करीब-करीब दौड़कर उनके पीछे लग लिया। कुछ दूर जाकर, उत्तरी गेट के किनारेवाली पान की दुकान के पास पहले तो रंगीनराय रुके, फिर उनको याद आया, पानवाले तो सब एक होते हैं और चूँकि बात लछमनिया के बारे में होनी थी और चूँकि लछमनिया पानवालों के खानदान से थी, इसलिए उससे सम्बन्धित बातचीत, किसी पानवाले की दुकान पर खड़े होकर नहीं की जा सकती थी, इसलिए वह कुछ दूर पर एक नीम के पेड़ के नीचे खड़े हो गये और समझाने की मुद्रा में कहने लगे।

''देखो दरोगा। इस बात को यू हँसी-मजाक में न लपेटो।''

''क्यों ?''

''मामला लोबीराम का है।''

''लोबीराम लेकिन कोई शेर है का।''

''कागज का शेर तो है।''

''मानता हूँ।''

''कैसे।''

''साठ विधायकों का नेता कागज का शेर'' मूलचन्द ने ताना कसा था।

''कागज का शेर था वह। अब रहेगा नहीं।''

"कैसे राय साहब।"

"देखते नहीं हो, दुनिया कहाँ से कहाँ जा रही है। गिनती का जमाना है...लोबीराम जिस वर्ग के नेता हैं उस वर्ग को लपेटने के कई चुनावी तालमेल चल रहे हैं।"

रंगीनराय की राजनैतिक सूझ-बूझ के वैसे तो सभी कायल थे, लेकिन, यह पेंच, इस दाँव की जानकारी मिलते ही सब दंग रह गये। रंगीनराय जो अपनी बात की प्रतिक्रिया जानने के लिए रुके थे, एक कदम आगे बढ़े और कहने लगे।

"फिर भूल गये क्या...हम्हें भी तो धोखा दिया उस कमीने ने !"

"वर्ना हम सब मंत्री होते।" दरोगा अपनी बात सबके ऊपर लाद रहा था।

"और रायसाब।"

"मुख्यमंत्री।" मनोहरलाल ने मूलचन्द को जवाब दिया था।

"ससुरे ने हलक से निवाला निकालने जैसा काम किया था।"

"लेकिन हमारी ताकत कम नहीं कर सका।" दरोगा बोला

"और क्या। सरकार न सही प्रदेश पार्टी ही सही।" रंगीनराय उदास होकर बोले।"

मूलचन्द जानता था, मनोहरलाल ने झूठ कहा था। उसके अनुसार तो मुख्यमंत्री बनना था, बलदेव चौधरी को। लेकिन वह लोग एक तरह से बलदेव चौधरी और रंगीनराय की मिलीभगत का लाभ उठाकर बलदेव चौधरी को छोड़कर फिलहाल रंगीनराय के साथ लगने का प्रयास कर रहे थे। लेकिन उसका मन नहीं माना और उसने बात साफ करनी चाही।

"और हमारे बलदेव चौधरी कौन-सा खाका खींच रहे थे।"

"उन्होंने, तो प्रतिष्ठा का प्रश्न बनाकर उपमुख्यमंत्री का पद छोड़ दिया।"

"वर्ना सरकार भी हमारी होती और प्रदेशपार्टी भी हमारी।" रंगीनराय शून्य में देखकर बोले।

"तो फिर क्या करना चाहिए।" दरोगा खुफिया अंदाज में बोला।

"लछमनिया को तलाश करो, कोई सबूत ढूँढ़ो–या फिर लछमनिया खुद कह दे।"

"बढ़ई होता तो..." बजरबट्टू बोला।

"हाँ...अ...अ..." रंगीनराय की आँखें उलटने लगी थीं, "ये देखो ये हुई काम की बात–तुम लोग बजरबट्टू को गुड़बक कहते हो।" रंगीनराय ने पान की पीक थूकते हुए कहा था।

"मैंने बढ़ई को, अभी हाल, एक दिन, कामूकबाड़ी के साथ, फाइव स्टार होटल में जाते हुए देखा था।" बजरबट्टू ने कहा था।

“कामूकबाड़ी। ये कौन ?”

“कामूकबाड़ी, उर्फ कामयाबसेठ ही तो नाम है, ताँबाकाण्ड के हीरो का।” बजरबट्टू ने रंगीनराय को जवाब दिया था।

“हाँ। याद आया। लेकिन दरोगा।” रंगीनराय ने दरोगा द्विवेदी की तरफ मुखातिब होकर कहा, “वो ताँबाकाण्ड की फाइल तो पढ़ ली थी ना।”

“कहाँ। रायसाब। उस दिन...”

“कहीं।

“वो दोनों।”

“क्या तुम भी वही समझ रहे हो, दरोगा, जो हम समझ रहे हैं।”

“हाँ रायसाब।”

“हमने शायद वह हथियार खो दिया जो किसी अमोघ अस्त्र की तरह हमेशा-हमेशा उत्सुकदास, गुरुपदस्वामी गुट को नियंत्रित करने के काम आता।” रंगीनराय बिना कुछ बोले, बिना कुछ कहे, अपने फ्लैट की तरफ चल दिये।

रंगीनराय का यूँ चुपचाप चल देना, एक रहस्य के रूप में सामने आया था। जाहिर था, दरोगा, मूलचन्द, मनोहरलाल और बजरबट्टू इस झटके के लिए तैयार नहीं थे। लेकिन सबको लग रहा था, जैसे कोई हादसा हो गया हो। कोई प्रिय वस्तु छिन गयी हो। सब के सब कहाँ चक्कर में थे, लछमनिया के ऊपर हँसी-मजाक करने के मूड में और जिक्र आ गया था, उस कमबख्त बढ़ई का। चुपचाप, दमसाधे हुए सब के सब रंगीनराय के पीछे चल दिये।

अपने घर में दाखिल होकर, रंगीनराय दालान में पड़ी हुई आरामकुर्सी पर बैठे गये। उनके पीछे आकर, दरोगा, मूलचन्द, मनोहरलाल और बजरबट्टू भी बैठ गये। एक लम्बी साँस छोड़ने के बाद रंगीनराय ने अपनी विवेचना शुरू की थी।

“अगर इस तरह, हम अपने हथियार, अपने अस्त्र खोते रहेंगे तो राजनीति में क्या झक मारेंगे।”

“क्या हमसे भूल हो गयी।” दरोगा ने डरकर कहा।

“तुम क्या-क्या करते दरोगा। उस दिन, 16 जून को गदर भी तो मचा था यहाँ लेकिन यह जिम्मेदारी तो हमने बजरबट्टू को सौंपी थी।”

“कहाँ। मैंने तो बढ़ई से कितना कहा, फाइल हमको दे दो–लेकिन..” बजरबट्टू सफाई दे रहा था।

“लेकिन क्या ?”

“उसने हमको फाइल दिखाने से तो पहले ही मना कर दिया था–तभी तो आपको याद होगा रायसाब। हम उस बैठक से, आपको बुलाकर लाये थे।” बजरबट्टू ने रंगीनराय को याद दिलाया।

"फिर क्या हुआ ?"

"उसके बाद, पार्टी अध्यक्ष आ गये।"

"और बढ़ई सो गया था।" बजरबट्टू ने कहा, "उसके सो जाने के बाद मैं चला गया था।"

"और हम लोगों ने तो पार्टी अध्यक्ष के साथ, विधायकदल की बैठक के पहले, एक-एक विधायक से मिलने-जुलने का कार्यक्रम शुरू कर दिया था।" दरोगा ने कहा। मूलचन्द और मनोहरलाल को इस सारे प्रकरण में रुचि नहीं थी। वह तो मोटी बुद्धि के थे और सीधी तरह से उनका प्रयास, किसी ऐसे दौर से जुड़ जाना था, जिसमें उनको पद और प्रतिष्ठा की प्राप्ति हो सके।

"अब जानते हो क्या होगा ?" रंगीनराय ने दूर दारुलशफ़ा की इमारत के उस हिस्से की तरफ देखा था, जहाँ से भागकर, दौड़ता हुआ, उस दिन बढ़ई दीक्षित आया था।

"क्या सर !" बजरबट्टू ने साथ दिया।

"कृष्णबल्लभ और उत्सुकदास, दोनों बच निकलेंगे। वैसे आज का अखबार पढ़ा होगा तुम लोगों ने।"

"हाँ।"

"देखा उसमें। दुर्लभकाछी और जालिमखाँ पकड़ लिए गये।"

"कैसे।" मूलचन्द गुर्राया।

"कानपुर रोड पर किसी डाक बंगले से उनको, काफी लम्बी दबिश के बाद पकड़ा गया था।" रंगीनराय कुछ सोच रहे थे।

"जानते हो, दुर्लभकाछी, जालिमखाँ ने, गुरुपदस्वामी की बाई जी के भतीजे और पुलिस अफसर फूलदास का खून कर दिया था।"

"लेकिन क्यों गुरु जी ?" मनोहर लाल ने सोचा, उसे कुछ बोलना चाहिए।

"फूलदास, असल में, एक ईमानदार अफसर था। उसने कृष्णबल्लभ, यशोदाबल्लभ गुट का घेराव करना शुरू कर दिया था। सारे शाहजहाँपुर ढिलियाने के इलाके में जो अफीम की खेती, ये लोग गैरकानूनी तरीके से करवाते थे, उसने वह सब बन्द करवाने की कोशिश की थी।"

"बाप रे बाप !" इस बार मूलचन्द बोला था।

"फूलदास ने एक ट्रक पकड़ा था, जिसमें ताँबा के साथ अफीम की पेटियाँ मिली थीं" रंगीनराय बिना किसी तरफ देखे हुए, बात कर रहे थे। "केस बनता है, जबरदस्त ! कामयाबसेठ उत्सुकदास का आदमी है, ये तो सब जानते हैं, उधर यशोदाबल्लभ अफीम की खेती करता था, ये भी पता है, लोगों को और यशोदाबल्लभ कृष्णबल्लभ का भाई है।"

''एक ही झटके में फूलदास ने सबको दबोच लिया था।'' दरोगा ने कहा।

''बीच में न बोले कोई !'' रंगीनाराय ने इशारा किया, ''ताँबे का स्क्रैप, कामयाबसेठ को, प्रदेश के बाहर ले जाने का अधिकार नहीं था और फूलदास के इशारे पर जो ट्रक पकड़ी गयी थी, उसके कागज माल को अहमदाबाद ले जाने के लिए बनाये गये थे...वहाँ से...''

''अहमदाबाद से ताँबा जाना था गुजरात के समुद्रीतट के किसी किनारे पर या शायद बम्बई, अहमदाबाद के बीच में किसी पठारी जंगल में, माल उतरना था। वैसे होता, यही है, इस तरह के मामले में, माल जहाँ उतरना होता है, जगह उसके आगे की लिखाई जाती है।''

''फिर क्या होगा ?'' दरोगा ने पूछा।

''अगर फाइल हम्मारे पास होती तो--विधायक दल की बैठक की लड़ाई जीतने के बाद, हम गुरुपदस्वामी और उत्सुकदास को अलग करने में सफल हो जाते।''

''वो कैसे ?''

''अभी तक ताँबाकाण्ड में कौन फँसा है।''

''गुरुपदस्वामी।''

''मैने सरसरी निगाह से, वह फाइल देखी है--उसमें गुरुपदस्वामी के दस्तखत नहीं हैं।''

''फिर।''

''दस्तखत हैं, कृष्णबल्लभ और उत्सुकदास के, जो उस समय गुरुपदस्वामी मंत्रिमंडल में मंत्री थे।''

''हाँ ये ! हे भगवान् ! हे ईश्वर ! इतना बड़ा झोल।'' दरोगा ने रायसाब का समर्थन दिया।

''हम लोगों का राजनैतिक उद्‌देश्य उस दिन करीब-करीब पूरा हो गया था, शायद इसीलिए हमने बढ़ई की तरफ ध्यान नहीं दिया।'' रंगीनराय ने बात पूरी की।

''राजनैतिक उद्‌देश्य। कहाँ पूरा हुआ गुरु जी।'' मूलचन्द फटेबाँस की तरह की आवाज में जल्दी से बोल गया। उसका इशारा था कि वह तो तब तक खाली था और उसे न तो किसी ने मंत्री बनाने का आश्वासन दिया था, और न ही कहीं और उसका एडजस्टमेंट करने की बात उठी थी।

''उस समय, उतने कम समय में, हम जो कर सकते थे, हमने किया था।''

''हमारा क्या होगा रायसाब।'' मनोहरलाल की चिन्ता का विषय करीब-करीब वही था जो मूलचन्द का था।

''तुम और मूलचन्द, दरोगा को लेकर बलदेव चौधरी से क्यों नहीं

मिलते।''

''उससे क्या होगा।''

''मंत्रिमंडल का गठन तो हो गया लेकिन विस्तार अभी बाकी है। उनसे कहो, तुम तीनों का नाम वह अपनी तरफ से आगे बढ़ायें, मैं भी इसका समर्थन करूँगा।'' रंगीनराय ने दाँव फेंका और वहाँ जो, कुछ नहीं हुआ तो अध्यक्ष बनने के बाद तुम लोगों को मैं प्रदेश पार्टी में लगा दूँगा।'' रंगीनराय चाहते थे, ये लोग उनसे निराश न हों और साथ रहें, सेवा-टहल करते रहें। वैसे रंगीनराय खुद जानते थे, अगर वह अध्यक्ष बन भी गये, तो उनको शायद इतना अधिकार नहीं मिलेगा कि वह किसी और को कुछ भी बना सकें।

''तो हम लग जाते हैं, काम पर।'' मूलचन्द और मनोहरलाल उठकर खड़े हो गये।

''दरोगा तो चले हम अपने अभियान पर।'' दोनों ने करीब-करीब एक स्वर में कहा था।

''आप चलकर बात शुरू करें—मैं कुछ देर में आता हूँ।'' दरोगा असल में, जरा राजनीति के दाँव-पेंच निकालना चाहता था। नाक, कान, होठ हथेली, गदेली, तोंदी, जाँघों के किनारे, खुजलाते-खुजलाते दरोगा को एक दाँव मिला था, जिसका विवेचन वह करना चाहता था। मूलचन्द, मनोहरलाल के जाने के बाद वह बोला।

''रायसाब। समस्या बड़ी गम्भीर है।''

''किस बात की।''

''मंत्रिमंडल के विस्तार में जो नाम चल रहे हैं, उत्सुकदास की तरफ से, उनके बारे में सुना आपने।''

''नहीं तो।''

''एक तो है, बढ़ई और दूसरा कालीशंकर।''

''कालीशंकर।'' रंगीनराय के आँखों की पुतलियाँ उलटने लगी थीं।

''कालीशंकर वैसे रासाब। अब पहलेवाला कालीशंकर नहीं है।''

''तो'' रंगीनराय अपनी विचारधारा में बहने लगे थे।

''उसके अन्दर इंकलाब जाग गया है—उसकी आँखों में मुझे तो दिखता है, एक सुलगता हुआ बवण्डर।'' बजरबट्टू ने कहा।

''कुछ चक्कर है। जरूर कुछ चक्कर है। मेरी तीसरी आँख कुछ देख रही है—मुझे कालीशंकर से जुड़ा हुआ कोई तूफान नजर आ रहा है। तुम बजरबट्टू पता कर सकते हो।''

''लेकिन क्या ?''

''मैं तो कहता हूँ कालीशंकर अब उत्सुकदास के प्रति वफादार नहीं है,

कोई बात है, ऐसी जो हम अगर मालूम कर सकें तो !''

''तो ?'' दरोगा बगली खुजलाकर चौंक उठा।

''हमारे हाथ डर्बी का घोड़ा लग जायेगा।''

''सच।''

''हाँ। सच ! ! कुछ समझ में आया।''

''अब इसमें समझने की क्या बात है, भाई।'' दरोगा दम साध के बोला, ''घोड़ा जब पागल हो जाता है तो उसे मार दिया जाता है, लेकिन अगर उसे न मारा जाय तो...।''

''वह अपने मालिक को उठाकर पटक देता है।'' बजरबट्टू उठकर खड़ा हो गया।

''हाँ बजरबट्टू अब तुम चलो। और देखना जरा, बढ़ई पर नजर रखना।'' रंगीनराय ने कहा था।

बजरबट्टू को जाता हुआ देखते रहे थे, रंगीनराय। उधर दरोगा की नाक में, तब तक गूजी इकट्ठा हो गयी और तेजी से उसकी उंगलियाँ नाक के नथुनों के अन्दर बाहर, अपना गूजी निकालने का काम करने लगी हुई थीं। जैसे ही बजरबट्टू निकलकर बाहर गया, दरोगा फट पड़ा।

''भाई। अब यह होगा।''

''क्या ?''

''बढ़ई और कालीशंकर मंत्री होंगे और हम बजाएंगे ढपली।''

रंगीनराय का चेहरा सिकुड़ने लगा, उनकी भृकुटि टेढ़ी होने लगी और वह उठकर थोड़ा पीछे की तरफ खिसक गये। ''बढ़ई और कालीशंकर का मंत्री होना कोई मायने नहीं रखता। इस तरह की हरकतें तो हुआ करती हैं। मतलब की बात समझने की कोशिश करो दरोगा।''

''हाँ बड़े बाई।'' दरोगा ने अपना दाहिना हाथ, बायें हाथ से पकड़ लिया। वह जानता था, ऐसा करने से, उसका हाथ खुजलाने, गूजी निकालने और मैल साफ करने के लिए इधर-उधर नहीं घूमेगा।

''दुर्लभकाछी और जालिमखाँ उसी दिन गिरफ्तार हुए जिस दिन उत्सुकदास ने मुख्यमंत्री पद की शपथ ली।''

''हाँ।''

''उसी दिन यानि 16 जून को शाम को सात और आठ बजे के बीच, कालीशंकर वहाँ से गायब हो गया।''

''कहाँ से गायब हो गया।''

''मुख्यमंत्री आवास से। और जानते हो दरोगा कालीशंकर उस समय कहाँ था, जब उत्सुकदास अपने जीवन की सबसे बड़ी लड़ाई लड़ रहे थे।''

''कहाँ !''

''बनी के डाक बंगले में।''

''और।''

''हाँ, डाकबंगले से दुर्लभकाछी और जालिमखाँ पकड़े गये थे। और जानते हो, कालीशंकर जिस समय डाकबंगले से निकला था, वह शराब पीकर धुत था।''

''फिर।''

''वहाँ से वह जाता है, बन्थरा थाने और उसकी इत्तला से ही दुर्लभकाछी और जालिमखॉ पकड़े गये थे।''

''लेकिन क्यों भाई।'' दरोगा के बायें हाथ ने उसका दाहिना हाथ पकड़ से छोड़ दिया था।

''मैं नहीं जानता...मुझे कुछ भी नहीं मालूम लेकिन इतना पता है, मुझे कि दुर्लभकाछी और जालिमखाँ को गिरफ्तार करवाने में निश्चित रूप से कालीशंकर का हाथ है वर्ना उस दिन ये दोनों मूर्तियाँ बचकर निकल ही गयी थीं। यह बात किसी को नहीं पता, इसका कारण सिर्फ यह है कि बन्थरा थाने के एक सब-इंस्पेक्टर को गोपनीय तरीके से दुर्लभकाछी और जालिमखाँ के डाक बंगले में होने की सूचना कालीशंकर ने दी थी।'' दरोगा के मुँह से सीटी बज निकली। उसका दाहिना हाथ, कान नाक, बगल से गुजरकर तोंदी पर पहुँचनेवाला था, तभी उससे रहा नहीं गया और वह बोल दिया।

''कहीं भाई। वह पुराना मामला तो नहीं खुल गया।''

''मुझे क्या पता, लेकिन इतनी-सी बात, समझने के लिए, किसी विशेष बुद्धि की आवश्यकता नहीं है।''

''कौन-सी बात !''

''यही कि कालीशंकर ने उन लोगों को अगर पकड़वाया तो उसके पीछे क्या है जाहिर है वह उत्सुकदास की जड़ खोद रहा था।''

''कैसे भाई।'' दरोगा उत्तेजित होने लगा था।

''दुर्लभकाछी और जालिमखाँ से जुड़ी हुई थी, डी. एस. पी. फूलदास की हत्या जो बाई जी का भतीजा था और जिसे वह अपना बेटा मानती थीं।''

''वह..।''

''उत्सुकदास को भी पता है, और हम भी जानते हैं, जब देश के प्रधानमंत्री, ताँबाकाण्ड की पूरी जानकारी चाहते हों, जब गृहमंत्री, भारत सरकार के गृहमंत्री गुरुपदस्वामी की विधवा भावज ने अपने बेटे की हत्या का बदला लेने की ठान ली हो, जब ताँबा का भण्डार ट्रक सहित पकड़ लिया गया हो और जब उस ट्रक में ताँबे के साथ अफीम की पेटियाँ पकड़ी गयी हों और जब

उस ट्रक को पकड़नेवाला पुलिस आफिसर मारा जा चुका हो, तब, कितने दिन, आखिर कितने दिन सरकार चल सकती है।''

''और तब जब माननीय, रंगीनराय प्रदेश पार्टी के अध्यक्ष हों।''

''लेकिन दाँव कहीं और है।''

''कहाँ।''

''नहीं समझे-अब भी नहीं समझे।''

दरोगा गुड़बक की तरह रंगीनराय को देखता रहा।

''दाँव है, बलदेव चौधरी के पास और खेल है सारा गृह मंत्रालय में।''

''वैसे बलरामशास्त्री को उम्मीद है, गृहमंत्री बनने की।''

''उससे क्या होगा, जब तक, सियासत नंगी नहीं होती कुछ नहीं हो सकता।''

''बलरामशास्त्री को, उत्सुकदास जैसा खिलाड़ी मोमबत्ती की तरह छीलकर खा जायेगा।'' रंगीनराय ने सिगरेट सुलगा ली थी।

''तब। भाई !''

''गृहमंत्री कैबिनेट स्तर का होना चाहिए और यह वर्तमान परिस्थिति में संभव नहीं है।...मुख्यमंत्री, तुम ठीक कह रहे हो, बलराम को ही गृहमंत्री बनायेंगे, लेकिन काम का बँटवारा अपने हाथ में रखेंगे।''

''ऐसा क्यों।''

''केन्द्र में, गृहमंत्री गुरुपदस्वामी हैं न।''

''हाँ।''

''बलरामशास्त्री गुरुपदस्वामी के आदमी हैं।''

''हाँ।''

''स्थिति साफ है। उत्सुकदास बलराम को गृहमंत्री बनाकर गुरुपदस्वामी का मुँह बन्द कर देंगे। लेकिन गृहमंत्रालय के समस्त अधिकार मुख्यमंत्री को अपने पास रखना चाहिए।''

''इस सारी योजना में, बलदेव चौधरी कहाँ आते हैं।''

''आते हैं और खूब आते हैं...अगर बलदेव चौधरी को मंत्रिमंडल में शामिल कर लिया जाय तो, उनको उपमुख्यमंत्री का पद मिल सकता है।''

''और साथ में गृह मंत्रालय।''

''और तब मुख्यमंत्री की गर्दन हमारे हाथ में होगी। और सत्ता, हमारे कदमों के नीचे।''

''वाह !''

''चुप करो दरोगा—जरा बात की गहराई समझने की कोशिश करो।''

''ठीक है भाई।'' दरोगा झेंप गया था।

''उत्सुकदास को मालूम था, कितनी दयनीय स्थिति में वो हैं।''

''दयनीय स्थिति !''

''हाँ दयनीय स्थिति अगर डरावनी नहीं तो। यद्यपि उनको मुख्यमंत्री पद की शपथ दिलवा दी गयी है, हमने, पार्टी अध्यक्ष और बलदेव चौधरी को मिलाकर जो आन्दोलन छेड़ा था, उसके कारण, उनके किसी आदमी को मंत्रिमंडल में शामिल नहीं किया गया।''

''सच में।''

''यहाँ तक कृष्णबल्लभ को पार्टी की सदस्यता से निलम्बित करने की घोषणा की जा चुकी है।''

''एक तरह से, हाईकमांड ने मुख्यमंत्री का गुट ही तोड़ दिया।''

''ऊपर से लाद दिया भीमसिंह को जो एक छंटा हुआ सोशलिस्ट है।''

''और लोबीराम को जिन हालातों में मंत्रिमंडल में डाला गया है, मुझे तो गड़बड़ लगती है।'' रंगीनराय ने सिगरेट के बचे हुए टुकड़े को पैर से रगड़ते हुए कहा था।

''और भाई। लोबीराम के अन्दर तो मंत्री बनने की ख्वाहिश ही नहीं थी।''

''सच पूछो तो लोबीराम को मंत्रिमंडल में शामिल करके एक बहुत बड़ी राजनैतिक भूल की है, पार्टी हाईकमांड ने।''

''वो क्यों !''

''लोबीराम का एक नया गुट खड़ा हो गया न।''

''हाँ।''

''साफ-साफ स्थिति है कि जहाँ एक तरफ बलदेव चौधरी और तुम्हारा गुट एक हो गया, लोबीराम के गुट को कानूनी मान्यता मिल गयी। मेरी राय में मंत्रिमंडल, बनने से पहले ही खत्म हो गया...।''

''क्या कह रहे हैं भाई।''

''लोबीराम। एक ऐसा बारूद का गोला है, जो कभी भी फट सकता है।''

''क्या लोबीराम के अन्दर इतनी क्षमता है, क्या वह बारूद से बम बनाना जानता है !''

''बारूद से बम ! बारूद नहीं बनाती ! बम बनाता है कोई और इस्तेमाल की जाती है, बारूद ! और यही होगा लोबीराम के साथ।''

''लोबीराम के साथ।'' दरोगा को लगा रंगीनराय राजनीति के प्रकाण्ड पण्डित हैं।

''हाँ, यही होगा, लोबीराम के साथ। जानते हो दरोगा, कोई न कोई लोबीराम का इस्तेमाल करेगा, उस बारूद को बम बनायेगा, लोबीराम की साइज

तब देखना तुम ।''

''कौन बनायेगा ?''

''कोई भी।''

''कोई भी ?''

''हाँ, खुला हुआ मैदान है, खड़ा हुआ खेल है, जो चाहे खेल ले...। साठ विधायकों का नेता है, लोबीराम अभी देखना, वह दो-एक मंत्री बनवायेगा...शेर के मुँह में इनसानी गोश्त का जायका लग चुका है। लोग उसे खुद नहीं छोड़ेंगे।''

''और ऊपर से कृष्णबल्लभ का नाम काट दिया...।''

''ठीक बिल्कुल ठीक। कृष्णबल्लभ के जाने से और भीमसिंह और लोबीराम के आने से मंत्रिमंडल का सन्तुलन मुख्यमंत्री के हाथ से निकल चुका है। और जानते हो, दरोगा !''

''क्या भाई।''

''मूलचन्द और मनोहरलाल को मंत्रिमंडल में लेना होगा। नहीं तो।''

''नहीं तो।''

''नहीं तो, बलदेव चौधरी, लोबीराम की बारूद और भीमसिंह का काँटा ऐसा चलायेंगे, ऐसी तोड-फोड़ होगी, जिसकी कोई कल्पना नहीं कर सकता।''

''बलदेव चौधरी के पास मूलचन्द, मनोहरलाल को मिलाकर कुल जमा सोलह विधायक हैं।''

''सोलह विधानसभाई और चार विधान परिषदी कुल जमा बीस, हुए न।''

''हाँ।''

''लोबीराम के पास साठ विधानसभाई और करीब नौ परिषदी...। इसमें जोड़ो पन्द्रह भूमिहार विधायक और अठारह राजपूत कुल कितने हुए। ''साठ, नौ, पन्द्रह, अठारह, हुए जाकर, एक सौ दो।'' दरोगा राजनीति का गणित जोड़ते-जोड़ते दंग रह गया।

''अब बोलो, मुख्यमंत्री के पास गद्‌दी कितने दिन रहेगी। और अभी हमने गुरुपदस्वामी के 58 विधायक नहीं जोड़े।''

''वो ना ही जोड़ें तो अच्छा है।'' दरोगा अधिकारपूर्वक बोला।

''क्यों ?''

''गुरुपदस्वामी कभी भी मुख्यमंत्री के खिलाफ नहीं जायेंगे।''

''लेकिन क्यों... जब उनको मालूम होगा...।''

''कुछ भी हो, यह नहीं हो सकता।''

''लेकिन क्यों।'' रंगीनराय ने हथेली पर मुक्का मारा

''न जाने क्या बात है गुरुपदस्वामी, उत्सुकदास से डरते हैं।''

''तुम पागल हो गये हो दरोगा...''

''आप यही कहेंगे... मुझे राजनीति का खेल नहीं आता... मैं कुछ नहीं जानता... लेकिन यह खेल...आपकी समझ में नहीं आयेगा...।''

''क्या कह रहे हो दरोगा।''

''जी हाँ... गुरुपदस्वामी, उत्सुकदास के खिलाफ नहीं जा सकते।''

''कारण।''

''एक बार की बात है, तब, मैं गुरु जी के साथ था, न जाने किस बात पर हाँ याद आया, गुरु जी के किसी रिश्तेदार के मामले को लेकर, घर में कलह मची थी, और उस दिन उत्सुकदास के ऊपर कजा लहरा रही थी, गुरु जी बहुत नाराज थे। उन दिनों उत्सुकदास, प्रदेश पार्टी के महासचिव हुआ करते थे...।''

''अरे वो बिलसिया काण्ड।''

''हाँ...। अब तो आप समझ गये, महिला शाखा की उपाध्यक्ष या कोषाध्यक्ष थी वह लड़की...क्या नाम था...''

''कीर्ति जैन।''

''हाँ। उस कन्या को गुरु जी के रिश्तेदारों ने धर पकड़ा... गुरु जी के घर में ही, उसकी छीछालेदार हो गयी थी। उस दिन जिस तरह से उत्सुकदास ने, कीर्ति जैन की जगह बिलसिया को पुलिस थाने में डलवा दिया था यानि कि थाने में रपट लिखाई गयी थी कीर्ति के खिलाफ और वहाँ बन्द की गयी बिलसिया...''

''वो भी चोरी के इल्जाम में।''

''हाँ भाई। न जाने क्या कारीगरी की माननीय मुख्यमंत्री ने, रपट लिखी गयी कीर्ति जैन की और दस्तखत करवाये गये बिलसिया के...उधर गुरु जी के, रिश्तेदारों ने बिलसिया के ऊपर चोरी का इल्जाम लगा दिया और उसे थाने में बन्द कर दिया गया।'' दरोगा पुरानी बातें याद करते-करते जोश में आ गया था।

''और उसी रात को...बिलसिया खत्म कर दी गयी थी... अगली सुबह, उसकी लाश, नाले के किनारे पायी गयी थी।''

''और कीर्ति।''

''वह न जाने कहाँ चली गयी, सुनते हैं, उसका इन्तजाम वर्तमान मुख्यमंत्री ने करवा दिया था...''

''आप तो तब वहीं थे।''

''हाँ तुम ठीक कहते हो। तब गुरुपदस्वामी ने भावविभोर होकर गंगाजली उठाकर एक सौगन्ध खायी थी।''

''यही ना ! उत्सुकदास को, वह अपने पुत्र का दर्जा देंगे।''

''उसके बाद, किसी राजनैतिक उठा-पटक में, इस बात की कल्पना भी

करना कि गुरुपदस्वामी, मुख्यमंत्री के विरुद्ध हो सकते हैं, बेकार है।"

"गुरुपदस्वामी की नहीं...मैं उनके गुट की बात कर रहा था...यह तुम अच्छी तरह जानते हो, दरोगा उस गुट में, उत्सुकदास से कोई खुश नहीं है।"

"सच में...और क्या–मैं भी तो अलग हुआ था, इन्हीं की मेहरबानी से।"

"तो अब समझ में आयी राजनीति।"

"कुछ...कुछ..."

"अगर हम बलरामशास्त्री जैसे लोगों को, तोड़ने की कोशिश करें तो,... 58 विधायकों में कितने टूट सकते हैं।"

"टूटेगा शायद कोई नहीं।" दरोगा ने विश्वास से कहा।

"शायद।"

"शायद नहीं निश्चित...लेकिन...।"

"लेकिन क्या।"

"58 में से कम से कम चालीस न्यूट्रल हो सकते हैं, आपका या उत्सुकदास के विरोधी गुट का, ये लोग साथ नहीं देंगे, जब तक गुरुपदस्वामी जीवित हैं, लेकिन तटस्थ हो सकते हैं..."

"कैसे।" राजनीति का दाँव करीब-करीब रंगीनराय के हाथ में था। "अगर इन लोगों को विश्वास दिला दिया जाय कि मुख्यमंत्री ने गुरुपदस्वामी के खिलाफ कोई ऐसा काम किया है, जिससे उनका यानि गुरुपदस्वामी का राजनैतिक जीवन संकट में पड़ गया या पड़ सकता है।"

रंगीन राय उठकर खड़े हो गये, "बढ़ई को पकड़ना होगा–उसके पास इस बात का सबूत है।"

"यानि ताँबाकाण्ड।"

"हाँ ! यानि ताँबाकाण्ड।

"हाँ...ताँबाकाण्ड। अगर उस दिन, बढ़ई से मैंने वह फाइल ले ली होती, तो आज चालीस विधायक हमारे पास होते।"

"अब समझ में आया, बढ़ई को मंत्री क्यों बनाया जा रहा है।" दरोगा ने बगल खुजलाते हुए कहा था।

"और कालीशंकर को।"

"अपने पाप छुपाने के लिए।"

तभी टेलीफोन की घंटी बजने लगी। रंगीनराय को असल में मजा आने लगा था, वह काफी देर से इस बात पर विचार कर रहे थे, आखिर उनकी रणनीति क्या होगी या फिर राजनीति का वर्तमान एजेण्डा क्या होगा। वह कैसे शुरू करें, कहाँ जायें क्या करें। यह समस्याएँ. बड़ी देर से उनको तंग कर रही थीं। उनको मालूम था, वक्त बहुत कम था, उनके पास। इसीलिए उन्होंने

टेलीफोन नहीं उठाया और न ही दरोगा से टेलीफोन सुनने के लिए कहा था।

टेलीफोन की घंटी बन्द हो गयी, लेकिन बन्द होते ही फिर बजने लगी। दरोगा, और रंगीनराय, दोनों, उस समय किसी संजीदा और संगीन दौर से गुजर रहे थे। उनके अन्दर संघर्ष की ज्वाला भड़क उठी थी, कहीं उनके विचारों की तारतम्यता टूट न जाय। इसलिए टेलीफोन उठाने में, न तो दरोगा ने कोई रुचि दिखाई और न ही रंगीनराय ने। लेकिन टेलीफोन की घंटी बार-बार बन्द होने के बाद, फिर बजने लगती। आखिर रंगीनराय ने सोचा टेलीफोन का रिसीवर उठाकर अलग रख दिया जाय, तो सारा झमेला ही खत्म हो जायेगा। लेकिन रिसीवर उठाने और टेलीफोन की घंटी बजने के काम करीब-करीब एक साथ किये गये थे, शायद इसलिए, रिसीवर उठाने के बाद, लेकिन रिसीवर को अलग रखने के पहले, रंगीनराय को मूलचन्द का फटाबाँस सुनाई दे गया था। तभी रंगीनराय को याद आया, उन्होंने मूलचन्द और मनोहरलाल को स्वयं भेजा था, बलदेव चौधरी के पास। एक बार रंगीनराय के चेहरे पर मुस्कराहट कौंध गयी, गाजर के प्रभाव में चमकती हुई आँखों से रहस्यमय इशारा किया था, उन्होंने दरोगा की तरफ और फिर टेलीफोन के रिसीवर को अलग न रखकर बात करने के लिए, उठा लिया था।

"हैलो।"

"गुरु जी।"

"मैं रंगीनराय बोल रहा हूँ।"

"मैं मूलचन्द।"

"हाँ बोलिए।

"हम, चौधरी साब के यहाँ से बोल रहे हैं। जरा आपकी उनसे भेंट करानी थी।"

"कब ?"

"अभी हाल। मामला कुछ गम्भीर है...। चौधरी जी डिस्टर्ब हैं।"

"चौधरी हमारे आदरणीय हैं। उनको यहाँ ले आओ तो अच्छा है क्योंकि मेरे पास गाड़ी नहीं है, इस समय।"

"ठीक है...। लेकिन वह आपसे अकेले में बात करना चाहते हैं।"

"यहाँ कौन है, आइए आप लोग !" कहकर रंगीनराय ने टेलीफोन रख दिया। टेलीफोन रखने के बाद, रंगीनराय ने सामने तिपाई पर पड़ी हुई सिगरेट की डिबिया उठाई। डिबिया से एक सिगरेट निकालकर वह पीने लगे। इतनी देर में दरोगा अन्दर चला गया था। चारों तरफ नजरें घुमाकर देखा, रंगीनराय ने, वहाँ कोई नहीं था। शाम का वक्त था, अँधियारा गहराने लगा था और एक खामोशी जैसे आसमानी ऊँचाइयों से उतरकर, धीरे-धीरे, सारे वातावरण को

अपने आगोश में लेने लगी थी। एक सन्नाटा, एक खौफजदा खामोशी, जैसे टूट-टूटकर, रंगीनराय के इर्द-गिर्द मँडराने लगी थी। दारुलशफ़ा की विशाल इमारत से निकलकर जैसे कोई आग, अंगारों का कोई समूह, समूचे माहौल को अपनी गिरफ्त में लेने लगा था। वहाँ, कभी भी, कुछ शांत नहीं होता। इन्सानियत की जद्दोजहद से अलग, एक खास, किस्म की लड़ाई चल रही थी, वहाँ। वह लड़ाई थी, सत्ता की, वैभव की, स्वार्थ की, हितों की, ऐश्वर्य की धन और सम्पदा की। समस्त सिद्धान्त, सारे वसूल सत्ता, वैभव, स्वार्थ, हित, ऐश्वर्य, धन और सम्पदा के लिए ही बने थे, उसी के आधार पर अलग-अलग गुटों की, अलग-अलग लोगों की रणनीति बना करती थी। आदमी वहाँ, कोई नहीं था, सब के सब किसी मशीन के पुर्जे की तरह, किसी ऐसी व्यवस्था का हिस्सा बन चुके थे जहाँ स्वार्थों की लड़ाई थी, सिर्फ हितों का संघर्ष था। जो सामने था, जो दिख रहा था, वही सत्य था। और वह सत्य, इतना भयावह था जिसे देखकर, जिसकी अनुभूति करके, रूह काँप उठे। किसी खूँखार दरिन्दे की तरह अपने मुँह से नोच-नोचकर अपने पंजों से फाड़-फाड़कर, सफेदपोश, विधायक, अपने-अपने धन्धे, अपने-अपने व्यापार में मगन थे। लोग मरें या जिन्दा रहें, आम आदमी भूख से तड़पता रहे, उसके सिर पर छत न हो, बदन पर कपड़े न हों, रोग विपदा और संकट में जूझते-जूझते, वह दम तोड़ दे, इसकी चिन्ता, इसकी फिक्र किसी को करने की जरूरत ही कहाँ थी। ऊपर से खूनी, बदमाश, गुण्डे, माफिया गुट, लोगों को मार डालें, काट डालें, उनके इन्सानी जजवे को रौंद डालें, अपने पैरों से कुचल डालें, तब भी उनका कुछ नहीं होगा, तब भी ये सफेदपोश, चाय की चुस्कियों पर, पान, तम्बाकू, सिगरेट की कशिश पर, जोरदार खुलासा, बहस, मुसाहबा करेंगे और बात करते रहेंगे।

रंगीनराय ज्यादा देर तक अकेले नहीं रह सके थे। कुछ ही क्षणों में दरोगा लौट आया था। लेकिन उतनी देर में, रंगीनराय ने राजनीति का वह मोड़ देख लिया था, जहाँ से, उनको मंत्रिमंडल का सत्यानाश करना था ! अपनी ही पार्टी के मंत्रिमंडल का सत्यानाश करना था !

"क्या भाई। किसका फोन था।"

"मूलचन्द का।"

"मूलचन्द का।" दरोगा ने निराशा से पूछा था।

"मूलचन्द ठीक लाइन पर लगा है, जरा अन्दर बोल दो, चौधरी साब आ रहे हैं...कुछ नाश्ता, पानी।"

"कौन। बलदेव चौधरी।"

"ऊ क्या तैयार बैठे थे, जो मूलचन्द के पहुँचते ही...खैर..."

दरोगा तब तक अन्दर चला गया और करीब-करीब उसी समय, बलदेव

चौधरी के साथ मूलचन्द और मनोहरलाल आकर रंगीनराय के सामने बैठ गये। रंगीनराय ने उठकर स्वागत किया था, बलदेव चौधरी का और उनको, उस आरामकुर्सी पर बैठाया था जिस पर वह खुद बैठे थे।

''कहिए, चौधरी साब क्या आज्ञा है।'' रंगीनराय ने पूछा था।

तब तक दरोगा अन्दर से चाय और नाश्ता लगवाकर आ गया।

''प्रणाम । चौधरी साब।''

''आशीर्वाद ! आओ दरोगा ! बैठो ना'' बलदेव चौधरी ने औपचारिकता निभाने के बाद रंगीनराय की तरफ देखा।

''रायसाब। आपका काम तो हो गया। आज रात को आपका नाम एनाउन्स हो जायेगा।''

''प्रदेश पार्टी अध्यक्ष।''

''हाँ।''

''बधाई हो, मुबारक ! बधाई।।'' दरोगा, मूलचन्द और मनोहरलाल उछलने लगे थे। रंगीनराय ने उनसे बैठने के लिए कहा।

''लेकिन आपको बात करनी चाहिए, इन लोगों के बारे में।'' बलदेव चौधरी ने अपने समर्थक, मूलचन्द एवं मनोहरलाल की तरफ देखते हुए कहा था।

''मैं।''

''हाँ। आपको ही यह बात करनी चाहिए।'' बलदेव चौधरी ने सख्ती से कहा।

''मैं करूँगा, अवश्य करूँगा...लेकिन उसका वजन कितना होगा, इसका फैसला आपको करना होगा।''

''क्यों। क्या पार्टी अध्यक्ष, रंगीनराय को इस बात का अधिकार नहीं है कि वह अपने समर्थकों के लिए हाईकमांड से बात करें।''

''है, चौधरी साब, बिलकुल है, लेकिन कहाँ आप, कहाँ मैं, मेरी बात कितनी सुनी जायेगी। उदाहरणस्वरूप क्या मुख्यमंत्री की सुनी जा रही है। क्या उनके समर्थकों को मंत्रिमंडल में लिया गया है।''

''आप ठीक कह रहे हैं, रायसाब। मुझे कुछ करना होगा लेकिन क्या।''

रंगीनराय, असल में, बलदेव चौधरी से अकेले में बात करना चाहते थे, उन्होंने, दरोगा की तरफ, घूमकर देखा। दरोगा उनका इशारा समझ गया। वह उठकर खड़ा हो गया और अपने साथ मूलचन्द तथा मनोहरलाल को लेकर कुछ दूर पर जाकर खड़ा हो गया।

''मेरी तो राय है आप मंत्रिमंडल ज्वाइन कर लें।'' रंगीनराय ने दाँव फेंका।

"लेकिन...।"

"एक मिनट चौधरी साब, मेरी बात समझने की कोशिश करें। हम यह चाहते हैं, लेकिन सिर्फ इसलिए, आपके मंत्रिमंडल में आने से, जाहिर है, गृह मंत्री का विभाग आपको मिलेगा।"

"उन्होंने तो उपमुख्यमंत्री भी बनाने के लिए कहा था, मैंने ही मना कर दिया।"

"गलती की आपने, आप अगर उपमुख्यमंत्री होते हैं, और अगर आपके पास गृहमंत्रालय होता है, तो आप दो दिन में, उत्सुकदास और गुरुपदस्वामी दोनों के राजनैतिक जीवन को समाप्त कर सकते हैं।"

"लेकिन मेरी प्रतिष्ठा। मेरी सीनियारिटी। पार्टी में मेरा सम्मान।"

"इन चीजों का अर्थ है, ये महत्त्वपूर्ण हैं, लेकिन अगर आप उपमुख्यमंत्री बनते हैं तो सत्ता तो आपके हाथ में होगी।"

"कैसे।"

"मंत्रिमंडल में होंगे, मूलचन्द, मनोहरलाल, लोबीराम, भीमसिंह और बलरामशास्त्री। बताइये तो, ये आपके प्रति वफादार होंगे या उत्सुकदास के प्रति।"

बलदेव चौधरी की राजनीति कुछ और थी, रंगीनराय की कुछ और। वक्त के उस दौर में, जब रंगीनराय ने, उनसे मंत्रिमंडल में शामिल होने की पेशकश की थी, उनको एक दिन, एक खास तरह के संकट का अहसास होने लगा था। उपमुख्यमंत्री पद, उनको पहले भी मिल रहा था। सवाल मंत्री पद या उपमुख्यमंत्री पद का नहीं था, सवाल उस पूरी व्यवस्था का था। उस समूचे, राजनैतिक तालमेल का था, जिसके अन्दर उनको लग रहा था, उनका बहिष्कार किया गया था। एक तरह से उनको मंत्रिमंडल के बाहर कर दिया गया था। दुनिया, इधर से उधर हो जाये, सूरज, चाँद, सितारे अपनी दिशाएँ बदल दें, समय का चक्र उल्टा घूमने लगे, लेकिन वह मंत्रिमंडल कैसे चल सकता था, जिसमें बलदेव चौधरी न हों। जब से चुनाव होना शुरू हुए, जब से मंत्रिमंडल का गठन होना शुरू हुआ, बलदेव चौधरी सदैव मंत्रिमंडल में, किसी न किसी पद पर रखे जाते रहे। फिर इस बार मंत्रिमंडल का गठन हो जाय और बलदेव चौधरी उसमें न हों, यह बात, उनको मंजूर नहीं थी। इस बार तो उनका पत्ता बिल्कुल साफ कर दिया गया था। उनका नामोनिशान नहीं था। एक पद और था, जो उनको मिल सकता था और वह था, प्रदेश पार्टी अध्यक्ष का। लेकिन उस पद से भी उनका नाम काट दिया गया था। बलदेव चौधरी को लग रहा था, रंगीनराय ने, और पार्टी के नेताओं की तरह, उनको बुद्धू बनाया था। और शराफत, ईमानदारी और लगन का यही सिला, उनकी पार्टी दे रही थी।

बलदेव चौधरी के पास, असल में, समय का अभाव था। उनके जीवन का तराजू झुका हुआ था, उस तरफ जिधर उनके त्याग, उनकी तपस्या, उनकी पुण्याई का हिसाब था। राष्ट्रीय आन्दोलन से लेकर, अनेक-अनेक, जेल यात्राओं के दौर के साथ, जिस निष्काम भाव से उन्होंने पार्टी की सेवा की थी, उनको तब तक नम्बर एक का पद मिल जाना चाहिए था। अगर किसी कारण से, उनको मुख्यमंत्री नहीं बनाया जा सकता था, तो निश्चित रूप से, उनको प्रदेश पार्टी का अध्यक्ष बनाया जाना चाहिए था। लेकिन पार्टी अध्यक्ष पद के लिए, न जाने कहाँ से रंगीनराय का नाम उभरकर सामने आया था। बलदेव चौधरी के सामने, एक कठिन समस्या थी, वह अपने विरक्त मन को कैसे समझाएँ। केन्द्र में उनको बुलाने की जो अनौपचारिक घोषणा की गयी थी, उसका कोई महत्त्व नहीं था, और असल में वह केन्द्रीय सरकार या पार्टी में, इसलिए और नहीं जाना चाहते क्योंकि उस महासागर में उनका अस्तित्व ही समाप्त हो जायेगा। वहाँ कौन पूछेगा उनको, कौन उनके गुणों को तौलकर, उनकी प्रशंसा करेगा, कौन उनके त्याग, उनके बलिदान का मूल्यांकन करके, उनके अन्दर उठते हुए विचार संघर्ष की उद्घोषणा करेगा। बलदेव चौधरी को केन्द्र की राजनीति का तजुर्बा भी कहाँ था, और प्रधानमंत्री के साथ उनका तालमेल कैसे बैठेगा। उनको लग रहा था, वह दिल्ली की उस भीड़ में खो जायेंगें और उनको कुछ भी हासिल नहीं होगा। रंगीनराय की तरफ घूरते हुए बलदेव चौधरी बोले।

"देखिए रायसाब। मैं आपकी इज्जत करता हूँ...लेकिन आप मुझसे मंत्रिमंडल, में आने के लिए दबाव न ही डालें, तो अच्छा होगा।"

"चौधरीसाब, मैं, आपके ऊपर कोई दबाव डालना नहीं चाहता और अगर चाहूँ भी, तो नहीं डाल सकता---लेकिन हम राजनैतिक सत्य को, जो सामने है, जो दिख रहा है, हम उसे, कैसे झुठला सकते हैं।"

"एक सत्य और है, जो क्या आपको नहीं दिख रहा है।"

"क्या ?"

"वह तोड़फोड़ जो विधायक करनेवाले हैं।"

"कौन विधायक ?"

"बुन्देलखण्ड का पूरा इलाका, दक्षिण से पश्चिमी प्रदेश तक का पूरा इलाका असन्तोष की ज्वाला में सुलग रहा है।"

"वहाँ के नेता तो आप हैं।"

"तो... मैं कैसे रोक सकता हूँ, उन लोगों को।"

"आप नहीं, तो कौन रोकेगा उनको ?"

"मुझे रोकने की आवश्यकता क्या है, रोकना है तो उत्सुकदास रोकें और रोकें, आप।"

"मैं।"

"हाँ। आप हो रहे हैं, प्रदेश पार्टी अध्यक्ष और उत्सुकदास हैं मुख्यमंत्री।"

"लेकिन आप।"

"मैं तो कुछ भी नहीं हूँ।"

"ये क्या कह रहे हैं आप...।"

"नहीं-नहीं...रायसाब। मैं तो कुछ भी करनेवाला नहीं हूँ... मैं तो बस मौन व्रत धारण करनेवाला हूँ।"

"आपने एक बार और मौनव्रत धारण किया था, जब मुख्यमंत्री, गुरुपदस्वामी को इस्तीफा देना पड़ा था।"

"आप पुराने आदमी हैं, सब जानते हैं, आप, सब जानते हैं, आप...लेकिन इस बार..."

"इस बार।"

"इस्तीफा कोई नहीं देगा।"

"फिर।"

"मुझे लगता है, पार्टी में अब मेरी कोई जगह नहीं रह गयी है।"

"क्यों ..."

"अभी तक केन्द्र में मुझे बुलाया नहीं गया।"

"उसके लिए प्रधानमंत्री को समय निकालना होगा।"

"समझते हैं, ना, समय लग सकता है...। वैसे तो मुझे किसी पद की आकांक्षा नहीं है, लेकिन एक पूरी की पूरी मानवता, करीब पचास-साठ, विधायक और कई करोड़ जनता को मुझसे जो अपेक्षाएँ हैं, उनके बारे में कौन सोचेगा--मैं कैसे, अपनी जिम्मेदारियाँ, निभा सकूँगा।"

"केन्द्र से...।"

"लेकिन क्या...केन्द्र में क्या और कब।"

"केन्द्रीय मंत्रिमंडल में शायद..."

"मैं संसद सदस्य नहीं हूँ और अगले छह महीने तक किसी प्रदेश से राज्यसभा का कोई चुनाव होनेवाला नहीं है...!"

"तब तो दिक्कत होगी।"

"दिक्कत नहीं, विलम्ब।"

"सच कह रहे हैं, आप।"

"हाईकमांड, केन्द्र में कोई भी पद देने से पहले मेरी राय माँगेगा या नहीं।"

"अवश्य।"

"अभी तक तो किसी ने पूछा नहीं।"

''कार्यवाही...।''

''कोई कार्यवाही, अभी तक शुरू नहीं हुई और न होगी।''

''क्यों नहीं होगी।''

''इसलिए कि पहले, यहाँ मंत्रिमंडल का विस्तार होगा और उसके बाद प्रधानमंत्री को जो करना होगा वो करेंगे।''

''समस्या तो है।''

''पार्टी के पुनर्गठन की बात हो रही है, राष्ट्रीय स्तर पर...।''

''केन्द्रीय मंत्रिमंडल और केन्द्रीय पार्टी के ढाँचे में आगे-पीछे परिवर्तन होने हैं।''

''अभी कुछ नहीं, कहीं कुछ नहीं...मुझे ये लोग क्या बेवकूफ समझते हैं, चालीस साल राज़नीति में हमने घास नहीं खोदी।''

''आपका महत्त्व सबको पता है, चौधरी साब।''

''लेकिन उसके बाद कैसे चूक हो गयी।''

''चूक नहीं चौधरी साब, उनका अनुमान गलत हो गया।''

''अनुमान।''

''जी हाँ। हाईकमांड से जो मंत्रिमंडल की सूची आयी थी, उसमें तो आपका नाम, सबसे पहला था।''

''लेकिन मुख्यमंत्री के नाम के बाद था।''

''मुख्यमंत्री का चयन वरिष्ठता के आधार पर कहाँ होता है।''

''फिर किस आधार पर...योग्यता, अनुभव, त्याग, बलिदान पढ़ाई-लिखाई जनमत...आखिर किस आधार पर होता है।''

''आप ठीक कह रहे हैं...। अभी तक प्रदेश में जितने मुख्यमंत्री हुए हैं, उनको परम्परा और वरिष्ठता के आधार पर ही चुना गया है...लेकिन आपने कभी दलगत राजनीति नहीं की, इसलिए शायद...।''

''हाँ। आप ठीक कह रहे हैं, शायद, इसलिए मुझे इस योग्य नहीं समझा गया।''

''ऐसी बात नहीं...।''

''बिल्कुल यही बात है...और अब मैं करूँगा, दलगत राजनीति करूँगा, अपना गुट बनाऊँगा, अपना दल बनाऊँगा और आवश्यकता पड़ी तो...।''

''तो'' रंगीनराय ने डरते-डरते कहा।

''अगर आवश्यकता पड़ी तो, मैं नयी पार्टी बनाऊँगा...समय नहीं है मेरे पास राय साब।''

''समय का प्रश्न नहीं है, प्रश्न है क्या पार्टी आपके बिना उतना कारगर हो सकेगी जितना...।''

"ये सब बातें, पुरानी हो चुकी हैं...आप और हम क्या कर सकते हैं, अगर 100 साल पुरानी पार्टी की गतिविधियाँ सिर्फ राजभवन और सत्ता के दलालों की बैठक तक सीमित हो जायेंगी...तो क्या होगा ?"

"सच में, बड़ी भयावह स्थिति है।"

"चारों तरफ असन्तोष है...सुना आपने, बढ़ई दीक्षित और कालीशंकर मंत्री बनाये जा रहे हैं, और उस डाकुओं के सरदार कृष्णबल्लभ की जगह उसके भाई बलरामबल्लभ या यशोदाबल्लभ को मंत्री बनाया जा रहा है।"

"और भीमसिंह।"

"भीमसिंह को छोड़िए रायसाब। भीमसिंह, पिछड़े वर्ग के नेता हैं, पढ़े लिखे हैं, राजनीति और दर्शन के प्रकाण्ड विद्वान् है वो-बस थोड़ा झक्की हैं...।"

"वो तो हैं...।

"लेकिन और लोग...तरह-तरह की बातें हो रही हैं, सुना है, लोबीराम के पीछे लोग लगे हैं और इसके पहले, उस गुब्बारे में हवा भर दी जाये...मुझे कुछ करना होगा।"

"मैं आपके साथ हूँ...।"

"आप...कहाँ मेरा साथ, दे सकते हैं।"

"क्यों नहीं।"

"मैं तो विद्रोह के पथ पर हूँ...।"

"विद्रोह क्यों कहते हैं, इसे चौधरी साब।"

"ठीक कहते हैं, आप...लेकिन...।"

"लेकिन क्या ?"

"विद्रोह, बगावत ये कोई सम्मानसूचक शब्द नहीं हैं, फिर भी इनका प्रयोग तो किया ही जाता है।"

"आपको विद्रोह या बगावत करने की आवश्यकता क्या है ?"

"आवश्यकता है, आवश्यकता है। आजादी के इतने साल हो गये, आज भी नीतियों का क्रियान्वयन सही तरीके से कहाँ हो रहा है... लेकिन मेरी समस्या कुछ और है।"

"आपकी समस्या।"

"जी हाँ। सत्ता का खेल कभी रुकता नहीं, इतना तो आप मानते हैं।"

"जी हाँ।"

"पार्टी और सत्ता के संघर्ष के अनुपात बदलने के बाद, मौका निकल जाता है, समय लौटकर नहीं आता।"

"मैं कुछ समझा नहीं।"

"बात बड़ी साफ है...अगर उत्सुकदास को मुख्यमंत्री के रूप में स्वीकार कर लिया गया तो मैं तो पीछे छूट जाऊँगा न।"

रंगीनराय चुपचाप बलदेव चौधरी को देखते रहे।

"अगर गिनती की राजनीति ही करनी होती तो मैं भी कर सकता था।"

"क्यों नहीं।"

"अगर आप लोग चाहें, तो अभी भी कर सकता हूँ।"

"उसकी जरूरत है।"

"आप ही तो कहा करते हैं न, सत्ता का खेल ताकत से, गिनती से खेला जाता है, कितने विधायक, कितने लोग साथ हैं, इसी पर सरकारें बनती हैं न।"

"कोई जरूरी नहीं है।"

"फिर क्यों ! क्यों, मेरे साथ ऐसा हुआ।"

"जहाँ तक मैं समझ सका हूँ...मुख्यमंत्री पद के लिए, आपके नाम पर विचार किया ही नहीं गया।"

"क्यों, क्या मैं इस योग्य नहीं।"

"नहीं।"

"फिर।"

"आपकी योग्यता में किसी को कोई सन्देह नहीं है। बस इसका खयाल किसी को नहीं आया।"

"लेकिन मैं तो, सबसे मिला था। पार्टी अध्यक्ष, गृहमंत्री, वित्तमंत्री, प्रधानमंत्री के सचिव और सलाहकार, सभी से मिला था।"

"सच।"

"और क्या।"

"क्या आपने हाईकमांड के नेताओं को इस बात की जानकारी दी थी, कि आप मुख्यमंत्री पद के दावेदार हैं।"

"क्या जवाहरलाल ने कहा था वह प्रधानमंत्री पद के उम्मीदवार...।"

"वह..."

"क्या राजेन्द्र प्रसाद ने राष्ट्रपति पद के लिए, अपना नाम स्वयं घोषित किया था...नहीं न...।"

"नहीं।"

"स्वयं अपने आप, अपने को किसी पद विशेष का दावेदार बनाना, क्या शोभा देता है।"

"कभी नहीं...।"

"फिर मुझे क्यों ऐसा करने को कह रहे हैं आप !"

"चौधरी साब। असल, समय बदल गया है, लोगों के बदलने के साथ

मानदंड और मूल्यों में भी परिवर्तन हुआ है।''

''और इस गिरावट के लिए जिम्मेदार कौन है।''

''पार्टी और वक्त !''

''पार्टी ? सिर्फ, पार्टी के नेता ! वक्त, समय, युग कुछ अपने-आप नहीं बदलता। आदर्श और सिद्धान्त, मूल्य और मानदण्ड, व्यक्ति से, समूह से प्रतिपादित हुआ करते हैं।''

''ठीक कह रहे हैं आप।''

''मैं आपसे बात इसलिए कर रहा हूँ कि अभी आपका नाम प्रदेश अध्यक्ष के लिए औपचारिक रूप से घोषित नहीं किया गया है।''

''वैसे। चौधरीसाब। वह आपकी ही देन है... अगर आप कहें तो मैं अपना नाम हटा लूँ।''

''क्यों ?''

''जिससे प्रदेश का राजनैतिक संकट दूर हो जाय।''

'कैसे ?''

''आप अगर उपमुख्यमंत्री नहीं बन सकते हैं, इसलिए कि मुख्यमंत्री उत्सुकदास हैं, तो आप अध्यक्ष...।''

''देखिए...''

''मेरी बात तो सुनिए...।''

''नहीं...बिल्कुल नहीं।''

''क्यों, आपके साथ मिलकर जो मुहिम, हमने 16 जून को खोला था, जो आन्दोलन हमने चलाया था, जो लड़ाई हमने लड़ी थी...''

''उसका उद्देश्य क्या था ?''

''उत्सुकदास को मुख्यमंत्री पद पर न होने देना।''

''लेकिन वो मुख्यमंत्री तो बन गये।''

''फिर भी, मंत्रिमंडल में उनका कोई आदमी नहीं आ सका।''

''उससे क्या होता है ?''

''बहुत कुछ।''

''क्या ?''

''ताकत मंत्रिमंडल के पास होती है और अगर मंत्रिमंडल आक्रामक है, अगर मंत्रिमंडल के सदस्यों का पूर्ण विश्वास मुख्यमंत्री को नहीं प्राप्त है, तो मुख्यमंत्री गिर जायेगा, चौधरी साब या गिरा दिया जायेगा।''

''तात्पर्य है आपका, हम किसी लम्बे रास्ते से...।''

''ये बात नहीं है।''

''फिर।''

"राजनीति का खेल, इसी तरह खेला जाता है, हम लोगों ने आशा से अधिक प्राप्त कर लिया...।"

"आप सन्तुष्ट होंगे।"

"इसलिए न कि प्रदेश अध्यक्ष बन रहा हूँ।"

बलदेव चौधरी ने अपना मुँह घुमा लिया था।

"मैं तो फिर कहता हूँ, पार्टी अध्यक्ष आप बन जायें...।"

"और आप...।"

"देखिए चौधरीसाब। पार्टी अध्यक्ष के लिए मेरे नाम की घोषणा सिर्फ इसलिए की जा रही है कि हम्हें, आपका समर्थन प्राप्त है।"

"उससे क्या होता है।"

"बहुत कुछ होता है। मैं कह रहा हूँ, स्वीकार कर रहा हूँ इसमें आपको क्या आपत्ति हो सकती है।" रंगीनराय ने सख्ती से कहा।

बलदेव चौधरी उठकर खड़े हो गये। उनकी भौंहें सिमटने लगी थीं, माथे पर बल पड़ गये थे। उनको खड़ा होता हुआ देखकर रंगीनराय भी उठकर खड़े हो गये कुछ दूर पर रुके हुए, मूलचन्द, मनोहरलाल और दरोगा, आगे बढ़ने लगे। सिर्फ बलदेव चौधरी ने उस दिन चलने से पहले सिर्फ इतना कहा था, "रायसाब मैं आपका आभारी हूँ, जो आपने अपना पद, मेरे लिए छोड़ने का प्रस्ताव किया। लेकिन यह सब मुझसे नहीं होगा। अब मैं जो ठीक समझूँगा, वही करूँगा। वैसे शायद पार्टी को अब हमारी जरूरत नहीं है।"

छह

राघव का इंकलाब खतरे में था। उस समय उसके पास कुछ करने के लिए नहीं था। 16 जून को उसने अपने इंकलाबियों के साथ मिलकर मंत्रिमंडल को उड़ाने की जो साजिश रची थी, वह असफल हो चुकी थी। राघव असल में, उस दिन एक बड़ा नाटक करना चाहता था। उसकी योजना के अनुसार जब उत्सुकदास का मंत्रिमंडल शपथ ग्रहण कर रहा होता, उस समय अनेक बम के धमाकों के बीच, उसे पूरे मंत्रिमंडल को उड़ा देना था। यह उसकी पार्टी की लाइन नहीं थी, बल्कि उसने अपने दिमाग से सारी योजना बनाई थी। उसकी योजना और बम के बिस्फोट के बीच आ गये थे, मंजूरभाई जिनके विधायकी फ्लैट में राघव का आना-जाना था। मंजूरभाई असल में, राघव को बचाना चाहते थे। उनको मालूम था, वह अच्छी तरह जानते थे, राघव अपने उद्देश्य में कभी सफल नहीं

होगा। उस दिन, 16 जून को एक तो मंत्रिमंडल शपथ समारोह की वजह से, दूसरे उत्सुकदास के स्वागत में जिस विशाल रैली का आयोजन किया गया था, उसके कारण, राजभवन का पूरा इलाका पुलिस से घिरा हुआ था। एक-एक फुट पर पुलिस, बी. एस. एफ. की अनगिनत टुकड़ियाँ मौजूद थीं। उसके अलावा केन्द्रीय गृहमंत्री एवं पार्टी अध्यक्ष के मौजूद होने की वजह से, विशेष सुरक्षा बल की टुकड़ियाँ चारों तरफ मौजूद थीं। बहरहाल मंजूर के कुदरती दिमाग में यह बात अच्छी तरह घर कर गयी थी, राघव उस दिन मारा जायेगा। वह बच नहीं सकता था। कोई रास्ता था ही नहीं, उसके बचने का। अपने मुँह बोले बड़े भाई से मँजूर ने वादा किया था, राघव को बचाने का, जिन्दा रखने का, साबुत और सलामत रखने का। इसीलिए तो बिना किसी राजनैतिक उद्देश्य के, उस दिन यानि 16 जून को मंजूरभाई ने, अंधेरा होते ही एक रिक्शा बुलाया था। उस समय राघव वहाँ था नहीं। वह बारूद की गठरी मंजूरभाई के कमरे में रखकर, अपने इन्कलाबियों को अन्तिम निर्देश देने के लिए गया हुआ था, जब रिक्शा मुंडेर से सटाकर खुद मंजूरभाई ने बारूद की गठरी उसमें रख दी थी। बारूद की गठरी जिसे उन्होंने धोबन की गठरी समझकर पहले राघव के साथ मजाक किया था, उस दिन उन्होंने गोमती नदी पुल से नीचे नदी में फेंक दी थी।

राघव नाराज था, दुखी था। उसे अपनी जिन्दगी से नफरत हो चुकी थी। उसकी समझ में नहीं आ रहा था, वह करे तो क्या करे। रात का वक्त था, राघव उदासी के मंजर से ऊबकर अपने इंकलाबी कार्यक्रम की असफलता से बेजार, उकताया हुआ, चहलकदमी कर रहा था, मंजूर के फ्लेट के सामनेवाले बरामदे में। बार-बार उसका हाथ अपनी जेब में पड़े हुए रिवाल्वर को पकड़ में लेने की कोशिश कर रहा था। उसे कुछ करना था, कुछ भी करना था। वह जानता था, दूर-दूर तक कुछ भी करने के लिए नहीं था। राघव असल में उस हिंसक जिन्द की तरह की मनोवृत्ति से गुजर रहा था जो काम न मिलने पर, अपने मालिक को ही खत्म कर देता। राघव का उस समय मन कर रहा था, बारूद से खेलने का। वह गोली चलाना चाहता था, बम फोड़ना चाहता था। अपनी जान हथेली पर लेकर वह मुल्क में साम्यवादी व्यवस्था लाने के लिए, सचिवालय के गुम्बद से लेकर राजभवन की मीनारों तक को उड़ा देने के लिए पूरी तरह से तैयार था। इस बीच उसने हथगोलों और बमों का एक और जखीरा जमा करने की व्यवस्था कर ली थी। उसकी चहलकदमी का कारण यही था। किसी भी समय उसके पास अभयंकरघोष या जंगल पार्टी या लाल सेना का कोई नुमाइन्दा बारूदी व्यवस्था की डिलिवरी के लिए आ सकता था। इस बीच उसने बेरूनी खन्दक में, बिरजूवाली कोठरियाँ, कुछ दिनों के लिए ले ली थी।

तभी राघव को तीन तालियों के बज जाने की आवाज सुनाई दी। उसी के साथ, जोंगा जीप का हॉर्न भी सुनाई दिया। राघव ने देखा कुछ दूर पर नीम के पेड़ के नीचे जीप खड़ी थी। वह उसी तरफ बढ़ चला। राघव के बैठते ही जीप चल पड़ी। दारुलशफ़ा के पिछले हिस्से में मेंडूखां की सरायवाले खंडहर के पास जब जीप रुकी, तब उसने देखा शालू सिंह के कमांडर दोस्त बी. एस. को। बी. एस. जल्दी में था और कह रहा था, ''आज, भैरवसिंह बच गया। लेकिन राघव ! भैरवसिंह और सेठ गोवर्धनदास को उड़ा देने का हुक्म दिया है घोष दा ने। सँभल के इस प्रोजेक्ट को करना है। दोनों हम्हें जिन्दा चाहिए या मुर्दा।''

भैरवसिंह धांसू किस्म का पुलिस अफसर था। सर पर टोपी, अर्धवृत्ताकार चेहरा, तीन-सांढ़े तीन इंच के करीब की घुमावदार मूँछ, आधे इंच की गहराई में, ऊपरी होंठ को दाबे हुई थी। निचला होंठ, ऊपरी हिस्से से कम मोटा था। लेकिन चबाने की वजह से कुछ ठोड़ी तक लटक गया था। बादाम रंग के सपाट जबड़ों का कटाव ठोड़ी और निचले होंठ पर जैसे बढ़ते-बढ़ते रुक गया था। पान, सुर्ती, तम्बाकू के बदरंग दाग, उसके मोटे दाँतों के ऊपर जमा हो गये थे। कान और गर्दन के बीचोंबीच, दाहिनी तरफ को भागता हुआ एक चोट का निशान था जिसने पूरे चेहरे को लपेट में ले रखा था। मझोला कद, फूला हुआ सीना, ढरकता हुआ पेट और टेढ़ी टाँगें, उसके व्यक्तित्व में, अच्छा-बुरा कोई खास अन्दाज पैदा करती थीं। जो लोग भैरवसिंह को जानते थे वह यह भी जानते थे, उसकी शख्सियत पूरी थी अधूरी नहीं। कहीं कोई गड़बड़ नहीं थी। उसके शरीर का प्रत्येक हिस्सा किसी नपे-तुले नक्शे की तरह, एक-दूसरे में बँधा हुआ था। भैरवसिंह की हँसी और भैरवसिंह का पंजा दूर-दूर तक मशहूर था। मशहूर तो उसकी आँखें भी थीं, लेकिन वह, दूसरे संदर्भ में। जहाँ एक तरफ उसकी हँसी के ठहाकों से, दीवारें काँपने लगतीं, उसके पंजों की वास्तविक या मानसिक पकड़ से निकल भागनेवाला कोई नहीं था। लेकिन उसकी लाल आँखों को लोग शैतान की आँख कहा करते। उन आँखों से बचकर निकल जाना, आग का दरिया पार करना बराबर था।

भैरवसिंह ने बड़े पापड़ बेले थे। बचपन में उसके बाप मर गये। विधवा माँ ने अपने भाई के यहाँ रखकर उसे पाल-पोसकर बड़ा किया था। भाई के कई औलादें थीं, बड़ा परिवार था, जिसमें भैरवसिंह दूसरी दर्जे के सदस्य की तरह बड़ा हुआ था। ऊपरी हिस्से के मकान में, नीचे से पानी लाकर, बड़े-बड़े हंडों में जमा करना पड़ता। उसकी माँ दिन-रात, खाना, बर्तन, चौका करती और वह खुद ऊपरी काम में लगा रहता। उसके बाद भी माँ के भाई के लड़के उसे अक्सर टिपिया दिया करते। काम-काज जब खत्म हो जाता, सब लोग खाकर जब सो जाते, तब कहीं जाकर भैरवसिंह, औंघाते-औंघाते, उस दिन का पाठ याद

किया करता। फिर लालटेन के खर्च का ताना अलग सुनना पड़ता। भैरवसिंह के बाप असल में, अफीम की तस्करी के दौरान, दौड़ भाग में किसी दिन पुलिस की गोली का शिकार हो गये थे। उसकी माँ के सीने में धधकता हुआ नफरत का सैलाब, भैरवसिंह को बहुत आगे तक बहा ले गया था। उसकी दुनिया, पुलिस ने उजाड़ी थी। जुल्म और हिकारत की तह से उभरकर जीता-जागता एक सपना भैरवसिंह की आँखों में बस गया था। बचपन से जवानी तक भैरवसिंह उसी सपने के साथ बढ़कर, जीकर बड़ा हुआ था। नन्हें से, धड़कते मन में पुलिस अफसर बनने का यह सपना काफी दिनों तक भैरवसिंह को छलता रहा। वर्जिश, दौड़ और भिगोये हुए चने की बुनियाद पर आखिर एक दिन भैरवसिंह पुलिस सब-इन्सपेक्टर बन गया। बस इसी दिन का उसे इंतजार था। एक अदद वर्दी, लकड़ी की कुर्सी, कमर में रिवाल्वर और कंधे पर तमगे, यही, उसकी सपनों की दुनिया के खूबसूरत आयाम थे।

वह सब कुछ मिल जाने के बाद भी, भैरवसिंह के अन्दर से नफरत नहीं गयी। पन्द्रह वर्ष तक उसने, माँ के सीने से पायी हुई, नफरत को उसी तरह पाला था जिस तरह पुलिस अफसर बनने के सपने को। घर की हिकारत, दूसरे दर्जे की जिन्दगी ने इस नफरत को कहीं ज्यादा, कितने ही अधिक अनुपात में बढ़ा दिया था। उसके मन में धड़कते हुए जजबात नहीं थे, एक सुलगता हुआ विद्रोह था, एक ऐसी अनजानी बगावत थी, जिसकी न तो कोई इन्तिहा थी और न ही कोई हद। बस ऐसी मनोस्थिति में जिन्दगी से जूझते हुए, भैरवसिंह का वह जय भवानी रूप बना था, संवरा था। एक अजीब सी, एकतरफी ढलान उसके अन्दर घर कर गयी थी।

उस दिन राघव का मन बड़ा उदास था। भोलू सिंह के कमांडर दोस्त बी. एस. ने उसे बारूद तो दे दिया था, लेकिन, उस बारूद का इस्तेमाल उसे अकेले करना था। ऊपर से बी. एस. ने उसे भैरवसिंह और गोवर्धनदास को उड़ा देने का आदेश सुनाया था। खून-खराबे से राघव घबड़ाता ही था। फिर भी उसकी रुचि बारूद के धमाके में ज्यादा थी। उधर भैरवसिंह को तो वह पहचानता था, लेकिन गोवर्धनदास की शक्ल तक उसने नहीं देखी थी। वैसे राघव को, गोवर्धनदास और भैरवसिंह को इस तरह उड़ा देने पर एतराज था। वह जानता था, ऐसा करना जंगल पार्टी के हित में नहीं था।

वह इस विषय में बात करना चाहता था, उसे लग रहा था, कहीं गलती हो रही थी। इस तरह भैरवसिंह और गोवर्धनदास को खत्म करने से, उसे मालूम था, उसकी अन्य योजना गड़बड़ हो जायेंगी। खटाई में पड़ जायेंगी।

राघव अपने मॉडलहाउसवाले मकान में, बाहरी बरामदे में बैठा हुआ अखबार पढ़ रहा था। अखबार में वही खबर थी, जिनके लिए अखबार छपते

थे। किसी मंत्री का बयान, विधायकों की उठापटक, नेताओं के चोंचले का दौरा, प्रधानमंत्री का भाषण, विश्व की ताकतों में सिर फुटव्वल, घर से किसी लड़की का भाग जाना, कहीं डाका, कहीं खून, कहीं राहजनी, कहीं चोरी, कहीं बैंक लूट लिया गया था, कहीं गल्ले की चोरी, कहीं चोरी में गल्ला, चारों तरफ हिंसा और आपाधापी का बोलबाला था, खबरों के जंजाल से ऊबकर, राघव, अखबार का आखिरी पन्ना बन्द ही करनेवाला था, जब उसे, एक खबर, दिखाई दी थी। लखनऊ के पूर्व क्षेत्र में खुदाई हो रही थी, कोई पुराना नाला मिला था जिसका एक सिरा गोमती नदी में जाकर गिरता था। खबर थी, पुराने जमाने के नाले और नालियों के बारे में जिसका जाल बिछा हुआ था, जमीन के अन्दर ही अन्दर। कोई नहीं जानता था, नालियों का जाल वहाँ पर था या सुरंगों के रास्ते। पूरी एक कथा, पूरा एक पुराण वहाँ छपा हुआ था। राघव के दिमाग में बिजली-सी कौंध रही थी। उसकी उदासी उसका थका हुआ अहसास, उसका पराजित अहम् एकाएक जैसे दूर हो गया और उसके अन्दर अनेक-अनेक प्रतिक्रियाएँ होने लगी थीं।

राघव जानता था, उसके पास बारह आदमी थे और बारूद थी। बारूद तो कमांडर बी. एस. भर गया था, लेकिन आदमी उसके पास पहले से थे। इन्हीं बारह आदमियों को लेकर, वह 16 जून को, राजभवन में बम फोड़नेवाला था। वह बच गया था, बारह आदमी भी बच गये थे, क्योंकि, मंजूर मोलोटोव काकटेल्स के उस बंडल को धोबन की गठरी नहीं, बल्कि बारूद का गठ्ठा था वह, चुपचाप रिक्शे में लादकर उठा ले गये थे उसे। मंजूरभाई असल में नहीं चाहते थे, राघव को किसी खतरे में डालना। उन्होंने बचन दे रेखा था, कौल दिया था अपने बड़े भाई मुख्तार को कि वह राघव की हिफाजत करेंगे और उसे खतरों से बचायेंगे। इसीलिए जैसे ही सेठ गोवर्धनदास ने डबल गेम खेला था, जिसकी वजह से उनकी जान और उनका माल, दोनों को खतरा पैदा हो गया था। एक तरफ इंसपेक्टर भैरवसिंह, उस दिन के हमले के बाद, चालीस लाख के जेवरात का आधा माल उड़ा ले गया था, दूसरी तरफ अभयंकर घोष और मोहिन्दर घटक ने अपनी वसूली का फरमान भिजवा दिया था। जो माल उस दिन लाल सेना उर्फ जंगल पार्टी की तरफ से मोहिन्दर घटक लेकर सेठ गोवर्धनदास के घर आया था, वह असल में दो पोटलियों में था। सोने के जेवरात एक थैली में थे, और हीरे, जवाहरात या हीरे जवाहरात से लदी-फदी अंगूठियाँ और जेवरात दूसरी थैली में थे। भैरवसिंह की योजना के अनुसार गोली उसको चलानी थी, सेठ गोवर्धनदास के तहखाने की खिड़की से रूमाल गिराने के बाद। गरज यह कि गोली चलनी थी, लेकिन तब, जब सेठ गोवर्धनदास दोनों थैलियाँ मोहिन्दर घटक से लेकर, तहखाने में बनी हुई छोटी-छोटी कोठरियों में रख चुके

हों। लेकिन गोली उस दिन भैरवसिंह को चलाने का मौका ही नहीं मिला था और गोली चला दी थी, बिंदादीन सर्राफ ने ! बिंदादीन सर्राफ ने गोली चलायी थी, मुंशी अवतारी लाल के कहने से। उधर मुंशी अवतारी लाल का खेल कुछ, दूसरा था। वह सिर्फ इतना चाहते थे, सेठ गोवर्धनदास का सौदा मोहिन्दर घटक, अभयंकर घोष से न हो सके। इसका मुख्य कारण था, लूट के माल के आधे हिस्से को पटना भेजने की योजना। पहाड़पुर-नानकपुर सर्राफे की हद से बीस लाख के माल को बाहर भेजने की साजिश और सेठ गोवर्धन दास की दलाली मार देने की आदत की वजह से ही मुंशी अवतारी लाल ने वह खतरनाक योजना बनायी थी। मुंशी अवतारीलाल खतरनाक किस्म के आदमी थे। वैसे तो वह सट्टे का सौदा और सर्राफे की दलाली किया करते, लेकिन सेठ गोवर्धन की दलाली मार देने की बुरी आदत से, करीब-करीब सभी लोग उनसे नाराज थे। झगड़ा उस माल को लेकर नहीं था जो पटना नहीं जाना था, झगड़ा उस माल को लेकर था जो पटना में सेठ गोवर्धनदास के भाई के पास जाना था। जाहिर था इतना बड़ा सौदा, इतना बड़ा खेल, पहाड़पुर में हो रहा हो और मुंशी अवतारी लाल सहित समूचे सर्राफे बाजार को काट दिया जाय, यह बात किसी को मंजूर नहीं थी। ऊपर से इतना माल जो वहाँ आ रहा था, वह कोई एक दिन में जमा नहीं किया गया था। उस माल के निकल जाने के बाद, सब जानते थे, सबको पता था, कई महीनों तक पूरा सन्नाटा होनेवाला था। सर्राफा बाजार के लोग सिर्फ इतना चाहते थे, पटना कोई माल न भेजा जाय और सारे माल का लेन-देन खुलेआम वहीं पहाड़पुर, नानकपुर सर्राफे की मंडी में हो।

पहाड़पुर इलाके में मुंशी अवतारी लाल और सेठ गोवर्धनदास के बीच, उन दिनों ठन गयी थी। मुंशी अवतारी लाल खानदानी आदमी थे, उनके पास नदी से मछली पकड़ने का ठेका था। उधर सेठ गोवर्धनदास जंगल से लकड़ी के लट्ठे काटकर नदी के रास्ते मंझनपुर तक ले जाते थे। उनके कई भट्ठे थे, रेत का भी काम था, उनके पास और साथ में सर्राफे की दो दुकानें पहाड़पुर में और एक नानकपुर में थी। दूर-दराज के इलाकों से सोने-चाँदी के जेवरात उनके यहाँ आया करते जिसे रातों-रात गलाकर वह खरे सोने की पटिया और खरी चाँदी की तकिया बना लिया करते । जिस तरह लोगों के जिन्स के गोदाम होते उसी तरह से गोवर्धनदास ने अपने दुमंजिले मकान के तहखाने में चार-छह फुट की दर्जनों कोठरियाँ बना रखी थीं, जिसमें वह खालिस सोने की पटिया और चाँदी की तकिया के साथ नेपाली इलाके से आमद होनेवाले सोने के बिस्कुट रखा करते। अपनी हैसियत के आधार पर वह सर्राफे मंडी के प्रधान थे।

मुंशी अवतारी लाल कहने भर को मछली पकड़वाने का काम किया करते। मछली हर वक्त कहाँ मिलती। यह तो फसली काम था। असली धन्धा उनका

सर्राफे में दलाली का था। बड़े आसामियों के माल को इधर-उधर करने में उनका जबाब नहीं था। बड़े-बड़े शहरों में उनके नाम के सिक्के चलते। मुंशी अवतारी लाल के हाथ के लिखे हुए पुर्जों पर लाखों रुपये का लेन देन हो जाता। उनकी बात, उनकी जबान की कीमत आँकनेवाला कोई नहीं था। सेठ गोवर्धनदास से वैसे तो उनका कोई झगड़ा नहीं था। लेकिन वह उनके माल की दलाली नहीं करते थे। सर्राफे में पच्चीस-तीस दुकानें और थीं, उन्हीं के मालिकों के साथ, उनका सिला था, लेन-देन था। सेठ गोवर्धनदास उनकी निगाह में टिकिया चोर थे जो सोने चाँदी की तौल और दलाली की रकम चुपके-चुपके दाब लिया करते। सर्राफे के काम में विश्वास और जबान पर ही सारे सौदे होते थे। मुंशी अवतारी लाल काम से काम रखते और इधर-उधर के चक्करों से दूर रहते। उनकी साख इतनी ज्यादा थी, दूर-दराज के इलाकों में लोग उनके माल पर सट्टा खेलते, लाखों रुपयों का लेन-देन कर डालते। मुंशी अवतारी लाल का अपना कोई माल नहीं होता। लेकिन हर सर्राफे की दुकान में आनेवाला माल दस दिन के लिए उनकी मिल्कियत में आ जाता।

उन दिनों पहाड़पुर में एक थी सर्राफे की बाजार और एक थी शाखू की लकड़मंडी। लकड़मंडी पर सेठ गोवर्धनदास का कब्जा था और सर्राफे पर मुंशी अवतारी लाल का । पहाड़पुर न तो गाँव था न शहर। उस समय पहाड़पुर कस्बे की श्रेणी में भी नहीं डाला जा सकता था। वहाँ तो कुछ था ही नहीं। कुछ खोमचेवाले, पान बीड़ीवाले, एक-आध बनिया-बक्काल, दो-तीन लेन-देन का कारोबार करनेवाले रस्तोगियों की गद्दियाँ थीं। इक्के-तांगेवाले टट्टू खटखटेवाले लोगों को लाद-फाँदकर दूर के गाँव में ले जाया करते। सर्राफे, लकड़मंडी और लेन-देन करनेवाले रस्तोगी पास के गाँव में रहते थे। नानकपुर की सड़क से लेकर पहाड़पुर तक कोई चालीस गाँव थे। मुंशी अवतारीलाल और सेठ गोवर्धनदास चेल गाँव में रहते थे, जो पहाड़पुर से करीब तीन किलोमीटर पर था। चेल गाँव के उत्तर में मंझनपुर से पाँच किलोमीटर पहले चौक थाना बस्ती और बटरिया गाँव से लगा हुआ था।

सेठ गोवर्धनदास चलते-पुर्जे असामी थे। जितना ध्यान वह व्यापार में लगाते थे, उतना ध्यान वह हाकिम लोगों को ठीक करने में भी लगाया करते। थाने का एक सिपाही उनका गुलाम था। परगना अधिकारी से लेकर कलेक्टर तक, कृषि, स्वास्थ्य, बिजली, सिंचाई से लेकर जंगलात के विभागीय अधिकारियों तक, सौगातों का कभी न खतम होनेवाला सिलसिला वह चलाये रखते। होली, दिवाली, दशहरा, नया वर्ष, कभी बच्चे का मुंडन तो कभी देवी की पूजा, गरज यह कि किसी न किसी बहाने, कुछ न कुछ सबके यहाँ पहुँचता रहता। यह सब वह कोई अपनी जेब से नहीं करते, वह कहा करते थे, ''इन्हीं लोगों से कमाता

हूँ, तो इनकी झोली में कुछ न कुछ डाल देता हूँ।" सौगातें सिर्फ सौगातें नहीं होतीं, उनके साथ जुड़ी होतीं नकद रकमें या व्योहारी या त्योहारी। सेठ गोवर्धनदास का टोकरा मशहूर था। उस टोकरे में कई पर्त होतीं। पहली पर्त में होतीं छुआरे की गोलियाँ, दूसरी पर्त में बादाम के साथ किशमिश, तीसरी पर्त काजू की होती, चौथी पर्त सेव या अनार की, पाँचवीं पर्त रुपयों की, छठी पर्त मिठाई की। पर्त की तादाद और उसमें रहनेवाला माल अफसर की औकात के मुताबिक होता। औकात बहुत कुछ फायदा पहुँचाने की सीमा पर निर्धारित होती। लेकिन गोवर्धनदास फायदे के अलावा सुरक्षा की तरफ भी ध्यान रखते। थाने में चलनेवाले मिठाई के डिब्बे, कलेक्टर तक पहुँचते-पहुँचते पर्तदार टोकरा बन जाते। यह सिलसिला कोई आज का नहीं था। यह तो उनके यहाँ खानदानी तरीके से पुश्त-दर-पुश्त, हफ्ते-महीने और साल के साल, काफी दिनों से चला आ रहा था। उनके बाप घनश्यामदास ने यह कारोबारी गुर उनको गद्दी पर बैठाते ही दे दिया था।

नानकपुर गाँव और नेपाल की पूर्वी पहाड़ियों में मुश्किल से तीस किलोमीटर का फासला होगा। नेपाल की पहाड़ियाँ जितनी पास नजर आतीं उतनी थी नहीं। नानकपुर गाँव के दक्षिण-पूर्व किनारे पर काफी घना जंगल था, जिसकी शुरुआत छोटे-छोटे अनेक बीहड़ों से होती। कहने भर को ही यह बीहड़ छोटे थे। एक-दूसरे में मिलते-मिलते इनका आकार बहुत बड़ा हो जाता। अन्दर ही अन्दर गहराई तक फैलते-फैलते बीहड़ उस तीस किलोमीटर चौड़े जंगल में समा जाते। उत्तरपूर्व में घाघरा नदी के किनारे घना जंगल, सैकड़ों मील दूर तक था। घाघरा नदी के दूसरी तरफ बीस किलोमीटर चौड़ी रेती में कोई सवारी नहीं जा सकती थी। इस तरफ से नेपाल की पहाड़ियों तक पचास-साठ किलोमीटर की गहराई में और दूसरी तरफ से कम से कम कई सौ किलोमीटर की लम्बाई तक सारा का सारा जंगल था। पहाड़पुर और नानकपुर के बीच के जंगल को छोड़कर पश्चिम की तरफ से पूर्व को घाघरा नदी में नाव के काफिले, व्यापारियों के माल-असबाब, ददही और संभलपुर तक ले जाते थे। उसके आगे, रेल लाइन थी, जहाँ से लकड़ी, चावल, मसाला, घी, तरह-तरह की चीजें बिहार, बंगाल तक भेजी जातीं। पहाड़पुर को जो सड़क सीधे नानकपुर से जोड़ती उसी से फैजाबाद, जौनपुर, बनारस तक पहुँचा जा सकता था।

आजादी के कुछ दिन पहले से ही जमींदारों के जुल्म के शिकार लोगों ने इस इलाके में घुसना शुरू कर दिया था। उधर नेपाल की पहाड़ियों से उतरकर कई दस्ते, यहाँ बस गये। पास के जिलों से भी जुर्म करके लोग-बाग यहाँ भाग आते। धीरे-धीरे यह लोग दूर-दूर तक धावा मारने लगे। धन्धा कोई था नहीं, बस लूट-पाट करके अपना काम चलाया करते। उन्हीं दिनों पश्चिम से नेपाल

के अन्दर जाने के लिए और नेपाल से इस तरफ आने के लिए तस्करों ने यहीं से चोर रास्ता बना लिया था। कई पुश्त तक इनके बारे में कोई जानकारी नहीं थी। पुश्त-दर-पुश्त लूटमार के जरिये यह लोग अपना काम चलाते रहे। धीरे-धीरे इनके गिरोह बनते गये। पगडंडियाँ बँट गयीं, गलियारों को ढाट लगाकर खेप दिया गया, इलाकों की हद बाँध दी गयी। जंगल के काफी अन्दर जाकर छोटी-मोटी गुफायें, पहाड़ियाँ थीं। इन्हीं गुफाओं और पहाड़ियों पर इन लोगों के अड्डे थे। एक-एक गिरोह में दस से लेकर तीस तक गिरोही हुआ करते। कई गिरोह में, औरतें-बच्चे भी थे। यह लोग बाद में अपने पुश्तैनी गाँव भी जाया करते। इनके पास हथियारों की कमी नहीं रहती। शुरू-शुरू में काफी दिनों पहले कुछ बन्दूकें लूटी गयीं। लेकिन समय के साथ हथियारों की आमद का इनका अपना सिलसिला बनता गया। फिर तादाद बढ़ने की वजह से छोटी-मोटी लूटमार से इनका काम नहीं चल पाता था। डकैती, खून, फिरौती के लिए अपहरण के साथ यह लोग कमीशन के आधार पर जुर्म करने लगे। तस्करी का माल लाने-ले जाने का इनका पूरा यातायात बन गया। लाखों-करोड़ों का माल नेपाल की पहाड़ियों से उतार कर जंगल में डाल दिया जाता। इस माल को धीरे-धीरे नदी और सड़क के रास्तों से, देश के कोने-कोने में पहुँचा दिया जाता।

उन दिनों नानकपुर-पहाड़पुर के बीचवाले विशाल जगह में डकैतों की छोटी-छोटी टुकड़ियाँ थीं। सब मिलाकर करीब 9 गिरोह और सात टुकड़ियों में 150 लोग थे। इसमें 50/60 बुड्ढे थे और 20/30 लड़के। यह लोग मौके-बेमौके आपस में भिड़ जाया करते। उन दिनों ददही में हर शनिवार को बाकायदा छोटे-छोटे हथगोलों, छुरी, चाकू, कारतूस की बाजार लगा करती। बेंत की डलियों में लड़के-मर्द, यहाँ तक औरतें हथगोले, छूरी, चाकू कारतूस लेकर बैठते। जंगल के गिरोही, डकैत, शोहदे, बदमाश, शहरी गुण्डे, चोर-उचक्के, दूर-दूर से वहाँ आकर माल खरीदते। शाम होते-होते सारा माल साफ हो जाता। ददही और जंगल के बीच में बस एक नदी थी, जिसे पार कर वहाँ पहुँचा जा सकता था। ददही की चौहद्दी के पार नानकपुर के उत्तर में नेपाल की पहाड़ियों की तलहटी में था वह बारूद का कारखाना जहाँ से इन लोगों को हथगोलों की आमद होती थी। उन्हीं दिनों कलकत्ते में नक्सलवारी लोग खूब मारे गये थे। जबरदस्त धर-पकड़ के दौरान जो बच सके वह भाग लिए। नकसलबारी दल भी बँट गया था। एक हिस्सा बंगाल के अन्दरूनी इलाके से होकर पूर्वी बंगाल में बिखर गया था और दूसरा पश्चिमी बिहार में बिखर गया था। बिहार में भी कई गुट थे लेकिन वह सब केन्द्रीय समिति के प्रति वफादार थे। बंगाल के गोरा भौमिक नक्सलवादी गुट का कमांडर शालूसिंह बिहार से भागकर नानकपुर के जंगल में आ गया था। शालूसिंह एम. एस-सी. पास था, उसे हथगोले, मोलोटोव कॉकटेल्स

बनाने की विधि का ही ज्ञान नहीं था, बल्कि वह पहले कई छोटे-मोटे बम कारखाने लगा-चला चुका था। सरकारी पुलिस के दबाव में, बंगाल और बिहार में बम के कारखाने करीब-करीब बन्द हो चुके थे। चालीस हजार से ऊपर इंकलाबी हथियार के बिना, इधर-उधर धक्के खा रहे थे। क्रान्ति का आन्दोलन टूट चुका था। तभी शालूसिंह ने नानकपुर जंगल के पीछे बारूद की खानों को ढूँढ निकाला था। किसी को उन खानों के बारे में पता था नहीं। शालूसिंह ने वहीं अपना छोटा-सा कारखाना एक पहाड़ी गुफा में बना लिया था। उसके यहाँ हथगोले, छोटे आकार से बड़े आकार तक बनते और उन्हें बिहार, बंगाल, आसाम तक भेजा जाता।

शालूसिंह तो बारूद कारखाने में जुट गया था लेकिन उसके दो साथी अभयंकर और मोहिन्दर जंगल में ही रुक गये। यह लोग पढ़े-लिखे ही नहीं बल्कि अपने बैच के टॉपर थे। लाल सलाम, लाल किताब और माओ, यही तीन आदर्श थे, इनकी जिन्दगी के। जब तक यह लोग कलकत्ते में थे वहाँ के नक्सलाइट आन्दोलन को इन लोगों ने दूर-दराज के इलाकों में फैलाया। पाँच-पाँच हजार की टुकड़ियाँ हुआ करती थीं जिनके सदस्य मोहल्लों और गलियों में, सड़क, स्टेशन, कचहरी, थानों पर गुरिल्ला तरीकों से हमला किया करते। गुरिल्ला युद्ध का चक्रव्यूह इनके दिमाग की उपज थी। अभयंकर घोष और मोहिन्दर घटक, घोषपाड़ा और वर्दवान के रहनेवाले थे। लेकिन इनकी ननिहाल मुंगेर बिहार में थी। पढ़ाई-लिखाई के दौरान ही साम्यवादी छात्र संगठन में भर्ती हुए थे। गोरा मजूमदार ने इन्हें वर्षों तक कैम्प में पका-पकाकर माओवाद की घुट्टी पिलायी थी। वक्त ने पलटा खाया, इनका दल तितर-बितर होने लगा। पुलिस और भेदियों से बचने के लिए दोनों मुंगेर आ गये। लेकिन वहाँ से भी भागना पड़ा था उन्हें। तभी शालूसिंह भी इनसे आ मिला था और तीनों छिपते-छिपाते किसी अड्डे की तलाश में, नानकपुर आ गये थे। फिर इन्होंने सम्पर्क सूत्र बनाया। कुछ बिहार के, कुछ बंगाल के वालंन्टियर घेर-घारकर इकट्ठा किये। देवरिया, गोरखपुर से यह लोग बिहार के अन्दर-अन्दर भटकते रहते। नानकपुर से बंगाल के इनके इलाकों तक करीब दो दर्जन इंकलाबी दौड़ और चक्कर में लगे थे। इनके जरिये खबर, पैसा, हथियार, गोले, बारूद की आमद-रफ्त होती रहती।

अभयंकर घोष और मोहिन्दर को करीब तीन वर्ष लगे थे नानकपुर के बागियों को अपनी लाल सेना में शामिल करने में। छोटे-मोटे जुर्म करनेवाले गिरोह से लेकर बड़ी डकैतियाँ डालनेवालों तक को इन्होंने एक झण्डे के नीचे इकट्ठा किया। मुख्य रूप से जंगल के तमाम वाशिन्दे, जमींदारों, कर्जखोरों, व्यापारियों और पूँजीपतियों के सताये हुए थे। किसी की माँ उठा ली गयी थी, किसी का बाप मार दिया गया था। कोई अपनी जमीन-खेत से हाथ धो बैठा

था तो किसी को बेगार पर जोत दिया गया था। किसी को पुश्तैनी कर्ज के तहत बधुआ मजदूर बनकर भूस्वामियों के खेतों पर आधी खुराक पर काम करना पड़ता था। कोई लाठियों की, कोड़ों की मार से भागा था तो कोई खून, डकैती, चोरी के फर्जी जुर्म से बचने के लिए। इन विसंगतियों में फँसे हुए जंगल के गिरोही लोगों को अभयंकर और मोहिन्दर की साम्यवादी विचारधारा में, शामिल होने में कोई बहुत ज्यादा दिक्कत नहीं हुई। जिन चन्द लोगों ने लालसेना में आने से इन्कार कर दिया, उन्हें या तो मार-काटकर फेंक दिया गया या ऐसे लोग जंगल छोड़कर चले गये। तीन वर्ष के अन्दर पूरा एक संगठन खड़ा हो गया था। चौकियाँ बन गयी थीं। औरतें, बूढ़े, बच्चों और लड़कों को बंजारों के भेष में भेद लेने के लिए बाहर भेज दिया जाता। चालीस गाँव के पूरे इलाके में इनका जाल बिछ गया था। हर चार गाँव के ऊपर एक परिवार बसा दिया गया था जिसके जरिये राशन-पानी, भेद-खबर जंगल के अड्डे तक पहुँच जाया करती।

राघव की योजना का अन्दाज मिला, उन्होंने अपनी योजना, नहानघर के नल से गिरते हुए पानी से प्रेरित होकर बना डाली थी। मंजूरभाई ने, राघव के चले जाने के बाद, उस दिन रिक्शा, बुलाया था खुद अंदरूनी कमरे से खींचकर बारूद का गट्ठर उठा लाये थे। रिक्शेवाले की मदद से खुद उन्होंने गट्ठर को रिक्शे पर लादा था और गोमती के पुल पर ले जाकर, उस गट्ठर को नदी में फेंक दिया था। अँधेरा हो चुका था, किसी को कुछ मालूम नहीं पड़ा था। रिक्शावाला भी उस समय वहाँ से जा चुका था, जब बारूद के गट्ठर को मंजूरभाई ने गोमती नदी में फेंक दिया था उसके बाद मंजूर भाई गुल हो गये थे। गुल होने से मतलब था, वह पुराने लखनऊ की गली डकोंतान के मकान नम्बर 26 में बुआ की शरण में चले गये थे, जो उनके पैर दबाती थी, मालिश करती थी और खाना खुद पकाकर खिलाती थी। राघव को बड़ी निराशा हुई थी। वह जानता था, सारी करामात मंजूरभाई की थी, लेकिन वह मजबूर था, उनसे कुछ कह नहीं सकता था।

उस दिन के बाद राघव ने मंजूरभाई से करीब-करीब नाता तोड़ लिया था। कई दिन वह दारुलशफ़ा गया नहीं। लेकिन उसे मजबूर होकर वहाँ फिर जाना पड़ा था, क्योंकि उसका नया ठिकाना, पुराने जोड़ीदारों को मालूम नहीं था, उस पर भले ही राघव ने मंजूरभाई से नाता तोड़ लिया हो, मंजूरभाई भला उससे नाता कैसे तोड़ सकते थे। उन्होंने तो अपने भाई को कौल दिया था, बचन दिया था, राघव की रक्षा करने का। दूसरे ही दिन सबेरे ही मंजूर भाई ने राघव को ढूँढ़ निकाला था। राघव कुछ नहीं बोला था, मंजूरभाई कुछ नहीं बोले थे। दोनों एक-दूसरे के सामने बस चुपचाप खामोश बैठे रहे थे। उतनी देर में, न जाने

क्या हुआ था। राघव को बुआ के नाम से हँसी आ गयी थी। असल में राघव बुआ के नाम से ही तो मंजूरभाई को छेड़ा करता था। जब किसी ने उनसे पूछा था, वह कहाँ गायब हो गये थे और उन्होंने बुआ का नाम लिया था। राघव को हँसी आ गयी थी। उसके बाद मंजूरभाई ने राघव को मना लिया था। राघव जानता था, मंजूरभाई खुद, उसकी जद्दोजहद, उसके संघर्ष उसके आन्दोलन की तरफ थे, वह खुद उसी रास्ते पर चलना चाहते थे, जिस पर राघव को जाना था, लेकिन उनकी दिशा अलग थी, उनकी मजबूरियाँ अलग थीं, वह उसी काम को कुछ दूसरी तरह से करना चाहते थे। ऐसे में, राघव के सामने कोई चारा नहीं था, वह कुछ और कर ही नहीं सकता था। दारुलशफ़ा लौटना था, और राघव दारुलशफ़ा लौटकर आ गया था। लेकिन उसने इस बात का फैसला कर लिया था वह अपनी योजनाओं के बारे में, मंजूरभाई को नहीं बताएगा। वैसे राघव की योजनाएँ, योजनाएँ कहाँ थीं, वह तो एक तरह से, उसके वैचारिक संघर्ष की प्रतिक्रियाएँ थीं। उसके अन्दर उबलता हुआ खून था, सुलगती हुई आग थी बहता हुआ जोश का दरिया था और था एक कभी न खत्म होनेवाला कभी न समाप्त होनेवाला, एक ऐसा सिलसिला जिसकी बुनियाद सामाजिक मूल्यों से जुड़ी हुई थी। राघव के अन्दर जो प्रतिक्रयाएँ हुई थीं, जिन षड्यंत्रों ने जन्म लिया था, जो साजिश उसके दिमाग ने रची थी, उनके तहत उसे एक अदद सुरंग बनानी थी, दारुलशफ़ा और सचिवालय के बीच। कहीं उसने पढ़ रखा था, सचिवालय से, राजभवन के बीच, अंग्रेजों के शासन काल में एक खुफिया सुरंग बनाई गयी थी। अंग्रेजों ने वह खुफिया सुरंग 1857 की लड़ाई के बाद बनवाई थी। यह शेखचिल्ली की पिनक थी या किसी सनक का परिणाम, यह तो राघव को नहीं मालूम था, लेकिन इसके अलावा और कोई रास्ता था नहीं, यह उसे पता था। राघव अच्छी तरह जानता था, एक धमाका, व्यवस्था की मीनारों को उड़ा देने का धमाका सत्ता और शासन, व्यवस्था और ताकत को उड़ा देने का धमाका ही वह तरीका था, जिसके जरिए, जाति, धर्म और वर्ग में बँटे हुए लोगों को एक झटके में झकझोरकर जगाया जा सकता था।

प्रजातंत्र, चुनाव, विधायक, नेता के गिरोह में फँसी हुई भोली जनता को कहाँ पता था, लूट कहाँ है, गड़बड़ कौन कर रहा था। सीधा खेल था, राज्यतंत्र को सत्ता को हथियाने का। जिस तरह, हर खेल के कुछ नियम हुआ करते, उसी तरह इस खेल के भी कुछ नियम थे। चुनाव का नाटक होगा, बयान होंगे, भाषण मीटिंग, और जुलूस और नारों के शोरगुल और चीख-पुकार के बीच, कब किसी चोर की तरह, कौन नेता, उठा ले जायेगा, विश्वास की उस धरोहर को, जिसकी तिजारत नहीं होती। लेकिन जिस देश में, धर्म की, ईश्वर की तिजारत हो सकती थी, वहाँ विश्वास की तिजारत कौन रोक सकता था। राघव को चारों तरफ

स्वार्थ, धर्मान्धता, हिंसा, आपाधापी, लूट-खसोट का तांडव दिख रहा था। भाई, भतीजा, भानजा, पुत्र मोह पत्नी मोह से जुड़े हुए थे, लालच, लिप्सा और लालसा के सपने, भूख़, हवस और ढकोसलों की तस्वीरें जिनका घिनौना-सा रूप देख-देखकर, राघव नफरत की आग में सुलगने लगता था। राजनैतिक दल, दलगत राजनीति के अनेक रूप थे, लेकिन उसे कहीं भी, कोई भी, किसी प्रकार का भी, ऐसा कुछ नहीं दिखा था, जिसकी आस्था के सहारे, वह आगे बढ़ सकता था। जो मुखौटे, सामान्य जीवन-यापन के लिए, व्यक्तिगत स्वार्थों की पूर्ति के लिए लगाये जाते, उन मुखौटों का इस्तेमाल, राजनीतिक जीवन के लिए किया जा रहा था। घूस, चोरी, भ्रष्टाचार, पुरानी बातें हो चुकी थीं, पूरी की पूरी एक मानवता, दिन रात, समाज, देश और राष्ट्र की बुनियाद नोच-खसोटकर खोखली किये डाल रही थी।

राघव जानता था, राघव को पता था, युग के परिवर्तन के साथ मूल्य बदल जाते, तरीकों में परिवर्तन हो जाता, लेकिन यहाँ कहाँ हुआ था, वह सब। आजादी के बाद, जहाँ एक तरफ तैयार हो रही थी, भूखों, नंगों की फौज, वहाँ दूसरी तरफ तैयार हो रही थी, लूटनेवालों की फौज। दोनों फौजें आमने-सामने खड़ी थीं, लड़ने के लिए। लेकिन यह लड़ाई, यह संघर्ष, कुछ दूसरे प्रकार का था। इस संघर्ष में, लूटे जानेवाला, पहले ही लूटा जा चुका था। असल में, उसे तो सदैव से हमेशा से लूटा जा रहा था। फर्क अगर था तो वह फर्क था, तरीकों का, हथियारों का मुखौटों का। पहले जमाने में, राजा, जमींदार, कारिन्दे, लठैत हुआ करते थे, जिनकी इच्छाओं से, भूखों, नंगों को फौज के सपनों का दीदार हुआ करता था। उनकी कृपा से इन्सान आँख खोलता और बन्द करता था, हँसता, मुस्कराता और रोता था। उन दिनों छोटी-छोटी लड़ाइयाँ होती थीं, छोटी-छोटी मिलकियत को बचाने के लिए, बढ़ाने के लिए। बड़ा लुटेरा, छोटे लुटेरों को लूटता था और आम आदमी को भी लूटता था। खाली पेट, नंगा बदन खुला आसमान, बस इसी आसरे पर सदैव ही पूरी की पूरी मानवता ने जीवन जिया, वक्त गुजारा था। रात के अंधेरे में राघव को अपने चारों तरफ नाचती हुई वो परछाइयाँ दिखाई पड़तीं, जिन्होंने सदियों, शताब्दियों से किसी भयावह कोलाहल के बीच, सुलगते हुए अंगारों के दामन से, उपजती हुई लपटों के चीत्कार से अपने को बाँध रखा था। वह परछाइयाँ और कौन थीं। वह तो थीं, जन्मते और मरते आदमी के जीवन का प्रतिरूप जो स्वार्थ, लिप्सा और लालसा के दावानल में सुलग रही थीं, हमेशा से।

दुनिया में जीने का एक तरीका है। व्यवस्था के शिकंजे में बँधा हुआ वह भूखा, नंगा इन्सान, जन्म ही लेगा शोषण का सामान बनने के लिए, राजा, महाराजा, जमींदार, ताल्लुकेदार, नवाब, सिपहसालार की जगह आ गये थे, नेता,

मंत्री, कारपोरेटर, अभियन्ता। पहले डाकू होते थे और जमींदार होते थे। दोनों के तालमेल से व्यवस्था चलती थी। राघव ने देखा था वक्त बदलते ही, डाकू की जगह ले ली थी, नेता ने और जमींदार, राजा, ताल्लुकेदार, नवाब की जगह ले ली थी अधिकारियों मंत्रियों ने और दलगत राजनीति चलानेवाले ठेकेदारों ने। गुंडे, लफंगे, गेंगस्टर, हिंसा और अपराध का संसार चलानेवाले और बाहरी दिखावे के लिए बनी पुलिस से मिलकर उस, बिना कपड़े, खाली पेट, नंगे आसमान के नीचे खड़ी मानवता को लूट रहे थे। वही मानवता, वही लोग, वही इन्सानियत का हज्जूम मौजूदा था, उन्हीं की जयजयकार करने के लिए क्योंकि लुटेरों ने मुखौटे जो लगा रखे थे। कौन-सा हाथ बचाने के लिए इसका फर्क करना बड़ा मुश्किल था। बचानेवाला हाथ लूटनेवाले हाथ से कितना दूर था, उससे जुड़ा हुआ था या अलग था, इसकी जानकारी करना, बड़ा मुश्किल था। इसी को प्रजातंत्र कहा जायेगा। कहीं कोई बहाना, कहीं कोई ढकोसला, कहीं कोई रास्ता ही नहीं था, बच निकलने का, पूरी की पूरी व्यवस्था, समूचे राष्ट्रीय खजाने को लूटने में लगी हुई थी। चोर और शाह के बीच में फर्क करना नामुमकिन था। शाह भी चोर था, चोर भी चोर था। चोर चोरी करता था, शाह भी चोर से मिला हुआ था, लेकिन इन सबके पीछे, कुछ बड़े स्वार्थ, कुछ बड़ी योजनाएँ, कुछ बड़े षड्यंत्र थे, जो अपने-अपने तरीके से खूनी शिकंजा बढ़ाते दिखता कुछ और था, लेकिन था, कुछ और। जो जितना जरूरतमंद था, कमजोर था, वह उतना शोषण का शिकार होगा। यादव, लोध, मेहतर, चमार कुर्मी जातियाँ और उपजातियाँ, वर्ग और विभक्तियाँ बनानेवाले वही थे, जो उनको बरगलाकर वोट माँग रहे थे। नौकरी, पेशा, धन्धा, व्यापार, कोटा परमिट तो किसी और के लिए था। वोट देनेवाले कोई और थे, वोट माँगनेवाले कोई और थे। ब्राह्मण, ठाकुर, वैश्य, कायस्थ, राजपूत, यादव, लोध, मेहतर, चमार कुर्मी यह कुछ वर्ग विशेष या जातियों, उपजातियों के नाम नहीं थे, बल्कि उस कच्चे माल के नाम थे या किस्में थीं जिनको इस्तेमाल किया जाता था, राजनीति का पक्का माल, यानि चुनाव को तैयार करने में। कोई हिन्दू था, कोई मुसलमान, कोई सिक्ख, कोई ईसाई, लेकिन मुल्क की हदों, समाज की दीवारों, परिवार मोहल्ले और घरों की चौहद्दी में बात सिर्फ धर्म या सामाजिक परिप्रेक्ष्य पर नहीं खत्म होतीं। चारों तरफ ढोल बजा-बजा कर इन्सानी जजवों और विश्वास का व्यापार करनेवालों के लिए न तो कोई सीमा थी और न ही कोई हद। सब कुछ व्यर्थ था, उनके लिए वोट की राजनीति एक धन्धा था, व्यापार था जिसे एक से एक बढ़कर नाम दिये जाते थे।

एक छोटा-सा बच्चा, राघव, जानता था, जब किसी घर में जन्म लेगा, तो उसे क्या चाहिए। खाना, कपड़ा, शिक्षा और मकान। लेकिन ये जरूरतें कोई पूरी

नहीं करता था। इन जरूरतों को, सुख-सुविधा के इन मानदण्डों को जमा करना, जुटाना तो काम होता, उसके बाप का या उसकी माँ का। वह बीमार है, उसे दूध मिलता है या नहीं, उसके पास कपड़े हैं या नहीं, वह स्कूल जाता है या नहीं उसके संस्कार, उसकी शिक्षा, स्वास्थ्य की जरूरतों की पूरी जिम्मेदारी निभाते-निभाते, उस बच्चे का बाप खत्म हो जाता लेकिन, उसे नहीं मालूम होता, उसकी जाति, उसके धर्म से उसका क्या लेना-देना है, लेकिन, जैसे-जैसे चुनाव आते, किस्म-किस्म के नेता, न जाने कहाँ-कहाँ से निकलकर आ जाते, और ढोल पीट-पीटकर उस नन्हे से बच्चे को, जो तब तक, बड़ा हो गया होता, यह बताने की कोशिश करते कि वह किस जाति का था, उसका धर्म क्या था। कई बार, उस बच्चे के जीवन में, जाति, धर्म और गोत्र के आधार पर, भलाई और बुराई के कई-कई दावेदार पैदा हो जाते। ये दावेदार, आपस में लड़ते-झगड़ते, चीखते-चिल्लाते और बार-बार डंके की चोट पर, उसको जो यही सब सुनते-सुनते, आदमी बन चुका होता, यह बताने की कोशिश करते कि कौन जाति, कौन धर्म, कौन गोत्रवाला उसका हैं और उसे ही वोट दिया जाना था।

राघव जानता था, उसे मालूम था, आजादी के बाद, हमने हजार कोशिश की लेकिन वह देश नहीं बना सके, जिसका सपना हम आजादी के पहले देखा करते थे। राघव को इस बात का इत्मीनान था, जाति, धर्म से कुछ नहीं होता, सवाल था गरीबी का, विपदा का, संकट का, भूख का, रोटी का, कपड़े का, मकान का, अनाज का, कपड़े थे, मकान थे, लेकिन उनको खरीदनेवाले थे कुछ गिने-चुने लोग। अँधा बाँटे रेबड़ी, फिर फिर आपने को देय'', कहावत पर जैसे सारी व्यवस्था टिकी हुई थी। रोटी के लिए, कपड़े के लिए, मकान के लिए, बड़ी-बड़ी योजनाएँ बनाई जाती थीं, बड़ा पैसा खर्च किया जाता था, लेकिन न जाने क्या होता था, गरीब और गरीब हो जाता, अमीर और अमीर हो जाता। गरीब की उम्र गरीबी थी और उसे उसी तरह काटना था कोई उसकी नियति को बदल नहीं सकता।

एक आक्रोश, एक विद्रोह, एक बगावत, हमेशा-हमेशा से राघव के अन्दर पनपने लगी थी। वह कुछ नहीं कर सकता था। असहाय, बेजार था वह। कितना वैचारिक संघर्ष, कितनी निष्ठा, कितना विश्वास, संजोकर रखा था, उसने। लेकिन सब व्यर्थ था। विनाश अंधड़ में वह जानता था, सब कुछ बिखर जायेगा, टूट जायेगा। वह कुछ नहीं कर सकता था। आन्दोलन, जुलूस, नारे और संघर्ष के रास्ते, उसे मालूम था, उसी तरफ ले जाते थे, जिधर से भागकर वह आया था। राघव ने इस बीच सब पता लगा लिया था। जंहूरबख्श की कोठी से खुदाई चल रही थी, जो सीधे, चौराहे के बाद, बेलदारी लेन होते हुए, मेडूखाँ की सराय के अन्दरूनी हिस्से को छूते हुए बायीं तरफ घूमकर, दारुलशफ़ा के पीछे, बरगद के

पेड़ के इलाके से होकर, सीधा सचिवालय के सामनेवाली सड़क पर खुलेगी। पहले तो राघव ने इसी 12 फुट गहरी खुदाई को पुराने लखनऊ की सुरंग समझा था, लेकिन बाद में उसे मालूम हुआ था, ऐसा नहीं था। वह खुदाई तो सिर्फ टेलीफोन का तार डालने के लिए की जा रही थी। जो खबर उसने अखबार में देखी थी, उस खबरवाली खुदाई तो हो रही थी, घसियारी मंडी के फाटक के आस-पास।

लाल बाग चौराहे से जो सड़क सुपर मार्केट की तरफ जाती थी, उसी के बायें किनारे पर, चौराहे से, करीब 40 गज के बाद, एक पुराना फाटक पड़ता था, जिसके अन्दर ही अन्दर जाने से, सीधे मेडूखाँ की सराय होकर, बेलदारी लेन होते हुए दारुलशफ़ा के उस हिस्से में पहुँचा जा सकता था, जहाँ चबूतरे पर चरस की, गांजे की चिलम चला करती, दम लगाये जाते थे। गर्मी के दिनों में, वहाँ से लेकर, सचिवालय के सामनेवाली सड़क पर आसानी से पहुँचा जा सकता था। लालबाग के बड़े चौराहे से लालबाग गर्ल्स कॉलेज को पार करने के बाद जयहिन्द सिनेमा का इलाका आता था, जिसके दाहिनी तरफ घनी बस्ती थी, पुरानी इमारतें थीं और गलियाँ थीं। राघव ने पुराने रिकार्ड देखे थे, किताबें पढ़ी थीं और अंग्रेजों के जमाने के, तमाम नक्शे, कितने कागज, कितने दस्तावेज उसने उलट डाले, तब कहीं जाकर उसे पता लगा था, उस सुरंग के बारे में, जिसे उसने ढूँढ़ने में इतने दिन लगा दिये थे। लेकिन वह सुरंग तो थी, बड़े इमामबाड़े के अन्दर, और उसका रास्ता कितने-कितने सालों से बन्द था। इमामबाड़ेवाली सुरंग का रास्ता किंवदंतियों और किताबी सूत्रों के अनुसार दिल्ली तक जाता था। जाहिर था, इमामबाड़ेवाली सुरंग से उसका मकसद हल होनेवाला नहीं था। राघव ने हिसाब-किताब के बाद जो नक्शा उस सुरंग का बनाया था, वह पश्चिम की तरफ जानेवाले खुफिया रास्ते की तरफ इशारा करता था। इतने वर्षों के बाद स्वाभाविक था, उस सुरंग के रास्ते, जगह-जगह से बन्द होंगे और दिन-दहाड़े, उन रास्तों को खोलना, मुमकिन नहीं था और फिर सुरंग के रास्ते उसे कोई दिल्ली तो जाना नहीं था। उसे तो तलाश थी, उस एक अदद सुरंग की जो अन्दर ही अन्दर उसे सचिवालय तक पहुँचा सके। और ऐसी सुरंग कहाँ मिलती उसे। राघव लगभग निराश हो चुका था। टेलीफोन के तार डालनेवाली खुदाई उसके सामने थी। मेडूखाँ की सरायवाली खुदाई उसके सामने थी, घसियारी मंडी के फाटकवाली खुदाई उसके सामने थी, लेकिन इन सबसे, उसका काम चलनेवाला नहीं था।

लखनऊ शहर के जिस हिस्से में, कैसरबाग है, वहाँ से पश्चिमी सिरे पर बस स्टैण्ड से पचास डिग्री उत्तर की तरफ छतरमंजिल तक, और दक्षिण पूर्व की तरफ लालबाग तक, पुराना लखनऊ हुआ करता था। कैसरबाग इलाके में

रनिवास था जिसके पूर्व में और पश्चिम में बारादरी के सामने और पीछे ऊँची, मीनारों से लैस, लकड़ी के बड़े-बड़े फाटक थे। दक्षिण में, घसियारी मंडी का फाटक चाइना बाजार गेट से दक्षिण के तरफ जाने पर पड़ता था। उत्तर में गोमती नदी के किनारे छतरमंजिल से लेकर खुर्शीदमंजिल तक का पूरा इलाका रनिवास का ही क्षेत्र था। छतरमंजिल और लामाटीनियर गर्ल्स स्कूल यानि पुरानी खुर्शीदमंजिल के बीच में सारी जगह जिसे, अब मोतीमहल कहते हैं, अन्दर ही अन्दर सुरंगों से जुड़ा हुआ था और ये सुरंगें गोमती नदी की तलहटी से निकलकर बादशाहबाग तक जाती थीं, जहाँ लखनऊ विश्वविद्यालय बनाया गया था। लालबाग कैसरबाग, बादशाहबाग से लेकर गोमती नदी के आगोश में बसा हुआ था, नवाबों की रिहाइश का इलाका। मूसाबाग के उस तरफ उन दिनों गोमती नदी हुआ करती थी। दिलकुशा तक दक्षिण में इमामबाड़े तक पश्चिम में जहूरबक्श, घसियारी मंडी फाटक के किनारे-किनारे लालबाग तक न जाने कितनी इमारतों का जाल बिछा था। जर्ट कोठी, चाँदीवाली बारादरी, अमेरिकन लाइब्रेरीवाली इमारत तथा चाइना बाजर का पूरा क्षेत्र आज की केपेर रोड के चारों तरफ तक, नवाबों की सुरक्षा के लिए, अन्दरूनी तथा बाहरी रास्तों से लैस था। अन्दरूनी रास्तों को सुरंग कहा जाता था। ये सुरंगें नवाब के महलों से निकलकर, दूर-दूर तक फैली हुई थीं। इनका एक सिरा गोमती नदी और दूसरा सिरा हैदर कैनाल में जाकर मिलता था। उधर मूसाबाग से लेकर, हामिदवाली मस्जिद के टीले तक और उत्तर में, बादशाहबाग से लेकर दक्षिणी सिरे पर बसे दिलकुशा तक, बाहरी हिस्से में बिछाई हुई सुरंगें थीं।

लाल सेना बनने से पहले चौक थाना जंगल पार्टी के गिरोहियों का सम्पर्क सूत्र था। चौक थाने की आमदनी के कई जरिये थे। जहाँ एक तरफ जंगलपार्टी के गिरोहियों से हफ्ता और माहवारी बँधा हुआ था, वहाँ दूसरी तरफ सर्राफे मंडी में लूट के सोने जेवरात का भी हिस्सा मिलता। साखू की लकड़मंडी अलग थी घाते में। वहाँ जंगल से काटी हुई लकड़ी नीलाम होती। इस लकड़ी को काटने का ठेका मिलता किलोमीटर के हिसाब से। यह कागजी नहीं फसली ठेका होता जिसमें चौक थाने, जंगलात अधिकारी और जंगलपार्टी का हिस्सा होता। जिस समय भैरवसिंह, इस इलाके में आया था हफ्ता आता था। जंगलपार्टी का हफ्ता, सर्राफे मंडी का हफ्ता और लकड़मंडी का हफ्ता, हीरालाल इंसपेक्टर के जरिये जमा होता था। लेकिन उसके कुछ ही दिनों बाद जंगलपार्टी का हफ्ता आना बन्द हो चुका था। वहाँ तो लालसेना बन चुकी थी। पहले तो हीरालाल ने काफी शोर मचाया, हल्ला किया, कई धमकी भरे फरमान भेजे, लेकिन फिर वह चुप होकर बैठ गया और किसी मौके की तलाश करने लगा। जिस मौके की तलाश हीरालाल-भैरवसिंह को थी, वह मौका आखिर उन्हें मिल ही गया। जंगल की

लाल सेना ने नेपाल की पहाड़ियों में घुसकर व्यापारियों के एक काफिले को लूट लिया था। असल में पहले व्यापारी नदी के रास्ते से संभलपुर तक जाते थे। लेकिन जंगल पार्टी के आतंक की वजह से, उन लोगों ने नदी का रास्ता छोड़कर सड़क से पहाड़ियों के नीचे-नीचे जाना शुरू कर दिया था। ऊपर से अकेले न जाकर इन व्यापारियों के काफिले निकलते थे, जिनमें बन्दूकधारी, नेपाली चौकीदार भी होते थे। जब तक जंगल पार्टी के गिरोह अलग-अलग थे, नेपाली चौकीदार काफिले की सुरक्षा के लिए काफी थे। लेकिन उनके एक हो जाने से और फिर अभयंकर और मोहिन्दर का नेतृत्व मिल जाने के बाद, नेपाली चौकीदार नाकाफी होने लगे। यह लोग तूफान की तरह पहाड़ियों से उतरकर आते और सारा माल लूटकर ले जाते।

उस बार करीब चालीस लाख के सोने-चाँदी के जेवरात, तीन-चार महीने के अन्दर जमा हो गये थे। इनका सौदा सेठ गोवर्धनदास जंगलपार्टी के हिस्से का बीस लाख नकद रुपया, अपनी सर्राफे की दुकान पर देनेवाले थे और बाकी बीस लाख रुपया, जो अभयंकर-मोहिन्दर के हिस्से का था, पटना में सेठ गोवर्धन दास के चचेरे भाई, सेठ मुकुन्ददास के जरिये दिया जाना था। भैरवसिंह को पूरे सौदे की भनक हीरालाल के जरिये मिल चुकी थी। लाल सेना को सबक सिखाने के लिए भैरवसिंह कितने दिनों से तड़प रहा था। वैसे तो उसने पुलिस मुख्यालय को लालसेना, जंगल पार्टी के गठन और गतिविधियों की जानकारी हफ्ता बन्द होने के बाद ही दे दी थी। एक भारी पुलिस फोर्स को जमा किया जा रहा था। इसमें हेलीकाप्टर के जरिये सर्वेक्षण की योजना भी शामिल थी। लेकिन भैरवसिंह, उस हमले के पहले हफ्ते के भारी नुकसान को न सिर्फ पूरा कर लेना चाहता था, बल्कि उसे मालूम था इन लोगों से बड़ी रकम जमा की जा सकती थी।

सेठ गोवर्धनदास को जब भैरवसिंह ने बुलाया था तभी सेठ को अंदेशा हुआ था, कुछ डर लगा था। क्योंकि पुलिस का सारा लेन-देन इन्सपेक्टर हीरालाल के जरिये होना था। भैरवसिंह की शैतान आँखों से वैसे भी गोवर्धनदास का पाखाना ढीला होने लगता। लेकिन मजबूरी थी, सेठ को जाना पड़ा। भैरवसिंह ने सेठ को आखिर अपनी पकड़ में ले लिया। सेठ की क्या मजाल थी जो भैरवसिंह का विरोध करता। पहले तो भैरवसिंह से बचने के लिए सेठ ने सोचा, पूरा सौदा अपने चचेरे भाई के जरिये पटना में करवा देगा। लेकिन फिर लालच में पड़ गया वह। भैरवसिंह ने जो रास्ता बताया था उसके तहत, सारा माल उसका होगा। उसे सिर्फ जंगलपार्टी के द्वारा न दिये गये हफ्तों का भुगतान करना होगा। लाल सेना के अभयंकर और मोहिन्दर खुद पैसे लेने आ रहे थे। इनसे सेठ खुद भी दुखी था क्योंकि यह लोग निहायत चालाक किस्म के थे और माल का सही मूल्य लगाने के लिए सेठ को मजबूर किया करते जब

कि पुराने समय में, जंगल पार्टी के गिरोही लोगों से सेठ, जब-तब माल, औने-पौने दाम देकर झटक लिया करता था।

षड्यन्त्र के मुताबिक अभयंकर-मोहिन्दर जब माल लेकर अपने साथियों के साथ आयेंगे, तब उनसे माल लेकर सेठ अपने तहखाने में चला जायेगा। तहखाने में माल लेकर जाते वक्त, वह खिड़की से रूमाल फेंक देगा। रूमाल गिरते ही भैरवसिंह गोली चलाने का हुक्म देगा। भैरवसिंह ने मंझनपुर सदर थाने और पुलिस लाइन से एक दस्ता पुलिस का बुलवा लिया था। भैरवसिंह ने अपने कुदरती दिमाग से, पूरे षड्यन्त्र के एक-एक हिज्जे को बैठा लिया था। सारा आपरेशन खुफिया तरीके से बनाया गया था, उसके बारे में भैरवसिंह के अलावा किसी को मालूम नहीं था। उस दिन अँधेरा होते ही सेठ गोवर्धनदास की कोठी घेर ली गयी।

मुंशी अवतारी लाल को चालीस लाख के जेवरात की खबर लग चुकी थी। लेकिन सौदा चूँकि सेठ गोवर्धनदास के साथ हो चुका था, सिवाय हाथ मलने के और कुछ नहीं रह गया था। जिस माल का भुगतान चालीस लाख का होना था, उसकी कीमत एक करोड़ से कम न होगी यह मुंशी अवतारीलाल को पता था। चालीस लाख के माल पर साठ लाख का मुनाफा, पूरे सर्राफे बाजार को हिला देने के लिए काफी था। सामान्य रूप से इतनी कीमत का माल किसी एक सर्राफा की औकात से बाहर था इसलिए दलालों के जरिये पूरे सर्राफे में उसका लेन-देन होता तो उसका फायदा सभी को पहुँचता। सब हाय-हाय कर रहे थे, छाती पीट रहे थे। उधर मुंशी अवतारी लाल एक मुश्त इतने बड़े माल को हाथ से निकल जाते हुए देखता नहीं रह सकता था। फिर भी कोई रास्ता, किसी को नजर नहीं आ रहा था। सेठ गोवर्धनदास ने अपने चचेरे भाई मुकुन्ददास के साथ मिलकर, एक ही झटके में, सभी के पैरों के नीचे से जमीन निकाल ली थी। वैसे तो मुंशी अवतारी लाल का पुलिस में कोई सिलसिला नहीं था। न तो चौक थाने में और न ही और कहीं उसका व्यौहार या लेन-देन था। क्योंकि वह खुद दुकानदार नहीं था, इसलिए हफ्ते वगैरह में भी उसका नाम नहीं लगता। सर्राफे के सभी दुकानदार, चौक थाने में इन्सपेक्टर हीरालाल के यहाँ हफ्ता जमा कर दिया करते। बस उसी के अन्दर मुंशी अवतारी लाल का भी हिस्सा शामिल रहता। उसे, उसके अलावा पुलिस, हाकिम, परवान से सीधा सिलसिला रखने की कोई जरूरत नहीं थी। लेकिन काफी दिनों से, भैरवसिंह के दफ्तर में काम करनेवाला, दीवान मूलचन्द, उसके यहाँ आता-जाता था। दोनों एक गाँव के थे, एक-दूसरे के यहाँ, दूर-दराज की रिश्तेदारी भी थी और फिर दोनों का गांजे की चिलम का साथ था।

गरज यह, दीवान मूलचन्द ने, चिलम का दम, लगाते-लगाते एक रात मुंशी

अवतारी लाल से, सेठ गोवर्धनदास के यहाँ पुलिस के घेरा डालने की बात कह डाली। इतना मुंशी अवतारी लाल के लिए काफी था। उनके खुराफाती दिमाग ने हरकत करना शुरू कर दिया। रूमाल गिरने के बाद, गोली चलेगी। सवाल एक गोली का था, पहली सिर्फ पहली गोली का था। अगर पहली गोली, रूमाल गिरने से पहले चल जाय, मुंशी अवतारी लाल का मुँह, खुला का खुला रह गया था, यह सोचकर। जात के मुंशी, पेशे से दलाल, ऊपर से साठ लाख के मुनाफे में आठ-दस लाख की दलाली की रकम, बार-बार खुड़पेंच मचा रही थी। उनकी नजर के सामने साफ-साफ रूमाल गिरने से पहले चलनेवाली गोली का कमाल था। यह तो पाँसा पलटनेवाला खेल था, एक लम्बा दाँव था, जैसे साँप के बिल में कोई फूँक मार दे, बर्र का छत्ता कोई छेड़ दे। सैकड़ों बिच्छुओं से भरी हाँडी फोड़ दे। मुंशी अवतारी लाल की समझ में सब कुछ आ रहा था। अगर पुलिस के घेरे के बीच से रूमाल गिरने से पहले, एक गोली चल जाय तो बिना भैरवसिंह के इशारे के सारा पुलिस दस्ता गोली चलाकर सेठ गोवर्धनदास की कोठी पर हमला कर देगा। माल का लेन-देन रुक जायेगा। लाल सेना के लोग माल लेकर भाग जायेंगे और दुबारा कभी सेठ गोवर्धनदास की तरफ रुख नहीं करेंगे। यह तो तय था, आगे-पीछे माल यहीं सर्राफे में बिकना था। और सेठ गोवर्धनदास के हटते ही, मुंशी अवतारी लाल की अपने आप, खुदबखुद माल पर पकड़ हो जायेगी। ऊपर से जंगलपार्टी का सेठ गोवर्धनदास के साथ लेन-देन हमेशा-हमेशा के लिए खत्म हो जायेगा। करोड़ों का लेन-देन लाखों की दलाली, कमीशन, बट्टा, खर्चा, भत्ता, दिन फिर जायेंगे। न कितने वर्षों से एक कोठी, सेठ गोवर्धनदास जैसी कोठी बनाने का सपना उसे छलता आ रहा था। बार-बार वह सपना मुंशी के हाथों से फिसल जाता। लेकिन इस बार उसे लगा सिर्फ एक गोली के जरिये वह उस हसीन, गुदगुदाते हुए सपने के कितना करीब होगा।

फिर भी सवाल था वह गोली चलायेगा कौन। मुंशी अवतारी लाल को तो गोली चलाना आता नहीं था और न ही उसके पास बन्दूक थी। मुंशी अवतारी लाल के सिर पर खून सवार था। कत्ल की रात आ चुकी थी। बस अगले दिन शाम को आठ बजे के करीब सेठ गोवर्धनदास के यहाँ पुलिस को घेरा देना था। लेकिन तब तक पहली गोली दागनेवाला असामी, मुंशी अवतारी लाल को नहीं मिला था। वह बिस्तर पर करवट बदल रहा था। जाड़े के दिन थे। कई दिनों से आसमान पर बदली छायी हुई थी। सर्द हवा के झोंके, दरवाजे और खिड़कियों की कसर से सुरराते हुए, मुंशी के पलंग के चारों तरफ, जैसे भन्ना रहे थे। कमरे के दूसरे कौने पर कमलदार आले में दीया जल रहा था, जिसकी हल्की-हल्की रोशनी छत की धन्नियों तक पहुँच रही थी। मुंशी अंधेरों को टटोलते हुए धन्नी के कड़े-पटरे-कोने-किनारा गिन रहे थे, नाप रहे थे। उनके मन में पहली गोली

का सवाल धधक रहा था और उनके दिमाग में गोली चलानेवाले के चक्कर चल रहे थे। जैसे तमाम जिन्दगी, सारा वक्त बस उसी एक गोली पर आकर ठहर गया था। अपने मुंशी दिमाग से, वह जितना कुछ कर सकते थे, कर चुके थे। यह ईजाद पहली गोली की ईजाद, यह करिश्मा यह खोजन उनके कुदरती दिमाग की फितरत थी। तभी रोशनदान के उस पार से किसी पक्षी के फड़फड़ाने की और पीछे कहीं से बिल्ली के रोने की आवाज आयी। उसी के साथ दरवाजे की कुंडी खड़खड़ाने लगी। एक पल को पैर के तल्लुओं से, नाक के नथुने तक मुंशी के अन्दर, सर्द, डरावनी ठंडक फैल गयी। उसे लगा किसी ने उसकी गोट पकड़ ली। भैरवसिंह या फिर सेठ गोवर्धनदास के हाथ गर्दन के इर्द-गिर्द उसे कसते हुए लगे थे। एकदम घोंटनेवाली घुटन अन्दर तक पैठने लगी। उधर हवा की सरसराहट से आले पर रखे हुए दिये की रोशनी बार-बार मचल रही थी। कुछ देर ऐसा और चलता तो मुंशी की जान निकल जाती लेकिन कोई उनका नाम लेकर पुकार रहा था, दरवाजे की साँकल लगातार खटखटाता जा रहा था।

दरवाजा खोलने से पहले पूछताछ कर ली थी मुंशी ने। वह बिंदादीन सर्राफ था जो हाथ में झोला, ऊपर से कम्बल ओढ़े हुए अन्दर दाखिल हुआ था। बिन्दादीन सर्राफ असल में मुंशी की अपनी जाति का था, गरजमन्द था, विश्वास के लायक था और उसके पास बन्दूक भी थी। उसे देखकर मुंशी के मुँह से खुशी भरी चीख निकल पड़ी। मुंशी अवतारी लाल को तरस आ रहा था, हैरत हो रही थी, अपनी नादानी पर। जब वह तरह-तरह के खौफनाक मंजर से गुजर रहा था, जब पहली गोली दागनेवाला कोई नहीं मिल रहा था, जब वह करीब-करीब टूटने लगा था, तब भी उसे बिन्दादीन सर्राफ का खयाल क्यों नहीं आया था।

नानकपुर जंगल, जिसके अन्दर से अभंयकर घोष और मोहिन्दर घटक को आना था, तीन तरफ नदी, रेत, बीहड़ और दलदल से घिरा हुआ था। चौथी तरफ थीं नेपाल की पहाड़ियाँ जिसमें कई दर्रों से गुजरकर लाल सेना के लोग गाँव के अन्दर दाखिल हो सकते थे। सेठ गोवर्धनदास की कोठी गाँव की हद पर थी लेकिन उसका पिछवाड़ा, पहाड़ी सड़क के सिरे से जाकर मिलता था। कोठी के सामने नब्बे डिग्री के कोंण में साखू, देवदार के झुरमुट और घनी झाड़ियाँ थीं। झाड़ियों की तीन संतरें एक के बाद एक से जुड़ी हुई थीं। इन्हीं झाड़ियों में पुलिस दस्ते के पच्चीस चुने हुए जवान अपनी बन्दूक के घोड़े पर उंगली ताने बैठे थे। पूरी कोठी के अहाते में अँधेरा था, बस जिस खिड़की से रूमाल गिरना था वहाँ एक लैम्प पोस्ट की रोशनी पड़ रही थी।

मुश्किल से पाँच मिनट लगे होंगे। लाल सेना के लोग कोठी में दाखिल ही हुए थे, धाँय-धाँय से गोली चलने की आवाज हुई, जिसके साथ पच्चीस

जवानों ने कोठी के साथ दरवाजे की तरफ चार्ज किया। अन्दर से गोली चलने की आवाज आयी और लाल सेना के लोग पिछले दरवाजे से लगी दीवार फाँदकर पहाड़ी सड़क पर उतर गये।

भैरवसिंह को इस बात का पता था, लाल सेना के लोग लौटकर सामने नहीं आयेंगे, पीछे के रास्ते से भागेंगे लेकिन उसमें कुछ समय तो लगेगा। रूमाल गिरने के बाद, पहली गोली चलनी थी। उस गोली के साथ पुलिस दस्ता, तीन टुकड़ियों में बँटकर तीन तरफ से कोठी को गिरफ्त में लेगा। पहला दस्ता सामने के दरवाजे से बायीं तरफ की दीवार को पीछे तक घेर लेगा, दूसरा दस्ता दौड़ते हुए अन्दर जायेगा और तीसरा दस्ता, सामने दरवाजे से दाहिनी तरफ को छोड़कर पीछे का दरवाजा और दाहिनी तरफ की दीवार को खेप देगा। पुलिस के दस्ते ने ठीक इसी तरह हमला किया था। लेकिन बीच में वह वक्त कम पड़ गया था जिसके अनुपात में लाल सेना के लोग, सेठ की बैठक से निकलकर पीछे की तरफ पहुँचते। लाल सेना के अभयंकर और मोहिन्दर सेठ की बैठक में गये ही नहीं। वह तो कोठी में एक तरफ से दाखिल हुए और दूसरी तरफ से निकल गये।

भैरवसिंह ने अपनी जीप उधर पहाड़ीवाली सड़क पर एक झुरमुट में खड़ी करा रखी थी। गोली चलने के बाद किसी को रोकना बेकार था। इसलिए वह खुद भागकर जीप तक पहुँच गया। जीप स्टार्ट करके उसने सीधे दक्षिण की तरफ सड़क पर दौड़ा दी।

भैरवसिंह के वापस लौटने तक सारा खेल खत्म हो चुका था। उधर की दौड़ भी बेकार थी, बस जंगल में डूबते हुए कुछ धब्बे ही दिखायी दिये थे उसे। लेकिन माल तो गाँव में था, इसका उसे पूरा विश्वास था क्योंकि जेवरात का इतना बजन लेकर वह लोग भाग नहीं सकते थे। तभी सेठ के आँगन से खून की लकीर दीवार के उस पार तक दिखी। वह लकीर आगे जाकर तालाब के पास खत्म हो गयी थी। जाहिर है जिस आदमी को गोली लगी थी, वह गाँव से बाहर नहीं जा सका होगा। भैरवसिंह ने दो-दो की दस टुकड़ियाँ गाँव के चारों तरफ तैनात कीं और पाँच सिपाहियों के साथ हीरालाल को पूरे गाँव की तलाशी लेने के लिए कहा और खुद वापस जीप में जाकर बैठ गया। आधी रात तक गाँव में तलाशी होती रही लेकिन न तो माल मिला और न ही जख्मी आदमी। आखिर हारकर पुलिस दस्ते लौटने लगे। लेकिन जाने से पहले हीरालाल इन्सपेक्टर दो बन्दूकधारी सिपाहियों को गाँव में नजर रखने के लिए छोड़ गया था। पुलिस दस्ते के निकलते-निकलते पूरे गाँव में तबाही और मुर्दनी नजर आ रही थी। न जाने कितने घरों का सामान उजड़ गया था, न जाने कितने घरों में खाना नहीं बना था। बच्चे भूख से बिलबिला रहे थे। औरतें घर की कोठरियों

में छुपी हुई थी, मर्द लोग हक्का-बक्का इधर-उधर गोल में खड़े हुए बातें कर रहे थे। लेकिन यह सब तो उन घरों में था, जहाँ सब सही सलामत था। कई घरों में चूल्हे टूट गये, कई घर की दीवारें ढह गयी थीं। एक अजीब तरह की मनहूसियत सारे गाँव में छायी हुई थी। तभी पूरे गाँव में खबर फैल गयी बुधवाल की नयी नवेली बहू गायब थी। मशाल जलाकर पूरे गाँव में दुल्हन की तलाश होने लगी। दुल्हन तो मिल गयी लेकिन उसकी छीछालेदर हो चुकी थी। गाँववालों के सिर पर खून सवार हो गया। भैरवसिंह पहले ही जा चुका था, हीरालाल पुलिस दस्ते के साथ निकल गया था। गाँववालों को सामने दिखे वही दोनों सिपाही जिन्हें हीरालाल पीछे छोड़ गया था। गाँववालों के तेवर देखकर, सिपाहियों ने गोली चलानी शुरू कर दी। ज्यादा देर तक सिपाही, गोली नहीं चला पाये। पीछे से घेरकर गाँववालों ने उनकी बन्दूक छीन ली। एक सिपाही तो भाग निकला लेकिन दूसरे को पकड़कर गाँववालों ने बाँध लिया। पूरे गाँव में कोहराम मचा हुआ था। इसी बीच खबर आयी जिस दुल्हन की छीछालेदर हुई थी, वह कुएँ में डूबकर मर गयी। गाँव के मर्दों ने उस सिपाही को पेड़ से बाँध दिया। वह लोग उसे जलाने जा रहे थे, तभी सेठ गोवर्धनदास आ गये। उनके समझाने-बुझाने पर सेठ गोवर्धनदास के साथ गाँव के मर्दों का काफिला एक सिपाही और दो बन्दूकें लेकर परगना अधिकारी के बंगले की तरफ चल दिया।

हीरालाल का दस्ता जैसे ही गाँव की हद पर पहुँचा सिपाही भोलाराम न जाने कहाँ से प्रकट हो गया था। उसने बुधवाल की बीवी का किस्सा, सिपाही किशनदास और अपनी दुर्दशा के साथ दोनों बन्दूकें छिन जाने की बात, गर्म जोशी के साथ बतायी थी। उसकी फटी हुई कमीजवाला और उसका मातमी चेहरा, ऊपर से सिपाही किशनदास को जला देने की कोशिश और फिर गाँव के मर्दों का बन्दूकों और किशनदास के साथ कलेक्टर के नुमाइन्दे, एस. डी. एम. के कैम्प में चौक-थाने और भैरवसिंह की शिकायत करने के लिए जाना, आग में घी की तरह था। हीरालाल तो बस इन्सपेक्टर दिनेश त्यागी को, जख्मी फरार और माल के बारे में बताकर बिन्दादीन सर्राफ की खोज में चला गया था। उधर पुलिस की टुकड़ी ने अपने साथियों का बदला लेने की ठान ली थी। वह सीधा तमाचा चौक थाने और भैरवसिंह के ऊपर था। बागियों को कुचलना था। सबने मिलकर फैसला किया था गाँव की हर औरत को बुधलाल की औरत बना दिया जाय। हर घर से सोना-चाँदी-जेवरात निकाल लेने का वैसे भी आदेश था। जख्मी फरार को भी ढूँढ़ना था। पुलिसदस्ता खूनी फिरंगियों की तरह गाँव के ऊपर टूट पड़ा था। थोड़ी ही देर में, हर घर से रोने-चिल्लाने चीखने-तड़पने की आवाजें आ रही थीं। छोटे-छोटे बच्चों का चीत्कार, अँधेरी रात के सन्नाटे

को चीरकर, औरतों-लड़कियों और कमसिनियों के हाहाकार में मिलकर समूचे माहौल को खौफनाक बना रहा था। एक-एक घर को नेस्तनाबूद करने की कोशिश हो रही थी। सर्राफा लुट गया था। चारों तरफ आग के शोले धधक रहे थे।

तभी गाँव के लगे बगीचे से गोली चलने की आवाज आयी थी। सब-इन्सपेक्टर हीरालाल बल्द मनसुखलाल थाना चौक पहाड़पुर ने एक मुठभेड़ में सर्राफ बिन्दादीन को मार गिराया था। दोनों तरफ से कई राउन्ड गोलियों के चले थे। यह बात और थी बिन्दादीन सर्राफ की बन्दूक से चलनेवाली गोलियाँ खुद सब-इन्सपेक्टर हीरालाल ने चलायी थी।

जिस समय सब-इन्सपेक्टर हीरालाल ने बिन्दादीन को शूट किया था, करीब-करीब उसी वक्त सर्किल इन्सपेक्टर भैरवसिंह अपनी जीप के अन्दर पहुँचा था। उसके हाथ में एक एअरबैग था जिसमें जेवरात थे। किसी को पता ही नहीं लगा था। हीरालाल को भी नहीं, भैरवसिंह कब, सेठ गोवर्धनदास के यहाँ गया था और कब वहाँ से निकलकर जीप तक पहुँचा था। सेठ गोवर्धनदास असल में खुद अपने ही जाल में फँस गये थे। उनको माल पूरा मिल चुका था, लेकिन पैसे तब तक उन्होंने मोहिन्दर घटक को दिये नहीं थे। मोहिन्दर घटक तो गोली चलते ही भाग गया था। हुआ यूँ जैसे ही बाहर से गोली चली, मोहिन्दर ने गोवर्धनदास के ऊपर पिस्तौल खींच ली थी। उसे शक हो गया था सेठ के ऊपर। कुछ ही क्षणों में सेठ की खोपड़ी उड़ा दी होती, मोहिन्दर घटक ने। लेकिन सेठ को खतरे में देखकर उनके भानजे लल्लन ने मोहिन्दर के पैर में गोली मार दी थी। तभी मोहिन्दर वहाँ से भाग खड़ा हुआ था।

नानकपुर-पहाड़पुर के इलाके में खास तरीके का सन्नाटा गहराया हुआ था। बुधवाल की बीवी के साथ पुलिसिये का बलात्कार, बिन्दादीन सर्राफे की पुलिस सब-इन्सपेक्टर द्वारा मुठभेड़ी हत्या और मुंशी अवतारी लाल की गिरफ्तारी से सारे इलाके में विद्रोह, फैल चुका था। सेठ गोवर्धनदास भागे-भागे घूम रहे थे। उनके विलायती टोकरों की वजह से और कुछ व्यक्तिगत नाराजगी की वजह से उस इलाके के कलेक्टर खुन्ना जौहरी ने प्रदेशीय प्रशासन को सब-इन्सपेक्टर हीरालाल का तबादला और निलम्बन तथा भैरवसिंह को नौकरी से हटाये जाने की सिफारिश की थी।

उन्हीं दिनों राष्ट्रपति शासन समाप्त हो गया। सेठ गोवर्धनदास कई तिलस्मी टोकरे लेकर, नेताओं के घरों की परिक्रमा कर रहे थे। उधर भैरवसिंह अपनी नौकरी बचाने में लगा हुआ था और तभी बुधवाल की विधवा तथा विन्दादीन सर्राफ किसी नेता के साथ पहाड़पुर का सर्राफा मुख्यमंत्री से मिलने आ चुका था।

सात

मुख्यमन्त्री निवास के बाहरी हिस्से में, मेन गेट से कुछ दूर जाकर दाहिनी तरफ, सामनेवाले मैदान में एक तम्बू लगा हुआ था। जहाँ शादी, ब्याह, मुंडन, जनेऊ कुछ नहीं था, वहाँ तो उस तम्बू में मुख्यमन्त्री से मिलने के इच्छुक लोग बैठे हुए थे। टीन की कुर्सियाँ शामियाने में एक कतार में रखी गयी थीं। तम्बू की दीवार के सहारे-सहारे कुर्सियों की कतार तीन तरफ फैली हुई थी। बीच का इलाका खुला हुआ था। इसी रास्ते से निकलकर मुख्यमन्त्री को जाना था। जाना क्या था, एक-एक करके सबको दर्शन देना था। कुर्सियों में कुछ लोग बैठे थे। लेकिन ज्यादातर लोग बीचवाले, खुले हिस्से में खड़े हुए थे। तम्बू के चार कोनों पर और बीच के हिस्से में तीन तरफ बड़े आकार के पैडस्टल पंखे लगे हुए थे। तम्बू के सामने, लेकिन मेन गेट से बायीं तरफ से लेकर दाहिने सिरे तक मुख्यमन्त्री निवास का बरामदा था। बरामदे की चौड़ाई करीब बीस फुट थी। बरामदे के बायीं तरफ 15 फुट लम्बा और करीब बारह फुट चौड़ा एक कमरा था जिसमें दो मेज कुर्सियाँ मुख्यमन्त्री के व्यक्तिगत स्टाफ के लिए पड़ी थीं। मेजों के सामने तीन-तीन कुर्सियाँ रखी हुई थीं और दाहिने सिरे पर बाथरूम के दरवाजे से लगी हुई दो बड़ी अलमारियाँ। मेजों के ऊपर फाइलें कम थीं टेलीफोन ज्यादा थे। तरह-तरह के टेलीफोन रखे हुए थे। लाल, नीले, लम्बे, चौड़े, गोल टेलीफोन की भीड़ में घंटियों की आवाज ढूँढ़नी पड़ती थी। ऊँचे-ऊँचे दरवाजों पर, लम्बे-लम्बे पर्दे लटक रहे थे। खिड़कियाँ दो थीं। एक दोनों मेज के पीछे, और दूसरी, अलमारियों के बगल में। अलमारियों के बगलवाली खिड़की हमेशा की तरह उस दिन भी बन्द थी। इन्हीं दो मेजों में से एक पर कालीशंकर बैठा करता था। लेकिन कालीशंकर वहाँ पर था नहीं, इसलिए उसकी मेज खाली थी, दूसरी मेज पर बैठे थे भदौरिया ! भदौरिया असल में सीनियर ग्रेड के पी. ए. थे। पी. ए. उर्फ पर्सनल स्टाफ उन दिनों कई प्रकार के हुआ करते थे। एक तो सीनियर ग्रेड का पर्सनल असिस्टेंट या व्यक्तिगत सहायक, सचिवालय सेवा से करीब-करीब सभी मंत्रियों के लिए रखे जाते थे। और मुख्यमन्त्री के लिए सबसे सीनियर और अच्छी रिपोर्टवाला पी. ए. तलाश किया जाता। वैसे सचिवालय में पी. ए. लोगों का एक वर्ग बनता जा रहा था। उप सचिव, संयुक्त सचिव, विशेष सचिव, अतिरिक्त सचिव, सचिव, मुख्य सचिव, उपमंत्री, राज्यमंत्री, मन्त्री और मुख्यमन्त्री तक पी. ए. यानि पर्सनल असिस्टेंट की एक लम्बी कतार, एक फौज तैयार हो गयी थी। प्रदेश के किसी कोने में, कहीं भी जहाँ सरकारी अफसर होगा वहाँ पी. ए. जरूर होगा। पी. ए. के बिना अफसर अफसर नहीं

कहलाता। फिर मंत्री और मुख्यमन्त्री की क्या बात थी। पी. ए. असल में कई प्रकार के हुआ करते थे। एक काम करनेवाला, एक बैठनेवाला, एक टेलीफोन सुननेवाला। इसमें बैठनेवाला पी. ए. सरकारी तंत्र में आता और काम करनेवाला पी. ए. अफसर, मंत्री या मुख्यमन्त्री की सिफारिश पर लाया जाता। सरकारी पी. ए. और सिफारिशी पी. ए. मिलकर या अलग-अलग प्रकार से उस तीसरे पी. ए. की तलाश करते जिसे दहाड़ी के ऊपर टेलीफोन सुनने, चिट्ठियाँ टाइप करने, फाइलें उठाने, रखने के काम में लगाया जाता। हालात कुछ भी हों, सरकारी पी. ए. कहीं से आया हो, सिफारिशी पी. ए. की तलाश किसी ने की हो, कामकाज दहाड़ी पर काम करनेवालों के ही जिम्मे सौंपा जाता। वैसे काम करनेवालों की कमी कभी नहीं थी, मुख्यमन्त्री निवास में। चपरासी, अहलकार और फर्राश किस्म के कारिन्दे कई बार अपना-अपना नियत काम छोड़कर पी. ए. लोगों के काम करवाया करते। वैसे चिट्ठियाँ लगाना, फाइलें उठाना-रखना, टेलीफोन लगाना और टेलीफोन न लगाना सब कुछ उन लोगों की मर्जी पर होता जिन्हें सिर्फ बैठा रहना था। उस दिन मुख्यमन्त्री के दफ्तर में कालीशंकर की नामौजूदगी से सिस्टम कुछ बिगड़ा हुआ था। भदौरिया बैठा रहनेवाले, ना काम करनेवाले, सीनियर ग्रेड के घुटे हुए पी. ए. थे, जो बहुत दिनों से उत्सुकदास के पीछे लगे थे। पोस्टिंग हो या ना हो, उत्सुकदास मंत्री बनें या अध्यक्ष, मुख्यमन्त्री बनें या किसी सलाहकार के पद पर आये, भदौरिया वहाँ पहले से ही पहुँच जाते। भदौरिया घुटे हुए पी. ए. थे। वह हर समय किसी मशीन की तरह बोलते रहते थे। उनका मुँह चौड़ा था, माथा गोलाई में दाहिनी खोपड़ी में जाकर गुम हो जाता। माथे के ऊपर बाल थे ही नहीं। सफेद, काले, किसी प्रकार के बाल नहीं थे। बाल के नाम पर खोपड़ी के पिछले हिस्से में सफेदी हटाए हुए काले रंग के बालों की एक टुकड़ी एक आध इंच की कतार में फैली हुई थी। भदौरिया हमेशा तीन जेबवाला सफारी सूट नहीं पहनते थे। भदौरिया सफारी सूट का ऊपरी हिस्सा यानि ऊपरी जामा यानि सिर्फ बुश्शर्ट धारण किया करते। कई बार कई लोगों ने भदौरिया से इसका रहस्य पूछने की कोशिश की थी। एक और चक्कर था, भदौरिया की ड्रैस में। अगर ऊपरी शर्ट लाल रंग की होती, तो पतलून हरे रंग की। वैसे सामान्य रूप से इसमें कोई चक्कर नहीं होता। जाहिर था, किसी जमाने में भदौरिया ने कुछ सफारी सूट बनाए या बनवाये थे। बनाए तो सफारी सूट वो जाते, जो अपनी जेब से पैसे निकालकर कपड़ा खरीदकर दर्जी के यहाँ नाप-जोख देकर बनवाये जाते। लेकिन कुछ दूसरी प्रकार के सफारी सूट भी होते। यह दूसरी प्रकार के सफारी सूट, अपने खर्चे से पैसे निकालकर नहीं बनाए जाते बल्कि सचिवालय में दफ्तर में, बाजार में, सड़क पर, अपने-पराये यारों की रिहाइश या यात्रा के दौर में, बनवाए जाते। सफारी

सूट का भी एक दौर आया था। एक पूरा, भरा-पूरा जमाना था, सफारी सूट का। जिसको देखो सफारी सूट पहनकर घूमा करता था जिधर देखिए उधर इन्सान कम और सफारी सूट ज्यादा दिखाई पड़ते थे। सड़क पर, पार्क में, होटल में, रेस्टोरेण्ट में, ट्रेन, बस, टैक्सी, स्कूटर, रिक्शा साइकिल हो या हो हवाईजहाज, ऐसा लगता था, कपड़े की मिलों से थान के थान रंग-बिरंगे कपड़ों के निकालकर, उन्हें अलग-अलग साइज में, किस्म-किस्म के चलते-फिरते इन्सानी जिस्मों में फिट करके छोड़ दिया गया था। एक पूरी की पूरी व्यवस्था, एक समूची मानवता सफारीमय हो चुकी थी। भदौरिया ने काफी दिनों तक अपने को उस सफारी संस्कृति से अलग रखा था और अपनी वही पुरानी तंग मोहरीवाली पतले कपड़े की पतलून और छींटदार कपड़े की सीधी-सादी, एक जेब और पाँच बटनवाली पूरी बाँह की कमीज पहनकर सचिवालय आते रहे लेकिन एक दिन उन्होंने देखा उनकी मैडम सचिव, सफारी सूट पहनकर आनेवाले लोगों को अधिक महत्त्व दिया करती। और तो और एक दिन जब भदौरिया के कैम्प में छोटे लाल गुप्ता नाम का एक हलवाई या आधुनिक युग का कैटरर जब सफारी सूट में अवतरित हुआ और जब उसने सीधे साहब के कमरे में जाकर अपने बिल के भुगतान का आदेश करवा लिया, तब कहीं जाकर भदौरिया को सफारी सूट के महत्त्व का पता लगा। पहले जब वही कैटरर आता था, मीटिंग, जलपान के बिल लेकर, भदौरिया के चपरासी के साथ बैठकर बीड़ी पिया करता था। तब भदौरिया, बड़ी देर तक उसकी तरफ आँख उठाकर भी नहीं देखा करते थे। फिर जब चपरासी की बीड़ी और मुट्ठी दोनों गर्म हो जातीं, तब वह कैटरर को भदौरिया की तरफ उछाल दिया करता। भदौरिया तब भी कई बार बस फाइलें, टेलीफोन का रिसीवर और पेपर वेट इधर-उधर पटकते रहते लेकिन कैटरर की तरफ ध्यान नहीं देते कैटरर को अधिक देर नहीं लगती। जिस तरह उसने चपरासी की बीड़ी गर्म कर रखी होती उसी तरह, वह मेज के नीचे से, रैक्सीनी झोले से एक मटमैले रंग का लिफाफा निकालकर भदौरिया की तरफ बढ़ा देता और हैं हैं हैं ए.. .ए...करते हुए वह बस हँसता रहता। एक आध मिनट ध्यान देते हुए भी, ध्यान न देने का नाटक करने के बाद, भदौरिया, अपने दाहिने हाथ से मेज के नीचे से झाँकते हुए, लिफाफे को लेकर अपने हथेली में दबा लेते। एक बात तय थी, लिफाफा जब भदौरिया की हथेली में आ जाता, तो वह कुर्सी पर रुकते नहीं। उठकर खड़े हो जाते भदौरिया ! भदौरिया को खड़ा होता हुआ देखकर, कैटरर भी उठकर, खड़ा होने लगता, तब जाहिर था, भदौरिया उसे बैठने का आदेश देकर, बाथरूम में घुस जाते ! भदौरिया की तिलस्मी खोपड़ी में अनेक चक्कर घूमते रहते। वह एक खास तरह से अपने आपरेशन चलाते। बाथरूम जाने का भदौरिया का मकसद, बाथरूम का इस्तेमाल उस मकसद के लिए नहीं

करना था, जिस मकसद के लिए, बाथरूम बनाये जाते। भदौरिया तो वहाँ मटमैला लिफाफा, फाड़कर फेंकने और नोट गिनने के चक्कर में जाया करते। इस पूरे प्रयोग के पीछे जो भी उद्देश्य हो, भदौरिया असल में इस बात की ताकीद कर लेना चाहते थे कि लिफाफा खाली था या उसके अन्दर पूरे नोट थे। नोट का होना, उनकी तादाद का सही होना, और उन पर किसी दस्तखत का न होना ही शायद वह उद्देश्य हुआ करते थे, जिनकी वजह से, भदौरिया बाथरूम जाया करते थे। बाथरूम में भदौरिया लिफाफा टॉयलेट में फ्लश कर देते और नोट उलट-पुलटकर देख लिया करते। बाथरूम से लौटकर कैटरर की तरफ वह तभी देखते जब एमाउंट कुछ कम होता वर्ना सीधे उस बिल की तरफ ही देखते, जो तब तक, सधी-सधायी साजिश के तहत कैटरर उनकी मेज पर रख चुका होता। लेकिन उस दिन ऐसा नहीं हुआ था। कैटरर सीधे साहब के कमरे में घुस गया था। चपरासी की मुट्ठी उसने गर्म की थी या नहीं, इसका पता भदौरिया को नहीं था लेकिन उन्होंने अंदाज जरूर लगाया था, चपरासी की मुट्ठी गर्म किये बिना कैटरर अन्दर घुस ही नहीं सकता था। वैसे मुट्ठी गर्म करने के बजाय भदौरिया बीड़ी गर्म करना कहा करते थे। बहरहाल उसी दिन भदौरिया ने सफारी संस्कृति आत्मसात करने का फैसला कर लिया था। ज्यादा देर नहीं लगी थी भदौरिया को वह सब करने में। उन्होंने मटमैले लिफाफे लेना छोड़ दिया। मटमैले लिफाफों की जगह उनकी फरमाइश होती सफारी सूट। फरमाइश करने का मौका ही कहाँ दिया भदौरिया ने। एक दिन चपरासी को उन्होंने रगड़ दिया। मामला कुछ ओवरटाइम के बारे में था। चपरासी बार-बार उन दिनों फर्जी ओवरटाइम के बिल बना लाता था। वह बीड़ी भी गर्म करे, सरकारी टाइम खराब करे और फिर उस समय जो समय उसने बीड़ी गर्म करने में लगाया था, उस समय का फकत ओवरटाइम भी ले, यह बात भदौरिया को नागवार तो गुजरती थी, लेकिन उन्होंने इसे कभी रोका नहीं। उस दिन चूँकि उनको खुद अपनी रणनीति बदलनी थी यानि कि मटमैले लिफाफों की जगह उनको सफारी सूट लेने थे, इसलिए उन्होंने चपरासी को रगड़ दिया। एक ही झटके में चपरासी ढेर हो गया। वह गिड़गिड़ाने लगा, उसने पूर्ण आत्मसमर्पण कर दिया और भदौरिया के चरणों पर गिर पड़ा। वह बार-बार गिड़गिड़ा रहा था "भादौरिया वा आ वू ऊ ऊ ऊ मुझे क्या करना होगा।" भदौरिया ने चपरासी को गले लगाया और उसके घड़ियाली आँसू पोंछकर, सिर्फ यही कहा था, "मेरा खयाल रखना, अब मुझे सफारी चाहिए, सिर्फ सफारी सूट।" भदौरिया और चपरासी के बीच उस दिन हुए उस समझौते के तहत, अनेक सफारी सूट के कपड़े आये, अर्ज आयी, थान आये। भदौरिया का जी नहीं भरा। वह सफारी सूट लेते रहे, लेते रहे। उन दिनों सफारी सूट देनेवाला सिर्फ कैटरर ही नहीं था। मटमैले लिफाफा देनेवाले

विभागीय स्तर के कई ठेकेदार, अपने-अपने ठेकेदारी के काम के सिलसिले में, उनके पास आया करते थे। ठेकेदारों के अलावा, विभागीय अफसरों और अभियन्ताओं की सर फुड़ब्बल में भी, कई बार उनकी मदद ली जाया करती। बहरहाल, कमी नहीं थी मटमैले लिफाफे देनेवालों की। ओवरटाइम भुनानेवाले चपरासी को जिस दिन भदौरिया ने धराशायी किया था, उसके बाद उनकी सफारी सूट की आमद शुरू हो गयी। जैसा काम जैसा बिल वैसा सफारी। शनैः-शनैः भदौरिया के पास सफारी आते रहे...आते रहे। जिस रफ्तार में सफारी आ रहे थे, उस रफ्तार में उनकी खपत कहाँ हो पाती। फिर सफारी सूट एकाएक दफ्तर पहनकर आना भी उनको ठीक नहीं लगा। ऊपर से दर्जी ने सफारी सूट की सिलाई भी बढ़ा दी थी। अब सफारी सूट देनेवालों से सूट की सिलाई तो माँग नहीं सकते थे। उधर मटमैले लिफाफों की आमद उन्होंने बन्द करवा दी थी। मटमैले लिफाफों की आमद बन्द कराकर, उनको बड़े दिन बाद पता लगा था, उन्होंने गलती की। मटमैले लिफाफों का उनके जीवन में बड़ा योगदान था। काफी दिनों तक भदौरिया अपनी तनख्वाह का बड़ा हिस्सा, खामोशी से बैंक में जमा कर दिया करते और बीवी-बच्चों का खर्च मटमैले लिफाफों की आमद से हुआ करता। छह बच्चे थे भदौरिया के उन दिनों। बीवी अक्सर बीमार रहती थी। बूढ़ी माँ थी, माँ की एक बूढ़ी विधवा बहन भी उनके साथ रहा करती। इलाज का खर्च तो सरकारी डिस्पेन्सरी से करीब-करीब बचा लेते वह लेकिन फल, टॉनिक तथा अन्य जरूरतों के लिए नकदी की जरूरत तो पड़ती ही थी। ऐसे मौके पर ये लिफाफे खूब काम आया करते। दो शादीशुदा बेटियाँ थीं, उनकी, जिनके आने-जाने के दौर ससुराल और मायके के बीच चलते रहते। हजार बातें थीं, हजार खर्च थे, जो मटमैले लिफाफों के जरिये पूरे हो जाया करते। लेकिन उधर कुछ दिनों से उनके यहाँ सफारी सूट के कपड़ों का अम्बार इकट्ठा हो गया था, और रुपये नदारत हो गये थे। तीन-चार महीने, छह महीने गरज यह है कि साल निकलते-निकलते इतने सफारी सूट भदौरिया के यहाँ इकट्ठा हो गये कि वह घबड़ा गये। पहले तो वह बड़े जतन से हर मिलनेवाले सफारी सूट को टीन के सन्दूक में रखा करते थे। भदौरिया के पास कुल जमा तीन सन्दूक थे और कुछ ही दिनों में हर सन्दूक के अन्दर सफारी ही सफारी भर गये थे। जब सन्दूक में जगह नहीं बची तो भदौरिया ने अलमारी इस्तेमाल करना शुरू कर दिया। अलमारी में कोई खास जगह नहीं थी। ऊनी कपड़े, बुने-अधबुने स्वेटर पुराने पीतल के बर्तन, कुछ बेलन, कुछ फटे-पुराने कपड़े, धोतियाँ, कटे-फटे शाल, किरोशिया का सामान और वह मेजपोश भी था उस अलमारी में जो उनकी घरैतिन ने शादी की पहली रात के बाद उनको दिया था। निश्चित रूप से उस अलमारी में सफारी कांड के लिए कोई जगह नहीं थी। फिर भी भदौरिया

ठूँस-ठूँसकर उसमें सफारी भरने लगे। कुछ दिनों बाद अलमारी ने भी जवाब दे दिया था और भदौरिया का भी पैमाना भर गया था। कुछ वक्त ही ऐसा था, उन दिनों बड़ी तादाद में सफारी सूटों की प्राप्ति हुई थी उनको। उन्हीं दिनों भदौरिया की माँ चल बसी और उसके बाद जैसे चाँस पर चांस लेने के चक्कर में उनकी बूढ़ी माँ की बहन और फिर एक ब्याहता बेटी भी मर गयी। बड़ा खर्च हुआ था, उन सब बातों में। भदौरिया की जमा पूंजी लुट चुकी थी और उनके ऊपर सोसाइटी का कर्ज लदने लगा था। मटमैले लिफाफों का दूर-दूर तक पता नहीं था। इस बीच दो बार भदौरिया का तबादला भी हुआ। लेकिन उससे भी कोई फर्क नहीं पड़ा। न तो मटमैले लिफाफों का आना शुरू हुआ और न ही सफारी सूट का आना बन्द हुआ। तभी एक बार संकट के दौर से गुजरते हुए भदौरिया के मन में एक आइडिया पैदा हुआ। हुआ यूँ कि वह सफारी संस्कृति से आतंकित हो चुके थे और आर्थिक संकट ने उनकी कमर तोड़ दी थी। उन्हीं दिनों किसी बिल के भुगतान के सिलसिले में उनको सफारी जब मिला तो उनके अन्दर घिन का एक बवंडर उठकर खड़ा हो गया। लेकिन सफारी मिला था तो, उसे फेंका तो नहीं जा सकता था। जाहिर था सफारी लेकर ही वह घर गये थे। घर पहुँचते ही उन्होंने अलमारी खोलकर उस कोने में, मिले हुए सफारी को यूँ दे मारा जैसे, वह अपने ऊपर की गयी चोट का बदला, उस सफारी से ले रहे थे। इतने से ही बस, न जाने क्या हुआ धड़ धड़ाकर अलमारी से अनगिनत सफारी सूट फड़क-फड़क कर गिरने लगे। भदौरिया दंग रह गया उनकी आँखों के सामने हजारों रुपये के रंग-बिरंगे सफारी पड़े थे, और वह बेवस, बेसहारा, थके-हारे, एक-एक पैसे के मोहताज हो गये थे। एक बिजली-सी कौंध गयी थी, भदौरिया के वैज्ञानिक दिमाग में। वह उछलने लगे, कूदने लगे। उनको लगा, बिना वजह, वगैर किसी कारण के वह इतने दिनों से, संकट के दौर से गुजर रहे थे, जब कि उनके पास हजारों रुपये का माल पड़ा हुआ सड़ रहा था। भदौरिया ने बड़े मनोयोग से, सारे सफारी सूट निकाल डाले। उन सबको इकट्ठा किया, और बार-बार, उन पर हाथ फेरने लगे। चिकने, खुरदरे, भारी, वजनदार, हल्के, महीन किस्म-किस्म के रंगवाले सफारी, उनके सामने थे। सफारी संस्कृति से नफरत करनेवाले भदौरिया के मन में गुदगुदी हो रही थी। उनको लग रहा था, मुसीबत के दिन लद गये और उनके सामने लहलहाती हुई नोटों की फसल खड़ी थी, तैयार, बिलकुल तैयार सिर्फ काटने के लिए। उस दिन रात भर भदौरिया बिस्तर पर करवट बदलते रहे। बार-बार भदौरिया का बेताव दिल बल्लियों उछल रहा था और वह अपनी खोज, अपना आविष्कार किसी को तुरन्त बताना चाहते थे। उतनी रात भला, और कोई उनको कहाँ मिलता, हारकर उन्होंने अपनी घरैतिन को धर पकड़ा।

भद्दर नींद से उठाकर भदौरिया, घरैतिन को छत पर ले आये और एक सिगरेट सुलगाकर कहने लगे।

"देखो मुन्ने की अम्मा ! दिन पर दिन सोसाइटी का कर्जा बढ़ता जा रहा है, तुम्हें कुछ सोचना चाहिए।"

"का !"

"रहीं तुम देहाती की देहाती। ढंग से बात करना भी नहीं आया।" भदौरिया ने पनामा सिगरेट का कश लगाते हुए कहा था।

"देहातिन। फिर देहातिन को आधी रात उठाकर क्यों लाये हो यहाँ ?" घरैतिन खड़ी बोली बोल रही थी।

"लाये इसलिए कि हमने एक योजना बनाई है।"

"योजना ! तुम्हारा तबादला योजना भवन से तो पहले ही हो चुका था अब क्या फिर...

"चुप भी करो गुड़बक ! मेरा मतलब सरकारी या दफ्तरी योजनाओं से नहीं है।"

"फिर ?"

"मैं तो अपनी बात...अपने घर की...तुम्हारे...अपने संकट की बात कर रहा था !"

"संकट। कौन-सा संकट ?"

"पैसे के लिए दिन-रात चिक-चिक करती रहती हो उसी के लिए ही एक रास्ता ढूँढ़ निकाला है।"

"क्या ?"

"ऐसा है, भदौरिया अपनी घरैतिन को करीब खींच लाये थे, हमने बहुत विचार किया, सोचा तब यह समझ आया कि अगर हम वो तमाम सफारी निकाल दें, तो हम्हारे पास काफी पैसा आ जायेगा।"

"सिफारी...पैसा...अई का अंड बंड बक रहे हो।"

"अरे। वो कपड़े...सूट के कपड़े, कितने हो गये होंगे।"

"अच्छा ऊ...न जाने कितने पड़े होंगे।"

"मैंने हिसाब लगाया था, दस-बारह हजार से कम के न होंगे।"

"तो ?"

"अगर हम उनको बेचना शुरू करें तो।"

"तो..."

"काफी पैसे आ जायेंगे हम्हारे पास।" कुछ सोचकर भदौरिया ने आगे कहा, "चीजों के दाम तो बढ़ते रहते हैं, यह तो हमने पुराना रेट बताया था, आज की कीमत के मुताबिक, उन सब सफारी की कीमत पन्द्रह, सोलह के

करीब होगी।''

''पन्द्रह, सोलह।...''

''हाँ...हाँ मुन्ने की माँ सोलह हजार से कम नहीं होगा। हमने उसके लिए त्याग किया है त्याग !''

''कैसा त्याग !''

''तुम्हें नहीं मालूम...अच्छा छोड़ो'', भदौरिया मटमैले लिफाफों का राज घरैतिन को बताना नहीं चाहता था। फिर पैंतरा बदलकर उसने कहा, ''देखो। तुम जरा आस-पड़ोस में पूछकर देखो, कौन नहीं लेना चाहेगा सफारी सूट।''

''मुझसे नहीं होगा यह सब। देखते नहीं हो...आस-पड़ोस के लोग चीनी, चाय, चावल तक की कटोरियाँ वापस नहीं करते, अब उई तुम्हरा सूट का खाकर खरीदेंगे।''

''तुमसे कुछ नहीं होगा...तुमसे कुछ नहीं होगा...मुझे ही कुछ करना होगा।''

घरैतिन उतरकर नीचे चली गयी लेकिन भदौरिया, देर रात तक, वहीं छत पर पनामा पीते रहे। अपने आइडिया पर उनको फख्र हो रहा था, रश्क आ रहा था उनको अपने फर्टाइल दिमाग पर।

अगले दिन दफ्तर में भदौरिया ने सफारी फ्रं[illegible]या। अलग-अलग लोगों से, अलग-अलग कहानी बनाकर, उन्होंने कई किस्म की बातें कीं, तब कहीं जाकर उनको पता लगा, उनकी योजना का प्रारूप सही था, और उसको अमली जामा पहनाने में कोई खास दिक्कत नहीं थी। हुआ यूँ कि सिर्फ भदौरिया नहीं थे ? सचिवालय में तो पूरा का पूरा एक उद्योग चल रहा था। न जाने कितने भदौरिया, सचिवालय के अलग-अलग कमरों में बैठकर मटमैले लिफाफों और सफारी सूट के कपड़ों का व्यापार कर रहे थे। मामला सिर्फ सफारी सूट तक सीमित नहीं था। देशी-विदेशी सेंट की शीशियाँ, टेरीलीन, नायलोन के कपड़े, घड़ियाँ, फैन्सी किस्म के पर्स, कंघियाँ, माउथ आरगन, ट्रांजिस्टर, टेप रिकार्डर, कलम, पेन्सिल, साबुन, पाउडर, क्रीम, लिपस्टिक के साथ किस्म-किस्म की चीजों की आमदरफत हुआ करती थी। इस प्रकार के जितने भदौरिया थे, वहाँ और जितने भदौरियाई लोगों के साहब थे, उनके यहाँ जब भी ऐसा माल असबाब उतरता, वह इस्तेमाल कर सकने की मात्रा से अधिक होता या पैसे की जरूरत पूरी करने के लिए बेच दिया जाता। बहरहाल सचिवालय से कुछ दूर दक्षिण-पश्चिम किनारे-किनारे पर बाकायदा एक बाजार खुला हुआ था, जहाँ वह तमाम सफारी सूट, नायलोन, टेरीलीन के कपड़े, घड़ियाँ, ट्रान्जिस्टर, कलम, पेन्सिल, साबुन, कंघी, लिपस्टिक, पर्स की खपत का अनुमान लगाया जाता, दाम आँका जाता, सौदा किया जाता। खरीदनेवाले दूसरे थे, बेचनेवाले दूसरे और

खरीदनेवाले कोई और थे। गरज यह कि भदौरिया ने धड़ाधड़ सफारी बेचना शुरू किये। काफी दिनों की मेहनत-मशक्कत के बाद भदौरिया ने अच्छा-खासा माल निकाल दिया। फिर भी कुछ सफारी बच गये थे। हुआ यूँ कि उनकी घरैतिन ने कई सफारी जांघियाँ, फ्राक, शर्ट, पैण्ट की नाप के कपड़े काट काटकर मुंडन, जनेऊ, जन्मदिन, पसनी आदि पारिवारिक तथा मोहल्ले के आयोजनों में इस्तेमाल कर डाले थे। जो माल बचा था, उससे सफारी सूट नहीं बन सकता था। इसीलिए भदौरिया के सफारी सूट में, तीन जेबवाली कमीज के कपड़े का रंग, बड़ी मोहरीवाले पैण्ट के रंग से कभी नहीं मिला। कालीशंकर का कहीं पता नहीं था और मुख्यमन्त्री निवास में एक गदर का माहौल पैदा हो चुका था। भदौरिया जिस कमरे में बैठता उस कमरे के बगल में एक बड़ा कमरा था, जहाँ अच्छे किस्म का फर्नीचर पड़ा हुआ था। गद्देदार कुशनीय सोफे, मिर्जापुरी कालीन, रंगीन पर्दों के साथ दीवार पर रंग-बिरंगे लैम्प टँगे हुए थे। हल्की, धूमिल रोशनी जो होते हुए भी नहीं के बराबर थी, कुछ खुर्राट किस्म के इंसान भारी-भरकम ब्रीफकेस, हैन्ड बैग, थैले समेत बैठे थे। कुछ खद्दरधारी थे, कुछ सफारीवादी और कुछ अंग्रेजी किस्म के सूट पहने हुए थे। किसी को कोई जल्दी नहीं थी। सब के सब न जाने कितनी देर से वहाँ पर जमे हुए थे। उसी वक्त एक नया मुर्गा वहाँ, घुसा। हुआ यूँ, रामाधीन नामक भदौरिया का खास आदमी था। रामाधीन असल में उसी चपरासी का नाम था, जो न जाने कितने वर्षों पहले अपने सिविल टाइम को ओवरटाइम में बदलने के लिए भदौरिया की मदद लिया करता था। और इसी रामाधीन को भदौरिया ने उस दिन धर दबोचा था, जब उनको मटमैले लिफाफों को सफारी में बदलना था। उस समय से रामाधीन भदौरिया के साथ लगा हुआ था। वह उनकी भाषा, उनके विचार, उनका दर्शन, सब अच्छी तरह समझता था। रामाधीन से कुछ कहने की जरूरत नहीं थी। उसकी बीड़ी गर्म करने की पहले भी छूट थी और तब भी छूट थी।

भदौरिया के कमरे के बगल में जो विजिटर्स रूम था, वह एक तरह का शासकीय अन्तःपुर था। मतलब ये था, जिन लोगों को दफ्तर में बात करनी होती वह दफ्तर जाते थे, जिन लोगों को घर में बात करनी होती वह घर में आते थे, लेकिन जिन लोगों को न तो दफ्तर में बात करनी होती थी, न ही घर में, उनके लिए अगर कोई जगह थी, तो वह था ग्रीन रूम।

ग्रीन रूम की दीवार पर हरा रंग नहीं था। दरवाजों पर हरे रंग के पर्दे नहीं थे, उस कमरे में दो रंग की कोई चीज नहीं थी। ग्रीन रूम, वह कमरा था, जहाँ ऐसे लोग आते थे, बैठते थे, जिनकी तबियत, पानी ठीक होती और जो भेंट, सौगात, रुपया, पैसा, जेवर, सोना, कपड़े या हीरे-जवाहरात लेकर आया

करते। ग्रीन रूम में बैठने के कुछ कायदे थे, कुछ नियम थे। लाख रुपये से नीचे की हैसियत का आदमी वहाँ बैठने का, मिलने का समय मुकर्रिर होता था। पाँच लाख और उससे ऊपरवालों के लिए सबेरे का समय था, एक लाख से ऊपर और पाँच लाख के नीचेवाले दोपहर को आया करते थे और एक लाख के नीचेवाले सिर्फ रात को आठ बजे ही आ सकते थे। इन खैरातियों की संख्या कम हो या ज्यादा, काम कुछ भी हो, वो कोई भी हो, कहीं से भी आये हों उनको सख्ती से उसी टाइमटेबल के अन्दर आना-जाना पड़ता था। इसका मुख्य कारण था, लाखों के ऊपर यानि बीस लाख से ऊपर के खुराकी भी गाहे-बगाहे आया करते थे। लेकिन ऐसे खुराकियों के आने-जाने का समय कभी नहीं तय किया जाता था। ये जब चाहें आते थे और जब चाहें चले जाते थे। जब भी नयी सरकार का गठन होता था, तब ऐसे ऊँचे कारीगर पहुँचकर अपना-अपना खेल सेट कर लिया करते थे। इन महाजनों को सबसे पहले मिला करते थे मुख्यमन्त्री। और भी काम होते मुख्यमन्त्री को। जाहिर था छोटे महाजनों को इन्तजार करना पड़ता था, इसीलिए स्वयं उत्सुकदास की सलाह पर, पहले के दिनों से ही उनके यहाँ एक ग्रीनरूम, हमेशा होता था।

बरुन हालदार उर्फ गोल्डी, जब ग्रीन रूम में घुसा था, उसका दिमाग, बड़ी तेजी से आँकड़ों और हालातों की जोड़-गाँठ में लगा हुआ था उसे मालूम था, वह जानता था, उस दिन उसके लिए कोई खतरा नहीं था। जगन महाराज के चेले किशनू ने फाइल उड़ा दी थी। फाइल उपलब्ध ना होने के कारण, राष्ट्रपति शासन काल में, सलाहकार परिषद की अन्तिम बैठक में, मैलिसीडीन कांड के ऊपर कोई निर्णय नहीं किया जा सका था। बरुन हालदार बच गया था, लेकिन जुर्म कानून और सजा की नंगी तलवार उसके ऊपर लटक रही थी। किसी भी दिन किसी भी वक्त, कुछ भी हो सकता था। उधर मांगलिक का दाँव उलटा पड़ रहा था। शासन उसके खिलाफ था, पुलिस उसके खिलाफ थी, कहीं से जब बचने का कोई रास्ता नहीं दिखा, तभी तो बरुन हालदार ने जगन महाराज के जरिए तिड़ीबाज किशनू को मैलिसीडीन कांड की फाइल उड़ाने का काम सौंपा था। उस समय सचिवालय में डी. आई. आर. के अन्तर्गत, बरुन हालदार तथा डॉ. मांगलिक को गिरफ्तार करने का आदेश बन चुका था। उस पर सिर्फ अन्तिम कार्यवाही की जानी थी। स्वास्थ्य विभाग ने पुलिस एक्शन के लिए मुकदमा कायम करने के लिए और विभिन्न धाराओं के अन्तर्गत मुलजिम को गिरफ्तार करने के लिए फाइल गृह विभाग भेज दी थी।

बरुन हालदार का सितारा उन दिनों गर्दिश में था। वह जिधर भी हाथ डालता, वह काम बिगड़ जाता। वैसे तो उन दिनों वह शराब दिन भर पीता रहता था, लेकिन रात तक पहुँचते-पहुँचते उसकी हालत करीब-करीब वैसी ही

हो जाती जैसे आसमान में उड़ते-उड़ते चील, परों की हरकत बन्द कर दे, और महज हवा के दवाब में बहती हुई, उतराती हुई चली जाय। कोई विस्तार नहीं था, दूर-दूर तक, बरुन हालदार के जीवन में एक घुटा हुआ खौफनाक सन्नाटा, भिनभिना रहा था। उसे तो अपनी बरबादी के आसार नजर आ रहे थे। दिन तो कभी सोकर, कभी रोकर और कभी गप्प-सड़ाके में, निकल जाता, लेकिन रात का अँधियारा जैसे उसे खाने के लिए दौड़ता। अँधेरे से बचने के लिए वह बत्ती जलाकर सोने की कोशिश करता, हर उस जगह से दूर रहता, जहाँ अँधेरा हो। अँधेरी सड़कों, अँधेरे रास्तों पर वह भूलकर भी नहीं जाता। लेकिन वह कहाँ ले जाता, उस अँधेरे को जो खुद उसके अन्दर पैठ गया था। असल में यही अँधेरा उसके मन के कोने-किनारों में पर्त दर पर्त, तक बसा हुआ अँधेरा, धीरे-धीरे उसके जिस्म के हिस्से-हिस्से में फैलता जा रहा था। उसकी सारी शख्सियत को अपने आप में समेटे लिए जा रहा था। बरुन हालदार को लगता जैसे समय ने, तकदीर ने, उसके खिलाफ कोई खतरनाक साजिश कोई षड़यंत्र छोड़ रखा था, जैसे हालातों की भँवर उसे गिरफ्त में ले चुकी थी। उसी भँवर में, गोल-गोल चक्कर लगाता हुआ, वह डूबता चला जा रहा था। उसके बचने का कोई रास्ता नहीं था, उसे कोई नहीं बचा सकता था।

बरुन हालदार ने इस बीच अपना कलकत्तेवाला कारखाना बेच दिया था। सिगरेट के धुएँ के बीच डूबते-डूबते, उसे लगा, खुद, उसके अन्दर आग लगी हुई थी। बाहर तो, चारों तरफ, सब कुछ, उसके खिलाफ था। आखिर वह करे तो क्या करे, 'जाये तो जाय कहाँ' उसकी पूरी जिन्दगी में ऐसा वक्त कभी नहीं आया, सितारों ने यूँ दगा कभी नहीं दी।

उसे तो लोग 'सोना हालदार' 'गोल्डी बरुन' कहा करते थे। प्राइमरी स्कूल के मास्टर शिवशेखर हालदार का बेटा बरुन हालदार कभी लाखों में खेलेगा, करोड़ों के सौदे करेगा, किसने जाना था। छोटे से, गलीदार मोहल्ले में, पिनपिनिया, सकड़ी और गोली खेलते-खेलते, वह बायें हाथ से नाक पोंछा करता। खाकी पैंट और बिना बटनवाली कमीज पर न जाने कितने धब्बे हुआ करते। उसके टुटहे मकान के सामने से जरा हटकर न जाने कितने साफ-सुथरे मकान थे, जिनमें उसकी उम्र के बच्चे, धुली हुई बटनदार कमीज और रंग-बिरंगी पतलून पहना करते थे। उन बच्चों को वह बड़ी हसरत से कैंची साइकिल चलाते हुए देखा करता। चाट के खोमचे के आते ही, उसके साथ के बच्चे, पिनपिनिया, गुच्चक के इर्द-गिर्द लगी हुई छोड़कर भाग जाते। तब बरुन जहाँ एक तरफ उन बच्चों को चाट के पत्ते साफ करते-करते बड़ी हसरत से देखा करता था, वहीं दूसरी तरफ उसे हैरत होती थी, लगी-लगायी पिनपिनिया का दाँव छोड़कर कैसे वह लड़के चाट खाने चले जाते थे। कभी-कभी तो उसके नन्हें से दिमाग

में न जाने कितनी पिनपिनिया, न जाने कितने कंचे, जमा होने लगते और वह बड़े प्यार से उन्हें सहलाया करता। धीरे-धीरे वह तमाम पिनपिनिया की गोलियाँ, कंचे उसके दिमाग से उतरकर हाथ की गदेलियों में बस जाते और वह, कोई उन्हें छीन न ले, इस डर से, अपनी मुट्ठी, बड़े जोर से दबा लिया करता। तब उसका बाप यही कहा करता : बरुन के भाग्य में भीख, सिर्फ भीख माँगना बदा था। वह कुछ और कर ही नहीं सकेगा। बरुन को, तब अपने बाप को देखकर रोना आ जाता था। उस छोटी उम्र में भी वह अपने बाप की बुद्धि पर तरस खाया करता था और कभी-कभी तो उसका मन करता, वह ढेर सारी पिनपिनियाँ, ढेर सारे कंचे, अपने खूसट बाप के मुँह पर दे मारे और भागकर कहीं दूर चला जाय किसी ओर, किसी ऐसे बाप के पास जो उसे और बच्चों की तरह प्यार करे, दुलार करे, उसे कम से कम आशीर्वाद दे, दुआएँ दे।

कहते हैं, कभी-कभी बड़ों की बात सच निकल जाये तो मन में सदा के लिए कोई गाँठ बनकर ठहर जाया करती। बरुन हालदार को उस दिन, जब वह, बाप के मरने के बाद, घर से निकाला गया था, बाप की बात उतनी ही सच मालूम हुई थी, जितनी उसके तीस बरस बाद। तब उसकी उम्र सिर्फ चौदह साल की थी और सिवाय भीख माँगने के और कोई रास्ता नहीं था तब तो उसने भीख नहीं माँगी थी लेकिन अब उसे लग रहा था, आखिर उसके बाप की बात सही होकर निकलेगी। सिगरेट का धुआँ उसके फेफड़ों में घुसकर एक अजीब सी जलन पैदा कर रहा था, उसका मुँह कसैला हो रहा था। उसे मालूम था, वह जानता था, उसका अन्त आनेवाला था और उसे जेल में चक्की पीसनी पड़ेगी।

बरुन हालदार को असल में इस बात का पता था, मैलिसीडिनवाले मामले में, उसका भांडा फूट चुका था। उसके खिलाफ कई मामले बन गये थे। एक तरफ उसे, मैलिसीडिन खाकर पागल हो जानेवाले लोगों के लिए जिम्मेदार ठहराया गया था, दूसरी तरफ आयकर, कस्टम, विदेशी मुद्रा और आयात के मामलों में फाँस लिया गया था। कितने दिनों से वह चारों तरफ भागा हुआ घूम रहा था लेकिन बचने का कोई रास्ता नजर नहीं आ रहा था। उधर डॉक्टर मांगलिक की हालत खुद इतनी खराब हो चुकी थी कि वह पागलपन की हद तक किसी सनक के तहत ऊल-जलूल बातें बकता रहता। आखिरी बार डॉ. मांगलिक ने कुछ माधुरीशाहा को फाँसने की बात कही थी। लेकिन बरुन हालदार को उसमें कोई दिलचस्पी नहीं थी। उसे मालूम था, उसका मामला तब तक गृह विभाग में पहुँच चुका था और उसे किसी समय भी गिरफ्तार किया जा सकता था। बरुन हालदार का मन उस समय अपने दिमाग पर घूँसे मारने का हो रहा था, विलियम हाकिन्स और डॉक्टर मांगलिक को गोली से उड़ाकर खुद

अपने आपको गोली मारने का हो रहा था।

ग्रीन रूम में जिस समय विद्युत बोर्ड के अध्यक्ष एवं बिजली सचिव श्रीकान्त पाठक पहुँचे, कामयाबसेठ वहाँ मौजूद था। श्रीकान्त पाठक को देखते ही कामयाबसेठ उठकर खड़ा हो गया। अजीब-सा लगा था, श्रीकान्त पाठक उस जगह पर आना, जहाँ कामयाब-सेठ जैसा नामी-गरामी जालिया मौजूद हो। उनके पीछे सार्वजनिक निर्माण विभाग एवं सिंचाई विभाग के मुख्य अभियन्ता भी ग्रीन रूम में आये थे और सबसे पीछे थे स्वास्थ्य विभाग के डायरेक्टर। उस समय ग्रीन रूम में कामयाबसेठ के अलावा तीन लखपती और मौजूद थे। एक था मैलिसीडिन कांड का हीरो बरुन हालदार। दूसरे किनारे पर बैठा था धान कांड का प्रणेता जी. एन. उर्फ घनानन्द और एक नया मुर्गा था जो ताँबे की जगह अल्यूमीनियम के प्रयोग के उपयोगी नुस्खे लेकर आया था।

घनानन्द का सारा संसार लुट गया था। संकटाप्रसाद हजार कोशिश के बाद भी धानकांड का मामला खत्म नहीं कर सके थे। उसे सिर्फ कुछ दिनों की मोहलत मिल सकी थी। उसे याद आ रहे थे, वह पुराने दिन जब उसने बड़े जतन से स्काच की बोतल के बदले, संकटाप्रसाद को सेट किया था। जमीन से गढ़े हुए मुर्दे जिस तरह निकाले जाते उसी तरह सब के सब जी. एन. उर्फ घनानन्द के पीछे पड़े हुए थे। ऐसा नहीं था, संकटाप्रसाद ने कोशिश नहीं की थी। संकटाप्रसाद ने पूरा सचिवालय हिला दिया था। जी. एन. को बचाना उनकी प्रतिष्ठा का प्रश्न बन गया था। लेकिन वह करते भी तो क्या करते बाबू महाशंकर सिन्हा ने धानकांड की फाइल ऐसा गाढ़ दी थी, कि कोई भी हिम्मत नहीं कर सकता था, उस मामले को दबाने की। थोड़ा-बहुत जो हुआ था वह उनके और बाछिल मामा के व्यक्तिगत सम्बन्धों के कारण ही संभव हो पाया था। नियति का चक्र हालातों का मोड़ घटनाक्रम के आयाम इतनी तेजी से बदले थे कि लाख चाहते हुए भी, संकटाप्रसाद घनानन्द बिठोरिया को धानकांड से मुक्त नहीं करा सके थे। जी. एन. ने अच्छा-खासा तालमेल बिठा लिया था संकटाप्रसाद के सलाहकार बनते ही, उसने जोड़-तोड़ शुरू कर दी थी। उधर सतीश बहादुर को जब खाद्य और रसद विभाग का सचिव बनाया गया तब जी. एन. ने राजेश गहलौट को, सतीश की रंगीली बीवी कृष्णबहादुर के पीछे लगा दिया था। बड़े ही वैज्ञानिक तरीके से, राजेश गहलौट ने कृष्णबहादुर को शीशे में उतार लिया था। यहाँ तक कृष्णाबहादुर राजेश गहलौट की हर बात के लिए पूरी तरह तैयार रहा करती थी। जी. एन. को यह बात अच्छी तरह पता था कि सतीशबहादुर अपनी पत्नी कृष्णबहादुर की सहमति के बिना कोई घपला नहीं करते थे। सब कुछ तैयार था। संकटाप्रसाद राज्यपाल के सलाहकार थे और सलाहकार परिषद की मीटिंग में धान कांड की जाँच कमेटी की रिपोर्ट,

पेश करने के आदेश दे दिये थे, तभी, सतीशबहादुर से एक गलती हो गयी थी, उन्होंने महाशंकर सिन्हा नामक एक बड़े बाबू को उसकी नौकरी के आखिरी दिन कुछ बेरुखी से लिया था। महाशंकर सिन्हा ने अपना बदला ले लिया और धानकांड की फाइल में वह सब लिख दिया था जो फाइल में नहीं लिखा होना चाहिए। परिणामस्वरूप सारा तालमेल बिगड़ गया था। उसके बाद सतीश बाहदुर के उकसाने पर जी. एन. से एक गलती और हो गयी। न जाने किस गफलत में कुछ लफंगों ने, किरायेदारी में सचिवालय के बाबू बाछिल मामा के छुरा भोंक दिया था। बाछिल मामा के पास वह नोट था, यानि अवकाश प्राप्त बड़े बाबू महाशंकर सिन्हा का वह जहरीला फरमान जिसकी कोई काट नहीं थी।

जी. एन. असल में निहायत छंटा हुआ धन्धेबाज था। उसका कोई निश्चित पेशा! नहीं था। वह केस खरीदता और बेचता था।

सुखपाल सेक्सरिया असल में नौ धान की मिलों का मालिक था। चावल के बड़े गोदाम थे उसके पास। कई और मिलों में धान और चावल की आढ़त और दलाली में उसका हिस्सा था। कई करोड़ों की पूँजी उसने दाँव पर लगा रखी थी। धान की सीधी खरीद के लिए, बोआयी के वक्त से, छोटे-बड़े काश्तकारों को वह रुपया दिया करता। उस समय प्रदेश में करीब नौ सौ चावल की मिलें थीं जिनमें चालीस करोड़ से ऊपर की पूँजी लगी हुई थी, सौ करोड़ से ऊपर का व्यापार होता था। छोटी-छोटी मिलों को छोड़कर, जिनकी संख्या 400 के करीब थी, बाकी पाँच सौ मिलें सुखपाल सेक्सरिया जैसे बीस आदमियों के पास थीं। यह बीस आदमी चार व्यापारिक दलों के बीच बँटे हुए थे। सुखपाल सेक्सरिया, मनोहरलाल नेहवटिया, केवटचन्द्र और चन्द्रभूषण इन सभी के सिर पर एक कयामत, बरवादी का एक बवंडर मँडरा रहा था। देश की सरकार ने विश्व बैंक से एक बड़ा कर्ज लेने का निश्चय किया था। उस समझौते की शर्तों में एक शर्त यह भी थी, देश की राष्ट्रीय बैंक क्रेडिट इसक्वीज लागू करेगी जिससे उधार के सौदे में कमी आये, एक आर्थिक अनुशासन का माहौल पैदा हो। राष्ट्रीय बैंक के निर्देश के अनुसार सभी बैंकों ने अपने खातादारों की क्रेडिट लिमिट आधी कर दी। वह भी उस समय जब धान की फसल तैयार खड़ी थी और लाखों क्विंटल चावल की खरीद और बिक्री हो चुकी थी। एक जलजला आया था, एक तूफान आया था। चारों ओर तबाही के आसार नजर आ रहे थे। बाजार टूटने लगे थे, भाव बिखरने लगे थे। देश के दूसरे कई भागों में, अकाल की वजह से, ऊँचे दामों पर, लाखों क्विंटल चावल के सौदे हो चुके थे। धान था, बड़े ठेके थे, आर्डर थे, माँग थी लेकिन पैसा नहीं था। धान को काश्तकारों और गोदामों से खरीदकर मिल तक पहुँचाने, कुटाई कराने और फिर ट्रकों और डिब्बों के जरिये दूर-दूर तक भेजने के लिए पैसा चाहिए था, और

पैसा सुखपाल सेक्सरिया के पास उसी तरह नहीं था जिस तरह मनोहरलाल नेहवटिया, केवटचन्द्र और चन्द्रभूषण के पास नहीं था। उधर सरकार ने लेवी लगा रखी थी। मिल के उत्पादन का 70 प्रतिशत से ऊपर चावल सरकार को देना होता था जिसका भुगतान लेवी स्टाक के सरकारी गोदामों में पहुँच जाने के बाद दिया जाता था। सुखपाल सेक्सरिया की कुल मिलाकर तीन करोड़ से ऊपर की क्रेडिट लिमिट थी जो राष्ट्रीय बैंक आदेश पर घट कर डेढ़ करोड़ रह गयी थी। साथ में डेढ़ करोड़ रुपया उससे जमा करने का कहा गया था। उधर चावल के सौदे पड़े हुए थे, जिनको पूरा करने के लिए डेढ़ दो करोड़ रुपयों की और जरूरत थी। सुखपाल सेक्सरिया के साथ सब मर रहे थे, जिन दिनों जी. एन. उससे टकरा गया था। पीने पिलाने के दौर में, जब सुखपाल सेक्सरिया फूट-फूटकर रोने लगा था, तब जी. एन. को टेप की याद आयी थी।

उधर बनर्जी बाबू फूड इंस्पेक्टर रघुबीर की मौत के बाद काफी डर गये थे। साथ में उन्होंने यह भी समझ रखा था रघुबीर की मौत के साथ टेप सदा के लिए दफन हो चुका था। सुखपाल सेक्सारिया ने अपनी मुसीबतों से निकलने के लिए एक अच्छी-खासी साजिश खड़ी कर ली। उस साजिश के मुताबिक धान की खरीद सरकार को करनी थी। चूँकि धान की मिलें सरकार के पास नहीं थी, इसलिए लामुलाहिजा धान की खरीद का सारा माल सुखपाल सेक्सरिया मनोहरलाल नेहवटिया, केवटचन्द्र और चन्द्रभूषण की मिलों में जाना था। जी. एन. ने जिस समय, बरुन हालदार के जरिये बनर्जी बाबू पर हाथ डाला, बनर्जी बाबू पस्त हो चुके थे। दस लाख रुपये पर सौदा पट गया। साथ में टेप भी उन्हें मिल जाना था। लेकिन बनर्जी बाबू, कोई घटिया किस्म के अफसर नहीं थे। पहले उन्होंने खाद्यान्न क्रय और वितरण प्रणाली के अध्ययन के लिए पूर्वी यूरोप के कुछ देशों का दौरा बनाया। इसी दौरे में उनके हिस्से के दास लाख रुपयों का भुगतान जी. एन. ने विदेश में ही करवा दिया। दौरे से लौटकर बनर्जी बाबू ने अपने कुदरती दिमाग से एक पुख्ता योजना बनायी जिसके अन्तर्गत लेबी को पूरी तरह खत्म कर दिया गया। सीधी खरीद का धान, जिसे सरकार ने नकद रुपया भुगतान देकर खरीदा था, मिल मालिकों की पुरानी बैंक गारण्टी पर दे दिया गया। खाद्य और रसद विभाग में पहले से चले आ रहे व्यापक भ्रष्टाचार को रोकने के लिए यह सीधी खरीद की योजना बनी थी। मिल मालिकों का सहयोग लेने के लिए, जीर्ण-शीर्ण पुरानी मशीनों का कैपिटलाइजेशन फैक्टर लेकर बनर्जी बाबू ने राष्ट्रीय खाद्य निगम के द्वारा तयशुदा 70 प्रतिशत धान से चावल की 'रिकवरी' को घटाकर 64 प्रतिशत के करीब कर दिया। काफी दिनों तक तो लोगों की समझ में ही नहीं आया वह सब। उसी बीच सुखपाल सेक्सरिया के गुट के लोगों ने पूरी फसल पार कर दी। स्थानीय आढ़तियों,

दल्लालों व्यापारियों का बहुत बड़ा दल बेकार होने लगा। राशन की दुकानों पर फर्जी राशनकार्डों की संख्या बढ़ती जा रही थी जिसके कारण यूनिट की संख्या भी दुगनी-तिगनी हो गयी थी। राशन की दुकानों से चावल गायब हो चुका था, खेत में धान बचा नहीं था। उन्हीं दिनों नन्दकिशोर, बनर्जी बाबू के पीछे लगा हुआ था। नन्दकिशोर ने मुख्य सचिव के पास जाकर, दस के बीस बनाकर बनर्जी बाबू को नंगा कर दिया।

हालातों ने कुछ ऐसी करवट बदली, बनर्जी बाबू का तबादला हो गया। मुख्य सचिव ने, राजनीतिक नेताओं के कहने पर ऊँचे स्तर की एक जाँच समिति नियुक्त कर दी। सचिव समिति को कुछ देखना नहीं था, मामला साफ-साफ था। जी. एन. असल में इस जाँच में फँस गया था। चावल के मिल मालिकों के नुमाइन्दे की हैसियत से उसने प्रतिवेदन दिया था जिसके आधार पर आगे के निर्णय लिए गये थे। वैसे तो जी. एन. ने सोच रखा था, वह उस सौदे के बाद काफी दिनों के लिए, केस खरीदना छोड़कर दूर चला जायेगा। लेकिन उसे लग रहा था वह दूर जा नहीं पायेगा और अगर प्रदेश की सत्ता के अहं टुकड़े, नौकरशाही के चंगुल में वह फँस गया तो कोई काम आनेवाला नहीं था।

उस दिन रामाधीन की झड़प उस मुर्गे से हो गयी थी जिसने एक तो उसकी बीड़ी तक गर्म नहीं की थी और दूसरी पचास हजारी होते हुए भी वह लखपतियों के टाइम पर ग्रीन रूम में घुस आया था।

''क्यों रामाधीन–क्या चक्कर है।'' भदौरिया ने रामाधीन को ललकारा।

''अरे भदौरिया साब। देखिए तो हिम्मत उस चकरबन्ध की।''

''चकरबन्ध। ये क्या होता है।''

''चकरबन्ध नहीं जानते भासाब।''

''हाँ-हाँ मैं...गुड़बक इ...नहीं जानता। तुम ही बताओ।''

असल में, भदौरिया कुछ दूर पर बैठे, एक आपरेटर को समेटना चाहत था।

''सच'' रामाधीन को ताज्जुब हो रहा था।

''हाँ, सच।''

''अररे भा साब। चमचे, चिलगोजे, और चकरबन्ध ये तीन प्रकार के कीड़े होते हैं।''

''और मकोड़े।''

''नेता, अभिनेता और हाफरेटर।''

''क्या रामाधीन...क्या है...यह सब।''

''भासाब।''

''हाँ-हाँ। बो ना।''

"नेता के बारे में तो सब कुछ आप जानते हैं अभिनेता तो बदमाश होते ही हैं...हाफरेटर क्या होता है...ये मुझे भी समझ में कभी नहीं आया।"

"अमा। हाफरेटर नहीं...आपरेटर !"

"हाँ-हाँ-वही तो।"

"अच्छा तो..."

"कोई नेता बन नहीं सकता...ऐसे वैसे नेताओं की भा साब, मैं बात नहीं करता...मुझे तो मतलब है, जमीन के अन्दर से पैदा होनेवाले नेताओं से जिनका ग्रेड क्लास इस पर तय होता है कि उनकी ट्रेनिंग किसके साथ होती है।"

"कुछ लम्बा नहीं लपेट रहे हो....जल्दी बोलो !"

"चमचा चमचा होता है, वह पड़ा रहता है, जब चाहे उठा लो, जब चाहे, छोड़ दो... ।"

"ई का है का है...का लपेट रहे हैं, रामाधीन !"

बजरबट्टू जो उसी कमरे में एक किनारे पर बैठा हुआ था, अपनी रुचि का विषय पाकर आगे बढ़ आया।

"आइए। आइए। बजरबट्टू आइए !" भदौरिया ने कहा।

"आआ इ ई ये ये ये...वह भा साब ! बजरबट्टू की लाटरी खुल गयी। आज तो इनको बड़े आदरसूचक शब्द मिल रहे हैं।" बजरबट्टू के पीछे से सी. पी. निकल आया।

"ओह। सी. पी. तुम... ।" भदौरिया ने ललकारा।

"हाँ पीए साब...उस ससुरे तम्बू में बैठा-बैठा ऊँघने लगा था तो इधर चला आया।"

"हाँ। हाँ। ये तो आपका वेटिंग रूम है।"

"अब ऐसा तो ना कहिए भदौरिया साब। हम लोग राजनैतिक लोग हैं, राजनैतिक तरीके से, राजनीति के लिए काम करते हैं।"

"और भड़ुआगीरी।" बजरबट्टू ने दाँव फेंका।

"वह तो...वह तो..." सी. पी. हकला रहा था।

"सिर्फ तुम्हारा पेशा है। सिर्फ तुम्हारा।" बजरबट्टू ने सी. पी. की कमजोर रग पकड़ ली थी।

"अब देखो बजरबट्टू...बजरबट्टू जी।"

"हा हा हा...ह...ह...ह।" कई आवाजें दूर से पास से बजरबट्टू जी पर उठी थीं, उनमें से एक थी रामाधीन की।

"ऐ रामाधीन ! अब मुझसे पंगा लेगा तो सुखी नहीं रहेगा...मैं कहे देता हूँ। तेरी सात पुस्तों का भेद है मेरे पास...बोल तो कह दूँ !"

"ना-ना...बजरबट्टू जी।" रामाधीन ने समर्पण कर दिया था।

‘‘ठीक है। ठीक है...जरा...औकात में रहा करो...जाओ ग्रीन रूम सम्भालो...बीड़ी-सीड़ी गर्म करो।’’

‘‘ठीक है। मैं जाता हूँ।’’ रामाधीन चलने लगा फिर पलटकर आया और बजरबट्टू की तरफ दयनीय मुद्रा में देखकर कहा।

‘‘वो आपने एक बार बजरबट्टू जी, चमचे, चिलगोजे और चकरबन्ध की कहानी सुनाई थी ना।’’

‘‘हाँ तो।’’

‘‘हम्हरे भदौरिया साब जरा ज्ञान अर्जित करना चाहते थे...मैं कुछ ठीक से कह नहीं पाया अब आप ही !...’’

‘‘हाँ। हाँ। बता दूँगा।’’

‘‘बजरबट्टू। अब बताओ ना।’’ भदौरिया को लग रहा था जल्दी थी।

‘‘देखिए। मामला बिलकुल साफ है...चमचों के सिर्फ गुण नहीं स्थिति के विषय में प्रकाश डाल रहे थे महामहिम रामाधीन प्रसाद।’’

‘‘महामहिम रामाधीन प्रसाद।’’

‘‘महामहिम।’’ सीपी को आश्चर्य हुआ।

‘‘ये मेरी नहीं, माननीय मुख्यमन्त्री जी की खोज है।’’

‘‘क्या...’’ भदौरिया की आँख उलट-पुलट होने लगी थी।

‘‘ऐसा है, अपने राज्यपाल की आँखें, माथा और बालों का पिछला हिस्सा बिलकुल रामाधीन से मिलता है।’’

‘‘और इसके अलावा सब खाली है, माननीय राज्यपाल सदाशिवनारायण बरुआ के यहाँ।’’ सी. पी. बोला।

‘‘चुप करो...हाँ तो एक बार जब मुख्यमन्त्री जी मुख्यमन्त्री नहीं थे, यहाँ तक मंत्री नहीं थे, विधायक भी नहीं थे, वह राज्यपाल महोदय से मिलने गये। जाहिर था राज्यपाल उनको समय देकर मुकर गये...मिले तक नहीं...तब मुख्यमन्त्री जी सचिवालय गये, उन्होंने रामाधीन को ढूँढ़ा और जो उनको राज्यपाल से, कहना था, तो उन्होंने रामाधीन से कह दिया।’’

‘‘और स्टोरी प्रेस में लीक कर दी।’’ सीपी ने बात आगे बढ़ाई।

‘‘दूसरे दिन अखबार में सब छप गया, तभी से हम लोग रामाधीन को महामहिम के नाम से बुलाते हैं।’’

‘‘लेकिन राज्यपाल ने क्या किया ये तो बताओ बजरबट्टू !’’ सीपी ने राय दी।

‘‘हाँ-हाँ।’’ भदौरिया के चिपटे चेहरे से हँसी भागकर सिर की तरफ चल दी थी।

‘‘राज्यपाल महोदय ने अगले दिन प्रातःकाल माननीय मुख्यमन्त्री को गाड़ी

भेजकर नाश्ते पर बुलवा लिया।''

हा हा-हू-हू...। ही...ही...खी...हो हो हो अ की आवाज उस कमरे में गूँज उठी जहाँ भदौरिया बैठा था।

''ओ कमबख्तो। मरवाओगे क्या।'' भदौरिया ने डाँटा।

''और जो कहीं ये आवाजें उन लखपतियों के पास पहुँच गयीं तो।'' बजरबट्टू ने ग्रीन रूम की तरफ इशारा किया।

''शी इ ई।'' भदौरिया ने होठों के ऊपर उँगली रखते हुए इशारा किया।

''खैर आप चमचा पुराण चाहते थे।'' बजरबट्टू ने बात का सिरा पकड़ते हुए कहा।

''हाँ हाँ हाँ।'' सीपी और भदौरिया ने एक साथ कहा।

''तो सुनिए ध्यान लगाकर सुनिए कद्रदानो, सिफरदानो, सिंगारदानो।'' सीपी आइडियालाजीकल बात कह रहा था।

''वाह-वाह...क्या बात है।'' बजरबट्टू ने एक बार सी. पी का लोहा मान लिया था। ''लेकिन यह तो बता सी. पी. तेरे पास, दिमाग तो था नहीं, फिर इतनी गहरी बात कैसे कह डाली तूने !''

''बजरबट्टू ! तुम्हारी यही आदत तो खराब है...हम्हारे जैसे, फर्टाइल लोगों को अंडरस्टीमेट करते हो।''

''सी. पी. बात तो तुमने ठीक कही...मैं तुम्हें अंडरस्टीमेट करता हूँ...तुम फर्टाइल तो हो ही। वर्ना यह जुलूसबाजी का धन्धा कहाँ चला सकते थे।''

''अब देखो बजरबट्टू तुम पेट पर लात ना मारना !'' भदौरिया बड़ी मुश्किल से बोला था।

''अब आप लोग बुरा ना मानें तो इस पेट पर लात मारनेवाली बात पर एक लतीफा सुना दें।'' बजरबट्टू ने पूछा।

''लतीफा...कैसा लतीफा।''

''लतीफा कुछ यूँ चलता है कि एक बार एक स्वतंत्रता सेनानी-जेल से लौटकर आये, तब उनके बाप ने सुतही छड़ी से बड़ी मार लगाई उनके ! जितनी बार छड़ी स्वतंत्रता सेनानी के पिछले हिस्से में जाकर पड़ती, वह कराह उठते और कहते...बाबू ! जितना चाहे मार लो ! पर पेट पर लात तो ना मारो !''

''छी ! छी ! बड़े गन्दे आदमी हो बजरबट्टू, मुन्ना बाबू के बारे में ऐसा कहते हो...छी...छी...मुझे तो घिन आ रही है।'' सी. पी. बर्रा रहा था !

''देखो बजरबट्टू अगर वह चमचों का विज्ञान बताना हो तो बताओ,. ..नहीं तो मैं जाता हूँ अन्दर...''

''बता तो दिया सी. पी. ने।''

''क्या।''

''वही सिंगारदान, पानदान और उगलदान।''

''सिंगारदान, पानदान और उगलदान।'' सी. पी. खुश हो रहा था।

''लेकिन मेरी समझ में कुछ नहीं आया।''

''अब लो...इसमें समझने को कौन-सी बात है...सिंगारदान से जुड़ा चमचा पानदान से जुड़ा चिलगोजा और उगलदान हुआ ऊ चकरबन्ध।''

''कुछ खुलासा करिए न महाशय।'' भदौरिया को मजा आ रहा था। सब कुछ जानते हुए भी, पहचानते हुए, वह असल में पहले रामाधीन से फिर बजरबट्टू से चुटकी ले रहा था।

''जाहिर है, जैसे चिमटे के बिना चूल्हा, करछुल के बिना कढ़ाई, वैसे चमचे के बिना नेता।''

''खूब ! और !''

''जाहिर है, नेता की शोभा चमचों से होती है। चमचे वास्तव में उस इन्सानियत का नाम है, जो बिलावजह बिना किसी बात के, बिना किसी मकसद और बिना किसी आधार के, अपने-अपने नेताओं से जुड़े रहते हैं। उनके बगैर नेता का महत्त्व नहीं है और नेता का उनके बिना महत्त्व नहीं है।''

''और कम्बख्त चिलगोजे।''

''चिलगोजों की तो फैमिली हिस्ट्री है वाकायदा।''

''क्या कह रहे हो बजरबट्टू !''

''ऐसा भी होता है, कहीं,'' सी. पी बोला।

''सुनो...सुनो...सुनो...बन्धु रे...ये मेरी ही खोज है, पहला चिलगोजा, भारतीय स्वतंत्रता संग्राम में जेल में पैदा हुआ था।''

''कहाँ।''

''लाहौर में !''

''लाहौर में !''

''हाँ हाँ लाहौर जेल में ही तो मुन्ना बाबू ने मौलाना सरफराज से कुछ चिलगोजे लेकर अपना धन्धा शुरू किया था।''

''वाह भई वाह।'' सी. पी. लोहा मान गया था।

''और चकरबन्ध।'' भदौरिया ने पूछा।

''चकरबन्ध तो सीधा-सीधा चक्कर काटनेवाला...ध्यान रखियेगा...सिर्फ चक्कर लगानेवाला ऐसा प्राणी होता है, जो, समूची जिन्दगी होम कर डालता है, चक्कर लगाते-लगाते...लेकिन वह होता है बड़ा तिलस्मी। वह किसी के ऊपर निर्भर नहीं होता...वह अपनी मेहनत से, अपनी योजनाएँ बनाता है और चक्कर लगाते-लगाते, कब फायदा उठा लेता है, यह आप जान ही नहीं सकते।'' बजरबट्टू ने हाथ उठा लिया।

''अच्छा सी. पी। बताओ कैसे आये।'' भदौरिया ने पूछा। सी. पी. इधर-उधर देखने लगा, फिर बोला, ''मेरी बात यहाँ नहीं हो सकती।''

''क्यों ?'' बजरबट्टू ने ललकारा। सी. पी. चुप रहा।

भदौरिया जानता तो था, लेकिन कुछ बोला नहीं, बस मन्द-मन्द मुस्कराहट बिखेरता रहा। उस कमरे में एक दो और लोग बैठे थे, उनकी समझ में कुछ आ रहा था, और कुछ नहीं आ रहा था। बीच-बीच में टेलीफोन की घंटी बज रही थी। टेलीफोन उठानेवाला नया आदमी था। इसलिए वहाँ होनेवाली बहस में वह हिस्सा नहीं ले रहा था। एक-दो बार उसने फोन भदौरिया को देने की कोशिश की, लेकिन उसे बजरबट्टू तथा सी. पी. के साथ अत्यधिक व्यस्त देखकर, उसकी हिम्मत नहीं पड़ी। आते ही उसे भदौरिया ने समझा दिया था, जो भी फोन मुख्यमन्त्री के लिए हों, सिवाय पी. एम. हाउस, या राजभवन के सभी फोन करनेवालों को यही बताया जाय मुख्यमन्त्री उपलब्ध नहीं हैं। सबेरे के आठ बजे थे। बाहर लगे हुए शामियाने में अच्छी-खासी भीड़ इकट्ठा हो चुकी थी। शामियाने से लगे हुए बागीचे में, कोने-किनारे पर, तीन-तीन, चार-चार के गुट, अपने-अपने कार्यक्रम में लगे हुए थे। गेट से घुसते ही, पुलिस और सुरक्षा कवच को पार करते ही शुरू हो जाता था, सिलसिला गुटों का, उन गुटों का, उन लोगों का, जो मुख्यमन्त्री से मिलने आये थे। बरामदे में जाने की इजाजत किसी को नहीं थी। फिर भी बरामदे में पड़ी हुई कुर्सियों पर, और तीन किनारों पर अनेक-अनेक सरकारी अफसर, विभागीय चीफ, छोटे-मोटे अफसर, मुख्यमन्त्री सचिवालय के कार्यकारी, मौजूद थे। चारों तरफ एक उत्सव का माहौल था। पानी के गिलास, चाय की प्यालियाँ खनक रही थीं। बीच-बीच में शामियाने के अन्दर इंतजार करते हुए कार्यकर्ताओं के बीच जिन्दाबाद...जिन्दाबाद के नारे लगा रहे थे।

तभी भागता हुआ रामाधीन अन्दर आया। वह करीब-करीब हाँफ रहा था। ऐसा लग रहा था, उसने भूत देख लिया था।

''भासाब। अब आप ही बताइए कहाँ बैठाऊँ उन लोगों को। आपने कल ही पी. डब्ल्यू. डी. के स्टेट डिपार्टमेंट के केअरटेकर से कहा था...कहा था न।''

''क्या कहा था।''

''कहा था, वही किनारेवाला कमरा रेडी करवाने के लिए। कमबख्तों ने आज भेजा है, पुताईवालों को। सोफे, पर्दे तो हैं ही नहीं।''

''हुआ क्या ?''

''दो मुख्य अभियन्ता, और तीन संयुक्त सचिव, वहाँ बरामदे में खड़े हुए हैं। उनको बिठाऊँ कहाँ।'' रामाधीन भदौरिया के कान में बात कुछ इस तरह कह रहा था, जिससे लगे तो यह कि कोई गुप्त बात की जा रही थी, लेकिन

सुनाई सबको पड़ जाये। सबको बात सुनाने से रामाधीन का मकसद, वाहवाही लूटना था।

''तो ले जाओ उनको और ग्रीन रूम में बैठा दो।'' भदौरिया ने समस्या का निदान बताया।

''ग्रीन रूम में !''

''और कहाँ बिठाओगे, हम्हारे सिर पर।'' भदौरिया ने रामाधीन की तरफ हिकारत से देखा।

रामाधीन सकते में आ गया। उसकी समझ में कुछ आया कुछ नहीं आया।

''ग्रीन रूम में। ग्रीन रूम में,'' बड़बड़ाते हुए वह जा रहा था, तभी भदौरिया ने टोका।

''और उसके बाद उधरवाली बैठक खुलवा दो।''

''क्यों ?''

''मुख्य सचिव आयेंगे...''

''सचिवालय के प्रशासन सचिव, विशेष सचिव नियुक्ति तथा उद्योग सचिव भी शायद आयें।'' भदौरिया ने हिसाब लगाया।

रामाधीन बाहर चला गया। भदौरिया को असल में कुछ बेचैनी होने लगी थी। उसे ख्याल आया, सफारीवाला कैटरर कहीं न कहीं मँडरा रहा हो। उसका पेमेण्ट करवाना था। लेकिन उनको मालूम था, कैटरर का भुगतान करवाने से पहले सी. पी. के लिए कुछ करना होगा। लेकिन भदौरिया को पता था, वह अच्छी तरह जानता था, सी. पी. की बात बजरबट्टू के सामने कहाँ की जा सकती थी। एक दूसरी समस्या जो भदौरिया को तंग कर रही है, वह थी, ग्रीन रूम में सरकारी अफसरों के मौजूद होने की ! भदौरिया जानता था, वह सब गलत था। लेकिन कुछ और हो नहीं सकता था। सबसे पहले उसने बजरबट्टू की तरफ ध्यान दिया।

''हाँ। बजरबट्टू क्या कह रहे थे।''

बजरबट्टू समझदार आदमी था, वह उठकर खड़ा हो गया। इस बीच वह चाय के दो प्याले साफ कर चुका था और कुछ वहाँ से उसे मिलना नहीं था।

''ऐसा है मान्यवर ! जहाँ तक सी. पी. का सवाल है सी. पी. का काम अच्छा है इनका काम हो जाना चाहिए !''

''इनका काम अच्छा था, इनका काम हो जाना चाहिए। इसका क्या मतलब !'' भदौरिया ने टोका।

''क्या जुलूस निकाला था सी. पी. ने ! वैसे तो जिले-जिले से, बस, ट्रैक्टर, ट्रॉली, ट्रेन से लाखों लोग आये थे। ऐसी रैली, ऐसे जुलूस प्रदेश की राजधानी में कभी निकले ही नहीं।''

''फिर।''

''लेकिन सी. पी. का जुलूस अलग था। क्या झंडे थे, क्या ड्रैस थी ! क्या नारे थे।'' बजरबट्टू फिर से फार्म में आ गया था।

''सी. पी. का जुलूस।'' भदौरिया बन रहा था।

भदौरिया के नाटक की तरफ, बजरबट्टू ने कोई ध्यान नहीं दिया, ''सी. पी. के जुलूस को प्रथम पुरस्कार मिला है, मालूम है, आपको भदौरिया साहब !''

''देखो बजरबट्टू अब बस...बस...''

''क्या है सी. पी. क्यों गुर्रा रहे हो ! बस।...बस रटते-रटते, बसों की फारवर्डिंग और ट्रेडिंग में कितनी दलाली बनी है।''

सी. पी. असहाय होने लगा था। वह चुप रहा। लेकिन भदौरिया के ऊपर जैसे बिजली गिर पड़ी थी। उसे लगा कहीं सी. पी. उसे अँधेरे में रखकर जिन बसों पर भीड़ आयी थी, उनकी दलाली तो नहीं वसूल रहा था।

''क्यों सी. पी. क्या कह रहे हैं, बजरबटटू।''

''खग की भाषा खग ही जाने।''

''न तो कोई भाषा का चक्कर है और न ही कोई दलाली का'' बजरबट्टू सी पी. का भेद खोलना नहीं चाहता था। सी. पी. ने राहत की साँस ली थी।

''फिर।'' भदौरिया ने पूछा।

''भाई। ये तो धन्धा है, व्यापार है। इसमें बुरा मानने की क्या बात है। सी. पी. अपना आदमी है, अच्छा आदमी है। बात असल में कुछ और है।''

''क्या ?''

''सी. पी. कोई काम आधा नहीं छोड़ता।''

''कैसे ?''

''जो रैली मुख्यमन्त्री जी के मुख्यमन्त्री बनने के उपलक्ष्य में सोलह तारीख को आयोजित की गयी थी उससे सी. पी. को दो फायदे हुए।''

''एक नहीं दो !''

''हाँ-हाँ दो फायदे ! पहला फायदा तो जाहिराना तौर पर उस मुद्रा से है, उस धन से है जो सी. पी. को विरोधी दलों से मिलेगा, मुख्यमन्त्री के खिलाफ वो जो गधेवाली रैली थी उस एक रैली ने पाँच लाख की बड़ी रैली को धो डाला।''

''और दूसरा।''

''सी पी. का स्टाक इन ट्रेड बढ़ गया।''

''कैसे ?''

''जो पाँच लाख लोग रैली में आये, उनमें से हजार पाँच सौ तो सी. पी. ने बुक कर लिए होंगे, आगे के जुलूस निकालने के लिए।''

"खूब-खूब..." भदौरिया ने कहा।

"और देखा आपने सी. पी. का कमाल," बजरबट्टू बोला

"क्या ?"

"यहाँ भी हैं, और वहाँ भी।"

"यहाँ भी।"

"जुलूस की बुकिंग आयी विरोधी दलों के यहाँ से और पूरियों के पैकेट का आर्डर मिला, पार्टी दफ्तर से। चोर भी मोरा शाह भी मोरा।" बजरबट्टू ने जड़ दी थी। सी. पी. तिलमिला उठा।

"हाँ पी ए साब...चलते-चलते एक लतीफा और सुना दूँ। दो प्याली चाय, तीन बिस्कुट और चार इलायची खाई हैं मैंने, उसे उतारकर जाता हूँ।"

"अरे आप। यह क्या कर रहे हैं, मान्यवर।" इस बार सी. पी. ने टोका था। बजरबट्टू उस तरफ देख ही नहीं रहा था। उसकी नजर थी उस तरफ जिधर से निकलकर पी. डब्ल्यू. डी. और सिंचाई के मुख्य अभियन्ता तथा अतिरिक्त मुख्य अभियन्ता और अध्यक्ष बिजली बोर्ड ग्रीन रूम में जा रहे थे। बजरबट्टू के चेहरे पर एक अजीब किस्म की मुस्कराहट खेल रही थी। उसने देखा सी. पी. को, उसने देखा, टेलीफोन पी. ए. को, महामहिम रामाधीन को और फिर भदौरिया की तरफ पलटकर कहने लगा।

"क्या खूब !! क्या खूब !! भदौरिया साब ! क्या बात है ! आपने हम्हारे उदीयमान मुख्यमन्त्री जी के आदर्श समाजवाद को पूर्णरूप से मूर्तवत कर डाला !"

"कैसे !" इस बार इतनी देर से खामोश टेलीफोन पी. ए. यानि तिवारी ने पूछा था।

"ग्रीन रूम में मुख्य अभियन्ता भी होंगे और वो लखपती भी होंगे।"

"तो।"

"लूटनेवाला भी मौजूद है और लुटानेवाला भी।" बजरबट्टू समापन करके चला गया। सी. पी. को हँसी का ठहाका लगाने का मन किया था। लेकिन उसने बड़े जतन से अपनी हँसी दबा ली। उसे असल में भदौरिया के जरिए कुछ उगाही करनी थी। तभी अन्दर से भागता हुआ, रामाधीन आया।

"अरे हजूर ! मुख्यमन्त्री जी ने दरवाजा खोल दिया !" एक झटके में भदौरिया उठकर खड़ा हो गया। उसने अपना पैड उठाया और अन्दर की तरफ चल दिया। सफेद टोपी, जवाहर बंडी, खद्दर का कुरता और धोती में सजे-सजाए टिनोपाली मुख्यमन्त्री उत्सुकदास उस लम्बी गैलरी से निकलकर आ रहे थे, जो सीधे-बाहरी बरामदे को जोड़ती थी। उत्सुकदास का नियम था, वह सबसे पहले जनता से मिलते थे और जनता थी उस शामियाने में, जो वहाँ बागीचे में, दाहिनी

तरफ लगा था। तभी न जाने कहाँ से लोगों को उत्सुकदास के बाहर निकलने की खबर मिल गयी। ''हम्हारे नेता उत्सुकदास'' ''उत्सुकदास जिन्दाबाद'' ''पार्टी के नेता जिन्दाबाद'' ''प्रधानमंत्री जिन्दाबाद'' ''पार्टी के नेता जिन्दाबाद'' ''गुरुपदस्वामी जिन्दाबाद'' ''समाजवाद जिन्दाबाद'' के नारे बजने लगे। शामियाने, बागीचे बरामदे के कोने-किनारों से निकल-निकलकर लोग आगे आ गये। फूलों की बौछार हो रही थी। दूर-दूर तक उत्सुकदास की जय-जयकार का घोष फैलता जा रहा था। उत्सुकदास पैर छूनेवालों, प्रणाम करनेवालों, फूल बरसानेवालों और माला पहनानेवाले लोगों को देखकर या बिना देखकर शांतभाव से जवाब दे रहे थे और धीरे-धीरे शामियाने की तरफ बढ़ रहे थे। उनके दोनों हाथ जुड़े हुए थे।

आठ

गौतम कालोनी के बंगला नम्बर चार में उस दिन बड़ी चहल-पहल थी। चारों तरफ एक उत्सव का माहौल था। लोग आ रहे थे, लोग जा रहे थे। मिठाई, नाश्ता फल-फूल। कमरों की सफाई सबेरे से ही चल रही थी। अन्दर घर में श्रीमती मृदुला कौल उस दिन खुश थीं। उनके पलंग पर नयी चद्दर, तकिया, गिर्दा में नये गिलाफ चढ़ाये गये थे। पूरे कमरे की धुलाई कई बार हो चुकी थी। दवाइयों, इन्जेक्शन, टॉनिक, टेबलेट, गरज यह कि बीमारी के वह चिन्ह हटा दिये गये थे या मिटा दिये गये थे। कोई नहीं जानता था, किसी को मालूम नहीं था, वह सब आखिर क्यों किया जा रहा था। यहाँ तक मृदुला कौल भी नहीं जानती थीं, उस दिन उनका बीस साल पहले खोया हुआ बेटा लौटनेवाला था।

मोहन कौल ने असल में, उस दिन जगन महाराज से एक सौदा किया था। सौदा करते वक्त मोहन कौल ने अपने सिद्धान्तों से, अपने आदर्शों से किसी प्रकार का कोई समझौता नहीं किया था। वह जानते थे, उनको पता था, अगर वह करना भी चाहते थे, तो भी वह स्टेटक्राफ्ट के किसी मुद्दे पर आत्मसमर्पण करने को कभी अपने आपको तैयार नहीं कर सकते थे। असल में मोहन कौल ने गुंडों और गैंगस्टर गुटों को नेस्तनाबूद करने का बीड़ा उन दिनों उठा रखा था। गृह सचिव की हैसियत से उनको पुलिस विभाग की कारगुजारियों के बारे में, सब पता था। वह जानते थे, पुलिस कुछ नहीं करेगी। वह यह भी जानते थे, जिस थाने के इलाके में गुनाह होना था, उस थाने को

गुनाह होने के पहले या, गुनाह होने के बाद, गुनाह से मिलनेवाले या होनेवाले फायदे का हिस्सा मिल जाया करता था। पुलिस थाने की अपनी आमदनी का जरिया हुआ करता था। आमदनी के तरीके अनेक थे। हफ्ता, दहाड़ी, ठेका और वसूली, इन चार भागों में पुलिस थानों की रेवेन्यू हुआ करती थी। वसूली, कान्सटेबल, हैडकान्सटेबल, सब-इन्सपेक्टर या इन्सपेक्टर की जेबों में अपने-अपने तरीकों से, अपनी-अपनी जगहों से, अलग-अलग मामलों में जाया करती। जिसका केस उसका माल, जिसकी लूट, उसका हिस्सा। इसमें कभी भी बन्दर बाँट नहीं होती। ठेका थाना का एक आदमी ले लिया करता। मामला चाहे कत्ल का हो, चाहे डकैती का, ठेका किसी एक के हाथ में जाता था। ठेके का हिसाब ज्यादातर उस हलके के सब-इन्सपेक्टर के पास रहता था। दहाड़ी के कुछ नियम थे। इन नियमों के पालन की जिम्मेदारी हैड कान्सटेबल के जिम्मे हुआ करती और वही उसका हिसाब रखा करता। वैसे उसे हिसाब रखने की कोई खास जरूरत थी नहीं क्योंकि दहाड़ी की उगाही का अनुमान थाने में पहले से मौजूद रहता था। सबको मालूम था। उस इलाके में पिछले तीन वर्षों में कितनी दहाड़ी आया करती थी। बस तीन साल की अनुमानित उगाही के आधार पर दहाड़ी का मूल्य तय रहता और जिसका चालीस प्रतिशत, थानेदार की जेब में जाना होता था। रही हफ्ते की बात तो उसमें किसी प्रकार की समस्या नहीं थी। हफ्ते की उगाही तो साल दर साल चलती रहती। फर्क सिर्फ यह होता, इस उगाही के कई बार ठेके दे दिये जाते थे, उन इलाके के गुडों, लफंगों को, जिनका काम होता था दुकानदारों और कच्चे बाजारियों से हफ्ता वसूलना। इस प्रकार के ठेके, गुंडों, लफंगों, दादाओं और मवालियों को यूँ ही नहीं मिल जाते। इनकी बाकायदा नीलामी हुआ करती। जिसकी बोली, जितनी बड़ी होती, उसे उतने ही बड़े इलाके का ठेका दे दिया जाता। हफ्ते के ठेके और केस के ठेके में फर्क था। हफ्ते का ठेका पर्मानेंट हुआ करता, जब कि, केस के ठेके, कभी-कभी आया करते। जाहिर था, प्रदेश में दो तरह की व्यवस्था सामानान्तर रूप से चल रही थी। जहाँ एक तरफ सरकार थी, कानून था, पुलिस थी, कर, सेल्स ड्यूटी, ऐक्साइज, शुल्क थे, नियम तरीके थे, लिखित नियमावलियाँ थीं, आदेश थे, जी...ओ...थे, वहाँ दूसरी तरफ पुलिस के अखण्ड साम्राज्य और बदमाशों की छोटी-छोटी टुकड़ियों में अलिखित समझौते हो जाया करते थे। बदमाश, वसूली करते थे, लोगों से और पुलिस वसूली करती थी, बदमाशों से। हफ्ता, दहाड़ी, ठेका और वसूली इस व्यवस्था की मालगुजारी के नाम थे। अगर किसी को बदमाश बनना था तो उसे सबसे पहले पुलिस थाने में अपना नाम, पेशा, आमदनी की तादाद और तरीका दर्ज कराना पड़ता था। कई बार बदमाश लोग हफ्ता, दहाड़ी, ठेका और वसूली, सब खरीद लिया करते महज एकमुश्त महावारी,

तिमाही, छमाही या सालाना किश्त देकर या देने का वादा करके। यह सब तो निर्भर होता इस बात पर कि थाना किस सर्किल में आता था। और डी. एस. पी. और एस. पी. कौन थे। सारी मालगुजारी की बाँट में ऊपर तक का हिस्सा ईमानदारी से लगा दिया जाया करता था। इसलिए किसी नजूमी की तरह, करीब-करीब हर थाने इन्चार्ज को इस बात का पता रहता कि उसके इलाके में किस दिन, किस वक्त, किस जगह पर कौन-सा गुनाह होगा। बात हादसों की नहीं थी। बात गुनाह की थी। वहाँ हादसों की नहीं गुनाहों की तिजारत की जाया करती थी। आजादी के बाद, इस प्रयोग में अनेक परिवर्तन आये। कितने लोग जुड़े, कितने अलग हुए, लोगों के मानदण्ड बदले, निर्भय के विस्तार के साथ तिजारत के आयाम, आमदनी के जरिए कुछ बढ़े और कुछ में बड़ा फर्क आया लेकिन पुलिस थाने का सिस्टम, वहाँ के कानून, वहाँ की अपनी आंतरिक व्यवस्था में कभी भी कोई बदलाव नहीं आया। सब कुछ वैसे ही चलता रहा।

मोहनकृष्ण कौल ने जब गृह सचिव का भार सम्भाला तो उन्होंने सदियों पुरानी इस व्यवस्था में कुछ परिवर्तन करने चाहे। उनका मकसद इस पूरी व्यवस्था को तोड़ने का नहीं था। वह जानते थे, ऐसा करना मुमकिन नहीं है। वह जानते थे, ऐसा हो ही नहीं सकता। जिस तरह संसार से वेश्यालय, मदिरालय नहीं हट सकते उसी तरह से ये पुलिसालय भी कभी खत्म नहीं हो सकते। वह तो सिर्फ बड़े-बड़े साम्राज्य, गुंडों के बदमाशों के एम्पायर नेस्तनाबूद कर देना चाहते थे, जिससे गुनाह सर उठाकर खड़ा हुआ अपने विराट्, घिनौने रूप से राज्य और सत्ता से टकराव न करे और अपनी सीमा में, अपने अनादिकाल से चले आ रहे नियमों में बँधे हुए, चलता रहे। वह हिंसा और अपराध के संगठित आयाम को कुचलना चाहते थे। इसी प्रक्रिया के तहत, उन्होंने हाथ डाला था, सबसे पहले जगन महाराज पर। उस दिन रात को एक विशेष पुलिस दस्ता, जिसमें पी. ए. सी., बी. एस. एफ. तथा केन्द्रीय रिजर्व पुलिस के सिपाही तथा अफसर शामिल थे, रवाना हो रहा था, जगन महाराज के साम्राज्य को नेस्तनाबूद करने के लिए। और तभी जगन महाराज ने मोहनकृष्ण कौल को अजीब पशोपेश में डाल दिया था। जगन महाराज ने उस रात को बीस साल पुराना वह रहस्य खोल दिया था, जिसके बारे में किसी को कुछ भी नहीं पता था। असल में जगन महाराज के बाप मगन महाराज ने फुक्कनखाँ के अड्डे को जब उड़ाया था, तब उनको जो छोटा बच्चा वहाँ मिला था, वह मोहनकृष्ण कौल का बेटा था। फुक्कनखाँ ने उस बेटे को फिरौती की रकम के एवज अगवा किया था। फिरौती की रकम लेकर मोहनकृष्ण कौल का आदमी आया था। लेकिन वहाँ न तो बच्चा था और न ही फुक्कनखाँ। हुआ यूँ कि फुक्कनखाँ मारा गया था

और बच्चा मगन महाराज के कब्जे में आ गया था। उस रात को जगन महाराज ने मोहनकृष्ण कौल, से उसी बच्चे का सौदा किया था। उसने वादा किया था, लड़का किशनू या किशन लाल, बी. ए. उनके पास आयेगा और बीस साल से बिस्तर पर पड़ी अपनी माँ से मिलेगा।

जगनसेठ, जगनगुरु, जगन महाराज किसी मामूली हस्ती के नाम नहीं थे। उसके बाप मगन महाराज, खुद एक नामी-गरामी तिलंगे थे। दूरदराज के इलाके तक में उनका नाम, यश फैला हुआ था। कोई ऐसा नहीं था, उस जमाने में, जो उनका मुकाबला करता। मगन महाराज की हवेली किसी छोटे-मोटे किले से कम नहीं थी। उसे तब मगरवाली कोठी कहा जाता था। उसमें बड़े-बड़े तहखाने, तमाम चोर रास्ते और छोटी-छोटी गुफायें थीं, जिनका जाल अन्दर ही अन्दर सुरंगों के जरिये, पूरी कोठी में बिछा हुआ था। कहते थे, एक जमाने में यशस्वी राजा इन्दरसेन ने वर्षाकाल में अपने प्रवास के लिए, इस महल का निर्माण प्रारम्भ करवाया था। काफी कुछ बन चुका था वह महल, तभी राजा इन्दरसेन की मृत्यु हो गयी। उसके बाद, समय के थपेड़ों में टूट-फूटकर वह महल ऊपर से खण्डहर बन गया लेकिन उसके तहखाने, उसकी गुफायें, उस वक्त भी थीं, जब मगन महाराज ने उसे उठा लिया था। मगन महाराज को, असल में, अपने खुफिया अड्डे के लिए, किसी ऐसी ही महफूज जगह की तलाश थी। उन्होंने ऊपर की गिरी हुई छतें किनारे की कुछ दीवारों की मरम्मत करायी और तहखाने, गुफाओं, सुरंगों का मलबा वगैरह साफ करवाकर, उसे अपना अड्डा बना लिया। फिर मगन महाराज, जब उनके बेटे जगन का जन्म हुआ, तो इसी कोठी में आकर रहने लगे। इस कोठी में और तमाम अजूबी चीजों के साथ एक काफी बड़ा तालाब था, जिसमें मगन महाराज ने आदमखोर मगरमच्छ छोड़ रखे थे। जब छोटी-छोटी मछलियाँ इन मगरमच्छ की भूख और अधिक बढ़ा दिया करतीं तब मगन महाराज के शिकारी तिड़ीबाज अपने शिकार को फाँसकर कोठी में ले जाया करते। अच्छा-खासा जश्न हुआ करता था उन दिनों ऐसे मौकों पर। तालाब के किनारे मगन महाराज अपने रथनुमा सोफे पर बैठा करते जब शिकार को खिला-पिलाकर तालाब में फेंक दिया जाता।

लेकिन एक दिन मगन महाराज मार दिये गये। उसी इलाके में केवट मल्लाह का गिरोह तब तक काफी बढ़ गया था। यह लोग मगन महाराज से टक्कर लेने की सोच रहे थे, तभी मगन महाराज के तिड़ीबाजों ने केवट मल्लाह को उड़ा दिया। केवट मल्लाह को चुपचाप तालाब में फेंक दिया गया। ऐसा नहीं था जो केवट मल्लाह ने भागने की कोशिश नहीं की। वह तो मगरमच्छ से लड़ने लगा था। लेकिन मगन महाराज के बन्दूकधारी पट्ठों ने तालाब से निकलने की कोशिश करने पर, उसे भून डाला था। केवट मल्लाह तो मर गया

लेकिन उसके भाई ने, घात लगाकर मगन महाराज को गोली मार दी। बीच बाजार में सात केवटियों ने घेर कर मगन महाराज को गोली मार दी थी। मगन महाराज की मौत से पूरे शहर में सनसनी फैल गयी थी। धड़ाधड़ दुकानें बन्द हो गयी थीं। लोग-बाग अपने-अपने घरों में जाकर छिप गये थे। लेकिन उन सात केवटियों को पुलिस ने पकड़कर थाना महिबुल्लापुर में बन्द कर दिया था। जगन सेठ उन दिनों कॉलेज में पढ़ रहा था। जब उससे बाप की चिता में आग देने को कहा गया तो उसने साफ इनकार कर दिया। पहले बाप के हत्यारों की चिता जलेगी और तब उसके बाप मगन महाराज की। ऊँचे स्थान पर मगन महाराज की चिता सजायी गयी और वहीं पर काफी नीचे पर सात चिता एक लाइन में और बनायी गयीं। वह सात केवट तब जिन्दा थे और पुलिस की हिरासत में थे। जगन सेठ अपने बाप के पट्ठों की टुकड़ी को कारबाइन, बन्दूक और हथगोलों से लैस करके महिबुल्लापुर थाने पर चढ़ गया और उन सात केवटियों को उठा लाया। सातों केवटियों को एक लाइन में खड़ा करके उड़ा दिया। उनकी चिता पहले ही तैयार थी। एक चिता पर एक केवटिया। कुछ ही देर में सात चिताएँ धधक उठीं। तब कहीं जाकर जगन सेठ ने अपने बाप का क्रिया कर्म शुरू किया।

जगन सेठ, मगन सेठ का सच्चा बेटा था। उसने मगन सेठ के साम्राज्य को आगे बढ़ाया—इतना आगे बढ़ाया, हजारों मील तक उसके टक्कर का कोई और तिलंगा नहीं बचा। केवटियों को चुन-चुनकर उसने मार दिया। जो बच रहे वह उसके यहाँ छोटे-मोटे काम पर लगा दिये गये। उस पूरे इलाके की पुलिस का, बाप के जमाने से चला आ रहा हफ्ता उसने तीन गुना बढ़ा दिया। सात केवटियों के लाश की कीमत सात लाख रुपया, महिबुल्लापुर थाने में पहले ही पहुँचा दी गयी थी। बाप की तेरहवीं के बाद जगन सेठ एक तूफान की तरह पूरे इलाके में छा गया। कहाँ की सरकार, कौन सा शासन, कैसी पुलिस, जगन सेठ के लिए हर गुनाह माफ था। पूरे शहर में, पूरे इलाके में, उसका मुकाबला करनेवाला, कोई नहीं था। मोहल्ले के मोहल्ले उसने छान लिए। मकान, दुकान, जमीन जो भी अच्छा लगा उसे ले लिया उसने। ट्रकों के काफिले, कारखानों की कतार, विशाल धन्धा व्यापार, देश के कोने-कोने में फैला लिया था उसने। किसी की इतनी हिम्मत नहीं थी जो उसका मुकाबला करता। बड़े-बड़े नेता, अफसर, वकील, डाक्टर, इंजीनियर, उसकी कृपा पर पलते थे। उसने तिड़ीबाज, तिलंगों और पट्ठों की पूरी एक सेना तैयार कर ली थी, जिसकी छोटी-छोटी टुकड़ियाँ पूरे इलाके में फैली हुई थीं।

तिड़ीबाज किशनलाल का कोई एक नाम तो था नहीं। किशनलाल, मंगलदास, नारायण, वीरभद्र, सिंघल न जाने कितने नाम थे उसके। जगन सेठ

के बाप मगन सेठ ने उसे पुराने जमाने में फुक्कनखाँ इलाकेदार से हासिल किया था। असल में मगन सेठ ने जब अपना साम्राज्य बढ़ाया था तो कई एक छोटे-बड़े गिरोही, इलाकेदार, तिलंगों और गिरोहियों को खत्म किया था। किसी गिरोह को तोड़ने के बाद उसके इलाके, आदमियों, हथियार, गोला-बारूद, अड्डे-तहखाने सब कुछ मगन सेठ अपने यहाँ उठा लेता था, अपने यहाँ शामिल कर लेता था। फुक्कनखाँ अपने जमाने का शातिर बदमाश था और जब वह घड़ियाल के पेट में डाला जा चुका तो उसके गिरोह में खलबली मच गयी थी। लोग-बाग भाग-भागकर छुप रहे थे। मगन महाराज के आदमी एक-एक को ढूँढ रहे थे, चुन-चुन कर मार रहे थे। उस दौर में नन्हे से किशनू को कौन सम्भालता। किशनू को, असल में, फुक्कनखाँ किसी कोठीवाले के यहाँ से, फिरौती के लिए उठाकर लाया था। जिस दिन फुक्कनखाँ को घड़ियाल के पेट में झोंक दिया गया था, उसी दिन किशनू की फिरौती की रकम आनी थी, उसे छोड़ा जाना था। लेकिन सब कुछ लुट गया था, फुक्कन मारा गया था। किसी और को किशनू के माँ-बाप का पता नहीं था। हारकर फुक्कन के आदमी अड्डे पर किशनू को अकेला छोड़कर भाग गये थे।

मगन महाराज के यहाँ जब किशनू आया तो उसकी उम्र मुश्किल से सात साल की थी। फुक्कन के गिरोह से गोला-बारूद, कांता-बल्लम, बन्दूक, चाकू-छुरी कुछ नहीं मिला था। मिला था तो बस किशनू। यह नाम भी उसका असली या नकली किसी को पता नहीं था। किशनू के अन्दर किसी अच्छे खानदान के होने के लक्षण थे। वह किसी बड़े घर का बेटा था यह मगन महाराज पहली नजर में ही समझ गये थे। उन्हीं दिनों मगन महाराज के यहाँ बेटे का जन्म हुआ था। उस खुशी में मगन महाराज ने उसे आजाद कर दिया। लेकिन किशनू जाय तो जाय कहाँ...उसका घर तो बड़ी दूर, शहर की किसी बस्ती में बड़े-बड़े पेड़ से घिरा हुआ था...उसके बाप का नाम पप्पा और माँ का नाम मम्मा—उसकी दीदी उसे बड़ा प्यार करती थी और एक छोटा मुन्ना था घर में...मोटर, साइकिल, गेंद न जाने कौन-कौन से खिलौनों का नाम वह बतलाया करता था...ढेर सारे कपड़े थे उसके घर में और वहाँ बस एक कमीज वह सात दिन से पहने हुए था...गंदी थी कमीज उसकी...दूध नहीं मिलता था उसे...रोज रात में दूध पीने की आदत थी उसे...बिना दूध पिये, नींद नहीं आती थी उसे...फुक्कनखाँ ने उसे एक दिन भी दूध नहीं दिया था—उसे खेलने को नहीं मिलता था, उसके दोस्त मुन्ना, बेबी, पिंकी कभी नहीं आते थे—टेढ़े-मेढ़े मुच्छड़-मुच्छाड़ियों की संगत में उसे डर लगता था—यह लोग गन्दे थे, उसे डाँटते थे, जब कि उसके घर में उसके पप्पा, माली काका, भोला काका सभी उसे प्यार करते थे। नन्हे किशनू की भोली-भाली बातों ने मगन महाराज की धर्मपत्नी का मन जीत लिया था।

उन्होंने मगन महाराज को आड़े हाथों लिया खूब कच्ची-पक्की सुनायी थी। मगन महाराज का जी पसीज गया। उसने किशनू को ख्यालीराम के हाथों सौंप दिया।

ख्यालीराम बनारसी ठग था। पुराने बनारसी ठग के खानदान से सम्बन्धित था वह। सैकड़ों साल पुराना था उसका घराना, जिसमें पुश्तैनी तरीके से ठगी का धन्धा होता था। पूरे पूर्वी इलाके में ख्यालीराम के परदादा मंगलूराम को कौन नहीं जानता था। उसके हाथ की सफाई, उसकी चोर बत्तियाँ, आँख से सुरमा तक निकाल लेता था वह। अंग्रेज वायसराय तक के यहाँ उसका नाम दर्ज था। मंगलूराम ठग के तीन बेटे हुए थे। वहीं से काम अलग-अलग हो गया था। बड़े बेटे ने ठगी का धन्धा जारी रखा। उससे छोटे ने ठगी का तरीका बदल दिया, पढ़-लिखकर वह कागज की ठगी करने लगा। लेकिन सबसे छोटे लड़के ने, ख्यालीराम जिसके सीधे खानदान से था, तिड़ीबाज का धन्धा शुरू किया। इसमें आमने-सामंने की ठगी नहीं थीं, बस चीज, जिन्स, सामान को उठाना था, उड़ाना था। यह लोग रुपया-पैसा छूते तक नहीं थे, क्योंकि रुपया-पैसा छूने से आदमी चोर कहलाता था। खानदान की इज्जत का सवाल था, कोई चोर थोड़े ही बनना था किसी को। फिर ख्यालीराम ने अपने पेशे को मान्यता दिलवायी थी, सम्मान दिलवाया था। उससे पहले तिड़ीबाज का पेशा, ठगी से अलग पेशा, असल में पूरी तरह बन नहीं पाया था। ख्यालीराम पेशेवर तिड़ीबाज था। उसके कोई औलाद नहीं थी वह बूढ़ा हो चला था। उसे इस बात की बड़ी चिन्ता थी कि मंगलूराम का खानदान, तिड़ीबाज के इल्म, तरीके, जुगत सब कुछ उसके साथ खत्म हो जायगी। तीन-चार सौ साल का घराना, उसका वजूद, तौर-तरीके, सब मिट्टी में मिल जायेंगे। ठगी की बात और थी, चोरी की बात और लेकिन तिड़ीबाजी का काम निराला था। उधर तीन पुश्तों में तिड़ीबाजी का काम उसके घराने में ऐसा फला-फूला था, दर-बदर की ठोकर खानेवाले, सड़क, जंगल, सुनसान रास्तों पर लोगों को लूट-पाटकर, मार-पीटकर, कमायी करनेवाले मंगलूराम के खानदानी ख्यालीराम के घर बैठकर खाते-पीते थे। थोड़ी बहुत जमीन-जायदाद थी और अमन-चैन भी। ख्यालीराम ने तिड़ीबाजी के तीन खास उसूल बनाये थे, जिसके कारण, जहाँ एक तरफ इस पैसे को इज्जत मिली थी, जान-जहान के खतरे भी टल गये थे।

पहला उसूल था मोहल्ले से दस मील के इलाके में तिड़ीबाजी नहीं करने का। इससे ख्यालीराम को इज्जत मिली। वक्त जरूरत पर दूसरे लोग उससे मदद लेते और उसे मदद देते थे। उसे सभा, सोसायटी में बुलाया जाता था, तीज त्यौहार पर उसका आना-जाना था मोहल्ले के लोगों के यहाँ। उससे पहले, तिड़ीबाज भी ठग कहे जाते थे और उन्हें कोई भी घर के अन्दर नहीं घुसने देता था। लोग-बाग, अपने बच्चों को भी उन ठगों की छाया से बचाते थे।

ख्यालीराम के बुढ़ापे तक इसके ठीक विपरीत रीति बन चुकी थी। उसके पास शाह-साहूकार, अपने लड़कों को कुछ सीखने-सिखाने के लिए भेजते थे, जिससे लड़का बौड़म न रह जाय। ख्यालीराम के यहाँ जो लड़का रह जाता था उसे न तो ठग, ठग सकते थे, न ही तिड़ीबाज, उसके साथ तिड़ीबाजी कर सकते थे।

दूसरा उसूल था रुपये-पैसे न छूने का। ख्यालीराम के खानदान में यह उसूल पहले से ही चला आ रहा था लेकिन कोई इसे मानता नहीं था। गाहे-बगाहे, उठाईगीरी करते वक्त, तिड़ीबाज नकदी भी मार दिया करते। लेकिन ख्यालीराम ने बड़ी सख्ती से, अपने यहाँ इस उसूल को लागू किया क्योंकि उसकी राय में बस वही तो एक लक्ष्मण रेखा थी जो तिड़ीबाजों को चोर-डकैतों, ठगों से अलग करती। उसके अपने स्कूल में रुपये-पैसे उठाना उतना ही बड़ा गुनाह था, पाप था जितना बड़ा गऊ का मांस खाना।

तीसरा और सबसे अहम उसूल जो ख्यालीराम ने बनाया था, वह था किसी को शारीरिक नुकसान न पहुँचाने का। इस विषय पर उसका अपना दर्शन था, एक खास नजरिया था। वह कहा करता हम्हें क्या हक था, जस्ती और जंगी दोनों बनने का। जस्ती बनना तो पेशा था लेकिन जंगी बनने से तिड़ीबाज और डकैत में फर्क ही क्या बचेगा। चीज, जिन्स कुछ भी उठा लो, वापस आ जायेगी, जिसने एक बार बनायी थी, दुबारा कमा लेगा, बना लेगा। लेकिन अगर शरीर पर चोट कर डाली तो समझ लो ईश्वर पर चोट कर डाली, धर्म बिगाड़ लिया अपना।

इन उसूलों के तहत ख्यालीराम का स्कूल फल-फूल रहा था। उसके यहाँ से निकले हुए तिड़ाबाजों की बड़ी माँग थी। छोटे-बड़े गिरोहबाज, धन्धे-पानीवाले, यहाँ तक डकैत और पेशेवर अपराधी, ख्यालीराम के नाम से, उसकी मोहर भर से तिड़ीबाजों को बड़ी-बड़ी रकम देकर, ठेके पर काम दे दिया करते। ख्यालीराम के अनुसार तिड़ीबाज का मुख्य काम किसी भी चीज को उड़ाना था। वह चीज कुछ भी हो सकती थी। तिड़ीबाजी दस्ती हो सकती थी और बस्ती भी। दस्ती तिड़ीबाजी में इधर-उधर घूम-फिरकर हाक-फाँदकर, चीजों को उड़ाया जाता, जबकि बस्ती तिड़ीबाजी में एक जगह बैठकर किसी वस्तु विशेष को पका-पकाकर उड़ाया जाता। उड़ानेवाली या जानेवाली चीज कुछ भी हो सकती थी, वह कहीं भी रखी जा सकती थी या पायी जा सकती थी। उसकी शक्ल, उसका नाम कुछ भी हो सकता था।

तिड़ीबाज किशनलाल को ख्याली राम ने अपने बच्चे की तरह पाला था। ख्यालीराम की अपनी कोई औलाद नहीं थी। उस दिन मगन महाराज के यहाँ से जब नन्हे से प्यारे से किशनू को लेकर ख्यालीराम घर आया था, तब उसकी

घरैतिन के जीवन में, जैसे इंकलाब आ गया था। ख्यालीराम की घरैतिन अच्छे दिलो-दिमाग की औरत थी। उसे अपने पति ख्यालीराम पर बड़ा भरोसा था। वह ख्यालीराम की बड़ी इज्जत करती थी। मोहल्ले में और दूर-दूर तक ख्यालीराम का नाम इज्जत और प्यार से लिया जाता था, जिसे देख-सुनकर, उसकी घरैतिन का जी कुलाचें भरने लगता था। उसे किसी बात की कमी नहीं थी, वह खुश थी। लेकिन बस उसका मन एक अदद औलाद के लिए तरसता था। वह कमी भी किशनू के आने से पूरी हो गयी थी। घर आने के कुछ ही दिनों के अन्दर किशनू, ख्यालीराम और उसकी घरैतिन की आँख का तारा बन गया था। किशनू कहाँ है, किशनू इधर आओ, किशनू ने क्या खाया, किशनू ने क्या पहना, किशनू यहाँ बैठो, यहाँ न बैठो, किशनू-किशनू-किशनू जैसे यही एक नाम उन दोनों की जिन्दगी का सहारा बन गया था। किशनू को जरा-सी खाँसी हो जाती तो ख्यालीराम की घरैतिन का कलेजा मुँह को आने लगता, वह परेशान हो जाती। किशनू अगर खेलते हुए कहीं गिर जाता तो ख्यालीराम की घरैतिन को यही लगता कि किसी ने उसे ऊँचे पहाड़ से ढकेल दिया था और वह खुद चोट खा गयी थी। किशनू का नाम उन लोगों के लिए एक इबादत थी, एक पूजा थी, किसी जाप का सूत्र था। ख्यालीराम अपनी घरैतिन से कहा करता वह किशनू से इतना नेह न बढ़ाये, इतना प्यार न करे। परायी औलाद थी न जाने कब, कौन आकर खड़ा हो जाये। तब ख्यालीराम की घरैतिन कुछ बोलती तो नहीं, लेकिन पागलों की तरह इधर-उधर बर्तन कपड़े उठा-उठाकर फेंकने लगती। वह उदास हो जाती और शाम को जब ख्यालीराम उसके पास जाता तो उसके सीने पर अपना चेहरा टिकाकर उससे पूछती भला किशनू को कौन छीनकर ले जा सकेगा। वह ख्यालीराम से सीधा सवाल करती। वह क्या किशनू के बिना जिन्दा रह लेगा और तब ख्यालीराम की बस आँख भर आया करती क्योंकि उसके पास अपनी घरवाली के सवाल का कोई जवाब नहीं था। इतना प्यार, इतना लाड़ पाकर किशनू न जाने कब भूल गया था अपने पप्पा को, अपनी मम्मा को अपनी दीदी को, अपने मुन्ना को, मालीकाका और भोलाकाका को। यह सब न जाने कब उसकी जहनियत से टूटकर छिटक गये, बिखर गये, अलग हो गये।

पहली बार ख्यालीराम को किशनू की माँ ने बड़ा बुरा-भला कहा था, जब उसने अपने किशनू को तिड़ीबाज स्कूल में बैठाया था। किशनू की माँ तो अपने किशनू को खाकी वर्दीवाला आफीसर बनाना चाहती थी। वह चाहती थी किशनू पढ़े-लिखे, खूब बड़ा आदमी बने। यह तिड़ीबाजी का धन्धा उसे फूटी आँखों नहीं सुहाता। हर वक्त मन में डर समाया रहता था। जब भी उसका देवता, उसका पति, उसकी धड़कन उसकी साँसों का मालिक अपनी तिड़ीबाजी के लिए

जाता था तो सारी रात, सारे दिन वह बस दरवाजे पर टकटकी लगाये रहा करती। उस उम्र को तो वह गुजार लायी थी लेकिन उसका किशनू भी उसी तरह जायेगा तो वह अपने कलेजे की हूक को झेल पायेगी भला। और फिर एक दिन जब किशनू की बहू आयेगी घर में तो वह भी क्या उसी की तरह, किशनू के इंतजार में दरवाजे पर टकटकी लगाकर बैठी रहा करेगी। उसने ख्यालीराम की बड़ी मिन्नत की, उसके पैरों पर गिर पड़ी उसे पकड़कर बैठ गयी, खूब समझाया उसे और तब भी जब ख्यालीराम नहीं माना तो चिढ़कर उसने किशनू की ही सौगन्ध दे डाली उसे। ख्यालीराम के ऊपर जैसे पहाड़ गिर पड़ा था। वह न इधर का रहा और न उधर का। किशनू तो उसका सपना था, उसके खयालों का वह खूबसूरत लमहा था, जिसके इंतजार में वह न जाने कितने दिनों से तड़प रहा था। फिर मगन महाराज का खौफ अलग था किशनू को कभी वापस न करने का करार, वह मगन महाराज से ठहरा चुका था लेकिन किशनू को तिड़ीबाज तो बनना ही था वह मगन महाराज की अमानत था, यह बात वह किशनू की माँ को भला कैसे समझाता।

आखिर में ख्यालीराम की एक न चली और किशनू की माँ के कहने से किशनू को उस स्कूल में डालना पड़ा जहाँ मंगलूराम के खानदान की कोई भी औलाद नहीं गयी थी। किशनू का भी पढ़ाई-लिखाई में मन लग गया। वह पढ़ता रहा, पढ़ता रहा। लेकिन ख्यालीराम का मन नहीं माना। उसकी आत्मा, उसके मन की आँखें न जाने किस सपने को साकार करने के लिए तड़प रही थीं। वह अपनी जिन्दगी, अपने इल्म और फितरत का एक नमूना छोड़कर मरना चाहता था। उसने न जाने कितने गुर, न जाने कितनी तदबीरें किसी को बतायी ही नहीं थी। उसे चिन्ता इस बात की थी, वह सारे रहस्य उसके साथ चिता में भस्म हो जायेंगे। ख्यालीराम के खून में, उसके रग-रग में तिड़ीबाजी भरी हुई थी। असल में वह आधुनिक तिड़ीबाजी का प्रणेता था। उसके पास ऐसे जोड़-घटाव के फार्मूले थे, जिन्हें सीखने के बाद ब्रह्मा भी पार नहीं पा सकते थे। वह खुद तो बूढ़ा हो चला था। उसके अन्दर की फुर्ती, चुस्ती और पैंतरे बदलने की फितरत जैसे थक गयी थी। फिर वह पढ़ा-लिखा नहीं था। पढ़ा-लिखा न होने की वजह से वह बहुत ऊँचे स्तर की तिड़ीबाजी नहीं कर सकता था। लेकिन उसकी कल्पना की उड़ान में जो तिड़ीबाजी का स्तर था, उसमें इतना पैसा था जो सात पुश्तों तक खुद उसके जैसे हजार ख्यालीराम, रोजाना तिड़ीबाजी करने पर भी नहीं कमा सकते थे। वह एक बार सिर्फ एक बार अपनी आँख के सामने अपने सपने को साकार होता देखना चाहता था। और वह सिर्फ किशनू, उसका किशनू ही कर सकता था। उधर किशनू की माँ ने सौगन्ध दे दी थी। उसका हाथ काँप उठता। वह बार-बार अपनी तरजती हुई उँगलियों को

मोड़कर-तोड़कर बाँधकर, जैसे अपनी तड़पन को अपने अन्दर से निकाल-निकाल कर बाहर फेंकता लेकिन वह तड़पन, वह कसक भला कहाँ जाती। वह अन्दर ही अन्दर घुलने लगा। जैसे कोई घना-घुप अँधेरा उसकी जिन्दगी में बैठता जा रहा था। किशनू की माँ से, ख्यालीराम की यह यातना देखी नहीं गयी लेकिन वह करती भी तो क्या करती। एक तरफ उसका अपना सुहाग था, अपने पति, अपने देवता का सपना था, दूसरी तरफ उसके कलेजे का टुकड़ा। वह कैसे किशनू को ढकेल देती उस आग में, जिसमें वह डरती रही थी, जलती रही थी। तभी एक दिन मगन महाराज ख्यालीराम की बीमारी की खबर सुनकर उसे देखने आये। तब तक किशनू बड़ा हो चुका था। वह अपनी माँ और बाप के भीतर चल रहे संघर्ष को जान चुका था वह माँ को भी खुश रखना चाहता था और बाप को भी। मगन महाराज को उसने अलग ले जाकर बात की। मगन महाराज ने फैसला कर दिया। किशनू पढ़ेगा, खूब पढ़ेगा-लिखेगा लेकिन बाप का धन्धा भी सीखेगा। उसे क्या करना था यह फैसला किशनू अपने आप करेगा, पढ़ाई के बाद। उधर किशनू ने भी अपनी माँ को मना लिया। तब कहीं जाकर, किशनू की माँ ने अपनी सौगन्ध उठा ली थी।

उसके बाद ख्यालीराम ने किशनू को अपने साँचे में ढालना शुरू कर दिया। वह तमाम गुर, जितने भी कमाल उसने अपनी पूरी जिन्दगी होम करके जगाये थे, उसने किशनू को सिखा दिये। किशनू तीन बरस में ही आला दर्जे का तिड़ीबाज बन गया। ख्यालीराम के सामने खुद उसका सपना साकार हो गया था। और उसे कुछ नहीं चाहिये था। उसने बस आँख मूद ली। ख्यालीराम के जाते ही, किशनू की माँ का मन, संसार से उखड़ गया। कुछ ही दिनों बाद वह भी चल बसी। तब तक किशनू किशनलाल बन चुका था, पढ़ा-लिखा, ज्ञानी, गुणी तिड़ीबाज। ख्यालीराम के जमाने में ही किशनलाल की शोहरत मगन महाराज के यहाँ पहुँच चुकी थी। एक आध बार ख्यालीराम ने उसे मगन महाराज के काम पर बतौर ट्रायल भेजा था। किशनू की फुर्ती, उसकी लचक, उसकी तेजी, किसी स्वचालित और नियंत्रित मशीन की तरह सब कुछ अपने घेरे में ले लिया करती। तब तक मगन महाराज का बेटा जगन भी बड़ा हो चुका था। मगन महाराज की मौत के बाद, किशनलाल खुद-ब-खुद अपनी मर्जी और शौक़ के कारण जगन सेठ के साथ लग लिया था। वह पढ़ा-लिखा था, साथ में तिड़ीबाज। जगन सेठ का हाथ बटाने के लिए उससे अच्छा आदमी नहीं था। फिर किशनलाल और जगन सेठ में पटरी खूब सही बैठी थी। दोनों एक ही उम्र के थे। एक-दूसरे की इज्जत करते थे। जगन सेठ ने उसे न सिर्फ अपने तिड़ीबाज गिरोह का सदर बना दिया था बल्कि किशनलाल पट्ठों और तिलंगों की टुकड़ी का कमांडर भी बन गया। जगन सेठ के साम्राज्य में, कुछ ही दिनों

में किशनलाल नम्बर दो की स्थिति में आ गया था।

मोहन कौल उस दिन दफ्तर नहीं गये थे। उन्होंने अपनी पत्नी यानि किशनू की माँ को तब तक इस बावत कुछ भी नहीं बताया था। वह धीरे-धीरे अपनी पत्नी के कमरे में गये। उनको लग रहा था, उसे बता देना चाहिए। बड़ी हिम्मत करके उन्होंने कहा था।

''मैडम। आज कितनी खुशी का दिन है।''

''क्यों ?''

''आज तुम्हारा बेटा आनेवाला है।'' मोहन कौल ने डरते-डरते कहा।

''पता है मुझे।''

''तुम्हें कैसे पता।''

''खत आया था न मेरे पास।''

मोहन कौल को याद आया उन्होंने वह आखिरी खत अमेरिका नहीं सीधे अपनी पत्नी को भिजवा दिया था।

''देखिए। उसे एकदम से मेरे सामने न लाइयेगा। मैं शायद बर्दाश्त नहीं कर सकूँगी।'' सरिता ने कहा था।

तभी बाहर गाड़ी का हॉर्न बजा और मोहन कौल अपने बेटे से मिलने चल दिये।

किशनू जब गाड़ी से उतरकर मोहन कौल के सामने आया, दूर से देखकर ही उनके अन्दर असंख्य फुलझड़ियाँ सी छूटने लगी थीं और मन के कोने-किनारों को छूती हुई एक अजीब तरह की लहर, एक अजीब तरह का स्पन्दन व्याप्त हो गया था। कितने-कितने सालों के इन्तजार के बाद मौहन कौल के सामने उनका बेटा खड़ा था। एक पल को वह भूल गये थे वह आई. ए. एस. अफसर थे, सात करोड़ की आबादीवाले प्रदेश के गृहसचिव थे, उनका एक रुतबा था, एक नाम था। वह अपने बेटे को गले से लगाना चाहते थे, वह उसे प्यार करना चाहते थे, लेकिन बार-बार एक झिझक, एक परेशानी उनको तंग कर रही थी। वह झिझक वह परेशानी कुछ और नहीं थी, इस बात का महज अहसास था किशनू जिस जगह से आ रहा था, उस जगह वह नहीं जा सकते थे। मोहन कौल को कहीं जाना नहीं था, किसी ने उनको बुलाया नहीं था, खुद उनके पास चलकर उनका बेटा आ गया था। फिर भी जो सवाल मोहन कौल के अन्दर उठ रहे थे, उन सवालों के तहत बार-बार जगन महाराज का नाम उनके अन्दर खलबली मचाने लगता। उनका अपना बेटा, उनका एकमात्र वारिस, उनका अकेला उत्तराधिकारी 20 साल से जुल्म और गुनाह की दुनिया में रह रहा था। बस यही अहसास, उनके कदम रोक रहा था, आगोश में लेने के लिए, बाँहों को खुलने और समेटने से रोक रहा था। उनको याद आ रहा था जब

किशनू पैदा हुआ था, वह नये-नये अफसर बने थे। कितनी खुशियाँ मनायी गयी थीं। पूरे खानदान के लोग उनके यहाँ आये थे, करीब-करीब सारा शहर, जैसे उमड़ पड़ा था, उनके साथ, खुशियों भरी वह शाम गुजारने के लिए उसी बीच न जाने क्या हुआ था, न जाने कौन-सी खोट रह गयी थी, न जाने कौन-सी भूल हो गयी थी उनसे, न जाने किस गुनाह की सजा दी गयी थी उनको, न जाने कौन-सा पाप, न जाने कौन-सा नर्क फूट पड़ा था उनके ऊपर, जब सिर्फ छः साल बाद उनका किशनू उनसे बिछुड़ गया था। एक लाख की फिरौती की रकम माँगी गयी थी। नयी-नयी नौकारी थी उनकी। एक लाख रुपये की फिरौती जमा करने के लिए, उनको अपनी ससुराल से उधार पैसा लेना पड़ा था। हालाँकि धीरे-धीरे करके उन्होंने वह सारे पैसे ससुरालवालों को वापस कर दिये थे लेकिन उस दिन भी वह हादसा, वह बात याद करके उनका मन बेचैन हो उठता। फिरौती की रकम भेजने के बाद भी किशनू नहीं मिला था और उसी सदमे से उनकी पत्नी ने बिस्तर पकड़ लिया था।

किशनू देख रहा था मोहन कौल को, किशनू देख रहा था गौतम पल्ली के उस मकान को उसे हैरत हो रही थी, वह परेशान था, यह देखकर, वक्त ने कहाँ से लाकर कहाँ पटक दिया था। एक यह वक्त था और एक वह वक्त था जब बाप कहलानेवाले मोहन कौल के घर से न जाने कौन उसे उठाकर ले गया था। वह जिन्दगी वह लम्हा जो गुजर चुका था, वह किशनू को याद नहीं था लेकिन उसके बाद 20 वर्षों तक जिस दौर से वह गुजरा था, वह सब उसे याद था। किशनू की माँ ख्यालीराम की पत्नी थी और ख्यालीराम था बनारसी ठग। यह तो ख्याली की बीवी और किशनू की माँ ही थी जिसकी वजह से किशनू को उस स्कूल में डालना पड़ा था जहाँ मंगलूराम और ख्यालीराम की औलाद कभी नहीं गयी थी।

उस दिन गृह सचिव के बंगले में, अपने बाप मोहन कौल के सामने खड़े होकर किशनू यही सोच रहा था वह किसे अपनाये किसे छोड़े। एक तरफ ख्यालीराम की बीवी थी जिसे उसने माँ का दर्जा दिया था, दूसरी तरफ उसी जगह पर जहाँ वह खड़ा था, उस जगह से कुछ ही दूर अन्दर के किसी कमरे में, मोहन कौल की बीवी और उसको जननेवाली, पैदा करनेवाली औरत बिस्तर पर लेटी थी। मोहन कौल की बीवी और किशनू की माँ का नाम सरिता था। सरिता कौल नामक औरत जिसने किशनू को जन्म दिया था पिछले 20 वर्षों से, बिस्तर पर लेटे-लेटे उसका इन्तजार कर रही थी। इसी प्रतीक्षा के इन्तजार में वक्त का ऐसा ठहराव जीवन की ऐसी विडम्बना, व्यथा की ऐसी मार पीड़ा के यह दौर किशनू की कल्पना से परे थे लेकिन फिर भी किशनू को फैसला करना था, वह कहाँ रहेगा और क्या करेगा। इतनी देर में मोहन कौल को इस

बात का अहसास होने लगा था, कहीं कुछ गड़बड़ थी, कहीं भूल हो रही थी। एक झटके में वह अपनी मानसिकता से बाहर आ गये। उनके अन्दर वात्सल्य और स्नेह के अनेक-अनेक झरने, उत्ताल तरंगों की तरह फूट पड़े और असीम पीड़ा से छटपटाते मोहन कौल ने आगे बढ़कर किशनू को गले लगा लिया था।

किशनू मोहन कौल को पहचानता नहीं था। उसे तो बस, अपने बाप के नाम पर ख्यालीराम की ही याद थी। वह तो सिर्फ मगन महाराज और जगन महाराज के नाम जानता था। यह नियति चक्र था, भाग्य की विडम्बना, ईश्वर की अनुकम्पा थी या रहम दिल खुदा का करिश्मा, वही आदमी उसका बाप बनकर उसे गले लगा रहा था, जो कल तक उसका दुश्मन था। किशनू के लिए यह एक बड़ी समस्या थी। उसने जो जीवन जिया था, जिन लोगों को अपनी माँ और बाप समझा था, जिनकी छत्रछाया में, जिनके संरक्षण में वह पलपोसकर बड़ा हुआ था, कैसे भुला सकता था उन लोगों को। एक खास तरह की हिचकिचाहट, एक खास तरह के संकोच ने किशनू के पैरों में मोटी-मोटी जंजीरें बाँध रखी थीं लेकिन वक्त का वह टुकड़ा, नियति का वह लम्हा, भाग्य की विडम्बना का वह क्षण सब कुछ पीछे छूट गया था, जब किशनू का सर मोहन कौल की छाती पर जाकर टिक गया था।

तभी न जाने कैसे अन्दर, मोहन कौल की पत्नी उर्फ किशनू की माँ बिस्तर से उठकर बाहर की तरफ आने की कोशिश करते-करते जमीन पर गिर पड़ी थी। एक कोहराम मचा था, नौकर-चाकर, नर्स, दूर-दराज के रिश्तेदार जो उस दिन वहाँ मौजूद थे भागकर मोहन कौल के पास आये थे। मौहन कौल ने किशनू को अपने सीने से अलग किया और उसका हाथ पकड़कर बोले, "चलो बेटे तुमको, अपनी माँ से मिलना है।"

मोहन कौल और किशनू जैसे ही उस जगह पर पहुँचे जहाँ सरिता कौल गिर पड़ी थीं, किशनू अपने आप मोहन कौल के हाथ से अपना हाथ छुड़ाकर, माँ के पास दौड़कर गया था। किशनू ने अपनी माँ सरिता कौल को गोद में उठाकर उसी पलंग पर बिठा दिया था जिस पर वह उसका इन्तजार कर रही थीं।

किशनू को देखकर सरिता कौल की आँखों से आँसुओं की जो झड़ी लगी थी, स्नेह और ममता का जो संसार उनके अन्दर फूट पड़ा था, 20 वर्ष के इन्तजार के बाद ख्वाब और हकीकत का जब सामना हुआ था, सरिता कौल की समझ में नहीं आया था वह किस तरह अपने बच्चे, अपने जिगर के टुकड़े को सँभाले कैसे उससे प्यार करे जब वक्त की तमाम शिकायतें, जो जिन्दगी के इन्तजार की तपिश में, रोग बन चुकी थी, एक झटके में, छिटककर उनसे दूर चली गयी। उनके पेट का जाया उनके खून से बना, उनका अपना बेटा

जब उनके करीब था तो किन शिकायतों और किस इन्तजार की बात करतीं वह। वह नन्हा-सा सुलगता हुआ सवाल जिसने 20 साल पहले, उनके टूटे हुए मन में सर उठाया था, कब का बढ़ते-बढ़ते विकराल रूप धारण कर चुका था। उस सवाल से जुड़े हुए 20 साल के इन्तजार से जुड़ा हुआ वह विकराल रूप जाने कैसे, एकाएक उनके अन्दर से निकलकर लुप्त हो गया और एकाएक चारों तरफ शहनाइयाँ बजने लगीं, रंग-बिरंगे गुब्बारों से फूट-फूट कर, किस्म-किस्म के रंगों से भरपूर कोई नया संसार उभरकर सामने आने लगा था जिसमें महकती हुई खुशबू, मचलती हुई हवा, चटक-चटककर खिलती हुई कितनी कलियों के विस्तार से निकलकर करीब आने लगी थी। सरिता कौल के सामने उनका बेटा था, जवान, छः फुट लम्बा, घुँघराले बाल, चौड़ा माथा, गोरा रंग। उसे देखकर सरिता कौल को लगा वह इसीलिए बची हुई थीं और यही उनके जीवन का सबसे सुनहरा, सबसे हसीन क्षण था जिसके इन्तजार में अगर 20 साल और गुजर जाते तो भी शायद उन्हें कुछ शिकायत नहीं होती। दूर-दूर तक फैले हुए हसीन मंजर, फूट-फूटकर चटकती हुई कलियों से निकलती हुई खुशबू के अम्बार, मचलती हुई हवा के वह झोंके, जब सरिता कौल को बेचैन करने लगे और जब उनकी समझ में कुछ नहीं आया कि वह क्या करें तब उन्होंने अपने बेटे किशनू को, सीने से चिपटाकर रोना शुरू कर दिया। सरिता कौल की सिसकियों की आवाज कुछ दूर बरामदे में बैठे हुए मोहन कौल सुन रहे थे। तभी उनके अर्दली ने उनके पास टेलीफोन लाकर रख दिया। मुख्य सचिव का फोन था।

मुख्य सचिव के नाम से मोहन कौल के अन्दर एक घिन और अजीब तरह की हताशा सिर उठाने लगी जिसकी वजह से वह बेजान हो उठे। लेकिन फोन जब आया था तो बात उनको करनी ही थी। मोहन कौल ने थके हुए हाथों से फोन का रिसीवर उठाया, ''सर !''

''हाऊ आर यू कौल...क्या हो रहा है।'' मोहन कौल को लगा वह मुख्य सचिव, डी. के. गोस्वामी के सवाल के जवाब में ऐसी सख्त बात कहें जिससे मुख्य सचिव इस तरह का मजाक दुबारा उनके साथ करने की जुर्रत न करें। लेकिन अगले ही क्षण उन्होंने अपने आपको सँभाल लिया और बोले, ''आई एम सपोज्ड टूबी औन लीव, सर।''

''कौल ! दो बातें थीं। जिनके लिए मैंने फोन किया।''

''बोलिए, सर''।

''एक तो सी. एम. ने आपको अपना सचिव बनाने का निर्णय लिया है।''

''और दूसरी बात सर !''

''दूसरी बात...आपके लड़के के बारे में थी...लैट मी कौंग्रेचुलेट यू फौर दी सेफ रिटर्न आफ यौर लौंग लौस्ट सन।''

“थैंक यू सर।”

“मैन्शन नौट...बाई द वे कौल व्हेअर वाज ही।”

मोहन कौल के अन्दर एक गुस्से की लहर उठी जिसने पैर के नाखून से सिर के बालों तक बिजली के करेंट सरीखी एक झनझनी फैला दी। कोई सख्त बात कहने का मन हो रहा था उनका फिर भी उन्होंने अपने आपको सँभाला।

“हाँ सर, बतायेंगे आपको इट्स ए लांग स्टोरी।”

“ओ. के. कौल बेस्ट आफ लक, व्हाट यू से एबाउट्स सी. एम.'स आफर।”

मोहन कौल ने कुछ सोचकर जवाब दिया..., “बेहतर होता अगर कोई और उनका काम देखता लेकिन अगर वह चाहते हैं तो मुझे कोई एतराज नहीं है।” कहकर उन्होंने फोन रख दिया। टेलीफोन रखने के बाद, मुख्य सचिव की बातें, मोहन कौल के दिमाग में घूमने लगीं। वह जानते थे, उनको मालूम था, सवाल उठेंगे। उनसे गलती सिर्फ इतनी हुई थी उन्होंने अपने लड़के के मिलने की खबर अपने साथ काम करनेवाले अधिकारियों को बता दी थी। पूरे सचिवालय में सबको, तब तक, मालूम हो चुका था, मोहन कौल का बेटा उनके पास लौट आया था। जिस बात का मोहन कौल को डर था वह बात हो रही थी। लड़के के आने से पहले गृह सचिव के पद से उनको हटा दिया गया था। एक क्षण को उन्हें लगा उनका अपमान किया गया था, उन्हें जलील किया गया था, उन्हें निकम्मा और बेईमान साबित करने के लिए गृह सचिव के पद से उन्हें हटाया गया था। मुख्य सचिव वह हो नहीं सकते थे। गृह सचिव के पद से उनको हटा दिया गया था। मुख्यमन्त्री के सचिव बनने में उनको किसी खुफिया खतरे का अहसास होने लगा था। सबसे बड़ी समस्या जो उस दिन, उनके सामने थी, वह थी, अपने बेटे को जुल्म और हिंसा के, उस संसार से दूर ले जाने की। लेकिन यह सब इतना आसान नहीं था। इतने दिन बाद, जिन हालातों में, वक्त के जिस दौर में किशनू उनको मिला था, उसमें उनके लिए कुछ भी कर पाना मुमकिन नहीं था। अगर किशनू उनको 10-12 साल पहले मिला होता तो उसे वह किसी कॉलेज के बोर्डिंग में डाल सकते थे, अगर किशनू कोई छोटा बच्चा होता तो उसे अपनी माँ के साथ वह ननिहाल भी भेज सकते थे। लेकिन 24-25 साल के जवान लड़के जिसने बी. एस-सी. पास कर रखा था उसे वह कहाँ भेजें उसका वह क्या करें, यह समस्या थी उनके सामने। उनकी पत्नी सरिता अपाहिज थी और उनका बेटा किशनू एक तिड़ीबाज, एक चोर, एक उठाईगीर जिसका नाम जुड़ा हुआ था प्रदेश के सबसे बड़े, और सबसे खतरनाक माफिया गैंग के साथ। मोहन कौल ने अपने गृह सचिव के पद पर

काम करते हुए प्रदेश के समस्त माफिया गैंग को नेस्तनाबूद करने की सौगन्ध उठाई थी। मोहन कौल सोच रहे थे यह किस मोड़ पर जिन्दगी ने उनको लाकर खड़ा कर दिया था। उनकी आत्मा उनके मन के ऊपर पहाड़-सा बोझ था। कुछ देर पहले मिले हुए बेटे की खुशी और उस खुशी से जुड़ी हुई, अनेकानेक उछाल मारती तरंगें कब की बिखर चुकी थीं और था उनके सामने एक भयावह सन्नाटा। उनके मन में गहराते हुए सन्नाटे को तोड़कर, चुपके-चुपके, दबे पाँव, उनकी पत्नी सरिता कौल की सिसकियाँ, उनके करीब पहुँचकर उन्हें मजबूर कर रही थीं। एक तरफ माँ का प्यार, पिता का कर्तव्य था, एक तरफ 20 साल बाद मिले हुए बेटे की बेपनाह खुशियाँ थीं, एक तरफ सारे जीवन की तपस्या, पूरी जिन्दगी का हिसाब था और दूसरी तरफ शासन और व्यवस्था के प्रश्न थे। वह जान चुके थे, मोहन कौल जानते थे वह फँस गये थे। इतने इन्तजार के बाद मिले हुए बेटे का वह क्या करें। उसकी 20 साल की जिन्दगी किस तरह उससे अलग करें और कैसे उसे अपनी 20 साल की जिन्दगी के साथ हुए बदलाव से जोड़ें, यह उनकी समझ में नहीं आ रहा था। मोहन कौल को डर लग रहा था उस व्यवस्था से, मोहन कौल को डर लग रहा था उस शासन तंत्र से जिसका वह खुद एक अहम हिस्सा थे। वह जानते थे जगन महाराज जैसा शैतान उन्हें नहीं छोड़ेगा। रोज गुनाह होने, जुल्म की दुनिया बनेगी, डकैतियाँ डाली जायेंगी, फिरौती की रकम के लिए लोग अगुआ किये जायेंगे, उठाये जायेंगे, चोरी, गिरहकटी, उगाही, हफ्ता, लूटमार, गुंडा टैक्स-तश्करी और कत्ल और खून और छींटे उनके बेटे के नाम से उनके दामन पर पड़ेंगे। जुल्म करेगा जगन महाराज और पकड़े जायेंगे मोहन कौल ! वह जानते थे जगन महाराज जैसा माफिया सरगना, एक दिन भी बिना शासन के संरक्षण के चल नहीं सकता। वह स्वयं मुख्यमन्त्री के सचिव होकर किस तरह से उस कलंक से अपने को बचा सकेंगे, यह समस्या थी उनके सामने। अन्दर ही अन्दर रो रहा था उनका मन। यह जिन्दगी ने किस मुकाम पर, उनको पटक दिया था। जो सच था वह झूठ बन रहा था और जिस झूठ, जिस जुर्म, जिस हिंसा, जिस भ्रष्टाचार के खिलाफ उन्होंने पिछले 20 साल से संघर्ष किया था वह झूठ, हिंसा, भ्रष्टाचार, जुर्म एक सच्चाई बनकर उनके बेटे की शक्ल में खुद उनके घर के अन्दर आ गया था।

एक और बात जो बार-बार मोहन कौल के दिमाग की कोशिकाओं को छेड़ रही थी वह बात थी खुद उनके बेटे किशनू की मौजूदा मानसिक स्थिति ! मोहन कौल को लग रहा था, उनका बेटा किशनू उनके किसी काम का नहीं था। 20 साल तक जिस वातावरण में उसे रखा गया था, जिस माहौल में वह बड़ा हुआ था, जिस तरह की शिक्षा उसे दी गयी थी, जिस काम की महारथ

उसे हासिल थी उस सबका यहाँ उनके घर में, उनके जीवन में क्या काम था। वह किशनू को रोक नहीं सकते थे और उसे छोड़ भी नहीं सकते थे। रोक इसलिए नहीं सकते थे, जो किशनू उनके घर में उस वक्त मौजूद था, वह एक मुजरिम था, वह जुर्म की दुनिया का हिस्सा था वह जगन महाराज के विशाल अपराध संसार में नम्बर दो की हैसियतवाला कमांडर था। जगन महाराज के साम्राज्य में स्वयं जगन महाराज के बाद किशनू ही था। जाहिर था जितने गुनाह, जगन महाराज ने किये थे, उन सभी से परोक्ष या अपरोक्ष रूप से किशनू जुड़ा हुआ था। सही मायने में किशनू की जगह प्रदेश के वरिष्ठ आई. ए. एस. अफसर, भूतपूर्व गृह सचिव एवं वर्तमान नियुक्त मुख्यमन्त्री सचिव मोहन कौल के घर में नहीं थी, उसकी जगह तो जेल की सलाखों के पीछे थी।

मोहन कौल की रूह काँप उठी। उनको डर लग रहा था। जिन्दगी में पहली बार उनको लग रहा था, वह कुछ कर सकने की स्थिति में नहीं थे। किशनू को वापस नहीं भेजा जा सकता था और किशनू को घर में भी नहीं रखा जा सकता था। किशनू को वापस भेजने से उनकी पत्नी सरिता कौल बचनेवाली नहीं थीं और किशनू को घर में रखने से खुद मोहन कौल का अपना प्रशासकीय कैरियर किसी बदनुमा घेरे में चला जानेवाला था। मोहन कौल, असल में शराब बहुत कम पीते थे और फिर दिन में तो शराब पीने का सवाल ही नहीं उठता। लेकिन उनका सर दर्द से फटा जा रहा था, वह परेशान थे। उनकी समझ में नहीं आ रहा था, वह किधर जायें, क्या करें। अपनी पत्नी सरिता को, अपने जिगर के टुकड़े किशनू को जिस तरह वह भूल नहीं सकते थे उसी तरह सचिवालय से जुड़े हुए अपने जीवन को भी वह काटकर फेंक नहीं सकते थे। धीरे-धीरे उनके कदम उस अलमारी के पास पहुँचे जहाँ शराब की बोतलें रखी थीं। उन्होंने अलमारी से जिन की एक बोतल निकाली और गिलास में लाइम कॉरडियल के साथ मिला कर पीने लगे। बैठक के दरवाजे उन्होंने पहले ही बन्द कर दिये थे। बैठक के पीछे, खानेवाले कमरे के बाद आँगन और दालान से लगे सरिता कौल के कमरे में उस वक्त किशनू बैठा हुआ था। मोहन कौल ने तड़ातड़, लगातार जिन के कई पेग अपने अन्दर उतार लिए। उनका सर झन्ना रहा था, उनके अन्दर रुलाई फूट-फूटकर निकलने को बेताब थी। बेचैन, थके-हारे मोहन कौल जब पूरी तरह नशे में डूब गये तब उन्होंने अपने खाली गिलास को मेज पर सामने रख दिया। गोल मेज के ऊपर वह गिलास रखा हुआ था जिससे उन्होंने शराब पी थी। उसी के बगल में उन्होंने अलमारी से निकालकर एक गिलास और रख दिया। साफ-साफ उनको नजर आ रहा था, एक गिलास में शराब में कुछ कतरे थे और दूसरा गिलास खाली था, उसमें कुछ नहीं था। मोहन कौल को लगा उनकी जिन्दगी कुछ इसी तरह की थी

उस दिन शराब पीने के बाद वह खुद किसी न किसी समझौते की तरफ बढ़ रहे थे। मेज पर रखे हुए दो गिलास जिन्दगी के दो रूप की तरह, सिक्के की दो तरफों की तरह, उनकी हँसी उड़ा रहे थे। उनको लगा जिस गिलास में शराब नहीं थी वह भी गिलास शीशे का था और जिस गिलास में शराब के कुछ कतरे थे, जिससे उन्होंने शराब पी थी वह भी शीशे का था। उन दोनों गिलासों में कोई फर्क नहीं था। फर्क था तो सिर्फ इतना स्वयं उन्होंने एक शीशे के गिलास में शराब डालकर पी थी और दूसरे में नहीं। मोहन कौल को लगा वह धीरे-धीरे किसी हल की तरफ बढ़ते जा रहे थे। जाहिर था किशनू की एक जिन्दगी उसके साथ जुड़ी हुई थी लेकिन एक दूसरा किशनू खुद उनके घर में, उनकी आँखों में उनकी धड़कनो में उनकी जिन्दगी के हिस्से-हिस्से में व्याप्त था, समाया हुआ था। उसी का नाम लेकर तो वह जीते थे, उसी का नाम लेकर तो उनकी पत्नी जिंदा थी, उनका संसार बचा हुआ था। क्या करेंगे वह मुख्य सचिव बनकर। किस काम का था मुख्यमन्त्री सचिव का पद उनके लिए। क्या करेंगे वह उस वैभव, उस सम्पदा, उस ऐश्वर्य का वह जो स्वयं उनके बेटे के काम न आ सके। यह वही बेटा था जो उनके खयालों में, उनके तसब्बुर में, उनकी जहनियत के विस्तार के हिस्से-हिस्से में, साँसों की डोर बनकर समाया हुआ था।

कैसे उसे काटकर वह फेंक सकते थे। वह तो 3 वर्ष की छोटी आयु से लेकर 24-25 साल की उस उम्र तक स्वयं उनके सामने बड़ा हुआ था जिया था उनकी साँसों की करवट में उनके धड़कते हुए दिल, उनके अरमानों के विस्तार में जिसने उम्र पायी थी। मोहन कौल को इस बात का कभी विश्वास नहीं हुआ था उनका बेटा, किशनू मर चुका था। तभी तो वह उसके नाम से चिट्ठियाँ लिख-लिखकर अमेरिका भेजा करते थे जहाँ से वह चिट्ठियाँ दुबारा उनकी पत्नी सरिता कौल के नाम से भेजी जाया करती थीं। उनका मन हुआ एक बार वह किशनू से बात कर लें। फिर उन्होंने सोचा इतने सालों के बाद, उसका उस घर में, पहला दिन था ! उस समय वह अपनी माँ के पास था और तब तक तो किशनू की माँ की प्यास तक नहीं बुझी थी। ऊपर से शराब का नशा उनके ऊपर हावी हो रहा था। ऐसी हालत में किशनू से कुछ भी बात करना उन्होंने ठीक नहीं समझा। मेज के ऊपर रखे हुए गिलास को उठाकर उन्होंने जिन का एक पेग और बनाया और उसके बाद धीरे-धीरे अपने कमरे की तरफ चल दिये। मोहन कौल के सामने तब तक यह बात साफ हो चुकी थी, जगन महाराज के किशनू और उनके बेटे किशनू में कोई फर्क नहीं था और जो फर्क था भी वह सिर्फ वक्त के उस दौर का था जो उनकी पकड़ से बाहर था और जिसके लिए वह किसी भी हालत में जिम्मेदार नहीं थे।

नौ

जिस वक्त मोहन कृष्ण कौल, मुख्यमन्त्री उत्सुकदास से मिलने मुख्यमन्त्री आवास में पहुँचे, करीब-करीब उसी समय पुलिस फोर्स के चीफ माथुर भी मुख्यमन्त्री को पुलिस फोर्स की सफाई देने के लिए वहाँ पहुँच गये थे। मुख्यमन्त्री उस समय अपने कमरे से निकल आये थे और बाहर की तरफ धीरे-धीरे बढ़ रहे थे। मुख्यमन्त्री के कमरे से लेकर बाहर तनी हुई कनात तक का फासला कुछ एक मिनट का ही रहा होगा लेकिन तमाम लोग, किस्म-किस्म के नेता, सरकारी और अर्ध-सरकारी अफसर, सरकारी एवं गैर-सरकारी नेता, अपने-अपने कपड़ों की जेबों में, बड़ी-बड़ी योजनाओं के पर्त सजाये हुए वहाँ उनसे मिलने के लिए खड़े थे। सामने एक बड़ा बरामदा था जिसके दोनों तरफ दो छोटे-छोटे कमरे थे जो बीच की गैलरी की लम्बाई के बाद पिछले हिस्से तक बने हुए कमरों से जुड़े हुए थे। जितना बड़ा बरामदा था उतने बड़े कमरे नहीं थे। ऐसा लगता था कि दो फैले हुए हाथों के बीच एक लम्बी पट्टी गैलरी के रूप में जा रही थी जिसके बायीं तरफ ग्रीन रूम था और ग्रीन रूम के पीछे मुख्यमन्त्री का व्यक्तिगत आवास। बरामदे के दाहिनी तरफवाले कमरे के पीछे एक छोटी, एक बड़ी बैठक थी और उस बैठक के पीछे मुख्यमन्त्री आवास के अन्तःपुर का बरामदा था जो उनके व्यक्तिगत प्रयोग में आता था। बायीं तरफ के अपने कमरे से निकलकर मुख्यमन्त्री सीधे ग्रीन रूम में पहुँच सकते थे जहाँ उनको पता था कामयाबसेठ, घनानन्द बिठूरिया, बरुन हालदार और तांबे की जगह अल्मूनियम का प्रयोग करवाने में रुचि रखनेवाला, 1500 करोड़ की हैसियतवाले उद्योगपति का नुमायन्दा भी बैठा था, दाहिनी तरफ की बैठक में वह 'आई. ए. एस.' अफसर मोहन कृष्ण कौल बैठे थे जिसे उन्होंने अपना सचिव नियुक्त करने का निर्णय लिया था। इसी बैठक में पुलिस विभाग के चीफ माथुर पहुँच चुके थे जिनके ऊपर पहाड़पुर-नानकपुर काण्ड की भयावह छाया मंडरा रही थी। बिजली विभाग के सचिव एवं अध्यक्ष श्रीकान्त पाठक और गृह विभाग से उपसचिव मालती शर्मा तथा भूपति कुछ अलग हटकर बैठे थे। यह नयी बैठक भदौरिया ने रामाधीन से कहकर उस समय खुलवाई थी जब कोई और कमरा न होने के कारण और ग्रीन रूम के अलावा बैठने की कोई और जगह उपलब्ध न होने के कारण करीब-करीब सभी सरकारी अफसर ग्रीन रूम में जा रहे थे। रामाधीन जानता था, भदौरिया जानता था, चोर और सिपाही, शेर और बकरी, एक जगह नहीं बैठा करते। इसी पर तो फबती कसी थी...बजरबट्टू ने, लूटनेवाला और लुटानेवाला एक ही जगह मौजूद थे। कालीशंकर के न होने

की वजह से शुरू-शुरू में गड़बड़ी हुई थी और एक गदर का माहौल मुख्यमन्त्री आवास में उस दिन बन चुका था। जहाँ एक तरफ, ग्रीन रूम में बड़े-बड़े नोटों को थैलियाँ, ब्रीफकेस, किस्म-किस्म की सौगातें, तरह-तरह के प्रस्ताव, विभिन्न प्रकार की व्यवस्थाओं का भण्डार लिए हुए कामयाब सेठ, घनानन्द बिठूरिया, बरुन हालदार जैसे तेजतर्रार और खूँखार किस्म के चरित्र बैठे थे वहाँ दूसरी तरफ छोटी-छोटी जरूरतों की पूर्ति के लिए सैकड़ों लोग बाहरी मैदान में लगाये हुए शामयाने में मुख्यमन्त्री का इन्तजार कर रहे थे। किसी की बीवी भाग गयी थी, किसी का बच्चा बीमार था, किसी को स्कूल में दाखिला लेना था, किसी का बूढ़ा बाप खटिया पर पड़ा हुआ दम तोड़ रहा था, कोई पुलिस के जुल्म का शिकार हो गया था तो कोई जाल बट्टे में फँस गया था। कहीं जमीन के झगड़े थे, कहीं जायदाद की निकासी, कोई कर्ज माँग रहा था और किसी को तलाश थी दो बीघा जमीन की, किसी की जमीन में पानी नहीं आ रहा था, किसी का मकान बाढ़ में डूब गया था। नौकरी-रोजगार, धन्धा-व्यापार जैसी अनगिनत समस्याओं के अम्बार उठाये हुए तमाम लोग दूर-दूर के इलाकों से वहाँ बस इस उम्मीद में आये थे, मुख्यमन्त्री से मिलते ही उनकी सारी समस्याएँ हल हो जायेंगी और उनके सारे दुःख दूर हो जायेंगे।

पहला दिन था इसलिए भीड़ भी कुछ ज्यादा थी। वह तमाम लोग जो उत्तर के ऊँचे पहाड़ से लेकर पूरब के सुदूर मैदान तक और दक्षिण के पठार से लेकर पश्चिम के खुशहाल इलाके तक से आये थे, उनकी मानसिकता, उनके विचार, उनके जीवन की व्यवस्था सब कुछ शायद अपने देश की उसी पुरानी मानसिकता से जुड़ी हुई थी जिसके तहत हर गरीब, हर जरूरतमन्द, हर कोई जो विपदा का मारा हुआ था, अपनी गरीबी, अपनी जरूरत, अपनी विपदा के निदान के लिए सिर्फ ईश्वर या राजा के पास जाया करता था। कुछ ऐसा भी समय आया, कई बार ऐसा भी मौका पड़ा जब राजा और ईश्वर के बीच का अन्तर गायब हो गया और ईश्वर ही राजा बन गया या राजा ईश्वर बन गया। लेकिन ऐसा वक्त कभी नहीं आया जब गरीब की गरीबी जरूरतमन्द की जरूरत और जब विपदा के मारे की विपदा स्वयं उनके अपने प्रयास से या व्यवस्था के आधार से दूर हो सकी हो। उसे तो बार-बार राजा के पास या ईश्वर के पास जाना ही पड़ेगा। धर्म और ज्ञान का सारा भण्डार उसी के लिए ही तो बनाया गया। संसार के सारे नियम, व्यवस्था की सारी विधाएँ, कानून, कचहरी पुलिस, अस्पताल, दुकान, व्यापार, धन्धा, खून की लड़ाइयाँ, राजनैतिक उलट-पलट, सत्ता में परिवर्तन, व्यवस्था में बदलाव, राजा का जाना, राजा का आना, राजा का बनना, ईश्वर के मत में, पंथ में, जाति में, धर्म में, किसी भी चीज में कोई बदलाव लाना हो, किसी भी व्यवस्था में कोई परिवर्तन करना

हो, किसी बड़े व्यापार, धन्धेबाज, कालाबाजारी, डाकू, चोर, गिरहकट, पुलिसिया चोर, चोरपुलिस, नेता, अभिनेता, गरज यह कि व्यवस्था के किसी ठेकेदार या व्यवस्था के किसी ठेकेदार के अंगरक्षक या व्यवस्था से जुड़े हुए निहित स्वार्थों के प्रवर्तकों की अपेक्षाओं और आशाओं के अनुरूप कार्य एवं क्रियाकलापों के लिए मरना था केवल गरीब को, मरना था केवल जरूरतमन्द को, मरना था केवल विपदा के मारे हुए को।

युग बदल गया, दुनिया बदल गयी, समाज में कितने परिवर्तन हो गये, पूरी की पूरी इन्सानियत, पूरी व्यवस्था, समाज का एक-एक कोना बदल गया, जमीन बदल गयी, जमीन के ऊपर बसनेवाले गाँव, शहर, मोहल्ले बदल गये, उन गाँव, शहर और मोहल्लों में घर, मकान और इमारतें बदल गयीं, उन घर, मकान और इमारतों में लगे हुए खिड़की-दरवाजे बदल गये, कुर्सी, मेज-पलंग का आकार बदल गया, खाना-पीना, कपड़ा-लत्ता, उठना-बैठना, बाजारहाट, मेले, अस्पताल सब कुछ बदल गया लेकिन अगर नहीं बदला कुछ तो राजा और ईश्वर का रिश्ता और ऐसे राजा और ईश्वर का गरीब से, जरूरतमन्द से, विपदा के मारे हुए से रिश्ता नहीं बदला। गरीब जरूरतमन्द और विपदा के मारे हुए कई प्रकार के होते। कई बार, वह गरीबी का जामा ओढ़कर, जरूरत के नकाब पहनकर, विपदा की लाठी पकड़कर देखते-चिल्लाते हुए कलपते-कढ़लते हुए पहुँच जाते उन व्यवस्था के ठेकेदारों के पास जो आधुनिक युग के राजा होते। इनकी गरीबी का मतलब होता कुछ लाख या कुछ करोड़ रुपये का घाटा, व्यक्तिगत या व्यापारिक जरूरतें, किसी दूसरे व्यापारी, धन्धेबाज या ठेकेदार की स्पर्धा से उत्पन्न संकट ही उनकी विपदा का कारण हुआ करते। जहाँ एक तरफ ऐसे गरीब, ऐसे जरूरतमन्द, ऐसे विपदा के मारे हुए थे वहाँ दूसरी तरफ ऐसे गरीब, ऐसे जरूरतमन्द, ऐसे विपदा के मारे हुए भी थे जिनका जन्म हुआ ही था गरीबी, जरूरत और विपदा का बोझ ढोने के लिए।

उस दिन, मुख्यमन्त्री आवास में, ग्रीन रूम में, जहाँ एक तरफ बैठे हुए थे वो धन्धेबाज, वह व्यापारी जिन्होंने किस्म-किस्म के घपले किये थे या जो तरह-तरह के घपलों का कोई नया संसार बनाना चाहते थे, वहीं दूसरी तरफ मुख्यमन्त्री आवास के मुख्य गेट के दाहिनी तरफ जो तम्बू बना था वहाँ भीड़ में लाइन लगाकर ऐसे गरीब, ऐसे चकरबन्ध, ऐसे विपदा के मारे हुए थे जिनको हजारों साल बाद उस दिन तक भरोसा था दयावान ईश्वर पर, रहमदिल खुदा पर और अपने राजा पर। अधुनिक युग के राजा थे मुख्यमन्त्री, उनके सेनापति और सिपाही थे पुलिस और पुलिस अफसर। इन लोगों ने लुटेरों की फौज छोड़ रखी थी जो गाँव, कस्बे, गली, मोहल्ले और शहरों के कोने-किनारों तक फैले हुए थे। टिड्डियों के दल की तरह कभी अभियन्ता बनकर, कभी अस्पताल का

डॉक्टर बनकर, कभी पुलिस सिपाही या इन्सपेक्टर बनकर, कभी सरकारी अधिकारी बनकर और कभी मंत्री के संत्री बनकर या नेता के चमचे-चिलगोजे या चकरबन्ध बनकर सब के सब एक-एक आदमी के अन्दर बसी हुई उस पुनर्जन्म की भावना को पुनःस्थापित कर रहे थे जो हजारों साल के बाद भी समाज में जीवित थी। सबको मालूम था, हर गरीब आदमी, हर जरूरतमन्द, हर विपदा का मारा हुआ यह जानता था, उसके कष्ट अपने बनाये हुए थे वह स्वयं जिम्मेदार था, अपनी गरीबी, अपनी जरूरत अपनी विपदा के लिए। उसे मालूम था, वह जानता था उसका जन्म हुआ था 84 लाख योनियों की प्रक्रिया तथा परम्परा को पूरा करने के लिए। वह मरेगा, उसका जन्म हुआ ही था मरने के लिए और वह जन्म लेगा फिर मरने के लिए। इस दौरान, जन्म और मौत की इस प्रक्रिया के दौर में जितने भी दुःख जितने भी कष्ट उसे उठाने थे उसका कर्ता और कारण वह स्वयं था क्योंकि उसे आँख खुलते ही जिन संस्कारों में बाँधा जाता था, जिस प्रक्रिया में डाला जाता था उसे विश्वास करना पड़ता था, उसके अपने कर्म ही, उसके कष्टों और उसकी पीड़ा के जिम्मेदार थे। कोई सुखी नहीं हो सकता था जब तक उसे राजा का आशीर्वाद प्राप्त न हो और राजा का आशीर्वाद उसे ही प्राप्त हो सकता था जिसके कर्म पिछले जन्म में अच्छे रहे हों।

जिनके कर्म पिछले जन्म में अच्छे थे, वह बैठे थे ग्रीन रूम में और जिनके कर्म पिछले जन्म में खराब थे वह खड़े हुए थे, इन्तजार कर रहे थे उस शामयाने में, जो मुख्यमन्त्री आवास में, उस दिन आम जनता के लिए लगवाया गया था। एक तरफ ग्रीन रूम था, दूसरी तरफ उच्च सरकारी अधिकारियों के लिए बैठक थी और ग्रीन रूम और बैठक से दूर, मुख्यमन्त्री आवास के बाहरी किनारे पर वह शामयाना था जिसमें गरीब, जरूरतमन्द और विपदा के मारे लोग थे। उस भीड़ में मुंशी अवतारी लाल, बिन्दादीन सर्राफ की बेवा, गोवर्धनदास के साथ एक-दो और लोग खड़े हुए, मुख्यमन्त्री का इन्तजार कर रहे थे।

मुख्यमन्त्री अपने कमरे से निकलकर ग्रीन रूम की तरफ नहीं गये, अपने सचिव मोहन कृष्ण कौल को नहीं बुलाया, पुलिस फोर्स के चीफ, लोक निर्माण विभाग के मुख्य अभियन्ता तथा बिजली विभाग के अध्यक्ष एवं सचिव श्रीकान्त पाठक से भी उन्होंने कोई सम्पर्क स्थापित नहीं किया। यह मुख्यमन्त्री की भूल थी या उन्होंने ऐसा जानबूझकर नहीं किया, इसका अनुमान वही लगा सकता था जिसे उनकी आचार संहिता के बारे में पता था। मुख्यमन्त्री उत्सुकदास अच्छी तरह जानते थे, ग्रीन रूम में बैठनेवाले लोग हमेशा उनका इन्तजार करते रहेंगे। वहाँ से जानेवाले हर एक आदमी के पीछे आने के लिए दस आदमी तैयार खड़े होंगे। अधिकारियों की भी कोई समस्या नहीं थी। उनकी नौकरी का सवाल

था। इन सबको छोड़कर गैलरी के रास्ते से मुख्यमन्त्री उत्सुकदास जब बरामदे में पहुँचे तो मुख्यमन्त्री आवास के कोने-किनारों से निकल-निकलकर और न जाने कितने लोग उन्हें फूलमालाएँ पहनाने लगे।

''मुख्यमन्त्री जिन्दाबाद'', ''उत्सुकदास जिन्दाबाद'', ''समाजवाद जिन्दाबाद'', ''प्रधान मंत्री जिन्दाबाद'', ''पार्टी के नेता उत्सुकदास जिन्दाबाद'', ''गुरुपदस्वामी जिन्दाबाद,'' ''गरीब मजदूर एकता जिन्दाबाद'', के नारों के बीच, मन्द-मन्द मुस्कराते हुए मुख्यमन्त्री उत्सुकदास, फूलमालाओं के असीम भण्डार को अपने समर्थकों और सहायकों को देते-देते सीधे उस शामयाने की तरफ चल दिये जहाँ नानकपुर-पहाड़पुर के मुंशी अवतारी लाल, बिन्दादीन सर्राफ की बेवा, नयी नवेली दुल्हन के साथ हुए दुराचार की दास्तान का जिन्दा गवाह बुधवाल बैठा था।

बाहर बरामदे से लेकर शामयाने तक आने में मुख्यमन्त्री को करीब दस मिनट का समय लगा होगा। विभिन्न प्रकार की मालायें, फूलों के टोकरे, मिठाइयों के बक्से, कुछ गुपचुप बातें, जयकारी नारे, नमस्कार और प्रणाम के दौर से निकलते-निकलते अनेक-अनेक मुश्किलों के बाद, जब उत्सुकदास शामयाने में पहुँचे, घण्टों से इन्तजार करती हुई वह भीड़ बेसब्री से उनके ऊपर टूट पड़ी। मुख्यमन्त्री उत्सुकदास, उस समय सोच कुछ और रहे थे, कर कुछ और रहे थे, बोल कुछ और रहे थे। एक तरफ उनके हाथ जुड़े हुए थे जो शाश्वत रूप से, भीड़ से उमड़ते हुए जय-जयकार का उत्तर थे, दूसरी तरफ उनकी आँखें तलाश कर रही थीं ऐसे कार्यकर्ताओं को, ऐसे छोटे-छोटे नेताओं को, जो कई बार उनके बड़े काम आते। उधर उनका दिमाग हिसाब लगा रहा था ग्रीन रूम में बैठे हुए ठेकेदारों का जो लाखों-करोड़ों की रकम या रकम के वायदे के साथ, बेसब्री से उनका इन्तजार कर रहे थे। मुख्यमन्त्री का दिमाग अनेक उलझनों में घिरा हुआ था और अपने मुख्यमंत्रित्व के पहले दिन वह किसी झमेले-झंझट में नहीं पड़ना चाहते थे। उनके हाथ बीच-बीच में खुल जाते, जब उन्हें किसी की अर्जी, किसी की सिफारिशी चिट्ठी, किसी का कोटा परमिट लाइसेन्स का आवेदन, किसी तबादले की चिट्ठी लेनी पड़ती। किसी चुम्बक के प्रभाव की तरह मुख्यमन्त्री का एक हाथ अपने दूसरे हाथ से अलग होता, एक पल को उनकी आँखें झपकतीं, जुड़े हुए हाथों से अलग हुआ हाथ किसी अर्जी, किसी सिफारिशी चिट्ठी, किसी कोटा परमिट लाइसेन्स का आवेदन, किसी तबादले की चिट्ठी लेकर अपने व्यक्तिगत सहायक की तरफ उछाल देता। असल में अलग हुआ हाथ, जिस समय अर्जी, सिफारिशी चिट्ठी, कोटे का आवेदन, लाइसेन्स की दरखास्त, तबादले की चिट्ठी पी. ए. की तरफ उछालता, करीब-करीब उसी समय, पी. ए. का दाहिना हाथ उसे रोक लेता। पी. ए. के हाथ से लेकर मुख्यमन्त्री के हाथ तक का फासला और उस फासले में फँसी

हुई चिट्ठी, अर्जी, दरखास्त, आवेदन, उछालकर दिया गया था या स्नेहपूर्वक लिया गया था, इसका फैसला देखनेवाला कर ही नहीं सकता था। इस प्रकार से दर्जनों अर्जियाँ, दरखास्तें, आवेदन और तबादले की चिट्ठियाँ जब तक व्यक्तिगत स्टाफ के हाथों में पहुँचतीं, देनेवाले के सिवाय सबको मालूम होता किन कागजों को फाड़कर फेंकना था और कौन-सी चिट्ठियाँ, कौन-सी अर्जियाँ, कौन-सी दरखास्त सही कार्यवाही और मुकाम पर पहुँचनी थी। खग ही जाने खग की भाषा के अनुसार मुख्यमन्त्री का स्टाफ उनके इशारों को खूब समझता था। महज, कागज देने के अन्दाज से, व्यक्तिगत स्टाफ समझ जाता कार्यवाही का कौन सूत्र पकड़ना था। मुख्यमन्त्री एक-एक से मिलते हुए आगे बढ़ रहे थे, तभी बरामदे की तरफ से भागता हुआ रामाधीन आया और उसने न जाने क्या भदौरिया के कान में कहा, भदौरिया चौंक गया। कुछ ही देर बाद भदौरिया ने बड़ी शालीनता से, मौका निकालकर मुख्यमन्त्री को दिल्ली से आये हुए फोन के बारे में सूचना दे दी। उसके बाद मुख्यमन्त्री को तुरन्त वापस अन्दर जाना था, लेकिन सामने, उस शामयाने में तब भी कई दर्जन लोग मिलने के लिए खड़े थे। इससे पहले मुख्यमन्त्री पलटकर पीछे मुड़ें और सीधे लम्बे बरामदे को पार करते हुए अन्दर पहुँच जायें, मुंशी अवतारी लाल, बिन्दादीन सर्राफ की बेवा और बुधवाल के साथ पहाड़पुर-नानकपुर के कई लोग आकर खड़े हो गये। मुंशी अवतारी लाल रो रहा था, बिन्दादीन सर्राफ की बेवा रो रही थी, बुधवाल रो रहा था और सेठ गोवर्धनदास उन लोगों को चुप कराते-कराते खुद भी रोने लगे थे। ऐसे समय में जब मुख्यमन्त्री को दिल्ली से आया हुआ टेलीफोन कौल सुनने के लिए, वापस पहुँचना था, उन लोगों का रोना-धोना उन्हें तनिक भी अच्छा नहीं लगा और फिर वह तो पहला दिन था उनके मुख्यमंत्रित्व के शासन काल का। भदौरिया, दिल्ली से आये हुए फोन का महत्त्व समझता था, भदौरिया ग्रीन रूम में बैठे लोगों का महत्त्व मुख्यमन्त्री आवास की दूसरी बैठक में स्थापित उच्च सरकारी अधिकारियों के महत्त्व को भी समझता था इसीलिए वह मुख्यमन्त्री की तरफ झुककर चलने का इशारा करते हुए बोला, ''सर, प्रधानमंत्री निवास से फोन आया है आप चलिए मैं इन लोगों को वहीं ले आता हूँ।''

''ठीक है...ठीक है। तुम इन लोगों को अन्दर बिठाओ वहीं बात करते हैं,'' कहते हुए मुख्यमन्त्री शामयाने से बाहर की तरफ चल दिये।

भदौरिया का असल में पहला दिन था, जब कालीशंकर के बिना उनको अपना खेल दिखाने का मौका मिला था। वह अच्छी तरह जानते थे कालीशंकर के रहते उनकी कोई पूछ नहीं थी इसीलिए कालीशंकर के आने से पहले भदौरिया कुछ कमाल दिखाना चाहते थे और इसी अपनी इच्छा के तहत मुख्यमन्त्री के शामयाने के बाहर निकलने के पहले उन्होंने, उनको धर पकड़ा, ''सर आपको

याद होगा पहाड़पुर-नानकपुर का सर्राफा पुलिसवालों ने लूट लिया था। कई जानें गयी थीं कुछ औरतें के साथ...''असल में भदौरिया की आवाज रुक गयी थी क्योंकि एक तो मुख्यमन्त्री ने बरामदे की सीढ़ियों पर पहली बार पैर रखे थे और दूसरे...औरतों के साथ...कहने पर मुख्यमन्त्री ने उसकी तरफ न जाने किस अन्दाज में देखा था। लेकिन कुछ ही पलों में भदौरिया ने अपना उत्साह जुटा लिया। वह इस मौके को छोड़ना नहीं चाहते थे। उन्हें जल्दी ही कोई ऐसी करामात दिखानी थी जिससे कालीशंकर के आने के बाद भी उनका स्थान मुख्यमन्त्री आवास में बना रहे। इसीलिए भदौरिया ने आगे बढ़कर फिर से बोलना शुरू कर दिया, "सर मैंने पुलिस चीफ मिस्टर माथुर और पूर्व गृह सचिव एवं वर्तमान मुख्यमन्त्री सचिव श्री एम. के. कौल को ब्रीफिंग के लिए बुला लिया था। सर ! मैं चाहता था यह लोग आपको सरकारी पक्ष के बारे में बता दें और तब..." मुख्यमन्त्री उत्सुकदास तब तक बरामदे की सीढ़ियाँ चढ़ चुके थे, उन्होंने दुबारा भदौरिया की तरफ देखा था जिससे उनकी बोलती बन्द हो गयी थी, "भदौरिया। वैन विल यू ग्रो, मैं पहले जनता से मिलूँगा और फिर अधिकारियों से, मुझे किसी ब्रीफिंग की जरूरत नहीं है।"

मुख्यमन्त्री अन्दर चले गये थे, भदौरिया के ऊपर घड़ों पानी पड़ गया था। उनको लगा मुख्यमन्त्री को, उनकी बात, पसन्द नहीं आयी। उनको यह भी लगा, मुख्यमन्त्री शायद उनकी रंग-बिरंगी ड्रेस देखकर भड़क गये थे। उस दिन असल में भदौरिया हरे रंग की सफारी बुश्शर्ट के ऊपर लाल रंग की सफारी पैंट पहने हुए थे। भदौरिया की समझ में यह नहीं आया कि वह मुख्यमन्त्री जो हमेशा उनकी तरफ बिना देखे बात करते थे उन मुख्यमन्त्री ने उस दिन, उनको, दो बार क्यों देखा था। दोनों बार मुख्यमन्त्री के देखने मात्र से भदौरिया के अन्दर कपकपी छूट गयी थी, उनके मुँह से निकलनेवाले शब्द ठहर गये थे। काफी देर तक भदौरिया न अन्दर गये और न बाहर आये, उन्होंने अपनी मेज पर जाने की कोई कोशिश नहीं की और न ही ग्रीन रूम का कोई चक्कर लगाया। मुख्यमन्त्री के आने के पहले, जब भदौरिया, बजरबट्टू और सी. पी. से उलझे हुए थे तभी उन्होंने सोच रखा था, ग्रीन रूम के महारथियों और दूसरी बैठक में विराजमान अधिकारियों से सम्पर्क करने का। मामला कुछ टेढ़ा था। सी. पी. की बात बजरबट्टू के सामने नहीं की जा सकती थी, और ऊपर से जब तक वह सी. पी. के जुलूस का मामला और सी. पी. के पूड़ियों का बिल नहीं निबटा लेते, उनका कैटररवाला बिल पेमेण्ट के लिए नहीं जा सकता था। सी. पी. के बिल और कैटरर के बिल के बीच में फँसी हुई थीं सफारी सूट और लेन-देन की कुछ और बातें। जाहिर है, लेने-देन की बातें बजरबट्टू के सामने नहीं हो सकती थीं। वैसे लेन-देन की बातें सी. पी. के सामने भी नहीं हो सकती

थीं। लेकिन सी. पी. से बातचीत करने से पहले बजरबट्टू का जाना जरूरी था और कैटरर से बात करने से पहले सी. पी. से बात करना जरूरी था। बजरबट्टू, सी. पी. कैटरर के चक्कर में, भदौरिया ऐसे फँसे कि उनको ग्रीन रूम और दूसरी बैठक की यात्राओं से मरहूम रहना पड़ा। वह जानते थे, उनका बड़ा नुकसान हो रहा था, ग्रीन रूम में लोग आ रहे थे, जा रहे थे, लखपतियों की टीम जमा थी, लाखों-करोड़ों के लेन-देन की बिसात बैठाई जा रही थी और उधर अधिकारियों के बीच में न जाने कौन-कौन सी उठापटक चल रही थी ऐसे माहौल में बजरबट्टू और सी. पी. के चक्कर में फँस कर रहा जाना और ग्रीन रूम को लखपतियों तथा दूसरी बैठक के ठेकेदारों से सम्पर्क स्थापित न कर पाना उनके लिए जानलेवा बनता जा रहा था। ऊपर से मुख्यमन्त्री उनको फँसाकर बरामदे में चढ़ गये थे। कुछ दूर पर बिन्दादीन सर्राफ की बेवा, मुंशी अवतारी लाल और बुधवाल खड़े थे, और वहीं से कुछ कदम दूर ग्रीन रूम और दूसरी बैठक में महारथी विराजमान थे। मुख्यमन्त्री अन्दर जा चुके थे। उन्हें पी. एम. हाउस से बात करनी थी। इतना ही समय था भदौरिया के पास जिसके बीच उनको पहाड़पुर-नानकपुर सर्राफ के डेलीगेशन को अन्दर लाना था और ग्रीन रूम या दूसरी बैठक में बैठे हुए महारथियों से सम्पर्क स्थापित करना था। जाहिर था, इतने कम समय में भदौरिया के बाप भी तीनों काम नहीं कर सकते थे। भदौरिया अच्छी तरह जानते थे अगर मुख्यमन्त्री की बात पी. एम. हाउस से जल्दी खत्म हो गयी, वह बाहर निकल आये और पहाड़पुर-नानकपुर का डेलीगेशन अन्दर नहीं पहुँचा तो उनकी नौकरी खतरे में पड़ जायेगी। बड़े सोच-विचार के बाद, भदौरिया ने फैसला किया, उनको पहले मुंशी अवतारी लाल, गोवर्धनदास, बिन्दादीन सर्राफ की बेवा और बुधवाल को अन्दर पहुँचा देना चाहिए। भदौरिया ने हिसाब लगाया, अगर वह जल्दी से, पहाड़पुर-नानकपुर का डेलीगेशन अन्दर भेज देते तब उनके पास शायद, ग्रीन रूम के महारथियों से सम्पर्क करने का, थोड़ा-सा समय बच जायेगा। भदौरिया यह भी जानते थे कि सिर्फ डेलीगेशन को अन्दर बिठाना नहीं था बल्कि मुख्यमन्त्री की पी. एम. हाउस से बातचीत खत्म होने से पहले, उनको पहली बैठक के दरवाजे पर मौजूद रहना था। बहरहाल ग्रीन रूम और दूसरी बैठक के अधिकारियों का हिसाब लगाते-लगाते भदौरिया दूसरे चक्कर में फँस गये। पहाड़पुर-नानकपुर के डेलीगेशन को अन्दर बिठाने के लिए मुख्यमन्त्री ने कह दिया था लेकिन भदौरिया की समझ में यह नहीं आ रहा था, वह उन लोगों को कहाँ बिठायें। उस दिन मुख्यमन्त्री आवास में, अन्दर बैठने के लिए सिर्फ दो कमरे थे। एक था ग्रीन रूम जहाँ बैठे थे कामयाबसेठ, घनानन्द बिठूरिया, बरुन हालदार और तांबे से अल्मूनियम के बदलनेवाला कारीगर बैठा था और दूसरी बैठक में उस पुलिस

फोर्स का चीफ माथुर बैठा था जिसने पहाड़पुर-नानकपुर में तबाही **मचाई थी**, झूठे एनकाउंटर कराये थे, सर्राफा लूटा था, औरतों के साथ बलात्कार किया था। उसी दूसरी बैठक में पूर्व गृहसचिव एवं वर्तमान मुख्यमन्त्री सचिव मोहन कृष्ण कौल बैठे थे और उनके साथ गृह विभाग की उपसचिव मालती शर्मा तथा भूपति विद्यमान थे। यह वही मोहन कृष्ण कौल थे जिन्होंने पहाड़पुर-नानकपुर काण्ड के लिए पुलिस फोर्स को जिम्मेदार ठहराया था, यह वही मोहन कृष्ण कौल थे जिन्होंने वरून हालदार के खिलाफ गिरफ्तारी का वारण्ट निकलवाने में कोई कसर नहीं छोड़ी थी। मालती शर्मा वही उपसचिव थीं जिन्होंने पहाड़पुर-नानकपुर काण्ड के दौरान जिला अधिकारी खुन्ना जौहरी की रपट पर कार्यवाही की थी। भदौरिया को बहुत बुरा लग रहा था, उनकी समझ में नहीं आ रहा था कि इन विपरीत परिस्थितियों में वह क्या करे और किधर जाये। उन्हें कोफ्त हो रही थी, उन्हें गुस्सा आ रहा था, वह बेदम और परेशान थे सिर्फ यह सोचकर, वह किस जंजाल में फँस गये थे। इसी सोच-विचार में फँसे हुए, भदौरिया न ग्रीन रूम की तरफ जा सके और न दूसरी बैठक की तरफ, वहीं बरामदे में जहाँ मुख्यमन्त्री उनको छोड़ आये थे, वहीं खड़े-खड़े भदौरिया लोगों से घिर गये। उस दिन मुख्यमन्त्री आवास में गदर का माहौल था। फूलवाले, केलेवाले, मिठाईवाले, सौगातवाले, बड़े-बड़े हार और माँगपत्र देनेवाले, कितने नेता, चमचे, चिलगोजे, चकरबन्ध, वर्तमान विधायक, भूतपूर्व विधायक, भावी विधायक, वर्तमान सांसद, भूतपूर्व सांसद, भावी सांसद, वर्तमान ठेकेदार, भूतपूर्व ठेकेदार, भावी ठेकदार, वर्तमान और भूतपूर्व अभियन्ताओं और अधिकारियों के साथ पिले पड़े थे। शामयाने से लेकर बरामदे तक, मुख्य गेट से लेकर चारदीवारी के चारों कोनों तक फैली हुई वह तमाम भीड़, जो तब तक मुख्यमन्त्री के आने का इन्तजार कर रही थी, मुख्यमन्त्री के जाने के बाद बेसब्र हो उठी। सबको पता लग गया था, सब जान गये थे मुख्यमन्त्री से उस दिन और कोई नहीं मिल सकेगा। जाहिर था, ऐसे मौके पर सबके भगवान्, सबके ईश्वर, सबके दाता भदौरिया थे। उन तमाम लोगों की गरीबी, जरूरत और विपदा की दास्तान सिर्फ भदौरिया को ही सुननी थी। और भदौरिया सामने थे। इससे पहले भदौरिया अन्तःपुर में गुम हो जायें और मुख्यमन्त्री की तरह दुबारा, उस दिन नजर न आयें, उन तमाम लोगों ने भदौरिया को घेर लिया। भदौरिया का सारा हिसाब बिगड़ गया। कहाँ उन्होंने सोचा था मुख्यमन्त्री के ऊपर एक-दो हाथ साफ करने के बाद वह चुपके से ग्रीन रूम के किसी लखपती को उठायेंगे और दूसरी बैठक के किसी महारथी से भिड़ा देंगे। यहाँ तो उनकी जान के ऊपर बन आयी थी। समय निकलता जा रहा था। लोगों की भीड़ उनके चारों तरफ बढ़ती जा रही थी। जरूरतमन्द अपनी-अपनी अर्जियाँ,

अपने-अपने कागज भदौरिया के मुँह के ऊपर फेंक रहे थे और खींच रहे थे। एक हाथ बढ़ाकर कागज उनकी आँखों के सामने करने की कोशिश करता तभी दूसरी तरफ से, दूसरा हाथ किसी और कागज को उनकी आँख के सामने गढ़ा देता। अर्जियों के ऊपर अर्जियाँ, हाथों के ऊपर हाथ, कागजों के ऊपर कागज पिले हुऐ थे भदौरिया के ऊपर। भदौरिया का सोचना बन्द हो चुका था। उनके दिमाग ने काम करना छोड़ दिया था। वह जानते थे, वह जरूरतमन्द फौज भी तो उनका कच्चा माल थी, धन्धे, व्यापार और सौदे का आसरा और सहारा थी। भदौरिया अच्छी तरह जानते थे, ग्रीन रूम में बैठे हुए लखपती और दूसरी बैठक के अधिकारी बातें तो मीठी-मीठी करेंगे लेकिन लेन-देन का जुगाड़ करने में कई दिन, कई हफ्ते, कई महीने निकल सकते थे। लेकिन जरूरतमन्द इन्सानों की जो फौज उनको घेरे हुए थी और जिसकी अर्जियों, कागज और चिट्ठियों के बीच में वह घिरे हुए थे उस फौज के साझेदार, नुमायन्दे, अर्जीधारी, चिट्ठी धारी, व्यापारी उनकी रोजाना की सफारी सूट और दस्तूरी की बेदाग माँग को बिना नागा सालों साल तक पूरा करने के लिए काफी थे। एक तरफ सफारी सूट और दस्तूरी का सुनहरा संसार था, दूसरी तरफ ग्रीन रूम के महारथियों से जुड़ा हुआ धन और सम्पदा का अथाह सागर था, इस बीच में फँसे हुए भदौरिया की जब कुछ समझ में नहीं आया तो उन्होंने रामाधीन को आवाज लगायी। भीड़ का घेरा बढ़ते-बढ़ते मुख्यमन्त्री के वैयक्तिक सहायकों के कमरे और दूसरी बैठक के दरवाजे तक पहुँच चुका था। उसके अन्दर रामाधीन का पहुँचना मुश्किल था और उससे बाहर भदौरिया निकल नहीं सकते थे। ऐसे कठिन समय में टेलीफोन उठानेवाला बाबू न जाने कहाँ से, भीड़ के घेरे में लोगों के पैरों के बीच से निकलकर उनके सामने खड़ा हो गया। भदौरिया की आत्मा उस टेलीफोनी पी. ए. को देखकर ऐसे तड़प उठी जैसे डूबता हुआ तिनके का सहारा लेकर तड़पता। कुछ देर वह टेलीफोनी पी. ए. को घूरते रहे । इतनी देर में तीन-चार और लोगों ने कुछ अर्जियाँ, कुछ और चिट्ठियाँ उनके हाथों में, सफारी सूट की जेबों में यहाँ तक उनके दोनों कन्धों पर आँख के नीचे सामने छाती पर रख दीं। टेलीफोनी पी. ए. ने भदौरिया की स्थिति समझ ली थी। उस महान् संकट की घड़ी में, जहाँ अभिमन्यु की तरह सातवें व्यूह के घेरे में फँसे हुए भदौरिया को वह निकालने आया था वहाँ उसने नाजुक स्थिति को जाँचकर भदौरिया के हाथ, कन्धे और छातियों पर अर्जियों, चिट्ठियों और कागजों को बटोरना सँभालना शुरू कर दिया। कुछ ही पल में भदौरिया को उस टेलीफोनी पी. ए. का महत्त्व समझ में आ गया और वह फुसफुसाकर उससे घिघियाकर बोले, ''तुम्हें परमानेंट बना दूँगा, मुझे बाहर निकालो।''

टेलीफोनी पी. ए. कुछ कलन्दर किस्म का लम्बा तगड़ा इन्सान था। उसने

एक-दो बार तो, लोगों से हटने और रास्ता देने के लिए कहा, लेकिन जब उसकी बात किसी ने नहीं सुनी तब उसने अर्जियों, कागज और चिट्ठियों को, जो उसके हाथ की मुट्ठियों में भिंची हुई थीं, सँभाले हुए अपने दोनों हाथ, तलवार की तरह सीधे खड़े कर दिये। टेलीफोनी पी. ए. का बायाँ हाथ कुछ लोगों की कनपटी, माथे और नाक को छूता हुआ निकल गया और दाहिना हाथ अन्य कुछ लोगों के पेट, सीने और होठों को काटता हुआ निकल गया। वह तमाम लोग जिनकी कनपटी, माथे, नाक, पेट, सीने या ओंठ पर दबाव पड़ा था या खरोंच या खरास आयी थी वह दर्द में कराह उठे और इस चक्कर में भदौरिया को निकलने का रास्ता मिल गया। भदौरिया के निकलते ही उन जरूरतमन्द लोगों की भीड़ ने अपने प्रकाण्ड प्रभाव से उस टेलीफोनी पी. ए. को धर दबोचा। वह तमाम लोग समझ गये थे जिस तरह मुख्यमन्त्री अपने अन्तःपुर में जा चुके थे उसी तरह भदौरिया भी दुबारा हाथ आनेवाले नहीं थे। दूर-दूर से आये हुए लोग, कई घण्टों के इन्तजार के बाद, इस बात के लिए तैयार नहीं थे कि वह अपनी-अपनी अर्जी, अपने-अपने कागज, अपनी-अपनी चिट्ठियाँ वापस लेकर जायें। असल अर्जियों, चिट्ठियों और कागजवालों के साथ में चमचे, चिलगोजे और चकरबन्ध भी लगे हुए थे। यह सारी की सारी मनुष्यता मुख्यमन्त्री के सत्ता ग्रहण के पहले दिन ही, अपने-अपने संकट का निदान कर लेना चाहती थी। सबको डर था, एक भी दिन निकल जाने पर सत्ता के गलियारे में घुसना भी मुश्किल हो जायेगा और फिर मंत्रिमंडल का क्या ठिकाना कब तक रहे, कब गिर जाये।

भदौरिया, जैसे ही, टेलीफोनी पी. ए. की कृपा से, उस घेरे से बाहर निकले, रामाधीन उनके सामने आकर खड़ा हो गया। भदौरिया रामाधीन को घूर रहे थे और रामाधीन भदौरिया की बिगड़ी हुई हालत को देख रहे थे। भदौरिया के बचे-खुचे बाल बिखरे हुए थे, सफारी सूट की बुश्शर्ट का एक बटन टूट चुका था, बुश्शर्ट की तीनों जेबें कागज, अर्जी और चिट्ठियों से भरी हुई थीं, उनके नाक, कान और बालों पर अजब-अजब किस्म के निशान थे और वह हाँफ रहे थे। रामाधीन खुद संकट में थे। मुख्यमन्त्री पी. एम. हाउस से टेलीफोन पर बात करने के बाद, अपनी व्यक्तिगत बैठक, जिसका इस्तेमाल घरेलू दफ्तर के रूप में किया जाता था, में पहुँच चुके थे और वहाँ पर तब तक पहाड़पुर-नानकपुर सर्राफे का डेलीगेशन नहीं पहुँचा था। इतने में भदौरिया की नौकरी चली जानी थी लेकिन भदौरिया बच गये थे क्योंकि मुख्यमन्त्री ने उस बरामदे की सीढ़ियों से ऊपर आकर, अन्दर जाने से पहले, भदौरिया से जो डायलॉग बोले थे वह शायद वहाँ पर खड़े हुए लोगों को सुनाने के लिए थे। हुआ यूँ, मुख्यमन्त्री ने भदौरिया से कहा था...वह जनता से पहले

अधिकारियों से बाद में बात करेंगे...। मुख्यमन्त्री के इस डायलॉग का अर्थ, उस समय भदौरिया की समझ में कहाँ आया था, लेकिन जब रामाधीन ने उनको बताया, मुख्यमन्त्री अपनी बैठक में अकेले बैठे हुए, पहाड़पुर–नानकपुर सर्राफे के डेलीगेशन का इन्तजार नहीं कर रहे थे बल्कि उन्होंने दूसरी बैठक में प्रतीक्षारत अधिकारियों को बुलाना शुरू कर दिया था तब उन्होंने राहत की साँस ली और उनकी जान में जान आयी। असल में भदौरिया की हालत उस वक्त ऐसी नहीं थी, वह सीधे मुख्यमन्त्री के पास सर्राफे का डेलीगेशन पहुँचा पाते। और फिर रामाधीन की बात सुनने के बाद, भदौरिया को यह लगा, अगर वह उस भीड़ के घेरे में न फँस जाते और अगर कहीं उन्होंने सीधे सर्राफे का डेलीगेशन मुख्यमन्त्री के पास पहुँचा दिया होता तो शायद मुख्यमन्त्री आवास में वह उनका पहला और अन्तिम दिन होता। जल्दी-जल्दी भदौरिया ने अपने माथे पर हाथ फेरा और रामधीन से बोले, ''रामाधीन ! चौकस रहना, बड़ा खतरा है यहाँ सर्राफे का डेलीगेशन कौल साहब से पूछकर मुख्यमन्त्री के आदेश लेकर अन्दर पहुँचा देना।'' इतना कहकर भदौरिया अपने कमरे की तरफ भागने लगे तभी उन्होंने देखा मुंशी अवतारी लाल को और देखा बिन्दादीन सर्राफ की रोती हुई बेवा और बुधवाल को। भदौरिया के कदम रुक गये। वह फिर रामाधीन की तरफ घूमे और रामाधीन से चिढ़कर बोले, ''कब से कह रहा हूँ इनको अन्दर ले जाओ...क्यों नहीं ले जाते हो...आईये, आप लोग चलिए ले जाओ रामाधीन...ले जाओ'', बिना किसी प्रतिक्रिया या उत्तर की प्रतीक्षा किये कालीशंकर की जगह अपना स्थान बनाने के प्रयास में आतंकित भदौरिया सिर पर पैर रखकर भाग खड़े हुए।

पी. एम. हाउस से बात करने के बाद जैसे ही मुख्यमन्त्री अपनी बैठक में पहुँचे सबसे पहले उनके पास उनके आई. ए. एस. सचिव, मोहन कृष्ण कौल और आई. जी. पुलिस माथुर आकर खड़े हो गये।

''गुड मोर्निंग सर !'' मोहन कृष्ण कौल ने बड़े अन्दाज से कहा था।

''गुड मोर्निंग टू यू''। मुख्यमन्त्री ने बेरुखी से जवाब दिया, ''इट मे बी गुड मोर्निंग टू यू बट दिस इज ए बैड मोर्निंग फौर दोज सिटिंग आउटसाइड।''

''सर ! आप शायद पहाड़पुर-नानकपुर कार्नेज के बारे में जानना चाहेंगे।''

''करेक्ट !''

''सर, पहले मैं कहूँ या मिस्टर माथुर !''

''कोई भी'' मुख्यमन्त्री दूसरी तरफ देखने लगे थे, ''बट बी फास्ट !''

''मिस्टर माथुर आप शायद...''

''औनरेबिल सर ! स्थिति बड़ी गम्भीर है। नानकपुर-पहाड़पुर का सीमावर्ती इलाका कई वर्षों से छोटे-छोटे डाकुओं के गिरोह से भरा हुआ है...वहाँ पर करीब

500 मील लम्बा और 400 मील गहरा घना जंगल है जो एक तरफ दल-दल और दूसरी तरफ रेत से घिरा हुआ है। बीच में पड़ती है घाघरा नदी और उत्तर में है नेपाल की पहाड़ियाँ। काफी लम्बे अरसे ने इस इलाके में, जरायमपेशा और क्रिमनल्स के गिरोह, छोटी-छोटी वारदातें किया करते थे...लेकिन भौगोलिक स्थिति की वजह से, पुलिस फोर्स कुछ खास कर नहीं सकी थी। इस जंगल के पश्चिमी किनारे पर पहाड़पुर में, एक सर्राफे का बाजार है। यह डाकुओं के गिरोह एवं जरायमपेशा तथा खूँखार और गैरकानूनी किस्म के लोगों की जरूरत के लिए है।

यहाँ लूट का माल बिकता है सर...इसी सर्राफे बाजार से लगा हुआ एक दूसरा बाजार है जहाँ किस्म-किस्म के हथियार, बारूद, हथगोलों की दुकानें लगती हैं। अभी कुछ दिन हुए दूर बंगाल से और बिहार से कुछ आतंकवादी और कुछ नक्सलाइट इसी जंगल में आकर छुप गये थे। यह आतंकवादी और नक्सलाइट काफी खतरनाक किस्म के हैं और इन्होंने उन तमाम छोटे-छोटे डाकुओं और जरायमपेशावाले गिरोहों को संगठित करके अपनी छत्रछाया में ले लिया है। वह सब अब लाल फौज का हिस्सा हैं और उन्हें एक आइडियोलोजीकल कवर दे दिया...''

''मिस्टर माथुर ! मुझे इतिहास नहीं वर्तमान समस्या के बारे में बतायें।'' मुख्यमन्त्री ने समझ लिया था पुलिस, आई. जी. बातों के घेरे में मुख्य मुद्दों को पीछे छोड़ आया था। माथुर को मुख्यमन्त्री ने डिरेल कर दिया था।

''सर ! उस दिन अभयंकर घोष और मोहिन्दर घटक नाम के दो आतंकवादियों की गोवर्धनदास के यहाँ, लेन-देन की मीटिंग थी, जब पुलिस ने गाँव को घेर लिया...''

''व्हाट्स, व्हाट एबाउट रेप ! व्हाट एबाउट रेप !! मिस्टर माथुर !'' कौल ने जड़ दिया था।

''वहाँ पर कोई रेप नहीं हुआ मास रेप का सवाल ही नहीं उठता।''

''यह आप कह रहे हैं मिस्टर माथुर'' मोहन कौल ने पूछा था।

''माई ब्वायज से दिस।'' आई. जी., पुलिस ने अपनी बात आगे बढ़ाई थी।

''मुझे आपसे मतलब है, आपके ब्वायज से नहीं'', मुख्यमंत्री ने आई. जी. पुलिस को लताड़ा था।

''सर, दिस इस रिपोर्ट फ्राम कलेक्टर'' मोहन कौल ने खुन्ना जौहरी की रिपोर्ट की कॉपी मुख्यमन्त्री के सामने रख दी।

मुख्यमन्त्री ने आई. जी. पुलिस को घूरते हुए रिपोर्ट की तरफ देखा, इतनी जल्दी कुछ पढ़कर समझना मुमकिन नहीं था, इसलिए पन्ने पलटते हुए वह कुछ

देखकर और कुछ बिना देखकर बोले, ''मिस्टर माथुर ऐसा लगता है डी. एम. ने पूरी जाँच पड़ताल के बाद अपनी रिपोर्ट भेजी है''।

''जी हाँ, वह वन साइडेड रिपोर्ट है, डी. एम. साहब ने अपनी मर्जी से इकतरफा जाँच की थी, बिना पुलिस फोर्स के सहयोग के। उसमें तो सर, पुलिस के किसी अफसर का बयान तक दर्ज नहीं...''

आयी जी. पुलिस की बात काटते हुए मोहन कृष्ण ने कहा था, ''सर, डी. एम. की रिपोर्ट के मुताबिक पुलिस ने झूठे एनकाउन्टर में बिन्दादीन सर्राफ को गोली से उड़ा दिया, गोवर्धनदास सर्राफ के यहाँ चालीस लाख की डकैती के माल में हिस्सा बाँट की, पूरे गाँव को लूटा और सामूहिक रूप से गाँव की औरतों के साथ बलात्कार किया...एज यूजुअल सर'', मोहन कौल के चेहरे पर बदमाशी थी।

''माथुर ! यह सब क्या है। आप, पुलिस के आई. जी. हैं या डाकुओं के...डैक्वाइट्स, मरडरर्स और रेपिस्ट के चीफ'', मुख्यमन्त्री ने तेज आवाज में पूछा था।

''सर...''।

''नो, नो माथुर तुम्हें गुनाह और अपराध को संरक्षण नहीं देना चाहिए, डी. एम. की रिपोर्ट में उस पुलिस कान्स्टेबिल का बयान है जिसकी बन्दूक सरकारी मालखाने में जमा की गयी थी...एस. डी. एम. ने स्पौट एन्क्वायरी की है...यह सब लोग झूठे हैं क्या, पुलिस फोर्स को यह सब करने का अधिकार किसने दिया...माथुर साहब मुझे नहीं लगता आप इस तरीके से मेरे साथ काम कर पायेंगे।''

''सर, कलेक्टर वाज पर्सनली प्रीजुडिस्ड,'' माथुर ने एक दाँव और फेंका था।

''किससे प्रीजुडिस्ड है।'' मुख्यमन्त्री का पारा बढ़ता जा रहा था।

''भैरोसिंह से।''

''कौन हैं भैरोसिंह !''

''सर्किल इन्सपेक्टर।''

''कलेक्टर कौन हैं।''

''सर ! खुन्ना जौहरी।''

''कौन खुन्ना जौहरी ?''

''हरिस्वरूप जौहरी।''

''कौन...नर्मदा प्रसाद का दामाद ?''

''हाँ सर !'' कौल ने धीरे से कहा था।

मुख्यमन्त्री उत्सुकदास के अन्दर, अनेक प्रतिक्रियाएँ हुई थीं। नर्मदा प्रसाद

पुराने आई.सी. एस. आफिसर थे जिनके बारे में मुख्यमन्त्री की काफी अच्छी राय थी ऊपर से नर्मदा प्रसाद खरे ने अपने शासन काल में, कई बार, जब मुख्यमन्त्री छोटे-मोटे नेता हुआ करते थे, उनकी मदद की थी उनके कई छोटे-मोटे काम करवाये थे।

''मिस्टर माथुर, आपको पता है, डी. एम. की बैक ग्राउंड। मुख्यमन्त्री की आवाज में धीरे-धीरे एक खीझ आती जा रही थी।''

''बट हिज वाइफ...।''

''प्लीज माथुर ! यू आर कमिंग औन माई नर्व्स !'' मुख्यमन्त्री ने घूमकर मोहन कृष्ण कौल की तरफ देखा, ''कौल'' !''

''यस सर !''

''आप पहाड़पुर का डेलीगेशन बुलवा लीजिए।''

''यस सर !''

मोहन कृष्ण कौल उठकर बाहर गये तब मुख्यमन्त्री ने आगे कहना शुरू किया।

''मिस्टर माथुर ! आपकी प्रोब्लम क्या है...मेरी समझ में नहीं आ रहा है आप उन खूनी दरिन्दों और बलात्कारियों को डिफैन्ड क्यों कर रहे हैं।'' सतीश माथुर ने अदब से कहा था, ''सर, मैं मजबूर हूँ...हम पुलिस फोर्स को किसी कीमत पर डिमौरेलाइज्ड नहीं कर सकते...जो भी एक्शन लेना है सोचकर लेना होगा, पहला वार किसने किया था यह देखना होगा...पुलिस इज ए ब्रूट फोर्स. ..हम उसे कन्सैन्चुअस नहीं बना सकते, क्योंकि सर, आप जानते ही होंगे, कान्सस विल आलवेज रेज क्वेस्चन्स...जब कि हमें सर, आर्डर और कमान्ड को इम्प्लीमेण्ट करनेवाले ब्लाइण्ड फौलोअर चाहिए...जो भी एक्शन पुलिस ने, पहाड़पुर-नानकपुर में लिया था वह डाकुओं के खिलाफ था...आतंकवादियों के खिलाफ था...यह बात और है, किसी प्रोवोकेशन की वजह से वह एक्शन जो आतंकवादियों के खिलाफ था जनता के खिलाफ डाइवर्ट हो गया। पुलिस के लोग तो जख्मी डाकू को ढूँढ़ रहे थे...और सर, आप गृह सचिव से पूछने का कष्ट करें, कलेक्टर जौहरी की रिपोर्ट से तीन महीने पहले, इस कार्नेज से बहुत पहले पहाड़पुर-नानकपुर की लोकल पुलिस फोर्स ने वहाँ के जंगल में छिपे हुए अपराधियों और आतंकवादियों के खिलाफ हेलीकॉप्टर और मशीनगन से लैस लिक्विडेशन फोर्स की माँग की थी...यह सब मुझे अच्छा नहीं लग रहा है, सर, लेकिन... ।''

''माथुर साहब अगर आप सर्राफा डेलीगेशन के सामने यहाँ मौजूद न रहना चाहें तो आप जा सकते हैं'', मुख्यमन्त्री ने कहा।

''थैंक यू सर'' कहकर आई. जी. पुलिस बाहर निकल गये। तभी मुंशी

अवतारीलाल, बिन्दादीन सर्राफ की बेवा, गोवर्धनदास और बुधवाल के साथ अन्दर आकर खड़े हो गये।

''अरे भई कौल यह लोग खड़े क्यों हैं, बैठ क्यों नहीं जाते...मुझे बड़ा अजीब लग रहा है। आज मुख्यमन्त्री बनने के बाद मेरा पहला दिन है, इसलिए मैं कोई सख्त कार्यवाही नहीं कर सकता। लेकिन जब तक मैं मुख्यमन्त्री हूँ, यह बात सभी लोगों को बता दी जाय'', मुख्यमन्त्री पहले तो जैसे अपने आप से बात कर रहे थे फिर उन्होंने मोहन कौल की तरफ मुखातिब होकर कहा, ''किसी के साथ जोर-जबरदस्ती और गैर-कानूनी हरकत मुझसे बरदाश्त नहीं होगी।''

''ओ. के. सर !''

''कहिए, कैसे कष्ट किया आपने।'' मुख्यमन्त्री ने मुंशी अवतारी लाल और गोवर्धनदास की तरफ देखकर पूछा।

''कष्ट तो हमने दिया है आपको आज पहले दिन ही...नयी सरकार का...कम से कम आज के दिन हम नहीं आना चाहते थे।''

''क्यों नहीं आना चाहते थे...यह सरकार आपकी है, इसमें क्या बात है...यह तो हमारा फर्ज है...आप बिना किसी हिचकिचाहट के अपनी बात कह सकते हैं।''

''कौल साहब से हम कई बार मिल चुके हैं...पहाड़पुर-नानकपुर गाँव बरबाद कर दिया गया है। वैसे भी जंगली जानवर और डाकुओं के खतरे हमेशा-हमेशा से उस गाँव के लोगों के ऊपर मंडराते रहे लेकिन अफसोस तो तब होता है जब वह पुलिस, जो हमारी रक्षा के लिए बनाई गयी है और जो हमेशा दस्तूरी और हफ्ता भी वसूला करती है, वह पुलिस फोर्स खुद हमारी बरबादी का कारण बने। अपने ही देश में हम अनाथ हो गये हैं...पुलिस नहीं होती तो डाकू हमें मारते हैं...लेकिन जब पुलिस खुद डाकू बन जाय तो हम क्या करें...यही पूछने हम यहाँ आये हैं। आखिर हमारा कसूर क्या है...क्यों किया यह सब पुलिस ने हमारे साथ...इसे देख रहे हैं'', अवतारी लाल ने बिन्दादीन की विधवा की तरफ इशारा किया, ''इसकी आँखों में रोते-रोते आँसू तक सूख गये हैं...इसकी शादी को सिर्फ 8 महीने हुए थे...इसके पेट में बच्चा है हुजूर. ..इसने किसी का क्या बिगाड़ा था।''

''लेकिन पुलिस तो कहती है बिन्दादीन मुठभेड़ में मारा गया,'' मोहन कृष्ण कौल ने इशारा किया।

''बिन्दादीन तो गऊ आदमी था हुजूर...वह भला पुलिस से किसलिए भिड़ेगा वह तो सर्राफे का दुकानदार था और फिर एक बात पूछता हूँ साहेब...अगर बिन्दादीन मुठभेड़ में मारा गया होता तो उसके बदन पर जहाँ

छर्रे लगे, वहाँ काला होने का, जलने का टैटोइंग का निशान कहाँ होता। इतना तो हम भी जानते हैं...आप भी समझते होंगे...पाँच फुट के अन्दर जब गोली दागी जाती है तो उसके निशान दूसरी तरह के होते हैं। पाँच फुट से तो कोई मुठभेड़ नहीं होती...''

''यह लोग क्या कह रहे हैं कौल।'' मुख्यमन्त्री ने पूछा।

''इनका कहना है सर, जैसा पोस्टमार्टम रिपोर्ट से कन्फर्म हुआ है, गोली पाँच फुट के अन्दर से मारी गयी...जब राइफल से फायर किया जाता है तो उसके छर्रे फैलते हैं लेकिन वैकुम के सिद्धान्त के अनुसार यह पाँच फुट के बाद फैलते हैं। पाँच फुट तक अगर कोई औबजेक्ट है तो छर्रे हिट करेंगे, लेकिन उनका मोटिव फोर्स अधिक होगा, जहाँ भी वह लगेंगे वहाँ ब्लैकनिंग बर्निंग और टैटोइंग जरूर होगी।'' कौल ने अपनी व्याख्या के साथ कहा।

''ऐसा है क्या।''

मुंशी अवतारी लाल की आँखों में आँसू भर आये थे और बड़ी मुश्किल से अपनी रुलाई का सैलाब रोकते हुए उन्होंने कहना शुरू किया, ''और हुजूर वही लोग हैं, अभी वहाँ मौजूद हैं...दिन भर गाँववालों को धमकाते हैं...सर्राफा बाजार दो महीने से बन्द है...सबके बच्चे भूख से बिलबिला रहे हैं...यह दोहरी मार है हुजूर...काम धन्धा सब बन्द है...कहाँ जायें, क्या करें हम। भाग कर शहर में छिप गये हैं।''

सेठ गोवर्धनदास के अन्दर नफरत का सैलाब उबल रहा था और वह खामोश थे। मुंशी अवतारी लाल से उनकी बनती नहीं थी लेकिन इस मुद्दे पर दोनों एक थे। वैसे सेठ गोवर्धनदास को मुख्यमन्त्री उत्सुकदास अच्छी तरह जानते थे। सेठ गोवर्धनदास के टोकरों से मुख्यमन्त्री भी नहीं बचे थे। मुंशी अवतारी लाल ने और मोहन कृष्ण कौल ने भूमिका बना दी थी जिसका लाभ उठाते हुए सेठ गोवर्धनदास ने अपने अन्दर दहकते हुए अंगारों को उगलना शुरू किया, ''मैं गवाह हूँ...सारे गाँववालों की मैं ले गया था। एस. डी. एम. साब के यहाँ ...गाँव की तलाशी लेकर पुलिस चली गयी थी...तब कहीं से पता लगा बुधवाल की नयी-नवेली दुल्हन गायब हो गयी...फिर दुल्हन आयी तो पुलिस का जुल्म भी सामने आ गया...उसकी इज्जत लूट ली गयी थी...वह तो कुएँ में डूबकर कर मर गयी लेकिन गाँववालों के सिर पर खून सवार हो गया साहब...सब दौड़ पड़े उन दो सिपाहियों पर...उनकी बन्दूक छीन ली...तभी हम्हें पता लगा। हम ठहरे गाँव के मुखिया...हम दौड़कर आये...गाँववालों को कानून अपने हाथों में लेने से रोका...मैं खुद समझा-बुझाकर सबको ले गया...एस. डी. एस. साब के बंगले पर...बन्दूक जमा करवाई...सिपाही के खिलाफ बयान कलम बन्द कराया. ..और लौटकर घर आये तो देखा सब कुछ लुट चुका था...गाँव के मर्द तो हमारे

साथ चले आये थे...एक-एक औरत की इज्जत लूट ली उन लोगों ने...मेरे घर में ग्राहकों के जेवर रखे थे...सोना था...चाँदी थी...चालीस लाख का माल था साहब, सब ले गये वह लोग...अरे कोई डाकू होता तो हम गम खाकर बैठ जाते...रक्षक ही जब भक्षक बन जाय तो कहाँ जायें हम लोग...घर...दुकान बाजार...हाट...गाँव...जमीन सब छोड़ बैठे हैं हम लोग...कहाँ जायें...क्या करें...आप ही बताओ साहब आप तो सरकार के सबसे बड़े हाकिम हो...क्या आप इतना भी नहीं कर सकते कि इन्सपेक्टर हीरालाल, मुंशी दीवानचन्द और भैरवसिंह को वहाँ से हटा लो...यह कैसी सरकार है...यह कैसी पुलिस है...यह कौन-सा राज है...अपने देश में या विदेश में...साहब। अंग्रेजों के जमाने में भी इतने जुल्म तो नहीं होते थे...क्या इसी खातिर हमने आजादी के लिए संघर्ष किया था।''

सेठ गोवर्धनदास जैसे अपने अन्दर सुलगते हुए नफरत के सैलाब को निकाल रहा था। मुख्यमन्त्री चुप थे। मोहन कृष्ण कौल चुप थे। किसी को कुछ सूझ नहीं रहा था। गोवर्धनदास चुप हो गया। कमरे में सन्नाटा था। बस एअरकंडीशनर से निकलती हुई घूघू की आवाज आ रही थी। मुख्यमन्त्री को लग रहा था जैसे वह किसी खतरनाक गिरोह में फँस गये थे जहाँ कफन खसोटी हो रही थी...चारों तरफ चीत्कार था...एक भीषण हाहाकार...अपने समूचे जीवन में उत्सुकदास को अपना व्यक्तित्त्व इतना नगण्य कभी नहीं लगा। वह अपने आपको असहाय से महसूस कर रहे थे। सत्ता की बागडोर उनके हाथ में थी। सात करोड़ से ऊपर की आबादीवाले प्रदेश के वह मुख्यमन्त्री थे, अन्नदाता थे और वह जानते थे, वह कुछ नहीं कर सकते थे। भैरोसिंह किसी व्यक्ति विशेष का नाम नहीं था, पहाड़पुर-नानकपुर काण्ड किसी जगह पर हुई घटना का नाम नहीं था, बिन्दादीन सर्राफ की बेवा किसी विशेष औरत का नाम नहीं था, बुधवाल जिसकी नवेली दुल्हन को बलात्कार के बाद कुएँ में फेंक दिया गया था, कोई मनुष्य नहीं था बल्कि इन तमाम नामों, जगहों और हादसों से जुड़ी हुई थी उस प्रदेश की पुलिस की मानसिकता जिसके वह मुख्यमन्त्री थे। मुख्यमन्त्री जानते थे, पुलिस के जरिये ही सत्ता की बागडोर सँभाली जाती है और इसीलिए उनको मालूम था आई. जी. पुलिस माथुर का क्या मतलब था, जब उन्होंने कहा था, ''पुलिस फोर्स को डिमौरेलाइज्ड नहीं किया जा सकता।'' तभी कहीं दूर से कोई महीन आवाज एक फुसफुसाहट बनकर कमरे में गूँजने लगी, ''मालिक हमें बचा लो... हम अपने मरद के साथ सती हो गये होते...अगर उसकी निशानी हमारे पेट में न होती। मालिक ! वह लोग चाहते हैं, मैं गवाही दूँ, मेरा मरद डाकू था...यह नहीं होगा हम से...यह नहीं होगा...''

बिन्दादीन की बेवा फूट-फूटकर रोने लगी। उसकी सिसकियों की आवाज मुख्यमन्त्री के कान में तपते हुए लावा की तरह थर्रा रही थी। उनके रोम-रोम में एक निरीह कातरता, एक अनोखा अहसास, सफेद पारे की तरह रिसता जा रहा था। वह सोच रहे थे सत्ता के सुख के साथ जुड़े हुए थे वह अंगारे जिनके ऊपर की राख हटते ही ऐसा ताप चुभता था टीस और पीड़ा बनकर, छू जाने मात्र से, सारे वातावरण को समेट लेता है अपने आगोश में। उनको निरर्थक लग रहा था वह सारा आडम्बर, वह सारा आवरण जिसके पीछे बिना हड्डी की उनकी सरकार किसी जादुई खेल में फँसे त्रिशंकु की तरह फड़फड़ा रही थी। अगले ही क्षण उन्होंने देखा पहाड़पुर-नानकपुर से आये हुए सेठ गोवर्धनदास, मुंशी अवतारी लाल, बिन्दादीन सर्राफ की बेवा, बुधवाल के साथ उठकर दरवाजे की ओर चल दिये थे।

दस

मेडिकल कॉलेज के जनरल वार्ड में बैड न. छः पर बाछिल मामा लेटे हुए थे। उनके पेट में छुरा भोंका गया था, इसलिए उनको उठना-बैठना मना था। शाम का वक्त था, मिलनेवालों की भीड़ जा चुकी थी। रात का खाना लेकर किसी को घर से आना था और उसके बाद फिर सारी रात का सन्नाटा। इस तरह की जिन्दगी बाछिल मामा ने कभी नहीं गुजारी। नशा, पत्ती, उछल, फाँद, हल्ला, गुल्ला, जोश, खरोश, नोक-झोंक से भरा-पूरा उनका कार्यक्रम हमेशा-हमेशा चलता रहता। हमेशा सबेरा होते ही उनको इंतजार रहता दोपहर का, दोपहर को इतंजार रहता शाम का और शाम काटे नहीं कटती, रात के इंतजार में चारों तरफ, शोर-गुल, धूम-धड़ाका एक कभी न खत्म होनेवाली, कभी समाप्त न होनेवाली जद्दोजहद के बीच फँसे हुए बाछिल मामा के जीवन में अनेक हिसाब बनते-बिगड़ते रहते। किसी से उनको न तो कुछ लेना था और न ही कुछ किसी को देना। एक पूर्ण व्यक्तित्त्व, किसी सम्पूर्ण आस्था में बँधा हुआ, जैसे घट-घटकर मिल रहा था। वह कहाँ जानते थे, तब, उनको इस बात का तनिक भी गुमान नहीं था, कभी, उनको कोई छुरा भी मार सकता था।

बाछिल मामा हिंसा से कोसों दूर थे। वह तो इतना भी नहीं जानते थे, हिंसा कहाँ पैदा होती है, कैसे उसे आकार मिलता है, और किस प्रकार, किन हालातों में हिंसा का दानव सिर उठाकर सामने आ जाता है, खड़ा हो जाता है। बाछिल मामा तो जिन्दगी के उस मुकाम पर पहुँच चुके थे जहाँ उनकी

हिंसा, कलम से निकलनेवाले लफ्जों के रूप में ही सामने आती या फिर उनके प्रलाप में। चाहे वह लिखी हुई लफ्फाजी हो या बोला गया प्रलाप उसमें अगर हिंसा होती, तब वह हिंसा होती जिससे मीठी-मीठी तपन उभरकर आती और जिसका ताप अन्दर की कुढ़न, व्यथा और काई को हरकर ले जाया करता। बाछिल मामा की हिंसा कुछ दूसरे प्रकार की हिंसा हुआ करती। ऐसी हिंसा, जिसे देखकर, सुनकर, महसूस करके एक खास तरह की सुरसुरी उठने लगती। एक अनजानी पहचान जैसे उभरकर सामने आने लगती और मन उड़ने लगता आसमान की ऊँचाइयों में।

बाछिल मामा ने. सचिवालय को एक पूरी जिन्दगी दे डाली थी। उन्हें याद आता जब भरी जवानी की दुपहरी में, भर्राती हुई, झन्नाटेदार आवाज में कहा करते, "आयी वाज बार्न आन द रांग साइड आफ ओशन।" मैं समन्दर की गलत तरफ पैदा हुआ था। बाछिल मामा का यह कहना भले ही सच न हो यह तो सच था ही वह गलत वक्त पर पैदा हुए थे...।

"सौ साल पहले या सौ साल बाद पैदा होने पर बाछिल मामा भी कुछ होते...तब तुम लोग देखते।" अभी हर दम पास रहता हूँ तो तुम लोग मेरी वकत नहीं समझते, जब चला जाऊँगा, तब आँसू बहावोगे।" और फिर खुद ही कहते, "वक्त ने कभी आँसू बहाये हैं कौन किसे याद रखता है। मैं क्या हूँ—लोग जब विनोदानन्द झा को भूल गये, सर सीताराम को भूल गये, भवानी शंकर को भूल गये, जिस सचिवालय की छाती, शंकरघोष के गुम्बद से कूदकर मरने पर नहीं फटी, वह भला मुझे क्या याद करेगा।" बाछिल मामा जब, सचिवालय में आये थे, तब उनमें जवानी की तरंगें फूट रही थीं। ऊँचे आसमान तक को छूने के लिए तब उनके हाथ बढ़ा करते। गोरा चिट्टा लाल रंग, लम्बा कद, एकहरा बदन और सिर पर लहर मारते हुए घने घुंघराले बाल लम्बी ठुड्डी, बड़ी नाकवाले चेहरे पर खूब फबते। तब बाछिल मामा में जोश था, कुछ कर सकने का जोश। तब लगता इतना बड़ा सचिवालय उनकी मुट्ठी में समायेगा नहीं और आज बाछिल मामा सोचा करते कहाँ गया वह सचिवालय जिसकी परिकल्पना मैकाले ने की थी, गोविन्दबल्लभ पंत, विनोदानन्द झा, सर सीताराम ने की थी। कहाँ गया वह सचिवालय जो सात करोड़ आबादीवाले प्रदेश का भाग्यविधाता बननेवाला था। बाछिल मामा सचिवालय में तब आये थे जब अंग्रेजों का राज्य था। दासता और गुलामी की जंजीरों में बंधे हुए तब बाछिल मामा ने देशी अफसरों को छटपटाते हुए देखा था, किसी असीम यातना में तड़पते हुए देखा था।

लेकिन आजादी मिलने के बाद वह सचिवालय कहाँ गया। बाछिल मामा उदास हो जाते। उनके अन्दर एक समूचे जीवन की यादगार अंगड़ाइयाँ लेने

लगती। यही था वह सचिवालय जिसे महात्मा गांधी का भारत बनाना था। क्या इसी सचिवालय से जवाहरलाल, सरदार पटेल, राजेन्द्र प्रसाद के सपनों की पूर्ति होनी थी। क्या इसी सचिवालय की परिकल्पना में भारत का आम आदमी डूबा हुआ था जब देश को आजादी मिली थी। बाछिल मामा की आँखें भर आयीं। जब रात के अँधेरे में कांक्रीट और पत्थरों के इस जंगल को वह देखते। जैसे कोई विशाल महामानव, असीम विस्तार लिए चुपचाप पचास साल से खड़ा था लेकिन जिसकी रूह कब की उड़ चुकी थी। जब देश को आजादी मिली थी, तब बाछिल मामा सोचा करते, कोई गरीब नहीं होगा, किसी को भूखा नहीं मरना होगा, जेल खाली होंगे, पुलिस-कचहरी बेकार हो जायेगी। सचिवालय के लोगों को रोजगार ढूँढ़ना पड़ेगा। कितने दिन गुजर गये तब से, सब चीज वैसी की वैसी है, कहीं कुछ नहीं बदला। सचिवालय के अँधेरे कोनों से कभी-कभी शंकर घोष, विनोदानन्द झा, गोविन्दबल्लभ पंत की तस्वीर उभर आती। उनको लगता अभी हिलती हुई गर्दन लेकर, सफेद मूंछ, लम्बी शेरवानी पहनकर गोविन्दबल्लभ पंत निकलकर खड़े हो जायेंगे और पूछने लगेंगे, "क्यों बाछिल ! कहाँ है वह सचिवालय,...कहाँ है..., कहाँ है ?" लेकिन बाछिल मामा जानते थे तब उनके पास कोई उत्तर नहीं होगा और उनका माथा शर्म से झुक जायेगा। यह तो समय का चक्र था जो घूमता जा रहा था...निरन्तर...लगातार घड़ी की सुइयाँ खिसकती जा रही थीं। कुछ नहीं बदलता, कहीं कुछ नहीं बदलता, सब कुछ वैसा ही रहता है। कभी-कभी तो बाछिल मामा बेहद उदास हो जाते। उनकी आँखें गीली हो जातीं। उन्हें दिखायी पड़ रहा था सचिवालय के अन्दर एक तांडव नाच। चारों तरफ न जाने कितने जी. एन., संकटाप्रसाद, बरून हालदार, मांगलिक, सतीशबहादुर, गोपाल दास बनर्जी, नन्द किशोर, भैरवसिंह, खुन्ना जौहरी, जगन महाराज किसी बेवा से उसका सुहाग, किसी बेटे से उसकी माँ, किसी बहन से उसका भाई, किसी गरीब से उसकी रोटी, किसी नौजवान से उसका भविष्य छीन रहे थे। सचिवालय में जैसे नरमेध यज्ञ चल रहा था। जहाँ स्वार्थ, लिप्सा, लोलुपता, भ्रष्टाचार, व्यभिचार की आहुतियाँ पूरी सात करोड़ की आबादी को लील जाने के लिए लगी हुई थी। तभी तो सचिवालय में जाने के लिए पास बनवाना पड़ता था, घंटों लाइन में खड़े होकर पास बनवाना पड़ता था। गरीब की विपदा सुनने के लिए तब भी सचिवालय में किसी के पास समय नहीं होता। किसी के पास समय नहीं होता। उस दिन बाछिल मामा ने ज्योतिषी महाराज के साथ जो कुछ किया, उस पर उन्हें दुःख हो रहा था। फिर भी एक रुपये चार आने देकर ही आये थे, बाछिल मामा। ऊपर से उन्होंने सोच लिया था, जब भी उधर से निकलेंगे कुछ न कुछ दे ही दिया करेंगे उसको। बाछिल मामा ने असल में, ज्योतिषी महाराज की आँखों में भूख देखी थी, एक अजीब-सी

निरीह मजबूरी इसीलिए उनका मन उदास हो चला था। वर्ना तो इस हादसे को, बड़ी गर्म जोशी के साथ, वह पूरे सचिवालय में बयान करते। लेकिन बाछिल मामा ने किसी को नहीं बताया था। बाछिल मामा हमेशा से ऐसे नहीं थे। शुरू के दिनों में उनके जैसा किरानी नहीं था कोई सचिवालय में। बड़े-बड़े अंग्रेज अफसर उनकी सलाह को, उनके नोट, ड्राफ्ट को सिर्फ आँखों से लगाते थे। असीम सम्मान, अथाह स्नेह पाया था उन्होंने सचिवालय में। एक टाँग पर खड़े रहते, चारों तरफ दौड़-भाग करते, काम-सिर्फ काम...अपना काम...दूसरे का काम-काम किसी का हो...बाछिल मामा को तो बस काम से मतलब था। एक सेक्शन के बाबू नहीं रह गये थे, बाछिल मामा पूरे सचिवालय के हर कमरे में, उन दिनों बाछिल मामा की पुकार होती रहती। चलते फिरते एनसाइक्लोपीडिया कहे जाते थे वह। कार्यप्रणाली के नियम जानने हैं ना...बाछिल मामा के पास जाइये, कैबिनट समरी बनानी है, बाछिल मामा को ढूँढ़िए, फाइनेन्सियल हैण्ड बुक के पैरा का प्रतिपादन करना है, बाछिल मामा से पूछिए, केन्द्र को चिट्ठी कैसे लिखी जाती है, संविधान के 162 अनुच्छेद का अर्थ कैसे निकाल जाता है, राज्यपाल के अधिकार का विश्लेषण, सचिव, मुख्य सचिव, सलाहकार से लेकर चपरासी, फर्राश, चौकीदार, बाबू सभी के बारे में न जाने कितनी नियमावलियाँ कंठस्थ थीं उन्हें फिर धीरे-धीरे एक सड़ांध सी घुसती गयी उनके अन्दर। वही कमरे, वही कुर्सियाँ, वही मेजें, फाइलों के अम्बार कागज के पहाड़ नापते, जाँचते एक दिन बाछिल मामा को लगा जैसे सब कुछ व्यर्थ था। वह जैसे हवा में तलवार चलाये जा रहे थे।

तभी एक किनारे से निकलकर मुन्ना बाबू उनके पलंग के पास आ गये। बाछिल मामा उस वक्त डूबे हुए थे, अपने हिंसा के संसार में। कुछ देर मुन्ना बाबू खड़े रहे थे, तब बाछिल मामा ने उनको देखा था।

"अरे। मुन्ना बाबू। आओ नाः...आओ बैठो।" बाछिल मामा ने पलंग से सटे हुए स्टूल की तरफ इशारा किया।

"अब बैठने का समय निकल गया है।"

"क्यों ?"

"सारा सचिवालय जल रहा है, लोगों के अन्दर एक दावानल सुलग रहा है।"

"क्या बात है, मुन्ना बाबू।" बाछिल मामा ने समझते हुए भी, न समझने के अंदाज में कहा था।

"बाछिल मामा के छुरा भोंक दिया जाएगा...बाछिल मामा अस्पताल में होंगे...और सचिवालय में कुछ होगा नहीं।"

"क्या होगा।"

''कुछ भी हो सकता है।''

''देखो मुन्ना बाबू। शराब की बोतल में अगर इंकलाब होता तो रोज शाम को इंकलाब आता और क्राांति का रंग चढ़ा जाता।''

''अब शराब से...''

''मुझे गलत ना समझाना मुन्ना बाबू। कहीं कुछ नहीं होता सब व्यर्थ है...जो दौर मैंने देखा है, जिस मंजर से गुजरकर मैं आया हूँ, मैं सब कुछ जानता हूँ।''

''आप कुछ नहीं जानते...बाछिल मामा आप कुछ नहीं जानते।''

''क्या ?''

''आप उठ नहीं सकते...वर्ना मैं आपको दिखाता...इसी वार्ड के बाहर करीब पचास-साठ लोग, इस वक्त भी होंगे। सचिवालय में ऐसा कोई आदमी नहीं होगा जिसके अन्दर बदले की आग नहीं जल रही होगी।''

''किस बात का बदला ?''

''किस बात का बदला...आपके ऊपर जो जानलेवा हमला किया गया, उस बात का बदला।''

''किससे...बदला लोगे...और कौन बदला लेगा।''

बाछिल मामा ने कहा था, मुन्ना बाबू से, ''किससे बदला लोगे'' और कौन बदला लेगा।'' मुन्ना बाबू उठकर खड़े हो गये और बिना बताये, वहाँ से चल दिये। उनको लगा, बाछिल मामा ने ठीक कहा था, कौन किससे बदला लेगा यह, कहाँ ठीक से तय हुआ था।

''किससे बदला लोगे'' ''कौन बदला लेगा'' ये शब्द, बार-बार मुन्ना बाबू के अन्दर किसी हथौड़े की तरह चोट करते और उनका अहम् चीत्कार कर उठता। मुन्ना बाबू, धीरे-धीरे वार्ड के बाहर आये और फिर फाटक पार करके, मेडिकल कॉलेज के उत्तरी किनारे की तरफ, उस पार्क में जाकर बैठ गये, जहाँ दूर-दूर तक, ताड़ के पेड़ों की कतार दिख रही थी। उनका मन बड़ा उदास था। एक ऐसी असमर्थता, एक ऐसी पराजय, बार-बार उनके अन्दर किसी खालीपन की दरार बनाने लगी थी, ज़िसके बारे में, तब तक, उन्होंने सोचा ही नहीं था। मुन्ना बाबू को कहाँ मालूम था, आन्दोलन किस तरह चलाये जाते हैं, नेता कैसे बनता है। सच ही तो कहा था, बाछिल मामा ने, कौन बदला लेगा, किससे बदला लेगा। वैसे भी बाछिल मामा, सदैव उनका दिशा-निर्देश किया करते थे। कुछ भी करना हो, कहीं भी जाना हो, मुन्ना बाबू बाछिल मामा से बिना पूछे, कुछ नहीं करते। किसी की नौकरी लगानी हो, किसी का एडमिशन करवाना हो, किसी को यात्रा पर जाना हो बैंक का, पोस्ट आफिस का कोई काम हो, यहाँ तक सिनेमा देखना हो, बाछिल मामा के बिना कुछ नहीं हो सकता

था। मुन्ना बाबू और बाछिल मामा एक प्रकार से एक-दूसरे के अभिन्न अंग थे। और शायद इसीलिए, जब बाछिल मामा ने उनसे सवाल पूछा, ''कौन बदला लेगा, किससे बदला लेगा'' तो बिना कोई जवाब दिए, वह उठकर चले आये थे। लेकिन बात, सवाल, मुद्दा, जब बाछिल मामा ने उठाया था, तो, उसका जवाब हल, उत्तर, मुन्नाबाबू को ढूँढ़ना ही था इसीलिए, वह वार्ड से उठकर चले आये थे। उस समय उनके पास, कोई जवाब था ही नहीं। वैसे भी, बाछिल मामा की बातों का, जवाब, मुन्नाबाबू के पास होता नहीं था। उन्होंने कभी, उनसे बहसें नहीं की थीं, पलटकर कभी बाछिल मामा को जवाब दिया नहीं था। फिर भी उस दिन, मेडिकल कॉलेज के उस वार्ड में, जहाँ बाछिल मामा लेटे हुए थे, मुन्ना बाबू ने कुछ देर, बहस की थी। लेकिन उसके बाद, उनको बच निकलने का रास्ता मिल गया था, जब बाछिल मामा का खाना आ गया था। ऐसा नहीं था, मुन्ना बाबू को कुछ पता नहीं था, कुछ मालूम नहीं था। लेकिन बाछिल मामा कहीं डाँट न लगा दें, कुछ ऐसा-वैसा न कह बैठें, इसीलिए, उस वक्त मुन्नाबाबू, वहाँ से चले आये थे। ऊपर से, वह चाहते थे, बाछिल मामा खाना खा लें, तब वह बात को आगे बढ़ायें। फिर उनको एक बार खुद अपने अन्दर झाँककर, देखना था, समझना था, अपनी आगे की रणनीति तय करनी थी और इसके लिए, एक बार, वह अकेले में, अलग बैठकर, तरतीबवार घटनाओं के क्रम को इधर-उधर बिठाकर जान लेना चाहते थे, समझ लेना चाहते थे।

मुन्ना बाबू की जेब में एक पौठवा पड़ा था। असल में उन्होंने योजना बनाई थी, उस पौठवें का भोग लगाने की, बाछिल मामा से मिलने के बाद। लेकिन उस कार्यक्रम में व्यवधान आ गया था और वह उठकर चले आये थे। एक बार उनका हाथ, जेब के अन्दर घुसकर, पौठवा, निकालने लगा था लेकिन फिर रोक लिया था, उन्होंने, सम्भाल लिया था, अपने आपको ! उनको धीरे-धीरे, सब याद आ रहा था।

तब तक मुन्ना बाबू को, बाछिल मामा के सवालों का जवाब मिल चुका था। उस दिन, मेडिकल कॉलेज के, ताड़ के पेड़ोंवाले बागीचे से निकलते वक्त मुन्ना बाबू के अन्दर एक खास तरह की खुशी उछाल मार रही थी। एक तो, मौका होते हुए भी, सामान, असबाब, मौजूद होते हुए भी उन्होंने शराब नहीं पी थी और दूसरे, अचानक, एकाएक, उस शाम को, गहराते हुए अँधेरों के बीच न जाने कहाँ से निकलकर, एक मकसद, एक छोटा-सा उद्देश्य, उनके जीवन से जुड़ गया था। बाछिल मामा ने असल में, दो सवाल किये थे और उस वक्त, मुन्ना बाबू के पास, दोनों सवालों के जवाब मौजूद थे। ''किससे बदला लोगे'' ''किससे बदला लोगे।'' बाछिल मामा ने यही पूछा था न, मुन्ना बाबू ने अपने

आपसे कहा था। उनको, तब तक मालूम हो गया था, कौन थे, वह कातिल, कौन थे, वह खूनी। वह जान गये थे, मुन्ना बाबू को पता था, बाछिल मामा की पीठ में भोंका गया छुरा, किन हाथों ने पकड़ा था, और उन हाथों की पकड़ के पीछे और कौन मूर्तियाँ थीं। फिर भी "कौन बदला लेगा" बाछिल मामा के इस सवाल का जवाब, तब तक मुन्ना बाबू को नहीं मिला था। उस दिन, शराब न पीने की जैसे, कसम खा रखी थी मुन्ना बाबू ने। अपनी जेब से, उन्होंने सिगरेट की डिब्बी निकाली और एक पनामा सिगरेट सुलगाने के बाद, वह वार्ड की तरफ, धीरे-धीरे चल दिये थे।

वार्ड में, पलंग के पास पहुँचकर, मुन्ना बाबू ने देखा, बाछिल मामा ने तब तक खाना नहीं खाया था।

"ये लो बाछिल मामा। अब आप खाना खाइए...मैं चलता हूँ।"

"कहाँ ?"

"बाहर खड़े हुए लोगों को दिलासा देना है...सम्भालना है।"

"चले जाना मुन्ना बाबू। चले जाना...एक आध कौर खा लोगे तो क्या होगा।"

"लेकिन..."

"लेकिन कुछ नहीं।" बाछिल मामा ने टिफिन मुन्ना बाबू की तरफ खिसका दिया था। असल में उनको पता था, मुन्ना बाबू शराब जरूर पीते थे, लेकिन खाना नहीं खाते थे। उनके घर में खाना बनानेवाला कोई था भी नहीं। बाछिल मामा जानते थे, अस्पताल से निकलकर, मुन्ना बाबू किसी शराब के ठेके में बैठ जायेंगे और सन्तरा, मोसम्मी, सफेदा, अलग-अलग या मिलाकर पीते रहेंगे...पीते रहेंगे, देर रात तक...पीयेंगे और बाँधकर पव्वा, अद्धा अलग से निकलकर ले जायेंगे घर। तब खाना कहाँ मिलेगा उनको।

उस लड़के को जो घर से खाना लेकर आया था, उसने इतनी देर में बाछिल मामा की प्लेट लगा दी और चम्मच से नैपकिन लगाने के बाद, खिचड़ी खिलाने लगा। उधर मुन्ना बाबू ने टिफिन में बचे हुए खाने को ग्रहण करना शुरू कर दिया था। उस वक्त, जनरल वार्ड में, इक्का-दुक्का लोग जग रहे थे। कभी-कभार सफेद, भुर्राक कपड़े पहनकर कोई नर्स इधर से उधर निकल जाती, कोई वार्ड बाय, किसी मरीज के पलंग को ठीक कर रहा होता। सब मिलाकर उस वार्ड में, दो कतारों में करीब चौबीस पलंग होंगे। कुछ पलंग, ऊपर की तरफ उठे हुए थे जिनपर लेटे हुए मरीजों को खास तकलीफ की वजह से ऊपर की तरफ उठाया गया था। दो-तीन लोगों के गुलूकोस की नली लगी हुई थी। गुलूकोस की बोतल से निकलकर एक बूँद-बूँद गुलूकोस प्लास्टिक पाइप के जरिये जो नाक के नथुनों से बँधा हुआ था, अन्दर जा रहा था। एक खास तरह की

शालीनता का वातावरण था, उस वक्त वहाँ पर।

खाना, खत्म हो चुका था। लड़का डिब्बा लेकर जा चुका था। मुन्ना बाबू ने रूमाल से हाथ पोंछते हुए कहा।

"हड़ताल का नोटिस दे दिया गया है।"

"क्या कह रहे हो मुन्ना बाबू।"

"हाँ 26 तारीख से, सचिवालय बन्द।"

"क्यों ? किस बात पर !"

"बाछिल मामा के ऊपर हुए कातिलाना हमले के लिए जिम्मेदार लोगों को गिरफ्तार करना होगा।"

"कौन हैं वो लोग !"

"ये तो कोई नहीं जानता।"

"फिर !"

"लेकिन इतना सब जानते हैं, हमला क्यों हुआ।"

"क्यों ?"

"पैडी कांड...वही घनानन्द बिठूरिया..."

"कैसे कहा जा सकता है।"

"मैं जानता हूँ...मैं भुक्तभोगी हूँ...बाछिल मामा, मेरी आँख के सामने उन जहरीले कातिलों ने मैलिसीडिनकोड की, फाइल उड़ा दी। ...मैंने तो कह दिया उन सबसे !"

बाछिल मामा के अन्दर एक हताशा...एक खालीपन गहराने लगा था। उनको वह सब याद आ रहा था। पलंग पर करवट बदलने की कोशिश करते-करते, उन्होंने कहा था।

"मुन्ना बाबू। अब तुम जाओ।"

उसके बाद, मुन्ना बाबू वहाँ रुके नहीं। मुन्ना बाबू के चले जाने के बाद, बाछिल मामा को बड़े दिन बाद खुद अपनी याद आने लगी। कभी उनके चेहरे पर एक हल्की-सी मुस्कराहट खेलने लगती और कभी वह उदासी के मंजर में खो जाते।...उनको, याद आ रहा था...वह सारा माहौल, वह तमाम लोग जो धानकाण्ड और घनानन्द बिठूरिया से जुड़े हुए थे...जीवन में पहली बार, सचिवालय में अपनी नौकरी में पहली बार बाछिल मामा का सचिवालय के बाबुओं पर से विश्वास उठ गया था। मुन्ना बाबू से जिन्दल का किस्सा सुना था उन्होंने। उनको वैसे भी मालूम था। किस तरह स्वास्थ्य सचिव, माधुरी साहा के पी. ए. जिन्दल ने उनके दुश्मन डाक्टर मांगलिक के खिलाफ होनेवाली गोपनीय कार्यवाही लीक कर दी थी। उनके अपने अनुभाग में मुनीम, कमलाकान्त, भीखू और बंसल, सब के सब, बदले-बदले नजर आ रहे थे। सभी

की निगाहों में उनको चोर और हरकतों में, उन दिनों, छिछोरापन नजर आने लगा था। उनकी श्रद्धा का दौर क़िसी मासूम भभक की तरह हवा में उड़कर काफ़ूर हो चुका था। उस दिन राष्ट्रपति शासन में, सलाहकार संकटाप्रसाद के कहने पर, बाछिल मामा ने धानकाण्ड का पैंतरा बदल देने का जो सुझाव दिया था, उसको अमल में लाने से पहले ही उनके अनुभाग का माहौल बदल चुका था। दूसरे दिन उन्होंने धानकाण्ड की फाइल के दो हिस्से कर दिये थे। पहले हिस्से में लगाया था रिटायर्ड बड़े बाबू महाशंकर सिन्हा का वह नोट जिसे पढ़कर सतीश बहादुर और संकटाप्रसाद की रूह फना हो गयी और दूसरे हिस्से में थी जाँच समिति की वह रिपोर्ट जिसे सलाहकार परिषद में शासन के निर्णय के लिए रखा जाना था। जाँच समिति की रिपोर्टवाला हिस्सा खाद्य सचिव सतीश बहादुर को भेजा जा चुका था, लेकिन जिस हिस्से में रिटायर्ड बड़े बाबू महाशंकर सिन्हा का नोट था वह बाछिल मामा के पास था। जिस हादसे के बाद और जिन हालातों में बड़े बाबू ने वह जानलेवा नोट लिखा था, वह बाछिल मामा को खूब याद था, कैसे खुद अन्दर तक उनको तोड़ गया था झकझोर गया था। उसने बाछिल मामा को अन्दर तक छू लिया था, सहमा दिया था। वह नोट, बड़े बाबू के आक्रोश से जन्मा वह नोट उनको जान से भी ज्यादा प्यारा था। उसे वह किसी भी कीमत पर धानकाण्ड के पहले हिस्से की फाइल से हटाने के लिए तैयार नहीं थे। शायद यहीं से झगड़ा शुरू हुआ था। जहाँ एक तरफ खाद्य सचिव, सतीश बहादुर ने यह समझ लिया था जब तक बड़े बाबू महाशंकर सिन्हा का नोट, धानकाण्ड की फाइल के पहले हिस्से में मौजूद था, सबके ऊपर एक भयावह बवंडर मँडराता रहेगा। किसी भी समय, कुछ भी हो सकता था। सब के सब मारे जाते। खुद सतीश बहादुर के लिए भी गम्भीर परिणाम हो सकते थे। बाछिल मामा को याद आ रहा था, जी. एन. उर्फ घनानन्द बिठूरिया एक बार खुद उनसे मिलने आया था। ब्रीफकेस में रुपयों का बंडल लेकर। इसी घनानन्द बिठूरिया ने, बाछिल मामा जानते थे अपने गुर्गों के जरिये, उनके पूरे अनुभाग को अपनी पकड़ में ले लिया था। मुनीष, कमलकान्त, भीखू, बंसल कोई नहीं बचा था। जी. एन. ने सबको खरीद लिया था। बाछिल मामा को यह भी पता था मुनीष, कमलकान्त, भीखू और बंसल में होड़ लगी थी उस नोट को उड़ाने के लिए। एक दिन बाछिल मामा उस नोट को सीने से लगाये हुए थे। पुराने आदमी थे, तरकीबें उनको पता थीं, रोजाना वह उस नोटवाली फाइल की जगह बदल दिया करते थे। इसलिए हजार कोशिशों के बाद भी वह लोग कुछ नहीं कर सके थे। समय निकलता जा रहा था।

बाछिल मामा ने करवट बदलने की कोशिश की, लेकिन उस छुरे के, जो धानकाण्ड के मुल्ज़िमों ने, उस दिन उनके पेट में भोंका था, जानलेवा दर्द की

वजह से वह फिर सीधे लेट गये। उनको याद आ रहा था, जी. एन. उस रात शराब में धुत था जब वह मिलने आया था। दस हजार रुपये वह देने को तैयार था...चाहने पर और भी दे सकता था...उनको याद आया एक बार उन्होंने सोचा था वह रुपये लेकर बड़े बाबू को दे दें... लेकिन फिर जैसे घिन का कोई झोंका उनके अन्दर पनपने लगा था और जी. एन. को उन्होंने भगा दिया। मेडिकल कॉलेज के जनरल वार्ड में बैड नम्बर 6 पर लेटे हुए बाछिल मामा को लगा उसी दिन उनको समझ जाना चाहिये था उनकी जिन्दगी खतरे में थी। अगले दिन तक सब कुछ वह जान चुके थे, पहचान चुके थे। अलमारी का ताला कौन खोलता था, दराज की फाइलें कौन उलटफेर करता था, कमल कान्त, भीखू और बंसल की चोर निगाहों का क्या अर्थ था। सब कुछ समझ गये थे वह मुनीष और कमलकान्त को बहुत डाँटा था उन्होंने...बाछिल मामा को लग रहा था यहीं कहीं उनसे भूल हो गयी थी, चूक हो गयी थी। काफी देर तक वार्ड की सफेद पीली दीवारों के ऊपर आँखें गढ़ाये हुए वह सोचते रहे...वह भूल क्या थी, वह चूक क्या थी, फिर उनको याद आया कमलकान्त और मुनीष को डाँटने के बाद बड़े बाबू महाशंकर सिन्हावाला नोट मुनीष और कमलकान्त को दिखाकर, महज चिढ़ाने के लिए उन्होंने अपनी जेब में रख लिया था।

बाछिल मामा ने उठकर बैठने की कोशिश की लेकिन छुरे के घाव ने जैसे उनको पकड़कर फिर बिस्तर पर खींच लिया। वह असहाय थे, मजबूर थे। उनकी कुछ समझ में नहीं आ रहा था। बदलते हुए हालात में वार्ड के बाहर लोगों की भीड़ खड़ी थी। कुछ दूर से उनको सचिवालय के कर्मचारियों की मीटिंग में होनेवाले भाषण की आवाजें सुनाई पड़ रही थीं।

''दोस्तो बाछिल मामा के पेट में भोंका गया छुरा सिर्फ बाछिल मामा के पेट में नहीं भोंका गया है। बल्कि वह उत्तर प्रदेश सरकार के 8 लाख कर्मचारियों के पेट में भोंका गया छुरा है...धानकाण्ड के मुलजिम घनानन्द बिठूरिया, सुख पाल सेक्सरिया और खाद्य विभाग के सचिव सतीश बहादुर को जब तक गिरफ्तार करके जेल में नहीं डाल दिया जाता है, हमारा यह आन्दोलन चलता रहेगा...दोस्तो आपको मालूम होगा, हमारे प्रदेश में राष्ट्रपति शासन समाप्त हो चुका है...हमें दुःख के साथ यह कहना पड़ता है, बाछिल मामा पर जो कातिलाना हमला हुआ वह हमला राष्ट्रपति शासन के दौरान हुआ, जब प्रदेश की निरंकुश नौकरशाही नंगा नाच कर रही थी। उस दौरान नौकरशाही ने मैलिसीडिन काण्ड के मुलजिमों और धानकाण्ड के अपराधियों के साथ मिलकर जो घिनौनी साजिश रची है उसका भण्डा फोड़ करने के लिए और आनेवाले वक्त में कभी भी प्रदेश को किसी कर्मचारी के ऊपर गुंडे, डाकू और लफंगे, कोई कातिलाना हमला न करे तथा इन काण्डों के दोषी मुलजिमों और अपराधियों को पकड़कर तुरन्त

जेल में डाला जाय। इसीलिए कर्मचारियों के उत्पीड़न को रोकने के लिए उत्तर प्रदेश राज्य कर्मचारी की मुख्य परिषद ने 26 तारीख से पूरे प्रदेश के समस्त सरकारी दफ्तरों को बन्द करने का निर्णय लिया है। आपसे यह अनुरोध है कि आप सब एक मिनट शान्त रहकर बाछिल मामा के स्वास्थ्य लाभ की कामना करें और आनेवाले संघर्ष के लम्बे दौर के लिए तैयार हो जायें...कर्मचारी एकता जिन्दाबाद, हम सब एक हैं, सतीश बहादुर मुर्दाबाद, घनानन्द बिठूरिया मुर्दाबाद, बरुन हालदार मुर्दाबाद, अपनी माँगें लेके रहेंगे...सरफरोशी की तमन्ना अब हमारे दिल में है देखना है जोर कितना बाज़ुए कातिल में है।''

बाछिल मामा के अन्दर यह घबराहट, एक औचक खालीपन उभरने लगा था। उनको लगा था मुन्ना बाबू और कर्मचारियों के नेता गलती कर रहे थे। लेकिन उनको यह नहीं मालूम था, बिका हुआ आदमी और भूखा कुत्ता किसी का नहीं होता। उनका मन बड़ा उदास था, चारों तरफ काले-काले धब्बे आ रहे थे और जा रहे थे। पलकों में भारीपन था, साँस की रफ्तार कुछ बोझिल होने लगी थी, ऊँचे आसमान में रोशनी का दयार डूब चुका था। काली स्याह की रात का लहराता हुआ आँचल सारी जमीन को अपनी लपेट में ले चुका था। चिड़ियों का चहचहाना बन्द हो चुका था। अजीब सी घुटन, दहला देनेवाली खामोशी ने समूचे वातावरण को डस रखा था। बाछिल मामा को याद आया वह दिन जब उनके पेट में छुरा भोंका गया था। ऐसा ही माहौल था। ऐसा ही वक्त था। शाम का धुँधलका सचिवालय के गुम्बद से उतरकर चारों तरफ फैल चुका था। ऊँचे आसमान में एक भी चिड़िया, एक भी पक्षी नहीं दिखाई पड़ रहा था। चारों तरफ एक अजीब तरह का सन्नाटा भिनभिना रहा था। कुछ चमगादड़ ऊँचे-ऊँचे दरख्तों के बीच के खाली हिस्से में मँडरा रहे थे। मुनीष और कमलकान्त को जिस तरह उन्होंने डाँटा तथा उस पर, बाछिल मामा को याद आया, उनको दुःख हो रहा था। लेकिन बाछिल मामा उस वक्त भी जानते थे, उनको पता था, वह मुनीष और कमलकान्त को नहीं डाँट रहे थे, वह तो उस तमाम घिनौनी गन्दगी को उगल रहे थे जो पिछली रात घनानन्द बिठूरिया के आने से उनके अन्दर जमा हो रही थी। मुनीष, कमलकान्त, भीखू और बंसल यह उनके अनुभाग के बाबुओं के नाम जरूर थे लेकिन उनकी चोर निगाहें उनकी छिछोरी हरकतें तो बाछिल मामा कितने-कितने दिनों से सचिवालय में देख रहे थे। कौन-सा ईमान, कौन-सा धर्म, किस आस्था, किस विश्वास की बात करते वह चारों तरफ लूट-खसोट का भयानक अँधेरा, आदमी की नियति को निगलता जा रहा था। बाछिल मामा जानते थे, आराम के लिए जरूरत के लिए, ऐश्वर्य के लिए पूरी सभ्यता का ढाँचा बदल चुका था। हर जगह तेजी के साथ बदलाव आ रहा था एक दौड़ चल रही थी। एक होड़ लगी हुई थी। सबसे बड़ी इमारत

की सबसे ऊँची मंजिल से लेकर फुटपाथ तक कोई सुनहरा ख्वाब आदमी को खाये जा रहा था। वक्त नहीं था, किसी के पास, कोई रुकना नहीं चाहता था। कोई भी व्यवस्था, कोई भी मूल्य, कोई भी रिश्ता, गीता, रामायण, वेद-पुराण, ग्रन्थ साहेब, कुरान, बाइबिल का कोई तकाजा उस सुनहरे ख्वाब और हकीकत के बीच नहीं आ सकता था। सारे उद्देश्य, आदर्श की सारी बातें बकवास लगती थीं। आदमी को अब समझ आ गयी थी। उसे उपदेश की, अक्ल की नहीं, पैसे की, ऐशो-आराम की जरूरत थी। चाहत और आकांक्षाओं का कुकुरमुत्ती फैलाव, किसी के मन की मुट्ठी में समा नहीं रहा था। तरसती हुई निगाहों से सजी-सजायी दुकानों की तड़क-भड़क किस्म-किस्म की चीजों को देख-देख कर एक कसक, एक भूख सबको खाये जा रही थी। बाछिल मामा को पता था इस भूख, इस कसक को सब कुछ पा जाने के इस सुनहरे ख्वाब की दुनिया का सारा वैभव भी नहीं पूरा कर सकता था। यह खुद की खुद से लड़ाई थी। इसमें भला मुनीष और कमलकान्त क्या कर सकते थे। बाछिल मामा सोच रहे थे...कल मिलने पर वह मुनीष और कमलकान्त से मीठी-मीठी बातें करेंगे। आज जितनी कड़वाहट दी थी उन्होंने, उतना ही प्यार देंगे कल...सारे समूचे मैल को धो डालेंगे वह—इस अजीब दुनिया का चलन भी निराला था। न जाने कितनी, निराशा, कितनी हताशा, कितनी मार के बीच आदमी को जीना पड़ता, चारों तरफ फैली हुई खुशफहमियों के बीच तरस-तरस कर जीना पड़ता। और कोई चारा ही नहीं था। कोई भाग कर नहीं जा सकता। कोई भी बच नहीं सकता, असीम यातना के इस दौर से। बाछिल मामा इस सत्य को पहचान चुके थे। नन्हा-सा बच्चा जब जन्म लेता है, वह गरीब नहीं होता, अमीर नहीं होता, चोर नहीं होता, शाह नहीं होता। धीरे-धीरे उसकी पलकें खुलती और इसी दुनिया में वह क्या से क्या बन जाता। सब तो बाछिल मामा नहीं होते। अरमानों की भूख बड़ी जानलेवा होती। पेट की भूख तो जिस्म को मारती लेकिन अरमानों की भूख आत्मा का हनन करती। इससे कोई बच नहीं पाता। इसका कोई निस्तार नहीं।

एक अजीब तरह का विषाद एक खास तरह की हताशा, बाछिल मामा को याद आया उस दिन उनके अन्दर व्याप्त थी, जब सचिवालय से निकलने के बाद सिन्धी चाय की दुकान पर वह कितना देर खड़े रहे थे। वहीं खड़े-खड़े उन्होंने एक चाय भी पी थी। आते-जाते कई लोगों ने उनको छेड़ा भी था, लेकिन, उनको याद था वह चुप रहे थे। हमेशा बोलने में 10 कदम आगे रहनेवाले, बात के ऊपर बात कहनेवाले, बातों और लफ्जों की खेती उगानेवाले बाछिल मामा, बाछिल मामा दी ग्रेट कुछ भी नहीं बोले थे। चाय पीने के बाद बगल की दुकान से पान का एक जोड़ा लिया था और फिर वह धीरे-धीरे हाथ में

साइकिल पकड़े हुए आगे बढ़ने लगे थे। ठीक से याद नहीं आ रहा था बाछिल मामा को, साइकिल उनके बायें हाथ में थी या दाहिने हाथ में, लेकिन उनको इतना निश्चित याद था, वह बाछिल मामा जो कहा करते थे, ''आयी वाज वार्न ऑन द रौंग साइड आफ आसिन'', गेट नम्बर 8 के मोड़ पर थे, जब उनके पीछे एक मोटर आकर रुकी थी...उसमें से तीन आदमी उतरकर किन्हीं, कर्नल रामपाल का पता पूछने लगे थे...बाछिल मामा को याद आ रहा था...वह कर्नल रामपाल के नाम से कोई चुटकी लेनेवाले थे तभी चौथा आदमी गाड़ी से उतरा था और उसी समय, सनसनाती लपक से छुरा उनके पेट में आकर भुंक गया था।

बाछिल मामा को नीद नहीं आ रही थी। उनके सर में हल्का-हल्का सा दर्द मचलने लगा था, वह तमाम पुरानी बातें याद करते-करते। उनका मन कर रहा था, उठकर बाहर जाने का, लेकिन वह मजबूर थे, वह उठ नहीं सकते थे। बाछिल मामा ने अपने आपको कभी इतना मजबूर, इतना असहाय नहीं पाया। उनकी मजबूरी सिर्फ इस बात से नहीं थी, छुरा उनके पेट में भोंक दिया गया था और वह असहाय बनकर अस्पताल के पलंग पर पड़े हुए थे, उनकी मजबूरी जो बार-बार उनको तंग कर रही थी, जो उनके जहनियत के विस्तार के हिस्से-हिस्से में, खुड़पेंच मचा रही थी, वह मजबूरी थी 26 जून से होनेवाली हड़ताल। बाछिल मामा हड़ताल के खिलाफ थे, हड़ताल और नारों पर उनको विश्वास नहीं था और उस दिन उन्हीं को मुद्दा बनाकर हड़ताल की घोषणा की जा चुकी थी। वह बाहर जाना चाहते थे और कर्मचारियों को समझाना चाहते थे, वह हड़ताल न करें। लेकिन वह जानते थे ऐसा करना उनके लिए मुमकिन नहीं था। जब बाछिल मामा ने इस बात का अन्दाजा लगा लिया, बाहर जाकर कर्मचारियों से मिलना उनके लिए मुमकिन नहीं था तो बार-बार उनकी आँखें वार्ड के एक सिरे से दूसरे सिरे पर, इस इन्तजार में घूमती रही थीं, कोई दिखाई पड़ जाय, कोई नजर आ जाय जिसे भेजकर वह मुन्ना बाबू तथा अन्य कर्मचारी नेताओं को बुला लें। काफी देर तक कोई नजर नहीं आया और इन्तजार करते-करते न जाने कब उनको नीद आ गयी।

ग्यारह

राघव ने उस रात बहुत पी रखी थी जब बी. एस. कमांडर उसके मॉडल हाउसवाले मकान पर आया था। वह जल्दी में था और घबड़ाया हुआ था।

''राघव। चल जल्दी...यहाँ से भागना है।''

''क्यों ?''

''मैंने भैरवसिंह को उड़ा दिया।''

''ओह गाड ! लेकिन कैसे।''

''रोड एक्सीडेंट।''

''जोंगा से।''

''हाँ।''

''तो भागने की क्या जरूरत है ?''

''गाड़ी का नम्बर। नोट कर लिया गया है।''

''किसी ने तुमको देखा ?''

''शायद नहीं।''

''शायद से काम नहीं चलेगा।''

''नहीं देखा।''

''तुम्हें इतना विश्वास कैसे है ?''

''मैं जानता हूँ...आँखों पर चश्मा था और सिर पर गमछा बँधा हुआ था।''

''ओ-के। फिर भागने की जरूरत नहीं लगती।''

''क्यों ?''

''भागने से, हम पकड़े जायेंगे।''

''कैसे ?''

''जोंगा जीप ज्यादा नहीं हैं, इस इलाके में।''

''उससे क्या होता है।''

''नाकाबंदी कमांडर बी. एस.।''

''नाकाबंदी।''

''हाँ। और हम नाकाबंदी तोड़ नहीं सकेंगे।''

''क्यों।''

''क्योंकि भैरवसिंह मारा गया है।''

''तो क्या हुआ।''

''भैरवसिंह के बार में नहीं सुना तुमने...बड़े रसूक वाले थे, वह, भगवान् उनकी आत्मा को शान्ति दे।'' राघव ने क्रास बनाकर दुआ माँगने का इशारा किया था।

''फिर क्या करना है !''

''गाड़ी कहाँ लगायी है।''

''गली के पिछले हिस्से में...''

''जहाँ, वह टूटा हुआ मकान...''

"हाँ-हाँ, उससे थोड़ा पहले...कितना समय है हम्हारे पास।"

"एक्सीडेंट कब हुआ ?"

"सात बजे के बाद।"

राघव उठकर खड़ा हो गया। उसका दिमाग तेजी से काम कर रहा था, वह हिसाब लगा रहा था। तभी कुछ सोचकर उसने कहा।

"बी. एस. रिलैक्स। घबड़ाने की कोई बात नहीं। मैंने पूरी योजना बना ली है।"

"मुझे तो भागने दो...वर्ना हम सब..."

"नहीं...ऐसा करते हैं, गाड़ी का सरेन्डर करवा दिया जाय।"

"नहीं !"

"क्यों ?"

"पुलिस आफिसर मारा गया है। जिसे भी हम ड्राइवर बनाकर पेश करेंगे, उसे पुलिस इतना पीटेगी, इतना पीटेगी..."

"जानता हूँ...लेकिन और कोई चारा नहीं है।"

"चारा है।"

"भागने का।"

"लेकिन तुम्हारा बचना जरूरी है और मैं नहीं चाहता गाड़ी और तुम एक साथ पकड़े जाओ।"

"गाड़ी कहीं ठिकाने लगा देते हैं।"

"रजिस्ट्रेशन किसके नाम है।"

"एक मरे हुए आदमी के नाम।"

"तुम गाड़ी निकालो...मैं आता हूँ।" कहकर बी. एस. बाहर निकल गया था।

कमांडर बी. एस. और राघव जोंगा जीप में बैठकर जा रहे थे। उनको जीप कहीं फेंकनी थी। चाँदी का सिक्का होता, रुपये की थैली होती, जमीन-जायदाद के कागजात होते, गल्ला, धान अनाज, कपड़ा-लत्ता बचा हुआ सामान, टूटे-फूटे बर्तन, पूजा के बाद बचा हुआ सामान होता तो नदी में डाल दिया जाता फेंक दिया जाता, लेकिन एक, दो टन से ऊपर के वजन की जोंगा जीप भला इधर-उधर तो फेंकी नहीं जा सकती थी। ऊपर से जीप को किसी ऐसी महफूज जगह पर फेंकना था या गिराना था, या ठिकाने लगाना था, जहाँ से काफी दिनों तक उसे बरामद नहीं किया जा सके। रात का वक्त था, चारों तरफ अँधेरा ही अँधेरा था। हाथ को हाथ भी नहीं सूझ रहा था। बी. एस. लगातार पी रहा था। उसने भैरवसिंह का खून कर दिया था, शायद, इसीलिए या फिर अब अपनी जान से भी ज्यादा प्यारी जोंगा जीप को हमेशा-हमेशा के

लिए छोड़ने, फेंकने या गिराने जा रहा था, शायद इसलिए वह पी रहा था। काफी दूर निकल आने के बाद बी. एस. ने पूछा था।

''क्यों राघव ! आखिर हम जा कहाँ रहे हैं ?''

''एक अदद सुरंग की तलाश में।''

''क्या !'' बी. एस. के हाथ से बोतल छूटकर गिर पड़ी थी और राघव हँस रहा था।

''अरे भई ! इसमें इतना घबड़ाने की क्या बात है !''

''क्यों सुरंग में क्या हम गाड़ी छुपाएँगे।''

''गाड़ी हम्हें छुपानी है क्या।''

''क्या मतलब !''

''जहाँ तक मेरी समझ में आता है, हम उस जोंगा जीप में सफर कर रहे हैं, जिससे कुचलकर तुमने नानकपुर-पहाड़पुर कांड के हीरो, भैरवसिंह को कुचल कर मार डाला है।''

''जरा धीरे बोलो यार !''

''क्यों डर लगता है !''

''डर।'' बी. एस. ने बोतल उठा ली थी और चूँकि उस बोतल में, गिरने के बाद भी शराब बची हुई थी, उसे मुँह में लगाकर फिर से पीने लगा। एक-दो घूँट गटागट पीने के बाद बोला, ''यह किस चिड़िया का नाम है।''

''बी. एस. तुमको इसी वक्त जोंगा जीप का मोह तोड़ना होगा।''

''वो तो मैं जानता हूँ।'' बी. एस. ने चटकारी भरते हुए कहा था। ''लेकिन यह तो मालूम हो, हम जा कहाँ रहे हैं। क्या सारी रात सफर करते रहेंगे।''

''आज की रात तो बस ऐसे ही...''

''क्या मतलब !''

''अमा। क्या हो गया है, बी. एस. तुमको, जीप कहीं भी छोड़ने के बाद, क्या आज की रात लौट सकेंगे हम।''

''जरूर लौट सकेंगे...सारी रात एक अदद सवारी हम्हारा इन्तजार करती होगी।''

''हाँ भई यह सब तो सोचा ही नहीं।''

''फिर।''

''कहाँ जाना है, यह तो बताओ।''

''देखो बी. एस. गाड़ी हम कहीं भी छोड़ेंगे, पकड़ जायेगी।''

''पकड़ी जायेगी।''

''हाँ, 24 घंटों के अन्दर पुलिस ढूँढ़ लेगी...जोंगा जीप ज़्यादा तादाद में है नहीं।''

''तब।''

''जीप किसी ऐसी जगह छिपानी होगी, जहाँ पर पुलिस की नजर न पड़े।''

''और सब शान्त होने के बाद, हम उसे दुबारा उठा लें।''

''भूल जाओ, इस जीप को अब।'' राघव ने शालीनता से कहा था।

''है कोई ऐसी जगह ।''

''मुझे पक्का यकीन तो नहीं है, लेकिन शायद है, और हम उसी जगह पर जा रहे हैं।''

''ये शायद कैंट का इलाका है।''

''हाँ।''

राघव ने गियर बदलते हुए कहा था, ''बी. एस. कैंट एरिया से डर लगता है क्या ?''

''डर की बात नहीं है, मैं फौज में था, और फौजियों की इज्जत करता हूँ।''

''फौजियों की इज्जत करने से हम्हारी समस्या का समाधान होनेवाला नहीं है।''

''मेरी समझ में नहीं आ रहा है, आखिर, किस जगह की तलाश कर रहे हो, राघव तुम।''

''मैं किसी चीज की तलाश नहीं...''

''चीज नहीं, राघव। जगह।'' बी. एस. ने ताना कसा था।

''हाँ-हाँ जगह है।''

''कुछ नाम है, उस जगह का।''

''हाँ है, दिलकुशा।''

''लेकिन ये रास्ता, दिलकुशा को नहीं जाता।''

''मालूम है।''

''फिर !''

''मैं सिर्फ पुलिस को कन्फ्यूज करने की कोशिश कर रहा था।''

''इस तरह घूमकर।''

''हाँ, इस तरह घूमकर।'' कहकर राघव चुप हो गया। उसने, गाड़ी के अगले हिस्से में, लगी हुई बड़ी फोकस लाइट को आन किया गियर डाउन करके गाड़ी की रफ्तार कम की, और नजदीक दिखनेवाले मोड़ पर गाड़ी को तेज रफ्तार से दाहिनी तरफ मोड़ दिया। बी. एस. ने फिर से बोतल मुँह में लगा ली थी और बची हुई शराब गटकते हुए, उसने अजीब तरह का मुँह बनाया और फिर कसैला घूँट, जीप के बाहर थूकते हुए, चुपचाप आगे की तरफ देखने लगा। उसे दूर से दिलकुशा का फाटक दिखाई दे रहा था। राघव ने, फाटक के करीब

पहुँचते-पहुँचते गाड़ी रोक दी और बत्तियाँ बन्द कर दीं। राघव और बी. एस. दोनों गाड़ी से उतर पड़े । राघव ने बी. एस. को देखा, वह नशे में धुत था।

"अरे ! बी. एस.। तुम्हारी हालत..."

"मेरी हालत ठीक है...तुम अपना काम करो।"

राघव के हाथ में टार्च थी। उसने टार्च जलाकर, उसका फोकस जमीन के ऊपर रखते हुए, टार्च को, इधर-उधर घुमाया, तभी पुराने खंडहर के एक हिस्से पर रोशनी पड़ी। राघव को मुकाम मिल चुका था। उसने आगे बढ़कर फाटक खोलने की कोशिश की, लेकिन फाटक खुला नहीं। तब उसने टार्च को घुमाकर फाटक का मुआइना करने की कोशिश की। उसने देखा, फाटक में, कोई ताला बन्द नहीं था। तभी बी. एस. ने आगे बढ़कर फाटक के निचले हिस्से में लगी सिटकनी खिसका दी, और फाटक खोल दिया।

"देयर यू आर...कमान्डर बी. एस.।"

"यहाँ, खुले पार्क में गाड़ी छोड़ने का इरादा तो नहीं है।"

"नहीं।"

"फिर।"

"ऐसा है, वह पुराना खंडहर देख रहे हो।"

बी. एस. ने, राघव से टार्च ले ली, और खंडहर की दीवार के नीचे से ऊपर की तरफ टार्च की रोशनी फेंककर मुआइना करने लगा।

"शी ! बी. एस. टार्च बन्द करो। मैं बताता हूँ।"

बी. एस. ने टार्च बन्द करके, राघव को दे दी। राघव ने टार्च दाहिने हाथ में पकड़कर कहा, "बी. एस.। असल में इस खंडहर में एक सूखा कुआँ है।"

"सूखा कुआँ।"

"हाँ। कुआँ नहीं लगता, एक गोल, गहरा गड्ढा है, जिसकी दीवारें और फर्श पक्की है।"

"देखा है, तुमने।"

"और क्या। चारों तरफ खंडहर है,....खडंहर के बाद है, रेल लाइन फिर एक नाला पड़ता है, उसके बाद, एक कच्ची सड़क है, जो सीधे विक्रमादित्य मार्ग के पूर्वी सिरे से होकर कालिदास मार्ग में जाकर मिलती है।"

"उस कच्ची सड़क पर तो हम्हें कोई काम नहीं है।"

"नहीं।"

"तो यहाँ जो करना..."

"मैं, इसलिए बता रहा था, बी. एस...."

"यार ! राघव। मेरे चढ़ गयी है।"

"मालूम है मुझे...ये तो कहो, काफी शराब बोतल छूटकर गिरने पर, गिर गयी थी वर्ना..."

"थोड़ी देर सो लेते यार तो..."

"नहीं, कभी नहीं, इसी समय, हम्हें जीप रस्से में बाँधकर खाली कुएँ में गिरानी है।"

"रस्से में बाँधकर ?"

"क्यों, इसमें ताज्जुब की क्या बात है।"

"ताज्जुब की बात है ही, जोंगा जीप और रस्से में बाँधकर।"

"करना ही होगा, बी. एस. वर्ना, गाड़ी के गिरने से जो आवाज होगी, उससे पूरी छावनी जाग जायेगी।"

"आयी सी !"

"चलो ट्राय करते हैं..." राघव गाड़ी के अन्दर गया।

टार्च जलाकर उसने देखा गाड़ी में तब भी कुछ पेट्रोल बचा हुआ था। उसने गाड़ी स्टार्ट कर दी गाड़ी स्टार्ट होते ही बी. एस. भागकर अन्दर आ गया।

"क्या बात है। बॉस।"

"अभी गाड़ी में पेट्रोल है, जब तक पेट्रोल खतम नहीं हो जाय, हम गाड़ी को खाली कुएँ में नहीं ढकेल सकते।"

"यू आर राइट...आग लग जायेगी न !"

"सही बिलकुल सही।"

"तो चलें, कहीं होकर आते हैं।"

"कहाँ, खाना तो खा लिया था।"

"खाना, नहीं, पीना था।"

"शी ! पीना बन्द करो यार। और फिर गाड़ी हम्हें यहीं छोड़नी है न।"

"हाँ।"

"लेकिन अगर, इस वक्त हम शराब ढूँढ़ने जायें तो शराब तो मिल जायेगी लेकिन पेट्रोल खत्म हो जायेगा।"

"यही तो हम चाहते हैं न।"

"बिलकुल चाहते हैं लेकिन अगर पेट्रोल खत्म हो गया और जीप यहाँ तक नहीं पहुँची तब।"

"आयी सी। ठीक है, फिर गाड़ी को ठिकाने लगाते हैं...लेकिन हम जायेंगे कैसे।"

"पैदल...उसी रास्ते से, जिसकी बाबत मैं, कुछ देर पहले बता रहा था।"

"ठीक है। अब करना क्या है।"

"मैं टार्च लेकिन नीचे जाता हूँ।"

"नीचे।"

"अंधे कुएँ में नीचे। और तुम ऊपर से, गाड़ी को नीचे ढकेल देना।"

"रोकोगे तुम।"

"मैं भला क्या खाकर गाड़ी को रोकूँगा...मैं तो सिर्फ गाड़ी के नीचे पहुँचने के बाद, रस्से का वह सिरा खोलूँगा जिससे, बाँधकर गाड़ी को तुम ढकेलोगे।"

"ऊपर कैसे आओगे।"

"उसी रस्से को पकड़कर, जिसका सिरा, मैं नीचे जाकर खोलूँगा।"

"परफेक्ट। चलो शुरू करते हैं।"

"हाँ शुरू करते हैं। मैं टार्च से रास्ता दिखाता हूँ और तुम, गाड़ी को बिना ऐक्सीलरेटर, दबाए, मेरे पीछे-पीछे आओगे...ओ. के.।"

"ओ. के.।"

राघव आगे चल रहा था और टार्च की रोशनी में बी. एस. जोंगा जीप को, धीरे-धीरे चलाकर ला रहा था। कुछ दूर चलने के बाद, राघव पहले बायें घूमा फिर चार कदम चलकर दायें घूमकर रुक गया। बाग का रास्ता खत्म हो चुका था और खंडहर की दीवार शुरू हो गयी थी। बाग के रास्ते और खंडहर की दीवार के बीच एक छोटी-सी पटरी थी। राघव ने टार्च दिखाकर बी. एस. को इशारा किया, उसे पटरी को पारकर, गाड़ी को ऊपर लाने को। बी. एस. ने गियर बदलकर, गाड़ी ऊपर चढ़ा ली और धीरे-धीरे राघव के पीछे गाड़ी चलाने लगा। कुछ दूर जाकर, राघव रुक गया। उसने भागकर, जीप के पिछले हिस्से से, रस्सा निकाला और रस्से को बी. एस. की तरफ फेंककर, वह कुएँ की मुंडेर से नीचे की तरफ उतरने लगा। तभी, बी. एस. भागकर आया और उसने रस्सी का एक सिरा राघव के पेट में बाँध दिया। राघव रस्सा पकड़कर नीचे उतर गया। लेकिन उतरने से पहले उसने कहा था, "गाड़ी स्टार्ट रहने दो, पेट्रोल खत्म होने दो पहले।"

राघव, उसके बाद, अंधे कुएँ में, उतर गया था। बी. एस. के हाथ में रस्सी का जो सिरा था, वह, उसने आनन-फानन कुएँ के पास, एक खम्भे से बाँध दिया था। बी. एस. जानता था, जिस खम्भे में, उसने रस्सी का सिरा बाँधा था, उसे एक बार, राघव के नीचे पहुँच जाने पर खोलना पड़ेगा। रस्सी को उस खम्भे से खोलकर, किसी ऐसी जगह बाँधना पड़ेगा जो जोंगा जीप का वजन बरदाश्त कर सके। टार्च चूँकि, राघव नीचे ले गया था, बी. एस. ने गाड़ी की हेड लाइट जलाकर वह उस जगह या चीज की तलाश करने लगा, जिससे रस्सी को बाँधा जा सके। लेकिन एक तो गाड़ी का इंजन स्टार्ट था ऊपर से लाइट जल रही थी, इसीलिए कुछ ही देर बाद कुएँ के निचले हिस्से से, राघव बार-बार टार्च की रोशनी ऊपर की तरफ फेंककर, इशारा करने की कोशिश

करने लगा। ऊपर चूँकि जीप की हेडलाइट की तेज रोशनी थी ऊपर से गाड़ी का इंजन चल रहा था। इसीलिए बी. एस. को न तो राघव का इशारा समझ आया और न ही उसकी दबी हुई आवाज सुनाई दी। राघव को इस बात की फिक्र होने लगी थी कि कहीं जीप की रोशनी और आवाज की मिली-जुली प्रतिक्रिया के स्वरूप में कोई चौकीदार या छावनी की कोई दस्ती टुकड़ी वहाँ पर न हाजिर हो जाये। राघव ने रस्सी का सिरा, जो उसकी कमर से बी. एस. ने नीचे उतरने के लिए बाँधा था, नीचे पहुँचने के बाद खोल दिया था, एक बार, फिर से बाँधना शुरू कर दिया था, जिससे वह ऊपर जाकर, बी. एस. को कोई बेवकूफी करने से रोक सके। वह जानता था, ज्यादा देर तक, गाड़ी को चलाये रखना मुमकिन नहीं था। उधर बी. एस. ने इतनी देर में, एक मोटे तनेवाला पेड़ ढूँढ़ लिया था। इसी पेड़ के तने में, उसने रस्से का दूसरा सिरा बाँधने का फैसला कर लिया था। बी. एस. कुएँ के करीब आया, और रस्से के ऊपर की तरफ खींचने की कोशिश करने लगा, तभी उसे लगा, रस्सा ऊपर की तरफ खिंच नहीं रहा था। उसे लगा या तो राघव ने रस्सा अपनी कमर से खोला नहीं था, या फिर रस्सा कुएँ में ही, कहीं अटक गया था। दोनों स्थितियों में उसे राघव का सहयोग लेना था और इसीलिए, उसने कुएँ में झाँककर राघव को कई बार पुकारा। लेकिन हर बार बी. एस. की आवाज, जोंगा जीप की आवाज में डूबकर खो गयी। उतनी देर में, राघव, नीचे से ऊपर आने की कोशिश कर रहा था, जिसमें उसे अनेक दिक्कतों का सामना करना पड़ रहा था। वक्त निकला जा रहा था और राघव के अन्दर आनेवाले खतरे का अहसास करके, एक सुरसुरी सी पैठने लगी थी। राघव, अच्छी तरह जानता था समय था नहीं, उसके पास। कभी भी किसी भी वक्त, कोई भी आ सकता था और उसके बाद, उन दोनों का बचना मुश्किल था। राघव को, लग रहा था, बी. एस. खुद भी मरेगा और उसे भी मरवाएगा। वह तेजी से ऊपर की तरफ चढ़ने लगा। उसका दिमाग तेजी से काम कर रहा था। वह सोच रहा था, अगर कहीं गाड़ी का पेट्रोल तुरन्त खत्म नहीं होता तो, बिना देर किये, उसे गाड़ी को पेट्रोल समेत ही ढकेल देना होगा। लेकिन कुछ भी करने के लिए बी. एस. से बात होना जरूरी था। हालात ऐसे मोड़ पर पहुँच चुके थे कि बी. एस. और राघव का वहाँ से बच निकलना नामुमकिन होता जा रहा था। जीप में पेट्रोल खत्म होनेवाला था, इसलिए किसी खतरे का सामना करने के लिए उनके पास साधन नहीं थे। राघव ने हिसाब लगाया था, रात को तीन बजे के करीब फौजी दस्ता राउन्ड पर निकलता था और उसने अंदाज लगाया, तीन बजने में, अधिक समय बाकी नहीं था। अगर राघव अकेला होता या बी. एस. के साथ होने पर भी अगर जोंगा जीप, उनके साथ न होती तो निश्चित रूप से बच निकलने के अनेक

रास्ते थे। ऊपर से अँधेरा होने की वजह से छुपने-छुपाने की कई जगहों के बारे में उसको पता था। फिर भी, कातिले आला यानि खून करने का हथियार यानि जोंगा जीप, जिससे अभी शाम को ही बी. एस. ने, भैरवसिंह को मारा था, वह वहाँ मौजूद थी। रात का वक्त था, छावनी का इलाका था और वह केन्द्रीय सरकार के सुरक्षित खंडहर में, बिना किसी स्वीकार्य उद्देश्य के लिए। वैसे तो राघव को मरने से डर नहीं लगता था। वह किसी टकराव, किसी हिंसा से, नहीं घबड़ाता था, लेकिन जब उसे सचिवालय में बम विस्फोट करना हो राजभवन को उड़ाने की साजिश करनी हो या फिर मुख्यमन्त्री की हत्या का षड्यंत्र रचना हो, तब यू खामखाँ बिला वजह बिना किसी बात के, फँस जाना उसे बिलकुल अच्छा नहीं लग रहा था। ऊपर से उसे मालुम था, जीप को ठिकाने लगाने के बाद, करीब एक घंटा लगना था, ऊबड़-खाबड़ पैदल, कच्चे रास्ते से, मॉडल हाउस या, दारुलशफ़ा पहुँचने में। राघव पछता रहा था, उसे कोफ्त हो रहा था, वह अपनी स्वयं अपनी बेवकूफी पर हैरान था। आखिर कुएँ में नीचे उतरने की, उसे इतनी जल्दी क्या थी। उसे मालूम था, बी. एस. कमांडर, एक बड़ा और काबिल जंगबाज तो था, लेकिन बारीक मामलों में कई बार, बी. एस. का मोटा दिमाग, काम नहीं करता था। एक बार राघव को इस बात पर पछतावा होने लगा, कि वह बी. एस. के साथ, इतनी लम्बी दौड़ पर आया ही क्यों। बी. एस. ने भैरवसिंह को, जंगलपार्टी के आदेश पर मारा था तो यह बी. एस. की जिम्मेदारी थी कि वह कत्ल के हथियार को किसी सुरक्षित जगह पर छुपाये। लेकिन राघव जानता था, बी. एस. उस शहर के लिए नया था और दो-एक रास्तों के अलावा उसे शहर की अधिकतर जगहों के बारे में पूरी जानकारी नहीं थी। ऊपर से, रात का वक्त था और राघव को ऐसा लगा था, अगर जोंगा जीप, उसी रात, न छुपाई गयी तो कुछ भी हो सकता था।

राघव जितनी बार ऊपर जाने की कोशिश करता रस्से का दबाव कमजोर होने की वजह से या रस्से के बार-बार अपनी जगह से पकड़ से खिसक जाने की वजह से वह, उतनी तेजी से ऊपर नहीं चढ़ पा रहा था, जितनी तेजी से उसे चढ़ना था। तभी अचानक जीप के इंजन की आवाज बन्द हो गयी। चारों तरफ एक सन्नाटा भिनभिनाने लगा। एक भयावह खुसपुस जैसे गहन अंधकार से निकलकर उस अँधेरे कुएँ में पहुँचने लगी। जीप की हैडलाइट जल रही थी। राघव, चीखकर बोलना नहीं चाहता था और जब तक जीप की हैडलाइट, ना बन्द हो जाए, टार्च से रोशनी फेंककर इशारा करना मुमकिन नहीं था। फिर भी राघव ने ऊपर चढ़ना छोड़ दिया और धीरे-धीरे, नीचे की तरफ उतरने लगा। उसने अनुमान लगा लिया था, कि जब जीप का इंजन, बन्द हो चुका था, तो लाइट भी अधिक देर तक जल नहीं सकेगी। और फिर उसने सोचा, बी. एस.

कोई चुप नहीं बैठा होगा, वह भी मौके की नजाकत को तो समझता ही था और जीप के पेट्रोल के खत्म होने का इंतजार कर रहा होगा। राघव, करीब-करीब नीचे पहुँच चुका था, जब उसे बी. एस. की आवाज सुनाई दी। बी. एस. कह रहा था।

"राघव। आय एम रेडी ! राघव। आय एम रेडी !"

"गाड़ी की लाइट बन्द करो।" राघव चीखती हुई आवाज को दबाकर बोला था दूसरे ही क्षण जीप की लाहट बन्द हो गयी और तब राघव ने, अपनी टार्च से रोशनी ऊपर की तरफ फेंककर इशारा किया, जिसके साथ, बी एस. कुएँ की मुंडेर पर झुककर बात करने की कोशिश करने लगा।

"हाँ। राघव। क्या बात है।"

"जीप से बैटरी निकालकर अगल रख दो...और हाँ पेट्रोल खत्म हो गया न।"

"हाँ।"

"बैटरी निकालकर, रस्सा ऊपर खींच लेना बी. एस.।"

कुछ देर बाद, बी. एस. की आवाज आयी थी।

"ओ के. आल रेडी, आपरेशन जोंगा जीप नाऊ स्टार्ट्स !"

"ओ. के.।" कहकर राघव कुएँ के दाहिनी तरफ हट गया। राघव को मालूम था। जीप जिस रास्ते से गिरकर नीचे आयेगी, अगर उसने, अपनी जगह नहीं बनाई तो वह कुचल दिया जायेगा। उसकी हड्डी, पसली उसी कुएँ में चकनाचूर होकर बिखर जायेंगी : इसीलिए, उसने टार्च की रोशनी सीधे ऊपर की तरफ कर दी, जिससे वह जीप को गिरते हुए देख सके। सब कुछ बस कुछ सेकेन्ड में हो गया था। जोंगा जीप किसी तूफान की तरह कुएँ के अन्दर आयी, राघव ने उसे देखा और पलक झपकते ही उसने अपने आपको ठीक बायीं तरफ फेंक दिया। क्योंकि उसने देख लिया था, जीप दाहिनी तरफ गिर रही थी। जोंगा जीप को ढकेलने के बाद बी. एस. ने पेड़ के तने में बँधी हुई रस्सी को खोलना शुरू कर दिया था। उधर से राघव, धीरे-धीरे जीप को नीचे की तरफ उतार रहा था। बी. एस. पेड़ के तने में बंधे हुए रस्से को करीब-करीब उसी रफ्तार में खोल रहा था, जिस रफ्तार में जीप कुएँ की तलहटी में जा रही थी। एकाएक, उसे टार्च की रोशनी का इशारा मिला था, राघव की तरफ। उसने कुएँ में झाँककर फुसफुसाती हुई आवाज में पूछा था, राघव से।

"ओ. के. बॉस।"

"ओ. के. बॉस।"

"मैं आऊँ..."

"आना ही होगा।"

"रस्सा।"

"रस्सा खोल दो।"

"फिर ऊपर कैसे आयेंगे।"

"मुझे यहाँ टार्च की रोशनी में कुछ मुंडेर जैसी कुछ रोक दिखाई दे रही है, नहीं तो जीप की ऊँचाई से ट्राय करेंगे।"

"मेरा आना जरूरी है क्या।" बी. एस. ने पूछा था।

"हाँ भई। जीप को ढकना होगा न।"

"कैसे।...अच्छा मैं आता हूँ।"

"देखो बी. एस.।"

"हाँ !"

"ऊपर कोई निशान न रह जाये।"

"अँधेरा है यहाँ।"

"बैटरी कहाँ है ?"

"जीप की पिछली सीट से बाँध दी थी।"

"ओ. के....कम आन : बी. फास्ट एण्ड स्विफ्ट।"

"ओ. के.। ओ. के.।"

"मैं टार्च दिखाता हूँ, तुम दीवार के सहारे उतरने की कोशिश करो।"

राघव ने टार्च की रोशनी ऊपर की तरफ कर दी। तभी उसे ऊपर से रस्सा गिरता हुए दिखाई दिया। राघव ने रस्से को रोका नहीं, उसे जहाँ गिरना था, वहाँ गिरने दिया और टार्च की रोशनी में बी. एस. के उतरने का इन्तजार करने लगा। बी. एस. नीचे आ गया था। वह छिपकली की तरह दीवार पर चढ़ने और उतरने में माहिर था। बी. एस. के नीचे पहुँचते ही राघव ने, जीप के टूलबाक्स से एक राड निकाला। राड शायद जीप का पहिया उठानेवाले जैक का एक हिस्सा था। उसने वह राड बी. एस. को दे दिया। राघव को कुछ करना नहीं पड़ा था। बी. एस. ने अंधे कुएँ की तलहटी से पेड़-पौधे, पत्तियाँ, कूड़ा-कड़कट, हटाकर, एक दीवार के सहारे इकट्ठा करना शुरू किया और राघव उस ढेर से, टूटे हुए पेड़-पौधे, पत्तियाँ, कूड़ा-करकट जीप में भरने लगा। बड़ी धीमी रफ्तार से काम हो रहा था। जोंगा जीप को ढकने के लिए, काफी मसाला चाहिए था। तभी बी. एस. ने आइडिया दिया और राघव ने, जीप में पड़ी हुई हब प्लेट उठा ली और कूड़े के ढेर को तेजी से जीप के ऊपर उलटने लगा कुछ ही देर बाद, बी. एस. जिस राड से कूड़ा हटा रहा था, उस राड के किसी लोहे से टकराने की आवाज आयी। राघव ने हब प्लेट छोड़कर टार्च उठा ली और उसकी रोशनी में उसने देखा, वहाँ एक पुरानीकुल्हाड़ी नुमा कोई चीज पड़ी थी। बी. एस. की भी नजर कुल्हाड़ी पर पड़ी और उसने लपककर उसे उठा

लिया। उसके बाद काम में तेजी आयी और कुछ ही देर में, पेड़-पौधे, कूड़ा-करकट, के साथ मिट्टी के बड़े-बड़े ढेर जीप के ऊपर फेंक दिये गये थे। जीप तो करीब-करीब ढक गयी थी लेकिन टार्च की रोशनी में राघव ने जो देखा उसकी आँखें फटी-फटी रह गयी थीं। वह कोई गुफा थी एवं वहाँ साफ-साफ एक ढका हुआ पत्थर का दरवाजा दिखाई दे रहा था।

भैरवसिंह को मारने के बाद, बी. एस. ने सोचा था, वह सारी रात शराब पीयेगा और जब शराब पीके धुत हो जायेगा, तो सोयेगा सिर्फ सोयेगा। लेकिन वह कुछ नहीं हुआ था, जो उसने सोचा था। जैसा उसने चाहा था, सारी रात गुजरने लगी थी और शराब वह पीता रहा था। बस दूसरी बात जो उसने सोची थी, घोड़े बेचकर सोने की वह नहीं पूरी हो सकी थी। इसीलिए बी. एस. की आँखें कड़वा रही थीं और सिर फटा जा रहा था। वह सोच रहा था, ऐसी शराब पीने से फायदा क्या था जब सोने की कोई सम्भावना नहीं थी। वह सिर्फ वही कर रहा था जो उससे राघव करने के लिए कह कहा था। शराब पीने के बाद से लेकर और कुएँ में गाड़ी गिराने तक, वह सिर्फ एक रोबोट की तरह काम कर रहा था। उसे अपने ऊपर मंडराते हुए, खतरे का अन्दाजा था। वह जानता था, बाजार में, उसने एक पुलिस इन्सपेक्टर का खून किया था। भैरवसिंह को, जोंगा जीप से कुचलकर मार डाला था। उसकी भैरवसिंह से कोई दुश्मनी नहीं थी। भैरवसिंह ने उसका कुछ भी नहीं बिगाड़ा था लेकिन फिर भी उसने भैरवसिंह को कुचल डाला था, महज इसलिए कि उसे जंगलपार्टी की तरफ से, भैरवसिंह को जिन्दा या मुर्दा पकड़ने का आदेश मिला था। उसने कई दिनों तक, भैरवसिंह का पीछा किया था, लेकिन हर बार वह चूक जाता था और भैरवसिंह उसके हाथ से बचकर निकल जाता था। लेकिन उस दिन वह उसका पीछा करते-करते, डॉ. मांगलिक के बंगले पर पहुँच गया था। उसने देखा था, भैरवसिंह को, बंगले से कुछ दूर, एक पेड़ के नीचे, अपनी मोटर साइकिल खड़ी करते हुए। तभी उसने तय कर लिया था बी. एस. ने जोंगा जीप जहाँ मोटर साइकिल खड़ी थी, ठीक उसकी विपरीत दिशा में, एक गुमटी के करीब खड़ी की थी। फिर बी. एस. ने देखा, भैरवसिंह, दीवार फाँदकर, बंगले के अन्दर दाखिल हुआ। बी. एस. ने अंदाज लगाया था, भैरवसिंह का उस तरह, दीवार फाँदकर जाने के पीछे मकसद जरूर कोई गलत था, गैर-कानूनी था और व्यक्तिगत था। भैरवसिंह असल में, डॉ. मांगलिक के यहाँ, वह तस्वीरें हासिल करने के लिए गया था जिनसे डॉ. मांगलिक सचिवालय की माधुरी साहा को ब्लैकमेल करने की कोशिश कर रहा था। तस्वीरें माधुरी साहा के जीवन के उस घिनौने इतिहास से ताल्लुक रखती थीं, जब वह आई. ए. एस. अफसर नहीं बनी थी। उस समय एक बार डॉ. मांगलिक ने, नाजायज बच्चा गिराने के दौर में, उनकी फोटो उतार

ली थी। मालती शर्मा और भूपति, जिनकी जान-पहचान भैरवसिंह से पहले से ही थी, ने उससे उस भयावह संकट से छुटकारा दिलाने की याचना की थी।

भैरवसिंह खुद एक मुसीबतजदा इन्सान था। वह परेशान था, फँसा हुआ था, और खुद उसकी जान को खतरा था। वह अपनी नौकरी बचाने के चक्कर में था। उसके ऊपर उनके पुराने दुश्मन जिलाधिकारी खुन्ना जौहरी ने जो इल्जाम लगाए थे, वह इतने खतरनाक थे कि उसे न सिर्फ नौकरी से निकाला जा सकता था बल्कि उसे गिरफ्तार भी किया जा सकता था। उधर भैरवसिंह ने सेठ गोवर्धनदास से तीस लाख का सोना हड़प लिया था। सेठ गोवर्धनदास के घर का घेराव करके जिस तरह भैरवसिंह ने जंगल पार्टी का सोना हथिया लिया था, उसके बाद, उसका जिन्दा रहना मुमकिन नहीं था। बी. एस. को भैरवसिंह को मारना था और वह काम उसने कर दिया था। बी. एस. ने उस रोज, डॉ. मांगलिक के बंगले से निकलकर, जब भैर्वसिंह, अपनी मोटर साइकिल, उठाने के लिए जा रहा था, उसी समय बस अपनी जोंगा जीप, उसके ऊपर चढ़ा दी थी। उसके बाद, वह वहाँ रुका नहीं, लेकिन उसे मालूम था, भैरवसिंह की चीख सुनकर जो लोग दौड़े थे, उनमें से, किसी ने, उसकी जीप का नम्बर देख लिया था। बी. एस. की समस्या कुछ और थी। वह बुरी तरह नशे में धुत था और ऊपर से, उसे इतनी देर से उठापटक करनी पड़ रही थी। पहले कुएँ के ऊपर, कितनी देर तक, वह रस्से और जीप के चक्कर में फँसा रहा। अँधेरी रात को, जीप को रस्से से बाँधकर कुएँ में फेंकना और ऊपर से, सारी रात, खड़े होकर पेट्रोल खत्म होने का इंतजार करना, फिर कुएँ में उतरकर जाना और जीप को कच्ची मिट्टी, घास-पेड़-पौधों से छुपाने को कोशिश करना, सब काफी था, उसे थका देने के लिए। वह बेदम होकर गिरनेवाला था, तभी उसने राघव से कहा।

''अब मुझसे नहीं होता।''

''नैवर माइन्ड। मैं भी थक गया हूँ।...लेकिन हम रुक नहीं सकते।''

''क्यों ?''

''अँधेरे में ही, निकलकर, हम्हें इतनी दूर चले जाना होगा, जहाँ हम सुरक्षित रह सकें।''

''सुरक्षित !''

''हाँ। मैं...मेरा मतलब था...इस जगह से, जहाँ हमने जीप छुपाई है, उस जगह से हम्हें सबेरा होने से पहले काफी दूर चला जाना चाहिए।''

''आयी सी !''

''वैसे टाइम क्या होगा बी. एस.।''

''तीन बजे हैं।'' बी. एस. ने घड़ी देखकर कहा।

''सिर्फ एक घंटा है, हम्हारे पास।''

“सिर्फ एक घंटा।”

“हाँ, सिर्फ एक घंटा। चार बजे के अन्दर हम्हें, इस बाग से बाहर निकल जाना है, हर हालत में।”

“ऐसी क्या बात है ?”

“चार बजे के बाद यानि साढ़े चार और पाँच के अन्दर उन पागलों का हुज्जूम इकट्ठा हो जायेगा जो यहाँ रोज आते हैं।”

“कौन ?”

“मार्निंग वाक...”

“ओह...” बी. एस. को हँसी आ गयी। उसे तो जैसे हँसी का दौरा पड़ा था। वह हँसता जा रहा था और बस राघव की तरफ देखकर ताली बजा रहा था।

राघव को अजीब-सा लग रहा था। सामान्य रूप से बी. एस. हँसता नहीं था। बी. एस. जिस तरह का आदमी था, उसे हँसी कहाँ आ सकती थी। हर समय, उसके अन्दर, न जाने कितनी हिंसा, न जाने कितनी हिकारत, न जाने कितनी नफरत भरी रहती थी। उसके अन्दर की सारी हिंसा, समूची हिकारत, पूरी की पूरी नफरत, उसे जैसे तोड़ती रहती। उसे कभी चैन नहीं आता, वह हमेशा तड़प-तड़पकर जैसे अपने अन्दर की हिंसा और नफरत से लड़ता रहता। इसीलिए तो राघव ने जब उसे हँसते हुए देखा तो उसने रोका नहीं। वह चाहता था, बी. एस. हँसे और सदैव, हँसता रहे। राघव जानता था, बी. एस. एक निहायत शरीफ इन्सान है वह हिंसा पर विश्वास नहीं रखता था और नफरत तथा हिकारत, उससे कोसों दूर थी। लेकिन जिस गिरोह में, जिस पार्टी में वह था, वहाँ के नियम कुछ और थे, वहाँ जीवन, किसी और तरीके से जिया जाता था। इसीलिए राघव ने बी. एस. को रोका नहीं था और खुद भी, उसी के साथ, बिना मर्जी के हँसने लगा था। राघव हँस जरूर रहा था, लेकिन उसकी हँसी फीकी थी, उसमें वह बात नहीं थी, जो बात बी. एस. की हँसी में थी। अँधेरी रात को, बन्द कुएँ में, जोंगा जीप के नीचे, मिट्‌टी, कीचड़, धूल, घास, पेड़-पत्तों, झाड़-झंखाड़, के बीच, भूख-प्यास से बेजार जिस तरह बी. एस. और राघव हँस रहे थे, वह एक अजीब नजारा था, एक अजीब दौर था। न जाने कितनी देर तक बी. एस. हँसता रहता, राघव हँसता रहता, लेकिन तभी एक बड़े जोर का धमाका हुआ था। बी. एस. को, राघव को, लगा, जैसे पूरा का पूरा कुआँ, उनके ऊपर उलट गया था। कुएँ की दीवारें, दीवारों से लगी हुई जीप और जीप से सटी हुई जमीन, सब कुछ काँप उठा था। बी. एस. की हँसी रुक गयी थी। राघव चुप हो गया था। शुरू के सदमे और कपकपी के बाद, राघव और बी. एस. ने जिन्होंने धमाका होते ही, अपना सिर, दोनों घुटनों के भीतर छुपा लिया

था, जब ऊपर की तरफ देखा तो उनकी रूह फना हो गयी, एक बेहोशी सी उनके अन्दर जागने लगी और उनको लगा, उनके पाँव, कुएँ की कच्ची जमीन के अन्दर धंसते जा रहे थे। राघव को लगा, वह जमीन पर नहीं था, आसमान पर नहीं था वह कुएँ के अन्दर नहीं था, वह किसी ऐसी जगह पर खड़ा था, जो थरथरा रही थी, झटके खा रही थी। थोड़ी ही जगह थी, उस कुएँ में, जिसमें, एक अदद बड़ी साइज की जोंगा जीप एक अदद पहाड़नुमा आदमी, बी. एस. और खुद राघव। सब कुछ बड़ा अजीब था। न तो राघव की और न ही बी. एस. की समझ में कुछ आया था। ऐसा लग रहा था, जमीन घूम रही थी, कुआँ घूम रहा था ऊपर तड़-तड़ पत्थर मिट्टी, लकड़ी, बालू, और पेड़ की टहनियाँ, पत्तियाँ, झड़ रही थीं। सारा का सारा इलाका एक अजीब तरह के धुएँ या झारदार मिट्‌टी से सराबोर हो चुका था। राघव और बी. एस. की आँखें नहीं खुल रही थीं अँधेरा और गहरा हो गया था और चारों तरफ एक अजीब तरह की घुटन और बेचैनी फैलने लगी थी। राघव का दम घुटने लगा था। उसने टार्च ढूँढ़ने की कोशिश की लेकिन टार्च, उसके हाथ से छूटकर पहले ही गिर चुकी थी। असल में जब बी. एस. ने हँसना शुरू किया था, उस समय, राघव के हाथ में, कुल्हाड़ी थी। लेकिन जब राघव बी. एस. का साथ, हँसी में देने लगा तो कुल्हाड़ी उसके हाथ से छूटकर गिर पड़ी। टार्च तो राघव ने उसी वक्त नीचे गिरा दी थी, जब उसने कुल्हाड़ी उठाई थी। उधर ऊपर से जो जलजला उनके ऊपर फटकर गिरा था, उसकी वजह से, राघव, उस जगह से कुछ दूर हट गया था। उसके बाद, जो मलवा गिरा, उसके अन्दर कहीं टार्च भी गुम हो गया था। काफी देर तक राघव और बी. एस. दम साधकर बैठे रहे और फिर हल्की रोशनी में उन्होंने देखा था, कुआँ, उसी भारी पेड़ से मुँद गया था, जिसमें, रस्सा बाँधकर, बी. एस. ने जीप गिराई थी।

"देखा ! बी. एस. देखा !!" राघव को दिख रहा था छनी-छनी रोशनी, में, ढँका हुआ कुआँ, और कुएँ के ऊपर पड़ा हुआ पूरा, समूचा, घना और विशाल पेड़।

"हाँ...अ...अँ..."

"ये क्या हो गया।"

"हम फँस गये यार !"

"लगता है...लेकिन..."

"लगता नहीं राघव। अब हम्हें कोई नहीं बचा सकता।"

"कैसे !"

"देखो। मैंने भैरवसिंह को मारा था न।"

"हाँ लेकिन..."

''एक मिनट। मैं कहूँ ना...''

''हाँ।''

''भैरवसिंह को इसी जीप से कुचला गया था न।'' बी. एस. ने, पास में पड़ी हुई जीप की तरफ इशारा किया था।

''हाँ।''

''जीप यहाँ मौजूद है न !''

''है।''

''जीप चलानेवाला भी मौजूद है न !''

''है।''

''हम यहाँ से निकल नहीं सकते न ?''

''नहीं भी और हाँ भी।''

''फिलहाल नहीं ही मानकर चलें।''

''तो ?''

''जैसे ही ऊपर से पेड़ हटेगा, हम पकड़े जायेंगे।''

''लेकिन...''

''लेकिन क्या, हम्हारा खेल खत्म हो गया...हम्हारा इंकलाब घुस गया.. .अब हम्हें जेल में चक्की पीसनी होगी। आर यू रेडी कामरेड ?''

''लेकिन मेरी बात...''

''अभी तक, तुम्हारी बात ही तो सुन रहा था अब क्या बचा है।''

''एक चान्स है अभी।''

''वो कैसे !''

बारह

कालीशंकर अगले दिन, दोपहार के बाद लौट आया था। मुख्यमन्त्री आवास में, तब तक भदौरिया ने, अपनी जगह बना ली थी, लेकिन कालीशंकर के आते ही, भदौरिया की कल्पना का संसार धराशायी हो चुका था। उधर कालीशंकर के अन्दर था सुलगता हुआ, नफरत, हिकारत और घृणा का संसार, जिसके तहत उसे उत्सुकदास की जड़ खोदनी थी। जहाँ एक तरफ उसे भरोसा था, अपने ऊपर, वहाँ दूसरी तरफ, क्या करे वह, कहाँ जाये, यह समस्या थी उसके सामने। उसने उत्सुकदास के मंत्रिमंडल को नेस्तनाबूद करने की सौगन्ध उठायी थी। कालीशंकर अच्छी तरह जानता था, यह काम, कितना मुश्किल था। कुछ भी

करे वह, कहीं भी जाय, उसे रोकनेवाला कोई नहीं था। उसे उत्सुकदास की कार्यप्रणाली, उनसे जुड़े हुए लोग, पैसे और हिंसा का उनका विशाल संसार, सत्ता की जड़ तक फैली हुई उनकी समूची व्यवस्था के एक-एक मुद्दे कालीशंकर को पता थे। वह जानता था, उसे मालूम था, वह कुछ भी कर सकता था। वह उत्सुकदास की हत्या कर सकता था, वह किसी और के द्वारा रचे हुए षड्यंत्र में सहयोग कर सकता था या फिर राजनैतिक तरीके से, कालीशंकर शनैः-शनैः उत्सुकदास का वह आधार ही समाप्त कर सकता था जिसकी बुनियाद पर उनका मंत्रिमंडल खड़ा था। लेकिन सबसे पहले कालीशंकर को, अपने आपको सम्भालना था।

जिस समय कालीशंकर, मुख्यमंत्री आवास में, वापस आया था, एक सवाल, उसके अन्दर, खलबली मचा रहा था, उसे बार-बार तंग कर रहा था, कमजोर बना रहा था। वह सवाल था उसकी पत्नी प्रतिभा के बारे में। सब कुछ जानने के बाद, कालीशंकर को, कितना मुश्किल लग रहा था, प्रतिभा का सामना करना। सही माने में वह प्रतिभा से मिलना ही नहीं चाहता था, उसकी शक्ल तक नहीं देखना चाहता था, किसी तरह का, किसी प्रकार का ताल्लुक, प्रतिभा से, वह नहीं रखना चाहता था। प्रतिभा और उसका बेटा राहुल, कालीशंकर के लिए, अपनी जिन्दगी, अपनी शख्सियत से जुड़े हुए दो नाम नहीं थे, बल्कि उत्सुकदास के उस साम्राज्य से जुड़ी हुई व्यवस्था का हिस्सा थे, जिसे नेस्तनाबूद करने की उसने सौगन्ध उठाई थी।

वह जानता था, उसे पता था, उस समय वह प्रतिभा के खिलाफ कोई मुहिम, कोई मोर्चा नहीं खोलना चाहता था। ऐसा करने में, कालीशंकर को किसी प्रकार की दिक्कत नहीं थी, कौन रोक सकता था, उसे। प्रतिभा उसकी पत्नी थी। उसके साथ वह कुछ भी कर सकता था। लेकिन उस समय, जब उसके सामने एक बड़ा उद्देश्य था, जब उसे अपने आका, अपने मालिक, प्रदेश के मुख्यमन्त्री की राजनैतिक हत्या करनी थी, जब उसे उस मंत्रिमंडल का नाश करना था, जिसको बनाने के लिए, जहाँ तक पहुँचने के लिए, उत्सुकदास ने कितनी कुरबानियाँ दी थीं, कितने लोगों को शहीद किया था। दूर-दूर तक फैले हुए, उत्सुकदास के विशाल साम्राज्य का आधार कालीशंकर था। उसे सब मालूम था, वह जानता था थैलियाँ कहाँ से आती थीं, कहाँ किन जगहों पर, किन व्यापारिक प्रतिष्ठानों में, किन उद्योगपतियों के यहाँ, किस प्रक्रिया के तहत, उत्सुकदास का करोड़ों रुपया लगा हुआ था। कालीशंकर के पास उन बेनामी बैंक खातों, जमीन-जायदाद के विवरण थे जिसे खोल देने मात्र से, भूचाल आ सकता था। विदेशी बैंकों में, सुदूर छोटे-छोटे मुल्कों में, किन फर्जी खातों में, किन लोगों के जरिये, कितना धन, कितनी सम्पदा थी, इसकी जानकारी थी,

कालीशंकर को। किस तरह विदेशी मुद्रा, बड़े-बड़े होटलों में, बहुराष्ट्रीय कम्पनियों में बचाकर लगाई गयी थी, इसकी भी जानकारी थी कालीशंकर को। राजनीति में, किस प्रकार उत्सुकदास मुख्यमन्त्री बने थे, कैसे उन्होंने, गुरुपदस्वामी के मंत्रिमंडल को भंग करवाया था और किस प्रकार साल दर साल, वह गुरुपदस्वामी के राजनैतिक वर्चस्व को क्षीण करने में लगे रहे थे, इसका पता था कालीशंकर को। वह सब कुछ जानता था, उसे सब मालूम था, किस प्रकार जगन महाराज के अपराधिक संसार में उत्सुकदास का हिस्सा था, कैसे कृष्णबल्लभ का भाई, यशोदाबल्लभ अफीम की खेती, तस्करी किया करता था और जालिमखाँ, दुर्लभकाछी डकैत, डकैती का हिस्सा, कृष्णबल्लभ के जरिये कब, कहाँ और कैसे भेजता था। कालीशंकर के पास, दर्जनों, छोटी-छोटी, काले और लाल रंग की पाकेट डायरियाँ थीं, जिनके अन्दर दफन थे, वह तमाम रहस्य, जो विनाश के तांडव में, उसकी जमापूँजी बन सकते थे। तमाम रास्ते थे, कई तरीके थे, कई-कई तरह से, कालीशंकर उत्सुकदास के ऊपर हमला कर सकता था, लेकिन इस बात का फैसला करना था, उसे, वह क्या करे, किधर जाय। उधर मॉडेलहाउस के मकान में, उसका बाप, बनवारी, राघव की बहन मालिनी की देख-रेख में था। अपने बाप के बारे में भी, कालीशंकर को फैसला करना था। उस तरह, किसी और के घर, वह अधिक दिनों तक, अपने बाप को, नहीं छोड़ सकता था। बनवारी को साथ में रखने की भी समस्या थी। दारुलशफ़ा के जिस फ्लैट से कालीशंकर, बनवारी को लेकर गया था, वह उत्सुकदास के नाम था। वहाँ पर प्रतिभा आ सकती थी। कालीशंकर नहीं चाहता था, फर्जी, नकली रिश्तों को, और आगे जारी रखना। वह अपने बाप को, उस घिनौने मुखौटे से बाहर रखना चाहता था, जिससे वह खुद नफरत करता था।

उसका बाप बनवारी, उसकी ब्याहता लेकिन फाहशा औरत प्रतिभा, उसकी नकली औलाद राहुल, उसका दुराचारी गाडफादर उत्सुकदास, यह नाम थे उसकी जिन्दगी से जुड़े हुए। कालीशंकर को इन नामों के साथ जुड़ी हुई सड़ांध के बीच रहना मंजूर नहीं था। एक पल में सब कुछ छोड़कर, वह चला गया था। कभी वापस नहीं आना था उसे, किसी तरह का प्रतिघात, किसी तरह का प्रतिशोध लेने की इच्छा नहीं बची थी, उस समय उसके अन्दर। लेकिन जिस तरह, दारुलशफ़ा से निकलते-निकलते, उसके पैरों में जंजीरें बाँध दी गयी थीं, जिन परिस्थितियों में बाप, बनवारी को, रामू काका ने, उसके साथ, टैक्सी में बैठा दिया था, उसके बाद, लौटकर आने के अलावा, कोई चारा नहीं बचा था, उसके सामने। चुपचाप चले जाना, गुम हो जाना, कभी लौटकर न आना, उन तमाम बातों, तमाम हालातों से अपने को एक झटके से अलग कर लेना, सब कुछ दफन कर देना, भूल जाना, एक बात थी, लेकिन जब उबलते हुए नफरत

के संसार को, पैरों में जंजीर बाँधकर, बनवारी बाप के साथ जोड़ दिया गया हो, उस समय और उन परिस्थितियों में, प्रतिघात और प्रतिशोध के अतिरिक्त, कोई चारा नहीं था, कोई रास्ता नहीं था।

एक विज्ञान, किसी ज्यॉमेट्री की थ्योरम की तरह, कालीशंकर के दिमाग में पक रहा था। अनुपात और अनुमान से परे, किसी भयावह धरातल पर खड़ा होकर, इस बात का फैसला करना चाहता था, वह किस तरह, उत्सुकदास को नुकसान पहुँचाये। एक तो ताँबाकांड था। कामूकबाड़ी उर्फ कामयाबसेठ, उत्सुकदास का खास आदमी था, वह जानता था, ताँबाकाण्ड की मूल फाइल, बढ़ई दीक्षित के पास थी, उसे पता था, जिस दिन, मूलगत फाइल या असली कागज की नकल, सामने आयेगी निश्चित परिणाम होंगे। ताँबाकाण्ड, कामयाब सेठ, उत्सुकदास का सम्बन्ध सूत्र स्थापित हो जायेगा, गुरुपदस्वामी और उत्सुकदास गुट, एक-दूसरे के खिलाफ हो जायेंगे। दूसरे, कालीशंकर को राजनैतिक उठापटक की पूरी जानकारी थी। वह जानता था, बलदेव चौधरी, उत्सुकदास के मुख्यमन्त्री बनने के खिलाफ थे और किसी भी तरह बलदेव चौधरी, खुद मुख्यमन्त्री बनना चाहते थे। तीसरे डिप्टी सुपरिन्टेण्डेण्ट आफ पुलिस फूलदास की हत्या से, गुरुपदस्वामी गुट में, फुट पड़ गयी थी। बाई जी का भतीजा था, फूलदास। उसे मार डाला था, जालिमखाँ और दुर्लभकाछी ने मिलकर। अखबारों में, सुमन्त नामक पत्रकार ने, खबर छापी थी, उन अफीम की पेटियों के बारे में, जो ताँबे की पेटियों के साथ, पकड़ी थीं, फूलदास ने। कालीशंकर जानता था, दुर्लभकाछी, जालिमखाँ पकड़े जा चुके थे, कालीशंकर जानता था, कामयाबसेठ, बढ़ई दीक्षित से ताँबाकाण्ड की फाइल का सौदा करने की कोशिश कर रहा था। कालीशंकर जानता था, घनानन्द बिठूरिया ने बाछिल मामा के छुरा भोंकवाया था, कालीशंकर जानता था, बरुन हालदार और डॉ. मांगलिक उन हत्यारों के नाम थे जिन्होंने दर्जनों, सैकड़ों लोगों को अंधा बना दिया था, मार डाला था। कालीशंकर जानता था, लोबीराम के पीछे कौन ताकतें थीं और कैसे उनको उलटकर मंत्रिमंडल के विरुद्ध किया जा सकता था, कालीशंकर को मालूम था, पता था, विरोधी दलों का षड्यंत्र, जिसके तहत, सरकार उलटने की मंत्रणा चल रही थी।

उस अँधेरी रात में, जोंगा जीप, दिलकुशा गार्डेन के आहाते में, अंधे कुएँ के अन्दर गिराने के बाद, जब राघव और बी. एस. मिट्टी, कचड़ा, पेड़, पत्ती और कीचड़ खोद-खोदकर जीप के ऊपर डाल रहे थे, उसी समय, वह पेड़, जड़ समेत निकलकर कुएँ के मुँह के ऊपर गिर पड़ा था, जिससे बाँधकर, बी. एस. ने जोंगा जीप नीचे उतारी थी। घना घुप अँधेरा था, ऊपर से पेड़ के गिरने से, लैम्पपोस्ट की जो हल्की-हल्की रोशनी अन्दर आ रही थी, वह भी समाप्त

हो चुकी थी। ऐसे ही दौर में, पेड़ गिरने से पहले जब राघव जीप छुपाने के लिए मिट्टी खोद रहा था, उसका सम्पर्क चोर दरवाजे से हो चुका था। कुएँ की तलहटी में जो मेहराबदार छोटा दरवाजा, राघव को मिला था, उसके अन्दर जाने पर, एक लम्बा रास्ता था, जो जगह-जगह से बन्द था। बी. एस. को जितनी चिन्ता, कुएँ के अन्दर से बाहर निकलने की थी, उतनी चिन्ता उसको जोंगा जीप को कुछ इस तरह छिपाने की थी, वक्त आने पर उसे निकाला जा सके और जब तक वह वक्त न आये, तब तक, किसी को, इस बात की जानकारी न हो सके, जीप वहाँ पर थी। चूँकि जीप का ताल्लुक भैरवसिंह की हत्या से था, जब तक जीप नहीं मिलती, बी. एस. को कोई खतरा नहीं था। समय निकलता जा रहा था कुछ ही देर में, दिन निकलने पर, कोई भी, राघव और बी. एस. की हरकत देख सकता था। इसलिए उस रात, राघव ने काम अधूरा छोड़ दिया था।

अधूरा काम छोड़ने के बाद, राघव और बी. एस. रस्से के जरिए, कुएँ से बाहर निकले और मार्टिनपुरवा गाँव की तरफ, पैदल बढ़ने लगे थे। राघव अपने तरीके से, उस रास्ते का जायजा ले रहा था, जिसका मेहराबी दरवाजा उसे कुएँ की तलहटी में, मिला था। कुएँ से बाहर निकलने के बाद, सबसे पहले, राघव और बी. एस. ने उस पेड़ को जो उखड़कर गिर पड़ा था पूरी तरह कुएँ के अन्दर ढकेल दिया। उसके बाद, त्रिपाल को कुएँ के मुँह के अन्दर की तरफ, कुछ इस तरह, गिरा दिया, जैसे, वहाँ त्रिपाल, पहले से गिरी पड़ी थी। बी. एस. और राघव ने मिलकर, कुएँ के आसपास, मिट्टी पर बने निशानों को, चलने से पहले मिटा दिया।

जिस समय पेड़ गिरा था, राघव और बी. एस. कुएँ के अन्दर थे। तब उनको यही लगा था जैसे कोई जलजला, कोई भूचाल आया था और उनको वहाँ, अँधेरे कुएँ की तलहटी में, दफन करके निकल गया था। बाहर निकलने की समस्या थी, उनके सामने। दूसरी तरफ राघव को साफ-साफ एक रास्ता नजर आ रहा था। कुएँ की तलहटी में, मेहराबी दरवाजे के बाद, दूर तक, जो सुरंग दिख रही थी, उधर से निकलने के लिए ही तो, राघव और बी. एस. आगे बढ़े थे। कुएँ का रास्ता, पेड़ गिरने से बन्द तो हो चुका था। जाहिर था, जो खुफिया रास्ता, वहाँ पर मौजूद था, उसी के जरिए, बाहर निकलने की कोशिश की थी उन्होंने। लेकिन वह सुरंग थी या कोई अंदरूनी रास्ता, इसका पता, बीहड़ अँधेरे में, नहीं लग रहा था। इसीलिए, राघव और बी. एस. ने, सामने से ही निकलने का निर्णय लिया। थकान, प्यास और नींद से बेजार राघव और बी. एस. कई घण्टे की कशमकश के बाद, जब मॉडेलहाउस पहुँचे, तो वह बेदम हो चुके थे। कुछ ही पलों में वह नींद की गहराइयों में खो गये थे। पूरा दिन

बी. एस. सोता रहा था, लेकिन राघव कुछ देर बाद उठ गया था।

एक छोटा-सा खयाल, एक सुरसुरी, एक हरकत, बार-बार, राघव के अन्दर खलबली मचा रही थी। उसके अन्दर अनेक, छोटी-छोटी, असंख्य सूइयां जैसे चुभ रही थीं, कोंच-कोंचकर जैसे उसे उठा रही थीं। काफी देर तक, राघव की समझ में नहीं आया लेकिन फिर अनेक, छोटी-छोटी, असंख्य सूइयों की चुभन, जब मीठी सिहरन बनकर उसकी जहनियत को छेड़ने लगी, तब कहीं जाकर, राघव की समझ में आया, दिलकुशा गार्डेन के जिस अंधे कुएँ में, वह जोंगा जीप छुपाकर आया था, वहाँ पर चोर दरवाजे के बाद जो रास्ता उसने देखा था, वह रास्ता कुछ और नहीं, कोई पुरानी सुरंग का रास्ता था। एक पल के लिए, राघव के अन्दर उभरती हुई मीठी सिहरन, उछाल मारकर ऊपर की तरफ बढ़ी और उसकी समस्त तंद्राओं को उसने झनझना दिया।

वह खुशी से चीख उठा। बाहर निकलने के बाद, जिस रास्ते से वह, पैदल अपने घर की तरफ आया था, उसी रास्ते, थोड़ा आगे बढ़ने पर, मुख्यमन्त्री निवास था। उसके बाद राघव से रुका नहीं गया। वह एक झटके में, उठकर खड़ा हो गया। बी. एस. सो रहा था। राघव ने बी. एस. के उठने का इन्तजार नहीं किया। पूरी योजना उसकी समझ में आ चुकी थी। उसे लग रहा था, उसके जीवन का उद्देश्य पूरा हो सकता था। सम्भावना थी उसकी। राघव का बड़ा मन था, मंत्रिमंडल उड़ाने का। वह तो पहले दिन से ही पीछे पड़ा था। 16 जून की शाम को जो, धमाका, राघव ने, राजभवन में, मंत्रिमंडल के शपथ ग्रहण समारोह के समय करने का निश्चय किया था, वह नहीं हो सका था। वह असफल हो गया था, हार गया था। सोशलिस्ट विधायक मंजूरभाई ने, महज राघव को बचाने की खातिर, बारूदी मालोटोब काकटेल्स का गट्ठर गोमती नदी में फेंक दिया था। अपनी उस पराजय से आतंकित राघव, परेशान था, जब रहमदिल खुदा ने, दयावान ईश्वर ने उसकी तपस्या, उसकी साधना से खुश होकर, बी. एस. को भेज दिया था।

राघव के पास समय नहीं था। शाम होने से पहले उसे कई काम करने थे। जो योजना राघव ने बनाई थी, जो षड्यंत्र, उसने रचा था उसके मुताबिक, अंधे कुएँ के अन्दर, रात के वक्त, वह छह कामरेड साथियों के साथ उतरेगा। उसके पास तीन फावड़े, छह बल्लियाँ, छह टार्च, कई स्पेयर बैटरी, लम्बा तार, बारूद, माचिस और कई दिनों का खाना-पानी रहना था। यह सारा इंतजाम राघव को कुल सात घंटों में करना था। एक मिनट का समय वह बर्बाद नहीं करना चाहता था। राघव मॉडेलहाउस के मकान से निकलकर भेड़ीमंडी की खोली में जब गया तो वहाँ बिरजू मौजूद था। राघव यह नहीं जानता था बिरजू क्या करता था और बिरजू, राघव क्या करता था। दोनों एक-दूसरे से, दारुलशफ़ा

के माध्यम से, परिचित हुए थे। राघव को बिरजू और बिरजू को राघव अच्छा लगा था। असल में, बिरजू, भेड़ीमंडी की अपनी खोली छोड़कर जा रहा था, जब राघव ने उससे चाभी ले ली थी। लेकिन बाद में, बिरजू लौट आया था, बिरजू के लौटने के पीछे वजह थी उन खतरों से बचना, जिसका सामना, बम्बई जानेवाली गाड़ी में, उस दिन बिरजू ने किया था। पुलिस पार्टी मौजूद थी वहाँ, कोई पुलिसिया परिवार बम्बई जा रहा था। उस माहौल में पूरा दिन, पूरी रात, छह-सात लाख रुपये की सम्पदा लेकर ट्रेन में, पुलिसिया परिवार के साथ सफर करना उसने ठीक नहीं समझा था। बिरजू ने चलते वक्त, भेड़ीमंडी की अपनी खोली की चाबी, राघव को दे दी थी। लेकिन राघव को इस बात का तनिक भी अन्दाजा नहीं था, बिरजू लौट आयेगा। उसने बारूद, तार, टाइमर और बम बनाने और फोड़ने का सारा सामान, भेड़ीमंडी की खोली में पहले ही पहुँचा दिया था। राघव ने अपने चार कामरेड साथियों को, भेड़ीमंडी बुला लिया था। वहीं बैठकर उसे अपनी योजना को अन्तिम रूप देना था। बिरजू का जाना जरूरी था। राघव चाहता था, कामरेड साथियों के आने से पहले बिरजू चला जाय। इस बीच उसने अन्दर जाकर, इस बात का इत्मीनान कर लिया था, बारूद और बम बनाने का जो सामान उसने अन्दरवाली कोठरियों में रखा था, वह सुरक्षित था। राघव ने, एहतियात की वजह से, अन्दरवाली कोठरिया में ताला लगा दिया था। बाहर जो ताला लगा था वह बिरजू का था। लेकिन अन्दरवाली कोठरिया में, राघव ने, अपना ताला लगाया था। लौटने के बाद, बिरजू बाहर का ताला खोलकर अन्दर आ गया था लेकिन कोठरिया का ताला, उसने नहीं खोला था। राघव जैसा चाहता था, वैसा, उस दिन नहीं हुआ था। लेकिन कामरेड साथी, सामने आते ही, जिस तरह से बिरजू से मिले थे ऐसा लगा था राघव को, वह लोग एक-दूसरे को काफी अच्छी तरह जानते थे। असल में मुंडा, नीलू, बच्चन और विनोद वह चार कामरेड थे जो बिरजू की कारीगरी से परिचित इसलिए थे कि उनमें से बच्चन, बिरजू के साथ बम्बई के उस कारखाने में काम करता था, जहाँ बिरजू, तिजोरी का काम सीखने गया था। बच्चन और बिरजू ने पहली चोरी साथ में की थी और जेल भी साथ गये थे। जेल से छूटने के बाद, बिरजू अलीगढ़ चला गया था और बच्चन पटना। पटना में, बेरोजगारी की वजह से, उस गिरोह में फँस गया था, जो जंगलपार्टी से सम्बन्धित था। उसके बाद बच्चन गिरोह का सदस्य बन गया और उसे ट्रेनिंग के लिए आसनसोल भेज दिया गया था। बच्चन की बाकायदा, मासिक आमदनी मुकर्रर कर दी गयी थी। हर महीने उसे पन्द्रह सौ रुपया जंगलपार्टी की तरफ से मिलता था, जिसे वह अपनी विधवा माँ, बहन और भाई के लिए भेज दिया करता। खास बात जो राघव को बिरजू के बारे में नहीं पता थी कि वह बच्चन के

जरिए, जंगलपार्टी की मदद कर रहा था। भेड़ीमंडी की खोली में, जब राघव, बिरजू को देखकर परेशान हो रहा था, तब बच्चन ने हँसकर कहा था।

''बिरजू अपना आदमी है, राघव।''

''क्या मतलब।''

''मतलब साफ है...बम्बई में हम एक साथ जेल में थे।''

''तो !''

''मैं उसे अच्छी तरह जानता हूँ...बिरजू एक चोर है...''

''चोर !''

राघव के मुँह से सीटी की आवाज निकली थी।

''हाँ...लेकिन उससे क्या...आपको याद होगा एक दिन...आपको दस हजार रुपये की सख्त जरूरत थी।''

''आँ...हाँ याद आया।''

''वो रुपये मालूम हैं, किसने दिये थे।''

''बिरजू ने।''

''बिरजू ने।''

''हाँ-हाँ बिरजू ने। वह बारूद जो बी. एस. लाया था... वह यही है.. .इतना तो आपको मालूम है।''

''इतना तो मालूम है...मतलब।''

''हाँ...मेरा मतलब है...बिरजू ने हमारे साथ मिलकर...बारूद को शक्ल दी है।''

''मतलब।''

''पिछली बार जो हथगोले हमको मिले थे...वह फेंकने पर कहाँ फटते थे...कई बार, पेरशानी हुई थी...न...याद आया।''

''हाँ...अ आ...बच्चन फिर।''

''बिरजू ने साइंस पढ़ रखी थी....न जाने कहाँ से पुरानी एक किताब उठा लिया...और सारी बारूद को उसने तीन भागों में बाँट दिया...''

''तीन भागों में।''

''हाँ...एक तो मोलोटोव काकटेल्स बनाई...लेकिन इतनी चुश्त...इतनी तेज...गिरते ही जैसे तेजाब की तरह फैलती है...न जाने क्या डाल दिया उसने...और दूसरे उसने डायनामाइट सरीखी कुछ छड़ियाँ बनाई है जिनको तार से जोड़ दिया...बिरजू के अनुसार...300 फुट की दूरी से...नंगे तारों के जरिए ...राघव जैसे...दीपावली में चरखी या चटाई नहीं छुड़ाते थे हम...''

''हाँ।''

''उसी तरह का एक सिस्टम तैयार कर दिया है बिरजू ने।''

‘‘और तीसरा हिस्सा।’’

‘‘तीसरे हिस्से की बारूद, बिरजू ने छोटी-छोटी गोलियों की शक्ल में, टीन और प्लास्टिक के दुहरे खोल में भर दी है।’’

‘‘उसका क्या होगा !’’ राघव आश्चर्यचकित था।

‘‘खुद बिरजू से पूछिए न। देखिए वह हम्हें देखकर हँस रहा है...। बिरजू इधर आना।’’

‘‘...क्या है।’’...बिरजू ने पास आकर हँसते हुए कहा था।

‘‘तुम तो यार छुपे हुए रुस्तम निकले।’’ राघव ने चुटकी ली थी।

‘‘बस आपका आशीर्वाद है।’’

‘‘ही-ही-ही...खी....खी...इ...ई...खी।’’ राघव को हँसी आ गयी थी, ‘‘आशीर्वाद, यह किस चिड़िया का नाम है...बिरजू यह लफ्ज बड़े खतरनाक होते हैं।’’

‘‘कौन लफ्ज !’’

‘‘यही आशीर्वाद...प्रणाम...सदासुहागन रहो...दूधन नहाओ...पूतन फलो.. .खैर मेरा मतलब था यार तुम तो गुणी पुरुष हो...हम्हारी पार्टी के सदस्य क्यों नहीं बन जाते।’’

‘‘राघव दा। मैं आपके साथ हूँ...मेरा दोस्त है बच्चन...आप लोग भरोसा कर सकते हैं...मुझपर...पैसे रुपये से भी मदद कर सकता हूँ आपकी...काफी माल उड़ा लिया है।...’’

...‘‘दारुलशफ़ा से।’’

‘‘हाँ।’’

‘‘जरूरत होगी तो बताऊँगा...अभी जिस बात से हम परेशान हो रहे थे, वह बात थी...एक बन्द रास्ते को खोलना था।’’

‘‘कौन रास्ता।’’

‘‘दिलकुशा में एक सूखा कुआँ है...उसमें हमने जोंगा जीप छुपाई है... उसी कुएँ के अन्दर एक मेहराबी दरवाजा है और दरवाजे के पार साफ-साफ दिखता है...एक रास्ता...जमीन के अन्दर ही अन्दर न जाने कहाँ निकलता है जाकर।’’

‘‘तब समस्या क्या है।’’

‘‘समस्या है...रास्ता जगह-जगह से बन्द है...आज रात को हम फावड़े लेकर जायेंगे और रास्ता साफ करेंगे।’’

‘‘कैसे।’’ बिरजू ने व्यंग्य किया था।

‘‘खुदाई।’’ और कैसे।

‘‘राघव दा...’’

''नहीं सिर्फ राघव।''

''अच्छा-अच्छा...मैं कह रहा था...आप ऐसा नहीं कर सकते...इससे कुछ नहीं होगा...''

''क्यों-क्यों !''

''कितने आदमी लगायेंगे...कब तक खोदेंगे...और जाहिर है...सारा काम छुपकर होगा।''

''और क्या।''

''तब खुदाई से कुछ नहीं होगा...कितनी गहरी खुदाई होगी...कितनी देर लगेगी...मिट्टी कहाँ गिरेगी...इतना समय है आपके पास।''

''नहीं...बिलकुल नहीं...यह सब मैंने सोचा नहीं था।''

''क्या करना चाहिए...ऐसा लगता है...एक मौका है हम्हारे पास...''

''कैसा मौका।'' बिरजू को मजा आ रहा था।

''मुझे लगता है...अंधे कुएँ के अन्दर जो रास्ता दफन है...वह कहीं न कहीं निकलता होगा...''

''उससे क्या होगा।''

''कहीं वह रास्ता...सचिवालय के अन्दर निकलता हो या फिर मुख्यमन्त्री आवास के आसपास...तब हम्हारी योजना।''

''जो वह रास्ता कहीं और निकला तो।'' बिरजू ने सवाल किया था।

''तब भी...जीप तो बाहर निकालनी है न।''

''अच्छा...तो आपका काम डायनामाइट की वह छड़ियां करेगी।''

''करेंगी।''

''राघव। बारुद को जब हम किसी जगह इकट्ठा करते हैं या उसे कोई शक्ल देते हैं...तब फटने के बाद बारूद फैलेगी या फैलने के बाद फटेगी।''

''तो।''

''मैंने जो डायनामाइट बनाई है उसे तार के जरिए फोड़ने से सीधा दो फुट चौड़ा और दस फुट लम्बा रास्ता बनेगा...''

''फटने से आवाज !''

''फटने के बाद फैलने पर आवाज अधिक होती है लेकिन फैलने के बाद फटनेवाली डायनामाइट की आधी आवाज वहीं दफन हो जायेगी।''

''यार बिरजू। चलो न हम्हारे था।'' राघव को लगा बिरजू काम का आदमी था।

''आप कहेंगे तो चलूँगा....लेकिन मेरा काम वह नहीं है...बारूद तैयार है...तार...साइलेन्सर...इगनिशन...सब बच्चन को पता है...युद्ध करना नहीं आता मुझे...युद्ध का सामान थोड़ा-बहुत बना लेता हूँ।''

"कहाँ सीखा !"

"जेल में।"

"जेल में।"

"हाँ।" मैं और बच्चन...जेल में थे न।"

"तब।"

"मैं सारा सिस्टम बना लेता हूँ...लेकिन वहाँ पर जाने के लिए न कहें तो अच्छा होगा।"

"ठीक है...बच्चन।"

बच्चन कुछ दूर पर खड़ा सिगरेट पी रहा था। "यस बॉस।"

"बॉस।"

"हाँ। कामरेड।"

"तुम बिरजू से सब समझ लेना...शाम को चलना है।"

"कितने बजे !"

"आठ बजे के बाद।"

उस दिन के बाद, कई रोज राघव, बच्चन, मुंडा, नीलू और बी. एस. आठ बजे के बाद दिलकुशा के उस अंधे कुएँ में उतर जाते और सबेरे से पहले, रस्सा लगाकर बाहर निकल आते। राघव का अन्दाज सही था। उस मेहराबदार दरवाजे से होकर जो रास्ता, जमीन के अन्दर से जाता था, वह असल में कोई सुरंग थी, कोई चोर रास्ता था। वह सुरंग वह चोर रास्ता, जगह-जगह से बन्द था। बिरजू ने जो डायनामाइट की सलाइयाँ बनाई थीं, उनके जरिए और सीधी खुदाई से, राघव ने, एक रास्ता निकाल लिया था।

शहर के पूर्वी कोने से समानान्तर दक्षिणी सिरे तक सचिवालय करीब एक किलोमीटर के दायरे में था। इसमें बेसमेंट, भूतल, पहली मंजिल मिलाकर करीब दो सौ कमरे, दो गलियारों में बराबर बँटे हुए थे। एक बड़ा मीटिंग हाल, एक विशिष्ट सभाओं का कमरा, एक कमेटी रूम एक कैबिनेट रूम था। विधान भवन मार्ग की चौड़ी सड़क के किनारे से एक विशाल पार्क से लगे हुए घंटाघर के बाद सचिवालय की इमारत शुरू होती थी। अंग्रेजों के जमाने में, 1922 के आस-पास मार्टीमेर ने फोर्ड एण्ड मैकडोनेल्डस कम्पनी के लिए, विलायत में इसका नक्शा बनवाया था। घोड़ा-गाड़ी, बैलगाड़ी, टट्टू, खच्चर के कारवाँ न जाने कितने वर्ष तक, चौकोर, सफेद पत्थर ढोते रहे थे। सुरती, कलई मशीन, महीन मोरंग, उरद की दाल, शीरा, बेल, कंकड़वाले चूने को संदली पानी के घोल में मिलाकर पलस्तर बनाया जाता था। तीर-कमान शक्ल की यह इमारत देश की भव्य इमारतों में एक हुआ करती थी। चौरस उठे हुए हाथों की लम्बाई सरीखी और सपाट सीने की गहराई लिए हुए इस इमारत का गोल गुम्बद पाँच

हजार टन से ऊपर के वजन का था। सिर्फ एक गोले के ऊपर बैठा हुआ शेर जिसे, 1952 के आसपास, हटाकर अजायबघर में रख दिया गया था, 28 टन से ऊपर के वजन का था। सामने से देखकर यही लगता था जैसे कोई पहाड़, उल्टा टाँग दिया गया हो और उसकी ऊबड़-खाबड़ चट्टानों को समतल बनाकर कंगूरे और मीनारें उसमें सजाकर गुम्बद जड़ दिया गया हो। सामने से, सचिवालय मछली की तरह का दिखता था। बायीं तरफ के फाटक से, सचिवालय मार्ग को छूती हुई चढ़सान की तरह, पतली सड़क दाहिने फाटक की चढ़ाई से, आनेवाली सड़क में मिल जाती थी। जहाँ यह दोनों सड़कें मिलती थीं, एक नम्बर और दो नम्बर फाटक के बीच निहायत खूबसूरत बगीचा था, जिसमें राजघाट की हरी घास का गलीचा और तरह-तरह के रंगीन खुशबूदार फूल पेड़-पौधों की कतारें थीं। सचिवालय मार्ग के पहले चौराहे से, बायीं तरफ की सड़क पर दो फाटक पूर्वी किनारे पर दो और पश्चिमी किनारे पर एक फाटक था। बाकी चार फाटक मुख्य सचिवालय मार्ग पर थे, जिनमें से एक फाटक, हमेशा बन्द रहा करता था। दसवाँ फाटक उन दिनों पूर्वी किनारे को पश्चिमी छोर से जोड़नेवाली सड़क पर हुआ करता था। सचिवालय मार्ग पर मुख्य रूप से पहला फाटक अन्दर जाने के लिए, तीसरा और चौथा फाटक बाहर जाने के लिए था। पहले चौराहे से बायीं तरफ मुड़नेवाली सड़क पर पाँचवाँ फाटक अन्दर जाने के लिए था।

पूर्वी सड़क पर सातवाँ फाटक अन्दर जाने के लिए भी था और बाहर आने के लिए भी। आठवाँ फाटक सिर्फ बड़े अफसरों के लिए सुरक्षित था। पश्चिमी किनारे पर नौवें फाटक से अन्दर जाया जाता था और बाहर निकला भी जाता था। जो लोग आठवें फाटक से अन्दर जाते थे, वह लोग भी नवें फाटक से ही बाहर निकला करते थे। यह फाटकों का घेरा देखकर ऐसा लगता था जैसे ऊँचे गुम्बद की गोलाई, बीच के हिस्सों को छोड़कर प्रत्येक फाटक के अन्दर की तरफ सड़कों का जाल बिछा हुआ था। सातवें फाटक से सीधे अन्दर की तरफ जाने पर एक लम्बा समतल घास का मैदान था, जिसके बीचोंबीच में इमारत के अन्दर जाने के लिए, पतली-पतली पगडंडियाँ थीं। इसी सड़क से पश्चिमी चौथे फाटक से काफी पहले तीन तालाबनुमा टैंक थे, जिनमें से एक की तलहटी में चोर दरवाजों का रास्ता था। इन तालाबों से जरा हटकर चौथे और छठे फाटक के बीच में मोटरखाने थे। वैसे कुछ मोटरखाने, पूर्वी किनारे पर, गेट न. नौ और दस के बीच में भी थे। लेकिन बाहर जाने का रास्ता, सिर्फ गेट न. नौ से था। सब मिलाकर उन दिनों, सचिवालय में तीन लिफ्ट और पाँच जीने हुआ करते थे। पहली लिफ्ट और पहला जीना मुख्य पोर्टिको से अन्दर जाने पर बेसमेन्ट की तरफ पड़ता था। दूसरी लिफ्ट सचिवालय के

बीच में लेकिन दक्षिणी किनारे पर हुआ करती थी, जहाँ से एक पत्थर की चक्रदार सीढ़ी थी जो ऊपर तक चली जाती थी। तीसरी लिफ्ट एकदम पूर्वी किनारे पर थी लेकिन उस तरफ सीधे-सीधे दो जीने थे। सचिवालय के अन्दर अगर सड़कों का जाल छोड़ दिया जाय, तो बेसमेंट को सचिवालय के भूतल से अलग करने के लिए कई दरवाजे थे जिन्हें बन्द किया जा सकता था।

सचिवालय के मुख्यद्वार से पोर्टिको तक का इलाका पार करके अन्दर दाखिल होने पर बेसमेंट शुरू होता था और वहाँ से ऊपर की तरफ जीने चढ़कर पहुँचने पर भूतल शुरू होता था। नीचे का हिस्सा गहरा था और भूतल से ऊपर की तरफ गोलाई फैली हुई थी। सचिवालय मार्ग से करीब-करीब तीस फुट की ऊँचाई पर पोर्टिको था और उससे करीब चालीस फुट की ऊँचाई पर मुख्य सचिवालय था। बेसमेंट में पुलिस, कारागार, सामान्य विभाग, मुख्यमन्त्री कार्यालय, प्रोटोकाल अनुभाग, टेलीफोन एक्सचेन्ज, टेलीप्रिंटर, रिकार्ड रूम, पी. ए. कक्ष, न्याय विभाग, इरलाचेक, शिक्षा विभाग, कार्मिक, आबकारी, स्पोर्ट्स, सामान्य प्रशासन, मनोरंजन कर, स्टेशनरी, भण्डारगृह, वातानुकूलित प्लांट, केयर टेकर स्टोर, पर्यटन अनुभाग, वित्त पेंशन और राजस्व के कुछ अनुभाग थे। जबकि सचिवालय के भूतल पर मुख्यसचिव, नियुक्तिसचिव, सचिवालय प्रशासन सचिव, गृह सचिव, कानून सचिव के साथ करीब 25 मंत्रियों के कमरे और गोपन, गृह, पुलिस, नियुक्ति और सचिवालय प्रशासन के अनुभाग थे। यहीं पर सचिवालय का पुस्तकालय और नियंत्रण कक्ष भी था। पहली मंजिल पर मुख्यमंत्री के कमरों के साथ में विधानसभा, विधान परिषद और तीन मंत्रियों के लिए कमरे थे।

मुख्य सचिवालय के उत्तर में, बेसमेंट में, गृह विभाग, निकासी अनुभाग, और परिवहन के अनुभाग थे। जबकि भूतल पर संसद सदस्यों के कक्ष, पुलिस और गृह अनुभाग थे। विधानसभा पहली मंजिल पर मुख्य सचिवालय के दक्षिण में बीच का मैदान, पुराने प्रधानमंत्री निवास, मजार और गूलर के पेड़ से लगा हुआ साउथ एक्सटेंशन था जिसके बेसमेंट में बैंक थी और प्रथमतल पर विधान सभा की लाइब्रेरी थी। सचिवालय भवन के पोर्टिको के पीछे की ओर, भूतल और प्रथम तल पर, आठ-दस कमरे थे, जिनमें मंत्री और अफसरों के बैठने के प्रबन्ध के साथ सभाकक्ष भी थे। उन दिनों सचिवालय की सुरक्षा के लिए, सिर्फ आने और जानेवाले फाटक पर पुलिस के सिपही रहते। फाटकों के बीच के हिस्से में सात फुट की दीवार हुआ करती थी, जिसके ऊपर काँच के टुकड़े जड़े हुए थे। नौवें फाटक के ऊपर औसत रूप से तीन-चार सिपाही गार्ड मौजूद रहते थे। कुल मिलाकर इनकी तादाद पचास से अधिक नहीं थी। किसी भी समय पर पूरे सचिवालय में तीस सिपाही नौ फाटकों के ऊपर आने-जानेवालों पर नजर रखते थे।

सचिवालय में सातवें फाटक से सीधे अन्दर ही तरफ आने पर जो एक लम्बा घास का मैदान था, उससे लगे हुए लेकिन चौथे फाटक से काफी पहले जो तीन तालाबनुमा टैंक थे, उनमें से, बीचवाले टैंक में, जो चोर दरवाजा था, वह जुड़ा हुआ था, उस रास्ते से, जो दिलकुशावाले अन्धे कुएँ की तलहटी से निकलता था। असल में, राघव और उसके साथियों ने, मिलकर, बिरजू की बनाई हुई डायनामाइट छड़ियों की मदद से जिस सुरंग को खोला था, वह आगे चलकर दो तरफ मुड़ती थी। एक रास्ता जुड़ता था, सीधे जाकर सचिवालय के गेट नम्बर चार के पहले बने हुए तालाब की तलहटी में बने चोर रास्ते से। और दूसरा रास्ता, दाहिनी तरफ मुड़ता था। यह रास्ता, अन्दर ही अन्दर मार्टिनपुरवा होते हुए, आगे तक जाता था। लेकिन मार्टिनपुरवा पहुँचने के पहले सुरंग कई जगह मुड़ती थी, घूमती थी, चक्रदार में। राघव ने अन्दाज लगाया था, एक मोड़ ऐसा आता था सुरंग में जो कालिदासमार्ग के पिछले हिस्से में, कहीं खुलता था। पहले रास्ते के जरिए, राघव अन्तिम छोर तक, सचिवालय के अन्दर, तालाब की तलहटी में बने हुए चोर रास्ते की सीढ़ियों तक पहुँच चुका था। उसके आगे रास्ता नहीं था या रास्ता बन्द था। जाहिर था, रास्ता अन्दर से बन्द था, यानि सचिवालय की तरफ से बन्द था। राघव को काम था, सचिवालय में। उसे सचिवालय के अन्दर, उस तालाब के नीचे, तलहटी में बने हुए चोर रास्तों को ढूँढना था। राघव को शक था, उसने अनुमान लगाया था, अगर, सचिवालय के चार नम्बर फाटक के पहले बने हुए तालाबों में सुरंग से मिलनेवाला रास्ता था, तो जरूर, वह रास्ता तालाब से भी कहीं अन्दर जाता होगा। लेकिन इसकी जानकारी, सिर्फ वहाँ जाकर मालूम की जा सकती थी। और फिर उन तालाबों के अन्दर जाना होगा, उससे पानी निकालना होगा, पानी निकालने के बाद, तलहटी में छुपे चोर रास्ते को ढूँढ़ना होगा और फिर उस रास्ते को सचिवालय की तरफ से खोलकर, दिलकुशा की तरफवाले रास्ते से जोड़ना होगा। यह सारा काम हो ही नहीं सकता था। सचिवालय के अन्दर जाकर, यह सब कौन करने देगा, राघव, मुंडा, नीलू और बी. एस. उस दिन परेशान थे। इतने दिनों की मेहनत से जो रास्ता, उन लोगों से, दिलकुशा के अंधे कुएँ से तैयार किया था, वह बेकार का था, किसी काम आनेवाला नहीं था। वह घूमकर वहीं पहुँच गये थे, जहाँ से उन्होंने अपना खेल शुरू किया था सबके सब थके हारे, बेजार बैठकर अपनी असफलता, अपनी निराशा पर, अपनी हताशा पर मातम मना रहे थे, जब बच्चन बोला।

"कामरेड। एक काम हो सकता है।"

"क्या !" राघव चौंक उठा था।

"हम सचिवालय में ठेका लेंगे।"

"किस बात का ठेका।" बी. एस. ने चुटकी ली, "दारू का ठेका।"

"तुम चुप रहो बी. एस.।" राघव ने डाँटा।

"ठेका दारू का नहीं...उन पानी के टैंकों की सफाई का।"

"क्या करेंगे हम।"

"पानी के तालाब की गन्दगी, काई साफ करके, उसकी अगर पेन्टिग कर दी जाय तो..."

"तो। तो बदबू नहीं आयेगी और उसमें मछलियाँ पाली जा सकती हैं।"

"बदबू। जब समूचे सचिवालय में सड़ांध और बदबू की आँधी चल रही हो तालाब की बदबू के बारे में, कौन सोचे।"

"तालाब के बाद सड़क है...सड़क के बाद दीवार...दीवार पहली मंजिल पर मुख्यमंत्री के कमरे तक को छूते हुए...उस कमरे या हाल में पहुँचती है—जहाँ मन्त्रिमण्डल की बैठक होती है।"

"बच्चन मियाँ। शायद कहना चाहते हैं...तालाब की बदबू...सड़ांध मुख्यमंत्री के कमरे तक पहुँचती होगी।" राघव ने पूछा।

"है ना।" बी. एस. ने ताना कसा।

"सवाल सिर्फ बदबू का नहीं है...सवाल है उस सड़ांध का और उस सड़ान्ध से जुड़े हुए मलेरियाई मच्छरों का जो सचिवालय में पैदा हो रहे हैं।"

"क्या मतलब !" राघव ने पूछा।

"मेरा मतलब साफ और सीधा है...सड़ांध की बात करें...मच्छड़ों की बात करें या फिर सामान्य प्रक्रिया के तहत सफाई और मरम्मत की बात करें...कुछ न कुछ करके, हमें, तालाब के अन्दर जाना होगा।"

"लेकिन कैसे।"

"एक ठेकेदार बनकर...कारीगर बनकर...मजदूर बनकर।"

"कौन जाने देगा हम्हें..."

"तुम्हारा दोस्त।" बच्चन ने कहा था।

"दोस्त।" बी. एस. चीखा, "हम्हारा कोर्ह दोस्त भी है।"

"हाँ है...राघव का दोस्त है...यहीं इसी घर में रहता है।"

"यहाँ, इसी घर में रहता है, क्या कह रहे हो।"

"वह बुड्ढा कौन है ?"

"वो कमबख्त क्या करेगा ?"

"वह बुड्ढा कौन है ?" बच्चन चीख रहा था, "वह बुड्ढा कौन है ?"

"कालीशंकर का बाप।"

"राघव, कालीशंकर के बाप की देखभाल कर सकता है और कालीशंकर राघव की देखभाल नहीं कर सकता।"

"नहीं कर सकता।" राघव ने फैसला किया।

"कर सकता है...बिलकुल कर सकता है...मैं कहता हूँ...निश्चित रूप से कर सकता है।"

"क्यों ? कैसे ?"

"हम्हें बनवारी को अगवा करना होगा...फिर हम कालीशंकर को मजबूर कर सकते हैं।"

तब कहीं जाकर, राघव की समझ में आया था, शालूसिंह ने मोहिन्द्रा घटक ने बच्चन को सम्मानपूर्वक रखने के लिए क्यों कहा था।

"बच्चन यू आर ग्रेट ! सिम्पली ग्रेट !"

उस दिन राघव के मॉडेलहाउसवाले घर पर, जब कालीशंकर अपने बाप बनवारी से मिलने पहुँचा तो रात के करीब दस बज रहे थे। नीचेवाला कमरा बन्द था, जिससे कालीशंकर ने अनुमान लगाया, राघव वहाँ नहीं था। वैसे, राघव के कई ठिकाने थे। वह दारुलशफ़ा के मंजूरभाई के फ्लैट में रुकता था, भेड़ीमंडी की बिरजू की खोली में रुकता था और कभी-कभी रीतू के यहाँ चला जाता। लेकिन जब राघव को अपने किसी षड्यंत्र को मूर्त रूप देना होता, तब उसकी बैठक या तो मॉडेलहाउस के मकान में, निचले हिस्से में हुआ करती या फिर बच्चन के यहाँ।

राघव ने, बनवारी को अगवा करने का जब फैसला किया तो बच्चन उसके साथ था। बच्चन ने ही योजना बनाई थी। राघव जानता था, उस योजना के अलावा कोई रास्ता नहीं था। वैसे कालीशंकर उसका दोस्त था, काशी विश्वविद्यालय में दोनों, एक साथ पढ़ते थे और राघव की बहन मालिनी ने तब तक शादी नहीं की थी। राघव जानता था, एक जमाने में मालिनी, कालीशंकर से प्यार करती थी और शादी करना चाहती थी।

मालिनी, कालीशंकर को बेहद चाहती थी। कालीशंकर भी उसके बिना नहीं रह सकता था। उधर राघव और उसके घरवालों को कोई एतराज नहीं था। फिर भी दोनों की शादी नहीं हो सकी थी। असल में, कालीशंकर को उन्हीं दिनों प्रतिभा से शादी करनी पड़ी थी। मालिनी को वह बेहद चाहता था, लेकिन उत्सुकदास को मना करने की हिम्मत, उसके अन्दर नहीं थी। अपनी चाहत मालिनी की मोहब्बत, अपने बाबा की इच्छा, खानदान का नाम, सब कुछ कालीशंकर ने कुर्बान कर दिया था। एक बार भी, उसने सवाल नहीं किया था, कुछ पूछा नहीं था, कुछ जानने की कोशिश नहीं की थी। कालीशंकर ने भले ही शादी कर ली हो, मालिनी कुंवारी थी, उसने शादी नहीं की। उसके मन तो कालीशंकर था और कालीशंकर दूर जा चुका था। फिर भी मालिनी का मन नहीं माना और राघव की हजार कोशिशों के बाद भी, उसने शादी नहीं की।

कभी-कभी, राघव पूछता था उससे, किसका इन्तजार कर रही हो। राघव का व्यंग्य, ताना, उलाहना, कालीशंकर के लिए हुआ करता।

उधर मालिनी, कितने-कितने सालों से, अपने मन के किनारे, गुजरे हुए वक्त और पराजित अहम् के टुकड़े बटोर-बटोर कर जी रही थी। उसने, राघव के कामकाज में रुचि लेना शुरू कर दिया था। घर के अन्दर रहते हुए, वह जंगलपार्टी के कितने काम कर दिया करती। चिट्ठियाँ लिखना, पर्चे बनाना, छपवाना और बंटवाना, पैसे का हिसाब रखना, खाना-पीना, दवा-दारू, गाड़ी-सवारी और रोजमर्रा की कितनी जरूरतों का हिसाब रखना पड़ता उसे। राघव के जो कामरेड साथी थे, उनकी व्यवस्था भी उसे ही देखनी पड़ती। एक तरह से, वह जंगलपार्टी का दफ्तर सम्भाल रही थी। कई बार, अपने पर्स में बारूद की पोटलियाँ या छोटे-मोटे बम रखकर, उसे इधर से उधर पहुँचाने पड़ते। किसी का संदेशा हो, कहीं आपरेशन हो, कोई नया मुहिम खोलना हो, तोड़-फोड़, हड़ताल, जत्था के बीच अपने लोगों को घुसाकर बलवा कराना हो, योजना मालिनी को बनानी पड़ती। संकेत किस प्रकार के हों, इधर से उधर कब, कैसे और कहाँ जाना होगा, क्या करना होगा, सारी व्यूह रचना मालिनी को करनी होती। राघव उसका भाई था और कालीशंकर उसका प्रेमी।

मालिनी को हमेशा खतरों से खेलना अच्छा लगता। छोटे-छोटे बम, वह खुद अपने हाथों से बनाया करती थी। जब भी बारूद का जखीरा राघव के पास आता, उसकी हिफाजत और वितरण की व्यवस्था मालिनी के पास ही रहती थी। अधिक सुन्दर नहीं थी मालिनी, इसीलिए तो जब कालीशंकर ने, रूपवती प्रतिभा से विवाह किया था, मालिनी ने यही कहा था, औरत जीत गयी, प्यार हार गया। मालिनी, उतनी सुन्दर नहीं थी, जितनी सुन्दर, प्रतिभा थी, लेकिन उसका जवान जिस्म, चम्पई रंग, तीखे नाक-नक्श, उभरते हुए कटाव और गोलाइयाँ, किसी को भी मोहित करने के लिए काफी थे। कोई खास बात थी, मालिनी के अन्दर, कितना भी छुपाये वह अपने आपको उसका आकर्षण, किसी चुम्बक की तरह सबको, अपनी तरफ आकर्षित किया करता था, नाक में, कील लगाती थी वह। लम्बे बाल, चौड़ा माथा, पतली नाक, लाल गुलाबी महीन होठ, लरजते हुए करवसा उसके व्यक्तित्व को और मादक बना दिया करते। राघव की पार्टी के करीब-करीब सभी सदस्य उसे बेहद चाहते थे। मालिनी ही तो, वह नाम था जो उनकी प्रेरणा का स्रोत था। मालिनी एक लड़की का नाम था लेकिन वह किसी की बहन, किसी की माँ किसी की बेटी, किसी की दोस्त बनकर, जीवन के दुख, मन की व्यथा, शरीर के कष्ट सब दूर करने के सतत प्रयास में लगी रहती। लेकिन मालिनी का प्रेमिका रूप, किसी को नहीं मिला था। वह तो प्रेम करती थी, कालीशंकर से, लेकिन वक्त के दौर में, उसे अपना मन मारना पड़ा था।

बच्चन और राघव, मालिनी के मन में, बसे हुए, कालीशंकर के प्रेम के बारे में, अच्छी तरह जानते थे। जिस समय राघव ने, कालीशंकर के बाप बनवारी को अगवा करने का फैसला किया था, उस समय उसे इस खतरे का भी अहसास हुआ था, राघव जानता था, मालिनी, कालीशंकर के बाप को कभी नहीं ले जाने देगी। फिर भी उनके गुट का फैसला था, जंगलपार्टी का फैसला था, और मालिनी चूँकि उसकी बहन थी, इसलिए, बात तो राघव को ही करनी थी।

''मालिनी।'' राघव ने डरते-डरते पूछा था।

''क्या है, भाई।''

''कैसी हो।''

''अब भाई तुम्हारे पास, हम्हारा हाल पूछने का टाइम कैसे बच गया।''

''क्या मैं तुम्हारा खयाल नहीं रखता।''

''वो बात तो नहीं कही मैंने।''

''कितने दिन से, कहीं बाहर नहीं गयीं तुम...चलो आज घूमने चलते हैं।''

मालिनी को हँसी आ गयी। वो हँसने लगी...हँसती रही... हँसती रही... कभी देर तक हँसने के बाद, उसने अपने आपको, रोककर कहा,'' वाह भाई वाह ! आप और मेरे साथ, घूमने चलेंगे। खैरियत तो है।''

''क्यों। क्या एक सामान्य आदमी की तरह...।''

''यही तो, हमेशा हम कहा करते थे।''

''फिर।''

''लेकिन...आप...इन्कलाब, जद्दोजेहद और विद्रोह की राजनीति में ऐसा फँसे...ऐसा फँसे, सब कुछ भूल गये...हम्हें भी भूल गये...।''

''क्या कह रही हो, मालिनी।''

''कब खयाल रहता है, आपको मेरा।''

''यह तुम कह रही हो।''

''नहीं कहना चाहती थी मैं...बिलकुल नहीं कहना-कहना चाहती थी....'' मालिनी फफक-फफककर रो पड़ी। न जाने क्यों, उसके अन्दर रुलाई का सैलाब उमड़ने लगा था। दुख से भरा हुआ उसका मन फट पड़ा था और जैसे उमड़-घुमड़कर समूचे जीवन की पीड़ा, व्यथा, आँसुओं की शक्ल में सामने आने लगी थी। मालिनी की माँ नहीं थी, मालिनी का भाई नहीं था, मालिनी का पति नहीं था, मालिनी के पास कुछ नहीं था। अगर कुछ था तो बस उसके अन्दर की गहराइयों में छुपा हुआ उसका प्रेम था, प्रेम की आकांक्षा थी और उसके विरह और वियोग में सुलगता हुआ, उसका नादान, भोला-सा मन। वह रो रही थी...उसके मन का ताप, उबल-उबल कर आँसुओं की शक्ल में, बाहर निकल रहा था। तभी उसे याद आयी, राघव की जो उसका भाई था उससे कुछ बातें

करने आया था। मालिनी ने अगले ही क्षण आँसू पोंछ डाले और खिलखिलाकर हँसने लगी। "राघव द ग्रेट। मार्क्स, लेनिन और माओ की औलाद ! बोलो तुमको क्या कष्ट है--तुम मुझसे क्या चाहते हो ?"

"बनवारी।" राघव ने चुपचाप कह दिया था।

मालिनी को विश्वास नहीं हुआ। वह कहाँ थी, कौन उसके पास था, कुछ देर पहले वह क्यों रोयी थी और फिर उसे हँसी क्यों आ रही थी, किस तरह उसने, रुलाई के दौर से, हँसी की खिलखिलाहट निकाली थी कुछ भी याद नहीं रहा उसे। वह तो दंग थी, उसके अपने भाई ने आखिर उससे माँगा भी तो क्या माँगा था।

तेरह

केन्द्रीय गृहमंत्री गुरुपदस्वामी, जब प्रदेश के नेतृत्व की बागडोर छोड़कर दिल्ली गये थे तभी से वह उत्सुकदास को अपनी जगह पर मुख्यमन्त्री बनाने की कोशिश करना चाहते थे। ऐसा नहीं था। उत्सुकदास के ऊपर उनका पूरा विश्वास रहा हो, ऐसा भी नहीं था वह उत्सुकदास को ही अपना स्वाभाविक उत्तराधिकारी समझते थे या राजनैतिक परम्परा के अनुसार स्वयं उनके बाद उत्सुकदास को ही प्रदेश के नेतृत्व की बागडोर सौंपना वह ठीक समझते थे। उनकी मजबूरी कुछ और थी। गुरुपदस्वामी का कोई शत्रु नहीं था, दुश्मन नहीं था, उनका बुरा चाहनेवाला कोई नहीं था, सभी उनका सम्मान करते थे, उनको पूजते थे। उनका राजनैतिक जीवन किसी यज्ञ से कम नहीं था। बस कमी कहीं थी तो खुद गुरुपदस्वामी के अन्दर। वह कमी कमी नहीं थी, उनके विशाल व्यक्तित्व की खुशफहमी थी। गुरुपदस्वामी का व्यक्तित्व तथा उससे सम्बन्धित खुशफहमियाँ उनकी आस्था, उनका विश्वास उनके अन्दर उठता-बैठता, मदिर गति में सदैव-सदैव बहता हुआ अच्छाइयों का दरिया, जब मौज में आ जाता, तभी, उन्होंने देखा था, वह फँस जाते। बाई जी तो महज एक बहाना थीं। उनके दोस्त, उनके विरोधी, उनके अपने-उनके पराये, उनके तमाम घपलों को, बाई जी के नाम से काट दिया करते लेकिन ऐसा था नहीं। सीधे-सीदे तरीके से राजनीति करना तो उनको आता था, लेकिन घपलों, कांडों, षड्यंत्रों से कैसे बचा जाय, यह उनकी समझ में कभी नहीं आया। आग का दरिया क्या होता। चटकती हुई चिन्गारियों से लपटें कैसे उपजतीं किसकी पूजा होती है, कौन मारा जाता आसमान की दूरियों में ऊँची उड़ान से टूटकर गिरने में जैसा लगता, वैसा ही

लग रहा था, गुरुपदस्वामी को उस दिन, जब संसद में तांबाकांड की बहस के दौरान प्रधानमन्त्री ने उससे तांबाकांड की बाबत पूछा था। गुरुपदस्वामी को तब यही लगा था, राजनीति सिर्फ त्याग और बलिदान की इबादत नहीं, वह तो आग का दरिया होगा, जिसमें चिन्गारियों से लपटें उपजतीं। आग के दरिया में जलते हुए, तपते हुए न जाने कितने अरमान, न जाने कितनी आस्था, बार-बार डूबती-उतराती रहती। माँगने को कोई कुछ भी माँग ले, चाहने को कुछ भी चाहे, आग के दरिया से निकल पाना कितना मुश्किल होता है। सोने की घाटियाँ, न जाने कितनी घाटियाँ, उस आग के दरिया के पेट में समायी रहतीं और दरिया में वही जा सकता जिसके पास सत्ता की कभी न टूटनेवाली कड़ी हो। धूर्तता, चालबाजी, तीन-तिकड़म की न खतम होनेवाली जंग, आदमी को जानवर बना दे। आदर्शों की बात हो, समाज का नारा हो, और जन-हित का मुखौटा। कौन पूछता, कौन जानता लेकिन गुरुपदस्वामी सब कुछ जान गये थे, समझ गये थे। पच्चीस वर्षों से ऊपर हो गये थे उन्हें सत्ता-राजनीति का खेल खेलते हुए, बहुत कुछ गँवाया था उन्होंने, बहुत कुछ पाया भी था। संभवतः पूरे मुल्क में वह स्वयं एक ऐसे व्यक्ति थे जो सत्ता की कड़ी से जुड़े हुए तो थे लेकिन सोने की घाटी से उनका कोई रिश्ता नहीं था। रुपये-पैसे का खेल खेला कैसे जाता, यह उनकी समझ में कभी नहीं आया। दिन-रात राजनीति की धुरी से जुड़े रहने पर भी, यह सब उनसे कभी हो नहीं पाया।

प्रधानमन्त्री के तांबाकांड के बारे में पूछने पर जब गुरुपदस्वामी कुछ भी नहीं बता सके थे, तब उनको यही लगा था, केन्द्र की बात कुछ और थी प्रदेश स्तर पर घपलों और कांडों की बुनियाद पर पच्चीस बरस से ऊपर राजनीति करना एक बात थी और केन्द्र स्तर पर घपलों और कांडों से बचे रहना दूसरी बात। एक तो वह इतने बड़े राष्ट्र के गृहमंत्री, दूसरे पार्टी के दक्षिणपंथी गुट के नेता। सत्ता में उनकी हिस्सेदारी का अर्थ था, मतलब था, उत्सुकदास को मुख्यमन्त्री बनाने में अनेक कठिनाइयाँ थीं। ऐसा नहीं था उनकी राजनीति के अनुसार ही सब कुछ हो रहा था। उत्सुकदास की यद्यपि स्वयं कोई ताकत नहीं थी लेकिन खुशामद, चापलूसी से, उत्सुकदास ने केन्द्र की, सरकार की धुरी के इर्द-गिर्द अपना असर, तब तक बना लिया था। उत्सुकदास के लिए मुख्यमन्त्री की कुर्सी प्राप्त करना गुरुपदस्वामी के लिए कितना कठिन था, फिर भी सधी-सधाई राजनीति के जरिये गुरुपदस्वामी ने उत्सुकदास का नाम मुख्यमन्त्री पद के लिए हाईकमांड से अनुमोदित करा दिया था।

लेकिन उस दिन प्रदेश की राजधानी में तीन घंटों के अन्दर एक बवंडर खड़ा हो गया था। रंगीनराय, दरोगा द्विवेदी और बलदेव चौधरी ने लोबीराम को मिलाकर, कृष्णबल्लभ यादव को पार्टी की सरकार बंनाने का मुद्दा बना दिया

था। गुरुपदस्वामी को यह खेल बड़ी देर बाद पता लगा था। प्रदेश की राजनीति से पिछले पच्चीस वर्ष तक जुड़े रहने की वजह से, उनको तब तक यह मालूम हो चुका था, काठ के घोड़े चलने के लिए नहीं होते। सत्ता और सरकार शक्ति के संतुलन से बनती और बिगड़ती। प्रजातंत्र में शक्ति बैलेट के बक्से से पैदा होती है, किसी और चीज से नहीं। बैलेट और पार्टी का रिश्ता उन्होंने देखा था, बहुत पुराना था। उनकी पार्टी आजादी के पहले सत्ता में थी और आजादी के बाद भी प्रदेश की राजनीति के आयाम नहीं होते, राजनीति की धारा केन्द्र से सम्पन्न होती। प्रदेश स्तर पर तो सिर्फ उसका भोग किया जाता। प्रदेश स्तर के नेता उनको पानी से उठनेवाले बुलबुलों की तरह दिखाई देते जिनका कोई अस्तित्व नहीं, जितनी हवा उनमें होगी, उतनी ही देर वह जमीन से ऊपर तैरते रहेंगे। फिर भी दिखावा भी तो कोई चीज होती है, खेल के लिए खिलाड़ी तो चाहिए। प्रदेश की राजधानी की उठा-पटक से उनके कान पर जू नहीं रेंगी थी, लेकिन पार्टी अध्यक्ष के रंगीनराय के फ्लैट पर, चाय पीने के बहाने, जाने की खबर से, लोबीराम और बलदेव चौधरी के जुड़ जाने से, उनको शक्ति का संतुलन बिगड़ते हुए नजर आने लगा था। वह जानते थे रंगीनराय बलदेव चौधरी के पास ताकत नहीं है, बेस है और लोबीराम के पास ताकत है बेस नहीं। हाई कमांड की तरफ से निर्णय उत्सुकदास को मुख्यमंत्री बनाने का था। पार्टी अध्यक्ष उससे अलग नहीं जा सकते थे लेकिन गुरुपदस्वामी ने राज्यपाल के पैंतरे देखकर यह अनुमान लगा लिया था, तांबाकांड के विस्फोट के बाद कोई भी अड़चन उत्सुकदास से मुख्यमन्त्री की कुर्सी छीन सकती थी। वैसे गुरुपदस्वामी, उस दिन थे बड़े धर्म संकट में। राजभवन में, बाई जी के आने के बाद जिस तरह उनको फूलदास के कत्ल में कृष्णंबल्लभ का हाथ होने का पता लगा था और आयी. जी. पुलिस ने दुर्लभकाछी, जालिमखाँ का सम्बन्ध, जिस तरह से यशोदाबल्लभ राष्ट्रीय निर्माण संघ से बताया था, उसके बाद कुछ भी बाकी नहीं बचा था। उधर अफीम की पेटियों के साथ गैरकानूनी ढंग से ताँबे की तस्करी की जानकारी के बाद, कामयाबसेठ, यशोदाबल्लभ-कृष्णबल्लभ के गिरोह का पर्दाफाश हो चुका था। गुरुपदस्वामी तब तक कामयाबसेठ और उत्सुकदास के सम्बन्धों को भी अच्छी तरह जान चुके थे।

उनकी रूह काँप उठी थी। यह सारी बात उनके सिर के अन्दर किसी लू के झोंके की तरह घुस गयी थी और सूसू की आवाज में गोल-गोल चक्कर लगा रही थी। उनके भीतर हाहाकार मचा था, उनको लग रहा था उत्सुकदास के रूप में जो चेला उन्होंने इतने दिनों तक पाल-पोसकर बड़ा किया था वह तो आस्तीन का साँप निकला। खूनी, तस्कर, डाकू और लुटेरों के बीच अपने को घिरा हुआ पाकर गुरुपदस्वामी का एक बार मन हुआ था, सब कुछ

छोड़-छाड़कर चले जाने का। और फिर बाई जी ने उस दिन उनसे फूलदास के कातिल की माँग क्यों की थी। विशाल राष्ट्र के गृहमंत्री के सामने, स्वयं उनका जीवन बाई जी के रूप में आँचल फैलाकर खड़ा हो गया था।

गुरुपदस्वामी को सारे माहौल से घिन आ रही थी। छोड़कर चले जाना बड़ा आसान था। लेकिन उसके बाद स्वयं उनका क्या होगा, यह उनको नहीं पता था। उत्सुकदास के लड़ाई हारते ही, सीधा हमला उनके ऊपर होगा और उनके अदृश्य होते ही उत्सुकदास की राजनीति ताश के पत्तों से बने घर की तरह डगमगा जायेगी, कोई बचा नहीं सकता। गुरुपदस्वामी की बात और थी। उनका एक रुतबा था सम्मान की ऊँची मंजिल पर बैठकर वह राजनीति किया करते। फिर भी नीचे से ऊपर तक आने और जाने तक, न जाने कितनी गंध, कितनी सड़ांध के बीच से गुजरना पड़ता। उत्सुकदास, गुरुपदस्वामी के लिए ऊपर की मंजिल से नीचे तक की सड़ांध को, गन्ध को उसी तरह रोकते थे जैसे कृष्णबल्लभ उत्सुकदास के लिए। कृष्णबल्लभ उत्सुकदास के लिए और उत्सुकदास गुरुपदस्वामी के लिए राजनैतिक बफर थे। चाहते हुए भी, गुरुपदस्वामी, राजभवन छोड़कर कहीं नहीं जा सके थे। उनको सब मालूम था, वह सब कुछ समझ चुके थे। सवाल उत्सुकदास का नहीं था, सवाल सत्ता और सरकार का नहीं था, सवाल बाकी दिनों, हफ्तों, महीनों और वर्षों का नहीं था सवाल था पिछली पुन्यायी का, बलिदानों से भरे जीवन का, सम्मान और आस्था की पिछली पुन्यायी, पिछले बलिदान, वर्तमान सत्ता के वैभव से भारी पड़ रहे थे। लेकिन उनको मालूम था, यदि उस दिन वह छोड़-छाड़कर चले गये तो लोबीराम-बलदेव चौधरी-रंगीनराय का गुट उत्सुकदास को खा जायेगा। उत्सुकदास को तब कोई नहीं बचा सकता। पार्टी अध्यक्ष तहस-नहस करने को तैयार बैठे थे। एक बार उनके सामने से हट जाने पर, जहाँ एक तरफ पार्टी अध्यक्ष की आँख की शर्म भाग जायेगी, वहाँ दूसरी तरफ विधायकों का लिहाज काफूर हो जायेगा। राजनीति, रंडी का वह कोठा है, जिसके अन्दर जाने का रास्ता तो है लेकिन वापस लौटने का कोई रास्ता नहीं। उनका पार्टी की राजनीति में कहीं जाने का प्रश्न ही नहीं उठता था क्योंकि गुरुपदस्वामी को मालूम था उत्सुकदास के मुख्यमन्त्री न बनने के बाद जो भी मुख्यमन्त्री होगा, वह उनके जमाने के जाने-अनजाने, दबे-दफन हुए घपलों को उभाड़कर उन्हें नंगा कर देगा और तब हमला उत्सुकदास के ऊपर नहीं स्वयं उनके ऊपर होगा। इतने महान् व्यक्ति होते हुए भी गुरुपदस्वामी को अपने शासनकाल में, अपने द्वारा किये गये घपलों के बारे में कुछ भी नहीं पता था।

जब कहीं भागकर जाने का, सब कुछ छोड़कर चले जाने का विचार गुरुपदस्वामी ने त्याग दिया, तब कहीं जाकर उनका ध्यान बलरामशास्त्री के सूत्रों

पर गया था। उनकी कुंडलनी, उनकी तीसरी आँख, अचानक खुल गयी और पलक झपकते ही उन्होंने लोबीराम, बलदेव चौधरी, रंगीनराय के षड्यंत्र की जमीन खोद डाली थी। दारुलशफ़ा से जो खबरें उनके पास आयी थीं, उनको आधार बनाकर ही उन्होंने अपनी रणनीति बनाई थी। लोबीराम को तोड़ने की बात थी, असन्तुष्ट गुट अपने आप धराशायी हो जाता। साधारण रूप में राष्ट्र के गृहमन्त्री को सड़क छाप राजनीति नहीं करनी थी। गुरुपदस्वामी ने समय के अभाव में, ठीक दारुलशफ़ा की सड़क पर अपनी गाड़ी रुकवाई थी। उधर बलरामशास्त्री के तिलंगे, जब लोबीराम को उनकी गाड़ी तक खींच लाये, तब लोबीराम के बच निकलने का प्रश्न ही नहीं था। और तब विमलादेवी जब उनकी सैटिंग कर चुकी थीं। लोबीराम को लेकर, गुरुपदस्वामी सीधे राजभवन आये थे। उस दिन उत्सुकदास का सितारा बुलन्दी पर था या गुरुपदस्वामी का, इसका तो किसी को पता नहीं था, लेकिन गुरुपदस्वामी जब राजभवन पहुँचे तो पार्टी अध्यक्ष वहाँ मौजूद थे और उन्होंने पी. एम. हाउस फोन लगाने की कोशिश शुरू करवा दी थी। विधायक दल की बैठक के पहले पार्टी अध्यक्ष को पी. एम. हाउस की सहमति प्राप्त करनी थी। विधायकों की राय का वजन उत्सुकदास के पक्ष में था या नहीं इस पर सरकार के गठन का दारोमदार था। पार्टी अध्यक्ष का निर्णय क्या था, यह समझने में गुरुपदस्वामी को अधिक समय नहीं लगा। गुरुपदस्वामी के ऊपर बहुत बड़ी जिम्मेदारी थी। उधर उत्सुकदास ने अपना करिश्मा दिखाना शुरू कर दिया था। पहले ही उत्सुकदास ने पी. एम. हाउस में अपने ताल्लुकात को एलर्ट कर दिया था। पार्टी अध्यक्ष के साथ बलदेव चौधरी उस समय नहीं थे। बलदेव चौधरी को राजभवन पहुँचने में कुछ देर हो गयी थी। वह तो रंगीनराय के साथ लोबीराम को ढूँढ़ रहे थे, जब लोबीराम को गुरुपदस्वामी ने पार्टी अध्यक्ष के सामने पेश कर दिय़ा था। उसके बाद सब कुछ आसान हो गया था। कहीं कोई समस्या नहीं थी। ''सब ठीक है'' के जवाब में ''गो एहेड'' का सिगनल मिल गया था, पी. एम. हाउस से। पार्टी अध्यक्ष और गुरुपदस्वामी के सामने तब समस्या थी, मंत्रिमंडल की सूची की। जो सूची हाईकमांड के द्वारा अनुमोदित थी, उसमें कृष्णबल्लभ का नाम था लेकिन लोबीराम का नहीं। उधर गुरुपदस्वामी की योजना में लोबीराम को मन्त्री बनाने का मुद्दा शामिल था। इसी को आधार बनाकर उन्होंने लोबीराम से बात की थी। इसी बहाने से वह लोबीराम को लेकर राजभवन आये थे। मंत्रिमंडल की सूची से कृष्णबल्लभ यादव का नाम काट देने और लोबीराम का नाम जोड़ देने से समस्या का समाधान नहीं होनेवाला था। बदली हुई परिस्थितियों में मंत्रिमंडल की सूची में अनेक उलटफेर होने थे। जहाँ एक तरफ बलदेव चौधरी कोमन्त्री नहीं होना था उनके स्थान पर स्वयं उनकी राय से किसी को मन्त्री होना था।

कृष्णबल्लभ का नाम हटाने का निर्णय गुरुपदस्वामी का था, लेकिन बलदेव चौधरी की जिम्मेदारी, पार्टी अध्यक्ष की थी। बलदेव चौधरी भारी-भरकम, बड़े नेता थे। उन्होंने उत्सुकदास मंत्रिमंडल में सम्मिलित होने से इन्कार कर दिया था। बलदेव चौधरी के लिए अपने स्तर से छोटे नेता, उत्सुकदास के मुख्यमंत्रित्व में मन्त्री बनना एक अपमानजनक स्थिति थी। कोई नहीं जानता था, यह किसी को पता नहीं था, विधायक दल की बैठक में क्या होनेवाला था।

पी. एम. हाउस, टेलीफोन करने से पहले, पार्टी अध्यक्ष और गुरुपदस्वामी ने, कमरा बन्द करके, अपनी राणनीति को अन्तिम रूप दिया था। पार्टी अध्यक्ष के मन में उत्सुकदास को गिराने की जो तीव्र इच्छा थी, वह लोबीराम को गुरुपदस्वामी के साथ देखकर, मृतप्रायः हो चुकी थी। राजनीति का यह रूप देखकर उनके अन्दर वितृष्णा का ज्वार आया था। इसी लोबीराम को, पार्टी अध्यक्ष ने कुछ देर पहले, रंगीनराय के फ्लैट में, आग उगलते हुए देखा था। कोई और रास्ता नहीं था, गुरुपदस्वामी की विवेचना के बाद, पार्टी अध्यक्ष एक बार पुनः रोबोट की तरह, हाईकमांड के निर्णय के अनुपालन में लग गये थे। विधायकों के समीकरण के आंकड़े बलरामशास्त्री ने तैयार कर लिए थे। उत्सुकदास ने उधर आंकड़ों को प्रतिरूप देने के लिए विधायकों को राजभवन बुलवा लिया था। गुरुपदस्वामी ने पार्टी अध्यक्ष के सामने तथ्यों का वैज्ञानिक विश्लेषण किया था। 424 विधायकों की विधानसभा में पार्टी के उस समय 270 विधायक थे। 3 विधायक मर गये थे और 2 जगहों पर फिर से चुनाव होना था पार्टी के 270 विधायकों का हिसाब देना था, गुरुपदस्वामी को। बलराम शास्त्री ने जातिगत आधार पर विधायकों का जो वर्गीकरण किया था उसके अनुसार लोबीराम के गुट में 60 विधायक थे और गुरुपदस्वामी उत्सुकदास गुट में 140, अपने गुट का हिसाब देने के लिए खुद लोबीराम मौजूद थे। बलरामशास्त्री ने तीस-तीस विधायकों के तीन गोल तैयार करवाये थे, जो पार्टी अध्यक्ष से मिल चुके थे। इस गोलबन्दी का लाभ पहुँचा, सीधे गुरुपदस्वामी को। सभी विधायकों ने एक स्वर में निर्णय गुरुपदस्वामी पर छोड़ दिया उधर लोबीराम ने खुद भी गुरुपदस्वामी के सामने आत्मसमर्पण कर दिया था।

राजनीति कुछ बाकी नहीं बची थी। करीब 200 विधायकों की शक्ति गुरुपदस्वामी के पीछे थी और गुरुपदस्वामी हाईकमांड के निर्णय से बँधे हुए थे। हाईकमांड का निर्णय उत्सुकदास के पक्ष में था। गुरुपदस्वामी के हाथ सफलता की चाभी लग चुकी थी। पार्टी अध्यक्ष को किनारे लगाकर, गुरुपदस्वामी ने लोबीराम को लेकर तीन सदस्यीय मंत्रिमंडल के गठन की सहमति पी. एम. हाउस से प्राप्त कर ली थी। पार्टी अध्यक्ष के शुरू से अपनी स्थित के बारे में कोई मुगालता नहीं था। सदैव-सदैव से उनको अपनी औकात पता थी। वह सामान्य

रूप से थोड़ा कहनेवाले, थोड़ा बोलनेवाले और थोड़ा ही सोचनेवाले नेता थे। बड़ा कहने-बोलने और सोचने का उनका समय निकल चुका था। एक वक्त था जब उनके अन्दर जोश के सैलाब उमड़ते थे, वह दूरियों से घबड़ाते और उनके अन्दर ऊँचाइयों के मीनार बनते-बिगड़ते। वक्त को पकड़कर रखना, आदर्शों की कैंची अभेद्य दीवारों के बीच अपने को सुरक्षित रखना और स्वार्थ के लिए समझौता न करना तो उनकी खूबी हुआ करती थी। नीतियों और सिद्धान्तों की जमीन पर विकसित उनके व्यक्तित्व के आयाम उन दिनों इतने खूबसूरत हुआ करते थे कि रह-रहकर उनके अन्दर गुदगुदी उठती और वह उस गुदगुदी को छोड़-छाड़कर अपने क्रियाकलापों में समा दिया करते थे।

पार्टी अध्यक्ष स्वतन्त्रता संग्राम के सिपाही थे। 1942 के आन्दोलन में उन्होंने पुलिस की लाठियों को अपने कंधों पर झेला था। सिर पर कफन बाँधकर वह मुँह अँधेरे निकल जाया करते और सारा दिन, कभी-कभी देर रात तक पार्टी के कार्यक्रमों में हिस्सा लिया करते। न जाने कितनी बार जेल की सलाखों के पीछे, महीनों बन्द रहकर उन्होंने पार्टी-नीतियों, सामाजिक चेतना, राष्ट्रीय पुनरुत्थान के विश्लेषण और चिन्तन में आस्था के दीये जलाये थे। उन दिनों पार्टी अध्यक्ष की जेल की चिट्ठी, पढ़ने के लिए सैकड़ों-हजारों लोग उत्सुक रहते थे। उनका नाम, उनके शब्द, उनके विचार, नीतियों और सिद्धान्तों का उनका विवेचन पार्टी के कार्यकर्ताओं को दिशा-निर्देश दिया करता।

पार्टी अध्यक्ष ने अपना राजनैतिक जीवन एक साधारण कार्यकर्ता की हैसियत से शुरू किया था। मीटिंग के लिए दरियाँ बिछाना, डायस तैयार करना, लाउडस्पीकर लगाना, पर्चे बाँटना, नारे लगाना यही सब उनका काम था। उन दिनों जुलूस और आन्दोलन की राजनीति थी। चारों तरफ जोश के समन्दर लहराया करते। अधिकतर कार्यकर्ता जोश-फरोश में तोड़-फोड़ करने को आमादा रहते। आजादी का मूलमंत्र तो था, लेकिन दिशा-निर्देश के लिए या तो बड़े नेताओं की समाजवादी नीतियाँ थीं या फिर इतिहासकारों की उबाऊ विवेचना। पार्टी अध्यक्ष ने इस कमी को समझ लिया था। पहले तो उन्होंने पार्टी के बड़े नेताओं के विचारों को समझने का प्रयास किया साथ में विश्व के आधुनिक दार्शनिकों के सिद्धान्तों को आत्मसात किया और फिर सीधी सरल भाषा में आम आदमी, साधारण कार्यकर्ताओं को दिशा-निर्देश के लिए छोटी-छोटी सूक्तियों के माध्यम से विचारों को छोड़ना शुरू कर दिया।

पार्टी अध्यक्ष के अन्दर चरित्र की दृढ़ता उन्हीं दिनों पैदा हुई थी। कच्ची उम्र में पार्टी में जुड़ जाने के कारण, उनके मन में एक खास तरह की आग ने जन्म ले लिया था। आग की तपन कभी कम नहीं हुई। पार्टी अध्यक्ष के मन में, उनके जीवन के कोने-किनारे तक उसी आग में तप-तप कर जीवन के

सिद्धान्तों ने अपनी पकड़ मजबूत की थी। सब कुछ इतने वैज्ञानिक ढंग से हुआ था। कहीं भी कुछ छूट नहीं सका था। कई वर्षों तक पार्टी अध्यक्ष की लपेट में सैकड़ों कार्यकर्ता लगे रहे। अनेक लोगों ने अपने जीवन का बलिदान किया और अनेक-अनेक लोगों ने उनके दिशा-निर्देश में घर-बार त्याग कर पूरा जीवन पार्टी को समर्पित कर दिया।

पार्टी अध्यक्ष कई-कई वर्षों तक खुद अपनी आग में तपते रहे, झुलसते रहे, कल्पना के ताने-बाने समाजवाद के सपने बुनते रहे। मेहनती, ईमानदार, पढ़े-लिखे लोगों की, उन दिनों बड़ी तलाश हुआ करती थी। आजादी की लड़ाई के दौरान जिन लोगों ने जुलूस निकाले, जेल गये, वह पढ़ नहीं सके और जो लोग पढ़ते रहे वह, जेल नहीं जा सके। पार्टी अध्यक्ष तो दोनों ही काम लगन से निःस्वार्थ भाव से करते रहे। राष्ट्रीय पार्टी के अध्यक्ष के ओहदे पर पहुँचने के पूर्व वह उत्सुकदास के साथ पार्टी के महासचिव हुआ करते थे। पार्टी के महासचिव बनने के पहले वह अपने प्रदेश में कई बार मंत्रिमंडल के सदस्य रहे, प्रदेश पार्टी के महामंत्री और अध्यक्ष के ओहदों पर रहने के बाद, वह राष्ट्रीय स्तर पर आये थे।

पार्टी अध्यक्ष के अन्दर सुलगनेवाली आग, धीरे-धीरे ठण्डी पड़ने लगी थी उनके अन्दर की आग बुझी तो नहीं थी लेकिन उसकी तपन, उसका अहसास एक नशा बनकर उनके दिमाग पर लहराने लगता।

कल्पना के ताने-बाने में बुने हुए सपनों को कुचल डाला था उन्होंने। वह सपने अब उन्हें धीरे-धीरे कुरेदते जरूर थे, लेकिन तंग तो नहीं करते थे। कई दर्जन कार्यकर्ताओं ने उनकी पार्टी के लिए अपना जीवन होम कर दिया था। कोई बूढ़ा हो गया था तो कोई अधमरा, किसी के दाँत टूटकर गिर गये थे तो कोई फालिज का शिकार हो गया था, किसी के कंधे झूल गये थे तो कोई अपने बीबी बच्चों से मरहूम जो चुका था। तमाम लोग, उनके साथ जुड़े हुए ऐसे कितने ही कार्यकर्ता तितर-बितर हो चुके थे, फिर भी आठ-दस लोग, तब भी टकटकी लगाकर, दूर आसमान में, उनके साथ समाजवाद का सपना देख रहे थे। पार्टी अध्यक्ष की सबसे बड़ी खूबी थी, वह किसी को अपने अन्दर चल रहे धर्मयुद्ध के बारे में तनिक भी पता नहीं लगने देते। सुख हो या दुख, मान हो या अपमान, लाभ हो या हानि जीवन के तूफानों को, मन के अन्दर समेटे हुए, पार्टी अध्यक्ष निर्लिप्त भाव से राष्ट्र एवं पार्टी की सेवा में तल्लीन रहते। हाँ, दो परिवर्तन जरूर आये थे, उनके अन्दर एक तो वह अपने साथ मर मिटे कार्यकर्ताओं को या उनके परिवार के बचे खुचे सदस्यों के सम्मानपूर्वक जीवन-यापन के लिए बराबर कुछ न कुछ व्यवस्था करते रहते। यह बदलाव उनकी अंदरूनी प्रतिक्रिया का ही परिणाम था। लेकिन दूसरा परिवर्तन, दूसरा बदलाव उन्हें अन्दर ही अन्दर

तोड़ गया था। वह नहीं जानते थे, उन्हें नहीं पता था, कब, कैसे और कहाँ यह बदलाव उनके अन्दर आ गया था। असल में हुआ यूँ कि पार्टी अध्यक्ष जिन मुद्दों पर बात करना चाहते, जिस प्रकार वह देश में समाजवाद लाना चाहते, वह मुद्दे, वह तरीके, किसी को पसन्द नहीं थे। और फिर पार्टी की धारा कब की मुड़ चुकी थी। पार्टी अध्यक्ष का समाजवाद, पार्टी अध्यक्ष की राष्ट्रीय चरित्र की परिकल्पना, पार्टी अध्यक्ष के अन्दर सुलगती हुई आग की तपन और उससे जुड़ा हुआ गरीबों का चीत्कार, पार्टी अध्यक्ष की सिद्धान्तों की राजनीति, पार्टी अध्यक्ष के आदर्शों के हिमालय किसी को दिखाई नहीं देते, किसी की समझ में नहीं आते।

पार्टी अध्यक्ष ने, असल में हालातों से समझौता कर लिया था। उन्होंने खुद समझौता नहीं किया था, समझौता उन्हें करना पड़ा था। हालात बदल गये थे, परिस्थितियाँ बदल गयी थीं। नेताओं की नयी फसल तैयार हो चुकी थी। सत्ता के गलियारे, नयी फसल की नयी फौज से भरे हुए थे। स्वार्थ, लिप्सा, पद, प्रतिष्ठा में जूझे हुए लोगों को आदर्श और सिद्धान्त की बात कहाँ समझ में आती। पैसों के लिए सत्ता, सत्ता के लिए पैसा, यही मूल मंत्र था, उन दिनों पार्टी का। चुनाव की राजनीति, पैसे की बुनियाद पर खड़ी थी। धर्म, अर्थ, काम और मोक्ष की नयी परिभाषाएँ पैदा हो रही थीं। धर्म खो गया था, अर्थ, काम में कुछ लोग रूचि रखते थे, कुछ नहीं। जो रुचि रखते थे, वह लाइन पर लग जाते, लेकिन जिनकी रुचि नहीं थी, वह अर्थ बटोरने में ही लगे रहते। मोक्ष का मतलब था, पद की प्राप्ति। मन्त्री-सन्त्री, गाड़ी-बग्घी सारे साज-सामान के साथ लोग मोक्ष प्राप्त करते। पार्टी अध्यक्ष के दिमाग की दरोदीवार में अनजाने बुल बुले उठा करते, वह यह सब देखकर मुँह बनाते, घिन आती थी उनको। बड़े दिन लगे थे, पार्टी अध्यक्ष को समझौता करने में। हालातों के बदलाव को भी उन्होंने धीरे-धीरे पकड़ा था। पहले तो उन्होंने यही सोचा था, कुछ लोग, सिर्फ कुछ लोग, ऐसे होंगे, लेकिन धीरे-धीरे उनका भरम टूट गया था, वह धक्के खाते रहे थे। उन दिनों उनको कुछ भी नजर नहीं आता, बस दिखायी पड़ते कुछ लुटेरे, जो गाँठ की धरोहर को दिन-रात लूटने में लगे हुए थे। सवाल लुटेरों का नहीं था, सवाल डाकुओं का नहीं था सवाल चोर-उचक्कों का नहीं था, सवाल था एक व्यवस्था का जो बदल रही थी। व्यवस्था के बदलाव की प्रक्रिया स्वाभाविक होती है, मूल्यों के मानदंड भी बदल जाया करते। लेकिन पार्टी में जो कुछ हो रहा था वह स्वाभाविक नहीं था, ऐसा नहीं कहा जा सकता, फिर भी उसका रूप भयावह था। लिप्सा की लपेट में फँसे हुए नेता एक नये चरित्र का, व्यक्तित्व का निर्माण कर रहे थे। नेता तो किसी निर्माण के काबिल नहीं थे, लेकिन चरित्र और व्यक्तित्व का विकास, स्वयंभू तरीके से अवश्य हो रहा

था। चोर चोरी करके चला जाता, लुटेरे लूट का माल उड़ाकर नजर नहीं आते, डाकू डाका डालते और जंगल में जाकर छिप जाते, लेकिन पार्टी में उन दिनों एक अजीब तरह का माहौल बन चुका था। चोर चोरी करके भाग नहीं रहे थे, लुटेरे लूट का माल उड़ाकर गायब नहीं हो रहे थे, डाकू डाका डालकर जंगल में नहीं छिपते, वह रोज, दिन-रात, पार्टी में ,सरकार में, सत्ता में, शक्ति के केन्द्र बिन्दुओं में जुड़े हुए लगे हुए, उस नयी संस्कृति का विकास कर रहे थे, जो पार्टी अध्यक्ष की समझ के बाहर थी। यह सब पार्टी का घेराव करने लगे थे। पार्टी में, सरकार में, यही लोग रिस-रिसकर तिल-तिल कर शक्ति के केन्द्रों को हजम करने में लगे हुए थे। चुनाव का खर्चा बड़ा होता जा रहा था। खर्चे के लिए पैसे आते। जहाँ से पैसे आते, वह कौन लोग थे, यह कोई नहीं सोचता। कालाबाजारी, दलाल, ठेकेदार, व्यापारी, कोटा लाइसेन्सवाले, यही लोग तो पैसे दिया करते। इनका स्वार्थ, इनके काम होते। यह कफन-घसीटी के तरीके इस्तेमाल करते। इनकी बातें, इनके काम, एक नयी सस्कृति को जन्म दे चुके थे। पार्टी अध्यक्ष की स्थिति काफी दिनों तक दयनीय रही थी। उनको खुद नहीं पता था, वह कहाँ थे, पार्टी किधर जा रही थी, लोग क्या सोच रहे थे, राष्ट्रीय परिकल्पना में वह सब किसे हिट कर रहा था। स्वयं अपनी मान्यताओं को, वह भूल भी जाते, तब भी यह निश्चित कर पाना बड़ा मुश्किल था कि उस नयी संस्कृति का बुरा प्रभाव क्या होगा, राष्ट्रीय चरित्र की भूमिका कैसे लिखी जायेगी। जब सब कुछ उन्हें तोड़ने लगा तो उनके अन्दर राष्ट्रीय आन्दोलन की उछाल, गर्मजोशी की उत्ताल तरंगें बिखरने लगीं। पार्टी अध्यक्ष, उन दिनों, कुछ बुझ से गये थे। बात कुछ और भी थी, पार्टी के अन्दर जिस तेजी से बदलाब आया था उनसे उन्हें ढकेलकर किनारे कर दिया था। पद, प्रतिष्ठा, नाम, सब कुछ छिन गया था उनसे, लोग उन्हें भूलने से लगे थे। कहाँ से लाते पार्टी अध्यक्ष वह संस्कार, वह संस्कृति, वह व्यक्तित्व जो परिवर्तन की उस प्रक्रिया में, उन्हें भी वैसा ही बना देता।

पार्टी अध्यक्ष काफी दिनों तक सत्ता के घेरे से बाहर रहे। कई बार नयी पार्टी बनाने या किसी दूसरी पार्टी में भरती हो जाने का खयाल आया तो उनके अन्दर, लेकिन हर बार उन्होंने उसे कुचल डाला था। वह उस पार्टी को कैसे छोड़ देते जिसका इतिहास उन्होंने लिखा था। असल में, पार्टी अध्यक्ष ने एक खुद अपने हाथों से अपने पैरों में जंजीर डाल दी थी। हुआ यूँ कि कुछ दिनों पहले उनके छोटे भाई की मौत हो गयी थी। उसके बाद उन्हें यही लगा था, वह कभी भी मर सकते थे। इसीलिए उन्होंने जल्दी-जल्दी में अपनी वसीयत लिख डाली थी। पार्टी अध्यक्ष की वसीयत के अनुसार उनकी लाश को सादे कफन से नहीं ढका जाना था बल्कि पार्टी के झंडे में लपेटकर उनका दाह-संस्कार किया

जाना था। क्रियाकर्म के दौरान ब्राह्मणों को नहीं, पार्टी के छोटे कार्यकर्ताओं को खाना खिलाया जाना था।

तभी पार्टी के ऊपर राजनैतिक संकट के बादल मँडराने लगे थे। दूसरे कोटा-परमिट-कालाबाजारी, उद्योग और व्यापार की दलाली से जन्मी संस्कृति को ढकने के लिए भी पार्टी अध्यक्ष की तरह के लोग चाहिए थे। संकट के उन दिनों स्वतंत्रता संग्राम के सेनानी तथा अच्छी छविवाले ईमानदार, कर्मठ नेताओं की खोज शुरू हुई थी। इसी खोज के दौरान पार्टी अध्यक्ष को भी ढूँढ़कर निकाला गया था। पहले वह राष्ट्रीय पार्टी के वर्षों तक महासचिव रहे और फिर कुछ दिनों बाद, उन्हें पार्टी अध्यक्ष बना दिया गया था। बनवास से लौटने के बाद पार्टी अध्यक्ष ने हालातों से समझौता कर लिया था। जिन दिनों महासचिव के पद पर वह आये थे, उन्हीं दिनों उत्सुकदास को भी महासचिव बनाया गया था।

उत्सुकदास के तेज-तर्रार किस्म के तथा नयी संस्कृति, नयी पौध के होने के कारण पार्टी अध्यक्ष, उन दिनों कुछ जम नहीं सके। उत्सुकदास ने, मौके का फायदा उठाकर, केन्द्रीय नेताओं के ईद-गिर्द अपना जाल बुनना शुरू कर दिया था। पार्टी अध्यक्ष, बनवास से नये-नये वापस आये थे, इसीलिए, वह कुछ नहीं बोलते, चुपचाप अपना काम करते रहते। उत्सुकदास पार्टी अध्यक्ष की खिल्ली उड़ाने, सत्ता के दायरे से उन्हें बाहर रखने में कामयाब हो गये।

हालात ने करवट बदली, प्रदेश के मुख्यमन्त्री गुरुपदस्वामी हटा दिये गये। इसी बीच पार्टी अध्यक्ष महासचिव के पद से हट गये। लेकिन कुछ ही दिनों बाद पार्टी की छवि सुधारने के लिए उन्हें अध्यक्ष बनाना था।

धीरे-धीरे समय गुजरता गया। पार्टी अध्यक्ष, तब तक सब कुछ समझ चुके थे। बनवास के दिनों की तकलीफों ने कुछ हद तक उन्हें दृढ़ बना दिया था। वह जम गये थे, उस तरह कुछ नहीं होगा। सिद्धान्तों और आदर्शों के लिए भी दृश्य और श्रव्य के साथ, पार्टी में उन्हें उपस्थित रहना था। कुछ हो या न हो, कम से कम अपनी उपस्थिति के माध्यम से वह, उन तमाम लोगों को, इस बात का, अहसास करा सकते थे कि सब कुछ चुक नहीं गया है। उसके बाद वह दो स्तर पर काम करने लगे। जहाँ एक तरफ वह खुले आम अपने सिद्धान्तों की विवेचना करते, राष्ट्रीय दर्शन के आयाम खड़े करते, वहाँ दूसरी तरफ, सर्वोच्च स्तर पर वह एक बेलाग, खुली हुई छूट दिये हुए थे। किसी तरह के घपले, किसी तरह का भ्रष्टाचार, किसी तरह का नंगा नाच उन्हें विचलित नहीं करता। उन्हें घपलों का विज्ञान मालूम हो गया था। वह जानते थे हर घपले के पीछे, किसी शक्ति का हाथ जरूर हुआ करता। और उनके विरोध का अर्थ उस अनजान शक्ति से लोहा लेना था जो उनके सामने तो आती नहीं, उल्टा छिपकर उनके ऊपर वार करती। वह इसीलिए इन सब चीजों से दूर रहते। लुटेरों

और उचक्कों की संस्कृति को उन्होंने उसी तरह स्वीकार कर लिया था, जिस तरह दुनिया की और तमाम चीजें। पार्टी अध्यक्ष, इस प्रकार से सबको अच्छे लगने लगे थे। वह किसी की आँखों में खटकते नहीं। उनको सब लोग एक उपयुक्त पार्टी अध्यक्ष के रूप में स्वीकार कर चुके थे। उधर स्वयं पार्टी अध्यक्ष फूँक-फूँककर कदम रखते। वैभव का सुख उनको कुछ अच्छा भी लगने लगा था।

उत्सुकदास से, पार्टी अध्यक्ष का पुराना झगड़ा था। झगड़े का अर्थ कोई कहा-सुनी, खुल्लमखुल्ला की उठा-पटक नहीं थी। एक तरह की कोल्डवार उत्सुकदास और पार्टी अध्यक्ष के बीच उन्हीं दिनों शुरू हो चुकी थी, जब वह पार्टी के महासचिव थे। उत्सुकदास को भी पार्टी का महासचिव उन्हीं दिनों बनाया गया था। उत्सुकदास असल में उचक्कों और लुटेरों की उस संस्कृति के प्रतिनिधि थे जो उन दिनों पार्टी के अन्दर उभरकर सामने आ रही थी। तीन तिकड़म, उठापटक, खुशामद, गोल और गुटों की राजनीति से सत्ता हथियाने के विज्ञान में माहिर उत्सुकदास के सामने, पार्टी अध्यक्ष एक दिन भी टिक नहीं सके थे। उन दिनों पार्टी में उत्सुकदास का ही बोलबाला था। एक वर्ष की उस अवधि में, उत्सुकदास की नटी से, पार्टी अध्यक्ष के मन में एक खास तरह का आक्रोश, एक खास तरह की चिढ़ उत्सुकदास के लिए पैदा हो चुकी थी। उत्सुकदास उनके दुश्मन नं. एक बन चुके थे। इसकी खास वजह न सिर्फ व्यक्तिगत स्तर पर थी बल्कि उत्सुकदास की वह संस्कृति भी थी जिसे अपने इतने करीब पाकर, पार्टी अध्यक्ष के अन्दर अनेक-अनेक प्रतिक्रियाएँ होतीं। अपनी हरकतों से उत्सुकदास ने पार्टी अध्यक्ष के समस्त अनुमानों को उस हिसाब में बदल डाला था जिसे बिगाड़ डालने के लिए पार्टी अध्यक्ष कुछ भी करने के लिए तैयार थे। जब उत्सुकदास को मुख्यमन्त्री बनाने की बात चली थी, उस समय पार्टी अध्यक्ष को ऐसा लगा था जैसे कोई जोकर शेखचिल्ली के तरह, ख्वाब देख रहा था। पार्टी की परम्पराओं के अनुसार उनको यही विश्वास था, उत्सुकदास मुख्यमन्त्री कभी हो नहीं सकेंगे।

लेकिन पार्टी अध्यक्ष का हिसाब गड़बड़ा गया था। उनको पता ही नहीं था, नयी संस्कृति किस कदर, पार्टी के ऊपरी हिस्से पर हावी हो चुकी थी। उत्सुकदास जहाँ एक तरफ राजनैतिक मुद्दों को उठाने में सफल हुए थे, वहाँ दूसरी तरफ नौकरशाही के अन्दर औद्योगिक लाबी के प्रतिनिधियों का भी समर्थन प्राप्त करने में सफल हो गये। उद्योग धन्धों, व्यापार करनेवालों का एक बड़ा गुट सत्ता के इर्द-गिर्द, अपना शिकंजा जकड़ने लगा था। इनके काम बड़े होते, इनके घपले उससे भी बड़े। बड़ा पैसा, बड़ी दौलत, बड़ी सौगातें, सभी को अच्छी लगतीं। बड़े-बड़े औद्योगिक गुट वैज्ञानिक तरीके से सत्ता और शक्ति के

केन्द्र हथियाने लगे थे।

उत्सुकदास का उस संस्कृति का हिस्सा होने की वजह से, इन लोगों से चोली-दामन का साथ था। उधर कुछ विदेशी ताकतें भी, देश की राजनीति में पर्दे के पीछे, संगठित तरीके से रुचि ले रही थीं। इनके आर्थिक स्वार्थ, राजनैतिक स्वार्थों से जुड़े हुए थे। विदेशी ताकतों के इस गुट ने भी उत्सुकदास को, नौकरशाही और उच्च राजनैतिक स्तर पर समर्थन दे दिया था। इन सबके अतिरिक्त गुरुपदस्वामी की शक्ति ने उत्सुकदास को वह राजनैतिक आधार प्रदान किया जिससे सब काम आसान हो गया।

एक अजीब हादसा एक खास तरह की वितृष्णा, किसी अनजानी चिढ़ के तहत पार्टी अध्यक्ष, पार्टी हाईकमांड के निर्णय का हिस्सा बन सके थे। उनको स्वयं नहीं मालूम था, वह क्या करनेवाले थे और उत्सुकदास को मुख्यमन्त्री बनाने का फैसला पार्टी को किधर ले जायेगा।

सब कुछ समझ गये थे, पार्टी अध्यक्ष, दिल्ली से चलने से पहले। राजनीति का गणित, पैसे का तिलस्म, सत्ता के इर्द-गिर्द मंडराते हुए गुटों का संतुलन, सब कुछ वह जान गये थे। उसके बाद वह चुप हो गये थे। घुट्टी मार ली थी, उन्होंने। उन्होंने यही सोचकर अपना मन मार लिया था कि जैसे और सब कुछ हो रहा था, वैसे ही मुख्यमन्त्री भी होगा। अपने को मात्र अलग कर लेने भर से, उन्हें एक प्रकार का संतोष हो चला था। लेकिन पार्टी अध्यक्ष अधिक समय तक अलग नहीं रह सके। तांबाकांड के विस्फोट के बाद स्थिति भयावह हो चली थी। गुरुपदस्वामी के ऊपर, सीधा हमला होने के कारण, उत्सुकदास को तब तक कोई नुकसान नहीं पहुँचा था।

पहले, गुरुपदस्वामी को ही पार्टी विधान मंडल के नेता पद के चुनाव के लिए भेजा जा रहा था। वह स्वाभविक भी था। गुरुपदस्वामी पिछले मुख्यमन्त्री थे, प्रदेश के मूर्धन्य और सबसे शक्तिशाली गुट के नेता थे। लेकिन तांबाकांड की संसद में चर्चा के बाद, उनकी प्रतिष्ठा में ह्रास हुआ था। विधायकों को नियंत्रित ढंग से, हाईकमांड के निर्णय की तरफ खींचकर उत्सुकदास का चुनाव करने में उन्हें कठिनाई हो सकती थी, इसी कारण से पार्टी अध्यक्ष से जाने के लिए कहा गया था।

केन्द्र में, पार्टी के नेताओं को इस बात का तनिक भी, अनुमान नहीं था कि पार्टी अध्यक्ष उत्सुकदास से नफरत करते थे। स्वयं उत्सुकदास को इस बात की जानकारी नहीं थी कि पार्टी अध्यक्ष के अन्दर, उत्सुकदास को गिराने की ख्वाहिश थी। उत्सुकदास के नाम पर सहमति प्राप्त करने के दौरान भी पार्टी अध्यक्ष की चुप्पी का यही अर्थ लगाया था कि उनका भी समर्थन उत्सुकदास को प्राप्त था।

पार्टी अध्यक्ष के जीवन में एक तूफान आया था। उनकी मान्यताओं, उनके आदर्शों, उनके सिद्धान्तों के धरातल पर, उत्सुकदास के नाम के धमाके ने उनके अन्दर ऐसा विस्फोट किया था कि एक बार उनको यही लगा था, उनके जर्जर मन के चिथड़े उड़ गये थे। अपने विशाल राजनैतिक जीवन में, तब तक उनको यही संतोष था, इर्द-गिर्द, आस-पास, दूर-दराज में, पार्टी के अन्दर पार्टी के बाहर देश में, समाज में जो कुछ भी हो रहा था खुद उनके हाथों से कोई गुनाह नहीं हुआ था। वह नहीं जानते थे उन्होंने किसी घपले को समर्थन दिया था। वह किसी अनैतिक गठबन्धन के हिस्सेदार भी कभी नहीं बने थे। चुप हो जाना, घुट्टी मारकर बैठ जाना, बनवास ले लेना, मूर्ति बनकर घटनाओं और हालातों से हाथ झाड़कर अलग हो जाने की कला में वह माहिर हो चुके थे। कभी किसी को पता ही नहीं लगता, उनके मन में क्या था, वह सोच क्या रहे थे। उनकी सहमति या असहमति, दोनों का कोई अर्थ उन दिनों कुछ नहीं था।

लेकिन उत्सुकदास को मुख्यमन्त्री बनाने के लिए उनको मजबूर किया जायेगा। खुद पार्टी अध्यक्ष को उत्सुकदास के माथे पर राजतिलक लगाना पड़ेगा, सत्ता के खेल को उत्सुकदास के पक्ष में मोड़ना पड़ेगा और वह भी जब विधायक उत्सुकदास के खिलाफ हों। यह कौन-सी विडम्बना थी, यह नियति का कौन-सा खेल था, यह पार्टी अध्यक्ष की समझ में नहीं आया। ठगे-ठगे से वह, अनमने-से बेहद उदास होकर ही दिल्ली से चले थे।

एअरपोर्ट पर उत्सुकदास ने उनकी कार का दरवाजा खोला, गुरुपदस्वामी को छोड़कर उनके साथ बैठे और समाजवाद की बात करने लगे तब पार्टी अध्यक्ष के चेहरे पर एक अजीब तरह की निरीह मुस्कराहट खेलने लगी थी। पार्टी अध्यक्ष को तभी वह दिन भी याद आये थे जब उनके साथ उत्सुकदास भी पार्टी महासचिव थे और दिन-रात उनकी खिल्ली उड़ाया करते थे। वक्त कितना बदल गया था उत्सुकदास का वह रूप देखकर पार्टी अध्यक्ष को यही खयाल आया था, उत्सुकदास का व्यक्तित्व जिस मिट्टी का बना था, उसे सिद्धान्तों की आँच में कभी तपाया नहीं गया था।

16 जून की शाम को, जब रंगीनराय ने पार्टी अध्यक्ष को चाय पार्टी में आने की दावत दी, उस समय एक बार उनके अन्दर खुशी की लहर दौड़ गयी थी। उनको यही लगा था, सम्भवतः वहाँ जाने से कोई रास्ता निकल आये, किसी तरह उत्सुकदास को मुख्यमन्त्री बनने से रोका जा सके और हुआ भी यही था। दरोगा, रंगीनराय, लोबीराम और बलदेव चौधरी के साथ हो जाने से एक पहले दर्जे का राजनैतिक संकट पैदा हो गया था।

दिल्ली से चलते समय, तांबाकांड के परिप्रेक्ष्य में, उनसे, यही कहा गया था कि विधायकों की बैठक से पहले, उन्हें जनमत का पता लगाना था और

उनकी रिपोर्ट के आधार पर ही हाईकमांड सरकार बनाने की प्रक्रिया को अंतिम सिगलन देगा। रंगीनराय के फ्लैट से निकलते समय पार्टी अध्यक्ष ने स्वयं अपने आप से बुबबुदादकर 'सत्यमेव जयते' ही कहा था।

रंगीनराय के फ्लैट से पार्टी अध्यक्ष सीधे राजभवन गये थे। उनके साथ, उस समय कुछ हाई स्तर के चिलगोजे जरूर लग गये थे, लेकिन बलदेव चौधरी और रंगीनराय नहीं थे। दारुलशफ़ा से राजभवन पहुँचते-पहुँचते, पार्टी अध्यक्ष को इस बात का इत्मीनान हो चुका था, भले ही वह उत्सुकदास को मुख्यमन्त्री बनने से न रोक सकें, मंत्रिमंडल के गठन की प्रक्रिया को, कुछ दिनों के लिए मुल्तवी कराने की संभावना बनने लगी थी। विधायकों के असन्तोष को मुद्दा बनाया जा सकता था। उत्सुकदास के अलावा, किसी और के मुख्यमन्त्री होने का प्रश्न ही नहीं उठता था लेकिन विधायकों की बैठक में अन्तिम निर्णय प्रधानमन्त्री पर छोड़ने की रूपरेखा उन्होंने बना ली थी।

बात कहाँ से शुरू की जाय, किस तरह वह अपनी रूपरेखा को अमली जामा पहनायेंगे, इसका उनको तब तक पता नहीं था। वह खुद कुछ नहीं करना चाहते थे। उनको इस बात का बिलकुल पता नहीं था, उनके प्रस्ताव की क्या प्रतिक्रिया होनेवाली थी। विशेष रूप से, दिल्ली में हाईकमांड को, टेलीफोन पर वह किस तरह और कितना अपनी विचारधारा से सहमत करा सकेंगे, इसका भी उनको अनुमान नहीं था। उनको पता था, हाईकमांड में उत्सुकदास के पक्ष में जिन लोगों ने निर्णय करवाया था, वह तब तक, वहीं मौजूद थे और उनको यहाँ की स्थिति के बारे में बताने पर क्या होगा, इसकी जानकारी किये बिना उनका कोई कदभ उठाना उचित नहीं था। पार्टी अध्यक्ष के सामने दूसरी समस्या गुरुपदस्वामी की थी। उनको गुरुपदस्वामी की कमजोरी के बारे में पता था।

पार्टी अध्यक्ष के लिए गुरुपदस्वामी एक बड़ी समस्या थे। यदि वह विधायक दल की बैठक में नेता के चुनाव के सम्बन्ध में कोई नया मुद्दा उठाते तो गुरुपदस्वामी विरोध तो करेंगे लेकिन वह विरोध कितना मुखर होगा यह वह तय नहीं कर पा रहे थे। पार्टी अध्यक्ष के सामने एक और बड़ी समस्या थी। जहाँ एक तरफ वह अकेले थे, दूसरी तरफ उत्सुकदास के पक्ष में अनेक लोग थे। उत्सुकदास को, यहाँ तक गुरुपदस्वामी को कुछ कहने-सुनने की जरूरत नहीं थी। उनके लोग सत्ता के अन्दरूनी घेरे में फैले हुए थे, उनकी पहुँच ऊपर तक थी और उनके साधन असीम थे। सामान्य रूप से इस परिस्थिति का सामना करने का उपाय था उनके पास। उनके एक इशारे पर बलदेव चौधरी, रंगीनराय पार्टी हाईकमांड की विचारधारा को बदलने के लिए, एक आन्दोलन खड़ा कर सकते थे। विधायकों के गुट, विधायकों के झुंड, विधायकों की चीख-पुकार, विधायकों की परेड और तांबाकांड की सुर्खियाँ, उत्सुकदास से बादशाहत का

ताज छीन सकती थीं। एक बात और थी। पार्टी अध्यक्ष को, तब तक इस बात का सुराग भी मिल चुका था कि तांबाकांड की असली फाइल मिल चुकी थी और उसके अनुसार तांबाकांड की पूरी जिम्मेदारी उत्सुकदास की थी। न कि गुरुपदस्वामी की। वह अच्छी तरह जानते थे, इस सबके बाद उत्सुकदास का मुख्यमन्त्री बनना संभव नहीं था।

एक-दो दिन का समय भी काफी होता इस सबके लिए। लेकिन पार्टी अध्यक्ष के पास एक दो दिन का क्या, एक-दो घंटे का भी समय नहीं था, विधायकों का विरोध उन्होंने देखा था, वह दिल्ली में बैठे हुए लोगों ने नहीं देखा था और तांबाकांड की फाइल भी तब तक निकलकर सामने नहीं आयी थी।

पार्टी अध्यक्ष को एक बार राज्यपाल सदाशिवनारायण बरुआ का खयाल आया था। उनको मालूम था, गुरुपदस्वामी को मुख्यमन्त्री पद से हटाने में राज्यपाल ने महत्त्वपूर्ण भूमिका अदा की थी। अब उत्सुकदास मुख्यमन्त्री बनना और गुरुपदस्वामी का मुख्यमन्त्री बनना एक ही बात थी। इस मुद्दे पर राज्यपाल से सहयोग माँगा जा सकता था। लेकिन इसके लिए भी समय चाहिए था। उस समय पार्टी अध्यक्ष को समय का अभाव खल रहा था। वैसे भी राज्यपाल कट्टर किस्म के आदमी थे और सामान्य रूप से पार्टी अध्यक्ष को उनसे सीधे उलट-फेर की बात करना उचित नहीं लग रहा था। काम आसान भी था और नहीं भी। यदि समय होता तो पार्टी अध्यक्ष अपनी लम्बा खींचकर छोड़ने की प्रक्रिया के तहत, कुछ प्रयास करने का मूड बना सकते थे। ऊपर से पार्टी अध्यक्ष को राज्यपाल के दिमाग में घुमते हुए छर्रों के बारे में भी पता था। लेकिन उनको इस बात का अंदाज नहीं था, मुर्गाबियों के शिकार से घुसे हुए छर्रे, राज्यपाल के फितरती दिमाग में, उस समय वह छर्रे चल रहे थे या रुके हुए थे। यदि छर्रे घूम रहे थे तो राज्यपाल से मिलना खतरे से खाली नहीं था और यदि छर्रे दिमाग में घूमकर रुक चुके थे तो भी मिलने में खतरा था। छर्रे रुकने के बाद उनको मालूम था, राज्यपाल हताश हो चुके होंगे और उनको सामान्य होने में समय लगेगा। फिर भी बिना मिले हुए कुछ भी पता लगाना संभव नहीं था, इसलिए न चाहते हुए भी पार्टी अध्यक्ष ने राज्यपाल से मिलने का फैसला कर लिया था। उन्होंने यही तय किया था राज्यपाल की सूरत देखकर ही वह जान सकेंगे प्रदेश मुख्यमन्त्री उत्सुकदास को होना था या नहीं।

राज्यपाल सदाशिवनारायण बरुआ को शिकार खेलने का शौक था। मुर्गाबियों के शिकार के हादसे के बाद जब उनके सारे बदन में दर्जनों छर्रे घुस गये थे, उन्होंने जंगल जाकर, खेप लगाकर शिकार खेलना छोड़ दिया था। लेकिन उनकी शिराओं में, उनके चलते-फिरते दिमागी छर्रों की प्रतिक्रिया, अनेक-अनेक बार, उन्हें अपनी शिकारी तबियत की याद दिला दिया करते । शिकार का

विज्ञान उनके मनोविज्ञान में, उनके व्यक्तित्व में अन्दर तक पैठा हुआ था। शिकार के बिना जिन्दा रहना उनके लिए संभव नहीं था। एक खास तरह की प्रकृति उनकी रगों में दौड़ते हुए खून के दौरान को तेज कर दिया करती और तब कुछ न कुछ करने को बेताव हो जाते कभी-कभी तो दीवार दरवाजों, चिड़ियों और जानवरों का वह काल्पनिक शिकार किया करते। राजभवन के बाहर जाना तो दूर रहा, अपने रिहायशी सूट के बाहर भी इस तरह की हरकत करना खतरे से खाली नहीं था। इसीलिए वह अपने विशाल बेडरूम में ही काल्पनिक बुतों और छायाओं और तस्वीरों पर वार करते रहते।

मुर्गाबियों का शिकार छोड़ने के बाद राज्यपाल सदाशिवनारायण बरुआ ने आदमियों का शिकार करना शुरू कर दिया था। इसीलिए मुर्गाबियों के दिये हुए छर्रों व दिमागी चकरघिन्नी के अलावा उन्हें कभी कोई रोग नहीं होता और वह दिन प्रति दिन स्वस्थ होते जा रहे थे। आदमियों या व्यक्तियों के शिकार से यह ताप्तर्य नहीं था कि वह आदमियों या व्यक्तियों पर उसी तरह से बन्दूक तानकर गोली चलाया करते थे, जैसे वह मुर्गाबियों के शिकार में बन्दूक से छर्रे बरसाया करते थे। वह तो एक दिमागी जंग के जरिये आदमियों या व्यक्तियों के व्यक्तित्व, अधिकार या वैभव को गोली मारा करते। किसी को नेस्तनाबूद कर देना, किसी की नंगा झारी करना, किसी की पद प्रतिष्ठा छीन लेना, किसी को जलील करना, यह सब उनके शिकारी स्वभाव के अनुरूप था। कभी-कभी जब उनके दिमाग में छर्रे घूमने लगते तो वह क्रोध में काँपते हुए हिंसात्मक इशारे करने लगते। उस समय उनकी उछलफाँद, उनके हिंसात्मक इशारे, उनकी झारदार अंग्रेजी गालियाँ, शिकारी के बैरल से निकले हुए छर्रों के समूह से कम नहीं होतीं। वह तो अपनी इन हरकतों से अपने शिकार को, कुछ समय के लिए तो जीते-जागते मार डालते।

पार्टी अध्यक्ष जब राज्यपाल के पास पहुँचे तो वह खुद शिकार के मूड में थे। उधर राज्यपाल ने दिमाग में छर्रों, उस दिन न जाने क्यों कोई ऐसी-वैसी हरकत नहीं की थी, जिसकी वजह से वह कुछ शान्त थे। लेकिन ऐसे मौकों पर बाहर से शान्त दिखनेवाले राज्यपाल के अन्दर किसी न किसी खेल का षड्यंत्र चल रहा होता। राज्यपाल की बैठक में, उस समय दो शिकारी बैठे थे। एक तो थे, स्वयं राज्यपाल जिन्होंने उन्हीं दिनों किसी मुर्गाबी या साधारण मनुष्य का शिकार नहीं किया था बल्कि मुख्यमन्त्री गुरुपदस्वामी बबरशेर को मारा था। उधर पार्टी अध्यक्ष उत्सुकदास रूपी दूसरे शेर जो मुख्यमन्त्री पद का दावेदार था और जिसके और मुख्यमन्त्री की कुर्सी के बीच सिर्फ दो घण्टे का फासला था, के शिकार के चक्कर में थे। पार्टी अध्यक्ष और राज्यपाल दोनों पुराने खिलाड़ी थे, यद्यपि दोनों के नजरिये में फर्क था। जहाँ राज्यपाल का शौक रंगों में व्याप्त

शिकारी प्रवृत्ति से जुड़ा हुआ था, पार्टी अध्यक्ष का सिद्धान्तों की प्रक्रिया से। पार्टी अध्यक्ष, राज्यपाल के शिकारी स्वभाव से परिचित थे। जो रणनीति, पार्टी अध्यक्ष के दिमाग में थी, उसमें, स्वाभाविक रूप से राज्यपाल का सहयोग प्राप्त किया जा सकता था। लेकिन इसके लिए, एक बड़े नाटक की जरूरत पड़ सकती थी। पार्टी अध्यक्ष के पास उस बड़े नाटक के कलाकार तो थे, लेकिन समय नहीं था। थके-हारे, निरीह मन से, पार्टी अध्यक्ष ने राज्यपाल को देखा था, जब निहायत सादगी से राज्यपाल ने उत्सुकदास के लिए गालियाँ बकना शुरू कर दिया था।

पार्टी अध्यक्ष के लिए, स्वयं राज्यपाल ने, वह रास्ता खोल दिया था, जिसकी तलाश में वह राजभवन आये थे। उत्सुकदास के लिए, राज्यपाल सदाशिवनारायण बरुआ ने, जिस सद्भावना का परिचय दिया था, पार्टी अध्यक्ष को, उसके बाद, न तो कोई नाटक करना था, न ही लम्बा खींचकर बात करने की प्रक्रिया अख्तियार करनी थी। समय का अभाव, अकेले होने की स्थिति से तो पार्टी अध्यक्ष कुछ देर के लिए निकलने लगे थे लेकिन बिल्ली के गले में घंटी कौन बाँधेगा, इसका उनको पता नहीं था। राज्यपाल के ऊपर पूर्ण विश्वास, पार्टी अध्यक्ष को नहीं था। वह नहीं जानते थे, राज्यपाल किस हद तक सहयोग करेंगे। यदि उनसे हाईकमांड को सूचना देने का काम सौंपा जाता तो वह पार्टी अध्यक्ष का नाम, व्यक्तिगत विचार के विषय में हाईकमांड को नहीं बतायेंगे, इस बात की कोई जिम्मेदारी नहीं ले सकता था। इसके अलावा, राज्यपाल के टेलीफोन पर क्या अन्तिम निर्णय लिया जा सकेगा। गुरुपदस्वामी क्या खामोश रहेंगे। उत्सुकदास के वह समर्थक, जो सत्ता की अन्दरूनी तह से जुड़े थे, क्या कुछ नहीं करेंगे। निर्णय टाल देने या उत्सुकदास के मुख्यमन्त्री न बनने के बाद, खुद पार्टी अध्यक्ष के ऊपर क्या जिम्मेदारी थोपी जायेगी। कहीं उनकी विश्वसनीयता में दाग तो नहीं आ जायेगा ? इस तरह के अनगिनत सवाल पार्टी अध्यक्ष के दिमाग में घूम रहे थे।

गुरुपदस्वामी की व्यूह रचना सम्पूर्ण हो चुकी थी। उत्सुकदास ने लोबीराम के पीछे विमलादेवी को पहले ही लगा रखा था, उधर बलरामशास्त्री ने तिलंगे छोड़ रखे थे, ऊपर से खुद गुरुपदस्वामी दारुलशफ़ा पहुँच गये थे। गुरुपदस्वामी की रणनीति में लोबीराम, केवल लोबीराम ही वह महत्त्वपूर्ण कड़ी थे, जिसके आधार पर रंगीनराय और बलदेव चौधरी ने अपना आन्दोलन खड़ा किया था। विधायकों के असन्तोष को, कृष्णबल्लभ यादव के मुद्दे पर उभारा गया था। गुरुपदस्वामी, यह अच्छी तरह जानते थे, विधायकों की बैठक में शक्ति परीक्षण होनेवाला था। स्वयं उत्सुकदास के ऊपर किसी स्पष्ट या विशेष दोषों को नहीं थोपा जा सकता। हमला होगा उत्सुकदास के ऊपर, कृष्णबल्लभ को माध्यम

बनाकर। गुरुपदस्वामी की रणनीति दो हिस्सों में बँटी थी। बैठक के पहले लोबीराम को उड़ा लेने से, विरोधी गुट के नीचे से जीमन खिसक जायेगी और अन्त में बैठक के दौरान कृष्णबल्लभ का मुद्दा खत्म करना था, कृष्णबल्लभ को पार्टी से निष्कासित करके !

राजभवन पहुँचते-पहुँचते गुरुपदस्वामी ने, लोबीराम को पूरी तरह तोड़ लिया था। उनको बहुत कुछ नहीं कहना पड़ा था, खुद लोबीराम ने उनके पैर पकड़ लिए थे। गुरुपदस्वामी की गुरुता गुरुपदस्वामी के व्यक्तित्व ने सारा काम आसान कर दिया था। लेकिन गुरुपदस्वामी को लोबीराम का चरित्र अच्छी तरह पता था। वह जानते थे लोबीराम किसी भी स्तर पर बदल सकता था, इसीलिए उन्होंने लोबीराम को मन्त्री बनाने की पेशकश की थी।

गुरुपदस्वामी को इस बात का अंदाज कभी नहीं था कि लोबीराम को ठीक करने में कुछ समय ही नहीं लगेगा। उधर लोबीराम जैसे कोई बहाना ढूँढ़ रहे थे, किसी रास्ते की तलाश में थे, जो गुरुपदस्वामी के रूप में उनके पास खुद व खुद चलकर आ गया था। इसीलिए जब गुरुपदस्वामी लोबीराम को लेकर राजभवन पहुँचे तो उन्होंने, पहला सवाल, बलरामशास्त्री से मुस्कराकर यही पूछा था, विमलादेवी कहाँ थीं। गुरुपदस्वामी के मुँह से राजभवन के पोर्टिको में गाड़ी से उतरते ही विमलादेवी का नाम सुनकर बलरामशास्त्री को अजीब जरूर लगा था, लेकिन अगले क्षण गाड़ी से लोबीराम को उतरते देखकर, बलरामशास्त्री, को गुरुपदस्वामी की मुस्कराहट का अर्थ समझ में आ गया था। गुरुपदस्वामी ने नहीं, बलरामशास्त्री ने नहीं उत्सुकदास ने नहीं दिल्ली के पर्यवेक्षकों ने नहीं बल्कि, विमलादेवी ने सरकार बनने से पहले गिरने से बचा ली थी।

लोबीराम को लेकर गुरुपदस्वामी जब पार्टी अध्यक्ष के पास पहुँचे तो पार्टी अध्यक्ष की आँखों के सामने अँधेरा छा गया था। वह उस समय राज्यपाल से वह बात कहने की तैयारी कर रहे थे, जिससे ही प्रदेश के मंत्रिमंडल के भाग्य का फ़ैसला होने जा रहा था। राज्यपाल स्वयं प्रधानमंत्री को फोन लगाने का आदेश दे चुके थे और किसी क्षण भी पार्टी अध्यक्ष उत्सुकदास के खिलाफ मुँह खोलनेवाले थे।

प्रदेश के विधायकों के शक्ति-संतुलन के बारे में तब तक, पार्टी अध्यक्ष को सब कुछ पता लग चुका था। उनका सारा हिसाब बलदेव चौधरी, रंगीनराय, और लोबीराम के मिले-जुले गुट पर आधारित था।

गुरुपदस्वामी के पहुँचने के बाद, पार्टी अध्यक्ष का सारा खेल बिगड़ गया था। लोबीराम उनके साथ था, यह देखकर और कुछ देखने, बोलने या समझने के लिए बाकी नहीं बचा था। पार्टी अध्यक्ष की आत्मा, एक बार काँप उठी थी। उनको लगा, उस दिन, वह बाल-बाल बच गये थे। यदि गुरुपदस्वामी तनिक

देर और लगा देते तो संभवतः पार्टी अध्यक्ष वह भूल कर बैठते जो उनकी प्रतिष्ठा, उनके स्वभाव के विपरीत होती और जिसके बाद उनकी स्थिति खराब हो सकती थी। कुछ भी तो तब नहीं बचा था, सारा खेल, कुछ क्षणों में उनकी मुट्ठी से निकलकर गुरुपदस्वामी की मुट्ठी में चला गया था।

उसके बाद सारा काम आसान हो गया था। पार्टी अध्यक्ष के मन में विरोधी गुट के प्रति एक खास तरह की वितृष्णा ने जन्म ले लिया था। उनको लगा, रंगीनराय और बलदेव चौधरी की शेखचिल्ली राजनीति में, अगर वह जाते तो क्या होता। इसीलिए जब कुछ देर बाद, बलदेव चौधरी, उनके पास आये तब उन्होंने उनसे कोई बात नहीं की। राष्ट्र के गृहमंत्री गुरुपदस्वामी जिनका प्रदेश पार्टी में वर्चस्व था उत्सुकदास के खिलाफ थे, पार्टी अध्यक्ष स्वयं उत्सुकदास के खिलाफ थे, राज्यपाल सदाशिवनारायण बरुआ, उत्सुकदास के खिलाफ थे, लेकिन फिर भी उस दिन उत्सुकदास को ही मुख्यमन्त्री बनाने का अन्तिम निर्णय स्वयं पार्टी अध्यक्ष और गुरुपदस्वामी ने, राज्यपाल की सहमति से लिया। इस सबके पीछे एक शक्ति थी केवल एक शक्ति हालातों की शक्ति ! हालातों की अपनी शक्ति।

चौदह

जिस दिन बलदेव चौधरी ने रंगीनराय को पार्टी तोड़ने की धमकी दी थी, उसी दिन, शायद रंगीनराय के यहाँ से लौटने के बाद उन्होंने, एक बयान जारी किया था, जिसमें करीब 36 विधायकों के नाम थे। बलदेव चौधरी का वह कोई बयान नहीं था बल्कि सुलगता हुआ पलीता था, जिसे सीधे फेंका गया था, पार्टी हाई कमांड के ऊपर। बयान में कहा गया था, बुन्देलखंड और पश्चिमी अंचल में, मंत्रिमंडल के गठन की प्रक्रिया को लेकर, विधायकों तथा समस्त जनता में असंतोष है। मंत्रिमंडल में, सिफारिश, रिश्तेदारी, दोस्ती गुटबंदी और भ्रष्टाचार के आरोपित लोगों को ही शामिल किया जा रहा था और जिन लोगों ने राष्ट्रीय हितों के लिए त्याग किया, जिन्होंने आजादी की लड़ाई में कुर्बानियाँ दीं, जिन्होंने जनता के बीच रहकर, अपने को दलगत राजनीति से अलग रखा और जिन लोगों ने पार्टी को मजबूत करने में अहम भूमिका निभाई, ऐसे लोगों को मंत्रिमंडल में शामिल नहीं किया गया। पिछले वर्गों का प्रतिनिधित्व नहीं के बराबर था और पिछड़े क्षेत्रों के प्रतिनिधियों को नहीं के बराबर मंत्रिमंडल में शामिल किया गया था। बयान में यह भी कहा गया था, पार्टी हाईकमांड को

इस बात की जानकारी देने के लिए, मंत्रिमंडल के गठन की प्रक्रिया को सही दिशा की तरफ ले जाने के लिए और राष्ट्रीय हितों की रक्षा के लिए, अगले दिन असन्तुष्ट विधायकों की बैठक होनेवाली थी। विधायकों के नाम और क्षेत्रों के नाम दिये थे। महत्त्वपूर्ण नाम थे, रामबंस, काड़ीपुर, सुमेरराम, इसौली, किशोरराज गंगापुर, जगराम, मेहनगर, दौलतप्रसाद, सीसामऊ, स्वरूपसिंह, नजीवाबाद, एम. एल. शर्मा, नवाबगंज, हुसैन अकबार, अकबरपुर, सुरेन्द्रसिंह, मसूरी, गंगासिंह, बद्रीकेदार, रामकृपाल, मेजा, रामलखन पटेल, बरसाथी, महमूदहसन, सियार, रिछपाल सिंह, सोरन, प्रेमनाथ, राबर्ट्सगंज, विनोद मुनीर, फरिंदा, काशी प्रसाद, चकिया।

जब तक बलदेव चौधरी का बयान अखबारों में छपे, तब तक लोगों ने इंतजार नहीं किया। बयान जारी होते ही, आग की तरह, खबर, दारुलशफ़ा में फैल गयी थी। 'ए' ब्लाक और 'बी' ब्लाक के कमरों में जो पार्टी के विधायक रहते थे, बाहर निकलने लगे थे। एक-एक विधायक अलग-अलग तरीके, से अपना असन्तोष जाहिर कर रहा था। जिन लोगों को मालूम था, वह मन्त्री बननेवाले नहीं थे, जो लोग जानते थे उनको मंत्रिमंडल में शामिल किया जा सकता था, लेकिन शामिल किया नहीं जा रहा था, वे सब अपनी-अपनी बातें, अपनी-अपनी लफ्फाजी, अपने-अपने विचार जोरदारी में कहने लगे थे। गरज यह कि खुलकर लोग सामने आ रहे थे।

मछलीशहर के विधायक भूरेसिंह का झगड़ा था मंझनपुर के दाताराम से। दोनों ही मंत्रिमंडल के उम्मीदवार थे। डाल्टनगंज के बसीरतखाँ, भुजिया क्षेत्र के खुर्रमखाँ के दोस्त थे, लेकिन मन्त्री बनने को आतुर थे और दबी जबान से बसीरत खाँ के बारे में खुलासा किया करते थे, सिरौबा के राजमंगल और बिठौली के मंगलसिंह, एक-दूसरे को फटी आँखों भी नहीं देख सकते थे। संडीला के औलिया और बड़े गाँव के सहादतखाँ, एक दूसरे के विरोधी थे, दोनों में एक ही क्षेत्र से चुनावी होड़ के कारण आपस में ठनी हुई थी। बदलीपुर के नेता रामसजीव पांडे असल में बाजीपुर के विधायक कैलाशचन्द के समधी हुआ करते थे, लेकिन राजनीति में, एक-दूसरे के कट्टर दुश्मन थे। बीकानेर और सिधौली, मलिहाबाद और कासगंज के विधायकों में खानदानी दुश्मनी थी।

जिस तरह किसी इलाके में अगर कहीं से गोश्त का कोई टुकड़ा या इन्सानी या तौर इन्सानी कोई लाश कुछ देर भी पड़ी रह जाये तो न जाने कहाँ से, पक्षियों को पता लग जाता और बस कुछ ही देर में, कितने कौवे, कितने गिद्ध, कितनी चील आसमान की ऊँचाइयों से मँडराने लगते। उनकी आवाजें, उनका शोरगुल, उनकी चीख-पुकार सुनकर जिस तरह के कलह, आर्त्तनाद का अहसास होता करीब-करीब उसी तरह के कलह और उसी तरह के आर्त्तनाद

का अहसास अगले दिन बलदेव चौधरी के घर पर हो रहा था। अखबार में बयान छप चुका था। बयान की सुर्खियाँ थीं ''बलदेव चौधरी विद्रोह की कगार पर'' ''बलदेव चौधरी का हमला'' ''बलदेव चौधरी मंत्रिमंडल से अलग'' ''बलदेव चौधरी की दोहरी चाल''। उस दिन के अखबार में एक और खबर मुखपृष्ठ पर और छपी थी। वह खबर थी मंत्रिमंडल के विस्तार के विषय में। उस खबर के अनुसार मुख्यमंत्री, उत्सुकदास को हाईकमांड से मंत्रिमंडल के विस्तार की अनुमति मिल गयी थी। उस खबर में यह भी लिखा गया था, मंत्रिमंडल का विस्तार तुरन्त किया जा रहा था और शपथ ग्रहण समारोह चौबीस घण्टे के अन्दर हो जायेगा।

तरह-तरह के विधायक, दूर-दूर से आये हुए अपने समर्थकों, चमचे चिलगोजे और चकरबन्ध के साथ दारुलशफ़ा में कई दिनों से जमे हुए थे, उस दिन अपने-अपने घरों से निकल पड़े। दारुलशफ़ा के हर फ्लैट से लोग भुर्राक कपड़ों में, नये दिन की शुरुआत करने के चक्कर में, जल्दी निकल पड़े थे। सभी को जाना था, बलदेव चौधरी के पास। सभी को तलाश थी, बलदेव चौधरी की। किसी को नहीं मालूम था, बलदेव चौधरी उनका कल्याण कैसे करेंगे, कैसे उनको मंत्रिमंडल में शामिल करवा सकते हैं। बलदेव चौधरी ने असल में एक दाँव फेंका था, एक चाल चली थी। वह दाँव, वह चाल सीधा हमला था हाईकमांड के ऊपर। लेकिन उस बयान का सीधा असर हुआ था, विधायकों के ऊपर। उन तमाम विधायकों के अन्दर, जिनको किसी तरह की, किसी प्रकार की उम्मीद नहीं थी, जीवन में कभी भी मंत्रिमंडल में, आने का सपना भी जो देख सकने की स्थिति में नहीं थे, वह सब, उस मौके पर, अपनी-अपनी किस्मत, अपना-अपना भाग्य अजमाने के लिए निकल पड़े थे। किसी के अन्दर मन्त्री का सपना, कोई राज्यमंत्री बनना चाहता था, कोई उपमन्त्री, कोई कैबिनेट मन्त्री, बनना चाहता था। किसी को मन्त्री न बनाए जाने पर, सार्वजनिक निगम के अध्यक्ष, सहकारी बैंक के अध्यक्ष, उपाध्यक्ष तथा कुछ न मिलने की स्थिति में किसी पेट्रोल पम्प का लाइसेन्स या किसी गैस की एजेन्सी या राशन की दुकान या फिर सीमेण्ट, लोहा, सरिया का कोटा मिलने की उम्मीद थी। अपनी-अपनी इच्छाओं, अपने-अपने सपनों, अपनी-अपनी चाहत के मीनारों पर खड़े होकर, दूर से देख रहे थे, आँक रहे थे, अनुमान लगा रहे थे, हकीकत और ख्वाब के अन्तर को। उनके सामने उनके अपने सपनों का संसार था और उसे पाने के लिए वह कुछ भी कर सकते थे।

दारुलशफ़ा के कोने-किनारों से, विधायकों का जो हज्जूम निकलकर आ रहा था, उसके तेवर कुछ थे और पैंतरे और थे। चाहे वह बलिया के विधायक हों, या महाराजगंज के, देवरिया, गोंडा, बस्ती, फैजाबाद, जौनपुर, बनारस से

लेकर सुदूर पश्चिम के इलाकों से चुनकर आये हुए विधायकों तक ने अपने सिर पर कफन बाँध लिया था। आस्था और विश्वास का प्रश्न नहीं था, प्रश्न था सत्ता का और उससे जुड़े हुए हितों का। बलदेव चौधरी ने कच्ची गोलियाँ नहीं खेली थीं, वह राजनीति के शातिर खिलाड़ी थे और उनकी हर चाल के पीछे गूढ़ रहस्य हुआ करता था। उनका जो बयान उस दिन अखबार में छपा था, उसके आधार पर, किसी राजनैतिक मोड़ की आशा नहीं की जा सकती थी। समय अगर कोई और होता तो इस तरह के बयान का कोई महत्त्व नहीं होता लेकिन सरकार जब नयी-नयी बनी हो, जब मंत्रिमंडल गठन हो रहा हो और जब स्वयं मुख्यमन्त्री की स्थिति अच्छी न हो, जब प्रदेश पार्टी, विधायक दल और राष्ट्रीय दल के नेताओं में सर फुड़व्वल चल रही हो, ऐसे समय में बयान का महत्त्व कुछ और लिया जा सकता था और यही हुआ था। बलदेव चौधरी का हमला था, हाई कमांड के ऊपर लेकिन उसका असर पड़ा था, विधायकों के ऊपर। असल में विधायकों में मन्त्री बननेवालों की संख्या कम नहीं थी। वह तो किसी सधी, सधायी राजनीति के तहत, चुपचाप, दल के अन्दर अपने-अपने नेताओं के कहने पर चलते थे। प्रत्येक विधायक को, चुनाव लड़ने के लिए, पार्टी की टिकट और पैसे की जरूरत हुआ करती थी। जाहिर था, केन्द्रीय हाईकमांड के नेताओं से जोड़-गाँठ से ही, टिकट मिलता था और वहीं से धन की व्यवस्था भी की जाती थी। प्रदेश विधायक दल अनेक छोटे-छोटे गुटों में बँटा हुआ था, छोटे-छोटे गुटों की व्यवस्था, अधिकतर जाति, धर्म तथा क्षेत्र के आधार पर हुआ करती थी, लेकिन अपनी लिप्सा, अपना स्वार्थ, अपने सपनों की पूर्ति के लिए, विधायक, हमेशा तत्पर रहा करते। छोटे-छोटे गुटों के समन्वय से बड़े गुटों का गठन होता जो पार्टी तथा सरकार के क्रिया-कलापों में अपनी-अपनी भूमिका निभाया करते। एक अनुशासन, एक समन्वय एक सन्तुलन के तहत, सब कुछ चलता रहता लेकिन बलदेव चौधरी के बयान ने वह अनुशासन, वह समन्वय, वह सन्तुलन तोड़कर रख दिया था।

उस दिन बलदेव चौधरी एक किस्म की आक्रामक स्थिति में पहुँच चुके थे। उनको, अपने चारों तरफ अंधकार दिखाई दे रहा था। उनको लग रहा था, पार्टी के नेताओं ने, सीधे तरीके से, उनको धकियाकर सत्ता के गलियारे से बाहर कर दिया था। जिस समय गुरुपदस्वामी मुख्यमन्त्री हुए थे, उस समय भी बलदेव चौधरी ने मंत्रिमंडल में शामिल होने से इनकार कर दिया था वह अपने आपको, गुरुपदस्वामी से अधिक विद्वान्, गुरुपदस्वामी से अधिक योग्य एवं गुरुपदस्वामी से अधिक कुशल खिलाड़ी समझते थे। एक तरह से पार्टी नेतृत्व की परम्परा में उनका स्थान गुरुपदस्वामी के बराबर ही था, इसी कारण जब गुरुपदस्वामी को मुख्यमन्त्री बनाया गया था, तो वह चुप रह गये, उन्होंने जब्त कर लिया,

सब्र कर लिया, कुछ बोले नहीं, किसी तरह का विरोध प्रकट नहीं किया। उस समय ऐसा करने में उनकी योजना थी, एक नया अध्याय खोलने की, एक नयी तरह की राजनीति खेलने की। जब बलदेव चौधरी ने गुरुपदस्वामी के मंत्रिमंडल में मन्त्री बनने से इनकार कर दिया तब पार्टी हाईकमांड ने, उनको, प्रदेश पार्टी का अध्यक्ष बना दिया था। गुरुपदस्वामी मुख्यमंत्री और बलदेव चौधरी प्रदेश पार्टी अध्यक्ष बने थे। पार्टी का नेतृत्व सन्तुलित आधार पर चलता रहे, इसीलिए इस प्रकार की व्यवस्था की गयी थीं। लेकिन पार्टी अध्यक्ष बनते ही, बलदेव चौधरी ने अपना खेल खेलना शुरू कर दिया था। उनको मालूम था, जो पद उनको मिला था, उसका प्रयोग वह एक सीढ़ी की तरह कर सकते थे। उद्देश्य था, उनका मुख्यमन्त्री बनना। वह जानते थे, मुख्यमन्त्री तो उनका बनना करीब-करीब निश्चित था। जिस तरह से, आजादी के बाद, प्रदेश में मुख्यमन्त्री बनते आये थे, उस परम्परा के तहत, उनका नम्बर आ गया था और बस किसी भी दिन, पहले मिलनेवाले अवसर पर, उनको मुख्यमन्त्री बना दिया जायेगा, इसका उनको पूरा विश्वास था। लेकिन मुख्यमन्त्री बनने से पहले, वह प्रदेश या जिले और मंडल तक की पार्टी की इकाइयों पर अपना नियंत्रण कर लेना चाहते थे। कुछ नियंत्रण, कुछ तजुर्बा, कुछ राजनीति, कुछ उठापटक की योजनाओं के तहत, उन्होंने पूरे प्रदेश में, जिले-जिले में, अपने समर्थकों का जाल बिछाना शुरू कर दिया था। बलदेव चौधरी, उस समय मुख्यमन्त्री बनने की तैयारी कर रहे थे। उनको इस बात का शक था, कि मुख्यमन्त्री होने के बाद, उनके पास न तो समय होगा, न ही उस स्तर पर उतरकर, वह अपना समर्थन जुटा सकते थे। इसीलिए बलदेव चौधरी ने, अपने प्रदेश, पार्टी अध्यक्षीय कार्यकाल में, पुरानी इकाइयों को भंग कर दिया था, और नयी इकाइयाँ नियुक्त कर दीं। गरज यह कि बलदेव चौधरी पूरी नंगयी पर उतर आये थे। उस दौर में, उन्होंने सिर्फ पार्टी हाईकमांड की अवहेलना की बल्कि पार्टी सिद्धान्तों, नीतियों का वह अपने तरीके से प्रतिपादन करने लगे थे। उनको किसी भी तरफ देखने तक की फुर्सत नहीं थी। वह तो समझने लगे, पार्टी उनके घर की दुकान थी और वह जो भी चाहें, कर सकते थे। इसीलिए अध्यक्ष बनते ही उन्होंने सबसे पहले, स्थिति मजबूत करने का काम शुरू कर दिया था। जिला कमेटी, शहर कमेटी, मंडल कमेटी, से लेकर गाँव-गाँव तक उन्होंने चुनचुनकर अपने समर्थकों को बिठा दिया। महिला पार्टी, युवा दल, मजदूर इकाई, सेवा दल तथा अन्य विभागों में, बलदेव चौधरी इस प्रकार नियुक्ति किया करते थे, जैसे कोई मालिक, अपने निजी कारखानें में, या व्यापारिक इकाई में किया करता। कुछ ही दिनों में पार्टी में कोहराम मच गया और विद्रोह के बादल मँडराने लगे। उधर बलदेव चौधरी ने, अपनी सधी-सधायी राजनीति के दाँवपेच के जरिए रामानन्द नाम के

निकाले गये, पुलिसिये के अन्दर हवा भर दी। रामानन्द एक निकाला हुआ पुलिस सिपाही था। उन दिनों डाकुओं के गिरोह से निकल-निकलकर लोग पुलिस में भर्ती हो रहे थे, और पुलिस के गिरोह से निकल-निकलकर डाकुओं के गिरोह में भर्ती हो रहे थे। इससे जरा हथियार और असलाह की खरीद-फरोख्त में आसानी हो जाया करती थी। उन दिनों तक पुलिस के इनकाउन्टर शुरू नहीं हुए थे। बहरहाल रामानन्द के अन्दर अपनी राजनीति, विचारधारा, मूलभूत सिद्धान्त, दलीय, जातीय समीकरण बलदेव चौधरी ने कूट-कूटकर भर दिए थे। रामानन्द, मुँह अंधेरे बलदेव चौधरी के यहाँ पहुँच जाया करता था और देर रात तक, उनकी सेवा में लगा रहता। नियम से वह उनके भाषण, उनके लेख, उनकी पुस्तकें, यहाँ तक उनके जीवन चरित्र के प्रत्येक आयाम का अध्ययन किया करता था। रामानन्द के दिल पर, दिमाग पर, बलदेव चौधरी किसी जादू की तरह असर करने लगे थे। वह नहीं जानता था, वह सही था या गलत, वह जिस रास्ते पर चल रहा था, उसका अब भी उसे नहीं पता था। वह तो यह भी नहीं जानता था वह कर क्या रहा था और वह सब क्यों कर रहा था, उसका उद्देश्य क्या था, या फिर वह चाहता क्या था।

कुछ ही दिनों में रामानन्द ने सब कुछ आत्मसात कर लिया था। बलदेव चौधरी के यहाँ, राजनीति का भूत कुछ ऐसा चढ़ा उसके ऊपर कि अपने साथ, न जाने कितने लोगों को ले डूबा। रामानन्द अधिकतर बलदेव चौधरी के साथ रहा करता था। वह जब प्रदेश के दौरे पर निकलते तो रामानन्द को साथ ले किया करते। बलदेव चौधरी जब दौरे पर जाते, तो वह भाषण जरूर देते थे। प्रदेश पार्टी अध्यक्ष होने के कारण, उनके पास गाड़ियों की कमी नहीं थी और बलदेव चौधरी दौरा अधिकतर सड़क के रास्ते से मोटर गाड़ियों के काफिले लेकर ही लिया करते। जहाँ मन होता, बलदेव चौधरी रुक जाते और मीटिंग हो या न हो बोलने लगते। उनके अन्दर उन दिनों तक वैचारिक संघर्ष शुरू हो गया था। पार्टी की प्रतिपादित नीतियों से उनका मतभेद था। समाजवाद के वह खिलाफ थे लेकिन पूँजीवादी व्यवस्था भी उनको पसन्द नहीं थी। साम्यवाद के तो वह जन्मजात दुश्मन थे। हर तरह के वाद, हर प्रकार की राजनैतिक विधाओं और व्यवस्थाओं का उन्होंने अध्ययन कर रखा था और उन सबके मिश्रण से उन्होंने एक नया वाद, एक नयी प्रणाली, एक नयी व्यवस्था का प्रारूप बनाया था, जो उनके दिमाग में खलबली मचाया करता। भूमिसुधार, किसान, पिछड़े वर्ग के लोगों को लेकर वह अपनी राजनीति करना चाहते थे, लेकिन उनके चारों तरफ जो लोग थे, वह अधिकतर बड़े किसान, बड़ी जमीनों के मालिक और जमीन-जायदाद का धन्धा करनेवाले थे। उनकी नीतियों, उनके वादे, उनके वैचारिक आन्दोलन, जुड़े हुए थे, जातिगत समीकरण से। धीरे-धीरे उनका समर्थन

मुखर होता जा रहा था। उधर रामानन्द उनके चक्कर में ऐसा फँसा कि उसे भी चस्का लग गया और तो वह कुछ कर नहीं सकता था, उसने अपनी मुवतली के सवाल को लेकर पुलिस संस्था के अन्दर फूट डाल दी और अपनी एक अलग एसोसियेशन बना डाली। उसका नाम उसने रखा था, अखिल भारतीय पुलिस महासंघ। इसी पुलिस महासंघ ने, गुरुपदस्वामी के मुख्यमंत्रित्व काल में, विद्रोह कर दिया था। विद्रोह के बाद जब बलदेव चौधरी से रामानन्द को रोकने के लिए कहा गया तो उन्होंने चुप्पी साध ली थी और तीस दिन का मौनव्रत ले लिया था।

बलदेव चौधरी ने, मौनव्रत धारण करने से पहले एक चाल और खेली थी। उन्होंने, अपने चेले, रामानन्द को गुरुपदस्वामी के सिपहसालार और विशेष शिष्य उत्सुकदास के पीछे लगा दिया था। बलदेव चौधरी ने, रामानन्द के अन्दर जिस तरह तेजाब की धार छुरे की काट गोली-सी तेजी और बारूद सरीखा धमाका, पैदा कर दिया था, उनको मालूम था, वह जब फटेगा तो, दस-बीस-पचास को ले जायेगा। रामानन्द को बलदेव चौधरी ने एक मानव बम, नफरत, हिंसा और विध्वंस का जीता-जागता ऐसा रोबोट बना दिया था, जिसका कंट्रोल स्वयं उनके पास था। एक कुशल राजनीतिज्ञ की तरह, उन्होंने, रामानन्द को, उस समय, उत्सुकदास के पीछे लगा दिया था वैसे भी बलदेव चौधरी को, तब तक, इस बात का अहसास होने लगा था कि रामानन्द, किसी भी समय, कुछ भी कर सकता था। वह फट सकता था, मारकाट मचा सकता था, वह समूची व्यवस्था में तोड़-फोड़ मचा सकता था। स्वयं उन्होंने दिन-रात, सुबह-शाम, करीब एक साल और छह महीने तक, रामानन्द नामक व्यक्ति की नसों में, शरीर के रोएं-रोएं में एक ऐसा लावा सुलगा दिया था, जिससे बच निकलना मुश्किल था। जाहिर था रामानन्द ने वही किया, जो उसे करना था। उत्सुकदास को उन दिनों, खुद किसी ऐसे मसले की तलाश थी, जिसे मुद्दा बनाकर गुरुपदस्वामी को इस्तीफा देने पर मजबूर किया जा सके। समय का अभाव, उन दिनों, उत्सुकदास को भी खल रहा था। गुरुपदस्वामी स्वस्थ थे, उनको किसी तरह की कोई परेशानी नहीं थी और सामान्य रूप से वह असीमित समय तक मुख्यमन्त्री बने रह सकते थे। लेकिन यह बात न तो उत्सुकदास को और न ही बलदेव चौधरी की मंजूर थी। अलग-अलग कारणों से, अलग-अलग समय पर, अपने-अपने तरीकों से उत्सुकदास और बलदेव चौधरी ने एक-दूसरे का घोर विरोधी होते हुए भी, एक उद्देश्य के लिए काम करना शुरू कर दिया था। रामानन्द का प्रयोग किया गया था, पुलिस विद्रोह करने के लिए। और पुलिस विद्रोह के बाद ही तीन दिन के मौन के बाद, बलदेव चौधरी ने, प्रदेश पार्टी अध्यक्ष पद से, उस समय इस्तीफा दे दिया था, जब गुरुपदस्वामी का सत्ता से हटना निश्चित हो

चुका था। बलदेव चौधरी ने इस्तीफा दिया था, मुख्यमन्त्री बनने के लिए लेकिन उनको मुख्यमन्त्री नहीं बनाया गया था और प्रदेश पार्टी अध्यक्ष का पद, उनके हाथ से निकल चुका था।

कालिदास मार्ग के बलदेव चौधरी के बंगले में, उस दिन, गदर का माहौल था। बंगले के बरामदे से लेकर, गेट के बाहर तक, किस्म-किस्म के विधायक, उनके अलग-अलग किस्म के चमचे, चिलगोजे और चकरबंध, अपने-अपने साजो-सामान के साथ लैस थे। एक-एक इंच जगह भरी हुई थी। बंगले के अन्दर बलदेव चौधरी की बैठक, अंदरूनी कमरों तक में लोग जमे हुए थे। एक रात में ही, सिर्फ एक बयान से ही, बलदेव चौधरी विधायकों के मसीहा बन गये थे। वह बन गये थे, हर लाइलाज बीमारी का इलाज। सपनों, इच्छा, आकांक्षाओं के घेरों में फँसे हुए प्रदेश के भाग्यविधाता आये थे, बलदेव चौधरी के पास अपना-अपना आसमान ढूँढ़ने। उनको क्या मालूम था, बलदेव चौधरी, जिस राजनीति का खेल खेल रहे थे, वहाँ सपनों के सौदे नहीं हुआ करते, वहाँ इच्छाओं-आकांक्षाओं की तिजारत नहीं हुआ करती। यह उनकी भूल थी, या एक घटना या कोई षड्यंत्र था या किसी आन्दोलन की भूमिका, यह कोई हादसा था या गुटों की लड़ाई, यह किसी घटनाक्रम की शुरुआत थी या किसी राजनैतिक उठापटक का एक और दाँव, या सत्ता की भूख से उपजी हवस थी या किसी की अभिलाषाओं का मंजर। बलदेव चौधरी के उस यज्ञ में होम होने के लिए कितने ही रामानन्द तैयार थे और शायद आहुतियों का लम्बा सिलसिला, तब तक चलता रहना था, जब तक वह बलदेव चौधरी मुख्यमन्त्री न बन जाएँ। बलदेव चौधरी मुख्यमन्त्री बनना चाहते थे या नहीं, बलदेव चौधरी ने बयान क्यों दिया था, बलदेव चौधरी ने हाईकमांड के ऊपर हमला क्यों किया था, इस बात की जानकारी, किसी को, उसी तरह से नहीं थी, जिस तरह जब उन्होंने रामानन्द को उत्सुकदास के पास भेजा था, जब उन्होंने मौनव्रत रखने का निर्णय लिया था, जब उन्होंने प्रदेश पार्टी के अध्यक्ष पद से इस्तीफा दिया था। और जब 16 जून को उन्होंने राष्ट्रीय पार्टी अध्यक्ष और रंगीनराय के साथ मिलकर मंत्रिमंडल के गठन से पहले, उसका सत्यानाश कर दिया था, मंत्रिमंडल की सूची नष्ट करवा दी थी। वह तमाम विधायक, विधायकों के समर्थक, चिलगोजे, चकरबन्ध, जिस आशा, जिस उम्मीद, जिस अपेक्षा के तहत वहाँ बलदेव चौधरी के बंगले पर आये थे, उनको कहाँ पता था, वह सब छलावा था, भरम था, एक कभी न मिलनेवाली मृगमरीचिका थी।

''बलदेव चौधरी आ गये'' ''चौधरी साब निकल आये'' की दबी-दबी फुसफुसाहट के साथ, अन्दरूनी कमरों से लेकर बाहर तक, एक शोर उठा था, एक हलचल मची थी। बाहर से लोग अन्दर की तरफ उमड़ने लगे थे और अन्दर

तो पहले से ही धक्कममुक्का चल रही थी। तभी न जाने कहाँ से मूलचन्द अवतरित हो गया। पहले तो उसने, एक-एक के स्तर पर, फिर गोल और गुट में बातचीत के तेवर दिखाये, लेकिन, जब, कोई भी, उसकी बात तक, सुनने के लिए तैयार नहीं हुआ, तब वह एक ऊँची जगह पर खड़ा हो गया और मोटा-मोटा, अपना गला घुमा-घुमाकर फटी-फटी आवाज में चिंघाड़ भोंपू की तरह चीखने लगा।

''माननीय विधायक गण, एक तरफ आ जायें, अगर कोई सम्माननीय सांसद यहाँ पर हों, तो, सबसे पहले वह आगे आयें और उनके अलावा जो लोग, चौधरी साब के दर्शन करना चाहते हैं, वह लोग कृपया बैठ जायें।''

''कहाँ...आपके सिर पर।'' एक चकरबंध बोला।

''नहीं...नहीं देख नहीं रहे हो, इनके कंधे बड़े मजबूत हैं'' दूसरे ने कहा था।

''कुछ चाय, पानी मिलेगा, मान्यवर।'' एक तिलंगा पूछ रहा था।

''चुप बे।'' पहलेवाले ने दबोचा।

''कहीं, ऐसा न हो, पिछले दरवाजे से, चौधरी साब निकल जायें।'' चाय, पानीवाले तिलंगे ने सवाल दाग दिया था। मजबूत कंधे की तरफ इशारा करनेवाले ने कहा, ''अमा वहाँ से तो भंगन आती होगी।''

''या फिर...''

''चुप करो, चुप करो।''

''अरे देखो, कौन आया है।''

''कौन है...कौन है।''

''पुंडरीक।''

''कौन पुंडरीक।''

''दुगवां के नेता जी ?''

''दुगवां के नेता जी ?''

''यह आमरण अनशन पर बैठते रहते हैं।''

''क्या मतलब।''

''ये अनशन पर बैठते रहते हैं।''

''अमा ! मुनवा बड़ी देर से तलब लगी है, जरा निकल चलो यहाँ से।''

''कहाँ जाना है बबुआ।''

''जाना कहाँ है, मुनवा, बस जरा लोबीराम सुलगा लेते तब, यहाँ जमकर बैठा जाता।''

''ऐ बचवा, यह तो बताओ ये पुंडरीक कौन है !''

''जिस तरह लोग पतंगबाज, तीतरबाज, बटेरबाज, गंजेड़ी, भंगड़ी सेमनारी

प्रकृति के होते हैं, करीब-करीब उसी तरह...'' बचवा नखड़ा दिखा रहा था। लेकिन असल में उसे चिरकुट के साथ धनिया, पुदीना दिख गये थे, उसने आवाज लगाई, ''ओ चिरकुट इधर आना...और ओ । धनिया ! ओ पुदीना ! मास्टर ! हम लोग इधर हैं।''

''बड़े भारी बदमाश हो तुम बच्चन मास्टर।'' मुनवा बोला।

''कैसे।'' शालीनता से पूछा था बच्चन ने।

''भीखासिंह को बना दिया धनिया और नित्यचरनदास को बना दिया, पुदीना।''

''मैंने बना दिया ?''

''तो फिर।''

''ये तो इनका नामकरण हुआ था, पूरी मंडली का वोट था, इनके फेवर में।''

''वोट...फोट तो, हम जानते नहीं...''

''तुम, कुछ नहीं, जानते...ईं धनिया, पुदीना, असल में केन्द्रीय आवासमन्त्री की व्याकुल आत्माएँ हैं।''

''छी-छी। कम से कम माननीय विष्णुकुमार त्यागी को तो न घसीटो।''

''मैं घसीट रहा हूँ उनको, या ईं धनिया-पुदीना घसीट रहे हैं, उनको।''

''कैसे बाबू। कैसे।''

''रोज सबेरे, बिस्तर से उठते ही...''

''दांत। मंजन के बाद या...''

''चुप करो...बात सुनना हो तो सुनो।''

''एक लोबीराम, लग जाती।''

''ऊ जो बछिया के ताऊ धनिया जी और पुदीना जी तशरीफ ला रहे हैं, उनकी कौन झेलेगा बन्धु।''

''चिरकुट हैं ना।''

''अरे चलो। चिरकुट को भी साथ ले लें।''

''एक और सिगरेट ! सिर्फ चार बची हैं, और लगता है, रात लग जायेगी यहाँ।''

''चिरकुट की असल में, समस्या कुछ और है।''

''क्या !''

''वह तो फिर बतायेंगे लेकिन चिरकुट को साथ लेने में तुम्हारा फायदा है।''

''क्या !''

''एक तो, वह लोबीराम नहीं पीता।''

"दूसरे।"

"दूसरे...जब हम लोबीरामी पी चुके होंगे, तो कॉफी की तलब लगेगी, तब क्या करेंगे।"

"चिरकुट को पकड़ेंगे...वह पिलायेगा कॉफी !"

"सिगरेट तो नहीं माँगेगा।"

"तुम निशाखातिर रहो।..."

"निशा की कैसे याद आ गयी...कहाँ हैं..."

इतनी देर में चिरकुट, धनिया, पुदीना, पहुँच गये थे, मुनुवा और बच्चन के पास। पाँचों मूर्तियाँ, जरा भीड़ से अलग हटकर, लोबीराम ब्रांड की चरस सिगरेट का प्रयोग किया करते थे। चिरकुट हमेशा हँसता रहता था, इसलिए वह हँसते हुए आया था और हँसते-हँसते चलने लगा। धनिया कम बोलता था और इशारों से कई बार अपना प्रयोजन या उत्तर पुदीना को दिया करता था। वैसे धनिया की इशारेबाजी का अर्थ या पुदीना के दिये उत्तर कोई और समझ नहीं सकता था। पुदीना हँसता नहीं था, गम्भीर रहता था और राजनैतिक घटनाओं की जासूसी करने में माहिर था। वह असल में, आवासमन्त्री जो केन्द्रीय सरकार में लगे हुए थे, का एक प्रकार से सूचना सूचक या इनफारमर था। उसे बाकायदा तनख्वाह मिलती थी। रोटी, कपड़ा और मकान की व्यवस्था त्यागीजी ने उसके लिए करवा दी थी। वैसे विष्णु त्यागी का मूल सम्बन्ध पुदीना से था। लेकिन धनिया, पुदीना का मित्र होने की वजह से, उसके साथ लगा रहता, और लूट में अपना हिसा, खेंप लगाकर वसूल लिया करता था। पुदीना इधर काफी दिनों से, धनिया के ऊपर निर्भर रहने लगा था और दोनों, सदैव एक साथ ही आया-जाया करते थे।

बलदेव चौधरी से मिलनेवालों की संख्या इतनी अधिक थी, कि उन सब लोगों से मिलना मुमकिन नहीं था, फिर भी मनोहरलाल और मूलचन्द ने मिलकर लाइन लगवा दी थी। घर से बाहर जितने लोग थे, उनसे कम लोग, अन्दर नहीं थे। बलदेव चौधरी, उस समय तैयार हो रहे थे, नहाने-धोने के बाद वह बाहरी कमरे में, कंघा लेने आये थे। असल में घर उनको छोड़ना था, लेकिन तब तक छोड़ा नहीं था। फिर सब कुछ अव्यवस्थित था, सारा सामान, इधर-उधर पड़ा था। कालिदास मार्गवाला बंगला, उनको तब मिला था, जब वह, प्रदेश पार्टी अध्यक्ष हुआ करते थे। प्रदेश पार्टी अध्यक्ष पद से इस्तीफा देने के बाद भी, उन्होंने घर छोड़ा नहीं था, लेकिन छोड़ने की पूरी तैयारी कर चुके थे।

जिस समय, बलदेव चौधरी, अपना कंघा ढूँढ़ने आये थे, उस समय तक उन्होंने पूरे कपड़े नहीं पहने थे। जांघिया के ऊपर पैजामा तो था, लेकिन पैरों में चप्पल नहीं थीं, ऊपरी हिस्से में बंडी तो थी, लेकिन कुर्ता नहीं था, सर पर

टोपी नहीं थी और बालों से पानी चू रहा था। यह तो उनको मालूम था, काफी लोग उनसे मिलने का इंतजार कर रहे थे। लेकिन, यह उनको कहाँ पता था, इतने लोग, खुद उनके घर के अन्दर मौजूद थे। कुर्सियों पर जितने लोग, बैठ सकते थे, उतने लोग, बैठे हुए थे, बाकी लोग, मेजों पर पलंग पर, खिड़कियों की मुंडेर तक पर बैठे हुए थे और उसके अलावा कई लोग, कमरे के अन्दर से लेकर बाहर तक खड़े हुए थे।

बलदेव चौधरी अचानक, वहाँ आकर खड़े हो गये थे। एकाएक उनको देखने पर पहले तो, लोगों ने उनको पहचाना नहीं लेकिन जैसे बलदेव चौधरी पहचान लिए गये, सबके सब उनके ऊपर टूट पड़े। अपने आप लोगों ने उनको घेर लिया। कुछ अन्य लोग लाइन लगाकर खड़े हो गये। बलदेव चौधरी के सन जैसे सफेद बालों से पानी चू रहा था। आँखों पर चश्मा, उन्होंने तब तक लगाया नहीं था। कुछ उनको दिख रहा था और कुछ उनको नहीं दिख रहा था। कमरे में रोशनी थी लेकिन इतनी नहीं थी, कि उस रोशनी में विधायकों और अन्य मिलनेवालों के चेहरे पहचाने जा सकें। बलदेव चौधरी तो सिर्फ कंघा लेने आए थे, लेकिन किसी ने, उनको कंघा नहीं लेने दिया और वह उस हज्जूम में फँसकर रह गये।

मंझनपुर के विधायक रामसिंह ने सबसे पहले, बोलना शुरू कर दिया।

''मान्यवर। मैंने आजादी की लड़ाई में हिस्सा लिया था...''

''जेल तो गये नहीं। फिर कैसी लड़ाई'' बीजापुर के भीखासिंह ने फब्ती कसी थी।

''चुप ! चुप !'' रामसिंह, बोलते-बोलते रुक गये थे और उन तीस-चालीस लोगों से चुप रहने का इशारा करने लगे थे, लेकिन चुप कराने के चक्कर में रामसिंह पिछड़ गये।

''चौधरी साब, पूरे प्रदेश में, पचास हजार से अधिक साहू जाति के लोग रहते हैं, लेकिन कभी साहू जाति का मन्त्री नहीं हुआ...ये रहा हम्हारा बायोडेटा...'' कागज छीनकर बलदेव चौधरी ने ले लिया, तभी उनके दाहिने कान में रामचन्द्र साहू को हटाकर राधेश्याम कुशवाहा बोलने लगा, ''अध्यक्ष जी। साहू जाति में सिर्फ सुंघनी साहू हुए होंगे, लेकिन कुशवाहा जाति के पाँच लाख लोग प्रदेश के निवासी हैं और उनमें से मैं एम. एल. ए. हूँ।''

बलदेव चौधरी जब तक सुंघनी साहू के प्रतिकारी राधेश्याम कुशवाहा से उनका बायोडेटा लें, एक साथ हमला कर दिया था श्रीनाथ और महेन्द्र रावत ने। श्रीनाथ बायें कान में बोल रहा था और महेन्द्र रावत दाहिने कान में। दोनों के हाथ में अपना-अपना छपा हुआ बायोडेटा था।

श्रीनाथ ने कहना शुरू किया था, ''चौधरी साब मैं वकील था, मैंने एल.

एल. बी. पास किया था अच्छी-खासी वकालत का सत्यानाश करके मैंने पार्टी के लिए काम किया—और क्या मिला मुझे।''

महेन्द्र रावत करीब-करीब उसी वक्त में दाहिने कान में बोल रहा था, ''मैं बी. ए. हूँ, साइंस साइड से। जहाँ तक मुझे ज्ञात है, साइंस साइड में, यानि विज्ञान की पढ़ाई करनेवाला, मेरे अलावा, कोई विधायक पार्टी में नहीं है—मुझे मन्त्री बनाया जाना चाहिए।'' श्रीनाथ की बात खत्म हो चुकी थी, लेकिन महेन्द्र रावत बलदेव चौधरी का दाहिना कान नहीं छोड़ रहा था।

''चौधरी साब। अगर इस बार मुझे मन्त्री नहीं बनाया गया तो सारा हिसाब गड़बड़ हो जायेगा, मैंने अपनी साली के जेवर गिरवी रखकर चुनाव लड़ा था, रावत की बात काटकर, विजय कटिहार ने बोलना शुरू कर दिया था।

''सर। मुझे लोग बछिया का ताऊ कहते हैं...''

एकाएक सब लोग हँस पड़े। असल में विजय कटिहार ने अपनी बात शुरू करने के पहले यह नहीं देखा कि महेन्द्र रावत ने तब तक, दाहिना कान नहीं छोड़ा था, और बलदेव चौधरी के बायें कान के ऊपर बनारसी लाल अपना मुँह पहले ही ठूँस चुका था। विजय कटिहार, इस तरह, जो कह रहा था, वह बलदेव चौधरी के कान में नहीं, महेन्द्र रावत के कान में जा रहा था।

तभी बनारसीलाल की आवाज सुनाई दी, ''माननीय। बलदेव साहब चौधरी जी। मैं आपको सादर प्रणाम करता हूँ...मेरे चाचा इतवारी लाल एक जमाने में, आपके पी. ए. हुआ करते थे।''

बनारसी लाल के पीछे, बायें कान की एक लाइन और महेन्द्र रावत और विजय कटिहार के पीछे, बलदेव चौधरी के दाहिने कानवाली लाइन लग चुकी थी। बनारसी लाल के पीछे खड़े थे, रामसजीवन, वो शायद बनारसी लाल के पिता इतवारीलाल को जानते थे। इससे पहले, बनारसी बायें कान से हटे और रामसजीवन का नम्बर आये, रामसजीवन ने टिप्पणी कर दी।

रामसजीवन ने कहा था, ''मान्वयर इतवारीलाल पी. ए. नहीं, चपरासी था।''

''छी-छी-छी-क्या बात कर रहे हैं।'' बनारसी लाल अपने पिता का अपमान न सह सके और पीछे की तरफ हड़बड़ा के निकले तो उनका पैर फिसल गया और बायें कान की लाइन बिगाड़ते हुए वह बाहर चले गये। इस हादसे की वजह से, रामसजीवन का नम्बर कट गया और उनकी जगह पर फुद्दन लाल ने बोलना शुरू कर दिया था।

''सर जी। मेरा नाम फुद्दन लाल है। अभी हाल दारुलशफ़ा के कमरा नम्बर 41 में कमजोर वर्ग के विधायकों की मीटिंग हुई थी।''

पीछे से कोई चिल्लाया, ''झूठ, झूठ, झूठ।''

फुद्दन लाल ने कुछ सुना कुछ नहीं सुना। तब तक उनको संकटपूर्ण स्थिति का अंदाज हो चुका था। उन्होंने अपनी आँखों से, रामसजीवन को लाइन से आउट होते हुए देखा था, इसलिए बिना किसी प्रतिक्रिया के उन्होंने अपना बयान जारी रखा, "दारुलशफ़ा के कमरा नम्बर 41 में..."

तभी बायें कानवाली लाइन में, पीछे खड़े हुए, चौबेपुर के विधायक गनेशी पहलवान ने, अपने आगे भागते हुए पेट से बस जरा-सा लाइन को दबाया ही था, आगे खड़े हुए लोग लड़खड़ाने लगे।

उधर दाहिनी तरफ, यानि बलदेव चौधरी के दाहिने कान की तरफ जो दूसरी लाइन लगी थी, उसमें भुज्जननाई और मुन्ननखाँ में तकरार होने लगी।

मुन्ननखाँ कह रहे थे, "ये भड़भूजे साले। क्यों चले आये। आ गये थे, तो जरा, अलग हटकर..."

"चल हट, खटिया का दल्लाल।"

भुज्जनलाल का मुन्ननखाँ को, खटिया का दल्लाल कहना था कि बस, पलट कर मुन्ननखाँ ने भुज्जनलाल के पिछले हिस्से में कसकर चिकोटी काट ली। बात जरा गम्भीर किस्म की थी। मुन्ननखाँ के चरित्र के ऊपर हमला हुआ था, इसलिए वह चुप तो रह नहीं सकते थे। चूँकि माहौल कुछ दूसरे किस्म का था चिकोटी काटने के अलावा वह कर ही क्या सकते थे। ऊपर से चिकोटी उस भीड़ में, किसने काटी, इसका भी पता लगाना, करीब-करीब नामुमकिन था। इसलिए मुन्ननखाँ ने चिकोटी काटना ही उचित समझा था। ऊपर से चिकोटी काटने से भुज्जनलाल के लाइन से हट जाने की पूरी संभावना थी। लेकिन जैसा मुन्ननखाँ ने सोचा था, वैसा हुआ नहीं। भुज्जनलाल ने चौधरी साब का दाहिना कान नहीं छोड़ा, वह कहते रहे।

"चौधरी साब। आपको सावधान रहना चाहिए...मंत्री का पद कोई खड़े खाँड तो मिल नहीं जाता मैं तो बस आपकी सेवा।"

तभी दरवाजे के करीब खड़े हुए गनेशी पहलवान ने अपनी तोंद से, बारी-बारी से दोनों लाइनों को दबाना शुरू कर दिया। इस चक्कर में, आगे खड़े विधायक चौधरी साब के प्राणों की रक्षा के लिए, पीछे हटने लगे और बस इस चक्कर में लद्दबद्द सब, एक-दूसरे के ऊपर गिर पड़े। दाहिनी, बायीं दोनों लाइनें, बिगड़ गयीं। इस कुत्ताघसीटी में, बलदेव चौधरी को मौका मिल गया और बिना कंघा वह वापस घर के अन्दर भाग गये।

जिस दिन, बलदेव चौधरी का विस्फोटक बयान अखबारों में सुर्खियों के साथ छपा था, उसी दिन, राजभवन में मंत्रिमंडल का शपथ ग्रहण समारोह हुआ था। मंत्रियों और उनके विभागों की घोषणा इस प्रकार थी :

1. मुख्यमन्त्री एवं मन्त्री सामान्य प्रशासन, सिविल एवीऐसन और गृह वित्त और उद्योग — उत्सुकदास
2. उपमुख्यमन्त्री एवं मन्त्री संस्थागत वित्त, संसदीय मामले एवं योजना — बलदेव चौधरी
3. आवास एवं शहरी विकास — लोबीराम
4. कृषि — भीमसिंह
5. सिंचाई एवं ग्रामीण विकास — रंगीनराय
6. बिजली — मनोहरलाल
7. बेसिक एवं सेकेंड्री शिक्षा — मूलचन्द
8. समाज एवं महिला कल्याण — विमलादेवी
9. एक्साइज एवं यातायात — सतीश कुमार
10. उच्च शिक्षा — नित्यानन्द
11. वन एवं पर्यावरण — एम. एस. जहीर
12. गन्ना विकास — प्रेमचन्द जोशी
13. रेवेन्यू — भीखालाल
14. जेल, मुस्लिम वक्फ एवं राजनैतिक पेन्शन — डी. एच. लारी
15. सहकारिता — रामनाथ सिंह
16. पर्यटन एवं सांस्कृतिक विभाग — मेवाराम त्रिपाठी
17. मेडिकल एवं स्वास्थ्य — निरंजनलाल श्रीवास्तव
18. सार्वजनिक निर्माण — सोहन लाल
19. खाद्य एवं रसन — डॉ. वैशम्पायन
20. न्याय एवं कानून — शंकर नाथ टंडन
21. प्राइमरी, प्रौढ़ शिक्षा, विज्ञान और टैकनोलॉजी — पुरुषोत्तम लाल कौशिक

राज्यमन्त्री

1. पशुधन डेरी एवं वन — गनेशी लाल
2. पंचायतराज — बलरामशास्त्री
3. सांस्कृतिक विभाग, युवा कल्याण एवं खेलकूद — बनारसी दास
4. पहाड़ विकास — भीमसेन
5. आबकारी — पुंडरीक
6. वन — लक्ष्मीचन्द्र आचार्य
7. उच्च शिक्षा — मनोहर लाल घूसिया
8. लघु उद्योग — शिवानन्द

9.	संस्थागत वित्त	मंजूर अहमद
10.	शहरी विकास	विजेन्द्र सिंह
11.	जेल एवं होमगार्ड	रमेश कुमार शर्मा
12.	श्रम एवं रोजगार	हुसैन अंसारी
13.	योजना	रामगोपाल
14.	सामाजिक कल्याण	दयानन्द
15.	गृह	अजय कुमार
16.	यातायात	बंसीधर पाठक
17.	स्वास्थ्य एवं सामाजिक कल्याण	विक्रम सिंह
18.	सेकेन्ड्री शिक्षा	पूरन सिंह
19.	पर्यटन	रामअवतार
20.	सिंचाई	डॉ. राधाकृष्ण
21.	कृषि एवं कृषि शिक्षा	भूरे लाल
22.	ग्रामीण विकास	सुरेन्द्र सिंह गहलौट
23.	सार्वजनिक निर्माण	घमंडी लाल
24.	सहकारिता	जी. एन. पाण्डे
25.	गन्ना विकास	ओंकारनाथ शर्मा

उपमंत्री

1.	संसदीय मामले	भगोने लाल विलायती
2.	सार्वजनिक निर्माण	गिरधारी
3.	योजना	बिहारी लाल सिंघल
4.	यातायात	अच्छे लाल
5.	गृह	प्रमोद कुमार
6.	जेल	पुन्नी लाल अवस्थी
7.	पर्यावरण	प्रभाकर विधुरिया
8.	गन्ना विकास	सरोज दीक्षित
9.	समाज कल्याण	कामना वाजपेयी
10.	सहकारिता	जगदीश शरण

बलदेव चौधरी का खेल उलट गया था। उन्होंने जो विद्रोह का झंडा उठाया था, विरोध और असन्तोष का जो मुहिम खोला था, वह चूल्हे की आग की तरह, मंत्रिमंडल बनते ही ठंडा हो गया था। राजनीति के दाँव, दलगत राजनीति, जाति,

क्षेत्र एवं धर्म के नाम पर जो विभाजन पार्टी के अन्दर होने लगे थे, उनका अस्तित्व किसी पानी के बुलबुले की तरह, एक बार, उबलकर फट गया था। विधायकों, चमचों, चिलगोजों के लिए, सामने था, अवसर, अपनी-अपनी सेवा भुनाने का। खजाने के दरवाजे, खुल चुके थे, सरकार, बन चुकी थी, मंत्रिमंडल का गठन हो चुका था, मंत्रियों के विभाग बाँटे जा चुके थे। उसके बाद, क्या बचता था। सीधे पुराने तरीकों से, अपनी-अपनी व्यथा के अम्बार बटोरने थे लोगों को। समूचे शासनतंत्र, समूची व्यवस्था से क्या माल हासिल हो सकता था, कितना धन मिल सकता था, कितनी सम्पदा बटोरी जा सकती थी, क्या काम करवाये जा सकते थे, यह सवाल उठ रहे थे।

इक्कीस मन्त्री, 25 राज्यमंत्री और दस उपमंत्रियों के भरे-पूरे मंत्रिमंडल की अपनी समस्याएँ थीं।

पहली समस्या थी, मंत्रिमंडल को बचाने की। यद्यपि मंत्रिमंडल का गठन हाईकमांड की पूर्ण सहमति से हुआ था, पार्टी के अन्दर उभरता हुआ असन्तोष और विद्रोह की कगार पर खड़ी हुई दलगत राजनीति, धीरे-धीरे विघटन की तरफ बढ़ रही थी। बलदेव चौधरी को मंत्रिमंडल में कहाँ शामिल होना था, रंगीनराय को प्रदेश पार्टी अध्यक्ष बनना था, बलरामशास्त्री केबिनेटमन्त्री बनना चाहते थे, लोबीराम को उद्योग विभाग चाहिए था। भीमसिंह योजना एवं वित्त विभाग की आकांक्षा रखते थे, जब कि नित्यानन्द जिनको गन्ने की खेती का अनुभव था, उनको दिया गया था उच्च शिक्षा विभाग। उच्च शिक्षा से नित्यानन्द का दूर-दूर तक का ताल्लुक नहीं था। बड़ी मुश्किल से किसी, दूर-दराज की यूनिवर्सिटी से उन्होंने बी. ए. का इम्तहान पास किया था। एम. एस. जहीर एक अच्छा-खासा टेकनिशियन थे लेकिन वन एवं पर्यावरण के कार्य में उनकी तनिक भी रुचि नहीं थी। पुरुषोत्तम लाल कौशिक का शिक्षा विज्ञान एवं टैक्नोलॉजी से दूर-दूर तक का ताल्लुक नहीं था, वह तो पशुधन के ज्ञाता थे और डेरी के लिए काफी काम किया था उन्होंने।

रंगीनराय के नीचे से जैसे जमीन, निकल गयी थी और ऊपर से आसमान फट पड़ा था। उन्होंने जब 16 जून को, उत्सुकदास के खिलाफ विद्रोह का झंडा उठाया था, तब उनके अन्दर सिर्फ इतनी इच्छा थी कि उनको पार्टी में कोई पद मिल जाये। एक तरह से रंगीनराय को किसी पद की इच्छा भी नहीं थी। उन्होंने हमेशा असन्तोष की राजनीति ही की थी। शायद इसलिए उन्हें इस बात की स्वप्न में भी, आशा नहीं थी कि उनको किसी प्रकार का पद मिल सकता था। पद, उनको चाहिए भी नहीं था। वह तो बस खबर में रहना चाहते थे। उनकी मंशा थी, अखबारों में उनका नाम, छपता रहे और लोगबाग, उनको पूछते रहें। विधायक तो वह थे ही। लेकिन उनका दाँव, पहली बार सही मौके पर,

सही उद्देश्य के लिए, लगाया गया था और शायद इसीलिए, मंत्रिमंडल बनते-बनते विधायक दल की बैठक में ही केन्द्रीय गृहमंत्री गुरुपदस्वामी ने उनको पार्टी अध्यक्ष बनाने की घोषणा कर दी थी। उनको बलदेव चौधरी के स्थान पर नियुक्त किया जाना था। बलदेव चौधरी ने पहले ही, प्रदेश पार्टी अध्यक्ष के पद से इस्तीफा दे दिया था। उनसे नये अध्यक्ष की नियुक्ति होने तक, पद पर बने रहने के लिए कहा गया था। उधर बलदेव चौधरी ने जो बयान दिया था उससे पार्टी के अन्दर एक संकट पैदा हो गया था। पार्टी हाईकमांड, बलदेव चौधरी को खुला नहीं छोड़ना चाहता था। यदि बलदेव चौधरी को पार्टी अध्यक्ष से हटा दिया जाता और यदि उनको मंत्रिमंडल में शामिल नहीं किया जाता तो जाहिर था, उनको केन्द्र में लेना पड़ता। केन्द्रीय राजनीति में, बलदेव चौधरी को लेने से, सन्तुलन बिगड़ने की आशंका थी और ऊपर से उसमें समय लग सकता था, इसीलिए अंतिम क्षणों में, गुरुपदस्वामी पार्टी अध्यक्ष केन्द्रीय आवासमंत्री, विष्णु त्यागी ने बलदेव चौधरी पर दवाब डालकर उनको मंत्रिमंडल में शामिल होने के लिए राजी कर लिया था। उनसे कहा गया था, जब तक, किसी अन्य अध्यक्ष की नियुक्ति नहीं होती, वह प्रदेश पार्टी के अध्यक्ष बने रहेंगे। साथ में, उनको उपमुख्यमन्त्री का पद भी दिया गया था। इसके अतिरिक्त बलदेव चौधरी के मुख्य समर्थकों को मंत्रिमंडल में शामिल कर लिया गया था।

पन्द्रह

मालिनी, अपने भाई राघव के लिए कुछ भी कर सकती थी। वह अपने शरीर का कोई भी हिस्सा काटकर दे सकती थी, वह अपनी जान दे सकती थी, अपना ईमान दे सकती थी, वह कुछ भी कर सकती थी राघव के लिए। राघव उसका सिर्फ भाई नहीं था, राघव जंगल पार्टी का एक कामरेड था और अपनी जान हथेली पर रखकर, उन सामाजिक मूल्यों के लिए संघर्ष करता था, जिनके बारे में कोई नहीं सोचता था। मालिनी, राघव के एक इशारे पर, अपनी जिन्दगी अपनी हकीकत, दाँव पर लगा सकती थी लेकिन जो चीज उसकी नहीं थी, वह कैसे उसे दे सकती थी। उसने डरते-डरते राघव से पूछा था। ''क्या करोगे बनवारी का।''

''हम्हें। कालीशंकर से कुछ काम है।''

''काम है।''

''हाँ।''

"तो फिर बनवारी की क्या जरूरत पड़ गयी।"

"तुम तो जानती हो, बनवारी, कालीशंकर का बाप है !"

"जानती हूँ और तभी तो पूछ रही हूँ।"

"मेरा मतलब है—जिस तरह का हम्हें काम है—उस तरह का काम, जरूरत पड़ने पर, कालीशंकर करेगा नहीं।"

"इसीलिए तुम...राघव तुम...एक चोर...एक मुजरिम की तरह, उसके बाप को किडनैप करोगे।"

"इन्कलाब के लिए...जगंलपार्टी के लिए..."

"या फिर अपनी ईगो के लिए।"

"किस ईगो की बात कर रही हो तुम।"

"यही न...तुम जंगल पार्टी के...कमांडर शालूसिंह और कामरेड मोहिन्दर घटक के लोकल चीफ हो...इसलिए...हाँ इसलिए, तुम कुछ भी कर सकते हो।"

"क्या मतलब।"

"यू हैव लास्ट डिसक्रेसन... ।"

"मालिनी।"

"भाई कोई ऐसी बात नहीं कहना चाहती, जिससे तुम्हारी भावनाओं को चोट पहुँचे...लेकिन आज पूछती हूँ आपसे...क्या दिया है, इस इंकलाब ने आपको।"

"कुछ पाने के लिए तो नहीं मैंने जंगलपार्टी ज्वाइन की थी।"

"ठीक है—अपने लिए नहीं सही...उन गरीबों मजदूरों को क्या दिया है आपके इंकलाब ने जिनके लिए आप लड़ाई लड़ रहे हैं... ।"

"यह कोई वक्त है, आइडियोलाजिकल बहस का...हम्हारी पार्टी ने फैसला किया है....हम उसे अमल में लाना चाहते हैं...इसमें बुराई क्या है...तुम भी तो उसी पार्टी की सदस्य हो...क्या तुम पार्टी के फैसले के खिलाफ कुछ कहना चाहती हो।"

"मैने तो भाई अभी तक यह भी नहीं पूछा, तुम्हारी पार्टी का फैसला क्या है...ऐसी कौन-सी बात है जो कालीशंकर... ।"

"कालीशंकर तुम्हारा दोस्त है...घर के सदस्य की तरह है...लेकिन उसने कभी मेरे काम में दखलअंदाजी नहीं की...मुझे अपने रास्ते पर चलने से नहीं रोका...और मुझसे कभी कुछ जानने की कोशिश नहीं की।"

"उसी का यह सिला देना चाहते हो तुम।"

"मैंने भी उससे कभी कुछ पूछा नहीं...कुछ भी जानने की कोशिश नहीं की...उसका काम, उसका है और मेरा काम मेरा है।"

"लेकिन हो सकता है, कालीशंकर, वैसे ही सहयोग करे...आखिर बात

क्या है...कुछ मालूम तो हो।''

''नहीं हो सकता। हम्हें मंत्रिमंडल उड़ाना है...सचिवालय में विस्फोट करना है...जाहिर है...हम्हें इन सब कामों के लिए, उससे किसी सहयोग की आशा नहीं करनी चाहिए।''

''और क्या यह उचित है, बिना उसके न किये हुए, उसके बूढ़े बाप को, लाचार बाप को जो, दसियों साल से पागल बनकर, सड़कों पर घूम रहा था, अगवा कर लेना। क्या एक बार हम्हें उससे बात भी नहीं करनी चाहिए।''

''मालिनी। इस विषय में, हमने विचार किया था...तुम खुद सोचो, जिस उत्सुकदास के लिए, उसने तुम्हें छोड़ दिया...वह भला उनके मंत्रिमंडल के विनाश के लिए रचे हुए षड्यंत्र में सहयोग करेगा।''

न जाने क्या हुआ, मालिनी फिर से रोने लगी। उसकी सिसकियों की आवाज, मॉडेलहाउस के उस घर के ऊपर हिस्से में, गूँजने लगी। उसकी आँखों से आँसू निकल रहे थे, वह दर्द में छटपटाने लगी थी। बस एक पल में, एक क्षण में, न जाने क्या हुआ था, उसके अन्दर का सारा संताप, सारा शोक, उबल-उबलकर निकल रहा था। मालिनी की बड़ी-बड़ी आँखों में लहराता हुआ आँसुओं का संसार, न जाने कितनी देर तक, उसे तड़पाता रहता, लेकिन तभी उसने अपने आपको सम्भाला आँसू पोंछ डाले, आँखों का भोलापन साफ किया धोती के पल्लू से साफ किया और बोली, ''भाई इतना भी जान नहीं सके, कालीशंकर ने मुझे नहीं छोड़ा था।''

''तब।''

''मैं खुद उसके रास्ते से हट गयी थी।''

''क्या कह रही हो।''

''सच में भाई तुम सिर्फ तुम जानते हो...मेरे अन्दर कालीशंकर के लिए क्या है।''

''और उस एकतरफा दोस्ती के लिए...तुमने अपनी जिन्दगी दाँव पर लगा दी।''

''एकतरफा...क्यों...कालीशंकर। आज तुम्हें बता रही हूँ भाई, मेरे ऊपर जान छिड़कता था। मुझे बेहद चाहता था।''

''लेकिन...फिर...''

''हाँ। उस समय मेरे अन्दर ठहराव कहाँ था...मैं रुक नहीं सकती थी... मेरी फितरत के खिलाफ था...आयी आलवेज लाइक्ड हिम वट नेवर ऐक्सेटटेड हिम।''

''ओ गॉड।''

''और धीरे-धीरे वह पसंद, मेरी तंद्राओं में, मेरे रोम...रोम में समा गयी

...व्याप्त हो गयी...जानते हो कैसे।''

''कैसे।''

''कालीशंकर आया था मेरे पास, जब प्रतिभा से शादी करने को कहा था। उत्सुकदास ने।''

''क्यों नहीं बता दिया तुमने।''

''उस वक्त वह अपनी चाहत का जिक्र नहीं कर रहा था, वह मुझे बता रहा था उन अहसानों और कृपाओं का हिसाब जो उत्सुकदास ने उसके ऊपर की थी।''

''तो उत्सुकदास ने, अपनी मेहरबानियों का सौदा किया था, उसके साथ।''

''हाँ...लेकिन तब तुम नहीं जानते थे, मैं नहीं जानता था, कालीशंकर नहीं जानता था, उसका परिणाम क्या होगा।''

''परिणाम क्या होना था—उसके एक बच्चा है, एक खूबसूरत बीवी है और वह खुद प्रदेश के मुख्यमंत्री का प्रमुख सहायक है—सत्ता और ताकत का सूत्रधार है—साझीदार है। और चाहिए क्या जिन्दगी में।''

''एक सवाल पूछूँ राघव।''

''हाँ पूछो।''

''तुमने रीतू से शादी नहीं की न।''

''नहीं लेकिन...''

''रोको नहीं मुझे...रीतू को छोड़कर क्या तुम सुखी हो।''

''फिर की तुमने रीतू की बात।''

''नहीं करूँगी...वैसे मेरे सिवा और कौन है तुम्हारा।''

''सच में तू मेरी माँ भी है।''

''हाँ है न, तुम्हारी यह नन्ही सी...छोटी सी बहन।''

''रीतू ने मुझे कभी स्वीकार नहीं किया।''

''क्या कह रहे हो, भाई।''

''सच कह रहा हूँ।''

''लेकिन क्यों।''

''रीतू की एक शर्त थी।''

''क्या।''

''यही...मैं जंगलपार्टी छोड़ दूँ या फिर उसे भी अपने साथ रखूँ।''

''इसमें प्राबलम क्या है ?''

''प्राबलम है।''

''क्या भाई।''

''मैं जब जंगलपार्टी में भर्ती हुआ था, विवाह न करने की सौगन्ध उठाई

थी।''

''तब तुमने रीतू के बारे में नहीं सोचा...मर्द सिर्फ मर्द होते हैं...वह भाई, प्रेमी पति कुछ नहीं हो सकते।''

''क्यों कह रही हो ऐसा।''

''तब खयाल नहीं आया था--बेचारी, नादान, भोली-सी एक एक लड़की, जिसने अपना जीवन तुम्हें समर्पित कर दिया था, क्या करेगी।''

''मैं अपराधी हूँ रीतू का।''

''सिर्फ कह देने मात्र से क्या होगा।''

''रीतू से शादी कर लो।''

''पागल हो तुम।''

''हाँ पागल हूँ लेकिन...''

''लेकिन क्या।''

''मैंने भी कुर्बानी दी है...रीतू को छोड़कर किसी और लड़की की तरफ देखा तक नहीं--मन, कर्म और वचन से पूर्ण रूप से समर्पित हूँ उसके लिए।''

''लेकिन कभी सोचा है भाई।''

''क्या ?''

''तुम्हारे बाद रीतू का क्या होगा।''

''मेरे बाद।''

''जिस रास्ते पर तुम चल रहे हो भाई वह रास्ता सिर्फ मौत के दरवाजे पर जाता है।''

''जानता हूँ...लेकिन काली अंधेरी रात में, उम्मीद की कशिश है।''

''कशिश...उम्मीद...ख्वाब यही तो आये हैं, भाई तुम्हारी झोली में...आज अगर बाबू होते तो शायद आप अपनी मनमानी यूँ नहीं कर पाते।''

''उनको मार डाला इसी बुर्जुआ व्यवस्था ने....इन्हीं प्रतिक्रियावादियों ने...इन शोषणकर्ताओं ने...खत्म कर दिया...सब कुछ छीन लिया तुम्हारा।

''एक प्राइमरी स्कूल का मास्टर कुछ दिन और जिन्दा रहकर तुम्हें और क्या दे सकता था।''

''ये तुम कह रही हो...तुम भी तो उसी की बेटी।''

''हूँ। तभी तो कह रही हूँ।''

''मतलब।''

''तुम्हारे बाप को भाई मारा था, पुलिस ने। डी. एम. ने और आज तुम खुद, कालीशंकर के बाप को खत्म करने की योजना बना रहे हो।''

''नहीं तो।''

''क्यों--अगर कलीशंकर ने कहीं तुम्हारी बात नहीं मानी।''

"ऐसा नहीं हो सकता—ऐसा कभी नहीं हो सकता...कालीशंकर ऐसा नहीं कर सकता।"

"क्यों नहीं कर सकता....जिस तरह तुम भाई जंगलपार्टी के लिए कामरेड हो, उसी तरह, कालीशंकर कामरेड है, अपनी पार्टी के लिए।"

"कालीशंकर उस पार्टी का सदस्य नहीं है, जिसके नेता हैं। उत्सुकदास ...हम्हारी लड़ाई उत्सुकदास से है। कालीशंकर उनका सिर्फ कृपापात्र है—सिर्फ एक मुलाजिम है।"

"लेकिन क्या खता है, बनवारी की--अब तक तुमको शायद मालूम हो गया होगा।"

"क्या।"

"पिछले बीस सालों से ऊपर बनवारी सिर्फ एक पागल की तरह जी रहा था—वक्त और लमहे साल और दिन...किसी चीज का कोई मतलब नहीं है ...आज बनवारी की यह हालत है...बीस साल के बाद की कोई बात उसे याद नहीं—और बीस साल पहले का कुछ बचा नहीं है याद करने के लिए।"

"ओ गॉड।"

"मन्तन था कालीशंकर की माँ का नाम। तुम शायद नहीं जानते होंगे—उत्सुकदास की जमींदारी ने ही मन्तन की जान ली थी--उसे बर्बाद कर डाला था।"

"तुम्हें कैसे मालूम।"

"कालीशंकर ने बताया था।"

"क्या।"

"यही सब।"

"लेकिन कालीशंकर को कैसे मालूम हुआ।"

"रामू काका ने बताया।"

"कौन रामू काका।"

"उत्सुकदास का नौकर।"

"लेकिन..."

"बड़े दुख उठाये हैं बनवारी ने अब और नहीं।"

"लेकिन पार्टी का फैसला नहीं बदल सकता।"

"तभी तो मेरा कहना है—तुम्हारी जंगलपार्टी और मुख्यमंत्री उत्सुकदास की पार्टी में क्या फर्क है।"

"फर्क है—बहुत फर्क है।"

"कोई फर्क नहीं है, कामरेड राघव।"

"डोन्ट बी सिली।"

"मैं क्या जानती हूँ—कुछ भी नहीं...मैं मार्क्स, ऐंजिल, लेनिन, माओ, किसी को नहीं जानती...साम्यवाद के मूल सिद्धान्त भी नहीं पता हम्हें लेकिन मैं इतना जानती हूँ—एक बूढ़ा लाचार बनवारी तुम्हारी जंगलपार्टी की व्यवस्था का उसी तरह शिकार बन सकता है, जिस तरह मुख्यमंत्री उत्सुकदास की व्यवस्था का।"

"क्या मतलब !"

"मुख्यमन्त्री उत्सुकदास के खानदानियों ने बनवारी की बीवी का हरण किया था और जंगलपार्टी के खानदानी यानि कि तुम कामरेड राघव, हरण करने जा रहे हो, बनवारी का।"

"तुम कहना क्या चाहती हो।"

"सिर्फ इतना, बनवारी किसी थके-हारे, बीस साल से वक्त के ठहराव से जूझता हुआ एक ऐसा इन्सान है जिसका शोषण हुआ है, जिसे मारा गया है, सताया गया है, जिसे अपनी बीवी—अपने बच्चे से अलग किया गया है और आज जब वह लौट आया है—जब उसका बेटा, बीच बाजार से, पत्थर मारते हुए लोगों की भीड़ से, बचाकर उसे उठाकर ले आया है—उस समय नक्सलबारी और जंगलपार्टी के इन्कलाबी उसका फिर से इस्तेमाल करना चाहते हैं..."

"मालिनी !"

"चीखो मत भाई। चीखना मुझे भी आता है, तुम सब हैवान हो...इन्सान की, तिजारत, उसका इस्तेमाल करते हो...तुममें और उत्सुकदास में फर्क क्या है—उसने बनवारी से, उसकी नयी नवेली दुल्हन छीन ली थी—एक नन्हे से बच्चे की माँ छीन ली थी और तुम भाई..."राघव उठकर चला गया था। मालिनी हाँफ रही थी।

राघव के चले जाने के बाद, मालिनी को कुछ भी समझ में नहीं आया, वह क्या करे, कहाँ जाये। वह जानती थी, उसे मालूम था, कालीशंकर ने सिर्फ उसके ऊपर, अपनी मालिनी के ऊपर भरोसा करके, अपने बाप बनवारी को, वहाँ छोड़ा था। वह किसी भी कीमत पर बनवारी को जंगलपार्टी के लोगों के हवाले नहीं कर सकती थी। समय नहीं था, उसके पास। वह जानती थी, किसी वक्त भी, राघव के साथी आकर बनवारी को ले जायेंगे, और वह कुछ नहीं कर सकेगी। एक बार उसके मन में आया, वह कालीशंकर को फोन करके बता दे या बनवारी को ले जाकर वहाँ छोड़ आये, रामूकाका के पास। लेकिन वह जानती थी, उस तरह बनवारी को बचा पाना मुश्किल था और फिर कुछ भी हो वह जंगलपार्टी के साथ गद्दारी भी नहीं कर सकती थी। राघव ने जो बातें उससे कही थीं, उन बातों, को वह किसी को नहीं बता सकती, कालीशंकर को तो किसी कीमत पर नहीं। वक्त तेजी से भाग रहा था। वह जानती थी, इतना सब जानने के बाद, राघव, बनवारी को वहाँ छोड़ेगा नहीं। राघव खुद मजबूर था बँधा

हुआ था, पार्टी के अनुशासन से, दलगत नियमों में। किसी पर भरोसा नहीं किया जा सकता था, कोई विश्वास के काबिल नहीं था। कोई विश्वास के काबिल नहीं था—किसी पर भरोसा नहीं किया जा सकता था--कोई विश्वास...कोई भरोसा...कोई उम्मीद...कोई रास्ता...काफी देर तक मालिनी के अन्दर उथल-पुथल चलती रही। जिस तरह बनवारी को उठाना राघव की जरूरत थी, उसी तरह बनवारी को बचाना, मालिनी की जरूरत थी ! चूँकि वह कालीशंकर को बता नहीं सकती थी, इसलिए और वह बनवारी की सुरक्षा के लिए अपने आपको जिम्मेदार समझ रही थी। जब मालिनी को कुछ समझ में नहीं आया....तब बनवारी के कमरे में, बाहर से ताला लगाकर मालिनी चली गयी रीतू के पास। रीतू का ही नाम एक ऐसा नाम था जो बार-बार उसकी जहनियत को कुरेद रहा था।

मॉडेल हाउस से रिवर बैंक कालोनी पहुँचने में मालिनी को करीब तीस मिनट लगे होंगे। रीतू उसको देखते ही चीख पड़ी।

''मालिनी तुम।''

''हाँ। रीतू मेरे साथ चलना है तुझे।''

''कहाँ।''

''मॉडेलहाउस।''

''क्यों।''

''बनवारी का, जंगलपार्टी के लोगों ने, अपहरण करने का फैसला कर लिया है और तुमको मालूम है, बनवारी कौन है और मेरे लिए उसका क्या महत्त्व है।''

''कालीशंकर का बाप है वह, जानती नहीं हूँ क्या।''

''तो चलें...रिक्शा रोक रखा है मैंने...''

''चलते हैं यार। लेकिन एक बात तो बताओ...तुम क्या अपने भाई राघव के खिलाफ....''

''राघव सिर्फ मेरा भाई नहीं है...वह तुम्हारा भी कुछ लगता है।''

''फिर भी।''

''मुझे भरोसा है, इस संघर्ष में तुम मेरा साथ दोगी...।''

''लेकिन बेस्ट है...तुम्हारा भी जो कोई कुछ लगता है, तुम उसे बता दो।''

''शीः। मैं कालीशंकर को नहीं बता सकती।''

''लेकिन क्यों ?''

''यह जंगलपार्टी के साथ गद्दारी होगी...पार्टी की गुप्त योजना को लीक करना गुनाह है।''

''फिर !''

''मैं तुम्हारा सहयोग चाहती हूँ...पार्टी के अन्दर संघर्ष करने के लिए... मैंने सोच लिया है...।''

''क्या।''

''बनवारी को मॉडेलहाउस से हटा देंगे।''

''कहाँ ले जाओगी ?''

''अपनी रीतू के यहाँ और कहाँ—चलो उसे लेकर आते हैं।''

दो चार मिनट लगे होंगे, रीतू को बाहर निकलने में, उतनी देर में, मालिनी ने नीचे उतरकर, रिक्शा घुमाने के लिए कहा खुद उस रिक्शे की दाहिनी सीट पर बैठ गयी। उसके बाद, जैसे ही मालिनी आयी रिक्शा चल पड़ा। पता ही नहीं चला रास्ता कैसे गुजर गया। रीतू मालिनी को बता रही थी, अपनी योजनाओं के बारे में। रीतू लम्बी थी। गोरा रंग, लम्बे बाल, चौड़ा माथा, चौकोर मुँह रीतू के व्यक्तित्व को गरिमामय बना देते थे। उसे देखकर ऐसा लगता जैसे सुन्दरता, सादगी के वेश में, लिपटकर सामने आ गयी थी। रीतू एम. ए. फाइनल में थी। राजनीतिशास्त्र में पी-एच. डी. करने का इरादा था, उसका। बूढ़ी माँ और छोटे भाई की देखभाल करनी होती थी उसे। आधा मकान किराये पर उठा रखा था उन लोगों ने, जिसमें करीब हजार रुपया महीना किराया आ जाता था। ऊपर से रीतू की माँ को बैंक से ब्याज के कुछ रुपये आ जाया करते। रीतू इंतजार कर रही थी वक्त का, पढ़ाई का, भाई का, माँ का, राघव का। जिन्दगी इंतजार में ही गुजर रही थी, इंतजार ही करना था उसे। वैसे रीतू लड़कियों और महिलाओं के कल्याण और सुरक्षा के लिए अनेक योजनाओं को चला रही थी। उसने विश्वविद्यालय की अपनी तीन सहेलियों, प्रेमा, मन्नो और सरला के साथ मिलकर आकृति नामक एक संस्था बना रखी थी।

मॉडेलहाउस पहुँचने पर, मालिनी भागकर ऊपर गयी। रिक्शा उसने छोड़ा नहीं था। मालिनी के पीछे-पीछे रीतू भी ऊपर पहुँच गयी थी। वहाँ बनवारी नहीं था। कमरे का ताला टूटा हुआ था और बिस्तर, कपड़े उलट-पुलट, इधर-उधर पड़े थे। मालिनी हैरत के मारे दंग थी। उसकी समझ में नहीं आ रहा था, क्या हो गया था। उसे लगा उसने गलती की थी। पहली बार जब वह रिक्शे में बैठकर रीतू के घर गयी थी, उसी वक्त उसे बनवारी को साथ ले लेना चाहिए था। मालिनी और रीतू दोनों उस कमरे में खड़ी थीं, जहाँ बनवारी था।''

''लगता है, हम्हें देर लग गयी।'' मालिनी ने कहा था।

''देर हम्हें नहीं लगी, वह लोग जल्दी आ गये थे।'' रीतू ने गुस्से में जवाब दिया था।

''हम्हें कितना समय लगा होगा रीतू।''

''करीब एक घंटा।''

"उससे पहले, राघव, यहीं था, मुझसे बात कर रहा था।"

"क्या बात हुई थी।"

"बनवारी के बारे में... ।"

"और।"

"और क्या जानना चाहती है तू।"

"कुछ नहीं।" रीतू शरमा गयी थी।

"यही न...कहीं तेरे बारे में तो बात नहीं हुई...हुई थी...मैंने ही कहा था, रीतू को भाभी क्यों नहीं बनाते भाई। कितने दिन से वह इंतजार कर रही है।"

"चल हट ! अच्छा बोल क्या करना है !"

"इंतजार...सिर्फ इंतजार।"

"लेकिन किसका।"

"कोई न कोई जरूर आयेगा..."

"लेकिन कौन।"

"जंगलपार्टी का कोई कामरेड जैसे ही आता है–हम्हें बनवारी का पता लग जायेगा।" मालिनी ने सोचकर कहा।

"वह लोग बता देंगे।"

"हाँ।"

"तुम इतने विश्वास के साथ कैसे कह सकती हो।"

"मैं...इतने विश्वास के साथ, इसलिए कह सकती हूँ, मेरा एक अनुमान है।"

"क्या।"

"शायद भाई ने उन लोगों को अभी बताया न हो।"

"किन लोगों को।"

"जंगलपार्टी के कामरेड लोगों को।"

"लेकिन क्या नहीं बताया होगा।"

"यही कि मुझे बनवारी का पता नहीं बताया जाय।"

"राघव ऐसा कभी नहीं कह सकते।"

"तुम इतना श्योर हो।"

"हाँ।"

"तब तो वी शैल विन।"

"लेकिन क्या वह लोग बनवारी को आने देंगे।"

"मुझे कौन रोकेगा।"

"कहोगी क्या।"

"दवा...इलाज...खाना...कई बहाने से... ।"

"और बाद में क्या होगा।"

"देखा जायेगा।"

"राघव तुम्हें छोड़ेगा नहीं।"

"उस डर से मैं बनवारी को मार डालने के लिए, उनको नहीं सौंप सकती।"

"तुम कहोगी क्या... ।"

"मैटर इज मोस्ट सिम्पल।"

"कैसे।"

"मॉडेलहाउस का घर मेरा है...बनवारी को, कालीशंकर मुझे सौंप गया, फिर राघव के आदमी, उसे कैसे ले जा सकते हैं।"

"यह तेवर।"

"इस मामले में मैं समझौता करनेवाली नहीं हूँ--लेकिन यह तो बताओ. ..बनवारी को तुम्हारे यहाँ रखने से तुम्हें कोई परेशानी तो नहीं होगी।"

"मुझे जो परेशानी होनी थी...हो चुकी।"

"मतलब !"

"मेरे यहाँ, पहले से, एक बनवारी मौजूद है।"

"कौन ?"

"जिन्दादीन सर्राफ की बेवा।"

"यह कौन है ?"

"मालिनी। तुमने पहाड़पुर-नानकपुर कांड के बारे में सुना होगा।"

"यू मीन। वह मास रेप और झूठी मुठभेड़ का मामला।"

"हाँ।"

"तुम--हाऊ यू आर कनेक्टेड।"

"वो आकृति की मन्नो है ना।"

"हाँ...हाँ...वह तेरी तीन सखियाँ...प्रेमा, मन्नो, सरला...वही न...तो इस बार मन्नो।"

"हाँ इस बार मन्नो का केस हम हैन्डल कर रहे हैं।"

"केस क्या है।"

"वही झूठी पुलिस मुड़भेड़ और बलात्कार। नानकपुर-पहाड़पुर में, पुलिस ने सर्राफा बाजार लूट लिया, बिन्दादीन सर्राफ को गोली से उड़ा दिया और बुधवाल की नयी नवेली दुल्हन ने, बलात्कार के डर से, कुएँ में कूदकर जान दे दी।"

"ब्लडी क्रिमनल्स।"

"वह रात, पहाड़पुर के ऊपर भारी पड़ी थी।"

''क्या मतलब।''

''गाँव में उस रात तीस औरतें थीं...दस जवान बारह बूढ़ी और आठ लड़कियाँ...किसी को नहीं छोड़ा उन्होंने।''

''शिट।''

''तीस औरतों के कपड़े उतारे गये...एक-एक औरत की नीलामी हुई।''

''नीलामी।''

''पुलिसवालों ने नीलामी...''

''क्या कह रही हो।''

''हाँ...हाँ...पुलिसवालों ने लड़कियों और जवान औरतों की बोली लगाई।''

''बोली लगाई ! कितनी।''

''चार आना...आठ आना और एक रुपया।''

''लेकिन क्यों।''

''आपस में झगड़ा न हो...इसलिए।''

''शेमलेस स्काउंड्रल।''

''मैं छोड़ूँगी नहीं...आई शैल हैव देम ऐरेसटेड।''

''तुम्हारी बात सुनेगा कोई।''

''सुनेगा...जरूर सुनेगा...कल का अखबार देखना...वैसे आज सचिवालय के सामने तम्बू लग चुका होगा...प्रेमा, मन्नो और सरला, बिन्दादीन की बेवा के साथ धरने पर बैठी होंगी...शाम तक तस्वीरों के साथ, खबर हर अखबार के दफ्तर में पहुँच चुकी होगी।''

''लगता है, कोई आया है...''

''कौन।''

''देखती हूँ...अर रे...ये तो नीलू है।'' मालिनी ने छज्जे से झाँककर कहा।

''नीलू तुम्हारी बात मान जायेगा...उसे शक भी नहीं होगा।''

''तो आपरेशन शुरू करें।''

''गो एहेड।''

तब तक नीलू ऊपर आ चुका था। उसे देखते ही, मालिनी ने बोलना शुरू कर दिया, ''अरे तुम लोग कमाल करते हो...बनवारी को दवा देनी थी...कोर्स चल रहा है उनका....।''

''इसीलिए तो आया हूँ।''

''मतलब बनवारी को अब तुम दवा दोगे।''

''देना ही पड़ेगा।''

''चोट की ड्रेसिंग कौन करेगा...स्पंज और कपड़े बदलने का काम भी बाकी है...खाना परहेजी दिया जाता है उनको...सोने का, जगने का, उठने का, टहलने

का पूरा टाइम टेबुल बनाना पड़ता है....जो दवा आज देनी है...उसे कल नहीं देना और कलवाली दवा के पहले, एक दवा और देनी होती है। मोसम्मी का जूस, करेले का रस, लौंग का तेल और इलायची का लेप लगाना पड़ता है।''

''तो चलिए ना...वहाँ किसी को कुछ मालूम नहीं...वो बुड्ढा बार-बार माली-माली बुला रहा है।''

''माली-माली।''

''हाँ। मालिनी की जगह वह माली कहता है।''

''देखो। नीलू। जरा अदब से बात करो...ये बुड्ढा...बुड्ढा क्या लगा रखा है।''

''अच्छा दीदी। चलें।''

''चलो।'' मालिनी ने रीतू की तरफ देखकर आँख मारी।

''मैं भी चलूँगी, चलती हूँ...यहाँ क्या करूँगी।''

मालिनी, रीतू और नीलू, मॉडेलहाउस के मकान से निकलकर हीवेट रोड पहुँचे। हीवेटरोड के चौराहे से, एक सड़क कसाईबाड़े की तरफ जाती है, उसी सड़क पर एक हाथा था। उस हाथे के अन्दर, एक टूटे मकान में बनवारी को रखा गया था। मकान में ताला बन्द था। नीलू ने ताला खोलकर, मालिनी और रीतू को बनवारी के सामने ले जाकर खड़ा कर दिया। मालिनी देख रही थी बनवारी को और बनवारी दयनीय दृष्टि से देख रहा था, मालिनी को और देख रहा था, रीतू को तभी मालिनी ने रीतू की तरफ देखकर कुछ इशारा किया।

''तुम कह रही थीं...आज इनका मशीन से मसाज होगा...देखें तो...अरे ये सूजन तो काफी कम लग रही है।''

''हाँ। वहीं तो ले जाना था...नीलू। जरा अस्पताल फोन करके देखो।''

''अस्पताल। फोन। अस्पताल से तुम्हारा मतलब मेडिकल कॉलेज से है न...''

''अरे नहीं...उतनी दूर कौन जायेगा...यहीं कैजूअल्टी में काम हो जायेगा...लेकिन मैं सोच रही थी...अगर कोई कम्पाउंडर मिल जाता तो अस्पताल कल ले जाते...आज सिर्फ इन्जेक्शन लगा दिया जाता।''

''बुलाऊँ कम्पाउंडर को।'' नीलू को जरा भी शक नहीं हुआ था।

''हाँ प्लीज।''

नीलू के बाहर जाते ही, मालिनी और रीतू ने, बनवारी को उठाया उसके कपड़े ठीक किये और पकड़कर धीरे-धीरे सड़क पर ले आयीं। सड़क पर रिक्शा किया और उसमें बैठी जाकर मालिनी, रीतू और बैठा बनवारी।''

''रीतू। तुम बनवारी को कहाँ रखोगी।''

''प्रेमा के घर।''

''राघव को प्रेमा का घर मालूम है।''

''नहीं।''

''वहाँ कौन देखभाल करेगा।''

''मैंने तुम्हें बताया था, वहाँ एक बनवारी और है।''

''ओह बिन्दादीन सर्राफ की बेवा।''

''और कुछ औरतें।''

''हाँ...''

''कोई खतरा तो नहीं है वहाँ। मैं आ सकती हूँ।''

''नहीं खतरा नहीं है, लेकिन तुम्हारा वहाँ आना ठीक नहीं होगा।''

''क्यों।''

''राघव के आदमी तुम्हें फालो करके वहाँ पहुँच सकते हैं...और उसके बाद।''

''लेकिन इलाज...दवा।''

''मन्नो इज गुड नर्स।''

''हाँ...उसने नर्सिंग की ट्रेनिंग ली है। वो सब तो हो जायेगा।...कल मैं मिलकर एक चार्ट बना लूँगी...उसके हिसाब से होगा सब।''

''ठीक है...यही ठीक रहेगा...तो चलें।''

रिक्शे पर पहले बनवारी बैठा और फिर रीतू। रीतू ने रिक्शे का हुड चढ़वा दिया था। रिक्शा चलनेवाला था, तभी रीतू ने मालिनी को देखकर कहा कैसे फेस करोगी नीलू की।''

''नीलू नो प्राब्लम। ही इज वेजीटेबल।''

''और राघव।''

''राघव भाई से मुठभेड़ पहले हो हो चुकी थी...तभी तो बनवारी को मॉडेलहाउस से हटाया गया।''

''लेकिन एक बात, बार-बार मेरे दिमाग में आ रही है, मालिनी।''

''क्या।''

''जब प्रेमा को बनवारी के बारे में पता चलेगा तो मालूम है वह क्या कहेगी।''

''क्या।''

''जो कुछ पहाड़पुर में हुआ...वह इसटेबलिसमेंट ने किया...जो बनवारी के साथ हुआ...वह पुलिस ने तो नहीं किया लेकिन उसके पीछे भी इसटेबलिसमेंट ही है। दोनों बलात्कार के...जबरदस्ती...जोर और जुल्म के शिकार हैं...एक की औरत मारी गयी है...दूसरे का मर्द...इसीलिए तो मैं बार-बार कह रही थी...एक बनवारी पहले से है वहाँ।'' रीतू ने कहा था।

''और है एक बात और है।'' मालिनी पीछे कहाँ रहनेवाली।

''क्या।''

''यह नक्सलवारी, यह इंकलाबी, ये जंगलपार्टी के कामरेड, उन लोगों से अलग कहाँ हैं...वह तो कुर्बान को कुर्बानी का बकरा बनाना चाहते हैं...बनवारी शोषित है...दुखी है...उसका शोषण हुआ है...बीस साल की जिन्दगी उससे छीन डाली गयी है और उस बनवारी का अपहरण करना चाहते हैं वह लोग...तुम चलो रीतू...पीछे देखना नहीं नीलू आ रहा है।''

उस दिन रात को, जब कालीशंकर मॉडेलहाउस पहुँचा, बनवारी वहाँ नहीं था। राघव वैसे कालीशंकर का बेसब्री से इंतजार कर रहा था।

''अरे काली तुम। आओ न।''

''हाँ राघव कैसे हो !''

''ठीक हूँ...तुमसे कुछ बात करनी थी।''

''हाँ बोलो।''

राघव ने इधर-उधर देखा। वहाँ कोई नहीं था। फिर वह चारपाई से उठा और दरवाजा खोलकर देखने लगा। वहाँ पर मुंडा बैठा हुआ था, उसको देखकर राघव बोला, ''ऐ मुंडा कामरेड !''

''जी !''

''मैं कालीशंकर से बात कर रहा हूँ...इधर कोई नहीं आयेगा।'

''ठीक है साब।''

''और देखो। दो चाय।''

''लेकर आऊँ।''

''और क्या...एक डिब्बी चार मीनार।''

''ओ. के. कामरेड।''

राघव पलटकर, जब कालीशंकर के पास आया तो वह उसे घूर रहा था, ''क्यों राघव। क्या चक्कर है !''

''कुछ नहीं।''

''बड़े फार्मल तरीके से मुलाकात हो रही है।''

''फार्मल क्या है।''

''चाय...सिगरेट।''

''चाय तो मालिनी बनायेगी।''

''लेकिन तुम्हारे पास...मुझ जैसे बुर्जुआ और इसटेबलिसमेंट के ऐजेंट के लिए समय कहाँ से निकल आया।'' कालीशंकर ने राघव का पुराना फ़िक़रा दोहराया था।

''निकल आता है...टाइम निकल आता है...आओ बैठो।''

''बैठा तो हूँ...''

''अर रे...हाँ...आज मालिनी से बात हो रही थी।''

''मालिनी से।''

''हाँ...काफी उम्र हो चुकी...उसकी शादी हो जानी चाहिए...वर्ना कौन करेगा उससे शादी।''

''मैं करूँगा।'' कालीशंकर ने बामशेल छोड़ा था।

राघव उठकर खड़ा हो गया और लगा चीखने, ''मालिनी...मालिनी इधर आओ...देखो तो जरा क्या कह रहा कालीशंकर...मालिनी...आ रही हो तुम।''

''आयी...मैं आ रही हूँ...चाय लेकर।''

''साथ में मिठाई लाना या देखो थोड़ी वाइट रम पड़ी होगी।'' दरवाजे पर खड़ा होकर राघव ऊपर कहीं खड़ी हुई मालिनी से बात कर रहा था।

''भाई कभी चाय...कभी मिठाई...कभी वाइट रम। यह चक्कर क्या है।

''तुम आओ तो सही।''

''आती हूँ।''

राघव, वापस आकर, कालीशंकर के पास बैठ गया, और कहने लगा, ''अरे काली। तुमसे कुछ काम था।''

''हाँ बोलो।''

''ऐसा है...मेरा एक दोस्त है...।''

''यानि कामरेड।''

''कुछ भी समझो।''

''खैर काम क्या है ?''

''काम सिर्फ इतना है...उसने इस्टेट डिपार्टमेंट को एक प्रस्ताव दिया है।''

''क्या ?''

''गेट नम्बर चार के पास तीन पानी के टैंक हैं...सा आफ मिनी स्वीमिंग पूल...''

''तो''

''बहुत दिनों से, उनकी सफाई और रंगाई नहीं हुई है।''

''मानता हूँ।''

''मेरा दोस्त बच्चन...इस चक्कर में कुछ पैसे बनाना चाहता है।''

''बच्चन को पैसे बनाने का शौक कब से हो गया।''

''पैसे की जरूरत किसे नहीं होती।''

''यह बात नहीं थी...मैं कह रहा था...।''

''क्या।''

''कहीं कोई और चक्कर तो नहीं है।''

''और क्या चक्कर हो सकता है।''

''क्यों...कुछ भी...हो सकता है...जैसे इंकलाब...जंगल पार्टी...बारूद... धमाका।''

''है तो भी क्या।''

''शायद तुम अच्छी तरह जानते हो...वी हैव एन अन्डर स्टेन्डिंग।''

''सच ऐज।''

''हम दोस्त जरूर हैं...लेकिन एक दूसरे के काम में दखल नहीं देंगे।''

''क्या तुम दखल दे रहे हैं।''

''शायद नहीं।''

''शायद क्यों ?''

''इसलिए कि मैं बच्चन को जानता हूँ...इसलिए कि मैं जानता हूँ बच्चन तुम्हारी तरह जंगल पार्टी का सदस्य है और इसलिए कि, सचिवालय से जिन तालाबों की सफाई का सौदा तुम करना चाहते हो...वह जरूर किसी इंकलाबी षड्यंत्र का हिस्सा होगा।''

''होगा तो।''

''तो मैं कह रहा था...।''

''यही कि मैं तुम्हारे काम में दखल दे रहा था।''

''देखो। कालीशंकर। जो थोड़ा-सा सहयोग तुमसे माँगा जा रहा है, वह तुम्हारे काम में दखलन्दाजी नहीं है।''

''कैसे।''

''यह तुम्हारी डायरेक्ट ड्यूटी में नहीं है।''

''इन्डायरेक्ट क्या होता है।''

''जिसका दूर-दूर तक तुमसे ताल्लुक न हो। तुम तो मालिक हो...मुख्यमंत्री हो...किसी टैंक की सफाई...रंगाई का ठेका दिलवाना या दिलवाने से कुछ नहीं होता।''

कालीशंकर कुछ देर तक सोचता रहा, फिर बोला, ''देखो राघव। अगर तुम्हारा मकसद क्या है...तुम चाहते क्या हो...यह मुझे मालूम हो जाये तो मैं मदद कर सकता हूँ।''

''मकसद है इंकलाब, क्रांति...बुर्जुआ...फासिस्ट...प्रतिक्रियावादी मंत्रिमंडल की धज्जियाँ उड़ाना।''

''इसके लिए, तालाब में, डूबकर मरने की क्या जरूरत है।''

''जरूरत है...जरूरत है...तुम यार यह काम हम्हें दिलवा दो।''

''नहीं हो सकता।''

''नहीं हो सकता...लेकिन क्यों...वैसे सोच लो...अभी तो मैं एक दोस्त की

हैसियत से...''

''क्या भाई दोस्त की हैसियत बता रहे हो।'' मालिनी के एक हाथ में चाय की प्याली थी जो उसने कालीशंकर को दे दी और दूसरे हाथ में वाइटरम थी जो उसने राघव को दे दी। उसके बाद, मालिनी, एक किनारे पर बैठ गयी।

''देखो मालिनी। राघव क्या कह रहा था।''

''क्या।'' मालिनी हँस रही थी।

''कालीशंकर कह रहा था...ही इज रेडी...यह तुमसे शादी करेगा।''

मालिनी ने कालीशंकर को देखा...मालिनी ने राघव को देखा...मालिनी ने फिर कालीशंकर को देखा और देखती रही। काफी देर तक देखते रहने के बाद, उसकी आँखों से टप-टप आँसू टपकने लगे। उसके बाद मालिनी नीचे की तरफ देखने लगी। झट पैर के नाखून से फर्श पर पड़ी दरी को कुरेद रही थी और सोच रही थी उस जवाब के बारे में, जो उसे देना था। कमरे में सन्नाटा था—बीच में सिर्फ पंखे की आवाज के साथ कभी-कभी चाय की चुस्कियों या गिलास के खड़कने की आवाज आ जाती। मालिनी, ने हथेलियों को दबाया, धोती का पल्लू ठीक किया और कहा, ''नहीं करनी है शादी मुझे—भाई जानते हो इन्होंने विश्वविद्यालय की सबसे सुन्दर लड़की प्रतिभा से ब्याह कर रखा है।'' मालिनी ने सिर्फ इतना कहा और तेजी से कमरे के बाहर निकल गयी। दरवाजा भाड़ से बन्द किया था मालिनी ने। लेकिन दरवाजा बन्द होने से जो आवाज निकली, और जिस अन्दाज में मालिनी ने, अपनी बात कही थी, उसमें उलाहना अधिक था, आक्रोश कम था। एक पल के लिए कालीशंकर और राघव स्तब्ध रह गये। अगले क्षण राघव ने वाइटरम पी डाली और गिलास तिपाई पर रख दिया।

एक लम्बी साँस छोड़कर राघव ने कहा था, ''नहीं...कभी नहीं... इमपासिबल...इस लड़की को मैं नहीं समझ सकता। खैर मैं अपनी बात पर आता हूँ।''

''तुम मुझे मजबूर करना चाहते हो।''

''हाँ।''

''लेकिन तुम मुझे कैसे मजबूर कर सकते हो।''

''कर सकता हूँ।''

''कैसे।''

''हमने तुम्हारे बाप बनवारी का अपहरण कर लिया है...।''

''मालिनी-मालिनी...तुम कहाँ हो....देखो तो राघव क्या कह रहा है...वेयर इज माय फादर।...तुम कहो तो मालिनी...'' कालीशंकर कमरे से बाहर निकलकर सीढ़ियाँ चढ़नेवाला था, तभी उसने देखा मालिनी, वहीं दरवाजे से बाहर, लेकिन सीढ़ियों से सटी हुई खड़ी थी। मालिनी ने उस समय, एक पैर पहली सीढ़ी पर

रख दिया था, और जीने पर लगी हुई रस्सी को अपने दाहिने हाथ से पकड़े हुए थी। कालीशंकर की आवाज सुनकर वह घूमी और कालीशंकर और राघव की तरफ देखकर सख्त आवाज में कहा, "तुम सब मर्द एक जैसे हो...तुम राघव तुम मेरे भाई लगते हो न...तुमने मुझसे बिना पूछे—मेरी देखरेख में यहाँ इस मेरे घर में रह रहे बनवारी का अपहरण किया...तुमको मैंने बताया भी था, बनवारी बीमार है—बीस साल बाद उसने किसी घर की छत देखी...किसी के हाथ से खाना खाया...दवाई ली...लेकिन तुम नहीं माने...वही करोगे तुम लोग, जब-जब जो जो, तुम्हें अच्छा लगेगा...जिसकी जरूरत होगी तुमको....और तुम कालीशंकर तुम इन सबसे अलग नहीं हो...सात साल बाद...हाँ सबसे सुन्दर धनवान और शक्तिशाली लड़की से शादी करने के सात साल बाद...तुम लौटकर वापस आते हो...उस मालिनी के पास जिसे तुमने ठुकराया था...शायद उस औरत से जी भर गया होगा या धन, ऐश्वर्य और सम्पदा, काफी बटोर ली होगी...आज सात साल बाद, जब तुम एक बच्चे के बाप हो...तुम्हारी यह हिम्मत...तुम मुझसे ब्याह करने की ख्वाहिश रखते हो...क्या समझते हो, मुझको...मैं मान जाऊँगी...उस धन, सम्मदा और ऐश्वर्य को मैं भोगूँगी जिसे पाने के लिए ही तुमने मुझे छोड़ा था।"

"लेकिन तब मुझे मालूम नहीं था...वह बदचलन है।"

"और अब मुझे बदचलन बनाना चाहते हो।"

"क्या कह रही हो तुम..." कालीशंकर ने राघव की तरफ देखा।

"यह तुम लोगों का आपस का मामला है...आय एम नाट मनर्सनूड... लेकिन एक बात मैं साफ कर दूँ...मालिनी बनवारी को नीलू के घर से ले आयी है...वह यहाँ भी नहीं है...जरूर इसने बनवारी को कहीं छुपाया होगा...हम उसे ढूँढ़ ही लेंगे...लेकिन उसके बाद, बनवारी किसी को नहीं मिलेगा...इसलिए मेरी राय है तुमको डियर काली। इस बार तुम बच्चन को पानी के टैंक की सफाई...रंगाई का काम दिलवा दो...वह कल मिलेगा तुमसे।" कहकर राघव, कमरे से बाहर निकल गया।

राघव के जाने के बाद, कालीशंकर आगे बढ़ा, उसने धीरे से मालिनी का हाथ पकड़ा और काफी देर तक, उसकी आँखों में, तैरते हुए, आँसुओं को देखता रहा और फिर अपनी जेब से रूमाल निकालकर उसने अपना दाहिना हाथ उसकी तरफ बढ़ाया।

"इसकी जरूरत नहीं है।"

"ले लो।"

मालिनी ने रूमाल लेकर कहा, "जब चुप करना था...तो रुलाया ही क्यों।"

"मैं कुछ और सोच रहा था।"

"क्या।"

"यही...तुमने मेरे लिए...मेरे बाप बनवारी के लिए अपने भाई राघव से दुश्मनी ली।"

"दुश्मनी...इसमें दुश्मनी की क्या बात थी...मैंने तो राघव को पहले ही बता दिया था।"

"क्या बता दिया था।" कालीशंकर ने फुसफुसाकर पूछा।

मालिनी कमरे के अन्दर आकर बैठ गयी। कालीशंकर उसके पीछे-पीछे आया और वहीं बैठ गया।

"यही कहा था मैंने राघव से बनवारी मजलूम है...दुखी है...थका हारा है और हम्हारे पास कालीशंकर की अमानत है।"

"और क्या कहा तुमने।"

"यही एक शोषित...सताया हुआ ऐसा व्यक्ति जिसका सब कुछ छीना जा चुका हो और जो बीस साल बाद वक्त के अंधेरों से निकलकर सामने आ गया है...वह कैसे...किस तरह...अगवा किया जा सकता है...चाहे मकसद कुछ भी हो।"

"यू आर ग्रेट मालिनी। मैं तुमसे मिलना चाहता हूँ।"

मालिनी ने, तब तक आँखें, पोछ डाली थीं। एकाएक उसे हँसी आ गयी। मालिनी की हँसी ने खिलखिलाहट ने...उस बन्द क़मरे में, कालीशंकर की आत्मा का सारा कलुष मिटा दिया। उसे लगा, कोई है उसका। सब कुछ खत्म नहीं हो गया है। कुछ देर तक तो वह मालिनी की हँसी...खिलखिलाहट को बटोरकर आत्मसात करता रहा...उस लम्हे की खुशी को छोटे-छोटे टुकड़ों में, अपने अन्दर संजोता रहा, फिर बोला, "मालिनी मैं नहीं जानता मुझे क्या कहना चाहिए... क्या नहीं कहना चाहिए...लेकिन एक बात तुमको...सिर्फ तुमको बताना चाहूँगा।"

"क्या ?"

"पहले एक वादा करोगी।"

"क्या ?"

"जो बात मैं कहने जा रहा हूँ वह अभी तुम किसी से नहीं कहोगी।"

"नहीं सुननी हैं मुझे तुम्हारी बातें...वही राजनीति...वही पावर गेम...दुनिया इस सबसे अलग नहीं है क्या।"

"है मालिनी है। और वही सब तुमको बताना चाहता हूँ...लेकिन वादा करो...किसी से...किसी से भी नहीं कहोगी।"

"नहीं कहूँगी..." मालिनी के चेहरे से विषाद की रेखाएँ उधड़ने लगी थीं।

"मैं सच में तुमसे शादी करना चाहता हूँ..."

''फिर...''

''सुनो...एक मिनट...होल्ड...मेरी बात सुनो मेरे साथ, मालिनी धोखा हुआ है।''

''कैसा धोखा।''

''राहुल मेरा बेटा नहीं है...प्रतिभा मेरी बीवी नहीं है।''

''क्या कह रहे हो तुम।''

''सच कह रहा हूँ...प्रतिभा के पेट में बच्चा था...राहुल था, जब मेरा उससे विवाह हुआ था।''

''अब...इतने साल बाद...यह सब...कहीं गलती हो सकती है...तुम भूल कर सकते हो।''

''नो चान्स। मैंने खुद सब कुछ देखा है जाना है सुना है।''

''मैटर इज सीरियस।''

''मेरा उस फाहशा औरत से कोई सम्बन्ध नहीं और उसके आशिक से...''

''कौन !''

''मुख्यमन्त्री उत्सुकदास।''

''रिअली।''

''हाँ। और सुनो। सिर्फ तीन दिन के अन्दर मैं उस मंत्रिमंडल की धज्जियाँ उड़ा दूँगा जो उस कमीने ने बनाया है।''

''लेकिन तुम क्या कर सकते हो।''

''मैं बहुत कुछ कर सकता हूँ...मैंने काम शुरू कर दिया है...काफी हद तक मैं जा चुका हूँ...बस मुझे बढ़ई दीक्षित के पास एक फाइल है, वह चाहिए...और सुनो राघव से नहीं कहना लेकिन उसका काम होगा...लेकिन उसके लिए मेरे बाप को तकलीफ देने की कोई जरूरत नहीं है...वैसे राघव को अगर पैसे की जरूरत हो तो बताना...मैं उत्सुकदास के मंत्रिमंडल का नाश चाहता हूँ...सिर्फ नाश।''

''कालीशंकर। तुम्हें देखकर डर लगता है।'' मालिनी ने कहा था।

''क्यों।''

''तुम वह कालीशंकर नहीं हो...जो हम्हारे साथ पढ़ता था...जिसे हम प्यार करते थे।''

''वह कालीशंकर कब का मर गया...जब किसी इंसान को, फर्नीचर, कलम दवात की तरह इस्तेमाल किया जाय...जब उसके अन्दर पहले, विश्वास, सम्मान और स्नेह की तरंगे, पैदा कर दी जाय और फिर किसी पत्थर पर पटककर विश्वास के उनमान, सम्मान का आधार और स्नेह की छाँव तोड़ दी जाय...मिटा

डाली जाय, चकनाचूर कर दी जाय, तब वह इन्सान वैसा ही कैसे रह सकता है...मेरे साथ धोखा हुआ है मालिनी।''

''सच में।''

''एक ऐसा धोखा जिसका कोई अन्त न हो...जो सतत है...मूर्तरूप है... सामने साफ-साफ दिखता है....मेरा पैसा, मेरी मेहनत, मेरी विद्या, पढ़ाई-लिखाई, आँख कान, नाक, हाथ, पैर कुछ भी छिन जाय...धोखा देकर कोई छीन ले... वह एक बात है...लेकिन जीवन का धरातल ही, धोखा देकर कोई छीन ले... जीते जी मार डाले...ऐसा धोखा भगवान् किसी को न मिले।''

''काली। तुम सम्भालो अपने आपको।''

''मुश्किल है...अगर मुझे कोई बचा सकता है तो वह तुम हो मालिनी ...जानती हो...मैंने क्या तय किया था।''

''क्या।''

''मुझे अपनी जिन्दगी से नफरत होने लगी थी...उत्सुकदास से नफरत होने लगी थी...सत्ता के गलियारों से, पार्टी सरकार की राजनीति से, पैसे धन्धे व्यापार से मुझे नफरत होने लगी थी...मैंने सोचा...यह जीवन, सत्ताइस-अट्ठाइस साल की उम्र तक, मेरा शरीर, हाथ, पैर, नाक, कान चेहरा, सब कुछ उस गुनाह से, उस पतित स्थिति से जुड़ा हुआ था...घिन आने लगी है मुझे अपने इस शरीर से। उसी उत्सुकदास का अन्न-जल ग्रहण करके ही तो...सब कुछ बना है—पनपा है ...जिन्दगी के बीस-पच्चीस साल मुझे किसी घूरे पर पड़े हुए दिखाई देते हैं... और तब लगता है...कुछ बचा ही नहीं...किसके साहरे, किस आधार पर मैं कोई भी लड़ाई लड़ सकता हूँ...मेरा तो आधा आधार ही पतन है....मेरा रोम-रोम सुलग रहा है उस नफरत की आग में, जिसे शायद मैं कभी भी भूल नहीं सकता ...पृथ्वी, जल, अग्नि, वायु और आकाश इन पाँच तत्त्वों से संसार बना है...मालूम है न।

''हाँ।''

''और इन्हीं पाँच तत्त्वों से हम्हारा शरीर बना है।''

''हाँ।''

''लगता है आकाश, वायु, जल, पृथ्वी ये चार तत्त्व मेरे अन्दर से भागकर कहीं चले गये हैं...और बचा है, एक सिर्फ एक तत्त्व...अग्नि...आग...सिर्फ आग। और यह आग चौबीस घंटे...हर क्षण मुझे किसी ताप में जलाती रहती है...मेरे अन्दर का सत्व...जलकर भस्म हो रहा है उसी नफरत की आग में...मेरे अन्दर का पुरुष मर चुका है मालिनी।''

''क्या कह रहे हो तुम।''

''हाँ मालिनी। मेरे अन्दर का पुरुष मर चुका है और उसकी जगह ले

ली है नफरत ने, घृणा ने हिकारत ने। इस वक्त मैं एक सुलगता हुआ बम हूँ जो कभी भी फट सकता है...बारूद की जरूरत नहीं है...राघव को कोई जाकर बताये...क्यों वह समय बरवाद कर रहा है, बारूद और सुरंगों की खोज में... उस सबकी जरूरत ही कहाँ है...मंत्रिमंडल और मुख्यमंत्री के पीछे लगा हुआ है, कालीशंकर रूपी नफरत, घृणा और हिकारत का टाइम बम जो फटेगा...जल्दी फटेगा और ले जायेगा अपने साथ, समूचे मंत्रिमंडल को, पार्टी की राजनीति को और मुख्यमंत्री उत्सुकदास को।''

मालिनी देख रही थी कालीशंकर को। वह जहर उगल रहा था लेकिन उसका चेहरा शान्त था। मालिनी सोच रही थी...एक खयाल उसके अन्दर बार-बार गुदगुदी मचा रहा था, उसका प्रेम, उसका, उसका कालीशंकर शायद ...शायद क्यों निश्चित रूप से, उसके पास लौट आया था।

''मालिनी।''

''हाँ।''

''तुम कहो तो मैं गलत हूँ क्या।''

''नहीं।''

''फिर बोलती क्यों नहीं।''

''क्या कहूँ...इस समय कुछ कहने का मन नहीं हो रहा है...तुम्हें सुन रही हूँ...तुम्हें जान रही हूँ...तुम्हें पहचान रही हूँ।''

''हम यहाँ से कहीं दूर चलेंगे...बहुत दूर...जहाँ कोई न हो...अपनी पहचानवाला कोई न हो।''

''कितना अच्छा लगेगा। मैंने तो सब्र कर लिया था।''

''मेरी मुकद्दर अच्छी थी... ।''

''क्यों।''

''सात साल तक तुमने शादी नहीं की...मेरा इतंजार...''

''इन्तजार भी कहाँ था, मेरे पास...धोखा है तो मेरे साथ भी धोखा हुआ था...मेरा हमदम...जिसे मैं चाहती थी, मुझसे छीन लिया गया था...''

''और तुम खामोश रहीं।''

''क्या करती मैं।''

''कुछ भी कर सकती थी।''

''क्या। बोलो क्या।''

''मुझे बता सकती थीं।''

''क्या तुम प्रतिभा को छोड़ देते...उत्सुकदास का हुक्म ठुकरा देते।''

''पता नहीं...लेकिन।''

''पता है...अपने आपको धोखा मत दो...अपने आपसे झूठ न बोलो...

कालीशंकर तुम कुछ नहीं कर सकते थे... तुम सिर्फ वही कर सकते थे, जो तुमने किया है।''

''तुम ठीक कहती हो मालिनी...हम्हारे पास दो तरह की आँखें होती हैं ना।''

''दो तरह की आँखें...क्या मतलब।''

''एक आँखें तो चेहरे के ऊपर और माथे के नीचे होती हैं।''

''बस।''

''बस नहीं...दूसरी आँखें होती हैं मन या बुद्धि से जुड़ी हुई।''

''मतलब।''

''इन दूसरी आँखों के जरिए हम तर्क करते हैं...किसी स्थिति, चीज या भावना को मानसिक स्पर्श के जरिए छूते, पहचानते हैं, पाते हैं या छोड़ देते हैं।''

''वाह तुम तो फिलासफर हो गये।''

''जब चोट लगती है, फिलासफी अपने आप, सर पर चढ़कर बोलने लगती है।''

''तुम मेरे ऊपर भरोसा कर सकते हो, कालीशंकर।''

''बिलकुल करना चाहता हूँ...कर रहा हूँ और करता हूँ।''

''अब दूर नहीं रहा जाता।''

''तो आ जाओ।'' कालीशंकर ने बाँहें फैला दीं।

कालीशंकर की बाँहों में , कब मालिनी समा गयी, उसे खुद पता नहीं लगा। काफी देर बाद उसने अपने आपको, जब कालीशंकर से अलग किया एक तृप्ति का अहसास हुआ था उसे। उसके बाद, कुछ कहने-सुनने के लिए बचा ही नहीं था। मालिनी ने एक तरीके से कालीशंकर को स्वीकार कर लिया था और कालीशंकर ने मालिनी को उससे माँग लिया था। चाहत और माँग का उनका संसार, उखड़ी-टूटी साँसों में डूब-डूबकर, बार-बार रहमदिल ईश्वर से इसी बात की कामना कर रहा था, रुके हुए वक्त से यही तकाजा कर रहा था, कुछ देर और कुछ और पल, सदियों, शताब्दियों तक, यह दौर चला रहे और आलिंगन में बँधे रहें वह। कोई कुछ न बोले। तभी कालीशंकर को राघव के कदमों की आहट सुनाई दी। उसने मालिनी को छोड़ दिया और उठकर खड़ा हो गया। मालिनी भी पलक झपकते ही, कुछ दूर जाकर बैठ गयी और हाथों से अपने बाल ठीक करने लगी।

''क्या सोचा तुमने कालीशंकर।''

''किस विषय में।''

''तुम अपने बनवारी को बचाना चाहते हो या...''

''भाई धमकी देने की जरूरत क्या है।''

कालीशंकर उठकर खड़ा हो गया। मालिनी लेट्स गो।"

"कहाँ।"

"एक कॉफी पीकर आते हैं।"

"हम सारी रात तुम्हारी कॉफी का इंतजार नहीं करते रहेंगे। कालीशंकर, अपना फैसला बता दो।"

कालीशंकर को हँसी आ गयी। वह सोच रहा था राघव को कहाँ मालूम था, वह खुद भी उसी की तरह, अलग-अलग कारणों से मंत्रिमंडल के पतन के लिए काम कर रहा था...वह खुद भी सुलग रहा था, नफरत, घृणा और हिकारत की आग में।

कालीशंकर को हँसते हुए, देखकर राघव और मालिनी, दोनों आश्चर्यचकित थे। अपनी हँसी को रोकते हुए, कालीशंकर ने कहा, "नेवर माइन्ड, राघव। तुम हम्हारे दोस्त हो...इतना छोटा-सा काम कहा है तुमने...कल बच्चन जाकर इस्टेट आफीसर से ग्यारह बजे के बाद मिलेगा तो उसे काम मिल जायेगा।"

"थैंक यू। काली इन बातों के लिए हम्हें माफ कर देना। आय एम सॉरी।"

"क्यों। इसकी क्या जरूरत है।"

"जरूरत है...बिलकुल जरूरत है...मुझे राघव का यह तरीका, बिलकुल पसन्द नहीं था...मैंने कहा था।"

"क्या।" राघव ने पूछा।

"सीधी बात करनी थी...धमकी की जरूरत कहाँ थी।"

"मुझे क्या मालूम यह बुर्जुआ कमबख्त, इतनी आसानी से मान जायेगा...ओ. के....वाय।" राघव बाहर की तरफ चल दिया। कुछ कदम चलने के बाद, फिर वह पलटकर आया और बोला कॉफी पीने अकेले ही जाओगे।" राघव हँस रहा था।

"नहीं मालिनी..."

"तुम भी चलो न भाई।"

"हाँ..हाँ...लेकिन इसने तो वाइ रम पी रखी है।"

"ठीक है तुम लोग जाओ...मैं कबाब में हड्डी नहीं बनना चाहता।"

कालीशंकर ने ड्राइवर छोड़ दिया था। वह खुद गाड़ी चला रहा था और मालिनी उसके बगल में बैठी थी। मालिनी ने जूड़ा बनाया था, बिन्दी लगाई थी...बिलकुल अलग...नयी-नयी सी वह दिख रही थी। दोनों चुप थे–खामोश थे। गाड़ी पार्किंग में लगाने के बाद, कालीशंकर और मालिनी क्वालिटी के पहले तलवाली विंग में जाकर बैठ गये।

"कैसा लग रहा है।" कालीशंकर ने पूछा था।

"एक नशा-सा जैसे मँडरा रहा है...कोई छोटी खुशी बार-बार उछाल मार रही है।"

"मेरे अन्दर का संताप जैसे धुल गया...मिट गया।"

"शी।" मालिनी ने कहा था, जब बेरा आर्डर लेने आया था। बैरे के जाने के बाद, मालिनी ने कुछ कहना चाहा, फिर अपने आपको रोक लिया। लेकिन उसे ऐसा करते हुए, कालीशंकर ने देख लिया। क्या कह रही थीं।"

"कुछ नहीं।"

"फिर भी।"

"बोला न कुछ खास नहीं।"

"खास नहीं...आम सही...बताओ न।"

"मेरे अन्दर छोटे-छोटे सपने जागने लगे थे...मैं थक गयी हूँ...ऐसा लगता है...युग-युग से मैं भटक रही थी अंधी गुमनाम घाटियों में।"

"और।"

"और फिर जैसे अंधेरे, काले बादलों के बीच से चाँद निकल आये...रोशनी का समुन्दर फटने लगे और चारों तरफ छोटी-छोटी असंख्य फुलझड़ियाँ छूटने लगें।"

"सच में।"

"हाँ।"

"और कुछ कहने की...।"

"लेकिन तुम कैसा फील कर रहे हो।"

"टाप आफ वर्ल्ड।"

"एक बात..." मालिनी चुप रह गयी।

"बोलो न।"

"अब क्या करना है।"

"चाहता था मैं तुम मेरे साथ आ जाओ।"

"कब।"

"अभी...आज...यहीं से।"

"ऐसे नहीं।"

"फिर।"

"हिन्दुस्तान में शादी के बिना कुछ नहीं होता।"

"उसमें तो टाइम लगेगा।"

"क्यों।"

"यू नो इट।"

"मुझे उस फाहशा को तलाक देना होगा...उस सब में समय लगता है।"

''तलाक तब लिया जाता है...जब शादी हुई है...''

''क्यों शादी नहीं हुई थी...तुम खुद भी मौजूद थीं शादी में।''

''तुम मानते हो, खुद कह रहे थे...वह शादी नहीं...फ्राड था।''

''कुछ भी हो। हम साथ रहना शुरू कर सकते हैं।''

''शुरू कर सकते हैं...लेकिन किसी मैट्रीमोनियल एरेन्जमेंट के बाद।''

''मुझे मंजूर है...लेकिन एक प्राबलम है।''

''क्या।''

''जब तक मंत्रिमंडल का पतन न हो जाय...उत्सुकदास मुख्यमंत्री पद से हट न जाये...मुझे चैन नहीं आयेगा...मैं नार्मल नहीं रह सकता।''

''कितने दिन लगेंगे।''

''सिर्फ तीन दिन।''

''मतलब।''

''तीन दिन के अन्दर या आज से तीसरे दिन उत्सुकदास का मंत्रिमंडल गिर जायेगा...चल नहीं सकता।''

''कैसे। यू आर सो श्योर।''

''हाँ मैंने, उसके लिए काम किया है।''

''तुम कहना चाहते हो...तुम्हारे प्रयास के फलस्वरूप तीन दिन के अन्दर सरकार गिर जायेगी।''

''हाँ गिर जायेगी।''

''मैं नहीं मानती।''

''अच्छा तो सुनो पहला काम मैंने किया था, एक आफिस आर्डर निकालकर।''

''आफिस आर्डर।''

''हाँ। मुख्यमंत्री सचिवालय में यानि कि मुख्यमंत्री निवास के सचिवालय में और सचिवालय में, जितने भी टेलीफोन, विजिटर्स या गिफ्टस आयेंगे उनका रिकार्ड रखा जायेगा...दूसरा काम मैंने किया वाछिल मामा की हत्या के षड्‌यंत्र और धानकांड की धांधलियों को मुद्दा बनाकर 26 जून से सचिवालय में हड़ताल शुरू हो चुकी है...पूरे प्रदेश में कर्मचारी काम पर नहीं आ रहे हैं...जालिमखां और दुर्लभकाछी को मैंने पहले दिन ही पकड़वा दिया था...उसके बाद बढ़ई से मुझे तांबाकांड की मूल असली फाइल की नकल मिल गयी थी उसकी प्रतियाँ बनवाकर मैंने बलरामशास्त्री के जरिए, गुरुपदस्वामी, और बाईजी को भिजवा दीं...''

''उससे क्या होगा।''

''गुरुपदस्वामी गुट में विद्रोह की स्थिति पैदा हो चुकी है। और फिर

फूलदास की हत्या से, बाई जी उत्सुकदास के खिलाफ हो गयी हैं...सबको मालूम हो चुका है, दुर्लभकाछी और जालिमखाँ की गिरफ्तारी के बारे में...''

''और सबको यह भी मालूम है... ।'' मालिनी ने कहा।

''दुर्लभकाछी और जालिमखाँ, कृष्णबल्लभ, यशोदाबल्लभ और उत्सुकदास के कहने पर काम करते हैं...उनकी लूटमार और डाकाजनी में इन लोगों का हिस्सा रहता है।''

''ठीक। बिलकुल ठीक। मुझे कुछ करना नहीं पड़ा...मैंने सिर्फ फूलदास की हत्या को तांबाकांड से जोड़ दिया...परिणामस्वरूप गुरुपदस्वामी का उत्सुकदास के प्रति मोह समाप्त हो चुका है...बेनामी बैंक एकाउन्ट्स, जमीन जायदाद के विवरण, विदेशी बैंकों में जमा पैसा, लैटिन अमेरिका, बहमाज के वकीलों के जरिए कितने करोड़ रुपया बहुराष्ट्रीय कम्पनियों, कोयले, ताँबे सोने की खानों में और... !''

''और।''

''बैरा को नाश्ता रखकर चला जाने दो।''

बैरा, वेजीटेबल पेट्रोग्रेड, सैन्डविच, और कॉफी रखकर चला गया तब मालिनी ने कहा, ''मैं बनाती हूँ।''

कालीशंकर जोश में था। वह अपने मन की नफरत, हिंसा, घिन और हिकारत, निकाल-निकाल कर फेंक रहा था, उसने कहना शुरू किया, ''मल्टीनेशनल संपत्तियों और होटलों में 25 करोड़ से ऊपर रुपया लगा हुआ है...इस सबकी फेहरिश्त, कोड नम्बर पते, ठिकाने मैंने तीन लिफाफों में सील करके रख दिये हैं।''

''तीन क्यों।''

''कल सुबह एक लिफाफा कोरियर लेकर दिल्ली जायेगा।''

''दिल्ली।''

''हाँ। वह लिफाफा प्रधानमंत्री की किचन कैबिनट के एक सदस्य हैं डी. पी. उनको दिया जायेगा।''

''दूसरा।''

''दूसरा और तीसरा लिफाफा दो ऐसे अखबारवालों को दिया जायेगा जो बलदेव चौधरी के साथ और पार्टी अध्यक्ष के साथ जुड़े हुए हैं।''

''सत्यानाश'' मालिनी ने काफी का प्याला और पेट्रोग्रेड कालीशंकर की तरफ बढ़ाया।

''और जानती हो मैंने क्या किया।''

''क्या।''

''रामानन्द का नाम सुना था।''

''रामानन्द...नाम कुछ सुना हुआ लगता है।''

''ठीक। तुमको याद होगा...जब गुरुपदस्वामी मुख्यमंत्री थे...पुलिस विद्रोह हुआ था।''

''हाँ। टेरेफिक...क्या माहौल था किले के अन्दर पुलिसवाले थे...किले के बाहर भी पुलिसवाले थे...लेकिन दोनों एक-दूसरे के ऊपर गोलियाँ बरसा रहे थे।''

''मालूम है...वह पुलिस विद्रोह किसने करवाया था।''

''नहीं।''

''पुलिस विद्रोह शुरू किया था, रामानन्द ने बलदेव चौधरी के कहने पर।''

''शुरू किया था... ।''

''हाँ-हाँ-शुरू किया था बलदेव चौधरी ने गुरुपदस्वामी के मंत्रिमंडल को गिराने के लिए लेकिन जैसे ही उनको पार्टी अध्यक्ष बनाया गया, उन्होंने रामानन्द नामक व्यक्ति को उत्सुकदास के पीछे लगा दिया।''

''मेरी कुछ समझ में नहीं आ रहा है।''

''सीधी बात है...पुलिस विद्रोह जब हुआ तो रामानन्द, उत्सुकदास के पास था...''

''तो।''

''उत्सुकदास ने उसको पैसे दिये थे। हमने सिर्फ एक हजार रुपये दिये बजरबट्टू को और एक हजार दिए सी. पी. को।''

''लेकिन क्यों।''

''बजरबट्टू ने रामानन्द को बाई जी के सामने पेश कर दिया...उसने मीठी-मीठी बातों में, फूलदास की हत्या की मातमपुर्सी के बहाने सब कुछ कह डाला।''

''गयी भैंस पानी में।'' मालिनी को मजा आ रहा था।

''जाहिर है, गुरुपदस्वामी, गुट किसी कीमत पर उत्सुकदास को बर्दाश्त करने के लिए तैयार नहीं और उधर जो एक हजार मैंने सी. पी. को दिये थे, सी. पी. ने, मंजूर अहमद, और बलदेव चौधरी में सौदा करा दिया।''

''मंजूर अहमद, कौन, राघववाले न।''

''हाँ...लेकिन किसलिए।''

''उत्सुकदास का मंत्रिमंडल तभी गिरेगा...जब कोई मंत्रिमंडल बनेगा।''

''सही है।''

''बलदेव चौधरी प्रदेश के नये मुख्यमंत्री होंगे।''

''रिअली।''

''डाई इज कास्ट। सी. पी. ने मंजूर अहमद से जो सौदा बलदेव चौधरी

का करवाया है, उसके मुताबिक मंजूर साहब मंत्रिमंडल के सदस्य होंगे और बलदेव चौधरी मुख्यमंत्री।''

''कैसे हो सकता है...गेम आफ नम्बर।''

''मंजूर अहमद के पास 32 विधायक हैं सोशलिस्ट पार्टी के। राज्यपरिषद के 114 विधायक हैं, 18 विधायक, बलदेव चौधरी के साथ पार्टी छोड़ रहे हैं।''

''32 और 114 और 18 हुए 164...''

''साम्यवादी पार्टी के तीन घटक हैं और कुछ स्वतंत्र विधायक हैं, यह सब पार्टी की सरकार के खिलाफ हैं और चौधरी साहब को समर्थन दे रहे हैं।''

''लेकिन बलदेव चौधरी तो उपमुख्यमंत्री हैं।''

''जब से मंत्रिमंडल बना है...मंत्रिमंडल की तीन बैठक हो चुकी हैं।''

''तीन।''

''हाँ तीन...लेकिन बलदेव चौधरी किसी बैठक में नहीं...पार्टी अध्यक्ष पद से उनका इस्तीफा मंजूर नहीं हुआ लेकिन वह पार्टी आफिस भी नहीं जा रहे हैं।''

''कॉफी पी लो...ठंडी हो जाएगी।''

कालीशंकर ने एक-दो टुकड़े, पेट्रोग्रेड के मुँह में रखे और प्याले से कॉफी के कई घूँट निगल डाले। काफी देर से बोल रहा था, वह।

''हाँ, एक टिप है राघव के लिए।''

''उसी को बता देना...खुश हो जायेगा।''

''नहीं...कभी नहीं, आज जो बातें हुई हैं...उनके बारे में, मालिनी तुम किसी से नहीं...राघव से भी नहीं कहोगी।''

''नहीं कहूँगी, बाबा।''

''प्रामिस।''

''प्रामिस। क्या है टिप।''

''जंगलपार्टी के खिलाफ युद्धस्तर पर अभियान के आदेश मुख्यमन्त्री ने दे दिये हैं। खुद सारे आपरेशन को अपनी देखरेख में चला रहे हैं।''

''आपरेशन। अभियान।''

''तीन हैलीकॉप्टर...पैरा मिलेट्री फोर्स के दो दस्ते और चुने हुए पुलिस अफसरों की टीम के साथ दो हजार जवान, हथगोलों, मशीनगनों और वायरलेस से लैस होकर आज रात को पहाड़पुर के जंगल में डेरा डाल चुके होंगे...कल सुबह हैलीकॉप्टर पहुँच जायेंगे...''

''हैलीकॉप्टर क्यों।''

''हैलीकॉप्टर से वह लोग ढूँढ़ निकालेंगे...जंगलपार्टी के अड्डे और जरूरत पड़ने पर हथगोले फेकेंगे।''

“ओह गॉड।”

“यह रुक नहीं सकता।”

“नहीं।”

“कोई तरीका।”

“कोई तरीका नहीं है...सिर्फ एक तरीका है।”

“क्या।”

“उत्सुकदास मुख्यमंत्री न रहे या फिर...”

“या फिर।”

“वह, इस दुनिया से कूच कर जायें।” कालीशंकर उठकर खड़ा हो गया। उसने अपनी पैण्ट की जेब से पर्स निकाला और पचास रुपये, बिल के ऊपर रखकर चलने के लिए बाहर निकल आया। मालिनी उसके पीछे-पीछे चलने लगी। मालिनी के बैठते ही, कालीशंकर ने गाड़ी स्टार्ट कर दी। दोनों चुप थे...गाड़ी जब माडेलहाउस के करीब पहुँची तब कालीशंकर ने कहा, “अब हम तीन दिन बाद मिलेंगे और...”

“और।”

“सेलीब्रेट करेंगे।”

“क्या।”

“मंत्रिमंडल का पतन।”

“क्या यह सब जरूरी है काली। मुझे डर लग रहा है।”

“इसमें डरने की क्या बात है।”

“खुद जानते हो...कितने खतरनाक लोग हैं।”

“जानता हूँ...लेकिन मेरे ऊपर किसी को शक नहीं होगा...मैंने किया क्या है, मैंने, सिर्फ जो उठापटक चल रही थी...उसे एक शक्ल दे दी है बस, और फिर मैं नहीं डरता...आय डोन्ट केयर। बाय।” मालिनी जैसे ही गाड़ी से उतरी, कालीशंकर चला गया।

सोलह

राघव को अपनी योजनाओं में अपने षड्यंत्रों में अनेक परिवर्तन करने पड़े थे। कितनी मेहनत-मशक्कत के बाद, रातोंरात अनेक-अनेक दिनों तक दिलकुशा के उस कुएँ के अन्दर से, जो सुरंग का रास्ता, उसने बनाया था, उसको आधार बनाकर मंत्रिमंडल को उड़ाने की उसकी योजना उस समय बिगड़ गयी, जब

राघव को, अपनी बहन मालिनी के जरिये, इस बात की जानकारी मिली थी कि मुख्यमंत्री ने जंगलपार्टी के विरुद्ध हवाई हमले करने के आदेश दे दिये थे। असल में, उस रात, जब कालीशंकर, मालिनी के साथ कॉफी पीने होटल में गया था और जब उसने, अन्दर ही अन्दर सुलगते हुए, दहकते हुए तमाम बंध, खोल डाले थे, उसने ही तो मालिनी को बताया था, जंगलपार्टी के खिलाफ युद्ध स्तर की कार्यवाही के बारे में। वैसे दिलकुशा के कुएँ से निकलनेवाली सुरंग का रास्ता जो राघव ने सचिवालय के अन्दर तक जाने के लिए बनाया था और जिसकी अगली कड़ी निकालने के लिए ही उसने कालीशंकर के बाप बनवारी को अगवा करने की कोशिश की थी, वह सब बेमानी हो चुकी थी। कालीशंकर तैयार था, राघव के साथ सहयोग करने के लिए। उसने तो उन तालाबों की सफाई का ठेका राघव के कामरेड दोस्त को दिलवाने का वादा भी कर लिया था, जिन तालाबों के अन्दर ही अन्दर सुरंग का रास्ता बना हुआ था। लेकिन हालात बदलने लगे थे, लालसेना, जंगलपार्टी के नेता मोहिन्दर घटक, शालूसिंह और अभयंकर घोष का अस्तित्व खतरे में पड़ गया था। राघव जानता था, फौजी दस्ते और हवाई हमले का मुकाबला लालसेना नहीं कर सकेगी। हवाई हमले से जंगलपार्टी के बिखर जाने का खतरा था। राघव जानता था, यद्यपि भैरवसिंह को मार दिया गया था, गोवर्धनदास जिन्दा था और चालीस लाख रुपये की कीमत के जेवरात के सौदे की रकम भी तब एक नहीं मिली थी। ऐसे मौके पर फौजी दस्ते का हमला लालसेना के खौफ की नकाब उतार देगा और उसके बाद जंगलपार्टी में भगदड़ मच जायेगी। समस्या कठिन थी और समय कम था। जहाँ एक तरफ राघव को गोवर्धनदास को समाप्त करना था, जंगलपार्टी के चालीस लाख रुपयों को वसूल करना था, वहाँ दूसरी तरफ मुख्यमंत्री और उनके मंत्रिमंडल से निपटना था। राघव को मालूम था, राघव जानता था, मुख्यमंत्री का आदेश मुख्यमंत्री के साथ ही खत्म हो सकता था। वैसे राघव पूरी तरह से तैयार था। उसने कई रास्ते, कई योजनाएँ बना रखीं थीं। कमांडर बी. एस. के साथ मिलकर, उसने जिस सुरंगी रास्ते का ईजाद किया था, उस रास्ते के जरिए वह मंत्रिमंडल को उड़ा सकता था। उधर उसको, कालीशंकर का सहारा मिल गया था और सचिवालय के अन्दर तालाबों की उलटफेर के जरिए, उसने सीधे कैबिनट रूम में पहुँचने की योजना बना ली थी।

मालिनी ने राघव को बताया था, उस तीन दिन के समय के बारे में जिसके अन्दर जंगलपार्टी के ऊपर हमला होगा। उसी के साथ जुड़ी हुई थी, लालसेना के अस्तित्व की बात, लाल सेना के बुनियाद की बात। हवाई हमलों के बाद कौन बचेगा, कौन नहीं बचेगा, यह सवाल था राघव के सामने। और फिर वह स्वयं क्या करेगा...कहाँ जायेगा...उसे बारूद कहाँ से मिलेगा, पैसा कहाँ से

मिलेगा। सब कुछ तितर-बितर हो जायेगा, कुछ नहीं बचेगा। जाहिर था ऐसे माहौल में सुरंगी षड्यंत्रों को, ताक पर रखकर, किसी और तरीके से उसे सोचना था। कुछ ही क्षणों में, राघव समझ गया था, तरीका सिर्फ एक था, रास्ता सिर्फ एक था और वह तरीका, वह रास्ता था, उत्सुकदास को खत्म करने का, मार डालने का और फिर यह काम फकत तीन दिन में करना था। साफ बात थी अपने वजूद को बचाने की। कुछ भी करना था, राघव को, जिम्मेदारी उसी की थी, उसे ही सब कुछ करना था।

रीतू ने जब मालिनी के कहने पर बनवारी को, अपने यहाँ रखा था, तब उसे कहाँ पता था, वह सब एक विस्फोट की तरह फटेगा और नेस्तनाबूद कर देगा, उस समूचे धरातल को, जिस पर उसके और राघव के बीच सम्बन्ध टिके हुए थे। राघव की इज्जत करती थी रीतू। उसने सपनों का जो संसार बनाया था, चाहत की जो रंगोली रची थी, वह वक्त के दयार में उधड़ती चली जा रही थी। कब तक संभालकर रखती वह, कहाँ से लाती आस्था और विश्वास का वह सम्बल जो अनन्त काल तक राघव का इंतजार करता रहे। उसने जीना छोड़ दिया था, उसने मरना छोड़ दिया था, सपनों के संसार में उमड़ती-घुमड़ती यादों के जो उनमान उसने सजाये थे, जो लकीरें उसने खींची थीं, सब अलग-थलग होने लगी थीं। उसका मन नहीं मानता, कुछ और करने का, कुछ और चाहने का, कुछ और माँगने का। कहाँ भागकर जाती रीतू उन तमाम छोटे-छोटे, रंग-बिरंगे हरुफों से जो गूँगी आवाज बनकर, उसके अन्दर चीत्कार करते, उससे सवाल करते, उससे जिरह करते। उम्र के कितने साल, जिन्दगी के कितने दिन, रीतू ने सिर्फ राघव का इंतजार किया था। जैसे सब कुछ चुक गया हो, जैसे किसी लम्बे दौरे के बाद, एक ठहराव, एक खालीपन, एक खौफ, एक सन्नाटा उसके अन्दर बैठता जा रहा था और वह बस ठगी-ठगी सी, बिना किसी उम्मीद, बिना किसी सहारे के जैसे समय गुजार रही थी। रीतू के अन्दर न तो कोई हरकत थी और न ही किसी संघर्ष की चाहत। वह तो दूर जाना चाहती थी, बिखर जाना चाहती थी। जिसे उसने चाहा था, जिसे उसने जाना था, जो उसकी धड़कन में, साँसों में व्याप्त था, समाया था, उस राघव का वह क्या करे। राघव, असल में रीतू की आदत बन चुका था। उसकी रग-रग में राघव की महक, राघव की पहचान, अपनापन, अधिकार की सनसनी अपने आप, खुदबखुद करवट बदलने लगती। रीतू एक ऐसी लड़ाई, एक ऐसी जद्दोजहद का हिस्सा बनती जा रही थी, जिसमें सिर्फ एक पक्ष था, एक साइड थी, एक गोल था। वह पक्ष वह साइड, वह गोल वह स्वयं थी। राघव दूसरा पक्ष था, दूसरी साइड थी, दूसरा गोल था और वह दूर जा चुका था, किसी दूसरी तरफ, कहीं और अलग-थलग हो चुका था।

उस दिन रीतू रिवर बैंक कालोनी के फ्लैट नम्बर पाँच बटा चार की बालकनी में खड़े होकर सड़क पर आते-जाते लोगों को देख रही थी। उसकी निगाहें दूर-दूर तक फैली हुई सड़कों पर से गुजरती हुई गाड़ियों और सवारियों को देख रही थीं। वह देख भी रही थी और नहीं भी देख रही थी। वह जानती थी और नहीं भी जानती थी, उसे किसी का इन्तजार था और नहीं भी था। कुछ ही देर पहले वह बनवारी की चाय और दवा का सिलसिला खत्म करके आयी थी। उधर पहाड़पुर कांड की वह तमाम औरतें जो उन दिनों उसकी मेहमान थीं, आपस में लड़भिड़कर खामोश हो चुकी थीं। तभी रीतू को पीछे से आवाज सुनाई दी।

''क्या मेरा इंतजार कर रही थी।'' राघव ने उसके दाहिने कंधे पर हाथ रखकर कहा।

''क्या !'' चौकीदार रीतू ने कहा और पीछे मुड़कर जैसे ही उसने राघव को देखो, उसे हँसी आ गयी।

''वैसे मेरा सेन्स आफ ह्यूमर स्ट्रांग है, लेकिन कामरेड रीतू, आपकी इस हँसी का, मतलब समझना मुमकिन नहीं है... ।''

''वेल...'' रीतू को जैसे हँसी का दौरा पड़ा था।

''रीतू। क्या तुम्हें इतना फनी दिखता हूँ, मैं।''

''ऐसा तो नहीं कहा मैंने।''

''फिर।''

''मैं हँस रही थी, एक अनजानी बात पर।''

''अनजानी बात पर।''

''मुझे मालूम होना चाहिए था।''

''क्या।''

''यही कि कामरेड राघव किसी वक्त यहाँ आ सकते हैं।'' रीतू का इशारा बनवारी की तरफ था।

''कैसे...हाऊ...क्यों...क्यों।''

''इतने सवाल।''

''सवाल कई हैं...लेकिन''

''लेकिन...वेकिन छोड़ो यह तो बताओ कहाँ से आ रहे हो।''

''बैरुनी खंदक से। और तुम्हारी हँसी का मतलब, तुम्हें क्या मालूम होना चाहिए था।''

''कहा न...मुझे मालूम होना चाहिए था...''

''साउथ एशिया के महान् क्रांतिकारी श्री राघवानन्द ब्रह्मचारी तशरीफ लानेवाले हैं।''

''ब्रह्मचारी...दिस इज ए ट्रैप आर वाट।''

''ट्रैप में तो मैं फँसी हूँ।''

''कैसे ?''

''छोड़ो भी।''

''क्यों ?''

''इन बातों से कोई फायदा नहीं राघव तुम्हें अच्छी तरह पता है।''

''पता है। यू मीन अवर रिलेसनशिप।''

''अवर क्यों कहा तुमने...मैं तो समझने लगी थी, यह खेल सिर्फ मैं खेल रही हूँ।''

''ऐसी बात नहीं है।''

''ऐसा तुम कह रहे हो राघव। तुम्हें मालूम होगा।''

''हाँ...हाँ...मुझे मालूम है...मैं जानता हूँ, तुम मेरा इंतजार कर रही हो... कितने सालों से...कितने दिनों से...लेकिन तुमने कभी सोचा है...मेरी हालत क्या है...मैं कहाँ पर, किस जमीन पर खड़ा हूँ और मेरी मजबूरियाँ क्या हैं ?''

''नहीं मालूम मुझे...तुम्हारी मजबूरियाँ क्या हैं...हाँ इतना जरूर जानती हूँ...मेरी अपनी मजबूरियाँ क्या हैं।''

''फिर शुरू कर दिया।''

''मैंने तो नहीं शुरू किया...शुरू तुमने किया है...शायद मेरा मतलब समझ गये होंगे। मिस्टर राघव एम. ए.।'' एम. ए. राघव हँस पड़ा उसने अजीब सा मुँह बनाया था। राघव को देखकर रीतू को भी हँसी आ गयी। राघव और रीतू बार-बार एम. ए. कहकर हँस रहे थे।

''वैसे एक जमाने में''...राघव ने कोशिश की।

''एम. ए. लिखना, कहना, सुनना सब कुछ अच्छा लगता था न।''

''इधर तो आओ।'' राघव ने रीतू की चोटी खींचकर अन्दर आने का इशारा किया था।

अन्दर आने के बाद, राघव रुका नहीं, उसने बोलना शुरू कर दिया था।

''रीतू तुम्हें क्या लगता है...मैं तुम्हें नहीं चाहता...मेरे अन्दर क्या तुम्हारी तमन्ना नहीं है।''

''यह सच है राघव तुम मुझे नहीं चाहते।''

''यह तुम कह रही हो रीतू।''

''हाँ मैं कह रही हूँ...तुम झूठे हो...यू आर ए लायर।''

''मैं झूठा हूँ...मैं लायर हूँ...क्या झूठ बोला है मैंने।''

''कोई एक झूठ बोला हो तो कहें...तुम्हारी जिन्दगी तुम्हारे आदर्श, तुम्हारी सोच, सब कुछ झूठ की बुनियाद पर टिके हैं।''

"आज लड़ने के मूड में हो क्या।"

"तुमसे कोई लड़ सकता है राघव।"

"क्यों !"

"लड़ाई उसके साथ होती है, जिसके कुछ सिद्धान्त हों, जो किसी धुरी से जुड़ा हो।"

"तुम्हारा मतलब क्या है।"

"मेरा मतलब क्या है...मैं कहना क्या चाहती हूँ और किस बुनियाद पर खड़े होकर...मैं किस अधिकार से बात कर सकती हूँ...इसकी जानकारी रखना भी जरूरी है।"

"क्या मालिनी यहाँ आयी थी।"

"यही न...इसीलिए आये हो न...यही आववियस था, अपेक्षित था, कामरेड राघव से...तभी तो मैंने कहा था, मैं जानती थी, तुम जरूर आओगे।"

"जब तुम्हें सब मालूम है..."

"लेकिन आश्चर्य की बात तो यह है, राघव तुम्हें कुछ नहीं मालूम...तुम कुछ नहीं जानते... ।"

"रीतू तुम यही कहना चाहती हो न कि लाल सेना का जोन कमांडर राघवेन्द्र कुछ नहीं जानता...उसे कुछ नहीं, मालूम।"

"हाँ-हाँ कामरेड राघव एक खोखला इन्सान है और ऐसे मंसूबों से जो लालसेना बनी है तो उसे खत्म होने से कोई नहीं बचा सकता।"

"सच कह रही हो रीतू तुम। इधर कई दिनों से स्वयं अपनी निरर्थकता पर हैरान हूँ मैं...कुछ होता नहीं...कुछ भी बनता नहीं।"

"तभी तो..."

"और मेरी समझ में यह कभी नहीं आया, मेरी तमाम योजनाओं पर पानी कैसे फिर जाता है...शपथ ग्रहण समारोह के समय, बम विस्फोट करने की पूरी तैयारी हो चुकी थी, बारुद थी, मौका था। पिस्तौलें थीं, बम फोड़नेवाले थे और तब.. "

"मंजूरभाई ने तुम्हें बचा लिया।"

"ठीक कहती हो तुम, मंजूरभाई ने बचा लिया...किसी के आदर्श, किसी के सपनों, किसी की लड़ाई के वक्त पीठ पर छुरा भोंकना, लड़ाई के हथियार छुपा देना या बरवाद कर डालना...बचा लेने के बराबर ही तो है।"

"राघव यह क्या हो गया है तुम्हें...पिछले पाँच साल में कितना बदल गये हो तुम...कितना याद आता है वह राघव, जिसके चेहरे से नूर टपकता था... जिसकी बातें सुनकर ऐसा लगता था...इस दुनिया में सब कुछ चुक नहीं गया... ।"

"और अब।"

"ऐसा लगता है...हम किसी और इन्सान से मिल रहे हैं..."

"किसी और इन्सान से।"

"हाँ...राघव किसी आईने में तुमने अपना चेहरा देखा है।"

"रोज देखता हूँ।"

"उस तरह नहीं।"

"फिर।"

"ऐसा कहते हैं राघव। हर शीशे में आदमी अपनी कशिश छोड़ जाता है।"

"कशिश...हर शीशे में ?"

"जाहिर है उस आईने में, आदमी अपनी कशिश यानि अन्दरूनी परछाईं या अक्श का दयार छोड़ जाता है।"

"वाह क्या बात है..."

"वाह क्या बात है..." रीतू ने चिढ़ाते हुए कहा था।

"इसीलिए तो...हाँ रीतू। इसीलिए तो मैं तुम्हें बेहद प्यार करता हूँ...तुम्हारी इज्जत करता हूँ...तुमको सबसे अलग मानता हूँ...रखता हूँ..."

"बस !"

"सच में रीतू मैं वरचुअली तुम्हारी इबादत करता हूँ।"

"झूठ...टोटल झूठ !"

"सच टोटल सच...और फिर मैं सच बोल रहा हूँ या झूठ, यह तुम कैसे जान सकती हो।"

"जान सकती हूँ...इस तरह जान सकती हूँ कि राघवेन्द्र ब्रह्मचारी की रग-रग को मैं पहचानती हूँ।"

"अगर तुम रग-रग को पहचानती हो...तो फिर तुम्हें इस बात का भी पता होगा मैं सच बोल रहा था या झूठ।"

"दिस टाइम यू मे बी राइट..लेकिन मैं इतना जरूर जानती हूँ तुम्हारी चाहत झूठी है।"

"चाहत...चाहत होती है...झूठी या सच्ची नहीं होती।"

"होती है...बात कमिटमेंट की है...चाहत, प्यार यह सब किसी तरह के रीजन, बहस, दलीलों से...वही पुरानी बात... ।"

"बात पुरानी हो या नयी...जिन्दगी से बड़ी तो नहीं है।"

"फिर तो तुम्हें पता होगा, थोड़े दिन बाद..."

"हो...हो...और तुम बूढ़ी हो जाओगी।" राघव ने हँसते हुए कहा था।

"छी ! तुम राघव ! यू आर ए गान केस !"

"नॉट टोटली।"

"लेकिन तुमने कभी मेरे बारे में सोचा है।"

"क्यों नहीं...हम शादी कर रहे हैं।"

"कब !"

"जब कहो।"

"अभी आज !"

"मुझे कोई एतराज नहीं है...लेकिन उससे पहले मुझे एक काम करना है।"

"कौन-सा काम।"

"मुझे मुख्यमंत्री को उड़ाना है।"

"क्या मतलब।"

"मतलब साफ है...मुख्यमंत्री उत्सुकदास को उड़ाना है।"

"राघव तुम मजाक तो नहीं कर रहे हो..."

"मैं मजाक बिलकुल नहीं कर रहा हूँ।"

"तुम्हारा मतलब है...तुम खून करोगे...मुख्यमंत्री की हत्या करोगे ?"

"इंकलाब...क्रांति में सब कुछ जायज है।"

"राघव क्या हो गया है तुम्हें...किसी खूनी दरिन्दे की तरह, देखा तुमने, तुम्हारा चेहरा सिकुड़ने लगा था...तभी तो मैंने कहा था तुम वह राघव नहीं हो जिससे मैंने प्यार किया था।"

"यह क्या...इसका मतलब क्या है !"

"वह राघव जो मुझे मिला था, वह कोई और था...वह हत्यारा नहीं था...खूनी नहीं था।"

तो क्या लेनिन, माओ, मार्क्स, वह सब खूनी थे।"

"वे खूनी थे या नहीं—इसका फैसला इतिहास करे...लेकिन तुम राघव तुम इस गुनाह से बच नहीं सकते...मैंने कितनी बार कहा लेकिन तुम राघव तुम इस गुनाह से बच नहीं सकते...मैंने कितनी बार कहा है, आसमान में छलाँग नहीं लगायी जाती...तुम्हारे चेहरे की सिकुड़न, तुम्हारे माथे के बल मुझे बता रहे हैं..."

"रीतू यह वक्त, यह लम्हा जो मैं तुम्हारे साथ गुजार रहा हूँ...मेरे लिए यह मूल्यवान है, कीमती है।"

"फिर।"

"मेरी बात तो सुनो।"

"मुझे नहीं सुननी तुम्हारी बात।"

"फिर शादी कैसे होगी।"

''नहीं करनी शादी मुझे।''

''लो भाई...हो गयी छुट्टी। इतना क्रोध, इतना गुस्सा अच्छा नहीं होता, रीतू।''

''मैं जानती हूँ तुम यहाँ क्यों आये हो।''

''क्यों ?''

''बनवारी के लिए न।''

''नहीं।''

''फिर।''

''शादी के लिए।''

''शादी के लिए। कब कर रहे हैं शादी हम।''

''मैंने कहा न, कभी भी, आज अभी या फिर...''

''लेकिन क्यों।''

''शादी क्यों करते हैं लोग।''

''बात लोगों की नहीं हो रही है...बात हम्हारी हो रही है।''

''तो।''

''मैंने पूछा न एकाएक एकदम, शादी का खयाल कैसे आया राघव के फर्टाइल दिमाग में...तुम तो कहा करते थे न...वह इन्कलाब की लड़ाई...यह संघर्ष...''

''मुझे लगता है रीतू...अब हम्हारा अन्त समय आ गया है...सब कुछ खत्म होनेवाला है।''

''कैसे।''

''मुख्यमंत्री ने हवाई हमले, पैराट्रूप्स और शायद मिलेट्री का इन्तजाम किया है...लालसेना को नेस्तनाबूद करने के लिए।''

''और पहाड़पुर की उन औरतों का क्या हुआ जो बलात्कार का शिकार हुई थीं।''

''वह तो तुम्हारे साथ थीं।''

''हाँ। तभी तो पूछा मैंने।''

''उनका क्या होना है।''

''औरतों के साथ जब कुछ होता है तो उनका क्या होता है।''

''चन्द आँसू ! कुछ बयान और कभी न खत्म होनेवाला मुकदमा।''

''लेकिन मैं छोड़नेवाली नहीं हूँ।''

''क्या करोगी तुम, चाहती क्या हो।''

''भैरवसिंह की गिरफ्तारी...मोतीलाल का तबादला और उन पुलिसिए को सजा जिन्होंने...''

“भैरवसिंह मर गया।” रीतू ने चीखकर कहा। “क्या भैरवसिंह मर गया।”

“हाँ।”

“कैसे।”

“किसी जीप से कुचलकर।”

“जी इ ई प से, ए ए कुचलकर...कौन-सी जीप थी।”

“शायद जोंगा।”

“तुम्हें कैसे मालूम।”

“मुझे...मैंने...।”

“हाँ...हाँ बोलो।” रीतू की कुछ-कुछ समझ में आ रहा था।

“हाँ...मैंने अखबार में पढ़ा था।”

“मुझे कहाँ मालूम था, जोंगा जीप के बारे में।”

“हो सकता है।”

“क्या हो सकता है राघव।”

“तुमने मिस कर दिया होगा।”

“नहीं...मैंने नहीं...तुमने राघव।”

“क्या कह रही हो तुम।”

“हाँ राघव...यह भी हो सकता है।”

“तुम कहना क्या चाहती हो।”

“तुम्हारे कमांडर बी. एस. के पास भी तो जोंगा जीप है...है, न।”

“है।”

“मैं सिर्फ इतना जानना चाहती हूँ राघव उस समय तुम जीप में थे।”

“तुम इतना श्योर कैसे हो, जीप, बी. एस. की थी।”

“राघव मैं बच्ची नहीं हूँ...मैं जंगलपार्टी और लालसेना की तमाम गतिविधियों से वाकिफ हूँ। मैंने खुले रूप से लालसेना के लिए काम नहीं किया तो क्या हुआ...मालिनी मेरी दोस्त है...।”

“ओह मालिनी !”

“अपनी बहन को इतनी हिकारत से क्यों लेते हो...।”

“नहीं...नहीं, रीतू। आय लव हर।”

“एक और झूठ !”

“झूठ कितनी आसानी से बोला जा सकता है लेकिन तुम जानती हो...अपनी प्रेयसी रीतू से मुझे झूठ बोलने की जरूरत नहीं है।”

“राघव ! यह झूठ नहीं तो क्या है....मैं तुम्हारी प्रेयसी हूँ...तुम मुझसे शादी करना चाहते हो ! और तुमने मुझे डिच किया ?”

''कैसे ?''

''पहाड़पुर की औरतों को लेकर जो आन्दोलन मैंने छेड़ा था...गर्म तपती हुई धूप में...जलती हुई सड़क पर...पुलिस का घेरा तोड़कर जिस तरह हम जेल गये...हड़ताल की...खाना-पीना छोड़कर दिन-रात अखबार, अफसरों और नेताओं के चक्कर लगाये...धरना दिया नारे लगाये...किसलिए...बोलो। राघव किसलिए।''

''हम्हारे लिए !''

''और तुमने उस भैरवसिंह को मार डाला, जिसके खिलाफ जिसके आंतक, जिसकी बर्बरता के खिलाफ हम लोग आन्दोलन कर रहे थे।''

''मैंने नहीं मारा उसको।''

''तुमने नहीं मारा उसको...तो तुम्हारे आदमी ने मारा होगा...मेरा कहना सिर्फ इतना है...भैरवसिंह को मारने से क्या मिला तुमको।''

''यह कहना बड़ा मुश्किल है !''

''मैं सिर्फ इतना जानना चाहती हूँ, भैरवसिंह की हत्या से तुम्हें क्या मिला !'' रीतू की आँखें जल रही थीं।

''क्या तुम कहना चाहती हो...भैरवसिंह एक अच्छा इन्सान था...उसे नहीं मारना चाहिए था।''

''तुम कौन होते हो, इस बात का फैसला करनेवाले कि भैरव अच्छा इन्सान था या बुरा...उसे जिन्दा रहना चाहिए था या मर जाना चाहिए था।''

''क्योंकि उसने जंगलपार्टी को धोखा दिया है।''

''कैसे।''

''हम्हारा माल...हम्हारा रुपया।''

''तुम्हारा माल...तुम्हारा रुपया...कहाँ से आया था, वह सब...लूट का माल था न।''

''हाँ तो।''

''उसमें भैरवसिंह कहाँ आता है...उसके हाथ तो तुम्हारा लेनदेन तक नहीं था...तुम या तुम्हारी लालसेना का कोई आदमी, भैरवसिंह से कभी मिला तक नहीं...''

''लेकिन...''

''मुझे बहुत बुरा लग रहा है, यह कहते हुए, लेकिन सच तो यह है...हत्या और हिंसा जो तुम्हारे सोच का, तुम्हारे व्योहार का प्रतीक बन गया है, वह बेकार है, रीजनलेस, उद्देश्य विहीन है...असल में तुम सब किसी भयावह घेरे में बुरी तरह फँस चुके हो। भैरवसिंह को नहीं मारने से और जो आन्दोलन हमने चलाया था, उसकी सफलता से, जंगलपार्टी, लालसेना का, सर्वहारा वर्ग का, मजलूम, मजबूर लोगों का और औरतों का खासकर फायदा था।...तुम राघव

अच्छी तरह जानते हो हम भैरवसिंह, मोतीलाल और करीब-करीब पूरे थाने की गिरफ्तारी के लिए आन्दोलन कर रहे थे...राष्ट्रीय अखबारों ने हम्हारी लड़ाई में रुचि लेना शुरू कर दिया था...''

''इंकलाब किसी का इंतजार नहीं करता...।''

''ठीक कहा तुमने राघव, इन्सान की हत्या करो तुम ! आदर्शों का बलिदास दो तुम ! आदमियत का जज़्बा कुचल डालो तुम। बहशी दरिन्दों की तरह, मुल्क और राष्ट्रीयता का नाश करो तुम। मैं जानती हूँ...''

''तुम कुछ नहीं जानतीं रीतू...तुम्हारी अज्ञानता और मूढ़तापूर्ण बातें सुनकर मैं हैरान हूँ...तुम्हारी जैसी पढ़ी-लिखी लड़की उस सतह से ऊपर नहीं उठ सकी, जिसके इर्द-गिर्द, सारी उम्र, समूची मानवता चक्कर लगाया करती है।...जब से यह दुनिया बनी है, जिसके पास ताकत है, पैसा है, वह समाज के सभी वर्गों का शोषण करता है...सामाजिक मूल्य, व्यवस्था के प्रश्न, मानवता की दुहाई...यह सब उस बुर्जुआ मुलम्मे का हिस्सा है, जिसे लगाकर पूँजीवादी या पैसे और ताकत से जुड़े हुए लोग, शोषण करते हैं समूचे देश का, विश्व का।''

''अच्छा राघव। एक बात पूछूँ बुरा तो नहीं...''

''गो एहेड।''

''हम इन्सान हैं न।''

''इसमें क्या शक हो सकता है।''

''तुम्हारे सिद्धान्त, तुम्हारी जद्दोजहद इन्सान के लिए है न।''

''हाँ।''

''फिर इन्सान का खून कैसे कर सकते हो !''

''हम्हारी बात समझने की कोशिश करो तुम...खून या हत्या जो अपने स्वार्थ के लिए होती है उसे जुर्म कहते हैं, लेकिन हम्हारी लालसेना, जो करती है, वह एक लड़ाई का हिस्सा है, आम आदमी की भलाई के लिए है।''

''आम आदमी की भलाई के लिए...जब किसी की हत्या करनी होती है, तुम लोगों को, तब कैसे फैसला करते हो, कौन आम आदमी है और उसे, जिसकी हत्या करनी है, किस तरह आम आदमी की श्रेणी से अलग करते हो। भैरवसिंह आम आदमी नहीं होगा, तभी तो तुम लोगों ने उसे मार डाला।''

एकाएक रीतू रोने लगी, उसकी दबी-दबी रुँधी हुई आवाज सिसकियों में बँधी हुई चारों तरफ फैल रही थी।

कमरे में सन्नाटा था और उसी सन्नाटे को तोड़ता हुआ रीतू का रुदन किसी भय।वह पैनी छुरी की तरह राघव के व्यक्तित्व की मुखरता को काट रहा था...उसके अस्तित्व की गहनता को, गरिमा को नकार रहा था। रीतू की उमड़ती हुई सिसकियाँ...दबी हुई, घुटी हुई आवाज में निकलता हुआ उसके अन्तरमन

का हाहाकार, समूची व्यवस्था और उस व्यवस्था के विघटन के प्रयास की समस्त प्रक्रिया को उस क्षण अर्थहीन बना रहा था। वह देख रहा था, अपनी प्रेयसी, अपनी प्रियतमा की बड़ी-बड़ी आँखों में उबलते हुए आँसू, उन आँसुओं से जुड़ी हुई थी वह तमाम काई, ताप, जो पर्त दर पर्त, कितने दिनों में, कितने सालों में रीतू के अन्दर थम गया था, रिस गयी थी। उबलकर निकल रहा था वह ताप, आँसुओं की शक्ल में पिघलकर निकल रही थी वह काई, जिसका तारतम्य जुड़ा हुआ था खुद राघव की जिन्दगी से और फिर रीतू अपने लिए, अपने घरवालों के लिए, सगे-सम्बन्धी के लिए, किसी निहित स्वार्थ के लिए नहीं रो रही थी, वह तो रो रही थी उसके लिए जिसे मारा जा चुका था, जिसका नाम भैरवसिंह था और जो रीतू का कुछ नहीं लगता था।

वह तो उसी भैरवसिंह के लिए रो रही थी, जिसके खिलाफ वह संघर्ष कर रही थी, जिसकी गिरफ्तारी, मुअत्तली के लिए उसने आन्दोलन छेड़ रखा था। लेकिन राघव जानता था, उसे मालूम था, कर्ता थी रीतू, कारण था भैरवसिंह, लेकिन कारण असल में कर्ता में समाहित नहीं था, वह महज एक आवरण था, ड्रेसिंग थी। असल में राघव को लेकर प्रणयनिहित जितनी दुखी थी रीतू, उतना ही उस दुख से जुड़ा हुआ था उसका वह आक्रोश उसकी वह हताशा जो उस समय, आँसुओं की शक्ल में, सामने थी और राघव की समझ में नहीं आ रहा था, वह क्या कहे, क्या करे, रीतू को किस तरह चुप कराये।

''चुप हो जाओ रीतू, तुम क्या समझती हो मुझे रोना नहीं आता...क्या मैं अपने और तुम्हारे सम्बन्धों के प्रति ईमानदार नहीं हूँ।''

रीतू को लगा था, कोई बड़ी दूर से उसे बुला रहा था, लेकिन, वह इतनी दूर जा चुकी थी, जहाँ से लौटकर आना शायद मुमकिन नहीं था। लगता है, सब कुछ चुक गया है। रीतू ने फुसफुसाकर कुछ इस तरह कहा था जैसे बिजली का नंगा तार छू जाय और बदन का सारा ताप हर ले।

''नहीं नहीं...नहीं...यह नहीं हो सकता...रीतू तुम्हारे बिना मैं कुछ भी नहीं हूँ। जो कुछ भी, मैं करता हूँ सोचता हूँ, उसका आधार तुम हो। तुम ही मेरी जद्दोजहद हो, तुम ही मेरा इंकलाब हो, तुमसे अलग मैं और कुछ सोच ही नहीं सकता।'' काँप रहा था, राघव उस वक्त।

''राघव'' रीतू ने आँसू पोंछते हुए कहा था।

''हाँ। चुप हो जाओ रीतू। चियर अप नाव...आय एम सॉरी। इतना मैं भी जानता हूँ...भैरवसिंह की हत्या एक राजनैतिक भूल थी।''

''यही तो मैं कह रही थी...जिन्दा भैरवसिंह हम्हारे समाजवाद के लिए अधिक कारगर हो सकता था। कब तक रोक सकती थी, सरकार उसे तो जाना था। और फिर उसके मर जाने से लालसेना के पैसे भी तो डूब गये।''

"यह सही है...मैं शुरू से इसके खिलाफ था, असल में हमें भैरवसिंह के साथ गोवर्धनदास को भी मारने के लिए कहा गया था...और फिर भैरवसिंह को बी. एस. मार चुका था, जब मुझे मालुम हुआ...सेन्सलेस इनडिविजुअल क्लिंग के मैं खिलाफ हूँ। ओई केयर फार यू...मैं तुम्हें प्यार करता हूँ।"

"राघव" रीतू ने अपना सिर राघव के सीने पर टिका दिया था। राघव, धीरे-धीरे रीतू के माथे पर हाथ फेर रहा था, उसे चुप करा रहा था। उसका मन खुद, रो रहा था रीतू को रोते हुए देखकर। और फिर उसे तो रीतू से जरूरी काम था। राघव आया था रीतू के पास मुख्यमंत्री की हत्या का षड्यंत्र रचने और फँस गया था भैरव सिंह की हत्या के मामले में, जिससे उसको कोई सरोकार नहीं था। उसकी हिम्मत नहीं पड़ रही थी, रीतू से अपने वहाँ आने के उद्देश्य के बारे में, कहने की। तब तक रीतू के आँसू रुक चुके थे। उसके अन्दर जमी हुई काई पिघलकर निकलने लगी थी और उसके अन्दर घुमड़ता हुआ ताप, ठहर चुका था। रीतू शान्त थी, उदासी के बादल छँटने लगे थे और एक हल्की-सी व्यंग्यात्मक मुस्कराहट उसके होंठों पर खेल रही थी। रीतू की व्यंग्यात्मक मुस्कराहट जुड़ी हुई थी, अपनी उस पराजय के प्रतीक के रूप में जो उसे जिन्दगी में, राघव ने दी थी।

"राघव" बड़ी धीमी आवाज में, करीब-करीब फुसफुसाकर रीतू ने कहा था।

"हाँ। रीतू ! वैसे तो हम शादी कर रहे हैं न।"

"बड़ी जल्दी याद आयी तुम्हें उस औपचारिकता की।"

"क्यों।"

"बस ऐसे ही मन कर रहा था, पूछने का, इसीलिए पूछ लिया।" रीतू को हँसी आ गयी। रीतू की हँसी की आवाज सुनकर राघव भी हँसने लगा। राघव धीरे-धीरे सावधानी से, रीतू की तरफ देखकर हँस रहा था। उसे डर था, कहीं उसकी हँसी किसी अभद्र रूप में, रीतू की भावनाओं को चोट न पहुँचाये।

"तुम कैसी हो।"

"तुम्हें कैसी लगती हूँ।"

"अच्छी लगती हो।"

"शी। फिर बदमाशी। नहीं मेरा मतलब...राघव..." रीतू ने धीरे से कहा।

"क्या।" राघव की आवाज में लखता हुआ स्नेह था।

रीतू ने कोई जवाब नहीं दिया, राघव भी कुछ नहीं बोला और दोनों धीरे-धीरे एक-दूसरे के करीब आने लगे थे। काफी देर बाद राघव ने कहना शुरू किया था। "रीतू मैं यह अच्छी तरह जानता हूँ, तुम्हारी जिन्दगी को गलत रास्ते पर मोड़ने के लिऐ सिर्फ मैं जिम्मेदार हूँ।"

"क्या मतलब ?"

"मतलब कुछ नहीं...बात सीधी और साफ है।"

"सच एज।"

"मैं एक असफल मनुष्य हूँ...नाकामियों ने मुझे उसी वक्त सताना शुरू कर दिया था जब मैं छोटा था।"

"कैसे लगते होगे, तुम राघव, जब छोटे रहे होगे।"

"अब इसका क्या अर्थ !"

ही ही ही...सि..सि..सी की आवाजें निकालने लगी थी रीतू। उसने अपने कपड़े ठीक किये और राघव की तरफ घूरकर देखा, "हर चीज का अर्थ नहीं पूछा जाता।"

"क्यों ?"

"कैसे बताऊँ ?"

"तो मैं कह रहा था, मेरी जिन्दगी की बुनियाद पराजय, हिकारत और निकृष्टता पर टिकी है...मैं हारने के लिए ही बना हूँ...मेरा जन्म ठुकराये जाने के लिए ही हुआ है और मैं इतना जानता हूँ अधिक दूर नहीं जा सकता...थोड़ा ही वक्त है, मेरे पास...उम्र के कम दिन ही मिले हैं मुझे इस जन्म में।"

"क्या तुम थोड़ी देर चुप रहीं रह सकते।"

"क्या मैं बकवास कर रहा हूँ ?"

"यह तो नहीं कहा मैंने।"

"फिर।"

'बस कुछ देर चुप रहने का मन था।"

"लेकिन क्यों।"

"इन चीजों की कोई वजह होती है।"

"वजह होती है या नहीं...यह तो मैं नहीं जानता, लेकिन मेरा तजुर्बा है, जब भी मैं इंकलाब की, लालसेना की, सामाजिक क्रान्ति की बात करता हूँ.. .तुम बेवजह मुझसे चुप हो जाने के लिए कहती हो...वैसे धीरे-धीरे यह तुम्हारा अस्त्र, एक तरीका-सा बन गया है। उस समय, बातचीत से बहस से, अपने को बाहर निकाल लेने का, जब तुम्हारे लिए स्थिति बहुत सुखप्रद नहीं होती।"

"राघव मेरे लिए हर वह स्थिति सुखप्रद है, जिसमें तुम हो या तुम्हारा जिक्र हो।"

"वाह ! वाह !"

"क्या अच्छा नहीं लगा तुम्हें।"

"लगा क्यों नहीं।"

"फिर ?"

"खुशी होती है ! यह अधिकार का सुख है या दो शरीर का मिलन ! प्रणय, प्रेम, प्यार यह सब मुझे तुम्हारे रिश्ते के नाम से छोटी लगती हैं। तुमको शायद मालूम ही नहीं, तुम चीज क्या हो, रीतू !"

"चीज क्या हो। इसका मतलब।"

"हर बात के मतलब नहीं समझाये जाते हैं।"

"अच्छा एक बात बताओ राघव। "

"हाँ बोलो।"

"क्या तुम्हारे अन्दर मेरे लिए कुछ वैसा ही होता है, जैसा मेरे अन्दर।"

"क्या, तुम्हारे अन्दर क्या होता है, यह तुम जानो...लेकिन मेरे अन्दर एक अजीब सी कशिश, एक खालीपन, एक टीस सी उभरती रहती है...वह जाती नहीं है। वहीं कहीं, अन्दर किसी कोने में छुपकर बैठ जाती है, ठहर जाती है और कभी-कभी तो कई-कई घंटे, कई-कई दिन, रग-रग में कोई मीठी मरोड़ बनकर वह टीस, वह कशिश, सारी समूची मानसिकता को, अपने दायरे में, अपने घेरे में ले लेती है।"

"सच !" रीतू ने जैसे अपने आपसे कहा था। "और मन कहाँ मानता है वह पूर्णरूप से समर्पित होकर जीना चाहता है। एक ऐसी जिन्दगी गुजारना चाहता है, जिसमें कुछ न हो सिर्फ तुम हो।"

"और लाल सेना।"

"यही तो किया था मैंने। सोचा था, लालसेना और तुमको साथ लेकर चलूँगा...जिन्दगी कट जायेगी...लेकिन लगता है, मुमकिन नहीं है।"

"क्यों।"

"समय बड़ी तेजी से भाग रहा है। समाज में, देश में, विश्व में परिवर्तन की प्रक्रिया ने रफ्तार पकड़ ली है...चारों तरफ एक जबरदस्त होड़, एक कभी न खत्म होनेवाली लड़ाई चल रही है...आदमी-आदमी से दूर होता जा रहा है ...अपनापन, आस्था और विश्वास के सम्बल न जाने कितने पीछे छूट गये है ...अपनी...खुद अपनी पहचान तक कर सकने का समय नहीं है, उसके पास ...जिसे वह प्यार करता है...जिसे वह अपने जीवन का हिस्सा समझता है... उसे भी, उस निकटता के लिए भी, जो उसके जीवन की मोहकता से जुड़ी हुई है, वह ईमानदार नहीं रह सकता। छल, कपट, द्वेश, ईर्ष्या का षड्यंत्र, लुक-छुपकर आदमी खुद ही तो करता रहता है—अपनी माँ से, जिसने उसे जन्म दिया है, अपने बाप से जिसने उसे पाला है, भाई, बहन, पुत्र-पुत्रियाँ, दोस्त, नातेदार, यहाँ तक वह अपनी पत्नी तक से...।"

"यह व्यंग्य है या विवरण।"

"व्यंग्य भी है और विवरण भी।"

''विवरण भी।''

''सिर्फ इसलिए कि आदमी के मानसपटल का संतुलन बिगड़ गया है।...ऐसा होता है, उस समाज में जहाँ आर्थिक बदलाव तेजी से आता है, आर्थिक परिवर्तनों के साथ लोगों की रुचि में, मनोवृत्तियों में बदलाव आता है...रिश्तों और सम्बन्धों के रूप बदल जाया करते हैं अन्तर की गहराइयों से उछाल मारती हुई स्नेह और गरिमा की धारा का रूप बदल जाता है...उसका महत्त्व कम हो जाता है...काफी कम हो जाता है और हम उसे छू लेने तक से डरते हैं।''

''मेरी कुछ समझ में नहीं आ रहा है।''

''अर रे। रीतू बिटिया...''

''बिटिया।''

''हाँ हाँ बिटिया भी ! तुम रीतू ! तुम ! मेरी सब कुछ हो ! प्रेयसी, माँ, बेटी और दोस्त, सभी रूप में पाया है तुमको, भोगा है। कभी-कभी तो ऐसा लगता है जैसे मेरी साँसों की डोर तुम्हारी साँसों की डोर से जुड़ी हुई हो।''

''सच में। राघव तुम मुझे इतना चाहते हो...यह मैं कहाँ जानती थी।''

''लेकिन मैं जानता हूँ...तुम्हारे इस सुन्दर कमनीय बदन में जो जीवन्त शक्ति है वह पूर्ण रूप से समर्पित है, मेरे बदन की जीवन शक्ति के लिए... तुम मुझसे अलग नहीं रह सकतीं...इतना मुझे पता है, यह जानता हूँ मैं।''

''आज इतने दिनों बाद तुम यह सब मान रहे हो, स्वीकार कर रहे हो।''

''मैंने कहा नहीं कभी, लेकिन इसका मतलब यह तो नहीं। मैं कुछ भी, हमेशा, अन्त तक समझे बिना...बिना जाने जीता रहूँ...कोई कोशिश नहीं करनी पड़ती है, यह सब जानने के लिए...रीतू मालूम है तुमको ऐसा क्यों होता है और कब होता है।''

''नहीं जानती मैं।''

''ऐसा है...हर आदमी दोहरा जीवन जीता है, एक वह जो हम्हें मुखौटों के बाहर से दिखता है और दूसरा जीवन जो मुखौटों, औपचारिकताओं, परम्पराओं, स्थितियों से भिन्न अन्दर ही अन्दर पकता रहता है...हम जब अकेले होते हैं या रात में जब बिस्तर पर सोते हैं तो कभी-कभी ऐसा नहीं लगता है ...हम वह इन्सान नहीं हैं जिसने मुखौटों, औपचारिकताओं और परम्पराओं में अपने आपको बाँध रखा है।''

''बड़ी गहरी बात है...कीप आन द ट्रेक...बहक न जाना राघव।'' रीतू की आवाज में सम्मान था।

''एकाकी जीवन का एकान्त, रिश्तों, नातों, परम्पराओं और औपचारिकताओं की भीड़ में दब जाता है...लेकिन कभी जब उलट-पुलट होती है, तूफान आता

है, हलचल होती है...भागती हुई उम्र, ढलता हुआ शरीर, गुजरती हुई वक्त की डगर से हटकर, खुद अपनी पहचान पकड़ने की कोशिश करने लगता है। "यू आर गेटिंग इट।"

"जानती हो वह पहचान कितनी भयावह होती है...कितनी आक्रान्त... कितनी दयनीय !"

"नहीं...मैं कैसे जान सकती हूँ।"

"हम सबको एक-न-एक दिन उस सत्य का सामना करना पड़ता है।"

"कौन-सा सत्य !"

"जीवन का सत्य।"

"क्या है, जीवन का सत्य ?"

"कई रूप हैं, कई आकार हैं, कई प्रयोजन हैं। तुम उनमें से कोई एक रूप कोई एक आकार, कोई एक प्रयोजन चुनते हो।"

"जैसे तुमने लालसेना का प्रयोजन चुना है।"

"गलत। टोटल गलत।"

"कैसे।"

"लालसेना कोई रूप, आकार या प्रयोजन नहीं है।"

"फिर।"

"यह तो रूप, आकार, प्रयोजन से उत्पन्न होनेवाली स्थिति है...व्यवस्था है...रूप, आकार प्रयोजन तो जीवन की यात्रा की सेटिंग करते हैं। उनसे ही, मौजूदगी का आधार, उद्देश्य तय होता है, रिश्तों, स्वार्थों की बुनियाद तय होती है और सबसे ऊपर व्यक्तित्व के आयाम बना करते हैं।"

"कुछ-कुछ समझ में आ रहा है...लेकिन तुम किस अहसास की बात कर रहे हो।"

"यही है वह बात जो शायद मैं इतनी देर से कहने की कोशिश कर रहा था... मैं उस अहसास की बात कर रहा हूँ जो हम्हारे अन्दर, उम्र गुजरने पर, खाने-पीने, मौज-मस्ती के दौर निकल जाने पर एक-एक दिन, अपने-आप खुद-ब-खुद न जाने कहाँ से उठकर खड़ा हो जाता है।"

"और वह अहसास..."

"नहीं पहले मैं...मुझे रोको नहीं...कहीं फिर भटक न जाऊँ...वह अहसास होता है, अपने ही जीवन की, अपने ही शरीर की नश्वरता का।"

"यही तो..."

"यह कोई ज्ञान या पुण्य या मोक्ष की बात नहीं है। यह तो जीवन की वह सच्चाई है जिसमें एक तरह के लोगों के ऊपर एक तरह की प्रतिक्रिया होती है।"

''उसी अहसास की अलग-अलग प्रतिक्रिया ?''

''किसी को वैराग्य, किसी को मोह, किसी को लिप्सा, किसी को हवस, और किसी को मिलती है, महज एक वेदना ! ऐसा अक्सर होता है, शरीर की, जीवन की नश्वरता के तथ्य को जानकर मोह, भोग और लिप्सा की रफ्तार और तेज हो जाती है।''

''कैसे ?''

''जैसे कोई वसीयत लिखता है...दायरे और छोटे हो जाते हैं...दुनिया सिकुड़ने लगती है...व्यथा जाती है विस्तार से लेकिन हमसे कितने, इस रहस्य को समझ पाते हैं। अधिकतर लोग व्यथा को भूल जाते हैं, विस्तार को भूल जाते हैं, यहाँ तक अपनी व्योहार कुशलता को, अपने रिश्ते-नातों को, भूलने लगते हैं, विसार देते हैं। उस माँ ने जिसे जन्म दिया है, उस बाप ने जिसने पाला है, उस बहन ने जिसने राखी बाँधी है, उस भाई ने जिसने दोस्त का फर्ज अदा किया है, उस पत्नी ने, उस प्रेमिका ने जिसने अपना शरीर, अपना मन अपनी आत्मा, अपना सर्वस्व दे डाला, जिसने नाम दिया, पहचान दी, मरने के बाद भी याद आने की विधा सुझाई, जिसने संतान को जन्म दिया, उसे भी दूर कर देते हैं, है न।''

''शायद।''

''शायद नहीं, निश्चित रूप से, इतना मुझे मालूम है, मैं जानता हूँ... जैसे-जैसे आदमी बूढ़ा होता है, कई बार वह और तंगदिल हो जाता है और कई बार जैसे कोई हवस, सब कुछ संचित करने की प्रवृत्ति हावी हो जाती है उसके ऊपर।''

''हम्हें जो सिखाया गया है, उसके अनुसार बड़े-बूढ़े दयावान होते हैं, त्यागी होते हैं, उनके अन्दर स्नेह की धारा बहती रहती है।''

''हँसी आती है, तुम्हारी बातें सुनकर। अधिक बुढ़ापे में तो कुछ याद ही नहीं रहता और उससे पहले कुछ याद रखना नहीं चाहते। और फिर सम्बन्धों के अर्थ बदल जाते हैं।''

''सम्बन्धों के अर्थ कभी नहीं बदलते राघव।''

''खूब बदलते हैं।''

''उनका सिर्फ आकार बदलता है...अर्थ कभी नहीं बदलते।''

''जैसे।''

''माँ और बेटे...''

''हाँ आँ, माँ...और बेटे, राघव ने, और बेटे पर जोर देकर कहा, हाँ और बेटे...दोहरा सम्बन्ध है।''

''दोहरा सम्बन्ध है न...फिर तो स्तर, अनुपात एक होना चाहिए।''

"बात मान जाओ रीतू, ऐसा नहीं होता, कभी नहीं होता...कुछ बचता नहीं, सब कुछ चुक जाता है। माँ को ही ले लो। जिन बच्चों को वह जन्म देती है, वही बच्चे बड़े होकर उसके किस काम आते हैं या ऐसा कहें, वह उनके किस काम आती है।...खाना, रोग और पूजा, सिर्फ इन विषयों पर गिने-चुने शब्द ही तो बोल पाती है। और माँ बनने के बाद, जब उसके बच्चे बड़े हो जाते हैं, वही माँ जिसकी गोद में, असहाय-सा आदमी, जन्म लेने के बाद पड़ा रहता। और उस असहाय बच्चे के अन्दर ताकत आ जाती है, शऊर आ जाता है तब उसके मोह, उसके सम्मान के अर्थ बदल जाते हैं। किसी वक्त भी वह हमेशा के लिए, दूर चला जा सकता है, एक तरह से उस रिश्ते को नकार सकता है।"

"हमेशा ऐसा नहीं होता...कभी-कभी कोई बददिमाग आदमी अपनी माँ पर जुल्म करता है।"

बात सिर्फ माँ की नहीं है...मैं बात कर रहा हूँ एक पूरे चक्र की, एक पूरी साइकिल की जिसमें सब कुछ बेमाने हो जाता है और बचता है, तो संकुचित, सिकुड़ा हुआ लिजलिजा, बेकार-सा निरर्थक प्राण का मोह। मैंने माँ का एक उदाहरण दिया था। कहीं भी मुड़कर देखोगी, नजर आयेगा एक घुटा हुआ सन्नाटा।"

"घुटा हुआ सन्नाटा मौत के बाद होता है !"

"कौन कहता है...वह घुटा हुआ सन्नाटा, न जाने कब, उम्र के न जाने किस दयार पर अन्दर ही अन्दर घुसकर पैठने लगता है। तभी तो मैं कहता हूँ इन्सान बिस्तर पर मरता है। रात में सोते वक्त..."

"राघव !"

"हाँ !"

"यह सब तुम कह रहे हो !"

"क्यों, मैं कह नहीं सकता।"

"नहीं...ऐसा नहीं...मुझे ताज्जुब है, हैरत है, मैं परेशान हूँ, यह जानकर कि लालसेना जंगलपार्टी का जोनल कमांडर राघवेन्द्र ब्रह्मचारी महान् चिन्तक, दार्शनिक और ज्ञानी पुरुष बन गया है।"

"आय एम फ्लर्टड !"

"सच में राघव आज एक नयी पहचान पायी है मैंने।"

"मैंने कुछ फैसला किया है, रीतू।"

"क्या।"

"यही, हम आज शादी कर रहे हैं !"

"ठीक है, लेकिन आज ही क्यों ?"

"मुझे मरना है, रीतू !"

"क्या, अ आ !"

"हाँ !" राघव ने फिर सिर हिलाकर अपने इरादे की मजबूती के बारे में इशारा किया था।

"तो तुम मुझसे इसीलिए शादी कर रहे हो !"

"सिर्फ इसलिए तो नहीं।"

"लेकिन यह भी एक वजह है, न !"

"है।"

"तब नहीं करनी शादी मुझे।"

"जिद मत करो रीतू।"

"यह मेरा आखिरी फैसला है।"

"तुम कोई फैसला पूछे बिना कर कैसे सकती हो ?"

"और तुम ?"

"हाँ मैं भी तभी तो यहाँ हूँ, तुमसे बात कर रहा हूँ।"

"लेकिन तुम्हारे अन्दर यह करने की इच्छा कैसे पैदा हुई।"

"मरने की इच्छा बिना वजह नहीं पैदा हुई...मैं लोगों के चेहरे देखते-देखते थक गया हूँ...मुझे सब एक तरह के नजर आते हैं...कपड़े, दाढ़ी, मूँछ, हटा दो लगता है ढेर सारे प्लास्टिक के खिलौने, बस एक-एक रंग, एक-एक रूप धरे हुए, इधर-उधर पड़े हैं या चाभीवाले खिलौनों की तरह, कुछ दूर चलकर रुक जाते हैं। सब के सब खाना-पीना-सोना और ऐशो-आराम के लिए, यश और संचित सम्पदा के लिए...किसी अर्थहीन प्रवंचना की तरह न जाने क्यों युद्ध करते रहते हैं। इन इन्सानों को आपस में लड़ते हुए देखकर ऐसा लगता है, जैसे दो कुत्ते, अपने-अपने मुँह बॉकर, दाँत निकालकर, एक दूसरे से थूथन सटाकर खड़े हुए हैं, पत्थर के बुतों की तरह ! फिर एकाएक वहाँ कुत्ते जैसे एकदम से भोंकने लगें, लड़ने लगें, एक-दूसरे के मांस के लोथड़े नोच-नोचकर खाने लगें और तभी अचानक एकाएक उनके अन्दर की चाभी चुकने लगे, उनकी आवाजें, उनके अन्दर की हाय-हत्या, उसी के साथ धीरे-धीरे जाने लगे, खत्म होने लगे और फिर चुप हो जायें। शान्त, एकदम शान्त !"

"यह सब तुम क्या कह रहे हो, राघव। तुम्हें क्या ऐसा नहीं लगता तुम गलत रास्ते पर जा रहे हो...तुम्हारा जीवन मूल्यवान है, उसे तुमने स्वयं एक अर्थ दिया है, दिशा दी है, विस्तार दिया है और फिर मैं, मेरा जीवन, तुमसे जुड़ा हुआ है...उसे अलग कैसे कर सकती हूँ...हैरत होती है मुझे, तुम्हें देखकर जब तुम मरने की बात करते हो।...कभी सोचा है, तुमने, मेरा क्या होगा...तुम्हारे बाद मैं क्या करूँगी...कहा जाऊँगी...मेरा आधार क्या होगा...मुझे तो यह भी नहीं मालूम, राघव के बिना, दुनिया में कैसे जिया जाता है।"

"मैं जानता हूँ रीतू। तुम मेरे बिना नहीं रह सकती। तभी तो मैंने शादी करने का फैसला किया है।"

"वाह ! राघव वाह !" रीतू रोने लगी। रीतू की सिसकियाँ वातायन में एक गूँज की तरह उठ रही थीं। उसे हैरत हो रही थी, वह परेशान थी, अपने राघव की बातें सुनकर। जहाँ एक तरफ उसके मन में, राघव के लिए सम्मान बढ़ा था, वहाँ दूसरी तरफ जिन्दगी के अनुपात बिगड़ने लगे थे। तब तक वह जी नहीं पायी थी और राघव बात कर रहा था, मरने की। वह सोच रही थी ...एक-एक पल कैसे किसी गहरे कुएँ में ढकेलता जा रहा था और वह तड़प रही थी...कसमसा रही थी, जैसे व्यथा के किसी अंधड़ में फँसकर रह गयी हो और अँघड़ था जो निकलकर दूर भी नहीं जा रहा था। वहीं उसके पास उसके इर्द-गिर्द घूम रहा था। रीतू की अन्तरात्मा कराह रही थी। उसे लग रहा था, उसका खेल खत्म हो चुका था। वह राघव को अच्छी तरह जानती थी। एक बार जब वह फैसला कर लेता था तो उसे बदलना बड़ा मुश्किल होता था। उसने तो जिन्दगी के लम्हों से तब तक खुशियाँ बटोरना तक शुरू नहीं किया था और राघव कह रहा था, उसे मरना था। रीतू जानती थी, राघव के बिना, वह रह नहीं सकती, सब कुछ चुक जायेगा, बेमाने, अर्थहीन, निरर्थक हो जायेगा। वह क्या करे। किधर जाये, कैसे राघव को समझाये, मनाये कैसे उसे। यह समस्या थी उसके सामने। वह किसी भी कीमत पर राघव को खोना नहीं चाहती थी, क्योंकि पता था, वह जानती थी, राघव के बिना, जिन्दा रहना, इस दुनिया में रहना उसके लिए मुमकिन नहीं था। वह तो ढूँढ़ रही थी वह सम्बल जो राघव के और करीब ला सके उसे...विलीन कर दे उसे, राघव के अन्दर।

बड़ी हिम्मत करके रीतू ने एक बार कोशिश करने का फैसला किया। उसकी सिसकियों की आवाज धीमे-धीमे होती हुई बन्द हो गयी। हल्की-हल्की हिचकियों की आवाजें लेकिन आ रही थीं राघव कितना बड़ा दिल होगा तुम्हारा जो तुमने मुझसे शादी करने का फैसला किया...मैं अभागी बेचारी, बेसहारा जिसने अपने जीवन की डोर तुम्हारे संग बाँध रखी है। कितने-कितने दिनों से तुम्हारे इंतजार में मेरी आत्मा, मेरा मन कचोट रहा था...मेरे शरीर की माँग, मेरे मन की आकृति और मेरी आत्मा या सत्व या अन्तर्निहित शक्ति का रूप, किसी भट्ठी में जलकर खाक नहीं हो गया ! राघव मैं भी औरत हूँ...नारी सुलभ भावनाएँ मेरे अन्दर उछाल मारती हैं...मेरा भी मन करता है...मैंने भी सपने देखे हैं, मेरे अन्दर अनेक-अनेक आकार में, अनेक-अनेक रूप में, रंग-बिरंगे स्वप्निल अभिलाषाओं के मीनार उठकर खड़े हो जाते हैं। मैं जीना चाहती हूँ राघव मैं जीना चाहती हूँ।"

"तभी तो मैंने शादी करने की बात की थी !"

"लेकिन तुमने साथ में मरने की, आत्महत्या करने की भी बात की थी...क्या अर्थ है उसका !"

"दोनों बातें मैंने कहीं थीं—और दोनों सच हैं !"

"कितने महान् इन्सान हो तुम राघव। एक तरफ एक लड़की को उसकी पहचान, उसका नाम देने की बात करते हो, दूसरी तरफ, शादी से पहले, उसे विधवा बना देने की बात करते हो।"

"मैंने स्वयं को खत्म करने की बात की थी !"

"ऐसा नहीं कर सकते तुम राघव ! तुम्हारा अपने जीवन पर से उसी दिन अधिकार चुक गया था, जिस दिन तुमने मुझसे इंतजार करने के लिए कहा था—पिछले पाँच साल से मैं तुम्हारी प्रतीक्षा कर रही हूँ। तभी तो तुम मुझसे शादी कर रहे हो।"

"और साथ में विधवा बनाने की बात कर रहे हो। बेट ए मिनट...इससे पहले तुम अपने फर्टाइल दिमाग से कोई नया पेंच, कोई नया दाँव, निकालकर किसी दलील की शक्ल में पेश कर दो...लेकिन मुझे तुम्हारी दलीलों में कोई रुचि नहीं है।"

"रीतू, हमारे तुम्हारे बीच कोई वाक्‌युद्ध तो नहीं हो रहा है। फिर दलीलों की बात कहाँ से आयी...मैं, तुम्हारे साथ किसी बहस में नहीं उलझना चाहता हूँ।"

"मैं भी।"

"मैं तुम्हारी इज्जत करता हूँ।"

"इज्जत।"

"यू आर ऐवरीथिंग फार मी। मैंने विचार किया, सोचा, विश्लेषण करने का प्रयास किया और इस नतीजे पर मैं पहुँचा, मुझे मर जाना चाहिए।"

"लेकिन क्यों..."

"मैं जानता हूँ, यह तुम्हें...मेरा यह फैसला तुम्हें बरबाद कर देगा...तुम जी नहीं सकोगी, मेरे बिना।"

"इतना सब जानने के बाद भी।"

"मैं मजबूर हूँ रीतू।"

"तुम्हारी मजबूरी क्या है...क्या मैं जान सकती हूँ। छी कैसी बात कर रहे हो तुम। कायर की तरह अपनी जिन्दगी खत्म करना चाहते हो और अपने पीछे उस रीतू को छोड़ जाना चाहते हो, जो तुम्हें प्यार करती है। क्यों आखिर क्यों।"

"मेरी मजबूरी यह है कि मुझे हर हालत में मुख्यमंत्री उत्सुकदास की हत्या करनी है।"

"और वह दार्शनिक बातें...वह जीवन की नश्वरता का राग..."

"वह मेरी मनोवृत्तियों का जिक्र था—असल में रीतू। मैं जानता हूँ, यह मुमकिन नहीं है कि मुख्यमंत्री की हत्या हो और मैं बच जाऊँ।"

"अब तुमसे इस बात पर बहस करना बेकार है कि मुख्यमंत्री की हत्या करना मुनासिब नहीं है...फिर भी इस उद्देश्य के लिए अपनी जान देने की बात कैसे सोच रहे हो तुम।"

"एक तरह से हम्हें ह्यूमन बाम्ब की जरूरत थी।"

"ह्यूमन बाम्ब। यह क्या होता है।"

"हम्हारे बदन पर अगर बारूद का लेप लगा दिया जाय और उस लेप को कनेक्टिंग तार से जोड़ दिया जाये, जिसका एक सिरा बैटरी से जुड़ा हो तो जरा से दवाब से, आदमी रूपी बम फटेगा।"

रीतू देख रही थी राघव को। बड़ी-बड़ी उसकी आँखों में उसके एक अजूबा खौफ लरजने लगा था, राघव ने जिस तरह बम के बारे में बताया था, रीतू की यही समझ में आया था, बम नहीं फटेगा...बम के बहाने खुद राघव फटेगा... उसकी चिन्दियाँ बनकर चारों तरफ उड़ने लगेंगी और वह जिन्दा रहेगी...देखेगी बिखरे हुए राघव के चीथड़ों को समेटेगी। यह कौन-सी स्थित थी, यह कौन-सा ख्वाब था, यह कौन-सी आस्था थी। टूट जाती वह, खत्म हो जाती, उसके प्राण पखेरू उड़कर कहीं दूर चले जाते, समा जाती वह मिट्टी के अन्दर धँसकर फना हो जाती, वह सब सुना उसने। उसका अपना राघव, उससे जिस वीभत्स, भयावह, भीषण, भयंकर प्रक्रिया के बारे में बता रहा था, वह अशोभनीय थी, मानवीय संवेदनाओं से दूर थी और वह सब सुनकर जानकर समझकर उसके आतंक को अपने अन्दर समाहित करने के बाद उसने तीखी निगाहों से राघव की तरफ देखा।

"राघव जब सात साल पहले, मैं तुमसे पहली बार मिली थी...उस समय तुम्हारे करीब आने से मुझे डर लगता था—न जाने कब, जैसे-जैसे हम करीब आये एक-दूसरे से, हम्हारी पहचान बढ़ी, वह डर न जाने कहाँ काफूर हो गया...लेकिन आज एक बार फिर वही डर...एक दूसरी शक्ल अख्तियार करके सामने आ गया है और जानते हो तुम, इस बार डर की कनातें कितनी घिनौनी हैं, कितनी वीभत्स हैं, कितनी अमानवीय हैं—मुझे माफ करो राघव, अगर मुझसे कोई गुनाह हो गया है—अगर तुम समझते हो मैंने मालिनी के कहने से बनवारी को जो आसरा दिया था, वह गलत था, तो मैं अपनी भूल सुधारने के लिए तैयार हूँ...लेकिन इस तरह मुझे डराकर, धमकाकर, तड़पा-तड़पाकर मारने से अच्छा होगा एक बार में मुझे खत्म कर दो...मुझे मार डालो। राघव ! लेकिन इस तरह की बातें मत करो मुझसे बर्दाश्त नहीं होतीं....मैं मिट ही जाऊँगी...बचूँगी नहीं। न जाने किस यातना के दौर में डाल दिया तुमने।" फफक-फफककर रोने लगी

थी रीतू उसके बाद। रीतू के रोने की आवाज राघव तक पहुँच रही थी। उसने चुप कराने की बड़ी कोशिश की लेकिन न जाने क्या हो गया था, रीतू चुप नहीं हो रही थी। वह तो रोती जा रही थी। उस दिन न जाने कहाँ से आँसुओं की बरसात उमड़ पड़ी थी और रीतू के अन्दर से एक कँपकँपी, एक तड़प, बार-बार निकलकर सारे समूचे वातावरण को डरावना बना रही थी। राघव की समझ में नहीं आ रहा था, वह रीतू को चुप कराये, उसके अन्दर से निकलती हुई कँपकँपी को दूर करने की कोशिश करे या फिर कुछ देर के लिए वहाँ से उठकर चला जाये। दूसरे ही क्षण राघव ने वहाँ से चले जाने के विचार को निकाल फेंका क्योंकि वह जानता था उसके जाने के बाद रीतू कुछ भी कर सकती थी और अगर रीतू को कुछ हो गया तो जिम्मेदारी उसी के ऊपर होगी और वह किसी काम का नहीं रह जायेगा।

"चुप हो जाओ रीतू।" राघव ने उसके सिर पर हाथ फेरते हुए कहा था, "तुम नहीं जानती रीतू, आदमी और औरत के आकर्षण का कारण क्या है।" रीतू ने कोई जवाब नहीं दिया था।

"एक जीन होता है, जिसे डी. एन. ए. ई. कहते हैं। यह हम्हारे व्योहारिक विधा और दिशा को निर्धारित करता है। इसके अनुसार हम्हारे अन्दर एक मैगनेट होता है जिसकी वेवलैन्थ और फ्रीक्वेन्सी का तालमेल हो जाने पर हम एक-दूसरे से अलग नहीं हो सकते...हम्हें साथ जीना और साथ मरना पड़ेगा।"

"तो" रीतू ने आँसू पोंछते हुए एक तरह से चुनौती दी थी।

राघव को लगा उसे रीतू को चुप कराने का उसके स्पन्दित मन को शान्त करने का और उसके अन्दर की उथल-पुथल को किसी निश्चित निर्णय के तथ्य को मोड़ने का आखिरी अवसर था।

"रीतू। शायद मुझसे कहने में गलती हो गयी हो...मेरा वह सब कहने का अर्थ तुम्हारे साथ बात करने का था।

मुझे लाल सेना के प्रति अपनी जिम्मेदारियाँ पूरी करनी हैं...पिछले दस वर्षों से जो जीवन मैं जी रहा हूँ मेरी रग-रग में व्याप्त है वह, समाया हुआ है। उसे यूँ ही छोड़कर मैं नहीं जा सकता। हर बार मुझे सिर्फ नाकामियाँ ही मिली हैं। 16 जून को पूरी तैयारी कर ली थी मैंने। बारूद थे, लोग थे, मौका था। एक धमाका होता--बस एक ही विस्फोट में, राघव हिन्दुस्तान का नम्बर एक इन्कलाबी हो जाता और उन डाकुओं, उन चोरों के नीचे से जमीन खिसक जाती। लेकिन मंजूरभाई ने धोखा दिया और बारूद का गट्ठर न जाने कहाँ छुपा दिया। उसके बाद रात-रात भर जागकर हमने दिलकुशा के अंधे कुएँ से वह खुफिया सुरंग ढूँढ़ निकाली जिसका एक सिरा सचिवालय के अन्दर निकलता है।

हमने पूरे मंत्रिमंडल को उड़ा देने की योजना बना ली थी। सब कुछ तय था कालीशंकर मान गया था, तालाब की सफाई का ठेका दिलवाने के लिए। उसी के साथ हम्हारी सुरंग, सीधे कैबिनट रूम की दीवार से लगी हुई एक खास जगह पर, निकल आनी थी। सिर्फ कल्पना करो, रीतू पूरे विश्व की पूँजीवादी व्यवस्था चरमराकर गिर पड़ेगी। जिस दिन, 36 सदस्योंवाला मंत्रिमंडल, यानि कैबिनट रूम, की छत से 36 मन्त्री, एक मुख्यमंत्री, एक मुख्यसचिव और कुछ अन्य लोगों के चीथड़े बारूद के विस्फोट से फटकर जब निकलते तो सारी दुनिया में तहलका मच जाता। लेकिन वक्त की शह न जाने कौन-सी खौफनाक दौड़ लगाने को आतुर है। जितनी तेजी से हम काम कर रहे थे उससे अधिक तेजी से मुख्यमंत्री ने करामात दिखा दी और हम्हारी लालसेना को खत्म करने का मुहिम, खोल दिया। परसों रात के बाद हवाई जहाज, छोटी तोप और आधुनिक हथियारों से लैस फौजी दस्ता, पहाड़पुर-नानकपुर के बीहड़ों में घुसकर हमला कर देगा, मैं यह बरबादी, यह तवाही नहीं देख सकता। लालसेना के कमांडर, शालूसिंह, मोहिन्दर घटक मार दिये जायें, जंगलपार्टी के किले ध्वस्त कर दिये जायें, उसके सिपाही मार डाले जायें, उसका हथियार और बारूद का जखीरा लूट लिया जाय...यह सब मेरे रहते हुए नहीं हो सकता...नहीं हो सकता।''

''कोई और रास्ता नहीं है।''

''नहीं है और कोई रास्ता नहीं है। है तो सिर्फ एक रास्ता।''

''क् क्या-अ आ...।''

''मैं सिर्फ मैं वह सब कर सकता हूँ जो कुछ हम्हें करना है, वह अड़तालिस घंटों में करना होगा।''

''क्यों।''

''अगर फौजी दस्तों ने एक बार हमला कर दिया–तब कुछ नहीं हो सकता...एक खास बात और है।''

''सच ऐज।''

''वहाँ पहाड़पुर के जंगल में लड़ाई जाननेवाले...जंग लड़नेवाले सिर्फ तीन आदमी हैं, शालूसिंह, मोहिन्दर घटक और अभयंकर घोष। बाकी 397 सिपाही प्रतिबद्ध इंकलाबी नहीं हैं। सत्ता के संघर्ष में उन सिपाहियों की कोई रुचि नहीं है। यह सब छोटी-छोटी टुकड़ियों में अपने गोल बनाकर, डाका, राहजनी, खून-खराबा, किया करते थे। हम्हारी लालसेना ने उनको संगठित तो कर दिया लेकिन अपने आदर्श अपने दर्शन के प्रति उनको आकर्षित नहीं कर सकी। काफी हद तक, 400 के करीब जो लोग वहाँ हैं, उनमें से पचास-साठ को छोड़कर बाकी सब घास-फूँस के तिनकों की तरह उड़ जायेंगे....तितर-बितर हो जायेंगे. ..उसी वक्त, जैसे ही आसमान से बारूद बरसेगी। इन हालातों में हम्हारे लिए

सिर्फ एक रास्ता है।''

''समय लेने का।''

''ठीक...बिलकुल ठीक। अगर अड़तालिस घंटों के अन्दर हम मुख्यमन्त्री की हत्या कर दें तो कुछ समय के लिए आपरेशन रुक जायेगा।''

''तो इसके लिए क्या बंइक का सहारा नहीं लिया जा सकता।''

''असम्भव है।''

''अगर मैं इसे सम्भव बना दूँ।''

''तुम रीतू। तुम। कैसे।''

''मुख्यमंत्री से मिलना है मुझे।''

''किसलिए।''

''पहाड़पुर कांड में बुधवाल की बेवा और अनेक औरतें जिनके साथ बलात्कार हुआ था, यहाँ मौजूद हैं।''

''लेकिन उनका डेलीगेशन मुख्यमंत्री से मिल चुका है।''

''वह डेलीगेशन पहाड़पुर से आया था उसमें गोवर्धनदास और मुंशी अवतारीलाल के साथ बिन्दादीन सर्राफ की विधवा औरत गयी थी लेकिन यहाँ मैंने अपनी संस्था की तरफ से एक मुहिम अलग खोल रखा है।''

''तो।''

''उस सिलसिले में हम्हारी संस्था के राष्ट्रीय स्तर के कार्यकर्ता किसी दिन भी आ सकते हैं। उससे पहले मुझे मुख्यमंत्री से मिलना है।''

''टाइम माँगा है ?''

''हाँ।''

''कब का।''

''कल का।''

''तब तो काम हो सकता है...लेकिन...''

''लेकिन क्या।''

''तुम्हारा क्या होगा और फिर पर्स में रखी हुई पिस्तौल अगर पकड़ गयी तो।''

''मुझे अपनी फिक्र नहीं है।''

''लेकिन मुझे तो है।''

''यही अगर मैं कहूँ तो क्या तुमने खुद विस्फोट में फटने की जो योजना बनाई थी, वह छोड़ दोगे।''

''शायद नहीं !''

''तो फिर...मेरी परवाह करने से क्या होगा, राघव ! मैं तुम्हें वह सब नहीं करने दूँगी, जो तुमने सोचा है।''

''कैसे रोकोगी मुझे ?''

''एक तरीका तो बताया न तुमको।''

''सिली !''

''मुझे तो इसमें सिली कुछ नहीं लगता। एक नादान, भोली-सी लड़की, महिलाओं की समस्याओं के लिए जब मुख्यमंत्री से, मिलेगी तो उसे गोली चलाने से कौन रोक सकता है।''

''लेकिन गोली चलाने के बाद उस लड़की का क्या हुआ होगा।''

''और बारूद का लेप लगाकर विस्फोट करने के बाद राघव का क्या होगा, यह सवाल है, मेरे सामने !''

''अच्छा है...इतना तो हम लोग जान गये हैं...हममें से एक को जाना है।''

''हममें से एक को नहीं राघव, सिर्फ मुझे जाना है।''

''शिट !''

''क्यों ?''

''मैं चाहता था जो कसम मैंने उठाई है, जिस आदर्श के लिए मैंने संघर्ष किया है उसे तुम आगे बढ़ाना।''

''शायद अभी इसका वक्त नहीं आया है और फिर अगर तुम जिन्दा रहोगे तो गरीब मजबूर और मजलूम इन्सान के लिए कुछ कर तो सकोगे। तुम राघव एक सामाजिक, राष्ट्रीय सम्पत्ति हो। इसे यूँ क्षय नहीं किया जा सकता।''

''तो ठीक है हम इस मामले को यहीं छोड़ते हैं। पहले मैं आज शाम की दावत का इंतजाम कर लेता हूँ।''

''किस दावत का।''

''हम शादी कर रहे हैं न।''

''आर यू सीरियस राघव।''

''हाँ। क्यों नहीं।''

''लेकिन मैं...''

''अब और कुछ सोचने का समय नहीं है...यहाँ आने से पहले मैं बिरजू को बता कर आया था।''

''कौन बिरजू...वही चोर।''

''उसे सिर्फ चोर न समझना।''

''तब।''

''वह एक वैज्ञानिक है।''

''बिरजू और वैज्ञानिक !''

''हाँ वह बारूद का विशेषज्ञ है। न जाने कैसे-कैसे बारूद के खिलौने बनाता है वह। जानती हो, वह ह्यूमन बाम्ब का आइडिया किसका था।''

"किसका।" रीतू ने जान-बूझकर पूछा था।

"बिरजू का। उसने बाद में यह भी कहा था...शायद कल तक वह कोई ऐसी महीन, तार की डन्डी बना लेगा जिसे मात्र जूतों के सोल में लगाया जा सकता है।"

"एक्साइटिंग है, न।"

"हाँ।"

"राघव मुझे बिरजू से मिलवाओगे न।"

"क्यों नहीं।"

"...आज शाम को आयेगा वह।" कहकर राघव चलने के लिए खड़ा हो गया। राघव के चले जाने के बाद, रीतू तुरन्त उठकर खड़ी नहीं हुई, बल्कि घूरती रही, उस जगह को, जहाँ राघव बैठा था। रीतू का दिमाग बड़ी तेजी से काम कर रहा था। जहाँ एक तरफ, स्वयं अपनी शादी की तैयारी करनी थी, उसे, वहाँ दूसरी तरफ फैसला करना था उसे। वह जानती थी, सिर्फ एक दिन की जिन्दगी बची थी उसके पास। उसे चाहे वह बैठकर गुजार ले या कुछ और करके। कुछ और करने की इच्छा नहीं थी उसके अन्दर और वहाँ, उस जगह पर कुछ देर और बैठने से, जानती थी वह पागल हो जायेगी। कितनी देर से उसी जगह पर बैठकर, राघव प्रताड़ित कर रहा था उसे। सारी समूची जिन्दगी का ख्वाब किसी छलावे की तरह, कभी उससे दूर चला जाता और कभी करीब आ जाता। रीतू को लेकिन वहाँ से उठना था और वह उठकर खड़ी हो गयी। दीवार पर लटकती हुई घड़ी में, उसने देखा दिन के पाँच बजे थे। एकदम से उसका जी घबड़ाने लगा। समय नहीं था उसके पास। वह जानती थी, शादी के बाद, राघव एक मिनट के लिए भी उसे छोड़गा नहीं। वक्त के टुकड़े कहाँ बटोर कर रखेगी वह उसे भी तो जाना था...दूर बहुत दूर...इतनी दूर जहाँ से कोई कभी नहीं लौटता। रीतू का मन उदास था। सब कुछ इतनी जल्दी हो रहा था, उसे सम्भलने का मौका ही नहीं मिला। रीतू जानती थी इसे पाने के लिए उसे छोड़ना पड़ता है...एक चीज जायेगी...तभी उसकी जगह पर दूसरी चीज आयेगी। टाइम और स्पेस से अलग होकर नहीं जी सकेगी वह। और फिर पिछले सात वर्षों से, इबादत की तरह जिसे पूजा था, जिसे चाहा था, स्वयं अपनी आँखों से, उसे टुकड़ों में बटकर, चीथड़ों की तरह उड़ते हुए देखेगी। नहीं हो सकेगा उससे वह सब। जी नहीं सकेगी रीतू उस विस्फोट के बाद ! महज विस्फोट के, विचार मात्र से, सिर्फ उसके जिक्र से सिर्फ उसके अहसास से जब वह टूटने लगी थी बिखरने लगी थी तो भला राघव को फटते हुए कैसे देख सकेगी वह। कलेजा मुँह को आ रहा था, आँखें सूजी हुई थीं और पैरों में जैसे किसी ने मन भर के पत्थर बाँध दिये थे। रीतू वहाँ से जाना भी चाहती थी और नहीं भी

जाना चाहती थी। उसे सब कुछ मालूम था और वह कुछ भी नहीं जानती थी। इच्छा-अनिच्छा, आशा-निराशा, उत्साह और शोक के बीच झकझोले खाती हुई न जाने कब रीतू उस कमरे से बाहर निकल गयी थी।

रीतू क्या कर रही थी, उस दिन उसे पता नहीं था। वह इधर जाती थी, वह उधर जाती थी, और सब जगह से घूमकर, वहीं वापस आ जाती थी, जहाँ से उसने शुरू किया था। वह एक चीज उठाती, फिर उसे रख देती और दूसरी चीज उठा लेती। कभी इधर, कभी उधर पूरे घर में, घूमते-घूमते, कमरों की दीवार, खिड़की, दरवाजों से बचते-बचते रीतू बड़ी देर से अपने ही घर के अन्दर चक्कर लगा रही थी। रिवर बैंक कालोनी के उस मकान में रीतू ने जो जीवन जिया था, जो साँसें ली थीं, उनका लेखा-जोखा करने का वक्त आ गया था। घड़ी की सुई टिक-टिक की आवाज में भागते हुए समय का भले ही हिसाब दे दे...रीतू के लिए सब व्यर्थ था, बेगाना, अर्थहीन। वह सोच रही थी उस अप्रत्याशित घटना के बारे में जो राघव को लेकर कुछ देर पहले हुई थी।

रीतू को याद आ रहा था वह जीवन जो उसने राघव के साथ जिया था, उसे याद आ रहे थे, वह क्षण जो उसने राघव की बाँहों में गुजारे थे और साथ में उसे याद आ रहा था, वह सब कुछ जो उसके जीवन में घटा था, जब राघव नहीं था। घटनाओं की तारतम्यता, निश्चित क्षणों के लिए संचित उधार का सुख और वेदनामय जीवन की वह तमाम घड़ियाँ जो उसने रात के सन्नाटे में तड़प-तड़प कर गुजारी थीं, बचपन का आकार, घर संसार की बातें, माँ-बाप, भाई-बहन, दोस्त-रिश्तेदार से सम्बन्धित छोटी-छोटी अनेक बातें, उस दिन उसे बड़ी याद आ रही थीं। रीतू उठी थी तैयार होने के लिए लेकिन उसे लगा, सब कुछ बेकार था, किसी काम का नहीं था और वह जैसे किसी अनबुझी, अनजानी थकन के बगूलों में फँसती जा रही थी। वह जान गयी थी राघव से अलग होने का समय आ गया था। चाहे खुद राघव विस्फोट में खत्म हो जाये या वह स्वयं मुख्यमंत्री को गोली मार दे और फाँसी पर चढ़ जाये, दोनों स्थितियों में राघव से अलग होना ही था उसे। राघव से, अलग होने के विचार मात्र ने, रीतू के अन्दर अनेक-अनेक प्रतिक्रियाओं को जन्म दिया था और वह उन प्रतिक्रियाओं की भीड़ से खोज रही थी आस्था का वह दीया जिसकी रोशनी उसे रास्ता दिखा सके।

रीतू के लिए सवाल, सत्ता का नहीं था, राजनीति का नहीं था, इन्कलाब का नहीं था, सुख, वैभव और सम्पदा का नहीं था, सवाल था रीतू के सामने राघव का, राघव के जीवन का। रीतू को मालूम था जो बम फोड़ने की योजना बनाई थी उसके अनुसार 48 घंटों में, राघव, टुकड़ों-टुकड़ों में फटकर फना हो जायेगा। किसी भी कीमत पर राघव को रोकना था। वह जानती थी, उसे मालूम

था, राघव को कोई नहीं रोक सकता। उसे फटना था तो वह फटेगा, उसे जाना था तो वह जायेगा। लेकिन रीतू के अन्दर एक खयाल, एक विचार, गुदगुदी मच रहा था। उस खयाल, उस विचार की सुरसुरी बार-बार उसको इस विश्वास के करीब ले जा रही थी कि राघव को बचाया जा सकता था। वह खयाल, वह विचार की सुरसुरी जिसकी सुरसुरी बार-बार रीतू के अन्दर उथल-पुथल मचा रही थी वह था स्वयं उसकी कुर्बानी या फिर किसी भी तरीके से मुख्यमंत्री की समाप्ति। कोई भी तरीका, रास्ता ढूँढ़ने का समय नहीं था रीतू के पास लेकिन वह स्वयं अपनी कुर्बानी तो दे सकती थी। बड़ा मन कर रहा था रीतू का राघव के साथ कहीं जाने का, घूमने का, एक स्त्री की तरह, पत्नी की तरह घर में राघव के साथ रहने का, उसका इंतजार करने का, उससे मिलने का। रीतू के अन्दर राघव के साथ रहने, उसका इंतजार करने और उससे मिलने की जिस प्रक्रिया ने जन्म लिया था वह किसी काम की नहीं थी, वह कभी पूरी नहीं हो सकती थी। इतना तो रीतू जानती थी लेकिन वह कैसे उस प्रक्रिया से मुक्ति पाये, यह उसकी समझ में नहीं आ रहा था। वह तो मान जाती, हालातों से समझौता कर लेती। कुचल डालती उन सर्पीली इच्छाओं को, नेस्तनाबूद कर देती लहराती हुई स्वप्निल सपनों की बेल को, लेकिन क्या करती उस मन को, जिसे विज्ञान में सिर्फ एक रासायनिक प्रतिक्रिया ही कहा गया है। उसका मन, बार-बार माँग रहा था, तरस-तरसकर रिरिया रहा था, कोई गुदगुदी रोम-रोम से सुरसुरी बनकर फूट रही थी और वह राघव की बातों से खौफजदा, फटी-फटी निगाहों से देख रही थी, खामोश दरोदीवार को। कुछ भी तो उसके हाथ में नहीं था। वह कुछ भी करने की स्थिति में नहीं थी। रीतू को अपनी नियति उस परवाने की तरह लगी जो न जाने किस भरम में, बार-बार शमा के चारों तरफ चक्कर लगाता है और वहीं जलकर खत्म हो जाता। क्या करे वह, क्या न करे। इतना भी तो समय नहीं था उसके पास जो वह कुछ सोच सके, विचार सके, स्थिति और हालातों को तरतीबेवार लगाकर कोई अनुपात निकाल सके, कोई अनुमान लगा सके, किसी धारणा के करीब पहुँच सके। रीतू को लगा उसके सामने सिर्फ एक रास्ता था सिर्फ एक मौका था। वह रास्ता, वह मौका जो रीतू के सामने था, वह और कुछ नहीं मुख्यमंत्री उत्सुकदास को स्वयं खत्म करने का प्रयास था। रीतू को मालूम था, राघव दो दिन बाद ह्यूमन बम बनकर फटेगा। अगर वह सिर्फ एक दिन बाद यानि अगले दिन, किसी तरह मुख्यमंत्री को गोली माद दे, तो राघव बच जायेगा। लेकिन रीतू को मालूम था, पिस्तौल लेकर मुख्यमंत्री से मिलना मुमकिन नहीं था। पहले तो उसे मुख्यमंत्री से मिलने का समय मिले, फिर वह पिस्तौल सहित अन्दर तक पहुँच जाये और उसके बाद उसे गोली चलाने का मौका मिल सके। इस सबमें कई पेंच थे, कई कारणों से उसकी योजना में

खलल पड़ सकती थी। दूसरा रास्ता जो रीतू के पास था वह खुद एक बारूद का गट्ठा बनकर जाये और अवसर देखते ही मुख्यमन्त्री को उड़ा दे। रीतू जानती थी राघव बच जायेगा और उसकी याद में खूब रोयेगा। राघव उसकी याद में खूब रोयेगा, इस खयाल की करवट ने, एक बार उसके अन्दर मदहोश तरंगों को प्रस्फुटित कर दिया था। एक हल्की-सी मुस्कराहट, अनजाने में उसके होंठों पर खिलने लगी। रीतू की आँखों में मदमाती जवानी के लाल-लाल डोरे तैरने लगे थे, सारा बदन उसका टूटने लगा था। वह चाहती थी, उस वक्त कहीं से बस राघव आ जाये और उसको अपनी बाँहों में भींच ले। काफी देर तक रीतू किसी मतवाले भँवरे की तरह, खाली आसमानी दूरियों में भटकने लगी। कुछ ही देर हुई होगी, जब रीतू को एकाएक डर लगने लगा, वह घबड़ाने लगी। उसका डर, उसकी घबड़ाहट किसी और बात से नहीं थी बल्कि उसको तो, यह अहसास मारे डाल रहा था कि अगर समय निकल गया और उसने कोई फैसला नहीं किया तब क्या होगा। रीतू के सामने जीवन पड़ा था। वह जवान थी, खूबसूरत थी। उसके दामन में अरमान और हसरत की तड़प करवट बदल रही थी। तब तक उसने कुछ भी भोगा नहीं था, कुछ भी जाना नहीं था। सारा संसार पड़ा था, उसके सामने। छूने मात्र से जैसे कोई जिन्दगी का तिलस्म सामने आ जायेगा। लेकिन मछली पानी से नहीं निकल सकती, पानी सागर से नहीं अलग हो सकता, बादल पानी से नहीं अलग हो सकते। धरती, आकाश, संसार, दुनिया सब एक-दूसरे में रुंधे-बँधे हुए किसी चक्र की तरह घूम रहे थे उसके सामने रूबरू वह सब कुछ देख सकती थी, समझ सकती थी और तभी रीतू ने फैसला किया था, बारूद के इस्तेमाल का। राघव ने उसे बता दिया था बिरजू के उस आविष्कार के बारे में। उसके बाद सब कुछ आसान हो गया था। रीतू ने आगे बढ़कर टेलीफोन का रिसीवर उठा लिया और मुख्यमंत्री का नम्बर डायल करने लगी।

सत्रह

सी. पी. से जब कालीशंकर ने, मंजूर अहमद से मिलने के लिए कहा था, उस समय सी. पी. को कहाँ पता था, उसकी वह सनक या फिर अफीमची सरीखी आवाज मारती हुई वह पिनक, कितने बड़े खेल को जन्म देने जा रही थी। सत्ता के गलियारे में हड़कम्प मच चुका था। लोग इधर से उधर जा रहे थे, उधर से इधर आ रहे थे। गहमा-गहमी, उछल-फाँद, उतार-चढ़ाव में घिरी हुई प्रदेश की

राजनीति में नया मोड़ आया था। किसी को नहीं पता था, कोई नहीं जानता था, बलदेव चौधरी का बयान, कितने बड़े विद्रोह को जन्म दे डालेगा।

बलदेव चौधरी के बयान के दो निश्चित परिणाम हुए थे। एक तो, वह तमाम विधायक जो सरकार में शामिल होने के लिए आतुर थे, लेकिन जिनकी कहीं बिसात नहीं थी वह खुलकर सामने आ गये थे। सवाल ऐसे विधायकों के मंत्रिमंडल में शामिल होने का नहीं था, सवाल मंत्रिमंडल के गठन या विस्तार का नहीं था, सवाल था, गुट, गोल या घरोंदे का। स्वयं विधायकों के अपने-अपने पूर्वाग्रह होते थे। प्रत्येक विधायक को टिकट मिलता था, टिकट मिलने के बाद पैसा मिलता था, पैसे मिलने के बाद गाड़ी मिलती थी, गाड़ी मिलने के बाद डीजल, पैट्रोल का लाइसेंस और पोस्टर, पर्चे छापने के कागज का कोटा मिलता था। पार्टी का टिकट होने से अन्दर से भी पैसा मिलता था और बाहर से भी पैसा मिलता था। विद्रोह करना इतना आसान नहीं था। सब के सब किसी न किसी गोट, किसी न किसी गोल से जुड़े हुए थे। पार्टी के नेताओं की तारतम्यता, उनकी आपस में सिर फुड़व्वल, उठापटक, तोड़फोड़, हमेशा चलती रहती। एक गुट में शामिल होने का मतलब दूसरे गोल से दूर जाना था और पहले, दूसरे या तीसरे घरौंदे से अलग होना था। पार्टी के नेता खुद भी गुट, गोल और घरौंदों में बँटे हुए थे। असल में घरौंदा सबका एक था। सबके सब मंत्रिमंडल के सदस्य बनना चाहते थे, सबके सब किसी भी तरह वह पद, वह प्रतिष्ठा छीन लेना चाहते थे, जो किसी तरह उनके विरोधी गुट या गोल के मुसाहिब को हासिल होनेवाली थी। उस दिन, दारुलशफ़ा में अपने-अपने घरौंदों से निकलकर विधायक, जिस तरह सिर पर कफन बाँधकर कालिदास मार्ग पर, बलदेव चौधरी के घर पहुँच रहे थे, उसे देख कर ऐसा लग रहा था, जैसे राजनैतिक संतुलन के आयाम बदलने लगे थे।

विधायकों की कई श्रेणियाँ हुआ करती थीं। कुछ लोग सिर्फ मन्त्री बनने के लिए ही जन्म लेते। पैदाइश से मौत तक मन्त्री बने रहते। ऐसे भद्र पुरुष अपने आप बिना कहे-सुने मंत्रिमंडल में शामिल कर लिए जाते। जिस दिन से मंत्रिमंडल के गठन की प्रक्रिया आरम्भ होती उसी दिन से इन भद्र पुरुषों के वैतनिक या अवैतनिक, ग्रहीत या ग्रहणीय, चकरबन्ध, चक्कर लगाने लगते। इन लोगों के लिए मंत्रिमंडल का सदस्य होना किसी साम्मयिक या आकस्मिक प्रक्रिया का अंग नहीं होता बल्कि किसी ऐसे दौर का हिस्सा होता जो सदैव-सदैव चलता रहता। मुर्गाबियाँ, मुर्गे, तीतर, बटेर, आम अमरूद, मेवे, मिठाइयाँ, कपड़े, लत्ते, जमीन, जायदाद की रंग-बिरंगी योजनाओं के साथ तीनों डखलू का उपयोग सौहार्दपूर्ण ढंग से यह लोग किया करते। हाईकमांड के नेताओं की सेटिंग से लेकर, प्रदेश के मुख्यमन्त्री, राज्यपाल तक, एक लम्बे सिलसिले के दौरान, ऐसी

मूर्तियाँ मंत्रिमंडल में अपनी जगह सुरक्षित करवा लिया करती थीं। इनका विज्ञान, इनकी विधा, इनकी व्यवस्था किसी अलौकिक प्रयोग का हिस्सा नहीं होती, वह तो साधारण धन्धे व्यापार सम्यक् साधना पर, आधारित हुआ करती। मंत्रिमंडल बने या न बने, सरकार का गठन हो या न हो, ऐसे भद्र पुरुषों का ऐसी मूर्तियों का मन्त्री बनना निश्चित होता था। मुख्य रूप से इनकी सफलता का आधार होता साझेदारी यानि कि मंत्रिमंडल के कार्यकाल के दौरान, होनेवाली आमदनी या मौके में खुले दिल से साझेदारी। दूसरे प्रकार के विधायक होते वह, जिनको विधायक बनवानेवाले कोई और होते। ऐसे विधायकों की संख्या अधिक होती और वह किसी न किसी गुट या गोल से जुड़े होते। वह कुछ देर के लिए कुछ समय के लिए किसी के कहने से या अपने आप, भटक सकते थे, लेकिन लौटकर उनको वहीं आना था, उसी खूंटे से आकर बँधना था। तीसरी तरह के विधायक, जातिगत समीकरण बनाकर, अपने-अपने नेता के संरक्षण में, राजनीति किया करते। ऐसे विधायकों के गुट में, अधिक लोग नहीं होते। कई बार तो बस तीन-चार विधायक मिलकर कोटे-परमिट, लाइसेन्स, तबादला और पोस्टिंग का व्यापार किया करते। हाईकमांड से प्रभावित विधायकों का अपना छोटा-सा गुट अलग तरीकों से काम करता। इसके अतिरिक्त पूँजीपतियों, उद्योग पतियों और माफिया गेंग के सरदारों की मजबूरी थी विधायकों का सरपरस्त बनने की। इन पूँजीपतियों, उद्योगपतियों और माफिया गेंग के सरदारों की जोड़गाँठ केन्द्रीय नेताओं, हाईकमांड की किचन कैबिनेट के सदस्यों के साथ रहा करती थी। बलदेव चौधरी के बंगले में जो भीड़ इकट्ठा थी उसमें सभी विधायक नहीं थे। उस भीड़ में तो, मंत्रिमंडल गठन की प्रक्रिया के दौरान जन्मे या पुनः जन्मे चमचे, चिलगोजे और चकरबन्ध अपनी पूरी तादाद में नमूदार थे। फिर भी गुट और गोल की समस्त सीमाओं को तोड़कर आस्थाओं विश्वास के समूचे चक्र को लाँघकर, मोह, लिप्सा और लम्पटता में सराबोर, दम साधकर, साँस रोककर, जो लोग बलदेव चौधरी के कालिदास मार्गवाले बंगले पर आये थे। उनके कोई पूर्वाग्रह नहीं थे और वह किसी एक गुट गोल या घरोंदे से नहीं आये थे। इन विधायकों में से अनेक को मन्त्री बनना था। उनका नाम मंत्रिमंडल के विस्तारवाली सूची में था। कुछ लोगों को मालूम भी था। लेकिन ऐसे लोग, बलदेव चौधरी के यहाँ महज तमाशा देखने नहीं पहुँचे थे। वह तो अपनी-अपनी पोजीशन मजबूत कर रहे थे और चतुराई से बदलते हुए राजनैतिक आयाम से जुड़े हुए रहना चाहते थे। बलदेव चौधरी के यहाँ जो गदर मचा था, वह किसी बड़ी घटना का मामूली-सा नुस्खा था। समूचे प्रदेश की राजनीति में ठहराव आ चुका था। अलग-अलग गुटों की बैठकें हो रही थीं। बलदेव चौधरी का बयान, बलदेव चौधरी के तेवर, बलदेव चौधरी, रंगीनराय की गोलबन्दी, पार्टी अध्यक्ष

का बलदेव चौधरी से मिलना, मूलचन्द, मनोहरलाल का बर्राना, किसी भयावह दौर का हिस्सा बनकर मँडरा रहा था मंत्रिमंडल के ऊपर। काँप उठे थे सत्ता के गलियारे। गुट, गोल और घेरों की राजनीति के समीकरण टूटने लगे थे। गोलबन्दी में फँसे हुए विधायक, अपने-अपने तिलस्म से अलग हटकर वहाँ पहुँचे थे, किसी आत्मविश्वास की तलाश में, किसी करवट की खोज में। वह तमाम विधायक जो मंत्रिपद के उम्मीदवार थे और जिन्होंने अपना-अपना बायोडेटा, बलदेव चौधरी को देना शुरू किया था, उन लोगों ने अन्दर ही अन्दर एक खास तरह का अंदाज, एक खास तरह की लोलुपता क्षण भर में पैदा कर ली थी और उसे जोड़ रहे थे, वह पार्टी के आदर्शों से समाज के भविष्य से और राष्ट्र की परिकल्पना से। किसी के अन्दर किसानों के लिए प्रेम जागा था, कोई खेतिहर मजदूरों का खैरख्वाह बन गया था और कोई गरीब बँधुआ या कमजोर वर्ग के लतिआये जुतिआये इन्सानों की तिजारत करने लगा था। कहाँ की ईंट कहाँ का रोड़ा, जमा-जमाकर एक से बढ़ कर एक दाँव लगने लगे थे। गुटों का तालमेल बिगड़ने लगा था, नेताओं के पैर उखड़ने लगे थे और हाइकमांड में खलबली मच गयी थी।

बलदेव चौधरी तो पल्थी मारकर बैठ गये थे। उनके पास दो अस्त्र थे और अपने तरकस से उन्होंने तीर निकालकर अपने दोनों अस्त्रों को भेज दिया था, उलटफेर करने के लिए। बलदेव चौधरी का पहला अस्त्र था, रामानन्द और दूसरा था स्वयं उनका बयान। वह जानते थे, उनको पता था, रामानन्द रूपी बम जब फटेगा तो सब कुछ नेस्तनाबूद कर देगा, कुछ भी नहीं बचेगा। सी. पी. मंजूर अहमद के पास जब पहुँचा, वह स्प्रिंग बोर्ड की तरह झटके खा रहा था। उसके पैर जमीन पर नहीं पड़ रहे थे, वह आसमानी ऊँचाइयों की तरफ उड़ने लगता लेकिन बार-बार उसे स्वयं अपने आपको रोकना पड़ता था। उधर दारुलशफ़ा में मंजूर अहमद, उस दिन कुछ दूसरे ही मूड में थे। उनको मालूम था, वह जानते थे, मंत्रिमंडल के विस्तार की प्रक्रिया समाप्त होने में दो, एक दिन और लगने थे। इस बीच उन्होंने अपनी फिरदौस यानि रमजानी बुआ के घर जाने का फैसला कर लिया था। इसीलिए तो मंजूरभाई ने अपनी दाढ़ी तरतीबवार कतर ली थी और भुर्राक कपड़ों के ऊपर हल्के रंग की लेकिन चमकीली बिंदीदार आधी बाँह की बंडी डाल ली थी। वैसे साधारण रूप से मंजूरभाई उस तरह की बिंदीदार, चमकीली बंडी नहीं पहनते थे, लेकिन जब उनको फिरदौस के यहाँ जाना होता, तब उनको बिंदीदार, चमकीली बंडी पहनने का बड़ा मन होता। काम कुछ था नहीं और लोगबाग व्यस्त थे, मंत्रिमंडल की उलटफेर में, ऊपर से बलदेव चौधरी का प्रलाप सुनकर, मंजूरभाई को ऐसे लगा था जैसे दूर से कोई घोड़ा हिनहिना रहा हो। वह जानते थे, मुख्यमन्त्री की सिर्फ

एक कुर्सी थी और उस पर उत्सुकदास बैठ चुके थे।

"अरे सी. पी. तुम इस वक्त।" मंजूरभाई ने सी. पी. को ललकारा।

"हाँ मंजूरभाई। ब अ आ ड़ा अ आ जरूरी का अ आम आ गया था।"

"लेकिन तुम हाँफ क्यों रहे हो। बात क्या है। ठीक से बैठो जरा। तुम्हारे तो पैर सीधे नहीं पड़ रहे हैं।"

"बात ही ऐसी है।"

"लेकिन क्या।"

"जरा साँस सम्भलने दीजिए।"

"सम्भाल कर रखा करो साँस को। कमबख्त टूटने पर बड़ी मुश्किल से जुड़ती है।"

"सच में मंजूरभाई।"

"तुम्हारे जुलूस का पेमेंट हो गया।"

"कब का।"

"तो कुछ खिलाओ-पिलाओ।"

"क्या खायेंगे।"

"कितना पेमेंट मिला है।"

"अब ये होगा...मंजूरभाई।"

मंजूरभाई ने फुस-फुसाकर कहा था, "कुछ चक्कर है सी. पी.।"

"क्या..."

"अरे ! लाहौल बिला कुवत। इसमें घबड़ाने की क्या बात है...चक्कर... तुम्हारे साथ नहीं है।"

"फिर।" सी. पी. ने डरते-डरते पूछा था।

"बात सीधी और साफ है।"

"बोलिए न मंजूरभाई।"

"हम लोग तंग आ चुके हैं...बीस साल से ऊपर हो गये सोशलिस्ट आन्दोलन से जुड़े हुए...कुछ भी हासिल नहीं हुआ...कितनी दिक्कत, कितनी जहालत के बाद हमने जेवर गिरवी रखकर, चुनाव लड़ा, तब कहीं जाकर एम. एल. ए. बन सके।"

"क्यों मंजूरभाई लंदन से जो पैसा आता है उसमें से आपको कुछ नहीं मिला क्या !"

"सी. पी. जहाँ पैसा होता है, वहाँ, उस पैसे का उपयोग करनेवाले, पहले से पैदा हो जाते हैं।"

"लेकिन समाजवाद का पैसा...समाजवाद के काम में आना चाहिए।"

"चाहिए तो बहुत कुछ—होता है वह सब !"

"होता है...होता है...खूब होता है !"

"क्या होता है !"

"पिछले चुनाव में करीब 150 लोगों ने चुनाव लड़ा था..."

"उसका पैसा कहाँ से आया...यही जानना चाहते हो न।"

"हाँ।"

"150 उम्मीदवारों में से जीते कितने थे।"

"मतलब।"

"मतलब साफ है—कितने उम्मीदवार विधायक बनकर आये।"

"बाइस हम्हारे...सत्रह उनके !"

"यह उनके क्या होता है।"

"उनके क्या होता है..." सी. पी. ने बिराते हुए कहा, "सोशलिस्ट घटक तीन हैं !"

"घटक ?"

"और क्या।"

"हाँ। तीन हैं तो।"

"ते तीनों घटक मिलाकर बाइस और सत्रह जोड़कर उनतालीस आयेगा।"

"हाँ उनतालीस।"

"150 में से 39 क्या प्रतिशत निकलता है।"

"14 प्रतिशत सफलता कही जायेगी...कही कुछ भी जाय सफलता 14 प्रतिशत भी तो नहीं है।"

"कैसे ?"

"इस तरह सी. पी....अगर उन उनतालीस लोगों की सूची का तुम विश्लेषण करो तो ऐसा ज्ञात होगा...उन लोगों ने चुनाव अपने-अपने घर की लुटिया, थलिया बेचकर लड़ा है।"

"इसी बात को कुछ और तरीके से कहा जा सकता है।"

"कैसे।"

"जिन लोगों ने चुनाव में पैसा खर्च किया, वह लोग जीतकर आ गये और, जिन लोगों ने चुनाव नहीं लड़ा वह लोग हार गये।"

"मुद्दा सिर्फ पैसे खर्च करके चुनाव जीतने का नहीं है।"

"फिर।"

"मुद्दा है, एक प्रकार से चुनाव की व्यवस्था का, समाजवादी आन्दोलन का, मुल्क की जमूरियत का।"

"आप कहना क्या चाहते हैं।"

"मैं कहना चाहता हूँ कि जिस तरह इस देश में समाजवाद का आन्दोलन

चलाया गया है, उसे देखकर ऐसा नहीं लगता, धंधे की एक और दुकान खुल गयी।''

''और फिर उस दुकान को, दुकान पर बैठनेवालों ने लूट लिया।''

''वाह क्या बात है सी. पी.। शाबाश। तुमने मुल्क में होनेवाले समाजवादी घपले को उठाकर पटक दिया।''

''लेकिन वह लंदन से आनेवाला पैसा...अमेरिका से मिलनेवाली दौलत कहाँ गयी।''

''हमेशा से...हमेशा...हमेशा से ऐसा ही होता है...बाहर से आनेवाला पैसा, किन्हीं खास लोगों के लिए होता है।''

''किन्हीं खास लोगों के लिए। अब इसका क्या मतलब।''

''इसका मतलब समझ जाओगे सी. पी. अगर तुम समाजवादी पार्टियों का इतिहास ढूँढ़ने की कोशिश करोगे।''

''इतिहास...कोशिश...यह सब क्या है...मंजूरभाई।''

''इतिहास...कोशिश से हमारा मतलब है वह सैकड़ों-हजारों लोगों की फौज जिसे तुमने सोशलिस्ट आन्दोलन में झोंक दिया उनका क्या हुआ।''

''बात उनके हश्र की नहीं हो रही है...''

''क्यों। क्या उनके बिना...हम उस तरह यहाँ बैठकर बात कर सकते हैं, जिस तरह कर रहे हैं।''

''कर सकते हैं...खूब कर सकते हैं। ऐसा ही होता है मंजूरभाई, गँगवानेवाले अधिक होते हैं, कमानेवालों से।''

''कमाई...'' मंजूरभाई हँसने लगे, हँसने के बाद जैसे ही उन्होंने बोलना शुरू किया सी. पी. ने उनको रोक दिया।

''कमाई के बारे में मजाक मुझे भी आता है।''

''तो बताओ।''

''आप बात को दूसरी तरफ मोड़ना चाहते हैं।''

''नहीं बिलकुल नहीं। मैं सिर्फ इतना कहना चाहता था कि भंगन, रंडी और कब्रिस्तान का पंडी भी कमाई के नाम पर कफन घसीटी करता है।''

''अब इस बात का समाजवाद से क्या ताल्लुक।''

''पहले बताओ समाजवाद का इन लोगों से क्या ताल्लुक।''

''छीः छीः भंगन, रंडी और पंडी से जोड़कर आप भारतीय समाजवाद की खिल्ली उड़ा रहे हैं।''

''तुम तो अभी आये हो सी. पी.। मैंने जमाना देखा है। आजादी की लड़ाई में शहीद होनेवाला कांग्रेसी हो या सोशलिस्ट, वह होता तो था इन्सान। दोनों में फर्क कहाँ था...जवाहरलाल को स्वयं जब कांग्रेस में दिक्कत होने लगी, तब

उन्होंने पुराने समाजवादी नेताओं को पार्टी में लाने के लिए, कांग्रेस का आदर्श समाजवाद बना दिया...जबकि...''

''जबकि मंजूरभाई।''

''जबकि कांग्रेस का समाजवाद से दूर-दूर तक ताल्लुक नहीं था।''

''नेताजी सुभाष।''

''वह कितने दिन कांग्रेस में रहे...लेकिन शुरू से कांग्रेस का आदर्श समाजवाद नहीं था...उसकी बुनियाद, उन नेताओं का सोच, उनकी विचारधारा जिन्होंने पार्टी की स्थापना से लेकर पहली लड़ाई तक और उसके बाद भी, पूँजीवादी व्यवस्था का समर्थन किया। एम. के. गांधी, तिलक, गोखले, मदन मालवीय, यही तो थे सरदार पटेल के साथ वह नेता जो कांग्रेस को और स्वतंत्रता आंदोलना को आगे बढ़ा रहे थे।''

''जवाहरलाल।''

''जवाहरलाल स्वयं में एक नेता नहीं थे। वह तो मोतीलाल और एम. के. गांधी के ख्वाबों की ताबीर का मुल्लमा थे।''

''ख्वाबों की ताबीर...आप कहना चाहते हैं, ख्वाबों की ताबीर के लिए, इन्होंने आजादी की लड़ाई में हिस्सा लिया।''

''कौन से ख्वाब। किसके ख्वाब, किन लोगों की बात कर रहे हैं हम।''

''जिन लोगों ने मुल्क को आजादी दिलाई।''

''सच पूछो तो आजादी दिलाई हालातों ने या फिर जर्मनी ने...रूस ने।''

''जर्मनी...रूस...।''

''हाँ सी. पी.। औद्योगिक इन्कलाब जवाब था फ्रांस की क्रान्ति का। फ्रांस की क्रान्ति रोटी के लिए हुई थी या रोटी को लेकर हुई थी।''

''कोई भी क्रान्ति कोई भी इन्कलाब रोटी के लिए ही होता है, मंजूरभाई रूस का इन्कलाब चीन की क्रान्ति, यह सब रोटी के लिए ही तो हुई थी।''

''तुम ठीक कह रहे हो सी. पी. लेकिन पूरी बात नहीं जानते तुम।''

''तो बताइए न।''

''फ्रांस के इन्कलाब के बाद राजाओं, सहराजाओं की प्रभुसत्ता के सवाल उठने लगे थे, उधर ब्रिटेन में, अमेरिका में, दूसरी तरह के इन्कलाब पैदा हो रहे थे। एक बड़ी जद्दोजहद के बीच शताब्दियाँ गुजर रही थीं, पुरानी व्यवस्था चरमराकर टूट रही थी और नयी व्यवस्था का जन्म हो रहा था। आधुनिकता की चमक सभ्यता के पुराने मानदंड तोड़ रही थी। नये इजाद, नयी खोज, नयी व्यवस्था का जन्म हो रहा था।''

''लेकिन इसका ताल्लुक आजादी की लड़ाई से कैसे हो सकता है।''

''किस आजादी की लड़ाई की बात करते हो सी. पी.।''

"वह जो महात्मा गांधी ने शुरू की थी।"

"एम. के. गांधी ने कोई लड़ाई नहीं शुरू की...लड़ाई तो शुरू की थी खुद अंग्रेजों ने।"

"कैसे।"

""तिजारत को राजनीति नहीं बनाया जा सकता।"

"यह बात 1857 से साफ हो गयी थी।"

"उसी के बाद अंग्रेजों ने, खुद अपनी कब्र खोदनी शुरू कर दी थी।"

"खुद अंग्रेजों ने।"

"हाँ।"

"लेकिन क्यों।"

"कोई वजह नहीं होती इन चीजों की...स्टेटक्राफ्ट बड़ी तिलस्मी चीज है। आज शासन करने के लिए जिन इकाइयों को हम बनाते हैं उन्हीं इकाइयों से निकलकर आता है, उसकी बरबादी का मंजर।"

"कुछ-कुछ समझ में आ रहा है।"

"अंग्रेजों ने जिस दिन तिजारत छोड़ दी, उसी दिन उन्होंने भारत छोड़ दिया।"

"आपके कहने का मतलब है, 90 साल पहले 1857 में हिन्दुस्तान आजाद होने की बुनियाद पड़ चुकी थी।"

"मैंने यह तो नहीं कहा।"

"फिर।"

"मैंने कहा...मेरा मतलब है, ईस्ट इंडिया कम्पनी ने अपने धन्धे, व्यापार को चलाने और सम्भालने के लिए, देश का शासन चुन-चुनकर ऐसे लोगों को दिया जो उनके धन्धे व्यापार को चलाने में मदद कर सकें...अंग्रेजों की उस समय लड़ाई या प्रतिस्पर्धा हिन्दुस्तानियों से नहीं थी..."

"क्या कह रहे हैं, मंजूरभाई।"

"ठीक कह रहा हूँ मैं...इतिहास गवाह है। अंग्रेजों ने भारत को गुलाम नहीं बनाया होता तो हम्हारे कई मालिक होते।"

"कई मालिक।"

"हाँ। फ्रांस, पुर्तगाल या कोई और होता या फिर मुल्क अंग्रेज, फ्रांसीसी, पुर्तगाली, चीनी, जापानी कई देशों की गुलामी में, छोटे-छोटे टुकड़ों में बँट जाता ...लेकिन बच गया।"

"बच गया इसलिए कि ईस्ट इंडिया कम्पनी को उस, कच्चे माल की जरूरत थी जो यहाँ होता था और उनको जल्दी थी क्योंकि योरप में प्रभुसत्ता की दौड़ करीब तीस साल बाद शुरू होनेवाली थी। जहाँ एक तरफ औद्योगिक

क्रांति हो चुकी थी रेनोन्सा का दौर चल चुका था...''

''आप कहना क्या चाहते हैं, मंजूरभाई।''

''मैं सिर्फ तुम्हारी उस बात का जवाब देना चाहता हूँ वो...ईस्ट इंडिया कम्पनी ने अपने धन्धे के लिए जिस इन्तजाम की शक्ल दी, वही इन्तजाम की इकाई या व्यवस्था 1857 के विद्रोह की वजह बनी और उसके बाद जब अंग्रेजी सरकार ने मुल्क की बागडोर सम्भाली तो उसने जिस सरकारी इन्तजाम के अन्दर मुल्क को बाँधा वही इन्तजाम, वही इकाई या इस इकाई की पूरक कड़ियाँ तैयार थीं, उसी तरह टूटने के लिए, जैसे 1857 में, टूटी थी।''

''आपका मतलब है...1857 में महात्मा गांधी, नहीं थे, फिर भी आजादी के लिए विद्रोह हुआ था।''

''हाँ...एम. के. गांधी ने सिर्फ वक्त की नजाकत को समझकर अपनी लड़ाई का मुहिम खोल दिया और उनके मुहिम खोलते ही सिर्फ कुछ सालों में आजादी मिल गयी...इसका मतलब कुछ समझ में आया...''

''कुछ...कुछ।''

''एक प्लेट में सजाकर अंग्रेजों ने आजादी हिन्दुस्तान को दे दी।''

''और मुल्क को दो भागों में बाँट दिया।''

''मुल्क को नहीं, पूरे विश्व को अंग्रेजों ने दो भागों में बाँट दिया...सच पूछो मुल्क को तकसीम करने का फैसला, ब्रिटेन का अपना नहीं था।''

''फिर किसका था।''

''अमेरिका का...और किसका। 1947 तक अंग्रेजों का राज खत्म हो चुका था। उसी के साथ फ्रांस, जर्मनी और पुर्तगाल के पुराने सियासती मंज़र बिखर चुके थे।''

''इससे क्या होता है।''

''रेलिजस सेमेटिक (धार्मिक कट्टरता) का जिम्मेदार सिर्फ इस्लाम नहीं है, अंग्रेजों ने इसकी बुनियाद बहुत पहले डाली थी। सेमेटिक और ऐण्टी सेमेटिक इन दो भागों में ही बँटी हुई इन्सानियत उस राजनैतिक, तिजारत का शिकार हुई है जो आज तक चल रही है।''

''लेकिन बात आजादी से शुरू हुई थी...समाजवाद... ।''

''मेरा कहना सिर्फ इतना है आजादी तो मिलनी ही थी 1945 के बाद।''

''क्यों।''

''दूसरा महायुद्ध जब खत्म हुआ तो यूरोप में कुछ भी नहीं बचा था और खुद अपनी गुलामी और युद्ध का खर्च पूरा करने के लिए अपनी-अपनी कालोनियों या गुलाम मुल्कों को बेचने के अलावा उनके पास कोई चारा नहीं बचा था और फिर एक नयी व्यवस्था लेनिन का साम्यवाद, रूस में पैदा हो चुका

था और योरप के बीचोंबीच जर्मनी, यूगोस्लाविया पोलैण्ड, हंगरी और छोटे-छोटे तमाम देशों में रूस बस चुका था। रूसी साम्यवाद का खौफ इतना बड़ा खौफ था जिसे नजरन्दाज नहीं किया जा सकता था। यूरोप को गुलाम बनना ही था तो एशिया आजाद कैसे नहीं होता...यह सब उस समझौते का हिस्सा था जो महायुद्ध के बाद अमेरिका और यूरोपीय ताकतों के बीच हुआ था।''

''वह सब तो ठीक है, मंजूरभाई। लेकिन मैं बहुत जरूरी काम से आया था, आपके पास।''

''सी. पी. यह काम तुम कब से करने लगे...लफंगों और लोफरों को कब से भला काम होने लगा। तुम कुछ कह रहे थे...या फिर मैं बताऊँ...वह लंदनवाली बात।''

''हाँ मंजूरभाई। वह लंदन कनेक्शन तो रह ही गया।''

''रहा कुछ नहीं...तुम खुड़पेची किस्म के इन्सान हो, सी. पी. इसलिए कभी, कहीं भी, एक तरह से तुम लोग रह नहीं सकते।''

''ये लीजिए अब आपने हम्हारे ऊपर ही हमला कर दिया।''

''क्या तुम्हारे ऊपर जो हमला होगा, वह हम्हारे ऊपर नहीं होगा।''

''क्या पता।''

''लेकिन मैं जानता हूँ और सच पूछो तो कितने दिनों से अपनी ही बिला वजह की उछलफाँद से खुद मैं तंग आ गया था और अन्दर ही अन्दर जमी हुई काई की कुछ पर्तों को उधेड़-उधेड़कर निकाल रहा था। हम सब लफंगे नहीं तो क्या हैं। बीस साल से ऊपर हो गया है और हम सब लाल टोपी लगाकर सिवाय लफंगेपन के और क्या कर रहे हैं...पटवर्धन, जे. पी. और नरेन्द्रदेव ने जिस आदर्श के लिए संघर्ष किया था, वह कहाँ गया, क्या हुआ उसका। आपसी लड़ाई, उठापटक बँटवारे पर बँटवारा...छोटे-छोटे टुकड़ों में बाँट दिया हमने, अपने आपको... ।''

''क्या इस बँटवारे के लिए जिम्मेवार जवाहरलाल नहीं थे।''

''थे तो क्या...जवाहरलाल क्या सोशलिस्ट नहीं थे।''

''लेकिन आप तो कह...''

''हाँ मैंने कहा था...जवाहरलाल खुद मोतीलाल नेहरू और एम. के. गांधी के ख्वाब थे। वह पढ़े-लिखे आदमी थे, मैकाले स्कूल के प्रोटोटाइप...साम्यवाद या समाजवाद से कोसों दूर...असल में मेरी राय गलत भी हो सकती है लेकिन मैं ऐसा सोचता हूँ...साम्यवाद या कम्यूनिज्म के खतरे से मुल्क को बचाने के लिए ही जवाहरलाल नेहरू ने समाजवादी ढाँचे का ईजाद किया।''

''समाजवादी ढाँचे और समाजवादी व्यवस्था में कोई फर्क है क्या।''

''बहुत फर्क है...समाजवाद के अनुसार...अच्छा सी. पी. क्या तुम मजहबी

अन्दाज से समाजवाद और समाजवादी ढाँचा या पैटर्न की बात कर सकते हो।''

''मजहबी अन्दाज से।''

''मेरा मतलब रेलिजम या जिसे हिन्दू, मुसलमान, ईसाई कहते हैं, उस मजहब से नहीं है। मजहब का यह सिलसिला पुराना होते हुए भी बहुत पुराना नहीं है। इन्सानियत इससे बहुत पुरानी है, आदमी इससे पहले भी था। मजहबी अन्दाज से मेरा मतलब इस वक्त उस अन्दाज, उस तेवर से है जो किसी भी कैडरवेस पार्टी की सलामती के लिए जरूरी होता है। कोई नहीं जानता पं. जवाहरलाल नेहरू ने किस तरह समाजवादी व्यवस्था को ऊपर उभरकर आने से रोका था।''

''आप मंजूरभाई। आप तो पं. नेहरू के भक्त हुआ करते थे।''

''आज भी हूँ।''

''तब इस बात का क्या मतलब।''

''मेरा मतबल साफ है, पं. नेहरू ने वही किया जो उनको करना चाहिए था... ।''

''चुप क्यों हो गये मंजूरभाई।''

''आदमी बहुत बड़ा था, नेहरू आनेवाले वक्त की नजाकत को समझता था, वह। बस मात खाई कहीं उसने तो 1962 में।''

''वह कैसे।''

''चीन ने मालूम है क्यों हमला किया था... ।''

''कोई भी मुल्क हमला क्यों करता है, इसीलिए चीन ने भी हमला किया था।''

''दुनिया का सबसे बड़ा मुल्क जमीन के लिए हमला नहीं करता...जमीन थी उनके पास।''

''लेकिन मंजूरभाई।''

''मैं बता रहा हूँ...ताकि सनद रहे। 1945 के बाद अमेरिका ने जिस तरह कोल्डवार शुरू की और नेटो, सीटो, यू. एन. ओ., जैसे इन्तजामकारी मुखौटे लगाना शुरू किये, तब उसकी प्रतिक्रिया में कम्यूनिएट ब्लाक ने यूरोप में, पोलैंड हंगरी और सेण्ट्रल एशिया के छोटे-छोटे मुल्कों को लेकर अपना गुट बना लिया। रूस को भारत से दोस्ती करनी पड़ी क्योंकि अमेरिका, जापान और पाकिस्तान को अपना एली बना चुका था। लेकिन भारत के साथ रूस की दोस्ती की बुनियाद समूची दुनिया में हो रही, साम्यवाद और पूँजीवादी व्यवस्था के बीच हो रहे टकराव पर टिकी हुई थी और साम्यवाद को एशिया में पूरी तरह जमाने के लिए भारत को नियंत्रण में लेना जरूरी था। 1962 का चीनी हमला वर्ल्ड कम्यूनिज्म की स्कीम का एक हिस्सा था।''

''लेकिन चीन और रूस में मतभेद शुरू हो गये थे।''

''वह मतभेद या बहस साम्यवाद या कम्यूनिज्म के दुनिया को जीतने की साजिश का एक हिस्सा थी।''

''मतलब।''

''मतलब साफ है...रूस और चीन को जवाहरलाल का सोशलिस्ट पैटर्न आफ सोसाइटी का अहलाम, पंचशील जैसे बुर्जुआ सिद्धान्त बिलकुल पसन्द नहीं थे। वह लोग जवाहरलाल से डरते थे। उनको मालूम था, जवाहरलाल हिन्दोस्तान को कम्यूनिज्म के काडल से बहुत दूर ले जाकर खड़ा कर देंगे...ऐसी जगह पर ऐसे मुकाम पर, जहाँ कम्यूनिज्म पहुँच ही नहीं सकता।''

''इसीलिए शायद जवाहरलाल जी समाजवादियों के कांग्रेस में आने के लिए मुतमन थे।''

''यह जवाहरलाल नेहरू की अपनी योजना नहीं थी। इस योजना को अमेरिका की पालिटिकल इन्टेलिजेन्स विंग ने रूस के इन्कलाब के तुरन्त बाद, बनाना शुरू किया था और जिसका प्रयोग सबसे पहले ब्रिटेन में और फिर जर्मनी में किया था।''

''क्या था वह प्रयोग।''

''समाजवाद, पूँजीवाद और साम्यवाद की सिनथीसिसस करके निकाला गया था और वह सब अमेरिका द्वारा स्पानसर्ड था...तब भी और आज भी।''

''मंजूरभाई आप कहना चाहते हैं, हम सब सी. आई. ए. के गुलाम हैं या पेरोल पर हैं।''

''हम सब नहीं।''

''फिर।''

''कुछ लोग...ऊपर के नेता...कुछ केन्द्रीय समित के सदस्य और कुछ कार्यकर्ता बस।''

''सीधे।''

''नहीं...ऐसा भी नहीं हो सकता था, इसीलिए उन्होंने ब्रिटेन को चुना, लंदन को अपना अड्डा बनाया।''

''लेकिन उनको ऐसा करने की जरूरत क्या थी।''

''वह जानते थे...समाजवाद का जो मॉडल हम लेकर चल रहे हैं, वह कभी सफल नहीं हो सकता, वह बुनियादी तौर पर गलत है, आदमी की फितरत के खिलाफ है।''

''सोचकर डर लगता है, मंजूरभाई''

''डरने की कोई बात नहीं है, वह सब तो एक खेल था। एक तमाशा था, साम्यवाद की तरफ से लोगों का ध्यान हटाने के लिए और फिर ध्यान हटाने

के लिए ही तो, तमाशे खड़े किये जाते हैं।''

''यह आप कैसे कह सकते हैं, इतने आत्मविश्वास से कैसे कह सकते हैं।''

''जानते हो उस समाजवाद की परिभाषा क्या है, जिसे हमने जिन्दगी का उनमान बनाया है।''

''नहीं...यह सब...''

''एक गाय को लो...साम्यवाद कहता है, गाय और दूध दोनों समाज का है, पूँजीवाद कहता है, गाय और दूध दोनों उसी का है जिसकी गाय है लेकिन समाजवाद कहता है, गाय उसी की है जिसके पास है, लेकिन दूध समाज का है।''

''यानि समाजवाद की बुनियाद झूठ है, छलावा है, धोखा है।''

''जो हर खेल की, हर तमाशे की होती है।''

''और हमने उसे अपनी जिन्दगी का सहारा बना लिया, उसी के लिए, नौकरी, पेशा, घर, बार, सब कुछ छोड़कर कूद पड़े, जेल जुलूस और आंदोलन की डगर पर।''

''वो तो है...लेकिन उससे क्या...हम खुद तो चोर नहीं हैं, झूठे नहीं हैं।''

''क्या पता।''

''सी. पी. तुमको मालूम है, पहली कोशिश जब अमेरिका ने की थी दुनिया में अपना सिक्का जमाने की, तब उसने ब्रिटेन के साथ षड्यंत्र किया था, ''ऐंग्लो सेक्सन ग्रुप बनाने का और उसके एवज में पहली लड़ाई के बाद, ब्रिटेन की मिली थी, कीमत जर्मनी नौसैनिक बेड़े की, अफ्रीका की कालोनी और एशिया का पूरा इलाका।''

''सच्ची में। ''

''और क्या...लेकिन तुमने सी. पी. पूछा नहीं, हम लोग कहाँ से आये, हम सोशलिस्टों की जमात कैसे पैदा हुई।''

''मंजूरभाई अभी तक सुना था हम सब पहले बन्दर थे, फिर आदमी बने लेकिन...''

''रुको नहीं, कह डालो सी. पी.।''

''लेकिन सोशलिस्ट पार्टी में आने के बाद, ऐसा लगा, हम पहले आदमी थे, अब बन्दर हो गये हैं।''

खी...इ ती इ ई सी सी...हा हा हा...तू उ उ तू उ ऊ के तरह की न जाने कितनी आवाजें मंजूरभाई के गले से निकलने लगीं। काफी देर तक हँसते रहे वह और फिर अपने को नियंत्रित करते हुए बोले, ''सी. पी. ठीक कहते हो तुम सत्रह-अठारह साल का समय निकल गया, बन्दरों की तरह उछल-फाँद

करते हुए। आम जनता राजनारायण के साथ हम्हें भी जोकर समझने लगेगी। कुछ भी हासिल नहीं होता, कुछ भी मालूम नहीं हम्हें जैसे किसी पिनक में, विलावजह हम कहाँ से कहाँ चले जा रहे हैं।''

''लेकिन आपने, वह तो बताया ही नहीं।''

''क्या सी. पी. अभी कुछ बाकी है।''

''खूब बाकी है...अभी तक तो आपका प्रवचन सुन रहा था, मैंने तो कुछ कहा ही नहीं।''

''हाँ सी. पी. तुम किसी खास काम से आये थे न।''

''और क्या।''

''तो कब बताओगे।''

''आपका प्रवचन तो खत्म हो।''

''लो...खत्म हो गया।''

''लेकिन वह...हम लोग कहाँ से आये।''

''अभी तक समझ में नहीं आया।''

''नही मालूम मंजूरभाई, कुछ खुलकर कहिए।''

''तुम भी क्या याद रखोगे, मियाँ सी. पी....जहाँ जमीन, पुख्ता हो, समझ लो, कोई दिलजला गड़ा है वहाँ।''

''अब यह क्या है, भाई...मेरी कुछ समझ में नहीं आता।''

''महज इस शेर में हम्हारी पैदाइश का राज छुपा है। कुछ-कुछ ऐसी थी हम्हारी पैदाइश।''

''जल्दी कीजिए मुझे एक अहम मसले पर आपसे बात करनी है।''

''पहली लड़ाई ने इंगलैण्ड को जो कुछ दिया था, उसकी बुनियाद करीब-करीब उन्नीसवीं सदी में पड़ी थी क्योंकि पहली लड़ाई के समय पहली बार अमेरिकी संघ के राज्यों ने, विदेशी और फौजी मामले केन्द्रीय सरकार को सौंप दिये थे। उससे पहले सत्रहवीं और अठारहवीं शताब्दी तक अमेरिका में कोई केन्द्रीय सरकार नहीं थी और अमेरिका का शासन उन दिनों, लिसबन, मैड्रिड, लंदन और पेरिस से चलाया जाता था। दूसरी लड़ाई के बाद काम और आसान हो गया था...अमेरिका को एशिया की जरूरत थी और अफ्रीका की भी...उसे रूस को नियंत्रण में रखना था और यूरोप की प्रमुखता को समाप्त करना था। इसीलिए तो अमेरिका ने एक-एक करके उन तमाम मुल्कों को आजादी दिलवा दी जो इंगलैण्ड के गुलाम थे और उन सब का कामनवेल्थ बनाकर, इंगलैन्ड के ऊपर युद्ध का कर्ज चढ़ाकर, अपनी शर्तों पर वहाँ की सरकार को सेटलाइट स्टेट की तरह बनाकर, सोशलिस्टों का ईजाद किया... अमेरिका उसके बाद काफी दिनों तक लंदन से अलग-अलग मुल्कों में सोशलिस्टों

को बढ़ाने लगा।''

''सोशलिस्टों को बढ़ाने लगा।''

''सोशलिस्टों को बढ़ाने लगा।''

''पूँजीवाद को सोशलिस्टों के समाजवाद से कोई खतरा नहीं था...क्योंकि उस तरह का नुस्खा आधारहीन था, बेबुनियाद था और जाहिर तौर पर उसकी व्यवस्था, उसके सिद्धान्तों, उसकी नीतियों की कोई शक्ल ही नहीं बनती थी...खैर छोड़ो। तुम सोच रहे होगे...आज हम खुद अपनी फजीहत क्यों कर बैठे...शायद हम बनाये इसी तरह गये हैं...तभी तो विएना में लीग आफ नेशन्स की बैठक में सीटी बजानेवाला राममनोहर लोहिया, किस उछलफाँद में खप जाता है, गुजर जाता है।''

''मन बड़ा उदास हो जाता है...दूर-दूर तक दिखता है मंजूरभाई ! तो मुँह बाए दिखता है सन्नाटा, सिर्फ सन्नाटा, समूचा हजम कर जाने के लिए..यह भी कोई जिन्दगी है...कमबख्त हम्हारे नेता कैसे थे...।''

''गुड़बक थे, सी. पी. ! और कैसे थे...हम्हारी जवानी सड़कों की धूल खाते, लाठी डन्डे, जेल, जुलूस जाते आते निकल गयी...कुछ भी तो हासिल नहीं हुआ।''

''घर की जमापूँजी लुटा दी सो अलग...जिन्दगी में कुछ किया नहीं, वह अलग.. अच्छा एक बात पूछूँ मंजूरभाई।''

''पूछो।''

''पहले कहिए आप सच जवाब देंगे।''

''देंगे।''

''और बुरा नहीं मानेंगे।''

''कमबख्त कौन-सी फिरदौस है जो हम्हें नहीं जानती...और...''

''फिर भाई।'' सी. पी. कराह रहा था।

''नहीं संजीदा हूँ...बोलो सी. पी. बोलो।''

''सच बोलिएगा।''

''झूठ बोलता हूँ क्या।''

''हाँ...हाँ आप तो सत्यवादी हरिश्चन्द...''

''वो सब मैं नहीं जानता...लेकिन सी. पी. इस वक्त कसम खुदा की। तुमसे झूठ बोलने का बिलकुल दिल नहीं कर रहा है।''

''क्यों।''

''आज ही तो हम्हें उस झूठ का पता लगा, जिसकी बुनियाद पर हमने जिन्दगी का कितना बड़ा खेल खड़ा कर दिया।''

''ठीक कहते हो भाई।'' सी. पी. की आँखें भर आयीं।

''तुम क्या पूछ रहे थे, सी. पी. मंजूर अहमद ने करीब-करीब फुसफुसाकर कहा था।

''छोड़िए फिर कभी।''

''सी. पी.।''

''आज पहली बार, तुमको नहीं लगता हम एक ईमानदार दोस्त की तरह बात कर रहे हैं।''

''हाँ...यही तो मैं भी सोच रहा था...हमेशा हम्हारी खिल्ली उड़ाने वाले...मुझे दलाल, जुलूसबाज, कहनेवाले मंजूरभाई इतनी गम्भीरता से किस तरह बात कर रहे हैं।''

''सी. पी.'' आवाज में पुकार थी !

''क्या है मंजूरभाई।''

''तुमको ऐसा नहीं लगता...सब कुछ चुक गया है।''

''लगता था...''

''लगता था...।''

''हाँ।''

''कैसे।''

''कुछ हुआ है।''

''क्या हुआ है।''

''वही तो बताने आया हूँ।''

''तो बोलो न...नखड़े क्यों दिखाते हो।''

''आज हम्हे सरकार में शामिल होने का निमंत्रण मिला है।''

हो हो आ...हा हा हो...ह उ ऊ हा हा के ठहाकों के बीच मंजूरभाई खिलखिलाने लगे। वह बार-बार ताली पर ताली पीट रहे थे और चीख-चीख कर हँस रहे थे...बीच-बीच में वह सी. पी. को घूरकर देख लेते और फिर हँसने लगते।

''चुप हो जाइए मंजूरभाई।'' सी. पी. ने चिल्लाकर कहा था।

''मैं तो चुप हो जाऊँगा सी. पी. लेकिन तुम्हारा क्या होगा।''

''क्या होगा।''

''तुम मन्त्री बनोगे...'' खी इ खी इ सी.. हा हा हा...हू हू हू उ ऊ।

''यही तो मैं कह रहा हूँ... मैं मन्त्री नहीं बनूँगा।''

''फिर।''

''मंत्री आप बनेंगे।''

''क्या अ आ...मैं मंजूर अहमद खानखाना सन आफ अब्दुल रहीम खानाखाना और मन्त्री !''

"हाँ और मन्त्री !"

"तुम्हारा सिर फिर गया है।"

"नहीं...मेरी बात गौर से सुनिए।"

"मंत्रिमंडल विघटन की कगार पर है।"

"धत् !"

"सच कह रहा हूँ...नयी सरकार के गठन की प्रक्रिया कल शुरू हो जायेगी।"

"तुमने अफीम खाई है सी. पी.।"

"नहीं।"

"फिर तुम पागल हो।"

"नहीं।"

"तो फिर तुम किसी अफीमची से मिलकर आये हो।"

"नहीं।"

"किसी पागल से।"

"नहीं।"

"तब तुम ऐसी बातें कैसे कर सकते हो।"

'मेरी बातों को आप अहमियत देते हैं।"

"नहीं।"

"झूठ बोलते हैं आप !"

"क्या।"

"हाँ। झूठ बोलते हैं आप।"

"कैसे।"

"अगर मेरी बात का आप हमेशा मखौल उड़ाते हैं, मेरी खिल्ली उड़ाते हैं, मेरी बातों को आप अहमियत नहीं देते हैं तो फिर आपने ऐसा क्यों कहा कि मैं किसी सनकी, पागल या अफीमची से मिलकर आ रहा हूँ।"

"लाहौल बिला कूवत। आज कोई सी. पी. के तेवर देखे...कमजात दस-दस फुट ऊपर उछल रहा है...ऐसा है सी. पी. हर आदमी के अन्दर एक चोर छुपा होता है...।"

"चोर।"

"मेरा मंतलब उस चोर से नहीं है, जो सेंध लगाता है, दीवार फाँदकर तिजोरी तोड़ता है...मेरा मतलब उन खुशफहमियों से है, उन दबी हुई नाफरमानियों से या उन ख्वाबों से है जो कितने फुट अन्दर दफन हैं हम्हारे...तरस-तरसकर जिए हैं हम...तपती हुई धूप में नंगे पाँव, गाँव-गाँव, गली-गली घूमकर हमने समाजवाद की अलख जगाई लेकिन जब होश आया तो

पाया, कुछ नहीं बचा था, सब कुछ लुट गया था, इसीलिए, भैया अब यकीन नहीं होता किसी बात पर।''

''लेकिन हम्हारा वक्त आ गया है, मंजूरभाई।'' सी. पी. चीखकर बोला। उसके पैर काँपने लगे थे, और चेहरा एक तरफ को सिकुड़ने लगा था।

''क्या कह रहे हो सी. पी.।''

''मंत्रिमंडल का पतन होनेवाला है।''

''अभी...कितने दिन हुए हैं...सरकार बने।''

''यह पूछिए कितने दिन हुए हैं, मंत्रिमंडल बने हुए।''

''दोनों बात तो एक ही है।''

''नहीं।''

''तब।''

''सरकार बनने से उम्मीद होती है और मंत्रिमंडल का विस्तार होते ही, उम्मीद हवा हो जाती है।''

''ठीक कहते हो सी. पी. लेकिन इस सबमें हम कहाँ आते हैं।''

''इस बार कुछ-कुछ आते हैं।''

''सी. पी. राजनीति का गरिमत तो आता होगा।''

''लेकिन राजनीति का कोई व्याकरण नहीं होता...यह तो आपको पता है।''

''पता है।''

''वहीं पर है हम्हारी उम्मीद की कशिश।''

''छोड़ो भी...यह सब स्टार्म इन ए कप आफ टी की तरह लगता है...पार्टी की सरकार टूटेगी तो पार्टी का दूसरा आदमी नयी सरकार बनाएगा...उनकी मेजारटी है, ताकत है उनके पास, गिनती की ताकत है...राजनीति में सौदा ताकत से होता है।''

''तभी तो कह रहा हूँ...ताकत का गणित बड़ी तेजी से बदल रहा है।''

''बदल रहा है न...समय लगेगा।''

''बदल चुका है...समय नहीं लगेगा।''

''सी. पी. तुम्हारा मतलब है, मुख्यमन्त्री उत्सुकदास को और उनके आका गुरुपदस्वामी को यह पता नहीं है।''

''क्यों नहीं पता होगा।''

''उत्सुकदास जैसा कारीगर...उत्सुकदास जैसा खिलाड़ी...क्या समझते हो...यह सब होने देगा।''

''वह लोग...जो कुछ कर सकते थे...कर चुके।''

''क्या कर चुके हैं।''

''देखा होगा...जानते होंगे आप। किस तरह बलदेव चौधरी को उप-मुख्यमंत्री का दर्जा दिया गया था।''

''उन्होंने मंजूर कहाँ किया...वह तो दलबंदी में फँसे हुए हैं... बयानबाजी...''

''हाँ अ अ...बलदेव चौधरी का बयान पढ़ा आपने।''

''हाँ पढ़ा था।''

''उससे आपको विद्रोह की झलक नहीं आती।''

''बगावत से कई कदम आगे बढ़ चुके हैं वह।''

''ऐसे बयान के बाद आपको पता है हाईकमांड ने क्या किया।''

''हाईकमांड से तुम्हारा मतलब दिल्ली से है न।''

''दिल्ली से...खासकर गुरुपदस्वामी से।''

''क्या किया।''

''प्रदेश पार्टी अध्यक्ष पद से रंगीनराय का नाम वापस ले लिया और बलदेव चौधरी को गृहमंत्रालय के साथ में उप-मुख्यमंत्री का पद दे दिया।''

''मतलब।''

''मतलब साफ है...हाईकमांड की नीयत में खोट है...उत्सुकदास का मंत्रिमंडल बनने से पहले खत्म हो गया।''

''हाईकमांड की नियत में खोट ?''

''और क्या, अगर बलदेव चौधरी के पास गृहमंत्रालय है तो तांबाकांड का क्या होगा....वह तो चार दिन में तोड़-फोड़ कर डालेंगे।...''

''ठीक कहते हो...लेकिन उसकी काट तो कर दी न उत्सुकदास ने।''

''उसकी कोई काट नहीं है।''

''काट है।''

''तो कहिए जरा...देखें तो।''

''बढ़ई दीक्षित।''

''बेपेंदी का लोटा है, साला। दो मिनट नहीं लगने हैं उस घूसिया के बच्चे को पलटी खाने में ! और फिर डूबते हुए जहाज का किसी को भरोसा नहीं होता।''

''करेक्ट। लेकिन गिनती उनके साथ है।''

''तब तक न... जब तक उनकी गिनती कम नहीं होती।''

''यस।''

''लेकिन इतना तो आप भी समझते हैं...बलदेव चौधरी की मंशा क्या है।''

''मुख्यमंत्री बनना और क्या।''

''तो अगर बलदेव चौधरी मुख्यमंत्री बन सकते हैं तो क्या वह पार्टी नहीं

छोड़ेंगे।''

''बिलकुल छोड़ देंगे...मैं समझता हूँ...उत्सुकदास को इस बार मुख्यमन्त्री बनाकर पार्टी हाईकमांड ने बहुत बड़ी गलती कर दी है।''

''और उस गलती को अब श्रीयुत श्रीमान बलदेव चौधरी सुधारने जा रहे हैं।''

''कितने आदमी निकलेंगे उनके साथ।''

''बारह।''

''बारह आदमियों या विधायकों का नेता मुख्यमंत्री कैसे बन सकता है।''

''देखियेगा।''

''क्या देखियेगा...यह भी कोई तरीका है, बात करने का...'' मंजूर अहमद ने डाँट बताई।

''आप नाराज न हों...ऐसी एक योजना बनाई है, बलदेव चौधरी के समर्थकों ने।''

''लेकिन यह मुमकिन नहीं है।''

''लेकिन यह मुमकिन है...डाइ हैज वीन कास्ट।''

''तुम सी. पी. तुम...यह कह रहे हो।''

''हाँ। कुछ देर बाद आपकी भी यही राय होगी।''

''सवाल राय का नहीं...सवाल है उस गणित का जिससे सरकार बना करती है।''

''उस गणित के सिर्फ दो पहलू हैं।''

''पहला।''

''पहला है, विरोधी दलों का एक झंडे के नीचे आना।''

''यह कभी नहीं हो सकता...और दूसरा।''

''अगर बलदेव चौधरी पार्टी छोड़ देते हैं तो गिनती के खेल में सत्ताधारी दल हार जायेगा।''

''तब लेकिन तब...जब वह गिनती सरकार के गठन तक कम ना हो।''

''तो आप कल्पना कीजिए मंजूरभाई, उस घटनाक्रम की, जो तीन दिन के अन्दर, होनेवाला है।''

''तीन दिन !''

''हाँ तीन दिन में वर्तमान मंत्रिमंडल गिर जायेगा !''

''अगर उसी दिन राजभवन में दावा पेश कर दिया जाय...और हाँ बलदेव चौधरी तभी मुख्यमंत्री बन सकते हैं, जब वह विधान सभा के दौरान, दल बदल दें !''

''नहीं तो !''

''राज्यपाल पार्टी को समय दे देगा और उसी के साथ गिनती का खेल उलट जायेगा।''

''और दूसरा।''

''संघीय दल समर्थन दे दे।''

''संघीय दल तैयार हैं, मंजूरभाई।''

अठारह

बलदेव चौधरी के यहाँ विधायकगण, मंत्रिपद के उम्मीदवार, कारपोरेशन, स्वायत्त निकाय एवं सरकारी ट्रस्ट के अध्यक्ष पद एवं सलाहकार के अवैतनिक पद की चाहत रखनेवाले धन्धेबाज तिलंगे, आधारहीन चमचे, नमकीन चिलगोजे और राजनैतिक धुरी से जुड़े हुए चकरबन्ध, धीरे-धीरे वापस जाने लगे थे। अपनी-अपनी अभिलाषाओं के दौर में फँसे हुए तमाम नेताओं ने, अपना-अपना बायोडेटा, बलदेव चौधरी को दे दिया था और बायोडेटा देते वक्त, जितना कुछ सम्भव था कह दिया था, बोल दिया था। अपनी-अपनी त्याग और बलिदान की कहानी रो-रोकर बता चुकने के बाद, उन सबने कोई न कोई पहचान का रिश्ता, किसी न किसी रिफारिश की तस्वीर, कहीं न कहीं बलदेव चौधरी से मिलने का बहाना, खुलासा कर दिया था। मनोहरलाल और मूलचन्द की जैसे लाटरी खुल गयी थी—चीखते-चिल्लाते, बोलते-बर्राते...उन सैकड़ों लोगों के बीच, जैसे फिरती हुई पतुरिया की तरह करीब-करीब पाँच घंटे तक, तिगनी का नाच करते हुए उनकी तपस्या, उनकी आस्था पूर्ण रूप से समर्पित थी, और उनके सामने था सपनों का सुनहरा संसार ! मनोहरलाल, मूलचन्द के सपनों के संसार का मतलब था, मंत्रिपद पर या किसी सार्वजनिक प्रतिष्ठान की अध्यक्षता और ढेर सारे कोटे, परमिट, लाइसेन्स की चलती-फिरती दुकान। बार-बार उनके मुँह में पानी आ रहा था। वह सोच रहे थे उन हसीन दिनों के बारे में जो आनेवाले थे। बड़ी संतुष्ट दिख रही थीं ये मूर्तियाँ। बार-बार कोई सुरसुरी, उमड़ती हुई खुशी की मरोड़ उनके अन्दर पलटने लगती। तभी न जाने क्या हुआ मूलचन्द भरभरा कर उठा और सामने की तरफ चार्ज हो गया। मोटा शरीर उसका, फटा हुआ बाँसी गला झूल रहा था। बार-बार उसके अन्दर से कुछ आवाजें उभरतीं लेकिन गले में आकर टूट जातीं।

मूलचन्द असल में चीखना चाहता था, लेकिन उसकी आवाज न जाने कहाँ दफन हो चुकी थी, वह भागना चाहता था लेकिन नब्बे किलो पाँच फुट पाँच

इंच में ढला हुआ थुलपुल उसका शरीर साथ नहीं दे रहा था। चूँकि मूलचन्द ने उठकर भागने की कोशिश जरूर की थी लेकिन उस चार्ज, उस कोशिश के परिणामस्वरूप वह बस कुछ दूर तक ही जा सका था। जितनी दूर तक मूलचन्द जा सका था, उतनी दूर तक जाने से कोई अनुपात नहीं बनता था, इसीलिए मनोहरलाल की समझ में कुछ नहीं आया था। कुछ थकन और जोशीली हरकतो से जब कुछ हासिल नहीं हुआ तो और तमाम कोशिशों के बाद भी जब आठ घंटे, मंत्रिमंडल रूपी, घटक मार्का दंड-बैठक, से प्रताड़ित मूलचन्द आगे नहीं बढ़ सका तो, वह पीछे मुड़ा और बड़ी दयनीय दृष्टि से मनोहरलाल को देखने लगा। मनोहरलाल और मूलचन्द में विचारों की, आदर्शों की, सपनों की अभिलाषाओं की सुरसुरी का टाँका लगा हुआ था, इसीलिए बिना देर किये हुए, मनोहरलाल मूलचन्द की तरफ चिल्लाते हुए लपका, ''काहे नीले-पीले हुए जा रहे हो।''

''देखा नहीं।'' मूलचन्द झल्लाकर बोला।

''क्या।'' मनोहरलाल डर गया था, यह सोचकर कहीं वह भूल तो नहीं कर रहा था।

''ऊ आये हैं।''

''कौन आये हैं।''

''उनको कोई पहचान नहीं रहा है।''

''तुम तो पहचानते हो न।''

''हाँ।''

''तब बतलाते क्यों नहीं...लगाए हुए हव...वही, टिटर-बिटर-टिटर-बिटर।''

''न ही मैंने सोचा, उसके अन्दर जाने से पहले, मैं उसे रोक लू...लेकिन हमेशा की तरह खद्योत सम इत उत प्रकाश करता हुआ, न जाने कहाँ गायब हो गया।''

''खद्योत। तुम साले। मूलचन्द की औलाद। तुम्हारा कुछ नहीं बिगड़ा और उतनी देर में खुद कह रहे हो, वह गायब हो गया...यानि गुल हो गया।''

''गुल...ये गुल क्या लगाये हो, गुल-गुल...का है रे। गुल अ गुल अ।''

''अब इसका क्या अर्थ है।''

''जौन तुम बक बका रहे थे, उसका क्या अर्थ।''

''हम बकबका रहे थे...जौन मुँह माँ आवाज है, बक देते तो...मालूम नहीं उहाँ अन्दर चौधरी साब बड़ा कठिन खेल खेल रहे हैं।''

''सच में खेल बड़ा कठिन है। यही खातिर तो हम दौड़े थे।''

''कभी तो लगता है, गयी भैंस पानी में।''

''काहे...कैसे...कहाँ।''

''देखो। अच्छा-खासा, उप-मुख्यमंत्री का पद मिल गया था।''

‘‘साथ में गृह मंत्रालय।’’

‘‘उली....उली...हम्हारे चिलगोजों ने तो भाव तक लगा दिया था।’’

‘‘कितना।’’

‘‘58 इंसपेक्टर, 48 सब, 68 डी. एस. पी. और 75 एस. पी.।’’

‘‘मतलब।’’

‘‘मतलब साफ करना पड़ेगा।’’

‘‘नहीं तो कैसे समझूँगा...अपना हिस्सा क्या है।’’

‘‘भई। इस बार हिस्सा नहीं लगेगा।’’

‘‘क्यों।’’

‘‘याद है, पिछली बार बन्दर बाँट में हम कितना नुकसान उठा बैठे थे...खर्चा पानी काटकर कुछ भी तो नहीं बचा सके थे।’’

‘‘सच कहते हो...बड़े दिन बाद मौका आया था।’’

‘‘मुला एक बात बताओ...ई चौधरी सठिया गये हैं का।’’

‘‘काहे।’’

‘‘गृह मंत्रालय...उप मुख्यमंत्री और चाहिए का।’’

‘‘खेल कुछ बड़ा लगता है।’’

‘‘इसके ऊपर तो होगा वह मुख्यमंत्री।’’

‘‘और हम होंगे मन्त्री।’’

‘‘मिलेंगे हम्हें संत्री।’’

‘‘संत्री हमसे पूछकर रखना।’’

‘‘क्यों।’’

‘‘संत्री बड़े काम की चीज होती है।’’

‘‘लेकिन चौबे जी छब्बे बनने चले तो हैं, जो कहीं दुबे बन गये तो क्या होगा।’’

‘‘छोड़ो भी ऊ। 58, 48, 68, और 75 का भाव का है...मुझे तो बता दो...कुछ केस हम्हारे पास भी हैं।’’

‘‘कोई नहीं...बस हजार जोड़ दो।’’

‘‘माने।’’

‘‘58000 इन्सपेक्टर के 48 सब इन्सपेक्टर, 68 डी. एस. पी. और 75 एस. पी.।’’

‘‘तो ई बात है।’’

‘‘हवा।’’

‘‘कितने केस इकट्ठा किये थे।’’

‘‘तीन-तीन का टारगेट दिया था।’’

"यानि बारह।"

"हाँ।"

"तो दस हम्हारे जोड़ो कित्ते भए।"

"बाईस।"

"तो बीस लाख का डौल बनता है।"

"दस चौधरी साहब के।"

"चौधरी साहब हमसे न लेंगे।"

"अबकी लेंगे कैसे नहीं।"

"लेकिन काहे जिदीआत हवा।"

"यह है नीति की बात...।"

"ऊ का होत है।"

"पालिसी...यानि हम्हारी पालिसी...पिछली बार का तजुर्बा है, जौन लोग चौधरी साहब का हिस्सा रखते थे, उनका कोटा डबल हो जाता था।"

"तो ठीक है–लेकिन गृहमंत्री बनें तब न।"

"देखो गुरु...अब पानी सिर के ऊपर से निकल चुका है।"

"चौधरी साहब। इस बार कुछ कर दिखाएँगे।"

"लेकिन कब।"

"लगता है, कुछ होनेवाला है।"

"कैसे मालूम।"

"वो मैं उठकर भागा था...सामने से मालूम है, कौन आ रहा था।"

"कहाँ बताया अभी तक।"

"रामानन्द।"

"बाप रे बाप। रामानन्द।"

"लुटिया थरिया गय।"

"काहे !"

"इ ससुरा रामानन्द है, बड़ा खुड़पेची...कुछ मनहूस है सार !"

"कैसे !"

"पिछली बार ई रहा गुरुपदस्वामी के साथ...उनका बंटाधार हुआ कि नहीं।"

"उसके बाद रामानन्द पहुँचा उत्सुकदास के यहाँ तौन देखत हैं हम लोग, मंत्रिमंडल टूटत है।"

"और अब यहाँ।"

"चौधरी साब । यह सब रोग नहीं पालते...कुछ घुट्टी पढ़ाकर देखना अभी रवाना कर देंगे।"

"लेकिन है, बड़ा खतरनाक आदमी।"

"पुलिस विद्रोह के बाद भी...यह खुला घूम रहे हैं।"

"कहाँ खुला।"

"ई का है।"

"वारेन्ट है, देखत नहीं हो, छुपकर आते हैं, छुपकर जाते हैं।"

"तभी हम कही मुँह पर साफा काहे लगा है।"

जब तक मूलचन्द और मनोहरलाल, रामानन्द के झटके को तौल रहे थे, उतनी देर में बलदेव चौधरी के बंगले के अंदरूनी दायरे में, गूजर बटालियन के वालेण्टियर स्काउट ड्रेस में, घेरा डाल चुके थे। गूजर बटालियन का घेरा बंगले के बागीचे के अन्दर से 90 डिग्री दक्षिण की दीवार लाँघता हुआ, पिछले हिस्से की चारदीवारी तक फैला हुआ था।

"देख मनोहरलाल देख। सब लोगों को बाहर भेज दिया गया भी..."

"अरे मूलचन्द उ देख सकाऊट बटालियन, गले में रूमाल बाँधकर कैसी फब रही है।"

"ई सब चौधरी की खातिर जान दे डालेंगे।"

"इनको जान देने या लेने की जरूरत क्या है।"

"क्यों फबतियाँ कस रहे हो।"

"नहीं तो अब किसी को जान लेने या देने की जरूरत नहीं है, रामानन्द काफी है।"

"जानते हो चौधरी साहब ने एक बार क्या कहा था रामानन्द से।"

"क्या।"

"तुम्हारे जैसा दोस्त हो तो दुश्मनों की जरूरत क्या है।"

"बात खुली और साफ है।"

"गूजर बटालियन का घेरा, ऊपर से बैठक से चौधरी साहब का उठ जाना, इस बात को जाहिर करता है..."

"मामला संगीन है।"

"तुम पंसारती बातें क्यों करते हो।"

"तब।"

"...कि रामानन्द पहुँच चुके हैं और मंत्रणा शुरू हो चुकी है।"

"तो हम लोग क्या करें।"

"आओ बताते हैं।"

"क्या बताते हैं।"

"यही कि हम लोग क्या करें ?"

"क्या करें बताइये न।"

''आओ ढपली बजायें...और क्या करेंगे अब डूबी रात में।'' कहकर मूलचन्द अन्दर की तरफ चल दिया और उसके पीछे-पीछे, मनोहरलाल भी लुढ़कने लगे।

अपने कालिदास मार्ग के बंगले में, अपने को न होते हुए भी मुख्यमंत्री समझनेवाले, बलदेव चौधरी, एक मोरपंख टाइप के दीवान पर, दो-तीन, गिर्दों की टेक लगाकर बैठे हुए थे। उस समय उनके सामने उन विधायकों की सूची थी जो उनके साथ पार्टी छोड़ने को तैयार थे। उसी समय रामानन्द मुँह पर बाँधे हुए साफे को खोलकर, अन्दर घुसा। 6 फुट 2 इंच लम्बा, घने पतले बाल, पतला लम्बा चेहरा ऊँट सरीखी गर्दन पर टिका था। चेहरा रामानन्द का बड़ा था रंग गेहुँआ और लेकिन कान छोटे और नाक मोटी थी। दोहरे बदन पर लम्बा कुर्ता, धोती की लाँघ के निचले हिस्से को छू रहा था। सब मिलाकर रामानन्द के व्यक्तित्व में एक खास, तरह का खौफ था, एक अजीब तरह का जुनून जैसे उसके सिर पर सवार था। सब कुछ नजर आता था, रामानन्द की आँखों में। चमकती हुई सन की तरह सफेद आँखों में एक अजीब तरह की हिकारत नजर आती थी उन तमाम चीजों के लिए, जो उनके सम्पर्क में आतीं। गरज यह कि सामने से देखने से पहली बार कोई भी, इस बात का अन्दाज नहीं लगा सकता था, रामानन्द चीज क्या है।''

''चौधरी साहब प्रणाम।'' रामानन्द ने आगे बढ़कर तखत का कोना छू लिया। बलदेव चौधरी ने कोई जवाब नहीं दिया, वह कुछ बोले नहीं और चुपचाप विधायकों की सूची को घूरते रहे।

''सुना है आप मुख्यमंत्री बन रहे हैं।''

''सुना है'', बलदेव चौधरी की आवाज में कटाक्ष था।

''चारों तरफ यही चर्चा है...लेकिन...''

''लेकिन क्या।''

''उत्सुकदास के हाथ में जो पत्ते हैं...।''

''उसमें जोकर ज्यादा हैं और जोकरवाला खेल मैं खेलता नहीं।''

''ऊ बात नहीं है...मैं तो वहीं से आ रहा हूँ।''

''क्या चल रहा है।''

''हमने अपनी रणनीति बना ली है।''

''रणनीति से अभी जी नहीं भरा रामानन्द !''

''आपका इशारा अगर पुलिस बगावत से है तो उसके अनेक कारण थे।''

''पता है सब....अच्छा, बोलो, क्या कह रहे थे।''

''जल्दी तो नहीं है।''

''है भी और नहीं भी।''

''आपको राज्यपाल याद कर रहे थे।''

''मुझे क्यों।''

''सुना है।''

''तुम्हें कैसे मालूम और इसका मतलब क्या है।''

''पार्टी के अन्दर विद्रोह पनप रहा है।''

''विद्रोह कैसा विद्रोह।''

''गुरुपदस्वामी गुट के ब्राह्मण बेचैन हैं...''

''असल में उत्सुकदास की कलई खुल गयी न।''

''क्या।'' बलदेव चौधरी ने बेरुखी से कहा।

''ऊ ससुरा बलराम शास्त्री अफवाह फैला रहा है कि तांबाकांड के असली अभियुक्त उत्सुकदास हैं, जबकि सारा दोष गुरुपदस्वामी के ऊपर मढ़ दिया गया है।''

''यह बात मुझे भी अजीब लगी थी...गुरुपदस्वामी को कूड़े-कबाड़ से नफरत है। अखबार की रद्दी है या तांबे की छीजन, दोनों ही, गुरुपदस्वामी की परिकल्पना से बाहर हैं।''

''कुछ विभागों के बँटवारे का चक्कर है।''

''वह सब ठीक है तुम अपना बताओ।''

''हम्हारे लोग पूरी तरह तैयार हैं।''

''काहे के लिए।''

''कर्म करने के लिए और काहे के लिए।''

''क्या...फिर बगावत करोगे...क्या फिर काशी के किले से गोलियाँ बरसाओगे...

''नहीं चौधरी साहब...ऐसा कुछ नहीं होगा।''

''तब।''

''चेक कर लें।'' रामानन्द उठकर खड़ा हो गया। वह खिड़की के पास गया, जहाँ उसने एक पाकेट डायरी निकाली। उस डायरी को पलटने के बाद, वह वापस आकर चौधरी साहब के पास बैठ गया। उतनी देर बलदेव चौधरी बराबर उसे, देखकर मुस्कारते रहे और दिखाने के लिए विधायकोंवाली लिस्ट उलटते-पलटते रहे। बलदेव चौधरी चुप जरूर थे लेकिन उनके दिमाग में अनेक चक्कर चल रहे थे। वह उठकर खड़े हो गये और जैसे अपने आपसे कहने लगे।

''मुझे लगता है, इस बार भी...''

''नहीं साहब जी। ऐसा नहीं हो सकता।''

''क्यों नहीं हो सकता।''

''इसलिए कि मंत्रिमंडल का पतन अवश्यम्भावी है।''

"'लेकिन समय लगेगा।"

"तीन दिन, साहब सिर्फ तीन दिन।"

"क्या तुमने कुछ योजना बनाई है।"

"हाँ बनाई है...लेकिन मेरे अलावा इस बार कई और लोग, कई और मुद्दे, कई शक्तियाँ, मंत्रिमंडल के विनाश के लिए काम कर रही हैं, साहब जी।"

"मुझे तो कहीं कुछ नजर नहीं आता...सोचता हूँ सचिवालय जाना शुरू कर दूँ...उधर पार्टी अध्यक्ष पद का कार्य भी करना है।"

"साहब ! सुनते हैं नया पार्टी अध्यक्ष बनाने की हिम्मत नहीं पड़ी, पार्टी हाईकमाण्ड की !"

"सब तो ठीक है। समस्या कुछ और है।"

"का साहब।"

"संघी पार्टियाँ यानि रामराज्य परिषद, महासभा, और संघ, मुस्लिम लीग और कम्यूनिस्टों के साथ सरकार में नहीं रह सकती।"

"और।"

"तुम चुप रहो रामानन्द।" बलदेव चौधरी असल में अपनी स्थिति का विश्लेषण कर रहे थे। वह जानते थे। रामानन्द की खोपड़ी खाली थी और सड़क पर लगे हुए बिजली के खम्भे से बात करना और रामानन्द से बात करना, एक बात थी। वह तो एक तरह समय काट रहे थे जिससे उनको रामानन्द के षड्यंत्र का विवरण उस तरह न सुनना पड़े कि वह भी, उस सबके भागीदार बन जायें। वह अच्छी तरह जानते थे, रामानन्द खतरनाक आदमी है, पुलिस में, होते हुए भी पुलिस विद्रोह की वजह से भागा हुआ है, और वह उन परिस्थितियों में उनके किसी काम आनेवाला नहीं है।

अचानक बलदेव चौधरी को अहलाम हुआ कि रामानन्द का वहाँ उस दिन, उस समय अकेले बन्द कमरे में ज्यादा देर रहना माकूल नहीं था क्योंकि एक तो वह मुजरिम था, दूसरे भागा हुआ था, और फिर उन हालातों में जब सत्ता का खेल उनकी मुट्ठी में उनकी पकड़ में आ चुका था, रामानन्द का क्या काम था। लेकिन अगर कहीं, विरोधी दल एक न हो सके और वह मुख्यमंत्री नहीं बन सके, तब क्या होगा, यह समस्या थी, बलदेव चौधरी के सामने। तमाम हालातों का विवेचन करना था, उनको, कुछ राजनैतिक दाँव खेलने थे और साथ में अपने को ऐसी स्थिति में रखना था, जहाँ से, वह जब चाहें, वापस लौट सकें अपने वर्तमान उप मुख्यमंत्री के पद पर। समस्या गम्भीर थी, परिस्थितियाँ बड़ी तेजी से बदल रही थीं और किसी समय कुछ भी हो सकता था।

सत्ता के गलियारे से, बलदेव चौधरी को सुनाई पड़ रही थी, वह आवाज, वह पुकार जो उनके लिए लगाई जा रही थी। उस दिन, कालिदास मार्ग के उनके

बंगले से लेकर, विधानभवन, राजभवन और दूर दिल्ली तक, सिर्फ उनका नाम लिया जा रहा था, सिर्फ उनकी बात की जा रही थी। कोई और नाम, कोई और बात कोई और मुद्दा था नहीं किसी के सामने, था कोई मुद्दा अगर तो वह था बलदेव चौधरी का मुद्दा, बलदेव चौधरी का कदम, बलदेव चौधरी की राजनीति।

"बोलो रामानन्द।"

"अभी हाल आपने कहा चुप रहो।"

"कैसे आये।" बलदेव चौधरी ने हँसकर वह, पानी-नाश्ता कुछ ले लिया है न।"

"हाँ ।"

"और सब ठीक है।"

"जी।"

"तो फिर चलो...रंगीनराय का गोल किसी वक्त यहाँ पहुँच सकता है।"

"मैं बा साहब..."

"कुछ कहना है तो जल्दी कहो।"

"हमने सारी व्यवस्था कर ली।"

"किस बात की।"

"आज से तीन-दिन के अन्दर मुख्यमंत्री जी उत्सुकदास का खेल खत्म हो जायेगा।"

"क्या जादू की छड़ी है, कोई तुम्हारे पास।"

"हाँ है।"

"तुम भी रामानन्द।" बलदेव चौधरी ने झिड़क दिया।

"मेरी जादू की छड़ी का असर देखा था न आपने।"

"कब।"

"गुरुपदस्वामी के जमाने में।"

"उसी सबकी वजह से भागे-भागे घूम रहे हो।"

"साहब हम्हारे पैर में तो चक्कर है--वह सब तो मौत के बाद ही रुकेगा, लेकिन ऐसा लगता है, उत्सुकदास का खेल खत्म हो चुका है।"

"तुम्हारे कहने से।" अन्दर ही अन्दर चौधरी के बुलबुले छूट रहे थे।

"आज रात से एनकाउन्टर शुरू हो जायेंगे। पहली मुठभेड़ में करीब 18 आदमी जायेंगे...उसके बाद हर तीन घंटे पर इटावा, मैनपुरी, गोरखपुर, बलिया, सहारनपुर, देहरादून, मिर्जापुर, बाँदा, कानपुर और आगरा में, पुलिस मुठभेड़ में करीब 300 लोग गुल हो जायेंगे और यह सब हो रहा है, वर्तमान मुख्यमंत्री के आदेश पर।"

''क्या मतलब ?''

''कल मुख्यमंत्री ने एक आदेश जारी करवाया है, जिसके अनुसार जिस जिले में खूनी, डाकू, लूटेरों की संख्या कम नहीं होगी, उनके खिलाफ कार्यवाही की जायेगी। मुजरिमों को पकड़ने का कोटा निर्धारित किया गया है।''

''कोटा।''

''हाँ साहेब, सन्तुलन बिगड़ गया है...पुलिसवाले कोटा तो पूरा कर देंगे लेकिन न जाने कितने लोग मारे जायेंगे।''

बलदेव चौधरी घबड़ा गये। उनको लगा, यह सारी बातें उनके सामने नहीं कही जानी चाहिए। फिर उनके अन्दर एक दबी-दबी खुशी, उछाल मारने लगी थी। उनको लग रहा था अगर और कुछ नहीं हुआ तो, रामानन्द अकेला काफी था, उत्सुकदास का मंत्रिमंडल गिराने के लिए। उसी वक्त बाहर से आवाजें आने लगीं, ''बलदेव चौधरी...रंगीनराय जिन्दाबाद'' ''बलदेव चौधरी की जय हो।''

''किसानों के नेता बलदेव चौधरी।''

जिस समय रंगीनराय, बलदेव चौधरी की सामनेवाली बैठक में पहुँचे, रामानन्द पिछले दरवाजे से निकलकर जा चुका था। रंगीनराय के साथ दरोगा था और थे उनके नये समर्थक मनोहरलाल और मूलचन्द।

''आइए राय साहब।'' बलदेव चौधरी ने आँखें चुंधियाकर देखा था। असल में रंगीनराय का वहाँ कोई काम नहीं था। बलदेव चौधरी अच्छी तरह जानते थे, रंगीनराय उनके लिए कुछ नहीं कर सकते थे। वह तो उनसे मिलना भी नहीं चाहते थे, लेकिन यह सोचकर उन्होंने समय दे दिया था कि पार्टी के अन्दर क्या चल रहा था, इस बात की जानकारी उन्हें उनसे मिल सकती थी।

''चौधरी साहब प्रणाम।''

''आइए राय साहब। कहिए क्या हाल हैं।''

''अब हम तो आपकी शरण में आये हैं।''

''ऐसी क्या बात हो गयी।''

''राजनीति में मुद्दे होते हैं बात नहीं होती है।''

''वो सब ठीक है—''

''क्या हम कुछ देर अकेले में बात कर सकते हैं।''

''क्यों नहीं।'' बलदेव चौधरी ने, मनोहरलाल और मूलचन्द की तरफ देखा, उसी के साथ वह लोग उठकर चले गये।

''चौधरी साहब अफवाहें गर्म हैं।''

''अफवाहें तो आग की तरह फैलती हैं उनके पैर नहीं होते...वह चल नहीं सकतीं, वह तो हवा की तरह सर्र-सर्र फैलती हैं।''

''ठीक ! बिलकुल ठीक ! लेकिन सच क्या है, यह तो सिर्फ आप

जानते हैं।''

''क्यों...मैं जितना जानता हूँ, उतना आप भी जानते हैं।''

''कहाँ।''

''याद होगा...उस दिन आया था, आपके घर, तब कितनी देर तक चर्चा हुई थी।''

''जी...उस समय आपने जो कुछ कहा था–वही हो रहा है।''

''लेकिन अफसोस इस बात का हमेशा रहेगा, जिस पार्टी को अपनी जिन्दगी सौंप दी, उसी पार्टी ने, हम्हारे साथ न्याय नहीं किया।''

''सब कुछ जो हो सकता था, हो रहा है।''

''आपका इशारा किस तरफ है।''

''सुना है–मुख्यमंत्री को कहीं और ऐडजेस्ट करने की बात शुरू हो चुकी थी।''

''रायसाहब। इतिहास की शह है वक्त ! और वक्त की मौत है, इतिहास ! हम्हें लगता है, दोनों दायरे इतना सिकुड़ गये हैं...''

''न चौधरी साहब न। आप बहुत बड़े नेता हैं–आपके बिना पार्टी टूट जायेगी।''

''किसी एक आदमी से पार्टी नहीं चला करती।''

''नेता सिर्फ एक होता है–हम आपको नेता मानते हैं।''

''राय साहब। मुँह देखी बात कर रहे हैं आप।''

''नहीं–बिलकुल नहीं।''

''मैं जानता नहीं हूँ क्या आप पुराने सोशलिस्ट हैं।''

''सोशलिस्ट था...अब तो पार्टी ही सब कुछ है हम्हारे लिए...मुझसे देखा नहीं जा रहा है...लगता है सब चुक गया है, तितर-बितर हो गया है। ताज्जुब की बात यह है, सरकार गिरनेवाली है, पार्टी विघटन की कगार पर है और मुख्यमंत्री उपलब्ध नहीं है।''

''कहाँ है वह।''

''सुना है, मौनी बाबा के पास गये हैं।''

''मौनी बाबा। नहीं बचा सकेंगे उनको इस बार।''

''वहाँ क्या होगा–आग यहाँ लगी है...मुझे तो लगता है, आप बहुत बड़ी चूक करने जा रहे हैं।''

''क्या होगा चूक मेरी है, भूल मेरी होगी, परिणाम भी मुझे ही भुगतना पड़ेगा।''

''सवाल इसका नहीं है कौन क्या भुगतेगा...सवाल है प्रदेश का क्या होगा, पार्टी का क्या होगा...उन तमाम लोगों का क्या होगा जिन्होंने उम्मीद में टकटकी

लगा रखी है।''

''राय साहब। जब परिवर्तन की प्रक्रिया शुरू होती है तो हवाएँ तेज हो जाती हैं...अंधड़ आने के आसार दिखने लगते हैं...उस समय, यह बेमाने हो जाता है, कौन क्या कर रहा है, कौन कहाँ जा रहा है...अन्त अच्छा ही होता है।''

''पार्टी की सरकार का जब पतन होनेवाला है...जब विघटन के काले बादल, मँडरा रहे हों, उस समय यह सोच लेना, सब कुछ अच्छा होगा, मेरी समझ में नहीं आता।''

''मैंने तो आपको पहले ही बता दिया था।'' बलदेव चौधरी ने कहा।

''ऐसा लगता है, आप जो कुछ कर रहे हैं, उसका आधार, उसकी बुनियाद बहुत पुरानी है।''

''ठीक कहा आपने...भुवनेश्वर में, अबाडी में, बैंगलोर में, पार्टी की बैठकों में मैंने अपनी योजनाएँ जब भी रखीं उनको ठुकरा दिया गया...हिकारत की नजर से देखा जाता रहा है, मेरे आदर्शों को।'' बलदेव चौधरी हाँफ रहे थे।

''मैं जानता हूँ—आप गाँधीवादी हैं। खेती, जमीन और किसान को लेकर आपने जो आर्थिक चिन्तन देश को दिया है, उसका जवाब नहीं है।'' प्रशंसा के पीछे स्वार्थ था रंगीनराय का।

''लेकिन नेहरू परिवार ने मुझे कब आगे बढ़ने दिया...मुझे अपनी चिन्ता नहीं है।''

''फिर।'' रंगीनराय ने दाँव फेंका।

''राष्ट्र के निर्माण के लिए...गरीब किसान के लिए, खेतिहर मजदूर के लिए...मैं कुछ नहीं कर पा रहा हूँ।''

''कौन रोकता है आपको।'' रंगीनराय की आवाज में हिकारत थी।

''पार्टी का ढाँचा, पार्टी की नीतियाँ, पार्टी के लोग। और अपने से जूनियर नेता की मातहत में मैं काम कैसे कर सकता हूँ।''

''लेकिन उप...''

''उप मुख्यमन्त्री के कुछ अधिकार नहीं होते..यह तो उसी तरह है, जैसे, मंत्रिमंडल के किसी सदस्य को कहा जाए...वह महामन्त्री है।''

''नहीं...चौधरी साहब ऐसा नहीं है...आपकी सब लोग इज्जत करते हैं।''

''जानता हूँ। लेकिन किसी सरकार का मुख्यमन्त्री एक होता है, दो नहीं।''

''तब समस्या क्या है''

''कोई समस्या नहीं है।''

''चौधरी साहब एक बात और थी।''

''क्या ?''

''राजनीति में...समय...''

"रायसाहब। राजनीति में दो चीजें होती हैं...रणनीति और उपयुक्त समय।"

"रणनीति आपकी बहुत पहले बन चुकी थी और लगता है, आपको उपयुक्त समय की प्रतीक्षा है।"

"इस बार आपकी विवेचना, बिलकुल गलत है, अर्थहीन है, बिना किसी आधार के है। जिस रणनीति की आप बात कर रहे हैं वह तो, पार्टी के अन्दर संघर्ष करने के लिए बनाई गयी थी। वह असफल ही कही जायेगी। लेकिन जिस रणनीति का मैं जिक्र कर रहा था, उसकी शक्ल तो आज उभरकर सामने आयी है।"

"जाहिर है, चौधरी साहब आपको संयुक्त विधायक दल का प्रस्ताव चाहिए...बलदेव चौधरी को अपना नेता घोषित करने का और यह प्रस्ताव तभी पारित किया जा सकता है, जब आप पार्टी छोड़ दें।"

"इस समय जो कशमकश चल रही है, वह किसी निश्चित परिणाम पर पहुँचनेवाली है। अभी इस समय संयुक्त विधायक दल के अलग-अलग घटकों की बैठक चल रही है।" बलदेव चौधरी ने हिसाब लगाया।

"लेकिन पहला कदम तो आपका होगा।"

"मेरा कदम उठ चुका है...मुझे इंतजार है उपयुक्त समय का यानि उस तिथि, तारीख और समय का जब हम आगे बढ़नेवाले हैं...अभी कुछ देर है। शायद दो एक दिन और लग जाएँ।"

"इस बीच हाईकमांड। शायद कोई नया फार्मूला निकालने की कोशिश करें।"

"कोई फार्मूला है नहीं उनके पास...उत्सुकदास को वह हटानेवाले नहीं हैं और कोई रास्ता है नहीं। चारों तरफ आग लगी है...वह आग, असंतोष की आँधी, उबलता हुआ दावानल कुछ नहीं दिखता उन्हें।"

"हाईकमांड को कुछ पता नहीं...वर्तमान मुख्यमन्त्री उत्सुकदास ने पूरे राजनैतिक पटल पर अपना एकछत्र साम्राज्य स्थापित कर रखा है...केन्द्रीय पर्यवेक्षक मुख्यमन्त्री के अतिथि हैं और दिल्ली में प्रधानमन्त्री के यहाँ पूरा घेराव हो चुका है।"

"इन परिस्थितियों में, मेरे लिए बड़ा कठिन होता जा रहा है, अपने समर्थकों को रोकना।"

"आपके समर्थकों की संख्या बढ़ती जा रही है...पता होगा आपको।"

"रायसाहब। मुझे मुगालता नहीं है, किसी बात का...मैंने समर्थक कभी जुटाए नहीं...दरबारगिरी की नहीं और न ही दरबार लगाता हूँ।"

"दरबार लगाना कोई बुरी बात है। दरबार तो सैकड़ों साल से लग रहे

हैं। दरबार में विचार-विमर्श होता है, राजनैतिक फैसले हुआ करते थे और कई बार महत्त्वपूर्ण आर्थिक पेशकश की जाती थी ।''

''वह सब तो ठीक है...मैं जो बात कहना चाहता था, वह थी समर्थकों की तादाद के बारे में।''

''जी।''

''समर्थकों की तादाद दो तरह की होती है।''

''एक...''

''मुझे कहने दीजिए...विधान सभा, विधान परिषद के सदस्यों की संख्या नहीं बढ़ेगी....अभी नहीं, कुछ लोग और ढूँढेंगे...लेकिन अधिक नहीं...बस दो, चार...अधिकतम दस।''

''इतने विश्वास से कैसे कह सकते हैं आप।''

''क्या समझते हैं आप मुझको। जो खेल मैं खेल रहा हूँ उस खेल के नियम मुझे पता नहीं...वाह राय साहब वाह।''

''मेरा मतलब...''

''मतलब छोड़िए...मैं जानता हूँ, पार्टी के अधिकांश सदस्य, मुझसे नफरत करते हैं।''

''क्यों।''

''क्योंकि मैं कोटा, परमिट का धन्धा नहीं करता और नियुक्ति और तबादले की सिफारिशें भी नहीं सुनता...खुले खास घपलों से और संगठित अपराध से मुझे, घृणा है।''

''लेकिन आपके प्रति लोगों का सम्मान...''

''वह सब दिखावा है...मात्र दिखावा। राजनीति में दोस्ती या दुश्मनी मुद्दों पर होती है। और आज की दुनिया में मुद्दे जुड़े होते हैं, स्वार्थ से, लिप्सा से...कौन किसका समर्थक होता है...सब अपना-अपना दाँव लगाते हैं।''

''तब क्या होगा।''

''मतलब ?''

''अगर आपकी बात सही है और आपको इस बात का यकीन है कि पार्टी से विधायक नहीं टूटेंगे...तब संयुक्त विधायक दल में किस तरह आपकी शक्ति का अनुपात बनेगा।''

''बन ही नहीं सकता...मैं संयुक्त विधायक दल के अनुपात में रुचि नहीं रखता।''

''तब आपको उनके अनुशासन में रहना होगा।''

''जंजीरों में...आपका अर्थ है, मुझे वह लोग यानि विरोधी दल के घटक मुझे जंजीरों में जकड़ने की कोशिश करेंगे...तब शायद वह लोग जानते नहीं

बलदेव चौधरी किस चीज का नाम है।''

''लेकिन चौधरी साहब। आपका खेल अधिक दिनों तक नहीं चलेगा...''

''क्यों।''

''संयुक्त विधायक दल, संघीय, सभाई, समाजवादी और साम्यवादी दलों को मिलाकर बनेगा, है न।''

''हाँ।''

''इन तमाम छोटे-छोटे राजनैतिक दलों का एकीकरण, किसी एक झंडे के नीचे तभी हो सकता है जब उनके बीच सरकार के गठन की प्रक्रिया में मतैक्य हो और नीतियों का समन्वय हो सके। किसी न्यूनतम कार्यक्रम के आधार पर।''

''वही हो रहा है।''

''जी नहीं...जहाँ तक मुझे पता है, अलग-अलग दल अपने मैनीफैस्टो से कुछ जरूरी मुद्दे निकालकर, एक न्यूनतम कार्यक्रम बनायेंगे और उसके आधार पर आपको संयुक्तविधायक दल का नेता मानने को तैयार हो जायेंगे।''

''इसमें बुराई क्या है।''

''यह कुछ समय के लिए ठीक है लेकिन अगर, अपनी पार्टी से विधायक आपके साथ नहीं जानेवाले हैं और विरोधी दल के घटक, आपके ऊपर न्यूनतम कार्यक्रम की शर्त बनाए रखेंगे तो, अपनी शक्ति बढ़ाने का कौन-सा रास्ता बचेगा आपके पास।''

''चुनाव का रास्ता राय साहब। चुनाव का रास्ता।''

''कोई नहीं जानता, चौधरी साहब कब क्या हो जाये...वैसे तो मैं, उम्र में, आपसे छोटा हूँ, लेकिन इतना कर सकता हूँ, जो खेल, आप खेलने जा रहे हैं, उसमें बड़ी खराबी है, बड़ी बरबादी है, सब कुछ बिगड़ जायेगा...इतनी पुरानी पार्टी के आप जैसे बड़े नेता, अगर यूँ...''

''पार्टी में स्वार्थपरक, यथास्थितिवादी तत्वों का जोर बढ़ता जा रहा है। हाईकमांड का अब कोई महत्त्व नहीं है। वहाँ सुना है, किचन कैबिनेट नाम की कोई चीज बन गयी है।''

''किचन कैबिनेट। यह क्या होता है।''

''अन्दरूनी कोर्ट शिप...दरबारबाजी। हमेशा से प्रधानमंत्री और हाई कमांड के बीच एक दरार रही है। पार्टी के आदर्श, पार्टी का मैनीफैस्टो अब कोई नहीं पढ़ता लेकिन, थोड़ा बहुत लिहाज जो बचा था वह भी आँख की श़र्म जो बची थी, वह भी दूर हो गयी है।''

''हालत तो खराब है।''

''आप बताइए, रायसाहब। मैं किस बिना पर प्रतीक्षा करूँ...क्यों आखिर क्यों उन्होंने उत्सुकदास जैसे कमीने को मुख्यमंत्री नामजद कर दिया...उसके बाद

याद होगा आपको, आपके घर में, पार्टी अध्यक्ष, केन्द्रीय पर्यवेक्षकों के सामने, अफीम की खेती और तांबाकांड से सम्बन्धित घपलों के बारे में, आपने और हमने खुलकर बात की थी...उस वक्त लोबीराम भी वहीं थे।''

''फिर न जाने क्या हुआ, सारा खेल उलट गया।''

''हाँ।''

''और विरोध और मतभेद के बावजूद उत्सुकदास ने शपथ ले ली।''

''किस बात की शपथ ले ली...क्या माँगा था क्या मिला...झूठ, भ्रष्टाचार, और तीन तिकड़म पर टिकी हुई सरकार कितने दिन चलेगी।''

''एक बात मेरी समझ में नहीं आयी।''

''क्या।''

''आखिर किस तरह उन्होंने पार्टी अध्यक्ष को तोड़ा होगा।''

''पार्टी अध्यक्ष को तोड़ने की जरूरत क्या थी।''

''थी।''

''लेकिन क्यों...वह तो गोबर का छोत है...आप जानते होंगे।''

''पार्टी अध्यक्ष का मूल्यांकन करने में, धोखा नहीं खाना चाहिए...उनके अन्दर असीम धैर्य, एवं संयम का सागर लहरा रहा है...मूलभूत आदर्शों और सिद्धान्तों के लिए, उनके मन में एक अजीब तरह की लगन, एक अजीब तरह की आस्था विराजमान है।''

''ठीक कहा आपने, आजादी के पहले, जवाहरलाल के साथ हम लोग, इनकी बातों को गम्भीरता से लेते थे। मैं मानता हूँ...एक अजीब तरह की निर्लिप्तता, एक खास तरह का विमोह, जैसे उनके व्यक्तित्व को घेरे रहता है...कोई पद, कोई प्रतिष्ठा, कोई विश्वास, कोई प्रलोभन उनको डिगा नहीं सकती...पार्टी हाईकमांड का हर नेता जानता है उनके बारे में और उनको गम्भीरता से लेता है।''

''नीतिपरक सिद्धान्त आपके, विवेचना पार्टी अध्यक्ष की..क्या बात है।''

''लेकिन आप जानते होंगे, पार्टी अध्यक्ष कभी भी सत्ता में, सरकार में, अधिक दिन नहीं रह सके।''

''हाँ। तभी तो मैं कह रहा हूँ...पार्टी अध्यक्ष, आपके साथ हैं पार्टी के मध्यवर्गीय नेता आपके साथ हैं...प्रदेश की जनता आपके साथ है...''

''फिर भी मुख्यमन्त्री बनाया जाता है, उत्सुकदास जैसे जालिए को जो हत्यारा है, बेईमान है, चोर है।''

''राजनीति का गणित एक अजीब विज्ञान है...इसमें जहाँ एक तरफ जनता से वोट माँगने के लिए अच्छी छविवाले नेता आगे रखे जाते हैं...दिन प्रति दिन माफिया गैंग, तस्कर और अपराधी तत्त्वों का बोलबाला होता जा रहा है, इन

तत्त्वों को नियंत्रित करने के लिए ही शायद उत्सुकदास को मुख्यमन्त्री बनाया गया है।''

''झूठ कहते हैं आप। या तो जानबूझकर आप बात कुछ और कर रहे हैं और सोच कुछ और रहे हैं—''

''नहीं चौधरी साहब।'' रंगीनराय घबड़ा गये थे।

''कैसे नहीं...आपको...क्या मालूम नहीं, इस समय प्रधानमन्त्री का सचिव कौन है।''

''हाँ अ अ...''

''उनके प्रभाव को आप जानते होंगे।''

''हाँ।''

''उनके राजनैतिक चिन्तन को भी आप समझते होंगे।''

''हाँ।''

''उनकी जड़ें कहाँ हैं...इसका भी पता होगा आपको।''

''मैं जानता हूँ...चौधरी साहब, इन साम्यवादी तत्त्वों को, इन कम्यूनिस्ट दलालों को मैं अच्छी तरह पहचानता हूँ।''

''एक तरफ समाज को समाजवादी ढाँचे में डालने की बात होती है, दूसरी तरफ, प्रधानमंत्री का सचिव कम्यूनिस्ट को बनाया जाता है। पूँजीवादी व्यवस्था प्रतिक्रियावादी, धन्धेबाज, दलालों और विचरकलियों को सौंप दी जाती है। केन्द्रीय मंत्रिमंडल में, आप जानते हैं, कम्यूनिस्ट समर्थक मंत्रियों का जोर है और वह धीरे-धीरे सत्ता के केन्द्र के करीब खिसकते जा रहे हैं।''

''मैं आपसे पूर्णरूप से सहमत हूँ। कम्यूनिस्टों को अगर नहीं रोका गया तो किसी दिन भी, इन्कलाब के बहाने वह लोग, सत्ता पर, सरकार पर कब्जा कर लेंगे।''

''याद होगा, आपको किस तरह, इन्हीं कम्यूनिस्टों ने सरदार पटेल के, पुराने मित्र को प्रधानमन्त्री से दूर करा दिया। और फिर उनके खिलाफ प्रधानमंत्री के कान भरने शुरू कर दिये।''

''इस प्रक्रिया को सिर्फ दो आदमी रोक सकते हैं।''

''वर्ना।''

''देश कम्यूनिस्टों के हाथ में चला जायेगा।''

''और कौन हैं, वह दो आदमी।''

''एक आप...''

''और दूसरा।''

''प्रधानमन्त्री के पुत्र।''

''हाँ सुना है, प्रधानमन्त्री के पुत्र कम्यूनिस्टों से नफरत करते हैं।''

''और प्रधानमन्त्री खुद, कम्यूनिस्टों को वैसाखी बनाकर चलना चाहते हैं। लगता है, यह सब....''

''गृहयुद्ध में परिवर्तित हो जायेगा।''

''शायद।''

''नहीं...कभी नहीं, यथास्थितिवादी ताकतें, प्रधानमंत्री के कैम्प में, अभी मरी नहीं हैं, सिर्फ चुप हैं खामोश हो चुकी हैं।''

''मैं आपके पास व्यक्तिगत रूप से आया...मेरी चिन्ता का कारण है, पार्टी का सन्तुलन का बिगड़ना।''

''सिर्फ सन्तुलन।''

''प्रदेश से पार्टी का वर्चस्व समाप्त हो जायेगा और पार्टी के अन्दर, कम्यूनिस्ट और ताकतवर हो जायेंगे।''

''ऐसी पार्टी को खत्म हो जाना चाहिए...''

''पार्टी नहीं खत्म होगी, चौधरी साहब। राजनीति में पार्टी लोगों से व्यक्तियों से नहीं चला करती।''

''फिर।''

''वोट बैंक। पार्टी का मूल्यांकन वोट बैंक के आधार पर होता है...''

''और वोट बैंक इस वक्त किसके साथ है।''

''पार्टी के साथ।''

''आप सही भी हैं और गलत भी हैं।''

''कैसे। चौधरी साहब।''

''वोट बैंक बँट चुका है—और बँटेगा अभी।''

''वोट बैंक बँट चुका है।'' रंगीनराय ने फुसफुसाकर कहा था।

''हाँ...पता होगा आपको, हम जिन्हें राष्ट्रपिता कहते थे, उनके हत्यारे कौन थे।''

''संघी—महासभाई।''

''और आज उनकी कितनी सीटें हैं, विधान सभा में।''

''नब्बे।''

''मतलब।''

''बीस प्रतिशत से ऊपर सीटें उनके पास हैं और छब्बीस प्रतिशत वोट के करीब वह पहुँच रहे हैं।''

''ठीक कहा अपने। लेकिन हम्हारा वोट बैंक अभी तक सलामत है।''

''कितने दिन रहेगा।''

''कुछ कहा नहीं जा सकता।''

''वोट बैंक में सेंध लग चुकी है...बस एक धक्का लगेगा और वोट बैंक

कहीं होगा और पार्टी कहीं होगी।''

''सुनकर डर लगता है।''

''ठीक सोचा आपने।''

''वोट बैंक--चौधरी साहब, वह बर्रइये का छत्ता है, जिसे एक बार छेड़ने से बड़ी परेशानी उठानी पड़ती है।''

''लेकिन वोट बैंक तो बँटेगा...अगर पार्टी का विभाजन हुआ तो वोट बैंक का भी विभाजन होगा।''

''आप जिस विभाजन की बात कर रहे हैं, उससे शायद पार्टी के वोट बैंक पर असर नहीं पड़ेगा।''

''क्या आपका मतलब है, पार्टी के वोट बैंक में, मेरा कोई योगदान नहीं है।''

''मैं भी यही चाहता था, जरा खुलकर बात हो...अभी तक हम इशारों में बात कर रहे थे।''

''आपसे खुलकर बात करने में मुझे कोई एतराज नहीं है।''

''हम लोगों ने शुरू से साथ मिलकर, एक मुहिम खोला था, एक कोशिश की थी।''

''शायद उसी के परिणामस्वरूप आपको पहले प्रदेश पार्टी अध्यक्ष बनाने की और मुझे केन्द्र में ले जाने की बात की गयी थी।''

''गुरुपदस्वामी की घोषणा का आधार तो वही था--लेकिन बाद में, सब कुछ बदल गया और आपको पुनः प्रदेश अध्यक्ष के साथ में उप मुख्यमन्त्री का पद दिया गया। यह सब क्या हो रहा है...लगता है, सब कुछ जो किया गया वह पैच वर्क था। कहीं कुछ नियत नहीं है। घटकों में आकस्मिक ढंग से नीतियों का निर्धारण किया जाता है--हम्हारा विरोध उत्सुकदास से है, पार्टी से नहीं, हाई कमांड से नहीं। मैं-मैं भी मजबूर हूँ...मेरे पास वक्त नहीं है। हर बार हाई कमांड अपनी मर्जी के निर्णय, हम्हारे ऊपर थोप दे, इसका अर्थ क्या है, इसका मतलब क्या है। और फिर जब गुरुपदस्वामी के मुख्यमन्त्री होने के समय पर, मैंने अपनी बात बता दी थी और मंत्रिमंडल की सदस्यता स्वीकार नहीं की थी तब हाईकमांड ने यह कैसे समझ लिया, इस बार मैं गुरुपदस्वामी के चेले उत्सुकदास के मंत्रिमंडल का सदस्य बनूँगा।''

''अन्धे हैं सब। धृतराष्ट्र तो अकेला अन्धा था, यहाँ लगता है, हाईकमांड के सभी सदस्यों ने अपनी-अपनी आँखों पर पट्टी बाँध रखी है।''

''तो ठोकर खाने दो राय साहब। आप क्यों परेशान हो रहे हैं।''

''मैं बताता हूँ...मुझे पता है...आनेवाले समय के पटल पर उभरते हुए चित्र मुझे दिखाई पड़ रहे हैं। मैं नहीं जानता वह सब सच है या झूठ, लेकिन जो

कुछ भी है, वह भयावह है, उसका कोई विस्तार नहीं है और उसको आधार बनाकर कोई राजनीति नहीं की जा सकती।''

''क्या कह रहे हैं आप, मेरी समझ में कुछ नहीं आता।''

''मैं बात कर रहा हूँ वोट बैंक की।''

''वोट बैंक।''

''हाँ।''

''क्या।''

''आपने स्वयं कहा था न वोट बैंक बँटेगा...उसका बँटवारा होगा...लेकिन मेरी राय थी, जिस विभाजन की आप बात कर रहे हैं, उससे वोट बैंक पर दूसरी प्रकार का असर पड़ेगा।''

''दूसरी प्रकार का...शायद आप ठीक कह रहे हैं, इसी चुनाव में, संघीय दलों को 90 सीटें मिली हैं, यह एक वोट बैंक है जो संघीय दलों का अपना नहीं है, इसे किनारे लगाया जा सकता है...और दूसरी तरफ।''

''लेकिन संघीय दलों के वोट बैंक का आधार साम्प्रदायिकता है जब कि आप सेकुलर राजनीति करते हैं।''

''संघीय दलों की साम्प्रदायिक राजनीति के अलावा, पिछले चुनाव में पश्चिमी जिलों और सुदूर पूर्वी क्षेत्रों में, पार्टी की कम्यूनिस्टों से मिलीभगत की प्रतिक्रियास्वरूप, पिछड़े वर्ग की अनेक जातियाँ संघीय दलों के साथ चली गयी थीं...इसीलिए उनकी सीटें इस बार विधान सभा में दुगनी हो गयी हैं।''

''इतना तो ठीक है लेकिन क्या सिर्फ इतने से आप मुक्त हो सकेंगे।''

''क्या कह रहे हैं, रायसाहब।''

''मैं ठीक कह रहा हूँ...जहाँ तक मेरी समझ में आता है संघीय दलों, कम्यूनिस्टों और सोशलिस्टों के घेरे से आप निकलना चाहेंगे।''

''अवश्य।''

''तो आप यह भी जानते होंगे, जिस संयुक्त विधायक दल के आप नेता होंगे, उसमें संघीय दलों के साथ कम्यूनिस्ट और सोशलिस्ट भी होंगे और...''

''स्थिति बड़ी भयावह है...लेकिन पार्टी के वर्चस्व को समाप्त करने के लिए, ऐसा लगता है, सब दल, एक बार, मेरी लीडरशिप मान लेंगे...लेकिन उनके साथ हमेशा नहीं रहा जा सकता...एक दिन यह सब कुत्तों की तरह लड़ेंगे...और फजीहत मेरी होगी। फिर इनके साथ रहने में, मेरा वोट बैंक...मुझे देखना होगा...।''

''मुझे ऐसा लगता है, आप बहुत बड़ी राजनैतिक भूल करने जा रहे हैं...हो सकता है...हो सकता क्या, यह तो निश्चित है, आप संयुक्त विधायक दल के नेता होंगे...लेकिन उसके बाद क्या होगा...ऐसी सरकार कितने दिन

चलेगी...इन तमाम राजनैतिक दलों के कार्यकर्ता भूखे भेड़िये की तरह टूट पड़ेंगे, सत्ता के गलियारों पर...अपनी-अपनी कफन घसीटी के लिए...आप एक को मन्त्री बनाएँगे...दस दावेदार और बनेंगे...नतीजा होगा...और दल बनेंगे...वर्तमान राजनैतिक दलों के समीकरण की प्रक्रिया में परिवर्तन आयेगा...ऐसा लगता है, इस उठापटक में, पार्टी का आधार सिकुड़ता जायेगा...आप तो जानते हैं...''

''पार्टी का वोट बैंक अभी है, ब्राह्मण, मुसलमान और हरिजन।''

''लड़ाई ठाकुर और पिछड़े वर्गों के बीच होगी...आपने सुना होगा जर, जोरू, और जमीन, तीन चीजों से अदालत होती है। जमीन ठाकुरों के पास है, जानवर जो जमीन का एक हिस्सा होते हैं, बैकवर्ड के पास है। इन्हीं दो चीजों से गाँव में पैसा आता है। अब देखिए पैसा कमाने के लिए उस वर्ग में संघर्ष जरूर होगा जिसके पास जमीन है, जानवर हैं। ठाकुर और बैकवर्ड ही तो मालिक हैं, जमीन और जानवर के—''

''तो।''

''आपके हटने से पार्टी के वोट बैंक पर फर्क नहीं पड़ेगा...बल्कि इसमें तो पार्टी का फायदा है...इससे पार्टी मजबूत होगी क्योंकि आप ब्राह्मण, मुसलमान और हरिजन नहीं हैं, इसलिए ऐसी सम्भावना है, पिछड़ी जातियाँ जो अभी तक संघीय दलों और सोशलिस्टों की तरफ आकर्षित हो रही थीं, आपके करीब आयेंगी। लेकिन इस सीमित सफलता से आप सरकार नहीं बना सकेंगे और चुनाव के बाद भी आपको सरकार चलाने के लिए संघीय दलों और कम्यूनिस्टों, दोनों का सहारा लेना पड़ेगा। आप अच्छी तरह जानते हैं, चौधरी साहब। आप धर्मनिरपेक्ष राजनीति करते हैं और संघीय दल साम्प्रदायिक। कितने दिन यह सब चलेगा।''

''चुनाव के बाद समीकरण बदल सकते हैं।''

''तो आप चुनाव को अवश्यम्भावी मानते हैं न।''

''हाँ।''

''और संयुक्त विधायक दल की समस्याओं से निपटने के लिए चुनाव के अतिरिक्त और कोई रास्ता नहीं है।''

''हाँ।''

''जबकि चुनाव के बाद स्थिति वहीं की वहीं रहेगी...''

''ऐसा कैसे कह सकते हैं आप।''

''इसलिए कि टक्कर संयुक्त विधायक दल और पार्टी के बीच होगी। वोट बैंक बँटेगा संयुक्त विधायक दल का। अभी तो ऐसा लगता है, अगर पिछड़ी जातियाँ संघीय दलों को छोड़कर आपके साथ आ गयी तो, पार्टी का वोट बैंक मजबूत करने के लिए राजा, महाराजा और राजपूत पार्टी के साथ आ जायेंगे।''

“इसमें बुराई क्या है।”

“आपकी शक्ति बढ़ेगी—लेकिन सीमित रूप से...इतना नहीं कि आप स्वतंत्र रूप से सरकार बना सकें। बुराई इस जुवे में सिर्फ यह है कि भारत का प्रजातंत्र जो अभी परिपक्व नहीं है, वह एक ऐसी दिशा में मुड़ जायेगा जो समूचे देश के लिए, खतरनाक हो सकता है।”

“कैसे।”

“जातिवाद। अभी जातिवाद, एक दबी हुई साजिश का हिस्सा है। वोट माँगे जाते हैं, जाति के आधार पर, लेकिन चुनाव होते हैं नीतियों पर सिद्धान्तों पर। समाज में बुराइयाँ होती हैं, समाज में अच्छाइयाँ होती हैं, लेकिन जो बुरा है, हम उसे ढँकते हैं और जो अच्छा है, उसे खुले आम उभारते हैं...यह पर्दा उठ जायेगा...समाज नंगा हो जायेगा...एक-एक कोने से जातिवाद का ऐसा अंधड़ उठेगा...सब कुछ नेस्तनाबूद कर देगा और चौधरी साहब अधिक दिन नहीं लगेंगे इस सब में...यह सब हम्हारे आपके जीवन में ही होगा और वह पिछड़ी जातियाँ एक तूफान बनकर सारी व्यवस्था को तोड़ देंगी...नष्ट कर देंगी।” रंगीनराय उठकर खड़े हो गये। रंगीनराय के उठने का ही जैसे इंतजार हो रहा था, अचानक बाहरी हिस्से से आवाजें आने लगीं, ‘संघीय दल जिन्दाबाद।’ ‘मजदूर एकता जिन्दाबाद’, ‘राममनोहर लोहिया अमर रहे,’ ‘अखंड भारत बना के रहेंगे’।

उन्नीस

सवाल सिर्फ उस तमाचे का नहीं था जो कृष्ण बल्लभ के भाई बलरामबल्लभ ने उस रात चरनजीत को ठीक हजरतगंज थाने के सामने 90 डिग्री के ऐंगिल पर मारा था। सवाल था उस तमाचे से जुड़े हुए समूचे घटनाक्रम का, सारी मानसिकता का। चरनजीत की दाहिनी कनपटी पर, चेहरे के ऊपरी हिस्से को छूकर, वह गनगनाता हुआ रहपटा या तमाचा कुछ इस तरह पड़ा था कि उसे अपने चारों तरफ तारे दिखाई पड़ने लगे थे। जमीन घूम रही थी, आसमान घूम रहा था। सितारे घूम रहे थे और तमाचा मारनेवाला बलराम बल्लभ, पलटकर फिर मूतने लगा था। असल में जिस समय चरनजीत हजरतगंज थाने से निकलकर खरामा-खरामा सड़क पार कर रहा था, उसे एक आदमी, उसी गली के मोहान पर खड़ा हुआ दिखा था। दूर से ही देखकर चरनजीत समझ गया था वह मोहन भंडारी नहीं था। अगर वह आदमी जो चरसी गली के मोहान पर खड़ा हुआ था, मोहन भंडारी नहीं था तो कौन था और वहाँ रात के वक्त क्या

कर रहा था। कई सवाल, कई मुद्दे, एक साथ चरनजीत के पुलिसिए दिमाग में खलबली मचाने लगे थे। वह जानता था गली के उस पार दक्षिण में, था दारुलशफ़ा और उसी दारुलशफ़ा से, चरस की सिगरेटों की आमद हुआ करती थी। वैसे तो, किसी भी तरह, वह चरसी सिगरेट सीधे लोबीराम की गुमटी से प्राप्त कर सकता था। लेकिन एक तो उसे चरस की सिगरेट की जरूरत रोज नहीं पड़ा करती थी, दूसरे चरस की सिगरेट की तादाद भी मामूली हुआ करती और ऊपर से दारुलशफ़ा की गुमटी से हफ्ता उगाहने का काम बीरबल कांस्टेबल करता था। जिससे चरनजीत बात तक करने में बेइज्जती समझता था। चरस, गांजा, अफीम की खपत, हफ्ता और उगाही का ठेका सब-इंस्पेक्टर बघई के हाथ में था और बघई, एस. पी. सिटी के घर पर हाजिरी लगाया करता था। इन तमाम कारणों से चरनजीत चुपचाप, मोहन भंडारी से एक आध सिगरेट की डिब्बी गाहे बगाहे लिया करता था। उस दिन भी उसी चक्कर में, वह जा रहा था। जब बलरामबल्लभ से उसकी मुठभेड़ या पिटभेड़ हो गयी थी। बलराम बल्लभ, गाड़ी से उतरकर हजरतगंज के किनारे मूत रहा था। जब चरनजीत ने उसे ललकारा था।

चूँकि चरनजीत, बीरबल कान्स्टेबल या सब-इंस्पेक्टर बघई से गांजा, अफीम और चरस के धन्धे के बारे में कुछ भी पूछताछ करने की स्थिति में नहीं था, इसीलिए चरस की सिगरेट के बहाने वह मोहन भंडारी से सम्पर्क बनाये हुए था। बात बड़ी साधारण थी लेकिन घटनाक्रम असाधारण था। असल में वह चरसी गली, हजरतगंज से पुराने डाकघर होते हुए, दारुलशफ़ा को जोड़ती थी। चरनजीत जानता था, उसी गली के रास्ते, लोबीराम मार्का चरस की सिगरेटें, दारुलशफ़ा की गुमटी से, हजरतगंज के पनवाड़ियों तक पहुँचा करती। अच्छा खासा धन्धा था। पाँच हजार का हफ्ता कोई मामूली बात नहीं थी। चरनजीत जानता था, चरसी सिगरेट के कारोबार से जुड़ा हुआ, कोकीन का धन्धा और कोकीन से जुड़ी हुई थी, अन्तर्राष्ट्रीय स्तर की तस्करी। बाराबंकी के सुदूर गाँव से लेकर गाजीपुर की भट्ठियों तक का सिलसिला, उसी चरसी गली से निकलकर जाता था। वह छोटी-सी गली, चरनजीत कहा करता था, अन्तर्राष्ट्रीय तस्करों का मक्का थी। चरसी गली का दूसरा सिरा, त्रिलोकनाथ रोड पर गिरता था, जहाँ से सड़क पार कर पश्चिमी किनारे की तरफ से उस गुमटी पर पहुँचा जा सकता था, जहाँ लोबीराम मार्का चरस की सिगरेट खुलेआम बिका करती और वहीं गुमटी के पीछे था वह गोदाम या छोटा-मोटा कारखाना, जहाँ, गांजा और चरस की सिगरेटों का उत्पादन होता था। सारा धन्धा, सारा कारोबार, सधी-सधायी तरकीबों के तहत चलता रहता। दारुलशफ़ा में ही तो थी, कृष्णबल्लभ

यशोदाबल्लभ के ढिलियाने की राष्ट्रीय निर्माण संघ की चाभी। शाहजहाँपुर जिले की ढिलियाना तहसील में कृष्णबल्लभ के भाई यशोदाबल्लभ ने अफीम मार्फिया या हिरोइन की टिकिया बनाने का यंत्र लगा रखा था। इससे कच्चे माल की जरूरत पड़ती थी। अफीम रूपी कच्चे माल का जितना उत्पादन शाहजहाँपुर में हो सकता था, होता था। लेकिन बाराबंकी का कच्चा माल तो गाजीपुर से बिहार के तटवर्ती जिलों के रास्ते बंगाल की खाड़ी में गिरा दिया जाता था। हल्की पेटियों को एल्मूनियम की जंजीरों में बाँधकर समुद्र में फेंक दिया जाता था। समुद्र की उत्ताल तरंगों में बहता हुआ सारा माल, मोटर बोट के जरिए, रात के वक्त उठा लिया जाता। सारी लड़ाई इसी कच्चे माल को लेकर होती थी। उधर कुछ दिनों से कच्ची अफीम की आमद, बाराबंकी से, चरसी गली के जरिए दारुलशफ़ा पहुँचा दी जाती जहाँ से यशोदाबल्लभ के रनर माल को टिफिन कैरियर या टार्च के खोल में भरकर शाहजहाँपुर ले जाया करते।

चरनजीत के अन्दर एक अंधड़, एक तूफान, उमड़ने लगा था। अपनी पुलिस की नौकरी के सत्रहवें साल में, उसके अन्दर, उसे लग रहा था कुछ अजीब-सी स्थिति हो रही थी। वह जानता था, उसे मालूम था, जिस प्रक्रिया ने उसके अन्दर सिर उठाना शुरू किया था वह निहायत खतरनाक थी। चरनजीत प्रक्रिया या स्थितियों से अलग रहनेवाला प्राणी था। लेकिन कल रात की घटना ने उसकी तमाम शिराओं के अन्दर झंझावात सी झनझनाहट पैदा कर दी थी। वह तो कब का भूल चुका था कि वह एक इन्सान भी था।

पिछली रात को, हजरतगंज थाने से निकलकर चरनजीत इधर-उधर देख रहा था और धीरे-धीरे, गली के उस नुक्कड़ की तरफ बढ़ रहा था, जहाँ मोहन भंडारी अक्सर उसे चरस की सिगरेट बनाकर देता था। वैसे तो चरनजीत पियक्कड़ किस्म का इन्सान था और शराब के अलावा किसी और नशे को हाथ नहीं लगाता था। लेकिन जब वह शराब पीते-पीते थक जाता, तब बदलाव के लिए और किक के लिए, गांजे या चरस की सिगरेट की जरूरत पड़ा करती। शराब पीते-पीते थक जाने से उसका तात्पर्य था शराब जब चढ़ना बंद हो जाती या, नशे में धुत होना रुक जाता या फिर रात को नींद उड़ने लगती। शराब पीने के समय और मात्रा से, तब उसको बेचैनी होने लगती और शराब की जगह, किसी और नशे की तलाश करने लगता। उस पूरे इलाके में भांग के कई ठेके थे, जहाँ खुले आम गाँजा और चरस मयस्सर हो जाया करती। लेकिन उन दुकानों पर एक तो वह जा नहीं सकता था और दूसरे वहाँ का जब हफ्ता उसके पास ठीक तरीके से पहुँच रहा था तब उन जगहों पर जाकर गांजा या चरस की भीख माँगने की उसे जरूरत ही क्या थी। अगर चरनजीत चाहता तो किसी भी सिपाही को भेजकर गांजा या चरस भांग के ठेकों से मँगवा सकता था।

लेकिन उसमें समस्या थी। भेद खुल जाने की और दूसरे प्रतिष्ठा का प्रश्न भी जुड़ा हुआ था। तब सभी सिपाहियों को मालूम था, उत्तर प्रदेश जैसे विशाल प्रदेश की महान् राजधानी के मुख्य बाजार के पुलिस थाने का इंचार्ज चरनजीत सिंह, शराब पीता था, मुर्गा खाता था।

चरनजीत को जिस दिन, बजरबट्टू ने, दारुलशफ़ा की सड़क पर हथेलियों पर लिखे हुए असली और नकली नम्बरों की फेहरिस्त दी थी, उस समय चरनजीत को कहाँ पता था, वह अपने जीवन की सबसे रहस्यमय और सबसे अहम सफलता प्राप्त करनेवाला था। दोनों हथेलियों के ऊपर जैसे समूचे ब्रह्मांड का बोझ उठाये, उस दिन बजरबट्टू भागा चला जा रहा था। कीड़े-मकोड़ों सरीखी नियति का स्वामी बजरबट्टू, हिकारत, अपमान और लज्जा का भागीदार बजरबट्टू व्यथा और पीड़ा में सुलगता बजरबट्टू, दुतकार दिया जानेवाला, धकिया दिया जानेवाला, जुतिया दिया जानेवाला बजरबट्टू, उस दिन बड़ी ऊँची उड़ान में बह चला था। दारुलशफ़ा के पिछले हिस्से में पश्चिमी किनारे पर बने हुए गैराज में, असल में, बजरबट्टू ने वह जीप देख ली थी। जिसे दुर्लभकाछी और जालिमखाँ ने वहाँ खड़ी की थी। वैसे बजरबट्टू को कभी नहीं मालूम होता, उस जीप के बारे में जिसमें बैठकर, कृष्णबल्लभ, बलरामबल्लभ, यशोदाबल्लभ और कमलासिंह गुट के खासुलखास डकैत दुर्लभकाछी और जालिमखाँ ने बाई जी के भतीजे डिप्टी सुपरिन्टेन्डेण्ट पुलिस, फूलदास की हत्या की थी। फूलदास की हत्या, कृष्णबल्लभ गुट डकैतों के सिरमौर दुर्लभकाछी और अफीम के तस्कर जालिमखाँ से करवायी थी। फूलदास ने उस ट्रक को जब्त कर लिया था जिसमें अफीम की पेटियों के साथ ताँबे की छीजन, बम्बई-बड़ौदा मार्ग के पास, समुद्री किनारे पर विदेशी जहाजों में लादने के लिए ले जाई जा रही थी। मंत्रिमंडल का गठन होनेवाला था कृष्णबल्लभ का मन्त्री बनना निश्चित था और ऐसे वक्त में फूलदास ने जो मुहिम खोला था, उससे कृष्णबल्लभ का मन्त्रिपद और उत्सुकदास का मुख्यमन्त्री पद, खतरे में पड़नेवाला था। इसीलिए सरकार को बचाने के लिए मंत्रिमंडल के गठन की प्रक्रिया में रुकावट दूर करने के लिए दुर्लभकाछी, जालिमखाँ ने, फूलदास को उड़ा दिया था। फूलदास का खून करने के बाद यह दोनों मूर्तियाँ दारुलशफ़ा में मंत्रिमंडल का शपथ ग्रहण समारोह देखने आ गये थे।

चरनजीत को न तो उस अफीम से कुछ लेना-देना था जो बाराबाँकी से गाजीपुर होकर बंगाल की खाड़ी जानी थी और न ही उस अफीम से कुछ लेना-देना था जो दारुलशफ़ा होकर ढिलियाना की तरफ जाती थी, उसका काम था हफ्ता वसूल करना और जब तक हफ्ते की आमद होती रहे उसे कुछ भी कहने का अधिकार नहीं था। उस वक्त, चरनजीत को तंग कर रहा था, वह

तमाचा, जो कृष्णबल्लभ के भाई बलरामबल्लभ ने मारा था। असल में, वह तमाचा कुछ इस तरह मारा गया था कि चरनजीत की रूह तक काँप उठी थी। उत्तरप्रदेश की राजधानी लखनऊ के मुख्य हजरतगंज थाने का इंचार्ज चरनजीतसिंह कोई मामूली हस्ती तो था नहीं। उसका अपना इतिहास था, उसका अपना भूगोल था। और फिर पुलिस इन्सपेक्टर को कोई हजरतगंज के इलाके में, थाने के ठीक सामने तमाचा मार दे यह कैसे हो सकता था। इसकी कल्पना मात्र से रोंगटे खड़े हो जाया करते थे। ऊपर से उस चरनजीत के तमाचा मारा गया था। जिसके नाम से लोग थरथर काँपते थे जिसे हिटलर, चंगेजखाँ और न जाने कितने नामों से बुलाया जाता था। खूनी, डकैत, चोर, पॉकेटमार, चरनजीत का नाम सुनते ही बेहोश होने लगते थे। किसी के अन्दर इतनी भी हिम्मत नहीं थी कि चरनजीत से कोई सवाल पूछ सके। और फिर उस समय जब उसने जालिमखाँ और दुर्लभकाछी जैसे डकैतों को धर पकड़ा था। फूलदास के कातिलों को पकड़ने के बाद चरनजीत का नाम पुलिस फोर्स में बड़ी इज्जत से लिया जाने लगा था। चरनजीत ने पुलिस फोर्स का बदला ले लिया था। फूलदास की हत्या कोई मामूली हत्या नहीं थी। उस हत्या से जुड़ी हुई थी, अफीम की तस्करी और तांबा की छीजन का अवैध, देश की सीमाओं से बाहर निर्यात। मंत्रिमंडल गठन की प्रक्रिया से जुड़ा हुआ था, तांबाकांड का सवाल। जाहिराना तौर से कोई भी इस बात को मानने को तैयार नहीं था कि तांबाकांड के अपराधी उत्सुकदास थे न कि गुरुपदस्वामी। चरनजीत को सिर्फ चरनजीत को पता था, उस समूचे षड्यंत्र के बारे में जो बढ़ई दीक्षित के जमाने में रचा गया था।

तांबाकांड अफीम की तस्करी, फूलदास की हत्या, दुर्लभकाछी और जालिमखाँ की गिरफ्तारी, भैरवसिंह की मौत और फिर बलरामबल्लभ का तमाचा। घटनाओं से जुड़े लोग, किसी खास तारतम्यता की तरफ इशारा तो नहीं कर रहे थे। यही सोच रहा था, चरनजीत जब बजरबट्टू उसके कमरे में आया था।

''कहिए सर जी।'' कुर्सी पर बैठते-बैठते बजरबट्टू ने कहा था।

''क्या कहूँ।'' चरनजीत की आवाज में दर्द था।

''मैं जानता हूँ, सब समझता हूँ मैं...जो कुछ हो रहा है...''

''तुम कुछ नहीं जानते बजरबट्टू।''

''वाह चरनजीत साब, वाह...! लगता है आपकी समझदानी कुछ कमजोर हो चली है। बजरबट्टू को कह रहे हैं कुछ नहीं जानता।''

''तुम्हारा खयाल गलत है...नहीं जानता मैं तुम्हारा मतलब क्या है... समझदानी...''

''आपका मतलब इस तरह की कोई चीज जब पुलिसवालों के पास नहीं

होती। उसका जिक्र करने से फायदा क्या है। अच्छा...मेरी चाय।''

''पुलिस थाने में बैठकर, पुलिसवालों की बुराई करोगे और ऊपर से चाय पीने की इच्छा रखोगे...कैसे चलेगा यह सब।''

''खूब चलेगा...अभी तक चलता आया है...आप मुझे चाय पिलाते रहे हैं, पिलायेंगे और...''

''पिलाते रहेंगे...क्योंकि हमने...हम पुलिसवालों ने कर्जा लिया है न... शान्ति के आशिक...''

''ऐ...ऐ...ऐ...दीवारों के भी कान होते हैं।''

''होते हैं...होते हैं....लेकिन पुलिस स्टेशन में हम बड़ों-बड़ों के कान काट देते हैं...फिर दीवारें किस खेत की मूली हैं।''

''फिलहाल तो पुलिस की धज्जियाँ...या यूँ कहिए...वह दिन हवा हुए, जब पसीना गुलाब था...अब इत्र भी छिड़को तो पसीने की बू आती है।''

''बहुत अच्छे...बहुत अच्छे...न जाने क्यों तुम...बजरबट्टू, हवा में गाँठ बाँधने की कोशिश करते हो।''

''मैं और हवा में गाँठ...चरनजीत साब। आप यह कह रहे हैं।''

''हाँ !''

''जब कि आपको मालूम है, हमें न तो गाँठ बाँधना आता है...और न ही गाँठ खोलना।''

''चाय पियोगे न।''

''हाँ...कहा था मैंने।''

''कमबख्त तुम किसी नजूमी की औलाद हो।'' कहते हुए चरनजीत ने घंटी बजाई और मेज पर रखा हुआ पेपरवेट उछालने लगा।''

''जयहिन्द सर !''

''चाय लाना।''

''जी सर !''

खटाक से जूता बोला और जयहिन्दी सिपाही बाहर चला गया।

''लो चाय तो हो गयी...अब और क्या है। लेकिन एक बात मेरी समझ में कभी नहीं आयी।''

''क्या हुजूर।''

''यही। किस अधिकार से तुम पुलिस थाने में चाय की माँग करते हो।''

''किस अधिकार से।''

''आपको नहीं मालूम।''

''मुझे जो मालूम है, वह सब चौखटे में फिट नहीं होता।''

''कैसे।''

"हमारे यहाँ चाय सिर्फ तीन तरह के लोगों को पिलाई जाती है।"

"सिर्फ तीन..."

"हाँ।"

"कौन तीन...आप बताना चाहेंगे...मिस्टर।"

"पहला मुफ्ती, दूसरा किश्ती..."

"और तीसरा।"

"तीसरा भिश्ती।"

"मुफ्ती, किश्ती और भिश्ती, वाह ! वाह क्या बात है...क्या अन्दाज है...क्या तेवर हैं।"

"कुछ समझ में आया।"

"कुछ भी तो नहीं समझ सका...मुफ्ती, किश्ती और भिश्ती से।"

"मुफ्ती मतलब, नेता या अफसर, किश्ती माने इनफार्मर या एजेन्ट और भिश्ती माने माफिया या बवालिया।"

"क्या खूब विज्ञान निकाला है...भाई मान गये महोदय ! आपके फर्टाइल दिमाग के क्या कहने, लेकिन बताया नहीं आपने...यह खादिम यानि मैं बजरबट्टू किस श्रेणी में आता हूँ...मुफ्ती, किश्ती या भिश्ती में।"

"किश्ती में।"

"भाड़ में जाए किश्ती...ऐसा फिर कभी न कहिएगा महोदय। कितनी खतरनाक बात कह डाली आपने..." इधर-उधर देखते हुए बजरबट्टू ने कहा, "जो किसी ने सुन लिया तो बहुत जूते पड़ेंगे...मैं तो उठने-बैठने काबिल ही नहीं रहूँगा... ।"

"तो क्या तुम हम्हारे इनफारमर नहीं हो।"

"नहीं...बिलकुल नहीं...आपका दिया खाता हूँ क्या।"

"नहीं तो...लेकिन मेरा दिया पीते जरूर हो कभी-कभी"...

"जैसे।" बजरबट्टू ने ललकारा।

तभी एक पुलिसिया चाय के दो प्याले रखकर बूट खटकाता हुआ चला गया।

"हाँ क्या कहा तुमने बजरबट्टू...कैसे...सामने देख लो...चाय का प्याला रखा है और इसे अभी तुम पिओगे...यह तो मेरा ही दिया है।"

"छी, छी कितनी गन्दी, कितनी छोटी बात कह डाली आपने चनजीत जी।"

"यह चनजी..चनजीत क्या लगा रखा है...मेरा नाम चरनजीत है।"

"मालूम है।"

"तब।"

"प्यार से कहता हूँ।"

"प्यार से मैं भी कहता हूँ।"

"क्या।"

"किश्ती...इनफारमर। और तुम क्या समझते हो बजरबट्टू तुम्हारे बिना यह थाना चल सकता है। पुलिस काम कर सकती है...मैं जिन्दा रह सकता हूँ।"

"आपके जिंदा रहने में कौन-सी प्रॉबलम है। यह तो नहीं पूछूँगा लेकिन इतना जरूर बताने का कष्ट करें आप, आखिर वह कौन-सी वजह थी जिसके कारण आपने मुझे किश्ती बनाकर बैठा दिया।"

"बताना जरूरी है।"

"जी बहुत जरूरी।"

"अगर न बताऊँ तो।"

"इसी वक्त मैं उठकर चला जाऊँगा...चाय नहीं पिऊँगा और वापस कभी नहीं आऊँगा। बस।"

"अरे भाई। शान्त...शान्त। गरम क्यों होते हो...बताता हूँ...बताता हूँ।"

"जल्दी बताओ..."

"क्यों...चाय ठंडी हो रही है क्या।"

"फिर बदमाशी।"

"नहीं, नहीं", कान पकड़ते हुए चरनजीत ने कहा, "सच बात तो यह है, महाशय बजरबट्टू जी।"

"आदर सूचक शब्दों के लिए धन्यवाद। लेकिन..."

"आदर सूचक नहीं आदरणीय हैं आप महोदय हमारे लिए..."

"मैं चरनजीत, हजरतगंज थाने का इनचार्ज, इस बात की घोषणा करता हूँ कि मैं सच कहूँगा और सच के अलावा कुछ नहीं कहूँगा।"

"लेकिन कुछ कहिए तो..."

"हाँ, मैं यह कहना चाहता हूँ कि हम, हम्हारा थाना...प्रदेश की पुलिस फोर्स, आपके ऋणी हैं, आभारी हैं, आपने दुर्लभकाछी और जालिमखाँ को पकड़वाकर हमारे ऊपर एक ऐसा अहसान किया है, जिसे हम कभी नहीं उतार सकेंगे या उतारना भी नहीं चाहेंगे...आपको शायद पता नहीं, बजरबट्टू, हम सबका प्रिय पदार्थ बन चुका है...आप जब तक चाहें यहाँ रह सकते हैं।" कहकर चरनजीत हँस पड़ा। काफी देर तक हँसता रहा। उसी के साथ बजरबट्टू भी हँस रहा था।

बजरबट्टू को अच्छा लगा था। वह जानता था, कोई दुर्भावना नहीं थी, चरनजीत के अन्दर और सारी बातें उसने जो सुनी थीं, अच्छी लगी थीं। कीड़े-मकोड़े सी नियति रखनेवाला बजरबट्टू, सभी के द्वारा दुतकारा जानेवाला

बजरबट्टू, तमाम दारुलशफ़ा में धकियाया जानेवाला बजरबट्टू, लोगों के मनोरंजन का साधन बजरबट्टू चार फुट आठ इंच लम्बा, अड़तालिस किलो और पैंतीस साला बजरबट्टू, शान्ति का प्रेमी बजरबट्टू सबका प्रिय पदार्थ बन चुका था। उत्तर प्रदेश जैसे राज्य की समूची पुलिस फोर्स, राज्य की राजधानी का मुख्य थाना और खुद चरनजीत चंगेजी हिटलर जैसा पुलिस अफसर उसका ऋणी था। यह सब क्या सुना रहा था, वह। बजरबट्टू की आँखें भर आयीं और भारी हो गया पैरों पर बोझ। बजरबट्टू की समझ में नहीं आ रहा था, वह रुके या जाये, बोले या चुप रहे। चाय उसने पी नहीं थी। इस बीच कहीं से फोन आ गया था। जिसे सुनने के बाद चरनजीत उठकर चला गया था। हालाँकि चरनजीत बजरबट्टू से रुकने को कहकर गया था, बजरबट्टू इस बात का फैसला नहीं कर पा रहा था कि उसे पुलिस थाने में जो उसका ऋणी बन चुका था, रुकना चाहिए था या नहीं। दरोगा द्विवेदी और रंगीनराय के द्वारा आयोजित भोजन को ग्रहण करनेवाला, दूसरों के उतारे हुए कपड़े पहननेवाला, रात को गैराज में खड़ी हुई गाड़ियों की सीट उतारकर उसकी खाट बनाकर सड़क के किनारे दारुलशफ़ा के खुले आसमान के नीचे सोनेवाला एक अदना-सा बजरबट्टू जिसका कोई नाम नहीं था, जिसका कोई मुकाम नहीं था। इस बात का फैसला नहीं कर पा रहा था, उसे वहाँ रुकना था या जाना था। एक बार चले जाने के लिए वह उठा भी, लेकिन पाँव उसके जैसे बँधे हुए थे, आगे नहीं बढ़ पा रहे थे। उस समय, हजरतगंज थाने के अन्दर तेज रफ्तार में पंखा चल रहा था और कमरे की खिड़की में लगे हुए कूलर से घू-घू की आवाज आ रही थी। उसी थाने के लॉकअप से किसी कैदी के कराहने की आवाजें आ रही थीं। उन हँसी के ठहाकों के बीच से जो खइनी के फटके के बाद कुछ पुलिसिओं ने फेंके थे। खइनी खानेवाले पुलिसिओं को, बजरबट्टू ने सोचा, कहाँ पता था, उसकी अहमियत, उसका महत्त्व। वह लोग शायद इतना भी नहीं जानते थे कि वह थाना, जहाँ बैठकर वह खइनी का फटका लगा रहे थे, बजरबट्टू का ऋणी था। बजरबट्टू के अन्दर एक सुरसुरी, एक सिहरन, खुद अपनी जानी-पहचानी किसी अहसास की कोई तरंग, जैसे करवट बदलकर उसके अन्दर कसमसाने लगी थी। वह जाना चाहता था, और रुकना भी चाहता था। अच्छा लगा था उसे, जानता था बजरबट्टू उसका दिन, उसका समय शायद आ गया था। खुद बजरबट्टू ही तो कहा करता था कुत्ते के दिन भी चौदह साल में बदल जाते थे फिर वह तो बजरबट्टू था। वह बजरबट्टू जिसकी प्रदेश की सारी पुलिस फोर्स आभारी थी। बजरबट्टू ने हिसाब लगाया, चौदह साल उसके पूरे हो गये थे।

चरनजीत लौट आया था। वक्त से पहले ही लौट आया था,बजरबट्टू। कुछ फैसला करे, उससे पहले ही लौट आया था। आते ही उसने कुर्सी पर बैठते

हुए कहा–

“अरे, चाय नहीं पी। ठंडी हो गयी होगी, मैं दूसरी मँगाता हूँ।”

“नहीं...चाय मैं ठंडी ही पीता हूँ।”

“ओह।”

“एक बात पूछनी थी।” बजरबट्टू ने धीरे से कहा था।

“पूछो।”

“फूलदास की कभी याद आती है।”

“आती है न...तुम्हारे तो दोस्त थे न।”

“हाँ...अच्छे आदमी थे...पुलिस में होते हुए भी वह पुलिस से अलग थे...इंसान से प्यार करते थे...कहा करते थे 'लाइफ इज ऐ पेटीकोट'।”

“क्या पेटीकोट।” खी-खी करने लगा था, चरनजीत।

“हाँ। पेटीकोट।”

“क्या मतलब।” चरनजीत ने हँसी रोकते हुए कहा।

“शार्ट एनफ टु ए राउज क्यूरासिटी टु कवर आब्जेक्ट।”

“तुम मिक्स कर रहे हो बजरबट्टू यह तो...”

“फूलदास एक बिजनेस लेटर के लिए कहा करते थे न।”

“हाँ।”

“लेकिन आपको शायद नहीं मालूम।”

“क्या।”

“फूलदास यह भी कहा करते थे...”

“लाइफ इज ए टेल टोल्ड बाय ए जीनियाज।”

“एंड लाइफ, जब वह संजीदा हुआ करते थे तो कहते थे, इज लाइफ ऐ बिजनेस लेटर।”

“लाइंग इन ए डेड लेटर ऑफिस।” चरनजीत ने पूरा किया।

“पढ़े-लिखे आदमी थे फूलदास, कोई जवाब नहीं था उनका।” बजरबट्टू की आँखें भर आयीं, “आपको याद होगा, यहाँ से जब जाने लगे थे, आपसे मिलवाया था मुझे।”

“हाँ अ अ कहने लगे थे, बजरबट्टू का खयाल रखना....कोई नहीं है, उसका।' चरनजीत ने भरे गले से कहा था।

बजरबट्टू रो रहा था जैसे अपना कोई मर जाये जैसे किसी का सब कुछ लुट जाये। बजरबट्टू ने आँसू पोंछते हुए रुँधे गले से कहा था, “उन्होंने बाई जी ने कुछ नहीं किया।”

“हाँ उनके तो भतीजा लगते थे फूलदास।”

“गुरुपदस्वामी, भारत के गृहमन्त्री, बाई जी उनकी अंगसाथिनी। और

फूलदास उनका भतीजा, फिर भी...''

''आई जी पुलिस ने उनको खबर दे दी होगी...दुर्लभकाछी और जालिमखाँ के गिरफ्तार होने की...बस।''

''चरनजीत। एक बात बताइए। गुरुपदस्वामी पोंगा पंडित हैं क्या। इतना सब होने पर भी, उनके खून में उबाल नहीं आया...कुछ भी नहीं किया...लगे हैं अभी भी उस उत्सुकदास का मंत्रिमंडल बचाने में, जिसने बाईजी के भतीजे और ईमानदार पुलिस अफसर की हत्या करवा दी...''

''एक मिनट...इसमें उत्सुकदास को क्या लेना है।''

''उत्सुकदास के इशारे पर या उत्सुकदास के हितों की रक्षा करने के लिए ही तो कृष्णबल्लभ, यशोदाबल्लभ कार्य करते हैं...दुनिया जानती है, फूलदास की हत्या सिर्फ इसलिए की गयी कि उन्होंने तांबा की छीजन ले जाती हुई ट्रक को पकड़ लिया था...कागजी सबूत के साथ।''

''यह बात और है, उसमें ससुरों ने अफीम की पेटियाँ अलग रख दी थीं...यशोदाबल्लभ की जात बताने के लिए।''

''इसके बाद भी गुरुपदस्वामी ने उत्सुकदास को मुख्यमन्त्री बनवा दिया।''

''लेकिन कृष्णबल्लभ की राजनैतिक हत्या के बाद।''

''चरनजीत। आप अच्छी तरह जानते हैं, गुरुपदस्वामी बड़े गुरु घंटाल हैं। कृष्णबल्लभ को पार्टी से निलंबित करने के पीछे सिर्फ एक चाल थी।''

''क्या।''

''उत्सुकदास उनके चरणों के नीचे रहेंगे।''

''कैसे।''

''दुर्लभकाछी, जालिमखाँ, अफीम की पेटियाँ, ताँबे की छीजन, कामयाब सेठ के घपले...उस रिमोट कंट्रोल के बटन हैं जिसके जरिए, गुरुपदस्वामी उत्सुकदास को नियंत्रण में रख सकते हैं...ऐसे ही होता है...राजनीति, ऐसे ही चलती है। सत्ता के ध्रुव केन्द्र इसी तरह बना करते हैं।''

''शायद और कोई था नहीं, गुरुपदस्वामी के पास, जिसके ऊपर इस प्रकार से नियंत्रण रखा जा सके...इसलिए उन्होंने उत्सुकदास को मुख्यमन्त्री बनवाने में अपनी जान लड़ा दी।''

''ठीक। बिलकुल ठीक।''

एक सफलता बजरबट्टू को मिली थी तब, जब उसने लू से प्रताड़ित भीषण गर्मी में, दारुलशफ़ा के तिवारी गैराज में, खड़ी जीप की गद्दी उतारकर जमीन पर सोने के लिए रखी थी। जीप से निकाली गयी गद्दी के नीचे से स्प्रिंग में फँसी हुई नम्बर प्लेट झटाक से बजरबट्टू के सामने गिर पड़ी थी। उसी दिन तो, कुछ देर पहले, बी ब्लाक की सीढ़ियों से उतरते वक्त देखा था, बजरबट्टू

ने, दुर्लभकाछी को लम्बा कुर्ता, बड़ी-बड़ी मूँछें, देखने से ही डाकू लगता था। देखते ही रूह काँप गयी थी बजरबट्टू की। मंत्रिमंडल गठन के दौर में, ठीक शपथ ग्रहण समारोह के दिन, शाहजहाँपुर के जंगल छोड़कर, दुर्लभकाछी और जालिमखाँ न जाने क्या सोचकर आये थे। ऊपर से आने से पहले, यानि दारुलशफ़ा में पहुँचने से पहले, दुर्लभकाछी और जालिमखाँ ने, फूलदास, डिप्टी सुपरिन्टेन्डेण्ट आफ पुलिस की गोली मारकर हत्या की थी। तब फूलदास की हत्या की बात, बजरबट्टू को कहाँ पता थी, लेकिन फिर भी दुर्लभकाछी को उस दिन वहाँ देखकर बजरबट्टू की रूह काँप गयी थी। घबड़ा गया था वह, किसी आनेवाले खतरे का अहसास हमेशा की तरह अंदर ही अंदर, अंगड़ाइयाँ लेने लगा था। कितनी बार बजरबट्टू को लगा था, उसके अन्दर कसमसाता हुआ, अंगड़ाइयाँ लेता हुआ उसका वह अहसास, आनेवाली घटनाओं के बारे में, इशारा कर देता। घंटियाँ सी...हल्की...हल्की, जैसे कहीं दूर से, लहराती हुई हवा के झोंकों से टकराकर, बजने लगतीं। समझ कहाँ पाता बजरबट्टू , धीरे-धीरे हल्की-हल्की, आती हुई उन आवाजों का मतलब जो सरसराती हुई हवा के साथ मिलकर उसे आन्दोलित कर दिया करती। प्रताड़ित होकर प्रलाप करने लगता वह। कोई नहीं जानता, किसी को नहीं मालूम था, बजरबट्टू के अंदर बजनेवाली उन घंटियों के बारे में, उस सरसराती हुई हवा के बारे में। कई बार, कई बार क्या अधिकतर, भूख, प्यास, नींद और थकान से जूझते हुए बजरबट्टू को भी नहीं पता लगता और घंटियाँ बजकर खामोश हो जातीं, हवा सरसराकर निकल जाती। लेकिन उस दिन ऐसा नहीं हुआ था। उस दिन 16 जून को काफी दिनों बाद बजरबट्टू की मुलाकात हुई थी उन घंटियों के साथ जिनकी हल्की-हल्की आवाज को पहचान गया था बजरबट्टू।

दुर्लभकाछी को उस दिन, 16 जून को, दारुलशफ़ा के 'बी' ब्लाक की सीढ़ियों से उतरकर आते हुए कमलासिंह के साथ कुछ ही देर के लिए बजरबट्टू ने देखा था। बड़ी-बड़ी मूँछ-दाढ़ी से भरे चेहरे के ऊपर लाल-लाल आँखें दहक रही थीं। लम्बा घुटने तक का कुर्ता, हल्के किनारेवाली खादी की धोती, कीचड़, धूल में सनी हुई चमड़े की सैंडिल, पसीने से तर-बतर, घबड़ाया हुआ, इधर-उधर देखते हुए, वह पहली मंजिल पर यशोदाबल्लभ के फ्लैट की तरफ जा रहा था। दारुलशफ़ा के 'बी' ब्लाक की सीढ़ियों के ऊपरी हिस्से से कमलासिंह उतरकर नीचे की ओर आ रहा था, जब उसकी आवाज सुनकर, चार-पाँच सीढ़ियों के बाद नीचे की ओर से चढ़ता हुआ दुर्लभकाछी रुक गया था। बजरबट्टू तो उसे देखते ही खामोश हो गया था, जैसे साँप सूँघ गया हो। वह बढ़ई दीक्षित और रंगीनराय के साथ था, जरा-सा कतराकर नीचे उतर आया। कमलासिंह ने घबड़ायी आवाज में आँखें काढ़कर दुर्लभकाछी को शपथग्रहण समारोह के दिन,

फूलदास का खून करके, दारुलशफ़ा आने पर, प्रताड़ित किया था। दुर्लभकाछी तो कुछ कहकर ऊपर चला गया था, लेकिन, बजरबट्टू की मूँछ के बाल खड़े हो गये थे। दुबला-पतला, करीब साढ़े पाँच फुट का कद, मैले-कुचैले कपड़े, टूटी चप्पलें, आम की गुठली सा चेहरा, बड़ी नाक, खिचड़ी बाल, और चमकती हुई आँखों में लरजते हुए सवाल थे। ऐसा लगता उनमें खोए हुए, गुमशुदा मंजर की परछाइयाँ, कभी आतीं, कभी चली जातीं। जोशीली बातें करते-करते वह चीखने लगता, हाँफने लगता और उसके मुँह से, ऐसे मौकों पर फिचकुर बह निकलता और गालियों पर उतर आता। बजरबट्टू कहा करता था, दारुलशफ़ा शापित इमारत है, जहाँ रात-रात भर दीवारों से लहू टपकता है, देखनेवाला चाहिए बस, जहाँ रात-रात भर परेत, चुड़ैल नाचती हैं, छम-छमाछम अँधेरी रात के सन्नाटे में, तरह-तरह की आवाजें आतीं, सेने वाला चाहिए। लोग कहा करते थे, बजरबट्टू ने दारुलशफ़ा की दीवारों से टपकता हुआ लहू देखा था, बजरबट्टू ने, परेत, चुड़ैल नाचते हुए देखी थीं और अँधेरी रात के सन्नाटे में घनघनाती हुई आवाजें सुनी थीं।

और फिर, तिवारी गैराज से निकलकर, दोनों हथेलियों पर फर्जी और असली लिखे हुए नम्बर आसमान की तरफ उठाए हुए, बजरबट्टू, दारुलशफ़ा की सड़क पर दौड़ रहा था। उस दिन, दारुलशफ़ा के 'बी' ब्लाक की सड़क पर दौड़ते हुए बजरबट्टू को ऐसा लगा था, आसमान की तरफ उठी हुई, उसकी दोनों हथेलियों पर ब्रह्मांड टिका हुआ था। सरकार, सत्ता और मंत्रिमंडल का सन्तुलन टिका हुआ था। जमीन घूम रही थी, आसमान घूम रहा था और उसी के साथ बजरबट्टू दौड़ रहा था। दौड़ता चला जा रहा था, जैसे सिर के ऊपर पैर रखकर दौड़ रहा था। उसे लग रहा था, जैसे वक्त थम गया था, हवा रुक गयी थी, और बस उस रुके हुए वक्त के शह से जुड़ा हुआ था, उसका नसीब। बजरबट्टू को नहीं मालूम था, वह कहाँ जा रहा था, क्यों दौड़ रहा था। उस तरह, दोनों हथेलियों पर आसमान उठाए, दारुलशफ़ा के 'बी' ब्लाक की सड़क पर दौड़ते हुए बजरबट्टू को कहाँ पता था, उसकी हथेलियों पर स्वयं उसके भाग्य की रेखाएँ नहीं थीं, बल्कि मुख्यमन्त्री उत्सुकदास की नियति का चक्र था, मंत्रिमंडल की जन्मकुण्डली थी। उसे तो यह भी नहीं मालूम था, कुछ ही दूर दौड़ने के बाद, उसे चरनजीत मिल जायेगा। उस दिन हजरतगंज थाने में, जब चरनजीत ने पुलिस फोर्स के ऋणी होने की बात कही थी, तो बजरबट्टू की आँखों में आँसू भर आये थे। वह भी कुछ था, उसकी भी गिनती थी, वह भी दुनिया का, संसार का, मानवता का हिस्सा था। इस अहसास मात्र से आँखें छलछला आयी थीं, मन उदास हो गया। उस खुशी के अहसास मात्र से, जो बड़े दिनों बाद उसके करीब आयी थी। बजरबट्टू के भरे हुए जी में तड़पते हुए

अरमानों की कशिश थी। अचानक एक लहर उठी थी, बिजली-सी कौंध गयी थी, अन्तस्तल में। आँखों में सितारों की रोशनी चमकने लगी थी और काँपती हुई उँगलियों से वह पकड़ने की कोशिश कर रहा था, उस लम्हे को, उस वक्त को, जो उसका अपना था। उसका जी कर रहा था, जीने का। उसका मन कर रहा था, उस सपने को साकार करने का जो हर इंसान का हक था। उसका भी एक घर हो, घर में कहाँ-कहाँ से बटोरकर लाई हुई छोटी-छोटी खुशियाँ हों। दारुलशफ़ा में खुले आसमान के नीचे, सड़क के किनारे, तिवारी गैराज से गाड़ी की गद्दियाँ उतरकर सोनेवाला, एक वक्त का भोजन रंगीनराय की कृपा से और एक वक्त का भोजन, दरोगा द्विवेदी की कृपा से करनेवाला, बजरबट्टू छोटे से घर में रहेगा, लोग कहेंगे, बजरबट्टू को जाता हुआ देखकर, ''देखो ! देखो ! वह जा रहा है बजरबट्टू उत्तरप्रदेश की पुलिस फोर्स जिसकी आभारी है और जिसके नाम से पुलिस थाने का इन्सपेक्टर चरनजीत उड़नतश्तरी बन जाता है।''

''क्यों बजरबट्टू कहाँ खो गये थे।'' चरनजीत ने ठहाका लगाकर कहा था।

हड़बड़ा गया था बजरबट्टू , ''नहीं तो।''

''अच्छा बोलो कैसे आना हुआ...कोई खास बात तो नहीं।''

''नहीं...हाँ...''

''बोलो न।''

''मैंने सुना था।''

''क्या।''

''आपको अच्छा नहीं लगेगा।''

''बोलो न...बजरबट्टू कुछ कहेगा और हमें, चरनजीत को अच्छा नहीं लगेगा।''

''बात ही कुछ ऐसी थी...''

''ओह, वो...तमाचा।''

''सुनकर कितना बुरा लगता है, आपने बर्दाश्त कैसे कर लिया...यही लोग हैं जिन्होंने...''

''जिन्होंने ?''

''फूलदास की हत्या करवाई थी...''

''और।''

''और वह आपके, पुलिस फोर्स के एक काबिल, आला अफसर के मुँह तमाचा मारा है।''

''कौन है, वही लोग।''

''आप नहीं जानते।''

“जानता भी हूँ और नहीं भी जानता हूँ।”

“तो अब जान जाइये...”

“क्या।”

“कृष्णबल्लभ, यशोदाबल्लभ, बलरामबल्लभ, कमलासिंह, दुर्लभकाछी और जालिमखाँ एक ही थाली के चट्टे-बट्टे हैं।”

“फिर।”

“यशोदाबल्लभ ने फूलदास की हत्या करवाई और बलरामबल्लभ ने आपको तमाचा मारा...ऐसा नहीं लगता आपको...”

“तुम ठीक कह रहे हो बजरबट्टू। इन कमीनों को मैं छोड़ूँगा नहीं लेकिन मुझे इंतजार है...”

“बोलिए न। किस बात का इंतज़ार है आपको।”

“कातिले आला। यानि कि हथियार का, जिसका इस्तेमाल फूलदास की हत्या में किया गया था यानि माउजर रिवाल्वर।”

“मैं ज्यादा कुछ नहीं जानता।”

“वर्तमान मुख्यमन्त्री को इन हत्याओं की कीमत चुकानी पड़ेगी...।”

“इन हत्याओं से क्या मतलब।”

“पहले फूलदास की हत्या...फिर भैरवसिंह और फिर वह तमाचा...लगता है, सोच समझकर, सब कुछ किया जा रहा है...हमारे सिर पर खून सवार है, हम इन कातिलों को छोड़ेंगे नहीं...।”

“इसीलिए, आपने शायद, बलरामबल्लभ का तमाचा बर्दाश्त कर लिया।”

“बलरामबल्लभ ने वह तमाचा, मेरे मुँह पर नहीं मारा है बल्कि उसने वह तमाचा उत्सुकदास के मंत्रिमंडल पर मारा है...हम जानते हैं, उत्सुकदास के मुख्यमन्त्री रहते-रहते, हम बलरामबल्लभ और फूलदास के हत्यारे यशोदाबल्लभ का कुछ नहीं बिगाड़ सकते।”

“तब ?”

“वक्त का इन्तजार है हम्हें...इस समय सारी पुलिस फोर्स, मुख्यमन्त्री के खिलाफ है।”

“क्यों।”

“यशोदाबल्लभ, कृष्णबल्लभ और बलरामबल्लभ का त्रिकोण, दुर्लभकाछी जालिमखाँ से जुड़ा हुआ है और तांबाकांड के हीरो कामयाबसेठ की साँठ-गाँठ है, इनके साथ।”

“बस।”

“बस क्या।”

“यही कि तब तो आपको आधी बात ही मालूम है।”

“क्या।”

“गुरुपदस्वामी को जिस तरह तांबाकांड में फँसाया गया है उससे ब्राह्मण विधायक और नेता उत्तेजित हैं और विद्रोह पर आमादा हैं, तभी तो...”

“बढ़ई दीक्षित को मन्त्री...बजरबट्टू।”

“बढ़ई फाइल लेकर 16 जून को दौड़ता, भागता, अपनी जान बचाकर रंगीनराय के फ्लैट में ही आकर गिरा था।”

“मालूम है मुझे...”

“लेकिन उससे क्या होता है। आपको असली बात कहाँ मालूम है।” बजरबट्टू ने ललकारा।

“कामयाबसेठ ने बढ़ई को खरीद लिया है।” चरनजीत बोला।

“कामयाबसेठ, कृष्णबल्लभ, बच नहीं सकते। उधर शाहजहाँपुर में फूलदास ने उनके ट्रक पकड़ लिए थे...वही ट्रक जिनमें ताँबे की छीजन के साथ में, अफीम की पेटियाँ ले जायी जा रही थीं। यानि कि डबल क्राइम।” बजरबट्टू ने कहा।

“डबल क्राइम।”

“हाँ।”

“कैसे।”

“एक तो अफीम की पेटियाँ।”

“और दूसरे...”

“तांबे की छीजन।”

“यह क्या है...तांबे की छीजन ट्रक में क्यों नहीं जा सकती...”

“जा सकती है...लेकिन तब नहीं, जब वह बिजली विभाग के गोदामों से इस शर्त पर उठायी गयी हो, कि उसका इस्तेमाल यानि उसे प्रदेश की भट्ठियों में ही गलाया जायेगा और तांबे का प्रयोग यहीं प्रदेश की इकाइयों के लिए किया जायेगा।”

“डबल क्राइम। नो डाउट। लेकिन मेरे हाथ बँधे हैं मैं कुछ नहीं कर सकता।”

“क्यों।”

“कत्ल का हथियार बरामद नहीं होने तक...”

“मंत्रिमंडल को कोई खतरा नहीं...लेकिन ऐसा होगा नहीं मुझे लगता है...” बजरबट्टू ने हिसाब लगाना शुरू किया दोपहर के 12 बजे, फिर चार बजे, फिर सात बजे, कहीं ऐसा तो नहीं...

“क्या कह रहे हो बजरबट्टू ...जल्दी बोलो। क्या तुमने कुछ देखा है।”

“हाँ।”

''क्या।''

''वही रिवाल्वर।''

''जिससे फूलदास की हत्या हुई।''

''शायद।''

''शायद क्यों।''

''इसलिए कि एक रिवाल्वर वैसा ही, जैसा आपने बताया मैंने, यशोदाबल्लभ के कमरे में 16 जून को देखा था।''

''लेकिन...''

''लेकिन क्या।''

''क्या सिर्फ उस रिवाल्वर के मिलते ही...''

''मंत्रिमंडल खतरे में पड़ जायेगा...और हम दुर्लभकाछी और जालिमखाँ की गर्दन इतने जोर से मरोड़ेंगे कि कृष्णबल्लभ और मुख्यमन्त्री के जिस्म में, न जाने कितने दर्द पैदा हो जायेंगे।''

''मतलब।''

''मैंने रणनीति बना ली है।''

''पहले यह तो बताइये, आपने उस तमाचे का जवाब क्यों नहीं दिया।''

''उस तमाचे का जवाब उस वक्त, देने से, इस वक्त मैं यहाँ नहीं होता...क्योंकि तमाचा मारने के बाद वह कमीना फिर से मूतने लगा था...तभी मुझे शक हुआ था। इससे पहले मेरा कहर उसके ऊपर गिरता और उसके सारे खानदान को मटियामेट कर देता, मैं यहाँ से हटा दिया जाता...''

''इसीलिए आप चुप रहे...कुर्सी का मोह...''

''तुम अच्छी तरह जानते हो, बजरबट्टू तमाचे के बाद, तमाचा मारनेवाले का थाने में क्या हश्र होता है। लेकिन मैं जानता था, वह लोग शायद यही चाहते थे।''

बजरबट्टू के मुँह से सीटी बज निकली, ''क्या आप वही सोच रहे हैं जो मैं सोच रहा हूँ।''

''शायद...''

''फिर।''

''फिर क्या, मुझे कुछ शक हुआ था...वर्ना।''

''वर्ना...चरनजीत चंगेजी का कहर और कौन नहीं जानता।'' उसकी आवाज में फिकरा था

''लेकिन क्यों...''

''फूलदास के कातिल अभी पुलिस कस्टडी में हैं...मेरे हटते ही, उनकी जमानत हो सकती थी और तब...'' कुछ सोचने लगा था, चरनजीत।

''और तब।''

''जबकि उनकी गिरफ्तारी कत्ल की जगह से दूर, दूसरे शहर में हुई थी और कत्लेआला। यानि कत्ल का हथियार बरामद नहीं हुआ था। इधर एक बात और हुई थी। तुम्हें पता होगा।''

''क्या।''

''भैरवसिंह को मार डाला किसी ने।''

''लेकिन वह तो...''

''एक्सीडेण्ट नहीं था...हालाँकि पोस्टमार्टम रिपोर्ट अभी आयी नहीं है, लेकिन मैं जानता हूँ...भैरवसिंह उस तरह मरनेवाला इंसान नहीं था।''

''किस तरह।''

''कहते हैं, जोंगा जीप पीछे से उसे कुचलकर चली गयी...मैं नहीं मानता इसे।''

''क्यों।''

''तुम नहीं जानते।''

''भैरवसिंह के आठ आँखें थीं।''

''यानि।''

''सामने पीछे, दाहिने बायें, सब तरफ एक साथ देख सकता था वह।''

''इससे क्या होता है।''

''इससे होता यह है कि जिस तरह जोंगा जीप ने उसे धक्का मारकर कुचल डाला, उस तरह उसे नहीं कुचला जा सकता।''

''क्यों।''

''भैरवसिंह कोई साधारण इंसान नहीं था।...वह अपार बलवान विशाल शक्तिमान और चीते की तरह चौकन्ना रहनेवाला था...जरूर कुछ हुआ है उसके साथ...कहीं कोई बात जरूर है।''

''बात सिर्फ एक है...खुन्ना जौहरी से और गोवर्धनदास से झगड़ा था, उसका और सुना है, उस दिन वह डॉ. मांगलिक के घर गया था।''

''कौन डॉ. मांगलिक।''

''वही...मैलिसीडीन कांड का हीरो...उसके खिलाफ गिरफ्तारी के आदेश हो चुके थे, जब भैरवसिंह उससे मिलने गया था।''

''लेकिन क्यों।''

''मुझे नहीं मालूम...लेकिन सुना है, शराब भी पी थी भैरवसिंह ने।''

''वहाँ डॉ. मांगलिक के घर पर।''

''हाँ।''

''झूठ...भैरवसिंह हर जगह शराब नहीं पीता था।''

सोलह जून को, रंगीनराय के घर पर गदर का माहौल था। दरोगा द्विवेदी ने असन्तुष्ट विधायकों की फौज खड़ी कर दी थी। उधर पार्टी अध्यक्ष को चाय पीने आना था। अच्छी-खासी भड़ैती का माहौल था। जिस दिन प्रदेश के मन्त्रिमंडल के गठन में कुछ ही घंटे बाकी बचे हों, जब मुख्यमन्त्री का नाम हाई कमांड द्वारा अनुमोदित किया जा चुका हो और जब मंत्रिमंडल के गठन की समस्त प्रक्रिया पूरी हो चुकी हो; ऐसे दिन ऐसे समय उलटफेर की कोशिश करने से क्या होता था। फिर भी उस दिन, दारुलशफ़ा में दबी हुई चिनगारियाँ अंगार में बदलने लगी थीं। लोबीराम का रंगीनराय के घर पर विरोध की राजनीति में हिस्सा लेने के लिए आना काफी था, विधायकों के मानस को उत्तेजित करने के लिए। एक-एक इंच जगह भरी हुई थी। किसी के लिए बैठने का ठौर नहीं था। खचाखच विधायकों, चमचों, चिलगोजों और चकरबंध से भरे हुए रंगीनराय के घर के बरामदे में, उत्सव-सा माहौल था, जब बढ़ई दीक्षित, कृष्णबल्लभ यादव के फ्लैट से दौड़ाया गया था।

असल में, बढ़ई दीक्षित कई दिनों से गाहक ढूँढ़ रहा था। उसने अपने कबाड़खाने से, लकड़ी के बड़े संदूक के अन्दर, कीड़े-मकोड़ों के बीच, धूल, गर्दे में सराबोर, तांबाकांड की वह फाइल ढूँढ़ निकाली थी, जिसके प्रकट हो जाने से उत्सुकदास का मंत्रिमंडल लुप्त हो जानेवाला था। बढ़ई को न जाने क्या सूझी, उसने सीधे कृष्णबल्लभ से सौदा करना चाहा था। सिर्फ सौदा नहीं करना चाहा था, अपनी बनयाइन के अन्दर रखकर, वह तांबाकांड की फाइल ले गया था। टेलीफोन पर उसकी बात जरूर हुई थी लेकिन कृष्णबल्लभ के फ्लैट पर पहुँचने पर उसने खुद अपनी मौत का एलान सुना था। दरवाजा खटखटाने से पहले, अन्दर से आ रही आवाजों को सुनकर, बढ़ई दीक्षित उर्फ ब्लैक मेलर को यही ज्ञात हुआ था कि कृष्णबल्लभ के भाई यशोदाबल्लभ ने उसे यानि बढ़ई दीक्षित को वहाँ आने पर काटकर गोमती में फेंक दिये जाने की योजना बना ली है। उसी दौर में, बढ़ई ने यह भी सुना था, फूलदास के हत्यारे दुर्लभकाछी और जालिमखाँ, दारुलशफ़ा से भेजे जा चुके थे। गया था बढ़ई वहाँ ब्लैकमेल करने और जानकारी मिली थी उसे खुद उसके, अपने पतन की, विनाश की, मौत की। और एक ऐसी मौत, काटकर फेंक दिये जाने की मौत, जो चिलचित्तों और चमगादड़ से डरनेवाले बढ़ई को भगाने के लिए काफी थी। सिर पर पैर रखकर भागा था, बढ़ई। उसे कुछ सूझ नहीं रहा था। उस समय बढ़ई फूलदास के हत्यारों से भागकर दूर चला जाना चाहता था। कुछ देर पहले, बढ़ई गया था, यशोदाबल्लभ के फ्लैट पर। वह बड़ी देर से, इन लोगों को ढूँढ़ रहा था। दारुलशफ़ा में, कृष्णबल्लभ यादव के दो फ्लैट थे। एक में, वह खुद रहते थे। मन्त्री नहीं रहने के बाद, उनका बंगला छिन चुका था, इसलिए, मजबूरी में उनको

दारुलशफ़ा में रहने के लिए आना पड़ा था। उधर कृष्णबल्लभ को, विधायक बनने की खुशी में जो फ्लैट सरकार ने दिया था, उसमें शुरू से कमलासिंह रहता था। कमलासिंह, एडवोकेट, यशोदाबल्लभ का क्राइम मैनेजर था। इसी फ्लैट में, दुर्लभकाछी और जालिमखाँ रुके थे आकर।

उस दिन 16 जून को, धूल-धूसरिन, जलती लू में, तपता हुआ, दुर्लभकाछी फूलदास की हत्या करने के बाद, दारुलशफ़ा में, यशोदाबल्लभ, कमलासिंह के फ्लैट में आकर पहुँच गया था। थका-मांदा, भूख-प्यास से बेजार खूनी दुर्लभकाछी की आँख लग गयी थी। जब उसे यशोदाबल्लभ ने ललकारा था। असल में यशोदाबल्लभ, कारीगर किस्म का इंसान था और अपने उस दारुलशफ़ा के फ्लैट से, दुकान चलाता था। कोटा, परमिट, लाइसेंस, कारबाइन, बन्दूकवाले, कालाबाजारी, नौकरी माँगनेवाले, तबादलाकारी, अफसर, कारिन्दे और व्यापारी, गाहे-बगाहे उसके पास आया करते थे। उस दिन अपने फ्लैट में, दुर्लभकाछी डकैत को देखकर और इस बात की जानकारी पाकर कि, 'बी' ब्लाक के सामनेवाली सड़क पर, इमली के पेड़ के नीचे उस जीप में दुर्लभकाछी डकैत का दूसरा साथी, जालिमखाँ डकैत बैठा हुआ था। यशोदाबल्लभ आग-बबूला हो गया था। एक तो उसके धन्धे की जगह पर, उस दिन, जब उसके सगे सहोदर कृष्णबल्लभ मन्त्री बनने जा रहे थे, डाकू लोग आकर बैठ गये थे। उसे तो मंत्रिमंडल के शपथ ग्रहण समारोह के होते-होते, कुछ झटक लेना था। यशोदाबल्लभ जानता था, जो उसने दस-पाँच लाख की व्यवस्था, शपथ ग्रहण समारोह के पहले नहीं की, तो पैसे-पैसे का वह मोहताज हो जायेगा क्योंकि मन्त्री बनने के बाद तो, सब कुछ सारा धंधा, उसके भाई कृष्णबल्लभ की देखरेख में होना था। इतने थोड़े से समय में, डाकू लोग हत्यारे लोग, उसके सिर के ऊपर, उसकी दुकान के अन्दर, ठीक उसके सामने आकर बैठ गये थे। वैसे दुर्लभकाछी और जालिमखाँ, बिना बताये नहीं आये थे। वह सब पूर्व नियोजित था। उनको फूलदास की हत्या के बाद शपथ ग्रहण समारोह में कृष्णबल्लभ के लिए तालियाँ बजानी थीं।

कमलासिंह ने उस दिन ललकारा था, दुर्लभकाछी को। जिस जीप में, दुर्लभकाछी और जालिमखाँ, फूलदास की हत्या के बाद दारुलशफ़ा आये थे, उस जीप के विन्डस्क्रीन पर गोली का निशान था और जिसकी वजह से यानि गोली पार निकल जाने की वजह से, विन्ड स्क्रीन का शीशा काफी दूर तक चिटक गया था। वही जीप, उसी हालत में, 16 जून की भयंकर दुपहरी में, दुर्लभकाछी और जालिमखाँ, ने ठीक बी ब्लाक के सामनेवाली सड़क पर खड़ी कर दी थी। इस बात की जानकारी जब कमलासिंह ने यशोदाबल्लभ को दी, तब दुर्लभकाछी को तुरंत हड़बड़ाकर जीप खड़ी करने के लिए जाना पड़ा था। जरा देर पहले

ही तो दुर्लभकाछी कुछ देर के लिए बिस्तर पर लेटा था, जब उसने रिवाल्वर निकालकर तकिया के नीचे रख दिया था। रिवाल्वर असल में, उस समय दुर्लभकाछी के कुर्ते की जेब में पड़ा था और लेटते वक्त उसे तकलीफ दे रहा था, गड़ रहा था। इसीलिए उसने यानि दुर्लभकाछी ने, रिवाल्वर निकालकर, तकियों के नीचे रख दिया था। चलते वक्त, उस रिवाल्वर को, जल्दी-जल्दी में, उठाना भूल गया था, दुर्लभकाछी। सारा घटनाक्रम बड़ी तेजी से हुआ था। दुर्लभकाछी के जाने के बाद, यशोदाबल्लभ और कमलासिंह, तांबाकांड के चक्कर में निकल गये थे और रिवाल्वर वहीं रखा रहा था, जहाँ उसे रखा गया था। तभी तो कुछ देर बाद, जब बढ़ई दीक्षित, वहाँ पहुँचा था, तब उसे, यशोदाबल्लभ के उस घर में, और कोई तो नहीं मिला था, लेकिन वह रिवाल्वर जरूर मिला था, जिसे दुर्लभकाछी ने तकिया के नीचे छुपाकर रखा था। असल में, 16 जून को कालीशंकर, रंगीनराय, बढ़ई दीक्षित और किस्म-किस्म के विधायकों, चमचों, चिलगोजों, और चकरबंध का काफिला, जब कृष्णबल्लभ के कमरे पर पहुँचा तो कृष्णबल्लभ मंत्रिमंडल में शामिल न किये जाने की खबर से बेजार, बेदम, बेसहारा, कटे हुए पेड़ सरीखे गिर पड़े थे। बढ़ी हुई दाढ़ी, उलझे हुए बाल, फटे हाल, खाली पेट, कृष्णबल्लभ छाती पीट-पीटकर मातम मना रहे थे। उनके सपनों का संसार लुट चुका था, इसीलिए तो कालीशंकर के अनेक प्रयास के बाद ही उन्होंने दरवाजा खोला था। फिर भी कुछ नहीं होता। कृष्णबल्लभ कुछ नहीं करते, अगर दरवाजा खोलने के बाद, उनको सीधे रंगीनराय के दर्शन नहीं हुए होते। रंगीनराय और कृष्णबल्लभ की पुरानी दुश्मनी, बनारस हिन्दू विश्वविद्यालय, के जमाने में विश्वविद्यालय यूनियन के चुनाव को लेकर हुई थी। कृष्णबल्लभ यादव राजनीति से संन्यास ले सकते थे, सड़क पर, मोची की तरह बैठकर, जूतों पर पालिस कर सकते थे, जेल जा सकते थे, चोरी-चकारी, खून, लूटमार, कुछ भी कर सकते थे, यहाँ तक कि अपनी सारी सम्पदा, अपना सारा वैभव लुटा सकते थे। गरज यह कि दुनिया की सबसे नापसन्द चीज, उनके लिए थी, रंगीनराय का जिक्र। और उस दिन तो रंगीनराय ही उनके सामने दिखे थे और दिखा था बढ़ई। बढ़ई और रंगीनराय की दोस्ती के बारे में भी पता था उनको। उस गुल गपाड़े में, कालीशंकर, मुख्यमन्त्री उत्सुकदास का व्यक्तिगत सहायक जरा पीछे रह गया था। कृष्णबल्लभ ने देखा था रंगीनराय को और देखा था बढ़ई दीक्षित को। इन लोगों को देखते ही, कृष्णबल्लभ फट पड़े थे। उन्होंने आव देखा न ताव, एक झटके में, यह समझकर कि वह भीड़ उनका मखौल उड़ाने आयी थी, गालियों की बौछार करके, भड़ाक से दरवाजा बंद कर लिया था। तब कृष्णबल्लभ को कहाँ पता था, वह दरवाजा, उन्होंने बढ़ई दीक्षित और रंगीनराय के चेहरे पर भड़ाक से नहीं, बंद किया था, स्वयं अपनी मुकद्दर, अपने मंत्रिपद,

अपने राजनैतिक भविष्य के ऊपर बंद किया था। बहरहाल मुख्यमन्त्री उत्सुकदास के वैयक्तिक सहायक कालीशंकर की भेंट, कृष्णबल्लभ से नहीं हो सकी, जिसकी वजह से, मंत्रिपरिषद के शपथ ग्रहण समारोह में शामिल होने का आमंत्रण या मंत्री बनने का न्यौता, कृष्णबल्लभ को नहीं दिया जा सका। जाहिर था कालीशंकर को उस दिन, अनेक काम करने थे और वह किसी भी हालत में, वहाँ दारुलशफ़ा में, कृष्णबल्लभ के कमरे के सामने खड़ा नहीं रह सकता था। इसीलिए वह पत्र, कृष्ण बल्लभ मंत्रिमंडल में शामिल होने का वह आमंत्रण पत्र, बढ़ई दीक्षित को दे दिया गया था, यशोदाबल्लभ के माध्यम से कृष्णबल्लभ तक पहुँचाने के लिए और वही पत्र देने के लिए, बढ़ई दीक्षित गया था, यशोदाबल्लभ के फ्लैट में। जब तक, बढ़ई दीक्षित यशोदाबल्लभ के घर पर पहुँचा, दुर्लभकाछी तकिये के नीचे रिवाल्वर छोड़कर जा चुका था। और यशोदाबल्लभ और कमलासिंह भी तांबाकांड के चक्कर में जा चुके थे। वहाँ कोई नहीं मिला था, बढ़ई दीक्षित को। अगर कुछ मिला था उसे वहाँ तो था, वही रिवाल्वर, जिससे दुर्लभकाछी ने उसी दिन सवेरे फूलदास को गोली मारी थी।

जिस समय बढ़ई दीक्षित, कृष्णबल्लभ के घर पर कमलासिंह के आमंत्रण पर, तांबाकांड की असली या मूलभूत फाइल का सौदा करने गया था, उसका मन उड़ा चला जा रहा था, दूर कहीं आसमानी ऊँचाइयों में। लेकिन अगले ही क्षण, जब उसे, खुद अपनी हत्या करने की योजना का पता चला तो, वह भागा था, दौड़ा था। आगे-आगे भाग रहा था, बढ़ई और उसके पीछे, दारुलशफ़ा के प्रांगण में, बरामदों में, गलियारों में, भाग रहे थे, यशोदाबल्लभ, कमलासिंह और स्वयं कृष्णबल्लभ, प्रदेश के कर्णधार, मंत्रिमंडल के होनेवाले सदस्य। लेकिन बढ़ई को वह लोग नहीं पकड़ पाये थे। बढ़ई दीक्षित बड़ी तेज भागा था। वह भागता भी क्यों न, उसे अपनी जान बचानी थी और बचानी थी वह फाइल।

रंगीनराय के घर में बेहोश होने से पहले, बढ़ई दीक्षित ने, उस रिवाल्वर के बारे में, बजरबट्टू को बता दिया था। फूलदास के हत्यारों को पकड़वाने के उत्साह में, बजरबट्टू ने रंगीनराय के यहाँ से हजरतगंज थाने पर चरनजीत को फोन लगाया था। चरनजीत वहाँ था नहीं, इसीलिए, बजरबट्टू ने रिवाल्वरवाली बात थाने के मुंशरिम को बता दी। थाने का मुंशरिम भी, और लोगों की तरह बजरबट्टू को कहाँ गंभीरता से लेता था। इसीलिए उस रिवाल्वर का रहस्य वहीं का वहीं रह गया था।

''भैरवसिंह को मारो गोली चरनजीत। तुमको दुर्लभकाछी के रिवाल्वर की तलाश है न...हाँ...उसी के लिए तो मैं यहाँ आया था।''

चरनजीत उछलकर खड़ा हो गया, ''क्या कह रहे हो। तुम बजरबट्टू, तुम उस हथियार के बारे में जानते हो, जिससे फूलदास की हत्या हुई थी।''

"हाँ।"

"कहाँ है वह..अगर तुम बता दो मैं, मैं सरकार से तुमको पचास हजार का इनाम दिलवाऊँगा और..."

"और।"

"अगर मेरा बस चला तो प्रदेश के हर थाने में तुम्हारी यानि बजरबट्टू द ग्रेट की तस्वीर लगेगी...खैर मजाक छोड़ो और बताओ।"

"मैंने सोचा आपको मालूम होगा।"

"क्या।"

"16 जून को ही मैंने टेलीफोन पर, थाने के मुंशरिम को इस बावत खबर दे दी थी।"

"मुशरिम क्यों।" चरनजीत का दिमाग बड़ी तेजी से काम कर रहा था।

"क्योंकि आप यहाँ थे नहीं।"

"उस कमबख्त से तो मैं बाद में निपटूँगा। लेकिन पहले तुम चलो मेरे साथ।"

"कहाँ।"

"यशोदाबल्लभ के घर पर रिवाल्वर देखा था न।"

"हाँ।"

"तब क्या प्राबलम है। हरी अप। उठो जल्दी।"

लेकिन बजरबट्टू नहीं उठा, वह चुपचाप चरनजीत को देखता रहा। उधर उसे वहाँ बैठा हुआ देखकर चरनजीत स्प्रिंग बोर्ड की तरह उछलने लगा।

"शांत हो जाइए, माननीय चरनजीत जी।"

"क्यों।"

"कल रात का तमाचा भूल गये क्या।"

"क्या मतलब।" चरनजीत चीख रहा था।

"जिस व्यक्ति ने आपको तमाचा मारा था, शायद उसका नाम बलरामबल्लभ था।"

"हाँ था।"

"वह कृष्णबल्लभ और यशोदाबललभ का भाई है और इस समय उसी फ्लैट में रह रहा है, जहाँ आप रिवाल्वर प्राप्त करने जाना चाहते हैं...वारेण्ट है आपके पास।"

"वारेण्ट...नहीं है...तो।"

"तो आप नहीं जा सकते।"

"क्यों।"

"वह कहेगा, आपसे दुश्मनी है। तमाचावाला किस्सा छपा है, आज के

अखबार में, पता है आपको।''

''ओह गॉड।''

''गॉड नहीं, उत्सुकदास को याद करिए।''

''यू आर राइट। तुम ठीक कहते हो, तलाशी का वारेण्ट निकलवाना चाहिए।''

''तब तक रिवाल्वर कहाँ रहेगा।''

चरनजीत ने मेज पर मुक्का मारा और वापस कुर्सी पर बैठ गया। वह उस वक्त, पिंजरे में बंद शेर की तरह छटपटा रहा था।

''लेकिन एक तरीका है महोदय।''

''क्या।''

''आपको सिर्फ रिवाल्वर चाहिए न।''

''हाँ।''

''रिवाल्वर मैं आपको दिलवा सकता हूँ।''

''तो फिर देर किस बात की...चलें।''

''नहीं...अभी नहीं...पहले मुझे जाना होगा।''

''लेकिन कहाँ जाओगे तुम !''

''यह मैं नहीं बता सकता।''

''क्यों।''

''बस अभी नहीं।''

''क्या किसी से पूछना है।''

''आप भी चरनजीत। मुझे लगता है, अपना संतुलन खो चुके हैं।''

''कैसे।''

''48 घण्टे पहले मैंने आपके दफ्तर को सूचना दी थी, रिवाल्वर यशोदाबल्लभ के फ्लैट में होने की।''

''कमबख्त। वह मुंशरिम। उसका कीमा बनाकर चाट जाऊँगा लेकिन...''

''और अब आप चाहते हैं वह रिवाल्वर आपको मिल जाए।''

''तो इसमें समस्या क्या है।''

''समस्या तो कोई नहीं है...फिर भी इस बात की जमानत कौन लेगा कि रिवाल्वर वहाँ पर अभी तक रखी है, जहाँ रखी गयी थी।''

''या जहाँ उसे बजरबट्टू ने देखा था।''

''अभी इस बात को मेरे ऊपर न थोपें तो अच्छा होगा।''

''यार। तुम कभी मुझे तुम कहते हो और कभी आप। इसका क्या मतलब।''

“अब इसका मतलब समझाऊँ या...”

“नहीं, मुझे सिर्फ रिवाल्वर के बारे में बात करनी थी।”

“एक बात तो साफ है, रिवाल्वर उस जगह पर नहीं है, जहाँ उसे दुर्लभकाछी ने रखा था।”

“और अगर उस जगह पर होता भी, जहाँ उसे दुर्लभकाछी ने रखा था, तो...” चरनजीत कुछ सोचने लगा था।

“तो कमलासिंह कब का उसे गायब कर चुका होता।”

“जहाँ तक मेरी समझ में आता है, कमलासिंह और यशोदाबल्लभ अब तक अन्डर ग्राउंड हो चुके होंगे।” चरनजीत ने पेशकश की।

“पता नहीं...लेकिन उससे क्या फर्क पड़ता है...उस जगह पर आप तो जा ही नहीं सकते।”

“क्यों...ऐसी क्या बात है।”

“वहाँ इस वक्त बलरामबल्लभ रहता है।”

“बलरामबल्लभ नहीं तमाचा बल्लभ कहो उसे।”

“यह तो आप दोनों के बीच की बात है।”

“एक सेकेण्ड।” चरनजीत मेज के शीशे के ऊपर रंगीन पेपरवेट घुमा रहा था।

“एक बात तो पूछना ही भूल गया।”

“आप बहुत कुछ भूल रहे हैं।”

“मजा आ रहा है, बजरबट्टू, आज बड़े दिन बाद किसी क्राइम थ्रिलर की तरह हम रहस्य की गुत्थियाँ सुलझा रहे हैं।”

“हम नहीं सिर्फ आप। मैं पुलिस में कुछ नहीं मेरा कोई आकार नहीं है।”

“एक चीज बड़ी देर से मेरे दिमाग में खुड़पेंच मचा रही है...बार-बार कोई एक बात...कोई एक चीज मेरे अन्दर किसी लपक की तरह उठती है, और फिर न जाने क्यों फिसल जाती है।”

“क्या हो सकती है, वह बात...वह चीज।”

“है कुछ इसी बारे में।”

“यही।”

“दुर्लभकाछी...जालिमखाँ...फूलदास...दुर्लभ...जालिम...कमलासिंह...नहीं यशोदाबल्लभ...नहीं रिवाल्वर...क्या था...क्या था...हाँ...अ अ... ।”

बजरबट्टू हँसने लगा, ही ही ई ई ई..खी ई खी ई खी, हू...हू...हू।”

“देखना चरनजीत कहीं फिसल न जाये।”

“वन टू थ्री...वन एंड टू...आई लव यू...”

“नहीं यह ऐसे है...वन ऐंड ए टू ऐंड आई लव यू...आई लव यू...वांट

मोर...वांट यू मोर...''

''मिल गया यू बास्टर्ड। सन आफ ए विच। बजरबट्टू रूपी दंडीस्वामी, हमारे दोस्त, पुलिस के दोस्त...मिल गया वह मुद्दा, वह बच्चू तुम्हारे बारे में था।''

थाने के मुंसरिम को रिवाल्वर के बारे में खबर देने के बाद, बजरबट्टू, भागा था, यशोदाबल्लभ के फ्लैट की तरफ, जहाँ से उसे रिवाल्वर उड़ाना था। वैसे अगर बजरबट्टू को सिर्फ अपने स्तर पर रिवाल्वर कब्जे में लेना होता तो भला वह थाने के मुंसरिम को फोन क्यों करता। वह जानता था, उसे मालूम था, जिस हथियार से कत्ल किया गया हो, उस हथियार को छूना तक मना था। तभी तो यशोदाबल्लभ के फ्लैट पर पहुँचने के बाद भी, उसने अंदर जाने की कोशिश नहीं की थी और दरवाजे के बाहर कुछ देर तक वह चरनजीत का इंतजार करता रहा था। उस दिन 16 जून को, यशोदाबल्लभ के फ्लैट में, अनेक घटनाओं की तस्वीर बन रही थी। रेखाएँ खींची जा चुकी थीं, कैनवैस बना दिया गया था। उन रेखाओं की नाप-जोख, उनका उतार-चढ़ाव, उनसे उपजते हुए आकार के अनुपात, शक्ल अख्तियार करने लगे थे। उनमें रंग भरना बाकी था। उनका रूप बनना बाकी था। वक्त की न जाने कौन सी राह, जिन्दगी के लमहों से टूटकर बार-बार, तड़पते हुए अरमानों की कोशिश बनकर, मँडरा रही थी। दारुलशफ़ा के वातायन में, इन घटनाओं के, इन हादसों के वक्त के शह के टूटते-जुड़ते हरुफ, गूँगी जुबान की तरह, कहीं दूर से चले आते थे। दारुलशफ़ा की दीवारें थर्रा रही थीं। वहाँ के जर्रे-जर्रे से बिखरती हुई वह टूटन, बार-बार जैसे कराह-कराह कर बजरबट्टू को बुला रही थी। आवाज दे रही थी। वह वक्त की शह, उन गूँगे हरुफों का उभरकर सामने आना, वह तड़पते हुए अरमानों की कोशिश और कुछ नहीं शान्ति की अन्तरात्मा में उमड़ते हुए तूफान की करवट थी।

प्रोफेसर ब्रजकिशोर की बेटी, अगूँठा टेक से ब्याह दी गयी। इतना बड़ा अभिशाप, जब दारुलशफ़ा की दीवारें पचा गयीं तो इन्सानों को हजम करना कौन बड़ी बात थी। उस दिन जीवन की विभीषिका से संघर्ष करते-करते, शान्ति, लखनऊ आ गयी थी। उसके अन्दर एक छटपटाहट, एक तड़प, एक अनकही व्यथा, जैसे बार-बार ढकेल रही थी, उस विनाश की ओर, जिसका अन्त नहीं था। फूलदास की हत्या की खबर सुनने के बाद, शान्ति के अन्दर जो अंधड़ शुरू हुआ था, उस अंधड़ ने उसे अन्दर तक तोड़ दिया था। उसे, उस समूचे माहौल से घिन आने लगी थी। उसे लग रहा था, वह घिरी हुई थी, किस्म-किस्म के हिंसक जानवरों से। एक बियावान जंगल था। दूर-दूर तक भिन्नाता हुआ सन्नाटा, किसी खौफनाक मंजर की तरह, खूँखार जानवरों की डरावनी आवाजों से घिरा हुआ, शान्ति के अन्दर कँपकपी पैदा कर रहा था। अफीम की खेती,

डाकुओं की सोहबत, पुलिस की दुश्मनी, खतरनाक मुजरिम, खूनी और डकैतों के मँडराते हुए साये, बार-बार शान्ति को अपने घेरे में ले लिया करते और वह तड़पकर रह जाती। यशोदाबल्लभ की पत्नी, न जाने किसने बनवाया था, वह अक्ल न जाने किसने सुझाई थी। शायद यह बलिदान, वह कुर्बानी, उत्सुकदास ने ही माँगी थी। बीमार प्रोफेसर, ब्रजकिशोर से ! गुंडे लफंगे और चोरों की सोहबत से शान्ति तंग आ चुकी थी, जब दुर्लभकाछी ने फूलदास की हत्या कर डाली थी। फूलदास असल में, शान्ति के लिए, बजरबट्टू का डाकिया था। बनारस विश्वविद्यालय में बजरबट्टू और शान्ति एक ही क्लास में पढ़ते थे। शोख, चंचल, मस्ती के खुमार में डूबती-उतराती, जवानी की अंगड़ाइयों से सराबोर, संसार का सारा प्यार, सारी खुशबू, शान्ति ने तब बजरबट्टू को सिर्फ इसलिए नहीं दे डाली थी कि वह बेचारा था, गरीब था, अनाथ था, बल्कि शान्ति तो बजरबट्टू के साथ एक खेल खेल रही थी जो मजाक था। मजाक ही मजाक में विश्वविद्यालय के झुरमुट में, जब एक दिन शान्ति ने उसे चूम लिया था, तब बजरबट्टू पागल हो गया था। उसके बाद, मजाक बदल गया था किसी अनुराग में किसी हसीन अंदाज की रूहानी कोशिश में। शान्ति और बजरबट्टू एक-दूसरे के इतने करीब आ गये थे कि बजरबट्टू के पाँव उठने लगे थे। उस आसमान को छूने के लिए जिसकी कल्पना भी, वह नहीं कर सकता था। फूलदास की हत्या के बाद, शान्ति के लिए सिर्फ बजरबट्टू का सहारा था। गुनाह, हिंसा, अपराध, लूट-खसोट के दलदल से शान्ति जितना उबरने की कोशिश करती, और डूबती जाती। डबल एम. ए. करनेवाली, संगीत, दर्शन और मीमांसा की ज्ञाता, बनारस विश्वविद्यालय के प्रोफेसर ब्रजकिशोर की बेटी, अपने अंगूठाटेक खाबिन्द, यशोदाबल्लभ से तंग आकर वह ठिकाना ढूँढ़ने, लखनऊ आयी थी, जो उसे सुकून दे सके, पहचान दे सके। लेकिन बजरबट्टू नहीं मिला था शान्ति को। फूलदास की हत्या का मंजर, डरावनी छायाओं से घिरा हुआ जैसे कोई नरकंकाल. ..यशोदाबल्लभ रूपी भेड़िया, उसकी गर्दन पर अपने खूनी दाँत दबाता जा रहा था। ऊब, घुटन और तड़प के जकड़ते हुए शिकंजे से उबरने के लिए ही तो शान्ति ने, यशोदाबल्लभ के कमरे में दुर्लभकाछी का रिवाल्वर, अपनी कनपटी से लगा लिया था, जब बजरबट्टू वहाँ पर आया था।

"वह मुद्दा भले ही मेरे बारे में हो, जो बड़ी देर से आपकी जेहनियत में खुड़पेंच मचा रहा था, मैं जानता हूँ उसके बारे में, तभी तो मैं, बार-बार कह रहा हूँ, एक तरीका है, सिर्फ एक तरीका।" बजरबट्टू ने उचककर कहा था।

"वही तो मैं जानना चाहता हूँ, क्या है, वह तरीका। मुझे लगता है, हम हार गये हैं...वी हेव लास्ट द गेम।"

"क्यों।"

''वक्त बड़ी तेजी से भाग रहा है, सिर्फ दो एक दिन हैं हमारे पास।''

''क्यों।''

''जैसे-जैसे मुख्यमन्त्री की पकड़ मजबूत होती जायेगी, हम्हारा काम मुश्किल होता जायेगा।''

''कोई जरूरी नहीं है।''

''जरूरी है...ऐसा ही होगा...ऐसा ही होता है।'' चरनजीत ने निराशापूर्वक कहा था।

''मामला गंभीर है, समय कम है, सबूत थोड़े से हैं।''

''अगर हमें रिवाल्वर नहीं मिलती तो एक बार फिर, कृष्णबल्लभ, यशोदाबल्लभ, हारी हुई बाजी जीत जायेंगे...और फिर मेरे लिए बड़ा मुश्किल हो जायेगा।''

''क्या मुश्किल हो जायेगा।''

''पुलिस की नौकरी में रहना।''

''मतलब।''

''मुझे इस्तीफा देना होगा।'' चरनजीत ने रूखे स्वर में कहा था।

''लेकिन क्यों।''

''उस तमाचे का जवाब देने के लिए जो बलरामबल्लभ ने मुझे मारा था...उसी वक्त मैं उसके हाथ तोड़ सकता था, उसे जेल में बंद करके, रातभर थर्ड डिग्री की पिटाई कर सकता था...जब तक किसी को मालूम होता, उसका काम तमाम हो गया होता।''

''मतलब। हत्या।''

''पुलिस स्टेशन में हत्या नहीं की ज़ाती।''

''फिर कैसे मरते हैं लोग।''

''कहाँ...कभी-कभार किसी मूर्ख पुलिस अफसर की बदौलत अगर कोई मर जाता है, इसका मतलब यह तो नहीं कि हम, यहाँ बैठकर हत्याओं की योजना बनाते हैं...अगर ऐसा होता तो, बलरामबल्लभ का कहीं पता नहीं लगता।''

''फिर क्यों छोड़ दिया आपने।''

''सिर्फ इसलिए कि मुझे इस थाने में कुछ दिन रहना है।''

''फूलदास के कातिलों को पकड़ने के लिए।''

''वह कातिल तो पकड़े गये हैं, जिन्होंने गोली मारी, लेकिन उनको अभी पकड़ना बाकी है, जिन्होंने गोली चलवायी थी, जिन्होंने रिवाल्वर दिया था जिन्होंने बारूद मुहय्या करवाया था।''

''यह कैसे मुमकिन है।''

''रिवाल्वर मिल जाने से।''

''रिवाल्वर एक तो मिलेगा नहीं...''

''मिलेगा नहीं...मतलब। क्या रिवाल्वर, यशोदाबल्लभ के फ्लैट से पार कर दिया गया।''

''नहीं शायद नहीं...मैं पहले ही आपको बता चुका हूँ...रिवाल्वर उसी फ्लैट में है और यशोदाबल्लभ, कमलासिंह, को पता नहीं है, नहीं जानते हैं, वह लोग।''

''तब प्राबलम क्या है।''

''कैसे तलाशी लोगे...अच्छा एक बात बताइये मान्यवर।''

''देखो बजरबट्टू, इस वक्त मेरा माथा गरम है, कोई अंडबंड बात मत कहना...''

''मुझे क्या पड़ी है, कुछ कहने की, जो आपका मन हो, करिए...तो मैं चलूँ।'' बजरबट्टू ने सख्ती से कहा।

''अररे...भई। तुम तो नाराज हो गये...क्या करूँ...मेरी हालत खराब हो जाती है। जब मैं मुजरिम को सामने देखता हूँ और उसको पकड़ नहीं सकता...एक अजीब तरह की खप्त मेरे अन्दर सिर उठाने लगती है और तब तोड़-फोड़ करने का जी चाहता है।''

''अच्छा। मैं बैठ जाता हूँ...एक बात बतायेंगे आप।''

''बोलो।''

''रिवाल्वर मिलने से कौन-सी गुत्थी हल हो जायेगी।''

''देखना होगा रिवाल्वर किसका है, कहाँ से आया...पुलिस फोर्स इस वक्त बगावत पर आमादा है। सुना है, मुख्यमन्त्री उत्सुकदास ने, आई. जी. पुलिस को डाँटकर, कमरे से बाहर निकाल दिया...और उसी के बाद, भैरवसिंह की हत्या की गयी...हमारा खेल, कुछ और है।''

''क्या !''

''रिवाल्वर मिल जाने पर, हम यशोदाबल्लभ को गिरफ्तार कर सकते थे।''

''लेकिन...''

''मुझे कहने दो, अगर यशोदाबल्लभ को हमने पकड़ लिया तो, कृष्ण बल्लभ, बलरामबल्लभ का साम्राज्य, ताश के पत्तों की तरह, लड़खड़ाकर गिर जायेगा...हम तांबाकांड को फूलदास की हत्या से जोड़ने में, अगर कामयाब हो गये तो...''

''तो।'' बजरबट्टू ने पूछा था।

''तो, मंत्रिमंडल भी बचेगा नहीं...चौबीस घंटे में, गिर जायेगा। दुर्लभकाछी जालिमखाँ में से एक को हम मिला लेंगे...अगर न भी मिले तो एक झटके में,

सत्यानाश हो जायेगा...कोई बचा नहीं सकता।''

''लेकिन मंत्रिमंडल का पतन।''

''अवश्यम्भावी है...क्योंकि वह तमाम विधायक जो आज गुरुपदस्वामी की वजह से खामोश हैं, रातोंरात विद्रोह कर देंगे।''

''क्या कोई ऐसी योजना बनी है।''

''हाँ।''

''किसने बनायी है।''

''बलराम शास्त्री ने।''

''वह तो मंत्रिमंडल में हैं...वही विभाग वितरण...''

''हाँ। उनकी आत्मा व्याकुल है। और भी लोग हैं। स्वयं उत्सुकदास की अपनी कोई शक्ति नहीं है, वह तो जिंदा है, गुरुपदस्वामी के समर्थन के आधार पर।''

''यही तो मैं कह रहा हूँ...रिवाल्वर का मिलना बहुत जरूरी है...''

''ऐसा लगता है...मुझे तो...''

''ऐसी गलती न करना, बजरबट्टू·''

''क्यों।''

''अगर रिवाल्वर लेकर आओगे तो, तुमको गिरफ्तार करना पड़ेगा...स्वयं तुम उसी जाल में फँस जाओगे जिसमें आज यशोदाबल्लभ फँसे हैं।''

''लेकिन रिवाल्वर सिर्फ मुझे पता है, कहाँ है।''

''कहाँ है।''

''शान्ति यशोदाबल्लभ के पास।''

''शान्ति यशोदाबल्लभ...'', एकाएक चरनजीत के चेहरे पर मुस्कराहट की लहर आयी और फिर चली गयी। तो ऐसा है, मिस्टर लवर। क्या आज भी।''

''बात कुछ और है। मैंने आपको बताया था, बढ़ई दीक्षित को जब दौड़ाया गया था, वह रंगीनराय के फ्लैट में पहुँचकर बेहोश हो गया था लेकिन बेहोश होने से पहले, उसने दो बातें बतायी थीं।''

''दो बातें।''

''हाँ...एक तो तांबाकांड की मूल फाइल उसने पढ़ने के लिए दी थी और दूसरे, रिवाल्वर के बारे में बताया था, उसने जो यशोदाबल्लभ के घर पर, मंत्रिमंडल का पत्र देने के लिए पहुँचने पर उसे दिखा था। बेहोश होने से पहले, बढ़ई ने अपना काम कर दिया था।''

''लपेटो...कम टू द प्वाइंट।''

''मुंसरिम को टेलीफोन करने के बाद, जब मैं यशोदाबल्लभ के घर पहुँचा तो दरवाजा बंद था...कई बार कोशिश करने पर भी जब दरवाजा नहीं खुला

तो मैं लौटनेवाला था, तभी अन्दर से सिटकनी खिसकने की आवाज आयी...और दूसरे ही क्षण, शान्ति को देखा मैंने...दगाबाज समझता रहा मैं उसे। इसीलिए मैं उसे देखते ही लौट पड़ा...लेकिन शान्ति ने मुझे नहीं जाने दिया...रोक लिया था मुझे। और फिर उसके हाथ में रिवाल्वर देखकर मुझे रुक जाना पड़ा। मालूम है आपको, वह क्या करने जा रही थी।''

''क्या।''

''आत्महत्या, सुसाइड।''

''सच में।''

''हाँ। हाँ, रिवाल्वर उसके हाथ में था, गोली उसमें थी और उसने रिवाल्वर कनपटी पर लगा रखा था। अगर मैं कुछ देर बाद पहुँचता तो वहाँ शान्ति की लाश ही मिलती मुझे...मैंने उसे गलत समझा...कितने अच्छे दोस्त थे, हम लोग...सपनों का संसार, रचा था, हमने। शान्ति अपने आपको पूरी तरह बदलने के लिए तैयार थी....उसका समर्पण पूर्ण था...मेरा ही मुकद्दर खोटा था...वह हमें रास नहीं आयी...धोखा किया गया था, हमारे साथ...मैं कहीं गया हुआ था...हाँ दूर एक रिश्तेदार के यहाँ कुछ काम से मुझे भेजा गया था और लौटकर आया तो उसकी शादी हो चुकी थी...उसके बाद मैं टूट गया बिखर गया।''

बजरबट्टू सुबक रहा था। फिर उसने, रुँधे गले से कहा, ''मैं तो उसे देखते ही वापस चल दिया था। अगर उसने दर्द में तड़पते हुए मुझसे रुकने की इल्तजा न की होती तो उस दिन, वह मारी जाती।''

''फिर तो हमारा काम हो सकता है।'' चरनजीत ने हिसाब लगाकर कहा। बजरबट्टू कुछ बोला नहीं। वह चरनजीत को सिर्फ देखता रहा। चरनजीत ने बजरबट्टू की तरफ बिना ध्यान दिये, आगे कहना शुरू किया, ''शान्ति हो...अकेली फ्लैट में और हम पूछ-ताछ के लिए वहाँ जायें तो वह रिवाल्वर हमें मिल सकता है।''

''इस तरह, आपको वह घर के अन्दर क्यों घुसने देगी।''

''इसलिए कि वह खुद भी वही चाहती है, जो हम चाहते हैं और जो हम चाहते हैं, वही शान्ति का बजरबट्टू चाहता है।''

''सवाल मेरे चाहने या न चाहने का नहीं है...सवाल है जिंदगी का।''

''ये लो। अब जिंदगी कहाँ से आ गयी बीच में।''

''जिंदगी के इस मोड़ पर, जहाँ शान्ति खड़ी है, बड़ा मुश्किल है, कुछ भी कहना...आप खुद समझ सकते हैं, उस विस्तार के बारे में, जिसमें शान्ति भटक रही होगी। पहले तो एक रास्ता था, उसके पास और उस रास्ते पर वह चल भी पड़ी थी, लेकिन...''

''कौन रास्ता...किसकी बात तुम कर रहे हो।''

''सुसाइड...मौत...मौत का रास्ता...''

''ओह आय सी।''

''उस दिन शान्ति से मिलने के बाद, फिर से जिंदा रहने की इच्छा मन के अंदर पैदा होने लगी थी। दबी-दबी चाहत की वह चिंगारियाँ, अंगार बनकर लपटों में परिवर्तित होने लगी थीं। एक छोटी-सी बात है, चरनजीत।''

''क्या।''

''मैं जिंदा रहना चाहता हूँ।''

''श्योर...वाय नाट। लेकिन जिंदा नहीं हो क्या।''

''तुमको मैं जिंदा दिखाई देता हूँ...मैं उस बीमार कुत्ते की तरह हूँ...जो भोंक सकता है, लेकिन काट नहीं सकता।''

''मैं जानता हूँ...सब समझता हूँ मैं...। अगर तुम जिंदा रहना चाहते हो, तो हम सब तुम्हारे साथ हैं।''

''जिंदा रहने के लिए बैसाखी की जरूरत नहीं होती, मि. चरनजीत जिंदा रहता है, आदमी अपनी इच्छा शक्ति से, उस प्राण शक्ति से जो रूह के अंदर से, निकलकर आती है।'

''फिर।''

''मेरी बात हो चुकी है।''

''किससे।''

''शान्ति से।''

''क्या।''

''फूलदास की हत्या के बारे में।''

''वह रिवाल्वर...''

''जिससे फूलदास की हत्या हुई है, शान्ति के पास है।''

''जानता हूँ...तुमने बताया था न...लेकिन वह रिवाल्वर हम्हें कहाँ मिलेगा...यही झक तो हम इतनी देर से मार रहे हैं।''

''मैं जानता था, मुझे मालूम था, शान्ति एक नेक, पढ़ी-लिखी आँख... आपको जानकर खुशी होगी, रिवाल्वर आपको मिल जायेगा।''

''मिल जायेगा...हमें रिवाल्वर बरामद करना है, हासिल करना है, प्राप्त नहीं करना है।''

''क्यों फर्क है, दोनों में।''

''एक में, मुजरिम की शिनाख्त होती है, दूसरे में कुछ नहीं होता, बस कोई आता है और वह चीज हम रिसीव करके दर्ज कर लेते हैं, जो हमें दी जाती है।'' उस तरीके से केस और उलझ जायेगा।''

''तो फिर।''

“हमें रेड करनी होगी।”

“कैसे।”

“जब वहाँ यशोदाबल्लभ और कमलासिंह न हों।”

“कोई न कोई तो होगा...बलरामबल्लभ का क्या करोगे...मान लीजिए... कृष्णबल्लभ वहाँ आकर बैठ गये तब...”

“उनके चले जाने का इंतजार करेंगे।”

“किसका-किसका इंतजार करेंगे। कौन आयेगा, कौन जायेगा। “लोगों के आने-जाने पर, पुलिस के कार्यक्रम नहीं बना करते और फिर एक मिनट में चरनजीत तुम्हारा तबादला हो जायेगा अगर तुमने यशोदाबल्लभ के घर में घुसने की कोशिश की।”

“अपनी पुलिस सेवा के इतने लम्बे दौर में, अपने को इतना असहाय नहीं पाया मैंने अगर उनसे भिड़ता हूँ तो निश्चित रूप से मैं, यहाँ से हटा दिया जाऊँगा, पलक झपकने से पहले, तुम ठीक कहते हो। बजरबट्टू, इन निशाचरों से, दूसरी तरह से निपटना होगा।”

“और वह तरीका है, प्रथम सूचना रिपोर्ट यानि एफ. आई. आर।”

“तुम्हारा मतलब है, शान्ति।”

“आप ठीक सोच रहे हैं, शान्ति खुद आपको बुलायेगी बयान देने के लिए...”

“मैं शान्ति के बयान को लेकर चाटूँगा क्या...उसका बयान क्या होगा...”

“यही न कि बजरबट्टू मेरा आशिक है।”

“छीः पुलिसवाले सब चोर होते हैं।”

“पुलिसवाले चोर होते हैं...अब इसका मतलब।”

“नीयत खराब होती है, महाशय, बजरबट्टू का जरा सा सुख तो देखा नहीं जाता।”

“ऐसा क्या कह दिया मैंने।” चरनजीत हँस रहा था।

“छोड़ो भी...कमबख्त। यह मारपीट, यह तुड़ाई बन्द कर पाओगे या मैं जाऊँ।” बजरबट्टू बड़ी देर से सुन रहा था, वह कराहने की आवाज जो थाने के अंदर से आ रही थी कुछ देर पहले से, वह कराहने की आवाज, चीखों में बदल गयी थी। बजरबट्टू का इशारा उसी तरफ था।

चरनजीत के घंटी बजते ही, जयहिन्द, सिपाही अन्दर आया और सलूट मारकर खड़ा हो गया। कुछ देर उसे घूरता रहा था, चरनजीत फिर बोला, “कितने बार कहा है, कमबख्तो, दिन-दहाड़े, पिटाई मत किया करो। यह काम रात में किया जाय। कौन है।”

“हुजूर गिरधारी है।”

"क्यों मार रहे हो उसे।"

"हफ्ता नहीं देता।"

"जाओ यहाँ से...छोड़ दो उसे...बेवकूफ...कमअक्ल किस्म के इंसान क्यों पुलिस में भर्ती होते हैं।"

सिपाही फिर भी गया नहीं उसने एक सलूट और मारा और एक कागज आगे बढ़ा दिया।

"क्या है यह।" चरनजीत ने ललकारा।

"वायरलैस मैसेज।"

कागज लेकर चरनजीत पढ़ने लगा। दिलकुशा गार्डेन के बारे में खबर थी। बजरबट्टू का वहाँ से उठने का मन कर रहा था। उसने चरनजीत की तरफ देखा, तभी टेलीफोन की घंटी बजने लगी।

"हैलो।" चरनजीत ने कहा।

"मैं दारुलशफ़ा से बोल रही हूँ।"

"जी कौन।"

"शान्तिबल्लभ।"

"शान्तिबल्लभ।" बिजली का करेन्ट जैसे छू गया हो। चरनजीत और बजरबट्टू उठकर खड़े हो गये। तभी छीना-झपटी, चीखने की आवाजें आने लगीं टेलीफोन से और टेलीफोन कट गया।

"लगता है, किसी ने फोन काट दिया...मुझे लगता है वहाँ कुछ गड़बड़ है...हमें तुरंत चलना चाहिए।" चरनजीत बाहर की तरफ चल दिया। बजरबट्टू उसके पीछे था।

चरनजीत और बजरबट्टू को दारुलशफ़ा पहुँचने में कुल पाँच मिनट लगे होंगे। चरनजीत ने दारुलशफ़ा के गेट पर गाड़ी धीमी कर दी थी, जहाँ, बजरबट्टू कूदकर 'बी' ब्लाक के पश्चिमी किनारे पर बने हुए जीने से, ऊपर की तरफ भागा। उधर चरनजीत जीप घुमाकर 'ए' ब्लाक के सामनेवाली सड़क पर ले गया। जब तक चरनजीत यशोदाबल्लभ के कमरे पर पहुँचा, बजरबट्टू अपनी पोजीशन ले चुका था। चरनजीत चुपचाप, फ्लैट की खिड़की के करीब रुक-रुककर टहलने लगा, जबकि बजरबट्टू दरवाजे के ठीक सामने खड़ा था। बजरबट्टू असल में, इंतजार कर रहा था किसी हसीन मौके का, जिससे उसे दरवाजा नहीं खुलवाना पड़े क्योंकि उस फ्लैट के अंदर कौन-कौन था इसकी तनिक भी जानकारी नहीं थी। चरनजीत और बजरबट्टू, दोनों को, उस समय इंतजार था, ऐसी बात का, किसी ऐसी घटना का, जिससे उन लोगों को अन्दर जाने का या दरवाजा खटखटाने का या फिर बाहर से ही फ्लैट की घेराबन्दी का मौका मिल सके। बजरबट्टू एक जगह खड़ा था और कान लगाकर अन्दर

की बातें सुनने की कोशिश कर रहा था, जबकि चरनजीत दूर तक फैले हुए बरामदे में चहलक़दमी कर रहा था। उन दोनों को कुछ नहीं पता था, उनकी योजना क्या थी या वह किस तरह से रिवाल्वर हासिल करने में कामयाब होंगे। फ्लैट के अंदर सन्नाटा था, सिर्फ लम्बी-लम्बी साँसों की आवाज आ रही थी। तभी अन्दर से तेज कदमों से, दरवाजे की तरफ, किसी के आने की आवाज सुनाई दी। बजरबट्टू चौकन्ना हो गया, लेकिन वह आवाज, दरवाजे के करीब आकर, मुड़ गयी या दूसरी तरफ निकल गयी और तभी शान्ति के चीखने की आवाज आयी।

''यू सन आफ ए विच। तुम्हारी हिम्मत कैसे पड़ी मुझे छूने की।''

''मैंने सिर्फ टेलीफोन काटा था।'' यशोदाबल्लभ ने कहा।

''कौन होते हो, टेलीफोन काटनेवाले।''

''तुम्हारा खाबिन्द। मुझे हक है...मेरा अधिकार बनता है।''

''जाहिल। गँवार, अँगूठाटेक, तुम अपने आपको मेरा खाबिन्द बताते हो...तस्कर, चोर, गुंडे, लफंगे, अँगूठा टेक, अफीमची, तुम अपने आपको प्रोफेसर ब्रजकिशोर की डबल एम. ए. संगीत दर्शन और मनोविज्ञान की ज्ञाता का खाविन्द कहने की जुर्रत कैसे कर सकते हो। इतने दिनों से मैं चुप थी, खामोश थी, अब चुप नहीं रहूँगी...।'' शान्ति हाँफ रही थी।

''क्या करोगी।''

''फूलदास की हत्या करवाकर, तुम्हें क्या मिला।''

''यह सब बातें औरतों के लिए नहीं होतीं।''

''औरत...तुमने मुझे औरत कहा...मैं सिर्फ यह जानना चाहती हूँ....तुमने फूलदास को क्यों मारा...क्यों मारा...क्यों मारा...'' शान्ति फफक-फफककर रोने लगी थी।

यशोदाबल्लभ के फ्लैट के ठीक सामने था, बजरबट्टू । वहाँ से कुछ दूर पर था चरनजीत, किसी इशारे या घटना के इंतजार में खड़ा था। दारुलशफ़ा में उस समय गदर का माहौल था। मंत्रिमंडल प्रक्रिया के अन्तिम दौर में, अपने-अपने सवालों के घेरे में, चाहत, लिप्सा, धन, व्यापार, धंधों से लेकर, टुकड़े-टुकड़े, रोटी के लिए, किसी अघोषित युद्ध का हिस्सा बनकर, दारुलशफ़ा, के कोने-किनारों में, सड़क पर, लम्बे-लम्बे बरामदों के अलग-अलग हिस्सों में, दो-चार दस की तादाद में पूरी, समूची एक मानवता कुछ न कुछ हासिल करने में लगी हुई थी। इन्हें कोई रोक नहीं सकता था। इनकी आस्था, इनका विश्वास, इनके मानदंड बिलकुल अलग थे, दूसरे थे। कहाँ-कहाँ से उत्तर की ऊँची पहाड़ियों से लेकर, दक्षिण के पठार तक, पूरब की गरीबी से लेकर, पश्चिमी वैभव तक के प्रतिमान, वहाँ से आये लोगों के चेहरे पर नजर आ रहे थे। मोमफली,

फलों के रस, चाट के पत्ते, समोसा, टिकिया, चाय, अंडा टोस्ट, बंद, पान-बीड़ी की अनेक दुकानें खुली थीं। जहाँ किस्म-किस्म के लोग, तरह-तरह के कपड़े पहने हुए अपने-अपने कार्यक्रम में लगे हुए थे। एक हवस, एक खास तरह की लिप्सा में लिपटे हुए, छल, प्रपंच, बनावट के मुखौटे लगाए हुए, स्वार्थ और सम्पदा हासिल करने के चक्कर में लोगों की भीड़ अन्दर ही अन्दर घुन की तरह फैल चुकी थी। चमचों, चिलगोजों और चकरबन्धों की भीड़ में चकरबन्ध हों या चिलगोजे, विज्ञान एक समान था, उद्देश्य एक था। यह असल में मध्यवर्गीय नेताओं, विधायकों, कार्यकारिणी के मंत्रिमंडल के सदस्यों के बीच उस कड़ी का काम करते, जिसके माध्यम से, सही वक्त पर सही जगह पहुँचा जा सकता था। मंत्रिमंडल के सदस्यों का स्टाफ, यानि सुरक्षा गार्ड से चपरासी, अर्दली, दरबान, खानसामा, धोबी, मोची, मेहतर, महरा, महरी, बाई, छोटे पी. ए., बड़े पी. ए. टेलीफोनी पी. ए., बैठकी पी. ए. से लेकर ऊँचे सचिव, उपसचिव, संयुक्त सचिव, सहायक सचिव एवं सेक्शन ऑफिसर के मातहत, अनेक बाबुओं की बटालियन, उस नरमेध यज्ञ का हिस्सा थी, जिसमें स्टेट क्राफ्ट, प्रजातंत्र, जनहित, और समाजवाद के नारों से लेस, समस्त मानवीय मूल्यों का होम करने के पश्चात्, हिंसक पशुओं की तरह, नोच-नोच कर समाज का सत्व खा रहे थे, नरभक्षक की तरह।

एकाएक अन्दर से गोली चलने की आवाज आयी थी, जब चरनजीत भागकर उसी जगह पहुँच गया था जहाँ पहले से, बजरबट्टू खड़ा था। गोली चलने की आवाज एक बार नहीं, अनेक बारी आयी थी और उसी के बाद, चीजों के फेंकने की, बिस्तर पटकने की, फर्नीचर उलटने की, भागने-दौड़ने की, चीखने-चिल्लाने की आवाजों के साथ शान्ति कह रही थी, "आज मैं तुमको नहीं छोड़ूँगी। तुम लोग अपने आपको समझते क्या हो। सारी दुनिया को, हर समय, हर लम्हे बेवकूफ बना सकते हो, आँखों में धूल झोंककर कुछ भी कर सकते हो...खूनी, हत्यारों, तस्करों और डाकुओं के गिरोह में प्रोफेसर ब्रजकिशोर की लड़की शान्ति जो दर्शनशास्त्र और मीमांसा में डबल एम. ए., वह एक अँगूठाटेक खाबिन्द की गुलामी करेगी...यहाँ दारुलशफ़ा के इस बंद कमरे में क्या तुम उस शान्ति को कैद करके रख सकते हो जिससे तुम आँख तक मिला नहीं सकते ...जिसके सामने आवाज तक नहीं निकलती तुम्हारी। यशोदाबल्लभ तुम्हारी गुंडई, तुम्हारा कमीनापन, तुम्हारी मक्कारी का भांडा टूट चुका है। मैं अब और बर्दाश्त करने की स्थिति में नहीं हूँ...आय वान्ट टू किल यू एंड योवर वैन्ड आफ क्रिमनल्स।"

अचानक फिर गोली चलने की आवाज के साथ धड़ाम से दरवाज़ा खोलकर कढ़िलता हुआ, लटपट उठता-गिरता यशोदाबल्लभ बरामदे के दूसरी

तरफ भागने लगा था। चरनजीत को यशोदाबल्लभ के घर के अन्दर जाने का बहाना मिल चुका था। बजरबट्टू उस समय, उसके साथ था जब चरनजीत ने फूलदास की हत्या में इस्तेमाल की गयी रिवाल्वर, यशोदाबल्लभ के घर से बरामद की थी।

बीस

भैरवसिंह की हत्या हो जाये और चरनजीत कुछ कर न सके, यह नहीं हो सकता था। बार-बार भैरवसिंह का चेहरा चरनजीत के सामने घूम जाता और उसे याद दिलाता उस तमाचे की जो बलरामबल्लभ ने मारा था। बलरामबल्लभ के तमाचे और भैरवसिंह की हत्या में दूर-दूर तक का ताल्लुक नहीं था, लेकिन फिर भी, अपने को असहाय पाकर चरनजीत सोच रहा था उस वक्त अगर भैरवसिंह जिंदा होता तो कोई ऐसी चाल चलता, कोई ऐसा षड्यन्त्र रचता कि बलरामबल्लभ का दूर-दूर तक कहीं पता नहीं लगता। भैरवसिंह और चरनजीत पुराने साथी थे, एक-दूसरे के करीब थे और दोनों की समस्याएँ कुछ एक प्रकार की थीं। चरनजीत की अपने ऊपरवाले अफसर से नहीं बनती थी। चरनजीत के अन्दर एक खास तरह की फिसलनें थीं जो उसे किसी मामले की तह तक पहुँचने से रोकती थीं, चरनजीत छोटे जिलों में अहमदशाह अब्दाली की तरह तोड़-फोड़ करता था। जबकि बड़े जिले में, तमाचा खाकर भी चुप रह जाता था, चरनजीत हफ्ते की संस्कृति पर विश्वास तो करता था, लेकिन हफ्ते की रकम का उपयोग वह अपनी जरूरतों के लिए नहीं करता था। असल में, चरनजीत खाते-पीते घर का था, उसके बाप जिंदा थे और उनके पास लाखों रुपये की सम्पत्ति थी जिसकी वजह से हफ्ते की रकम प्राप्त करने में उसकी कोई खास दिलचस्पी नहीं थी। फिर भी चरनजीत हफ्ते की रकम का पूरा हिसाब रखता और एक रुपया भी कम होने पर, वह मातहत पुलिस की खाल उधेड़ दिया करता। यह एक अजीब पहेली थी, जिसे हल करने के लिए, न जाने कितने सिपाही, कितने पुलिसिए, कितने हफ्ताधारी, हफ्तावार, उसके इर्द-गिर्द मंडराया करते। किसी की समझ में नहीं आता आखिर चरनजीत किस मिट्टी का बना हुआ था, वह चाहता क्या था और हफ्ते की रकम का उपयोग स्वयं अपने लिए न कर सकने की स्थिति में, आखिर हफ्ते की उगाही क्यों करवाया करता था। तमाम सिपाही, घूसखोर पुलिसिए और चोर हफ्ताधारी नही जानते थे, जान भी नहीं सकते थे कि बस यही तो वह अस्त्र था जिसके जरिये उसे नकचढ़ा होने के बावजूद अच्छे थाने

मिला करते। उन दिनों हर दो साल में थानों की नीलामी हुआ करती, जिसमें लाखों रुपयों का लेन-देन हुआ करता था। नीलामी की रकम, बहुत कुछ थाने की उगाही और हफ्तावार आमदनी पर आधारित हुआ करती थी। नीलामी की रकम कुछ भी हो, हफ्तावार आमदनी कुछ भी हो, चरनजीत की दिलचस्पी नहीं थी। वह तो थाने की सारी आमदनी की तिजारत, अपने प्रभुत्व, अपनी साख, अपने ताल्लुकात बढ़ाने में लगा देता। किसी को नहीं मालूम था, कोई नहीं जानता था, आखिर चरनजीत, घूस क्यों नहीं लेता था। ऐसा नहीं था, चरनजीत घूस, दस्तूरी उगाही और लेन-देन की विधाओं से परिचित नहीं था, वह तो गर्मजोशी के साथ घूस, दस्तूरी, उगाही और लेन-देन के तौर-तरीकों की बात किया करता। न जाने कितने तरीके, न जाने कितनी बारीकियाँ, न जाने कितने तोड़ उजागर किया करता वह। दंग रह जाता हर कोई, चरनजीत की साफगोई पर, उसके तिलस्मी ज्ञान पर। कुछ ही दिनों में, किसी भी नये थाने का वह मीनू कार्ड बना दिया करता। चरनजीत हँसी मजाक में कहा करता था, होटल की तरह, हर थाने का अपना मीनू कार्ड हुआ करता था। और उस मीनू कार्ड के आइटम्स की फेहरिस्त बड़े ताव से बताया करता था, चरनजीत ! फुटपाथी दुकानदार, अतिक्रमण करनेवाले, चोरी चकारी, खून, अपहरण, गिरहकटी, सिनेमा के टिकट की ब्लैक, गाड़ी स्कूटर, साइकिल की चोरियों, तस्करी गाँजा, भांग, अफीम की आमद, दुर्घटनाओं से जुड़ी हुई आमदनी, लड़कियों का भागना, भागती हुई लड़कियों का पकड़ना, औरतबाजी, रंडीबाजी गरज यह कि कुछ भी ऐसा नहीं था, जिसकी जानकारी, जिसका अनुपात चरनजीत को नहीं पता था। हँस-हँसकर खुल्लमखुल्ला वह पुलिस थाने का मीनू कार्ड और हर आइटम के कुक यानि रसोइया और बैरा यानि लड़के के बारे में खुलेआम विवरण दिया करता था।

एक बार की बात थी, जब चरनजीत नया-नया नौकरी पर आया था उसने घूस ली थी, अपने मातहत के कहने पर। उन दिनों उसका बॉस मुतफन्नी किस्म का इंसान था, जो बात-बात पर चीखने लगता था। लोगों का कहना था, उसका लिवर सड़ चुका था, लेकिन दिन-दहाड़े वह शराब पिया करता था। चरनजीत की उससे झड़प हो गयी थी। बॉस से झड़प होने की वजह और कुछ नहीं दस्तूरी का बटँवारा था। घूस चरनजीत ने, जिस हलके के सिरे से ली थी, वह किसी और पुलिसिए का इलाका था। उसका बॉस कटखने जानवर की तरह बिलबिला रहा था। उस दिन अपने मुतफन्नी, कटखने किस्म के बॉस से आजिज आकर चरनजीत ने कभी घूस की रकम, घर न ले जाने की सौगन्ध उठायी थी क्योंकि उसे लग रहा था, अगर उसने घूस की रकम से खाना खाया या शराब पी तो उसकी शक्ल, उसकी आवाज खड़खड़िये बॉस की तरह हो जायेगी।

पहले फूलदास की हत्या फिर भैरवसिंह का कत्ल और उसके बाद, बलरामबल्लभ का तमाचा, सब मिलाकर, चरनजीत को लग रहा था, उसके चारों तरफ कोई घेराव किया जा रहा था किसी आतंक का उसे हिस्सा बनाया जा रहा था। चरनजीत अच्छी तरह जानता था, उसके पास समय का अभाव था और वह अकेला पड़ता जा रहा था। वह भूल जाना चाहता था सब कुछ। जिस तरह और लोग जिस तरह और पुलिसिए नौकरी किया करते थे, चरनजीत सोच रहा था, खुद वह क्यों उसी तरह नौकरी नहीं कर सकता। क्यों...आखिर क्यों कभी फूलदास, कभी भैरवसिंह का बहाना बनाकर, वह अपने आप को प्रताड़ित करने की कोशिश कर रहा था। क्या होना था, उस सबसे। फूलदास और भैरवसिंह मारे जा चुके थे। क्या बचा था जिसके लिए प्रेतात्मा की तरह वह मरे हुए लोगों की परछाइयों से खेल रहा था।

सवाल सिर्फ उन घटनाओं का नहीं था, सवाल सिर्फ उन लोगों की हत्याओं का नहीं था, सवाल सिर्फ उस व्यवस्था का नहीं था, जिसके अन्दर उसका दम घुट रहा था, सवाल था, खुद उसके अपने अस्तित्व का, किसी न समाप्त होनेवाली प्रवंचना का, किसी अनर्गल मानसिकता का जिसके तहत वह कुछ भी करना चाहता था। चरनजीत के सामने एक तरफ उन घटनाओं और हत्याओं से जुड़ी हुई भयावह तस्वीर थी, लेकिन दूसरी तरफ वह दुर्लभकाछी और जालिमखाँ को गिरफ्तार कर चुका था। दुर्लभकाछी और जालिमखाँ की गिरफ्तारी के बाद, एक तरह का संतोष, एक खास तरह की पहचान करवट बदलने लगी थी और तभी शायद, वह कुछ और करना चाहता था। लेकिन उधर गिरफ[illegible] से जुड़ी हुई थी, वह सनद, वह तहरीर जिसके बारे में चरनजीत को का[illegible] में पता लगा था। वह सनद, वह तहरीर थी, कालीशंकर के बारे में। वह गुत्थी, वह रहस्य, वह सुराग, उस दिन बड़ी देर से चरनजीत के अन्दर खुरदुरी मचा रहा था और वह था कि आखिर क्यों, किस वजह से, कालीशंकर ने फूलदास के हत्यारों को पकड़वाया था। वह जानता था, तमाम कोशिशों के बाद भी दुर्लभकाछी और जालिमखाँ, उस दिन, दुबारा हाथ से निकल जाते, और शायद कभी पकड़ में न आते, अगर कालीशंकर ने उनको गिरफ्तार न करवाया होता। मुख्यमन्त्री का वैयक्तिक सहायक, जिन डाकुओं और हत्यारों को गिरफ्तार करवा रहा था, उसी गिरोह का दूसरा सदस्य यानि कृष्णबल्लभ का भाई बलरामबल्लभ, खुलेआम, उसे यानि चरनजीत को बीच बाजार तमाचा मार दे। दाद देनी पड़ेगी बलरामबल्लभ की हिम्मत की। कालीशंकर का, फूलदास के हत्यारों को गिरफ्तार करवाने में रुचि लेना। लेकिन बन्थरा थाने में जनरल डायरी में, उसका यानि कालीशंकर के नाम का जिक्र न होना निश्चित रूप से किसी रहस्य की ओर इशारा कर रहा था। चरनजीत को पता था, वह जानता था, दुर्लभकाछी और

जालिमखाँ, मुख्यमन्त्री के एक मात्र अपराधिक एवं वित्तीय संयोजक कृष्णबल्लभ के दाहिने बाजू थे। और कृष्णबल्लभ खुद मुख्यमन्त्री उत्सुकदास के खाशुलखास हुआ करते थे। वहाँ की बात यहाँ और यहाँ की बात अगर वहाँ जोड़ी जाये तो चरनजीत को साफ-साफ नजर आ रहा था मुख्यमन्त्री का फूलदास की हत्या से नाता, सम्बन्ध या कनेक्शन ! वह जानता था, सख्ती होने पर दुर्लभकाछी या जालिमखाँ, मुख्यमन्त्री और कृष्णबल्लभ सम्बन्धित राज खोल देंगे। तभी एक दिन पत्रकार सुमन्त चरनजीत से मिलने आया था।

जिस समय पत्रकार सुमन्त, हजरतगंज थाने में घुसा, एक अजीब तरह की कशमकश, एक अजीब तरह की जद्दोजहद चल रही थी, चरनजीत के अन्दर। उसकी समझ में नहीं आ रहा था, वह क्या करे, किधर जाये। जहाँ एक तरफ उसे भैरवसिंह की हत्या के षड्यंत्र को हल करना था, वहीं दूसरी तरफ उसे तय करना था, वह दुर्लभकाछी और जालिमखाँ की बाँह कितनी जोर से मरोड़े, उनकी गर्दन, किस तरह, किस हद तक दबोच कर रखे और फूलदास की हत्या के मामले में किसे फँसाये, किसे छोड़ दे। चरनजीत जानता था, समय उसके पास नहीं था। किसी दिन, किसी वक्त भी, मुख्यमन्त्री कार्यालय से दुर्लभकाछी और जालिमखाँ को छोड़ने के अदालती या बिना अदालती आदेश आ सकते थे। चरनजीत यह भी जानता था, कालीशंकर ने या तो पटखनी खाई थी या फिर मुख्यमन्त्री का आशीर्वाद, संरक्षण, कृष्णबल्लभ के लिए खत्म हो चुका था। ऊपर से कृष्णबल्लभ का मंत्रिमंडल में शामिल न होना, जाहिराना तौर पर, इस [illegible] को उजागर करता था कि उनका प्रभुत्व समाप्त हो रहा था। यह खयाल, [illegible], कृष्णबल्लभ और मुख्यमन्त्री के बीच मतैक्य न होने का अंदाज मात्र, उकसा रहा था, चरनजीत को उस तमाचे का बदला लेने के लिए, जो बलरामबल्लभ ने उसे मारा था। उसका मन कर रहा था, वह बलरामबल्लभ के हाथ-पैर तोड़ डाले, यशोदाबल्लभ को फूलदास की हत्या के षड्यंत्र में गिरफ्तार करे और अगर मुख्यमन्त्री उत्सुकदास, उन दरिन्दों की मदद करें तो समूचे षड्यंत्र का पर्दाफाश कर दे। कई कारणों से चरनजीत रामानन्द रूपी पुलिस बाम्ब की याद कर रहा था, जब सुमन्त उसके कमरे में दाखिल हुआ था।

''कहिए मि. चरनजीत उर्फ कुबलाईखाँ उर्फ चंगेजी, उर्फ हलाकू।''

''अब इसका क्या मतलब माननीय सुमन्त जी।''

''आप किसी मन्त्री से नहीं बल्कि एक गरीब पत्रकार से बात कर रहे हैं।''

''क्या मैंने कोई हरकत कर डाली।''

''जी हाँ।''

''क्या।''

“मेरे नाम के आगे आदरसूचक शब्दों का प्रयोग कोई अपराधिक बैकग्राउन्डवाला व्यक्ति ही कर सकता है।”

“और चंगेज खाँ, कुबलाई खाँ और हलाकू जैसे आदरसूचक शब्दों का इस्तेमाल किसी अपराधिक बैकग्राउन्डवाले व्यक्ति के लिए ही किया जा सकता है।” चरनजीत ने हँसते हुए कहा।

“जी नहीं, आपको सुनकर हैरत होगी हलाकू, कुबलाई और चंगेज, तीनों भाई लगते थे।” सुमन्त ने लपेटा।

“और।”

“और उन तीनों ने अपने वक्त में, हिन्दुस्तान, चीन और यूरोप पर फतह पाई थी।”

“अमेरिका तब था नहीं।”

हा हा हा, हू हू हू। ठहाके मारकर, खी खी खी करता हुआ सुमन्त हँस रहा था, “ठीक कहा—बिलकुल ठीक कहा आपने अमेरिका को सही जगह पर बैठा दिया।”

“कैसे।” चरनजीत पूछ रहा था।

“अमेरिका के साथ प्राबलम है।”

“क्या।”

“उनको राजनीति नहीं आती।”

“पैसा...ताकत और वक्त अगर साथ हो तो अपने आप राजनीति आ जाती है, खूब अच्छी तरह पकड़ में आ जाती है।”

“लेकिन कुबलाई खाँ के लिए अमेरिका का न होना ही ठीक था।”

“क्यों।”

“वर्ना अमेरिका कुबलाई खाँ को, हलाकू के साथ में यू. एन. ओ. का सदस्य बना देते या फिर लीग आफ नेशन्स जैसा कोई मदरसा खोल देते।”

“और क्या हाल हैं...कोई नयी ताजी।”

“मुझे क्या मालूम...हाँ एक खबर जरूर सुनी थी..”

“क्या...क्या।”

“यही कि अफीम के तस्कर और तांबे की छीजन के दलाल यशोदाबल्लभ के भाई ने आपको तमाचा मारा था...इसी खबर की पुष्टि के लिए मैं आया था।” सुमन्त बदमाशी में मुस्करा रहा था।

“हँस लो...मुस्करा लो, चीखो, चिल्लाओ, ढोल बजाओ, सभी अखबारों में छाप दो कि एक बहादुर पुलिस ऑफिसर चरनजीत चंगेजी उर्फ कुबलाई उर्फ हलाकू मारा गया...एक...”

“एक अफीमी भाई के हाथों।”

"छोड़ो भी..."

"छोड़ दिया।"

"और।"

"सुना है, भैरवसिंह का पोस्टमार्टम हो गया...रिपोर्ट।"

"क्या है।"

"रिपोर्ट अभी आयी नहीं।"

"रिपोर्ट आ चुकी है, मान्यवर।"

"क्या।"

"जी हाँ रिपोर्ट आ चुकी है।"

"क्या है उसमें।"

"आपकी क्या राय है, इन्सपेक्टर साहब। आपका तो दोस्त था भैरवसिंह।"

"सिम्पल एक्सीडेण्ट और क्या...रिपोर्ट है..."

"गलत...बिलकुल गलत।"

"फिर।"

"बताता हूँ...बताता हूँ, लेकिन एक काम आपको मेरा करना होगा।"

"क्या !"

मुलजिम को छोड़ना है।"

"उससे क्या होगा।"

"इन्कलाब। और क्या।"

"अगर मुलजिम को छोड़ने से इन्कलाब आने लगे तो मैं सारे कैदियों को..."

"इससे कुछ नहीं होगा।"

"फिर।"

"एक सिर्फ एक कैदी ऐसा है, जिसके छोड़ने से मंत्रिमंडल गिर जायेगा।"

"कौन है भाई। हमें भी बताओ।"

"ऐसे नहीं।"

"फिर कैसे।"

"मेरा मतलब आप...मेरी सिफारिश पर आपको किसी मुलजिम को नहीं छोड़ना होगा...आपके पास एक टेलिफोन आयेगा।"

"किसका टेलिफोन।"

"मुख्यमन्त्री आवास से या फिर..."

"या फिर।"

"मुख्यमन्त्री के सचिव।"

''यानि, मोहन कृष्ण कौल।''

''हाँ।''

''किसके लिए फोन आयेगा, कौन फोन करेगा, किस मुलजिम...कहीं दुर्लभकाछी को छोड़ने के लिए नहीं कहा जायेगा।''

''नहीं...नहीं, बिलकुल नहीं, न दुर्लभकाछी, न जालिमखाँ।''

''किस कमबख्त मुलजिम की बात हो सकती है।''

''कोई गेस।''

''क्या गेस करूँ ? मुझे कुछ भी तो पता नहीं ?''

''एक छोटा-सा, अदना-सा, आदमी है और उस आदमी के पास एक ऐसी खबर है, और उस खबर पर टिकी हुई है, मंत्रिमंडल की बुनियाद।''

''एक छोटा-सा अदना-सा आ अ आ द मी ह ई...ब्लडी हेल !''

''हेल उड लेट लूज ओनली आफ्टर दैट !''

''कौन हो सकता है, वह आदमी।''

''अच्छा कुछ हिन्ट दूँ कुछ इशारा करूँ।''

''सच ऐज।''

''वह एक ट्रक ड्राइवर है।''

''ट्रक ड्राइवर।''

''हाँ।''

''लेकिन मेरे यहाँ कोई ट्रक ड्राइवर मुलजिम नहीं है...मेरा मतलब हिरासत में नहीं है।''

''ठीक...बिलकुल ठीक।''

''तब।''

''वह ट्रक ड्राइवर शाहजहाँपुर में बंद है।''

''तो मैं क्या कर सकता हूँ मुझे क्यों फोन आयेगा।''

''इसलिए कि हरीराम भाटी, चरनजीत चंगेजी का चेला है।''

''चेला नहीं है, वह मेरा चचेरा भाई है।''

''तभी तो।''

''क्या।''

''त्रभी तो फोन आपके पास आयेगा।''

''लेकिन क्यों।''

''क्योंकि हरीराम भाटी फूलदास का भक्त था।''

''सही है।'

''हरीराम भाटी फूलदास के हत्यारों को नहीं छोड़ेगा।''

''पता है मुझे...लेकिन फूलदास के हत्यारे तो यहाँ बन्द हैं।''

''कौन दुर्लभकाछी और जालिमखाँ।''

''हाँ।''

''दुर्लभकाछी और जालिमखाँ फूलदास के हत्यारे जरूर हैं, उनकी गोली से फूलदास मारे गये हैं, लेकिन फूलदास का कत्ल दुर्लभकाछी और जालिमखाँ ने, अपनी मर्जी से, खुद अपनी किसी अदावत के लिए नहीं किया है।''

''फिर।''

''वह कत्ल यशोदाबल्लभ के इशारे पर, कृष्णबल्लभ की सहमति से और बलरामबल्लभ की योजना के तहत हुआ था।''

''ओ गॉड।''

''अब इन सबमें गॉड को क्यों लाते हैं।''

''मेरा मतलब कुछ और था।''

''क्या ?''

''यही कि हरीराम भाटी वैसा कुछ नहीं कर पायेगा जैसा हम लोग सोच रहे हैं।''

''यानि कि।''

''यानि कि हरीराम भाटी को सब कुछ पता होगा...वह सब कुछ जानता होगा और किसी दिन भी, वह यहाँ मेरे सामने आकर खड़ा हो जायेगा।''

''लेकिन उस ट्रक ड्राइवर का क्या होगा।''

''किस ट्रक ड्राइवर की बात कर रहे हो तुम।''

''उस ट्रक ड्राइवर की, जिसे फूलदास ने पकड़ा था और जिसके ट्रक में, तांबे की छीजन के साथ में, अफीम की पेटियाँ भी मिली थीं।''

''अफीम की पेटियाँ रोज मिलती हैं, शाहजहाँपुर में।''

''लेकिन ताँबे की छीजन।''

''तुम्हारा मतलब तांबाकांड से है।''

''बिलकुल ठीक।''

''लेकिन क्या।''

''यही कि उस ट्रक की बुकिंग तांबा और अफीम उत्तर प्रदेश के बाहर ले जाने के लिए की गयी थी।''

''तो इसमें क्या है।''

''तांबे की उस छीजन को प्रदेश के बाहर ले जाने से बिजली विभाग से किया हुआ अनुबंध टूटता है।''

''तो क्या हुआ...यह सिर्फ एक व्यापारिक मामला है।''

''और तब जब तांबे की छीजन देश के बाहर, तस्करी तटों पर ले जायी जा रही हो।''

“लेकिन यह बात उस ट्रक को पकड़ने से कहाँ साफ होती है।”

“ट्रक के साथ तांबा ले जाने का जो परमिट बरामद हुआ है, उस पर, शर्तें लिखी हुई हैं।”

“तो।”

“ट्रक ड्राइवर की गिरफ्तारी सही है। उसका बयान सही है, बरामद माल की रपट सही है, बस...”

“बस क्या।”

“बस हरीराम भाटी उस ट्रक ड्राइवर को कुछ दिन और रोक सके।”

“उससे क्या होगा।”

“देखिए चरनजीत चंगेजी साहब। आप या तो बात समझना नहीं चाहते हैं या आपके दिमाग में बंदूक की गोली घुस चुकी है और गदर मचा रही है।”

“मुझे पता है, मैं जानता हूँ, ताश के पत्तों से बने घर एक फूँक से गिर जाया करते हैं।”

“यही तो मैं कह रहा था।”

“मतलब।”

“तांबाकांड किस चिड़िया का नाम है, यह तो आप जानते होंगे।”

“हाँ।”

“फिर आपको यह भी पता होगा, कामयाबसेठ किस चिड़िचा का नाम है।”

“कामयाबसेठ। उत्सुकदास के हरम का निवाला है।” चरनजीत ने लपेटा।

“क्या खूब...क्या बात कही है।”

“और उत्सुकदास के हरम की फिरदौस कौन है।”

“जानते नहीं हो क्या।”

“नहीं।”

“प्रतिभा।”

“प्रति इ इ भा अ आ।” सुमन्त ने फुसफुसाकर कहा।

“कालीशंकर की बीवी...जानते हो न।”

“जानता तो हूँ...लेकिन...।”

“लेकिन क्या।”

“कालीशंकर तो खुलेआम उत्सुकदास की प्रभुसत्ता में सेंध लगा रहा है।”

“और उसकी बीवी कालीशंकर के संसार में आग लगा चुकी है।”

“गणित बनता है, चंगेजी साहब गणित बनता है।”

“कैसे।”

“हरम का निवाला, हरम की फिरदौस और हरम का गद्दार...”

''हरम का गद्दार...'' चरनजीत को मजा आने लगा था।

''कालीशंकर का उत्सुकदास की यूँ खिलाफत करना...चुपचाप...गुपचुप, उत्सुकदास के वैभव को, प्रभुसत्ता को, साम्राज्य को तिल-तिलकर नष्ट करना, अजीब सा लगता है न।''

''इसमें अजीब क्या है...आज भी मुख्यमन्त्री के कैम्प का सबसे अहम और ताकत रखनेवाला कालीशंकर ही तो है...और कौन है।''

''कोई नहीं।''

''तो फिर सुमन्त डार्लिंग, एक बात तुमको और बताता हूँ।''

''क्या।''

''दुर्लभकाछी और जालिमखाँ को जानते हो किसने पकड़वाया।''

''नहीं...लेकिन वह दबिश...वह चेज...।''

''हड़बोंगा की तरह हम उछलफाँद कर रहे थे जब...''

''बोलिए न।''

''क्या कहा।''

''कोई गुप्त रोग है क्या।''

खी इ इ खी इ इ खी खी हँसते हुए चरनजीत बोला, ''गुप्त रोग तो नहीं है लेकिन हमें गुप्त रखने को कहा गया है।''

''किसने कहा है गुरु।''

''यह कोई तरीका है, बात पूछने का।''

''क्यों ! क्यों ! क्यों !''

''मैं नहीं बता सकता।''

''लेकिन क्यों !''

''यह हमारा ट्रेड सीक्रेट है।''

''हो...हो...हो..., ट्रेड सीक्रेट, चंगेजी द ग्रेट। कोई हिन्ट कोई इशारा।''

''कुछ नहीं।''

''फिर मेरा क्या होगा।''

''तुम जानो लेकिन अगर...'' चरनजीत बदमाशी में मुस्करा रहा था।

''हाँ...हाँ...बोलो बोलो, मैं हर शर्त मानने को तैयार हूँ। मैं हलफिया बयान दे सकता हूँ, पुलिस के ट्रेड सीक्रेट को अपना ट्रेड सीक्रेट समझने का।''

''इस सबकी जरूरत नहीं है।''

''फिर।''

''यह आफ द रिकार्ड है...छपने के लिए नहीं है।''

''ओ के।''

''श्योर।''

"श्योर।"

"कालीशंकर।"

कालीशंकर का नाम सुनकर सुमन्त कुछ बोला नहीं, बस उसके मुँह से सीटी की आवाज निकल पड़ी थी। वह सीटी बजा रहा था।

"क्या हुआ सुमन्त। यह सीटी बजाना छोड़ो और जरा गौर करो इस मुद्दे पर।"

"जानता हूँ...वही कर रहा था मैं।"

"मैं...मेरी समझ में कुछ नहीं आ रहा है।" चरनजीत ने कहा।

"बात ही ऐसी है। यह तिलस्म...यह फरेब।"

"बात तिलस्म या फरेब की नहीं है।"

"फिर।"

"बात है मंत्रिमंडल के अस्तित्व की।"

"क्यों।"

"मुझे लगता है, मंत्रिमंडल बचेगा नहीं।"

"आपके अनुमान का आधार क्या है।"

"बात बड़ी सीधी और साफ है।"

"सच ऐज।"

"जब राजा।..."

"राजा नहीं मन्त्री की बात करो चंगेजी।"

तभी टेलीफोन की घंटी बजने लगी। चरनजीत ने फोन उठाया और हू...हाँ करते-करते बात करता रहा। उतनी देर सुमन्त बस उसे घूरता रहा तभी चरनजीत ने टेलीफोन रख दिया और उठकर खड़ा हो गया। चरनजीत के खड़े होते ही सुमन्त ने भी कुर्सी छोड़ दी।

"मुझे जाना होगा सुमन्त।"

"क्या हफ्ते का सवाल आ गया।"

"सब पुलिसवाले चोर नहीं हुआ करते, सुमन्त।"

"जानता हूँ, चरनजीत चंगेजी, चोर नहीं है। हाँ, हाँ...वह क्या बात थी, क्या कह रहे थे।"

"मैं...मैं क्या कह रहा था।"

"यही कुछ राजा और मन्त्री का चक्कर था।"

"अच्छा...याद आया, अपने यहाँ एक कहावत है।"

"कहावत।"

"तुमने क्या सोचा था।"

"मैने सोचा था...कोई स्कूप मेरे हाथ लग गया।"

"स्कूप भी है, राजा भी है, मन्त्री भी है...बोलो क्या कहूँ।"

"खूब।"

"सुमन्त जल्दी बोलो, मुझे जाना होगा।"

"मुझे नहीं बोलना तुम्हें है चंगेजी।"

"लेकिन क्या।"

"राजा की कहानी मन्त्री की जुबानी।"

"कहते हैं, राजा को व्यापार नहीं करना चाहिए।"

"ठीक।"

"और अगर राजा का मन्त्री, उसके खिलाफ हो जाये..."

"तो गयी भैंस पानी में।"

"ठीक, बिलकुल ठीक।"

"लेकिन इसका ताल्लुक मंत्रिमंडल से किस तरह हो सकता है।"

"हो सकता है नहीं, ताल्लुक है।"

"कैसे।"

"कालीशंकर न जाने क्यों, उल्टी चाल चल रहा है।"

"उल्टी चाल। इसका मतलब।" सुमन्त ने पूछा था।

"अब देखो जिस नाटकीय ढंग से दुर्लभकाछी और जालिमखाँ की गिरफ्तारी हुई उससे साफ जाहिर होता है।"

"यही न कि कालीशंकर अपने मुख्यमन्त्री बॉस की खिलाफत कर रहा है।" सुमन्त ने कहा।

"इसी बात को अगर दूसरे तरीके से कहा जाये।"

"किस तरह से।"

"कालीशंकर के मन में खोट है...उसके अन्दर कोई दावानल धधक रहा है।"

"एक बात और हो सकती है।"

"क्या।"

"हो सकता है...कालीशंकर ने किसी प्रलोभन की वजह से वैसा किया हो...या फिर कृष्णबल्लभ, यशोदाबल्लभ या बलरामबल्लभ से किसी खुन्दक की वजह से उसने वैसा किया हो।"

"सुमन्त।"

"जी।"

"तुम्हें पत्रकार किसने बनाया।"

"आलमाइटी ने।"

"इतनी-सी बात तुम्हारी समझ में नहीं आ रही है, उस दिन, जब दुर्लभ

काछी और जालिमखाँ पकड़े गये उस दिन क्या तारीख थी।''

''तारीख...16 जून।''

''और ये मूर्तियाँ कहाँ पकड़ी गयीं।''

''शहर से करीब 25 किलोमीटर की दूरी पर।''

''समय क्या रहा होगा।''

''रात के आठ बजे।''

''अरे...उस समय 16 जून को कालीशंकर मुख्यमन्त्री आवास से दूर जा ही नहीं सकता था।'' सुमन्त आश्चर्यचकित था अपनी खोज पर।

''क्यों गुरुदेव। लार्ड बुद्धा की तरह क्या बैठे हो।'' चरनजीत ने, सुमन्त को ललकारा।

''अब आया है, ऊँट पहाड़ के नीचे।'' सुमन्त ने अपना दाँव फेंका।

''क्या हो गया है सुमन्त। किसे ऊँट कह रहे हो और किसे पहाड़।''

''नहीं...नहीं भाई चंगेजी। मेरा मतलब न ऊँट से था और न ही उस पहाड़ से जिसका जिक्र मुहावरे में किया गया...''

''फिर।''

''मैं तो बात कर रहा था, उस घटनाक्रम के बारे में, जिसकी हम बात कर रहे थे।''

''यानी।''

''कालीशंकर उस दिन 16 जून को करीब-करीब मुझे चिढ़ाकर मेरी आँखों के सामने मंत्रिमंडल की सूची लहराते हुए, मुख्यमन्त्री के कमरे की तरफ गया था...उस रोज मुझे बड़ी कोफ्त हुई थी, कुछ देर तक उसकी चिरौरी करते हुए, मैं पीछे भी दौड़ा था, लेकिन उसके बाद मैं चला आया था।

''फिर क्या हुआ।''

''उसके बाद हमने कालीशंकर का खयाल दिमाग से निकाल दिया और दारुलशफ़ा में होनेवाली विधायक दल की बैठक और मंत्रिमंडल के गठन से जुड़ी प्रक्रिया में सब लोग जुट गये थे।'' सुमन्त ने रपट पेश कर दी थी।

''शायद वह भारतीय राजनीति का सबसे बड़ा दिन था। चार-पाँच घंटे का समय, चार-पाँच बरस की तरह बीत रहा था। कहीं कुछ निश्चित नहीं था, एक के बाद एक घटनाओं की उठापटक में जैसे सब कुछ टूट रहा था बिखर रहा था।''

''ठीक कहा चरनजीत तुमने।''

''चलो कभी तो मेरे इनलेक्ट की तारीफ की तुमने।''

''बात कुछ और थी घटनाक्रम किसी और तरफ इशारा कर रहा है।''

''किस तरफ सुमन्त।''

''कोई अन्धड़, कोई बहुत बड़ा तूफान लगता है आनेवाला है।''

''अंधड़...तूफान। क्या कह रहे हो तुम।''

''मैं ठीक कह रहा हूँ।''

''क्या। कुछ बोलो तो।''

''मुझे लगता है, दुनिया की कोई ताकत मंत्रिमंडल को बचा नहीं सकती।''

''मुझे तो उत्सुकदास की कुंडली खराब लगती है।''

''उत्सुकदास।''

''हाँ। इस बार मुख्यमन्त्री उत्सुकदास का घेराव हो रहा है।'' चरनजीत बाहर जाने के लिए बढ़ा।

चरनजीत थाने के बाहर आकर खड़ा हो गया। सुमन्त उसके साथ था।

''साहब बहादुर की सवारी किधर जा रही है।''

''कैसे खबरी हो, इतना भी नहीं मालूम शहर में क्या हो रहा है।''

''क्या हो रहा है।''

''जिस जोंगा जीप से भैरवसिंह की हत्या हुई थी,वह जीप बरामद कर ली गयी है।''

''कहाँ, कब, कैसे।''...सुमन्त को उस दिन किसी स्कूप की तलाश थी।

''मुझे कुछ पता नहीं, तुम्हारे सामने ही तो फोन आया था।''

''लेकिन कहाँ मिली है जीप।''

''दिलकुशा में।''

''दिलकुशा पार्क।''

''नहीं।''

''फिर।''

''दिलकुशा पार्क के पास एक खण्डहर है, उस खण्डहर में एक कुआँ है।''

''और उस कुएँ में जीप मिली है।''

''हाँ।''

''तो मैं भी चलूँगा।''

''मेरे साथ।'' चरनजीत ने सवाल किया था।

''क्यों नहीं जा सकता मैं।''

''जाया जा सकता है, लेकिन मुझे लगता है, यह बेहतर होगा अगर आप लोग यानी पत्रकार, अपनी-अपनी सवारी से सीधे, स्वतंत्र रूप से वहाँ पहुँच सकते।''

''उससे क्या होगा ?''

''पुलिस की मर्यादा बनी रहेगी।''

''मतलब।''

''मतलब साफ है,'' चरनजीत ने कहा, ''जिस तरह पुलिस को अपना काम करने के लिए, चोर, डकैतों, गिरहकट, और मुजरिम से अपना तारतम्य जोड़ना पड़ता है, उसी तरह अपनी कुर्सी बचाने के लिए...''

''यानी।''

''यानी कि अच्छे थानों पर रुके रहने के लिए...''

''अच्छे थानों से क्या तात्पर्य है, आपका।''

''अच्छे थानों से तात्पर्य होता है, उन थानों का जिनकी हफ्तावार, आमदनी अच्छी होती है।''

''आय सी। फिर वह कुर्सी बचाने का चक्कर।''

''उसके लिए हम अखबारवालों से दोस्ती रखते हैं।''

''इतना जानते हुए भी, हमें छोड़कर आप दिलकुशा जाने के लिए क्यों आतुर हैं।''

''चलोगे... तो आओ।'' हँसकर चरनजीत जीप में बैठ गया।

हजरतगंज चौराहे से निकलकर, जीप राजभवन के सामने से कैण्ट की तरफ बढ़ चली थी। जीप चरनजीत खुद चला रहा था और सुमन्त उसके बगल में बैठा था। सुमन्त के दिमाग में उस समय, उसे लग रहा था, छोटे-छोटे, अनेक कीड़े घुस गये थे और गदर मचा रहे थे। सुमन्त की समझ में जो कुछ आ रहा था, उसने जो कुछ चरनजीत से जाना था, उसकी प्रतिक्रियाओं की परछाइयों में घिरा हुआ उसका मन, बार-बार छिटककर उससे दूर चला जाता। दूसरी तरफ बड़ी देर से उसके दिमाग के अन्दर एक द्वन्द्व मचा हुआ था। उसे कुछ याद आ रहा था। जानते हुए भी वह कुछ बोल नहीं रहा था, महज इसलिए कि घटनाओं की तारतम्यता का सूत्र उसे नहीं मिल रहा था।

''चरनजीत चंगेजी।'' सुमन्त ने जैसे अपने आपसे कहा था।

''क्या।''

''कई बातें हैं, कई छोटी-छोटी घटनाएँ हैं जिनसे जुड़े हुए सूत्रों को, जोड़, घटाकर, अगर तरतीबवार रखा जाए तो सूरतेहाल कुछ और बनता है।''

''काबीना की...मंत्रिमंडल की या...''

''हाँ।''

''कौन-सी बातें, किन घटनाओं का जिक्र किया जा रहा है।''

''16 जून से लेकर आज तक मुझे लगता है, मैंने कुछ देखा है, कुछ सुना है, कुछ जाना है, कुछ समझा है।''

''पहेलियाँ मत बुझाओ।''

''बात पहेलियों की नहीं है, बात मुद्दों की नहीं है बल्कि बात है रोजमर्रा की उन तमाम बातों की, जिनके माध्यम से हम किसी नतीजे पर पहुँच

सकते हैं।''

''किस नतीजे पर।''

''यही कि आखिर कालीशंकर का खेल क्या है, वह चाहता क्या है। 16 जून को मुझे...मेरे सामने मंत्रिमंडल की सूची लेकर वह मुख्यमन्त्री के कमरे की तरफ, मुझे चिढ़ाता हुआ गया था। उसके बाद कालीशंकर गायब हो जाता है। दारुलशफ़ा में विधायक दल की बैठक में संकटपूर्ण स्थिति से जूझते हुए, झींकते हुए, उत्सुकदास के साथ वह नहीं था। राजभवन में जब मंत्रिमंडल की सूची में फेरबदल किया जा रहा था, तब कालीशंकर नहीं था। और मंत्रिमंडल समारोह में भी उसका मौजूद न होना कोई साधारण बात नहीं थी। उसके बाद कालीशंकर पाया जाता है, उस थाने में जहाँ से, स्वयं कालीशंकर की सूचना पर दुर्लभकाछी और जालिमखाँ को गिरफ्तार किया जाता है। इज इट करेक्ट चरनजी।''

''हाँ।''

''उसके बाद कालीशंकर लौट आता है। लेकिन...''

''लेकिन क्या।''

''चौबीस घंटे से कम समय में जब कालीशंकर लौटकर आता है, वह बदल चुका है। ही इज डिफरेंट।''

''सवाल उठता है, उस बीच के वक्त में वह कहाँ था।''

''नहीं।''

''फिर।''

''सवाल है, उस बीच के समय में क्या हुआ, वह कौन-सी बात थी, वह कौन-सा हादसा था, जिसने वर्षों पुरानी कालीशंकर की स्वामिभक्ति के भूत को एक झटके में मिटा डाला।''

''यह कैसे कहा जा सकता है, कालीशंकर अब अपने स्वामी उत्सुकदास का भक्त नहीं रहा।''

''करीब चौबीस घंटे के बनवास के बाद, जब कालीशंकर मुख्यमन्त्री आवास में पहुँचता है तो जानते हो वह पहला काम क्या करता है।''

''क्या।''

''एक ऑफिस आर्डर निकालता है।''

''ऑफिस ऑर्डर।''

''हाँ। एक ऑफिस आर्डर निकालता है कि मुख्यमन्त्री निवास एवं सचिवालय के मुख्यमन्त्री कार्यालय में जितने भी टेलीफोन, विजिटर्स या डॉलियाँ या गिफ्ट यानी भेंट, सौगात आयेंगी, उनका रिकार्ड एक गोपनीय रजिस्टर में रखा जायेगा। उसके बाद, बाछिल मामा कांड को लेकर राज्यकर्मचारी समूचे राज्य में अनिश्चित हड़ताल की घोषणा करते हैं, जालिमखाँ और उत्सुकदास को

वह पहले ही पकड़वा चुका था। कुछ घंटे या कुछ दिनों के गुजरते-गुजरते तांबाकांड की असली फाइल की प्रति गुरुपदस्वामी के खाशुलखास बलरामशास्त्री की मेज पर रखी हुई मिलती है।

"खतरनाक खेल है।" चरनजीत ने कहा।

"उसके बाद," सुमन्त ने जैसे अपने आपसे कहना शुरू किया, "तभी प्रधानमन्त्री कार्यालय से सम्बद्ध एक अधिकारी मंत्रिमंडल से उत्पन्न संकट के अध्ययन के लिए आता है और स्टेट गैस्ट हाउस के उसके कमरे में एक दिन उन तमाम बेनामी, जमीन, जायदाद शेयर और बैंक एकाउन्ट्स का विवरण एक फाइल में नत्थी किया हुआ मिलता है जो मुख्यमन्त्री उत्सुकदास की है। एक अंधा भी देख सकता है, कोई और नहीं है इस संसार में कालीशंकर के सिवा, जिसके पास वह तमाम सूचनाएँ थीं।"

"ओह गॉड।" चरनजीत ने दिलकुशा पार्क के पास जीप रोकते हुए कहा।

उस दिन दिलकुशा गार्डन में लोरेटो कान्वेण्ट की लड़कियाँ पिकनिक पर आयी थीं। चारों तरफ छोटी-छोटी फ्राक, दो चोटियाँ और जूते पहनकर, लड़कियाँ खेल रही थीं। बागीचे में, टीन की फिसलन, झूले के इर्द-गिर्द, लड़कियों के झुण्ड खेल रहे थे, चीख रहे थे, चिल्ला रहे थे। सारा समूचा पार्क किसी उत्सव भरे माहौल से गूँज रहा था। हँसी के ठहाके, दूर-दूर तक क्यारियों के समानान्तर बस दौड़ते चले जाना, पेड़ों के झुरमुट से लेकर, बागीचे से लगी हुई खंडहर की दीवारों तक अनेक लड़कियाँ अलग-अलग गोल बनाकर खेल रही थीं। उधर बागीचे के दक्षिणी किनारे पर गुलाब के फूल की क्यारियों के करीब बेंच और उसी बेंच से लगे हुए चबूतरे पर, स्कूल की टीचर और कुछ बड़ी लड़कियाँ, ताश, लूडो, आइस-पाइस खेल खेल रही थीं। दूर-दूर तक, लड़कियाँ भाग रहीं थीं, दौड़ रहीं थीं, सकड़ी, स्केपिंग, और चोर सिपाही के खेल खेल रहीं थीं। कभी कोई खनकती हुई आवाज, कभी हवा की लहरों के संग उतराती हुई खिलखिलाहट और कभी दूर सन्नाटे को तोड़ती हुई चीख-पुकार, झगड़ा-झंझट के बीच उछल-फाँद, सब मिलाकर ऐसा लग रहा था जैसे कोई फेट या मेला लगा हुआ था। एक टीचर, सबसे अलग एक बेंच पर बैठकर, स्वेटर बिन रही थी। उसे न तो लड़कियों की उछलफांद में दिलचस्पी थी और न ही, अपने साथ की टीचर की पंचायत में। उसके दिमाग में, अनेक सवालों के बवंडर उठ रहे थे। वह सबसे दूर सबसे अलग, बागीचे से लगे हुए खंडहर की एक बेंच पर बैठी हुई न जाने किस सोच में डूबी हुई थी।

उधर नलनी, रुचि और प्रतिभा, पेड़-पौधों, क्यारियों के झुरमुट पार करती हुई चली जा रही थीं। खंडहर की बेंच पर उदास बैठी हुई टीचर ने एक बार नलनी को रोकने की कोशिश भी की थी। लेकिन नलनी, रुचि और प्रतिभा तो

किसी असीम परिकल्पना के तहत, एक-दूसरे से बचते-बचाते, एक-दूसरे को धकियाते, गिरते, खेल रही थीं, भाग रही थीं, चारों तरफ मंडरा रही थीं और नलनी उन तितलियों को पकड़ने के चक्कर में भाग रही थी। पीले रंग की एक तितली ने नलनी को बड़ा तंग कर रखा था। वह बार-बार नलनी के हाथ से फिसल जाती और नलनी रुआँसी सी होकर फिर उस तितली को पकड़ने के लिए भागने लगती। नलनी को कहाँ मालूम था, तितलियों को पकड़ने के चक्कर में, वह बड़ी दूर निकल आयी थी। रुचि और प्रतिभा, काफी पहले पीछे छूट गयी थीं। नलनी को दूर से दिख रही थी, बस वही टीचर जो खंडहर के करीब बेंच पर बैठी हुई थी। दिलकुशा बागीचे के मुख्य द्वार से कुछ दूर चलकर, दक्षिण की तरफ टीचर के साथ जिन बड़ी लड़कियों का ग्रुप बैठा था वह कचर-कचर बात कर रहा था।

''देख रही हो कमबख्त मिस जौहरी को।'' शोभा ने कहा था।

''कौन, प्रेमा।''

''हाँ जी प्रे ए मा आ।''

''तुम शोभा, प्रेमा से चिढ़ती क्यों हो।'' टीचर माडवेल ने हिकारत से शोभा की तरफ देखा था।

''अब लो। जैसे सारी गलती मेरी है।''

''जानती हूँ, प्रेमा इन्ट्रोवर्ट है, किसी से कुछ कहती नहीं, बस चुप रहती है।''

''अब देखो न कैसे बन-ठनकर पिकनिक में आयी है।''

''अरे, अरे ! बन-ठनकर तो सभी आयी हैं।''

''लेकिन सबसे अलग, सबसे दूर देख रही हो, कौन बैठा है ?''

''वही है प्रेमा।''

''जानती हो वह उतनी दूर उस खंडहर में क्यों बैठी है ?''

''सिर्फ इसलिए कि उसे अभी भी उम्मीद है।''

''किस बात की उम्मीद।''

''कि उसका ब्वाय फ्रेंड लौट आयेगा।''

''अरे सुन तो।''

''हाँ हाँ बोल न। मैं सुन रही हूँ।'' माडवेल ने दूसरी तरफ देखते हुए कहा।

''वह अपने ब्वाय फ्रेंड के लिए स्वेटर बिन रही है।''

''तो इसके लिए, अलग बैठने की क्या जरूरत है।''

''तुम शोभा कभी नहीं समझोगी।''

''क्यों।''

"तुमने कभी इश्क किया है।"

"शायद नहीं।"

"तब छुट्टी के दिन, पार्क की बेंच पर, अपने प्रेमी को याद करते हुए, उसकी अनेक शिकायतों को याद करते-करते, न जाने किस खुमार में, डूबने लगता है, दिल।"

"कमबख्त दिल न हुआ पनडुब्बी का सिरा है।"

"तुम्हें तो हर वक्त बस मजाक ही सूझता है।"

"प्रेमा जौहरी को तुम जानती नहीं हो।"

"कैसे।"

"मुझे तो लगता है, उसके कई आशिक हैं, कई लोग आते हैं, उसके पास।"

तभी एक लड़की जिसका नाम रुचि था, न जाने कहाँ से भागती हुई आयी और कहने लगी, "टीचर। टीचर नलनी कहीं खो गयी।" रुचि बुरी तरह हाँफ रही थी।

शोभा ने उस लड़की को डाँटते हुए कहा, "क्या कह रही हो तुम।"

"मैं सच कह रही हूँ टीचर। आप चाहे प्रतिभा से पूछ लीजिए...हम लोग चोर-चोर खेल रहे थे, जब नलनी हमसे छुपने के लिए गयी तो फिर लौटकर नहीं आयी।"

"ठीक है, ठीक, तुम लोग उस बेंच पर बैठ जाओ। जरूर नलनी कहीं छुपी होगी...आ जायेगी अभी।" माडवेल ने कहा।

"नहीं टीचर। उसके छुपने के बाद, जब हम उसे ढूँढ़ नहीं सके, तब हमने हार मान ली।" प्रतिभा बोली।

"देख शोभा। मैं ठीक कह रही हूँ। भला उस बेचारी नलनी को क्या मालूम कि इन लोगों ने हार मान ली।"

"हाँ और क्या...वह तो अभी भी छुपी होगी और इंतजार कर रही होगी। है न।" शोभा ने कहा।

"लेकिन टीचर हमने तो चीख-चीखकर कह दिया था, बाजी हारने की बात।"

"अच्छा अभी देखते हैं, तुम उधर बैठ जाओ, चलो।" माडवेल टीचर को जल्दी थी टीचर प्रेमा के प्रणय प्रसंगों की बावत जानकारी हासिल करने की। इसीलिए वह चाहती थी, रुचि और प्रतिभा कुछ देर के लिए जरा दूर पर रखी हुई लकड़ी की बेंच पर बैठकर इंतजार करें। जैसे ही रुचि और प्रतिभा बेंच की तरफ गयीं, माडवेल ने शोभा से पूछा।

"बता न कौन-कौन आता है।"

“कहाँ।”

“अरे। उसी लोनली बिच प्रेमा के पास।” माडवेल ने दवाब डाला।

“तुम्हें प्रेमा की पड़ी है और मैं सोच रही थी अगर नलनी नहीं मिली, तब क्या होगा।” शोभा ने कहा।

“सच में हमें कुछ करना चाहिए।”

“बस एक बार प्रेमा के आशिकों के नाम बता दे। फिर चलकर नलनी को ढूँढ़ते हैं।”

“एक तो वही विलियम है, जिसके साथ एक जमाने में तू घूमा करती थी।”

“कौन विलियम।”

“चल हट। मेरे सामने पोज मत किया कर। चलो नलनी को ढूँढ़ते हैं।”

“वह कमबख्त प्रेमा क्या कर रही थी। वहीं तो बैठी है, न जाने किसके इन्तजार में।”

“सच में, वहीं तो खेल रही थीं, नलनी, रुचि और प्रतिभा चलो पूछते हैं।”

“अरे रुचि जरा इधर आना।”

“रुचि और प्रतिभा के दौड़कर आते ही शोभा ने पूछा, “अच्छा बताओ, उस वक्त टीचर प्रेमा कहाँ थीं, जब नलनी छुपने के लिए गयी थी।”

“वह तो वहीं थीं, बेंच पर बैठकर कुछ कर रही थीं।”

“देखा। मैंने कहा था न।”

“हाँ। देखो प्रतिभा उधर मदर सुपीरियर को देख रही हो न।”

“हाँ।”

“तुम उनसे जाकर बता दो। और तुम रुचि मेरे साथ चलो, मैं पूछती हूँ, टीचर प्रेमा से नलनी के बारे में।”

प्रतिभा उछलती हुई भागकर चली गयी मदर सुपीरियर को बताने के लिए। उसी वक्त, दिलकुशा पार्क में कोहराम-सा मच गया। मदर सुपीरियर ने इशारा किया, जिसके बाद, सभी टीचर और लड़कियाँ उनके पास जरा-सी देर में पहुँच गयीं।

“देखो। नलनी स्टूडेण्ट इज मिसिंग। सब लड़कियाँ एक जगह पर इकट्ठा हों और क्लास टीचर, अपने स्टूडेण्ट्स की हाजिरी लेकर चैक करें।” मदर सुपीरियर ने कहा था।

बागीचे में खेलकूद बंद हो गयी। लड़कियों की लाइन बनाना शुरू कर दिया, अलग-अलग क्लास टीचर ने। वह हँसी के ठहाके, वह खिलखिलाती हुई आवाजें, तितलियों की तरह मंडराती हुई लड़कियों की दौड़, उछल, फाँद, सब

बंद हो गया और पूरे बागीचे में सन्नाटा छा गया। बस धीरे-धीरे लड़कियों की फुसफुसाहट, स्कूल की अध्यापिकाओं की आवाजें यदा-कदा आ जाती थीं। मदर सुपीरियर के साथ टीचर और लड़कियों का काफिला, लाइन लगाकर, उस तरफ चल दिया जिधर प्रतिभा और रुचि ने नलनी के गुम हो जाने की बात कही थी। प्रतिभा, रुचि, टीचर, माडवेल, शोभा और प्रेमा सभी उस काफिले में शामिल थे और बीच-बीच में नलनी को आवाज दे रहे थे। पूरा बगीचा देख लिया गया था। बागीचे के पूर्वी किनारे पर जंगल के पहले जो नीची जमीन थी, वहाँ भी नलनी जब दिखायी नहीं दी, तब मदर सुपीरियर और क्लास टीचर घबड़ा गयीं। उधर रुचि और प्रतिभा ने रोना शुरू कर दिया। तभी लड़कियों का एक झुंड उसी कुएँ के पास पहुँचा जहाँ कमांडर बी. एस. और राघव ने जोंगा जीप छुपाकर गिरा दी थी। उस कुएँ से नलनी के रोने की आवाज बड़ी दूर से आ रही थी।

शोभा, माडवेल, प्रेमा, मदर सुपीरियर के साथ लड़कियों का झुंड पूरे पार्क में और उससे लगे हुए इलाके में नलनी को ढूँढ़ रहा था। दिलकुशा पार्क के पूर्वी किनारे पर गहरी खाई के बाद जंगली इलाका था। जहाँ तक नलनी का पहुँचना नामुमकिन था। पश्चिमी किनारे पर फाटक था और फाटक के बाद सुल्तानपुर जानेवाली सड़क थी। उधर उत्तरी किनारे पर मुगलों के जमाने का खंडहर था। तब तक अँधेरा नहीं हुआ था। जिसकी वजह से, ऊपर से साफ-साफ सब कुछ दिखाई पड़ रहा था। वहाँ कभी भी नलनी के होने का सवाल ही नहीं उठता था। दक्षिणी किनारे पर, मुख्य द्वार से दाहिनी तरफ जाने पर, तरतीबवार बंगले बने हुए थे। मदर सुपीरियर का खयाल था, नलनी जरूर किसी बंगले के अन्दर किसी न किसी जरूरत के लिए, चली गयी थी। मदर सुपीरियर का साथ देने के लिए शोभा और माडवेल टीचर वहाँ मौजूद थीं।

"आपने ठीक कहा, मदर! जरूर नलनी हो न हो इधर ही किसी बंगले में चली गयी है और सुरक्षित है।" शोभा ने कहा था।

"लेकिन हम नलनी के बिना, वापस नहीं लौट सकते। ठीक है भई ! तुम लोग पिकनिक पर आये हो, मूड करता होगा रिलैक्स करने का, छुट्टी का दिन है, मानती हूँ, लेकिन हमें यह नहीं भूलना चाहिए कि यह तमाम बच्चियाँ, यहाँ हम्हारी जिम्मेदारी पर आयी हैं। अगर नलनी नहीं मिलती है, तो हम उसके माँ-बाप को, क्या जवाब देंगे।" मदर ने घोषणा की थी।

"कैसे नहीं मिलेगी, नलनी। मदर, आपका अनुमान सही है। जरूर नलनी, किसी क्वार्टर में पानी पीने के लिए या छुपने के लिए चली गयी है।" माडवेल ने अपना बयान दिया था।

"लेकिन हम नलनी को ढूँढ़ें कैसे ?" बड़ी देर बाद प्रेमा बोली।

"ढूँढ़ने के लिए हमें, एक-एक क्वार्टर या बंगले में पूछना होगा। जरूर

इन्हीं मकानों में से एक में, नलनी होगी।'' मदर ने सुझाव दिया।

''लेकिन मदर। प्रेमा ने तो नलनी को उधर खंडहर की तरफ जाते हुए देखा था।'' शोभा ने आरोप लगाया।

''क्यों प्रेमा। तुमने नलनी को रोका नहीं।'' मदर ने टेढ़ी आँखों से प्रेमा को देखकर पूछा था।

''मदर, नलनी अकेली नहीं थी। उसके साथ रुचि और प्रतिभा भी थीं और वह लोग बड़े मजे में खेल रही थीं।''

''मेरी समझ में नहीं आता आखिर में तुम टीचर लोग, यहाँ पर आयी क्यों हो। अगर तुम लोगों से बच्चों की देखभाल नहीं होती...''

तभी शालिनी नाम की एक बच्ची, दूसरी तरफ से भागकर आयी और कहने लगी, ''मदर। मदर नलनी कुएँ में गिर गयी।''

''क्या...क्या...कहाँ'' एक साथ कई टीचर मदर सुपीरियर के साथ बोल पड़ीं।

''कम आन। चलो तो बेटा, शालिनी, किधर है नलनी। कम आन रश... रश...।'' कहते हुए मदर शालिनी के पीछे-पीछे चल पड़ी। मदर के पीछे तमाम टीचर और लड़कियाँ चल पड़ीं।

शोभा, माडवेल, प्रेमा, मदर सुपीरियर, और टीचर तथा लड़कियों का काफिला घमंडी बस ड्राइवर के साथ उस कुएँ के करीब पहुँचा, जहाँ कमांडर बी. एस. और राघव ने भैरवसिंह को कुचलनेवाली जीप छुपाई थी और उस सुरंग का ईजाद किया था, जिसके जरिये उनको मंत्रिमंडल उड़ाना था।

''टी इ च र र र...टी इ ई च र'' बड़ी दूर से नलनी की हल्की धीमी बहुत धीमी आवाज आ रही थी।

मदर सुपीरियर पलटकर चीखी, ''रश, भागकर जाओ, बस ड्राइवर कहाँ है।''

''घमंडी तो यहीं है मदर।'' शोभा ने कहा, ''घमंडी। मदर तुम्हें बुला रही हैं।''

''जी मदर।'' घमंडी आगे आ गया था।

''अरे घमंडी। देखो कुछ कर सकते हो। क्या तुम कुएँ में नीचे उतर सकते हो।''

''जी, मदर ! कोशिश करता हूँ।''

घमंडी आगे निकलकर कुएँ के करीब पहुँच गया और नीचे की तरफ झाँकने लगा और फिर बोला, ''मदर ! मैं नीचे जा सकता हूँ...''

''कैसे जाओगे घमंडी...जल्दी करो...।'' माडवेल बोली।

''एक रस्सा तो है...कुएँ में लटक रहा है, लेकिन कुछ नीचे है, कोशिश

करता हूँ।" कहते हुए घमंडी नीचे उतर गया। इस शोरगुल और चीखपुकार के होते-होते, दक्षिणी किनारे पर बने हुए क्वार्टस से, अनेक लोग निकलकर आ गये थे। नलनी के गिरने की बात सुनकर किसी फौजी अफसर ने, फायर ब्रिगेड, फौजी और सिविल पुलिस को फोन कर दिया था। कुल बीस मिनट लगे होंगे, जब धड़धड़ाती पुलिस, फायर ब्रिगेड और मिलिट्री पुलिस की गाड़ियाँ उस जगह पर पहुँच गयीं जहाँ नलनी कुएँ में गिर पड़ी थी। फायर ब्रिगेड और पुलिस को कुएँ में उतरने की जरूरत नहीं पड़ी थी, क्योंकि तब तक घमंडी ने नलनी को ढूँढ़ लिया था। नलनी, जोंगा जीप में, मिट्टी और कूड़े के ढेर पर बैठी हुई रो रही थी। असल में घमंडी उसी रस्से के जरिये नीचे गया था, जिस रस्से को पकड़कर कमांडर बी. एस. और राघव ऊपर आये थे।

बड़ी देर हो चुकी थी, दिलकुशा से लौटे हुए, लेकिन चरनजीत ने कुछ नहीं किया था। सुमन्त को जाना था, वह चला गया था। उसे खबर देनी थी। जोंगा जीप का मिलना, एक सनसनी घटना थी, जिसके बारे में भैरवसिंह के कत्ल की छान-बीन के लिए कुछ और पता करना था। सिर्फ जोंगा जीप का मिलना कोई मायने नहीं रखता था, क्योंकि चरनजीत जानता था, भैरवसिंह की मौत जीप के कुचलने से नहीं हुई थी, बल्कि उसे एक प्रकार की दवा दी गयी थी जिससे उसकी नसों में सिकुड़न होने लगी थी। पोस्टमार्टम की रिपोर्ट के अनुसार भैरवसिंह की मौत निश्चित थी, एक्सीडेण्ट से उसका कोई ताल्लुक नहीं था। डॉक्टर की राय थी अगर एक्सीडेण्ट नहीं भी होता तो भी भैरवसिंह मर जाता। इसके बाद जोंगा जीप से भैरवसिंह की हत्या नहीं होने का अनुमान लगाया जा सकता था।

वह दवा देनेवाला कौन था। वह दवा थी या जहर। उसे भैरवसिंह ने अनजाने में, बिना समझ-बूझ के ले लिया था या किसी व्यक्ति विशेष ने उसे वह जहर या दवा जानबूझकर या अनजाने में खिलायी थी। अगर वह जहर किसी षड्यन्त्र के तहत, भैरवसिंह को दिया गया था तो वह कौन था जिसने ऐसा किया था और उसका मकसद क्या था। एक सवाल तो था नहीं, सवालों के बवंडर में घिरा हुआ, चरनजीत कुछ भी समझ नहीं पा रहा था। एक रास्ते की तरफ बढ़ता वह, तो आगे चलकर वह रास्ता उसे बन्द मिलता, जब वह दूसरी तरफ घूमता तो वही अँधेरा उसे डसने लगता और जब वह किसी और तरफ जाने की कोशिश करता तो वह रास्ता उसे अधिक दूर तक नहीं ले जा सकता था। सवालों के घेरों में घिरा हुआ चरनजीत, अलग-अलग रास्तों पर सर पटकते हुए खुद अपने आपसे खीझ रहा था, जब उसे याद आया उस कुएँ में जीप से लगा हुआ चोर दरवाजा था, जिससे होकर उस सुरंग में जाया जा सकता था...जिसका ईजाद राघव ने किया था। दिलकुशा के कुएँ में सुरंग का मौजूद होना सुरंग से

लगे हुए दरवाजे पर उस जोंगा जीप का मौजूद होना जिससे भैरवसिंह की हत्या हुई थी, किसी गहरी साजिश का सुराग दे रहा था। उधर चरनजीत की समझ में नहीं आ रहा था, वह क्या करे, किधर जाये, किससे पूछे और जब काफी देर तक जीप, सुरंग, दवा, जहर, एक्सीडेण्ट को उलट-पुलट कर रखते, उठाते रहने के बाद भी चरनजीत किसी नतीजे पर नहीं पहुँच सका तो वह उठकर खड़ा हो गया। और धीरे-धीरे थाने से बाहर निकल आया। वह जोंगा जीप मिल चुकी थी, जिससे कुचलकर भैरवसिंह मारा गया था। वक्त की शह एक नयी शक्ल अख्तियार करके, उसी जगह आकर खड़ी हो गयी थी, जहाँ तक समूची जद्दोजहद का इतिहास रचा जा रहा था। चरनजीत को मालूम हो चुका था, उस सुरंग के बारे में जो राघव और कमांडर बी. एस. ने दिलकुशा के उस कुएँ के अन्दर से ढूँढ़ निकाली थी, जिसमें वह लोग जोंगा जीप छुपाने के लिए घुसे थे। सामान्य रूप से जोंगा जीप के मिलने के बाद चरनजीत को उसके मालिक का पता लगाना चाहिए था। जिस वक्त, भैरवसिंह मारा गया, उस वक्त जोंगा जीप कौन चला रहा था, इस बात की जानकारी के जरिये ही पुलिस को कत्ल की वजह और कातिल का पता मिल सकता था। दुर्लभकाछी और जालिमखाँ को भी इसी तरह गिरफ्तार किया गया था। लेकिन चरनजीत ने इस बात का पता नहीं लगाया कि जोंगा जीप का मालिक कौन था, उसके चलानेवाले का नाम पता लगाना तो दूर रहा।उधर दिलकुशा के अंधे कुएँ से लेकर विक्रमादित्य मार्ग को छूता हुआ सुरंग का जो सिरा कालिदास मार्ग के पिछले हिस्से से जाकर जुड़ता था उसके बारे में चरनजीत जानता था लेकिन एक दूसरा सिरा उस सुरंग का वहीं मौजूद था और चरनजीत को पूरा इत्मीनान था कि वह दूसरा सिरा जरूर राजभवन के पश्चिमी भाग से होकर सचिवालय के करीब निकलता होगा। चरनजीत उस दूसरे सिरे के अन्दर काफी दूर तक गया तो था, लेकिन कहीं वह भटक न जाये महज इसलिए वह लौट आया था। चरनजीत को शक था, बहुत दिनों से उसे लग रहा था, कुछ नक्सलबारी लोग, कुछ इन्कलाबी, उस इलाके में घूम रहे थे।

दिलकुशा में सुरंग मिलने के बाद, चरनजीत को कैन्ट पुलिस, आई. जी. सिविल पुलिस और गृह मंत्रालय को खबर देनी चाहिए थी। एस. एस. पी., एस. पी. और सर्किल इन्सपेक्टर तथा अपराध शाखा को सूचित करना चाहिए था लेकिन उसने ऐसा नहीं किया, वह चुप था, खामोश था। चरनजीत की चुप्पी, चरनजीत की खामोशी की वजह थी फूलदास की हत्या, दुर्लभकाछी और जालिमखाँ से कृष्णबल्लभ और यशोदाबल्लभ का सिलसिला, भैरवसिंह का कत्ल और बलरामबल्लभ का तमाचा यह सब काफी था, चरनजीत के अन्दर दहकते हुए सैलाब को और उबाल देने के लिए उसका मन कर रहा था। उस मंत्रिमंडल

को नष्ट कर देने का, विघटित कर देने का जिसका मुख्यमन्त्री कृष्णबल्लभ, यशोदाबल्लभ और बलरामबल्लभ का पैरोकार हो, हम निवाला हो। तभी तो यह जानते हुए भी कि दिलकुशा की सुरंग का प्रयोग मंत्रिमंडल या मुख्यमन्त्री को उड़ाने में उपयोग हो सकता था, चरनजीत चुप रहा। थाने के बाहर कुछ देर खड़ा रहने के बाद चरनजीत लौट आया। उसने हरीराम भाटी से तुरन्त संपर्क करने का फैसला कर लिया था। वह चाहता था यशोदाबल्लभ की तांबेवाली ट्रक का ड्राइवर किसी भी कीमत पर छोड़ा नहीं जाए। चरनजीत असल में हरीराम भाटी को बताना चाहता था कि अगर उस ट्रक ड्राइवर को छोड़ने के लिए कहा जाए तो वह ट्रक ड्राइवर की रिहाई दिखाकर कहीं और उसे तब तक बन्द रखे जब तक मंत्रिमंडल का पतन न हो जाये।

हरीराम भाटी से बात करने के बाद, चरनजीत के अन्दर उबलता हुआ मानसिक तनाव, काफी कम हो चुका था। एक तरह का सन्तोष, किसी उपलब्धि का अहसास बार-बार उसके अन्दर उछाल मार रहा था। उसे लग रहा था स्वयं अपने तरीके से, उसने उस मंत्रिमंडल के पतन की व्यवस्था कर दी, जिससे बलरामबल्लभ जुड़ा हुआ था और जो यशोदाबल्लभ के चरित्र और कृष्णबल्लभ की अपराधिक मनोवृत्तियों का शिकार था। असल में, चरनजीत ने, उस समय तक जहाँ एक तरफ फूलदास के हत्यारों को गिरफ्तार कर लिया था, वहाँ दूसरी तरफ उस रिवाल्वर को यशोदाबल्लभ के दारुलशफ़ा फ्लैट से बरामद कर लिया था जिससे फूलदास की हत्या की गयी थी। दुर्लभकाछी का उस तरह गिरफ्तार होना और उसकी गिरफ्तारी के लिए, कालीशंकर का सहयोग देना, एक ऐसी घटना थी जिसकी सुमन्त के जरिये विवेचना सुनने के बाद, चरनजीत को मंत्रिमंडल के टूटते हुए तिलस्म के बारे में पता लग चुका था। यह वही रिवाल्वर था, जिसे, चरनजीत ने, यशोदाबल्लभ के घर से, उस समय बरामद किया था जब यशोदाबल्लभ की पत्नी शान्ति प्रणाली ने गोलियाँ दागनी शुरू कर दी थीं। जिस समय, शान्ति प्रणाली अपने जाहिल, अपराधिक, अफीम के कारोबारी, तस्कर पति यशोदाबल्लभ के ऊपर फूलदास की हत्या के विरोध में गोलियाँ बरसा रही थी, उस समय, ऐसी ही किसी स्थिति की अपेक्षा में, चरनजीत, शान्ति प्रणाली के पूर्व प्रेमी बजरबट्टू के साथ, उसी फ्लैट के बाहर मौजूद था। बजरबट्टू ने ही तो, चरनजीत की यशोदाबल्लभ के फ्लैट में, उस रिवाल्वर की मौजूदगी की बात बतायी थी। उस जगह से रिवाल्वर के बरामद होने से, चरनजीत के पास तुरुप चाल का पत्ता आ गया था। एक शातिर पुलिस अफसर होने की वजह से चरनजीत अच्छी तरह जानता था, यशोदाबल्लभ और बलरामबल्लभ दोनों उसकी गिरफ्त में थे।

उधर, हरीरामभाटी ने तांबे की छीजन और अफीम की पेटियाँ ले जानेवाले

ट्रक ड्राइवर से उगलवा लिया था कि उसने अफीम की पेटियाँ, यशोदाबल्लभ के गोदाम से उठायी थीं और तांबे के छीजन की डिलीवरी गुजरात के समुद्री किनारे पर एक जंगल में दी जानी थी। ट्रक ड्राइवर के बयान के अनुसार, उसे अफीम की पेटियाँ, रास्ते में उतारने के बाद, तांबे की छीजन समेत ट्रक को जंगल में छोड़कर चले आना था। उस ट्रक ड्राइवर से हरीराम भाटी को यह भी पता लगा था कि ट्रक ड्राइवर को ट्रक की पूरी कीमत इसलिए मिल चुकी थी कि समुद्री तट पर, तांबे की छीजन उतारने के बाद, ट्रक को बारूद से उड़ा देना था। यशोदाबल्लभ और कृष्णबल्लभ के खिलाफ पूरा पक्का केस तैयार था और बाकी रहे बलरामबल्लभ को चरनजीत ने, रिवाल्वर बरामद करते वक्त फाँस लिया था। जिस दारुलशफ़ा के फ्लैट में गोलीबारी हुई थी, वह मुख्यमन्त्री कार्यालय से प्राप्त जानकारी के अनुसार, बलरामबल्लभ के नाम आबंटित हो चुका था। चरनजीत का, उसे हाथ में हथकड़ी पहनाने का सपना, पूरा होनेवाला था, जिस हाथ से बलरामबल्लभ ने, बीच बाजार तमाचा मारा था। चरनजीत किसी भी कीमत पर मंत्रिमंडल का पतन चाहता था, क्योंकि उसे मालूम था, अगर उत्सुकदास, कुछ दिन भी मुख्यमन्त्री रह गये तो उसके किये धरे पर पानी फिर जायेगा। बलरामबल्लभ ने उस हिंसक प्रक्रिया को और बढ़ा दिया था जिसकी शुरुआत, यशोदाबल्लभ ने फूलदास की हत्या से की थी। इसके बाद चरनजीत को सिर्फ एक काम और करना था और वह काम था रामाधीन से मिलना। चरनजीत अच्छी तरह जानता था कि पुलिस विद्रोह का प्रणेता रामाधीन, वह सुलगता हुआ बारूद था, जो कभी भी फट सकता था और चरनजीत यह भी जानता था, रामाधीन रूपी सुलगता हुआ बम, जब फटेगा तो मंत्रिमंडल जायेगा, मुख्यमन्त्री जायेगा। यही वह दाँव था, यही वह चाल थी, जिसकी गोट बिछाने के बाद, चरनजीत को इत्मीनान था, बलरामबल्लभ और यशोदाबल्लभ को कोई नहीं बचा सकता था।

सब कुछ ठीक-ठाक चल रहा था। एक के बाद एक सफलता मिलने के बाद भी चरनजीत को एक बात खटक रही थी। वह परेशान था, वह जानना चाहता था आखिर किसने और किस वजह से भैरवसिंह को जहर दिया था या जहरीली दवा का एसेन्स दिया था। हालाँकि वह जोंगा जीप, दिलकुशा के अंधे कुएँ से बरामद हो चुकी थी, जिससे कुचलकर, भैरवसिंह मारा गया था लेकिन चरनजीत की न तो जोंगा जीप में कोई दिलचस्पी थी और न ही उसने यह मालूम करने की कोशिश की थी कि जब भैरवसिंह जोंगा जीप से कुचलकर मारा गया था उस वक्त जीप कौन चला रहा था। इतनी सफलता के बाद भी यह काँटा बराबर चरनजीत के दिलोदिमाग में चुभ रहा था, खलबली मचा रहा था कि किसने आखिर किसने उसके सबसे अंतरंग मित्र की हत्या की थी।

इक्कीस

मुख्यमन्त्री सचिवालय में संकटपूर्ण स्थिति पैदा हो चुकी थी। जहाँ एक तरफ मुख्यमन्त्री उत्सुकदास का वैयक्तिक सहायक या सचिव कालीशंकर, अन्दर ही अन्दर मंत्रिमंडल की जड़ खोद रहा था, मुख्यमन्त्री कार्यालय में उपसचिव पद पर नियुक्त भूपति और मालती शर्मा के अन्दर असन्तोष और विद्रोह की आग सुलग रही थी। असल में मोहन कृष्ण कौल जब मुख्यमन्त्री के आई. ए. एस. सचिव नियुक्त किये गये थे, उस समय वह, गृह विभाग में सचिव पद पर कार्य कर रहे थे। गृह विभाग में, उस समय, मालती शर्मा उपसचिव थीं।

राष्ट्रपति शासन के अंतिम चरण में मैलसडीन कांड की फाइल विजीलेन्स सेल से, गृह सचिव के माध्यम से, उपसचिव मालती शर्मा के पास आयी थी। उस फाइल में, बरुन हालदार और डॉ. मांगलिक फँसे हुए थे। मामला वैसे तो सिर्फ 90 लाख रुपये का था, लेकिन उससे जुड़े हुए थे, कई और सवाल। एक तो मैलसडीन जिस बीमारी के इलाज के लिए थी, वह बीमारी, कभी-कभी किसी-किसी को होती थी, जबकि स्वास्थ्य विभाग को उन दवाइयों के क्रय करने के लिए शासन पैसा देता था, जिससे सामान्य बीमारियों का इलाज किया जा सके और जिससे आम आदमी को राहत मिल सके। मैलसडीन दवा के प्रयोग पर, पश्चिमी देशों में प्रतिबन्ध लगाया जा चुका था क्योंकि उसके प्रयोग से, दवा का इस्तेमाल करनेवाले के दिमाग पर प्रतिकूल असर पड़ता था। इस प्रतिकूल असर के कारण, जो मैलसडीन स्वास्थ्य विभाग ने खरीदी थी उससे कई इलाकों में, कुछ लोग पागल हो गये थे। दवा का प्रयोग बन्द किया जा चुका था। इसके अतिरिक्त, विजीलेन्स जाँच के दौरान यह भी पता लगा था, बरुन हालदार की कम्पनी के पास जिस दवा के बनाने का लाइसेंस था उसका फार्मूला मैलसडीन से फर्क था। ऊपर से इसे बनाने में जिस कच्चे माल यानी जिन साल्ट्स का आयात दिखाया गया था, उसके कागजात पूरे नहीं थे और कच्चे माल के आयात की मात्रा, उत्पादन के अनुपात में काफी कम थी। वह साल्ट्स जिनसे मैलसडीन बनाई जाती थी, उनका आयात ही नहीं किया गया था। इसी से जुड़ा हुआ सवाल था अगर जिन साल्ट्स से मैलसडीन बनायी जाती थी, उनका आयात ही नहीं किया गया था, तब बरुन हालदार के कारखाने में किस प्रकार मैलसडीन दवा बनाई गयी। मालती शर्मा, उपसचिव, की रूह काँप उठी थी, इतना बड़ा घपला देखकर, लेकिन डॉ. मांगलिक और बरुन हालदार की दयनीय स्थिति के बारे में सोचकर उनको मजा आने लगा था। वह समझ रही थी, सचिव गृह, मोहन कृष्ण कौल के लिए, यह मामला, एक अच्छा खासा

शिकार था। गृह सचिव ने, डॉ. मांगलिक को निलम्बित करके भ्रष्टाचार का मुकदमा चलाने के लिए कहा था और बरुन हालदार को डी. आई. आर. में गिरफ्तार करवाना था। जिस समय मालती शर्मा ने, गृह विभाग में, उपसचिव पद का कार्यभार सम्भाला था, उनको जिलों की कानून व्यवस्था, जिलाधिकारियों की पत्रावली, बन्दूक और कारबाइन के लाइसेन्स का काम दिया गया था। वैसे तो मोहन कृष्ण कौल कटखने किस्म के आदमी थे लेकिन न जाने क्यों, मालती शर्मा से, कुछ शराफत से पेश आ रहे थे। इसकी खास वजह थी जो मालती शर्मा की समझ में कुछ-कुछ आ रही थी। मोहन कृष्ण कौल को असल में, फाइल में, शिकार खेलने का शौक था। शुरू-शुरू में मालती शर्मा ने, परम्परागत तरीके से, फाइलों को निपटाने का तरीका अपनाया था, लेकिन कुछ ही दिनों बाद, उसकी समझ में आ गया था। पहले तीन-चार महीनों तक तो पुलिस व्यवस्था जिलाधिकारी और कानून की धाराओं में कब और कहाँ फर्क करना चाहिए यह तक उसकी समझ में नहीं आया था। आधे मामले सिफारिश से निपटाये जाते, बाकी आधे कहीं न कहीं, कागजी घोड़ों की तरह, इधर-उधर दौड़ा दिये जाते। धीरे-धीरे, कागजी घोड़ों को, इधर-उधर दौड़ाते रहने में, मालती शर्मा ने महारथ हासिल कर ली थी। आख्या, विचारार्थ, मीटिंग, कमेटी, सब कमेटी, विशेष रपट, रेफरैन्स, आदेश के लिए, गरज यह कि हर कागज को वहीं वापस भेज दिया जाता, जहाँ से वह आया था। बीच का समय वह गृह सचिव की कार्यप्रणाली समझने में गुजार चुकी थी। सिफारिशी फाइलों का निपटारा तो और भी आसान था। अनुभाग की रपट अनुसचिव के जरिये, जब उनके पास पहुँचती तो सिर्फ दस्तखत की चिड़िया बैठाकर वह फाइल को आगे बढ़ा दिया करती। काफी दिन, गुजर चुके थे, तब कहीं जाकर मालती शर्मा की समझ में आया था, गृहविभाग और गृहसचिव का विज्ञान। गृहसचिव की उठापटक से भी वह वाकिफ हो चुकी थी। फाइलों में शिकार कैसे खेला जाता है, यह भी उन्हें मालूम हो चुका था। बरुन हालदार के मैलसडीन कांड सरीखे सनसनीखेज मामलों में, मालती शर्मा के अन्दर रोमांच अलग पैदा हो जाता। ऐसे लोगों को कागज में फाँसकर, रगड़ देने में उनको, मोहन कृष्ण कौल की तरह, एक खास प्रकार की आत्म सन्तुष्टि का बोध हुआ करता था। तभी मैलसडीन कांड की फाइल एक दिन गायब हो गयी थी। वह राष्ट्रपति शासन के अंतिम दौर की बात थी, जब बरुन हालदार कीं गिरफ्तारी और डॉ. मांगलिक की मुअत्तली की सिफारिश के साथ, वह फाइल, गृह मंत्रालय को, स्वास्थ्य सचिव, माधुरी साहा ने भेजी थी। मुकद्दमा काबिज करने के लिए एवं डिफेन्स आफ इंडिया रूल्स के तहत गिरफ्तारी के वारण्ट जारी करने के आदेश, गृहसचिव मोहन कृष्ण कौल कर चुके थे। सब कुछ तैयार था। कुछ भी बाकी नहीं बचा था गिरफ्तारी आदेश के साथ वारण्ट

पर हस्ताक्षर हो चुके थे, जब जगन महाराज के आदेश पर किशनू ने वह फाइल उड़ा दी थी। किशनू एक बड़ा, बहुत बड़ा तिड़ीबाज था। बनारस घराने के ठगी सम्राट का शिष्य था किशनू। उसकी बराबरी रखनेवाला, उस जमाने में दूर-दूर तक कोई नहीं था। तिड़ीबाज होने के साथ, किशनू जगन महाराज के अपराधिक साम्राज्य का नम्बर दो का मुखिया था। उसी के इशारे पर लोग उठाये और मार दिये जाते थे, जायदाद, मकान, जमीन, दुकानें, नीलामी, ठेके टेण्डर, शराबखाने, कच्ची शराब के भट्ठे, जुआ, कालाबाजारी के सारे काम हुआ करते थे। जगन महाराज को अपने बचपन के दोस्त और भाई सरीखे किशनू पर पूरा भरोसा था। किशनू जैसा शातिर खिलाड़ी, किसी कीमत पर नहीं बचा सकता था, डॉ. मांगलिक और बरुन हालदार को। कोई रास्ता नहीं था, उनके बचने का। दुनिया की कोई ताकत उनको उस वक्त नहीं बचा सकती थी। माधुरी साहा और मोहन कृष्ण कौल ने एक जुट होकर, फाइल की खानापूरी की थी। लेकिन फिर भी डॉ. मांगलिक बच गया था, बरुन हालदार बच गया था। कोई चूक नहीं हुई थी मालती शर्मा से। उन्होंने फाइल सेक्शन में नहीं भेजी थी बल्कि सेक्शन ऑफिसर और बाबू को अपने सामने बैठाकर, सब कुछ किया था। सब कुछ हो चुका था, मालती शर्मा को मालूम था, भूपति को मालूम था और मालूम था बरुन हालदार को, और डॉ. मांगलिक के साथ जगन महाराज और किशनू को। किशनू चाहते हुए भी कुछ नहीं कर पा रहा था। जब उसने मथुरा दास सर्राफ को पकड़ा था। उधर माधुरी साहा की तस्वीरों के निगेटिव हासिल करने के लिए, भूपति ने मालती शर्मा के कहने से भैरवसिंह को लगा दिया था। भैरवसिंह को डॉ. मांगलिक के घर से निगेटिव हासिल करने थे। बस उतनी देर के लिए, बस उसी मकसद के लिए, सारी कार्यवाही हो जाने के बाद भी, डी. आई. आर में डिफेन्स आफ इंडिया रूल्स के तहत शासनादेश हस्ताक्षरित हो जाने के बाद भी, उस खतरनाक मैलसडीन कांड के भयावह मुलजिमों की फाइल को मालती शर्मा ने अपनी अलमारी में बन्द कर दिया था। भूपति जो उपसचिव स्तर का अधिकारी था, उसी कमरे में बैठता था, जहाँ मालती शर्मा की मेज थी। दोनों उपसचिव स्तर के अधिकारी थे और उनके बीच एक खास तरह का अपनापन पनप चुका था। भूपति की अपनी समस्याएँ थीं वैसे तो भूपति की खुद अपने साथ बहुत दिनों से जंग चल रही थी। वह सचिवालय के ढकोसलों से ऊब चुका था, उसके अन्दर एक व्यक्तित्व बार-बार किसी टकराव की ओर उसे ढकेलने की कोशिश करता लेकिन शायद मालती शर्मा की वजह से, वह अपने आपको बचा लेता। उधर भैरवसिंह, उन दिनों सचिवालय के चक्कर लगा रहा था। मामला चूँकि मालती शर्मा के पास था, इसलिए भूपति के माध्यम से उसे उम्मीद थी, बचने की। भैरवसिंह को, जिलाधिकारी खुन्ना जौहरी ने जप लिया था।

पहाड़पुर-नानकपुर कांड में जिस तरह भैरवसिंह की शह पर इंस्पेक्टर मोतीलाल ने, पहाड़पुर का सर्राफा लूटा था, जिस तरह बिन्दादीन सर्राफ को फर्जी एनकाउन्टर में मार डाला गया था, जिस तरह पहाड़पुर गाँव की औरतों की छीछालेदार की गयी थी और जिस तरह बुधवाल की बेवा के साथ पुलिस सिपाहियों ने बलात्कार किया था, वह सब खुन्ना जौहरी ने तहसीलदार की तफतीश पर, सर्राफाबाजारियों की गवाही पर और पहाड़पुर गाँव के निवासियों की रपट पर, फाइल में लिखकर सचिवालय भेज दिया था। भैरवसिंह के बचने की कोई उम्मीद नहीं थी। वह अच्छी तरह जानता था, भूपति सिर्फ भूपति उसे बचा सकता था। भूपति भैरवसिंह को पहले से जानता था। दोनों एक साथ काम कर चुके थे। एक दिन हजरतगंज के इलाके में, जब भैरवसिंह मिला भूपति के दिमाग में उससे कोई मदद माँगने का विचार नहीं आया था। यह तो मालती शर्मा के कहने पर, माधुरी साहा को संकट पूर्ण स्थिति से निकालने के लिए उसने भैरवसिंह को डॉ. मांगलिक के यहाँ से, फोटो निगेटिव उड़ाने का काम सौंपा था। इसीलिए सिर्फ इसीलिए तो मालती शर्मा ने मैलसडीन कांड की फाइल चौबीस घंटे के लिए अपनी अलमारी में बंद कर दी थी। और उन्हीं चौबीस घंटों में जहाँ एक तरफ मथुरादास सर्राफ से चाबियों का गुच्छा किशनू ने हासिल कर लिया था, वहीं दूसरी तरफ डॉ. मांगलिक ने भैरवसिंह को जहरीली दवा देकर मार डाला था। मालती शर्मा और भूपति उन दिनों एक जद्दोजहद के दौर से गुजर रहे थे। मोहन कृष्ण कौल ने उनके अन्दर खुशफहमियों का जाल बुन रखा था। मैलसडीन कांड, धानकांड और जगनमहाराज के अपराधिक संसार के खिलाफ उन लोगों ने जेहाद बोल रखा था। एक-एक फुट जमीन से ऊपर चल रहे थे वह और उनके अन्दर न जाने कौन-सा इंकलाब पनप रहा था। दूर-दूर तक, चारों तरफ जैसे किसी नयी दुनिया की फितरत दिखायी पड़ने लगी थी। धूमिल था, धुँधला था, सब कुछ लेकिन अनेक-अनेक कोहरे के मंडराते हुए बादलों के बीच एक चमकता हुआ सूरज, साफ-साफ दिखायी पड़ रहा था। और मालती शर्मा तथा भूपति उसकी रोशनी, उसकी चमक पकड़ने के लिए बेताब थे। उनकी मुट्ठियों में समाया हुआ था, उन आदर्शों, उन मूल्यों का संसार जिसकी घुट्टी मोहन कौल और माधुरी शाहा ने कूट-कूटकर उनको पिलायी थी। भूलकर भी, उन दिनों भूपति कोई ऐसा काम नहीं करता था, जिससे वह विश्वास टूटे, उस धरोहर में सेंध लगे, जिसे उनको सम्भालकर रखने के लिए कहा गया था। सचिवालय का वह चालीस कुंटल का गुम्बद बार-बार उनको याद आता और गोविन्द बल्लभ पंत, विनोदा नंद झा की यादगार से जुड़ी हुई अनेक मीनारों के ऊँचे छोर से जैसे कोई आवाज आती और उनके सोच को, उनकी व्यथा को, उनके अहसास को छूकर चली जाती। सचिवालय के कोने, किनारों से

निकल-निकलकर संविधान की धाराएँ, पं. जवाहरलाल नेहरू के सपने, सरदार पटेल का विश्वास, महात्मा गांधी के आदर्श, सामने आ जाते और मालती शर्मा और भूपति के निश्छल मन को छू जाते। छलांग लगाने का मन करता था, कोई ऐसी छलांग जिससे उस समूची व्यवस्था को वह उस गंध, उस सड़ांध, उस हाहाकार, उस स्वार्थ, लिप्सा, भ्रष्टाचार और लूट-खसोट से दूर ले जाकर किसी साफ-सुथरी जगह पर रख सकें। वह जगह वहीं थी वहीं सचिवालय में, उनके पास, उनके करीब उनके इर्द-गिर्द मौजूद थी। वह उसे छू सकते थे, महसूस कर सकते थे। उसके अहसास मात्र से उनके मन में रोमांच की अनेक धाराएँ फूटने लगती थीं और वह कई बार तो उनमें बड़ी देर तक डूबते रहते, उतराते रहते। यह सब उनको मोहन कौल ने दिया था। सचिवालय के अपने कमरे में मुख्य सचिव का पद न प्राप्त करने के बाद, मोहन कौल जिस वैराग्य से जिस लिप्सा रहित सचिवालय की चर्चा किया करते, वह उन्होंने आत्मसात कर रखा था। उनका रोमांच, उनकी कशमकश, उनकी जद्दोजहद किसी और के साथ नहीं खुद अपने साथ थी और इस सबके प्रणेता थे मोहन कौल और स्वास्थ्य सचिव माधुरी शाहा। आसमान के तारे अपनी जगह ही रहते, हिमालय की ऊँचाइयाँ अपनी जगह ही रहतीं यह भूपति जानता था। फिर भी न जाने क्यों उसका मन कर रहा था एक बार उस खोह से बाहर निकलकर युद्ध करने का जिसमें बार-बार, वह घुस जाया करता था। भूपति ने असल में, सचिवालय की दुनिया से अलग अपना एक संसार बसा रखा था। झूठ, चोरी, घूस, लूटखसोट, स्वार्थ और लिप्सा में लिपटे हुए सचिवालय के समूचे तंत्र की त्रासदी से जब वह तंग आ जाता तो वह अपने ही अन्दर बनायी हुई उस खोह में घुस जाया करता था, जहाँ किसी मूर्त विश्वास के उन्माद में, वह चक्कर लगाया करता। कोई उस समय से नहीं बल्कि अनेक-अनेक वर्षों से नायब तहसीलदार की छोटी-सी नौकरी से लेकर सचिवालय के उपसचिव के ओहदे तक पहुँचते-पहुँचते भूपति की वह काल्पनिक खोह, उसका ठिकाना बन चुकी थी। उस खोह का रूप उसका आकार, उसकी संरचना आधारहीन नहीं थी बल्कि जुड़ी हुई थी उसकी आस्था से उसके विश्वास से। कुछ छोड़ देता वह, कुछ पा लेता, कुछ झुठला देता और कुछ स्वीकार कर लेता, कहीं जाता वह, कहीं जाना छोड़ देता। कुछ इधर से, कुछ उधर से बटोरकर खुद अपने अंदर जिस खोह की रचना भूपति ने कर रखी थी, वही उसकी जीवनदायिनी शक्ति का स्रोत थी। रगों में उबलता हुआ खून, आँखों में सुलगते हुए अंगार, दिलो दिमाग में पनपता हुआ दावानल जब भूपति को सचिवालय की सड़ी-गली व्यवस्था से टकराने के लिए प्रेरित करता, उस समय वही खोह, उसे अपने अंदर खींचकर किसी सुरक्षित कवच का जामा पहना देती। भूपति के अन्दर वह खोह किसी जानदार, किसी जिन्दादिल दौर का हिस्सा बन चुकी

थी। वह जीवंत थी, व्यवस्थित थी। एक कवच की तरह सेल्स, टिशूज और शरीर के अंगों तक को अपने सत्व, अपनी शक्ति से उस दिशा की ओर प्रेरित कर दिया करती जहाँ उसे अच्छा लगता, जो स्वस्थ और सुन्दर होता, उन घृणित मनोवृत्तियों से अलग ले जा सकता था उसे, तांडव से ग्रसित हाहाकार जब किसी विपदा की तरह उसके ऊपर हावी होने लगता। भूपति की वह खोह, बचपन से उसके पास थी। जिस कस्बे में वह रहता था, वहाँ से लेकर शहर में पढ़ाई और बाद में सचिवालय के उपसचिव पद तक पहुँचते-पहुँचते उस खोह का आकार बन चुका था। उसका मुँह खुल चुका था। उसकी गहराई नापी जा चुकी थी और उस गहराई की पैमाइश में, भूपति बदल गया था, एक नया इन्सान, एक नयी व्यवस्था का प्रतिमान बनकर किसी सतत युद्ध में जूझ रहा था। भूपति का मन उस दिन बड़ा उदास था, जब मुख्यमन्त्री सचिवालय के अपने कमरे में बैठा हुआ वह अपने आक्रोश को नियंत्रित करने की कोशिश कर रहा था। तभी मालती शर्मा कमरे के अन्दर दाखिल हुई। छोटा-सा कमरा था, भूपति का जहाँ एक छोटी मेज और सिर्फ दो कुर्सियाँ पड़ी थीं। दाहिनी तरफ दीवार से सटा हुआ एक पुराना सोफा पड़ा था और दीवार पर महात्मा गांधी की फोटो लगी थी। कुछ देर तक भूपति नहीं बोला, मालती नहीं बोली, लेकिन लग रहा था, उन दोनों के बीच बिना कुछ कहे हुए बातचीत चल रही थी। भूपति जो सोच रहा था, करीब-करीब वही मालती सोच रही थी।

''यह क्या हो गया भूपति।'' मालती ने पहल की थी।

''तुम्हें विश्वास था न।'' भूपति ने सवाल किया।

''हाँ क्या तुम्हें नहीं था।''

''था तो लेकिन...''

''लेकिन क्या।''

''मुझे मालूम था, मैं जानता था, मुख्यमन्त्री सचिवालय में काम करना आसान नहीं था।''

''फिर भी हम सिर पर कफन बाँधकर, दिन-रात काम करते रहे, किसी विश्वास की धरोहर साथ लेकर आये थे।''

''यह सब बेकार की बातें हैं। मालती, इनका कोई मोल नहीं है।''

''हमने तो मोहन कौल पर भरोसा किया था भूपति।''

''मोहन कौल बुरे आदमी नहीं हैं, मालती।''

''मैंने कब कहा, मोहन कौल बुरे आदमी हैं।''

''बुरा आदमी तो भैरवसिंह भी नहीं था।''

''सच में।''

''मैं जानता हूँ...भैरवसिंह के अन्दर एक खास तरह की ताकत थी...जैसे

किसी असीम शक्ति का स्त्रोत लहरा रहा हो।''

''लेकिन पहाड़पुर कांड बुधवाल की बेवा के साथ जो कुछ हुआ और सर्राफा बाजार की लूट।''

''मुझे लगता है वह सब-इन्सपेक्टर मोतीलाल के कारनामे हैं। भैरवसिंह को मैंने देखा है, मैं जानता हूँ, वह एक हद तक पुलिसिया था, चरनजीत की तरह।''

''कौन।''

''चरनजीत को नहीं जानती।''

''भैरवसिंह का दोस्त, शहर कोतवाली का स्टेशन आफिसर गजब का इन्सान है, चरनजीत।''

''होगा...हम्हें क्या लेना है, उससे।''

''लेना है, चरनजीत ही एक ऐसा आदमी है जो भैरवसिंह की हत्या से उतना ही दुखी है, जितना हम हैं।'' भूपति ने कहा था।

''तुम ठीक कहते हो भूपति। जिस भैरवसिंह ने हम्मारे लिए, अपनी जान दे दी, उसके प्रति हम्मारा भी कोई फर्ज बनता है।''

''हम क्या कर सकते हैं''

''शायद कुछ नहीं, उसी तरह कुछ नहीं जैसे...।''

''जैसे।''

''यहाँ सचिवालय में, मुख्यमन्त्री की नाक के नीचे, पलते हुए गुनाहों की, अपराध की, मँडराती छाया तक को हम नहीं छू सकते।''

''यह बहुत बुरा हुआ मालती।''

''हाँ।'' मालती ने धीरे से कहा।

''जब मोहन कौल ने हमें मुख्यमन्त्री सचिवालय में आने के लिए पूछा था, मैंने तभी उनसे अनुरोध किया था।''

''किस बात का।''

''यही कि राजनैतिक माहौल में मेरा दम घुट जायेगा।''

''मैं भी डर रही थी...कैसे फेस करूँगी किस्म-किस्म के नेताओं को, मंत्रियों को और उनके यानी स्वयं मुख्यमन्त्री के चमचों को जिनका कुकुरमुत्ती फैलाव पूरे प्रदेश में फैला हुआ है।''

''यू आर रांग। क्या तुम इतना भी नहीं जानतीं, वह तमाम लोग जो तुम्हें यहाँ दिखायी पड़ते हैं, वह किसी जीवन्त व्यक्तित्व या विधा का हिस्सा नहीं हैं।''

''कैसे।''

''सब अपने-अपने ठिकानों से, किसी सतत षड्यंत्र का हिस्सा बनकर,

खालिस धंधों के लिए, व्यापार के लिए स्वार्थ, लिप्सा के पाश में जकड़े हुए, कोई ऐसा दाँव लगाने चले आते हैं, जिसका परिणाम उनको मालूम है।

''कितनी बड़ी फौज है इन लोगों की।''

''यह कुछ नहीं है। मालती। यह तो मंत्रालय है, सचिवालय है, कितने लोग यहाँ आ पाते हैं। महाभारत अगर देखना है तो जाकर दारुलशफ़ा में देखो। 425 विधायकों के पीछे औसत दस आदमी ऐसे होते हैं जिनका पेशा है, सत्ता के तंत्र को निचोड़ना। दस-दस खुराकी, गाहकी बटोरने के लिए, कुल कितने हुए।''

''सौ।''

''यह तो सिर्फ एक विधायक की संख्या है।''

''फिर।''

''दस खुराकी खुद रखेंगे, पाँच-पाँच चिलगोजों, तीन-चार चकरबन्ध और चमचों का कोई हिसाब नहीं है।''

''मतलब।''

''मतलब करीब चार-पाँच लाख की फौज दिन-रात राज्यतंत्र को तोड़ने में, विघटित करने में लगी रहती है।''

''ओ गॉड !''

''ये पाँच लाख़ लोगों की फौज की खिलायी-पिलायी, उनके जीवन-यापन उनका धंधा-व्यापार सब कुछ देखना पड़ता है राज्यतंत्र को।''

''आपने अभी मंत्रियों के साथ लगी हुई भीड़ का हिसाब कहाँ किया।''

'सच में। उस भीड़ को अगर जोड़ लिया जाये तो एक पूरी, समूची मानवता, छोटे-मोटे किसी देश की आबादी से भी अधिक किसी नरमेध यज्ञ में, शासन और सत्ता के तंत्र को होम करती हुई देखी जा सकती है।''

''और हम। वाट वी आर सपोज्ड टू डू।'' मालती ने पूछा।

''हम्हें मुलम्मा चढ़ाकर, सब कुछ सहना होगा, बर्दाश्त करना होगा।'' भूपति अपनी साफगोई पर हैरान था।

''किसलिए।''

''क्योंकि हम नौकरी करते हैं।''

''नौकरी करने के लिए, क्या मुख्यमन्त्री सचिवालय में आना जरूरी है। क्या उस भीड़ का हिस्सा बनना जरूरी है जो न जाने, कब हमें कुचलकर आगे बढ़ जाये।''

''और क्या ! वह भीड़ पाँच, दस लाख लोगों की वह भीड़ कितनी हिंसक हो सकती है, इसका जायजा अब तो मिल गया होगा।''

''मतलब।''

''भैरवसिंह की हत्या। मैलसडीन फाइल का गायब होना, बाछिल मामा के छुरा भोंका जाना। क्या है यह सब।''

''ऊपर से जगन महाराज।''

''हाँ और अब किशनू।'' भूपति ने हिकारत से कहा।

''किशनू मोहन कौल का बेटा है भूपति !''

''जानता हूँ...जानता हूँ किशनू सचिव महोदय का बेटा है। कितने दिनों बाद लौटकर आया है और उसकी माँ बीस साल से उसी प्रतीक्षा में, बिस्तर पर पड़ी हुई थी। जानता हूँ मोहन कौल जैसा आला अफसर, ईमानदार, मेहनती, कमिटेड ब्यूरोक्रेट प्रदेश के शासनतंत्र के लिए एक महान् उपलब्धि है। शायद इसीलिए हमने अपना भविष्य, अपना सब कुछ उनके साथ जोड़ दिया था।''

''और यहाँ चले आये।''

''हम्हें कहाँ मालूम था। तब, हम किस संकटपूर्ण स्थिति से गुजरनेवाले थे। हमने सोचा था हम उस मोहन कृष्ण कौल के साथ सत्ता की बाजी खेलने जा रहे थे जिसका कद आसमान को छू रहा था, जो सचिवालय का आदर्श था, हमारी जद्दोजहद, हमारे कमिटमेंट का प्रेरणास्रोत था।''

''क्या हो गया कौल साहब को ?''

''कुछ नहीं वह भी अन्य नौकरशाहों की तरह कभी पुत्र के, कभी पत्नी के, कभी अपने बॉस के, कभी मित्रों के, कभी संबन्धियों के, कभी तेवर दिखानेवाले नेताओं के, कभी मंत्रियों के, कभी विधायकों के और कभी चोर, उठाईगीर, भ्रष्ट आपरेटर के जरखरीद गुलाम हैं। राष्ट्रपति शासन के दिनों में, जिस मोहन कौल को देखकर, जिनके साथ बैठकर हम फख्र महसूस किया करते थे, कहाँ हैं वह मोहन कौल !''

''क्या हो गया है उन्हें, जैसे नया चोला धारण करके वह भी उसी भीड़ का हिस्सा बन गये हैं।''

''और उस किशनू का हम क्या करें जो उनका बेटा है।''

''मालूम है भूपति।'' मालती ने धीरे से कहा।

''क्या।''

''इसी किशनू ने...''

''हाँ बोलो।''

''इसी ने, इसी मुख्यमन्त्री सचिव के उत्पन्न पुत्र ने मेरी अलमारी से, मैलसडीन कांड की फाइल उड़ाई थी।''

''कैसे मालूम !'' भूपति उठकर खड़ा हो गया। सोच-समझकर जवाब देना। तुम्हें पता होगा। तुम क्या कह रही हो।''

''हाँ मुझे पता है।''

''किसने बताया था, कैसे मालूम हुआ तुम्हें मिस मालती शर्मा।''

''कैसे मालूम हुआ, कैसे मालूम हो सकता है।''

''मैं क्या जानूँ।''

''खुद किशनू ने बताया और कैसे मालूम हो सकता है ?''

भूपति के मुँह से अचानक सीटी बज निकली और वह मुस्कराने लगा।

भूपति का खोह में घुस जाने और खोह से निकल आने का तिलस्म, खुद का बनाया हुआ था। पहले, बहुत पहले जब वह अपना ठिकाना छोड़कर एक छोटे से ऊँघते हुए कस्बे से शहर आया था, तब शुरुआत हुई थी, उन प्रतिक्रियाओं की जो उसके अन्दर दहशत की लकीरें छोड़ जाया करतीं। किसी हिंसक किस्म की मनोवृत्ति, स्थिति या आचार-विचार से जब उसका टकराव होता तो वह चुपचाप उस आखेट में मारा जाता, गिरा दिया जाता, तोड़ दिया जाता, जिस आखेट का उसे हिस्सा बनाया जाता। मुक्त विचार, साधारण मनोवृत्ति, सकल स्थिति और सदाचार में पला-पुसा भूपति बिना किसी प्रयास के तमाम आक्रामक, उथल-पुथल के बीच अपने सरल बोध के आधार पर खड़ा रहना चाहता था। व्यक्त हिंसा का आधार तो कुछ और था। वह तो नया परिवेश था, नयी व्यवस्था थी, किसी सतत प्रपंच का हिस्सा था। भूपति के सामने विषम परिस्थिति पैदा हो गयी थी। बचपन से लेकर जवानी के पहले की उम्र तक वह एक साँचे में ढला था, एक तरह का जीवन जिया था, उसने, जो कुछ उसने देखा था, जो कुछ उसने पाया था, वह अकर्मण्य नहीं था, वह चलित था। उसकी रग-रग में व्याप्त था। समाया हुआ था। कैसे नकार देता उसको वह। वही तो उसका धरातल था। धड़कनों तक, साँसों की डोर से बँधा हुआ वह सब यानी उसका पूर्ण व्यक्तित्व उन संस्कारों से जुड़ा हुआ था जो उसने अपनी माँ से, अपने बाप से, नाते-रिश्तेदारों से, घर-बार, मोहल्ले और शायद गाँव से या फिर उस कस्बे से पाये थे, जहाँ वह रहा था, जहाँ उसने होश सम्भाला था। बड़ा कठिन था उन संस्कारों को, उस पूर्ण व्यक्तित्व को नकार कर एक नया रूप, एक नया चोला धारण करना। लेकिन उससे भी अधिक कठिन था उस नये रूप, उस हिंसक किस्म की मनोवृत्ति, स्शिति या आचार या विचार से टकराना। क्योंकि उस किस्म की मनोवृत्ति, स्थिति या आचार-विचार किसी साधारण प्रक्रिया से नहीं उत्पन्न हुआ करते बल्कि वह तो स्वाभाविक प्रक्रिया का अंग थे, सामान्य व्यवहार का बोध थे। कुछ ही दिनों में इसका बोध, इसका अहसास भूपति को हो गया था। जिस नयी दुनिया में उसने कदम रखा था, वह दूसरी दुनिया थी और उसमें बड़ी तेजी से बदलाव आ रहा था। उस नयी दुनिया का बदलाव भूपति के पक्ष में नहीं, विरोध में हो रहा था। समस्त परिवर्तन, सारा बदलाव हिंसा को, और वैयक्तिक, और मानसिक बना रहा था। उससे टकराने का प्रश्न

ही नहीं उठता था। वह तो सामाजिक व्यवस्था का मूल मंत्र था। तभी तो कबूतर के कठघरों की तरह, इंसान ने अपने रहने के लिए छोटे-छोटे कठघरे बना रखे थे, जिनमें हिंसा के पश्चात् वह घुस जाया करता था। कांक्रीट के जंगल में जितना बड़ा कठघरा था, उतनी बड़ी हिंसा के साथ में, उतनी छोटी उतनी संकुचित मनोवृत्ति थी। आदमी उन कटघरों में, सीमेंट, ईंट, गारे से बने हुए कठघरों में सिर्फ छुपने के लिए या निहित हिंसा की थकी हुई आग में कुछ नये अंगार बटोरने के लिए ही जाया करता था। दूसरे क्षण नयी बारूद, नये अंगार, नये साजो सामान से लैस होकर फिर निकल पड़ता किसी सतत युद्ध के लिए। वह कहाँ जानता था, उस युद्ध में कोई नहीं बचता, कुछ नहीं बचता। भूपति के लिए शहरी सभ्यता के मानदण्ड नये थे, अनूठे थे। वह कहाँ जानता था उनका विज्ञान। इसीलिए सभ्यता के आक्रोश से आतंकित स्वार्थ, लिप्सा और नफरत की हिंसा से व्यथित भूपति ने अपने अंदर ही उस खोह का ईजाद कर लिया था, जिसमें वह छुपकर बैठ जाया करता। भूपति की वह खोह कुछ और नहीं खुद को छुपा लेने की एक कला थी जो उसे कहीं से सीखनी नहीं पड़ी थी। जिस तरह उन्मुक्त पक्षी, स्वतंत्र विचरता हुआ परिन्दा या फिर कोई खरगोश, द्रुत गति से भागकर उस समय किसी खोह में घुस जाता, जब कोई बाज या हिंसक दरिन्दा उसका पीछा करता, करीब-करीब उसी तरह, शुरू के दिनों में, भूपति किया करता था। वह उस स्थिति या मनोवृत्ति के सामने से हट जाता जिसकी हिंसक परछाइयाँ उसे छूने लगतीं। भूपति ने काफी दिनों के अभ्यास के बाद स्थितियों, मनोवृत्तियों, और धारागत प्रवाह से निपटना सीख लिया था। इसके लिए, उसे, बस अपनी बनायी हुई खोह में घुसकर बैठना पड़ता। धीरे-धीरे जैसे-जैसे हिंसा का आकार बढ़ता गया, वैसे-वैसे भूपति की खोह और गहरी होती गयी। खोह के गहराने के साथ खोह के अनेक आकार, अनेक प्रकार बनते गये। कभी-कभी तो भूपति को लगता, गुजरते हुए वक्त के दौर में भागती हुई जिन्दगी की दौड़ में उसने अगर कुछ किया था तो किस्म-किस्म की खोह का ईजाद किया, उनकी संरचना की थी। तब उसे कहाँ मालूम था किस्म-किस्म की खोह का ईजाद करने में, उनकी संरचना करने में वह मारा गया था, खुद उसके छोटे-छोटे अनेक टुकड़े हो गये थे जिन्हें बटोरते-बटोरते वह थक जाता। और उन तमाम छोटे-छोटे टुकड़ों के साथ जैसे कोई काई, कोई फिसलन व्याप्त होती जा रही थी।

भूपति से जब मालती शर्मा ने, माधुरी शाहा की तस्वीरें हासिल करने की समस्या बतायी थी, तब उसे भैरवसिंह का खयाल आया था। मामला अगर सिर्फ माधुरी शाहा का होता, मामला अगर सिर्फ उन तस्वीरों का होता जो मांगलिक के पास थीं, तब शायद भूपति कुछ नहीं करता, कहीं नहीं जाता, भैरवसिंह को

कुछ नहीं कहता। लेकिन वहाँ तो पूरी की पूरी व्यवस्था का प्रश्न था, समूची आस्था का सवाल था। डॉ. मांगलिक और बरुन हालदार ने बाकायदा षड्यंत्र रचकर राज्य को धोखा दिया था, आम आदमी को बेवकूफ बनाया था। भूपति जानता था मैलसडीन कांड के बारे में, भूपति जानता था धानकांड के बारे में। भूपति धानकाण्ड के हीरो जी. एन. यानी धनानन्द को खूब अच्छी तरह जानता था। वह मैलसडीन कांड के प्रणेता बरुन हालदार से भी परिचित था। भूपति को मालूम था, उस फाइवस्टार होटल के बारे में, जहाँ इन मूर्तियों का अड्डा था और जहाँ से नये-नये षड्यंत्र राज्य को धोखा देने के लिए रोज रचे जाते थे। उस संगठित लेकिन घृणित, सदैव, सतत चलते रहनेवाले अपराधों की फेहरिस्त में एक था। सिर्फ एक छोटा-सा प्रकरण था, मैलसडीन कांड। वैसे मैलसडीन कांड से भूपति को कुछ लेना-देना नहीं था। वह मामला तो मालती शर्मा के पास था। फिर भी मालती शर्मा के कमरे में, मालती शर्मा की मेज के बगल में, बैठते-बैठते, भूपति मालती शर्मा के काफी करीब आ चुका था। एक खास किस्म की आत्मीयता की वजह से काफी करीब आ चुका था। एक खास किस्म की आत्मीयता, एक खास तरह का अपनापन उसके और मालती शर्मा के बीच में तब तक पनप चुका था, जब माधुरी शाहा के चक्कर का उसे पता लगा। डा. मांगलिक के पास माधुरी शाहा की कुछ तस्वीरें थीं जिन्हें लेकर वह माधुरी शाहा को ब्लैकमेल कर रहा था। हालाँकि माधुरी शाहा की वह तस्वीरें उनके आई. ए. एस. की नौकरी में आने से पहले के दिनों की थीं, उनका महत्त्व और उनके खुल जाने के परिणाम भयावह थे। इसी डर के आधार पर डॉ. मांगलिक, मैलसडीन कांड से बच निकलना चाहता था, वह आदमी कानून के शिकंजे से, राज्य की गिरफ्त से छूट जाये जिसके अपराध के कारण, जिसकी हैवानियत के कारण दर्जनों लोग मर गये, अपाहिज हो गये या पागल हो गये, यह बात भूपति को गँवारा नहीं थी। अपनी खोह में रहते-रहते, भूपति के अन्दर अन्याय, अनाचार और अपराध से लड़ते रहने की शक्ति पैदा हो चुकी थी या एक खास तरह की गुरिल्ला लड़ाई की महारथ उसे हासिल हो चुकी थी। अनेक अस्त्र अनेक हथियारों का एक जखीरा भी उसने जमा कर लिया था। उस समय का भूपति पहले जैसा कमजोर, नाकारा, शक्तिहीन नहीं था, बल्कि उसके पास सत्तातंत्र की ताकत थी। वह भारत के सबसे बड़े प्रदेश के सचिवालय में उपसचिव के महत्वपूर्ण पद पर आसीन था। और भैरवसिंह और चरनजीत से खूँखार पुलिसिए उसके शागिर्द थे। ऐसी परिस्थितियों में उसने वही किया जो उसे करना चाहिए था। उन दिनों भैरवसिंह पहाड़पुर-नानकपुर कांड में फँसा हुआ था। डी. एम. खुन्ना जौहरी ने बुधवाल की बेवा के बलात्कार, सर्राफा बाजार की लूट, बिन्दादीन सर्राफ के एनकाउन्टर तथा सेठ गोवर्धन दास के चालीस

लाख रुपयों के जेवरात हड़पने के गम्भीर आरोप लगाये थे। भैरवसिंह मारा-मारा घूम रहा था। चूँकि उपसचिव मालती शर्मा उसी कमरे में बैठा करती थीं, जहाँ, भूपति बैठता था, इसीलिए भैरवसिंह भूपति के पास अपनी समस्याओं के निदान के लिए आया करता था। भूपति जानता था, भैरवसिंह सुलगता हुआ दावानल था और सिर्फ वह डॉ. मांगलिक से उन तस्वीरों को हासिल कर सकता था जिन पर सचिवालय के एक उच्च अधिकारी की प्रतिष्ठा टिकी हुई थी।

भैरवसिंह ने अपना काम कर दिया था। उसने न जाने किस तरह से डॉ. मांगलिक से तस्वीरें हासिल करके, भूपति को सौंप दी थीं। लेकिन तस्वीरें सौंपने के कुछ देर बाद ही भैरवसिंह मारा गया था। भूपति हैरान था, असमंजस में था, उसकी समझ में नहीं आ रहा था कि भैरवसिंह जैसा माथे के नीचे टिकी हुई दो आँखों के अतिरिक्त खोपड़ी के पीछे भी आँखें रखनेवाला सुपरमैन जीप से कुचलकर कैसे मारा जा सकता था। वह सब सम्भव नहीं था। निश्चित रूप से भूपति का विश्वास था, भैरवसिंह किसी और वजह से, किसी और कारण से मारा गया था। तभी पोस्टमार्टम की रपट आ गयी थी। पोस्टमार्टम की रिपोर्ट के अनुसार भैरवसिंह को किसी फंगस लगी हुई दवा का ऐसेन्स दिया गया था। जिसकी वजह से उसके दिमाग के सेल्स ने काम करना बन्द कर दिया था। भूपति जानता था भैरवसिंह डॉ. मांगलिक के यहाँ गया था, भूपति जानता था भैरवसिंह डॉ. मांगलिक के घर से सीधे उसके पास आया था, भूपति यह भी जानता था कि स्वयं उससे मिलने के तुरन्त बाद ही भैरवसिंह मारा गया था। एक आक्रोश, एक खास तरह की हलचल, मंडराता हुआ कोई तूफान,भूपति के अन्दर पनप रहा था। जब उसे मालूम हुआ था, मैलसडीन कांड की फाइल के गायब हो जाने के बारे में और उसी के साथ बाछिल मामा के छुरा भोंकने की खबर भी उसने पढ़ी थी। भूपति को तब यही लगा था, जिस हिंसा से बचने के लिए उसने खोह की रचना की थी, वह स्वयं उसके करीब बहुत करीब आ चुकी थी। उस हिंसा ने आखिर भूपति को भी अपनी गिरफ्त में ले लिया था, उस भूपति को गिरफ्त में ले लिया था जो सदैव बचने के लिए खोह में घुस जाया करता था।

"लेकिन मालती, एक बात मेरी समझ में कभी नहीं आयी।"

"क्या।"

"यही कि वह कौन-सा अनुपात है, वह कौन-सी विधा है, जिसकी बिना पर, सब लोग आपके पास अपना अपराध कबूल कर लेते हैं।"

"कुछ नहीं, कोई नहीं। वह तो एक दिन जब मैं सचिव महोदय के कमरे में, न जाने कौन-सी पत्रावली डिसकस कर रही थी, तब अपने पिता से मिलने, किशन कौल यानी किशनू आया था।"

"सो वाट।"

"तुम्हें याद होगा भूपति। जब मैलसडीन कांड की फाइल चोरी हुई थी, तब सलाहकार समिति की बैठक में मुन्ना बाबू को काफी जलील किया गया था।"

"हाँ याद आया, दैट ड्रंकर्ड, वह शराबी।"

"मुन्ना बाबू शराब जरूर पीते हैं, लेकिन औरों की तरह इंसान का खून नहीं पीते।"

"औरों की तरह ?"

"जैसे सतीश बहादुर।"

"यू मीन फूड सेक्रेटरी, खाद्य सचिव सतीश बहादुर द ग्रेट।"

"जी हाँ कृष्ण बहादुर के बहादुर पति।"

"ओह गॉड। लेकिन वह किस तरह..."

मालती ने बात काटते हुए कहा था, "कहा जाता है बाछिल मामा को छुरा उनके इशारे पर भोंका गया था।"

भूपति अपनी कुर्सी पर बैठ चुका था। इतनी देर में उसने अपने कमरे के बाहर लाल बत्ती जला दी थी, चाय का आर्डर दे दिया था और बात करते-करते, दो-तीन फाइलें निपटा दी थीं। तभी उसने मालती की तरफ मुखातिब होकर कहा, "बाछिल मामा इज ग्रेट।"

"एण्ड सो इज मुन्ना बाबू।" मालती ने बात से बात मिलायी थी। उस समय उसके चेहरे पर ओज था और सो इज मुन्ना बाबू उसने किसी आत्मविश्वास के तहत कहा था।

"लेकिन मुन्ना बाबू इज गुड ओपरेटर...उनका बात कहने का अपना अन्दाज है, देखा था, राष्ट्रपति शासन के दिनों में, जब सलाहकार परिषद की बैठक हो रही थी तब कितने शक्तिशाली ढंग से उन्होंने सलाहकार के. डी. शर्मा और संकटाप्रसाद को चुप करा दिया था। फिर भी मुन्ना बाबू के बारे में मुझे एकबार शक हो सकता है, लेकिन बाछिल मामा इज सिम्पली ग्रेट।"

"मैं दुबारा कह रही हूँ, आय रिपीट, मुन्ना बाबू इज ग्रेट।"

"न जाने क्यों ऐसा कह रही हैं, आप ! यह जानते हुए भी कि मुन्ना बाबू को मैलसडीन कांड की फाइल गायब होने के लिए जिम्मेदार ठहराया गया था और सिर्फ फाइल खो जाने की वजह से उस दिन बरुन हालदार सुखराम सेकसरिया, डॉ. मांगलिक और घनानन्द बिठूरिया बच गये थे।" भूपति ने विरोध में कहा था।

"जी. एन.। घनानन्द बिठूरिया क्यों वह तो धानकांड का हीरो था।"

"तुम नहीं जानती जी. एन. का नाम भी जुड़ गया था।"

“कैसे।”

“विलियम हाकिन्स....”

“कौन विलियम हॉकिन्स।”

“वह सैलानी वैज्ञानिक और दलाल की कम्पनी....”

“जिसने फार्मूला बेचा था।”

“बात सिर्फ फार्मूले की नहीं थी।”

“फिर।”

“जब डॉ. मांगलिक ने करोड़ रुपये के करीब माल का आर्डर बरुन हालदार को दे दिया था, तब उस माल की पूर्ति करने के लिए, तुम्हें मालूम होगा, बरुन हालदार एण्ड कम्पनी ने क्या गुल खिलाये थे।”

“क्या।” मालती ने पूछा।

“अमेरिका और अन्य देशों में जब प्रतिकूल असर की वजह से मैलसडीन प्रतिबन्धित कर दी गयी थी, तब जी. एन. की मदद से करीब एक टन माल, बरुन हालदार ने भारत में, स्मगल करके मंगा लिया था।”

“सो वाट।”

“और वही माल जिसकी खेप समुद्र में नष्ट करने के लिए बहाई जा रही थी, उत्तर प्रदेश शासन को सौंप दिया था...सिर्फ इतना ही नहीं...”

“थोड़ा बहुत मुझे मालूम है, लेकिन इस सबके लिए मुन्ना बाबू को कैसे जिम्मेदार ठहराया जा सकता है।” मालती ने सवाल किया था।

“तुम्हें याद होगा मिस मालती। सलाहकार परिषद में मुख्य सचिव की टिप्पणी क्या थी।”

“मुख्य सचिव।”

“हाँ।”

“मुख्य सचिव की लाइन उन दिनों वही होती थी, जो गृह सचिव मोहन कौल के खिलाफ हो।”

“लेकिन मुन्ना बाबू की बात हो रही थी।”

“हाँ। हाँ। मुख्य सचिव ने कहा था, घनानन्द बिठूरिया और बरुन हालदार जैसे आपरेटर का काम आसान हो जाता है। जब ताल्लुक रखनेवाला किरानी या बाबू शराब पीता हो, शराबी हो...”

“वेट ए मिनट।”

“एक सेकेन्ड, पहले मैं अपनी बात पूरी कर लूँ...”

“लेकिन उससे पहले मैं बताना चाहती हूँ कि मुन्ना बाबू को कोई खरीद नहीं सकता।” मालती शर्मा ने अधिकारपूर्वक कहा था।

“क्यों। क्या एक किरानी रोज शराब पीने के पैसे जुटा सकता है। वह

भी सवेरे से लेकर देर रात तक।'' भूपति ने सख्ती से कहा था।

''लेकिन मुन्ना बाबू अपने पैसे से शराब पीते हैं और पिलाते भी हैं।

''कौन कहता है।''

''मैं कहती हूँ।''

''हाउ यू आर सो श्योर।''

''मुझे मालूम है, मैं जानती हूँ।''

''कैसे।''

''मेरा अपना तजुर्बा और फिर मुन्नाबाबू को कौन नहीं जानता। सारी जिन्दगी और सारी जायदाद उन्होंने शराब की बोतल में खाक कर दी...घूस,चोरी, उलटफेर, तीन तिकड़म इन सब चीजों से मुन्ना बाबू कोसों दूर है। मुन्ना बाबू को कोई खरीद नहीं सकता।'' मालती शर्मा ने घोषणा कर दी।

''यह आप कह रही हैं। मिस मालती शर्मा, उपसचिव मुख्यमन्त्री सचिवालय।''

''जी हाँ।''

''फिर वह फाइल, मैलसडीन कांड की फाइल क्या मुन्ना बाबू बेलदारी लेने के खराबखाने में भूल आये थे, जिसे सवेरे-सवेरे पहाड़ी नौकर ने अंगीठी सुलगाने में जला दी।'' भूपति उत्तेजित हो चुका था। वह खूनी दरिन्दा, देश दुश्मन, समाज द्रोही जिन्होंने सिर्फ दौलत के लिए अपना मुल्क बेच दिया जिसकी फितरित से न जाने कितने लोग मारे गये, कितने लोग अंधे हो गये, कितने लोग पागल हो गये, वह लोग साफ-साफ बच गये और महज...''

''मि. भूपति मैं कुछ कहना चाहती हूँ...''

''आप लोगों के साथ यही दिक्कत है।'' भूपति ने अपना बयान जारी रखा। ''जो इंसान गुनाह करने के बाद भी कोई कहानी गढ़कर सुना दे, कोई कारण, कोई वजह बता दे, तो आप लोग तुरन्त सहमत हो जाते हैं...इतना भी खयाल नहीं रहता कि ऐसे जालिए, ऐसे ऑपरेटर किसी को नहीं बख्शते...और हाँ...''

''मेरी बात समझने की कोशिश क्यों नहीं करते भूपति !''

''...अपनी व्यथा, अपना आक्रोश अपने अन्दर से अगर इस वक्त नहीं निकाला तो यह बहुत तंग करेगा मुझे...''

''फिर भी आप यह मानने के लिए तैयार नहीं हैं कि फाइल मुन्ना बाबू ने नहीं बेची। नहीं चुरायी।''

''कौन कह रहा है, फाइल मुन्ना बाबू ने चुरायी। मैलसडीन कांड की फाइल तो उनके पास थी...इट वाज इन हिज कस्टडी।''

''नहीं...उस समय फाइल मुन्ना बाबू की कस्टडी में नहीं थी।''

''क्या मतलब, सलाहकार परिषद में, मुख्य सचिव, स्वास्थ्य एवं गृह सचिव के सामने मुन्ना बाबू ने कबूल किया था कि फाइल उनकी कस्टडी में थी... और इसके लिए उन्होंने अफसोस भी जाहिर किया था।''

''हाँ। था।''

''फिर भी....'' भूपति ने तभी मालती शर्मा की आँखों में गहराई तक झाँककर देखा और कहा, ''क्या अभी कुछ देर पहले मिस मालती शर्मा आपने नहीं कहा था भूपति की आवाज में संदेह था कि फाइल स्वयं आपकी अलमारी से उस दिन गायब हुई थी।''

''यही तो मैं इतनी देर से बताने की कोशिश कर रही हूँ।''

''रियली।''

''सिर्फ मुझे बचाने के लिए, मुन्ना बाबू ने इलजाम अपने ऊपर ले लिया था।''

''गुडनेस ग्रेसस क्राइस्ट कोलम्बस यह मैं क्या कह बैठा।'' भूपति का सिर शर्म से झुक गया था।

''नैवर माइन्ड। कोई भी वही सोचता, वही कहता जो आपने कहा मि. भूपति।''

''आपने कहा ? जानता हूँ...जब कोई बात जोरदार ढंग से कहनी होती है तो तुम्हारा सम्बोधन बदल जाता है, मिस मालती।''

''एण्ड सो इज विद यू।'' मालती ने सफाई दी थी।

''बात शुरू कहाँ से हुई थी।'' भूपति ने पूछा।

''जी हाँ...किशन कौल से।'' हाँ याद आया।

''उस दिन सचिव मोहन कौल के कमरे में, जब मैंने पहली बार उनके बेटे किशन कौल को देखा था, तभी मेरा माथा ठनका था।''

''क्यों।''

''ऐसा लगा था, उस व्यक्ति को मैंने पहले देखा था।''

''तो क्या हुआ।''

''सवाल सिर्फ यह नहीं था कि मैंने किशन कौल नामक व्यक्ति को पहले कहीं देखा था, सवाल यह था उसे मैंने कहाँ देखा था।''

''कहाँ।''

''उस समय तो मुझे याद नहीं आया, उसे मैं पहचान नहीं सकी लेकिन जब मैं घर पहुँची तो मुझे मालूम हुआ मथुरादास मुझसे मिलने आया था।''

''मथुरादास। कौन मथुरादास।''

''मथुरादास सर्राफ...''

''सर्राफ।'' भूपति समझने की कोशिश कर रहा था।

"हाँ।"

"लेकिन उसको क्या काम था, तुमसे।"

"वह मुझसे माफी माँगने आया था।"

"माफी।"

"हाँ।"

"मथुरादास सर्राफ।"

"हाँ मथुरादास सर्राफ माफी माँगने आया था।"

"लेकिन क्यों...और उसका किशन कौल से क्या ताल्लुक।"

"मैं नहीं जानती थी, मुझे नहीं मालूम था।"

"फिर।"

"उसके बाद मथुरादास सर्राफ नहीं आया...कभी नहीं आया और बात आयी-गयी हो गयी...मैं भी भूल गयी तभी एक दिन सुना मथुरादास मारा गया...।"

"मारा गया। कैसे ?"

"उसने सचिवालय के गुम्बद से कूदकर अपने आपको मार डाला।"

"सच में।"

"शायद नहीं।"

"फिर।"

"मथुरादास मेरे माली से मिलने आया करता था...दोनों शायद एक ही गाँव के रहनेवाले थे।"

"उससे क्या होता है।"

"होता है...मरने से पहले मथुरादास ने माली को बताया था।"

"क्या।"

"यही कि कुछ लोग उसके पीछे पड़े थे।"

"कौन लोग।" भूपति ने कुर्सी आगे कर ली और मेज पर मुक्का मारा।

"मैं नहीं जानती थी।"

"न अ ही जा अ आ नहीं थी...।" भूपति ने थी पर जोर देकर दोहराया था।

"हाँ।"

"तो अब जानती हो।"

"शायद।"

"कौन थे वह लोग और क्यों पीछे पड़े थे। क्या तुम यह कहना चाहती हो कि..." तभी भूपति चुप हो गया था। एक ट्रे में चाय का पॉट लेकर मुख्यमन्त्री सचिवालय का बैरा आ गया था। भूपति को उसका आना उस वक्त

अच्छा नहीं लगा। जैसे ही बैरा ने साइड टेबल पर ट्रे रखी भूपति ने उससे कहा, ''चाय हम खुद बना लेंगे। तुम जाओ।''

''हाँ भूपति, माली के अनुसार, मथुरादास सर्राफ कूद कर नहीं मरा।''

''क्या।''

''हाँ। मथुरादास की हत्या की गयी थी।''

''किसने की थी, कौन करेगा, उसकी हत्या।''

''उसी ने जिसके इशारे पर मैलसडीन कांड की फाइल उड़ाई गयी थी।''

''और उधर करीब-करीब उसी समय, बाछिल मामा के छुरा भोंका गया था।''

''राइट !''

''माली को मथुरादास ने मरने से पहले सब कुछ बता दिया था।''

''तुम्हें नहीं लगता मालती, सचिवालय में काम करते हुए, भारत के सबसे बड़े, सबसे विशाल, सबसे गौरवमय प्रदेश के प्रशासन की महत्त्वपूर्ण कड़ी होते हुए हम कितना असुरक्षित हैं।''

''शायद सभी संवैधानिक मामलों में उपसचिव ही आदेश...शासनादेश, या राज्यादेश जारी करता है।''

''तो हम, यानी प्रदेश सरकार के प्रशासन की धुरी, किसी भी वक्त उसी तरह मारे जा सकते हैं, जैसे मथुरादास मारा गया था।''

''एक बात और है।''

''क्या।''

''उस दिन के बाद...''

''किस दिन के बाद।''

''जब पहली बार किशन कौल से मिली थी।''

''सचिव महोदय के कमरे में।''

''हाँ।''

''क्या हुआ था, उस दिन के बाद।''

''किशनू उर्फ किशन लाल बराबर मेरे पास आने लगा।''

''मैडम। यू लुक ब्यूटीफुल।'' भूपति ने चाय का प्याला आगे बढ़ाते हुए कहा था।

''आय एम फ्लेटर्ड। लेकिन यह बात नहीं थी।''

''फिर।''

''उसे कुछ तबादले करवाने थे।''

''तबादले ! किसके तबादले।''

''एस. पी. और डी. एम. के।''

''मतलब।''

''इलाहाबाद के शहर कोतवाल का तबादला तो मैंने तुरन्त करवा दिया लेकिन डी. एम. के तबादले के लिए मुख्यसचिव ने मना कर दिया था।''

''तब।''

''मुख्यमन्त्री का नाम लेकर हम्हें नोट भेजना पड़ा था।''

''किसने कहा था नोट भेजने के लिए।''

''किशन कौल के बाप मोहन कौल ने।''

''यानी सचिव भहोदय ने।''

''हाँ।'' मालती ने धीरे से कहा था।

''लेकिन इसमें बुराई क्या है...हो सकता है... ।''

''नहीं भूपति जो तुम समझ रहे हो वैसा नहीं है।''

''मैं क्या समझ रहा हूँ।''

''यही न कि किसी मित्रतावश या साधारण प्रक्रिया के घेरे में, ऐसा हुआ होगा।''

''यही मैंने भी सोचा था।''

''फिर क्या ऐसी बात हुई जिससे अपनी राय बदलनी पड़ी।''

''किशन लाल यानी किशनू उर्फ किशन कौल जानते हो, किसे लेकर आया था।''

''किसे।''

''जगन महाराज को।''

''क्या कह रही हो तुम।''

''सिर्फ फैक्ट। और कुछ नहीं।''

''ठीक है...यू आर राइट...मेरी समझ में धीरे-धीरे सब कुछ आ रहा है...इसी जगन महाराज के अपराधिक संसार को ध्वस्त करने के लिए, नष्ट करने के लिए, सचिव महोदय ने अपने गृह मंत्रालय के दौर में, मुख्य सचिव और सलाहकार से टक्कर ली थी।''

''हाँ और जानते ही होगे...किशनू ने डी. एम. और एस. पी. का तबादला क्यों करवाया।''

''हाँ।'' भूपति कुछ सोचकर बोला, ''अब चोरी, चकारी, गुंडागर्दी, हफ्ता, उगाही, लूटमार यह सब पुरानी बातें हैं। अब माफिया गैंग यह सब काम नहीं करता।''

''तब।''

''ठेकेदारी, धंधा, शराब के ठेके, सड़क के टेंडर, भवन निर्माण लाइसेंस, कोटा परमिट, बिजली की चोरी, पानी पर कन्ट्रोल, नगर पालिका, ज़िला परिषद,

पी. डब्ल्यू. डी., जल निगम, रेलवे और रोडवेज के शत-प्रतिशत काम माफिया गैंग को चाहिए, जमीन, जायदाद हड़पने के अलावा। कोई बच नहीं सकता कोई कुछ नहीं कर सकता। जो बोलेगा, विरोध प्रकट करेगा वह मारा जायेगा और शायद मथुरादास भी इसी वजह से मारा गया होगा...क्यों मेरा अनुमान सही है न।''

''हाँ।''

''किसने मरवाया था मथुरादास को।''

''जगन महाराज ने।''

''जगन महाराज ने।''

''हाँ किशन कौल उन्हीं के घर में पाला-पोसा गया है और वह जगन महाराज के साम्राज्य में नम्बर दो की हैसियत रखता है।''

''सच में किसी ने कहा था, वक्त और लम्हे मुट्ठी में बंदकर नहीं रखे जा सकते।''

''भूपति।''

''हाँ।''

''कितना अजीब लग रहा है न।'' मालती शर्मा ने दुखी स्वर में कहा।

''सच में।'' भूपति की आवाज भर्रायी हुई थी।

''जिस गृह सचिव मोहन कौल की हम इबादत की हद तक इज्जत करते थे...''

''और जिनकी वजह से, जिनके साथ क़ाम करने की जिद की वजह से, हम आज यहाँ हैं, मुख्यमन्त्री सचिवालय में काम कर रहे हैं।''

''तब हम्हें कहाँ पता था, जिंदगी कौन-सी शक्ल अख्तियार करके हम्हारे सामने खड़ी हो जायेगी।'' मालती शर्मा की आँखों में आँसू थे।

''और हम ठगे-ठगे, असहाय चुपचाप बस देखते रहेंगे, कुछ नहीं कर सकेंगे...हाँ मैलसडीन कांड की फाइल की बात बीच में छूट गयी थी।'' भूपति ने सवाल किया था।

''मथुरादास, माली के माध्यम से, यह बात मेरे तक पहुँचाना चाहता था।''

''क्या।''

''यही कि फाइल कैसे चोरी हुई थी।''

''क्या वह जानता था।''

''लेकिन मथुरादास...एक चौकीदार...''

''माइन्ड इट मथुरादास सिर्फ चौकीदार नहीं था।'' मालती ने बात काटते हुए कहा।

''फिर ?''

“उसके पास कमरों की चाबियाँ थीं...हमारी विंग के कमरों को बंद करवाना उसकी जिम्मेदारी थी।”

“हाँ....हाँ याद आया।” भूपति ने चुटकी बजायी थी, “लेकिन उसे कौन सी बात मालूम हो गयी थी, जिसके कारण उसकी हत्या की गयी।”

“मथुरादास ने किशनू को पहचान लिया था। क्या इतना काफी नहीं था।” मालती शर्मा ने सवाल के ऊपर सवाल दाग दिया था।

“काफी हो सकता है और नहीं भी हो सकता है।”

“कैसे।”

“मैंने सुना था... ।”

“यू मीन। भूपति द ग्रेट को इस बात की जानकारी थी और...”

“नहीं...ऐसा बिलकुल नहीं...फाइल गायब होने के बाद, सचिवालय में जो कोहराम मचा था, उसी के दौरान ऐसा सुना था किसी ने सर्राफ की चाबियों का गुच्छा उड़ा दिया था, और तभी यह बात भी फैल गयी थी कि राज भवन के सामने गेट नम्बर छह के बगल में चाय की कैन्टीन में एक आदमी किसी फर्राश के साथ उठता बैठता था। हाँ उन्हीं दिनों सचिवालय के कुछ अस्थायी पास खो गये थे...शायद वह सब इसी षड्यंत्र का हिस्सा था।” भूपति ने सफाई दी।

“लेकिन मुझे क्यों नहीं बताया।”

“सारी बातें एक साथ नहीं हुईं...सुनी-सुनायी बातों। पर वैसे भी यकीन नहीं आता...आज तक....”

“ठीक है, ठीक है। अच्छा भूपति हत्याओं का सिलसिला देखकर ऐसा नहीं लगता, हम चारों तरफ से घिर गये हैं। और अगर मुन्ना बाबू नहीं होते तो मेरा क्या हुआ होता यह सोचकर रूह काँप उठती है मेरी।”

“मैं भी यही सोच रहा था कोई अदृश्य हाथ, धीरे-धीरे हमारी तरफ बढ़ रहे हैं और कभी भी, किसी भी वक्त हमें गिरफ्त में ले सकते हैं।” भूपति की आँखों में दहशत थी।

“और उस समय हमारे आका, हमारे बॉस मोहन कृष्ण कौल, जिनको आधार बनाकर हम यहाँ, मुख्यमन्त्री सचिवालय में हैं, वह हमारी सुरक्षा के लिए उपलब्ध नहीं होंगे।” मालती शर्मा ने निराशा से कहा।

“इस भयावह स्थिति के बारे में, हमने कहाँ सोचा था...शैल वी गिव अप।” भूपति जैसे बात करते-करते सोच रहा था।

“अभी नहीं...शायद अभी नहीं।”

“क्यों ?”

“हमें यहाँ से हटने से पहले कुछ करना होगा।”

"क्या ?"

"भूल गये अपने दोस्त के बारे में।"

"किस दोस्त के बारे में।"

"भैरवसिंह।"

"हाँ। निश्चित रूप से मुझे उसी पर शक है।"

"किस पर।"

"डॉ. मांगलिक और कौन...वहीं से सीधे वह मेरे पास आया था...मुझे तो वह यह भी नहीं बता पाया था कि आखिर किस तरह उसने डॉ. मांगलिक से वह तस्वीरें हासिल की थीं...उस दिन मुझे मीटिंग में जाना था...बस। लेकिन मेरे अन्दर एक लावा सुलग रहा है...भैरवसिंह अगर मेरी वजह से मारा गया था तो उसकी हत्या के जिम्मेदार लोगों को मैं छोड़ूँगा नहीं।" भूपति ने करीब-करीब, चीखते हुए लेकिन धीमी आवाज में कहा था।

"क्या करोगे तुम...क्या कर सकते हो।" मालती ने चुनौती भरे स्वर में पूछा।

"हो सकता..."

"कुछ नहीं हो सकता है, मि. भूपति, कुछ नहीं हो सकता...मैंने भी सोचा था, कुछ करूँगी। मेरी आँखों के सामने, वह मेरे घर आता था, घंटों बैठा रहता था माली के पास। फटी-फटी आँखों से बस शून्य में देखता रहता था। मेरे आते ही उठकर खड़ा हो जाता था। मुझे मालूम था, वह कुछ कहना चाहता था, लेकिन सर्विसेज का अभिजात्य, पद की प्रतिष्ठा शायद मुझे रोकती थी, उससे खुलकर खुद कुछ पूछने की।" मालती शर्मा फफककर रोने लगीं।

"मालती शर्मा प्लीज, कंट्रोल। दिस इज आफिस।"

"आय एम सॉरी।"

"लेकिन वह कौन-सी वजह थी वह कौन-सी बात थी, जिसने मथुरादास को मजबूर किया था कन्फेस करने के लिए।" भूपति ने शंका उठायी।

"तुम क्या समझते हो भूपति। सचिवालय की अपनी इनर स्ट्रेन्थ कुछ नहीं है। क्या कांक्रीट के जंगल से, कमरों, बरामदों, दीवारों और छत से सचिवालय बनता है।"

"क्या बात है, आय एम इम्प्रेस्ड। मैंने कभी इस बात की कल्पना तक नहीं की थी कि मालती शर्मा कोई इतनी मौलिक बात ऐसे समय पर इस अन्दाज में कर सकती हैं। आय एम प्राउड टू बी विद यू।" भूपति ने सम्मानपूर्वक कहा था।

"तो मैं कह रही थी, फाइल खोने के बाद," मालती शर्मा ने भूपति की बात की तरफ ध्यान दिये बिना कहना शुरू किया, "जो गदर मचा था सचिवालय

में, उसके दौर में मुझे इस बात का अहसास हुआ था, सब कुछ चुक नहीं गया था, सब कुछ खत्म नहीं हो गया था। किसी अनकही, अनजानी प्रक्रिया के दौर में, सारा समूचा सचिवालय एक हो गया था। चारों तरफ आक्रोश था, जैसे सचिवालय की सारी मानवता हाथ से हाथ मिलाकर किसी चुनौतीपूर्ण अंदाज में खड़े होकर हिंसा और अपराध को चुनौती दे रही थी। और तभी किसी ने बाछिल मामा को छुरा मार दिया, उस बाछिल मामा को छुरा भोंक दिया जो सचिवालय का विश्वास था, वर्तमान का अतीत था और अतीत का भविष्य। विरोध की उस आँधी का ही परिणाम था, मुन्ना बाबू का आगे आना।''

''मुन्ना बाबू ?''

''हाँ भूपति मुन्ना बाबू। जहाँ एक तरफ मुन्ना बाबू ने मेरी भूल खुद ओढ़ ली।''

''कैसी भूल।''

''जिस अलमारी में फाइल थी, उसका ताला बन्द था, लेकिन अलमारी की ताली, जिस दराज में थी, वह दराज खुला था।''

''और कमरे की चाभी मथुरादास से हासिल की गयी।''

''दैट्स राइट'' मालती शर्मा ने अधिकारपूर्वक कहा था। ''मुन्ना बाबू ने उस मामूली फर्राश को अपनी भूल का अहसास करा दिया था, जिसके अन्दर फूँक भर दी थी। तभी वह तड़प रहा था।''

''हम दोनों दुखी हैं, हम्हें जताया गया है। तुम मथुरादास के लिए परेशान हो और मैं भैरवसिंह के लिए।'' भूपति ने फैसला सुना दिया।

''तब हम्हें कुछ करना चाहिए।''

''मैंने तो सोच लिया है।''

''क्या।''

''मैं चरनजीत को फोन करके बता दूँगा भैरवसिंह के कातिल कौन हैं।''

''कौन ?''

''डॉ. मांगलिक।'' भूपति ने धीमी लेकिन सख्त आवाज में कहा।

''तो देर किस बात की है।'' मालती शर्मा ने टेलीफोन भूपति के करीब खिसका दिया और उठकर बाहर चली गयी।

मालती शर्मा के चले जाने के बाद, भूपति काफी देर उस टेलीफोन को घूरता रहा, जिसे मालती शर्मा ने उसके सामने खिसका दिया था। भूपति को चरनजीत को फोन करना था। भैरवसिंह की हत्या से उत्पन्न आक्रोश भूपति के अन्दर गदर मचा रहा था। भूपति जानता था, उसे मालूम था, उसका एक टेलीफोन चरनजीत को जाग्रत कर देगा और बिना एक पल की देर किये, वह डॉ. मांगलिक को धर दबोचेगा। चरनजीत चंगेजी, भूपति जानता था, भैरवसिंह

का दोस्त था और जरा से इशारे पर वह डॉ. मांगलिक को जप लेगा। वैसे भूपति की व्यक्तिगत रूप से डा. मांगलिक से कोई दुश्मनी नहीं थी उसने तो डा. मांगलिक की शक्ल तक नहीं देखी थी लेकिन भैरवसिंह ने उसके लिए सिर्फ उसके लिए कुर्बानी दी थी और ऐसे वक्त में अपनी जान जोखिम में डाली थी, जब वह खुद परेशान था तंगहाल था और पहाड़पुर कांड की गिरफ्त में आ चुका था। जिलाधिकारी खुन्ना जौहरी ने, उसे फाँस लिया था और उसके बच निकलने का कोई रास्ता उसे सुझाई नहीं दे रहा था। भूपति भैरवसिंह को पहले से जानता था और वह आया था भूपति के पास, मदद के लिए, किसी रास्ते की तलाश के लिए जब भूपति ने उसे अंधे कुएँ में ढकेल दिया था, जिससे उसका कोई सरोकार नहीं था और जहाँ से बच निकलने का रास्ता भी उसे नहीं मालूम था। एक बोझ था, भूपति की आत्मा पर, उसका मन कचोट रहा था और बार-बार उकसा रहा था, चरनजीत चंगेजी को फोन करने के लिए। उस भैरवसिंह को मार दिया गया था, जिसका मैलसडीन कांड से दूर-दूर तक कोई ताल्लुक नहीं था और न ही भैरवसिंह उस केस की तहकीकात कर रहा था। वह तो बेचारा सिर्फ उसके कहने पर उन तस्वीरों को हासिल करने गया था जिनका ताल्लुक माधुरी शाहा, स्वास्थ्य सचिव से था। फिर भी चरनजीत चंगेजी को टेलीफोन करना इतना आसान नहीं था। टेलीफोन भूपति के सामने था, क्रेडल पर रखे हुए रिसीवर को उठाने के लिए उसका हाथ बढ़ चुका था। दूसरे हाथ की उंगलियाँ डायल पर लगे हुए नम्बर को घुमाने के लिए बेचैन थीं लेकिन रिसीवर को उठाने और डायल से नम्बर घुमाने के बीच का फासला बढ़ता जा रहा था और भूपति की समझ में नहीं आ रहा था। कोई हिचकिचाहट बार-बार, भूपति की जहनियत में दस्तक बनकर गूँज रही थी, उसे रोक रही थी, उसके हाथ को रिसीवर उठाने नहीं दे रही थी। कई बार कोशिश की थी, भूपति ने, कई बार, कई बार उसके हाथ का दबाव टेलीफोन के रिसीवर पर बढ़ा था, कई बार उसकी उंगलियों ने हरकत की थी लेकिन हर बार कोई हिचकिचाहट, किसी अनजानी, अनकही बात की गूँज उसे रोक देती, सवाल सिर्फ चरनजीत चंगेजी को फोन करने का नहीं था, सवाल सिर्फ स्वयं उसके आक्रोश, उसकी अन्तरात्मा के ऊपर लदे हुए बोझ का नहीं था, सवाल बरुन हालदार और डॉ. मांगलिक जैसे दरिन्दों की उल्टबासी का नहीं था, सवाल उन हत्याओं का, उन पागल हो गये लोगों का नहीं था, सवाल उन अंधे हो गये लोगों का नहीं था, सवाल था स्वयं भूपति की गरिमा का प्रतिष्ठा का, आचरण का। भूपति उस समय, मुख्यमन्त्री सचिवालय में उपसचिव था। चरनजीत को, किये गये उसके फोन के कई अर्थ निकाले जा सकते थे। वह इसी उधेड़बुन में था कि आखिर टेलीफोन पर, वह चरनजीत चंगेजी से किस हैसियत से बात करेगा। अगर वह व्यक्तिगत हैसियत

से बात करता तो डेबुक या डायरी में, चरनजीत को उसका नाम लिखना पड़ता और अगर वह उप सचिव की हैसियत से बात करता तो सरकारी निर्देश या राजाज्ञा या शासनादेश देने का औपचारिक अधिकार तो उसके पास था लेकिन उस सरकारी निर्देश की संस्तुति कहाँ थी। वैसे औपचारिक आदेश देने के बाद भी वह संस्तुति ले सकता था लेकिन वह संस्तुति उसे सिर्फ दो अधिकारियों से मिल सकती थी। मुख्यमन्त्री से इस विषय में संस्तुति लेने का प्रश्न ही नहीं उठता था। भूपति जानता था संस्तुति उसे मुख्यमन्त्री के सचिव मोहन कृष्ण कौल से ही मिल सकती थी। वह हिचकिचाहट जो बार-बार भूपति की जहनियत पर दस्तक दे रही थी, वह इसी वजह से थी। भूपति जानता था स्वयं मोहन कौल के उत्पन्न पुत्र किशन कौल ने मैलसडीन कांड की फाइल उड़ाकर डॉ. मांगलिक और बरुन हालदार जैसे खतरनाक अपराधियों को कानून की गिरफ्त में आने से बचा लिया था। न जाने कब तक भूपति उस कशमकश से जूझता रहता, लेकिन तभी उसे उस गुमनान खत की याद आयी जो किसी मामले को लेकर उसके पास आया था। गुमनाम खत की कुलबुलाहट ने भूपति को उस छटपटाहट से मुक्ति दिला दी, जिसमें वह न जाने कितनी देर से फँसा हुआ था। अगले ही क्षण उसके हाथ की पकड़ में टेलीफोन का रिसीवर था। और दूसरे हाथ की उँगली चरनजीत का नम्बर मिलाने लगी थी।

बाईस

जिस समय बलदेव चौधरी मन्त्रिमंडल को गिराने का षड्यंत्र रच रहे थे, करीब-करीब उसी समय बलराम शास्त्री ने मुख्यमन्त्री की कुर्सी के करीब पहुँचने की कोशिश तेज कर दी थी। कोई नहीं जानता था, किसी को नहीं मालूम था एक अदना-सा नेता जिसका न तो पार्टी में कोई बेस था और न ही जनता में, कैसे मुख्यमन्त्री बन सकता था। बलरामशास्त्री असल में, गुरुपदस्वामी गुट में दूसरे दर्जे के नेता थे। अगर पुरानी बातें याद की जायें अगर पार्टी के समस्त आधार को छोड़ भी दिया जाय, और अगर सिर्फ गुरुपदस्वामी गुट की विवेचना की जाय तब बलरामशास्त्री दूसरे दर्जे के नहीं तीसरे दर्जे के नेता गिने जाते। उस समय जब गुरुपदस्वामी मुख्यमन्त्री थे और उससे पहले भी उनके गुट के दूसरे दर्जे के नेता थे, उत्सुकदास और दरोगा द्विवेदी। बलरामशास्त्री का तो तब कहीं नामोनिशान नहीं था। वह तो तब दूर से, बड़ी दूर से सत्ता के गलियारों को टकटकी लगाकर देखा करते थे। उन दिनों गुरुपदस्वामी से तो दूर, स्वयं

को टकटकी लगाकर देखा करते थे। उन दिनों गुरुपदस्वामी से तो दूर, स्वयं उत्सुकदास से बात करने की हिम्मत नहीं पड़ती थी। बलरामशास्त्री ने उन्हीं दिनों, दरोगा द्विवेदी की शागिर्दी में उत्सुकदास की खिलाफत शुरू कर दी थी। दरोगा द्विवेदी की फितरत में अहंकार था, उत्सुकदास लोमड़ी की तरह चालाक हरकतों के तहत धीरे-धीरे अपने साम्राज्य की नींव धर रहे थे। बलरामशास्त्री को उन्हीं दिनों यह बात अच्छी तरह समझ में आ गयी थी कि उत्सुकदास और दरोगा द्विवेदी दोनों गुरुपदस्वामी के कैम्प में ज्यादा दिनों तक रुकनेवाले नहीं थे। दरोगा द्विवेदी का अहंकार उत्सुकदास की चालाकी, उलटफेर और बलरामशास्त्री की शांत, गम्भीर राजनीति, गुरुपदस्वामी के आशीर्वाद में फलती रही, फलती रही। उन्हीं दिनों दरोगा द्विवेदी ने बलरामशास्त्री को उत्सुकदास के ऊपर जासूसी करने के लिए लगाया था। तभी न जाने क्या हुआ, बलरामशास्त्री उत्सुकदास की तरफ से दरोगा द्विवेदी के ऊपर जासूसी करने लगे। जासूसी के इसी चक्कर में दरोगा द्विवेदी मारे गये और उनकी जगह उत्सुकदास ने बलरामशास्त्री को बैठा दिया था। उत्सुकदास की चाल, उत्सुकदास का दाँव उस दरोगा द्विवेदी को साफ करने के लिए था जो स्वयं उनके लिए खतरा बन चुका था।

उधर दरोगा के हटने के बाद, गुरुपदस्वामी गुट में, पहली, दूसरी, तीसरी और हर गिनतीवाली समस्त हैसियत के स्वामी उत्सुकदास बन बैठे। बलरामशास्त्री को कहीं पता भी नहीं लगा था, किसी गिनती में, किसी स्थिति में, किसी संख्या में, कहीं भी, दूर-दराज तक उनका नामोनिशान नहीं था। स्वयं गुरुपदस्वामी उनसे उन दिनों बात करना तो दूर रहा उनके अभिवादन पर चरणस्पर्श का उत्तर तक नहीं दिया करते थे। उस समय तक उत्सुकदास का जादू गुरुपदस्वामी के सिर पर चढ़कर बोलने लगा था। उस दौर में उनके और गुरुपदस्वामी के बीच में कोई नहीं बचा था। एक बार बलरामशास्त्री ने कोशिश की थी, उत्सुकदास की ओर दरोगा द्विवेदी को वापस लाने की। लेकिन दोनों बार उनको मुँह की खानी पड़ी थी। ऐसी लताड़, ऐसी दुत्कार का सामना करना पड़ा था, तब बलरामशास्त्री को, जिसकी याद करने मात्र से उनके रोंगटे खड़े हो जाते थे। उखड़ जाने का डर, दूर जाने का अहसास, अलग-थलग पड़ जाने की सम्भावना उनको खाये जा रही थी, जब बलरामशास्त्री ने दरोगा द्विवेदी के भूत को अपने ऊपर से उतार फेंका और करीब-करीब उसी समय उत्सुकदास के मोह का जाल भी तोड़ फेंका था उन्होंने। सच ही कहा था दशाश्वमेध घाट के उस परनामी ज्योतिषी ने, बलरामशास्त्री का प्रदेश की राजनीति में राजयोग आ गया था। दरोगा द्विवेदी का भूत जो बलरामशास्त्री का सिर धुन रहा था और उत्सुकदास की प्रवंचना जो किसी तेज तर्रार काँटे की तरह चुभने लगी थी, एक झटके में न जाने कहाँ चली गयी थी। खुद अपने आपको वह तभी से महत्त्वपूर्ण समझने लगे थे। उनका

बात करने का लहजा, उठने-बैठने का तरीका, चलने-फिरने का अन्दाज और यहाँ तक सोचने-समझने का तरीका बदलने लगा था। इस कमाल के पीछे न तो परनामी ज्योतिषी का कोई टुटका था और न ही किसी ज्ञान की रूपरेखा। यह सब किसी चमत्कार के तहत नहीं हुआ था और न ही इसके पीछे किसी दैवी शक्ति का हाथ था। यह सब तो बाई जी की मेहरबानी का नतीजा था। हुआ यूँ एक दिन जब बाई जी उत्सुकदास की मक्कारी चालबाजी और तीन तिकड़म से दुखी होकर उदास बैठी थीं, तब बलरामशास्त्री ने वह तमाम चुगलबाजियाँ जो दरोगा द्विवेदी और उत्सुकदास के खिलाफ गुरुपदस्वामी को बताने के लिए, जमा कर रखीं थीं, पका-पकाकर तैयार की थीं, बाई जी के सामने उगल दीं। बाई जी को उत्सुकदास के खिलाफ जो जंग लड़नी थी, उसके लिए बलरामशास्त्री से अधिक उपयोगी, तब उनको कोई नहीं लगा था।

बाई जी की तमाम बातें, गुरुपदस्वामी मान लिया करते थे। कोई कुछ कहें, रुकावट कितनी भी आये, दुनिया इधर से उधर हो जाये, बाई जी का अनुरोध गुरुपदस्वामी का हुक्म बन जाया करता था। लोगों ने लतीफा बना लिया था, ''सचिवालय खुलेगा या नहीं, बाई जी से पूछो'', ''सरकार चलेगी या नहीं बाई जी से पूछो'' यह भी पूछो वह भी पूछो, गरज यह कि जो कुछ जानना है, पाना है, पूछना है, बाई जी से पूछो, बाई जी के पास जाओ। कारखाना लगाना है, लाइसेन्स, कोटा, परमिट की दरकार है, तबादला करवाना है, मुलजिम को पुलिस के चंगुल से छुड़ाना है, पैट्रोल की अर्जी लगानी हो, चुनाव का टिकट चाहिए, गल्ले की तिजारत करनी हो, सरकारी टेंडर पाना हो, जमीन-जायदाद, मकान, इमारत हड़पना हो, यानी कि इन्सान की फितरत के लायक, उसके दौर के अनुरूप कुछ भी करवाना हो, बाई जी के पास जाना ही होगा। बाई जी सत्ता का केन्द्र हुआ करती थीं। कभी-कभी, लगता था, सरकार गुरुपदस्वामी नहीं चला रहे थे, मंत्रालय गुरुपदस्वामी के हाथ में नहीं था, बल्कि बाई जी के हाथ में था। सत्ता की धुरी बाई जी हुआ करतीं और उनके इर्द-गिर्द घूमा करती थीं, अनेक-अनेक टुकड़ों में बँटी हुई ताकत जिसे जब चाहे बाई जी पकड़कर अपनी तरफ खींच लिया करती थीं और जब चाहे छोड़ दिया करती थीं। सब कुछ था उनके पास। बाई जी की प्रभुसत्ता बाई जी के अधिकार, बाई जी का वैभव, बाई जी की ताकत असीम थी, अनन्त थी। लेकिन उतनी विशाल प्रभुसत्ता, असीम अधिकार का सुख, लरजता हुआ वैभव, सत्ता की ताकत का विस्तार होते हुए भी बाई जी के मन में अनेक बार उत्सुकदास एक काँटे की तरह चुभा करते थे। कई बार अनेक-अनेक अवसर पर, ईश्वर से, रहमदिल खुदा से, परमपिता परमेश्वर से और सर्वशक्तिमान गुरुपदस्वामी से, बाई जी ने गिड़गिड़ाकर, रिरियाकर, घिघियाकर, करबद्ध तरीके से, हाथ जोड़कर, शीश झुकाकर सिर्फ एक बात की

फरमाइश की थी, प्रार्थना की थी कि उत्सुकदास का नाश हो जाय, उत्सुकदास खत्म हो जाये, उत्सुकदास नेस्तनाबूद हो जाये, उत्सुकदास का वजूद खत्म हो जाये, उत्सुकदास गुरुपदस्वामी की कृपा से, आशीर्वाद से मरहूम हो जाय, उत्सुकदास पार्टी से निकाल दिया जाय, उत्सुकदास को मन्त्रिमंडल से हटा दिया जाय। बाई जी की तमाम दुआ के बाद, तमाम प्रार्थना के बाद, तमाम कोशिशों के बाद भी उत्सुकदास का कुछ नहीं बिगड़ा था। वह दिन प्रतिदिन ताकतवर होते जा रहे थे। बाई जी की समझ में सारी राजनीति आ गयी थी। वह जान चुकी थीं, उत्सुकदास की सफलता का राज, उनको उत्सुकदास की प्रभुता का, ताकत का विधि-विधान की पूरी जानकारी मिल चुकी थी। असल में काफी दिनों से, शायद शुरू से गुरुपदस्वामी की समूची ताकत, राजनीति के सारे दाँव-पेंच, उत्सुकदास के यहाँ से शुरू हुआ करते और वहीं आकर समाप्त हो जाते। गुरुपदस्वामी ने कभी राजनीति के दाँव नहीं खेले, उलटफेर, तीन तिकड़म की चाल नहीं चली, सत्ता के केन्द्र से चिपककर उसका सत्व निचोड़ने की कोशिश कभी नहीं की। गुरुपदस्वामी को तो, अपनी पूजा करवाने का शौक था, पल्थी मारकर बैठने का शौक था और उनका वह शौक उत्सुकदास बड़ी खूबी से पूरा कर दिया करते थे और उसके बदले में शासन, सत्ता, सरकार, पार्टी के प्रत्येक मुहिम पर उत्सुकदास ने स्वयं को खड़ा कर दिया था। जो कुछ आता था, उत्सुकदास से होकर आता था, जो कुछ बनता था, जिस किसी चक्रव्यूह की रचना की जाती थी, उत्सुकदास की शह पर, उत्सुकदास के इशारे पर की जाती थी। कोई नहीं जानता था, किसी को नहीं मालूम कौन-सा खेल खेला जा रहा था, कोई नहीं जानता था, किस मुकाम पर लाकर उत्सुकदास ने अपने गुरु, अपने प्रणेता, अपने नेता को खड़ा कर दिया था। बाई जी की समस्या गुरुपदस्वामी नहीं थे, उत्सुकदास थे। वह जानती थीं, समझती थीं, उत्सुकदास की हर चाल का मतलब समझती थीं, लेकिन वह मजबूर थीं। उनको मालूम था, सब कुछ होते हुए भी, गुरुपदस्वमी स्वयं बाई जी को किसी भी कीमत पर उत्सुकदास के खिलाफ खड़े होते हुए नहीं देख सकते थे। यही वजह थी जिसने बाई जी को मजबूर कर दिया था पहले दरोगा द्विवेदी और फिर बलरामशास्त्री को आगे करने के लिए। बलरामशास्त्री तो बाई जी की योजना का हिस्सा नहीं थे लेकिन दरोगा के पलायन के बाद, जब बाई जी ने गुरुपदस्वामी कैम्प में, अपने आपको, बिलकुल अकेला पाया तब उनका जी, घबड़ाने लगा। तभी फूलदास की हत्या कर दी गयी और उत्सुकदास मुख्यमन्त्री के पद पर आसीन हो गये। उन्हीं दिनों बलरामशास्त्री उनके पैरों पर गिर पड़े। उत्सुकदास के विध्वंस की कहानी, तब बाई जी ने, बलरामशास्त्री की कलम से लिखने की ठान ली।

जिस समय देश का विभाजन हुआ था करीब-करीब उसी समय एक नयी

किस्म की राष्ट्रीयता का भी जन्म हुआ था। दुनिया इधर से उधर हो गयी थी। असंख्य लोगों का जीवन अभिशाप की भट्ठी में सुलगता रहा था। कितने-कितने सालों तक, विशाल भूखण्ड की मानवता दंगें, फसाद और उथल-पुथल में उलझ कर रह गयी थी। खण्डित विश्वास के टुकड़ों में बंटी मानसिकता का सम्भलना नामुमकिन था। फिर भी भारत और पाकिस्तान नाम के दो देश बने थे, एक ही इकाई के दो नाम दिये गये थे। न जाने किस कृत्रिम आधार पर इन्सानियत को बाँटा गया था, न जाने कहाँ से आयी थी, नफरत, हिकारत और हिंसा की वह आँधी। कल तक जो साथ उठते-बैठते थे, एक-दूसरे के दुश्मन बन चुके थे। वह सत्ता का संघर्ष आस्था और विश्वास की कश म कश या फिर लोभ और लिप्सा का अंधड़ किसी की समझ में नहीं आया था। उलटफेर, आगजनी, दंगा, फसाद, खून और हत्याओं ने समस्त वातावरण को दूषित कर दिया था। खून से लथपथ मानवीय सम्वेदनाओं का इतिहास बर्बर सभ्यता का नया, मुखौटा ओढ़कर सामने आ चुका था। जिस तरह अंग्रेजों ने, ईस्ट इंडिया कम्पनी के जमाने में, बाजीराव पेशवा की मौत के बाद, अपना शिकंजा हिन्दुस्तान के ऊपर कसना शुरू किया था, उसी दिन शायद भारत के विभाजन की रेखा खींच दी गयी थी। पश्चिम, दक्षिण के सुदूर पठार से लेकर उत्तर की पहाड़ियों के बीच मराठा शक्ति अवध की सत्ता के साथ सीधा तारतम्य जोड़ने के लिए सिर्फ इसलिए उत्सुक नहीं थी कि उसकी प्रभुसत्ता दिल्ली में स्थापित हो सके बल्कि भारत के बीचोंबीच एक विभाजन की रेखा खींची जा सके। अंग्रेजों का प्रभुत्व बढ़ता जा रहा था। प्लासी की लड़ाई हो चुकी थी, कम्पनी के मुलाजिम लार्ड क्लाइव का दिमाग हिन्दुस्तान की सल्तनत को हथियाने का जोड़ घटाना करने में लगा हुआ था। हिसाब जितना उलझता जा रहा था, सूरत उतनी साफ होती जा रही थी। विश्वास के सम्बल टूट रहे थे। कम्पनी की राजनीति की उलटफेर किसी भयावह दौर पर पहुँच चुकी थी। वक्त तेजी से भागता जा रहा था और उसी के साथ नियाति का विधान भी रचा जा रहा था।

बक्सर की लड़ाई में जिस समय अवध और दिल्ली की सल्तनत पराजित हुई थी, उस समय तक मराठों की ताकत में सेंध लग चुकी थी। बाजीराव पेशवा की मौत के बाद मराठों के पतन की प्रक्रिया शुरू हो चुकी थी। पतन की प्रक्रिया का आधार नेतृत्व का अभाव, आपसी झगड़े, और अंग्रेजों की विभाजन, चुगलखोरी, उलटफेर और षड्यंत्र की चालबाजियाँ चरमसीमा तक पहुँच चुकी थीं। रुहेलखंड के सरदार नजीबखाँ ने अब्दाली के हटने से उत्पन्न पावर वैकुम का फायदा उठाकर अंग्रेजों से, साँठगाँठ करके, दिल्ली के मुगल बादशाह को कत्ल कर डाला और दिल्ली की सल्तनत पर कब्जा कर लिया था। उधर हैदराबाद का निजाम अब्दाली के हटते ही बेहद कमजोर हो चुका था और मराठों से कृपा

की भीख माँगने लगा था। एक नया इतिहास लिखा जा रहा था, पुरानी दहलीज पर टूट चुकी शहादत के आधार पर। अगर अब्दाली के हमले के समय मराठों का अब्दाली की फौजों से टकराव नहीं होता, मराठों की फौज अगर अब्दाली के पठानों द्वारा काट नहीं डाली गयी होतीं, अगर बाजीराव पेशवा उनके भाई की पत्नी ने जहर देकर मार नहीं डाला होता अगर बाजीराव पेशवा के मरने के बाद उनकी नाबालिग औलाद गद्दीनशीन नहीं होती, अगर मराठों के अन्दरूनी झगड़े, सत्ता और गद्दी की लड़ाई अन्तिम दौर तक नहीं पहुँच जाती। अगर नजीब खाँ ने दिल्ली के बादशाह का कत्ल नहीं किया होता और अगर बक्सर की लड़ाई में अवध के नवाब की पराजय नहीं हुई होती तो शायद हिन्दुस्तान का इतिहास कुछ और होता। सिर्फ एक घटना, सिर्फ एक हादसा पूरी सदी, पूरे मुल्क की कैसे किस्मत बदल सकता है, अगर यह जानना हो तो उस दौर की तरफ देखना होगा जो अब्दाली और मराठों के टकराव के बाद पैदा हुआ। उसी दौर के बाद वह विभाजन रेखा या वह लक्ष्मण रेखा जिसे पार कर सकने की हिम्मत अंग्रेजों की नहीं होती, टूटने लगी थी, बिखरने लगी थी। वह विभाजन रेखा अंग्रेजों को रोक सकती थी, दिल्ली की सल्तनत को बचा सकती थी, हिन्दुस्तान को गुलाम बनाने से रोक सकती थी। लेकिन इतिहास बनाने के लिए, कोई बाहर से नहीं आता है। उसी दौर से वही लोग पैदा हो जाते हैं, जिन्हें उन हालातों में करना कुछ होता और करते कुछ और। मराठों की ताकत का जो आधार था, वही उनकी पराजय का कारण बना था।

असल में बाजीराव पेशवा के जमाने में मराठे चौथ वसूल करने के लिए पूना से आगरा, अजमेर, राजस्थानी रियासतों से लेकर मध्यप्रदेश के सुदूर राजाओं की नाकेबन्दी किया करते थे। चौथ की रकम पूना के खजाने में जमा की जाती थी। किलों की नाकेबन्दी करके, गोलाबारी की जाती थी। नाकेबन्दी, गोलाबारी के साथ-साथ, आमद के रास्तों पर गुरिल्ला तरीके से और कभी सीधी लूटमार से रसद के पहुँचने की रेखा तोड़ दी जाती थी। कुछ दिनों बाद मराठों की चौथ मिल जाती थी और वह लौट जाते थे। अजीब किस्म का धन्धा था। राज्य के विस्तार की योजना नहीं थी। प्रभुसत्ता का सवाल नहीं था, तहसीलदार, रियासतदार, राजा, नवाब, जमींदार बनाकर मालगुजारी वसूलने का दौर नहीं था क्योंकि राज्य के विस्तार में तहसीलदार, रियासतदार, राजा, नवाब, जमींदार बनाकर मालगुजारी वसूलने के साथ जिम्मेदारियाँ भी जुड़ी हुआ करतीं। क्षेत्रीय सुरक्षा के प्रश्न उठा करते थे। सामाजिक न्याय और कल्याण का मुद्दा पेश किया जा सकता था। शायद इसीलिए मराठों ने बड़ी ताकतों के क्षेत्र से अलग हटकर, छोटी रियासतों और कमजोर इलाकों से चौथ वसूलने की प्रक्रिया शुरू की थी।

लार्ड क्लाइव ने जिस तरह कम्पनी की तिजारत को हुकूमत में तब्दील

किया, दिल्ली के बादशाह को एलाहाबाद में कैद करके मराठों को युद्ध करने की दावत उसी तरह दी थी, जिस तरह बाजीराव पेशवा के जमाने में, अब्दाली ने दिल्ली की सल्तनत के लिए पानीपत की लड़ाई के लिए मराठों को उकसाया था। बदलते परिवेश में, अपने शौक को संतुलित करने के बजाय, मराठों ने दोनों दफे पूना से सैकड़ों मील दूर जाकर युद्ध का बिगुल बजाया था। मराठों की हार के बाद कम्पनी का शासन देश में हो चुका था और उसी के साथ पूना से लेकर अवध तक की वह शक्ति रेखा, वह विभाजन की लकीर भी टूट चुकी थी, जिसे पार करने की हिम्मत तब तक अंग्रेजों में नहीं थी और जो दिल्ली की सल्तनत को अंग्रेजों से बचाने के लिए किसी सुरक्षा कवच से कम नहीं थी। समय बदलता रहा, अंग्रेजों का शिकंजा कसता गया। अन्त में हैदराबाद के निजाम से लेकर, दिल्ली, अवध की सल्तनत तक, यानी भारत के कोने-कोने में कम्पनी का राज स्थापित हो चुका था। दिल्ली, अवध, रुहेलखंड, हैदराबाद के साथ जितने इलाके, सूबे अंग्रेजों ने हासिल किये थे उन सभी जगहों पर मुगल, पठान या मुसलमान नवाबों की हुकूमत थी। अंग्रेजों ने मुसलमान, नवाबों को मार-काटकर खत्म कर दिया था और उन मराठों को भी खत्म कर दिया था जो चौथ वसूल करते थे।

1857 के दौर के बाद जिन मुसलमानों को काटकर खत्म करके अंग्रेजों ने, मुल्क की सत्ता हथियायी थी, उन्हीं मुसलमानों को एक अलग कौम के रूप में, एक अलग इकाई के रूप में बढ़ाना शुरू कर दिया था। बीसवीं सदी के आने के बाद, खासकर पहली लड़ाई के बाद, जैसे-जैसे आजादी की लड़ाई तेज हुई थी वैसे-वैसे अंग्रेजों की चालबाजियों का दौर भी तेज हुआ था। उधर मराठा चिन्तक, विचारक जिस प्रकार से आजादी की लड़ाई लड़ रहे थे, वह बहुत कुछ उस मराठा गौरव की वापसी के लिए संघर्ष था जो बाजीराव पेशवा के जमाने में लेकिन अब्दाली की भी लड़ाई के पहले अपनी पराकाष्ठा पर था। अपनी क्षेत्रीय सीमाओं को तोड़कर, मराठा प्रभुसत्ता का सपना, मराठा चिन्तक नेताओं के अन्दर, किसी न किसी रूप में कसमसा रहा था। यह इतिहास की भूल नहीं थी, यह राजनीति की उठापटक नहीं थी, यह साफ-सुथरी ऐतिहासिक पुनरावृत्ति थी कि जिस मुसलमानी साम्राज्य की मदद के लिए मराठों ने पहले अब्दाली और फिर अंग्रेजों से संघर्ष किया था, उन्हीं मुसलमानों को अंग्रेजों के उकसाने के बाद, मराठों ने अपना दुश्मन समझ लिया। सम्भवतः इसी परिप्रेक्ष्य में राष्ट्रीय स्वयं सेवक संघ की स्थापना हुई थी। जैसे-जैसे राष्ट्रीय प्रभुसत्ता या हिन्दूराष्ट्र का बिगुल बजता रहा, वैसे-वैसे अंग्रेजों की चाल कामयाब होती गयी और हिन्दू और मुसलमान पहले दो खेमों में और फिर दो राष्ट्रों में बँट गये। देश के विभाजन के बाद लोग सम्भलने भी नहीं पाये थे कि अंग्रेजी तुरुप का पत्ता मराठा प्रभुसत्ता की महत्त्वाकांक्षाओं से जुड़ गया और नाथुरामगोड ने महात्मा

गांधी को गोली मार दी।

जिस समय जनता सरकार का पतन हो रहा था, करीब-करीब उसी समय नागपुर में एक तरफ राष्ट्रीय स्वयंसेवक संघ के मुख्यालय में नितीनिर्धारक मंडल का रुख भारतीय जनता पार्टी के प्रति बदल रहा था, वहीं दूसरी तरफ दिल्ली की जामा मस्जिद के शाही इमाम की फितरत में तब्दीली आ रही थी। चार पैसे की दलाली करनेवाले नेताओं की सरपरस्ती में, मुस्लिम समुदाय के दृष्टिकोण में, नजरिये में, राजनैतिक रुझान में अनेक परिवर्तन आना शुरू हो गये थे। 1976 की इमरजेंसी के दौरान प्रधानमन्त्री निवास के आदेश पर जामा मस्जिद, पुरानी दिल्ली में जिन छोटे-छोटे पाकिस्तान को नेस्तनाबूद करने के लिए, कश्मीरी पण्डित लाबी ने अभियान चलाया था, उसकी वजह से मुसलमानों में, चारों तरफ आक्रोश पैदा हो चुका था। वैसे नसबंदी की वजह से अनेक-अनेक वर्गों में, असंतोष का लावा उबलने लगा था। लेकिन आजादी के वक्त जो मुसलमान पाकिस्तान नहीं गये थे, जिन्होंने भारत में रहने का फैसला किया था जिनकी मानसिकता में पार्टी का आधार, पार्टी की नीतियाँ, पार्टी के नेता पूर्ण रूप से समाहित थे, और जो बंगलादेश की लड़ाई के बाद, यानी पाकिस्तान के विघटन के बाद भी पार्टी के खिलाफ नहीं हुए थे। इन मुसलमानों ने अपने नेताओं को नकार दिया था, अपने मुद्दों को भूल चुके थे। मौलवी, मुल्ला तथा मजहबी दलालों की दुकान बन्द होने लगी थी और शायद पहली बार भारत के समूचे मुसलमानों ने राष्ट्रीयधारा को स्वीकार किया और समूचे देश में जाग उठी राष्ट्रीयता को पूर्णरूप से आत्मसात कर चुके थे। परिवर्तन की इस बेला में, शायद देश में इतनी तरंग, इतना उन्माद छाया हुआ था, जैसा न पहले कभी था और न ही उसके बाद कभी हुआ। उस दौर को बाँधकर, उस तरंग को लाँघकर, उस उन्माद को किसी स्वयंभू आन्दोलन में इतिहास में बदल डालने की किसी ने नहीं सोची। सब कुछ बिखर गया धीरे-धीरे क्षीण होता गया, नष्ट हो गया। उन्माद का उतार, तरंग की ढलान बड़ी भयावह होती है। उसे रोक पाना नामुमकिन होता है। शायद इतनी-सी बात कोई नहीं समझ पाया। सच ही तो था, एक जवाहरलाल और चाहिए था, उस समय देश को और वह था नहीं।

हाईकोर्ट का एक जज, जवाहरलाल की टक्कर के...एक नेता गुजरात और बिहार के मुख्यमन्त्रियों ने मिलकर उस राष्ट्रीयता के उन्माद सत्व को सोखकर देश को घृणित दिशा में मोड़ दिया था। अहंकार, स्वार्थ, सत्ता के मोह और भ्रष्टचार के मुद्दों ने देश के अन्दर ऐसी आग लगायी जो फिर कभी बुझने नहीं पायी, और जिसकी परिणति दो प्रधानमन्त्रियों की हत्या से हुई। कोई नहीं समझ पाया। दो मुँहे चिन्तक, सतही धरातल पर टिके हुए विचारक, सस्ती राजनीति के खिलाड़ी आँख में पट्टी बाँधकर किसी खतरनाक खेल में देश को घसीट रहे

थे। कौन जानता था, उस खतरनाक खेल की नकेल, उस खतरनाक चाल की गोट, दूर, बड़ी दूर सात समुद्रों के पार, किसी अट्टालिका में बैठे हुए चन्द इन्सानों के हाथ में थी। किसे मालूम था, पाकिस्तान अपने विघटन का, अपने विभाजन का इन्तकाम, बदले की प्रक्रिया शुरू कर चुका था। पाकिस्तान को बंगलादेश के बदले में न जाने कितने पंजाब, न जाने कितने आसाम, न जाने कितने कश्मीर चाहिए थे। हैरत की बात थी, उस बार कोई हमलावर सीमा पार से नहीं आया था, उसे यहीं इसी मुल्क की जमीन से, यहीं की मिट्टी से निकाला गया था। फर्क था सिर्फ हाथ का। हाथ किसी के थे, आवाज किसी की थी, दिमाग किसी और का था और सोच, विचारधारा, षड्यंत्र कहीं और रचा गया था। विश्व के इतिहास में सारी समूची मानवता के दौर में, ऐसा वक्त, ऐसा दौर, ऐसी प्रक्रिया कभी नहीं पैदा हुई जब इतनी बड़ी उपलब्धियों को, इतने थोड़े समय में, इतनी बड़ी संख्या में, भुला दिया, झुठला दिया और विदेशी षड्यंत्र का हिस्सा बन गये। साठ करोड़ इन्सानियत के जज्बात उनकी अपेक्षाओं को कुचल-कुचल कर रौंदकर कोई ताकत खिलवाड़ कर रही थी और जिन लोगों के हाथ सत्ता थी, ताकत थी, जो मुल्क की हिफाजत के लिए जिम्मेदार थे, उनकी कुछ भी समझ में ही नहीं आ रहा था, उस खेल को जान भी नहीं सके, जिसकी डोर जिसकी नकेल, किसी और जगह थी, किसी और के पास थी।

आजादी के बाद भारत सम्भल गया क्योंकि उसके पास जवाहरलाल नेहरू जैसा नेता था। जवाहरलाल नेहरू का दौर निर्माण और संगठित प्रयास का दौर था। देश का विभाजन होने के बाद भी, उस राष्ट्रीयता के खण्डित होने के बाद भी, जिसने अंग्रेजों के खिलाफ संघर्ष में जन्म लिया था, एक लम्बी छलाँग लगाई थी देश ने। ऐसा होता नहीं है। भौगोलिक सीमाओं से, राष्ट्रीयता का या नेशनवुड का जन्म नहीं होता है। लेकिन भारत में राष्ट्रगत मौलिक भावना पहले पैदा हुई थी, राष्ट्रीयता का जन्म उसी के साथ हुआ था और देश की भौगोलिक सीमाएँ बाद में बनी थीं। पण्डित जवाहरलाल नेहरू पाकिस्तान को असफल करना चाहते थे इसीलिए उन्होंने धर्मनिरपेक्ष प्रजातांत्रिक मूल्यों पर अधिक जोर दिया और आर्थिक नीतियों को योजनाबद्ध तरीके से आगे बढ़ाया। इसी दौर में जहाँ एक तरफ पाकिस्तान की हालत बिगड़ती गयी भारत लगातार तरक्की करता गया। उधर साम्प्रदायिक ताकतों ने जवाहरलाल नेहरू के जाते ही, सिर उठाना शुरू कर दिया था। कभी गोहत्या का मामला, कभी साधुसमाज के मुद्दे, कभी मन्दिर-मस्जिद के झगड़े बराबर चलते रहे। महात्मा गांधी की हत्या के बाद राष्ट्रीय स्वयं सेवक संघ के ऊपर जो प्रतिबन्ध लगाया गया था, वह भी उठा लिया गया था। जवाहरलाल नेहरू के बाद एक जबरदस्त कश्मीरी पण्डितों की लाबी प्रधानमन्त्री के ऊपर हाबी होती गयी थी। इनकी विचारधारा, इनकी सोच

अजीबोगरीब तरीके की थी। यह लोग अन्दर ही अन्दर मुसलमानों से नफरत करते थे और पाकिस्तान को तोड़ना चाहते थे। इन लोगों ने जवाहरलाल नेहरू के कार्यक्रम को पीछे मोड़ दिया। जवाहरलाल नेहरू ने धर्मनिरपेक्ष, प्रजातांत्रिक, योजनाबद्ध शासन की बुनियाद पर समाजवाद का नारा सिर्फ इसलिए नहीं दिया था कि वह समाजवाद पर विश्वास करते थे। शायद वह सब पाकिस्तान को लुभाने के लिए था। जब पाकिस्तान टूट रहा था और जब उसके पड़ोस में धर्मनिरपेक्ष, प्रजातंत्र पनप रहा हो, उस समय कुछ सम्भावना बनती थी दोनों देशों के मिलने की या जुड़ने की। लेकिन धीरे-धीरे पार्टी में मुल्क की ताकत बढ़ाने का सपना फलने-फूलने लगा और तभी बंगलादेश की लड़ाई हुई थी। बंगलादेश की लड़ाई एक हादसा था या पार्टी को बचाने का, सत्ता को मजबूत करने का प्रयास यह जानना मुमकिन नहीं भी हो, फिर भी 1969 के पार्टी के विभाजन के पहले 1967 में संयुक्त विधायक दल की सरकारें बन चुकी थीं और एक लरजता हुआ भयावह संकट पार्टी के अस्तित्व के ऊपर मंडरा रहा था। पार्टी के पास कार्यकर्ता नहीं थे, नारे थे, सिर्फ नारे और थे उन नारों को लगानेवाले नेता। उधर हिन्दुत्व की पुकार, हिन्दूराष्ट्र की परिकल्पना, मराठा प्रभुसत्ता के विघटन का स्थान ले चुकी थी। राष्ट्रीय स्वयं सेवक संघ के नेताओं में, बंगलादेश की लड़ाई के बाद, पार्टी के प्रति विशेष मोह व्याप्त हो चुका था। हिन्दू महासभा, रामराज्य परिषद, भारतीय जनसंघ, राष्ट्रीय स्वयं सेवक संघ, सभी पूरी तरह से असफल हो चुके थे और उसी के साथ अखण्डभारत का सपना रसातल में जा चुका था। मराठा चिन्तक, इतिहासकार और राष्ट्रीय स्वयं सेवक संघ के सरसंघ चालक ने धीरे-धीरे दिल्ली की तरफ कदम बढ़ाना शुरू कर दिया था। उधर कश्मीरी लाबी, बंगलादेश की सफलता के बाद, अपना ध्यान हिन्दूराष्ट्र की कल्पना की तरफ लगाने लगी थी। और तभी गुजरात का आन्दोलन शुरू हुआ फिर पटना के कदमकुआ से विद्रोह का बिगुल बजा था।

अन्तर्राष्ट्रीय स्तर पर अमेरिका की विदेशनीति ने भारत की राष्ट्रीयता को कभी स्वीकार नहीं किया। गुजरात और बिहार के आन्दोलन का उद्देश्य पार्टी को धर्मनिरपेक्ष प्रजातांत्रिक मूल्यों से दूर ले जाना था। सम्भवतः इसलिए कदमकुआ के संत को प्रेरित किया गया था। प्रजातंत्र पर पार्टी की आस्था उठने लगी थी, तभी 1976 में इमरजेन्सी लगाई गई। 1976 की आपातस्थिति सिर्फ जनता के लिए थी और शायद इसी राजनैतिक भूल का परिणाम था चुनाव में पार्टी की हार। जब राज्यतंत्र, शासक के हाथ से निकलकर अधिकारियों के हाथ में पहुँच जाय, उसी समय सरकार के पतन की प्रक्रिया शुरू होने लगती। गुजरात और बिहार के आन्दोलन भ्रष्टाचार के खिलाफ थे, पार्टी के खिलाफ नहीं। यदि उस समय इमरजेन्सी जनता के ऊपर नहीं, पार्टी के अन्दर लगाई जाती तो शायद,

देश का इतिहास कुछ और होता। 1977 में पार्टी की हार के बाद जनता पार्टी की सरकार आंतरिक झगड़ों में ताश के पत्तों की तरह खड़खड़ाकर गिर पड़ी। विघटन दलगत नहीं था, नीतिगत नहीं था, व्यवस्थागत नहीं था, राजनैतिक नहीं था, वैयक्तिक था, मूलगत था।

1980 में जब आम चुनाव का समय आया तब तक राजनैतिक और सामाजिक परिस्थितियाँ बदल चुकी थीं। पार्टी का दलीय, जातिगत, सम्प्रदायगत आधार बदल चुका था। पाकिस्तान के विघटन की वजह से और फिर दिल्ली की गलियों में बने छोटे-छोटे पाकिस्तान उजाड़ने की 1976 की कोशिशों की वजह से देश के मुसलमान पार्टी से दूर जाने लगे थे। देश के दक्षिणी क्षेत्रों में, तब तक पार्टी का आधार कमजोर नहीं हुआ था। दक्षिण भारत में पार्टी का आधार कमजोर नहीं होने की वजह थी आपातस्थिति का सकारात्मक उपयोग या साधारण उपयोग। उधर उत्तर भारत में, नौकरशाही ने, आपातस्थिति का उपयोग ऐसे ढंग से किया जिससे पार्टी की भूमिका संदेहास्पद हो चुकी थी। इसके पीछे कारण क्या थे, अगर इसका पता लगाया जाय तो एक बात खुलकर सामने आयेगी कि यद्यपि किसी सीमा तक नौकरशाही ने, वाहवाही लूटने के लिए, भयाक्रांत अपनी मानसिकता को पनाह देने के लिए, कुछ आर्थिक कुछ प्रशासनिक लाभ उठाने के लिए आपातस्थिति की नीतियों का, सिद्धान्तों का सख्ती से क्रियान्वयन किया था, लेकिन उनके अन्दर कोई दुर्भावना नहीं थी, किसी प्रकार का रोष नहीं था, किसी आक्रोश के तहत, किसी षड्यंत्र के तहत उन्होंने ऐसा नहीं किया कुछ भी तो। चुनाव करीब थे और मुसलमानों से पार्टी को खतरा महसूस होने लगा था। पार्टी का चुनावी समीकरण बिगड़ चुका था और प्रधानमन्त्री के सामने समस्या थी चुनाव जीतने की। उधर नागपुर की मराठा लाबी और प्रधानमन्त्री निवास की पण्डित लाबी में खुफिया समझौता हो चुका था। उस खुफिया समझौते का आधार 1977 की जनता सरकार में, भारतीय जनसंघ के बदलते हुए तेवर थे।

1977 में, भारतीय जनंसघ ने अपना विघटन कर दिया था और स्वयं को जनतापार्टी में पूर्णरूप से समा दिया था। उस समय और बाद में, जनतापार्टी की सत्ता के दौर में जनतापार्टी के जनसंघी घटक ने, नागपुर के राष्ट्रीय स्वयं सेवक संघ की अपेक्षाओं, आशाओं पर कुठाराघात किया था। राष्ट्रीय स्वयं सेवक संघ के नागपुरी नेता, जनसंघी नेताओं से रुष्ट हो गये थे। उधर बंगलादेश की रचना के बाद, पाकिस्तानी विघटन की वजह से नागपुर संघी प्रधानमन्त्री से प्रसन्न थे। उसी दौर में पार्टी ने राष्ट्रीय सवयंसेवक संघ से चुनावी साँठगाँठ की थी।

जब बलरामशास्त्री, मुख्यमन्त्री बनने की इच्छा और मन्त्रिमंडल गिराने की अभिलाषा से लेस होकर भारत के गृहमन्त्री की, सम्बन्धी बाई जी के पास पहुँचे,

वह उदास थीं, दुखी थीं और परेशान थीं। बलरामशास्त्री शातिर खिलाड़ी थे। बाई जी को देखते ही, उनकी उदासी, उनके दुख और परेशानी की वजह समझ चुके थे।

"प्रणाम करता हूँ बाई जी।" बलराम शास्त्री ने झुककर दण्डवत के अन्दाज में कहा था।

"आइए शास्त्री जी बैठिए।"

"जी।"

"और..." बाई जी ने आने की वजह पूछी थी।

"बस आपके दर्शन के लिए आया था।"

"मेरे दर्शन से क्या फायदा।"

"फायदा, नुकसान कब देखा हमने।"

"क्यों, राजनीति क्या धर्माथ के लिए करते हैं।" बाई जी की आवाज में व्यंग्य था।

"धमार्थ के लिए नहीं, बाबू के लिए।"

"सभी कहते हैं।"

"मैं उन सब में नहीं हूँ।"

"क्यों।"

"मैं बाबू के प्रति यानी भारत के गृहमन्त्री गुरुपदस्वामी के प्रति समर्पित हूँ।"

"कुछ दिन पहले तक और लोग भी यही कहते थे।"

"बाई जी। मुझे उन लोगों के साथ न घसीटिये।"

"क्या जानूँ।"

"मैं आपको कैसे विश्वास दिलाऊँ मैं उत्सुकदास जी जैसा नहीं हूँ।"

"वह भी ऐसा कहा करते थे।"

"उनके कहने और मेरे कहने में फर्क कर सकती हैं आप।"

"कर सकती हूँ करना चाहती हूँ लेकिन बार-बार मेरा मन मुझे ऐसा करने से रोकता है।"

"क्यों।"

"जब से मेरे भतीजे की हत्या..."

"उसी सम्बन्ध में आया था।"

"क्या।" बाई जी ने उदासी से पूछा था।

"मुझे गृह मंत्रालय तो दिया है, लेकिन अधिकार कुछ भी नहीं।"

"क्यों-क्यों...क्यों।"

"माननीय गुरुपदस्वामी के कहने पर मुझे मन्त्रिमंडल में तो ले लिया गया

लेकिन राज्यमन्त्री का दर्जा ही दिया।''

''क्या आप कृष्णबल्लभ यादव के भाई बलरामबल्लभ से भी गये बीते हैं।''

''अब आप ही देखिए बाई, सरकार।''

''मैं क्या कर सकती हूँ।''

''आप बहुत कुछ कर सकती हैं...आप से अधिक कोई शक्तिशाली है नहीं।''

''झूठ।''

''मैं और बाई सरकार से झूठ बोलूँगा।''

''मैंने ऐसा तो नहीं कहा।''

''मैंने बाई सरकार...''

''हाँ हाँ बोलिए। चुप क्यों हो गये।''

''मेरे चुप होने की वजह जानना चाहती हैं आप।''

''हाँ।''

''लेकिन यह बात...''

''आप निश्चिन्त रहें।''

''आपके पास आकर मैं सब कुछ...समस्त चिन्ताओं से मुक्त होने लगता हूँ लेकिन एक शंका, बार-बार मेरे मन को कुरेद रही है।''

''बोलिए न।''

''मन्त्रिमंडल खतरे में है, बाई सरकार।''

''क्या कह रहे हैं आप।''

''मैं ठीक कह रहा हूँ बाई सरकार।''

''मतलब।''

''विद्रोह की कगार पर हैं, विधायक और नेता।''

''विधायक और नेता।'' बाई जी की आवाज में सवाल था।

''जी।''

''जरा खुलकर कहिए।''

''नेता तो बस एक है।''

''कौन।''

''बलदेव चौधरी।''

''और विधायक।''

''अनेक हैं...अनगिनत हैं।''

''कोई खास वजह।''

''सब कुछ बाबू सरकार ने अपने नियंत्रण में ले लिया था...यहाँ तक,

लोबीराम को वापस ले आये थे।''

''हाँ। तभी तो मन्त्रिमंडल का गठन सम्भव हो सका था।''

''जी।''

''उत्सुकदास का मुख्यमन्त्री बनना असम्भव था।''

''और बाबू सरकार ने उसे सम्भव बना दिया।''

''जानती हूँ।''

''लेकिन एक बात आप नहीं जानतीं।''

''क्या।''

''बाबू सरकार की पीठ में छुरा भोंका गया है।''

''इतनी बड़ी बात कह रहे हैं, आप।''

''मैं ठीक कह रहा हूँ, बाई सरकार।''

''कोई सबूत।''

''सबूत की जरूरत नहीं है, पार्टी के विधायक विद्रोह पर आमादा हैं।''

''लेकिन इसकी वजह क्या है।''

''वजह है बहुत बड़ी वजह है।''

''मैं जानना चाहती हूँ।''

''धोखा, जालसाजी, फरेब।''

''सोच समझकर बोलिएगा, शास्त्री जी।''

''मुझे कुछ बोलने की, कहने की आवश्यकता नहीं है, पार्टी के वह तमाम विधायक जो बाबू सरकार के भक्त हैं, किसी भी वक्त मन्त्रिमंडल को गिरा सकते हैं।''

''फिर गिराते क्यों नहीं।''

''बाबू सरकार का लिहाज हैं उन्हें। और फिर आपका इशारा भी तो नहीं मिला है, उन्हें।''

''मेरा इशारा...मैं भला क्यों इशारा करूँगी।''

''इसलिए...शायद इसलिए कि फूलदास की हत्या का काँटा...आपकी तरह सबके मन में गढ़ रहा है।''

''मैं कुछ नहीं जानती...मैं कुछ नहीं कह सकती।''

''आपको कुछ कहना नहीं होगा बाई सरकार।'' बलरामशास्त्री ने, बाई जी की दुखती रग पर हाथ रख दिया था। उधर बाई जी की आँखें छलछला आयीं जिसे भुर्राक धोती के किनारे से पोंछने के बाद उन्होंने एक लम्बी सांस छोड़ी थी।

''मुझे बहुत कुछ करना होगा बाई सरकार, समय कम है।''

''क्या।''

“विधानसभा विधायक दल में पार्टी के विधायकों में कम से कम 100 विधायक ऐसे हैं जो बाबू सरकार के अनन्यभक्त हैं।”

“जानती हूँ।”

“यह विधायक पार्टी छोड़ सकते हैं।”

“क्यों।”

“इनके अन्दर असन्तोष का दावानल धधक रहा है।”

“कोई खास वजह।”

“सौ में से कम से कम 25 विधायक आपके प्रति समर्पित हैं, बाई सरकार।”

“जानती हूँ।”

“यह 25 विधायक फूलदास की हत्या से उत्तेजित हैं।”

“होना भी चाहिए।”

“बाई सरकार। उन पच्चीस विधायकों को इस बात की जानकारी हो चुकी है कि फूलदास की हत्या उत्सुकदास ने करवायी है।”

“क्या कह रहे हैं शास्त्री जी।”

“मैं ठीक कह रहा हूँ।”

“कोई आधार है आपके पास।”

“क्यों। किस आधार की आप बात कर रही हैं।”

“इसी की, और क्या।”

“सर्वविदित है, हत्या यशोदाबल्लभ ने करवायी।”

“इसका पता है हमको।”

“तब तो आप यह भी जानती होगीं कि कृष्णबल्लभ का भाई है यशोदाबल्लभ।”

“हाँ।”

“तो आपको यह भी पता होगा उत्सुकदास और कृष्णबल्लभ एक हैं।”

“हाँ।”

“और यह भी आप जानती होंगी फूलदास के हत्यारे पकड़े जा चुके हैं।”

“जानती हूँ।”

“जालिमखाँ और दुर्लभकाछी, यही हैं न, कातिलों के नाम।”

“हाँ।”

“फिर तो आपको मालूम होगा कि इन कातिलों ने फूलदास को क्यों मारा। उनकी हत्या की वजह क्या थी।”

“इसकी जानकारी मुझे नहीं है।”

“ताँबाकांड के बारे में तो आपने सुना होगा।”

''उसमें तो...''

''नहीं...उसमें बाबू सरकार के विरुद्ध लगाये गये आरोप निराधार हैं।''

''क्या मतलब।''

''जो मैंने कहा।''

''पहेलियाँ मत बुझाइये शास्त्री जी।''

''मामला ही कुछ ऐसा है।...पहेली सा बन गया है...कोई मेरा विश्वास नहीं करता लेकिन सच तो...''

''रुक क्यों गये, बोलिए शास्त्री जी,।'' बाई जी की आवाज में मुलायमियत थी।

''डर लगता है।''

''किससे।''

''बाबू सरकार से।''

''वह तो यहाँ नहीं हैं।''

''कहीं आप...।''

''मैं उनसे नहीं कहूँगी।''

''तब ठीक है... बलराम शास्त्री कुछ आगे सरक आये और फुसफुसाकर बोले,''ताँबाकांड का बाबू सरकार से कुछ लेना-देना नहीं है।''

''फाइल पर दस्तखत।''

''वह फाइल नकली है।''

''फाइल नकली है।'' बाई जी आगे सरक आयीं।

''हाँ, बाई सरकार फाइल नकली है।''

''कैसे।''

''जिस, फाइल पर बाबू सरकार के दस्तखत हैं, वह डुप्लीकेट फाइल है।''

''डुप्लीकेट फाइल।''

''हाँ।''

''कैसे हो गया सब...कभी-कभी लगता है, डाकुओं के किसी गिरोह ने हम्हें घेर रखा है।''

''ठीक सोचा आपने...हम डाकुओं के गिरोह से घिरे हुए हैं और जानती हैं, उनका सरदार कौन है।''

''कौन।''

''मुख्यमन्त्री उत्सुकदास।''

''सच में।''

''हाँ। बाई सरकार, हाँ।''

''मैं तो तंग आ चुकी हूँ...कितने बार कह चुकी हूँ...लेकिन बाबू सुनते

ही नहीं।'' बाई जी ने खीझकर कहा।

''अब सुनेंगे...''

''क्यों। क्या हुआ।''

''ताँबाकांड, उत्सुकदास के ताबूत की आखिरी कील साबित होगा। अफसोस की बात है, तब तक शायद सब कुछ चुक चुका होगा...कुछ बचेगा नहीं।''

''क्या मतलब। यह भी कोई दाँव है, शास्त्री जी।''

''दाँव नहीं है, यह घात है जो बलदेवचौधरी साधकर बैठे हैं।''

''सुना है, बलदेवचौधरी विद्रोह पर आमादा हैं।''

''ठीक सुना है, आपने। मन्त्रिमंडल का पतन निश्चित है।''

''लेकिन आप भी तो...''

''हाँ मैं भी उसी मन्त्रिमंडल का सदस्य हूँ लेकिन क्या कर सकता हूँ, मेरी बात कोई नहीं मानता...कोई नहीं सुनता। तभी तो आपके पास आया हूँ।''

''मेरे पास।''

''हाँ।''

''लेकिन मैं क्या कर सकती हूँ।''

''आप बहुत कुछ कर सकती हैं।''

''लेकिन क्या।''

''आप, मन्त्रिमंडल की डूबती हुई नैया की बचा सकती हैं।''

''मैं।''

''जी हाँ आप।''

'''लेकिन किस तरह और फिर उत्सुकदास जैसे थर्ड रेट आदमी के मंत्रिमंडल को बचाने में मेरी रुचि हो सकती है, ऐसा सोचने का आपका आधार क्या है।''

''आधार है, बाई सरकार, आधार है।''

''क्या है, आधार।''

''वही आधार, वही अर्थ, वही माने, वही बातें वही मजबूरियाँ जिनकी वजह से बाबू सरकार ने उत्सुकदास को मुख्यमन्त्री बनाया। मजबूरियाँ हैं...बदलते हुए समीकरण हैं। बदलती हुई परिस्थितियाँ हैं और है तेजी से बदलता हुआ गणित। विधानमंडल पार्टी में अगर लोबीराम को छोड़ भी दिया जाय तो अधिकतर विधायक बाबू सरकार के अनन्य भक्त हैं और वह सब क्रोधित हैं, उनके अन्दर आक्रोश उबल रहा है, माननीय मुख्यमन्त्री के खिलाफ।''

''उससे क्या होता है, पार्टी का अनुशासन तोड़कर कोई सामने नहीं आयेगा।''

''आयेगा बाई सरकार आयेगा।''

''ऐसा कभी हुआ है।''

''नहीं।''

''फिर।'' बाई जी ने सवाल पूछा था।

''इस बार होगा...बाई सरकार...इस बार जरूर होगा।''

''क्या होगा।''

''विद्रोह।''

''कौन करेगा विद्रोह।''

''बलदेवचौधरी।''

''वह तो सभी जानते हैं, लेकिन बलदेवचौधरी के विद्रोह का परिणाम जीरो है।''

''नहीं इस बार परिणाम जीरो नहीं होगा।''

''मतलब।''

''मन्त्रिमंडल का पतन निश्चित है।''

''संख्या क्या कहती है...सरकार कौन बनायेगा...आप शास्त्री जी बहक रहे हैं।''

''सरकार बनाने की प्रक्रिया शुरू हो चुकी है...''

''क्या।''

''जी हाँ, विरोधीदल एक कार्यक्रम, एक झण्डे के नीचे मिल रहे हैं।''

''और नेता।''

''नेता होंगे, बलदेवचौधरी।''

''क्या सभी दल...''

''हाँ बाई सरकार हाँ...तभी तो मैं कह रहा हूँ सिर्फ आप बचा सकती हैं, मन्त्रिमंडल को और पार्टी को।''

''मैं।''

''हाँ आप अगर बाबू सरकार को इस बात के लिए मना लें...''
बलरामशास्त्री, असल में, बहुत घुमाकर उस मुद्दे पर आ रहे थे, जिसके लिए, वह बाई जी के पास आयें थे। फिर भी उनको डर था, वह घबड़ा रहे थे और आशंकित मन उनका, बार-बार उस बात को कहने से रोक रहा था, जो वह कहना चाह रहे थे। बलरामशास्त्री मुख्यमन्त्री बनने के चक्कर में थे और अपने इसी प्रयोजन को सफल बनाने के लिए, वह बाई जी से सहयोग माँगने आये थे। काफी देर से घुमा-फिराकर, उठाकर, पटककर वह बात सामने नहीं ला सके तब खीझकर उन्होंने कहा था, ''उत्सुकदास को हटना होगा...उनकी जगह पर मैं अपना नाम प्रस्तावित करना चाहता हूँ और इस प्रयोजन में आपका

आशीर्वाद...''

''मेरे आशीर्वाद से क्या होता है।'' बाई जी ने हिकारत से कहा।

''होता है...होता है...अगर हम्हें आपका आशीर्वाद प्राप्त हो जाय तो...''

''आप मुख्यमन्त्री बन सकते हैं।''

''हाँ।''

''मैं नहीं मानती।''

''लेकिन क्यों।''

''इसलिए सिर्फ इसलिए कि आपका अभी स्टेचर नहीं बन सका है।''

''वह सब बनने में कितनी देर लगती है।''

''देर लगती है...लोग मानेंगे नहीं, आपको कौन स्वीकार करेगा, अपना नेता...शायद कोई नहीं।'' बाई जी ने फैसले के अन्दाज में कहा था।

''ऐसा न कहिए...मैं तो...''

''मुझे मालूम है, मैं जानती हूँ, आपको निराशा होगी...आपकी उम्मीद पर पानी फिर जायेगा और फिर अभी तो उत्सुकदास है न।''

''है भी और नहीं भी। किसी वक्त विद्रोह हो सकता है, पार्टी टूट सकती है, तब क्या होगा...बाई सरकार मैं बड़ी उम्मीद से आया था, मुझे मालूम है, मैं जानता हूँ उत्सुकदास को कोई नेता मानने को तैयार नहीं है। पिछले कुछ दिनों में सबकुछ जो छिपा था, सामने आ चुका है। विधायक विद्रोह पर आमादा हैं। बलदेवचौधरी के साथ भले ही विधायकों की गिनती अधिक न हो, उन्होंने पार्टी के अन्दर एक जलजला, एक तूफान का मुँह खोल दिया है। उधर ताँबकांड की कलई खुलने से बाबू सरकार का गुट आक्रामक स्थिति में आ चुका है। सवाल मेरे मुख्यमन्त्री बनने का नहीं है, सवाल है, बलदेवचौधरी की गतिविधियों से पार्टी के विघटन को बचाने का।''

''पार्टी का विघटन।''

''जी हाँ। एक दो दिन में, बलदेवचौधरी पार्टी की सरकार को हटाकर, मुख्यमन्त्री बननेवाले हैं अब पार्टी के मन्त्रिमंडल को बचाने का सिर्फ एक तरीका है।''

''क्या।''

''उत्सुकदास को मुख्यमन्त्री पद से हटा दिया जाय।''

''यही तो...''

''आप भी चाहती हैं...लेकिन खुलकर नहीं कहना चाहतीं।''

''बाई सरकार। अगर उत्सुकदास को हटाये जाने का मुहिम बाबू सरकार के भक्त विधायक छेड़ देंगे, तब बलदेव चौधरी का अभियान अपने आप रुक जायेगा। हो सकता है, तब बलदेवचौधरी पार्टी छोड़कर न जायें।''

“ऐसा सम्भव है।”

“क्यों नहीं।”

“कैसे।”

“बलदेवचौधरी, उत्सुकदास के मन्त्रिमंडल में उपमुख्यमन्त्री नहीं रह सकते। लेकिन बलदेवचौधरी के मन्त्रिमंडल में मैं उपमुख्यमन्त्री रह सकता हूँ।”

“आप।”

“हाँ बाई सरकार। आपका आशीर्वाद, मेरे सिवा किसे प्राप्त है। बाबू सरकार के गुट का प्रदेश में कौन नेता है, इन सौ से अधिक विधायकों को कौन नियंत्रित करेगा। बाबू सरकार की राजनीति कौन चलायेगा...इसका फैसला हो जाना चाहिए वर्ना...”

“वर्ना।”

“पार्टी के विघटन की प्रक्रिया शुरू होते ही, उत्सुकदास के मुख्यमन्त्री पद से हटते ही, बाबू सरकार का गुट तितर-बितर हो जायेगा...विधायकों को बाँधकर रखना है कि नहीं। हालात बदल चुके हैं...”

“मुझे पता है मैं जानती हूँ...”

“यह समय निर्णय लेने का है, नहीं तो उत्सुकदास के कर्मों का फल हम्हें भुगतना पड़ेगा।”

“लगता है, आप ठीक कह रहे हैं। जब मैं चारों तरफ देखती हूँ तो मुझे कुछ दिखाई नहीं पड़ता। बाबू की अनुकम्पा से बने इस मन्त्रिमंडल में मेरे काम करनेवाला तो कोई नहीं है।”

“मैं तो हूँ।”

“आपकी मजबूरियाँ भी तो हैं।”

“हाँ मजबूरियाँ तो हैं।”

“तब।”

“ठीक कहा आपने। अपने ही मन्त्रिमंडल में, हम अपने आपको कितना असहाय महसूस कर रहे हैं। तभी तो मैं योजना लेकर आया था।”

“आपकी योजना में आधार होते हुए भी...”

“मैं बताता हूँ आपको...आप मेरा विश्वास कर सकती हैं...“मैं आपके चरणों की सौगन्ध खाकर कहता हूँ,” बलरामशास्त्री बाई जी के पैरों के पास बैठ गये। वह पूरी तरह तैयार होकर आये थे, “जब तक सांस की घड़ी चल रही है मैं आपकी आँख के इशारे देखकर सारे काम करूँगा। मैं आज इस वक्त, गंगा जी की कसम खाकर कहता हूँ जो आप चाहेंगी वही होगा और उत्सुकदास की जड़ खोदकर रख दूँगा...आप महान् हैं...”

“वह सब तो ठीक है, लेकिन करना क्या होगा।”

“दो दिन का समय है, हम्हारे पास...बाबू सरकार के भक्त विधायकों को मैं इकट्ठा करता हूँ...उनका डेलीगेशन लेकर बाबू सरकार से मिलता हूँ...”

“किसलिए।”

“उत्सुकदास को हटाने के लिए और किसलिए।”

“लेकिन क्या बाबू तैयार होंगे।”

“क्यों नहीं—उनका मन दुखी है...ताँबाकांड की कलई खुल चुकी है।”

“इतना इत्मीनान अगर आपको है तो...”

“आप बाबू सरकार से बात करके देखें तो...”

“क्या कहना होगा।”

“अभी तो सिर्फ इतना कि बलदेव चौधरी के विद्रोह से निपटने के लिए, बलदेव चौधरी को मुख्यमन्त्री बना दिया जाय।”

“लेकिन उससे तो सत्ता हम्हारे हाथ से निकल जायेगी कुछ भी हो, उत्सुकदास, अपने आदमी हैं।”

“अपने आदमी थे, माननीय मुख्यमंत्री अब किसी के नहीं हैं, वह सिर्फ अपनी चाल चल रहे हैं सिर्फ अपना खेल खेल रहे हैं। और फिर अगर यह चाल, यह दाँव, बाबू सरकार के गुट की तरफ से चला जायेगा और अगर बलदेवचौधरी हम्हारी सहमति से, हम्हारे समर्थन से मुख्यमन्त्री बनेंगे तो हम अपनी एक शर्त तो रख सकते हैं न।”

“हाँ।”

“और वह शर्त होगी...”

“क्या होगी वह शर्त।”

“यही कि हम्हारे गुट का उपमुख्यमन्त्री होगा।”

“अच्छा माना, हो गया तब।”

“अगर मुझे उपमुख्यमन्त्री बनाया गया तो मैं ऐसी चाल चलूँगा, ऐसा खेल रचूँगा कि छह महीने के अन्दर मुझे मुख्यमन्त्री बनने से कोई नहीं रोक सकता।”

“बताइये क्या करेंगे आप।”

“मैं बाबा विश्वनाथ को आजाद कराऊँगा।”

“बाबा विश्वनाथ को।”

“हाँ।”

“क्या मतलब।”

“ज्ञानवापी मस्जिद, हटाई जाय, बाबा विश्वनाथ को कैद से आजाद किया जाय...”

“यह काम आप करेंगे।”

“नहीं।”

"फिर।"

"स्वामी करपात्री जी महाराज की रामराज्य परिषद करेगी, बाई सरकार।"

"और आप।"

"मैं सारी योजना लेकर आपके साथ प्रधानमन्त्री को विश्वास में लूँगा।"

बाई जी के रोंगटे खड़े हो गये। उनके अन्दर कोई कँपकपी, कोई डर बैठने लगा। उन्होंने बलरामशास्त्री को ध्यान से देखा। ठिगना-सा, अदने कद का, दयनीय चेहरेवाला व्यक्ति जिसे लोग बलरामशास्त्री के नाम से जानते हैं, इतना खतरनाक हो सकता है, इसका अन्दाज नहीं था उनको। फिर भी बलरामशास्त्री जो कुछ कह रहे थे, वह अर्थहीन नहीं था। बाई जी की समझ में कुछ-कुछ आ रहा था। तभी एक बात उनके दिमाग में कौंध गयी और उन्होंने बलरामशास्त्री की आँखों में झाँककर पूछा।

"आप करपात्री जी को कितने दिनों से जानते हैं।"

"मैं उनके परिवार का सदस्य हूँ।"

"लेकिन वह तो..."

"संन्यासी हैं।"

"हाँ।"

"क्या संन्यासियों के परिवार नहीं होते। मैं उनसे बात करके आया हूँ।" बलरामशास्त्री ने दाँव फेंका।

"तो फिर आप करपात्री जी से कहिये, वह बाबा विश्वनाथ को नहीं, भगवान् राम को आजाद कराने की बात सोचें।"

"क्यों।"

"मुझे कुछ मालूम है, मैं कुछ जानती हूँ।" बाई जी उठकर चली गयीं।

तेईस

जगन महाराज, मुख्यमन्त्री आवास के ग्रीन रूम में बैठे हुए थे, जब पण्डाल में अनेक अभ्यर्थियों, किस्म-किस्म की अर्जियों, आकांक्षाओं, इच्छा और लिप्सा से लेस एक समूची मानवता से मुख्यमन्त्री उत्सुकदास जूझ रहे थे। काफी समय निकल चुका था। पण्डाल से निकलकर मुख्यमन्त्री अपनी बैठक में पहुँच चुके थे तब जगन महराज को पता लगा, मुख्यमन्त्री के सचिव मोहन कृष्ण कौल स्वयं पहाड़पुर-नानकपुर के सर्राफा डेलीगेशन के सिलसिले में अन्दर बैठक में मौजूद थे।

बात लम्बी थी, समस्याएँ गम्भीर थीं, जगन महाराज के ऊपर मण्डराते हुए संकट के बादल तब तक छँटे नहीं थे। किसी वक्त कुछ भी हो सकता था। वैसे जगन महराज का दाँव सही बैठा था। ऊपर से उनको लग रहा था वह सत्ता की ऊँची मीनार के करीब किसी सुरक्षित कवच के घेरे में आ चुके थे। किशनू को भेज दिया था, जगन महराज ने, मोहन कृष्ण कौल, गृह सचिव उर्फ मुख्यमन्त्री के सचिव के पास । किशनू को बाप मिल गया था, मोहन कौल को बेटा और जगन महराज के हाथ सोने की चिड़िया लग गयी थी। समूची सत्ता, सरकार का सारा तंत्र, उस वक्त उनकी मुट्ठी में था और उनकी समझ में नहीं आ रहा था, वह अपना खेल कहाँ से शुरू करें। वैसे किशनू, मोहन कृष्ण कौल के अतिरिक्त सत्ता के शिखर पर स्वयं मुख्यमन्त्री उत्सुकदास से जगन महाराज के सम्बन्ध थे, और फिर कितने अधिकारी, कितने अफसर, कितने मन्त्री, कितने नेता जगन महाराज के मजबूत शिकंजे में कसे हुए थे। किसी के चुनाव में वोट के डब्बे गोल कराये थे, किसी को धन, किसी को दौलत, किसी को औरत और शराब मुहय्या कराया था, जानोमाल की सुरक्षा, संकट से उबारना, तबादला, कोटा ठेका और दलाली के सारे दस्तूर निभा रखे थे जगन महराज ने। उनके सामने उस समय समस्या थी, एक तरफ अपने साम्राज्य को बचाने की, वहीं दूसरी तरफ जगन महराज को लग रहा था, ऐसा सुनहारा वक्त, ऐसा स्वर्णिम समय, पलटकर फिर कभी नहीं आयेगा। एक हड़बड़ाहट, एक छटपटाहट जगन महराज के अन्दर उस समय उछाल मार रही थी। उनको चारों तरफ जैसे शहनाइयाँ बजती हुई सुनायी पड़ रही थीं।

दूर से बजती हुई शहनाइयाँ, उन शहनाइयों से जुड़ी हुई तमाम जज्बात, भावनाओं की करवट जब बार-बार उनके अन्दर मचलने लगी और मुख्यमन्त्री आवास में बढ़ती हुई भीड़ का कोलाहल जब जगन महराज को प्रताड़ित करने लगा तब विशिष्ट ग्रीन रूम के वैभव को छोड़कर, जगन महराज ने अपने बचपन के दोस्त बरुन हालदार के पास जाने का फैसला कर लिया। तभी उनको याद आया, कुछ देर पहले, बरुन हालदार ग्रीन रूम के आसपास मंडराता हुआ दिखा था और कुछ देर के लिए वह ग्रीन रूम के अन्दर भी आया था लेकिन उसके बाद, वह कमबख्त सोना हालदार मैलसडीन कांड का हीरो और सी. पी. का दोस्त न जाने, कहाँ गायब हो गया। जगन महराज के बगल के कमरे में बैठे हुए पी. ए. गण से साधारण तरह से और खुराकी चपरासी से विशेषरूप से पूछताछ जरूर की थी लेकिन उनकी तफतीश या देखने, ढूँढ़ने की फितरत के चक्कर में बिना पड़े उसने मुख्यमन्त्री निवास से निकलकर होटल क्लार्क्स की तरफ गाड़ी बढ़ा दी।

ज़िस समय जगन महराज मुख्यमन्त्री निवास में बरुन हालदार उर्फ बी.

एच. को ढूँढ़ रहे थे, वह होटल के अपने कमरे में बैठकर जिन पी रहा था। तभी सी. पी. वहाँ आकर बैठ गया था।

''अरे सी. पी.। सी इ ई पी इ इ पी...''

''क्या है।''

''सी. पी.''

''हाँ'' सी. पी. का ध्यान कहीं और था।

''सी। सी. पी। पी। पी। पी।''

''तुम बरुन। क्या सी. पी. सी. पी. लगाये हुए हो और कुछ बोलते नहीं हो। आगे बढ़ो, कहो क्या कहना चाहते हो।''

बरुन कुछ नहीं बोला सिर्फ सी. पी. को घूरता रहा।

''क्यों। क्या चढ़ गयी है, कितने पेग लिए हैं। तुम साले सुबह से पीना शुरू कर देते हो और फिर सी. पी. सी. पी. चिल्लाते हो, गुल मचाते हो।''

''नाव लुक यू ब्लडी। मेरी बात ध्यान से सुनो।''

''क्यों। क्या तुम मुख्यमन्त्री हो या मन्त्रिमंडल के सदस्य हो।''

''वो भी बन जाऊँगा,'' बरुन की आवाज लड़खड़ा रही थी, ''लेकिन अभी डोन्ट बोर ! मैं असल में एक मजाक यानी एक लतीफा बनाने की कोशिश कर रहा था।''

''लतीफा। मजाक !''

''हाँ डियर !''

''तो बोलो न।''

''तुम्हारे नाम का पहल अक्षर क्या है।''

''सी. पी.।''

''पूरा नाम नहीं...'' बरुन कराहकर बोला।''

''सॉरी। पहला अक्षर सी। पी।''

''सी। ओ के। सी का क्या मतलब होता है।''

''सी का मतलब होता है, देखो।''

''तो तुम भी देखो।''

''क्या।''

''मुझे आगे बोलने दो न।''

''अच्छा अब तुम जल्दी से अपनी बात पूरी कर लो।''

''तो सी का मतलब है देखो है न।''

''हाँ।''

''तो फिर देखो और पीयो...नहीं नहीं सेनटेन्स का कन्स्ट्रक्शन कुछ इस होटल की तरह फाल्टी हो गया...तुम जरा इतंजार करो मैं इसे, ठीक करता हूँ

...ऐसा है सी है अंग्रेजी का शब्द और पी. है हिन्दी और आधुनिक भाषाओं का शब्द। तो मैंने अंग्रेजी से एक शब्द चुराया और हिन्दी का एक शब्द मिलाया तब जाकर कहीं बना मेरा लतीफा...सी इ इ पी इ इ'' हा हा हा, हू हू हू, ही ही ही, खी इ इ खी इ खी। दहाड़ें मारकर बरुन हँस रहा था और उसके साथ भिन्न-भिन्न करके कुछ मुस्कराता हुआ कुछ रोता हुआ सी. पी. भी हँस रहा था। फाइव स्टार होटल के उस कमरे में जिन की बोतल, दो-तीन गिलास, आइस बाक्स सोडावाटर, पानी का जग, सिगरेट की डिब्बी, ऐश ट्रे रखी हुई सामने की मेज पर और सोने के पलंग से सटी हुई साइड टेबल में लगे हुए स्पीकर से किसी अंग्रेजी गाने की धुन आ रही थी। कमरे के ऊपरी हिस्से पर लगे हुए ए. सी. बाक्स से ठंडी-ठंडी, हवा के झोंके, सिगरेट से निकलते हुए धुएँ को ऊपर की तरफ बहाकर ले जाते और फिर बिखरा देते।

''तुम साले बरुन हालदार की दुम बन चुके हो, और इस वक्त वह दुम जगन महराज के कब्जे में है।''

''जग अ अ न म अ ह रा आ ज अ...कहाँ...।'' बरुन हालदार उछल पड़ा।

''उसका नाम लेने से जब तू फुदकने लगा तो...''

''रुक यार।''

''हाँ।''

''तू बहुत बढ़िया आदमी है सी. पी.। तू पी तो रहा है न।'' बरुन हालदार रिरियाते हुए बोला।

''तुम्हीं ने तो पेग बना कर दिया था—और...''

''और कहा था...''

''सी. पी.''

''हाँ तो तू क्या कह रहा था।''

''मैं...''

''हाँ।''

''ओह। हाँ। तो मैं कह रहा था...''

''कुछ फुदकनेवाली बात।''

''ओह। यस। मेरे फर्टाइल दिमाग में बड़ी देर से एक आइडिया खुड़पेंच मचा रहा था।''

''सज ऐज।''

''कि अगर उत्तर प्रदेश का मुख्यमन्त्री उत्सुकदास न होता तो क्या होता !''

''मतलब।''

''उत्सुकदास तक तो ठीक है, लेकिन उसके बाद, जिस तरह के लोग

मुख्यमन्त्री बनने की कोशिश कर रहे हैं...''

''यू मीन। डियर सी. पी.। मन्त्रिमंडल खतरे में है।''

''यस।''

''तो फिर।''

''तुम्हारा तो काम हो गया न।''

''हाँ हो अ ग या अ आ... हो...हो...हो...ग ग ग ग गया या या...हो गया...हो गया...हो गया।'' बरुन गाना गा गाकर लग रहा था, सेलीब्रेट कर रहा था।

''मेरा क्या होगा'' सी. पी. ने ब्रेक दाग दिया और उसी के साथ बरुन खामोश हो गया।

''एक टापिक छोड़कर दूसरे पर बात करना गुनाह है सी. पी. !''

''कौन-सी बात। कौन-सा टापिक।'' सी. पी. अपनी समस्या में उलझा हुआ था। तभी घनानन्द बिठौरिया उर्फ जी. एन. उर्फ धानकांड का हीरो, खरामा-खरामा, मुस्कराते हुए, सर्ज की पैन्ट और बिना कालरवाली कमीज में अन्दर दाखिल हुआ। जी. एन. के आते ही, सी. पी. उठा, गिलास की शराब खत्म की, एक पेग बनाकर और लगाया और बाहर निकल गया। सी. पी. और जी. एन. एक साथ नहीं बैठ सकते थे।

बरुन हालदार और जी. एन. असल में, दोनों फँसे हुए थे और उस वक्त एक-दूसरे को तौल रहे थे। मैलसडीन कांड में, समुद्र में फेंकी जानेवाली, दवा का जखीरा, बरुन हालदार ने, अमेरिका के तटवर्ती इलाकों से खरीदकर स्वास्थ विभाग को, आँख की बीमारी की रोकथाम के लिए बेच दिया था। आँख की बीमारी भला उस कमबख्त मैलसडीन से कहाँ रुकती, वहाँ तो कितने लोग अंधे हो गये, कितने पागल हो गये और कितनों के अन्दर डी. एन. ए. जीवाणुओं का संतुलन बिगड़ गया था। उधर जी. एन ने धानकांड नामक घपला कर रखा था। धानकांड में जी. एन. ने सेक्सरिया बन्धुओं के साथ मिलकर, धान का रिकवरी रेट गिराकर, किसानों से खरीदा हुआ धान, मिल मालिकों को, बिना भुगतान के दिलवा दिया था। खाद्यसचिव से लेकर मिल मालिकों के साथ जी. एन. उस मामले में फँस गया था क्योंकि उस धान की बिना पर राजस्थान और गुजरात के अकाल पीड़ित क्षेत्रों में चावल की अरबों रुपये की कालाबाजारी की गयी थी। दोनों सरकारी दलाल थे। दोनों का शासन में असर था और दोनों का धन्धा था केस खरीदना और बेचना, घपले करना और करवाना।

बरुन हालदार के जगन महराज से सम्बन्ध थे। जगन महराज का अपराधिक संसार दूर-दूर तक फैला हुआ था और उसी जगन महराज के एक तिलंगे उर्फ तिड़ीबाज किशनू ने, जो मुख्यमन्त्री सचिव का बेटा था। मैलसडीन कांड की फाइल उड़ा दी थी। राष्ट्रपति शासन में, डिफेन्स आफ इंडिया रूल्स

के अन्तर्गत, गिरफ्तारी के आदेश जारी होनेवाले थे, जब किशनू ने, जो जगन महराज के साथ रहता था और जिसके मोहन कौल, गृहसचिव का बेटा होने की बात तब तक किसी को पता नहीं थी, समूची फाइल, सचिवालय के अन्दर घुसकर उड़ा दी थी।

जी. एन. की समस्या कुछ दूसरे किस्म की थी। राष्ट्रपति शासन में, संकटा प्रसाद राज्यपाल के सलाहकार बनाये गये थे और जी. एन. था उनका चेला। परिणामस्वरूप जी. एन. और खाद्यसचिव में पूरा तालमेल बन चुका था। खाद्यसचिव, जी. एन. की तरफ था, सलाहकार संकटाप्रसाद, जी. एन. की तरफ थे, मुख्यसचिव और राज्यपाल को इन सब चीजों में रुचि नहीं थी। ऊपर से किसी तरह का सार्वजनिक अभियान, नहीं चल रहा था, किसी उठापटक, किसी तोड़-फोड़ की सम्भावना नहीं थी और अखबारों में चर्चा करीब-करीब बन्द हो चुकी थी। ऐसे माहौल में, जी. एन. के लिए धानकांड को दफन करवा देने में, कोई समस्या नहीं थी। उसको पूर्ण विश्वास था कि वह बेदाग, साफ-साफ बचकर निकल जायेगा। कोई उसका कुछ नहीं बिगाड़ सकता, दूर-दूर तक उसके फँसने की या धानकांड का केस उलटने की कोई सम्भावना नहीं थी। कोई स्वप्न में भी नहीं सोच सकता था, सतीश बहादुर के खाद्यसचिव बनने के बाद, राष्ट्रपति शासन में, संकटाप्रसाद के, राज्यपाल का सलाहकार होने पर, कोई जी. एन. का कुछ बिगाड़ सकता था। जहाँ एक तरफ सचिव, सतीशबहादुर की ताकत थी वहाँ दूसरी तरफ संकटाप्रसाद अवकाश प्राप्त आई. सी. एस. का रुतबा था, संरक्षण था। विश्वास में ही तो जी. एन. मारा गया था। इसी विश्वास ने उसे शुरू के दिनों में गाफिल रखा और वह दूसरे धन्धों में, संकटाप्रसाद के जरिये फायदा उठाता रहा। तबादले, ठेका, चीनी मिलों के सौदे और न जाने कितने कारोबार के केस उठाता रहा, बेचता रहा। धीरे-धीरे वक्त निकलता जा रहा था। राष्ट्रपति शासन के दिन समाप्त हो रहे थे तभी एक घटना घटी थी। खाद्य विभाग के एक अनुभाग अधिकारी से सतीशबहादुर की खटपट हो गयी।

58 साल की उम्र तक सेवा करने के बाद अपने कार्यकाल के अंतिम दिन जब अनुभाग अधिकारी उर्फ बड़े बाबू सतीशबहादुर के पास अपनी आखिरी अरदास अर्ज करने के लिए पहुँचे तो आई. ए. एस. सतीशबहादुर, खाद्यसचिव ने उनको दुत्कार दिया। थके लाचार 38 साल तक, सवेरे आठ बजे से, देर रात तक, सचिवालय की एकात्म भाव से सेवा करनेवाले बड़े बाबू को, सतीशबहादुर का दुत्कारना खल गया। उनके अन्दर दुख का महासागर, पीड़ा का अनचाहा उफान, अपमान की व्यथा और निकृष्ट जीवन की टीस जैसे बार-बार उछाल मारने लगी और वह रो पड़े थे। बड़े बाबू को रोते हुए देखकर अनुभाग के कई बाबू रोने लगे थे, लेकिन वह बाछिल मामा ही थे, जिन्होंने उनको सहारा दिया

था। उसके बाद सब कुछ आसान हो गया था। बाछिल मामा ने, बड़े बाबू के अपमान का बदला ले लिया था। सी. पी. फँस गया था। पूरी की पूरी फाइल, बाछिल मामा और बड़े बाबू ने मिलकर गोड़ डाली थी। घटनाक्रम तेजी के साथ बदल रहा था। राष्ट्रपति शासन के दिन समाप्त हो रहे थे, जब संकटाप्रसाद के कहने पर जाँचसमिति को रिपोर्ट मूल फाइल से अलग करके बाछिल मामा ने आगे बढ़ा दी थी। बाछिल मामा से यह काम करने के लिए आई. सी. एस. के रुतबे से लेस, सलाहकार के पद पर आसीन, महान् यशगाथा के धनी, असीम ज्ञान भंडार के मालिक सकंटाप्रसाद को जमीन की धूल चाटनी पड़ी थी। काम पूरा फिर भी हो नहीं सका था, जी. एन. का। तभी जी. एन. के उकसाने पर एक माफिया गुंडे ने बाछिल मामा को छुरा भोंक दिया था। छुरा भोंकने के बाद अगर बाछिल मामा मर जाते तो शायद उनके साथ फाइल का भी रहस्य दफन हो जाता और जी. एन. चैन से बैठ सकता था। लेकिन ऐसा नहीं हुआ था। बाछिल मामा बच गये थे अस्पताल में उनका इलाज चल रहा था और सचिवालय के कर्मचारियों ने हड़ताल कर दी थी। कर्मचारियों ने हड़ताल का नोटिस देते वक्त जो माँगपत्र दिया था उसमें जी. एन. की गिरफ्तारी की माँग भी शामिल थी। चारों तरफ हाहाकार मचा हुआ था। जुलूस निकाले जा रहे थे, नारे लगाये जा रहे थे, पोस्टर चिपकाये जा रहे थे, अखबारों की सुर्खियों में...धानकांड पनप रहा था, पल रहा था, विकसित हो रहा था। जाने-पहचाने मुद्दों के अलावा, न जाने कौन-कौन से रिश्ते-नातों की नोक, पलक तक खोद डाली थी, अखबारवालों ने।

"क्यों बन्धु। कहाँ खो गये थे।"

"मैं ए ए...क्यों...क्या हुआ।" जी. एन. हड़बड़ाकर बोला और तुरन्त सामने रखा हुआ जिन का गिलास गटागट पी गया।

"मैंने कहा क्या आप अब, उस फुदकनेवाली बात पर प्रकाश डालेंगे।" बरुन हलदार- करीब-करीब चिल्ला रहा था।

"फुदनेवाली बात...।" जी. एन. याद करने की कोशिश करने में लगा था और साथ में, डिब्बी से सिगरेट निकालकर मुँह में लगा चुका था। उसी समय, बरुन हालदार ने अपना लाइटर जलाकर जी. एन. की, सिगरेट सुलगा दी और ठहाका लगाकर बोला, "बरुन ! डियर ! सियर !"

"डियर तो ठीक है लेकिन यह सियर क्या होता है।"

"सियर नहीं जानते।"

"नहीं।"

"सियर माने बॉस। मालिक। बड़ा आदमी।" बरुन ने सफाई दी।

"तो बरुन हालदार की दुम। जगन महराज के दुम ! तुमको ! धानकांड

में पिटा हुआ, बाछिल मामा के आतंक से पीड़ित गिरफ्तारी की सनसनी से भयभीत, बदनाम, बदमाश मशहूर किया गया यह जी. एन. नामक अदना-सा इन्सान सियर यानी बॉस, यानी मालिक ! यानी बड़ा आदमी नजर आता है।''

''हाँ आता है, बिलकुल आता है।'' बरुन जिन का एक और पेग गले से नीचे उतार कर बोला, ''देखो एक कहावत है।''

''क्या।'' जी. एन. सीटी बजा रहा था सीटी रोककर बोला।

''चोर-चोर मौसेरे भाई।'' बरुन ने कहा और उठकर भागा।

''मैं चोर हूँ।'' जी. एन. बरुन के पीछे भागा।

फाइव स्टार होटल के उस कमरे में जिस समय बरुन हालदार और जी. एन. बच्चों की तरह उछलफांद रहे थे जगन महराज की गाड़ी पोर्टिको में आकर रुकी। गाड़ी रुकते ही, एक गेस्टापो, उछलकर बाहर आया और जगन महराज का दरवाजा, खोलने में जुट गया। उतनी ही देर में दो अन्य दरवाजों से निकलकर चार बन्दूकधारी गाड़ी को घेरकर खड़े हो गये। बायीं तरफ का दरवाजा खुलते ही, जगन महराज बाहर तशरीफ लाये और होटल के गेट से अन्दर की तरफ चलने लगे। उतनी ही देर में न जाने कब, गाड़ी को घेरकर खड़े हुए चार गेस्टापो, होटल के हाल में आ चुके थे। गेस्टापो का शस्त्रदल, होटल के कोने, किनारों की जाँच कर रहा था। एक दाहिनी तरफ भागकर गायब हो चुका था तो दूसरा करीब 120 फुट लम्बी और 60 फुट चौड़ी लॉबी को अपने कदमों से नाप रहा था। तीसरा गेस्टापो, लाबी से लगे हुए रेस्त्रां में बार-बार झाँक रहा था। और चौथा जो गेस्टापो कम और आदमी अधिक नजर आ रहा था, अपनी कमर में खुसी हुई पिस्तौल पर हाथ रखे हुए जगन महराज को घूर रहा था, उसे देखकर ऐसा लग रहा था वह जगन महराज को गोली मारने की पेशकश कर रहा था। लेकिन ऐसा था नहीं। वह असल में, जगन महराज के रेन्ज में आनेवाली हर चीज को, ताक रहा था, तौल रहा था। होटल में झाड़फानूश, बेगम हजरतमहल और वाजिदअलीशाह के आदमकद तैल चित्रों से सुसज्जित विशाल हाल, मखमली कारपेट से, ढके हुए, पीतल, कामदार गमलों, सज्जा के सामानों और रंगीन रेशमी परदों के परिधान में समेटे हुए था चमचमाती हुई रोशनी में दमकती हुई छतों और साथ की दीवारों पर किसी अभिजात्य की छाया मंडरा रही थी। जगन महराज, सीधे मुख्यमन्त्री आवास से निकलकर आये थे, इसलिए वैभव में अधिक होते हुए भी वह तब तक सत्ता के नशे में चूर थे। हुक्का पीती हुई बेगम की तरफ काफी देर से निहारते हुए जगन महराज का ध्यान उस समय हटा, जब गेस्टापो नम्बर तीन ने जो बाथरूम की तरफ भागा था, आकर कहा, ''चलें कमरे में हैं।''

जगन महराज ने न इधर देखा और न उधर देखा, सीधे लिफ्ट की तरफ बढ़ चले। अभी जगन महराज की लिफ्ट नम्बर दो का दरवाजा बन्द भी नहीं

हुआ था कि लिफ्ट नम्बर एक से छलाँग लगाकर बरुन हालदार, लिफ्ट नम्बर दो के सामने आ गया। इसके पहले वह कोई और हरकत करता और किसी गेस्टापो से उसकी मुठभेड़ होती, जगन महराज ने उसे देख लिया।

.''क्यों बरुन कैसे हो।''

अगले क्षण बरुन लिफ्ट के अन्दर था।

''ऊपर चले।''

''हाँ।'' जगन महराज ने जैसे अपने आपसे कहा था। दो गेस्टापो के साथ जब तक लिफ्ट नम्बर दो, होटल की पाँचवीं मंजिल पर पहुँची, उससे पहले लिफ्ट नम्बर एक से दो अन्य गेस्टापो पाँचवीं मंजिल पर पहुँचकर पोजीशन ले चुके थे। एक के हाथ में पिस्तौल थी और एक के हाथ में मशीनगन। बरुन हालदार ने पहले, जगन महराज को लिफ्ट से निकल जाने दिया। जगन महराज के निकलते ही बरुन हालदार उर्फ गोल्डी, लपककर बाहर निकला और करीब-करीब कूदकर जगन महराज से आगे निकलकर बढ़कर अपने कमरे के दरवाजे पर पहुँच गया। वहाँ कमरे के दरवाजे पर उस वक्त जी. एन. खड़ा था।

''भाई। इनको रोक लें।''

''कौन हैं।''

''जी. एन. ''

''कौन जी. एन.।''

''गहलौट का दोस्त।'' गोल्डी बोला।

''ग ह लौ अ ट अ आ...।''

''कृष्णाबहादुर के लिए जिसे...''

''अच्छा सतीशबहादुर की पतुरिया। वही न जो बड़ी गरम रही है।''

''ठीक भाई। ठीक।''

''इनका मामला सुलट गया...रोक लो इनको।''

''अच्छा भाई ।''

जी. एन. दरवाजे से हट चुका था। जगन महराज अन्दर प्रवेश करें इससे पहले, न जाने कब, जी. एन. को धकियाकर, टटोलकर दो गेस्टापो कमरे की तलाशी लेने में लगे थे। कुछ ही मिनट लगे होंगे कमरे को जाँचने, परखने में। सिगनल मिलते ही अन्दर आकर जगन महराज सोफे पर विराजमान हो गये। दोनों गेस्टापो बाहर निकल चुके थे। बरुन हालदार उर्फ गोल्डी ने जी. एन. को अन्दर ढकेलकर, दरवाजा बन्द कर लिया।

''लगता है, कौनो पार्टी चल रही थी।''

''पार्टी क्या भाई, हम लोग दुःखी हैं, तो ले लेते हैं कभी-कभी।''

''कभी-कभी।'' जगन महराज ने आँखें तरेरीं।

हे हे हे हू हू हू महराज ! महराज ! की आवाजें निकालने लगे बरुन और सी. पी.।

''अरे नीचे क्यों बैठते हो गोल्डी। तुम तो हम्हारे बचपन के दोस्त हो।''

''महराज। सो तो ठीक है लेकिन...''

''न...न...बिलकुल नहीं...आज हम किसी धन्धे से नहीं...अपने पुराने, दोस्त से मिलने आये हैं।''

''ऊपर बैठो और ठीक से बैठो।''

बरुन हालदार उर्फ गोल्डी और धानकांड का प्रणेता जी. एन. अलग-अलग कुर्सी पर बैठ गये।

''महराज !''

''क्या लेंगे।''

''यह कोई पूछने की बात है।''

''पूछना तो पड़ता है, महराज।''

''अरे भाई तुम लोग जो ले रहे थे, वही हम भी लेंगे।''

''जिन।''

''ठीक है। अभी तो दिन है।''

जगन महराज ने अपनी बात पूरी की, उससे पहले ही, गोल्डी, पेग बना चुका था। उसने पलक झपकते ही उसमें लाइम, सोडा, बर्फ डाली और तपाक से गिलास जगन महराज के सामने पेश कर दिया।

जगन महराज कुछ देर तक गिलास को घूरते रहे फिर बोले, गिलास तो कृष्णाबहादुर के डी. डी. गहलौट के दोस्त को दे दो। हम तो बोतल से पियेंगे। बड़ी प्यास लगी है।''

''हाँ महराज।'' गोल्डी ने गिलास सी. पी. के हाथ में पटका और झपटकर बोतल उठा ली। बोतल आधी हो चुकी थी। गोल्डी ने जगन महराज की तरफ देखा।

''नीट नहीं लेता मैं। इसमें सोडा मिला दो बस।''

गोल्डी ने बोतल के खाली हिस्से में सोडा भर दिया और थोड़ा-सा लाइम डालकर, बोतल जगन महराज को पकड़ा दी।

जगन महराज ने बोतल को मुँह में लगाया और गटगट पानी की तरह जिन पी गये। बोतल पूरी खाली नहीं हुई थी, फिर भी जगन महराज ने बोतल कुछ इस तरह मेज पर पटकी जैसे उस बोतल का उपयोग समाप्त हो चुका था। एक डकार लेते हुए, अपने चेहरे को पोंछकर वह मुस्कराये। जगन महराज की मुस्कराहट में उस वक्त कुछ ऐसा प्रताप था कि बरुन हालदार और जी. एन. दोनों मुग्ध हो गये।

''महराज। आप पलंग पर तकिया लगाकर, टेक लेकर बैठ जायें। बिलकुल इलाहाबाद की तरह।''

''ठीक कहते हो।'' कहते हुए जगन महराज ने सोफा छोड़ दिया और पलँग पर मंत्रमुग्ध मुद्रा में विराजमान होकर बोले, ''कहो कैसे हो भाई।''

''ठीक हूँ-महराज।''

''देखा...मैंने क्या कहा था। किशनू ने अपना खेल दिखा दिया न।''

''हाँ महराज। किशनू ने तो कमाल कर दिया। न जाने कब, न जाने कैसे। ऐसा लगता है, आँख का काजल जैसे कोई चुरा ले, करीब-करीब, उसी तरह, तालों में बन्द अलमारियों में कैद, सचिवालय के मजबूत फाटकों के इस पार, अनगिनत सिपाहियों, फर्राश, चौकीदार, बाबुओं, अफसरों, सचिवगण, पी. ए. गण तथा किस्म-किस्म की इबारतों के बीच से, मैलसडीन कांड की मूल फाइल यूँ सामने लाकर रख दी, जैसे वह किसी दूसरे कमरे से माँगकर लाया हो...जय महराज। जय महराज।''

''जय। जय। जय। जय।'' जगन महराज खुद बोल उठे।

''मेरा क्या होगा, महराज।'' जी. एन. बोला।

''हाँ, महराज जी. एन. अपना जोड़ीदार है...हम लोग तालमेल रखकर काम करते हैं।'' गोल्डी ने समर्थन किया और जी. एन. को इशारा किया कि वह जगन महराज के पैर पकड़ ले।

जी. एन. बिना सोचे समझे तनिक भी विचार के बिना, जगन महराज के पैरों पर गिर पड़ा।

जिन की बोतल जिसे गटागट, जगन महराज ने अपने अन्दर समाहित किया था, तब तक जगन महराज के अन्दर गदर मचाने लगी थी। जगन महराज को जी. एन. की बात समझ में आयी नहीं लेकिन जी. एन. के हाव-भाव से, अपने गोल्डी की मुद्रा से, उनको लगा, जरूर बात कुछ गुरुवाई की थी, उनके प्रति श्रद्धा और विश्वास की थी। हौले-हौले मुस्कराते हुए, जिन की तरह सिर धुनती हुई जिन की शराब उनके दिमाग की कोशिकाओं को उलट-पलट रही थी। उस आन्दोलन से बचते-बचाते, गुरु जगन महराज अपने को सम्भालकर, अपने आवेश को नियन्त्रित रखकर बोले, ''क्या बात है।''

जी. एन. को मौका मिला था, वह फुर्ती से थोड़ा आगे बढ़ा और फुसफुसाकर कुछ इस तरह बोला कि कहीं रहस्य की उधड़ती हुई परतों की भनक किसी और को न लग जाये,

''महराज ! धानकांड तो हमने राष्ट्रपति शासन के जमाने में महान् प्रणेता आई. सी. एस. के सम्भवतः अन्तिम फ्लेगमार्ची...संकटाप्रसाद के आशीर्वाद से सलटा लिया था लेकिन...''

''लेकिन क्या...बात को भंगेड़ियों की तरह तुम लोग बीच में छोड़कर चुप क्यों हो जाते हो...ऐसा लगता है चलते-चलते कोई मर गया हो और उसकी लाश को देखकर भागती हुई गाड़ी को ब्रेक लगाकर चुप करा दिया गया हो। यह गोल्डी भी ऐसे ही बोलता है।''

''माफ करें महराज। अब नहीं होगा...हम तो अपनी व्यथा की प्रतिक्रिया देख रहे थे।'' जी. एन. कराहा।

''अभी कुछ बोले नहीं, बताया नहीं, फिर प्रतिक्रिया क्या देखोगे ? और फिर मेरे अन्दर क्या चल रहा है, यह मेरे चेहरे से, लड़कियों के चेहरों की तरह, नहीं पढ़ा जा सकता...तुम अपना काम करो, हम अपना काम करते रहेंगे।'' कहकर जगन महराज ने, मेज पर रखी सोडा मिली जिन भरी अधरवाली बोतल उठा ली। बोतल से जिन की भभक लाइम कारडियल में सोख्ता-सोख्ता सी फिर, उछाल मार रही थी।

जी. एन. को, गोल्डी ने आँखें तरेरकर घूरा। जी. एन. असल में टॉनिक की तरह, जिन सिप करना चाहता था। जिन के सिप से, जी. एन. को विश्वास था, जगन महराज का आतंक सहने की क्षमता आ जायेगी। लेकिन गोल्डी के आँखें तरेरने के पीछे मुद्दा कुछ और था। उसने यानि गोल्डी ने साफ-साफ सुना था, जगन महराज को कहते हुए कि तुम अपना काम करो और हम अपना काम करते रहेंगे। जाहिर है, जब जगन महराज ने शराब की बोतल उठाकर वह क्या करते रहेंगे यह बता दिया था, मसलतन दिखा दिया था, तब जी. एन. को बिना नागा अपनी बात शुरू कर देनी थी। उन परिस्थितियों में जी. एन. को पीने का अधिकार नहीं था। जब तक गोल्डी आँखें तरेरे या जगन महराज बोतल से अपना ध्यान हटाकर जी. एन. की तरफ, मुखातिब हो, जी. एन. ने अपना काम कर दिया था। एक झोंके में उसने गिलास खाली कर दिया और खाली गिलास को कारपेट पर गिर जाने दिया। ऐसा करना इसलिए और जरूरी था क्योंकि तब तक जगन महराज बोतल अपने मुख से हटा चुके थे।

''महराज हमने 850 रुपये में एक कातिलाना हमाला करवा दिया। हम्हारी असफलता का कारण यही था कि गोल्डी ने पूर्ण रूप से आपके ऊपर निर्भर किया जबकि मैंने खुद अपने आप, सब कुछ निपटा लेना चाहा। मुझे समझ जाना चाहिए था कि इस लैबलिसमेंट के अधिष्ठाता किसी शातिर माफिया से कम नहीं है और इनसे निपटने के लिए उनसे बड़े माफिया की जरूरत होती है, न कि 850 रुपयेवाले निठल्ले, सड़कछाप छुरेबाज की। मुझे मालूम था, मैं जानता था मैं गल्ती कर रहा हूँ, लेकिन...'' जी. एन. बोलता ही जा रहा था, और शायद आतंक में बोलता ही जाता अगर उसने जगन महराज के तमतमाते चेहरे को न देख लिया होता।

"तुम लोग हिकमत और बेवकूफियों से घिरे होते हुए भी अपने आपको अक्लमन्द समझते हो। क्या सोचा था तुमने एक बाबू को छुरा भोंककर मार डालोगे और बेदाग बचकर निकल जाओगे, वह भी 850 रुपये में...करोड़ों रुपये के घपले करोगे और कौड़ियों के मोल सत्ता के विशाल तंत्र से टक्कर लोगे। इसी को कहते हैं, नक्कारखाने में तूती की आवाजों।"

"ठीक कहा महराज। बिलकुल ठीक।" गोल्डी ने महराज की तारीफ कर डाली। असल में गोल्डी बड़ी देर से चुप था और खामोशी से बैठकर शराब पी रहा था लेकिन बात बढ़ते हुए देखकर उसने अपना कर्तव्य समझा कुछ बीच-बचाव करने का।

"मुझसे कहा होता। इसने गोल्डी ने मुझे अपनी प्राबलम बतायी मैंने कुछ नहीं किया बस किशनू को लगा दिया।"

"क्या बात है, महराज। किशनू, किशनू, किशनू, बार-बार बस किशनू ही कहने का मन होता है।"

"जानते हो किशनू कौन है।"

"कौन महाराज।" जी. एन. और गोल्डी एक साथ बोले, "किशनू वर्तमान मुख्यमन्त्री के सचिव और राष्ट्रपति शासन के दौरान गृहसचिव का इकलौता पुत्र है जो पिछले बीस साल से हम्हारे साथ था।"

"सच।"

"हाँ।"

"यह कैसे हुआ महराज।" जी. एन. के चेहरे पर हवाइयाँ उड़ने लगी थीं। वह सोच रहा था धन्धा इसको कहते हैं, व्यापार इस तरह होता है। मुकद्दर यही है। बस एक झटके में समूची व्यवस्था से जो भी चाहिए चुरा लो, छीन लो, नोच, घसीट लो। जी. एन. एकाएक जगन महराज के अभिजात्य से प्रभावित हो गया और उसके पैरों के तलवे में एक अजीब सा लिजलिजापन उभरने लगा। उसे लगा हँसी खेल में छोटे-छोटे आर्थिक अपराध करते-करते, 850 रुपयेवाली छुरेबाजी करते-करते, वह किसी खूंखार दहशत दरकानेवाले हिंसक खूनी दरिन्दे की गोद में गिर पड़ा था। उसकी मुकद्दर थी, उसका भाग्य था और वह बचेगा या नहीं, गोश्त के चीथड़ों को हिंसक पंजे उधेड़कर रख देंगे या नहीं यह सब अगर कोई जानता था तो वही दहशत दरकानेवाला, खूनी हिंसक दरिन्दा।

"असल में हम्हारे पिता महराज मगन भाई जिन्होंने विशाल, करीब 500 करोड़ की जायदादी, मिलकियत और 800 सौ करोड़ के नकदी विस्तार के व्यापारिक या अपराधिक व्यापारिक साम्राज्य की स्थापना की थी, उनके पास कुछ नहीं था। वह गरीब थे। वहीं 850 रुपयेवाले या यूँ कहें, उससे भी कम कीमतवाले काम किया करते थे। एक बार की बात है उनके पास लाला पलटू

राम आये और तख्त पर तीन हजार रुपये रख दिये। हम्हारे बापू मगन महराज ने इतनी बड़ी रकम कभी देखी नहीं थी। कुछ देरतक उन्होंने इतनी बड़ी एक मुश्त रकम का मिजाज देखा, हरकतें पहचानीं और फिर डरते-डरते पूछा करना क्या होगा। असल में बापू डर रहे थे कहीं रकम हाथ से निकल न जाय। खैर जानते हो लाला पलटूराम ने क्या काम बताया।''

''क्या महराज।'' गोल्डी बोला।

''नगरपालिका में ठेकेदारी का कोई टेंडर खुल रहा था उस रोज। लाला पलटू राम चाहते थे, मगन बापू, तब महराज कौन कहता था उनको, वहाँ पहुँचकर तमंचा तान दें जिससे पलटू लाला से कम कीमत का कोई टेंडर उस रोज न जमा किया जाय।''

''उससे क्या होना था।'' जी. एन. ने पूछा।

''पलटूराम को 45000 का फायदा।''

''कैसे।''

''पलटूराम ने टेंडर का रेट बढ़ा दिया।''

''क्या सरकार अन्धी है।''

''नहीं बन्दूक की नली अन्धी होती है। उससे सिर्फ बारूद निकलती है ! शिक्षा या ज्ञान नहीं।'' जनग महराज ने आगे कहना शुरू किया। एक सांस छोड़कर जैसे दारू के नशे में, उबलती हुई शिराओं के अन्दर सुलगता हुआ बारूद बोल रहा था, ''उसके बाद गोल्डी, सुन रहे हो न।''

''हाँ महराज।'' गोल्डी ऊंघ रहा था, सनककर सावधान हुआ और हाथ पर हाथ रगड़कर मूर्छित चेतना को जाग्रत करने लगा और कुछ ही देर में क्योरट पेग बनाने में लग गया।

उधर जी. एन को आनन्द आ रहा था। उसे लग रहा था खुद वह ही नहीं किस्मत का मारा था, खुद उसने जमीन के अन्दर से निकलकर आसमान छूने की कोशिश नहीं की थी। उसके जैसे अनेक लोग थे, उससे भी अधिक धनवान, उससे भी अधिक ताकतवर, उससे भी ऊँचा आसमान छूनेवाले।

धीरे-धीरे, जिन की बोतल से एक घूँट लगाकर जगन महराज ने बोलना शुरू कर दिया था। कहीं फिर गफलत में पकड़े न जायें, इसलिए जी. एन. और गोल्डी दोनों चौकन्ने हो गये। जगन महराज की धीमी मगर साफ आवाज, पाँच सितारा होटल के उस कमरे में गूँजने लगी, ''वह सिलसिला कभी नहीं रुका फिर कभी नहीं रुका। कीमत बढ़ती गयी लोग बदलते गये। नगरपालिका तक ही सीमित नहीं रहा सब कुछ और न ही कीमत तीन हजार पर रुक गयी। नगरपालिका, सार्वजनिक निर्माण विभाग के सड़क, पुल और इमारतों के निर्माण और मरम्मत के टेंडर, सिंचाई विभाग में नहर और नलकूप की मरम्मत के टेंडर,

बिजली, कृषि, रेलवे, सड़क, यातायात, लोकों वर्कशाप में जिले, डिवीजन और सर्किल स्तर पर करोड़ों रुपये के काम हुआ करते थे। हर जगह काम करनेवाले, घूसखोरी से परेशान थे और साथ में आपसी टकराव की वजह से कीमतें गिरानी पड़ा करती थीं। वह खुराकी और कारीगर किस्म के बन्दर भाग-भागकर बापू के पास आया करते थे। हजारों रुपये, लाखों रुपये की बोली अटकाकर वह बापू को टेंडर खुलते समय या फिर अफसर से डील करते समय ले जाया करते थे। बापू को मजा आने लगा। उनको कुछ भी तो नहीं करना पड़ता। वह तो जाकर पिस्तौल मेज पर रख दिया करते। मेज पर रखी हुई पिस्तौल देखकर, बापू मगन महराज को देखकर और चारों तरफ फैले हुए, कारिन्दों को तमंचे, और दुनाली बन्दूक और लाठियों से लेस देखकर, सभी ठेकेदार दुम दबाकर भाग खड़े होते और टेंडर या काम या ठेका पलटूराम को, लाला फकीरचन्द को, धनीराम को, मोतीलाल धर्मचन्द गुप्ता को या रामनारायण अग्रवाल को मिल जाता था। करीब आठ-दस जिलों के इलाके में, दूर-दराज की तहसील से लेकर जिला मुख्यालय या डिवीजन या क्षेत्रीय स्तर तक सारा धन्धा, सारा व्यापार बापू की मर्जी से चलने लगा।'' जगन महराज चुप हो गये पुरानी बातें जैसे बापू की याद के नश्तर खोद-खोदकर उधाड़ रही थीं। आँखों में उनके आँसू भर आये और वह उदासी के माहौल में अपने महाप्रतापी यशवती पिता की उपलब्धियों पर पुनः प्रकाश डालने लगे।

''बहुत दिन नहीं चला यह सब।''

''कौन था जिसने उनके जैसे ताकतवर इन्सान को रोका होगा...किसकी शामत आयी थी।'' जी. एन. ने मुद्दा आगे बढ़ाया। उसे जगन महराज का विश्वास प्राप्त करना था। वह जानता था सिर्फ जगन महराज उसे बचा सकते थे। फिर भी वह डर के मारे थर-थर काँप रहा था, एक अजीब तरह की हताशा भी उसके अन्दर घर करती जा रही थी। फिर भी ख्वाब और परमार्थ के बीच एक जंग, एक लड़ाई उसके अन्दर चल रही थी।

''क्या गुड़बक की तरह बात करते हो।'' जगन महराज ने डाँट लगायी और पलंग से नीचे पैर उतार दिये।

''जी. एन. तुम कुछ देर चुप नहीं रह सकते।'' गोल्डी उर्फ बरुन हालदार चिल्लाया।

''मैंने तो सिर्फ एक सवाल पूछा था।''

''लेकिन तुम्हारा तरीका गलत था।''

जगन महराज को मजा आ रहा था। दो पढ़े-लिखे सामाजिक फ्राड, सावधान मुद्रा में उनकी दरबारगिरी कर रहे थे, ससम्मानित तरीके से पेश आ रहे थे, पलंग पर बिठाकर उसे शराब पिला रहे थे, और उसके बापू की बहादुरी के किस्से

सुन रहे थे। ऐसे श्रोता बड़े दिन बाद मिले थे, जगन महराज को, सम्भवतः इसीलिए उन्होंने जी. एन. के अलफाज को गम्भीरतापूर्वक नहीं लिया और बोले, "जाने भी दो गोल्डी। मैंने इसकी बात का बुरा मानना तो दूर रहा, उस पर ध्यान ही नहीं दिया। मुख्य बात यह है कि आगे क्या हुआ। बापू ने उन ठेकेदारों का तखता कैसे पलटा और पलटूरामवाला काम अपने हाथ में कैसे लिया।"

"यानि कि कैसे हथियाया।" जी. एन. शराब के झोंके में बोल गया।

इस बार जी. एन. की बात किसी को बुरी नहीं लगी। गोल्डी और जगन महराज दोनों हँस पड़े और कुछ देर तक हँसते रहे।

जी. एन. को लगा गोल्डी को हँसी नहीं आ रही थी वह जगन महराज के हँसने पर हँस रहा था। लेकिन जब गोल्डी और जगन महराज दोनों हँस रहे हों, तब उसे भी कम से कम मुस्कराना चाहिए। एक हल्की हँसी के बाद, जी. एन. ने मुस्कराते हुए पहल की।

"महराज फिर क्या हुआ।"

जितनी सादगी से जी. एन. ने पूछा उतनी ही सादगी से जगन महराज ने उत्तर दिया,

"धीरे-धीरे बापू को लगने लगा, पलटूराम और उसके जैसे कितने लाला, मारवाड़ी बनिया, व्यापारी, ठेकेदार उनकी बन्दूक, उनकी रिवाल्वर, उनकी पिस्तौल, उनकी तमंचों लाठियों का सहारा लेकर करोड़ों की दौलत कमा रहे थे, कुछ फिक्रमन्द हो चले थे बापू।"

"और वह दौलत क्या हुई जो तीन हजार प्रति ठेके से शुरू होकर तीस हजार या तीन लाख प्रति ठेके के हिसाब से मिला करती थी।" जी. एन. का खौफ उतर चुका था। उसने सवाल दाग दिया।

गोल्डी को लगा जगन महराज चीख उठेंगे या फिर जी. एन. की तुड़ाई कर देंगे। लेकिन ऐसा कुछ नहीं हुआ। जगन महराज ने सादगी लहजे से, बड़ी शराफत से, जी. एन. उर्फ घनानन्द बिठौरिया के सवाल का जवाब दिया, "तुमने ठीक कहा जी. एन.।"

"महराज ! घी. एन.।" गोल्डी को हँसी आ गयी, "मैं न कहता था, घनानन्द बिठौरिया तुम्हें घी. एन. यानी घिनहे हो।"

"चुप करो। महराज की बातें सुननी हैं न।" जी. एन. आदरपूर्वक बोला।

"हाँ लेकिन तुम्हारा सही नाम क्या है।"

"घनानन्द बिठौरिया।"

"फिर यह लोग क्या कहते हैं, तुमको।"

"जी. एन.।"

"जी. एन.। जी फॉर गॉड एन फॉर नथिंग। है न।"

"जी हाँ।"

"किसी का नाम गलत लेना बहुत बुरा लगता है मुझे और तुम तो गोल्डी के दोस्त हो।"

गोल्डी को हैरत हो रही थी, जगन महराज की सफगोई पर। वह खुश था कि सकंट टल गया, तभी उसने पूछा, "बोतल मँगवाऊँ महराज।"

"हाँ।" कुछ सोचकर महराज ने कहा, "बाहर मेरे आदमियों को चाय वगैरह भिजवा देना।"

जगन महराज जितनी देर में, कमरे के अन्दर ही बने हुए बाथरूम से लौटकर आये, गोल्डी ने, बाहर मौजूद गेस्टापो की टुकड़ी के खाने-पीने का इंतजाम कर दिया था। एक बोतल जिन और निकाली जा चुकी थी और भरी हुई बोतल से एक चौथाई माल, पहले खाली हुई बोतल में, लाइम कारडियल और सोडा के साथ मिलाया जा चुका था।

इस बार, जगन महराज पलंग पर नहीं बैठे। उन्होंने जिन की बोतल की तरफ भी नहीं देखा। कुछ देर तक वह शांत चित्त मधुर मुद्रा में विचलित हुए बिना, पहले हुई बातों का तारतम्य पकड़ने की कोशिश करते रहे। जितनी देर, जगन महराज तारतम्यता का सूत्र पकड़ने का प्रयास कर रहे थे, उतनी देर वह, सामने मौजूद गोल्डी उर्फ बरुन हालदार और उसके दोस्त जी. एन. उर्फ घनानन्द बिठौरिया के वजन का भी अन्दाज लगा रहे थे। तभी उन्होंने बिना किसी भूमिका के अपना प्रवचन शुरू कर दिया।

"हाँ तुम पूछ रहे थे, वह दौलत कहाँ गयी, जो तीन हजार प्रति ठेके के हिसाब से बढ़कर तीस हजार और तीन लाख तक पहुँच गयी थी। ठीक अनुमान लगाया तुमने फकत तीन साल में हम्हारे पास करीब तीन करोड़ रुपया हो गया था। पैसे के ऊपर पैसा इधर पैसा, उधर पैसा, जिधर देखो पैसा ही नजर आ रहा था। इस तीन करोड़ में 30 करोड़ की जायदाद शामिल नहीं थी जो जमीन, मकान, कारखानों में, भट्ठों रोड़ी की खान, माइका की खान, चावल की मिलों, कपड़े गल्ले की दुकानों की शक्ल में उपज रही थी। हुआ यूँ, नाम हुआ नाम के साथ शोहरत बढ़ी हर कोई अपनी समस्या का निदान करवाने के लिए बापू के पास चला आता। कचहरी और पुलिस पर लोगों का विश्वास उठता जा रहा था। लोग आते थे बापू के पास। ऐसे लोगों से बापू रुपया नहीं लेते थे, जायदाद में हिस्सेदारी कर लिया करते थे।"

"यह तो कोई बहुत बड़ी रकम नहीं हुई।" जी. एन. की हिम्मत बढ़ चुकी थी।

"पूरी बात सुने बगैर जो बोलते हैं उनको मुँह की खानी पड़ती है...कब कहा मैंने वह बड़ी रकम थी। लेकिन हाँ बड़ी रकम थी, हम्हारे लिए बड़ी, बहुत

बड़ी रकम थी। खुमचेवालों से, रिक्शेवालों से, छोटे-छोटे स्टाल, छोटी-छोटी दुकान लगानेवालों से हफ्तावार दुकान खोलनेवालों से, फुटपाथ, बरामदों में, अखबार पत्रिका बेचनेवालों से, तीन-तीन, पाँच-पाँच रुपये वसूलनेवाले मँगता के लिए वह बहुत बड़ी रकम थी। इतनी बड़ी रकम, जिसका वजूद तो छोड़ो जिसका ख्वाब हम्हारा खानदान..."

"क्या आपके बापू माँगना, जो पर्याय है माँगनेवाले का एक तरह के लफंगे का जो कमजोर तबके से छोटी-छोटी रकम की उगाही करते थे, उसका कोई खानदानी इतिहास था।" जी. एन. ने जड़ दिया।

जगन महराज को इस पर भी क्रोध नहीं आया। वह तो एक प्रकार की खुशी से लैस होकर मुस्कराने लगे। उनकी खुशी का आधार था, वर्तमान भिखमंगा हो, लफंगा हो, गुंडा हो, खपती हो, पागल हो, लंगड़ा, लूला हो, जब वह अरबपति बन जाता है तब उसके पास असीम ताकत का जखीरा जमा हो जाता है, तब लोग उसके पुराने रूप को सिर्फ ऐतिहासिक परिप्रेक्ष्य में याद करते हैं।"

"ठीक कहा तुमने जी. एन. बापू का नाम मँगना पड़ गया था यानी जो सबसे माँगता हो, लेकिन वक्त ने ऐसा पलटा खाया कि एक दिन बापू ने बढ़ती हुई रकम से परेशान होकर, लाला पलटूराम को बुलवाया, उनके सामने तीन हजार रुपये रखे, पिस्तौल मेज पर पहले से रखी हुई थी।

"बात पूरी नहीं हुई।" जी. एन. बोला

"हाँ।" गोल्डी ने समर्थन किया था।

"बात तो पूरी हो गयी मैं इसका दावा कर सकता हूँ।"

"नहीं महराज यह तो, दबा रहे हैं आप हम लोगों को।" गोल्डी ने विवेचन किया।

"देखो गोल्डी। आज बड़े दिन बाद जगन अपने दोस्त के साथ बैठा है, पी रहा है। दबाव की कोई बात नहीं है।"

"तो बतायें...मान लेते हैं, बात पूरी हो गयी फिर भी जरा खुलासा करें।" जी. एन. ने हरकत की।

"उस दिन जब बापू ने लाला पलटूराम के सामने रुपया तीन हजार और पिस्तौल रखी थी, तब उनके पास ताकत थी।"

"थी।"

"सिर्फ ताकत नहीं बड़ी ताकत थी।" गोल्डी ने कहा।

"तीन करोड़ रुपये तो गली कूचों में न जाने कितने लोगों के पास पाये जाते हैं।" जी. एन. ने ललकारा।

"सिर्फ तीन करोड़।" गोल्डी ने सवाल किया।

"तीन करोड़ कैश और तीस करोड़ का फसाव। क्यों ठीक है न।" जी.

एन. ने व्याख्या की थी।

"करेक्ट।"

"तो टोटल क्या हुआ।"

"तीन और तीस : तैंतीस।" गोल्डी ने जोड़कर बताया।

"तैंतीस करोड़ अच्छी रकम है लेकिन..."

"ताकत नहीं कही जा सकती यही ना। जगन महराज ने टोका।

जगन महराज को और उलझाना नहीं चाहता था जी. एन.। वर्ना उसे डर था, बात पूरी पता नहीं लगेगी। इसलिए उसने चुपचाप सब कुछ स्वीकार कर लिया।

"ठीक कहते हैं आप । उस कमबख्त लाला पलटूराम के लिए वो बड़ी क्या बहुत बड़ी ताकत कही जा सकती है। महराज उस पलटूराम की क्या हैसियत थी उन दिनों।"

"लखपति था वह। करोड़पति नहीं था।" जगन महराज ने जोड़कर बताया।

"तब क्या। बोलिए महराज।"

"क्या।"

"फिर क्या हुआ।"

"कब।" जगन महराज सूत्र ढूँढ़ते हुए जी. एन. को चिढ़ा रहे थे। उनके चेहरे पर एक रहस्यमय हँसी खेल रही थी।

"जब पलटूराम के सामने..."

"हाँ याद आया...एक मिनट"

"गोल्डी तुमने मेरे गार्ड्स के खाने..."

"हो गया महराज। सब कुछ हो गया।" गोल्डी ने सफाई दी।

"बापू ने उस रोज लाला पलटूराम से नगरपालिका, पी. डब्लू. डी. के टेंडर न भरने को कहा था।"

"वाह महराज वाह। क्या खेल खेला है, क्या दाँव मारा है। कुछ समझे गोल्डी" जी. एन. ने पूछा।

"कुछ-कुछ।"

"महराज इसे मैं समझाऊँ।"

"गो ए हे ड।"

"देखो गोल्डी। कहानी मजेदार है। एक थे लाला पलटूराम जो बापू मँगना को टेंडर और ठेके के लिए तीन हजार रुपये दिया करते थे, जिससे उनके सामने कोई और ठेकेदार न आये और लाला पलटूराम अपनी कीमत पर, अपनी शर्तों पर सरकारी ठेका ले सकें। ठीक।"

"ठीक।"

''ठीक महराज।''

''बिलकुल ठीक।'' जगन महराज ने समर्थन किया।

''इस तरह पलटूराम का धन्धा चल निकला, उसके मुनाफे का प्रतिशत बढ़ गया, उसकी घूस की मात्रा घट गयी, उसको बेहतर और जल्दी भुगतान मिलने लगा। मैंने...मेरा विश्लेषण सही है।''

''सही है।''

''सही है।''

''और कई साल तक ऐसा होता रहा। करेक्ट।''

''करेक्ट।''

''उसके बाद एक दिन मँगना, जो तब तक मँगना हो चुके थे, ने एक दिन विचार किया कि अगर बन्दूक के जोर से, पिस्तौल की नोक पर, तमंचों की विना पर वह लाला पलटूराम को ठेका दिलवा सकते हैं तो खुद क्यों नहीं ले सकते।''

''शाबाश। जी. एन. शाबाश।'' गोल्डी बोला।

''इस तरह जो करोड़ों रुपया मगन बापू के पास प्रोटेक्सन मनी यानी संरक्षण की फीस के रूप में इकट्ठा हो गया था उसे व्यापार में लगा दिया गया। लाला पलटूराम और उनकी बिरादरी के तमाम ठेकेदार अपनी दुकान बढ़ाकर चल दिये और समस्त सरकारी तंत्र पर और उससे उत्पन्न होनेवाले धन पर एक माफिया मगन बापू का कब्जा हो गया।''

''सिर्फ कब्जा नहीं हो गया, हम्हारे इलाके में, हम्हारी किरदारी में शामिल हो गया।'' जगन महराज ने कहा था।

''और भी लोग रहे होंगे खेल में, उनका क्या हुआ।'' जी. एन. ने सवाल उठाया था।

''और लोग।''

''हाँ और लोग।''

''कौन लोग।''

''अच्छा मैं बताऊँ।'' गोल्डी को मजा आने लगा था।

''बात समझ ली है न'' जी. एन. ने पूछा।

''हाँ।''

''बताओ गोल्डी । तुमने तो सब कुछ पनपते हुए अपनी आँख से देखा है।'' जगन महराज बोले।

''क्या मतलब। गोल्डी ने देखा है।''

''हाँ।''

''लेकिन कैसे।'' जी. एन. की आवाज में आश्चर्य था।

“गोल्डी के दोस्त बनते हो और गोल्डी के बारे में, गोल्डी के इतिहास के बारे में नहीं जानते।” जगन महराज ने सवाल उठाया।

“गोल्डी कोई लाल किला है क्या।” जी. एन. ने हिकारत से पूछा।

“गोल्डी किला भले ही न हो, गोल्डी का अपना जीवन तो रहा है मित्र।” जगन महराज ने व्याख्या की।

“जीवन से क्या तात्पर्य है आपका।”

“जीवन से क्या तात्पर्य हो सकता है।”

“जी. एन. तुम बिना वजह के, महराज को तंग कर रहे हो।” गोल्डी ने जी. एन. को रोकने की कोशिश की।

“मैं इस बात के सीधे और साफ तरीके से, अनुमान के बिना पेश करता हूँ। कँरू।”

“क्या इसकी इजाजत लेनी जरूरी है।” गोल्डी ने हँसकर कहा। गोल्डी के हँसते ही सब लोगों को हँसी आ गयी। असल में बात जो गोल्डी ने कही थी, वह हँसी की नहीं थी। बात का अन्दाज गोल्डी के हावभाव हँसी के थे। फिर भी हँसी-हँसी के उस दौर से, वातावरण कुछ सरल और हल्का हो गया। तभी गोल्डी का ध्यान जी. एन. के खाली गिलास और महराज की खाली बोतल पर गया। गोल्डी ने मुँह बिचकाया और अजीब-सी मुद्रा रचकर बोला, “अब समझ में आया, बात साफ सीधे और वैचारिक अनुपात में क्यों नहीं कही जा रही है।”

“क्यों।” जी. एन. ने सवालिया अन्दाज में सिर हिलाया या फिर हम बार-बार भटक क्यों जाते हैं।

“स्वामी गोल्डी। एक बात का ध्यान रहे, तुम किसी वैदिक विचार का विश्लेषण नहीं कर रहे हो।” जी. एन. का ध्यान उस तरफ नहीं था, जिधर गोल्डी का था।

“माना तो।”

“तो क्या।”

“यही कि यद्यपि तुम किसी वैदिक विचार का विश्लेषण नहीं कर रहे हैं और न ही किसी राजनैतिक इतिहास की व्याख्या कर रहे हैं लेकिन...”

“लेकिन क्या।” जी. एन. ने टोका।

“कह दूँ। महराज।”

“मेरी आज्ञा की क्या आवश्यकता है वत्स।” जगन महराज भाव में कह रहे थे।

“वैदिक विचार, राजनैतिक इतिहास या सामाजिक निरूपण की बात तुम छोड़ भी दें, तो बात राइज एण्ड फाल ऑफ मगन इमपायर अथवा जगन महराज

के उत्थान और पतन की कहानी।...''

''मुझे एतराज है।'' जगन महराज ने प्रसन्न मुद्रा में हाथ उठाया। असल में, गुंडों, लफंगों, चोर बदमाश, गिरहकट, खूनी, डाकू, उठाईगीर, जुआरी, शराबी, व्यभिचारी दरिन्दों की सोहबत में रहनेवाले जगन भाई को उस समय गोल्डी और जी. एन. की सारगर्भित, बौद्धिक बातों में आनन्द आने लगा था। जैसे किसी बदबूदार, सीलन भरे, चीकट भरा अंधकारमय वातावरण से, निकलकर कोई खुली हवा में, रोशन उन्मानों के बीच विचरने लगा हो, जैसे बन्द कमरे में, दरवाजे, खिड़कियों के बन्द होने के बावजूद, दबे पाँव रोशनदान के जरिये प्रकाश की कुछ किरणें, स्वच्छ निर्मल हवा के झोंकों में तैरती हुई, उतराती हुई, किसी प्रताड़ित के पास पहुँच जाएँ।

''क्या एतराज है, महराज।''

''पहली बात तो यह है...'' महराज सोच रहे थे कहूँ या न कहूँ। इसी दुविधा में कुछ क्षण गुजर गये।

''क्यों कई इसूज हैं महराज।'' गोल्डी ने सवाल किया।

''कई इसूज हैं, कई मुद्दे हैं...सोच रहा हूँ, किस अन्दाज में कहूँ, किस प्रकार कहूँ और किस क्रम में कहूँ।''

''यहाँ कोई मल्टीनेशनल समारोह का विवेचन चल रहा है क्यों।'' जी. एन. ने टोका।

''ऐसा न भी हो लेकिन एक बात साफ है।''

''क्या महराज।''

''फिर महराज कहा तुमने।''

''फिर।''

''हाँ याद आया मैंने अपना एतराज कहाँ जाहिर किया था...अभी तक तो मैं विवेचना और विश्लेषण के आधारभूत सिद्धान्तों में फँसा हुआ था।'' जगन भाई को मजा आ रहा था। उन्होंने बात आगे बढ़ाते हुए कहा, ''पहली बात...''

''कुल कितनी बातें हैं महराज।'' गोल्डी का प्रश्न था।

''पहली बात मुझे महराज कोई नहीं कहेगा।''

''कोई नहीं।''

''कोई नहीं से मेरा अर्थ है, तुम दोनों मूर्तियों से जो...जिन्होंने अपनी बदमाशी, अपनी चतुराई भरी बातों से, हरकतों से आज जेठ-असाढ़ के इस महीने में...''

''जेठ भी और आसाढ़ भी।''

''बोलना मुश्किल कर रखा है तुम लोगों ने...जरा सी चूक नहीं कर सकते

...क्या बिलकुल तनकर, पूर्ण सजग होकर बैठना होगा...सब कुछ तौलकर सोच-समझकर बोलना होगा।''

''नहीं...बिलकुल नहीं।''

''तो तुम लोग मुझे महराज नहीं, भाई कहोगे।''

''यानि कि जगनभाई। जगनभाई। जगनभाई।'' गोल्डी और जी. एन. ने एक साथ कहा, ''जगनभाई, जगनभाई जिन्दाबाद, जगनभाई जिन्दाबाद अब याद हो गया है, महराज।''

''फिर वही'' जगनभाई हँसने लगे और उसी के साथ एक बार गोल्डी और जी. एन. को भी हँसी आ गयी।

''कुछ समय लगेगा जगनभाई। हम आपके साथ हैं।'' गोल्डी ने सफाई दी।

''पहली बात तो यह थी।''

''दो बातें और हैं।''

''दूसरी बात भाई।'' जी. एन. ने पूछा।

''दूसरी बात है अपने बारे में...ठीक है मैं एक डॉन हूँ, माफिया नेता हूँ और तुम जी. एन. और गोल्डी केस खरीदते और बेचते हो...मतलब आपरेटर हो...इसटैबलिशमेंट के दलाल हो...''

''जगनभाई। आपकी सादगी पर बेबाक खुलासे पर कौन कुर्बान नहीं हो जायेगा...'' गोल्डी का तर्क था।

''निराश मत हो मित्र। पूरी बात कहीं नहीं है हमने।''

''क्या उससे स्थिति में सुधार की आशा है।''

''आशा है...तो मैं कह रहा था, इतना सब होते हुए भी, हम तीनों पढ़े-लिखे हैं, प्रबुद्ध हैं।''

''अंगुमालि डाकू, बहराम डाकू, सुल्ताना डाकू, डाकू मानसिंह, ब्रह्मचारी बाबा और स्वामीचन्द्रा भी यही कहा करते थे।''

''तुम लोग बड़ी कुत्ती चीज हो।''

''यह क्या होता है।''

''मतलब है यू आर डिफीकल्ट।''

''यह तो प्रंशसा है न जगनभाई।'' गोल्डी ने समापन किया।

''हाँ ! अच्छा अब मैं अपने एतराज पर आता हूँ।''

''किस एतराज पर जगनभाई।''

''वैदिक विचार, राजनैतिक, इतिहास या सामाजिक निरूपण को छोड़ भी दें, तो बात राइज एण्ड फाल आफ मँगना...मगन...जगन इमपायर अथवा मगन जगन महराज के उत्थान और पतन की कहानी...यही कहा था न तुमने गोल्डी।''

''हाँ।''

''तो हमारा कहना है कि मगन जगन महराज के साम्राज्य का अभी तो उत्थान चल रहा है। पतन की बात कहाँ से अवतरित हो गयी। शर्म करो तुम लोग अपने को प्रबुद्ध समझते हो।''

जगन महराज की बात सही थी। गोल्डी और जी. एन. को सहमत होना पड़ा।

कुछ देर विचार के किसी अंधड़ में खो गया था जी. एन. तभी बड़ी दूर से जगन महराज की आवाज सुनायी दी, ''क्यों जी. एन., गोल्डी के बारे में जानना चाहते थे न।''

''क्या।''

''गोल्डी ने मगन महराज ने साम्राज्य को पनपते हुए देखा है...स्वयं खुद अपनी आँखों से।''

''अ र रे ए रे हाँ।''

''गोल्डी असल में अपने बाप से झगड़ा हो गया था। घर छोड़कर आने से पहले लोग उसे सोना हालदार गोल्डी बरुन कहा करते थे। प्राइमरी स्कूल के मास्टर शिवशेखर हालदार का बेटा, बरुन हालदार कभी लाखों में खेलेगा करोड़ों के सौदे करेगा, किसने जाना था। छोटे से, गलीदार मोहल्ले में, पिनपिनिया, सकड़ी और कंचे की गोलियाँ खेलते-खेलते, वह बायें हाथ से नाक पोंछा करता था। खाकी पैन्ट और बिना बटनवाली कमीज न जाने कितने धब्बे हुआ करते। उसके टुटहे मकान के सामने जरा हटकर न जाने कितने साफ सुथरे मकान थे, जिनमें, उसकी उम्र के बच्चे, धुली हुई बटनदार कमीज और रंग-बिरंगी पतलून पहना करते थे। अपना गोल्डी उन बच्चों, को बड़ी हसरत से कैंची साइकिल चलाते हुए देखा करता। चाट के खोमचे आते ही, उसके साथ, खेलते हुए बच्चे, पिनपिनिया, कन्चे गुच्चक के इर्द-गिर्द लगी छोड़कर भाग जाते। तब गोल्डी बरुन, जहाँ एक तरफ, उन बच्चों को बड़ी हसरत से चाट के दोने साफ करता हुआ देखा करता, वहीं दूसरी तरफ उसे हैरत होती, लगी लगायी पिनपिनिया, या काँच की रंग-बिरंगी गोलियों का दाँव छोड़कर कैसे वह लड़के चाट खाने चले जाते थे...क्यों बरुन ठीक कह रहा हूँ न।''

गोल्डी बरुन, बरुन हालदार उर्फ सोना हालदार न जाने किस विषाद की छाया में घिरने लगा था। चुपचाप, दम साधे, सिर झुकाये, सब कुछ सुनता रहा, कुछ भी नहीं कहा उसने। लेकिन उसके बचपन के साथी जगन ने दुखती हुई उसकी रग को छेड़ दिया था। वह दुखती हुई रग थी या पर्त-दर-पर्त दबी हुई कुंठाओं का संसार जो दबे पाँव, वर्तमान की झालर के किसी कोने, किनारे से पिचककर फूट पड़ती और समा लेती, व्याप्त कर देती समूचे जीवन की

आकांक्षाओं का संसार इच्छाओं की टूटन, सपनों की विभीषिका, सब कुछ किसी प्रवंचना के लिए घुमनी-सी रफ्तार में आन्तरिक संसार को घुमाने लगती। फिर भी सवाल पूछा था, जगन महराज ने तो जवाब देना था उसे। आँखें गीली हो चली थीं, आवाज भर्रा रही थी और गोल्डी जानता था, अगर चुप रहा तो वह रो पड़ेगा।

"कभी, कभी तो उस नन्हे से गोल्डी के दिमाग में न जाने कितनी पिनपिनिया, न जाने कितने रंग-बिरंगे कन्चे, जमा होते रहते और उन्हें वह बड़े प्यार से सहलाया करता। धीरे-धीरे वह तमाम पिनपिनिया, कन्चे उसके दिमाग से उतरकर हाथ की गदेलियों में बस जाते। और वह कोई उन्हें छीन न ले, इस डर से, अपनी मुट्ठी बड़े जोर से दबा लिया करता। तब उसका मेरा बाप यही कहा करता, बरुन के भाग्य में भीख, सिर्फ भीख माँगना वदा था, वह कुछ और कर ही नहीं सकेगा। मुझे तब अपने बाप को देखकर रोना आ जाता। उस छोटी-सी उम्र में मुझे अपने बाप की बुद्धि पर तरस आता था। लेकिन किसी भयाक्रान्त पशु या पक्षी की तरह, चुपचाप, खामोश, सब कुछ देखता रहता। सुनता रहता। कभी-कभी मेरा मन करता, ढेर सारी पिनपिनिया, ढेर सारे कन्चे, अपने बाप के ऊपर दे मारूँ और भागकर कहीं दूर चला जाऊँ किसी ऐसे बाप के पास जो उसे और बच्चों की तरह किसी समझदार बाप की तरह प्यार करे दुलार करे, उसे कम से कम आशीर्वाद दे, दुआएँ दे।" बरुन चुप हो गया। कमरे में सन्नाटा था। कुछ सांस की आवाज, कुछ भनभनाते हुए ए सी की हवा के झोंके। जैसे वजूद को, हकीकत को रूपाकार कर रहे थे। अधिक देर तक सन्नाटा कायम नहीं रह सका। जी. एन. ने सवाल दाग दिया।

"कहानी अच्छी है। कोई भी रो पड़ेगा। इस गोल्डी को, इस गोल्डी के साथ मिलाकर लेकिन असली बात कहाँ है। इसने मँगने को मगन महराज बनते हुए कैसे देखा।"

बाप के मरने के बाद, बरुन हालदार को जवाब देना था इसलिए उसने बोलना शुरू किया। मुझे घर से निकाल दिया गया। उस समय मुझे लगा मेरे बाप की भीख माँगनेवाली बात सच निकलकर रहेगी। तब मेरी उम्र सिर्फ चौदह साल थी और सिवाय भीख माँगने के कोई रास्ता नहीं था। लेकिन शायद कुन्डली अपना खेल खेलने लगी थी, नियति का चक्र घूमने लगा था, मुझे मगन महराज के यहाँ शरण मिल गयी। उन दिनों, मगन महराज, दस-बीस, बेसहारा बच्चों को पाल-पोसकर, पढ़ा-लिखाकर, सरकारी नौकरी में लगा देना चाहते थे, जिससे वह लोग, वक्त जरूरत पर मगन महराज के साम्राज्य में काम आ सकें। मैं उनकी उसी योजना का अंग था। जगन भाई और हम दोनों साथ-साथ स्कूल जाने लगे। हम दोनों में खूब पटती थी। अनेक खेल, खेला करते थे, हम लोग। बड़ा प्यार

था, हम्हारे बीच। आगे चलकर, मगन महराज ने अपनी मौत के आठ दिन पहले, जगन की दोस्ती की वजह से मुझे आजाद कर दिया।''

''बचपन में सबसे पहले सेठ ! और फिर महराज ! मुझे सोना हालदार ने ही कहा था। आजाद होने के बाद भी, हम्हारा घर इससे कभी नहीं छूटा।'' जगनभाई ने कहा था।

बरुन हालदार, यादों के दरीचों से, उबरकर सामने आती हुई परछाइयों के घेरे में फँस चुका था। उसको लग रहा था, सब कुछ चुक नहीं गया था, सब कुछ समाप्त नहीं हो गया था। जरूरत थी तो किसी इच्छा शक्ति की, किसी विश्वास की, किसी सम्बल की जिसे आधार बनाकर वह कुछ भी कर सकता था, वह कुछ भी बन सकता था। बरुन को लगा। वह सोना हालदार उर्फ गोल्डी बरुन, संसार का एक खूबसूरत, करिश्मा है और ईश्वर ने परमपिता परमात्मा ने, रहमदिल खुदा ने उसे कुछ करने के लिए बनाया था और वह होटल के कमरे में बैठकर बिना नागा, रोजाना सबेरे से देर रात तक, शराब पीता रहता था। उसके अन्दर उदास भावनाओं की तह से फिसलकर एक घिन जैसे किसी गैस की तरह सारे बदन में, सभी कोशिकाओं में, सभी टिशूज में, सभी अंग प्रत्यंगों में व्याप्त हो गयी, समा गयी। वह उठकर खड़ा हो गया। उसने देखा जगन महराज ऊँघ रहे थे और जी. एन. सिगरेट के धुएँ के छल्ले बनाकर ए. सी. से निकलती हुई ठंडी हवा के झोकों के पास, बहकने के लिए फेंक रहा था। कुल मिलाकर एक संताप जैसे पाँच सितारा होटल के उस कमरे में व्याप्त हो गया था। गोल्डी ने जी. एन. से कुछ नहीं कहा, जगन महराज से भी कुछ नहीं बोला और उठकर उस विशाल काँच की दीवार के पास खड़ा हो गया, जहाँ से दूर, एक तरफ नदी बह रही थी और दूसरी तरफ सड़क पर न जाने कितने लोग, अलग-अलग रंग में, विभिन्न रूप धरकर, किन्हीं अन्जाने गन्तव्य की तरफ उद्देश्यहीन जा रहे थे। बरुन को लगा उसके और दुनिया के बीच में सिर्फ एक काँच की दीवार है, जिसके उस पार, एक नया जीवन, एक नया संसार, जुर्म, हिकारत, हिंसा और अपराध से दूर उसकी प्रतीक्षा कर रहा था, उस गोल्डी की प्रतीक्षा कर रहा था, जिसको कुछ बनना था, जिसको किन्हीं ऊँचाइयों को छूना था। एक बार उसने सोचा शराब का गिलास उठा ले, फिर पीने का मन नहीं हुआ उसका और वह जी. एन. के पास आकर बैठ गया।

''क्या सोच रहे हो, जी. एन.।''

''तुम्हारा बचपन सुनकर अपना जमाना याद आ गया।''

''बताया तो था एक दिन लेकिन आठ पेग पिये हुए था मैं, इसलिए कुछ भी तो याद नहीं...बोला न। जी हल्का हो जायेगा।'' बरुन हालदार ने जी. एन. से कहा।

"शायद अपराधिक संसार में आनेवालों के जीवन की शुरूआत कुछ इसी तरह होती है," जी. एन. ने अपना किस्सा बयान करना शुरू किया, "मेरी माँ के कोई औलाद जिन्दा नहीं बचती थी। उस समय किसी पण्डित ने बताया था, जब तक मेरे पिताजी सामने रहेंगे, तब तक घर में नवजात शिशु नहीं बचेगा। एक दिन जब मेरा और मेरे जुड़वाँ भाई का जन्म हुआ, तब काम से लौटते हुए, उसके बाप के कदम, घर से ढोलक की आवाज सुनकर लौट पड़े। उनको हम दोनों भाइयों को जिन्दा रखना था। पण्डितवाला सारा किस्सा असल में हम्हारे चाचा का गढ़ा हुआ था। असल में उसकी नजर हमारी जायदाद पर थी। जब चाचा को इत्मीनान हो गया कि हम्हारे पिताजी गाँव छोड़कर जा चुके थे, तब रात के अँधेरे में, उसने जुड़वाँ बच्चे पार कर दिये। बच्चों को कम्बल में लपेटकर जब हम्हारा चाचा गाँव के बाहर ले जा रहा था, तब उस दाई ने उसे देख लिया, जिसने बच्चों का जन्म करवाया था। दाई ने दबे पाँव उसका पीछा किया। गाँव से बाहर दोनों बच्चों को जमीन खोदकर गाढ़ने के बाद, जैसे ही चाचा वहाँ से हटा, दाई ने हम दोनों को मिट्टी के नीचे से निकाल लिया। लेकिन तब तक हम्हारा भाई मर चुका था। मेरी सांस चल रही थी, मैं बच गया। उसके बाद दाई माँ को, मुझे मन्दिर में छुपाकर, बुला लाई।

मेरी माँ, रातोंरात, मुझे लेकर, सारी जमीन, जायदाद छोड़कर, गाँव से भाग गयी। लाखों की जायदाद होते हुए भी, किस तरह मेरी माँ ने मुझे पाला, पोसा, बड़ा किया यह महत्त्वपूर्ण नहीं है, महत्त्वपूर्ण है वह भयावह डरावना मंजर, वह चारों तरफ मंडराती हुई मौत की छाया, जीवन की इहलीला समाप्त होने की आशंका। हर सांस में हुई, मौत की खटखटाहट। किसी भी आहट के होते ही मेरी माँ काँपने लगती थी, मुझे अपनी छाती से चिपटा लेती थी। मेरे कानों में उसकी कराह, मेरे अहसास में उसकी कँपकपी, मेरी रग-रग में उसका आतंकित स्नेह कितने-कितने दिनों तक मुझे प्रताड़ित करता रहा था। भूलकर भी नहीं भूल पाता था मैं। कुछ करना चाहता था, नहीं कर सका, कुछ बनना चाहता था, नहीं बन सका।"

जी. एन. जीवन के स्पंदन की उष्णता गले लगाकर रखना तो चाहता था, लेकिन स्पंदित उष्णता के स्रोत को जीवित रखने के लिए कुछ भी नहीं करना चाहता था। उसे इस बात का ज्ञान नहीं हो सका था, उष्णता, महक अहसास, अगर समाहित न किये जायें तो काफूर हो जाते हैं, कपूर की तरह उड़कर वातायन में व्याप्त हो जाते हैं। बचपन का संकट, मिट्टी के नीचे गाड़ दिया जाना, माँ का डर, कँपकपी अपनी जगह था, लेकिन वह जीवन के पलायन का आधार नहीं बन सकता। उसका बहाना लेकर कोई अपना अपराधिक संसार नहीं बना सकता। सिगरेट के बाद, जी. एन. को तलब लग रही थी शराब की। लेकिन

उसने पी नहीं।

इस बीच में कमरे की घंटी बजी। होटल के बैरा ट्राली में खाने का सामान लेकर आया था। गोल्डी तब तक फिर काँच की दीवार से पाँचवीं मंजिल पर खड़े होकर बहती हुई गोमती नदी को देख रहा था जहाँ एक घाट पर कुछ लोग तैराकी का खेल कर रहे थे। दूर कहीं एक नाव जा रही थी और बार-बार कुछ पक्षी लम्बा चक्कर लगाकर आते और लौट जाते। गोल्डी को दूसरी दुनिया में देखकर जी. एन. ने खाने का एक हिस्सा, जगन महराज के गेस्टापों के लिए छोड़ दिया। दूसरी ट्रे जिसमें फिश फिंगर, कटलेस और फिंगर चिप्स और चाय थी, उसने कमरे के अन्दर रखवा दी। खाली बोतल, शराब के गिलास लाइम कारडियल और सोडा उसने बैरा को वापस कर दिया। जी. एन. को उस कमरे का माहौल देखकर ऐसा लगा कि शराब पीने के मूड में उस वक्त कोई नहीं था। तीनों मूर्तियाँ चुप थीं। जगन महराज उठकर बैठ चुके थे। बरुन हालदार काँच की खिड़की से हटकर कुर्सी पर आ गया। मछली का एक टुकड़ा वाइट साँस के साथ उसने मुँह में डाला और चाय की केटली में, चम्मच से, चाय का पानी घोटने लगा। जी. एन. ने तब तक एक प्लेट में कटलेस, चिप्स मछली, सैन्डविच रखकर जगन महराज की तरफ बढ़ा दिये। इसके बाद उसका रास्ता साफ था। बाकी बचे हुए सामान पर वह हाथ साफ करने लगा।

नाश्ता खत्म हो चुका था। गोल्डी की मेहरबानी से चाय की प्याली सबके पास मौजूद थी। उस खामोशी को तोड़ने के लिए जगन महराज ने चैनल म्यूजिक का चैनल बदल दिया। चैनल बदते ही वैस्टर्न म्यूजिक की कोई धुन कमरे में गूँजने लगी। कुछ ही देर में, नाश्ते के जोर से चाय की चुस्कियों में, संगीत की ताल पर, जी. एन. मचलने लगा। उदासी के बादल छँटने लगे थे और सबके सब सामान्य स्थिति की ओर लौटने लगे थे। ऐसा लग रहा था, गोल्डी जी. एन. और जगन महराज गहरे दोस्त थे और वहाँ पर किसी पूर्व नियोजित योजना के तहत एकत्रित हुए थे।

तभी बड़ी देर के बाद, जी. एन. अवरोध हटाने के लिए सन्नाटा तोड़ते हुए बोला "मगन महराज, जगन महराज के साम्राज्य के उत्थान की कहानी पूरी कहाँ हुई।" गोल्डी चुप रहा, लेकिन जगन महराज ने बोलना शुरू कर दिया,

"उसके बाद सब कुछ आसान हो गया...छोटे-मोटे ठेकेदार भाग खड़े हुए, बड़े ठेकेदारों के लिए बन्दूकें तनी हुई थीं, उसमें गोलियाँ भरी हुई थीं। हथियारों से लैस बापू की क्रेक बटालियन एक-एक करके, सबको रास्ते से हटा रही थी कहीं कुछ नहीं बचा, इट वाज टोटल टेक ओवर। धीरे-धीरे पास के जिले भी समेट लिए। कमान्डर बनाये गये, फौजी दस्ते, हथियारों से लैस, जीप और ट्रक लेकर 300 मील के इलाके को पूरी तरह घेर चुके थे।"

“कुल कितने का डौल बन गया था।” जी. एन. ने पूछा।

“पचास करोड़ के आस-पास शुरू हुआ था।”

“और पुलिस।”

“पुलिस का काम हम करते थे। पुलिस को हफ्ता चाहिए। पुलिस को हफ्ता हम देते थे। सारा कारोबार पुलिस ने हमको दे दिया।”

“सिर्फ कारोबार से क्या मतलब भाई।” जी. एन. बोला।

“पुलिस का कार्य क्षेत्र अलग होता और हम्हारा अलग, लेकिन बापू ने सब कुछ ले लिया था।”

“क्या सब कुछ।”

“दुकानें, बाजार, तस्करी, राहजनी, चोरी, डकैती, चुंगी, घाट, फेरी, फुटकर, व्यापारी, पटरी पर, सड़क पर दुकान, खोमचा लगानेवाले, कान्ट्रेक्ट किलिंग, अपहरण, ब्लेक्मेल...”

“क्या जगन भाई यह सब विषय हैं, पुलिस की उगाही के।” जी. एन. का सवाल था।

“और क्या...सूची लम्बी है...और बताऊँ।” जगन महराज को मजा आने लगा था।

“नहीं बस एक सवाल और था भाई।”

“पूछिए।”

“आपका जोन सिर्फ इलाहाबाद था।”

“कानपुर छोड़कर, पूरा इलाहाबाद डिवीजन और बनारस छोड़कर पूरी बनारस डिवीजन...”

“यानी...”

“कुल दस जिले हम्हारे इलाके में शामिल हैं।”

“और बाकी जगहों पर क्या सब शान्त था जगनभाई।”

“किसने कहा। गोरखपुर विश्वविद्यालय के उपकुलपति ने उन्हीं दिनों अपनी राजनीति में प्रयोग करने के लिए कुछ छात्र नेताओं को आगे बढ़ाया। इनमें से कुछ लोग अपनी और उपकुलपति की सुरक्षा के लिए अपराधिक मार्ग पर चल पड़े। उसके बाद की कहानी सब एक जैसी है। नेपाल की पहाड़ियों से लेकर पूरा पूर्व का इलाका शंकरहरी के हाथ में आ गया, उधर दक्षिण में भूरा डाकू अपना काम कर रहा था और पश्चिम में मोहन त्यागी का साम्राज्य तो हमसे दस गुना बड़ा हो चुका था। उधर अलीमियाँ की उत्तर की पहाड़ियों से लेकर गंगा के किनारे बसे हुए छोटे-छोटे कस्बों और शहरी क्षेत्र में अपना शिकंजा जकड़ चुका था। काशी के गंगूमहराज, कानपुर के पाठकबन्धु और विक्रम, आगरा का दीनूभाटी और लखनऊ में भन्डारी, आयना पाँडे और गुरुखन्ना

इलाकेदार बन चुके थे, मोर्चा सम्भाले हुए थे। एक तरह का सिंडीकेट बना लिया था, हमने जिसमें कुछ दिनों बाद पाँच सौ करोड़ की अंग्रेजी शराब, सात आठ सौ करोड़ की देशी शराब, दो तीन हजार करोड़ की अफीम की तस्करी शामिल हो गई थी।''

''जगनभाई क्या पालिटिक्स में रुचि नहीं ली आपने।''

''क्यों नहीं हर चुनाव में पाँच से लेकर छह सौ करोड़ का व्यापार सिन्डीकेट करता है।''

''कैसे।''

''बड़ा लम्बा तिलस्म है। इसमें बैलट बाक्स बदलवाना, वोट गिराना, वोट रोकना, गिनती करवाना, गिनती बिगाड़ना, चुनाव स्थिगित करवाना, चुनाव प्रचार की सभा संगठित करना, चुनाव सभा बिगाड़ना, दंगे कराना, अपहरण, हिंसा, पोस्टर, पर्चे लगाना, बँटवाना, शराब, कम्बल, कपड़ों का वितरण और चुनाव की सुरक्षा शामिल है।'' जगन महराज उठकर खड़े हो गये।

''जगनभाई। अगर मोटा-मोटा हिसाब लगाया जाय तो चार क्षेत्रों को मिलाकर आपका सिन्डीकेट करीब पाँच सौ करोड़ का साधारण व्यापार करता होगा।''

''उत्तर प्रदेश का बजट निकालकर देखो। उसमें जितनी रकम विभिन्न सरकारी विभाग जैसे मेडिकल, पी. डब्लू. डी., कृषि सिंचाई, पशुपालन, ग्राम्य विकास, गन्ना, सिविल डिफेन्स, पुलिस, विद्युत, लघु सिंचाई, खाद्य, चकबन्दी, पंचायत, सहकारिता, के फील्ड यूनिट को नये काम तथा पुराने कार्यों के अनुरक्षण तथा अनुपालन के लिए दी गयी है, वह सब हमारी है। उसमें कुछ खर्चा भी होता है। कई बार सामान की पूर्ति करनी होती है। कई बार नहीं करनी होती है।''

''वह कैसे।''

''माल स्टोर में रहता है। इसमें हमेशा बचत होती है और बचत का लेनदेन सिर्फ स्टोरकीपर करता है, उसी तरह जैसे फील्ड की बचत सिर्फ ओवरसियर करता है।''

''बाप रे बाप। इतनी बड़ी रकम। कितना होगा सारा गोलमाल।'' इस बार गोल्डी बोला।

''मैंने तो...सिर्फ साधारण व्यापार पाँच से आठ सौ करोड़ के करीब होगा।''

''बस।''

''यह आठ साल पुराने आंकड़े हैं। इसमें जायदाद प्रोटेक्शन मनी, अपहरण, हत्या, ब्लेकमेल, चुनाव के हथकंडे शामिल नहीं हैं।''

''इसका मतलब साधारण व्यापार जिसमें सिर्फ सरकारी विभाग आते हैं,

करीब बाहर सौ करोड़ या दो हजार करोड़...''

''सब मिलाकर दो हजार करोड़ हो जाता होगा।'' जगन महराज ने आंकड़े दिये।

''प्रतिवर्ष ! है न ?'' जी. एन. ने सवाल दाग दिया।

''हाँ प्रतिवर्ष।''

''तो दस साल तो होने को आये हैं न।''

''वहाँ 1983-84 में सारा काम व्यवस्थित हो पाया 1985 तक सिन्डीकेट बना लिया था हमने।''

''तो दस साल में बीस हजार करोड़ रुपया आया आप लोगों के पास।''

''हाँ आया। जगन महराज ने कबूल किया।

''बस।''

''नहीं और है।''

''और क्या।'' गोल्डी भी अपने को शामिल कर रहा था।

''इसमें एक तो चुनाव, जुलूस, रैली, मेला, शराब, केन्द्रीय योजनाएँ शामिल नहीं हैं।''

''क्या मतलब।''

''चुनाव का तो अभी बताया था, पाँच-छंह सौ करोड़ प्रति चुनाव का व्यापार होता है।''

''दो चुनाव तो हुए होंगे।''

''नहीं तीन।''

''तो अट्ठारह सौ करोड़ रुपये।''

''हो सकता है।''

''अब हुआ करीब 4000 करोड़ रुपये नगद।''

''हाँ।'' जगन महराज ने चैन की सांस ली

''वो शराब।''

''12-13 सौ करोड़ रुपये का धन्धा होता है...लेकिन इसमें खर्च भी आता है। इसका सिर्फ दस प्रतिशत हम तक पहुँचता है।''

''यानि करीब 130 करोड़ सालाना।''

''दस साल में 1300 करोड़ इसमें अब जोड़ा जाय तो हुआ 5300 करोड़ रुपया। अब क्या बचा।''

''रैली, जुलूस, केन्द्रीय योजनाएँ।''

''इनका हिसाब कैसे लगेगा।'' जी. एन. बोला।

''देखिए केन्द्रीय योजनाएँ आती रहती हैं। कभी पंचायत के नाम पर पैसा आयेगा, कभी जवाहर रोजगार योजना, कभी बाढ़, कभी सूखा, कभी दोपहर का

भोजन और कभी बूढ़ों को पेंशन।''

''क्या बूढों की पेंशन भी आपके कार्यक्षेत्र में आती है, मान्यवर।''

''क्यों नहीं।'' जगन महराज ने चुनौती दी।

''कैसे।''

''मान लीजिए, उत्तर प्रदेश में तीन करोड़ बूढ़े पेंशन के हकदार हैं।''

''हैं।''

''प्रति बूढ़ा सौ रुपया मिलना है।''

''मिलना है।''

''कितना हुआ।''

''तीन सौ करोड़ प्रतिवर्ष।''

''इसे दो से गुणा करें।''

''क्यों।''

''बताता हूँ। दफ्तर को चाहिए, सचिवालय को, मन्त्रिमंडल को चाहिए 600 करोड़ खर्च होगा, कुल मिलेगा तीन सौ करोड़ प्रतिवर्ष। दस वर्षों में दो हजार करोड़ कहीं गया नहीं।''

''एक हजार करोड़ क्यों छोड़ दिया आपने।''

''कुछ पैसा बँटेगा भी।''

''और बाकी दो हजार करोड़।''

''बताया न, दफ्तर, सचिवालय, मंत्रालय आदि में बँट जायेगा।'' जगन महराज ने विश्लेषण किया।

''इस प्रकार आठ हजार तीन सौ करोड़ रुपया हुआ।''

''ठीक है न।'' जी. एन. ने आँकड़े पेश किये।

''हुआ।''

''अब इसमें रैली, जुलूस, बाढ़, सूखा, हरिजन, गिरिजन, पंचायत, ग्राम्य विकास, शिक्षा इत्यादि जोड़ा जाय तो कुल योग दस हजार करोड़ का हो जायेगा।''

''ठीक है न सिन्डीकेट पति।''

''ठीक है।'' जगन महराज हँस रहे थे।

''गोल्डी सुना तुमने दस हजार करोड़ रुपये।''

''हाँ लेकिन दस जगह...दस आदमियों में बँटेगा।''

''हजार करोड़ प्रति मनुष्य।''

''बँटने को तो यह...करीब एक हजार आदमियों के जरिये एकत्र किया जायेगा...तो आप कह सकते हैं, एक हजार आदमियों में बँटेगा।''

''खेल न खेलें महराज। एक हजार आदमियों में बँटेगा, दस हजार आदमियों को मिलेगा, दस लाख लोगों के जरिये जमा होगा और दस करोड़ लोगों को

खर्च के जरिये मिलेगा...यह सब अर्थशास्त्रियों के विभाजन हैं जिनके औचित्य पर हम बात नहीं कर रहे...और न ही, समाजशास्त्र या समाजवाद अथवा साम्यवाद के अन्य घटकों की नींव, लकीर पर हम किसी तथ्य को पीट-पीटकर उसका कचूमर निकालने का प्रयास कर रहे हैं...मुझे तो सिर्फ एक बात पता करनी थी मान्यवर, जी. एन. ने भाषण दिया था।

''बोलो प्रियवर।'' जगन महराज ने व्यंग्य से कहा।''

''एक नहीं दो अन्तिम प्रश्न हैं।''

''पहला।''

''इतना रुपया आप रखते कहाँ हैं...क्या करते हैं इस रुपये का।''

''और दूसरा।''

''जिस तरह लाला पलटूराम को तीन हजार से तीस हजार रुपये में बन्दूकों की नोंक पर ठेके दिलवाते-दिलवाते एक दिन मगन महराज को अहलाम हुआ और उन्होंने पलटूराम को ठेका दिलवाना छोड़कर, वही ठेके खुद लेना शुरू कर दिया, क्या उसी प्रकार इन नेताओं को चुनाव लड़वाते-लड़वाते, रैली निकलवाते, जुलूस की व्यवस्था करते, वोट डलवाते, वोट के बक्से बदलवाते, बूथ कैप्चर करते-कराते क्या किसी को अहलाम नहीं होगा कि उन नेताओं की जगह चुनाव खुद क्यों न लड़े। अगर आप कृष्णबल्लभ को जिता सकते हैं तो कृष्णवल्लभ की जगह चुनाव क्यों नहीं लड़ सकते।'' जी. एन. किसी दार्शनिक की तरह बोल रहा था।

''जी. एन.। यह कैसे सोच लिया कि ऐसा हो सकता है...तथ्य यह है ...ऐसा हो रहा है। याद दिलाऊँ पूर्व से शंकरहरी पश्चिम से मोहन त्यागी, दक्षिण से भूरेलाल, उत्तर से अलीमियाँ, काशी के गंगागुरु, कानपुर के पाठकबन्धु और आगरा के दीनूभाटी विधानसभा के सदस्य हैं। उनके साथ में, विभिन्न दलों में करीब 245 विधायक हम्हारे आदमी हैं।''

''सुना गोल्डी। हम लोग झक मार रहे हैं। कभी मुख्यमन्त्री, कभी मन्त्री, की तलाश करते हैं। सत्ता की सही ताकत तो यहाँ है, इनके पास, जगन महराज, शंकरहरी, गंगू महराज, मोहन त्यागी, पाठकबन्धु और दक्षिण का भूरा डाकू।'' कह तो डाला जी. एन. ने लेकिन एक-एक नाम लेते-लेते उसकी रूह काँप रही थी, उसका विश्वास डिग रहा था।

''एक बात और थी न।'' गोल्डी ने पूछा।

''क्या।''

''शायद। शायद क्यों...'' जी. एन. गोल्डी से पहले बोल पड़ा, ''कहाँ रखते होंगे वह दस हजार करोड़ रुपया जो हर साल कुछ हजार करोड़ रुपये बढ़ जाता होगा और सुनते हैं इसमें जायदाद, मिलकियत, जमीन, जेवरात, सट्टा, धन्धा,

व्यापार शामिल नहीं है।''

''बिड़ला टाटा की धन, दौलत का अनुमान है, हमको।'' गोल्डी ने कहा।

''कितना होगा।''

''आठ हजार करोड़।''

''और इनका दस हज़ार करोड़। हार्ड कैश। वेल्थ, इसटेट अलग। अगले पाँच सालों में इनके पास बीस हजार करोड़ रुपया पहुँच चुका होगा...मितली सी आ रही है मुझको। मैं घनानन्द बिठौरिया उर्फ जी. एन. जो अपने आपको बड़ा स्मार्ट समझता था, संकटाप्रसाद का चेला बनकर और धानकांड की दो प्रतिशत दलाली पाकर...ओह गॉड। क्राइस्ट, क्रिस्टोफर कोलम्बस। यह कहाँ लाकर पटक दिया हमने अपने देश को।'' जी. एन. उत्साहित ही नहीं उत्तेजित हो चुका था।

''लेकिन आप महान् हैं, जगन भाई। इतनी सादगी से कोई अपनी आमदनी का ब्यौरा नहीं देता। आपने हद कर दी। आप गोर्बी की तरह क्या ग्लासनास्ट पर विश्वास करते हैं। गोल्डी ने व्याख्या की थी, लेकिन आपसे अनुरोध है, आप मेरे प्रश्न का उत्तर जरूर दें।''

''किस प्रश्न का।'' जगन महराज दरवाजे तक पहुँच गये थे।

''गोल्डी। तुम चुप करो।''

''नहीं, पहले मैं।''

''पहले मैं।''

''नहीं पहले मेरी बात।''

''लेकिन...''

''जगनभाई। सवाल मैंने पूछा था।''

''जगनभाई। बात मैंने शुरू की थी।''

''क्यों लड़ रहे हो। जब भी प्रबुद्ध वर्ग लड़ेगा...फायदा हम्हारा होगा।'' जगन महराज ने कहा।

''चुप करो गोल्डी।''

''तुम चुप करो।''

''अच्छा एक काम करते हैं।''

''क्या।''

''मैं अपना सवाल लिखकर रख देता हूँ और तुम भी अपना सवाल लिखकर रख दो।''

''उससे क्या होगा।''

''जगनभाई जिसकी पर्ची पहले उठायेंगे, उसको उत्तर पहले मिलेगा।'' गोल्डी ने फैसला कर दिया।

''देखो भाई। मेरी बात सुनो।'' जगन महराज ने दरवाजा खोल लिया था।

''जगनभाई आप जायेंगे नहीं।''

''नहीं।''

''फिर।''

''मेरी बात...मेरा सुझाव है, सवाल तुम दोनों एक साथ दो...क्या फर्क पड़ता है। और देखो अब मुझे जाना है।''

''कहाँ भाई।'' गोल्डी ने पूछ तो लिया लेकिन डर गया। जगनभाई से सवाल कोई नहीं पूछता।

जगन महराज पहले तो कुछ देर गोल्डी को घूरते रहे, फिर उससे बोले, ''प्रियवर। माफिया लीडर से यह कोई नहीं पूछता। वह कहाँ जा रहा है...''

''यह तो अक्लमन्द नहीं है...तभी तो मैं...''

''नहीं जी. एन. गोल्डी मेरा भाई है, बचपन का दोस्त है, मैं इसे जरूर बताऊँगा मैं कहाँ जा रहा हूँ और यह भी बताऊँगा वहाँ क्या होगा। गोल्डी मुझे तुम्हारा सवाल याद है।''

''क्या होगा मेरा सवाल आप कैसे जान सकते हैं।''

''मैं जान सकता हूँ।''

''लेकिन कैसे।''

''मैं कोई जादूगर नहीं हूँ...''

''लेकिन कैसे आप जानते हैं...''

''प्रिय गोल्डी। तुमने खुद बताया था।''

''मैंने।''

''हाँ।''

''कब।''

''अभी कुछ देर पहले।''

''हाँ। हाँ। पूछा था मैंने।''

''इसका सवाल पता है मुझे । तुम क्या जानना चाहते हो जी. एन.।''

''मैं।''

''हाँ। लेकिन उससे पहले, एक बात मेरी समझ में नहीं आयी।''

''क्या जगनभाई।''

''यही कि तुमने और जी. एन. ने...''

''शराब क्यों बन्द कर दी।''

''जगनभाई आपकी बातों से दहल गये हम।'' जी. एन. ने डरते-डरते कहा।

''न जाने क्या हो गया था, बस मन...''

''क्या उससे पहले मन की बात सुनकर पी रहे थे।''

"शायद नहीं।"

"फिर यहाँ मन कैसे आ गया।"

"स्थापित, सामान्य स्थितियाँ कुछ और होती हैं लेकिन अगर कोई ऐसी स्थिति आ जाय, जहाँ शॉक ट्रीटमेंट किया जा रहा हो, तब स्थिति कुछ और होती है।"

"स्वाभाविक प्रक्रिया...ऐक्सीडेंटल या दुर्घटनात्मक स्थिति में अलग होती हैं।" गोल्डी ने समर्थन किया और उठकर खड़ा हो गया। गोल्डी को देखकर जी. एन. भी उठकर खड़ा हो गया।

"देखो भाई। गोल्डी..."

"मैं अपना सवाल बताऊँ।"

"वैसे पता है मुझे, फिर भी बता सकते हो।"

"पता है आपको।"

"छोड़ो। कम टू द प्वाइन्ट।"

"मैं जानना चाहता हूँ जब आपके पास 245 विधायक हैं तो आप मुख्यमन्त्री क्यों नहीं बन जाते।"

"इस तरह मुख्यमन्त्री कोई नहीं बनता। 245 विधायक हैं तो लेकिन, अलग-अलग दलों में विभाजित हैं। वर्तमान व्यवस्था पर हम्हारा भी विश्वास उठता जा रहा है। हम्हारी एक राजनैतिक शक्ति तो है लेकिन वह बिखरी हुई है। यह होगा...जरूर होगा...इसे कोई रोक नहीं सकता...लेकिन इसमें समय लगेगा। सुना है सरकार फूलनदेवी को जेल से छोड़ने जा रही है, उधर सुना है, दुधवा डाकू यहाँ लखनऊ में एक मन्त्री के बंगले में रह रहा है। इन तमाम बातों पर विचार करने के लिए आज हम्हारे सिन्डीकेट की बैठक हो रही है। संगठित अपराधियों के छोड़े जाने पर हम्हारा संतुलन बिगड़ सकता है।"

"कहाँ हो रही क्रिमनल सिन्डीकेट की बैठक।"

"कहीं बता न देना, मुश्किल में पड़ जाओगे इसी होटल की सातवीं मंजिल पूरी ब्लाक कर दी गयी है। हम लोग वहाँ मिल रहे हैं, आज और गोल्डी रुपया हम लोग घर में नहीं रखते। हमने कोआपरेटिव बैंकें बना रखी हैं। कम से कम तीन बैंक हैं हम्हारी जिनमें दो-तीन हजार फर्जी नामों से खाते खुले हुए हैं। अच्छा गुड वाय, एण्ड सी यू।"

जगन महराज चल दिये लेकिन कुछ दूर जाकर रुक गये और पलटकर उन्होंने जी. एन. तथा गोल्डी की तरफ देखा और बोले, "आय लाइक यू। अगर तुम चाहो तो हम्हारे सिन्डीकेट ज्वाइन कर सकते हो।"

कमरे का दरवाजा बन्द करके जगन महराज गेस्टापों की भीड़ में गुम हो गये।

जगन महराज के जाने के बाद, दुर्दमनीय पीड़ा में तड़पते हुए, गोल्डी, अपना माथा पकड़कर पलँग पर बैठ गया। सामान्य परिस्थितियों में, जगन महराज के जाने के बाद गोल्डी को शराब का एक बड़ा पेग बनाना चाहिए था और ईसामसीह या भगवान् शिव को या महाकाली या रहमदिल खुदा को हाजिर नाजिर जानकर, किसी लम्बी घोषणा के साथ गटक जाने चाहिए थे। उसके बाद, चीखना, चिल्लाना, लम्बी-लम्बी बातें, उछलफाँद, कभी रोना, कभी हँसना, कभी गाना कभी बजाना, विशेषरूप से तब, जब जगन महराज ने उसे अपने अपराधिक संसार का हिस्सा बनने की दावत दी थी। ऐसे समय में गोल्डी का शरीर आन्दोलित हो उठता, उसकी आत्मा किसी वैकल्पिक परिवेश में चीत्कार करने लगती और एक मदहोश-सी मस्ती, छटक-छटक कर प्रस्फुटित होने लगती। लेकिन उस दिन ऐसा कुछ नहीं हुआ था। गोल्डी चुपचाप जाकर पलंग पर लेट गया था। उसको लग रहा था वह सभ्यता की व्यवस्था में पाँच सितारा होटल की पाँचवीं मंजिल के उस वातानुकूलित सुसज्जित कमरे में नहीं बैठा था बल्कि किसी लम्बे सफर के दौर में, वह किसी बियावान जंगल में भटक गया था, जहाँ किस्म-किस्म के खूँखार जानवर, हुआ...हुआ...हो...हो...हाँ...हाँ..हाँ...खू...ख खी खी इ इ इ कभी गुर्रा रहे थे कभी चिंघाड़ रहे थे और कभी अनजाने विषाद की परिकल्पना में, किसी काल्पनिक भय की प्रतिक्रिया में उसको चारों तरफ से घेर रहे थे। ऊँचे पेड़ की टहनियों पर छलाँग लगाता हुआ गोल्डी समूचे जंगल में भटक रहा था लेकिन नीचे उतरकर सुस्ताने या तनिक-सा आराम करने की हिम्मत उसके अन्दर नहीं थी। उधर दूर कहीं एक बवंडर, एक तूफान, एक उफनता हुआ लावा समस्त मानवीय संवेदनाओं को डकार जाने के लिए द्रुतगति से बढ़ा चला आ रहा था। भयाक्रांत मानसिकता में कुछ भी करने की स्थित में जब गोल्डी नहीं था तो वह उठकर बैठ गया और दोनों टाँगों के बीच उसने अपना सिर दबा लिया जैसे किसी तेज धमाके से बचने के लिए, दबाया जाता है।

उधर घनानन्द बिठौरिया उर्फ जी. एन., एक नयी योजना बना रहा था। दुख और संताप, व्यथा और पीड़ा से विचलित उसकी मानवीय संवेदनाएँ एक झंझावात बनकर उसके अस्तित्व को उधेड़ रही थीं। उसे लग रहा था उसका अपराधिक जीवन किसी घिनौने परिवेश में उसको खींच ले गया था और वह वहाँ, होटल के उस कमरे में, पलंग पर दोनों टाँगों में सिर दबाकर बैठे हुए गोल्डी की तरह किसी धमाके का इन्तजार कर रहा था फर्क सिर्फ यह था। गोल्डी ने अपना सिर टाँगों के नीचे दबा रखा था और जी. एन. ने ऐसा नहीं किया था। वह जानता था, जी. एन. को मालूम था, टाँगों के अन्दर सिर दबाकर बैठनेवाला भी मारा जायेगा और सिर उठाकर सामान्यरूप से धमाके का इन्तजार करनेवाला भी मारा जायेगा, बचेगा कोई नहीं। जी. एन. की समस्या कुछ और थी। जितना

वह जगन महराज के अपराधिक सिन्डीकेट, शंकर हरी, गंगू महराज, मोहन त्यागी, भूरा डाकू और पाठकबन्धु जैसे शातिर खूँखार बदमाशों के संगठन के बारे में सोचता उतना ही उसकी शिराओं पर दवाब बढ़ता जाता। उसे लग रहा था दूर-दूर तक फैली हुई अँधेरी गुफाओं में भटकता हुआ, उलटा-पुलटा लुढ़कता हुआ, पथरीली दीवारों से, निर्मम, क्रूर और पिशाची छायाओं के तांडव से बचता-बचाता चला आ रहा था। चारों तरफ, उस भयावह अंधकार में अगर कुछ दिखायी पड़ता था तो बारूद से उपजती आग लोहे की नली से निकलती हुई बारूदी चिन्गारियाँ और अगर कुछ सुनायी पड़ता था तो खुद अपनी दबी हुई निष्प्राण चीखों की महीन, कमजोर आवाजों के बीच आतंक का अहसास, सनसनाती हुई गोलियों की आवाज, चिथड़े और चिन्दियाँ उड़ाते हुए बारूद के धमाके। जी. एन. न तो उस समय किसी वैचारिक उथल-पुथल में था और न ही किसी ऊहापोह में, वह तो समस्त पथरीली, आतंकमय यात्राओं के पश्चात् बर्फीली सर्द मूर्छा में बैठा हुआ नियति का अनूठा खेल देख रहा था।

"जी. एन.।" गोल्डी ने टाँगों के अन्दर से अपना सिर निकाल कर कहा था। उसकी आँखों में एक हल्की-सी नमी उतर आयी थी।

"गोल्डी कैसा लग रहा है ?"

"हारिबल !"

"क्यों।"

"जिस समाज में हम..."

"हम कौन दूध से धोये हैं।"

"लेकिन उस सबके सामने..."

"गोल्डी क्राइम तो क्राइम है।"

"हमने क्राइम नहीं किया।"

"फिर।" जी. एन. ने पूछा।

"कम से कम क्राइम का इरादा...इन्टेनशन नहीं था..."

"उससे क्या होता है।"

"दोनों स्थितियों में फर्क है जी. एन.।"

"फर्क होगा।"

"फर्क होगा कहकर तुम..."

"मैं कुछ नहीं कह रहा गोल्डी। मैं सिर्फ इतना जानता हूँ...हम्हारा धन्धा, हम्हारा काम..."

'बुरा है समाज के खिलाफ है।" जी. एन. ने बात पूरी करने की कोशिश की।

"हम किस झगड़े में पड़ गये....मुझे लग रहा है, हम्हारे अन्दर एक सी

प्रतिक्रियाएँ हो रही हैं।

"प्रतिक्रियाएँ फर्क भी हों मंजिल एक-सी लगती है।"

"क्या सब कुछ इतना भयावह है।" गोल्डी ने पूछा।

"अपने सामने, अपनी आँखों के सामने सब कुछ टूटता हुआ देखकर.. .क्या हम..."

"हम क्या कर सकते हैं, जी. एन।"

"सच में असहाय...मजबूर...कमजोर...नाकारा"

"हम्हारे जैसे बेकार किस्म के आदमी चुपचाप बैठकर देखने के अलावा और कर ही क्या सकते हैं।"

"जी. एन.।"

"क्या है गोल्डी।"

"क्या कोई रास्ता नहीं है।"

"रास्ता है न।"

"क्या।"

"जगन महराज।"

"वही जो कह गये है।"

"अपराधिक संगठन का हिस्सा बनना।" जी. एन. ने घृणा से मुँह बिचकाया और पिचकारी से थूक रद्दी टोकरी में गिरा दिया।

"मेरा मन नहीं मानेगा। सब कुछ इतना आसान नहीं होता, हम्हारी संवेदनाएँ, स्वार्थ और समय की धारा में, किसी सतह से टकराकर बिखर जरूर गयी हैं, लेकिन ऐसा नहीं है कि उनको समेटा न जा सके।"

"गोल्डी। अगर बचा सकते हो, तो बचा लो अपने आपको...।"

"नहीं तो।"

"नफरत, हिंसा, अपराध और आतंक का यह दावानल किसी अग्निमय विस्फोट की तरह अंधड़ के आकार में फैलेगा और सब कुछ लील जायेगा।"

"सच में क्या हम बच सकते हैं जी. एन.।"

"मुश्किल है हम्हारे आसन सीमित हैं...हम कुछ नहीं कर सकते।"

"क्यों।"

"देखो गोल्डी। तुम्हारे कांड की फाइल सचिवालय में नहीं है लेकिन तुम्हारे पास भी नहीं है।"

"ठीक।"

"मेरे मामले का एक हिस्सा कहीं है और एक हिस्सा कहीं और। कभी भी कुछ भी हो सकता है।"

"हम्हें लगता है, जो कुछ कमाया है, वह अपने आपको बचाने में गँवा

देंगे।''

''कुछ भी हो मैंने तो निर्णय कर लिया है।''

''क्या।''

''पहले गोल्डी महाशय अपनी स्थिति स्पष्ट करें।''

''आय एम आफ।''

''मतलब।''

''नो मोर।''

''रियली। नो मोर।''

''यस नो मोर।''

''चियर्स नो मोर।''

''चियर्स जगन महराज नो मोर।''

''चियर्स। सिन्डीकेट नो मोर।।''

गोल्डी उठकर खड़ा हुआ, बच्चों की तरह किलकारी भरते हुए वह जी. एन. से लिपट गया। दोनों हँस भी रहे थे और रो भी रहे थे। कुछ देर बाद शांत होकर वह कमरे से निकल गये और उस दिन उन्होंने शराब नहीं पी।

चौबीस

चुनाव के दिन नजदीक आ रहे थे और प्रधानमन्त्री की समझ में नहीं आ रहा था चुनाव कैसे लड़ा जाय। उत्तर प्रदेश में मुख्यमन्त्री उत्सुकदास से उनको किसी प्रकार की उम्मीद नहीं थी, बिहार में ब्राह्मण, नेता, पार्टी की जड़ खोद रहे थे। मध्यप्रदेश में जनसंघी शक्तियाँ तेजी से सर उठा रही थीं। उधर पंजाब में अकाली और हरियाणा में जाटों से पार्टी को खतरा बढ़ता जा रहा था। बंगाल, उड़ीसा, आसाम, केरल, आंध्र और तमिलनाडु से पार्टी करीब-करीब साफ हो चुकी थी और कर्नाटक में सत्ता की लड़ाई में पार्टी के घटकों में जो युद्ध चल रहा था उसके परिणाम भयावह हो सकते थे। पाँच साल पहले पूरे भारत में, दक्षिण को छोड़कर, पार्टी की दुर्दशा हो चुकी थी। फिर भी पार्टी सत्ता में वापस आ गयी थी जिसकी वजह थी सिर्फ दक्षिण की ताकत लेकिन धीरे-धीरे दक्षिण के किले गिर रहे थे। क्षेत्रीय दलों और पिछड़े वर्गों को आधार बनाकर राजनीति करनेवालों ने पार्टी के आधार को चुनौती दे रखी थी। वोट बँटना बन्द सा होने लगा था। उत्तर के मुसलमानों ने पार्टी को वोट देना बन्द कर दिया था। पाकिस्तान को हराने की कोशिश, नसबन्दी के जरिये, इस्लाम की ताकत पर हमला पार्टी को

मुसलमानों से दूर ले जाने के लिए काफी था। पार्टी का आधार थे मुसलमान, ब्राह्मण और हरिजन। इस आधार की बुनियाद बलदेवचौधरी तोड़ चुके थे। बलदेवचौधरी ने हरिजन के साथ जुड़े हुए पिछड़े वर्गों को पहले ही तोड़ दिया था और फिर मुसलमानों के अलग हो जाने से, पार्टी के अस्तित्व को खतरा पैदा हो चुका था। नागपुर की मराठा लाबी, दिल्ली की कश्मीरी लाबी, बंगला देश की लड़ाई के बाद, काफी करीब आ चुकी थी और इसी गठबन्धन ने जनता सरकार के पतन के बाद मिलकर चुनाव लड़ा था। साम्यवादी ताकतों, समाजवादी नारों और धर्मनिरपेक्ष राजनीति से पार्टी के नेतृत्व को निराशा हासिल होने के पश्चात् कोई और विकल्प ही नहीं बचा था। शायद इसीलिए हिन्दुत्व को आधार बनाने के लिए पार्टी ने भगवान् राम की शरण ली। एक योजना बनी थी उन दिनों। उस योजना के तहत भगवान् राम की आदमकद मूर्ति को जंजीरों से जकड़कर रथ पर रखा गया था। यह धर्म रथ, भगवान् राम को आजाद कराने के उद्देश्य से, देश के अंतिम छोर से अयोध्या तक ले जाना था। इस रथ का स्वागत प्रत्येक पार्टी के मुख्यमन्त्री को स्वयं करना था। रथ बन गया था, घोड़े तैयार थे, रथ पर रखी जानेवाली भगवान् राम की मूर्ति भी बना ली गयी थी। 20 फुट लम्बा रथ 10 फुट ऊँचा था और 8 फुट चौड़ा था। रंगीन प्लास्टिक की पन्नियों से सजी हुई रथ की काया के चारों तरफ भगवान् राम की लीला के अनेक चित्र बनाये गये थे। तभी एक दिन पंजाब के अकाली दल की राजनीति से उखाड़ फेंके गये एक नेता प्रधानमन्त्री के पी. ए. के पास पहुँचे। उनकी समस्या पंजाब नहीं थी, उनकी समस्या दिल्ली नहीं थी, उनकी समस्या दिल्ली की कुर्सी से जुड़ी हुई राजनीति थी।

"आइये...आइये।"

"जी।"

"कैसे-कुछ उदास लग रहे हैं।"

"उदास नहीं होंगे।"

"क्यों।"

"देश खतरे में है।"

"प्रधानमन्त्री के होते हुए भी।"

"बस उन्हीं का सहारा है।"

"जब तक प्रधानमन्त्री के हाथों में देश की बागडोर है, कोई खतरा हम्हें डिगा नहीं सकता।"

"लेकिन चुनाव की रणनीति तो बनानी ही होगी।"

"अभी से।"

"सालभर का समय कुछ नहीं होता।"

"कोई योजना है आपके पास मन्त्री जी।" प्रधानमन्त्री के पी. ए. ने मुस्कराकर पूछा।

"योजना तो है, लेकिन आपके उत्तर प्रदेश का मुख्यमन्त्री साथ नहीं देगा।"

"आपको कैसे मालूम।"

"मैं सब जानता हूँ।...मुझे सब पता है।"

"यानी कि।"

"उत्तर प्रदेश के मुख्यमन्त्री से सारी योजना छुपानी पड़ेगी।"

"किस योजना की बात कर रहे हैं मन्त्री जी।"

"भगवान् राम के रथ की।"

"ऐसा कहिए।"

"हाँ मेरा मतलब आप समझ ही गये होंगे।"

"कुछ-कुछ।"

"मेरा नाम भीखा सिंह है..."

"जानता हूँ नाम।"

"तानू की हुन्दा...बात काट दी आपने...मुझे प्वाइन्ट बनाने नहीं दिया।"

"बनाना हो तो पैसा बनाइये सिंह साहेब। प्वाइन्ट में क्या रखा है।"

प्रधानमन्त्री के पी. ए. जे. एच. धारी ने उठाल मारी।

"जी ठीक कहा आपने। बेहतर लेकिन पैसा बनाने के लिए भी प्वाइन्ट बनाना जरूरी होता है।"

वैसे जे. एच. धारी का पूरा नाम झटकलाल हीराचन्द धारी था लेकिन प्यार से उनको लोग जे. एच. कहते थे। उनकी राय प्रधानमन्त्री मानते थे और एक तरह से सत्ता के वह खेल जिनमें घपलों का समावेश हुआ करता था, जे. एच. की कार्यप्रणाली में आता था। जे. एच. काफी दिनों से प्रधानमन्त्री के साथ थे और तमाम गोपनीय गतिविधियों की तारतम्यता उनके हाथों में थी। दिल्ली के सरकारी तंत्र से लेकर देश के सुदूर कोने तक उनकी तूती बोलती थी। दिल्ली में तो किसी सादे कागज पर लिखा गया कोई आदेश, कोई हुक्म, कोई माँग, कोई सिफारिश, सरकारी गजट से कम कीमत नहीं रखता था। उसे मानना उसका पालन करना उतना ही निश्चित था, जितना किसी दिन सूर्य का उदय होना, चाँद का अस्त होना। उधर भीखासिंह उस चोट खाये हुए साँप की तरह था, जो फुंफकार रहा था, अपना जहर उगलने के लिए तड़प रहा था। असल में भीखासिंह एक जमाने में पंजाब के मुख्यमन्त्री हुआ करते थे। वक्त ने पलटा खाया और वह सड़क पर आ गये। काफी दिनों तक यूँ ही भटकते हुए, सत्ता के खेल से हटकर, सत्ता के गलियारों को तरस-तरसकर देखते रहने के बाद, एक दिन उनको इन्कलाब का रास्ता मिल गया। भीखासिंह का इन्कलाब

मुख्यमन्त्री की कुर्सी से जुड़ा हुआ था। चूँकि उस समय मुख्यमन्त्री की कुर्सी पर कोई और बैठा था, इसीलिए उन्होंने महज कुर्सी खाली करवाने के लिए एक बड़ा, बहुत बड़ा आंदोलन छेड़ दिया। आंदोलन भीखासिंह ने नहीं छेड़ा था, भीखासिंह ने छिड़वाया था, अकालतख्त से जुड़े संत के माध्यम से। पैसे की लेनदेन का काम भीखासिंह उन्हीं दिनों से किया करते थे। उन दिनों तो उनको पैसे दो तरफ देने पड़े थे। एक तरफ तो अकाली संत थे, और दूसरी तरफ जे. एच. थे। अकाली संत को पैसे देने पड़े थे, पार्टी के मुख्यमन्त्री के खिलाफ धार्मिक आंदोलन छेड़ने के लिए और जे. एच. को पैसे देने पड़े थे, उस आंदोलन को प्रधानमन्त्री निवास में जोरदार बनाने के लिए। वह कागज का शेर जो भीखासिंह ने पंजाब में खड़ा किया था कुछ दिनों बाद वह असरदार शेर में बदल गया था और धीरे-धीरे उस असरदार शेर ने न सिर्फ पार्टी के मुख्यमन्त्री को हजम कर लिया बल्कि पार्टी को तहस-नहस कर डाला। मजे की बात थी, पार्टी में किसी को भीखासिंह का खेल नहीं पता था। उधर जे. एच. के पास जब भी भीखासिंह मिलने आते उनके साथ एक पेटी जरूर होती। भीखासिंह की पेटी में आम नहीं होते थे, अमरूद नहीं होते थे, संतरे, नाशपाती या सेब नहीं होते थे, बल्कि होते थे, नकद एक लाख रुपये। यह खुफिया रिश्ता जो भीखासिंह ने पेटी के जरिये जे. एच. से बनाया था, उसका सिलसिला प्रधानमन्त्री से जुड़ते हुए, काफी आगे तक जाता था। कुछ ही दिनों में, प्रधानमन्त्री भीखासिंह से पंजाब की समस्या पर बातचीत करने लगे। जहाँ एक तरफ प्रधानमन्त्री और भीखासिंह की मुलाकातें बढ़ती गयीं, वहाँ दूसरी तरफ पंजाब के अकाली संतों की सत्ता पर पकड़ मजबूत होती गयी। तब...उनको...प्रधानमन्त्री निवास के माध्यम से पेटियाँ भी मिलना शुरू हो गयी थीं। उन पेटियों से अपना पिछला, अगला माल निकालकर, वह ईमानदारी से हिस्सा, जे. एच. को पहुँचा दिया करते थे। पेटियों से मजबूत भीखासिंह ने पंजाब के शेरों को आपस में लड़ाना शुरू कर दिया। पैसे और दम-खम से मजबूत भीखासिंह अकाली नेताओं के बीच हिंसा की, नफरत की, मजहबी राजनीति का खतरनाक खेल खेलने लगे थे। उसके बाद सब कुछ आसान हो गया था। पंजाब में आग लग चुकी थी और उस आग को भड़काकर भीखासिंह, केन्द्रीय मन्त्रिमंडल के सदस्य बन चुके थे। भीखासिंह के बारे में स्वयं प्रधानमन्त्री की राय अच्छी नहीं थी लेकिन राजनैतिक सोच और योजना के तहत, जे. एच. की बैंकिंग के जरिये, मजहबी राजनीति के दरवाजे से भीखासिंह सत्ता में आ गये थे। सत्ता में आने के बाद, सत्ता में बने रहना भी जरूरी होता है। सत्ता में आने के कई तरीके हो सकते हैं, लेकिन सत्ता में या मन्त्रिमंडल में बने रहने का सिर्फ एक तरीका है और वह तरीका है, प्रधानमन्त्री जब खुश हों तो खुश रहना और प्रधानमन्त्री जब परेशान हों तब दुखी हो जाना। उन दिनों पार्टी

के चारों तरफ मँडराते हुए खतरे को देखकर, भीखासिंह ने सत्ता पर अपनी पकड़ बनाने के उद्देश्य से, अपनी कुर्सी मजबूत करने के इरादे से और करोड़ों, अरबों रुपये के अपने काम निकलवाने के मकसद से, उसी तरह मजहबी मुद्दा या कार्ड आगे बढ़ाया था, जिस तरह सत्ता में आने के लिए उन्होंने अकाल तख्त की राजनीति से खिलवाड़ किया था, और हिंसा, हथियार, व गोले और बारूद मुहैया करवाया था, अलग-अगल धड़ों को।

''हाँ। तो क्या कह रहे थे, आप मन्त्री जी।'' जे. एच. ने फाइल से सिर उठाते हुए कहा था।

''जी, मेरी राय में प्रधानमन्त्री का पूरा कार्यक्रम बना लेना चाहिए।''

''कैसा कार्यक्रम ।''

''रथयात्रा का।''

''प्रधानमन्त्री को क्या, रथयात्रा में शामिल होना है।''

''नहीं बिलकुल नहीं।''

''तब।'' पी. ए. आश्चर्यचकित था।

''प्रधानमन्त्री को रथयात्रा का उद्‌घाटन तो करना है।''

''सो तो है।''

''और फिर भगवान् राम को आजाद कराने की घोषणा भी प्रधानमन्त्री यानी पार्टी के महान् नेता के द्वारा ही की जानी चाहिए।''

''जब रथयात्रा का उद्‌घाटन होगा...''

''नहीं जे. एच. साब-नहीं...बिलकुल नहीं।''

''फिर।''

''भगवान् राम की जंजीरों को तोड़ने का संकल्प...भगवान् राम को मुक्त कराने की घोषणा...''

''लालकिले से होनी चाहिए। यही कहना चाहते हैं न।''

भीखासिंह को हँसी आ गयी। काफी देर तक वह हँसते रहे और फिर अपनी हँसी रोककर वह बोले, ''नहीं...जे. एच. साब नहीं, बिलकुल नहीं... लालकिला तो कहीं पिक्चर में आता ही नहीं।''

''तो फिर।''

''भगवान् राम का लालकिले से कोई ताल्लुक नहीं...कोई मतलब नहीं ...जे. एच. साब।'' भीखासिंह ने फुसफुसाकर कहा।

''हाँ।''

''आप मेरा इम्तिहान ले रहे थे न।''

''नहीं...भीखासिंह जी बिलकुल नहीं...मैं आपकी इज्जत करता हूँ।''

''फिर आपने लालकिले की बात सोची कैसे। आपके दिमाग में लालकिला

आया कैसे।''

''बस ऐसे ही...ध्यान कहीं और था।''

''तभी तो।'' भीखासिंह चुप हो गये।

कुछ देर इन्तजार करने के बाद जे. एच. फिर कसमसाये और उन्होंने भीखासिंह की तरफ उम्मीद से, घूरना शुरू किया। भीखासिंह उनका इशारा समझ गये और बिना किसी और विलम्ब के उन्होंने अपनी चुप्पी तोड़ डाली।

''कितनी बड़ी गड़बड़ हो जाती, सब किये-धरे पर पानी फिर जाता जो आज मैं नहीं आता।''

''सच में।''

''हाँ, जे. एच. साब सच। लालकिला जब आपके दिमाग में पैदा हो चुका था तो कहाँ जाता, वह तो बराबर...लगातार, खुड़पेंच मचाता ही रहता।''

''जाहिर है, लेकिन...''

''अब मुझे कहने की आज्ञा दीजिए।''

''बोलिए।''

''कहीं आप प्रधानमन्त्री से लालकिले का जिक्र कर देते तो फिर प्रधानमन्त्री के दिमाग में लालकिला, आपके दिमाग से निकलकर घुस जाता और तब हम लोग कुछ नहीं कर सकते थे, सब कुछ उलट जाता।''

''कैसे।''

''जानते नहीं हैं, अधकचरे नेताओं को। वह लालकिले को ले उड़ते।''

''ठीक कहा है आपने।''

''अब ध्यान लगाकर सुनिए। भगवान् राम को आजाद कराने की घोषणा, मुक्त कराने का नारा लगेगा, भगवान् के मन्दिर के सामने, अयोध्या में। सिर्फ अयोध्या में।''

प्रधानमन्त्री के मन में धर्मयुद्ध चल रहा था। धर्मयुद्ध आधारहीन नहीं था। जीवन में उन्होंने अपने महान् पिता के बाद अगर किसी को सम्मान दिया था तो वह थीं माँ आनन्दमयी। माँ आनन्दमयी और प्रधानमन्त्री के बीच स्नेहपूर्ण अनजाना, अनबुझा रिश्ता अनेक-अनेक वर्षों से बना हुआ था। माँ आनन्दमयी को सांसारिक प्रभुता का लोभ नहीं था और प्रधानमन्त्री को आध्यात्म जीवन में किसी प्रकार की रुचि नहीं थी। दोनों असमान्य धरातल पर, एक ही समय में, अपनी-अपनी भूमिका निभा रहे थे। माँ आनन्दमयी का पूरे देश में, पूरे विश्व में नाम था। उनको अनेक सिद्धियाँ प्राप्त थीं और उन्होंने टाइम और स्पेस की सीमाओं को तोड़कर अपना व्यक्तित्व स्थापित किया था। उधर प्रधानमन्त्री के पिता एक महान् विचारक एवं समाजवाद के प्रणेता माने जाते थे। वैज्ञानिक चिन्तन, शोधपूर्ण तर्क, आस्था एवं विश्वास से परिपूर्ण उनकी रचनाएँ, उनके

लेख, उनकी किताबें धर्म को, मजहब को तमाम सीमाओं को तोड़कर समस्त मानवता के कल्याण के लिए प्रेरित करती थीं। प्रधानमन्त्री के पिता जिस तरह के व्यक्ति थे और जेल की सलाखों के पीछे, आजादी के आंदोलन के दौरान जिस तरह का जीवन जिया था उन्होंने, उसमें माँ आनन्दमयी के दर्शन का, माँ आनन्दमयी के विचारों का कोई महत्त्व नहीं था। वह कहा करते थे इतिहास बनानेवाले इतिहास की किताबों की परवाह नहीं करते। समाजवाद के प्रणेता रूढ़िवादी, मजहबी प्रवृत्तियों के घोर विरोधी और मूल चिन्तक के रूप में उन्होंने भारतीय राजनीति की जो परिकल्पना की थी, उसमें माँ आनन्दमयी का कोई स्थान नहीं था। लेकिन प्रधानमन्त्री के मन में जहाँ एक तरफ अपने पिता के लिए अपार श्रद्धा थी, माँ आनन्दमयी के लिए अपूर्व स्नेह था। प्रधानमंत्री की समस्या भी दो अलग-अलग रास्तों से एक को चुनना। अगर वह अपने पिता का आधार लेकर चलते तो माँ आनन्दमयी की इच्छा पूरी नहीं हो सकती और अगर वह माँ आनन्दमयी की इच्छा पूरी करते तो उस आदर्श, उस सिद्धान्त, उस चिन्तन का अनादर होता था जो विरासत में उनको अपने महान् विचारक पिता से धरोहर में प्राप्त हुआ था। वैसे तो माँ आनन्दमयी और प्रधानमन्त्री एक-दूसरे को अनेक वर्षों से जानते थे लेकिन उनका मिलना कभी-कभार ही हो पाता था। मिलें और चाहे न मिलें प्रधानमन्त्री और माँ आनन्दमयी के मध्य किसी न किसी प्रकार से सिलसिला बना रहता था। माँ आनन्दमयी ने प्रधानमन्त्री से कभी कुछ माँगा नहीं था और न ही कभी अपने भौतिक, आध्यात्मिक या शारीरिक सुख या उपलब्धि के लिए किसी प्रकार की कोई इच्छा, आकांक्षा का सुझाव प्रकट किये थे। लेकिन उस दिन न जाने क्या हो गया था। शायद भागते हुए समय का प्रभाव था या आध्यात्मिक अन्तर्विरोधों का परिणाम अथवा धार्मिक पर्यावरण की प्रतिक्रिया थी कि माँ आनन्दमयी ने साफ-साफ खुले रूप से प्रधानमन्त्री से भगवान् राम को मुक्त कराने का आवाहन देने को कहा था।

प्रधानमन्त्री स्वयं धर्मपरायण व्यक्ति थे। वह मन्दिर मठ संत और साधुओं से सम्पर्क रखते थे। उन तमाम जगहों, संस्थाओं और व्यक्तिओं से उनका सूत्र बना हुआ था, जिनसे उनके पिता मिलना तो दूर रहा किसी तरह का ताल्लुक नहीं रखना चाहते थे। उधर प्रधानमन्त्री निवास की हिन्दूलाबी बराबर 1977 के नुकसान की पुनरावृत्ति रोकने के लिए तरह-तरह की योजनाएँ बना रहे थे। लेकिन प्रधानमन्त्री की समस्या कुछ और थी। वह उस पार्टी के नेता थे जिसका अपना एक इतिहास था; धर्मनिरपेक्ष इतिहास। उसी धर्मनिरपेक्ष नीति को भारत के गणतंत्र का आधार बनाया गया था। वह सब स्वयं उनके पिता ने, उनके बाबा ने और स्वयं उनकी पार्टी के अनगिनत नेताओं ने किया था। अगर वह माँ आनन्दमयी की इच्छा पूरी करने का प्रयास करते थे तो पार्टी का, देश का, समाज

का, सरकार का धर्मनिरपेक्ष या गैरमजहबी आधार नष्ट होता था और अगर वह भगवान् राम को आजाद कराने की घोषणा नहीं करते थे तो उनकी प्रणेता, उनके शक्ति क्षेत्र का आधार, उनके स्नेह का मूल नष्ट हो जाता था। पिछले दो दशक में वह स्वयं माँ आनन्दमयी से सब कुछ माँगा करते थे, लेकिन, माँ आनन्दमयी ने उनसे कभी कुछ नहीं माँगा था और उस दिन कुछ माँगा था तो भी अपने लिए नहीं बल्कि माँगा था, समस्त हिन्दू समाज के लिए सम्भवतः अपनी साधना, तपस्या, के लिए या स्नेहपूर्ण सम्बन्धों की पूर्णाहुति के लिए। कैसे वह मना करें कैसे रोकते वह माँ आनन्दमयी को। उनको तो आज्ञा माननी ही थी।

उत्सुकदास उस दिन बड़े सबेरे मुख्यमन्त्री निवास से निकल आये थे। उनका संकल्प था और उनको जाना था, मौनी बाबा के यहाँ। मुख्यमन्त्री की गाड़ियों का कारवाँ, तेज रफ्तार से मौनी बाबा के आश्रम की तरफ बढ़ रहा था। मुख्यमन्त्री अपनी गाड़ी की पिछली सीट पर बैठकर सोच रहे थे, सत्ता के उस खेल के बारे में जो उनको खेलना था। दारुलशफ़ा के अन्दर उबलती हुई राजनीति की शह और मात का खेल उस दिन उनको नहीं परेशान कर रहा था। उनको मालूम था राजनीति में उनसे अधिक माहिर खिलाड़ी तब तक कोई पैदा नहीं हुआ था। हद कोई भी हो, सीमा कुछ भी हो, कितने भी पैंतरे बदले जा चुके हों, राजनीति उनकी पकड़ से बाहर नहीं जा सकती। मुख्यमन्त्री निंवास से निकलने के पहले, जब वह गाड़ी में बैठने जा रहे थे, उस समय भागता हुआ एक जाना, पहचाना चेहरा, उनके करीब आया था। बड़ी देर से उत्सुकदास उस चेहरे को पहचानने की कोशिश कर रहे थे। कौन था वह, कहाँ देखा था उसे। पुलिस सी. आई. डी. का आदमी था या पार्टी का कार्यकार्ता या फिर उनका कोई विश्वासपात्र। वैसे कालीशंकर के चले जाने के बाद, उनको यही लगा था, उनका विश्वासपात्र कोई बचा नहीं था। किसी के ऊपर भरोसा करना उन्होंने एक तरह से छोड़ दिया था। फिर भी उस आदमी ने दो बातें जल्दी-जल्दी उनको कुछ ऐसे अन्दाज में बतायी थीं कि उनके अलावा कोई भी उन बातों को सुन नहीं सका था। गाड़ी के तेज़ रफ्तार, साइरन की आवाज, मोटरगाड़ियों का काफिला, उड़ती हुई धूल, गुजरते हुए खेत, चारों तरफ मंडराता हुआ एक सन्नाटा उनको खाये जा रहा था। उनके लिए यह जानना बहुत जरूरी था कि वह आदमी कौन था। गाड़ी की अगली सीट से एअरकंडीशनर की घू, घू करती आवाजें, पीछे तक नहीं पहुँच रही थीं फिर भी ठंडी हवा के झोंके, काले शीशे की दीवार से टकराकर, बार-बार उत्सुकदास को गाड़ी से बाहर देखने के लिए मजबूर कर रहें थे। गाड़ी से बाहर लू के बवंडर उड़ना शुरू हो गये थे। काफी देर तक

माथा-पच्ची करने के बाद भी जब उत्सुकदास को उस आदमी का नाम नहीं याद आया तब उन्होंने गाड़ी की अगली सीट पर ड्राइवर के साथ बैठे हुए लोगों से उस आदमी के बारे में पूछने का फैसला कर डाला।

"क्यों बंशीधर।"

"जी हुजूर।"

"कहाँ तक पहुँचे।"

"आधे घंटे का रास्ता बाकी है सर जी।"

"क्यों।"

"जी सर आधे घंटे का..."

"हाँ..हाँ पता है। लेकिन..."

"लेकिन क्या सर।"

"अगर रास्ते में कोई सरकिट हाउस..."

"सरकिट हाउस..." वंशीधर हिसाब लगाकर बोला, "सर नहर का डाकबंगला पड़ेगा।"

"नहीं सरकिट हाउस चाहिए।"

"उसके लिए पीछे जाना पड़ेगा।"

"पीछे जाना पड़ेगा।"

"हाँ सर।"

"लेकिन मुझे कुछ काम है।"

"वायरलैस से खबर जा सकती है सर।"

"नहीं।"

"फिर।"

"मुझे डी. एम. फैजाबाद से तुरन्त बात करना है।"

"तो गाड़ी पीछे मोड़ें।"

"और कोई रास्ता नहीं है।"

"शायद नहीं।"

"मौनी बाबा के आश्रम से डी. एम. फैजाबाद कितनी दूर पर है।"

"आपका मतलब है मौनी बाबा के आश्रम में डी. एम. साहब कितनी देर में पहुँच सकते हैं।"

"शायद।"

"लेकिन सर उतनी देर..."

"हम मौनी बाबा के साथ बैठेंगे।"

"कोशिश करते हैं सर।"

"एक काम करो...पेट्रोल कार को कहो वायरलैस पर डी. एम. फैजाबाद

को मौनी बाबा के आश्रम में पहुँचने के लिए कहा जाय।''

''जी सर।''

''और सुनो कुछ याद है उस आदमी का नाम क्या था जो...''

''मुख्यमन्त्री निवास से निकलते वक्त आपका पुराना शिष्य राधेश्याम आपसे बात कर रहा था।''

राधेश्याम...राधे ए श या म...बना र अ स ...अघोरी महराज, यह कुछ लफ्ज थे जो मुख्यमन्त्री उत्सुकदास के कानों में किसी लहराते हुए लम्बे कोड़े की तरह हवा को काटकर पैनी आवाज पैदा कर रहे थे। कुछ-कुछ याद आ रहा था उनको। अघोरी बाबा के नाम के साथ जुड़े हुए थे कई और नाम, कई और चेहरे, कुछ और शख्सियत। उस समय राधेश्याम का नाम, और राधेश्याम के नाम के साथ जुड़ा हुआ अघोरी बाबा का नाम। उत्सुकदास के मन में किसी जाप की तरह जाग उठा था। सत्ता के सुख में मदमाते हाथी की तरह झूमता हुआ उत्सुकदास का संसार जैसे किसी झंझावात की लपेट में आ जाये, सब कुछ उलट-पुलटकर गिरने लगे, डगमगाने लगे। आस्था और विश्वास के जो धरातल, व्यक्तित्व की स्थिरता के जो आयाम, चरित्र की दृढ़ता के जो कठघरे उनको किसी तरह समेटे हुए थे, एकाएक टूटने लगे, धड़धड़ाकर गिरते-पड़ते, उनकी आँखों के सामने उलटकर बिखरने लगे। सब कुछ याद आ रहा था उत्सुकदास को...सब कुछ याद आ रहा था। कहाँ पन्द्रह करोड़ व्यक्तियों का भाग्यविधाता, कहाँ भारत के विशाल प्रदेश का स्वामी, कहाँ सत्ता असीम ताकत का अधिष्ठाता और कहाँ राधेश्याम, कहाँ अघोरीबाबा। उत्सुकदास का उस समय मन फूट-फूटकर रोने का हो रहा था। वैभव और अधिकार की सबसे ऊँची अट्टालिका पर, खड़े होकर दूर-दूर फैले हुए आकाश के विस्तार को देखते-देखते उनकी आँखें भर आयी थीं। वह जीवन की विडम्बना या विस्तार की सिकुड़न वह मान्यताओं का समर्पण था या स्वार्थ की विभिषका से उत्पन्न भयावह तांडव। उत्सुकदास की समझ में कुछ भी नहीं आ रहा था। उस समय उनकी व्यथा किसी आकार में परिवर्तित हो जाये, उससे पहले वह अपने उसी सुरक्षा कवच के अन्दर घुस गये थे जिसका प्रयोग वह भावना के बहाव से बचने के लिए अक्सर किया करते थे। कोई नहीं जानता था, किसी को नहीं मालूम था वह कवच कैसे, कब और किस तरह उनके अन्दर बाँध खोलकर खड़ा हो जाता और समेट लेता अपने आगोश में उनको। वह कवच और कुछ नहीं था वह तो था मस्ती, हँसी, खुशी खिलखिलाहट ऐसा गम्भीरता रहित आधार था जिसे पकड़कर वह उस जद्दोजहद से बाहर निकल आया करते जो जकड़कर उस समय उनको पकड़ रही होती। बस एक चुटकी, विश्वविद्यालय के दिनों का कोई भोंडा, मजाक, जवानी के दिनों की कोई घटना या फिर स्कूल के समय की कोई ताकत उनके अन्दर, कवच

के बाँध खोल दिया करती। हिमालय के ऊँचे आदर्श, सागर-सी गहरी आस्था, दूर-दूर तक फैले हुए आकाशीय विस्तार की मचलती हुई पकड़, किसी अनन्त आकाश गंगा में तैरता हुआ, मँडराता हुआ उनका मन बस एक पल में जमीन पर उतर आता। भूल जाते तब सब कुछ उत्सुकदास कुछ भी उनको याद नहीं रहता और किसी सामान्य मनुष्य की तरह साम्राज्य स्तर पर उतरकर वह राजनीति करने लगते।

ऐसे ही किसी समय में राधेश्याम, उत्सुकदास को याद आया, अघोरी बाबा के यहाँ ले गया था। वह अघोरी बाबा के यहाँ क्यों गये थे, उनको वहाँ क्या काम था या फिर किस चीज की तलाश में, वह वहाँ गये थे, यह उनकी समझ में कभी नहीं आया, फिर भी उनको याद था, वह अघोरी बाबा के यहाँ गये थे और अघोरी बाबा ने उनसे गुरुदक्षिणा माँगी थी या अपना प्रसाद माँगा था मुख्यमन्त्री बनने की खुशी में। राधेश्याम ने, अघोरी बाबा ने और उनके अनगिनत चेलों ने, बार-बार अघोरी बाबा की उत्सुकदास की जय-जय करके यह बात प्रमाणित करने का प्रयास किया था कि उनका मुख्यमन्त्री बनाना अघोरी बाबा की कृपा के ऊपर था। जाहिर था अघोरी बाबा अपने लिए कुछ नहीं माँग रहे थे। अपने आश्रम के लिए कुछ नहीं माँग रहे थे, वह तो अयोध्या के राम के लिए माँग रहे थे।

उस दिन अघोरी बाबा का मन कुछ तोड़-फोड़ करने को हो रहा था। बारह साल की तपस्या के पश्चात्, बनारस से निकलकर उनकी प्रसिद्धि दूर-दूर तक फैल चुकी थी। काशी की सीमा को छूती हुई अघोरी बाबा की यश गाथा विन्ध्याचल के पहाड़ी इलाके को छूती हुई, जहाँ एक सुदूर बंगाल, बिहार, उड़ीसा के तटवर्ती किनारों तक पहुँच चुकी थी, वहाँ दूसरी ओर प्रयाग, कानपुर होते हुए अघोरी बाबा का नाम दिल्ली की मीनारों तक से टकरा चुका था। गाहे बगाहे देश की सीमा के पार से प्रार्थना की पुकार भी आ जाया करती। सब मिलाकर काशी के पण्डितों से लेकर मन्त्रिमंडल के सदस्यों के ऊपर उनका नाम, किसी अटल साँप की तरह मँडराया करता। सब कुछ था उनके पास। गाड़ी भी बड़ा आश्रम, दूध, दही, फल, फूल, धन, संपदा, कपड़ा, लत्ता, सोना, चाँदी, हीरे, जवाहरात, श्रद्धा के दौर, भक्ति का आचमन सब कुछ उनके एक इशारे पर उपलब्ध हो जाया करता। भगवान् की तरह लोग उनकी पूजा किया करते थे। जिधर जाते वह उनकी चरणधूल छूने तक के लिए लोग लालायित रहा करते थे। बस एक चीज, बस एक बात अघोरी बाबा के दिलोदिमाग को हमेशा कुरेदती रहा करती और वह थी माँ आनन्दमयी की महानता, माँ आनन्दमयी का प्रधान मन्त्री पर असर। वह भी कुछ ऐसा करना चाहते थे जिससे माँ आनन्दमयी के साथ उनका भी नाम किसी तरह जुड़ जाये। माँ आनन्दमीय का मार्ग दूसरा था,

अखाड़ा दूसरा था। उस समय बनारस में सात्विक पूजा सायराना, भक्तिमार्ग के जितने अखाड़े थे, उनमें माँ आनन्दमयी का नाम, नम्बर एक पर था और अघोरी विधा के जितने अखाड़े थे, उनमें अघोरी बाबा का अखाड़ा नम्बर एक पर था। अघोरी बाबा, असल में बीच की दूरी, बीच का फासला पार करना चाहते थे। उनके पास अधिकतर चोर, उचक्के, कालाबाजारी, डाकू पुलिसवाले, छोटे-बड़े राजनैतिक नेता, अफसर अधिकारी आया करते थे। अघोरी बाबा को मालूम था अघोरी बाबा जानते थे। माँ आनन्दमयी ने प्रधानमन्त्री से क्या कहा था। सब कुछ होते हुए भी धन दौलत हीरे जवाहरत, जमीन जायदाद, भक्त और भीड़, सब कुछ होते हुए भी अघोरी बाबा माँ आनन्दमयी जैसी प्रतिष्ठा, सम्मान, पूजा, अर्चना, प्राप्त नहीं कर पाये थे, लेकिन कम से कम वह परमार्थ की अध्यात्म की, उन बातों की नकल तो कर सकते थे जिनकी वजह से, माँ आनन्दमयी की लोग पूजा किया करते थे। तभी उनको इस बात की जानकारी मिली थी। राधेश्याम उनका पुराना चेला था। उसको बड़े दिनों से प्रसाद दिया करते थे। राधेश्याम को उन बातों की खबर थी, राधेश्याम उन बातों को जानता था, जो माँ आनन्दमयी ने प्रधानमन्त्री से कही थीं। बाबा अघोरीदास को जब पता चला था, माँ आनन्दमयी तथा बनारस के कई संतों ने प्रधानमन्त्री से भगवान् राम को मुक्त कराने का अनुरोध किया था। तब से उनकी आत्मा, उनके मन, उनके आश्रम, उनके चित्त में, चारों तरफ, राम का नाम किसी मूल मंत्र की तरह गूँजने लगा था। वह भी कुछ करना चाहते थे, उनकी भी कुछ इच्छा थी, उनके भी कुछ अरमान थे।

दिल्ली में कई शिष्य थे अघोरी बाबा के। उनके शिष्यों की गहरी पैठ प्रधानमन्त्री निवास में किचन कैबिनट के सदस्यों तक थी। उनके एक इशारे पर कोई भी मुहिम चलाया जा सकता था। लेकिन वह सब करने की इच्छा उनके अन्दर नहीं थी। वह चाहते भी नहीं थे कोई मुहिम खोलना, कोई राजनैतिक लड़ाई लड़ना या फिर प्रधानमन्त्री के करीब पहुँचने तक की इच्छा उनके अन्दर नहीं थी। वैसे प्रधानमन्त्री के करीब पहुँचने की उनकी कई कोशिशें नाकाम हो चुकी थीं। अघोरी बाबा को जब इस बात का पूरा विश्वास हो गया कि प्रधानमन्त्री माँ आनन्दमयी के बराबर उनको किसी प्रकार का महत्त्व देने की स्थित में नहीं थे तब जाकर उन्होंने राधेश्याम को उत्सुकदास को बुलाने के लिए कहा था। उत्सुकदास उस समय तक मुख्यमन्त्री नहीं बने थे, लेकिन मुख्यमन्त्री बनने की सम्भावना थी उनकी। एक बार कहने पर ही चले आये थे, उत्सुकदास। उस दिन अघोरी बाबा के आश्रम में उत्सव सा माहौल था। चारों तरफ गहमा-गहमी, भागदौड़, सज्जा-सजावट का जोर था। राधेश्याम के साथ उत्सुकदास, जब अघोरी आश्रम पहुँचे तो उनके स्वागत में अनेक लोग आश्रम के द्वार पर खड़े थे।

एक विशाल प्रांगण में, ऊँचे डायसनुमा सुसज्जित आसन पर अघोरी बाबा विराजमान थे। किनारे पर काले कपड़े से ढके हुए उनकी तन्त्र विद्या के किस्म-किस्म के सामान रखे थे। कुछ जानवरों के कटे हुए सिर, कुछ आदमियों के कंकाल, खोपड़ियाँ, सफेद शीशियों में लाल रंग, खून नुमा पानी के साथ में अनेक हाहाकारी चित्र लगे हुए थे। आसन से दूर एक हौदा सरीखा पात्र था, जिसके अन्दर से धुँआ निकल रहा था। हौदे से निकले हुए धुएँ की तारतम्यता फर्क थी, कभी तेज हो जाती और कभी धीमी रफ्तार में निकलती रहती, कभी धुएँ के छल्ले गहराई का रूप लिए आकार और स्वरूप बदलते रहते। धुआँ, खून, खोपड़ी, नरकंकाल और पीछे कहीं दूर से चीखते-चिल्लाते हुए जानवरों की आवाजें, सारे अघोरी आश्रम को किसी भयावह विडम्बना का हिस्सा बना रही थीं। रुककर थमकर, जैसे कोई, कँपकपी समूचे वातायन को गतिमय बना रही थी। और रोक भी रही थी। विशाल प्रांगण से दूर, जानवरों के रोने-कराहने की आवाजों, के उस पार कहीं से नगाड़े के शब्द किसी नाद की तरह वातावरण को रहस्यमय पर्तों में समेट लिए जा रहे थे। अघोरी बाबा के आसन के करीब एक विशाल देवी की मूर्ति थी जिसके पास अगरबत्ती और लोबान की लपक बार-बार किसी सम्मोहन का जाल बिछा रही थी।

''अघोरी बाबा की जय।'' ''महराज की जय'' ''काल देव'' की जय।'' ''जय महाकाली।'' के उद्घोष, बार-बार उस काफिले से निकलकर चारों तरफ, आश्रम के विस्तार में मँडरा रहे थे। धीरे-धीरे भक्तों, शिष्यों और नेताओं, का काफिला उत्सुकदास को लिए हुए, अघोरी बाबा के आसन की तरफ बढ़ रहा था। वैसे तो उत्सुकदास निष्काम भाव से, अपना सर झुकाकर, श्रद्धा की मूर्ति बने हुए श्रदालु भक्तों और सेवकों की भीड़ के मध्य चल रहे थे लेकिन अन्दर ही अन्दर उनके अन्दर उस सारे तमाशे के प्रति कोई हिकारत, एक अजीब-सी वितृष्णा भरती जा रही थी अगर उनको इस बात का जरा-सा भी गुमान होता उस तामझाम का, उस पीड़ामय जुलूस का, उस भीषण व्यवस्था का तो शायद वह अघोरी आश्रम कभी नहीं आते।

''कैसे हैं मन्त्री जी।'' अघोरी बाबा ने उत्सुकदास के आसन ग्रहण करते ही पूछा था। उस दिन, जब उत्सुकदास मुख्यमन्त्री बननेवाले थे, जब सारा प्रदेश मुख्यमन्त्री जिन्दाबाद के नारों से गूँज रहा था, जब उनकी ताकत सातवें आसमान को छू रही थी। तब उनको अघोरी बाबा ने मन्त्री कहा था। कुछ अजीब-सा लगा फिर भी अपने को उत्सुकदास ने झटककर सम्भाला और बिना किसी प्रवंचना के अघोरी बाबा के सामने साष्टांग मुद्रा में अभिवादन करने लगे।

उत्सुकदास के अभिवादन के दौरान, गाहे बगाहे, नगाड़े की आवाज, द्रुतगति से आने लगी थी, हौदे से निकलता हुआ धुआँ तेज हो गया, नर कंकाल हिलने

लगे, बोतलों में रखा हुआ खून या लाल पानी उबलने लगा, जानवरों के चीखने-कराहने की आवाजों के दौर कभी-कभी तेज हो जाते। अघोरी बाबा शान्त मुद्रा में मंत्र जाप कर रहे था। धीरे-धीरे उत्सुकदास ने, अपने आपको समेटना शुरू कर दिया था। उनकी बिगड़ती हुई साष्टांग स्थिति को देखकर, अघोरी बाबा के मंत्रों के जाप की रफ्तार तेज हो गयी और जिसके साथ नगाड़े का नाद, जानवरों का कराहना और हौदे से निकलता हुआ धुआँ भी गाढ़ा होने लगा।

"उत्तर प्रदेश के मुख्यमन्त्री का स्वागत है।" अघोरी बाबा बुदबुदाये। उत्सुकदास तब तक सामान्य स्थिति में, पल्थी मारकर बैठ चुके थे। उनके चेहरे पर मन्त्री जी शब्द से जो ग्रहण लगा था, वह साष्टांग स्थिति से सामान्य स्थिति तक पहुँचने में छँट चुका था। मुख्यमन्त्री शब्द उन्होंने सुना था, राधेश्याम ने सुना था और उन खास तीन मुसटण्डों ने सुना था जो उस काफिले में, आश्रम के गेट से, अन्दर प्रागंण तक उत्सुकदास को लेकर आये थे। उत्सुकदास हँसने लगे, खिलखिलाने लगे, चहकने लगे।

"बाबा...महराज...भगवान् क्या आप सच कह रहे हैं।"

"अघोरी बाबा ने जो कहा वह ब्रह्मा का वचन है और यह है तुम्हारा प्रसाद।" अघोरी बाबा ने एक लाल डोरा और नारियल उत्सुकदास की तरफ बढ़ा दिया।

उत्सुकदास ने लपककर प्रसाद गोंच लिया और बाबा के चरणों पर गिरकर फूट-फूट कर रोने लगे।

उत्सुकदास तब तक मुख्यमन्त्री बने नहीं थे लेकिन उन्होंने मुख्यमन्त्री बनने के लिए वह सब कुछ कर डाला था जो उनकी सामर्थ्य में था। दूर-दराज की यात्राएँ, गुटों की राजनीति, राजनीति में गुटबन्दी, मन्त्रियों नेताओं की चाटुकारिता, आदर्श की लड़ाई कभी वामपंथी गुट से समझौता, कभी दक्षिणपंथी गुटों के साथ सन्धि, कभी यश की दुहाई, कभी अमेरिका का खतरा, गरीब मजदूरों की बातें, किसानों की समस्याएँ, औद्योगिक क्रांति का बिगुल, प्रदेश के विकास की अनन्त योजनाओं का अनन्त संसार, सांसदों की जोड़-तोड़, विधायकों का गणित, मन्त्रिपद के वादे, कारपोरेशन की अध्यक्षता, स्थानीय निकाय की सीटें, राशन की दुकानें, शराब के ठेके, कोटा, लाइसेन्स के सौदे, गरज यह कि उत्सुकदास प्रधानमन्त्री निवास की किचन कैबिनट के मामूली पैरोकार से लेकर, अधकचरे समाजवादी नेताओं के गुरबती ठिकाने तक, चक्कर लगाते-लगाते, परिक्रमा करते-करते थक गये थे। वादों के अम्बार पर बैठी हुई उनकी राजनीति किसी भी वक्त विध्वंस हो सकती थी, कभी भी उनका झूठ पकड़ा जा सकता था, कोई भी उनका तिलस्म तोड़ सकता था। उत्सुकदास को मालूम था जिस प्रकार के वादे उन्होंने किये थे, जिस तरह के आश्वासन उन्होंने दिये थे, उनको

पूरा करने की सम्भावना नहीं के बराबर थी। इसीलिए जब अघोरी बाबा ने उनको मुख्यमन्त्री होने की बात बतायी उनका मन आन्दोलित हो उठा, पर्त दर पर्त छुपा हुआ ताप, असहनीय पीड़ा, पद की लोलुपता में झींकते हुए मन की सारी समूची व्यथा आँसुओं की शक्ल में निकल पड़ी थी। वह कोई नाटक नहीं था। वह शायद अघोरी बाबा के यहाँ कोई आत्म दोष का निराकरण या कनफेसन नामक विधि के तहत अपने अन्दर बिखरे हुए सत्व को बटोरने लगे थे। उधर अघोरी बाबा उत्सुकदास का यह रूप देखकर दंग रह गये। उनको इस बात का तनिक भी अंदाजा नहीं था, उत्तर प्रदेश का होनेवाला मुख्यमन्त्री इतना कमजोर होगा, नितान्त व्यथित एवं टूटा हुआ होगा। अपने तीसरे नेत्र से बाबा अघोरी ने उसी क्षण समझ लिया था, जो व्यक्ति, उस वक्त, उनके चरणों पर पड़ा हुआ, बिलख-बिलख कर रो रहा था, उससे कुछ भी माँगा जा सकता था। अपने ज्ञान से, अपनी प्रज्ञा से अघोरी बाबा जान गये थे। वह व्यक्ति जिसको उन्होंने मुख्यमन्त्री बनने का आशीर्वाद दे दिया था, वह मुख्यमन्त्री तो बन सकता था, लेकिन एक महान् नेता कभी नहीं बन सकता था। एक बार उनका मन हुआ, कोई सौदा, पैसे की कोई बात, जमीन के पट्टे की मुहिम, मोटर गाड़ियों का काफिला, हवाई हजाज, मिल कारखाने की मिलकियत, विदेशी बैंकों के खाते में कुछ डालर का हिसाब या फिर एक दो मन्त्री बनाने की व्यवस्था कर डालें। लेकिन तभी अघोरी बाबा को माँ आनन्दमयी की याद आयी। पता था उनको, इस बात की जानकारी मिल चुकी थी अघोरी बाबा को, किस तरह माँ आनन्दमयी प्रधानमन्त्री से बात किया करती थीं। कुछ उसी तरह की महानता का भूत बड़े दिनों से उनका सिर धुन रहा था और फिर उनको पता था, वह जानते थे, मुख्यमन्त्री होने के बाद, छोटे-मोटे काम और फिर धन, दौलत, जमीन जायदाद की व्यवस्था तो अपने आप राधेश्याम के जरिये व्यवस्थापक वृन्द करा ही लेंगे। वह अच्छी तरह समझ गये थे, उनको मालूम था, वह वक्त और कुछ माँगने का नहीं था।

अघोरी बाबा अपने आसन से उठकर खड़े हो गये। उन्होंने झुककर उत्सुकदास को उठाया और उनके आँसू पोंछते हुए बोले, ''उत्तर प्रदेश का मुख्यमन्त्री रोता नहीं है मान्यवर।''

''जय हो...जय हो...।'' उत्सुकदास ने रुँधे हुए गले से कहा था और फिर अपने आपको समेटते हुए, बाबा को बार-बार प्रणाम करते हुए पीछे की ओर चलने लगे। कुछ देर तो अघोरी बाबा नहीं बोले। लेकिन जब उनको लगा अगर वह अधिक देर चुप रहे तो मुख्यमन्त्री हाथ से निकल जायेगा, तब उन्होंने अपने उद्‌गार प्रकट कर ही दिये, ''क्या हम्हें दक्षिणा यानि की गुरुदक्षिणा नहीं मिलेगी।''

''आदेश करें महराज।''

"मुझे अपने लिए कुछ नहीं चाहिए। बस भगवान् राम को अयोध्या की कैद से मुक्त करा देना।"

मौनी बाबा के आश्रम में उस समय प्रवचन चल रहा था, जब मुख्यमन्त्री का काफिला वहाँ पहुँचा। लाउडस्पीकर पर जिस प्रवचन के अंश प्रसारित किये जा रहे थे, वह स्वयं मौनी बाबा के द्वारा लिखे गये थे जिनको परिवर्धित करके किसी और आवाज में पेश किया जा रहा था। "ईश्वर प्राप्ति की इच्छा, आदिकाल से हर मानव में रही है। वह अपनी इच्छा पूर्ति के लिए तरह-तरह के धार्मिक संस्कारों का पालन, मानव द्वारा निर्मित धार्मिक स्थलों का भ्रमण एवं ईश्वर से अपनी प्रार्थना करता है परन्तु वह सब मानवीय एवं प्रार्थना केवल धरातल तक ही सीमित रहती है व मानव इनसे पूर्णतया लाभान्वित नहीं हो पता। सभी महान् सिद्ध संतों व ईश्वरीय अवतारों ने कहा है कि ईश्वर का वास मानव शरीर में ही होता है। उसे जाग्रत करना पड़ता है। यह जागृति तथा आत्मसाक्षात्कार का पावन दैवीय कार्य मौनी बाबा प्रत्यक्ष रूप से हर इच्छुक अन्वेषक को बिना किसी सामाजिक मतभेद के प्रदान करते। प्रत्यक्ष योग की मौनी बाबा की क्रियायें शास्त्रों के अनुसार यौगिक उपलब्धियों को प्रदान करती हैं। कुण्डलिनी जागरण का इतने स्वाभाविक रूप से घटित होना, केवल मौनी बाबा जैसे अवतार की असीम अनुकम्मा के माध्यम से ही सम्भव है। यह उपलिब्ध मनुष्य नामक प्राणी को बिना किसी मूल्य या प्रयास के प्राप्त हो जाती है। यह ईश्वरीय आत्मसाक्षात्कार मानव को भौतिक परिप्रेक्ष्य में प्रगति और प्रशस्ति के मार्ग पर ले जाता है। एक ओर मनुष्य ईश्वर के आशीर्वाद का आनन्द लेता है, वहीं दूसरी तरफ एक नये शारीरिक मानसिक तथा आध्यात्मिक जीवन की ओर अग्रसर होता है। मानव इस ईश्वर प्रदत्त उपलब्धि को कुशलता व निपुणता से प्रत्येक दिन के कार्यलापों में प्रयोग करता है। स्वयं प्रयोगकर्ता आश्चर्यजनक परिणामों के चमत्कारी स्वरूप को देखकर स्तब्ध रह जाता है। आत्मा का साक्षात्कार, ईश्वर के साक्षात्कार के समान है और इसे सांसारिक समस्याओं के निदान में प्रयोग किया जा सकता है। आपका अपने परिवार एवं इष्ट मित्रों सहित मौनी बाबा के आश्रम में स्वागत है। आप लोगों से अनुरोध है कृपया अपना स्थान ग्रहण कर लें। समस्त संसार मानवीय गुणों एवं ईश्वरीय आनन्द को प्राप्त करने में सफल हो, यही मौनी बाबा की मनोकामनाएँ रही हैं।

मुख्यमन्त्री उत्सुकदास जिस समय अपनी कुटिया में विश्राम करने के लिए पहुँचे, फैजाबाद के जिलाधिकारी के साथ जिला जज वहाँ मौजूद थे। इन मूर्तियों को देखते ही उत्सुकदास का चेहरा खिल उठा। उन्होंने दबी आवाज में, इधर-उधर

देखते हुए कहा, "आइए डी. एम. साहब पहले आपसे बात कर लें।"

"सर। आप कुछ दे..."

"नहीं...आज यहाँ, इस वक्त आराम हराम है। आइए...आइए।"

"सर हम्हारे जिले की तरफ से आपका मुख्यमन्त्री पद पर आसीन होना एक बड़ी घटना है और इसके लिए जिले की समस्त जनता आपको मुबारकवाद देना चाहती है। उनकी सबकी तरफ से तथा स्वयं अपनी एवं अपने परिवार की तरफ से आपको हार्दिक शुभकामनायें पेश करता हूँ।"

"ठीक है...ठीक है। जिले की स्थिति से अवगत कराने का कष्ट करेंगे।"

"सर जिले में कानून व्यवस्था ठीक है, अपराधों के घटने का सिलसिला जारी है, कई नये नलकूप लगाये जा रहे हैं, नहरों से पानी बराबर दिया जा रहा है। बिजली की आपूर्ति शासनादेश के अनुसार ही की जा रही है।"

"वह सब तो ठीक है लेकिन लोग पूजा अर्चना कहाँ करते हैं। अयोध्या में, रामजन्मभूमि..."

"उसमें ताला बन्द है और उसका मुकदमा जिलाजज की अदालत में चल रहा है, आपने देखा होगा सर जिला जज भी आये हैं हम्हारे साथ।"

"जानता हूँ, लेकिन क्या मैं आपके ऊपर विश्वास कर सकता हूँ।"

"सर कैसी बात कर रहे हैं आप मैं तो आपका पुराना सेवक हूँ, आपको याद होगा जब आप मन्त्री थे..."

"हाँ याद आया मैंने आपका तबादला रुकवा दिया था।"

"और कितने अहसान हैं आपके हम्हारे ऊपर।"

"मेरा एक काम करेंगे। लेकिन...गोपनीयता..."

"गोपनीयता मेरी जिम्मेदारी है सर।"

"मेरा नाम नहीं आना चाहिए।"

"नहीं आयेगा सर।"

"हम चाहते हैं अयोध्या में राममन्दिर का ताला खोल दिया जाये।"

इतना कहकर उत्सुकदास अन्दर चले गये थे।

सत्ता के संघर्ष में, मुख्यमन्त्री बनने की लालसा में कहाँ-कहाँ, नहीं गये थे, उत्सुकदास, क्या कुछ नहीं किया था। झूठे वादे, मन्त्री पद का लालच, सार्वजनिक निकाय की अध्यक्षता, पंचायती चुनाव, स्थानीय निकाय के चुनाव, परिषद की सदस्यता, पेट्रोल पम्प का लोभ, विदेश यात्राएँ, कोटा, परमिट, दलाली, राशन की दुकानें, गल्ले का व्यापार चावल की मिलों का लेन-देन, न जाने क्या-क्या कर डाला था, न जाने क्या-क्या करने का वादा किया था उन्होंने । उन तमाम वादों की फेहरिश्त में एक वादा, एक खास किस्म की गुरुदक्षिणा भी दे डाली थी उत्सुकदास ने बनारस के उन अघोरी बाबा को जिनके पास मिलने के लिए

जिनका आशीर्वाद पाने के लिए, छोटे-मोटे नेता से लेकर प्रधानमन्त्री तक आया करते थे। राजनीति की धुरी में चक्कर लगा रहे अनेक लोग, किस्म-किस्म के दंडधारी, प्रणाम प्रणेता कभी अपने लिए, कभी अपने नेता के कल्याण के लिए अघोरी बाबा के पास आया करते थे। प्रधानमन्त्री निवास में उन दिनों एक किचन कैबिनट हुआ करती थी जो बगाहे मुख्यमन्त्री के चयन में, मन्त्रियों को रखने हटाने में या फिर अन्य उथल-पुथल के किसी षड्यंत्र को मूर्तरूप देने में अहम भूमिका निभाया करती थी। उस किचन कैबिनट के एक सदस्य नियमित रूप से अघोरी बाबा से मिलने-जुलने आया करते थे। राजनैनिक परिस्थितियाँ कुछ ऐसी थीं शक्ति का संतुलन कुछ ऐसा था कि अघोरी बाबा को अलग हटाकर मुख्यमन्त्री बनना नामुमकिन था। अघोरी बाबा खुद तो राजनीति के दाँवपेंच न तो जानते थे, न ही उनका इस्तेमाल किया करते थे, लेकिन वह तमाम लोग जो कुर्सी से जुड़ी उठापटक का हिस्सा बनकर अपने-अपने दाँव लगाते वह लोग तरह-तरह से अघोरी बाबा का प्रयोग किया करते थे। कोई भभूत ले जाता, कोई लाल कपड़ा उठा लेता, किसी को अँगूठी दी जाती तो कोई सिर्फ प्रसाद से काम चला लेता या फिर तंत्र, मंत्र, गंडा, ताबीज के लिए जिद किया करता। गरज यह कि उस समय, अघोरी बाबा किसी मंन्दिर के घंटे की तरह या फिर किसी मस्जिद की अजान की तरह, बनारस की गलियों से लेकर लखनऊ के सचिवालय और दिल्ली के वातायन में मँडराया करते उनकी आवाज उन गलियारों में किसी गूँज की तरह भटकती रहती जहाँ पर राजनीति के खेल खेले जा रहे होते। दूर-दूर से बम्बई, कलकत्ता, मद्रास, दिल्ली यहाँ तक सुदूर अनेक क्षेत्रों से विदेशी मुल्कों तक से, लोग अघोरी बाबा के पास क्यों आया करते, यह बात उत्सुकदास की समझ में कभी नहीं आयी, फिर भी वह एक जाना हुआ तथ्य था जिसके अनुसार अघोरी बाबा को छोड़कर, उनकी भभूत, गंडा, ताबीज, कागजी तंत्र, हवन विधा तथा अनेक-अनेक प्रकार के तिलस्मी हथियारों को तिरस्कृत करके कोई भी मुख्यमन्त्री बनना तो दूर रहा मन्त्री तक नहीं बन सकता था। सम्भवतः इसीलिए उत्सुकदास ने बिना कोई खतरा मोल लिए, अघोरी बाबा के यहाँ अपने सेवक राधेश्याम के माध्यम से सिलसिला बना लिया था तारतम्य जोड़ लिया था। कुछ न कुछ भेज दिया करते उत्सुकदास अघोरी बाबा के यहाँ और फिर जब सब कुछ तय होने लगा था, उस समय स्वयं अघोरी बाबा ने उत्सुकदास को बुलवाया था। आशीर्वाद देने के लिए।

बस उसी समय चूक हो गयी थी। उत्सुकदास अघोरी बाबा के चपेट में आ गये थे। उस दिन जब वह अघोरी बाबा से मिलने गये थे, तब उन्हें कहाँ मालूम था किस खाई में, किस खड्ड में अघोरी बाबा उनको ढकेलने जा रहे थे। अगर उस दिन उनको इस बात का तनिक भी अन्दाज मिल जाता या फिर

राधेश्याम उनको, कुछ भी इशारा कर देता तो शायद वह अघोरी बाबा के यहाँ जाने का कार्यक्रम स्थगित कर देते। लेकिन ऐसा कुछ नहीं हुआ था। न तो उनको अघोरी बाबा के मन की जानकारी मिल सकी थी और न ही राधेश्याम और अघोरी बाबा के द्वारा पकाया गया षड्यंत्र ही उनकी समझ में आ सका था।

होटल से निकलने के बाद जी. एन., गाड़ी में बैठकर चला गया, लेकिन गोल्डी उर्फ सोना हालदार, पैदल ही चल पड़ा। काफी देर तक बिना किसी प्रयोजन के घूमता रहा गोल्डी। नदी के किनारे-किनारे काफी दूर तक गया, कंधे के ऊपर दोनों हाथ, हवा में उछालकर, नदी के पानी में भीगे हुए, हवा के झोंकों का शीतल स्पर्श किसी स्वप्निल प्रेरणा की अनुभूति दे रहा था। शाम का वक्त था, एक नाव बड़ी देर से, नदी के अन्दर कोई चला रहा था। दूर एक किनारे पर कुछ लोग तैराकी का अभ्यास कर रहे थे। आसमान में मंडराते हुए असंख्य पक्षी जैसे नीरवता में लीन होने के लिए, अपना-अपना ठिकाना, ढूँढ़ रहे थे। पुरुष और स्त्री के कुछ जोड़े, थोड़ी-थोड़ी दूर पर, पार्क में बैठे हुए थे। कुछ और लोग बच्चों के साथ खेल रहे थे। चारों तरफ उत्साह था, कलरव था, नीरवता की तलाश थी और गोल्डी विचलित मानसिकता में इधर-उधर घूम रहा था। अधिक देर नदी के किनारे रुका नहीं गया उससे। खोमचेवालों, पार्क के मुलाजिमों को, प्रणयलीला में लीन जोड़ों और उछलफाँद मचाते हुए बच्चों को, पीछे छोड़कर वह बाहर सड़कों पर निकल आया था। उस दिन गोल्डी उर्फ बरुन हालदार एक दूसरे तरह का जीवन जीना चाहता। वह उन सब चीजों को करना चाहता था जो उसके अभिजात्य वर्ग के स्वभाव के विरुद्ध थीं। एक तो अनेक वर्षों के बाद, वह पैदल निकला था, दूसरे उसने काफी बड़ा चक्कर लगाकर उस दीन-दुनिया का जायजा लिया था, जिससे उसका कोई ताल्लुक नहीं था। मसलतन एक खोमचेवाले, से उसने चाट का एक दोना लिया था, एक फेरीवाले से कुछ पापड़ी लेकर खायी थी और बाल्टी में लोटे से पानी पिया था उसने। इतना ही नहीं कुछ गुब्बारे खरीदकर उड़ाये थे उसने और उड़ते हुए गुब्बारों को देखकर और बच्चों के साथ खिलखिलाकर हँसा था, ताली बजाकर शोर मचाया था। होटल के कमरे में या क्लब जाकर उन्हीं धन्धेबाज लोगों के साथ शराब पीने का मन नहीं था, उसका। उस दिन वह एक नयी जिन्दगी का जायजा ले रहा था। काफी थक चुका था गोल्डी जब एकाएक उसे रीतू की याद आयी। उस दिन उसे रीतू से अच्छा और कोई नजर नहीं आया, वह शाम गुजारने के लिए, जब होटल में, उसके कमरे के ऊपर सातवीं मंजिल, पर, छँटे हुए गुंडे, बदमाश,

माफिया, कातिल, चोर इकट्ठा होकर, प्रदेश के भविष्य के बारे में चर्चा कर रहे थे। पैदल और चलने की इच्छा नहीं थी। रिक्शे पर बैठकर वह रिवरबैंक कालोनी चल दिया। रीतू के घर पर राघव था, मालिनी थी और बहुत से लोग थे। गोल्डी को लगा वह गलत जगह पर, गलत समय पर आ गया था। लेकिन उसका अनुमान सही नहीं था।

''देखो तो। कौन आया है।...अरे राघव...बच्चन, बिरजू, कहाँ हो तुम लोग. ..आज हम्हारे ऊपर लगता है, भगवान् अकारण प्रसन्न हो गये हैं,'' रीतू ने कहा।

''यह भगवान् को कब से मानने लगीं तुम।'' गोल्डी ने कहा।

उतनी देर में राघव अन्दर से निकल आया और गोल्डी को देखते ही, चिपट गया। दोनों गले मिल रहे थे और रीतू, मालिनी, बच्चन और बिरजू देख रहे थे और मुस्करा रहे थे।

''आओ बैठो गोल्डी कहाँ थे इतने दिन अरे रीतू गोल्डी को कुछ खिलाओ-पिलाओ।''

''शराब नहीं पिलाऊँगी इसको आज...कितना ही यह बुरा कहे हमको।'' रीतू ने कहा।

''नहीं शराब पीने नहीं आया मैं।''

''फिर क्या लोगे।''

''जो भी रीतू पिलायेगी मैं ले लूँगा।''

''मालिनी की याद है, तुमको।'' राघव ने मालिनी की तरफ इशारा किया।

''यह तो कहीं और रहती थी न।''

''हाँ। जगदलपुर में।''

''वैसे मालिनी से मैं परिचित हूँ।''

''कैसे।'' मालिनी ने पूछा।

''हर खूबसूरत लड़की से, कहना चाहिए।''

सब लोग हँस पड़े। एक हल्की-सी हँसी के दौर के बाद, राघव ने कहा, ''अगर तुम बुरा न मानो तो मैं अपनी बात खत्म करके, इन लोगों को विदा कर दूँ।''

''श्योर गो एहेड।''

''तुम रीतू। चाय पिलाओ न, गोल्डी को, याद है, विश्वविद्यालय में, यह दिन-रात, चाय पीता रहता था और...''

''देखो राघव। विल यू शट अप।''

''क्या। अ र रे भई। मैंने क्या कहा।''

''कहा नहीं...कहनेवाले हो।''

''क्या।''

''कुछ नहीं कहोगे, तुम।''

''अच्छा बाबा। मैं नहीं कहूँगा यह गोल्डी। दिनभर चाय पीता था और तुम पर मरता था।''

रीतू शर्माकर अन्दर भाग गयी। गोल्डी ने राघव का हाथ, पकड़कर, ''डियर राघव ऐसी बात क्यों कही तुमने। हम सब जानते हैं, रीतू तुम्हारी है, सिर्फ तुम्हारी।''

''मैं चिढ़ा रहा था, रीतू को। वैसे आज हम्हारी शादी है।''

''क्या कह रहे हो तुम।'' गोल्डी को आश्चर्य हुआ।

''आज हम्हारी शादी है।''

''और यहाँ इस तरह।'' उल्टा-पुल्टा सामान, धूल, गंदगी से भरे-भरे कमरे को देखकर गोल्डी को आश्चर्य हुआ।

''अभी टाइम है। शादी रात में दो बजे होगी। ऊंपर छत पर छोटा-सा मंडप बना लिया है, इन लोगों ने, एक दो घंटे में, पण्डित, शहनाई सब कुछ आ जायेगा। मैं तो, तुम जानते हो यार, सिविल मैरिज पर विश्वास करता हूँ ...लेकिन यह रीतू है न...इसके लिए, सब कुछ करना पड़ता है।''

''क्या मुझे नहीं आना चाहिए था।''

''क्यों।''

''यू नो... तुम्हारी शादी है।''

''क्या शादी में मेहमान नहीं आते।''

''यह रही आपकी चाय।'' रीतू एक प्याला गोल्डी के सामने और एक प्याला राघव के सामने रखकर वहीं बैठ गयी। कुछ देर तक रीतू ने इन्तजार किया। जब उसने देखा, गोल्डी ने और राघव ने चाय की चुस्कियाँ, लेनी शुरू कर दीं, तब राघव की कुर्सी पर झुकते हुए बोली, ''हाँ तो क्या कह रहे थे राघव।''

''दिस इज नो टाइम।''

''क्यों क्यों क्यों।'' रीतू के साथ कई लोग बोल पड़े।

''अरे कैसे लोग हो तुम...इतने दिनों बाद, गोल्डी आया है, इसके साथ बातें करेंगे या...''

''राघव। आज मैं बात करने नहीं बात सुनने आया हूँ...।''

''श्योर।''

''जानते हो तुम क्या माँग रहे हो।''

''क्या।''

''एक बोरिंग उबाऊ शाम खराब करनेवाला सामाजिक विवेचना से परिपूर्ण भाषण।''

''मुझे कोई एतराज नहीं है। इन फैक्ट। मुझे अच्छा लगेगा। इन ए वे।

शायद मैं इसीलिए, या ऐसी ही कुछ बातों के लिए आज यहाँ आया हूँ, प्लीज। गो एहेड।''

''देखो। तुम लोग जिद करते हो तो...''

''राघव अब बस भी करो।'' रीतू और मालिनी एक साथ बोलीं।

''अच्छा तो मैं बताता हूँ...आज आपाधापी, हिंसा, अपराध, जातिमूलक विद्रोह एवं धमकियों से विषाक्त वातावरण में कहीं भी आशा की किरण नहीं दिखायी देती। ऐसा लगता है कोई अपराधिक जलकुम्भी, बड़ी तेजी से सब कुछ लील जाने के लिए आतुर है। कुछ दिन पहले एक मुख्यमन्त्री ने पुतलीबाई के खिलाफ समस्त मुकदमे उठा लिए, सारे अपराध जिनमें दर्जनों हत्याएँ थीं, माफ कर दिये, दक्षिण प्रदेश का खतरनाक डाकू बबुआ आजकल, यहाँ इसी शहर में, एक मन्त्री के घर पर रह रहा है। उधर खबर आयी है, पाँच सितारा होटल में जगन महराज, गंगू गुरू, मोहन त्यागी, भूरा, पाठकबन्धु, अलीमियाँ एक बैठक कर रहे हैं जिसमें इस बात पर विचार किया जायेगा कि सत्ता को पूरी तरह कैसे हथियाया जाय।'' राघव ने एक बार सबकी तरफ देखा।

और जब उसे इत्मीनान हो गया, कि कहीं, किसी प्रकार का व्यवधान नहीं है तो उसने आगे कहना शुरू किया, ''यह सब बातें मैं क्यों कह रहा हूँ, मेरा उद्देश्य क्या है, और आज के दिन, विशेषरूप से...''

''जब इनका विवाह होनेवाला है।'' बच्चनसिंह ने सफाई दी।

''और जब विश्वविद्यालय का सहपाठी दोस्त गोल्डी आया है, तब इन बातों का क्या मतलब।''

''वैसे तो आपकी बातें हमेशा अच्छी लगती हैं, उनमें ज्ञान होता है, सूचना होती है और प्रबुद्धता के अनेक प्रतिबद्ध द्वार होते हैं, खिड़कियाँ होती हैं, जिनके माध्यम से हम अपना मार्ग चुन सकते हैं लेकिन इस समय, आज के माहौल में, कुछ समझ में नहीं आया आपका वह सबकुछ कह देने का आग्रह जो आपने अपने विचार, चिन्तन से जाना है, पहचाना है, खोजकर निकाला है, आहत किया है और शोधित परिवर्धन के जरिये आप उसे किसी अनुकूल समय में, पुस्तक के रूप में प्रस्तुत करना चाहते थे।''

''तुम बच्चन सिंह। आज मैं तुमको कुछ नहीं कहूँगा...तुम जानते हो आज का दिन तुम्हारा है, मैं कुछ नहीं कह सकता, कुछ भी तो नहीं...इसका यह तो अर्थ नहीं, मुझे तश्तरी में सजाकर कुछ इस तरह पेश किया जाये जैसे नजराना पेश किया जाता है...वैसे मुझे तुम्हारी शंका, तुम्हारे विश्वास के परिप्रेक्ष्य में सामान्य प्रतिक्रिया अवश्य जाननी चाहिए लेकिन मेरा सुझाव है मेरी बात ध्यान से सुनें ...सम्भवतः उसी में तुम लोगों को अपने प्रश्नों का उत्तर मिल जायेगा।''

''वी गेट इट।'' सभी एक साथ बोले।

"समय तेजी से भाग रहा है...समय नहीं है हम्हारे पास, इसीलिए आज हम वह सब कह देना चाहते हैं जो शायद परिपक्व विचार के रूप में हम्हारे अन्दर प्रतिफलित हो रहा है। वर्षों पहले एक्सप्रेस अखबार के विशेष संवादाता की अखबार में एक रिपोर्ट छपी थी, जिसके अनुसार अपराधिक भूमि के करीब 45 विधायक, उस समय थे, विधानसभा में। दस वर्षों से कम समय में यह संख्या बढ़कर 245 हो चुकी है। यानी कि 425 सदस्योंवाली विधानसभा में आधे से अधिक विधायक अपराधिक प्रवृत्ति के हैं। लोकसभा में 540 और पूरे देश में विधानभाओं को मिलाकर करीब 7500 चुनाव क्षेत्र हैं। लोकसभा चुनाव में एक करोड़ रुपया और विधानसभा चुनाव में पच्चीस लाख रुपये का खर्चा आता है। इस प्रकार प्रति आमचुनाव में लोकसभा के 540 सदस्यों के चुनाव में, कम से कम सात सौ करोड़ और विधानसभा के चुनाव में 1500 करोड़ यानी 2200 करोड़ रुपया उम्मीदवार खर्च करते हैं। मोटे तौर पर अगर अनुमान लगाया जाय तो चुनाव संगठित करने में सरकार कम से कम आठ सौ करोड़ रुपया खर्च करती है। पिछले दो दशक और आनेवाले चुनाव को अगर जोड़ा जाय तो 2400 करोड़ रुपया चुनाव के जरिये बाजार में आता है। सवाल यह उठता है, यह रुपया कहाँ से आता है और इसकी उपादेयता क्या है। 2400 करोड़ रुपया जो चुनाव के जरिये बाजार में आता है, उसे उगाहने के लिए, संसद सदस्य, विधानसभा सदस्य अलग-अलग तरीके अपनाते हैं। लेकिन यह निश्चित है इतना ही रुपया पाँच वर्ष में यह सदस्य सब मिलाकर प्राप्त कर लेते हैं। इस प्रकार अगले दशक के पूरा होते-होते करीब पचास हजार करोड़ रुपया नेताओं के जरिये बाजार में आ चुका होगा। सांसदों, मन्त्रियों एवं विधायकों के उत्पात का अगर पूर्णरूप से मूल्यांकन किया जाय तो उपरोक्त रकम बढ़कर एक लाख करोड़ रुपये तक पहुँच जायेगी जिसमें से, आधा रुपया अपराधिक सिन्डीकेट जिसमें छोटे-बड़े माफिया, गुन्डे, रिंग लीडर शामिल हैं के पास पहुँच जायेगा क्योंकि बुलरप प्रचार में जो खर्च होता है उसका सत्तर प्रतिशत इन्हीं लोगों के पास अलग-अलग स्रोतों से खिंचकर चला आता है। उधर सांसदों की करतूत उजागर करने के लिए कुछ उदाहरण ही काफी हैं। एक है रक्षा मंत्रालय जहाँ प्रतिवर्ष केवल 23000 रुपये केवल खरीद फरोख्त में खर्च होते हैं, दूसरा विभाग है पेट्रोल जहाँ हर साल 24000 करोड़ रुपये की खरीदारी होती है, उद्योग, बिजली, सिंचाई, कृषि विभागों में खर्च होनेवाली राशि और उससे उत्पन्न होनेवाली आमदनी अगर 15 प्रतिशत पर रखी जाय तो हर साल करीब बीस हजार करोड़ रुपया केन्द्र में और इतना ही रुपया विभिन्न प्रदेश सरकारों के कार्यकलापों से नेता, सांसद, विधायक मन्त्री अर्जित करते हैं। पाँच वर्ष में पाँच लाख करोड़ रुपया कालेधन के रूप में बाजार में आता है। अगले दशक तक दस लाख करोड़ रुपया सरकारी खर्च का ऐसे तत्त्वों

के पास आ चुका होगा जिनका सामाजिक मूल्यों से कोई ताल्लुक नहीं है। यही कारण है, निरन्तर अपराधिक मूल के विधायकों की बढ़ती हुई संख्या का। जितना अधिक पैसा बाजार में आयेगा और चूँकि यह सारा काला धन होता है और इसका आर्थिक नीतियों या बाजार में काम करनेवाली ताकतों से कोई सम्बन्ध नहीं होता, इसका अपना एक अलग संसार बन जाता है। ऐसी हालात में मुख्यधारा से अलग असामाजिक तत्त्व मजबूत हो जाते हैं और उनका प्रभाव विधायिका, प्रशासन एवं जमीन जायदाद पर बढ़ता रहता है। स्थिति बड़ी भयावह है। जहाँ एक तरफ विधानसभा में अपराधिक मूल के लोगों की संख्या बढ़ी है, वहीं दूसरी तरफ फील्ड में, जिलों में, कस्बों में, सरकारी तंत्र का सारा सार्वजनिक व्यापार, पहले तो माफिया के हाथ में पहुँच चुका है। पुलिस निष्क्रिय होती जा रही है। आज पुलिस से अधिक ताकतवर माफिया हैं।

उधर समाज की मुख्यधारा को बनाये रखने के लिए और संस्कृति के सामूहिक अनुरक्षण के लिए, जो सेफ्टीवाल्व या सुरक्षा कवच थे, वह टूट रहे हैं। धर्म, शिक्षा, कला, संस्कृति, भाषा और साहित्य, यही है वह कवच जिनको सामान्य रूप से कोई शासक नष्ट नहीं करता है। लेकिन पिछले दशक में प्रयास किया गया है, इन सुरक्षा कवच को धीरे-धीरे छिन्न-भिन्न करने का। धर्म का, शिक्षा का पूर्णरूप से राजनैतिक उपयोग किया जा रहा है, कला और संस्कृति बिकाऊ बन चुके हैं और भाषा तथा साहित्य का सरकारीकरण हो गया है। तो फिर कैसे बचेगा आम आदमी, कैसे बचेगी मानवीय सभ्यता या भारतीय संस्कृति।''

राघव की आवाज में ओज था, प्रताप था, रफ्तार थी और ज्ञानमूलन गति थी। बच्चनसिंह, बिरजू, जी. एन., गोल्डी, मालिनी, रीतू और अन्य सभी लोग स्तब्ध थे। राघव ने जैसे भयावह तस्वीर का खाका खींचा था, जिस अपराधिक टेक ओवर की बात कही थी उसका असर हुआ था और वहाँ पर मौजूद सभी लोगों की मानसिकता आंदोलित हो चुकी थी। तभी राघव ने अपनी बात आगे बढ़ायी, ''बड़े नेता, राजनैतिक व्यक्तित्व के धनी अब देश में नहीं हैं। छोटे-मोटे नेता, दिन पर दिन अपराधिक तत्त्वों पर निर्भर होते जा रहे हैं। कल्पना कीजिये कुछ वर्षों बाद की, विधानसभा में किसी पार्टी का बहुमत नहीं है बहुमत है तो माफिया सिन्डीकेट का। उधर एक पार्टी पुतलीबाई को जेल से बाहर निकालती है तो दूसरी पार्टी बबुआ डाकू को जंगल से बाहर लाकर शहर के बीचों-बीच मन्त्रिनिवास में बैठा देती है और तभी तीसरी पार्टी किन्हीं शाहिदखाँ को पैरोल पर निकालकर, जेड श्रेणी की सुरक्षा प्रदान करती है और उसे अपने दल का नेता बना देती है। चुनाव के बाद जब किसी पार्टी का बहुमत नहीं है और अपराधियों या अपराध से जुड़े विधायक अपना नेता खुद चुनते हैं। जाहिर है

वह तमाम क्रिमनल विधायक अपने आदर्श पुतलीबाई, बबुआडाकू, या शाहिदखाँ के पास जायेंगे सलाह-मशविरा के लिए कि मुख्यमन्त्री किसे बनाया जाय।

स्वाभाविक रूप से बबुआ डाकू कहेंगे, फुदनलाल को मुख्यमन्त्री बनाओ। बबुआ डाकू का सर्मथन, दूसरे लोग भी करेंगे ही और फुदनलाल मुख्यमन्त्री बन जायेंगे। फदनलाल मुख्यमन्त्री बनने के बाद जायेंगे बबुआडाकू के पास। वह जवाहरलाल को नहीं जानते, इन्दिरागांधी, महात्मागांधी, राजीवगांधी, सरदार पटेल, जयप्रकाश नारायण को नहीं जानते, किसी दार्शनिक विचारक चिन्तक को नहीं जानते वह तो जानते हैं, सिर्फ बबुआडाकू को। ऐसी परिस्थितियों में अपने गुरु का सम्मान करने के लिए, फुदनलाल और कामों के अलावा एक परिवर्तन चौक बनवायेंगे और वहाँ बबुआडाकू की आदमकद मूर्ति लगाकर उसके ऊपर माल्यार्पण करने जायेंगे जिसकी चर्चा होगी, अखबार में, रेडियो पर, टी. वी. पर।''

गोल्डी को लग रहा था, वह किसी स्कूल में, कॉलेज के क्लासरूम में बैठा हुआ था और कोई समाजशास्त्री, भाषण दे रहा था। शांत, बिलकुल शांत। कहीं कोई आवाज नहीं। स्पन्दित हृदय में राघव के शब्दों का समूह, विचार की निच्छल धारा, जैसे सारा द्रोह, सारा कलुष मिटाकर किसी सत्व की उष्णता गरिमामय वरदान बनकर, उसके अन्दर समाती जा रही थी। उसने देखा स्तब्ध थे, सब। राघव की बातें उनसे जुड़े हुए मुद्दे और उन मुद्दों को पेश करने का अन्दाज अनूठा था। राघव तब तक कार्लमार्क्स की सैद्धान्तिक विवेचना करने लगा था। वह सब गोल्डी की समझ से बाहर था। इसलिए उसका ध्यान वहाँ बैठे हुए लोगों की तरफ गया था। तभी गोल्डी की नजर रीतू पर पड़ी। रीतू तो रो रही थी। उसकी आँखों से आँसुओं की अविरल धारा बह रही थी। गोल्डी ने धीरे से उसे बाहर आने का इशारा किया। इसी बीच राघव का फोन आया था। वह टेलीफोन सुनने के लिए अन्दर गया, उतनी देर में, गोल्डी और रीतू बैठक से उठकर, बाहर बालकनी में चले गये। रिवर बैंक कालोनी की ऊपरी मंजिल का वह फ्लैट पश्चिमी किनारे पर था। दूर-दूर तक पुराने लखनऊ का नजारा दिखायी दे रहा था। उधर था डाली गंज का पुल, पुल से लगी हुई गोमती नदी। कुछ दूर पर हाथी पार्क से जुड़े हुए थे, कई पार्क जो एक के बाद एक गोमती नदी के हार्डिंग पुल तक फैले हुए थे, जहाँ से शुरू होता पार्कों की दूसरी श्रृंखला का दौर। इन दो पार्कों की श्रृंखला और दो पुलों के बीच, बायीं तरफ, पश्चिम में लखनऊ का विशाल मेडिकल कॉलेज था।

''क्या हुआ रीतू।'' बालकनी में रीतू के पास पहुँचते ही गोल्डी ने पूछा।

''क्या हुआ।''

''तुम रो क्यों रही थीं।''

''क्यों, क्या मैं रो नहीं सकती। ऐसी कौन-सी बात वहाँ हो रही थी, जिसपर

हँसी आ सकती है।''

''मेरा मतलब यह नहीं था।''

''तब।''

''आज इतने दिन बाद होश आया तो क्या यही सब देखने के लिए।''

''क्या देखने के लिए।'' रीतू फूट-फूट कर रोने लगी।

''यही कि तुम्हारा आज राघव से, चिरपरिचित राघव से, विवाह हो रहा है और तुम इस तरह फूट-फूटकर रो रही हो।''

''हम औरतों के पास और क्या होता है...सुना तो होगा तुमने, न जाने किस कवि की कविता है, आँचल में है दूध और आँखों में पानी।''

''राघव की प्रेमिका क्या ऐसा कह सकती है।''

''खूब कह सकती है।''

''लेकिन बात क्या है...याद होगा तुम्हें, बनारस में सदैव जब राघव और तुम झगड़ते थे तो बीच में मैं ही मारा जाता था।''

''सच में।'' रोते हुए भी रीतू को हँसी आ गयी।

''दैट्स गुड।''

''नो गुड।''

''चियरअप बेबी। चियरअप।''

''अगर गोल्डी। तुम जान जाओगे मैं क्यों रो रही थी, तो तुम मुझसे चुप होने के लिए नहीं कहोगे और शायद तुम्हारी आँखें भी गीली हो जायेंगी।'' रीतू एक बार फिर रोने लगी।

''कोई बात तो है।''

''है।''

''मालूम हो सकती है।''

''हो सकती है।''

''कैसे।''

''मैं बताऊँगी।''

''राघव से इजाजत ले लो।'' गोल्डी ने सुझाव दिया।

''नहीं।''

''क्यों।''

''बात मेरी है। प्राबलम मेरी है। राघव से क्या पूछना।''

''वी ए ब्रेव गर्ल।''

''आय एम सपोस टु वी वन।''

''यू आर वन।''

''छोड़ो भी गोल्डी।''

''मुझे लगता है...''

गोल्डी की आवाज में रफ्तार आ चुकी थी।

''जरूर कुछ ऐसा घटित होनेवाला है जो घोषित नहीं है, जो स्वाभाविक नहीं है और उसका सीधा ताल्लुक तुमसे है। रीतू तुमसे है।''

''ठीक कहा तुमने।''

''क्या राघव को मालूम है।''

''मालूम है।''

''क्या उसकी प्रतिक्रियास्वरूप तुम रो रही हो।''

''प्रतिक्रियास्वरूप नहीं परिणामस्वरूप।''

''परिणाम के बारे में राघव जानता है।''

''खूब।''

''क्या तुम दोनों उस विषय में बात कर चुके हो।''

''हाँ।''

''क्या राघव ने कुछ भी करने से मना कर दिया।''

''यही तो दिक्कत है वहा मना नहीं करता।''

''फिर।''

''तय करता है।''

''और तय करने के बाद।''

''किसी की नहीं सुनता।'' रीतू ने कहा था।

''तब लगता है कोई ऐसी बात है, जिसका रिश्ता स्वयं राघव की मौजूदगी या सुरक्षा से है।''

''बिलकुल ठीक।''

''क्या मैं कोई मदद कर सकता हूँ।''

''शायद।''

''तब बताओ न...।''

''तुम ठीक कहते हो गोल्डी एक शायद भी अगर है, कोई चान्स भी अगर है तो हम्हें उसका प्रयोग अवश्य करना चाहिए।''

''कितना समय है हम्हारे पास।'' गोल्डी ने पूछा।

''चौबीस घंटे। या बहुत अधिक अड़तालिस घंटे।''

''नाव कम आन। से इट आल। शायद मैं कुछ कर सकूँ।''

''देखो गोल्डी। तुम्हें इन बातों को, सीक्रेट रखना होगा...क्या मैं विश्वास कर सकती हूँ।''

''आज इतने दिनों बाद मैं यहाँ पर कोई अफवाहों की फसल काटने नहीं आया हूँ, ''यू कैन रिलाई अपान मी।''

''गोल्डी। अगर सिर्फ, पार्टी का मामला होता तो शायद मैं कभी नहीं बता सकती थी, लेकिन यह तो स्वयं हम्हारे वजूद का, हम्हारे अस्तित्व का प्रश्न है। कैसे ! हाव ! आय...मे आखिर कैसे विश्वास कर सकती हूँ मैं...।''

''शायद तुमको याद होगा...इस तरह की...''

''हाँ। हाँ। मैं जानती हूँ, कई बार, अनेक मौकों पर तुमने गोल्डी हम्हारे रहस्य अपने अन्दर समेटकर रखे हैं...''

''मैं पिछली उपलब्धियों का जिक्र नहीं कर रहा था।'' गोल्डी ने सफाई दी।

''लेकिन सुनते हैं तुम्हारा धन्धा, तुम्हारा व्यापार, कुछ-कुछ इस प्रकार का है...''

''वह सब छोड़कर आया हूँ।''

''रियली।''

''यस।''

''तो अब क्या करोगे।''

''भीख माँगूँगा।''

''भीख।'' रीतू ने मुँह बनाया। वह कुछ व्यवस्थित होने लगी थी।

''नहीं तो तुम्हारे पास आ जाऊँगा।''

''हम्हारे पास।''

''क्यों नहीं राघव इतना तो खयाल रख सकता है मेरा।''

''रख सकता है, बिलकुल रख सकता है, लेकिन...''

''लेकिन का क्या मतलब।''

''यही कि राघव खयाल रख सकता है, तुम्हारा भी और मेरा भी, लेकिन वह शायद होगा नहीं किसी का खयाल रखने के लिए...''

''क्या कह रही हो तुम।'' गोल्डी की आवाज में चीख थी।

''मैं जानती हूँ क्या कहा है मैंने।''

''इतनी बड़ी बात इतनी आसनी से कह डाली तुमने।''

''मैं क्या करूँ। मैं क्या करूँ। हताश। अकेली बिलकुल अकेली हूँ। अब तो लगता है, राघव के साथ नहीं, राघव की परछायीं के साथ विवाह रचाने जा रही हूँ मैं।''

''विवाह।''

''हाँ यह भी उसी का प्रस्ताव है।''

''कैसे।''

''राघव अपनी शर्तों पर अपने बनाये हुए तिलस्म में जीना चाहता है। संरचना के दौर में, कुर्बानियों से, खौफ नहीं खाता राघव ! कुछ भी घट सकता

है, कुछ भी हो सकता है।''

''मुझे लगता है, कोई भूल कर रहा है, कहीं गड़बड़ है।''

''हो सकता है।''

''हम्हें उस भूल, उस गड़बड़ को ढूँढ़ निकालना होगा।''

''कब।''

''आज अभी इसी वक्त।''

''किस तरह।''

''मुझे पूरी बात अगर मालूम होव...''

''पूरी बात सिर्फ उतनी ही है।''

''मैं सहमत नहीं हूँ।''

''थोड़ा-सा और बता सकती हूँ।''

''लेकिन सब कुछ क्यों नहीं।''

''क्योंकि सब कुछ बताने का अधिकार हम्हारे पास नहीं है।''

''जब प्रश्न अधिकार की सुरक्षा का हो।''

''इसीलिए तो सब कह डाला मैंने।''

''मैं तुमको मजबूर नहीं करूँगा रीतू।''

''सिर्फ इतना और बता सकती हूँ, कुछ परिस्थितियाँ ऐसी हैं, राघव को ह्यूमन बाम्ब बनकर फटना पड़ेगा।'' रीतू रोने लगी। उसने मुँह में कपड़ा ठूँस लिया था। मुँह में धोती ठूँस लेने की वजह से, अन्दर ही अन्दर रुलायी की ठसक उसकी समस्त शिराओं को झकझोर रही थी। इस वेदना की असीम पीड़ा चेहरे पर सिमटती हुई लकीरों, ग्रीवा या नसों के तनाव तथा माथे पर उतरती, उभरती हुई लकीरों से परिलक्षित हो रही थी। गोल्डी चुपचाप देख रहा था, रीतू को रोते हुए। उसके बदन में जैसे किसी ने एक पल में, समूची जान, श्वांसों से आने-जाने से उत्पन्न उष्णता और शरीर का वह मेटाबोजिल्म छीन लिया था। असहाय सा वह जैसे किसी भी वक्त अपनी टाँगों सहित गिर पड़ेगा। घुमनी की रफ्तार में, चक्कर काटते-काटते जैसे एकदम थम गया हो वह, रुक गया हो वह। एक कँपकपी सी हो रही थी उसके पैरों में, खड़ा नहीं रहा जा रहा था। कहीं गिर न पड़े गोल्डी, इसीलिए, बालकनी का छज्जा जोर से पकड़ रखा था उसने। उसकी आँखों के सामने अंधेरा छा गया था। कुछ बचने बचाने की गरज से, गोल्डी अन्दर की तरफ चल दिया।

अन्दर राघव अपने विश्लेषण के अन्तिम दौर में था। रीतू और गोल्डी, जहाँ से उठकर आये थे, वहीं जाकर बैठ गये।

''चारों तरफ भूख-गरीबी, विपदा के बादल मँडरा रहे हैं। आज से करीब बीस साल पहले, बिड़ला, टाटा की दौलत 1500 करोड़ रुपये थी। यह बढ़कर

आज 8000 करोड़ हो चुकी है। हजार, पन्द्रह सौ करोड़वाले, न जाने कितने पूँजीपति देश में पैदा हो चुके हैं। खतरा इनसे भी है और खतरा है उन नेताओं से, मन्त्रियों से, मन्त्रिमंडल के सदस्यों से, विधानसभा के मेम्बरों से जो बिना किसी व्यापार के बिना किसी दुकान के, बिना किसी टैक्स के, सैकड़ों करोड़ रुपया प्रतिवर्ष जमा करते हैं। खतरा है उन अभियन्ताओं से, अफसरों से, तकनीकी और गैरतकनीकी अधिकारियों से जो प्रदेश के, देश के बजट का बीस से पच्चीस प्रतिशत लूट खाते हैं और पाँच से दस प्रतिशत राज्य सम्पत्ति का अवमूल्यन कर दिया करते हैं। इसीलिए और अन्य निहित कारणों से हमने डायरेक्ट ऐक्शन का निर्णय लिया है। अगर इसमें देर हुई तो हम्हारा संगठन बिखर जायेगा और समाजविरोधी ताकते हम्हें अपने मूल से उखाड़ फेंकेंगी। अगर इस आपरेशन में, मुझे कुछ हो जाय तो मेरे बाद, बच्चनसिंह लोकल कमान्डर की हैसियत से सारा कामकाज देखेंगे और जंगलपार्टी से, पहाड़पुर-नानकपुर के जंगल में सम्पर्क स्थापित करेंगे। इसके लिए हमने बी. एस. को...कमान्डर बी. एस. को एक खत दे दिया है जिसमें आपरेशन जेब्रा का पूरा विवरण है।...वैसे आज हम्हारी शादी है। रीतू है, ब्राइड। कुछ ही देर में, शादी का इंतजाम पूरा हो जायेगा। आप लोग कहीं जाना चाहें तो जा सकते हैं, लेकिन दस बजे तक सबको लौट आना है ! ओ. के. !"

"ओ. के." कहकर बच्चनसिंह, बिरजू, बी. एस., मुंडा और अन्य कामरेड साथी, कमरे से बाहर, पंक्तिबद्ध होकर निकल गये। सबके चेहरे सख्त थे, किसी प्रकार की कोई प्रतिक्रिया दिखाई नहीं दे रही थी, खामोश निर्विकार सिर्फ कदमों की खड़खड़ाहट से ही उनके चले जाने का पता लग रहा था।

कुछ देर के लिए, रिवरबैंक कालोनी के उस फ्लैट में सन्नाटा छा गया था। रीतू, राघव और गोल्डी वहाँ पर बैठे हुए, उन खाली कुर्सियों को घूर रहे थे, जहाँ से उठकर अभी-अभी कुछ लोग गये थे।

"कैसे हो राघव।" गोल्डी ने पहल की।

"ठीक हूँ। तुम कैसे हो।"

"तुम्हें कैसा लगता हूँ।"

"ऐश...सोना हालदार का जन्म हुआ है, सिर्फ ऐसा करने के लिए।"

"वह सब छोड़कर आया हूँ।"

"सच में।"

"हाँ।"

"क्यों क्या हुआ।"

"कभी-कभी छोटे-मोटे गुनाह करते-करते हम्हारा सामना किसी बड़े गुनाह से या संगठित अपराध से हो जाता है। उस समय अगर कुछ होना होता है,

अगर कुछ बदलना होता है तो बस, एक बार में, एक झटके में बदल जाता है...जैसे हथौड़े की चोट से गर्म लोहा, पिचक जाता है, जैसे सुलगती हुई भट्ठी में, पिघलकर लोहा शक्ल अख्तियार कर लेता है, अलग-अलग खांचों में।"

"लेकिन कोई वजह।"

"बस यूँ ही बैठे-बैठे, दिमाग घूम गया।"

"अब क्या करोगे।"

"कुछ भी लेकिन वह सब नहीं।"

"हम बात करेंगे ! फिर भी आज हम्हारी शादी में तो शरीक हो रहे हो न।"

"अवश्य।"

"कोई इंतजाम करना है।"

"इंतजाम ! क्यों रीतू।"

"हो गया सब।" रीतू ने रुँधे गले से कहा।

"क्या हो गया है, हम लोग एक बार चेक करें।" गोल्डी ने कहा।

"करें ?" राघव बोला था।

"कितने लोग आयेंगे।"

"दस बारह बीस भी हो सकते हैं।" राघव ने अनुमान लगाया।

"रीतू की शादी का जोड़ा।"

"इनकी माँ ने दिया है।"

"पण्डित, पण्डाल, शहनाई, बाजा, शादी का मण्डप। पूजा का सामान।" गोल्डी ने सूची लिखा दी।

राघव हँसने लगा, "क्या होगा। यह सब...मैं अभी आया।" कहकर राघव अन्दर चला गया।

"रीतू।"

"क्या।"

"कैसा लग रहा है।"

"बताऊँ।"

"हाँ।"

"मुझे लग रहा है, मेरी आँखों के सामने, चारों तरफ बारूद बिछा हुआ है...हम सब मिलकर राघव को रोकते हैं; उसे समझाते हैं, मनाते हैं, लेकिन वह नहीं मानता। हम्हारी सांस ऊपर की ऊपर रह जाती है, अगले ही क्षण न जाने कहाँ से आकर, राघव कूद पड़ता है, उन बारूद की सुरंगों के जाल में और फट पड़ता है। चिन्दियों की तरह, वह उड़ जाता है, उसके अंग, प्रत्यंग, उसका शरीर, उसका सम्पूर्ण जीवन, हम्हारे सामने बिखरा हुआ पड़ा है और हम्हारी समझ में

नहीं आ रहा है, हम कैसे उसे बटोरकर राघव की शक्ल दें। क्योंकि हम्हें राघव से प्यार है और हम उसके बिना नहीं रह सकते।'' रीतू ने बात खत्म की या बात खत्म हो गयी, इसका अनुमान नहीं लगा सका था गोल्डी। लेकिन इतना जरूर था इस बार रीतू की आँखों में आँसू नहीं थे, वह रो नहीं रही थी। वह तो बस फटी-फटी निगाहों से सामने की दीवार को घूर रही थी। तभी उसने देखा राघव कमरे के अन्दर लौट आया था। अपने आपसे, दरो-दीवार से, राघव से, गोल्डी से या तेजी से भागते समय से या फिर नियति से फुसफुसाकर कहा था रीतू ने, ''क्या कोई रास्ता नहीं है।''

''है न।''

''कहाँ। कौन। किधर।'' रीतू की गीली पलकों से टपकते हुए आँसुओं के बीच, वह चमक, वह लपक कौंध गयी थी, जो उम्मीद की कशिश में, उसकी आँखों में करवट बदल रही थी।

''आज को देखो सिर्फ आज को देखो रीतू।'' राघव ने कहा था।

रीतू ने राघव की आँखों में गहरायी तक झाँककर देखा। वही खालीपन था, सिर्फ खालीपन, जैसे सब कुछ सूख गया हो, अंधी ढलान सी एक फिसलन कुछ क्षणों के लिए, रीतू की आँखों से टकरायी और फिसल गयी।

''रीतू।''

''क्या।''

''अगर तुम बुरा न मानो तो...''

''कह सकते हैं, तुम।''

''मुझे राघव से कुछ बात करनी है।''

''सज ऐज।''

''कितने दिन बाद मिले हैं, हम।''

''जानती हूँ।''

''हम्हें बात करने का मौका नहीं दोगी।''

''गो एहेड।''

''मर्दों की एक अलग दुनिया होती है।''

''मुझे नहीं पता था, यह।'' रीतू ने व्यंग्य से कहा।

''प्लीज।''

''अभी तक नहीं समझी।''

''क्या नहीं समझी।''

''सो स्वीट।'' राघव चिढ़ा रहा था।

''वो तो हूँ।''

''यार सोना हालदार चाहता है कि तुम यहाँ से चली जाओ।''

''मैं।''

''हाँ। रीतू हर लड़की को शादी की तैयारी में समय लगता है।'' गोल्डी ने बेहतर तरीके से कहा था।

''अच्छा बाबा। मैं जाती हूँ।''

''दस मिनट बाद आ सकती हो तुम।'' गोल्डी ने कहा।

''हो सकता है तुम्हें बुरा लगा हो।''

''डिपेन्ड करता है किसलिए मुझे जाने के लिए कह रहे हो तुम।''

''तुम्हारे लिए'' ओ. के. कहकर रीतू बाहर चली गयी।

''रीतू के जाने के बाद राघव बोला, ''इस ड्रामे का क्या अर्थ।''

''कुछ नहीं।''

''उसे जाने के लिए क्यों कहा।''

''वह बहुत दुखी है, साफ-साफ दिखता है।''

''लड़कियाँ शादी के वक्त न जाने क्यों दुखी हो जाती हैं।''

''वह बात नहीं है।''

''तुमको कैसे मालूम।''

''जानता हूँ मैं।''

''क्या जानते हो।''

''सब कुछ जानता हूँ मैं।''

''झूठ।''

''ठीक है झूठ ही सही।''

''लेकिन क्या बात करनी है, बोलो न।''

''राघव हम लोग पुराने दोस्त हैं।''

''जाहिर है।''

''याद है रीतू, तुम कालीशंकर और हम घंटों बैठे रहते थे कोई बात भी नहीं करते थे, फिर भी एक दूसरे के मन की बात, न जाने कैसे जान लेते थे।''

''हाँ अ आँ।''

''और आज।''

''हम अलग हो चुके हैं।''

''क्यों।''

''वक्त बदलता है वक्त के साथ लोग भी बदल जाते हैं।''

''शायद इसलिए, इतना बड़ा निर्णय लेने से पूर्व तुमने हमसे बात करना उचित नहीं समझा।''

''अच्छा अब समझ में आया हुजूर की नाराजगी का सबब।''

''क्या।''

''शादी के बारे में एकदम...''

''तुम फिर गलती कर रहे हो राघव !''

''हो सकता है।''

''अच्छा चलो यहीं से बात करते हैं, यह शादी की फैसला अचानक कैसे कर डाला।''

''बस यूँ ही।''

''कोई खास वजह।''

''देखो गोल्डी उर्फ सोना हालदार उर्फ बरुन हालदार, अब खेल खेलना बन्द करो एण्ड कम टू दी प्वाइन्ट।''

''प्वाइन्ट...''

''एक मिनट में तुम्हारा काम आसान कर देता हूँ।''

''कैसे।''

''रीतू ने तुमसे बात की है न।''

''हाँ।'' गोल्डी ने धीरे से कहा।

''तब क्या चाहते हो तुम।''

''बताऊँ।''

''हाँ बताओ।''

''तुम रीतू से कुछ नहीं कहोगे।''

''यह कोई शर्त है।''

''नहीं।''

''रीतू अच्छी लड़की है उससे किसी को कुछ कहने का अधिकार नहीं है।''

''वह रो रही थी...बहुत दुखी है।''

''जानता हूँ।''

''तब कोई रास्ता क्यों नहीं निकालते।''

''सब रास्ते बन्द हो चुके हैं गोल्डी !''

''लेकिन यहीं पर दुनिया खत्म नहीं हो जाती। तुम अपने आपको समझते क्या हो। ईसा मसीह, लेनिन, स्टालिन, माओ या फिर इन सबका मिश्रण।''

''ऐसा आक्षेप मेरे ऊपर क्यों लगा रहे हो।''

''दुनिया से सारे गुनाह समाप्त हो जाते, गरीबी, भूख, विपदा से जूझती हुई मानवता अगर इस संघर्ष से मुक्त हो जाती। जातिमूलक विद्रोह, आपाधापी, हिंसा, नफरत और धर्मान्धता का जड़ से नाश हो जाता, घूसखोरी, लेनदेन, दलाली अगर बन्द हो जाती, इन्सान को, आदमी को, साधारण मनुष्य को, अगर माल बनाकर राजनीति की भट्ठी में झोंकना रोक दिया जाता, तो शायद...शायद क्यों, निश्चित रूप से, मैं कुछ नहीं कहता, कभी रोकता नहीं तुमको उस महान् बलिदान

से जो तुम देने जा रहे हो, जिसके लिए तुमने अपना मन बना लिया है, योजना रच ली है।''

''लगता है तुम्हें मालूम हो चुका है।''

''रीतू !'' राघव ने आवाज दी।

''नहीं तुम रीतू से कुछ नहीं कहोगे।''

''अच्छा ! लेकिन पहले तुम, हम्हारे मामले में टाँग लगाना बन्द कर दोगे न।''

''मेरा इरादा न तो तुम्हारे मामले में टाँग लगाने का है और न ही और किसी तरह, मैं तुम्हारे रास्ते में आना चाहता हूँ।''

''तब।''

''मैं सिर्फ इतना चाहता हूँ कि अगर तुम्हारा बलिदान गरीबी, भूख, विपदा, जातिमूलक विद्रोह, आपाधापी, हिंसा, नफरत और धर्मान्धता को नहीं बन्द करा सकता, नहीं समाप्त करा सकता तो क्यों...आखिर क्यों तुम अपनी जान देने पर तुले हुए हो।''

''वह फैसला पार्टी के लिए किया गया है नाकि समाज के लिए न कि राष्ट्र के लिए।''

''पार्टी का उद्देश्य क्या है।''

''समाज की व्यवस्था में आमूल परिवर्तन।''

''क्या तुम्हारे जान देने से वह उद्देश्य पूरा हो जायेगा।''

''हम्हारा संघर्ष हमेशा से...''

''हम्हारा संघर्ष सदा से चला आ रहा है, सदैव चलता रहेगा। यही ना...।''

''हाँ।''

''लेकिन उसे चलाने के लिए उस सतत संघर्ष को, सर्वहारा वर्ग की बेहतरी के लिए...।''

''साम्यवाद या मार्क्सवाद की विवेचना मैं भी कर सकता हूँ।''

''बिलकुल कर सकते हो...लेकिन करोगे तब, जब जीवित रहोगे। सुनते हैं, तुमने अपने आपको एक कायर की तरह मिटा देने का फैसला कर लिया है।''

''कायर।''

''हाँ कायर। जो सामाजिक राजनैतिक संघर्ष से बचने के लिए, भूख, गरीबी, विपदा को फलने देने के लिए, जातिमूलक विद्रोह की नारकीय पीड़ा में देश को डालने के लिए, आधुनिक युग से हजार साल पीछे अपने देश को ले जाने के लिए धर्मान्धता, अज्ञान और मूढ़ता को बढ़ावा देने के लिए ही तो तुम अपने

आपको हटा रहे हो...विथड्रा कर रहे हो ! झूठ है किसी बलिदान की परिकल्पना, असत्य है, अकल्पनीय है जान देने का प्रस्ताव ! जब समाज को, देश को आवश्यकता है एक हजार राघव की, जब गोल्डी और घनानन्द जैसे अपराधी अपने आपको बदल देना चाहते हों, जब अपराधी तत्व संगठित होकर राज्य की सत्ता हथियाने का षड्यंत्र रच रहे हों, जब धर्म का सहारा लेकर नैतिक मूल्यों की, जवाहरलाल के भारत की हत्या की जा रही हो, ऐसे समय में एक राघव बचा हुआ सिर्फ एक राघव जो हम्हारे पास है उसे भी मौत की नींद सुला देना चाहते हो और कहते हो मार्क्सवाद की विवेचना कर सकते हो।''

''गुड यू हैव मेड प्वाइन्ट।'' कुछ रुककर सोच के दरिया से निकलते-निकलते राघव चिल्लाया, ''रीतू। रीतू'' लेकिन उसके आने तक रुका नहीं, उठकर, अन्दर गया पकड़कर रीतू को ढकेलता हुआ, खींचता हुआ ले आया और तब बोला, ''अ र र रे देखा तुमने गोल्डी कितनी अच्छी तकरीर, कितनी अच्छी मार्क्सवाद की विवेचना कर सकता है।'' हाँफने लगा था राघव, हँफनी को सम्भालते हुए उसने रीतू की तरफ देखा और तब गोल्डी की तरफ मुखातिब होकर बोला, ''मैं सोचने लगा हूँ इसे जंगलपार्टी में भर्ती कर लिया जाय। चियर्स। चियर्स। चियर्स फार अवर कामरेड सोना हालदार ! उर्फ गोल्डी ! उर्फ बरुन हालदार सन आफ नित्यानन्द हालदार !''

गोल्डी हँस रहा था, रीतू हँस रही थी राघव को खुश देखकर, वह लोग भी खुश थे।

छब्बीस

मुख्यमंत्री उत्सुकदास, जिलाधिकारी फैजाबाद, मोहनसिंह खण्डूरी को, बाबरी मस्जिद उर्फ राममन्दिर का ताला खुलवा देने का आदेश देकर चले गये लेकिन मोहनसिंह खण्डूरी सनाका खाये, लहराती हुई सनसनाती लाल-लाल गर्म सलाखों की दागने की तपस चुभन में तड़पड़ाते हुए, वहीं बैठे रहे। उनको मौनी बाबा के आश्रम की उन पाक दीवारों पर आनेवाले किसी भयावह दौर के अक्स की लकीरें उभरती हुई दिख रही थीं। राजनीति से कोसों दूर सत्ता के गलियारों से अलग, साधारण लेकिन चुस्त व्यक्तित्व के धनी मोहनसिंह खण्डूरी को मुख्यमंत्री के बाहर जाते ही, कोई खूनी दस्तक सुनायी देने लगी थी। खड़खड़ किसी सूखे पत्ते की तरह उनके पैर काँपने लगे थे। वैसे भी मोहनसिंह खण्डूरी का बायाँ पाँव, सदैव हिलता रहता था। खासकर जब किसी वैचारिक संघर्ष या फिर

तकनीकी बहस में वह शामिल होते तो उनका बायाँ पैर तेजी से हिलने-डुलने लगता। कई बार कोशिश की थी खण्डूरी ने हिलते हुए पैर को रोके रखने की लेकिन तनिक भी सफलता उनको हासिल नहीं हो सकी थी। ऊपर से उनके मचलते हुए पैर ने गिरफ्त में लेते हुए हाथों को दूसरी तरफ फेंक दिया था। उत्सुकदास के लफ्ज, उनके कहने का तरीका, मौनी बाबा के आश्रम का माहौल, कमरे की दीवारों पर मँडराते हुए खूनी धसके, आनेवाले वक्त का उमड़ता हुआ अंधड़, नफरत और हिंसा में डूबी हुई मानसिकता की भयाक्रांत कल्पनामात्र से मोहनसिंह खण्डूरी की रूह काँप उठी। उनको विश्वास नहीं हो रहा था, उत्सुकदास जैसा प्रजातांत्रिक धर्मनिरपेक्ष और समाजवादी विचारधारवाला व्यक्ति किस तरह आखिर क्यों बाबरी मस्जिद का ताला खुलवाने की बात कह सका। उनको, हैरत में दुर्दमनीय पीड़ा में, छटपटाते हुए स्वयं अपने अस्तित्व पर शंका होने लगी थी। प्रशासनिक सेवा के अपने लम्बे दौर में, कभी भी कोई भी इस तरह का अवसर नहीं आया था, जब वह इस तरह दुखी और पीड़ित हुए हों, जब उनको अपने कार्यकलाप में स्वयं अपने ऊपर संदेह हुआ हो, जब वह व्यथित और परेशान हुए हों किसी उच्च अधिकारी के आदेश पर। न जाने कितनी देर तक, जिलाधिकारी खण्डूरी उसी तरह बैठे रहते, अगर खेमचन्द, सिटी मजिस्ट्रेट, फैजाबाद, टटोलते हुए, झिझकते हुए खौफजदा अन्दाज में अन्दर दाखिल नहीं हुए होते। खेमचन्द को नहीं देखा था मोहन खण्डूरी ने, तभी तो उनके करीब पहुँचकर खेमचन्द ने कहा, ''मान्यवर !''

किसी नींद से जागकर, जैसे बड़ी दूर से कँपकँपाती हुई लौ को पकड़कर, मोहन खण्डूरी ने अपनी बायीं टाँग को दोनों हाथों से पकड़कर, खेमचन्द की तरफ अत्यन्त दयनीय, व्यथित दृष्टि से देखा था।

खेमचन्द को विश्वास नहीं हुआ। जिलाधिकारी का चेहरा पीला पड़ चुका था। सिर्फ दस मिनट के लिए वह अलग हुए थे। उनको विश्वास नहीं हुआ स्वयं अपनी आँखों पर, वह जिलाधिकारी का स्वरूप देखकर, उड़ती हुई हवाइयाँ देखकर। कुछ आतंकित स्वर में, स्थिति की गम्भीरता से प्रताड़ित खेमचन्द ने पैमाइश की, ''सर। सब खैरियत तो है।''

''नहीं, भाई। नहीं खैरियत नहीं है।''

''क्या हुआ ! सर।''

''एक खतरनाक बात हुई है।''

''क्या मुख्यमंत्री ने आपका तबादला...।''

''शिट। तबादले से कौन डरता है। और फिर इतना तो आप समझते होंगे, अगर तबादला करना होता तब, मुख्यमंत्री हमसे यहाँ क्यों बातें करते।''

''यहाँ आकर पता लगा, हमें बुलाने के लिए वायरलैस पर खबर भेजी

गयी है।''

''क्या दिन चुना है मुख्यमंत्री ने।''

''किस बात के लिए।''

''सब कुछ समाप्त करने के लिए...तोड़-फोड़ करने के लिए।''

''कुछ खुलकर कहिए सर।'' खेमचन्द ने टटोलना शुरू कर दिया था।

''जानना चाहते हैं आप।''

''हाँ।''

''मुख्यमंत्री कहीं नशा तो नहीं करते हैं।'' जिलाधिकारी को मुख्यमंत्री के विवेक पर संदेह हो रहा था।

''नहीं। मैं अच्छी तरह जानता हूँ।'' खेमचन्द ने तजुर्बे से बयान दिया था।

''तब।''

''तब क्या।''

''तब क्यों...''

''कुछ हुआ है। कुछ ऐसा हुआ है जिसने आपको आतंकित कर दिया है। यदि आप न बताना चाहें तो...''

''मुझे कुछ समय चाहिए।''

''किस बात के लिए।''

''स्थिति का पुनर्निरीक्षण करने के लिए...मेरा तो आधार तक डिग गया है।'' असल में जिलाधिकारी मोहनसिंह खण्डूरी तय नहीं कर पा रहे थे, वह मुख्यमंत्री के आदेश के बारे में, जानकारी दें या नहीं। फिर भी उनको खेमचन्द से बात तो करनी ही थी।

''क्या मामला इतना गम्भीर है।''

''हाँ।''

''तब क्या विचार है...''

''अच्छा एक बात की जानकारी आप दे सकते हैं।''

''किस बात की।''

''यही कि बाबरी मस्जिद में ताला कब बन्द हुआ।''

''ठीक से याद नहीं'' खेमचन्द ने छोटी उँगली से बालों को खुजलाते हुए कहा था, ''लेकिन 1949 में ही वह सब हुआ था। एकाएक एक दिन कुछ लोगों ने...हाँ याद आया, 22-23 दिसम्बर की रात को...''

''कब।''

''1949 में।''

''रात को।''

''हाँ रात को आठ-दस लोगों ने भगवान् राम की मूर्तियाँ मस्जिद में रख दी थीं।''

''मस्जिद में मूर्तियाँ रख दी थीं।''

''जी हाँ।''

''किसी ने रोका नहीं ?''

''रोका गया था।''

''किसने रोका था ?''

''एक सेकेण्ड। आप क्या जानना चाहते हैं ?''

''मैं सिर्फ यह जानना चाहता हूँ कि जब 22-23 दिसम्बर की रात को मूर्तियाँ रखी जा रही थीं, तब किसी ने उन आठ-दस लोगों को रोका था।''

''उस समय, यानी मूर्तियाँ रखते समय कौन रोक सकता था ?''

''क्यों ?''

''वहाँ पर, उस बाबरी मस्जिद में, उस समय रोकनेवाला कौन था।''

''मतलब।''

''यही कि वहाँ पर, उस समय रोकनेवाला कौन था ?''

''पुलिस।''

''सामान्य परिस्थितियों में, ऐसी जगहों पर पुलिस कहाँ मौजूद रहती है ?''

''आय सी।''

''लेकिन उसके बाद तुरन्त कार्यवाही की गयी थी।''

''आपको यह सब कैसे मालूम ?''

''कुछ दिनों पहले मेरी अदालत में एक अर्जी पेश की गयी थी।''

''क्या ! अर्जी ! किस बात की अर्जी !''

''बाबरी मस्जिद में स्थापित मूर्तियों की पूजा, अर्चना के लिए।''

''आपने क्या किया ?''

''मैं क्या कर सकता था...कार्यवाही चल रही है, तारीखें पड़ रही हैं।''

''पेशकश क्या है ?''

''ताला खोला जाये...पूजा अर्चना की व्यवस्था की जाये।''

''अर्जी आपके यहाँ क्यों पेश की गयी ?''

''क्योंकि ताला हमारे आदेश पर लगाया गया था।''

''किस प्रकार ?''

''जायदाद अटैच करके।''

''पुलिस कार्यवाही के बाद ही।''

''पुलिस कार्यवाही और तफतीश के बाद।''

''इसका मतलब यह हुआ, अगर आप चाहें तो ताला खुल सकता है ?''

"ताला खुल सकता है।"

जिलाधिकारी उठकर खड़े हो गये, "यहाँ से भाग जाओ खेमचन्द।"

"आओ खेमचन्द। चाय पियोगे।" मोहन खण्डूरी न जाने किस जल्दी में थे। असल में वह डरे हुए थे। मुख्यमंत्री उत्सुकदास का आतंक जहाँ एक तरफ उनको प्रताड़ित कर रहा था, वहाँ दूसरी तरफ बाबरी मस्जिद का ताला खोलने की कल्पनामात्र, उनके अन्दर अनेक-अनेक अनगिनत बिच्छुओं को जैसे खोल दिया करती और वह स्वयं अपने शरीर से उन असंख्य बिच्छुओं के डंक से, विष से, बचने के लिए निकल भागना चाहते थे। अपने आवास के बरामदे में टहलते हुए, वह बस यही सोच रहे थे, कहीं कुछ ऐसा न हो कि वह फँस जाये, अपने ही षड्यंत्र में घिर जाये और उनका समस्त प्रशासकीय जीवन किसी गर्त में समा जाये।

"अभी पीकर आया हूँ सर।" खेमचन्द ने जवाब दिया।

"आओ अन्दर बैठते हैं।"

मोहन खण्डूरी के पीछे-पीछे खेमचन्द अन्दरूनी बैठक में पहुँच गये और उनके बैठते ही एक सोफे पर विराजमान होकर, जिलाधिकारी की बात सुनने को तत्पर हो गये।

"देखो ! खेमचन्द। बात गोपनीय किस्म की है।"

"हाँ सर !"

"क्या मैं तुम्हारे ऊपर विश्वास कर सकता हूँ ?"

"सर। आपने यह प्रश्न पूछने की आवश्यकता अनुभव की, इसी से लगता है, इतने दिनों की सतत, निष्ठापूर्ण सेवा के पश्चात् भी हम, आपका विश्वास प्राप्त नहीं कर सके।"

"ऐसी बात नहीं है...यू आर माय ब्वाय। मुझे तुम्हारे ऊपर पूर्ण यकीन है, लेकिन..."

"लेकिन क्या सर !"

"यह बात कुछ और है...सम्भवतः हमारे जीवन-मरण का प्रश्न है...हम घिर चुके हैं, फँस चुके हैं और भागने का कोई मार्ग, कोई रास्ता, दिखायी नहीं दे रहा है।"

"सर ! कुछ स्पष्ट करें तो !"

"कहूँगा...अवश्य कहूँगा। तुम अपने आदमी हो, तुमसे नहीं कहूँगा तो फिर किससे कहूँगा...।"

"जी सर।"

"अच्छा एक बात बताओ।"

वह समझते थे, ऐसे छुटभैयों को, चवन्नी छाप, स्थानीय स्तरीय, छरछन्दी

चिलगोजों को जो कुछ माल काटने के लिए, कुछ छपने-छपाने के लिए, चंदा, खुराकी उगाहने के लिए, इस प्रकार की हरकतें किया करते थे। समस्त प्रदेश का जिला प्रशासन, स्थानीय स्तर पर ही ऐसे मामलों का निस्तारण कर दिया करता था। प्रशासन की धुरी के इर्द-गिर्द लट्टू की लत्ती की तरह लपेटकर ऐसे चरित्रों को जिला प्रशासन, खींचकर फेंक देता था, नाचने के लिए। कोई इन लोगों को, इन स्थितियों को गम्भीरतापूर्वक नहीं लेता था। ऐसी बातों पर, इन सक्षम, महत्त्वहीन घटनाओं पर बहस करना तो दूर रहा, कोई भी इनकी तरफ ध्यान तक नहीं देता था। यह सब तो स्थानीय स्तर के धन्धेबाजों के चोंचले थे, जिनके पीछे किसी पक्षधरीय धारणा तक नहीं होती और जिनका मूल कारण प्रशासन से चीनी का कोटा लेना, मकान, दुकान के झगड़े सुलझाना, पुलिस लिस्ट से बाहर आना, स्थानीय तबादलों, ठेकों के विषय में दवाब डालना हुआ करता था। भूलकर भी कोई अधिकारी यह सब गम्भीरता पूर्वक नहीं लिया करता था। ऊपर से यह हँसी-मजाक, चुहलबाजियों का मसाला हुआ करता था जिसका आनन्द सभी जाति सभी धर्मों के लोग एक स्तर से उठाया करते थे। लेकिन हैरत की बात यह थी कि ऐसे साधारण, महत्त्वहीन, निरर्थक, विषय में संभवतः मुख्यमंत्री ने रुचि दिखायी थी, जिलाधिकारी ने प्रश्न पूछे थे। इस तरह के लोग, इस प्रकार के मामले, ऐसी नगण्य समस्याएँ जिलाधिकारी तक के सम्पर्क से कोसों दूर रहा करती थीं, मुख्यमंत्री तो बहुत बड़ी चीज थी। न जाने कितनी देर तक खेमचन्द, जिलाधिकारी मोहन खण्डूरी को दहशत के आगोश में फँसे रहने और नयी, अनजान परिस्थितियों, घटनाओं का विश्लेषण करते रहते अगर उनके पी. ए. ने उनको नहीं बताया होता, जिलाधिकारी के विषय में।

कुछ क्षणों में ही, खेमचन्द ने दफ्तर छोड़ दिया। सीधे वह जिलाधिकारी के आवास पर पहुँच गये। मोहन खण्डूरी अपने बंगले के बरामदे में टहल रहे थे। उनके चेहरे पर विषाद के अनेक रंग मँडरा रहे थे। खेमचन्द को देखते ही उनका चेहरा उसी प्रकार खिल उठा, जिस प्रकार किसी दलदल में फँसा हुआ आदमी, किनारे पर निकल जाने की सम्भावना देखकर खिल उठता है।

''यह बड़ी खतरनाक जगह है। मैं भी जा रहा हूँ।''

सिटी मजिस्ट्रेट खेमचन्द, मोहनसिंह खण्डूरी के आदेशात्मक सुझाव पर, मौनीबाबा के आश्रम को तुरन्त छोड़कर चले गये। उस रात खेमचन्द को नींद नहीं आयी और बार-बार, अनेक शब्दों के अर्थ वह ढूँढ़ते रहे, तलाश करते रहे। मोहनसिंह खण्डूरी खेमचन्द के बॉस जरूर थे, लेकिन एक अपनापन, एक अजब सी पहचान उनके बीच में सदैव सालती रहती थी। बाबरी मस्जिद, रामजन्मभूमि के मामले में जिलाधिकारी की क्या रुचि हो सकती थी और उस रुचि का सम्बन्ध कहीं मुख्यमंत्री उत्सुकदास से, मौनीबाबा के आश्रम में हुई मुलाकात से

तो नहीं था। अनेक सवाल उठते और जब तक खेमचन्द उनका जवाब ढूँढ़ने की कोशिश करते, कई नये सवाल, कई नये प्रश्न, नये रूप में, नये आकार में सामने आकर खड़े हो जाते। न चाहते हुए भी खेमचन्द दफ्तर गये और महज बाबरी मस्जिद के विषय में पूर्ण विवरण एकत्र करने के उद्देश्य से और गयी रात तक फाइलों में व्याप्त विवरण के सूत्र ढूँढ़ते रहे, तलाश करते रहे। सब कुछ देख लेने के बाद, अपने मातहत अधिकारियों से बातचीत करने के बाद भी, खेमचन्द को अपने प्रश्नों का कोई उत्तर नहीं प्राप्त हुआ। एक साधारण-सी श्रेणी के जिले में, शहर के बाहरी हिस्से या तहसील में, मौजूद 450 वर्ष के करीब पूर्व बनी मस्जिद का सरोकार उत्तरप्रदेश जैसे विशाल प्रदेश के मुख्यमंत्री से किस प्रकार हो सकता था, यह खेमचन्द की समझ में नहीं आ रहा था। उन्होंने स्वयं अपनी आँखों से, जिलाधिकारी मोहन खण्डूरी को किसी अनजानी पीड़ा में तड़पते हुए देखा था। मौनीबाबा के आश्रम में किसी व्यथित, भयाक्रांत जिलाधिकारी के काँपते हुए पैर, पीला चेहरा, सूखे होंठ उस घटना, उस नाटक का विवरण दे चुके थे जो सम्भवतः कुछ देर पहले, मुख्यमंत्री और जिलाधिकारी के बीच घटित हुआ था। खेमचन्द को अहलाम हो चुका था, कहीं कुछ गड़बड़ है, कुछ खास हुआ है और वह स्वयं उस सबसे अलग नहीं रह सकते। वह जानते थे इस तरह की न जाने कितनी मस्जिद, न जाने कितने मन्दिर, पूरे प्रदेश में होंगे और शायद हर जगह किसी न किसी साधारण सनकी किस्म के दुराग्रही पुरुषों ने उनको लेकर मामूली विवाद खड़े किये होंगे, कचहरी में अर्जियाँ लगायी होंगी। उनको मालूम था, उनको ज्ञात था, वह अच्छी तरह तरीके से की गयी और वह भी असाधारण समय में।

"असाधारण लोग भी तो थे उस समय सत्ता में।" मोहन खण्डूरी ने सफाई दी।

"ठीक कहा सर।"

"कुछ जानकारी है तुमको उस समय कौन लोग थे।"

"अभी आपने ही तो कहा सर।"

"क्या ?"

"असाधारण लोग।"

"हाँ।"

"आपका तात्पर्य था..."

"मैं तो सिर्फ गोविन्दबल्लभ पंत का जिक्र कर रहा था।"

"जी सर। अगर आपकी आज्ञा हो तो मैं इस विषय में फाइलों से प्राप्त टिप्पणियाँ प्रस्तुत करूँ।"

"गो एहेड।" जिलाधिकारी ने कहा।

''आपने ठीक कहा सर। असाधारण लोग थे और असाधारण परिस्थितियाँ भी थीं। यहाँ उत्तर प्रदेश में गोविन्दबल्लभ पंत मुख्यमंत्री थे तो सरदार पटेल गृह मंत्री थे और जवाहरलाल नेहरू प्रधानमंत्री।''

''क्या टीम थी ?''

''जी सर।''

''फिर क्या हुआ ?''

''स्वतन्त्रता के पश्चात्, आपको याद होगा सर। सरदार पटेल ने इस सबकी शुरुआत की थी।''

''क्या मतलब ? वाट डु यू मीन।''

''केन्द्रीय मंत्रिमंडल की स्वीकृति से सौराष्ट्र में महमूदगजनवी ने जिस सोमनाथ मन्दिर को मिटा दिया था, उसी मन्दिर का पुनः निर्माण कराया गया। भारत के राष्ट्रपति बाबू राजेन्द्र प्रसाद ने 11 मई 1950 को शिवलिंग की प्रतिस्थापना एवं पूजन किया था।''

''रियअली...हाँ याद आया, सुना था।''

''संभवतः उसी की प्रतिक्रिया स्वरूप जब कृष्ण कुमार नैयर जिलाधिकारी थे तब रामजन्मभूमि में यानि अयोध्या में रामलला की मूर्ति स्थापित की गयी 22-23 दिसम्बर की रात को, कुछ सन्त-महात्माओं, सौराष्ट्र के सोमनाथ मन्दिर की तरह की।''

''क्या सर।''

''आज जो बातें हम करेंगे...वह किसी को नहीं मालूम होंगी।''

''नहीं होंगी सर।''

''कभी भी।''

''कभी भी।''

''नैवर इन लाइफ...ताजिन्दगी।''

''नैवर इन लाइफ...जीवनभर।'' खेमचन्द ने दृढ़ता से कहा।

''वहाँ मौनी बाबा के आश्रम में, बाबरी मस्जिद के बारे में तुम कुछ बता रहे थे न।''

''हाँ सर।''

''क्या पूरा विवरण है तुम्हारे पास ?''

''है।''

''क्या सब कुछ पता है तुमको ?''

''जी सर।''

''क्यों ? कैसे ?''

''सर। वहाँ से लौटकर, मैं चुपचाप दफ्तर चला गया था।''

"फिर।"

"मुझे कुछ-कुछ लग रहा था, शायद आप कुछ और जानकारी प्राप्त करना चाहें..."

"यू आर राइट।"

"तभी सर। मैंने होमवर्क कर दिया था।"

"अभी वहाँ से आ रहे हो।" जिलाधिकारी ने एक अकर्मण्य सख्ती से पूछा।

"दफ्तर से...मैं इसी फाइल का अध्ययन कर रहा था...मुझे सब कुछ पता है, सब जानता हूँ मैं।"

"देन ! शूट !! गो एहेड !!"

"सर।"

"बोलो।"

"एक बात मैं भी कहना चाहता हूँ।"

"हाँ।"

"क्या मेरा अनुमान सच है ?"

"क्या है तुम्हारा अनुमान।"

"यही, बाबरी मस्जिद का विषय क्या कोई नया मोड़ लेनेवाला है।" खेमचन्द ने डरते हुए पूछा।

"धीरज रखो। हैव पेशेन्स। हम शायद इसी विषय पर बात करने के लिए यहाँ बैठे हैं...तुम लोगों में...यानी नयी पीढ़ी में धीरज नहीं है। सब कुछ कई बार उतावलेपन में, बिगड़ जाता है। मैं इसीलिए बार-बार, तुम्हें सावधान करना चाहता हूँ, यह मामला प्रशासन के अन्य मामलों सरीखा नहीं है..."

"जी सर !"

"एक कदम गलत उठा, एक चाल, एक साधारण-सी भूल, हम सबको नेस्तनाबूद कर सकती है। बी एवेयर।"

"जी सर ! अब ऐसा नहीं होगा।"

"श्योर।"

"श्योर सर !"

"तो फिर जो कुछ जानते हो, वह एक बार में कह डालो।"

"ओ. के. सर !"

"एक बात और।"

"जी सर !"

"मैं नोट्स ले रहा हूँ।"

"नो प्रॉब्लम सर !"

"हाँ तो इस समस्या की शुरुआत कैसे हुई ?"

"मैं अपने तरीके से समस्त कार्यवाही और घटनाक्रम पेश करने की अनुमति चाहूँगा।"

"अनुमति की आवश्यकता नहीं है।" जिलाधिकारी ने बहस बन्द करते हुए कहा।

"आज की तारीख में चार मुकदमे अदालतों में लम्बित हैं।"

"कौन-कौन ?"

"गोपालसिंह विशारद, परमहंस रामचरणदास, निर्मोही अखाड़ा और सुन्नी वक्फ बोर्ड।"

"यह मुकदमे कब कायम किये गये।"

"सर ! 22-12-1949 के पहले कोई मुकदमा नहीं था।"

"असल में, जैसा मैंने बताया था 22-23 दिसम्बर की रात को आठ-दस लोगों ने मस्जिद में घुसकर भगवान् राम की मूर्तियाँ रख दीं।"

"पुलिस ने कुछ नहीं किया।"

"किया सर !"

"क्या ?" जिलाधिकारी मोहन खण्डूरी ने पूछा।

"अयोध्या स्टेशन इन्चार्ज या रामजन्मभूमि के पुलिस थाने के इन्चार्ज रामदेव दुबे ने रिपोर्ट फाइल की।"

"दफा !"

"सर ! दफा 145 और 448 के अन्तर्गत प्रथम सूचना रिपोर्ट दर्ज की गयी।"

"फिर !"

"तफ्तीश की कार्यवाही के बाद सिटी मजिस्ट्रेट ने 29-12-49 को मस्जिद अटैच कर दी।"

"और।"

"रिसीवर काबिज कर दिया।"

"रिसीवर ने क्या किया ?"

"29-12-49 को मस्जिद में ताला लगा दिया गया।"

"कब्जा किसका साबित हुआ।"

"कब्जा कानून के मुताबिक मस्जिद के पास साबित हुआ।"

"कैसे ?"

"कानून के मुताबिक अटैचमेण्ट आदेश पारित होने के दो महीने पूर्व तक जिसके पास कब्जा था उसी का माना जायेगा।"

"रेवेन्यू रिकार्ड..."

"सुन्नी वक्फ बोर्ड के मुताबिक अंग्रेजों के जमाने में जो पहला बन्दोबस्त या सैटिलमेंट हुआ था उसके अनुसार मस्जिद और परिसर दर्ज हुआ था उनके पक्ष में।"

"मूल स्थिति क्या है ?" जिलाधिकारी ने जानकारी माँगी।

"कहते हैं मीर बाकी ने 1528-29 में, बाबर के सम्मान में मस्जिद बनवायी।"

"कोई सबूत !"

"इसी विवरण की एक पट्टिका वहाँ लगी हुई बतायी जाती है सर।"

"और मुकदमों का क्या हुआ ?"

"मुकदमे चल रहे हैं, सर।"

"मुकदमों का आधार क्या है ?"

"लम्बी कहानी है सर।"

"क्या वहाँ उस जगह पर मन्दिर था, ऐसा कहा गया है, उन मुकदमों में।"

"मैं देख लूँगा, लेकिन शायद ऐसा नहीं है सर।"

"श्योर।"

"मूल पिटीसन में...कहने का मतलब है, 16-1-50 को गोपाल विशारद और रामचरणदास के दावों में शायद, इस बात का जिक्र नहीं है। सर।"

"जमीन का पट्टा 1862 के रेवेन्यू खातों के अनुसार मस्जिद के नाम है।"

"जी सर !"

"और कुछ !"

"बस सर !"

"तुम कुछ भूल रहे हो खेमचन्द।" जिलाधिकारी मोहन खण्डूरी ने इशारा किया था।

"क्या सर !"

"बाबरी मस्जिद का खर्च।"

"याद आया सर !"

"क्या ?"

"यही कि रुपया 302 दो आना का वसीका या गुजारा उनको मिलता आया है, ऐसा दावा है, उन लोगों का..."

"और कुछ !"

"किसी स्थिति में कहीं शायद इस बात का जिक्र है।"

"किस बात का ?"

"सर। मस्जिद की तरफ से सुन्नी वक्फ बोर्ड ने जो दावा किया था,

शायद, उसमें इस बात का जिक्र है कि रुपया 302 आना दो के एवज में दो गाँवों की जमींदारी सुपुर्द की जा रही थी।''

''आय सी।''

''जी सर !''

''मुझे लगता है मामला कुछ पेचीदा है।''

''कैसे सर !''

''अगर मस्जिद छोड़ी हुई थी, या उसमें नमाज नहीं पढ़ी जा रही थी, तब स्थिति दूसरी होगी और अगर...''

''सर।''

''मैं लाउंड थिंकिंग कर रहा था, तुमने खेमचन्द टोककर मेरी विचारधारा को दूसरी तरफ मोड़ दिया।''

''मुझे अफसोस है, आय एम सॉरी सर ! लेकिन शायद आपको बताना आवश्यक था।''

''बोलो।''

''सुन्नी वक्फ बोर्डवाले खुले आम कह रहे हैं, 22 दिसम्बर 1949 को नमाज पढ़ी गयी थी, वहाँ मस्जिद में।''

''लेकिन सच क्या ?''

''देखना होगा सर !''

''रामदेव दुबे को उस तरह की कार्यवाही करने का किसी ने आदेश दिया था।''

''1949 और 50 में सूरतेहाल कुछ और थी। तब हालात और रवैया दोनों फर्क थे। लेकिन यह बात सच लगती है...'' खेचचन्द कुछ याद कर रहे थे।

''क्या ?''

''पुलिस थानेदार जन्म स्थान का खुद प्रथम सूचना रिपोर्ट लिखाना और फिर उस आधार पर सिटी मजिस्ट्रेट का अटेचमेण्ट आर्डर पास करना क्या इतना स्वाभाविक था, जितना हम समझ रहे हैं।''

''शायद नहीं।''

''वह लोग तो यहाँ तक कहते हैं कि 23 दिसम्बर को जब मुसलमान नमाज पढ़ने गये तो उनको लौटा दिया गया।''

''एक बात मार्क की तुमने खेमचन्द। केवल छह-सात दिन में सारी कार्रवाई पूरी करने के बाद, बाबरी मस्जिद में ताला लगा दिया गया।''

''जी सर !''

''क्या समझे ?''

''अनयूजअल हेस्ट...एक किस्म की असाधारण कार्यवाही, असाधारण

योजना बनायी और सीढ़ियों के सहारे विवादित परिसर में रामलला की मूर्ति स्थापित करवा दी।''

''आय सी।''

''सिपाही माताप्रसाद के बयान पर रामदेव दुबे ने एक एफ. आई. आर. दर्ज की थी।''

''क्या एफ. आई. आर. दर्ज करने की परिस्थितियाँ मौजूद थीं...क्या जिलाधिकारी ने ऐसा निर्देश दिया था।'' जिलाधिकारी ने सवाल पूछा।

''23 दिसम्बर को सर ! अयोध्या तथा फैजाबाद के मुसलमानों ने प्रदर्शन किया, जुलूस निकाला। शहर में दंगा होने का अंदेशा पैदा हो गया था। मुसलमान सामूहिक नमाज अदा करने के लिए संगठित हो रहे थे। उनकी योजना थी, बाबरी मस्जिद की तरफ कूच करने की और उधर हिन्दू समुदाय के लोगों ने बाबरी मस्जिद में अखण्ड रामायण पाठ आरम्भ कर दिया था। टकराव निश्चित था। आपको याद होगा सर ! आदरणीय भगवानसहाय उस समय मुख्य सचिव थे।''

''मैंने कहा न, क्या टीम थी।''

''जैसा मैंने कहा था जिलाधिकारी ने 23 दिसम्बर को मुसलमानों और हिन्दुओं के टकराव को टालने के लिए गिरफ्तारियाँ कीं और फिर 29 दिसम्बर को नैयर साहब ने उत्तरप्रदेश शासन को सूचित करने के बाद उस जगह को विवादित घोषित कर दिया, दफा 144 लगा दी गयी, फैजाबाद नगरपालिका के अध्यक्ष के. के. राम वर्मा को बाबरी मस्जिद का रिसीवर बना दिया और राम लला की पूजा, अर्चना के लिए, भोग इत्यादि लगाने के लिए चार पुजारियों और एक भंडारी यानि खाना-पीना करानेवाले को अन्दर जाने की आज्ञा दे दी गयी। इस सुविधात्मक व्यवस्था को पूर्ण करने के लिए, एक छोटा-सा दरवाजा बना दिया गया और मुसलमानों का 500 स्कवायर गज के क्षेत्र में प्रवेश वर्जित कर दिया गया।''

''और मुख्य द्वार !''

''सर ! मुख्य द्वार को सरिया से बन्द करा दिया गया और ताला लगा दिया गया।''

''सरिया का उपयोग क्यों ?''

''सर ! शायद इसलिए कि हिन्दू रामलला के दर्शन कर सकें।''

''व्यवस्था तो पूरी थी।''

''किस बात की सर !''

''बाबरी मस्जिद को समाप्त करने की।''

''उसके बाद...''

''न्यायालय में भी ताले लगा दिये गये थे क्या मिस्टर खेमचन्द ?''

''नहीं सर ! फैजाबाद के अतिरिक्त नगर मजिस्ट्रेट ने विवादग्रस्त क्षेत्र की व्यवस्था यथावत बनाये रखी और 16 जनवरी 1950 को सिविल जज ने एक आदेश पारित किया जिसमें मूर्तियों का हटाना वर्जित कर दिया गया, पूजा, अर्चना, दर्शन, जारी रखने की आज्ञा दी और सर 3 मार्च 1951 को इस अन्तरिम आदेश की पुष्टि कर दी गयी, जिसके परिणामस्वरूप 26 अप्रैल 1951 को दंगे शुरू हो गये, जिसमें 75 लोग मारे गये।''

''एक बात समझ में आयी।'' मोहनसिंह खण्डूरी ने शंका प्रकट की।

''क्या सर !''

''यही कि इस सबसे पंडित नेहरू को अलग रखा गया।''

''मे बी सर !''

''एक बात मालूम है तुमको खेमचन्द।''

''क्या सर ?''

''सरदार पटेल में कई गुण थे लेकिन एक दुर्गुण भी था।''

''सर !''

''वह पंडित नेहरू से नफरत करते थे।''

''सच में सर !''

''हाँ।''

'लेकिन क्यों ?''

''प्रधानमंत्री का पद या कुछ कामप्लेक्स रहे होंगे। सरदार पटेल लेकिन इस बात को शायद नहीं समझ सके कि जवाहरलाल हर वक्त नहीं पैदा होता है। सदियाँ गुजर जाती हैं, तब, जवाहरलाल, गांधी, लिंकन, चर्चिल, लेनिन और माओ जन्म लेते हैं।''

''मैंने कहीं पढ़ा था सर !''

''क्या ?''

''एक बार कुछ बुद्धिजीवी पाकिस्तान गये और वहाँ की दुर्दशा के विषय में जब बात होने लगी तब किसी ने पूछा था पाकिस्तान की दुर्दशा का कारण। तब पाकिस्तान के बुद्धिजीवियों ने कहा था, आपको जवाहरलाल मिल गया तभी भारत बच गया, हमारे पास जवाहरलाल नहीं था, हम बर्बाद हो गये।'' खेमचन्द ने बात को आगे बढ़ाया था।

''ठीक कहा। पुराने लोग बताते हैं, सरदार पटेल, जवाहरलाल नेहरू से खुलकर बात भी नहीं करते थे। विशेष रूप से गृह मंत्रालय के किसी मामले में वह पंडित नेहरू को विश्वास में नहीं लेते थे। तभी तो सोमनाथ मंदिर से, सरदार ने, जो अभियान मई 1950 में चलाया उसकी पुनरावृत्ति हुई, अयोध्या

में करीब सात महीने बाद। यह आग लगातार फैलेगी, और फैलेगी, इसकी लपटें देख लेना समूचे देश को लपेट में ले लेंगी। एक बात और है...!'' मोहन खण्डूरी चुप हो गये।

''जी सर !''

''सरदार पटेल ने कुछ किया, कृष्ण कुमार नैयर ने कुछ किया, भगवान सहाय ने कुछ और किया और इन सबको समर्थन प्राप्त था गोविन्दबल्लभ पंत का...लेकिन बलि का बकरा हमें बनाया जा रहा है...मुझे गंदा लग रहा है, आप सिम्पली डोन्ट लाइक इट। न जाने क्यों मुझे फैजाबाद का जिलाधिकारी बनाया गया था...मुझे लगता है मेरा वक्त खराब आ गया है, मैं फँस गया हूँ।''

''क्या कह रहे हैं, सर !''

''ठीक कह रहा हूँ मैं। सरदार पटेल और कृष्ण कुमार नैयर के पाप मुझे धोने पड़ेंगे। न जाने क्या होनेवाला है। एक दिन उनको जानते हो न वह गोपाल ब्रह्मचारी, नन्द निकेतनवाले।''

''हाँ सर !''

''जानते हो उनके विचार क्या हैं ?''

''जी सर !''

''रिपीट करो, शायद मुझे भी याद आ जाये !''

''सबसे पहले यूनानी हमलावर मिलन्द ने बाबरी मस्जिद के पहले वहाँ पर बने राममन्दिर को ध्वस्त किया। 100 ईसा पूर्व विक्रमादित्य काल में अयोध्या को पुनः नाम दिया और 84 स्तम्भों का कलात्मक विशाल राम मन्दिर बनवाया। विक्रमादित्य अपने को सूर्यवंशी मानते थे। चन्द्रगुप्त द्वितीय ने तो कहते हैं अयोध्या को अपनी राजधानी बनाया।'' खेमचन्द उस कागज को देखकर बोल रहे थे जिस पर उन्होंने तमाम फाइलें देखकर विवरण लिखा था। साँस लेकर खेमचन्द ने आगे कहना शुरू किया, ''महमूद गजनवी के भांजे सालारमसूद ने दो बार अयोध्या पर हमला किया। राम मन्दिर गिराने के लिए लेकिन राजा सुहेलदेव ने बहराइच में सालारमसूद को मार दिया।''

''सर ! और पढ़ूँ।''

''कहाँ से मिला यह सब।''

''मुकदमे की दलीलों में लिखकर दिया गया है।''

''ओ. के. स्थिति से अवगत हुए बिना हम क्या कर सकते हैं।''

''इस कागज के अनुसार 1528 ई. में राम मंदिर पर संगठित आक्रमण किया मीर बाकी ने। इसकी भी एक कथा है सर।''

''क्या ?'' जिलाधिकारी को मजा आने लगा था।

''बाबर कई लड़ाइयाँ राजपूताना में हार चुका था, जब वह बंगाल की

तरफ बढ़ा। रास्ते में अवध का इलाका पड़ता था, वहाँ संत बाबा श्यामानन्द के शिष्य हजरत अब्बास मूसा कलन्दर शाह उर्फ जलालशाह फकीर की बड़ी शोहरत थी। वह फकीर, कहते हैं, बाबर से मिला और उसकी फतह का एलान किया। हजरत अब्बास मूसा उर्फ जलाल शाह फकीर राममंदिर को बरबाद करना चाहता था। बाबर ने मूसा फकीर को इनाम देने की गरज से अपने सिपहसालार मीर बाकी को यह कार्य सौंप दिया। इन लोगों के प्रतिवेदन के अनुसार भाटी नरेश महताब सिंह, विजय सिंह, हंसबर के राजगुरु पंडित देवीदीन पाण्डेय ने मीर बाकी की सेना का सामना किया। पंडित देवीदीन ने उजुक बाबरी के अनुसार करीब सात सौ मीर बाकी के फौजियों को मार काटकर करीब दो हफ्ते तक मुकाबला किया और फिर मीर बाकी की गोली से मारा गया। निर्मोही अखाड़े तथा अन्य वादियों के अनुसार इस तरह मीर बाकी का मंदिर पर कब्जा हो गया। अंग्रेज इतिहासकार कनिंघम ने लखनऊ गजेटियर में लिखा है कि एक लाख चोहत्तर हजार हिन्दुओं की लाशें गिर जाने के बाद बाकी, मंदिर को तोप के गोलों से गिराने में सफल हो सका। यह भी कहा गया है 1528 से 1530 ई. तक बाबर काल में चार मुख्य लड़ाइयाँ इस मंदिर को वापस पाने के लिए लड़ी गयीं। 1530-1556 ई. के बीच हुमायूँ काल में दस युद्ध हुए और अकबर काल में 1526-1605 ई. के दौरान 20 बार युद्ध हुए। बाद में बादशाह अकबर ने बीरबल तथा टोडरमल के कहने पर मस्जिद के सामने एक चबूतरे पर छोटा-सा मंदिर बनवा दिया। जिसमें बाद में पूजन, अर्चना इत्यादि चलती रही औरंगजेब के काल में यानी 1658-1707 ई. में 30 बार युद्ध हुए और 1664 ई. में औरंगजेब ने सम्राट् अकबर द्वारा बनाये गये मंदिर को ध्वस्त करवा दिया। इसके पूर्व कहा जाता है, सिक्खों ने बाबा वैष्णव के साथ मिलकर औरंगजेब का मुकाबला किया था।''

''बस या और कुछ है।''

''है सर ! छोड़ दूँ।''

''हम छोड़ कुछ नहीं सकते।''

''कोई खास वजह सर !''

तभी खानसामा चाय की ट्रे और बिस्कुट के साथ कुछ पकौड़ियाँ लेकर आ गया। खानसामा के आने पर खेमचन्द चुप हो गये। मोहनसिंह खण्डूरी ने खानसामे से चाय बनाने का इशारा किया और अपना पाइप सुलगाने लगे। खानसामे ने चाय का प्याला खेमचन्द की तरफ बढ़ाया जिसे लेकर खेमचन्द ने मेज पर रख दिया और एक बिस्कुट उठाकर खाने लगे। जिलाधिकारी ने पकौड़ियों पर हमला कर दिया था। जायकेदार पकोड़ियाँ खाते-खाते मोहनसिंह खण्डूरी ने चाय का प्याला उठा लिया और एक चुस्की लेने के बाद बोले, ''खास

वजह न होती तो भला हम यहाँ इस तरह बैठते। बात करते।''

''जी सर !''

''अब तुमको तो बताना ही पड़ेगा न।''

''सर ! आपकी मेहरबानी।''

''मेहरबानी नहीं ड्यूटी।''

''तो सर ! क्या आप ड्यूटी की वजह से यह सब...''

''तुमने क्या सोचा हम किसी ऐतिहासिक विवेचन के दौर से गुजर रहे हैं।''

''मुझे ताज्जुब हो रहा था सर ! आप और यह सब।''

''ठीक कहा तुमने। तुम मुझे अच्छी तरह जानते हो। मैं चुटियाधारी नहीं हूँ। नास्तिक तो नहीं कहा जा सकता लेकिन, लेकिन धर्म को मैं एक प्राइवेट मैटर समझता हूँ...और एक बात...''

''सर ! एक बात मैं भी जानना चाहता था।''

''बोलो।''

''यही कि उन मुसलमान राजाओं या नवाबों या उनके सिपहसालार ने या फिर अन्य आक्रमणकारियों ने हिन्दुओं के मंदिर क्यों तोड़े...यह परम्परा अंग्रेजों की सियासत में नहीं थी।'' खेमचन्द ने सवाल पूछा।

''वक्त बदलने लगा था...जिस युग में मंदिर तोड़े जाते थे, मस्जिद बनायी जाती थी, वह युग दूसरा था और अंग्रेजों के आते-आते, तरीके बदल चुके थे।''

''कैसे सर !'' खेमचन्द ने पूछा।

''मुसलमान बाहर से आये थे।''

''अंग्रेज भी बाहर से आये थे।''

''ठीक कहा तुमने खेमचन्द। अंग्रेज भी बाहर से आये थे, लेकिन उनका मकसद कुछ और था।''

''सच ऐज।''

''बिजनेस। व्यापार, धन्धा। यू गेट इट। व्यापार करनेवाला, लोगों का विश्वास प्राप्त करता है, उसे जबरन तोड़ता नहीं, जबकि मुसलमानों ने मुगलों ने, अरब और खाड़ी के हमलावरों ने या मंगोल मूल के हमलावरों ने अपनी जमीन छोड़ दी या उनको छोड़ना पड़ा। बाबर को लो। बाबर के पिता तैमूरवंशी, उमरशेख मिर्जा थे तथा माँ मंगोल चंगेज खाँ के वंश की थी। यह दोनों उस समय के ए ग्रेड के लड़ाकू वंश से थे। 1494 ई. को बाबर मात्र 12 वर्ष की आयु में, एक छोटी-सी रियासत 'फरगाना' का मालिक बनाया गया। धीरे-धीरे बाबर को उजबेक सेनाओं के दबाव की वजह से भागना पड़ा। बाबर ने 1504 में गांधार तथा काबुल पर कब्जा किया। अनेक लड़ाइयाँ हारता रहा बाबर और

फिर शायद 21 अप्रैल 1526 ई. को बाबर के सामने जब दिल्ली के बादशाह इब्राहीम लोदी का कटा हुआ सर पेश किया गया, तब कहीं जाकर 27 अप्रैल 1526 को बाबर ने आगरा में अपनी बादशायित का एलान किया था। इन लोगों की जमीन, रियासत छूट चुकी थी और उनके साथ जो फौज थी वह पैसे के लिए नहीं इबादत के लिए लड़ाइयाँ लड़ती थी। ऐसे माहौल में दायरा छोटा हो जाता है और फौजी कमाण्डर, मजहब, मुल्कियत, जाति कुनबे और जवान को आधार बनाकर लड़ाइयाँ लड़ते हैं। क्या समझे खेमचन्द।''

''सर !''

''इन्सान वहाँ भी कच्चा माल था, यहाँ भी कच्चा माल था। जिसके पास ताकत है, वह अपनी ताकत और बढ़ाना चाहता है। ताकत बढ़ाने के लिए दौलत चाहिए, इलाके चाहिए, जमीन चाहिए। जमीन अगर नहीं है, इलाके अगर नहीं हैं तो उनको हासिल करना पड़ता है। तब उस जमीन पर, उन इलाकों में जो लोग रहते हैं, उनकी जो भी शख्सियत है, लिबास है, जुबान है, धर्म है, इबादत है, वह सब, वह सब कुछ छीनना पड़ता है। और शायद तभी उनकी हुकूमत का दौर शुरू होता है।

''उनकी हुकूमत का दौर शुरू होता है।''

''सर !''

''बोलो।''

''सॉरी, बीच में रोकने के लिए।''

''ओ.के.।''

''मैं यह जानना चाहता था क्या, मजहब, धर्म के अलावा कोई रास्ता नहीं है।''

''शायद नहीं !''

''लेकिन क्यों ?''

''क्योंकि बादशाह एक है और उसे अपनी हुकूमत के लिए कुछ ऐसे कठघरे, छोटी-छोटी कुछ ऐसी इबारतें बनानी पड़ती हैं जिससे तस्वीर का वह रुख छुपा रहे जो फकत फसली है यानी कि सिर्फ उसकी अपनी अभिलाषाओं, अपनी व्यक्तिगत आकांक्षाओं से जुड़ा हुआ है।''

''गुड। वैरी गुड सर।'' खेमचन्द ने कहा।

''एक बात और है।''

''जी !''

''आदमी का जन्म ही होता है, सताये जाने के लिए। जानते हो जहाँ आदमी सताये जाने के लिए आसानी से उपलब्ध नहीं होता वहाँ जानवर सताये जाते हैं। शायद सताना, शोषण करना, सुख-सुविधाएँ, ऐश्वर्य, धन, दौलत,

ताकत सब कुछ भोगना और संचित करना यही मनुष्य की फितरत है। आदमी हमेशा नीचे देखता है ऊपर नहीं देखता और नीचे जो कुछ उसे दीखता है उसे वह तभी बर्दाश्त कर पाता है जब, उसकी, स्वयं उसके लिए कोई उपयोगिता हो।''

''ब्यूटीफूल सर।'' खेमचन्द उत्साहित हो चुका था। ''हम हर समय किसी न किसी ढकोसले का शिकार बनकर, कोई न कोई मुखौटा लगाकर, अपने लिए एक बेहतर, अपनी शर्तों पर चलनेवाला संसार बनाते रहते हैं।'' जिलाधिकारी ने दार्शनिक अंदाज में कहा था।

''सर ! आज बहुत दिन बाद ऐसा लगा कि मैं सिर्फ सरकारी मुलाजिम, प्रशासनिक सेवा का महज अधिकारी नहीं हूँ बल्कि एक खुद्दार इन्सान हूँ और जिसका किसी फलसफे से, किसी दर्शन से ताल्लुक है। आज मैं अपने आपको जिन्दगी की दौड़ में किसी ऐसे मुकाम पर खड़ा हुआ पाता हूँ, जहाँ पर मैं कुछ कह सकता हूँ, कुछ महसूस कर सकता हूँ।'' खेमचन्द अपनी भावनाओं की लौ में बह चले थे।

''गुड ! अच्छा ऐसा नहीं लगा तुमको हम लोग, अफसर और मातहत की तरह कम और एक दोस्त की तरह अधिक बात कर रहे थे।''

''जी हाँ।''

''तो फिर।''

''आप बतायें सर ! आदेश क्या है !''

''सब कुछ हो गया...वी हैकतरड आल द प्वाइण्ट्स।'' जिलाधिकारी फिर एक बार अपने फार्म में आ गये।

''एक दो बातें रह गयी हैं सर !''

''जैसे।''

''अंग्रेजों ने 1856 में जब अवध पर कब्जा किया, तब उन्होंने बाबरी मस्जिद के चारों तरफ रेलिंग लगवा दी और हिन्दुओं को पूरे क्षेत्र से बाहर कर दिया। उसके बाद 1857 की लड़ाई में अयोध्या के राजा देवी बख्शसिंह, गोण्डा के राजा महन्त रामचरणदास ने, दिल्ली के नवाब बहादुरशाह जफर के लिए अनेक लड़ाइयाँ लड़ीं, जिसकी वजह से मुसलमान नेताओं ने खासकर अमीरअली ने और हिन्दू यहाँ तक कहते हैं, बहादुरशाह जफर ने फरमान जारी करके बाबरी मस्जिद का कब्जा हिन्दुओं को सुपुर्द करने की पेशकश की।''

''अंग्रेजों की प्रतिक्रिया क्या थी ?''

''सर ! अंग्रेजों की प्रतिक्रिया कर्नल मार्टिन के बयान में है जो गजेटियर में छपा था।''

''रियअली।''

"हाँ सर ! कर्नल मार्टिन ने लिखा था अयोध्या की बाबरी मस्जिद मुसलमानों द्वारा वापस किये जाने की खबर से अंग्रेजों में घबराहट फैल गयी और लगने लगा था, हिन्दुस्तान से अंग्रेज खत्म हो जायेंगे।"

"इससे क्या साबित होता है ?" जिलाधिकारी ने पूछा।

खेमचन्द एक बार हतप्रभ हो गये पर दूसरे ही क्षण उनका आत्मविश्वास लौट आया, "सर ! 18 मार्च 1858 को हजारों हिन्दू और मुसलमानों के सामने, कुबेरटोला के एक इमली के पेड़ से लटकाकर अमीरअली और बाबा रामचरणदास को अंग्रेजों ने फाँसी देकर उस भावना को, उस जज्बे को हमेशा के लिए दफन कर दिया जो 1857 की लड़ाई के दौरान पैदा हुआ था और शायद उसी दौर में पाकिस्तान के जन्म का सिलसिला भी शुरू हो चुका था।"

"हाव कैन से दैट।" मोहन खण्डूरी आश्चर्यचकित थे।

"कुछ इसी तरह के भड़काने की और हरकतें भी हुईं।"

"कौन था वह !"

"1886 में एक अंग्रेज जज जेमियर ने, जो फैजाबाद जिला न्यायालय से सम्बद्ध थे, एक जगह आख्या दी थी कि 356 वर्ष पूर्व हिन्दुओं के पवित्र स्थल को तोड़कर बनायी गयी बाबरी मस्जिद एक दुर्भाग्यपूर्ण घटना थी इस विषय पर कुछ भी करना मुमकिन नहीं रह गया था।"

"हाव डू यू सम अप।"

"हिन्दुओं के पिटीसन के मुताबिक 1528 ई. से 1934 ई. तक बाबरी मस्जिद को बार-बार अधिकृत करने की कोशिश की गयी जिसके दौरान 76 लड़ाइयाँ लड़ी गयीं और इसमें करीब 3 लाख पचास हजार हिन्दुओं ने अपनी आहुति, अपना बलिदान दिया।"

"इससे क्या साबित होता है।"

"सर ! यह सारे तथ्य, यह समस्त बातें सिर्फ एक बात साबित करती हैं।"

"क्या ?"

"वह जो आपने कहा था।"

"मैंने।"

"हाँ सर ! आपने कुछ देर पहले कहा था न आदमी को, मनुष्य को सदैव से कच्चे माल की तरह इस्तेमाल किया गया है। उसका जन्म ही हुआ है मारे जाने के लिए, उपयोग करने के लिए, इस्तेमाल करने के लिए। समर्थ हैं वो जिनके पास शक्ति है, पैसा है, वह कभी इधर कभी उधर, कभी यहाँ, कभी वहाँ उन लोगों का अपनी प्रबुद्ध योजनाओं में, अभिलाषाओं, इच्छा, आकांक्षाओं, लिप्सा, स्वार्थ, चाहत और कभी-कभी तो महज सनक के लिए और कभी सत्ता

के राजनीति के, सम्पदा के खेल खेलने के लिए सामान्य, सतत, अनवरत, उपयोग किया जाता है। आदमी है। जीवित भी है, उसके अन्दर सोच है, विचार है, विरोध करने की शक्ति है, प्रतिरोध की क्षमता है, एक जुट होकर वह अपनी असीम व्यथा से मुक्ति पा सकता है लेकिन ऐसा होता नहीं है।''

''जानते हो क्यों ?'' मोहन खण्डूरी ने सवाल पूछा।

''शायद नहीं।'' खेमचन्द ने समर्पण किया था।

''वैसे हमारी विवेचना सुनकर किसी को यकीन होगा।''

''किस बात का सर !''

''यही कि हम देश की प्रतिष्ठित प्रशासनिक सेवा के एक उच्च अधिकारी हैं।''

''हाँ सर !'' खेमचन्द ने हँसते हुए कहा।

''वैसे तुम्हारे अन्दर दार्शनिक ज्ञान के तत्त्व हैं।''

''धन्यवाद सर !''

''तुम क्या समझते हो, कोई आई. ए. एस. अधिकारी, इस तरह बात करता है।''

''नहीं सर ! कभी नहीं सर !''

''तब हम लोग।''

''सर आपको सदैव हम लोगों ने सिर्फ अधिकारी नहीं समझा है।''

''तब।''

''एक प्रणीता, एक चिन्तक। झँझोड़ देनेवाला विचारक और मानवता का, इन्सानियत का एक बड़ा पक्षधर।'' खेमचन्द ने समीक्षा के साथ कहा।

''मुझे भी कम्पलीमेण्ट्स मिलेंगे, ऐसा सोचा नहीं था, इसकी कल्पना तक नहीं की थी।''

''आप लेखक हैं, विचारक हैं और अधिकारी हैं।''

''तो ठीक है इस प्रशंसा के उपलक्ष्य में मैं तुमको दो बातें बता देता हूँ।''

''सर ! गोपनीय है क्या।''

''एक तो गोपनीय है।''

''और एक।''

''स्वयं तुमने अभी जानना चाहा था।''

''वही न...आदमी स्वार्थपरता के चंगुल से मुक्ति पाने की क्षमता रखते भी मुक्ति नहीं पा सकता।''

''ठीक सोचा...तुम्हारा अनुमान सही है। आदमी मूल रूप से पराश्रय पर जीवित रहता है। जन्म से ही उसे अनेक रूढ़ियों, अनेक संस्कारों से जकड़ लिया जाता है। एक नाम दिया जाता है उसे जिसके अनुसार वह किसी परिवार का

सदस्य बन जाता है। वह परिवार अनन्य परिवारों से सम्बद्ध अनेक लोगों से मिलकर बनता है। सब कुछ आकार लेता रहता है। कमरा, घर, मोहल्ला, शहर, प्रदेश, देश की सीमाओं को लाँघती हुई आदमी की शख्सियत सुदूर संसार के अन्य कोने, किनारों से जुड़ जाती है। उसे इस तरह एक पहचान दी जाती है। मूल रूप से चूँकि वह अकेला है बिलकुल अकेला..."

"अकेला, बिलकुल अकेला...दूसरी तरफ अभी कहा आपने समूह का, परिवार का हिस्सा..."

"यही तो तर्क है...समूह का हिस्सा होते हुए भी वह यानी आदमी बेहद अकेला है। जिस तरह वह कपड़े पहनता है, उसी तरह वह मुखौटे लगाता है। घर में भी अलग-अलग रिश्ते, नातों को समूह के सदस्यों के लिए, अलग-अलग मुखौटे लगाता है। बैठक में एक मुखौटा, सोने के कमरे में दूसरा मुखौटा, बाहर निकलते ही अनेक प्रकार के मुखौटे, मुस्कराहटों के साथ में वह बदलता रहता है। दफ्तर और व्यापार में तो हर क्षण मुखौटों के रूप, बदलते रहते हैं। और फिर संस्कार हैं, रीतिरिवाज हैं, समाज के आयाम हैं, दुनिया की जिम्मेदारियाँ हैं और सबसे बड़ी, सबसे कठोर, सबसे जटिल होती है, सभ्यता, मानवीयता की प्राणहीन, निष्प्राण, निष्प्रयोजित जटिल जंजीर जो उसे कुछ नहीं करने देती... ऐसी परिस्थितियों में वह अगर कुछ कर सकता है तो सिर्फ सह सकता है व्यथित मन के विषाद को सभ्य पुरुष बनकर अपने अन्दर समाहित कर सकता है... कुछ नहीं और कुछ नहीं कर सकता है वह।"

"सर ! आपका विश्लेषण। आपकी व्याख्या। नमन करने को जी चाहता है।"

"ओके। अब तुम जाओ खेमचन्द।"

"और दूसरी बात।"

"दूसरी बात," एक क्षण को रुके मोहन खण्डूरी फिर बोले, "हमें रास्ता निकालना है।"

"किस बात का सर !"

"बाबरी मस्जिद का ताला खोलने का !" कहकर मोहनखण्डूरी अंदर चले गये।

सत्ताईस

जी. एन. उर्फ घनानन्द बिठूरिया ने होटल के कमरे में, गोल्डी की संगत में, जगन महराज का जब प्रवचन सुना तो कहीं जाकर उसे संगठित अपराधियों के संसार

जाल का पता लगा। जगन महराज ने जी. एन. और गोल्डी को यह भी बताया था कि उसी होटल की सातवीं मंजिल पर, प्रदेश के अपराधिक सिन्डिकेट की बैठक होने जा रही थी। जगन महराज के शब्द...वर्तमान व्यवस्था पर हमारा विश्वास उठता जा रहा है...हमारी एक राजनैतिक शक्ति तो है लेकिन वह बिखरी हुई है...दस हजार करोड़ हार्ड कैश...धन सम्पदा अलग...बीस हजार करोड़ तक पहुँच चुका हो या...किसी पिघलते हुए गरम ताँबे की तरह उसके अन्दर रिस-रिसकर दुर्दमनीय पीड़ा, असहनीय व्यथा की अजीबोगरीब तड़प का संचार कर रहे थे। वह समय, जगन महराज के चले जाने के बाद का समय, चीखने-चिल्लाने, और खुशियाँ मनाने का समय लम्बी-लम्बी बातें, उछलफाँद, कभी रोना, कभी हँसना, कभी गाना, कभी बजाना, कभी लम्बी घोषणाओं के साथ ईसा मसीह या भगवान् या रहमदिल खुदा को हाजिर-नाजिर मानकर बड़े शराब के पेग गटक जाने का था, विशेष रूप से तब, जब जगन महराज ने उन लोगों को अपने सुनहरे अपराधिक संसार का हिस्सा बनने की दावत दी थी। ऐसे समय में गोल्डी और जी. एन. का शरीर आंदोलित हो उठता उनकी आत्मा किसी वैकल्पिक परिवेश में चीत्कार करने लगती और एक मदहोश-सी मस्ती छटक-छटककर प्रस्फुटित होने लगती। लेकिन ऐसा कुछ नहीं हुआ था। दुःख और संताप व्यथा और पीड़ा से विचलित घनानन्द बिठूरिया की मानवीय संवेदनाएँ झंझावात बनकर उसके अस्तित्व को उधेड़ रही थीं। उसे लग रहा था, उसका अपराधिक जीवन किसी घिनौने परिवेश में उसको खींच ले गया था और वह, वहाँ, होटल के उस कमरे में पलंग पर दोनों टाँगों में, गोल्डी की तरह किसी धमाके की प्रतीक्षा कर रहा था। अपराधिक सिंडिकेट, शंकरहरी, गंगू महाराज, मोहन त्यागी, भूरा डाकू और पाठक बन्धु जैसे शातिर खूँखार बदमाशों के संगठन के बारे में सोचता तो उसके अन्दर न जाने कितनी प्रतिक्रियाएँ होने लगतीं। उसे लग रहा था, दूर-दूर तक फैली हुई अँधेरी गुफाओं में भटकता हुआ, उलटा-पुलटा लुढ़कता हुआ, पथरीली दीवारों से, निर्मम, क्रूर और पिशाची छायाओं के ताण्डव से बचता-बचाता हुआ चला आ रहा था और वह समस्त पथरीली आतंकमय यात्राओं के पश्चात् बर्फीली सर्द मूर्च्छा में बैठा हुआ नियति का अनूठा खेल देख रहा था। छोटे-छोटे आर्थिक अपराध, निम्न स्तर के घपले करनेवाले घनानन्द बिठूरिया के अन्दर निष्प्राण चीखों की महीन कमजोर आवाजों के बीच आतंक का अट्टहास सनसनाती हुई गोलियों की आवाज चिथड़े और चिन्दियाँ उड़ाते हुए बारूद के धमाके कमजोर पड़ने लगे और वह किसी वैचारिक उथल-पुथल में और ऊहापोह में भटकने लगा था। एक इंकलाब न जाने कहाँ से न जाने किन आसमानी ऊँचाइयों से, न जाने किस भावनात्मक उथल-पुथल से उभरने लगा और तब जैसे अर्थहीन जीवन की निष्क्रिय प्रक्रियाओं में एक

हरकत पैदा होने लगी। इसके पहले, फिर से शराब का दौर शुरू हो, इसके पहले कि वह जगन महराज के अपराधिक संसार में आने के निमंत्रण को स्वीकार करे, इसके पहले किसी नये आर्थिक अपराध अथवा घपले का षड्यंत्र रचने का कार्य आरम्भ करें, उसने वह सब कुछ छोड़ने का निर्णय ले लिया। उस दिन, होटल के उस कमरे से जब जी. एन. निकला था, वह गोल्डी के साथ हँस भी रहा था, रो भी रहा था, लेकिन एक अजीब तरह का आत्मसन्तोष एक खास तरह की झुंझलाहट कोई विशेष प्रकार की तार्किक बुद्धि किसी रूहानी ताकत का जैसे दरिया उसके अन्दर उफनने लगा था, जिसके साथ घनानन्द बिठूरिया ने यह सौगन्ध खायी थी, यह निर्णय लिया था कि वह सब कुकर्म छोड़कर आत्मसम्मान और प्रतिष्ठा का मानवीय जीवन व्यतीत करेगा।

होटल के कमरे से बाहर निकलते-निकलते घनानन्द बिठूरिया के अन्दर उसके गुनाह सिर उठाने लगे थे। वह जानता था मेडिकल कालेज के जनरल वार्ड के बैड नंबर 6 पर बाछिल मामा मौजूद थे। उनके पेट में जो छुरा भोंका गया था वह छुरा उसी के आदमियों ने भोंका था। यह बात और थी जी. एन. हिंसा पर विश्वास नहीं करता था, अपने समस्त जीवन में उसने कभी कोई हिंसक कार्य न तो किया था और न किसी हिंसक कार्य का वह हिस्सा बना था। इतना होते हुए भी उस बाछिल मामा के पेट में उसके द्वारा भेजे गये, किराये के लोगों ने छुरा भोंका था। जो बाछिल मामा हिंसा से कोसों दूर थे। बाछिल मामा इतना भी नहीं जानते थे हिंसा कहाँ पैदा होती है, कैसे उसे आकार मिलता है और किस प्रकार, किन परिस्थितियों में, हिंसा का दानव सामने आकर खड़ा हो जाता है। गाड़ी में बैठने के बाद काफी देर तक, जी. एन. सोचता रहा, विचार करता रहा उस भावनात्मक संघर्ष को तौलता रहा, नापता-जोखता रहा जो उसके अन्दर चल रहे थे। घर जाने का उसका मन नहीं था। वह कुछ करना चाहता था और करने के लिए उस समय उसके पास, सिर्फ दो काम थे। एक तो जैसा जगन महराज ने कहा था, कुछ देर बाद वह होटल की सातवीं मंजिल पर होनेवाले अपराधिक सिंडिकेट की बैठक में शामिल हो सकता था और दूसरा काम जो बार-बार उसकी मानसिकता उसे करने के लिए प्रेरित कर रही थी वह था बाछिल मामा के ऊपर किये गये हमले का पश्चात्ताप। जी. एन. जानता था उसी की वजह से पूरे प्रदेश के कर्मचारियों ने हड़ताल कर रखी थी, वह यह भी जानता था, हड़ताली कर्मचारियों की माँगों में मुख्य माँग थी स्वयं उसकी गिरफ्तारी। अपने तजुर्बे से अपने अनुभव से घनानन्द बिठूरिया ने अनुमान लगाया, अगर वह मेडिकल कालेज में, बाछिल मामा से मिलने जाता है और उन पर किये गये हमले के लिए क्षमा याचना करता है तब इस बात की पूरी सम्भावना थी कि वहाँ पर हड़ताली कर्मचारियों की भीड़ उसे जिन्दा जला देगी। वैसे उस समय

जी. एन. जिस मानसिकता में था वह भीड़ के हमले के लिए पूर्ण रूप से तैयार था। जो अपराध उसने किया था, जो गुनाह उसने करवाया था, वह सिर उठाकर रूबरू उससे बात करने लगा था। उसकी आत्मा को कचोटने लगा था, इसीलिए वह किसी भी परिणाम को भुगतने के लिए तैयार था, लेकिन उसे लग रहा था, अगर कर्मचारियों की भीड़ ने उसे जिन्दा जला दिया या उसे मारा डाला तो उस पश्चात्ताप का क्या होगा जो उसे करना था। जी. एन. को पता था भारत सुरक्षा कानून के अन्तर्गत उसकी गिरफ्तारी के आदेश एक समय पर किये जाने थे। यद्यपि राष्ट्रपति शासन के दौरान उसने धानकांड को दबा दिया था, अब बदली हुई परिस्थितियों में वह दण्ड भुगतने के लिए अपने को पूरी तरह तैयार पा रहा था। अगले क्षण जी. एन. ने निर्णय ले लिया, उसने गाड़ी स्टार्ट की और अपने आत्मसमर्पण के लिए वह पुलिस थाने की तरफ चल पड़ा। राघव को उसी के हथियार से गोल्डी ने पराजित करने का प्रयास किया था। राघव को कायर का दर्जा देकर, उसके सामने सामाजिक, राजनीतिक संघर्ष से बचने का, भूख, गरीबी, विपदा को फलने-फूलने देने के लिए, जातिमूलक विद्रोह की नारकीय पीड़ा में देश को डालने के लिए, आधुनिक युग से हजार साल पीछे अपने मुल्क को ले जाने के लिए, धर्मान्धता, अज्ञान और मूढ़ता को बढ़ावा देने के लिए ही बलिदान की प्रक्रिया की आलोचना की थी, आरोप लगाया था। गोल्डी ने कहा था किसी बलिदान की प्रक्रिया अकल्पनीय है जब समाज को, देश को आवश्यकता है, एक हजार राघव की, जब स्वयं गोल्डी और जी. एन. जैसे अपराधी अपने आपको बदल देना चाहते हों, जब अपराधी तत्त्व संगठित होकर राज्य की सत्ता हथियाने का षड्यन्त्र कर रहे हों, जब धर्म का सहारा लेकर नैतिक मूल्यों की, जवाहरलाल के भारत की हत्या की जा रही हो, ऐसे समय में एक भी राघव अगर बचा रहता है तो शायद उम्मीद का एक कतरा, विश्वास की एक कशिश, कुनमुनाती रहेगी। तभी तो राघव ने उसकी विवेचना की प्रशंसा की थी और चीखता-चिल्लाता हुआ रीतू को ढकेलता हुआ वहाँ तक, गोल्डी के पास ले आया था। रीतू को खींचकर लाने के बाद, राघव ने हँसते हुए मजाक ही मजाक में गोल्डी जैसे धन्धेबाज, कुशल षड्यन्त्रकारी को मार्क्सवादी विचारधारा का प्रणेता एवं कामरेड तक कह डाला था। रीतू हँस रही थी, राघव हँस रहा था, वहाँ पर मौजूद कामरेड हँस रहे थे। लेकिन उनकी हँसी में न तो हिकारत थी, न ही कोई अपमानजनक, नकारात्मक गणना, वह सब तो जैसे अपने आदर्श, अपनी व्यथा में, अपने सतत संघर्ष में एक और कामरेड के शामिल होने का जैसे उत्सव मना रहे थे। उन कुछ क्षणों में, विषाद, पीड़ा, दुःख और विपदा में घिरी हुई अभयंकर घोष, मोहिन्दर घटक द्वारा स्थापित जंगल पार्टी की वह छोटी-सी टुकड़ी यह भी भूल गयी थी कि वह उनके स्थानीय कमाण्डर राघव के जीवन की एक

प्रकार से आखिरी रात थी। उन सबकी खुशी, वह हँसी के ठहाके, वह उछलफाँद न जाने किसके लिए थी, न जाने उनकी वजह क्या थी। उसी रात राघव का विवाह था, वह रात राघव की आखिरी रात थी, उसी रात को रीतू को अपनी आत्मघाती योजना को अंतिम रूप देना था और उसी रात जैसे संकट की उस घड़ी में खुशियों की रंगत में लुकी-छिपी विषाद की मँडराती हुई काली छाया, एकाएक छँट गयी थी, हँसी की खिलखिलाहट में बदल गयी थी। वह मुक्त कंठ से निकलती हुई आवाजों के मंजर जैसे काट-काटकर उस काई को निकाल चुके थे, छाँट चुके थे जो सबके अन्दर जम चुकी थी। न जाने वह लोग कब तक, राघव के बचे रहने की उम्मीद भर में खुशियाँ मनाते रहते, न जाने कब तक हँसते रहते, खिलखिलाते रहते, अगर किसी के जीने पर चढ़ने की आवाज न सुनायी पड़ती। ऐसा लग रहा था, जीने पर कई आदमी धड़धड़ाते हुए चढ़ते चले आ रहे थे। जाहिर था उस मंजिल पर आने का जीना एक था घर दो थे। लेकिन यह सबको मालूम था, दूसरे घर में बड़े दिनों से ताला बन्द था और वहाँ रहनेवाले कहीं बाहर गये थे साल छः महीने के लिए। एक पल को ऐसा लगा, सबको साँप सूँघ गया था। राघव का हाथ जेब में पड़ी रिवाल्वर पर कसने लगा था। उधर वहाँ पर मौजूद अन्य लोगों ने अपने-अपने हथियार सँभाल लिये थे। रीतू को यही लगा था जैसे वह रात, बड़े दिन बाद आयी हुई वह रात जिस रात उसका राघव से विवाह होनेवाला था कहीं किसी हादसे से न बदल जाये। भले ही एक, दो दिन के लिए उसका दुल्हन बनना विधना को स्वीकार था, वह दुल्हन बन तो रही थी। उसका राघव उससे ब्याह तो रचा रहा था। रीतू जानती थी, उस विवाह के बाद, वह राघव की ब्याहता, राघव की पत्नी, राघव की बीवी, राघव की बेगम, राघव की प्रियतमा कहलायेगी। बड़ी आस थी उसके मन में, बेलगाम वह उड़ी जा रही थी, सपनों के सुनहले संसार की ओर अपनी साध, अपनी आकांक्षाओं के मोहक संसार की तरफ और कितना थोड़ा-सा समय, कितना थोड़ा-सा फासला बचा था, वह सब छू लेने में, वह सब आत्मसात करने में, वह सब सच करने में, साकार करने में। जिन्दगी के ऐसे नाजुक मोड़ पर, वक्त के उस टुकड़े में समाया हुआ न जाने वह कौन-सा घटनाक्रम था जो मोड़ ले रहा था, कौन-सी आवाजें थीं जो डरावनी शक्ल अख्तियार करके उसके और राघव के बीच पहुँचने की कोशिश कर रही थीं। रीतू का मन कर रहा था, वह आवाजें तेज कदमों की वह डरावनी आहट जो उसके सपनों के सुनहले संसार, उसकी साध, उसकी आकांक्षाओं के मोहक संसार की तरफ उसकी उड़ान में बाधक बन रही थीं, ठहर जायें, थम जायें किसी और तरफ चली जायें, मुड़ जायें जिससे वह थोड़ा-सा फासला जो बचा था वह सब छू लेने में, आत्मसात कर लेने में, वह सब सच करने में, साकार करने में, वह फासला, वह दूरी पूर्ण करने

में वह सफल हो सके। तरस-तरस कर जी सकी थी रीतू। न जाने कौन-सी अनन्त यात्रा के दौर से गुजरते हुए, जैसे किसी अग्नि पथ में सुलगते हुए अंगार पर चलते-चलते जो नीलसाह, जो फफोले, उसके तालुवों में पड़ चुके, जो नीरवता उसके निरीह अन्तर में व्याप्त हो चुकी थी, जो व्यथा की टीस बार-बार उसके अन्दर सालती रहती, वह कसक, वह पीड़ा जो उसके समूचे जीवन में व्याप्त हो चुकी थी, उससे वह एक बार बाहर निकल सके। उसकी स्थिति नाजुक थी, समय उसके पास था नहीं। रीतू जानती थी, सब कुछ जैसे टिका हुआ था, किसी महीन डोर पर किसी मुलायम, नाजुक साख पर। कैटर पिलर से निकलकर उड़ती हुई तितली, जैसे फूलों की मोहक सुगन्ध में डूबने जा रही थी, जब वह भयावह आवाजें, दौड़ते हुए कदमों की आहट, करीब आने लगी थी।

रीतू, राघव, गोल्डी, बी. एस. बिरजू, बच्चन, मुण्डू, नीलू को बहुत देर तक प्रतीक्षा नहीं करनी पड़ी थी। वह कदमों की आहट फ्लैट की सीढ़ियों पर भागते हुए धड़धड़ाते हुए वह कदम, उसी फ्लैट के दरवाजे पर आकर रुक गये थे। अगले ही क्षण किरर-किरर घंटी की मरियल आवाज गूँज उठी थी। सब लोग तब तक अपनी-अपनी पोजीशन ले चुके थे। राघव, रीतू और गोल्डी को दूसरी तरफ पहुँचा दिया गया था। और इससे पहले वह लोग कोई और कदम उठायें, कुछ और करें, दरवाजे पर तीन थापें और रुककर दो और टक-टक की आवाजें आयीं उसी के साथ वहाँ रिवर बैंक कालोनी के उस मकान में व्याप्त अनिश्चितता का वातावरण दूर हो गया। डर, विषाद और भय की काली छाया छँट गयी और न जाने कहाँ से उसकी जगह प्रस्फुटित होने लगी हसीन मुस्कराहट, संतोषजनक विश्वास। वह लोग बड़ी देर तक रुके रहते तभी भागकर राघव अन्दर से आया और उसने दरवाजा खोल दिया।

दरवाजा खुलते ही जो लोग अन्दर आये थे उनमें जंगलपार्टी के मुखिया अभयंकर घोष तथा मोहेन्दर घटक थे। वह सादे लिबास में थे और उनके चेहरे पर से दाढ़ी और मूँछें नदारद थीं। अभयंकर घोष पठान सूट में था जब कि मोहेन्दर घटक ने पायजामा, कुरता, और जवाहर बण्डी पहन रखी थी। उनके अन्दर आते ही दो आदमी, वहीं जीने पर बैठ गये और दो आदमी सीढ़ियों से उतरकर नीचे चले गये। जाहिर था, सीढ़ियों से उतरकर जानेवालों को नीचे का मोर्चा सँभालना था, जबकि घर के दरवाजे पर रुके हुए कामरेड को ऊपरी हिस्से का मोर्चा सँभालना था। उनके अन्दर आने के बाद, किसी को कुछ कहना नहीं पड़ा था। उस समय उस फ्लैट में जितने लोग मौजूद थे वह सब किसी घोषित नीति के तहत अपना-अपना मोर्चा सँभालने में लग गये। रीतू तुरन्त अन्दर की तरफ चली गयी। उसे इन लोगों के लिए चाय-पानी का प्रबन्ध करना था। बी. एस. दो कमाण्डो लेकर छत पर चला गया। बच्चन मुण्डा और नीलू ने उस

बरामदे पर बालकनी का मोर्चा सँभाल लिया, जहाँ पर कुछ देर पहले बैठकर, गोल्डी और रीतू ने घर की छत के नीचे इन्कलाब पैदा करने का निर्णय लिया था। उन सबके, अपनी-अपनी जगहों पर व्यवस्थित होते-होते राघव अभयंकर घोष और मोहेन्दर घटक उस कमरे में सोफों पर बैठक चुके थे। तभी सबका ध्यान गोल्डी उर्फ नित्यानन्द के पुत्र बरुन हाल्दार की तरफ गया। वह एक किनारे पर खड़ा हुआ बुकशेल्फ में लगी हुई किताबें देख रहा था।

रिवर बैंक कालोनी के फ्लैट में सन्नाटा छाया हुआ था उस समय राघव की प्रेयसी, चन्द घंटों बाद होनेवाली धर्मपत्नी रीतू के घर में अन्दर और बाहर मिलाकर कुल पंद्रह आदमी थे। उन पंद्रह आदमियों में से रीतू और गोल्डी उर्फ नित्यानन्द हाल्दार के पुत्र बरुन हाल्दार को छोड़कर करीब-करीब सबके पास हथियार थे। मुण्डू, बिरजू और नीलू के पास स्टेनगन, राइफल या रिवाल्वर नहीं थी। उनके पास थीं, बारूद की छोटी-छोटी गोलियाँ जो धुआँ पैदा करती थीं और आस-पास मौजूद लोगों को गम्भीर रूप से घायल कर सकती थीं। अनेक हथियारों से लैस पंद्रह-सोलह लोगों का वह इंकलाबी दस्ता वहाँ उस छोटे से घर में, किसी असामान्य घटनाक्रम की व्यूह रचना के उद्देश्य से एकत्र हुआ था, लेकिन वहाँ व्याप्त सन्नाटे का अहसास करके, यह अनुमान लगाना संभव नहीं था कि वहाँ क्या पक रहा था। सिर पर कफन बाँधकर, नियति की डोर को तीव्र गति से भागते हुए समय से जोड़कर, बारूद के धमाके और गोलियों की सनसनाहट की परिकल्पना के बीच आदर्शों के मीनार उठाने की कशमकश चल रही थी। पंद्रह लाख की आबादीवाला शहर लखनऊ जहाँ पंद्रह करोड़ की जनसंख्या के प्रदेश की राजधानी स्थित थी और जहाँ उस दिन अनेकानेक कोने, किनारे में मंत्रिमंडल के विघटन के प्रयास किये जा रहे थे, संभवतः किसी को नहीं मालूम था, रिवर बैंक कालोनी के फ्लैट में उबलते हुए उस लावा के बारे में जो कुछ घंटों बाद फटनेवाला था। यह मानवीय संवेदनाओं की पराकाष्ठा थी, या अमानवीय अहसास का मूर्तरूप, यह भ्रम था या सत्य, यह आदर्शों एवं विवादों के घेरों में फँसे हुए इन नव जवानों का अतुलनीय संघर्ष था या समाज की टूटन का एक और दौर। यह वर्ग संघर्ष की प्रक्रिया थी या सत्ता की एक और लड़ाई। वहाँ तो नाजुक, कोमल, कमनीय बदन में, दुल्हन के भेष में स्वप्निल निद्रा के पश्चात्, बारूद लपेटकर फटने के लिए तैयार बैठी थी रीतू। अपने प्रियतम राघव को वैसा ही न करने देने के लिए। उधर राघव ने पहले ही अपने आपको बारूदी विनाश लीला का अंग बना रखा था। वास्तव में रीतू इस सबसे दूर थी। उसका ताल्लुक उसका सम्बन्ध, उसका रिश्ता सिर्फ राघव से था। वह अभयंकर घोष की जंगलपार्टी के लिए कार्य नहीं करती थी, वह तो राघव के लिए प्रतिबद्ध थी, उसके लिए राघव के लिए सब कुछ न्यौछावर करने के लिए

कटिबद्ध थी। उसको गोलियाँ चलाना आता अवश्य था लेकिन बारूद के खेल में उसकी तनिक भी दिलचस्पी नहीं थी। वह तो अनेक वर्षों से, खामोश निःशब्द मूक तपस्या में लीन थी। उसकी तपस्या, उसकी लगन, उसका विश्वास, सब कुछ जुड़ा हुआ था, राघव से। उधर राघव ने मंत्रिमंडल को बारूद के धमाके से उड़ाने के लिए सुरंग की पैमाइश की लेकिन जब सुरंग, पुलिस के कब्जे में आ गयी और जब मुख्यमंत्री ने जंगलपार्टी को जड़ से समाप्त करने के लिए हवाई हमले और जल, तल से पुलिसिया सशस्त्र अभियान के आदेश दिये, तब अभयंकर घोष, मोहेन्द्र घटक, जो अपने को मोहिन्दर कहता था तथा कमाण्डर वी. एस. की जंगलपार्टी के पहाड़पुर-नानकपुर में मजबूती से स्थापित नेटवर्क को बचाने के लिए, मुख्यमंत्री को खत्म करने का निर्णय लिया गया था। राघव जानता था, कालीशंकर उसे मुख्यमंत्री के नजदीक पहुँचा देगा। एक बार मुख्यमंत्री के करीब पहुँचने के बाद, मुख्यमंत्री तथा मंत्रिमंडल दोनों को एक बार में खत्म करने का सबसे आसान तरीका था, आदमीरूपी बारूद के फटने का। समूचे विश्व में, उस समय तक, वैसा कुछ भी कहीं नहीं हुआ था, इसलिए राघव को विश्वास था, अपने षड्यंत्र की सफलता का।

जिस समय राघव आदमी रूपी बम बनकर मुख्यमंत्री को उड़ाने की योजना पूर्ण कर चुका था, उसी समय रीतू ने राघव से पहले मुख्यमंत्री की हत्या की तैयारियाँ कर डाली थीं। वह राघव को बचाना चाहती थी, राघव उसे बचाना चाहता था। अपने कर्तव्य की पूर्ति के लिए ही तो संभवतः राघव ने उस रात, रीतू से विवाह करने का निर्णय लिया था। कोई नहीं जानता था, किसी को नहीं मालूम था, रीतू ने चुपचाप, खामोशी से बिना बताये कालीशंकर के माध्यम से अपनी महिला संस्था के कार्यकलापों के सिलसिले में, मुख्यमंत्री उत्सुकदास से अकेले में, मिलने का समय निश्चित करवा लिया था। रीतू की योजनाओं के अनुसार उस दिन जब वह मुख्यमंत्री उत्सुकदास से मिलेगी उसका नाम सिर्फ रीतू नहीं, रीतू राघव होगा उस वक्त उसके पर्स में लाइटरनुमा एक छोटी पिस्तौल होगी और उसने अपने समूचे बदन में बारूद का लेप लगा रखा होगा। रीतू तब तक रीतू राघव बन चुकी होगी और उसके कमनीय शरीर पर बारूद के लेप से पहले सुहागरात को राघव, स्नेह, प्यार और प्रणय का लेप लगा चुका होगा। रीतू जानती थी, सिर्फ यही चारा था, सिर्फ यही तरीका था, राघव को बचाने का। स्वाभाविक रूप से मुख्यमंत्री की हत्या के पश्चात्, राघव को वह सब नहीं करना पड़ेगा। उधर गोल्डी उर्फ बरुन हाल्दार सन ऑफ नित्यानन्द हालदार कोई तीसरा षड्यन्त्र रच रहा था। उसकी जहनियत के विस्तार के हिस्से-हिस्से में एक छोटा-सा खयाल एक छोटी-सी बात रेंग रही थी, खुरदुरी मचा रही थी। वह बात जो गोल्डी के अन्दर खुरदरी मचा रही थी, असल में उसी

षड्यंत्र से जाकर जुड़ती थी जो रीतू ने राघव को बचाने के लिए रचा था। क्या करता बेचारा गोल्डी, नया-नया इन्कलाब जागा था उसके अन्दर। कुछ देर पहले उसने फ्लैट की बालकनी में बिलखती हुई कलपती हुई रीतू को देखा था। वह तड़प, वह विश्वास, वह साध, वह समर्पण, वह आस्था, वह बलिदान जो रीतू के अन्दर पल रहा था, अतुलनीय लगा था उसे। किसी पराकाष्ठा तक कहा जानेवाला सराहनीय वह कार्य जो रीतू, महज राघव को बचाने के लिए करने वाली थी, उसका तो गोल्डी को तनिक भी गुमान नहीं था, लेकिन, राघव की योजनाओं के बारे में उसे पता था। यद्यपि गोल्डी, रीतू की योजनाओं या राघव की मुख्यमंत्री की हत्या के षड्यंत्र की बावत कुछ नहीं जानता था, उसे इतना जरूर मालूम था कि चौबीस या अड़तालीस घंटों के अंदर राघव एक पुरुषबम बनकर फटनेवाला था। राघव जान देनेवाला था, यह जानकर भी रीतू उससे विवाह कर रही थी, उसके साथ सुहागरात मनाने जा रही थी, इस दौर में गोल्डी को लग रहा था, उसे कुछ करना चाहिए था। गोल्डी के अन्दर एक संघर्ष चल रहा था। वह कुछ करना चाहता था। किसी भी कीमत पर राघव को पुरुषबम बनकर फटने देना उसे स्वीकार नहीं था। जिन्दगी भर अपराध की दुनिया में जीनेवाला, दलाली के सौदे करनेवाला, नकली दवाइयों की पूर्ति के परिणामस्वरूप अनेक लोगों की मृत्यु एवं पागलपन अथवा अन्धेपन का जिम्मेदार ठहराया जानेवाला, खतरनाक, माफिया गिरोह के सरगना मगन महाराज का दत्तक पुत्र, जगन महराज का अभिन्न भाई सरीखा मित्र गोल्डी उर्फ बरुन हाल्दार, होटल के कमरे में जगन महराज द्वारा प्रताड़ित किया जा चुका था। घनानन्द बिठूरिया और गोल्डी ने मिलकर जितनी निष्ठा से जगन महराज के अपराधिक संसार का ब्यौरा सुना था, हिंसा, अपराध, लूटमार, हत्या, लूट की जिस पिशाची लीला का विवरण उनको ज्ञात हुआ था, उसके पश्चात् मानवीय संवेदनाओं का कोई अनजाने संसार धीरे-धीरे, उसके अन्दर करवट बदलने लगा था। होटल के कमरे से निकलकर राघव रीतू के पास पहुँचते-पहुँचते गोल्डी के अन्दर जन्म ले चुका था, सब कुछ छोड़ देने का जजबा, सब कुछ, वह सब कुछ जिसकी नारकीय विभीषिका में, जिसके रौरव नर्क में न जाने कितने दिनों से, शायद जन्म से, सम्भवतः होश सम्भालने तक से, सड़ रहा था। वह अन्न जो वह खाता था, वह शराब जो वह पीता था, जो कपड़े वह पहनता था, वह शरीर, वह उसके अंग प्रति अंग जिनके सहारे वह चलता था, उठता था, बैठता था, साँस लेता था, वह सब कुछ जो उसने तब तक किया था, वह सब कुछ जो उसने पाया था, यहाँ तक, गोल्डी सोच रहा था, उसकी धमनियों में दौड़ता हुआ रक्त उसकी हड्डियों के ऊपर जमा हुआ मांस, उसका दिमाग, उसकी सोच उसके विचार, गरज यह कि उसका सब कुछ अपराध की दुनिया से जुड़ा हुआ था। यह कैसी अनुभूति थी, गोल्डी

परेशान था, उसके पैर काँप रहे थे, उसके अन्दर करवट बदलता हुआ, कँपकँपी उठाता हुआ कोई ठहराव पनपने लगा था। अपनी शिराओं में दौड़ते हुए रक्त को वह कैसे निकाल फेंके, अपने हड्डियों के ऊपर जमे हुए मांस का वह क्या करे और अपराध के अन्न से उपजी हुई उम्र की फसल वह काटकर कैसे फेंक दे, इसकी चिन्ता थी उसे। वह कुछ नहीं कर सकता था, शायद इसीलिए उसने राघव के काम आने का फैसला कर लिया था। जितनी देर में अभयंकर घोष ने अन्दर जाकर हाथ-मुँह धोया, कपड़े बदले, बस उतनी देर में मोहिन्दर घटक ने, अपनी जेब से डिकैण्टर निकालकर शराब पीना शुरू कर दिया था। तभी कुछ सैण्डविच और पकौड़ियों से सराबोर कई प्लेटें, रीतू ने लाकर सेण्टर टेबुल पर रख दी थीं। मोहिन्दर ने अभयंकर घोष की प्रतीक्षा नहीं की थी और पकौड़ियों पर हाथ साफ करने लगा था। कुछ ही देर लगी होगी अभयंकर घोष को एक आध सैण्डविच का टुकड़ा और कुछ पकौड़ियों के साथ एक प्याला चाय पीने में। राघव चुप था, गोल्डी किताबों के साथ जूझ रहा था और मोहिन्द्र घटक शराब पीने में व्यस्त था।

"हम मॉडलहाउस गये थे।" अभयंकर घोष, जिनको सब लोग ए जी साब कहते थे, ने कमरे की चुप्पी तोड़ी थी।

"जी।" राघव ने कहा।

"मालिनी ने कहा आज तुम्हारी शादी है।" कुछ रुककर एजी ने कहा, "जानते हो क्यों नहीं आयी वह हमारे साथ।"

एजी के सवाल का जवाब राघव ने नहीं दिया था बल्कि उसका जवाब दिया था, मोहिन्द्र घटक ने, "कैसे आती वह, शादी का सारा इंतजाम करना था उसे। अरे, देखो तो घोष दा। इस कमबख्त राघव को, इसे क्या सूझी कि जो इसने शादी करने का यही समय निकाला।"

"हम अच्छी तरह जानते हैं, घटक। कोई गलत कदम राघव नहीं उठा सकता। इसमें कुछ होगा...कोई खास बात, कोई विशेष मुद्दा होगा, अवश्य होगा इसमें। क्यों राघव।"

"बात बड़ी साधारण-सी है।" राघव ने कहा।

"लेकिन क्या ?" एजी ने पूछा।

"हम पुराने दोस्त हैं न।"

"हमसे क्या मतलब ?"

"हमसे मतलब है, रीतू और मैं !"

"आय सी !"

"क्यों ? घोष दा। क्या आपको पता ही नहीं था, अपना कामरेड राघव कितने दिनों से प्रेम कर रहा है। कमबख्त ! बता तो सही, कहाँ से लाया वह

मुकद्दर जिसने दिया तुमको रीतू जैसी लड़की का प्यार। यू आर ग्रेट ! यू आर लकी ! हमें फख्र है, तुम्हारे ऊपर, हम गर्व कर सकते हैं, हमारे कामरेड राघव ने कुछ किया, कुछ किया तो !'' मोहिन्दर घटक नशे में झूम रहा था।

''स्थिति गम्भीर है...समय नहीं है हमारे पास।''

''जानता हूँ सर !'' राघव ने एजी को जवाब दिया था।

''नो...नो...तुम मुझे...''

''सर नहीं कहूँगा...यही न !''

''हाँ यही चाहता हूँ मैं।''

''करूँगा। करता रहा हूँ...लेकिन...'' राघव चुप हो गया।

''लेकिन क्या !''

''लेकिन घोष दा। आज मैं आपको उसी तरह सर, कहना चाहता हूँ जैसे आपके सुप्रीम कमान्डर होने के बाद, लोग कहेंगे। आज सिर्फ आज...''

''अब यह सब क्या है, राघव।'' घोष दा ने प्यार से कहा था। उनकी आवाज में उलाहना था।

''सर ! कहूँ...''

''कामरेड क्यों नहीं कहते।''

''ओके। एक बात मंजूर हो तो कहूँ।''

''कहो।''

''मैं आपको कामरेड सर। कहूँगा...ओ...के...''

''ओके बाबा। गो एहेड।''

''कामरेड सर ! इससे पहले हम वर्तमान स्थिति की विवेचना करें... मैं...''

''वेट ऐ मिनट।'' एजी ने रोका।

''कामरेड सर।''

''पहले मैं जानना चाहूँगा...जानने का हक है मेरा वह कौन है...हू इज दैट...।'' घोष दा ने गोल्डी की तरफ इशारा किया।

''इधर आना गोल्डी।'' राघव ने आवाज दी। अगले ही क्षण, एक खाली सोफे पर, गोल्डी आकर बैठ गया। उसके बाद, राघव ने आगे कहना शुरू किया।

''कामरेड सर। गोल्डी है यह। हम लोगों का पुराना दोस्त।''

''दोस्त।'' एजी ने हिकारत से कहा।

''कामरेड सर ! यस ! एक बहुत पुराना दोस्त...''

''कब आया यह ?''

''अभी कुछ देर पहले।'' राघव ने सफाई दी।

''राघव !''

''कामरेड सर।''

''यह अपने दोस्तों का कब से खयाल रखने लगे तुम।''

''कामरेड ! यहाँ बात कुछ और है।''

''क्या ?''

''हम इसका नहीं यह हमारा खयाल रखने की बात कह रहा था।''

''कैसे !''

''क्या हम गोल्डी के सामने बात कर सकते हैं।''

''शायद नहीं।'' कुछ सोचकर एजी बोला, ''शायद अभी नहीं।''

''क्या कुछ देर के लिए गोल्डी तुम पकौड़ियाँ लाने में रीतू की मदद नहीं करना चाहोगे।'' राघव ने इशारा किया था।

गोल्डी उठकर अन्दर की तरफ चला गया। वहाँ उसे रीतू से कुछ बातें भी करनी थीं। ऊपर से वह अभयंकर घोष की जंगल पार्टी की गतिविधियों से सक्रिय रूप से फँसना नहीं चाहता था। उसकी तो इच्छा थी, सिर्फ अपनी काया बदल डालने की अपनी आत्मा के ऊपर लगे हुए कलुष का संताप को निकाल फेंकने की। वह जंगलपार्टी के लिए कुछ नहीं करना चाहता था। वह तो राघव के लिए, रीतू के लिए, अपनी जान तक दे डालना चाहता था।

''हाँ ! राघव ! तुमको पता होगा, हम यहाँ क्यों आये हैं।'' घोष ने कहा।

''कामरेड ! शायद नहीं।''

''तब तो तुम यह भी नहीं जानते होंगे कि जंगल पार्टी के मुख्यालय पर बमबारी होनेवाली है।''

''और दो तरफ से हमला।''

''तो तुम्हें मालूम है, राघव।''

''हाँ कामरेड !''

''तब क्या किया तुमने !''

''आपने आदेश दिया था।...भैरवसिंह को उड़ा दिया बी. एस. ने।''

''लेकिन गोवर्धनदास हमारा दुश्मन नम्बर एक है।''

''क्यों ?''

''क्योंकि उसके पास हमारा चालीस लाख रुपया है, और उसने हमें, हमारी पार्टी को धोखा दिया है।''

''मैं आपसे बात करना चाहता था, कामरेड।''

''क्या बात करना चाहते थे।'' एजी की आवाज में सख्ती थी। राघव इसका मतलब खूब समझता था।

''पहले राघव की बात सुन तो लेनी चाहिए।'' मोहिन्दर घटक ने हस्तक्षेप किया।

“बोलो राघव ! क्या कहना चाहते हो ?”

“अगर गोवर्धनदास को मार दिया गया तो वह रुपया, वह गहने, वह जेवरात कैसे मिलेंगे जो उसके पास जंगलपार्टी के अमानत के रूप में पड़े हैं।”

“सुनते हैं, वह जेवरात, वह सोना, भैरवसिंह ले गया...कुछ नहीं छोड़ा उसने।” एजी ने सफाई दी।

“हो सकता है...नहीं भी हो सकता है।”

“तुम दो बातें, एक साथ कैसे कर सकते हो।” घटक ने सवाल पूछा था।

“मैं दो नहीं सिर्फ एक बात कर रहा हूँ...मेरा तात्पर्य यह है, भैरवसिंह मारा जा चुका है और अगर गोवर्धनदास भी मारा गया है, तो उस खजाने का पता हमें कौन बतायेगा।”

“ही हैज ए प्वाइण्ट।” मोहिन्दर घटक ने कहा।

“और फ़िर गोवर्धनदास को यहाँ लखनऊ में मारने की क्या आवश्यकता है ?” राघव ने पूछा।

“तब।”

“गोवर्धनदास कहीं भी मारा जा सकता है, कभी भी मारा जा सकता है, लेकिन तब। जब वह हमारा खजाना वापस कर दे और...”

“और ?”

“भैरवसिंह के पास मौजूद खजाने के हिस्से की शिनाख्त कर लें।”

“यानी।”

“यानी। भैरवसिंह सब जेवरात नहीं ले जा सकता...”

“क्यों ?”

“पुलिस डाका नहीं डालती। पुलिस हिस्सा माँगती है...अपना हफ्ते का हिसाब माँगती है...पुलिस हमेशा डाकेजनी के माल का हिस्सेदार बनती है, पूरा माल नहीं हजम करती।”

“वेल सेड। यू मे बी राइट।” अभयंकर घोष ने दलील दी।

“अब दूसरी बात...”

“कौन-सी दूसरी बात।”

“आपने कहा था, जानकारी चाही थी।”

“किस बात की...कौन-सी जानकारी ?”

“मुख्यमंत्री के आदेश पर उत्तरप्रदेश सरकार ने, जंगलपार्टी के मुख्यालय पर बमबारी का निर्णय लिया है।” राघव ने समीक्षा करने का प्रयास किया।

“हाँ याद आया...” घटक बोला।

“यही तो हमारा सवाल था।” एजी ने कहा।

“शायद इसी कारण हम यहाँ आये हैं। घटक बराबर शराब पी रहा था।

"तुमने कोई योजना बनायी थी, राघव।" एजी का सवाल था।

"जी।"

"लेकिन क्या ?"

"हमने जो..."

"लेकिन तुमको कोई भी योजना बनाने से पहले, हमसे आर्डर लेना चाहिए था।" एजी ने सख्ती से कहा।

"यस।" घटक ने समर्थन किया।

"आर्डर तो आपने ही दिया था।" राघव ने सफाई दी।

"दिया होगा।"

"क्या मतलब ?" घटक ने पूछा।

"आर्डर तो रोज बदलते रहते हैं।" एजी ने कहा।

"कमेंट।" घटक बोला।

"मेरी बात..."

"पहले मेरी बात का जवाब दो, राघव।"

"जी।..."

"पहले मालूम हो प्लान क्या है।" घटक ने कहा।

"प्लान..."

"कहाँ तक..."

"अभी कोई खास नहीं।" राघव ने सफाई दी।

"आम सही।"

"काकटेल्स तैयार हैं।"

"और !"

"सुरंग !"

"पकड़ी जा चुकी है।" एजी ने ताना कसा था।

"जी।" राघव ने सिर झुका लिया था।

"और अब प्लान क्या है।"

"हाँ...हाँ बोलो राघव।"

"हम तुम्हारे ऊपर डिपेंड कर रहे हैं, कामरेड।"

"पहली बात सुरंग का पकड़ा जाना, महज एक इत्तफाक था..."

"और दूसरी बात।"

"सुरंग हमने बनायी थी लेकिन..."

"लेकिन क्या।"

"सुरंग हमने खोदी नहीं थी।" राघव ने कहा।

"तब।"

"सुरंग हमें अचानक मिल गयी थी।"

"मतलब।"

"बी एस की जोंगा जीप को छुपाने की जगह ढूँढ़ रहे थे हम।"

राघव ने कहना शुरू किया, "पुलिस इन्सपेक्टर भैरवसिंह को कुचलने के बाद, जोंगा, कहीं भी नहीं रखी जा सकती थी, रात का वक्त था, दिलकुशा के सन्नाटे में, हम उस कुएँ के पास पहुँच गये थे, जिसका हमें अनुमान था। वहाँ उस कुएँ के अन्दर जीप ढकेल दी, तब हमें खयाल आया, उसे ढकने का।"

"लेकिन क्यों ?"

"ऐसा विचार आया था..."

"क्या ?"

"दिन के समय, गड़बड़ हो सकती थी, किसी की नजर पहुँच सकती थी। इसीलिए हम कुएँ के अन्दर दाखिल हुए और वहाँ सूखे कुएँ की तलहटी से मिट्टी खोद-खोदकर, जोंगा के ऊपर डालने लगे और तभी, मेरी निगाह पड़ी थी, सुरंग के उस दरवाजे पर जो गहरे लेकिन सूखे हुए कुएँ की दाहिनी दीवार में था। चूँकि दरवाजा छोटा था, और पूरब की तरफ था। हमारे लिए जानना जरूरी था आखिर वह रास्ता किधर निकलता है। रात का कालापन धीरे-धीरे कम होने लगा था और हमें, बाहर निकलने की फिक्र थी। उधर जीप के वजन के कारण वह पेड़ टूटकर कुएँ के मुहाने के ऊपर पट गिरा पड़ा था। ऐसा लग रहा था, हम फँस चुके थे और निकलने का कोई रास्ता बाकी नहीं बचा था। कुएँ के ऊपर गिरे हुए पेड़ की वजह से, हमें लग रहा था लोगों का ध्यान उस तरफ जायेगा। इसीलिए अगर दरवाजे के उस पार कोई रास्ता था, छुपने की कोई जगह थी तो उसका पता लगाना, आवश्यक हो गया था।"

"तब।"

"सब कुछ बड़ा फिल्मी लग रहा है न।" घटक ने कहा।

"नहीं फिल्मी नहीं, दिस इज आल रियल।" एजी बोला।

"कुछ ही देर में हमको मालूम हो गया था, दिलकुशा गार्डेन से लगे हुए खंडहर के एक किनारे पर जो अन्धा, सूखा कुआँ था, वह असल में एक गोल सुरंग का हिस्सा था जो उस छोटे दरवाजे से होकर काफी दूर तक जाती थी। हम जहाँ तक जा सके थे, हमें ऐसा लगा था, रास्ता है, आगे जगह है।"

"फिर प्राब्लम क्या थी ?"

"कामरेड ! हमारे साथियों ने बड़ी लगन से काम किया।" राघव ने कहा।

"किया होगा। नेट रिजल्ट क्या है ?" एजी ने प्रश्न पूछा।

"कई दिन तक काम होता रहा, बन्द रास्तों को हमने खोल दिया..."

"तब।"

“और तभी आगे जाकर सुरंग बन्द हो गयी।”

“क्यों ?”

“मिट्टी से या फिर जमीन के उलटने-पलटने से, न जाने कितने साल पहले हुए होंगे आगे के रास्ते बन्द। मिट्टी, मलबा, पानी, रोड़ा, पत्थर हटाकर आगे का रास्ता, धीरे-धीरे, बनाया गया।”

राघव रुक गया।

“रास्ता कहाँ रुक गया, आगे क्यों नहीं खोदा ?”

“लगता था, रास्ता, सचिवालय के गेट नम्बर पाँच के पास या सचिवालय के अन्दर, गेट नम्बर पाँच से अन्दर जाते ही, सामने, छोटा-सा जो तालाब दिखता था।”

“कैसे। लेकिन कैसे जान सकते थे।”

“गेट नम्बर पाँच के बाहर सड़क है, सुरंग सीधी नहीं बनायी गयी थी। जब भी वह सुरंग बनी थी, तब शायद, वह सड़कें, वह इमारतें नहीं रही होंगी, जिनके बनने के पश्चात्, सुरंग का रास्ता बन्द हो गया होगा।”

“फिर क्या सोचा तुमने।” एजी ने सीधा सवाल किया।

“हमारे लिए सुरंग का मिलना एक बड़ी घटना थी।”

“थी !”

“हम उसका उपयोग कर सकते थे।”

“किस लिये ?”

“सचिवालय में दाखिल होने के लिए।” राघव ने सफाई दी।

“सचिवालय में दाखिल होने के लिए।”

“हाँ।”

“कोई और रास्ता नहीं था।”

“रास्ते अनेक हैं। आठ मुख्य द्वार हैं, सचिवालय में जाने के लिए...”

“उसमें से जा सकते थे।”

“बिलकुल जा सकते थे, लेकिन...”

“लेकिन जिस तरह का आपरेशन हमें करना था, उसमें खुलेआम, मुख्य द्वार से दाखिल होकर, हम शायद हथियार और बारूद, नहीं ले जा सकते थे।” राघव ने जोरदार विवेचना की।

“सचिवालय के अन्दर प्लान क्या था ?” एजी ने पूछा।

“आखिर क्या करना चाहते थे ?” घटक ने कहा।

“वही जो हम...”

“मंत्रिमंडल के गठन के समय नहीं कर सके थे।” एजी ने कहा।

“जी !”

"लेकिन, जहाँ तक मुझे याद है, वह एक्सनप्लान, राजभवन में, शपथग्रहण समारोह के समय, मंत्रिमंडल को उड़ाने की योजना से सम्बन्ध रखता था।"

"जी।"

"तब सचिवालय वहाँ से आ गया।"

"जब मंत्रिमंडल बन चुका हो, तब उसकी बैठक केबिनेट रूम में होती है..."

"और वह सुरंग।"

"हमें केबिनेट रूम के करीब ले जाती थी।"

"रियअली ! सच में।"

"हाँ।" राघव ने धीरे से कहा।

"तो प्लान के मुताबिक..."

"कामरेड। प्लॉन के मुताबिक, केबिनेट रूम में जब मंत्रिमंडल की बैठक हो रही हो, तब हम उस सुरंग के जरिये, वहाँ पहुँचकर, हमला कर सकते थे।"

"या फिर, पहले से मंत्रियों की कुर्सियों में डाइनामाइट लगा सकते थे।" एजी ने सुझाव दिया।

"अथवा सीधे-सीधे बम के गोले फेंककर हम सब कुछ तहस-नहस कर सकते थे।" मोहिन्दर घटक, शराब के नशे के रोमांच में व्यग्र होने लगा था और एक अजीब-सी सुरसुरी उसके अन्दर पनपने लगी थी।

"हमने आगे का रास्ता भी ढूँढ़ निकाला था।"

"कैसे।"

"कालीशंकर !"

"कौन कालीशंकर ?"

"मुख्यमंत्री का पी. ए.।"

"वह क्या करेगा !"

"रास्ता खोजने में मदद।"

"मैं नहीं मानता।"

"आपका तात्पर्य नहीं समझा।" राघव ने सवाल पूछा।

"मुख्यमंत्री के पी. ए. बनने का अर्थ पता है तुमको।"

"जानता हूँ।"

"क्या जानते हो।"

"कमिटमेंट।"

"टोटल कमिटमेंट।"

"जी कामरेड।"

"तब।"

''कालीशंकर की स्थिति कुछ और है।''
''क्या ?''
''वह अपने बॉस से नफरत करता है।''
''लेकिन क्यों ?''
''मामला कुछ उसकी बीवी प्रतिभा से सम्बन्धित है।''
''नफरत, षड्यंत्र की पहली सीढ़ी है।''
''कामरेड।'' राघव ने समर्थन किया।
''लेकिन...''
''हमने पहले दूसरा रास्ता चुना था।''
''दूसरा रास्ता।''
''लेकिन क्या ?''
''हमने कालीशंकर के बाप का अपहरण कर लिया था।''
''फिर क्या हुआ।
''उसे छोड़ना पड़ा।''
''क्यों ?''
''कालीशंकर ने गेट नम्बर पाँच के पास, सचिवालय के अन्दर जो छोटे-छोटे, दो तालाब हैं उनकी सफाई का ठेका बच्चन को दिलवाने का एकरार कर लिया था।''
''कौन बच्चन ?''
''अपना बच्चन। और कौन !'' राघव ने जवाब दिया था।
''राघव तुम्हारा मतलब।'' अभयंकर घोष फटी-फटी आँखों से देख रहा था।
''जी कामरेड ! हम गेट नम्बर पाँच के अन्दर से खुदाई करते हुए सुरंग के उस भाग को जोड़ सकते थे, जिसका मुहान बन्द हो गया था।''
''आय सी।'' एजी ने स्वीकार किया था।
''लेकिन कामरेड सर !''
''बोलो !''
''सारा प्लान गड़बड़ हो गया, सब कुछ बिखर गया।''
''कैसे ! कौन जिम्मेदार है उसके लिए...''
''वी आर इम्प्रेस्ड, राघव। हम तुम्हारी क्रांतिकारी निष्ठा के मुरीद हैं।'' मोहिन्दर घटक ने प्रशंसात्मक स्वर में कहा था।
''धन्यवाद।''
''धन्यवाद का शब्द, भूल गये तुम...''
''सॉरी...''

''और अब सॉरी।''

''मुझे नहीं कहना चाहिए था।'' राघव ने स्वीकार किया, ''ठीक है, तो अब कहाँ पर है, तुम्हारी योजना सॉल्व हो गयी।''

''बट वाय।'' एजी ने सख्ती से सवाल पूछा।

''सुरंग के बारे में पुलिस को पता लग चुका है।'' राघव अपनी दिक्कत बता रहा था।

''पुलिस को नहीं ऐ मूर्ख। सिर्फ चरनजीत चंगेजी को।'' एजी ने सूचना दी।

''तुम्हें कैसे मालूम एजी।'' घटक ने सवाल दाग दिया।

''मेरे भी ताल्लुकात हैं।''

''कुछ विस्तार से बताइये कामरेड सर।'' राघव ने पूछा।

''कुछ विस्तार से बताने को है नहीं। हमें सिर्फ इतनी जानकारी मिली है कि सुरंग की बात छुपा ली गयी है।'' एजी यानी अभयंकर घोष का बयान था।

''सबके सामने, वह लड़की उस कुएँ में, ठीक जोंगा जीप के ऊपर गिरी थी। उसे निकालने के लिए जो लोग कुएँ के अन्दर उतरे थे, उन लोगों को जीप की बावत पता लग चुका था। चरनजीत चंगेजी ने सुरंग का रास्ता जब खोजकर निकाला था, उस समय कई लोग उसके साथ थे। तब यह बात छुपायी कैसे जा सकती थी।'' राघव जैसे अपने आप से कह रहा था।

''कहीं ऐसा तो नहीं कि चंगेजी कुछ दोहरी चाल।...'' घटक बोला।

''हो सकता है।''

''बिलकुल हो सकता है...चंगेजी एक तजुर्बेकार और घाघ किस्म का शातिर पुलिसिया है। वह कुछ भी कर सकता है लेकिन...''

''लेकिन क्या।'' एजी ने पूछा।

''मालिनी ने एक रोज बताया था...हाँ याद आया जब हमने कालीशंकर के बाप का अपहरण किया था, तब मालिनी ने कहा था...कुछ ऐसा'' राघव याद करने की कोशिश कर रहा था, ''हाँ। उसने कहा था, कालीशंकर अब मुख्यमंत्री के साथ नहीं है।''

''क्या कह रहे हो तुम ?'' घटक को ताज्जुब हुआ था।

''यस !''

''किस हद तक यह बात सच हो सकती है।'' एजी ने पूछा।

''सच है। यह बात सच है। याद आया, तभी तो हमने अपहरण समाप्त कर दिया था। अभी बताया था आपको कालीशंकर हमारे साथ सहयोग कर रहा है।''

''कैसे ? क्या सबूत है ? यह सब खतरनाक भी हो सकता है, राघव !

तुम्हें सावधान रहना होगा।'' एंजी ने चेतावनी देते हुए कहा था।

''यह सब एक थैली के चट्टे-बट्टे हैं। लूट के पैसे के बँटवारे को लेकर, कभी-कभी मनमुटाव हो जाता है लेकिन पैचअप में देर नहीं लगती।'' मोहिन्दर घटक ने झूमते हुए कहा था।

''हम विषय से बाहर जा रहे हैं और समय नष्ट कर रहे हैं।'' एजी ने सलाह दी।

''जी कामरेड।''

''तो।''

''हमें सुरंग को ड्राप करना होगा।'' राघव ने कहा।

''वह मेहनत, वह समय जो बर्बाद किया है...और फिर हमारी योजनाओं के तहत इस लैबलिसमेंट को एक धमाके से उड़ाने की जो योजना हमने बनायी थी, उसका क्या होगा। वह तो नेशनल प्लान है। कुछ राज्यों के बाद, वह हमें...उसका पटाक्षेप तो दिल्ली में होना था। एक कदम आगे बढ़ते हैं तो दस कदम पीछे। यहाँ अगर राघव कुछ नहीं कर पाया तो...''

''लेकिन...'' घटक बोला था।

''कितनी बार कहा है, जब मैं विवेचना कर रहा हूँ, तब बीच में मत बोला करो मोहिन्दर घटक !''

''मैंने क्या कहा ?''

''तुमने हमारे थाट प्रासेस को डिस्टर्ब किया...और क्या किया।'' एजी ने घटक को डाँट बतायी।

''कामरेड। आप कह रहे थे...''

''हाँ। अगर यहाँ राघव असफल हो गया तो शायद हम कुछ नहीं कर सकेंगे...कहीं भी, कुछ भी नहीं...क्या कुछ हो सकता है, राघव।''

''हो सकता है, नहीं, हो रहा है कामरेड।''

''क्या ? मुझे बताया क्यों नहीं ?''

''थियेटर हमने शिफ्ट कर दिया है।''

''क्यों ? मुझसे पूछा क्यों नहीं।'' एजी तेज आवाज में बोला।

''घटनाक्रम बड़ी तेजी से बदल रहा था। आपसे सम्पर्क बनाने से पहले, हमें अपनी तैयारी पूरी करनी थी। और फ़िर मुख्यमंत्री आवास की सब खबर हमें कालीशंकर के माध्यम से मिलने लगी थीं। जब हमें यह पता लगा कि मुख्यमंत्री ने हमारे मुख्यालय पर बमबारी करने का निश्चय किया है, और जब वह निश्चय, निर्णय में बदल दिया गया तब हमें, सब कुछ छोड़कर बमबारी और दोहरे आक्रमण की प्रक्रिया को रोकने का प्रयास करना था...करना था न।'' राघव ने आवेग में प्रश्न किया था।

''करना था, बिलकुल करना था...श्योर, दिस इज ए वाइज मूव।''

अभयंकर घोष ने सहमति के स्वर में राघव का समर्थन किया।

''ठीक। बिलकुल ठीक।'' घटक ने कहा।

''जंगलपार्टी के मुख्यालय पर हमला और बमबारी रोकने का सिर्फ एक तरीका था।''

''था।'' एजी ने पूछा।

''था, है और रहेगा।''

''क्या ?''

''स्वयं मुख्यमंत्री को रास्ते से हटाना होगा।''

''क्या मतलब है तुम्हारा।''

''साफ लफ्ज में मुख्यमंत्री की हत्या।'' राघव की आवाज में ठंडक थी सर्द चुभती हुई ठंडक।

''लेकिन उससे हासिल क्या होगा अगर हम अपने आन्दोलन से सम्बन्धित समस्याओं का विवेचन करें तो हमें साफ-साफ दिखायी देता है, गोवर्धनदास... वह गोवर्धनदास जिसने हमारा चालीस लाख रुपया मार दिया, हमारे साथ धोखा किया। उस रकम से, बीस लाख रुपया हमें, पटना में मिलना था...''

''पटना क्यों।''

''बिहार की यूनिट के पास पैसा नहीं है। वहाँ सब कार्य रुके हैं। दूसरी समस्या जो हमारी पार्टी के सामने अचानक खड़ी हो गयी है, वह है...''

''कामरेड। एक शंका है।''

''क्या ?''

''इफ यू, डोंट माइंड।''

''गो एहेडं।''

''गोवर्धनदास ने क्या पैसे देने के लिए मना किया है...क्या उसने पूर्व में कभी ऐसा किया था। जहाँ तक मुझे पता है...'' राघव की बात घटक ने काटी थी।

''यही तो मैं भी सोच रहा था...गोवर्धनदास ने माल लेकर अब तक हमें करीब साठ लाख रुपये दिये हैं।''

''साठ लाख !'' एजी ने सवाल किया।

''साठ लाख का कोई चंदा नहीं दिया था उसने। कई बार में...शायद तीन या चार बार में इतनी रकम उसने खालिस सोने के बदले में दी थी। सवाल तब यह उठता है, उसने इस बार ऐसा क्यों किया।'' घटक बोला।

''कोई मजबूरी रही होगी या फिर...''

''या फिर।'' एजी ने राघव से बात पूरी करने को कहा।

“या फिर कोई दबाव...किसी तरह का पुलिस आपरेशन।”

“लेकिन पुलिस बुलायी किसने।” एजी का सवाल था।

“पुलिस, गोवर्धनदास नहीं बुला सकता।”

“क्यों।”

“चोरी का सामान रखनेवाला, डाकाजनी का माल कमीशन पर निकालने वाला, भला पुलिस को बुलाकर अपनी मौत को दावत देगा।” राघव ने कहा।

“यू मे बी राइट। लेकिन गोवर्धनदास छँटा हुआ बदमाश है।” एजी ने फैसला कर दिया।

“आपने कामरेड...”

“मैं बात पूरी नहीं कर सका था। तो मैं कह रहा था दूसरी समस्या जो अचानक हमारे सामने खड़ी हो गयी है, वह पहाड़पुर, नानकपुर के जंगलों पर दो तरफ हमले के साथ बमबारी की है।”

“घोष दा। आप बेकार चिन्ता करते हैं। हम खोह बना लेंगे...उसमें वियतनाम के बागियों की तरह, घुसकर छुप जायेंगे और छापामार युद्ध करते रहेंगे...” मोहिन्दर घटक शराब के नशे में बोल रहा था।

“कितने दिन, कब तक, और कितने लोग।” एजी ने घटक की बात काटते हुए कहा था, “हमारी सेना में, ज्यादातर डरपोक कायर लोग हैं जिनका पेशा चोरी और लूटमार रहा है। उनका परिवार उनके साथ रहता है। तुम लोग जानते हो, परिवार के बंधन, बीवी, बच्चों का मोह, कितना भयावह होता है...”

“कामरेड। आप ठीक कह रहे हैं। हमें सावधान रहना चाहिए।” राघव ने कहा।

“तो फिर...”

“जैसा मैंने कहा बमबारी और आक्रमण...”

“दोतरफा आक्रमण।” घटक ने याद दिलाया।

“हाँ। दोतरफा आक्रमण और बमबारी रोकने का सिर्फ एक तरीका है...”

“मुख्यमंत्री की हत्या।” एजी ने अपने आप से कहा।

“लेकिन क्या गारण्टी है, उसके बाद, बमबारी रुक जायेगी।”

“रुक जायेगी, बिलकुल रुक जायेगी।” राघव ने विश्वास से कहा।

“कैसे ?”

“राजनीतिक उथल-पुथल होगी, उसमें हम भाग सकते हैं...” घटक ने कहा।

“और फँस भी सकते हैं।” राघव बोला।

''हाऊ, कैसे।'' एजी ने पूछा।

''मुख्यमंत्री की हत्या की जिम्मेदारी तो हम लेंगे न।'' राघव का सवाल था, जिसने घटक और घोष दोनों को दुविधा में डाल दिया।

''जिम्मेदारी...जिम्मेदारी तो लेनी पड़ेगी, अन्यथा, इतने बड़े आपरेशन की आवश्यकता क्या है। हम चुप भी तो बैठ सकते हैं, कहीं छुपकर...नहीं शायद ऐसा सम्भव नहीं है। पहाड़पुर, नानकपुर में हमारी स्टेक हमारे दाँव महत्त्वपूर्ण हैं, वहाँ हमने लाल सेना बना रखी है। बारूद का कारखाना लगा रखा है, नेपाल के पहाड़ी रास्तों पर अनेक छोटी-छोटी ऐसी गुफाएँ हैं, कंदराएँ हैं, जिनमें हम छुप सकते हैं, लेकिन लाल सेना को तो नहीं छुपा सकते...और अगर किसी तरह लाल सेना को भी छुपाने की व्यवस्था कर ली जाये तो उनके बीवी-बच्चों का क्या होगा...डिसगस्टिंग, मेरी समझ में कुछ नहीं आता...''

''कामरेड ! निर्णय...''

''पहली बात पहले आनी चाहिए। क्रांतिकारी अभियान में बीवी-बच्चे रुकावट बनते हैं।''

''बिलकुल बनते हैं। घटक ने समर्थन किया और अपना राघव भी तो विवाह करने पर आमादा है, है न, राघव।''

''जी, कामरेड। लेकिन...''

''तुम्हें शादी करनी भी थी तो क्या हमें विश्वास में नहीं ले सकते थे और क्या शादी करना इतना आवश्यक था...एजी ने आरोप लगाया।

''और कम से कम, हमें अपने वैवाहिक कार्यक्रम में शामिल होने का निमंत्रण तो दे सकते थे। क्यों राघव, निमंत्रण पाने का अधिकार तो था हमें न।'' मोहिन्दर घटक ने एजी के आरोप का समर्थन किया था।

''आप लोग समझते क्यों नहीं, हमारे और रीतू के रिश्ते के बारे में, आप कुछ नहीं जानते...शादी महज शादी के लिए हो रही है...यह सब मुझे रीतू के लिए करना पड़ रहा है।''

''क्या कुछ दिन यह रुक नहीं सकता था।''

''रुक सकता था, बिलकुल रुक सकता था, लेकिन वह धमाका, वह विस्फोट, बारूद के छोटे-छोटे तमाम टुकड़ों को जोड़कर तैयार किया गया वह बारूदी लेप तो नहीं रुक सकता था।...''

''राघव। किस बारूदी लेप की बात कर रहे हो तुम।''

सवाल तो ऐजी ने पूछा था, लेकिन जवाब किसी ने नहीं दिया।

''मैं उस बारूदी लेप की बात कर रहा था जो स्वयं मेरे शरीर में लगाया जाना है। छोटे-छोटे महीन तारों से बारूद के टुकड़े जुड़े रहते थे। वह लेप लगाकर मुझे उस भीड़ में शामिल होना था जो मुख्यमंत्री से मिलने के लिए,

सवेरे नौ बजे, मुख्यमंत्री निवास में मौजूद रहती है।'' राघव की बात ने उस सन्नाटे को तोड़ा था जो कुछ देर पहले उस कमरे में व्याप्त हो गया था, ''और आप जानना चाहते होंगे ऐसी योजना मैंने क्यों बनायी, आप यह भी जानना चाहते होंगे, रीतू के साथ मेरा विवाह आज क्यों हो रहा है और क्या यह विवाह कुछ दिन रुक नहीं सकता था। जानना चाहते हैं न।'' अभयंकर घोष और मोहिन्दर घटक ने कुछ नहीं कहा, सिर्फ फटी-फटी आँखों से, राघव को घूरते रहे।

''अगर मुझे पुरुषबम या ह्युमन बाम्ब बनकर फटना है तो क्या ऐसा करने से पहले मुझे उस लड़की से शादी करने का अधिकार नहीं है जो मेरी प्रतीक्षा में कितने वर्षों से बैठी हुई है।'' राघव का चेहरा सफेद और सख्त था।

''क्या इसके अलावा कोई रास्ता नहीं है ?'' घटक का नशा उतर गया था।

''है।''

''क्या ?''

''मुख्यमंत्री को गोली मार दी जाये।''

''तो फिर।''

''कौन मारेगा गोली।'' राघव ने पूछा।

''कोई भी...जंगलपार्टी का कोई भी कामरेड ऐसा करने में गर्व महसूस करेगा।'' अभयंकर घोष ने कहा।

''लेकिन वह कामरेड मुख्यमंत्री के करीब, हथियार लेकर कैसे पहुँचेगा।''

तभी अन्दर से रीतू ने दरवाजे पर खट-खट की आवाज करके अपनी तरफ सबका ध्यान आकृष्ट करने का प्रयास किया था।

''क्या बात है रीतू।'' राघव ने प्यार से कहा, बेहद प्यार से कहा था।

''मुझे कुछ कहना है।'' रीतू धीरे से बोली।

''अररे, रीतू। तुम। तुमको बात करनी है, आओ, आओ...कम आन माय चाइल्ड। यहाँ यहाँ बैठो...मेरे पास, मेरे करीब।'' अभयंकर घोष ने असीम स्नेह से सराबोर, स्वागत किया था, रीतू का।

''कामरेड।'' रीतू एक खाली सोफे पर बैठ गयी।

''हम आपको अपनी शादी का निमंत्रण देना चाहते हैं।''

''हाँ...हाँ क्यों नहीं। हम अवश्य तुम्हारी शादी में आयेंगे। आयेंगे क्या. ..आ गये हैं।''

''जरूर। खाना, पीना तो होगा न।'' मोहिन्दर घटक ने पूछताछ की और अभयंकर घोष का समर्थन भी किया।

''सिर्फ खाना। पीना नहीं।'' रीतू का जवाब था।

''ओह नो...खैर...''

''खैर क्या घटक। खाना तो वहाँ मिलेगा, पीना तुम कर ही रहे हो।''

''यह कोई पीना है। दोस्त की शादी है, आज तो रातभर पियेंगे, खायेंगे गुल मचायेंगे।'' घटक ने इच्छा प्रकट की।

''जो जी में आये कर लेना।'' एजी ने कहा।

''आपको भी ई हम अ आज अ छोड़े ए एं गे नहीं। घोष दा।''

''नहीं...कभी नहीं तुम लोग...।''

''क्या अ, घोष दा। कभी तो...।''

''ठीक तो कह रहे हैं, घटक भाई।'' रीतू ने समर्थन किया। ''मैं खुद आपका ध्यान रखूँगी'', रीतू ने मचलते हुए कहा था।

''अब तो रुकना होगा...ब्राइड की बात तो रखनी पड़ेगी...मैं क्या कर सकता हूँ आय एम हैल्पलैस।''

''ग्रेट।'' घटक खुश था।

''चियर अप। चियर अप आल।'' राघव ने कहा।

''मैं सबको बताकर आती हूँ।''

''अइरे रीतू। तुम कुछ कहना चाहती थीं।''

''हाँ।''

''क्या बात है'' राघव ने पूछा।

''बात तुमसे नहीं...कामरेड एजी साब से करनी थी मुझे।''

''तो करो तुम्हें इजाजत मिल चुकी है।'' राघव ने कहा।

''मुझे गोल्डी के बारे में कुछ कहना है।'' रीतू साहस करके बोली।

''गोल्डी के बारे में।'' राघव आश्चर्यचकित और स्तब्ध था।

''यह गोल्डी कौन है।'' एजी ने पूछा।

''हाँ, यह नाम तो पहली बार सुना है।'' घटक ने अपनी राय दी थी।

''मैं बताता हूँ...कामरेड। गोल्डी असल में वही है जो आपके यहाँ आने पर वहाँ उस किताबों की शेल्फ के पास खड़े थे।''

''हाँ खड़े थे।''

''वही है, हम्हारे गोल्डी।''

''हम्हारे गोल्डी।''

''जी कामरेड !''

''हम्हारे गोल्डी से क्या मतलब है तुम्हारा।''

''कामरेड। मोहिन्दर घटक, हम्हारे गोल्डी से तात्पर्य है, हम्हारे गोल्डी। नथिंग लैस, नथिंग मोर।'' राघव ने कहा।

''मैं बताती हूँ...कामरेड।''

"गो एहेड।" एजी ने आज्ञा दी।

"गोल्डी का पूरा नाम बरुन हालदार है, वह गोलपाड़ा, बनारस, मोहल्ले के नित्यानंद हालदार के पुत्र हैं और हम्हारे बहुत पुराने, यूनिवर्सिटी के, विश्वविद्यालय के साथी हैं हम्हारे साथ पढ़ते थे और अब जंगल पार्टी में काम करना चाहते हैं।"

"लेकिन क्यों ?"

"वह पिछले कई वर्षों से आर्थिक अपराधों या दलाली के कामों में जिसे..."

"सभ्य समाज में लाइसेन कहा जाता है।"

"जी कामरेड।"

"लेकिन हम बिना किसी परिचय..."

"हम हैं, उनका परिचय।"

"फिर भी।"

"आप विश्वास कर सकते हैं, घोष दा।" रीतू ने जोरदार वकालत की।

"देख लो। द ब्राइड इज सपोर्टिंग दैट गार्ड...क्या नाम बताया था।"

"गोल्डी। कामरेड। बरुन हालदार उर्फ गोल्डी।"

राघव ने पेशकश की थी।

"क्या चाहता है वह।"

"वह हम्हारे लिए काम करना चाहता है। कुछ देर पहले बताया था न।" रीतू ने कहा।

"क्या काम करना चाहता है।"

"कुछ भी।"

"तुम लोग जानते हो, अच्छी, तरह जानते हो, हम किस काम में लगे हुए हैं..."

"वह हर काम के लिए तैयार है।"

"क्या गोली चला सकता है, क्या बम फोड़ सकता है, क्या हत्या कर सकता है, क्या बैंक, साहूकारों को लूट सकता है।" अभयंकर घोष ने घोषणा की।

"जी।" रीतू ने धीरे से कहा।

"क्या।" आश्चर्यचकित थे, एजी और घटक।

"आपके प्रत्येक प्रश्न का उत्तर है सिर्फ हाँ, कामरेड।" रीतू ने दृढ़ता से कहा।

"तुम्हें डर नहीं लगता लिटिल ब्राइड।" एजी ने रीतू से सवाल किया।

"नहीं।"

“क्यों ?”

“राघव की वजह से।”

“गुड। लिटिल ब्राइड। वेल सेड। हम सब तुम्हारी मेहमाननवाजी और हाजिरजवाबी से बेहद प्रभावित हैं। आज तुम्हारा विवाह है, इसलिए हम तुम्हें नाराज तो कर ही नहीं सकते...”

“तो कामरेड !”

“क्या चाहती हो ?”

“गोल्डी को मौका दिया जाये।” रीतू का अनुरोध था।

“मौक़ा दिया जाये।” अभयंकर घोष ने घोषणा की।

“मैं घोष दा का समर्थन करता हूँ।” घटक बोला।

“मैं कामरेड के निर्णय का पालन करूँगा।” राघव ने बात आगे बढ़ाई।

“लेकिन तुम जानते हो राघव...”

“यस कामरेड ! गोल्डी को परीक्षा के दौर से गुजरना होगा।” राघव ने जानकारी दी।

“द लिटिल ब्राइड की सिफारिश के बाद, हम परीक्षा की शर्त हटा लेते हैं, लेकिन उसको चौबीस घंटे अभी से, बी. एस. कमाण्डर की देख-रेख में रहना होगा। बी. एस. उसको ट्रेनिंग देगा। ट्रेनिंग तथा, बी. एस. इसका गोली का निशाना...गोली चलाना आता है न उसको।”

“आता है...बुलाऊँ गोल्डी को।” रीतू ने पूछा।

“नहीं...अभी नहीं, पहले वह बी. एस. के साथ रहेगा और तब मेरे साथ।”

“ओ. के.।”

“ओ. के. कामरेड।”

“राघव।” ए जी ने बहुत धीरे से कहा था।

“कामरेड !”

“कुछ समझ आया।”

“क्या ?”

“यही कि हम नये साथी का किस तरह स्वागत करेंगे।”

“किस तरह।”

“पहले एक बात बताऊँ।”

“जी।”

“अगर रीतू को बुरा न लगे, तो मैं अपने मन की बात बताना चाहूँगा।”

‘आप कुछ भी कह सकते हैं, कामरेड।”

“हमने गोल्डी को गोली मारने का फैसला कर लिया था, क्यों घटक।”

अभयंकर घोष ने कहा।

"कामरेड !" घटक की आवाज थी, "लेकिन अब आपने फैसला बदल दिया है न।"

रीतू और राघव चुपचाप अभयंकर घोष को घूर रहे थे। लेकिन अभी रीतू द लिटिल ब्राइड की संस्तुति पर उसके विवाह के अवसर पर हम गोल्डी का उसे तोहफा देते हैं। मुझे उम्मीद है, हम्हारा यह तोहफा उसे पसन्द आयेगा। चूँकि अभयंकर किसी व्यक्ति विशेष को सम्बोधित नहीं कर रहे थे कोई कुछ नहीं बोला था। सिर्फ गर्म साँसों की आवाज तनिक तेज हो चली थी। घटक का पीना रुक चुका था, तभी अभयंकर घोष की आवाज दुबारा उस कमरे में गूँजने लगी। वह जैसे अपने आपसे कह रहे थे, "गोल्डी उर्फ बरुन हालदार को, चौबीस घंटे बाद, मुख्यमंत्री उत्सुकदास, को लिक्विडेट करना होगा ? राघव और रीतू या लखनऊ आउट फिट का कोई और कामरेड साथी इसमें हाथ नहीं डालेगा। अभी, इसी वक्त से आपरेशन सी एम अपने हाथ में लेता हूँ। इस वक्त से आपरेशन का कोई शब्द होगा, 'सफायर'। अब हम डिसपर्स होते हैं।" सब लोग कमरे से बाहर जाने लगे तब अभयंकर घोष ने राघव के कंधे छूकर उसे रुकने का इशारा किया और बुकशेल्फ के पास ले जाकर उससे धीमे लेकिन सख्त अधिकारपूर्ण स्वर में कहा, "गोल्डी मुख्यमंत्री को जैसे ही खत्म कर दे तुम उसे गोली मार देना। आपरेशन सफायर में चरनजीत चंगेजी और कालीशंकर हमारे मददगार होंगे।"

जब बलदेवचौधरी के निवास स्थान पर मंत्रिमंडल के पतन की प्रक्रिया को अंतिम रूप देने के लिए, संघी, प्रजासमाजवादी, समाजवादी और गैरसमाजवादी दलों के नेताओं का जमावड़ा लगना शुरू हो चुका था, जब रामानन्द, नफरत और हिंसा का सुलगता हुआ बम बनकर पुलिस मुठभेड़ों में फटने के लिए तैयार हो रहा था, जब बलरामशास्त्री ने बाई जी का आशीर्वाद प्राप्त करने के पश्चात् बाबरी मस्जिद को ध्वंस करने का मुहिम खोल दिया था, जब कालीशंकर, अपने मालिक उत्सुकदास के एक-एक किले, एक-एक ठाँव, ठिकाना गिराने में, नष्ट करने में, लगा हुआ था, जब रंगीनराय को बलदेवचौधरी और उत्सुकदास के विरुद्ध, मुख्यमंत्री पद का दावेदार बनाने के लिए, दरोगा का षड्यंत्र पकने लगा था और जब लोबीराम के यहाँ, जातिमूलक विद्रोह की संरचना में विशाल भारत की 566 जनजातियों, 3783 पिछड़ी जातियों, 2378 अन्य हिन्दू वर्ग की जातियों और 1086 अनुसूचित जातियों जो स्वयं में मानवता के हजारों वर्ष के इतिहास में नितान्त भयावह सामाजिक उथल-पुथल का प्रतीक है। उन करीब 7800 जातियों

में से कुर्मी, लोध, यादव, राजभर और निषाद गुटों के बौने नेताओं के झुंड किसी नये समाज की परिकल्पना को आधार बनाकर मानवता की तिजारत, जातियों, इंसानों के व्यापार की हिकमत से, अपनी-अपनी गोटें सजा रहे थे, जब सत्ता को हासिल करने के लिए प्रदेश की समूची पिछड़ी जातियों को दाँव पर लगाने के कदम उठाये जा रहे थे और जब समाजवादी दलों के चौंतीस, प्रजासमाजवादी दल के चौदह, रिपब्लिक दल के तेरह साम्यवादी दलों के सोलह तथा संघी, सभाई दलों के 114 विधायकों को कच्चेमाल की तरह, सिद्धान्त-विहीन, स्वार्थपरक संख्यक राजनीति में, इस्तेमाल किया जा रहा था, सौदे किये जा रहे थे, उस समय सत्ता के गलियारों से दूर, हजरतगंज थाने के एक कोने में चरनजीत चंगेजी, बलरामबल्लभ के तमाचे से निपटने की रणनीति को अंतिम रूप दे रहा था। हरीराम भाटी से बात करने के बाद, चरनजीत के अन्दर उबलता हुआ तनाव कुछ शिथिल हुआ था। उधर भूपति ने तो जैसे उसकी तमाम समस्याओं का हल निकालने के लिए, वह गुमनाम खत उसके पास भिजवा दिया था जिसमें भैरवसिंह की हत्या का सुराग छिपा हुआ था। चरनजीत चंगेजी को लग रहा था जो व्यवस्था उसने की थी, जिस इंतजाम को उसने अंतिम रूप दिया था उसको अमल में लाने का समय आ चुका था। बलरामबल्लभ के साथ यशोदाबल्लभ और कृष्णबल्लभ को अपने शिकंजे की पकड़ में लेना, तब तक चरनजीत को, मुमकिन दिखायी देने लगा था। हरीराम भाटी, शाहजहाँपुर कोतवाली का मुख्य पुलिस निरीक्षक चरनजीत चंगेजी की तरह विशालकाय व्यक्तित्व का धनी नहीं था। फिर भी मध्यम काठी, औसत दर्जे का दोहरा बदन, सफाचट चेहरा और गोल खोपड़ी को मोटी गर्दन के ऊपर सम्भाले हुए, दाहिनी तरफ को उलार लिए हुए तिजारती कंधों के ऊपर झूलते हुए लम्बे हाथ, किसी मोहक शख्सियत का भले ही पैमाना न हो, एक खास तरह का आकर्षण था उसमें। उसके मित्र चरनजीत चंगेजी ने उसे बुलाया था। हरीराम भाटी, जब चरनजीत के पास पहुँचा, उस समय वह अपनी योजना को अंतिम रूप देने में लगा हुआ था।

"नमस्कार भाई।"

"आओ भाटी। कैसे हो, कब आये। स्टेशन गाड़ी पहुँच गयी थी।"

"हाँ।"

"कहाँ ठहरो हो, पुलिस लाइंस में।"

"नहीं, पेपरमिल कालोनी में।"

"तब।"

"जैसे आपकी आज्ञा होगी।"

"हमें एक तो भैरवसिंह और दूसरे फूलदास की हत्या का बदला लेना है।"

''हाँ भाई। फूलदास क। हत्या का केस तो सुलझ गया।''

''अच्छा।''

''मैंने उस ट्रक के ड्राइवर को एक गाँव में छुपा दिया है।''

''कैसे ?''

''ट्रक जब्त करके, उसको जमानत पर छोड़ दिया और फिर चुपचाप भटियारी गाँव में उसे जमा करवा दिया।''

हा...हा...हा...ही...ही...ही, खी, खी, खी की आवाजों से आते-आते हँसी के ठहाके, हजरतगंज थाने में गूँजने लगे थे। कभी भाटी कहता...कभी चंगेजी, कभी बिना कुछ कहे, बिना कुछ सुने, दोनों हँसने लगते। एक तरह का हुल्लड़, एक खास तरह की बेलाग मस्ती भरे अंदाज, दोनों पुलिस अफसरों के अन्दर कुनकुमाने लगे थे। तभी चरनजीत की निगाह घड़ी पर पड़ी और वह उठकर खड़ा हो गया। उसी के साथ हरीराम भाटी भी उठा और चंगेजी के पीछे-पीछे चल दिया। जीप की अगली सीट पर चंगेजी और भाटी बैठ गये लेकिन जीप को चलाने की, जब चंगेजी ने कोई हरकत नहीं की, तब भाटी ने पूछा, ''क्या कार्यक्रम है।''

''इसीलिए बाहर आया हूँ।''

''क्या।''

''जब सत्ता की लड़ाई चलती है, जब कुर्सी का युद्ध होता है, तब थाने की दीवारों में अनेक कान पैदा हो जाते हैं।''

''सावधानी बरतने में कोई...''

''हाँ। ऐसा है भाटी, हम भैरवसिंह के हत्यारे को नहीं छोड़ सकते।''

''छोड़ने का प्रश्न ही नहीं उठता। कौन है ? लगा दिया जाये उसे ठिकाने पर।'' भाटी ने कहा।

''पहले तो, सड़क दुर्घटना मानी जा रही थी, लेकिन पोस्टमार्टम के पश्चात्, निश्चित हत्या के सुराग सामने आ गये हैं।''

''कैसे हुई भैरवसिंह की हत्या। उसे मार सकना इतना आसान नहीं था।''

''तुम ठीक कहते हो भाटी। लेकिन फंगसवाली दवा का अर्क, अच्छे-खासे आदमी की दुर्दशा कर डालता है।''

''किसी दवा, दारुवाले का काम लगता है।''

''लगता नहीं, है।''

''कौन है, भाई।''

''स्वास्थ्य विभाग के डॉक्टर मांगलिक।''

''क्या ?'' भाटी की आँखें फटी-फटी-सी होने लगी थीं।

''जी हाँ। हमें मांगलिक को सजा देनी है।''

"इत्मीनान तो कर लिया है भाई।"

"पूरा। ऊपर से, उपसचिव, मुख्यमंत्री कार्यालय, भूपति का फोन आया था।"

"भूपति साहब...क्यों।"

"किसी अज्ञात व्यक्ति ने एक गुमनाम खत के माध्यम से डॉ. मांगलिक के षड्यंत्र को खोल दिया है।"

"क्या था षड्यंत्र।"

"माधुरीसाहा की कुछ तस्वीरें, डॉ. मांगलिक के पास थीं। उन तस्वीरों को हासिल करने भैरवसिंह वहाँ गया।"

"कहाँ जाकर मारा गया भैरवसिंह। वजनदार इन्सान, एक अच्छा पुलिस अफसर..."

"और एक बहुत अच्छा दोस्त।" चरनजीत ने अनुमान लगाया।

"हाँ भाई।"

"तो।"

"आप उसे गिरफ्तार क्यों नहीं करते ?"

"छूट जायेगा।"

"क्यों ?"

"राज्यपाल का फिजीशियन है, बेहद पैसा है, शोसल स्टेटस है।"

"तब।"

"वही करना चाहिए, उसके साथ, जो उसने भैरवसिंह के साथ किया।"

"यह काम आप हमारे ऊपर छोड़ दें...आज रात ढलने से पहले, मांगलिक को भैरवसिंह के पास भेज देते हैं। भैरवसिंह खुद निपट लेगा।"

"नहीं।"

"तब।"

"उसे वही फंगस खिला दिया जाये, जो उसने भैरवसिंह को खिलाया था।"

"फंगस मिलेगा ?" भाटी ने सवाल पूछा।

जेब से, एक महीन काँचवाली छोटी शीशी में तैरते हुए हरे रंग के पदार्थ को दिखाते हुए, चंगेजी बोला, "इसे कहते हैं, फंगस।"

"ठीक है, इसे मुझे दे दीजिए।" भाटी ने हाथ बढ़ाया।

"समझ गये न।" शीशी चंगेजी ने भाटी को पकड़ा दी।

"और भाई। आप जानना चाहेंगे किस तरह हमने फूलदास के हत्यारे जालिमखाँ और दुर्लभकाछी के खिलाफ केस बनाया है।"

"यशोदाबल्लभ को तुम्हें, शाहजहाँपुर में घेरे में लेना है और यहाँ

बलरामबल्लभ को हमने जकड़ लिया है...जिस रिवाल्वर से अपने मित्र डी. एस. पी. फूलदास की हत्या हुई थी...वह, वर्तमान में बलरामबल्लभ और पूर्व में यशोदाबल्लभ के कमरे से बरामद कर लिया गया है।''

''भाई। देर किस बात की है। ट्रक ड्राइवर का बयान, गाड़ी में रखे हुए माल की जी. आर. यानी माल की रसीद और माल के रूप में अफीम और तांबे की बरामदी ऊपर से हत्या में उपयोग किये गये रिवाल्वर का उनके घर में पाया जाना काफी है, यशोदाबल्लभ को जेल भिजवाने के लिए किस लिए रुके हैं भाई। सब सबूत मिल चुके हैं, केस तैयार है, आप...''

''जल्दबाजी से काम बिगड़ जायेगा। हम्हें, मंत्रिमंडल के पतन की प्रतीक्षा है।''

जिस समय मुख्यमंत्री उत्सुकदास, मौनी बाबा के आश्रम में बाबरी मस्जिद का ताला खोले जाने के सम्बन्ध में विचारविमर्श कर रहे थे, करीब-करीब, उसी समय बलदेवचौधरी के निवास स्थान पर अनेक नेताओं का जमावड़ा लगना शुरू हो चुका था। जनसंघीविधायकों के नेता, समाजवादी दल, साम्यवादी दल के अनेक घटक प्रजा समाजवादी दल के प्रतिनिधि अपना-अपना माँगपत्र लेकर, बलदेव चौधरी के यहाँ पहुँच चुके थे। इन तमाम दलों की अलग-अलग नीतियों, कार्यक्रम, घोषणापत्र, को नये नाम देकर, एक नया, न्यूनतम कार्यक्रम बनाया गया था, जिसमें करीब बीस मुद्दे थे। इस घोषणापत्र के आधार पर, बलदेवचौधरी की, सरकार का गठन होना था। माँगपत्र, न्यूनतम कार्यक्रम के साथ जुड़ी हुई थी, मंत्रिपरिषद की सदस्यता। जनसंघी दल को कितने मंत्रिपद मिलेंगे, महासभाई के कितने मंत्री होंगे, प्रजा समाजवादी पार्टी को मंत्रिपरिषद की कितनी सीटें प्राप्त होंगी, एवं समाजवादी दल तथा साम्यवादी दलों की, मंत्रिपरिषद में संख्या भी निश्चित होनी थी। बलदेव चौधरी की अपनी राजनीति थी, अपना विज्ञान था। नीतियों, आदर्शों और विचारों के दायरे से खुद उनका निकलकर बाहर आना सम्भव नहीं लगता था। जिन विचारों, आदर्शों और नीतियों के कारण बलदेव चौधरी, पार्टी की सरकार से इस्तीफा दे रहे थे, उन्हीं विचारों, आदर्शों सिद्धान्तों और नीतियों को त्यागकर, समझौता किस तरह होगा, यह किसी की समझ में नहीं आ रहा था। लेकिन कौन जानता था, किसे मालुम था, राजनीति के पटल पर कौन-सी युद्ध की संरचना की जा रही थी। वह भूखे, नंगे, सत्ता से बाहर सरकारी वैभव से दूर लाठी, डंडे से पिटनेवालों, जुलूस, नारे, जेल विरोध तथा विद्रोह की लड़ाई लड़नेवालों का खेल था या राजनीतिक दलों की लिप्सा, पिपासा, स्वार्थ एवं संपदा का मोह था या सिर्फ पार्टी की सरकार को पदच्युत

करने का संकल्प था या फिर नीतियों, आदर्शों और कार्यक्रम के क्रियान्वयन की आधारशिला पर किसी नये प्रकार के मंत्रिमंडल का गठन। इसका निर्णय करना सम्भव नहीं था। कालीशंकर ने ठीक कहा था, डाय इज कास्ट, मंत्रिमंडल का पतन निश्चित था। मंजूर अहमद से, सीपी ने जो सौदा किया था, उसके अनुसार, मंजूर अहमद स्वयं मंत्रिमंडल के सदस्य होंगे और बलदेवचौधरी मुख्यमंत्री। सत्ता हथियायी जाती है ताकत से और ताकत बनती है गिनती से। मंजूर अहमद के पास 32 विधायक थे और जनसंघ सभा और रामराज्य परिषद के 114 जिसमें स्वयं बलदेवचौधरी के 18 विधायक और जोड़ दिये जाते तो कुल संख्या बनती थी 164। इसमें साम्यवादी दलों के तीनों घटक के विधायकों की और स्वतंत्र विधायकों की संख्या मिला देने से, सरकार बन सकती थी।

बलदेवचौधरी, उत्सुकदास के मंत्रिमंडल में उपमुख्यमंत्री थे लेकिन मंत्रिमंडल के गठन के पश्चात् जो तीन मंत्रिमंडल की बैठकें हुई थीं, उनमें से एक में भी वह उपस्थित नहीं थे। उपमुख्यमंत्री पद के अतिरिक्त, उस समय तक प्रदेश पार्टी का अध्यक्ष पद भी उनके पास था, लेकिन पार्टी के कार्यकलापों से उन्होंने अपने आपको त्यागपत्र देते ही अलग कर लिया था। तब से वह पार्टी के कार्यालय के अन्दर तक नहीं गये थे।

असल में बलदेवचौधरी, आक्रामक स्थिति में पहुँच चुके थे। उनको अपने चारों तरफ, अन्धकार दिखायी दे रहा था। उनको लग रहा था, पार्टी के नेताओं ने उनको ढकेलकर सत्ता के गलियारे से बाहर कर दिया था। खेल से बाहर होने का भय, गिनती का गणित विफल कर डालने की रणनीति, सत्तालोलुप विरोधी दलों की बैठकें, मंजूर अहमद के बत्तीस विधायकों का बिना शर्त समर्थन, दारुलशफ़ा के कोने, किनारों से उमड़ता हुआ विधायकों का समूह, पंक्तिबद्ध विधायकों का गिरते-पड़ते अपना-अपना बायोडेटा प्रस्तुत करना रामानन्द की एनकाउण्टर की योजना, ताँबाकाण्ड की बढ़ती हुई हलचल, बढ़ई दीक्षित के पास से मूल ताँबाकाण्ड की फाइल की प्रतिलिपि का बाई जी के पास पहुँचना, मुख्यमंत्री उत्सुकदास के वैयक्तिक सहायक कालीशंकर की पेपर वार, मुख्यमंत्री के बेनामी खातों, जायदाद का विवरण, बैंकों के खातों में जमा पैसा। लैटिन अमेरिका, बहमाज के वकीलों के नाम से करोड़ों रुपयों का बहुराष्ट्रीय कम्पनियों में निवेश, कोयले की खदानों, सोने के धंधे और होटलों में करोड़ों रुपयों की साझीदारी की फेहरिस्त के साथ कोड नम्बरों पते ठिकाने का केन्द्रीय नेतृत्व, हाईकमांड के पास पहुँचना, बलदेवचौधरी को उत्साहित करने के लिए पर्याप्त था। बलदेव चौधरी और मुख्यमंत्री की कुर्सी के बीच का फासला पट चुका था। राजनीति के दाँव, वक्त के मोहरे, संख्या की शक्ति तब तक बलदेवचौधरी के

साथ माया, मोह छोड़कर, निर्लिप्त भाव से समस्त शंकाओं के घेरे से दूर असीम आत्मविश्वास के धरातल पर, स्वयं बलदेवचौधरी, संघी, सभाई, परिषदी, समाजवादी, साम्यवादी और स्वतंत्र विधायकों का उपयोग, कुछ इस प्रकार कर रहे थे जैसे कोई सिद्धहस्त खिलाड़ी कर सकता था। बलदेवचौधरी एक प्रकार से, सब कुछ हाथ में लेकर, कुछ भी छोड़ने के मूड में नहीं थे। वर्तमान मंत्रिमंडल में वह मुख्यमंत्री के डिप्टी थे यानी उपमुख्यमंत्री का पद उनके पास था, प्रदेश पार्टी के अध्यक्ष का पद उन्होंने छोड़ा भी था और नहीं भी छोड़ा था। राष्ट्रीय स्तर पर गुरुपदस्वामी उनके लिए बहुत कुछ करने के लिए प्रतिबद्ध थे, पार्टी में उनके समर्थकों की संख्या बढ़ती जा रही थी, लोकप्रियता में उनकी टक्कर में कोई नहीं था, चारों तरफ उनकी जय-जयकार के नारे लग रहे थे। वह सत्ता का केन्द्र बन चुके थे, खेल की बिसात बिछ चुकी थी, बस एक चाल, बस एक कदम, बस एक दाँव उनको सात-आठ करोड़ आबादीवाले प्रदेश का भाग्यविधाता बना देनेवाला था। उस एक चाल, उस एक कदम, उस एक दाँव की समयसारणी भी बलदेवचौधरी ने बना ली थी। रणनीति तय हो चुकी थी, युद्ध संरचना चक्रव्यूह का गठन हो चुका था, उस सबका क्रियान्वयन समयसारणी के साथ जोड़ दिया गया था। राजनीति के दोराहे पर बैठे हुए, सब कुछ हस्तगत किये हुए और बहुत कुछ प्राप्त करने की साध का संकल्प गाँठकर, विरोधीदलों की उछलफाँद को रिमोट कन्ट्रोल से नियंत्रित कर पाने की स्थिति में पहुँचने के पश्चात् अनन्य अभिलाषाओं, असीम आकांक्षाओं में गुदगुदी से, सिहरन से उन्मादित बलदेवचौधरी दम साधे हुए बैठे थे। उनको प्रतीक्षा थी, बस किसी एक मुद्दे की। किसी एक भूल की, किसी एक दुर्घटना की। बलदेवचौधरी के पास, उस समय तक, इतने दाँव, इतनी चालें मौजूद थीं और वह जानते थे, कभी भी अगर विलम्ब हुआ, वह स्वयं वह मुद्दा, वह भूल, वह दुर्घटना रच सकते थे जो मंत्रिमंडल के पतन का कारण बन सकता था। सब कुछ जानते हुए भी, बलदेवचौधरी, एक बात नहीं जानते थे। उनको पता नहीं था, उनको जानकारी नहीं थी उनकी समस्त तंद्राओं से, उनकी तमाम कल्पनाओं के परे कुछ और लोग; वही खेल खेल रहे थे, जिसकी व्यूह रचना, उन्होंने कर रखी थी। उनको यह भी नहीं पता था उनका गणित, उनकी चालें, उनका कार्यक्रम कभी भी उलट सकता था। बलदेवचौधरी की बिछी हुई बिसात के मोहरे, स्वयं उनके चेहरे के ऊपर उलट देने के लिए, अकेले उत्सुकदास पर्याप्त थे। ऊपर से न जाने कितने उत्सुकदास, उसी कार्य में, अलग-अलग कारणों से, अलग-अलग स्थितियों में वही खेल खेल रहे थे जो उत्सुकदास एक पल में कर सकते थे।

मुख्यमंत्री पद के दावेदारों में, तब तक बलदेवचौधरी के साथ रंगीनराय बलरामशास्त्री, लोबीराम और स्वयं मंजूर अहमद के नाम जुड़ चुके थे। कोई

भी किला, कोई भी चाल, कोई भी दाँव, कोई भी कदम ऐसा नहीं था जिसका समाचार मुख्यमंत्री पद के अन्य दावेदारों को नहीं था। वह नहीं जानते थे। ऐसा तो कभी हुआ ही नहीं, ऐसा खेल किसी ने नहीं खेला और एक दाँव खेलने के लिए, इतने खिलाड़ी, इतने उम्मीदवार, कभी मैदान में नहीं उतरे। अगर बलदेवचौधरी के शिष्य रामानंद के पास पूरे प्रदेश में पुलिस मुठभेड़ में सैकड़ों लोगों को मार डालने की योजना थी तो बलरामशास्त्री के पास बाबरी मस्जिद को गिराने की योजना थी। उधर अगर दरोगा, रंगीनराय को उकसाने में सफल हो गया तो विरोधी दलों की साँठगाँठ बिखर सकती थी। खेल के मैदान में कूद पड़ने की रंगीनराय की महज घोषणा के साथ, मंजूरअहमद के तीन घटक में बँटे हुए बत्तीस समाजवादी विधायक टूट सकते थे। अगर इन सबको तिनकों का पहाड़ मान लिया जाता तब भी लोबीराम के कैम्प में उबलते हुए जाति मूलक विद्रोह को किस तरह नियंत्रित किया जा सकता था, इसकी तो जानकारी राजनीति के सिद्धहस्त खिलाड़ी उत्सुकदास तक को नहीं थी।

जिलाधिकारी फैजाबाद, मोहनसिंह खण्डूरी को, मौनीबाबा के बाहरी कमरे में अकेला छोड़कर, मुख्यमंत्री उत्सुकदास मौनीबाबा के दर्शन के लिए आश्रम के पूर्वी भाग में चले गये थे। वहाँ मौनीबाबा मुख्यमंत्री की प्रतीक्षा कर रहे थे, जब कुछ औपचारिकताओं के पश्चात् उत्सुकदास उनके सामने एक चटाई पर विराजमान हुए। मौनीबाबा एक ऊँचे आसन पर बैठे थे जो अनेक रंगीन वस्त्रों से सुसज्जित किया गया था और जिसमें अनमोल रत्न जटित मुकुट जैसे आकार की कोई चीज लगी हुई थी। मौनीबाबा के पीछे, उड़िया बाबा और स्वामी अखण्डानंद की तस्वीरों के साथ, बाबा देवरतन और माँ आनंदमयी के चित्र फूल-मालाओं से सजाये गये थे। चारों तरफ अगरबत्ती की सुगंधित लहर मँडरा रही थी। स्वयं बाबा मृग की छाल पर विराजमान थे। उनके चेहरे पर तेज था तथा एक शान्त हलचल जैसे कभी-कभी करवट बदलने लगती। मौनीबाबा बोलते नहीं थे लेकिन उनसे बात करनेवाले को, उनकी आवाज बीच-बीच में सुनाई पड़ जाती थी। निहायत सादे और शालीन वातावरण में मुख्यमंत्री उत्सुकदास को कुछ कहने की हिम्मत नहीं बन पा रही थी, तभी न जाने क्या हुआ, उत्सुकदास को लाकर मौनीबाबा उनसे पूछ रहे थे, उनको अपनी बात कहने का आदेश दे रहे थे।

"बाबा, प्रणाम करता हूँ।" उत्सुकदास ने साष्टांग दंडवत करते हुए कहा। बाबा ने सिर्फ हाथ उठाकर आशीर्वाद दिया था।

"बाबा, आपको ज्ञात होगा, आपके आशीर्वाद और आपकी असीम अनुकंपा से, मैं मुख्यमंत्री की कुर्सी पर आसीन हो गया।"

बाबा की आँखों में न जाने कौन-सी लपक कौंध गयी। एक पल के लिए

उत्सुकदास को लगा, उनके अन्दर प्रकाश की किरणों का कोई समूह पैठने लगा।

"न जाने कितने दिनों से बाबा मुख्यमंत्री का पद पाने के लिए, हमें अनेक प्रयास करने पड़े। कुछ सही थे, कुछ गलत लेकिन महाराज, राजनीति में परिणाम महत्त्वपूर्ण होता है, न कि साधन। हमने हर सम्भव कदम उठाया। बस, आपके प्रताप से, सारे कार्य बनते चले गये।"

मौनीं बाबा, धूनी रमाये बैठे थे, कई बार उनकी आँखें खुलतीं और कई बार नहीं। सादा वातावरण, जमीन पर फैली हुई फर्शी, जगह-जगह पर जमाये हुए गिर्दे, किनारे-किनारे, मध्यम नाप के हाल में फूलों के गमले, कुछ बड़े आकार के फूलदान रखे हुए थे। अगरबत्ती, सुगंधित धूप और फूलों की खुशबू से महकते हुए, उस माहौल में एक निरीह-सा आध्यात्म पनप रहा था। दूर-दूर तक फैले हुए आश्रम के बागीचे में कुहकती हुई कोयल की आवाज़ की नकल करती हुई एक मैना, जवाबी कीर्तन की तरह, कुहू-कुहू की रट लगाये हुए थी। दो, एक पहाड़ी तोते, कुछ उछलते हुए खरगोश, एक मोर का जोड़ा और बड़ी-बड़ी आँखों वाले हिरण, कुलाचें भरते हुए इधर से उधर भाग रहे थे। बागीचे से लगे हुए जंगल से निकलकर निर्दोष पशु-पक्षी, वहाँ आश्रम में आ जाते। मौनीबाबा जिस स्थान पर बैठे थे, वहाँ से कुछ दूर पर हवन हो रहा था। हवन के स्थान से अलग, अमराइयों के बीच मंत्रों के स्वर गूँज रहे थे। आश्रम के सदस्य, वहाँ की गतिविधियों में व्यस्त थे। एक झुंड जंगल से, हवन की लकड़ियों का गट्ठर लेकर आ रहा था, तो दूसरा उस गट्ठर से लकड़ियाँ चुनकर, हवन की बेदी में डालने लायक बना रहा था। कुछ लोग एक कुटिया की छत की मरम्मत कर रहे थे और कुछ अन्य लोग एक खुले हुए चबूतरे में, अनाज की सफाई का कार्य करवा रहे थे। कुछ आश्रम निवासी मनन-चिन्तन में, कुछ अध्ययन में, तथा अन्य यौगिक क्रियाओं में व्यस्त थे। उत्सुकदास ने आसन पर करवट बदलकर कहना शुरू किया, "बाबा चारों तरफ जय-जयकार होती रहती है, माला, फूल, स्वागत के दौर का कभी न खत्म होनेवाला, कभी न समाप्त होनेवाला एक सिलसिला किसी उत्सव की तरह, चलता रहता है। सात-आठ करोड़ के मुल्क होते हैं, देश होते हैं, महाराज ! इस प्रदेश के मुख्यमंत्री का पद पाने के लिए पिछले तीन महीनों में हमें क्या नहीं करना पड़ा। अपनी समस्त पूँजी, सारा सत्व आत्मा की समूची ताकत, व्यक्तित्व के सारे उन्माद, यहाँ तक आपका आशीर्वाद, आपकी कृपा, सब कुछ खर्च कर डाला। अब महाराज, हमारे और सत्ता के बीच में कोई नहीं है और हमने सत्ता की बागडोर सँभाल ली है, लेकिन किसी को नहीं मालूम, कोई नहीं जानता किस तरह चुपके-चुपके किसी की आँख का काजल, किसी के मन का चोर, किसी की शंका, किसी का मोह, किसी का लोभ, किसी की लिप्सा, किसी और की नफरत, किसी का स्नेह और किसी की

सहमति, आकांक्षा, धंधा, व्यापार तक समेट-समेट कर हमने दाँव पर लगा दिया। इतने लोगों के साथ जो समझौते किये हैं, उनको पूरा कर सकना, उनका हिसाब दे सकना मेरे लिए सम्भव नहीं है, महाराज ! एक-एक आदमी अपनी शर्तें, अपना मोह, लोभ, लिप्सा, सहमति, आकांक्षा, नफरत, धन्धा, व्यापार के दाँव भुनाने के लिए, उगाहने के लिए आनेवाला है। छोड़कर कहीं जाने का प्रश्न नहीं है, सबका हिसाब चुकाना होगा, सबकी इच्छाएँ पूरी करनी पड़ेंगी। हमारे यहाँ, बाबा, पीछे हटने का रास्ता होता नहीं है।''

मौनीबाबा की आँखें बन्द थीं।

''बाबा, यद्यपि मुझे मुख्यमंत्री बना दिया गया है, मेरे किसी आदमी को मंत्रिमंडल में शामिल नहीं किया गया है। यहाँ तक मेरे विशेष राजनैतिक शिष्य को मंत्री बनाना तो दूर रहा, पार्टी से निलम्बित होने तक से मैं नहीं रोक सका। महाराज ! जहाँ एक तरफ बलदेवचौधरी का गुट मजबूत हुआ है, वहाँ दूसरी तरफ लोबीराम के मंत्री बन जाने से एक नया गुट उभरकर सामने आया है। महाराज ! यह सिर्फ मैं जानता हूँ लोबीराम को मंत्री बनाना कितनी बड़ी भूल है, कितना बड़ा राजनैतिक अपराध है रंगीनराय को प्रदेश पार्टी अध्यक्ष का पद देने के बाद और परछाइयों को मंत्रिमंडल में मंत्री बनाने के पश्चात् कुछ रहा नहीं मेरे लिए। मैं जानता हूँ, लोबीराम और बलदेवचौधरी का मेरे शत्रु उपयोग करेंगे। आज की इन राजनैतिक परिस्थितियों में, हमारा कहना है, मंत्रिमंडल गठित होने से पूर्व ही विघटित हो गया।'' मौनीबाबा के कुछ कहने का प्रश्न नहीं उठता था। लेकिन उत्सुकदास को लग रहा था, वह बोल रहे थे, उनकी बातें समझ रहे थे और जिस भयावह स्थिति में वह पहुँच चुके हैं वह सब उनको मालूम है, था, उनको पता था। ''लेकिन बाबा, एक अजीब सा परिवर्तन, एक अजीब सा बदलाव, इधर आया है मेरे अन्दर। यह सब पाने के लिए ही तो अनवरत उस संघर्ष, उस युद्ध का हिस्सा बना मैं, सब कुछ होम कर डाला। और अब वहाँ पहुँचने के बाद, मुख्यमंत्री का पद प्राप्त करने के बाद, महाराज न जाने क्यों एक हताशा, एक अनजानी घुटन, एक विरक्त भाव एक औचक खालीपन मेरे अन्दर पैठने लगा है। ऐसा लगता है, कहीं कोई चूक हो गयी, कुछ छूट गया है और मैं अकेला, बिलकुल अकेला, जैसे किसी बियाबान जंगल में भटक गया हूँ। वही प्रदेश, वही पार्टी, वही सत्ता का खेल, वही सब पुराने चेहरे, पहले जैसी बातें, न जाने क्यों बाबा अब अच्छी नहीं लगतीं। ऐसा लगता है जैसे किसी नयी जगह पर आ गया हूँ मैं और उन लोगों के बीच घिरा हुआ हूँ जिनसे मेरा कोई ताल्लुक नहीं है, सम्बन्ध नहीं है, रिश्ता नहीं है। महाराज ! मैं क्या कहूँ, मुझे कुछ समझ में नहीं आता, पैरों में कँपकँपी होने लगती है, एक घिन सिर उठाकर अन्दर ही अन्दर फैल जाती है और सब कुछ जैसे

फिसलने लगता है।''

मौनी बाबा ने आँखें खोली थीं। उन आँखों में कुछ सवालों की लहर उठी और पलक झपकते ही उनका सिलसिला उत्सुकदास से जुड़ा और फिर टूट गया।

''ठीक अनुमान लगाया महाराज आपने। अररे यह मैं क्या कह बैठा। आप तो सर्वज्ञाता हैं, आपको अनुमान लगाने की आवश्यकता क्या है...उस दिन जब सब कुछ मिल चुका था, तब बाबा। आप जानते हैं, राहुल, मेरा जारज पुत्र, भोपाल से आया था। उसके साथ, राहुल की माँ भी थी। संभवतः उसे देखकर ही मन विचलित हो गया था...क्या करूँगा वह सब वैभव लेकर। उस चकाचौंध में, चौंधियाती हुई मेरी आँखें कुछ और सपना देखने लगी थीं महाराज। मुझमें, मेरे अन्दर कुछ नया जन्म ले रहा है और नयी जन्मती हुई प्रक्रिया का वेग इतना तेज है, वह इतना गतिमय है, इतना गरिमामय एवं मोहक है, कभी-कभी मैं डर जाता हूँ। भयाक्रांत मेरा व्यक्तित्व न जाने कहाँ से, एक-एक मन के पत्थर बाँध देता है मेरे पैरों में और मैं ठगा-ठगा सा, सब कुछ लुटते हुए, सब कुछ बिखरते हुए, देखता रहता हूँ, ऐसा लगता है, कुछ हो रहा है, कुछ पक रहा है, कुछ ऐसा घटित होनेवाला है, जो किसी भी अनुमान से परे है, किसी भी कल्पना से अलग है, और जो कुछ घटेगा बनेगा, रचा जायेगा वह नया होगा, ऐसा होगा, जैसा पहले कभी हुआ नहीं।''

●●●